Der Turm

STEPHEN
KING

DER TURM

Der Dunkle Turm VII

Roman

Aus dem Amerikanischen
von Wulf Bergner

Weltbild

Die amerikanische Originalausgabe erschien unter dem Titel
The Dark Tower VII: The Dark Tower bei Scribner, New York.

Besuchen Sie uns im Internet:
www.weltbild.de

Genehmigte Lizenzausgabe
für Verlagsgruppe Weltbild GmbH,
Steinerne Furt, 86167 Augsburg

Übersetzung: Wulf Bergner
Umschlaggestaltung: Jarzina Kommunikationsdesign, Köln
Umschlagmotiv: Corbis, Düsseldorf (© Peter Johnson/
Sean Sexton Collection/Richard Cummins)
Gesamtherstellung: TSB, 06721 Schleinitz
Printed in Germany
ISBN 3-8289-7802-9

2008 2007 2006 2005
Die letzte Jahreszahl gibt die aktuelle Lizenzausgabe an.

Wer spricht, ohne aufmerksame Zuhörer zu haben, ist stumm.
Deshalb, treuer Leser, ist dieser Abschlussband
des Dunklen-Turm-Zyklus dir gewidmet.
Lange Tage und angenehme Nächte.

Nicht hören? O, laut klang mir's in die Ohren
Wie Glockenschall. Die Namen all der Scharen
Vernahm ich, die vor mir des Wegs gefahren,
Wie jener kühn war, dieser auserkoren
Vom Glück, und der vom Ruhm – hin und verloren
Die Helden alle weh! seit langen Jahren!

Sie standen, bleiche Schemen, in der Runde,
Des Endes harrend, starrend unverwandt
Der Opfer jüngstes an. Im Flammenbrand
Sah und erkannt' ich all' in dieser Stunde,
Doch keck führt' ich mein Hifthorn hin zum Munde
Und blies: »Zum finstern Turm kam Herr Roland!«

ROBERT BROWNING
»Herr Roland kam zum finstern Turm.«

I was born
Six-gun in my hand,
Behind a gun
I'll make my final stand.

BAD COMPANY

What have I become?
My sweetest friend
Everyone I know
Goes away in the end
You could have it all
My empire of dirt
I will let you down
I will make you hurt

TRENT REZNOR

INHALT

Teil eins
DER KLEINE ROTE KÖNIG
DAN-TETE

Teil zwei
DER BLAUE HIMMEL
DEVAR-TOI

Teil drei
IN DIESEM DUNST AUS GRÜN UND GOLD
VES'-KA GAN

TEIL VIER

DIE WEISSEN LANDE VON EMPATHICA

DANDELO

TEIL FÜNF

DAS SCHARLACHROTE FELD DER CAN'-KA NO REY

ANHANG

19

99

REPRODUKTION

OFFENBARUNG

ERLÖSUNG

WIEDERAUFNAHME

TEIL EINS

DER KLEINE ROTE KÖNIG

DAN-TETE

Kapitel I

Callahan und die Vampire

1

Pere Don Callahan war einst der katholische Geistliche einer Kleinstadt gewesen – Jerusalem's Lot hatte sie geheißen –, die auf keiner Landkarte mehr existierte. Das kümmerte ihn jetzt nicht mehr viel. Begriffe wie Realität hatten aufgehört, für ihn eine Rolle zu spielen.

Dieser ehemalige Priester hielt jetzt einen heidnischen Gegenstand in der Hand, eine fein aus Elfenbein geschnitzte kleine Schildkröte. Ihr Maul war durch einen winzigen Spalt entstellt, und ihr Panzer wies einen Kratzer in Form eines Fragezeichens auf, aber sonst war sie ein schönes Stück.

Schön und *machtvoll*. Er konnte ihre Kraft wie elektrische Spannung in den Händen spüren.

»Wie schön sie ist!«, flüsterte er dem neben ihm stehenden Jungen zu. »Ist sie die Schildkröte Maturin? Das ist sie, nicht wahr?«

Der Junge hieß Jake Chambers, und er war einen weiten Weg gegangen, um fast wieder zu seinem Ausgangspunkt hier in Manhattan zurückzukehren. »Weiß ich nicht«, sagte er. »Vermutlich. Susannah nennt sie *Sköldpadda,* und sie kann uns vielleicht helfen, aber sie kann die Killer, die uns dort drinnen erwarten, nicht töten.« Er nickte zum Dixie Pig hinüber und fragte sich, ob er statt Susannah nicht Mia meinte. Früher hätte er behauptet, das spiele keine Rolle, weil die beiden Frauen so eng miteinander verwoben seien. Inzwischen glaubte er jedoch, dass es wichtig war – oder es bald sein würde.

»Bist du bereit dazu?«, fragte Jake den Pere und meinte damit: *Wirst du standhalten? Wirst du kämpfen? Wirst du töten?*

»O ja«, sagte Callahan ruhig. Er steckte die Elfenbeinschildkröte mit den weisen Augen und dem zerkratzten Panzer wieder in seine Brusttasche mit den Reservepatronen für die Pistole, mit der er bewaffnet war, und klopfte dann auf das kunstvoll geschnitzte Ding, um sich zu vergewissern, dass es dort sicher aufgehoben war. »Ich schieße, bis die letzte Patrone verschossen ist oder ich tot bin. Und ist die Munition verschossen, bevor sie mich töten, schlage ich mit dem … Pistolengriff auf sie ein.«

Die Pause war so kurz, dass Jake sie nicht einmal wahrnahm. Aber in dieser Pause sprach das Weiße zu Father Callahan. Es war eine Macht, die er schon immer, sogar schon in seiner Kindheit gekannt hatte, obwohl es zwischendurch ein paar Jahre gegeben hatte, in denen er vom Glauben abgefallen war, in denen sein Wissen um diese Elementargewalt erst verblasst und dann ganz verloren gegangen war. Aber diese Zeit war vorüber, das Weiße war wieder sein, und er sagte Gott seinen Dank dafür.

Jake nickte, dann sagte er etwas, was Callahan kaum hörte. Und was Jake sagte, war nicht wichtig. Was jene andere Stimme sagte – die Stimme eines Wesens

(Gan)

das vielleicht zu groß war, um Gott genannt zu werden –, *das* war wichtig.

Der Junge muss weitermachen, erklärte ihm die Stimme. *Was hier auch geschieht, wie immer es ausgeht, der Junge muss weitermachen. Deine Rolle in dieser Geschichte ist fast zu Ende. Seine nicht.*

Sie gingen an einem Schild auf einem verchromten Ständer vorbei (**WEGEN PRIVATVERANSTALTUNG GESCHLOSSEN**). Jakes spezieller Freund Oy trottete mit erhobenem Kopf und grinsend hochgezogenen Lefzen zwischen ihnen einher. Auf der obersten Stufe griff Jake in die Schilftasche, die Susannah-Mio aus Calla Bryn Sturgis mitgebracht hatte, und zog zwei der Teller – 'Rizas – heraus. Er schlug sie kurz aneinander, nickte, als sie dumpf dröhnten, und sagte dann: »Zeig mir deine Waffe.«

Callahan hob die Ruger, die Jake aus Calla New York mitgebracht und nun wieder dorthin zurückgebracht hatte; das Leben ist ein Rad, und wir alle sagen unseren Dank. Einen Augenblick lang hielt der Pere die Ruger wie ein Duellant neben der rechten Wange hoch. Dann berührte er seine Brusttasche, die von den Patronen und der Schildkröte ausgebeult war. Von der *Sköldpadda*.

Jake nickte. »Sobald wir drin sind, bleiben wir zusammen. Immer zusammen, immer mit Oy zwischen uns. Auf drei geht's los. Und wenn wir anfangen, hören wir nicht mehr auf, bevor wir tot sind.«

»Nicht vorher.«

»Genau. Bist du bereit?«

»Ja. Gottes Liebe ruht auf dir, Junge.«

»Und auf dir, Pere. Eins … zwei … *drei.«* Jake öffnete die Tür, und gemeinsam traten sie in gedämpftes Licht und den süßlichen, würzigen Geruch von bratendem Fleisch.

2

Jake ging seinem vermeintlich sicheren Tod entgegen, indem er sich an zwei Dinge erinnerte, die Roland Deschain, sein wahrer Vater, gesagt hatte: *Aus Kämpfen, die fünf Minuten dauern, entstehen Legenden, die tausend Jahre lang leben.* Und: *Man braucht nicht glücklich zu sterben, wenn's so weit ist, aber man muss zufrieden sterben, denn man hat sein Leben von Anfang bis zum Ende gelebt, und Ka wird mit allem gedient.*

Jake Chambers betrachtete das Dixie Pig zufriedenen Gemüts.

3

Auch mit kristallener Klarheit. Seine Sinne waren so geschärft, dass er nicht nur bratendes Fleisch, sondern auch den Rosmarin roch, mit dem es eingerieben worden war; er konnte nicht nur den stetigen Rhythmus seiner Atmung, sondern auch das murmelnde Fluten seines Bluts hören, das auf einer Halsseite zum Gehirn aufstieg und auf der anderen zum Herzen hinabsank.

Er erinnerte sich auch daran, dass Roland einmal gesagt hatte, selbst der kürzeste Kampf, vom ersten Schuss bis zur letzten zusammenbrechenden Gestalt, erscheine den Kämpfenden endlos lang. Die Zeit werde elastisch; dehne sich bis fast zum Verschwinden. Jake hatte genickt, als hätte er das alles verstanden, obwohl er nichts begriffen hatte.

Jetzt verstand er's.

Sein erster Gedanke war, dass die Gegner zu zahlreich waren – bei weitem zu zahlreich. Er schätzte ihre Zahl auf nahezu hundert, von denen die meisten bestimmt zu Father Callahans »niederen Männern« gehörten. (Einige waren niedere Frauen, aber Jake zweifelte nicht daran, dass das vom Prinzip her egal war.) Zwischen ihnen verteilt – alle weniger fleischig als die niederen *Folken,* manche sogar schlank wie Florette; mit aschfahlem Teint und einer schwachen bläulichen Aura, die ihre Körper umgab –, befanden sich welche, die Vampire sein mussten.

Oy, dessen schmales, füchsisches Gesicht ernst wirkte, verharrte bei Fuß und ließ ein leises Winseln hören.

Der im Raum hängende Bratenduft stammte nicht von Schweinefleisch.

4

Ständig drei Meter zwischen uns, wenn drei Meter möglich sind, Pere – das hatte Jake draußen auf dem Gehsteig noch gesagt, und als sie sich dem kleinen Pult des Oberkellners näherten, ließ Callahan sich etwas nach rechts treiben, um diesen Abstand herzustellen.

Jake hatte ihn außerdem angewiesen, so laut und so lange zu kreischen, wie er nur konnte, und Callahan öffnete gerade den Mund, um eben das zu tun, als er wieder die Stimme des Weißen in seinem Kopf hörte. Sie sagte nur ein Wort, aber das genügte.

Sköldpadda, sagte sie.

Callahan hielt die Ruger noch immer neben seiner rechten Wange hoch. Jetzt griff er mit der Linken in die Brusttasche. Seine Wahrnehmung der Szene vor ihm war nicht so hypersensibilisiert wie die seines jungen Begleiters, aber er sah trotzdem sehr viel: die orangekarmesinroten Flambeaus an den Wänden, die Kerzen auf allen Tischen, die in Glasbehältern in einem helleren, an Halloween erinnernden Orange eingeschlossen waren, die leuchtend weiße Tischwäsche. Die linke Wand des Speisesaals verschwand hinter einem prächtigen Gobelin, auf dem Ritter mit ihren Fräulein an einem langen Tisch tafelten. Irgendetwas – Callahan wusste nicht genau, was diesen Eindruck hervorrief, die verschiedenen Anzeichen und Stimuli waren zu schwach ausgeprägt – sprach hier von Leuten, die nach einer kleinen Aufregung eben wieder zur Ruhe kamen: sagen wir nach einem kleinen Küchenbrand oder einem Verkehrsunfall auf der Straße.

Oder eine Lady, die ein Baby bekommt, dachte Callahan, während er die Hand um die Schildkröte schloss. *Das ist immer für eine kleine Pause zwischen Vorspeise und Hauptgericht gut.*

»Da kommen Gileads *Ka-Mais!«,* rief jemand mit einer aufgeregten, nervösen Stimme. Das war keine menschliche Stimme, dessen war Callahan sich halbwegs sicher. Sie klang zu summend, um menschlich zu sein. Am anderen Ende des Raums sah Callahan etwas stehen, was eine monströse Kreuzung aus Mensch und Vogel zu sein schien. Es trug Jeans mit gerade geschnittenen Beinen und ein einfaches weißes Hemd. Der aus diesem Hemdkragen ragende Kopf war mit glatten Federn in einem dunklen Gelb besetzt. Seine Augen glichen Tropfen flüssigen Teers.

»Auf sie!«, kreischte dieses schreckliche, lächerliche Wesen und fegte eine Serviette beiseite. Darunter lag irgendeine Art Waffe. Callahan vermutete, dass es eine Schusswaffe war, auch wenn sie wie etwas aussah, was aus der Fernsehserie *Raumschiff Enterprise* stammen konnte. Wie hatten die Dinger noch geheißen? Phaser? Lähmer?

Unwichtig. Callahan, der eine weit bessere Waffe hatte, wollte dafür sorgen, dass alle sie sahen. Er wischte die Gedecke und den Glasbehälter mit der Kerze vom Tisch, der ihm am nächsten war, und riss dann die Tischdecke wie ein Magier herunter, der einen Zaubertrick vorführte. Auf keinen Fall wollte er im entscheidenden Augenblick über liegen gebliebene Tischwäsche stolpern. Dann stieg er mit einer Gewandtheit, die er sich noch eine Woche zuvor niemals zugetraut hätte, auf einen der Stühle und von dort auf die Tischplatte. Sobald er auf dem Tisch stand, hielt er die *Sköldpadda* zwischen Daumen und Zeigefinger gefasst so hoch, dass alle sie gut sehen konnten.

Ich könnte mit schmachtender Stimme dazu singen, dachte er. *Vielleicht »Moonlight Becomes You« oder »I Left My Heart in San Francisco«.*

In diesem Augenblick war er seit genau vierunddreißig Sekunden im Dixie Pig.

5

Von Highschool-Lehrern, die in der Aula oder im Studiersaal mit großen Schülergruppen zu tun haben, kann man hören, dass Teenager, auch wenn sie frisch geduscht und frisch gekleidet sind, nach den Hormonen riechen, die ihre Körper so eifrig produzieren. Jede beliebige Personengruppe sondert unter Stress einen ähnlichen Gestank ab, und Jake, dessen Sinne aufs Höchste geschärft waren, roch ihn hier drinnen. Als sie am Pult des Oberkellners und Platzanweisers vorbeikamen (Erpresserzentrale, so hatte sein Dad solche Posten gern genannt), war der Geruch der im Dixie Pig versammelten Gäste noch schwach gewesen – der Geruch von Leuten, die sich nach irgendeiner kleinen Aufregung gerade wieder beruhigten. Aber als der Vogelmensch im hinteren Teil des Raums kreischte, nahm Jake den Geruch der Gäste schlagartig stärker wahr. Es war ein metallisches Aroma, das genügend Ähnlichkeit mit Blutgeruch hatte, um seine Gereiztheit und seine Gefühle in Wallung zu bringen. Ja, er sah Tweety die Serviette vom Tisch fegen; ja, er sah die Waffe darunter; ja, er begriff, dass Callahan, so offen wie er auf dem Tisch stand, ein leichtes Ziel bot. Trotzdem kümmerte ihn das alles weniger als die Waffe, mit der die Meute mobilisiert wurde – Tweetys Stimme. Jake zog gerade den rechten Arm zurück, um den ersten seiner neunzehn Teller zu werfen und damit den Kopf zu amputieren, aus dem diese Stimme drang, als Callahan die Schildkröte hochhielt.

Das funktioniert nicht, nicht hier drinnen, dachte Jake, aber noch bevor sein Gehirn diesen Gedanken ganz formuliert hatte, begriff er, dass es in Wirklichkeit doch funktionierte. Er merkte es am Geruch der anderen. Die Aggressivität entwich. Und die wenigen Gegner, die von ihren Tischen aufzustehen begonnen hatten – wobei die roten Löcher in den Stirnen der niederen Menschen zu klaffen, die blauen Auren der Vampire sich zusammenzuziehen und zu intensivieren schienen –, sackten wieder zurück, und das so heftig, als hätten sie plötzlich die Gewalt über ihre Muskeln verloren.

»Auf sie, das sind die, vor denen Sayre …« Dann verstummte Tweety. Die linke Hand – wenn man eine so hässliche Klaue als Hand bezeichnen konnte – berührte noch kurz den Griff seiner Hightech-Waffe, dann sank sie kraftlos herab. Seine Augen schienen glanzlos zu werden. »Sie sind die, vor denen Sayre … S-S-Sayre …« Wieder eine Pause. Dann sagte das Vogelding: »O Sai, was ist dieses herrliche Ding, das Ihr da in der Hand haltet?«

»Ihr wisst, was es ist«, antwortete Callahan. Jake bewegte sich, und Callahan, der sich daran erinnerte, was der junge Revolvermann ihm draußen gesagt hatte – *Sorg dafür, dass ich jedes Mal, wenn ich nach rechts sehe, dein Profil neben mir habe* –, stieg wieder vom Tisch, um mit ihm Schritt zu halten, wobei er weiterhin die Schildkröte hochhielt. Die Stille im Raum war fast mit Händen zu greifen, nur …

Nur dass es noch einen *weiteren* Raum gab. Raues Lachen und heiseres, bezechtes Gegröle – dem Klang nach eine Gesellschaft, die ganz in der Nähe feierte. Links von ihnen. Hinter dem Gobelin, auf dem die Ritter und ihre Fräulein tafelten. *Irgendwas geht dahinter vor*, dachte Callahan, *und wahrscheinlich kein Pokerabend der Elks-Bruderschaft.*

Er hörte Oy trotz dessen ständigen Grinsens schnell und leise keuchend atmen: ein perfekter kleiner Motor. Und noch etwas anderes hörte er. Ein scharfes Klappern, das mit einem raschen Klicken unterlegt war. Die Kombination der beiden Geräusche machte Callahan nervös und ließ ihm einen kalten Schauder über den Rücken laufen. Unter den Tischen verbarg sich irgendetwas.

Oy sah die vorrückenden Insekten als Erster und erstarrte wie ein Vorstehhund: eine Pfote erhoben, die Schnauze vorgereckt. Einen Augenblick lang bewegten sich nur seine dunklen, samtartig weichen Lefzen, die erst nach oben zuckten, um die zusammengebissenen Nadeln seiner Reißzähne sehen zu lassen, und dann wieder herabzuckten, um sie wieder zu verdecken.

Die Käfer rückten vor. Was immer sie sein mochten – die von der Hand des Peres hochgehaltene Schildkröte Maturin bedeutete ihnen nichts. Ein fetter Kerl in einem Smoking mit kariertem Revers sprach das Vogelding mit schwacher, fast klagender Stimme an: »Sie sollten nicht weiter als bis hierher gelangen, Meiman, auch nicht entkommen. Man hat uns gesagt, sie …«

Oy sprang nach vorn, wobei er mit zusammengebissenen Zähnen ein Knurren ausstieß. Dieser ganz entschieden nicht zu Oy passende Laut erinnerte Callahan an eine Comicsprechblase: *Arrrrrr!*

»Nein!«, rief Jake erschrocken. »Nein, Oy!«

Beim Klang der Stimme des Jungen verstummten das Lachen und Gegröle hinter dem Wandteppich so abrupt, als hätten die *Folken* dort hinten plötzlich gemerkt, dass sich im vorderen Raum etwas verändert hatte.

Oy achtete nicht auf Jakes Warnruf. Er zerbiss nacheinander drei der Käfer, wobei das Knacken ihrer zersplitternden Panzer in der neuerlichen Stille grausig laut zu hören war. Er machte keine Anstalten, sie zu fressen, sondern schleuderte die Kadaver der etwa mausgroßen Insekten mit einer ruckartigen Halsbewegung, bei der er zum Abschluss grinsend das Maul öffnete, nur hoch in die Luft.

Die anderen wichen sofort unter die Tische zurück.

Er ist wie dafür geschaffen, dachte Callahan. *Vielleicht waren das einst alle Bumbler. Dafür geschaffen, wie manche Terrierrassen dafür gezüchtet werden …*

Ein heiserer Schrei, der hinter dem Gobelin erklang, unterbrach diese Überlegung: *»Humes!«*, rief eine Stimme, und eine zweite ergänzte: *»Ka-Humes!«*

Callahan spürte den absurden Drang, »Gesundheit!« zurückzurufen.

Bevor er aber das oder sonst etwas rufen konnte, füllte plötzlich Rolands Stimme seinen Kopf.

6

»Jake, geh!«

Der Junge wandte sich verwirrt Pere Callahan zu. Er ging mit vor der Brust gekreuzten Armen, war bereit, die 'Rizas nach dem ersten niederen Menschen zu werfen, der sich bewegte. Oy war auf seinen Platz bei Fuß zurückgekehrt, sah aber unaufhörlich von einer Seite zur anderen und hatte wegen der Aussicht auf weitere Beute glänzende Augen.

»Wir gehen gemeinsam«, sagte Jake. »Sie sind eingeschüchtert, Pere! Und wir sind dicht dran! Man hat sie hier durchgeschleppt … durch diesen Raum … und anschließend durch die Küche hinaus …«

Callahan achtete nicht auf ihn. Während er weiter die Schildkröte hochhielt (als hielte er in einer tiefen Höhle eine Laterne hoch), hatte er sich dem Gobelin zugewandt. Das Schweigen dahinter war weit schrecklicher als das Gegröle und das fieberhafte, gurgelnde Lachen zuvor. Dieses Schweigen glich einer auf sie gerichteten Waffe. Der Junge stand weiterhin auf der Stelle.

»Geh, solange du noch kannst«, sagte Callahan mit um Ruhe bemühter Stimme. »Hol sie ein, falls das geht. Das ist der Befehl deines Dinhs. Und das ist auch der Wille des Weißen.«

»Aber du kannst nicht …«

»Geh, Jake!«

Die niederen Männer und Frauen im Dixie Pig, ob im Bann der *Sköldpadda* oder nicht, murmelten beim Klang dieses Befehls unbehaglich, was nur angebracht war, da es auf einmal nicht Callahans Stimme war, die aus dessen Mund kam.

»Du hast nur diese eine Chance, und die musst du nutzen! Finde sie! Das befehle ich dir als dein Dinh!«

Jake riss die Augen auf, als er Rolands Stimme aus Callahans Kehle kommen hörte. Sein Mund stand offen. Er sah sich wie benommen um.

In der Sekunde, bevor der Gobelin links von ihnen weggerissen wurde, erkannte Callahan den schwarzen Humor der Darstellung, der auf den ersten flüchtigen Blick leicht zu übersehen gewesen war: der als Hauptgericht auf der Tafel stehende Braten hatte Menschengestalt; die Ritter und ihre Fräulein aßen Menschenfleisch und tranken Menschenblut. Was der Wandteppich zeigte, war ein Kannibalenmahl.

Dann rissen die Altvorderen, die bei ihrer eigenen Mahlzeit gesessen hatten, den obszönen Wandteppich beiseite, kamen dahinter hervorgestürmt und kreischten durch die gewaltigen Hauer, die ihr deformiertes Maul ständig offen hielten. Ihre Augen waren schwarz wie das Dunkel der Blindheit, die Haut ihrer Wangen und Stirn – selbst die ihrer Handrücken – mit wild wuchernden Zähnen besetzt. Wie die Vampire im Speisesaal waren sie von Auren umgeben, aber ihre leuchteten in einem giftigen Violett, das so dunkel war, dass es fast schwarz wirkte. Irgendeine eitrige Absonderung tropfte ihnen aus Augen- und Mundwinkeln. Sie schnatterten, und einige von ihnen lachten, aber sie schienen diese Laute nicht selbst zu erzeugen, sondern vielmehr aus der Luft zu schnappen, als wären diese etwas, was sich lebend reißen ließe.

Callahan erkannte sie. Natürlich tat er das. War er nicht einst selbst das Opfer eines dieser Ungeheuer geworden? Sie waren die *wahren* Vampire, die des Typs eins. Bislang im Verborgenen gehalten, wurden sie jetzt auf die Eindringlinge gehetzt.

Die Schildkröte hielt sie in keiner Weise auf.

Callahan sah, wie Jake sie anstarrte: blass, mit vor Entsetzen glänzenden, fast aus ihren Höhlen quellenden Augen, alle Zielbewusstheit beim Anblick dieser Missgeburten vergessen.

Ohne zu wissen, was aus seinem Mund kommen würde, bis er es selbst hörte, rief Callahan: *»Sie werden Oy als Ersten töten! Sie werden ihn vor deinen Augen töten und sein Blut trinken!«*

Oy kläffte, als er seinen Namen hörte. Jakes Blick schien bei diesem Laut wieder klar zu werden, aber Callahan hatte keine Zeit, das Schicksal des Jungen weiter zu verfolgen.

Die Schildkröte kann sie nicht aufhalten, aber sie hält zumindest die anderen zurück. Kugeln können sie nicht aufhalten, aber …

Wie bei einem Déjà-vu-Erlebnis – und warum auch nicht, schließlich hatte er das alles schon einmal im Haus eines Jungen namens Mark Petrie erlebt – griff Callahan vorn in sein Hemd und zog sein Brustkreuz heraus. Es klickte gegen den Griff der Ruger und baumelte dann an seiner Kette unter ihr. Das Kruzifix leuchtete in gleißend hellem, bläulich weißem Glanz. Die beiden Altvorderen in der ersten Reihe hatten eben nach ihm greifen, ihn in ihre Mitte zerren wollen. Jetzt wichen sie stattdessen vor Schmerzen aufschreiend zurück. Callahan sah ihre Hautoberfläche erst verschmoren, dann flüssig werden. Der Anblick erfüllte ihn mit wilder Freude.

»Weicht zurück!«, donnerte er. »Die Macht Gottes befiehlt es euch! Die Macht Christi befiehlt es euch! Das Ka von Mittwelt befiehlt es euch! *Die Macht des Weißen befiehlt es euch!«*

Einer stürzte sich trotzdem auf ihn: ein deformiertes Skelett in einem uralten, mit Moos bewachsenen Smoking. Um den Hals hatte es irgendeinen historischen Orden hängen – vielleicht das Malteserkreuz? Eine seiner Hände krallte mit langen Fingernägeln nach dem Kruzifix, das Callahan hochreckte. Er zog es im letzten Augenblick zurück, und die Klaue des Vampirs ging um Fingerbreite darüber hinweg. Callahan griff nun seinerseits an, ohne darüber nachzudenken, und bohrte die Spitze des Kreuzes in die gelbe, pergamentene Stirn des Wesens. Das goldene Kruzifix drang darein ein wie ein rot glühender Schürhaken in ein Stück Butter. Das Ding in dem bemoosten Smoking stieß gurgelnd einen verzweifelten Schmerzensschrei aus und taumelte rückwärts. Callahan riss sein Kreuz heraus. Bevor das alte Ungeheuer seine Klauen vor die Stirn schlug, sah er einen Augenblick lang das Loch, das sein Kreuz hinterlassen hatte. Dann begann eine dickflüssige gelbe Masse durch die Finger des Altvorderen zu quellen. Seine Knie gaben nach, und er brach zwischen zwei Tischen zusammen. Seine Genossen wichen vor ihm zurück und kreischten dabei vor ohnmächtiger Wut. Unter den verdrehten Händen des Wesens fiel dessen Gesicht bereits in sich zusammen. Dann erlosch seine Aura wie eine Kerze und ließ nichts zurück als gelbes, sich verflüssigendes Fleisch, das wie Erbrochenes aus seinen Jackenärmeln und Hosenbeinen quoll.

Callahan trat forsch auf die anderen zu. Seine Angst hatte sich verflüchtigt. Auch die Scham, die wie ein Schatten über ihm gehangen hatte, seit Barlow ihm sein Kruzifix weggenommen und es zerbrochen hatte, war verflogen.

Endlich frei, dachte er. *Endlich frei, allmächtiger Gott, ich bin endlich frei.* Dann: *Ich glaube, das ist die Erlösung. Und sie fühlt sich gut an, nicht? Sogar ziemlich gut.*

»Wirf ihn beiseite!«, rief einer der Vampire, während er sich beide Hände schützend vors Gesicht hielt. »Erbärmlicher Tand des 'chafgottes, wirf ihn beiseite, wenn du's wagst!«

Erbärmlicher Tand des 'chafgottes, findest du? Weshalb schreckt ihr dann davor zurück?

Gegenüber Barlow hatte er es nicht gewagt, sich dieser Herausforderung zu stellen, und das war sein Untergang gewesen. Im Dixie Pig wandte Callahan das Kruzifix dem Wesen zu, das zu sprechen gewagt hatte.

»Ich brauche meinen Glauben nicht dafür aufs Spiel zu setzen, dass ein Ding wie Ihr mich herausfordert, Sai«, sagte er mit klar durch den Raum hallender Stimme. Er hatte die Altvorderen bis fast zu dem Durchgang zurückgetrieben, durch den sie gekommen waren. Auf den Händen und Gesichtern der Vampire in der vordersten Reihe hatten sich große dunkle Geschwüre gebildet, die sich wie Säure in ihre pergamentartige Haut hineinfraßen. »Und ich würde einen so alten Freund ohnehin niemals beiseite werfen. Aber ihn *wegstecken?* Aye, wenn Ihr das wünscht.« Daraufhin versenkte er das Brustkreuz wieder in seinem Hemd.

Mehrere Vampire stürmten augenblicklich vor, wobei ihre von Zähnen überquellenden Münder wie zu einem Grinsen verzogen waren. Callahan streckte ihnen die Hände entgegen. Seine Finger (und der Lauf der Ruger) leuchteten wie in bläuliches Feuer getaucht. Auch die Augen der Schildkröte waren jetzt von Licht erfüllt; ihr Panzer leuchtete ebenfalls.

»Rührt mich nicht an!«, rief Callahan laut. »Die Macht Gottes und des Weißen befiehlt es euch!«

7

Als der schreckliche Schamane sich den Großvätern zuwandte, fühlte Meiman von den Taheen, wie der furchtbare, herrliche Glanz der Schildkröte sich etwas abschwächte. Er sah, dass der Junge fort war, was ihn mit Schrecken erfüllte, aber wenigstens war er weiter hineingegangen, statt das Dixie Pig zu verlassen, sodass sich vielleicht noch alles zum Guten wendete. Falls der Junge jedoch die Tür nach Fedic fand und sie auch benutzte, konnte Meimans Lage wirklich höchst unangenehm werden. Sayre unterstand nämlich Walter o' Dim, und Walter wiederum unterstand direkt dem Scharlachroten König.

Unwichtig. Immer eines nach dem anderen. Erst war dieser Schamane dran. Die Großväter auf ihn hetzen. Dann die Verfolgung des Jungen aufnehmen, ihm vielleicht nachrufen, sein Freund brauche ihn doch, das konnte funktionieren …

Meiman (für Mia der Kanarienmann, für Jake dagegen Tweety der Vogel) schlich vorwärts, packte Andrew – den fetten Kerl in dem Smoking mit kariertem Revers – mit einer Hand und Andrews noch dickere Liebste mit der anderen. Dann nickte er zu Callahan hinüber, der ihnen den Rücken zukehrte.

Tirana schüttelte vehement den Kopf. Meiman öffnete den Schnabel und zischte sie an. Sie wich erschrocken vor ihm zurück. Die Menschenmaske, die Tirana trug, hatte Detta Walker bereits in die Finger bekommen, sodass sie ihr in Fetzen um Kinn und Hals hing. In der Mitte ihrer Stirn öffnete und schloss sich eine rote Wunde wie die Kiemen eines verendenden Fischs.

Meiman wandte sich Andrew zu und ließ ihn gerade so lang los, um auf den Schamanen zu zeigen und sich mit der Klaue, die ihm als Hand diente, in einer grimmig ausdrucksvollen Geste quer über den gefiederten Hals zu fahren. Andrew nickte und schob die pummeligen Hände seiner Liebsten weg, die ihn aufzuhalten versuchte. Die Menschenmaske saß gut genug, um erkennen zu lassen, dass der niedere Mann in dem geschmacklosen Smoking sichtbar allen Mut zusammennahm. Dann sprang er mit einem erstickten Schrei vor, bekam Callahan zu fassen und schlang ihm seine fetten Unterarme um den Hals. Im selben Augenblick stürzte sein Feinsliebchen vor und schlug dem Pere die Elfenbeinschildkröte aus der Hand, wobei sie laut kreischte. Die *Sköldpadda* fiel auf den roten Teppich, hüpfte unter einen der Tische und verabschiedete sich damit (wie ein bestimmtes Papierschiffchen, an das manche sich andernorts erinnern werden) endgültig aus dieser Geschichte.

Die Großväter hielten sich wie die Vampire des Typs drei, die im Hauptspeisesaal gegessen hatten, weiterhin zurück, aber die niederen Männer und Frauen spürten des Gegners Schwäche und gingen zum Angriff über, erst noch zögernd, dann zunehmend selbstbewusst. Sie umzingelten Callahan, nahmen all ihren Mut zusammen und fielen dann gemeinsam über ihn her.

»Im Namen Gottes, rührt mich nicht an!«, rief Callahan, was natürlich nichts nutzte. Im Gegensatz zu den Vampiren reagierten die

Ungeheuer mit der roten Wunde in der Stirnmitte nicht auf den Namen von Callahans Gott. Er konnte nur hoffen, dass Jake nicht stehen bleiben und erst recht nicht umkehren würde; dass er und Oy wie der Wind zu Susannah eilen würden. Um sie nach Möglichkeit zu retten. Um andernfalls mit ihr zu sterben. Und um ihr Baby zu töten, wenn sich eine Gelegenheit dazu bot. Gott sei ihm gnädig, aber in diesem Punkt hatte er sich geirrt. Sie hätten dem Leben des Ungeborenen bereits in der Calla ein Ende setzen sollen, als sie die Gelegenheit dazu noch gehabt hatten.

Etwas biss ihn tief in den Hals. Kruzifix oder nicht, nun würden die Vampire kommen. Wie die Haie würden sie über ihn herfallen, sobald sie seinen Lebenssaft erst einmal witterten. *Hilf mir, Gott, gib mir Kraft,* dachte Callahan und fühlte, wie neue Kraft in ihn strömte. Als Krallen nach ihm schlugen und ihm das Hemd zerfetzten, wälzte er sich nach links. Für einen Augenblick war seine rechte Hand frei, in der er weiter die Ruger hielt. Er richtete sie auf das erregte, verschwitzte, von Hass verzerrte Gesicht des fetten Kerls namens Andrew und setzte die Mündung der Pistole (die Jakes nicht wenig paranoider Vater, ein Fernsehmensch in leitender Stellung, in weit zurückliegender Vergangenheit zum Schutz seines Heims gekauft hatte) auf die weiche rote Wunde in der Stirnmitte des niederen Mannes.

»Nei-iiin, das wagst du nicht!«, rief Tirana, und als sie nach der Waffe griff, platzte das Oberteil ihres Abendkleids endgültig auf und setzte ihre gewaltigen Brüste frei. Sie waren mit struppigem Fell bedeckt.

Callahan drückte ab. In dem geschlossenen Raum klang der Schussknall der Ruger ohrenbetäubend laut. Andrews Kopf explodierte wie ein mit Blut gefüllter Kürbis und bespritzte die Wesen, die hinter ihm herandrängten. Sie ließen entsetzte, ungläubige Schreie hören. Callahan hatte noch Zeit zu denken: *So war's nicht gemeint, stimmt's?* Und: *Genügt das, um in den Club aufgenommen zu werden? Bin ich schon ein Revolvermann?*

Möglicherweise nicht. Aber da war noch der Vogelmensch, der

zwischen zwei Tischen vor ihm stand und den Schnabel öffnete und schloss, während sein Hals vor Aufregung deutlich sichtbar pulsierte.

Während aus seinem zerfetzten Hals Blut auf den Teppich gepumpt wurde, stützte Callahan sich lächelnd auf den Ellbogen und zielte mit Jakes Ruger.

»Nein!«, rief Meiman und hob seine missgestalteten Hände in einer völlig wertlosen beschützenden Geste vors Gesicht. *»Nein, Ihr KÖNNT NICHT ...«*

Kann ich doch, dachte Callahan mit kindlicher Freude und drückte wieder ab. Meiman machte zwei Stolperschritte rückwärts, dann noch einen dritten. Er prallte gegen einen der Tische und brach darauf zusammen. Drei gelbe Federn hingen zunächst über ihm in der Luft und segelten dann träge zu Boden.

Callahan hörte wildes Geheul, nicht vor Zorn oder Angst, sondern vor Hunger. Der Blutgeruch war schließlich in die verwöhnten Nasen der Altvorderen gestiegen, und sie würden sich jetzt von nichts mehr aufhalten lassen. Nun, wenn er nicht so werden wollte wie sie ...

Pere Callahan, einst Father Callahan aus Jerusalem's Lot, richtete die Mündung der Ruger auf sich selbst. Er verlor keine Zeit damit, in der Dunkelheit des Pistolenlaufs die Ewigkeit zu suchen, sondern drückte sie tief gegen die Unterseite seines Kinns.

»Heil, Roland!«, sagte er und wusste

(die Woge, sie werden von der Woge getragen)

dass er gehört wurde. »Heil, Revolvermann!«

Als die alten Ungeheuer über ihn herfielen verstärkte er den Druck auf den Abzug. Callahan wurde unter dem Gestank ihres kalten, blutlosen Atems begraben, aber nicht davon entmutigt. Er hatte sich noch nie so stark gefühlt. In seinem ganzen Leben war er am glücklichsten gewesen, als er ein einfacher Vagabund gewesen war, kein Geistlicher, sondern nur der Callahan der Landstraße, und er spürte, dass er bald wieder befreit sein würde, um jenes Leben fortzuführen und zu wandern, wohin es ihm gefiel, nachdem nun seine Pflicht getan war, und das war gut so.

»Mögest du deinen Turm finden, Roland, und ihn erstürmen, *mögest du ihn bis ganz oben erklimmen!«*

Die Zähne seiner alten Feinde, dieser uralten Brüder und Schwestern jenes Ungeheuers, das sich Kurt Barlow genannt hatte, gruben sich wie Stacheln in ihn. Callahan spürte sie nicht. Er lächelte, als er den Abzug betätigte und ihnen für immer entrann.

Kapitel II

Von der Woge getragen

1

Auf der Rückfahrt entlang der unbefestigten Straße, auf der sie zum Haus des Schriftstellers in der Kleinstadt Bridgton gelangt waren, kamen Eddie und Roland an einem orangeroten Pick-up mit dem Schriftzug CENTRAL MAINE POWER MAINTENANCE auf den Türen vorbei. In der Nähe war ein Mann mit gelbem Schutzhelm und orangeroter Sicherheitsweste dabei, Äste abzusägen, die der tief hängenden Stromleitung gefährlich werden konnten. Und spürte Eddie in diesem Augenblick etwas, irgendeine sich sammelnde Kraft? Vielleicht einen Vorläufer der Woge, die dem Pfad des Balkens folgend auf sie zubrandete? Später glaubte er, dass dem so gewesen war, ohne es allerdings mit Bestimmtheit sagen zu können. Er war weiß Gott bereits in eigenartiger Stimmung gewesen – und konnte man ihm das verübeln? Wie viele Leute lernten schon jemals ihren Schöpfer kennen? Nun … Stephen King hatte Eddie Dean, einen jungen Mann, dessen Co-Op City zufällig nicht in der Bronx, sondern in Brooklyn lag – eigentlich *nicht* geschaffen … jedenfalls noch nicht, in diesem Jahr 1977 noch nicht, aber Eddie war davon überzeugt, dass King es irgendwann tun würde. Wie hätte Eddie sonst hier sein können?

Eddie hielt schräg vor dem Pick-up des Versorgungsunternehmens, stieg aus und fragte den schwitzenden Mann mit der Kettensäge nach dem Weg zur Turtleback Lane in der Gemeinde Lovell. Der Arbeiter von Central Maine Power gab bereitwillig Auskunft und fügte dann noch hinzu: »Wenn Sie heute wirklich nach Lovell wollen, müssen Sie die Route 93 nehmen. Die Schlammpiste, wie manche Leute sie nennen.«

Er hob eine Hand und schüttelte den Kopf wie jemand, der Widerspruch zuvorkommen wollte, obwohl Eddie seit seiner ursprünglichen Frage eigentlich kein Wort mehr gesagt hatte.

»Ich weiß, sie ist sieben Meilen länger und verdammt holperig, aber in East Stoneham ist heute kein Durchkommen. Die Cops haben alles abgeriegelt. Verkehrspolizei, die hiesigen Bullen, sogar die vom Oxford County Sheriff's Department.«

»Ohne Scheiß?«, sagte Eddie. Das erschien ihm als unverfängliche Reaktion.

Der Mann nickte grimmig. »Niemand scheint genau zu wissen, was passiert ist, aber es hat eine Schießerei – möglicherweise mit Schnellfeuerwaffen – und Explosionen gegeben.« Er schlug mit der Hand auf das abgewetzte, mit Sägemehl bedeckte Sprechfunkgerät, das er am Gürtel trug. »Ich hab heute Nachmittag sogar ein- oder zweimal das T-Wort gehört. Hat mich nicht mal überrascht.«

Eddie hatte keine Ahnung, was dieses T-Wort sein könnte, aber er wusste, dass Roland es eilig hatte. Er konnte die Ungeduld des Revolvermanns geradezu im Kopf spüren; er konnte fast die ungeduldig kreisende Bewegung von Rolands Hand sehen, die *Los, los!* bedeutete.

»Ich rede von Terrorismus«, sagte der Mann und senkte dann die Stimme. »Die Leute denken, dass solcher Scheiß in Amerika nicht passieren kann, aber glauben Sie mir, das kann er doch. Wenn nicht heute, dann früher oder später. Irgendwer wird die Freiheitsstatue oder das Empire State Building in die Luft jagen, das glaub ich – die Rechtsextremisten, die Linksradikalen oder die gottverdammten A-Raber. Es gibt einfach zu viele verrückte Leute.«

Eddie, der oberflächliche Kenntnis von zehn Jahren mehr US-Geschichte hatte als dieser Kerl, nickte. »Wahrscheinlich haben Sie Recht. Jedenfalls vielen Dank für den Hinweis.«

»Wollte Ihnen nur Zeit sparen.« Und als Eddie die Fahrertür von John Cullums Ford-Limousine öffnete: »Haben Sie sich mit jemandem geprügelt, Mister? Sie sehen reichlich zerbeult aus. Sie hinken ja.«

Eigentlich hatte Eddie sogar eine Schießerei überlebt, bei der er einen Streifschuss am Oberarm und eine Kugel in die rechte Wade abbekommen hatte. Da keine dieser Wunden lebensgefährlich war, hatte er sie angesichts der sich überschlagenden Ereignisse praktisch vergessen. Jetzt taten sie auf einmal wieder verdammt weh. Weshalb in drei Teufels Namen war er bloß so dämlich gewesen, die Percocet-Tabletten zurückzuweisen, die Aaron Deepneau ihm angeboten hatte!

»Yeah«, sagte er, »darum fahre ich ja nach Lovell. Der Hund von so 'nem Typen hat mich gebissen. Darüber müssen er und ich uns jetzt mal unterhalten.« Eine absonderliche Geschichte, die nicht gerade viel Handlung zu bieten hatte, aber er war ja auch kein Schriftsteller. Das war Kings Job. Jedenfalls verschaffte die Geschichte ihm die Gelegenheit, sich wieder ans Steuer von Cullums Ford Galaxie zu setzen, bevor der Mann von der Elektrizitätsgesellschaft weiterfragen konnte, womit sie aus Eddies Sicht ein Erfolg war. Er fuhr schnell davon.

»Weißt du, wie wir fahren müssen?«, fragte Roland.

»Yeah.«

»Gut. Alles entscheidet sich fast gleichzeitig, Eddie. Wir müssen so schnell wie möglich zu Susannah. Auch zu Jake und Pere Callahan. Und das Baby kommt, was immer es sein mag. Ist vielleicht schon angekommen.«

An der Kansas Road biegen Sie rechts ab, hatte der Mann von der Elektrizitätsgesellschaft Eddie angewiesen (Kansas wie in Dorothy, Toto und Tante Em, alles entscheidet sich fast gleichzeitig), und das tat er nun. So fuhren sie nach Norden weiter. Die Sonne stand zu ihrer Linken hinter Bäumen, deren Schatten über beide Fahrspuren der Asphaltstraße fiel. Eddie hatte das fast greifbare Gefühl, die Zeit würde ihm wie irgendein kostbares Gewebe, das zu glatt war, um sich festhalten zu lassen, durch die Finger gleiten. Er gab mehr Gas, und Cullums alter Ford, dessen Ventile nicht wenig klapperten, wurde etwas schneller. Eddie brachte ihn auf fünfundfünfzig Meilen die Stunde und beließ es dabei. Er hätte vielleicht noch schneller fahren können, aber die Kansas Road war kurvenreich und in schlechtem Zustand.

Aus seiner Hemdtasche hatte Roland ein Blatt Schreibpapier gezogen, das er jetzt auseinander faltete und studierte (obwohl Eddie bezweifelte, dass der Revolvermann den handschriftlichen Vertrag wirklich lesen konnte; die geschriebenen Worte dieser Welt würden für ihn immer weitgehend rätselhaft bleiben). Am oberen Blattrand, über Aaron Deepneaus ziemlich zittriger, aber dennoch sehr leserlichen Handschrift (und Calvin Towers entscheidend wichtiger Unterschrift) war neben der Legende VERDAMMT WICHTIGE DINGE, DIE ZU ERLEDIGEN SIND ein lachender Cartoon-Biber abgebildet. Ein dämlicheres Wortspiel gab es ja wohl kaum.

Ich mag keine dämlichen Fragen, ich spiele keine dämlichen Spiele, dachte Eddie und musste plötzlich grinsen. Das war ein Standpunkt, auf dem Roland garantiert weiterhin beharrte, obwohl ihr Leben auf ihrer Fahrt mit Blaine dem Mono nur durch ein paar dämliche Fragen zur rechten Zeit gerettet worden war. Eddie öffnete den Mund, um darauf hinzuweisen, dass diese Urkunde, die sich womöglich als wichtigstes Dokument der Weltgeschichte erweisen konnte – wichtiger als die Magna Charta oder die amerikanische Unabhängigkeitserklärung oder Albert Einsteins Relativitätstheorie –, mit einem dämlichen Wortspiel begann. Bevor er aber auch nur ein einziges Wort sagen konnte, brach die Woge über sie herein.

2

Er rutschte mit dem Fuß vom Gaspedal, was auch gut so war. Wäre er auf dem Pedal geblieben, wären Roland und er bestimmt verletzt, vielleicht sogar getötet worden. Als die Woge kam, verlor der Wunsch, John Cullums Ford Galaxie unter Kontrolle zu behalten, seinen Platz auf Eddie Deans Prioritätenliste. Dieser Augenblick glich dem Moment, in dem die Achterbahn ihren ersten Hügel erklommen hatte, sekundenlang zu zögern schien … kippte … *stürzte* … sodass man mit einem plötzlichen Schwall heißer Sommerluft im Gesicht in die Tiefe fiel, während man einen Druck auf der Brust verspürte und das Gefühl hatte, der Magen schwebe irgendwo hinter einem.

In diesem Augenblick sah Eddie, dass alles in Cullums Wagen seinen Platz verlassen hatte und in der Luft schwebte: Pfeifenasche, zwei Kugelschreiber und eine Büroklammer vom Instrumentenbrett, Eddies Dinh und natürlich auch der *Ka-Mai* seines Dinhs, der gute alte Eddie Dean. Kein Wunder, dass er ein komisches Gefühl im Magen hatte! (Er merkte allerdings nicht, dass der Wagen selbst, der am Straßenrand zum Stehen gekommen war, ebenfalls schwebte und sich etwa eine Handbreit über dem Erdboden sanft wiegte – wie ein kleines Boot auf einem unsichtbaren Meer.)

Dann war die von Bäumen gesäumte Landstraße verschwunden. Bridgton war verschwunden. Die Welt war verschwunden. Eddie hörte den Klang des Flitzer-Glockenspiels, so abstoßend und widerwärtig, dass er am liebsten protestierend mit den Zähnen geknirscht hätte … nur waren auch seine Zähne verschwunden.

3

Nicht anders als Eddie hatte auch Roland deutlich das Gefühl, erst hochgehoben und dann wie etwas, was die Verbindung zur irdischen Schwerkraft verloren hatte, *schwebend gehalten* zu werden. Er hörte das Glockenspiel und fühlte sich durch die Wand der Existenz gehoben, aber er wusste, dass es sich hier nicht um ein richtiges Flitzen handelte – zumindest keines von der Art, die sie bisher kannten. Es war vermutlich das, was Vannay einmal *Aven kal* genannt hatte, was *vom Wind gehoben* oder *von der Woge getragen* bedeutete. Jedoch bezeichnete die Form *kal*, anstatt des üblicheren *kas*, eine katastrophale Naturgewalt: keinen Wind, sondern einen Hurrikan; keine Woge, sondern eine *Tsunami*.

Der Balken selbst spricht zu dir, Plappermaul, sagte Vannay in seinem Kopf – Plappermaul, das war Vannays sarkastischer Spitzname für ihn gewesen, weil er, Steven Deschains Junge, immer so schweigsam war. Erst in dem Jahr, in dem Roland elf wurde, hatte sein hinkender großartiger Lehrer (vermutlich auf Corts Drängen hin) aufgehört, diesen Spitznamen zu benutzen. *Wenn er das tut, bist du gut beraten, aufmerksam zuzuhören.*

Ich werde sehr wohl zuhören, antwortete Roland – und wurde von den Beinen geholt. Er würgte, schwerelos und kurz davor, sich übergeben zu müssen.

Abermals das Glockenspiel. Dann schwebte er plötzlich wieder, diesmal über einem Saal mit leeren Betten. Ein einziger Blick genügte, um ihm Gewissheit zu verschaffen, dass es sich um den Saal handelte, in den die Wölfe die aus den Callas des Grenzlandes entführten Kinder brachten. Am anderen Ende des Saals …

Eine fremde Hand umklammerte seinen Arm, was Roland im gegenwärtigen Zustand für unmöglich gehalten hätte. Er drehte den Kopf nach links und sah Eddie, der völlig nackt war, neben sich schweben. Sie waren beide nackt; ihre Kleidung war in der Welt des Schriftstellers zurückgeblieben.

Roland hatte das, worauf Eddie jetzt deutete, bereits gesehen. Am anderen Ende des Saals waren zwei Betten zusammengeschoben worden. Auf einem davon lag eine Weiße. Die Beine – zweifellos genau die, die Susannah bei ihrem Flitzerbesuch in New York benutzt hatte – hatte sie weit gespreizt. Eine Frau mit einem Rattenkopf – eine der Taheen, dessen war Roland sich einigermaßen sicher – beugte sich zwischen die Beine.

Neben der Weißen lag eine Schwarze, deren Beine knapp unterhalb der Knie endeten. Auch wenn Roland als Flitzer nackt im Raum schwebte und an Brechreiz litt, war er noch nie in seinem Leben so froh gewesen, jemanden zu sehen. Und Eddie empfand offenbar das Gleiche. Roland hörte ihn mitten in seinem Kopf einen Freudenschrei ausstoßen und streckte eine Hand aus, um den jüngeren Mann zum Schweigen zu bringen. Er *musste* ihn zum Schweigen bringen, da Susannah zu ihnen aufsah und sie ziemlich sicher erkannt hatte, und wenn sie zu ihnen sprach, musste er jedes Wort hören, das sie sagte. Obwohl die Worte dann aus ihrem Mund kamen, würde es nämlich höchstwahrscheinlich der Balken sein, der hier sprach: die Stimme des Bären oder die der Schildkröte.

Beide Frauen trugen über dem Haarschopf einen metallenen Helm. Ein stählerner Gliederschlauch stellte die Verbindung zwischen ihnen her.

Wie bei so einer Geistesverschmelzung der Vulkanier, sagte Eddie wieder mitten in Rolands Kopf, wobei er alles andere überdeckte. *Oder auch …*

Still!, unterbrach Roland ihn. *Still, Eddie, um deines Vaters willen.*

Ein Mann in einem weißen Arztkittel nahm eine grässlich aussehende Geburtszange von einem Tablett und stieß die rattenköpfige Taheen-Krankenschwester beiseite. Er bückte sich, spähte zwischen Mias Beinen nach oben und hielt die Zange dabei über den Kopf erhoben. Ganz in seiner Nähe stand ein Taheen, der ein T-Shirt mit Worten aus Eddies und Susannahs Welt trug. Er hatte einen Habichtkopf.

Er wird uns spüren, dachte Roland. *Wenn wir lange genug bleiben, wittert er uns bestimmt und schlägt Alarm.*

Aber Susannah, deren Augen unter der Metallhaube wie im Fieber glänzten, blickte weiterhin zu ihnen auf. In ihrem Blick leuchtete Verstehen. Susannah *sah* sie, aye, sprecht wahrhaftig.

Sie sprach ein einziges Wort, und in einem Augenblick unerklärlicher, aber völlig zuverlässiger Intuition begriff Roland, dass dieses Wort nicht von Susannah, sondern von Mia kam. Trotzdem war dies auch die Stimme des Balkens, einer Kraft, die vielleicht empfindungsfähig genug war, um die ihr drohende große Gefahr zu erkennen und zu versuchen, sich davor zu schützen.

Schrull war das Wort, das Susannah sprach; er hörte es in seinem Kopf, weil sie *ka-tet* und *an-tet* waren; er sah auch, wie es sich geräuschlos auf ihren Lippen bildete, als sie zu den Schwebenden aufblickte, die Augenzeugen eines Ereignisses wurden, das sich in genau diesem Augenblick in irgendeinem anderen Wo und Wann abspielte.

Der Taheen mit dem Habichtkopf blickte auf, folgte vielleicht ihrem Blick, hörte vielleicht mit seinen übernatürlich scharfen Ohren das Glockenspiel. Dann senkte der Arzt die Zange und schob sie unter Mias Krankenhausgewand. Sie kreischte. Susannah kreischte mit ihr. Und als ob Rolands im Prinzip körperloses Wesen durch die Gewalt ihrer vereinigten Stimmen wie ein Wolfmilchsamen in böigem Oktoberwind fortgewirbelt werden könnte, fühlte der Revolvermann, wie er rasch wegstieg und dabei den Kontakt zu diesem Ort verlor, ohne aber jenes eine Wort loszulassen. Es brachte klare Erinnerungen an seine Mutter mit sich, wie sie sich über ihn beugte, wenn er in seinem Bett lag. Das war in einem Zimmer mit vielen Farben gewesen, seinem Kinderzimmer, und jetzt verstand er natürlich die Farben, die er als kleiner Junge nur als gegeben hingenommen hatte, wie kaum ihren Windeln entwachsene Kinder eben alles hinnehmen: mit bedingungsloser Verwunderung, mit der unausgesprochenen Annahme, alles sei *magisch*.

Die Fenster des Kinderzimmers waren natürlich in den Farben des Regenbogens getönt gewesen. Er erinnerte sich daran, wie seine Mutter sich über ihn gebeugt hatte, ihr Gesicht von diesem sanften Farbenspiel gescheckt und ihre Kapuze zurückgeschlagen, damit er die Kurve ihres Nackens mit den Augen eines Kindes

(alles ist magisch*)*

und der Seele eines Liebhabers verfolgen konnte. Er erinnerte sich daran, sich vorgestellt zu haben, wie er sie umwerben und seinem Vater abspenstig machen würde, falls sie ihn haben wollte; wie sie heiraten und selbst Kinder haben und auf ewig in einem Märchenkönigreich namens Allesglänzt leben würden; wie sie für ihn sang, wie Gabrielle Deschain für ihren kleinen Sohn sang, der mit großen Augen ernst von seinem Kissen zu ihr aufsah und dessen Gesicht bereits von den verschwimmenden Farben seines Wanderlebens geprägt war; wie sie ein kleines Nonsenslied mit folgendem Text sang:

Kleiner Spatz, mach's mir nicht schwer,
Bring dein kleines Körbchen her.
Schripp und schrapp und schrull,
Und schon ist das Körbchen voll.

Genug, um meinen Korb zu füllen, dachte Roland, während er schwerelos durchs Dunkel und den schrecklichen Klang des Flitzer-Glockenspiels gewirbelt wurde. Die Worte waren nicht völliger Nonsens, sondern alte Zahlen – das hatte seine Mutter ihm später erklärt, als er sie gefragt hatte. *Schripp, schrapp, schrull: siebzehn, achtzehn, neunzehn.*

Schrull ist neunzehn, dachte er. *Natürlich, alles ist neunzehn.* Dann kamen Eddie und er wieder ans Licht, in fiebrig-krankes orangerotes Licht, und dort waren Jake und Callahan. Er konnte sogar Oy sehen, der mit gesträubtem Fell und hochgezogenen Lefzen, die seine Reißzähne sehen ließen, neben Jakes linkem Fuß stand.

Schripp, schrapp, schrull, dachte Roland, während er seinen Sohn beobachtete: einen kleinen, im Speisesaal des Dixie Pig zahlenmäßig so schrecklich unterlegenen Jungen. *Schrull ist neunzehn. Genug, um meinen Korb zu füllen. Aber welchen Korb? Was bedeutet das alles?*

4

Neben der Kansas Road in Bridgton wippte John Cullums zwölf Jahre alter Ford träge auf und ab (hundertsechstausend Meilen auf dem Tacho, aber gerade erst »eingefaahn«, wie Cullum den Leuten gern erzählte), sodass die Vorderreifen das weiche Bankett berührten und dann hochstiegen, damit die Hinterreifen den Erdboden berühren konnten. In seinem Inneren machten zwei Männer, die nicht nur bewusstlos, sondern *durchsichtig* zu sein schienen, die Bewegungen des Autos träge rollend mit – wie Leichen in einem gesunkenen Schiff. Und um sie herum schwebten die Abfälle, die sich in jedem alten Wagen ansammelten, der viel gefahren worden war: Pfeifenasche und Kugelschreiber und Büroklammern und die älteste Erdnuss der Welt und ein Penny vom Rücksitz und Tannennadeln aus den Fußmatten und sogar eine der Fußmatten selbst. Im Dunkel des Handschuhfachs klapperten Gegenstände schüchtern gegen den geschlossenen Deckel.

Ein Vorbeikommender wäre beim Anblick aller dieser Dinge – und von Menschen! Menschen, die *tot* sein konnten! –, die in einer Limousine wie Abfall in einer Raumkapsel schwebten, zweifellos wie vom Donner gerührt gewesen. Aber es kam niemand vorbei. Die am Long Lake auf diesem Ufer wohnenden Leute starrten fast alle übers Wasser nach East Stoneham hinüber, obwohl es dort praktisch nichts mehr zu sehen gab. Selbst der Rauch hatte sich weitgehend verflüchtigt.

Der Wagen schwebte träge wippend, und in seinem Inneren stieg Roland von Gilead langsam zur Decke auf, wo er mit dem Nacken den schmutzigen Wagenhimmel streifte und den ausgestreckten Beinen kaum mehr die Rückenlehne des Beifahrersitzes berührte. Eddie wurde anfangs noch vom Lenkrad festgehalten, aber dann kam er durch irgendeine Seitwärtsbewegung des Autos frei und schwebte ebenfalls nach oben, sein Gesicht schlaff und traumverloren. Aus dem Mundwinkel trat ein silbriger Speichelfaden aus und schwebte, leuchtend und voller winziger Bläschen, neben der blutverkrusteten Wange.

5

Roland wusste, dass Susannah ihn gesehen, vermutlich auch Eddie gesehen hatte. Deswegen hatte sie sich so angestrengt, um dieses einzige Wort auszusprechen. Jake und Callahan hatten jedoch keinen von ihnen gesehen. Der Junge und der Pere hatten das Dixie Pig betreten, was entweder sehr tapfer oder sehr töricht war, und mussten sich nun notwendigerweise auf das konzentrieren, was sie darin vorfanden.

Auch wenn das vielleicht tollkühn gewesen war, war Roland äußerst stolz auf Jake. Er sah, dass der Junge zwischen Callahan und sich eine *Canda* wahrte: jenen Abstand (je nach den Erfordernissen der Lage niemals gleich groß), der sicherstellte, dass zwei zahlenmäßig unterlegene Revolvermänner nie mit einem einzigen Schuss erledigt werden konnten. Sie waren beide kampfbereit. Callahan hatte Jakes Pistole ... und noch etwas anderes: irgendeine kleine Schnitzerei. Roland war sich fast sicher, dass sie ein *Can-tah* – einer der kleinen Götter – war. Der Junge hatte Susannahs Schilftasche mitsamt den 'Rizas; die Götter mochten wissen, wo er die nur wieder aufgetrieben hatte.

Der Revolvermann erspähte eine dicke Frau, deren Menschlichkeit am Hals endete. Oberhalb ihres Dreifachkinns hing die Maske, die sie getragen hatte, in Fetzen herab. Als Roland den Rattenkopf darunter betrachtete, verstand er plötzlich viele Dinge. Manche hätte er bestimmt schon früher begreifen können, wäre seine Aufmerksamkeit nicht – wie die des Jungen und des Peres in eben diesem Augenblick – anderweitig in Anspruch genommen gewesen.

Zum Beispiel von Callahans niederen Männern. Sie waren nahezu sicher Taheen: Lebewesen, die weder aus der *Prim* noch der natürlichen Welt stammten, sondern Missgeburten aus irgendeinem Stadium zwischen beiden waren. Und sie gehörten auch nicht zu den Wesen, die Roland als Langsame Mutanten bezeichnete. Die waren nämlich ein Ergebnis unüberlegter Kriege und katastrophaler Experimente des Alten Volkes. Nein, sie waren echte Taheen, die manchmal als Drittes Volk oder *Can-Toi* bezeichnet wurden – und Roland hätte das alles wissen müssen. Wie viele der Taheen dienten jetzt dem Wesen, das als Scharlachroter König bekannt war? Einige? Viele?

Alle?

Traf die dritte Antwort zu, konnte Roland sich ausrechnen, dass der Weg zum Dunklen Turm in der Tat schwierig sein würde. Aber es war kaum die Art des Revolvermanns, über den Horizont zu blicken, und in diesem Fall war Mangel an Phantasie bestimmt ein Segen.

6

Er sah alles, was er sehen musste. Obwohl die *Can-Toi* – Callahans niedere Männer – Jake und den Pere ganz eingekreist hatten (die beiden hatten nicht einmal bemerkt, dass hinter ihnen ein Duo, das zuvor den Ausgang zur Sixty-first Street bewacht hatte, in Stellung gegangen war), hatte Callahan sie mit der kleinen Schnitzerei gelähmt, ähnlich wie es Jake früher gelungen war, Leute mit dem Schlüssel, den er auf dem unbebauten Grundstück gefunden hatte, zu fesseln und zu lähmen. Ein gelber Taheen, auf dessen Menschenkörper ein Kanarienvogelkopf saß, hatte eine Art Schusswaffe vor sich liegen, machte aber keine Anstalten, danach zu greifen.

Trotzdem gab es ein weiteres Problem, auf das Rolands Auge, das dafür ausgebildet war, jede mögliche Falle, jeden Hinterhalt zu erkennen, sich sofort konzentrierte. Er sah die blasphemische Parodie des letzten Gemeinschaftsmahls des Eld an der Wand und erkannte ihre vollständige Bedeutung in den wenigen Sekunden, bevor der Gobelin weggerissen wurde. Und den Geruch: nicht einfach nur Fleisch, sondern Menschenfleisch. Auch das hätte er früher verstanden, hätte er mehr Zeit gehabt, darüber nachzudenken ... nur hatte das Leben in Calla Bryn Sturgis ihm wenig Zeit zum Nachdenken gelassen. Wie in einem Märchenbuch hatte das Leben in der Calla aus einer verdammten Episode nach der anderen bestanden.

Trotzdem war jetzt alles klar genug, nicht wahr? Die niederen Menschen waren nur Taheen: Menschenfresser aus Ammenmärchen, wenn's beliebt. Die Ungeheuer hinter dem Wandteppich waren Vampire des Typs eins, wie Callahan sie nannte, beziehungsweise die Großväter, wie Roland sie bezeichnete – die vermutlich grausigsten und mächtigsten Überlebenden der vor langer Zeit zurückgewichenen *Prim*. Und während Wesen wie die Taheen sich vielleicht damit begnügen würden, innezuhalten und das Sigul anzuglotzen, das Callahan hochhielt, würden die Großväter es keines zweiten Blickes würdigen.

Jetzt kamen rasselnde Insekten unter einem Tisch hervorgeströmt. Sie gehörten einer Art an, die Roland bereits früher schon einmal gesehen hatte, und wenn er noch im Zweifel darüber gewesen wäre, was sich hinter dem Gobelin verbarg, hätte ihr Anblick ihm Gewissheit verschafft. Sie waren Parasiten, Blutsauger, Kulturfolger: Großvaterflöhe. Vermutlich nicht gefährlich, solange ein Bumbler in der Nähe war, aber wenn man die kleinen Ärzte-Käfer in solchen Mengen sah, waren die Großväter nie weit entfernt.

Während Oy sich die Insekten vornahm, tat Roland von Gilead das Einzige, was ihm in dieser Lage einfiel: Er schwamm zu Callahan hinunter.

In Callahan *hinein*.

7

Pere, ich bin hier.

Aye, Roland, was …

Keine Zeit. SORG DAFÜR, DASS ER HIER RAUSKOMMT. Das musst du. Schaff ihn fort, solange noch Zeit ist!

8

Und Callahan versuchte es. Natürlich wollte der Junge nicht gehen. Während er durch die Augen des Peres sah, dachte Roland mit leichter Verbitterung: *Ich hätte ihn in Sachen Treuebruch besser unterrichten sollen. Obwohl all die Götter wissen, dass ich mein Bestes getan habe.*

»Geh, solange du noch kannst«, forderte Callahan Jake mit um Ruhe bemühter Stimme auf. »Hol sie ein, falls das geht. Das ist der Befehl deines Dinhs. Und das ist auch der Wille des Weißen.«

Das hätte Jake antreiben müssen, aber er ging nicht, sondern diskutierte weiter – ihr Götter, er war fast so schlimm wie Eddie! –, und Roland konnte nicht länger warten.

Pere, lass mich mal.

Roland übernahm die Führung, ohne eine Antwort abzuwarten. Er konnte bereits spüren, wie die Woge, die *Aven kal,* zurückzuweichen begann. Und die Großväter konnten jeden Augeblick herauskommen.

»Geh, Jake!«, rief er, indem er Mund und Stimmbänder des Peres wie einen Lautsprecher benutzte. Hätte er lange darüber nachgedacht, wie sich das bewerkstelligen ließe, wäre er nie damit zurande gekommen, aber sich Gedanken über solche Dinge zu machen war ebenfalls nicht seine Art. Dankbar nahm er wahr, dass der Junge große Augen machte. *»Du hast nur diese eine Chance, und die musst du nutzen! Finde sie! Das befehle ich dir als dein Dinh!«*

Dann fühlte er sich wie im Krankensaal bei Susannah erneut wie gewichtslos in die Höhe geschleudert, wie ein Stück Spinnennetz oder zusammengeflockte Löwenzahnsamen aus Callahans Verstand und Körper geblasen. Einen Augenblick lang versuchte er noch wie ein Schwimmer, der gegen eine starke Strömung ankämpfen wollte, um noch den Strand zu erreichen, zurückzustrampeln, aber das war unmöglich.

Roland! Das war Eddies Stimme. Sie klang verzweifelt. *Jesus, Roland, was um Himmels willen sind denn* das *für Ungeheuer?*

Der Gobelin war weggerissen worden. Die Wesen, die dahinter hervorquollen, waren uralt und missgebildet, ihre Hexengesichter von wild wuchernden Zähnen entstellt, ihre Münder von Reißzähnen offen gehalten, die dick wie die Handgelenke des Revolvermanns waren, ihre runzligen, stoppelbärtigen Kinne von Blut und Fleischfetzen glitschig.

Und trotzdem – Götter, o Götter – blieb der Junge weiterhin da!

»Sie werden Oy als Ersten töten!«, brüllte Callahan, aber Roland glaubte nicht, dass er's selbst gewesen war. Er vermutete, Eddie habe sein Beispiel nachgeahmt und mit Callahans Stimme gesprochen. Irgendwie hatte Eddie eine schwächere Strömung oder mehr Kraft gefunden. Genug, um reinzukommen, wo Roland rausgeflogen war. *»Sie werden ihn vor deinen Augen töten und sein Blut trinken!«*

Das genügte endlich. Der Junge machte kehrt und flüchtete mit Oy, der ihm dicht auf den Fersen blieb. Er rannte dicht an dem Kanarien-Taheen vorbei zwischen zwei der niederen *Folken* hindurch, aber niemand versuchte auch nur, ihn festzuhalten. Alle starrten weiter wie hypnotisiert die Schildkröte in Callahans erhobener Hand an.

Wie Roland ziemlich sicher angenommen hatte, beachteten die Großväter den flüchtenden Jungen kein bisschen. Er wusste aus Pere Callahans Erzählung, dass einst einer der Großväter in die Stadt Jerusalem's Lot gekommen war, wo Callahan eine Zeit lang gepredigt hatte. Der Pere hatte diese Begegnung überlebt – ungewöhnlich für jene, die solchen Monstern gegenüberstanden, nachdem sie die eigenen Waffen und Machtinsignien eingebüßt hatten –, aber das Ungeheuer hatte Callahan dazu gezwungen, von seinem vergifteten Blut zu trinken, bevor es ihn freiließ. Es hatte ihn für jene anderen, die nun vor ihm standen, gekennzeichnet.

Callahan reckte ihnen sein Kreuz-Sigul entgegen, aber bevor Roland mehr sehen konnte, wurde er ins Dunkel zurückgewirbelt. Das Glockenspiel setzte wieder ein und trieb ihn mit seinem schrecklichen Gebimmel fast zum Wahnsinn. Irgendwo, wie aus weiter Ferne, konnte er Eddie rufen hören. Roland tastete im Dunkeln nach ihm, streifte Eddies Arm, verlor ihn, fand seine Hand, hielt sie fest. Sie überschlugen sich unablässig, klammerten sich aneinander, bemühten sich, nicht getrennt zu werden, und hofften, dass sie sich in der türlosen Dunkelheit zwischen den Welten nicht verirrten.

Kapitel III

EDDIE TRIFFT EINE ENTSCHEIDUNG

1

Eddie kehrte in John Cullums alten Wagen zurück, wie er als Teenager manchmal aus Albträumen erwacht war: verheddert und vor Angst keuchend, völlig desorientiert, unsicher, wer er war, vom Wo ganz zu schweigen. Er hatte eine Sekunde Zeit, um zu erkennen, dass Roland und er – so unglaublich das klang – sich in den Armen liegend wie ungeborene Zwillinge in der Gebärmutter schwammen, nur war das hier keine Gebärmutter. Ein Kugelschreiber und eine Büroklammer schwebten vor seinen Augen. Ebenso ein gelbes Plastikteil, das er als achtspurige Musikkassette erkannte. *Vergeude deine Zeit nicht* damit, *John,* dachte er. *Echt null Entwicklungspotenzial, eine chancenlose Spielerei, wenn's je eine gegeben hat.*

Etwas kratzte ihn im Genick. Die Deckenleuchte von John Cullums klapprigem altem Galaxie? Bei Gott, das schien sie …

Dann setzte die Schwerkraft sich wieder durch, und sie fielen, während um sie herum bedeutungslose Gegenstände herabregneten. Die Fußmatte, die im Innenraum des Fords herumgeschwebt war, landete übers Lenkrad drapiert. Eddie prallte mit dem Oberkörper auf die Rückenlehne des Fahrersitzes, sodass ihm die Luft mit lautem Zischen explosionsartig aus der Lunge entwich. Roland landete neben ihm auf seiner versehrten Hüfte. Er stieß einen einzigen knurrenden Schmerzenslaut aus und machte sich dann daran, mühsam auf den Beifahrersitz zurückzuklettern.

Eddie öffnete den Mund, wollte etwas sagen. Bevor er das konnte, erfüllte Callahans Stimme seinen Kopf: *Heil, Roland! Heil, Revolvermann!*

Wie viel psychische Kraft musste es den Pere kosten, aus jener anderen Welt zu sprechen? Und dahinter – schwach, aber *hörbar* – der Klang bestialischer, triumphierender Schreie. Gejohle, in dem keine Worte erkennbar waren.

Eddies vor Verwirrung weit aufgerissene Augen begegneten Rolands blassblauen Augen. Er griff nach der Linken des Revolvermanns und dachte dabei: *Mit ihm geht's zu Ende. Großer Gott, ich glaube, mit dem Pere geht's zu Ende.*

Mögest du deinen Turm finden, Roland, und ihn erstürmen …

»… und mögest du ihn bis ganz oben erklimmen«, flüsterte Eddie.

Sie befanden sich wieder in John Cullums Wagen und standen – leicht schräg, aber sonst ganz friedlich – in den schattigen Frühabendstunden eines Sommertags auf dem Bankett der Kansas Road, aber was Eddie sah, war das orangerote Höllenlicht jenes Restaurants, das gar kein Restaurant, sondern eine Kannibalenhöhle war. Der Gedanke, dass es solche Ungeheuer *geben* konnte, dass Menschen tagtäglich an ihrem Versteck vorbeigingen, ohne zu ahnen, was sich darin verbarg, ohne die gierigen Blicke zu spüren, mit denen sie vielleicht beäugt und taxiert wurden …

Dann, bevor er weiterdenken konnte, schrie er vor Schmerzen auf, weil sich ihm Phantomzähne in Hals, Wangen und Oberbauch gruben; weil seine Lippen wie mit Nesseln gepeitscht brannten und die Hoden durchbohrt wurden. Er kreischte und krallte mit der freien Hand in die Luft, bis Roland sie packte und festhielt.

»Hör auf, Eddie. Hör auf. Sie sind fort.« Eine Pause. Die Verbindung riss ab, und die Schmerzen ließen nach. Roland hatte natürlich Recht. Anders als der Pere waren sie entkommen. Eddie sah, dass Rolands Augen von Tränen glänzten. »*Er* ist auch fort. Der Pere.«

»Die Vampire? Du weißt schon, die Kannibalen? Haben … haben sie …?« Eddie konnte den Gedanken nicht zu Ende bringen. Die Vorstellung, Pere Callahan könne einer von ihnen geworden sein, war zu grässlich, um ausgesprochen zu werden.

»Nein, Eddie. Kein bisschen. Er …« Roland zog den einen Revolver, den er noch trug. Der verschnörkelt gravierte Stahl des Revolverlaufs glänzte im späten Tageslicht. Roland drückte sich die Mündung einen Augenblick lang unters Kinn und sah dabei Eddie an.

»Er ist ihnen entkommen«, sagte Eddie.

»Aye, und die müssen ganz schön wütend sein.«

Eddie nickte. Er fühlte sich plötzlich erschöpft. Und seine Wunden taten wieder weh. Nein, sie *pochten* geradezu. »Gut«, sagte er. »Steck das Ding jetzt lieber wieder weg, bevor du dich damit noch erschießt.« Und als Roland das tat: »Was ist vorhin mit uns passiert? Sind wir flitzen gegangen, oder war das ein weiteres Balkenbeben?«

»Etwas von beidem, glaube ich«, sagte Roland. »Es gibt da eine Erscheinung, die *Aven kal* genannt wird: eine Flutwelle, die dem Pfad des Balkens folgt. Sie hat uns emporgehoben.«

»Und uns sehen lassen, was wir sehen wollten.«

Roland dachte kurz darüber nach, dann schüttelte er sehr nachdrücklich den Kopf. »Wir haben gesehen, was der *Balken* uns zeigen wollte. Wohin wir gehen sollen.«

»Roland, hast du dieses Zeug alles in deiner Kindheit gelernt? Hat dein alter Kumpel Vannay euch Unterricht erteilt in … na ja, hat er das Fach ›Anatomie der Balken und der Regenbogenkurven‹ unterrichtet?«

Der Revolvermann lächelte. »Ja, ich glaube, dass wir solche Dinge in den Fächern Geschichte und Summa Logicales gelernt haben.«

»Logicka-*was?*«

Roland gab keine Antwort. Er starrte aus dem Seitenfenster von Cullums Wagen, nach wie vor bemüht, wieder zu Atem zu kommen – körperlich ebenso wie im übertragenen Sinn. Tatsächlich war das nicht allzu schwierig, nicht hier, hatte doch der Aufenthalt in diesem Teil von Bridgton Ähnlichkeit damit, sich in der Nähe eines bestimmten unbebauten Grundstücks in Manhattan zu befinden. Weil es hier in der Umgebung einen Generator gab. Nicht Sai King, wie Roland ursprünglich geglaubt hatte, sondern sein *Potenzial* … das, was Sai King noch würde erschaffen können, wenn ihm genügend Welt und Zeit zur Verfügung stand. Wurde Sai King nicht ebenfalls von der *Aven kal* getragen – erschuf er die Woge, die ihn mit sich forttrug, nicht vielleicht sogar selbst?

Ein Mann kann sich nicht an den eigenen Schnürsenkeln hochziehen, sosehr er sich auch bemüht, hatte Cort ihnen bereits gepredigt, als Roland, Cuthbert, Alain und Jamie kaum dem Krabbelalter entwachsen waren. Cort, aus dessen Ton unbekümmertes Selbstbewusstsein gesprochen hatte, das sich allmählich zu grimmiger Härte gesteigert hatte, als seine letzte Jungengruppe ihren Mannbarkeitsprüfungen entgegenstrebte. Aber vielleicht hatte Cort sich in Bezug auf Schnürsenkel geirrt. Vielleicht konnte ein Mann sich unter bestimmten Umständen doch an ihnen hochziehen. Oder das Universum aus seinem Nabel gebären, wie Gan es der Überlieferung nach getan hatte. War Sai King als Wörterschmied nicht auch ein Schöpfer? Und ging es bei jedem Schöpfungsakt nicht letztlich darum, aus nichts etwas zu machen – die Welt in einem Sandkorn zu sehen oder sich an den eigenen Schnürsenkeln hochzuziehen?

Und wie kam er eigentlich dazu, hier zu sitzen und langwierige philosophische Überlegungen anzustellen, während zwei Angehörige seines Tet vermisst wurden?

»Bring diese Kutsche in Gang«, sagte Roland, während er das betörende Summen, das er hören konnte, zu ignorieren versuchte – ob es die Stimme des Balkens oder die Stimme von Gan dem Schöpfer war, wusste er nicht. »Wir müssen in dieser Kleinstadt Lovell in die Turtleback Lane und zusehen, ob wir von dort aus zu Susannah gelangen können.«

Und nicht nur zu Susannah. Wenn es Jake gelang, den Ungeheuern im Dixie Pig zu entkommen, würde auch er zu dem Saal unterwegs sein, in dem sie lag. Daran hatte Roland keinerlei Zweifel.

Eddie griff nach dem Wahlhebel – trotz aller Schwingungen war der Motor von Cullums altem Galaxie nicht abgestorben –, aber dann ließ er die Hand wieder sinken. Er wandte sich Roland zu und starrte ihn mit trübem Blick an.

»Was hast du, Eddie? Was immer es ist, sprich rasch! Das Kind ist unterwegs – ist vielleicht schon da. Bald haben sie keine Verwendung mehr für sie!«

»Ich weiß«, sagte Eddie. »Aber wir können nicht nach Lovell fahren.« Er verzog das Gesicht, als bereiteten diese Worte ihm körperliche Schmerzen. Roland vermutete, dass sie das wirklich taten. »Jetzt noch nicht.«

2

Sie saßen einen Augenblick lang schweigend da, horchten auf das melodische Summen des Balkens: ein Summen, aus dem immer wieder jubelnde Stimmen herauszuhören waren. Sie saßen da und blickten in die dunkler werdenden Schatten unter den Bäumen, in denen eine Million Gesichter und eine Million Geschichten auf der Lauer lagen, o könnt ihr nichtgefundene Tür sagen, könnt ihr verloren sagen.

Eddie rechnete fast damit, dass Roland ihn anbrüllen würde – das wäre nicht das erste Mal gewesen – oder ihm vielleicht einen Fausthieb versetzte, wie es Cort, der alte Lehrer des Revolvermanns, häufig getan hatte, wenn seine Schüler begriffsstutzig oder widerspenstig waren. Eddie hoffte beinahe, dass er das tun würde. Nach einem kräftigen Kinnhaken würde er – bei Shardik! – vielleicht endlich wieder klar denken können.

Nur sind konfuse Gedanken nicht das Problem, das weißt du genau, sagte er sich. *Dein Kopf ist klarer als seiner. Wäre er das nicht, könntest du diese Welt loslassen und dich auf die Suche nach deiner verschwundenen Frau machen.*

Endlich sprach Roland. »Worum geht's also? Um dies hier?« Er beugte sich nach vorn und hob das Blatt Papier mit Aaron Deepneaus zittriger Schrift auf. Roland betrachtete es kurz, dann verzog er leicht angewidert das Gesicht und schnippte es zu Eddie hinüber.

»Du weißt, wie sehr ich sie liebe«, sagte Eddie mit leiser, gepresster Stimme. »Das weißt du genau.«

Roland nickte, ohne jedoch den Blick zu erwidern. Er schien auf seine rissigen, staubigen Stiefel und die schmutzige Fußmatte vor dem Beifahrersitz hinunterzustarren. Dieser gesenkte Blick, diese Unfähigkeit, sich jemandem zuzuwenden, die Roland von Gilead im Lauf der Zeit fast zu vergöttern gelernt hatte, brach Eddie Dean beinahe das Herz. Trotzdem sprach er weiter. Hatten sie sich jemals Fehler erlauben dürfen, war die Zeit dafür jetzt vorüber. Das Endspiel lief bereits.

»Ich würde in dieser Minute zu ihr eilen, wenn ich überzeugt wäre, damit das Richtige zu tun. Roland, in dieser *Sekunde!* Aber wir *müssen* unsere Aufgabe in dieser Welt zu Ende führen. Weil diese Welt eine Einbahnstraße ist. Wenn wir sie heute, am 9. Juli 1977, verlassen, können wir nie mehr wieder hierher zurück. Wir …«

»Eddie, das haben wir alles schon besprochen.« Immer noch sah er ihn nicht an.

»Ja, aber *verstehst* du denn auch, was das bedeutet? Nur eine Kugel zu verschießen, nur einen 'Riza zu werfen. Deshalb sind wir doch überhaupt erst nach Bridgton gefahren! Gott weiß, dass ich sofort in die Turtleback Lane wollte, als John Cullum uns davon erzählt hat, aber ich dachte mir, wir müssten erst den Schriftsteller aufsuchen und mit ihm reden. Und ich hab Recht behalten, oder nicht?« Nun fast bittend. *»Oder nicht?«*

Roland sah ihn endlich wieder an, und Eddie atmete auf. Das Ganze war auch schwierig genug, erbärmlich genug, ohne dabei den abgewandten, niedergeschlagenen Blick seines Dinhs ertragen zu müssen.

»Und möglicherweise spielt es sogar keine Rolle, wenn wir noch etwas länger bleiben. Wenn wir uns dann auf die beiden Frauen konzentrieren, wie sie nebeneinander auf diesen Betten liegen, Roland … wir uns auf Suze und Mia konzentrieren, *wie wir sie zuletzt gesehen haben,* dann müssten wir an diesem Punkt in ihre Geschichte einsteigen können. Das stimmt doch, oder?«

Nach einer langen nachdenklichen Pause, in der Eddie unwillkürlich den Atem anhielt, nickte der Revolvermann. Dazu würde es nicht kommen, wenn sie in der Turtleback Lane auf eine Tür stießen, die er für sich als eine »Tür des Alten Volkes« bezeichnete, weil solche Türen *zweckgebunden* waren und sich immer nur zum gleichen Ort hin öffneten. Aber falls sie irgendwo entlang der Turtleback Lane eine *magische* Tür fanden, die übrig geblieben war, als die *Prim* zurückgewichen war … ja, dann konnten sie theoretisch jeden beliebigen Ort zu jeder beliebigen Zeit erreichen. Aber auch solche Türen hatten oft ihre Macken; das hatten sie in der Höhle der Stimmen erfahren, als die dortige Tür nicht Eddie und ihn, sondern Jake und Callahan nach New York geschickt und damit alle ihre Pläne ins Land der Neunzehn hatte zerstieben lassen.

»Was müssen wir denn noch hier erledigen?«, fragte Roland. Es lag kein Zorn in seiner Stimme, aber Eddie fand, dass sie müde und unsicher klang.

»Was immer es ist, es wird schwierig sein. Dafür kann ich garantieren.«

Eddie nahm den Kaufvertrag in die Hand und starrte ihn so grimmig an, wie in der Theatergeschichte jemals irgendein Hamlet den Schädel des armen Yorick angestarrt hatte. Dann sah er wieder zu Roland hinüber. »Damit sind wir Eigentümer des unbebauten Grundstücks mit der Rose. Diese Urkunde müssen wir Moses Carver von der Firma Holmes Dental Industries übergeben. Und wo der ist? Nun, das wissen wir erst mal nicht.«

»Wir wissen übrigens nicht einmal, ob er noch lebt, Eddie.«

Eddie stieß eine wilde Lache aus. »Du sprichst wahr, sage dir meinen Dank! Soll ich einfach umkehren, Roland? Am besten fahren wir zu Stephen Kings Haus zurück. Wir könnten ihn um zwanzig oder dreißig Dollar anschnorren – ich weiß nicht, ob du's schon gemerkt hast, Bruder, aber wir haben gemeinsam keinen erbärmlichen Cent in der Tasche –, aber noch wichtiger ist, dass wir ihn dazu bringen könnten, uns einen wirklich guten, hartgesottenen Privatdetektiv zu schreiben – einen Kerl, der wie Bogart aussieht und wie Clint Eastwood den Leuten in den Hintern tritt. Soll *der* dann doch diesen Carver für uns aufspüren!«

Er schüttelte den Kopf, als erhoffte er sich, dadurch klarer denken zu können. Die summenden Stimmen klangen in seinen Ohren angenehm – das perfekte Gegenmittel zu diesem abscheulichen Flitzer-Glockenspiel.

»Aber ehrlich, meine Frau steckt an irgendeinem unbekannten Ort echt in der Scheiße, sie wird vielleicht von Vampiren oder Vampirkäfern lebend gefressen, und ich sitze hier mit einem Kerl, der sich vor allem darauf versteht, Leute zu erschießen, sitze am Rand einer Landstraße und versuche rauszukriegen, wie man eine gottverdammte *Firma* gründet!«

»Nicht aufregen«, sagte Roland. Nachdem er sich damit abgefunden hatte, noch eine Weile in dieser Welt bleiben zu müssen, wirkte er ganz gelassen. »Erzähl mir, was wir deiner Meinung nach tun müssen, bevor wir den Staub dieses Wos und Wanns endgültig von den Absätzen schütteln können.«

Und genau das tat Eddie dann.

3

Roland hatte so einiges mitbekommen, aber nie ganz begriffen, in welch verzwickter Lage sie sich befanden. Das unbebaute Grundstück an der Second Avenue gehörte ihnen, ja, aber ihre Eigentumsansprüche gründeten sich auf ein Schriftstück, das vor Gericht nicht sehr überzeugend wirken würde – vor allem nicht, wenn die Bosse der Sombra Corporation ihre Anwälte aufmarschieren ließen.

Eddie wollte den Kaufvertrag nach Möglichkeit Moses Carver mit der Mitteilung übergeben, dass dessen im Sommer 1977 seit dreizehn Jahren vermisstes Patenkind Odetta Holmes lebe und wohlauf sei und vor allem wünsche, Carver solle nicht nur ein unbebautes Grundstück, sondern auch eine darauf wachsende ganz spezielle Wildrose in seine Obhut nehmen.

Moses Carver – falls er noch lebte – musste dann von dem Gehörten so überzeugt sein, dass er die so genannte Tet Corporation mit

Holmes Industries verschmolz (oder umgekehrt). Und mehr! Er musste den Rest seines Lebens (Eddie vermutete, dass der Mann inzwischen ungefähr in Aaron Deepneaus Alter war) darauf verwenden, einen Konzern aufzubauen, dessen einziger wahrer Zweck es sein würde, die Pläne zweier anderer Konzerne, der Sombra und der North Central Positronics, bei jeder sich bietenden Gelegenheit zu durchkreuzen. Sie möglichst nicht hochkommen zu lassen, damit sie sich nicht zu einem Monster entwickeln konnten, das seine zerstörerischen Spuren in der gesamten dem Untergang geweihten Mittwelt hinterlassen und den Dunklen Turm tödlich verwunden würde.

»Vielleicht hätten wir den Kaufvertrag bei Sai Deepneau lassen sollen«, meinte Roland nachdenklich, nachdem Eddie ausgeredet hatte. »Er hätte zumindest diesen Carver aufspüren und ihm unsere Geschichte erzählen können.«

»Nein, es war richtig, dass wir ihn mitgenommen haben.« Das gehörte zu den wenigen Dingen, die Eddie mit Bestimmtheit wusste. »Hätten wir dieses Blatt Papier bei Aaron Deepneau zurückgelassen, wäre es längst Asche im Wind.«

»Du glaubst also, dass Tower den Handel bereut und seinen Freund dazu gebracht hätte, den Vertrag zu verbrennen?«

»Das weiß ich«, sagte Eddie. »Aber selbst wenn Deepneau das stundenlange Gelaber seines alten Freundes aushalten könnte – ›Verbrenn's, Aaron, sie haben mich erpresst, und jetzt wollen sie mich bestehlen, das weißt du so gut wie ich, verbrenn's, dann gehen wir zur Polizei und zeigen diese Momser an‹ –, glaubst du, dass Moses Carver diese verrückte Story glauben würde?«

Roland lächelte trübselig. »Ich glaube nicht, dass seine Bereitschaft dazu eine Rolle spielen würde, Eddie. Denn, überleg mal selbst, wie viel von unserer verrückten Geschichte hat Aaron Deepneau überhaupt *gehört?«*

»Nicht genug«, sagte Eddie und nickte. Er schloss die Augen und drückte die Handballen dagegen. Sehr fest. »Mir fällt nur eine Person ein, die Moses Carver dazu bringen könnte, genau das zu tun, was wir von ihm erwarten, aber die ist anderweitig beschäftigt. Und außerdem im Jahr 1999. Und bis dahin ist Carver so tot wie Deepneau und vielleicht auch Tower.«

»Und, was können wir ohne sie tun? Was würde dich zufrieden stellen?«

Eddie überlegte, ob Susannah vielleicht ohne sie ins Jahr 1977 zurückkommen könnte, weil *sie* es ja noch nicht besucht hatte. Na ja … sie war hier flitzen gewesen, aber er vermutete, dass das nicht richtig zählte. Andererseits war denkbar, dass sie allein deshalb von 1977 ausgeschlossen werden würde, weil sie *ka-tet* mit ihm und Roland war. Oder aus irgendwelchen anderen Gründen, die Eddie nicht kannte. Das Kleingedruckte zu lesen war noch nie seine Stärke gewesen. Er wandte sich Roland zu, um ihn nach seiner Meinung zu fragen, aber Roland kam ihm zuvor.

»Was ist mit unserem Dan-Tete?«, fragte er.

Obwohl Eddie diesen Begriff kannte – er bedeutete Babygott oder kleiner Erlöser –, verstand er nicht gleich, wen Roland damit meinte. Dann ging ihm ein Licht auf. Hatte ihr Dan-Tete aus Waterford ihnen nicht sogar den Wagen geliehen, in dem sie jetzt saßen, sagt euren Dank? *»Cullum?* Meinst du den, Roland? Den Kerl mit der Vitrine voller signierter Basebälle?«

»Du sprichst wahr«, antwortete Roland. Aus seinem trockenen Ton sprach nicht Belustigung, sondern milde Gereiztheit. »Überwältige mich bitte nicht mit deiner Begeisterung für diese Idee.«

»Aber … aber du hast ihn angewiesen wegzufahren! Und er war damit einverstanden!«

»Und wie angetan war er deiner Meinung nach davon, seinen Freund in Vermong zu besuchen?«

»Mont«, sagte Eddie, der unwillkürlich grinsen musste. Aber trotz dieses Grinsens empfand er vor allem ein Gefühl der Verzweiflung. Er glaubte, das hässlich scharrende Geräusch, das er sich zu hören einbildete, stamme von Rolands dreifingriger rechten Hand, mit der er die Tiefen des Fasses auskratzte.

Roland zuckte die Achseln, als wäre es ihm egal, ob Cullum nun davon gesprochen hatte, nach Vermont oder aber in die Baronie Garlan zu reisen. »Beantworte meine Frage.«

»Tja …«

Tatsächlich hatte Cullum diesen Vorschlag ohne sonderliche Begeisterung aufgenommen. Er hatte von Anfang an eher so reagiert wie einer von *ihnen,* nicht wie einer der Grasesser, unter denen er lebte (Eddie erkannte Grasesser sehr leicht, war er selbst doch einer gewesen, bevor Roland ihn erst entführt und dann zum Killer ausgebildet hatte). Cullum hatte sich sichtbar für die Revolvermänner interessiert und war äußerst neugierig gewesen, den Zweck ihres Besuchs in seiner kleinen Stadt zu erfahren. Aber Roland hatte ihm sehr nachdrücklich klar gemacht, was er von ihm erwartete, und im Allgemeinen führten die Leute seine Befehle aus.

Jetzt machte er eine kreisende Bewegung mit der Rechten, seine übliche ungeduldige Geste. *Beeil dich, um deines Vaters willen. Scheiß endlich oder heb dich vom Nachttopf.*

»Ich vermute mal, dass er eigentlich nicht fahren wollte«, sagte Eddie. »Was nicht heißt, dass er noch in seinem Haus in East Stoneham ist.«

»Das ist er aber. Er ist *nicht* gefahren.«

Eddie hatte Mühe, seinen Mund daran zu hindern, vor Staunen offen zu stehen. »Woher weißt du das? Kannst du mit ihm Fühlung aufnehmen, ist es das?«

Roland schüttelte den Kopf.

»Aber woher …«

»Ka.«

»Ka? *Ka?* Scheiße, was soll *das* wieder bedeuten?«

Rolands Gesicht wirkte müde und abgespannt, die Haut unter der Sonnenbräune blass. »Wen kennen wir in diesem Teil der Welt sonst noch?«

»Niemanden, aber …«

»Dann bleibt's bei ihm.« Roland sprach so ausdruckslos, als würde er einem Kind irgendeine offenkundige Tatsache erklären: Oben ist über deinem Kopf; unten ist, wo du mit beiden Füßen auf der Erde stehst.

Eddie machte sich bereit, ihm auseinander zu setzen, dass das alles ziemlich dämlich sei, nichts als blanker Aberglaube, hielt dann aber doch den Mund. Ließ man Deepneau, Tower, Stephen King und den grässlichen Jack Andolini unberücksichtigt, war John Cullum tatsächlich der Einzige, den sie in diesem Teil der Welt (oder auf dieser Ebene des Turms, wenn man lieber so dachte) kannten. Und was gab Eddie nach allem, was er in den letzten paar Monaten – Teufel, in der letzten *Woche* – gesehen hatte, das Recht, über Aberglauben zu spotten?

»Also gut«, sagte Eddie. »Wir versuchen's wohl lieber.«

»Wie können wir Verbindung mit ihm aufnehmen?«

»Wir können ihn von Bridgton aus anrufen. In einem Roman würde allerdings nie eine Nebenfigur wie John Cullum von der Ersatzbank ins Spiel kommen, um es dann in allerletzter Sekunde noch herumzureißen. Das würde nicht als realistisch gelten.«

»Im Leben«, sagte Roland, »passiert so etwas bestimmt dauernd.«

Und Eddie lachte. Was zum Teufel sollte man sonst tun? Das war einfach so typisch *Roland*.

4

BRIDGTON HIGHSTREET 1
HIGHLAND LAKE 2
HARRISON 3
WATERFORD 6
SWEDEN 9
LOVELL 18
FRYEBURG 24

Sie waren gerade an dem Wegweiser vorbeigefahren, als Eddie sagte: »Wühl mal ein bisschen im Handschuhfach herum, Roland. Vielleicht hat Ka oder der Balken oder sonst wer uns etwas Kleingeld fürs Münztelefon dagelassen.«

»Handschuh…? Meinst du die Klappe hier?«

»Genau.«

Roland versuchte erst, den oben eingesetzten verchromten Knopf zu drehen; dann begriff er, was zu tun war, und drückte ihn hinein. Im Handschuhkasten herrschte ein Durcheinander, das durch die kurze Schwerelosigkeit des Fords nicht besser geworden war. In dem Fach lagen Kreditkartenquittungen, eine sehr alte Tube mit etwas, was Eddie als »Zahncreme« bestimmte (Roland konnte darauf deutlich die Wörter **HOLMES DENTAL** lesen), eine Fottergrafie von einem lächelnden kleinen Mädchen – vielleicht Cullums Nichte – auf einem Pony, etwas, was er zunächst für eine Stange Sprengstoff hielt (Eddie bezeichnete es als Warnfackel für Notfälle), ein Magazin, das YANKME zu heißen schien … und eine Zigarrenkiste. Roland konnte das Wort, das darauf stand, nicht recht entziffern, glaubte aber, *Maus* zu lesen. Er zeigte die Sperrholzkiste Eddie, dessen Augen aufleuchteten.

»Da steht MAUT«, sagte er. »Vielleicht hast du Recht, was Cullum und das Ka betrifft. Mach sie auf, Roland, wenn's beliebt.«

Das Kind, das den Kasten als Geschenk gebastelt hatte, hatte ihn vorn liebevoll (und ziemlich unbeholfen) mit einem Riegel versehen, damit er geschlossen blieb. Roland öffnete ihn, klappte den Deckel auf und zeigte Eddie einen kleinen Berg von Silbermünzen. »Reichen die, um Sai Cullum anzurufen?«

»Yeah«, sagte Eddie. »Wahrscheinlich reichen die sogar für ein Gespräch nach Fairbanks, Alaska. Allerdings nutzen die uns absolut nichts, wenn Cullum nach Vermont unterwegs ist.«

5

Der Stadtplatz von Bridgton wurde durch einen Drugstore und eine Pizzeria auf einer Seite und ein Filmtheater (The Magic Lantern) und ein Kaufhaus (Reny's) auf der anderen begrenzt. Zwischen Kino und Kaufhaus lag ein kleiner Platz mit Parkbänken und Münztelefonen.

Eddie kramte in Cullums Zigarrenkiste mit Kleingeld für Mautstationen herum und gab Roland sechs Dollar in Vierteldollarmünzen. »Ich möchte, dass du dort rübergehst«, sagte er und zeigte auf den Drugstore, »und mir eine Packung Aspirin holst. Erkennst du die, wenn du sie siehst?«

»Astin. Das kenne ich.«

»Ich möchte die kleinste Packung, sechs Mäuse sind nämlich wirklich nicht allzu viel Geld. Dann gehst du nach nebenan, wo ›Bridgton Pizza and Sandwiches‹ steht. Wenn du noch mindestens sechzehn dieser Geldmünzen übrig hast, sagst du, dass du einen ›Hoagie‹ willst.«

Roland nickte, womit Eddie sich aber nicht zufrieden gab. »Lass hören, wie du das sagst.«

»Hoggie.«

»Hoagie.«

»HOOG-gie.«

»Ho…« Eddie gab auf. »Roland, lass hören, wie du ›Poorboy‹ sagst.«

»Poor boy.«

»Gut. Also, wenn du noch mindestens sechzehn Münzen übrig hast, verlangst du einfach einen Poorboy. Kannst du ›mit viel Mayo‹ sagen?«

»Mit viel Mayo.«

»Yeah. Wenn du weniger als sechzehn hast, verlangst du ein Salami-Käse-Sandwich. *Sandwich*, nicht Popkin.«

»Salommy Sanditch.«

»Das kommt hin. Und sonst sagst du kein Wort, wenn du nicht unbedingt musst.«

Roland nickte. Eddie hatte Recht, es war besser, wenn er nicht sprach. Die Leute brauchten ihn nur anzusehen, um in ihrem innersten Herzen zu wissen, dass er nicht von hier war. Sie neigten sowieso dazu, Abstand von ihm zu halten. Diese Tendenz durfte er nicht noch verstärken.

Der Revolvermann ließ die linke Hand in Hüftnähe, als er sich der Straße zuwandte. Das war eine alte Gewohnheit, die diesmal jedoch nicht allzu beruhigend war; beide Revolver lagen in ihre Patronengurte gewickelt im Kofferraum von Cullums Galaxie.

Bevor er sich in Bewegung setzen konnte, legte Eddie ihm eine Hand auf die Schulter. Der Revolvermann fuhr herum, zog die Augenbrauen hoch und starrte seinen Freund mit verblassten blauen Augen an.

»In unserer Welt gibt's eine Redensart, Roland ... Wir sagen, dass jemand sich an einen Strohhalm klammert.«

»Und was bedeutet das?«

»Das hier«, antwortete Eddie trübselig. »Das, was wir gerade tun. Drück mir die Daumen, alter Junge.«

Roland nickte. »Aye, das werde ich. Uns beiden.«

Als er sich nun wieder umwandte, hielt Eddie ihn noch einmal zurück. Diesmal sprach aus Rolands Miene leichte Ungeduld.

»Pass auf, dass du beim Überqueren der Straße nicht umgefahren wirst«, sagte Eddie. Er ahmte John Cullums Sprechweise nach: »Wir habn mehr Sommergäste als 'n Hund Zeckn. Und sie reitn keine Ferde nich.«

»Führ dein Gespräch, Eddie«, sagte Roland, dann überquerte er die Hauptstraße von Bridgton mit gelassenem Selbstbewusstsein und dem wiegenden Gang, der ihn schon über tausend andere Hauptstraßen in tausend Kleinstädten getragen hatte.

Eddie sah ihm nach, dann wandte er sich dem Telefon zu und studierte die Bedienungsanweisung. Anschließend nahm er den Hörer ab und wählte die Nummer der Auskunft.

6

Er ist nicht gefahren, hatte der Revolvermann mit ruhiger Gewissheit über John Cullum gesagt. Und weshalb? Weil Cullum ihre letzte Rettung war, weil sie außer ihm niemanden mehr anrufen konnten. Mit anderen Worten: Roland von Gileads verdammtes altes Ka.

Nach kurzem Warten spuckte die Telefonistin der Auskunft Cullums Nummer aus. Eddie versuchte, sie sich zu merken – er hatte schon immer ein gutes Zahlengedächtnis gehabt, Henry hatte ihn manchmal sogar Little Einstein genannt –, aber heute konnte er sich nicht auf sein Gedächtnis verlassen. Irgendwie schien entweder sein Denkvermögen im Allgemeinen (was er nicht glaubte) oder seine Fähigkeit, sich an bestimmte Artefakte dieser Welt zu erinnern (was er nicht ganz ausschließen wollte), gelitten zu haben. Während er sich die Telefonnummer wiederholen ließ – und sie in die Staubschicht auf der kleinen Ablage unter dem Münztelefon schrieb –, fragte Eddie sich, ob er noch imstande wäre, einen Roman zu lesen oder die Handlung eines Films aus der Bilderfolge auf der Leinwand zu begreifen. Was er irgendwie bezweifelte. Aber war das wichtig? The Magic Lantern nebenan zeigte gerade *Krieg der Sterne,* und Eddie vermutete, dass er einigermaßen zurechtkommen würde, wenn er seinen Lebensweg bis zur Lichtung am Ende des Pfades weiterging, auch ohne Luke Skywalker noch mal gesehen und Darth Vaders röchelndes Atmen noch mal gehört zu haben.

»Danke, Ma'am«, sagte er zu der Dame von der Auskunft. Gerade als er die neue Nummer wählen wollte, erklang hinter ihm eine Serie von Detonationen. Eddie warf sich herum, fühlte sein Herz jagen, wollte mit der rechten Hand nach dem Revolver greifen und rechnete damit, irgendwelche Angreifer vor sich zu sehen: Wölfe oder Verwüster oder vielleicht diesen Hundesohn Flagg …

Stattdessen sah er jedoch ein Kabriolett voller lachender, dämlich grinsender Schuljungen mit sonnenverbrannten Gesichtern. Einer davon hatte gerade eine vom Unabhängigkeitstag übrig gebliebene Kette aus kleinen Knallkörpern auf die Straße geworfen –

was gleichaltrige Kids in Calla Bryn Sturgis »Krachhüpfer« genannt hätten.

Hättest du jetzt einen Revolver an der Hüfte getragen, hättest du vielleicht ein paar dieser Bengel erschossen, dachte Eddie. *Willst du von dämlich reden, kannst du gleich* damit *anfangen.* Nun ja. Vielleicht hätte er es ja auch nicht getan. So oder so musste er sich die Möglichkeit eingestehen, dass er in zivilisierter Umgebung mittlerweile ein gewisses Sicherheitsrisiko darstellte.

»Damit musst du leben«, murmelte Eddie, dann fügte er den universellen Ratschlag des großen Weisen und bedeutenden Junkies für alle kleinen Probleme des Lebens an: *»Immer schön dealen.«*

Er wählte John Cullums Nummer mithilfe der altmodischen Wählscheibe des Münztelefons, und als eine Roboterstimme – vielleicht die Urururururgroßmutter von Blaine dem Mono – ihn aufforderte, neunzig Cent einzuwerfen, warf Eddie einen Dollar ein. Scheiß auf die Verschwendung, er war doch dabei, die Welt zu retten.

Das Telefon klingelte einmal … klingelte zweimal … Dann wurde abgehoben!

»John!«, sagte Eddie fast schreiend laut. »Scheiße, das nenne ich Glück! John, hier ist …«

Aber die Stimme am anderen Ende sprach bereits. Als Kind der späten Achtzigerjahre wusste Eddie, dass das nichts Gutes bedeutete.

»… John Cullum von Cullum Hausverwaltung und Campversorgung erreicht«, sagte Cullums Stimme in seiner vertrauten gedehnten Yankee-Sprechweise. »Ich musste überraschend verreisn, wissen Sie, und kann leider nicht genau sagn, wann ich zurückkomm. Macht Ihnen das Unannehmlichkeiten, bitte ich um Entschuldigung, aber Sie können Gary Crowell unter 926-5555 oder Junior Barker unter 929-4211 anrufen.«

Eddies anfängliche Bestürzung war ungefähr in dem Augenblick verflogen – verfloogn, wie Cullum gesagt hätte –, als die kratzige Aufzeichnung von Cullums Stimme ihm mitteilte, er könne leider nicht genau sagen, wann er zurückkommen werde. Cullum war nämlich doch zu Hause in seinem Hobbitlandhaus am Westufer des Keywadin Pond, saß entweder auf seinem geblümten Hobbitsofa oder in einem der beiden ebenfalls geblümten Hobbitsessel. Saß da und hörte die Nachrichten auf seinem zweifellos klobigen Anrufbeantworter ab, den er irgendwann Mitte der Siebzigerjahre gekauft hatte. Und das wusste Eddie, weil … nun …

Weil er's eben wusste.

Die primitive Aufzeichnung konnte den listigen Humor, der sich gegen Ende der Mitteilung in Cullums Stimme schlich, nicht ganz verbergen. »Solltn Sie aber mit niemand außer meiner Wenigkeit redn wolln, können Sie nach dem Piepston eine Nachricht hinterlassn. Machn Sie's kurz.« Das letzte Wort klang wie *kuzz*.

Eddie wartete den Piepston ab, dann sagte er: »John, hier ist Eddie Dean. Ich weiß, dass Sie da sind, und glaube sogar, dass Sie auf meinen Anruf gewartet haben. Fragen Sie mich nicht, *warum* ich das glaube, ich weiß es nämlich selbst nicht recht, aber …«

Er hörte ein lautes Klicken, und dann sagte Cullums Stimme, seine *richtige* Stimme: »Hallo, mein Junge, passn Sie auch gut auf meine Karre auf?«

Eddie war im ersten Augenblick zu verblüfft, um zu antworten, hatte Cullums Downeast-Akzent diese Frage doch in etwas ganz anderes verwandelt: *Passn Sie auch gut auf mein Ka auf?*

»Junge?«, sagte Cullum plötzlich besorgt. »Sind Sie noch da?«

»Yeah«, sagte Eddie, »und Sie ja auch. Ich dachte, Sie wollten nach Vermont, John.«

»Ja, ich will Ihnen mal was erzähln. Hier hat's nicht mehr so viel Aufregung gegebn, seit 1923 die Schuhfabrik South Stoneham abgebrannt ist. Die Polizei hat alle Straßen gesperrt, die aus der Stadt rausführn.«

Eddie war sich sicher, dass die Cops jeden passieren ließen, der sich ausweisen konnte, aber er beachtete diesen Punkt zugunsten eines anderen nicht weiter. »Wollen Sie etwa behaupten, dass Sie die Stadt nicht verlassen könnten, ohne von einem einzigen Polizisten gesehen zu werden, wenn Sie's darauf anlegen?«

Daraufhin entstand eine kleine Pause, in der Eddie jemanden neben sich wahrnahm. Er brauchte nicht hinzusehen, um zu wissen, dass es sich um Roland handelte. Wer sonst auf dieser Welt konnte – ganz schwach nur, aber trotzdem – nach einer anderen Welt riechen?

»Na ja«, sagte Cullum schließlich, »vielleicht *kenn* ich eine oder zwei Waldstraßn, die drüben in Lovell rauskomm. Der Sommer war trockn, und ich schätz, dass ich mit meinem Truck durchkäm.«

»Eine oder zwei?«

»Na, sagen wir mal drei oder vier.« Wieder eine Pause, die Eddie nicht unterbrach. »Fünf oder sechs«, verbesserte Cullum sich, und Eddie entschied sich dafür, auch diesmal nicht zu reagieren. »Acht«, sagte der Alte zuletzt, und als Eddie daraufhin lachte, fiel Cullum sofort ein. »Was gibt's also, mein Junge?«

Eddie sah zu Roland hinüber, der ihm zwischen den verbliebenen Fingern der rechten Hand eine Packung Aspirin hinhielt. Eddie nahm sie dankbar entgegen. »Ich möchte, dass Sie nach Lovell kommen«, sagte er zu Cullum. »Unser Palaver ist anscheinend noch nicht zu Ende.«

»Haja, und mir kommt's vor, als hätte ich's gewusst«, sagte Cullum, »obwohl ich nie richtig daran gedacht hab. ›Bald fährst du nach Montpelier‹, denk ich, und trotzdem find ich immer wieder das eine oder andere, was hier noch zu erledign ist. Hättn Sie fünf Minuten früher angerufn, hättn Sie das Besetztzeichn gehört – ich hab mit Charlie Beemer telefoniert. Seine Frau und seine Schwägerin sind nämlich im Supermarkt umgekommen. Und dann hab ich mir überlegt: ›Teufel, du könntest hier noch mal putzen, bevor du deinen Kram einlädst und losfährst.‹ Nichts Bewusstes, verstehn Sie, aber irgendwie hab ich auf Ihrn Anruf gewartet, seit ich zurückgekommen bin. Wo seid ihr in Lovell? In der Turtleback Lane?«

Eddie riss die Packung auf und starrte die in Doppelreihen eingeschweißten kleinen Tabletten gierig an. Einmal ein Junkie, immer ein Junkie, vermutete er. Selbst wenn es um solch ein Zeug ging. »Haja«, sagte er, allerdings nur zur Hälfte ironisch; seit er Roland in einer Maschine der Delta Airlines beim Landeanflug auf den Kennedy Airport kennen gelernt hatte, war er zu einem recht guten Imitator regionaler Dialekte geworden. »Sie haben gesagt, dass die Lane nur eine zwei Meilen lange Abzweigung von der Route 7 ist, nicht wahr?«

»Ganz recht. Dort stehn ein paar sehr schöne Häuser.« Eine kurze nachdenkliche Pause. »Und viele davon stehn zum Verkauf. In der Gegend sind in letzter Zeit ziemlich viele Wiedergänger aufgetreten. Was ich vermutlich schon erwähnt hab. So was macht die Leute nervös, und zumindest reiche Leute können sich's leisten, von etwas wegzuziehn, das einem schlaflose Nächte bereitet.«

Eddie konnte nicht länger warten: Er drückte drei Aspirin heraus, steckte sie in den Mund und genoss sofort den bitteren Geschmack, mit dem sie sich auf der Zunge auflösten. Obwohl die Schmerzen im Augenblick schlimm waren, hätte er bereitwillig doppelt so starke ertragen, wenn er dafür etwas von Susannah hätte hören können. Aber sie blieb stumm. Er vermutete, dass die ohnehin nur lose Verbindung zwischen ihnen mit der Geburt von Mias verdammtem Baby abgerissen war.

»Wenn ihr Jungs in die Turtleback Lane in Lovell wollt, solltet ihr eure Schießeisen griffbereit haben«, sagte Cullum. »Was mich betrifft, werd ich meine Schrotflinte in den Truck werfn, bevor ich lossegle.«

»Warum nicht?«, stimmte Eddie zu. »Sie halten dort nach Ihrem Wagen Ausschau, okay? Den werden Sie schon finden.«

»Haja, der alte Galaxie ist kaum zu übersehen«, sagte Cullum. »Aber erzähln Sie mir noch was, mein Junge. Ich fahre nicht nach V'mont, aber ich hab das Gefühl, dass ihr mich woanders hinschicken wollt, sollte ich dazu einverstanden sein. Wolln Sie mir nich sagn, wohin?«

Eddie stellte sich vor, dass Mark Twain das nächste Kapitel aus John Cullums zweifellos farbigem Leben vielleicht *Ein Yankee aus Maine am Hofe des Scharlachroten Königs* genannt hätte, aber das behielt er lieber für sich. »Waren Sie schon mal in New York?«

»Teufel, ja! Hatte dort mal zwei Tage Urlaub, als ich in der Army war.« Die beiden letzten Wörter sprach er schon lächerlich gedehnt aus. »Bin in der Radio City Music Hall und auf dem Empire State Building gewesn, das weiß ich noch gut. Muss aber auch ein paar andere Touristenziele angesteuert haben, denn mir haben später dreißig Dollar aus der Geldbörse gefehlt, und ein paar Monate später hatt ich 'nen erstklassigen Tripper.«

»Diesmal werden Sie zu beschäftigt sein, um sich einen Tripper zu holen. Nehmen Sie Ihre Kreditkarten mit. Ich weiß, dass Sie welche haben, weil ich die Quittungen im Handschuhfach gesehen habe.«

»Dort drin sieht's schlimm aus, was?«, sagte Cullum seelenruhig.

»Haja, wie das, was übrig bleibt, wenn der Hund einen Schuh zerbeißt. Wir sehen uns in Lovell, John.« Eddie hängte den Hörer ein. Er betrachtete kurz die Tüte, die Roland in der Hand hielt, und zog dann die Augenbrauen hoch.

»Es ist ein Poorboy-Sanditch«, sagte Roland. »Mit viel Mayo, was immer das ist. Mir selbst wäre zwar eine Soße lieber, die nicht ganz so nach Samenerguss aussieht, aber möge sie dir bekommen.«

Eddie verdrehte die Augen. »Mann, das macht einem aber echt Appetit!«

»Sagst du das?«

Eddie musste sich wieder ins Gedächtnis rufen, dass Roland praktisch keinen Sinn für Humor besaß. »Ja, natürlich. Aber gehen wir jetzt lieber! Ich kann mein Sperma-Käse-Sandwich auch essen, während ich fahre. Außerdem müssen wir darüber reden, wie wir die Sache anpacken wollen.«

7

Anpacken ließ die Sache sich am besten, darüber waren die beiden sich einig, indem sie John Cullum so viel von ihrer Geschichte erzählten, wie sie seiner Glaubensfähigkeit (und seinem Verstand) zumuten zu können glaubten. Ging alles gut, würden sie Cullum dann den kostbaren Kaufvertrag anvertrauen und ihn zu Aaron Deepneau schicken. Mit der strikten Anweisung, nur in Abwesenheit des nicht ganz vertrauenswürdigen Calvin Tower mit ihm zu sprechen.

»Cullum und Deepneau können sich dann gemeinsam daran machen, Moses Carver aufzuspüren«, sagte Eddie, »und ich traue mir zu, Cullum so viele Einzelheiten über Suze – also, privates Zeug – mitzugeben, dass er Carver davon überzeugen kann, dass sie noch lebt. Aber danach … Na ja, viel hängt davon ab, wie überzeugend die beiden Kerle auftreten können. Und wie sehr sie sich im Herbst ihres Lebens für die Tet Corporation engagieren wollen. He, vielleicht überraschen die uns alle! Ich kann mir Cullum zwar nicht mit Anzug und Krawatte vorstellen – aber in ganz Amerika herumreisen, um die Geschäfte der Sombra Corporation zu sabotieren?« Er überlegte, hielt dabei den Kopf schräg und nickte dann lächelnd. »Yeah, das kann ich mir sehr gut vorstellen.«

»Susannahs Patenonkel ist bestimmt auch schon ein alter Knacker«, bemerkte Roland. »Bloß von anderer Hautfarbe. Solche Kerle sprechen oft eine eigene Sprache, wenn sie *an-tet* sind. Vielleicht kann ich John Cullum ja auch etwas mitgeben, was ihm hilft, Carver davon zu überzeugen, dass er mit uns gemeinsame Sache machen sollte.«

»Ein Sigul?«

»Ja.«

Das machte Eddie neugierig. »Welcher Art?«

Bevor Roland antworten konnte, sahen sie jedoch etwas, was Eddie scharf bremsen ließ. Sie waren jetzt in Lovell angelangt, noch auf der Route 7. Vor ihnen stolperte ein alter Mann mit wirrem, vom Kopf abstehendem weißem Haar unsicher den Straßenrand entlang. Er trug ein schlecht sitzendes Kleidungsstück aus schmutzigem Stoff, das sich kaum als Gewand bezeichnen ließ. Seine hageren Arme und Beine waren voller kreuz und quer verlaufender Kratzer. Dazwischen gab es auch Geschwüre, die in dunklem Rot leuchteten. Die nackten Füße wiesen nicht etwa Zehen, sondern hässliche, gefährlich aussehende gelbe Krallen auf. Unter dem Arm trug er einen zersplitterten Gegenstand aus Holz, der eine zerbrochene Leier hätte sein können. Eddie fand, dass niemand schlechter auf diese Straße gepasst hätte, auf der die einzigen Fußgänger, denen sie bisher begegnet waren, ernsthaft aussehende Jogger – offenbar »von auswärts« – waren, die in ihren Joggingshorts aus Nylon, ihren Baseballmützen und ihren T-Shirts (auf dem Hemd eines Joggers stand sogar **NICHT AUF TOURISTEN SCHIESSEN**) restlos durchgestylt wirkten.

Als die Gestalt, die sich auf dem Randstreifen der Route 7 dahinschleppte, sich ihnen zuwandte, stieß Eddie unwillkürlich einen Schreckensschrei aus. Die Augen des Wesens gingen oberhalb des Nasensattels unmittelbar ineinander über und erinnerten ihn an ein Spiegelei mit zwei Dottern. Aus einem Nasenloch ragte ihm wie ein Wildschweinhauer ein Stoßzahn. Aber das Schlimmste war irgendwie das stumpfe grüne Leuchten, das vom Gesicht dieses Geschöpfs ausging. Man hätte glauben können, dass die Haut mit dünnem, phosphoreszierendem Schleim eingepinselt war.

Das Ding sah sie und schoss daraufhin sofort in den Wald, wobei es seine zersplitterte Leier zurückließ.

»Jesses!«, schrie Eddie. Wenn das einer dieser Wiedergänger gewesen war, würde er hoffentlich nie mehr einen zu Gesicht kriegen.

»Anhalten, Eddie!«, rief Roland und stützte sich dann am Handschuhfach ab, bis Cullums alter Ford in der Nähe der Stelle, wo das Wesen verschwunden war, in einer Staubwolke zum Stehen kam.

»Mach den Kofferraum auf«, sagte Roland und öffnete die Tür auf seiner Seite. »Gib mir meinen Witwenmacher.«

»Roland, wir haben's ziemlich eilig, und bis zur Turtleback Lane sind's noch drei Meilen. Ich finde, wir sollten …«

»Halt deine dämliche Klappe und bring mir den Revolver!«, brüllte Roland und lief dann zum Waldrand. Er holte tief Luft, und als er hinter dem geflüchteten Wesen herrief, bekam Eddie unwillkür-

lich eine Gänsehaut. Er hatte Roland schon einige Male so sprechen hören, aber im alltäglichen Umgang konnte man leicht vergessen, dass er das Blut eines Königs in den Adern hatte.

Er sprach mehrere Sätze, die Eddie nicht verstehen konnte; dann folgte einer, den er verstand: »Tritt also vor, du Kind von Roderick, du Ruinierter, du Verlorener, und mache deine Verbeugung vor mir – Roland, Sohn des Steven, aus der Linie des Eld!«

Zunächst geschah nichts. Eddie öffnete den Kofferraum des Fords und brachte Roland dessen Revolver. Roland schnallte sich die Waffe um, ohne Eddie anzusehen oder ihm gar zu danken.

Etwa dreißig Sekunden vergingen. Eddie öffnete den Mund, um etwas zu sagen. Bevor er dazu kam, ging jedoch ein Zittern durch das staubige Gebüsch am Straßenrand. Und im nächsten Augenblick tauchte das missgestaltete Wesen daraus auf. Es stolperte mit gesenktem Kopf heran. Vorn auf seinem Gewand zeichnete sich ein großer nasser Fleck ab. Eddie konnte den wilden, starken Harngestank des missgestalteten Wesens riechen.

Und schon machte es einen Kniefall und hob eine missgebildete Faust an die Stirn: eine untergegangene Treuegeste, bei der Eddie die Tränen kamen. »Heil, Roland von Gilead, Roland von Eld! Zeigst du mir ein Sigul, mein Lieber?«

In der Kleinstadt River Crossing hatte eine alte Frau, die sich Tante Talitha nannte, Roland ein silbernes Kreuz an einer dünnen Silberkette geschenkt. Er hatte es seither um den Hals getragen. Jetzt griff er in sein Hemd und zeigte es dem knienden Wesen – einem Langsamen Mutie, der allmählich an der Strahlenkrankheit verendete, glaubte Eddie zu wissen –, worauf das arme Geschöpf heiser ein erstauntes Krächzen ausstieß.

»Wünschest du Frieden am Ende deines Weges, du Kind des Roderick? Wünschest du den Frieden der Lichtung?«

»Aye, mein Lieber«, sagte es schluchzend. Dann fügte es noch so einiges in einem Kauderwelsch hinzu, das Eddie nicht verstehen konnte. Er blickte nach beiden Seiten, weil er auf der Route 7 Verkehr erwartete – schließlich befanden sie sich auf dem Höhepunkt der Sommersaison –, sah aber kein anderes Auto. Zumindest vorläufig war ihnen Glück beschieden.

»Wie viele seid ihr in dieser Gegend?«, unterbrach Roland den Wiedergänger. Dabei zog er seinen Revolver und hob diesen alten Todbringer an, bis er an seinem Hemd lag.

Das Kind von Roderick machte eine weit ausholende Handbewegung, ohne allerdings dabei aufzusehen. »Delah, Revolvermann«, sagte es, »denn hier sind die Welten dünn, sagen wir *anro con fa; sey-sey desene fanno billet cobair can. I Chevin devar dan do.* Weil sie mich gedauert haben. *Can-Toi, can-tah, can Discordia, aven la cam mah can. May-mi? Iffin lah vainen, eth…«*

»Wie viele *dan devar?«*

Das Geschöpf dachte über Rolands Frage nach, dann breitete es fünfmal die Finger aus (es *hatte* zehn, wie Eddie feststellte). Fünfzig. Fünfzig wovon, das konnte Eddie leider nicht erraten.

»Und Discordia?«, fragte Roland. »Sagst du das wahrhaftig?«

»Aye, so sage ich, Chevin von Chayven, Sohn des Hamil, fahrender Sänger von den Südebenen, die einst meine Heimat waren.«

»Sag mir den Namen der Stadt, die unter Schloss Discordia liegt, dann erlöse ich dich.«

»Ach, Revolvermann, dort sind alle tot.«

»Das glaube ich nicht. Nenn ihn mir.«

»Fedic!«, kreischte Chevin von Chayven, ein fahrender Musikus, der sich nie hätte träumen lassen, dass er sein Leben an einem so seltsamen fernen Ort beschließen würde – nicht auf den Ebenen von Mittwelt, sondern im Bergland im westlichen Maine. Dann hob er Roland plötzlich sein entstelltes, grausig leuchtendes Gesicht entgegen und breitete die Arme wie ein Gekreuzigter aus. *»Fedic jenseits von Donnerschlag, auf dem Pfad des Balkens! Auf V Shardik, V Maturin, der Straße zum Dunklen T…«*

Rolands Revolver sprach ein einziges Mal. Die Kugel traf das kniende Wesen in der Stirnmitte, zerstörte sein ruiniertes Gesicht endgültig. Als es zurückgeworfen wurde, sah Eddie sein Fleisch zu grünlichem Rauch werden, der vergänglicher als ein Hornissenflügel war. Einen Augenblick lang konnte er noch Chevin von Chayvens in der Luft schwebende Zähne wie einen geisterhaften Korallenring sehen, dann waren auch sie verschwunden.

Roland steckte den Revolver ins Holster zurück, gabelte die beiden langen der verbliebenen Finger seiner Rechten und führte sie vor dem Gesicht von oben nach unten – eine Segensgeste, wenn Eddie jemals eine gesehen hatte.

»Friede sei mit dir«, sagte Roland. Dann schnallte er den Patronengurt ab und wickelte ihn anschließend wieder um den Revolver.

»Roland, war das … war das ein Langsamer Mutant?«

»Aye, so könnte man ihn nennen, armer alter Kerl. Aber die Rodericks stammen aus Ländern, die mein Fuß nie betreten hat, auch wenn sie Arthur Eld untertan waren, bevor die Welt sich weiterbewegt hat.« Die blauen Augen in seinem müden Gesicht leuchteten, als er sich Eddie zuwandte. »Fedic ist zweifellos der Ort, den Mia aufgesucht hat, um ihr Kind zu bekommen. Wohin sie Susannah verschleppt hat. Unterhalb der Schlossmauer. Wir müssen irgendwann wieder nach Donnerschlag, aber zuerst müssen wir nach Fedic. Es ist gut, das zu wissen.«

»Er hat gesagt, dass ihn jemand gedauert hat. Wen hat er damit gemeint?«

Roland schüttelte nur den Kopf, ohne Eddies Frage zu beantworten. Ein Coca-Cola-Laster röhrte vorbei, und weit im Westen war Donnergrollen zu hören.

»Fedic von Discordia«, murmelte der Revolvermann stattdessen. »Fedic vom Roten Tod. Sollten wir es schaffen, Susannah – und Jake – zu retten, machen wir noch einen Abstecher zu den Callas. Aber wir kehren zurück, sobald unsere dortige Aufgabe durchgeführt ist. Und wenn wir uns wieder nach Südosten wenden …«

»Was?«, fragte Eddie unbehaglich. »Was dann, Roland?«

»Dann machen wir nicht mehr Halt, bis wir den Turm erreichen.« Er streckte die Hände aus und beobachtete, wie sie kaum merklich zitterten. Dann sah er zu Eddie auf. Sein Gesicht wirkte zwar müde, aber unerschrocken. »Ich bin ihm noch nie so nahe gewesen. Ich höre die flüsternden Stimmen aller meiner verlorenen Freunde und ihrer verlorenen Väter. Ihr Flüstern wird vom Atem des Turms getragen.«

Eddie starrte Roland fast eine Minute lang fasziniert und ängstlich an, dann machte er sich mit beinahe körperlicher Anstrengung von dieser Stimmung frei. »Na ja«, sagte er, indem er zur Fahrertür des Fords zurückging, »lass es mich wissen, wenn eine dieser Stimmen dir erzählt, was wir zu Cullum sagen sollen – wie wir ihn am besten überzeugen können, damit er das tut, was wir wollen.«

Er stieg ein und knallte die Tür zu, bevor der Revolvermann antworten konnte. Vor seinem inneren Auge stand weiter Roland, wie dieser seinen großen Revolver zog. Eddie sah immer wieder, wie er die Waffe auf den Knienden richtete und den Abzug betätigte. Und dies war der Mann, den er seinen Dinh und Freund nannte. Aber konnte er mit einiger Gewissheit behaupten, Roland würde das nicht auch ihm … oder Suze … oder Jake … antun, wenn sein Herz ihm sagte, dass er dadurch näher an seinen Turm herankäme? Das konnte er nicht. Und trotzdem würde er ihn weiterhin begleiten. Würde ihn sogar begleiten, wenn er in seinem Innersten davon überzeugt war – o Gott bewahre! –, dass Susannah tot war. Weil er musste. Weil Roland viel mehr für ihn geworden war als ein Dinh oder Freund.

»Mein Vater«, murmelte Eddie leise, kurz bevor Roland die Beifahrertür öffnete und einstieg.

»Hast du was gesagt, Eddie?«, fragte Roland.

»Ja«, antwortete Eddie. »Wir müssen weiter. Das hab ich gesagt.«

Roland nickte. Eddie stellte den Automatikhebel auf D und ließ den Ford in Richtung Turtleback Lane weiterrollen. Noch immer in der Ferne – aber etwas näher als zuvor – grollte wieder Donner.

Kapitel IV

Dan-Tete

1

Als die Geburt des Babys näher rückte, sah Susannah Dean sich um und zählte nochmals ihre Feinde, so wie Roland es sie gelehrt hatte. *Du darfst niemals ziehen,* hatte er gesagt, *bevor du nicht weißt, wie viele Gegner du hast, oder die Gewissheit gewonnen hast, das nicht feststellen zu können, oder entschieden hast, dass dein Sterbetag gekommen ist.* Sie wünschte sich, sie müsste nicht auch noch mit dem schrecklichen Helm auf dem Kopf zurechtkommen, aber obwohl dieses Ding ihre Gedanken steuern konnte, schien es nichts dagegen zu haben, dass Susannah feststellte, wie viele Personen bei der Ankunft von Mias kleinem Kerl anwesend waren. Und das war gut so.

Da war erstens Sayre, der für alles Verantwortliche. Der *niedere* Mann, in dessen Stirnmitte eine dieser roten Wunden pulsierte. Dann kam Scowther, der Arzt zwischen Mias Beinen, der sich bereit machte, die Entbindung vorzunehmen. Sayre hatte den Doc hart angefasst, als Scowther etwas zu viel Arroganz an den Tag gelegt hatte, aber vermutlich nicht so sehr, dass seine Brauchbarkeit darunter gelitten hätte. Außer Sayre waren fünf weitere niedere Männer anwesend, aber sie hatte nur zwei Namen mitbekommen. Der Kerl mit den Bulldoggenhängebacken und dem gewaltigen Wanst hieß Haber. Neben Haber stand ein Vogelmensch mit dem braun gefiederten Kopf und den grimmig glänzenden Augen eines Habichts. Dieses Wesen schien Jey oder vielleicht auch Gee zu heißen. Das machte insgesamt sieben, die anscheinend alle mit Pistolen bewaffnet waren, die sie in Dockerschlingen trugen. Scowthers Waffe baumelte jedes Mal aus seinem weißen Arztkittel, wenn er sich nach vorn beugte. Susannah hatte diese Pistole bereits für sich vorgemerkt.

Außerdem waren drei blasse, humanoide Gestalten anwesend, die wachsam hinter Mia standen. Diese von dunkelblauen Auren umgebenen Wesen waren Vampire, dessen war Susannah sich ziemlich sicher. Vermutlich von der Art, die Callahan als Typ drei bezeichnete. (Der Pere hatte sie einmal Lotsenhaie genannt.) Damit waren es zehn. Zwei der Vampire trugen Bahs, die Armbrustwaffe der Callas, und der dritte irgendein elektrisches Schwert, das jetzt aber auf einen flackernden Leuchtstab zurückgeregelt war. Falls es ihr gelang, Scowther die Pistole zu entreißen (*wenn* es dir gelingt, Schätzchen, verbesserte sie sich – sie hatte *Die Kraft positiven Denkens* gelesen und glaubte noch immer jedes Wort, das dieser Reverend Peale geschrieben hatte), würde sie sich als Erstes den Kerl mit dem elektrischen Schwert vornehmen. Der Himmel mochte wissen, was sich mit dieser Waffe anrichten ließ; Susannah Dean hatte jedenfalls keine Lust, es an sich selbst zu erfahren.

Ebenfalls anwesend war die Krankenschwester mit dem Kopf einer großen braunen Ratte. Das pulsierende rote Auge in der Mitte ihrer Stirn brachte Susannah zu der Überzeugung, dass die meisten niederen *Folken* Menschenmasken trugen – vermutlich, damit sie das Wild nicht vergrämten, während sie auf den Gehsteigen von New York auf der Jagd waren. Vielleicht sahen darunter ja nicht alle wie Ratten aus, aber sie war sich ziemlich sicher, dass keiner wie Robert Goulet aussah. Soviel Susannah erkennen konnte, war die rattenköpfige Krankenschwester die Einzige unter den Anwesenden, die keine Waffe trug.

Insgesamt also elf. Elf in diesem weitläufigen, größtenteils leeren Krankensaal, der nicht – dessen war sie sich ziemlich sicher – unter dem Stadtbezirk Manhattan lag. Und wenn sie es ihnen besorgen wollte, würde sie es tun müssen, während sie mit Mias Baby beschäftigt waren – ihrem kostbaren *kleinen Kerl*.

»Es kommt, Doktor!«, rief die Krankenschwester in aufgebrachter Ekstase.

Das tat es. Susannah hörte zu zählen auf, weil die bisher schlimmsten Wehen über sie hereinbrachen. Über sie beide. Sie unter sich begruben. Sie schrien gemeinsam auf. Scowther befahl Mia, sie solle *pressen, jetzt PRESSEN!*

Susannah schloss die Augen und gab auch den Widerstand auf, war es doch auch ihr Baby … oder war es gewesen. Und während sie spürte, dass der Schmerz aus ihr hinauszufließen begann – wie Wasser, das wirbelnd durch einen dunklen Ausfluss abfloss –, fühlte sie auch das tiefste Leid, das sie je empfunden hatte. Es war nämlich Mia, in die das Baby floss: die letzten verbleibenden Zeilen der lebenden Botschaft, zu deren Übermittlung Susannahs Körper irgendwie veranlasst worden war. Es endete nun. Was auch als Nächstes geschehen würde, dieser Teil ging zu Ende, und Susannah Dean stieß einen Schrei aus, in dem sich Erleichterung und Bedauern mischten – einen Schrei, der einem Lied glich.

Und dann, bevor der Horror begann – etwas so Schreckliches, dass sie sich bis zu dem Tag, an dem sie schließlich die Lichtung erreichte, an jedes Detail wie von grellem Licht angestrahlt erinnern würde –, spürte sie, wie eine kleine heiße Hand ihr Handgelenk umfasste. Susannah drehte den Kopf zur Seite und wälzte dabei das unangenehme Gewicht des Helms mit. Sie konnte sich keuchen hören. Ihr Blick begegnete dem Mias. Mia öffnete den Mund und sprach ein einziges Wort. Weil Scowther laute Anweisungen plärrte (er stand jetzt gebückt da, starrte zwischen Mias Beine und hielt die Geburtszange so hoch, dass sie an seiner Stirn anlag), konnte Susannah es nicht verstehen. Aber sie *hörte* es trotzdem und begriff, dass Mia bemüht war, ihr Versprechen zu halten.

Ich lasse dich frei, wenn mir das möglich ist, hatte ihre Entführerin gesagt, und das Wort, das Susannah jetzt in Gedanken hörte und von den Lippen der Gebärenden las, lautete *schrull.*

Susannah, hörst du mich?

Ich höre dich sehr gut, sagte Susannah.

Und du verstehst unsere Übereinkunft?

Aye. Wenn ich es schaffe, helfe ich dir, mit deinem kleinen Kerl zu entkommen. Und …

Wenn nicht, dann töte uns!, beendete die Stimme leidenschaftlich den Satz. Sie hatte noch nie so laut geklungen. Das musste teilweise auch mit dem Verbindungskabel zusammenhängen, dessen war Susannah sich sicher. *Sag's also, Susannah, Tochter des Dan!*

Ich töte euch beide, wenn ihr …

Dann verstummte sie. Mia schien jedoch damit zufrieden zu sein, was nur gut war, weil Susannah nicht hätte weitersprechen können, selbst wenn es um ihrer beider Leben gegangen wäre. Ihr Blick war zufällig über die nächsten Bettenreihen hinweg auf die Decke des Krankensaals gefallen. Und dort sah sie Eddie und Roland. Die beiden waren verschwommen, schwebten teils innerhalb, teils außerhalb der Decke und blickten wie Phantomfische auf sie herab.

Wieder Schmerzen, diesmal jedoch weniger stark. Sie konnte spüren, wie ihre Oberschenkel sich beim Pressen verhärteten, aber das schien weit entfernt zu passieren. Unwichtig. Wichtig war nur, ob sie tatsächlich sah, was sie zu sehen glaubte. Konnte es sein, dass ihr überbeanspruchter Verstand, der sich nach Rettung sehnte, diese Halluzination geschaffen hatte, um sie zu trösten?

Sie konnte es fast glauben. *Hätte* es wohl auch geglaubt, wären die beiden nicht nackt und von einer merkwürdigen Ansammlung von schwebendem Müll umgeben gewesen: einem Zündholzbriefchen, einer Erdnuss, Asche, einem Penny. Und von einer Fußmatte, bei Gott! Einer Fußmatte mit dem Schriftzug FORD.

»Doktor, ich kann den Ko…«

Ein atemloses Quietschen, weil Dr. Scowther, offenbar nicht gerade ein Gentleman, Schwester Ratte unsanft mit dem Ellbogen beiseite stieß; dann beugte er sich noch tiefer zwischen Mias Beine. Als wollte er ihren kleinen Kerl möglicherweise mit den Zähnen herausziehen. Der Habichtmann, Jey oder Gee, sprach in aufgeregten Summtönen mit Bulldoggengesicht Haber.

Sie sind wirklich da, sagte Susannah sich. *Die Fußmatte beweist es.* Sie wusste nicht genau, *wieso* die Fußmatte das bewies, sondern nur, dass sie es tat. Und sie bildete mit den Lippen das Wort, das sie von Mia gehört hatte: *Schrull.* Es war ein Passwort. Es würde mindestens eine Tür, vielleicht sogar viele öffnen. Sich zu fragen, ob Mia die Wahrheit gesagt hatte, kam Susannah nicht einmal in den Sinn. Sie hingen zusammen, nicht nur durch den Metallschlauch und die Helme, sondern auch durch den primitiveren (und weit mächtigeren) Geburtsakt. Nein, Mia hatte nicht gelogen.

»Pressen, du verdammte faule Schlampe!« Scowther brüllte geradezu, worauf Roland und Eddie endgültig durch die Decke verschwanden, als wären sie vom Atemdruck des Mannes fortgeblasen worden. Soweit Susannah das beurteilen konnte, war das tatsächlich passiert.

Sie drehte sich auf die Seite, fühlte ihr Haar in Klumpen am Kopf kleben und merkte, dass ihr schwitzender Körper anscheinend literweise Wasser verlor. Sie rückte etwas näher an Mia heran – etwas näher an Scowther, etwas näher an den mit Kreuzrillen versehenen Griff von Scowthers baumelnder Pistole.

»Seid still, Sissa, hört mich an, ich bitte Euch«, sagte einer der niederen Männer und berührte Susannah am Arm. Die Hand, mit protzigen Ringen bedeckt, war kalt und schlaff. Von dieser Liebkosung bekam Susannah eine Gänsehaut. »Alles ist in einer Minute vorbei, und dann verändern sich die Welten. Sobald dieser zu den Brechern in Donnerschlag stößt ...«

»Halt's Maul, Straw!«, fauchte Haber und stieß Susannahs selbst ernannten Tröster zurück. Dann wandte er sich wieder erwartungsvoll der Gebärenden zu.

Mia machte ächzend ein Hohlkreuz. Die rattenköpfige Krankenschwester legte ihre Hände auf Mias Hüften und drückte sie sanft aufs Bett zurück. »Nicht so, nicht so, nur mit der Bauchdecke pressen.«

»Friss Scheiße, du Miststück!«, kreischte Mia, während Susannah diesmal nur ein leichtes Ziehen spürte. Die Verbindung zwischen ihnen wurde schwächer.

Susannah konzentrierte sich auf sich selbst und rief in die Tiefen ihres Verstands: *He! He, Positronics-Lady! Sind Sie noch da?*

»Die Verbindung … ist unterbrochen«, sagte die angenehme Frauenstimme. Sie sprach wie zuvor mitten in Susannahs Kopf, aber im Gegensatz zu vorher klang sie jetzt dünn, nicht gefährlicher als eine Radiostimme, die durch atmosphärische Störungen wie aus weiter Ferne klang. »Ich wiederhole: Die Verbindung … ist unterbrochen. Wir hoffen, dass Sie auf North Central Positronics zurückkommen werden, wenn mentale Prozesse optimiert werden sollen. Und auf die Sombra Corporation! Seit den Zehntausenderjahren das führende Unternehmen für Kommunikation von Intellekt zu Intellekt!«

Tief in Susannahs Verstand ertönte ein *PIE-IEEEP*, von dem ihr die Zähne klapperten, dann existierte keine Verbindung mehr. Dazu gehörte nicht nur die Abwesenheit der widerwärtig angenehmen Frauenstimme; dazu gehörte *alles*. Sie kam sich vor, als wäre sie aus einem schmerzhaft beengenden Käfig entkommen.

Mia kreischte wieder, und Susannah stieß ebenfalls einen Schrei aus. Das tat sie zum Teil, weil Sayre und seine Kumpane nicht wissen sollten, dass die Verbindung zwischen Mia und ihr abgerissen war; zum Teil sprach daraus echte Trauer. Sie hatte eine Frau verloren, die auf gewisse Weise zu ihrer wahren Schwester geworden war.

Susannah! Suze, bist du da?

Beim Klang dieser neuen Stimme wollte sie sich auf den Ellbogen aufrichten, hätte fast die Frau neben sich vergessen. Das war doch …

Jake? Bist du das, Schätzchen? Du bist es, hab ich Recht? Kannst du mich hören?

Ich höre dich!, rief er. *Endlich! Gott, mit wem hast du die ganze Zeit geredet? Schrei weiter, damit ich dich an…*

Die Stimme brach ab, aber zuvor hatte Susannah noch das geisterhafte Rattern ferner Schüsse gehört. Jake, der auf jemanden schoss? Nein, das glaubte sie nicht. Sie glaubte, dass jemand auf *ihn* schoss.

2

»Jetzt«, rief Dr. Scowther. *»Jetzt,* Mia! Pressen! Als ob's um Ihr Leben ginge! Mit aller Kraft! *PRESSEN!«*

Susannah wollte sich noch etwas näher an die andere Frau heranwälzen – *Oh, ich bin besorgt und suche Trost, seht nur, wie besorgt ich bin, Besorgnis und die Suche nach Trost sind alles, was mich bewegt* –, aber der Kerl namens Straw zog sie zurück. Der gegliederte Metallschlauch schwang wieder gestreckt zwischen ihnen. »Abstand halten, Schlampe«, sagte Straw, und Susannah wurde erstmals mit der Möglichkeit konfrontiert, dass sie nicht zulassen würden, dass sie sich Scowthers Pistole schnappte. Oder irgendeine andere.

Mia schrie abermals und rief in einer fremden Sprache irgendeine fremde Gottheit an. Als sie jetzt auch wieder ein Hohlkreuz machen wollte, drückte die Krankenschwester – Alia, Susannah glaubte, dass die Schwester Alia hieß – sie wieder nach unten. Scowther stieß nun einen knappen, kurzen Schrei aus, der befriedigt klang. Er warf die Geburtszange achtlos beiseite.

»Was soll das?«, fragte Sayre. Das Bettlaken unter Mias gespreizten Beinen war jetzt voller Blut, und der Boss wirkte verstört.

»Brauch das Ding nicht!«, antwortete Scowther unbekümmert. »Sie ist fürs Kinderkriegen wie gebaut, könnte ein Dutzend auf dem Reisfeld gebären, ohne eine Reihe Setzlinge auszulassen. Da kommt es auch schon, praktisch von allein!«

Scowther schien nach einer großen Auffangschale auf dem nächsten Bett greifen zu wollen, verzichtete dann aber aus Zeitgründen darauf und schob seine unbehandschuhten rosa Hände zwischen Mias Oberschenkel. Als Susannah diesmal versuchte, näher an Mia heranzukommen, hinderte Straw sie nicht daran. Alle, niedere Männer wie Vampire, verfolgten völlig fasziniert das Endstadium der Geburt. Die meisten standen eng nebeneinander am Fußende der zusammengeschobenen beiden Betten. Nur Straw stand noch in Susannahs Nähe. Der Vampir mit dem Flammenschwert wurde von ihr zunächst zurückgestellt; sie hatte jetzt beschlossen, Straw als Ersten zu erledigen.

»Noch mal!«, rief Scowther. *»Für Ihr Baby!«*

Wie die niederen Männer und die Vampire hatte Mia offenbar ebenfalls Susannah vergessen. Sie richtete ihren verletzten, schmerzerfüllten Blick auf Sayre. »Darf ich ihn behalten, Sir? Sagen Sie bitte, dass ich ihn behalten darf, wenigstens für eine kleine Weile!«

Sayre ergriff ihre Hand. Die Maske, die sein wahres Gesicht verbarg, lächelte. »Ja, meine Liebe«, sagte er. »Der kleine Kerl wird Ihnen auf Jahre gehören. Sie müssen nur noch dieses eine Mal pressen.«

Mia, glaub seine Lügen nicht!, rief Susannah, aber der Ruf verhallte. Wahrscheinlich war das auch nur gut so. Am besten geriet sie vorerst ganz in Vergessenheit.

Susannah lenkte ihre Konzentration um. *Jake! Jake, wo bist du?*

Keine Antwort. Das war gar nicht gut. Bitte, lieber Gott, lass ihn noch leben.

Vielleicht ist er bloß beschäftigt. Muss rennen … sich verstecken … kämpfen. Schweigen heißt nicht unbedingt, dass er …

Mia heulte etwas, was wie eine Kette von Verwünschungen klang, und presste dabei wieder. Die Lippen ihrer schon geweiteten Scheide klafften noch weiter auseinander. Ein Blutschwall schoss hervor und vergrößerte das rote Flussdelta auf dem Bettlaken. Und dann erkannte Susannah in dieser scharlachroten Flut eine weißschwarze Schädeldecke. Das Weiße war Haut. Das Schwarze war Haar.

Das weiß-schwarze Gemenge begann ins Blutrote zurückzugleiten. Susannah dachte, dass das Baby vielleicht doch noch nicht ganz bereit war, auf die Welt zu kommen, aber Mia wollte offenbar nicht länger warten. Sie presste mit all ihrer beträchtlichen Kraft, wobei sie sich die Hände zu zitternden Fäusten geballt vors Gesicht hielt, die Augen zusammenkniff und die Zähne fletschte. Mitten auf ihrer Stirn pulsierte eine beängstigend stark hervortretende Ader; eine weitere trat an der Säule ihres Halses hervor.

»HEEEJAHHHH!«, kreischte sie. *»COMMALA, DU HÜBSCHER BASTARD! COMMALA-COME-COME!«*

»Dan-Tete«, murmelte der Habichtmann Jey, und die anderen griffen die Worte ehrfürchtig flüsternd auf: Dan-Tete … Dan-Tete … commala Dan-Tete.« Das Kommen des kleinen Gottes.

Diesmal war nicht nur der Scheitel zu sehen, sondern der Kopf des Kindes trat ganz aus. Susannah sah, dass die Hände vor seiner blutbespritzten Brust winzige Fäuste bildeten, die von Leben zitterten. Sie sah weit offene blaue Augen, die mit ihrem hellwachen Blick und ihrer Ähnlichkeit mit Rolands Augen fast bestürzend waren. Sie sah pechschwarze Wimpern, die mit winzigen Blutstropfen besetzt waren: barbarischer Geburtsschmuck. Susannah sah – ein Anblick, den sie nie vergessen würde –, wie die Unterlippe des Babys sich an den kleinen Schamlippen seiner Mutter verfing. Der Mund des Babys wurde kurz aufgezogen und ließ dabei eine perfekte Reihe kleiner Zähne im Unterkiefer sehen. Es *waren* Zähne – keine Reißzähne, sondern kleine Menschenzähne –, aber dieser Anblick im Mund eines Neugeborenen jagte Susannah trotzdem einen kalten Schauder über den Rücken. Ebenso wie das Glied des kleinen Kerls, das unverhältnismäßig groß und voll erigiert war. Susannah schätzte, dass es länger als ihr kleiner Finger war.

Mia, die vor Schmerzen und Triumph aufheulte und aus deren hervorquellenden Augen die Tränen nur so strömten, richtete sich auf den Ellbogen auf. Während Scowther geschickt das Baby auffing, streckte sie eine Hand aus und umklammerte Sayres Handgelenk mit eisernem Griff. Sayre stieß einen Schrei aus und wollte sich befreien, aber er hätte ebenso gut versuchen können … nun, sich aus dem Griff eines Hilfssheriffs in Oxford, Mississippi, zu befreien. Der kleine Singsang war verstummt, war durch entsetztes Schweigen abgelöst worden. In der Stille hörte Susannah mit ihren überempfindlichen Ohren deutlich, wie die Knochen in Sayres Handgelenk knirschten.

»LEBT ER?«, kreischte Mia in Sayres verblüfftes Gesicht. Spei-

chel flog ihr von den Lippen. *»SAG MIR, DU BLATTERNARBIGER HURENSOHN, OB MEIN SOHN LEBT!«*

Scowther hob den kleinen Kerl hoch, bis er das Säuglingsgesicht vor seinem hatte. Die braunen Augen des Arztes und die blauen Augen des Babys begegneten sich. Und während der Kleine, dessen Glied trotzig aufragte, so in Scowthers Griff hing, sah Susannah deutlich das hochrote Muttermal an der rechten Ferse. Man hätte glauben können, die Ferse sei, unmittelbar bevor der kleine Kerl Mias Gebärmutter verlassen hatte, in Blut getaucht worden.

Statt dem Neugeborenen einen Klaps auf den Hintern zu geben, holte Scowther tief Luft und blies ihm mehrmals in die Augen. Mias kleiner Kerl blinzelte in komischer (und unbestreitbar menschlicher) Überraschung. Er holte ebenfalls Luft, hielt sie kurz an und brüllte dann los. Er mochte ein König aller Könige oder ein Zerstörer von Welten sein, aber er begann sein Leben wie unzählige Säuglinge vor ihm: Er kreischte empört. Bei seinem ersten Schrei brach Mia nun in Freudentränen aus. Die um die junge Mutter versammelten Höllengestalten waren Leibeigene des Scharlachroten Königs, aber das machte sie nicht immun gegen das, was sie soeben miterlebt hatten. Sie begannen zu lachen und zu applaudieren. Susannah ärgerte sich nicht wenig über sich selbst, als sie merkte, dass sie dabei mitmachte. Der Kleine sah sich sichtlich überrascht nach den Geräuschen um.

Mia, die tränennasse Wangen hatte und der klarer Rotz aus der Nase tropfte, streckte schluchzend die Arme aus. »Gebt ihn mir!«, flehte sie; so flehte Mia, niemands Tochter und eines Mutter. »Lasst ihn mich halten, ich bitte euch, lasst mich meinen Sohn halten! Lasst mich meinen kleinen Kerl halten! Lasst mich meinen Schatz in den Armen halten!«

Und das Baby *wandte seinen Kopf dem Klang der Stimme seiner Mutter zu.* Susannah hätte gesagt, dass so was unmöglich sei, aber sie hätte natürlich auch gesagt, dass es unmöglich sei, dass ein Säugling hellwach, mit einem Mund voller Zähne und einem Steifen auf die Welt kam. Trotzdem schien der Kleine in jeder anderen Beziehung völlig normal zu sein: rundlich und wohlgestaltet, menschlich und so süß. Er trug ein rotes Muttermal an der rechten Ferse, gewiss, aber wie viele sonst völlig normale Kinder wurden mit irgendeiner Art Muttermal geboren? War nicht auch ihr Vater einer Familienüberlieferung nach mit roten Händen auf die Welt gekommen? Außerdem würde dieses Muttermal nicht einmal zu sehen sein, außer der Junge war am Strand.

Der Arzt, der sich das Neugeborene noch immer vors Gesicht hielt, sah zu Sayre hinüber. Nun folgte eine kurze Pause, in der Susannah sich leicht Scowthers Pistole hätte aneignen können. Aber sie dachte nicht einmal daran, das zu tun. Sie hatte Jakes telepathisches Rufen ebenso vergessen wie den merkwürdigen Besuch, den Roland und ihr Mann ihr abgestattet hatten. Susannah war so hingerissen wie Jey und Straw und Haber und alle anderen – hingerissen von diesem Augenblick der Ankunft eines Kindes in einer abgenutzten Welt.

Sayre nickte fast unmerklich, und Scowther legte den neugeborenen Mordred, der nicht zu schreien aufhörte (und sich weiter nach etwas umsah, offenbar nach seiner Mutter), in Mias wartende Arme.

Mia drehte ihn sofort um, damit sie ihn ansehen konnte, worauf Susannahs Herz vor Bestürzung und Entsetzen erstarrte. Weil Mia wahnsinnig geworden war. Das leuchtete ihr aus den Augen; es lag in der Art, wie ihr Mund es schaffte, zugleich zu feixen und zu lächeln, während der Sabber – den das Blut ihrer aufgebissenen Zunge rosa färbte und verdickte – ihr auf beiden Seiten übers Kinn lief; und es lag vor allem in ihrem triumphierenden Lachen. Vielleicht würde sie in den kommenden Tagen wieder zur Vernunft kommen, aber …

Die Schlampe wird nie *wieder nich normal,* sagte Detta nicht ohne Mitgefühl. *Dass sie's geschafft hat und ihren Balg los is, hat ihr den Rest gegeben. Die is* fertig, *das weißt du so gut wie ich!*

»O welch eine Schönheit!«, gurrte Mia. »O sieh deine blauen Augen, deine Haut so weiß wie der Himmel vor dem ersten Schneefall an Voller Erde! Sieh deine Brustwarzen, was für perfekte Beeren sie sind, sieh deinen Pimmel und deine Eier, glatt wie junge Pfirsiche!« Sie sah sich um, starrte erst zu Susannah hinüber – ihr Blick glitt über Susannahs Gesicht hinweg, ohne das geringste Erkennen zu zeigen –, dann zu den anderen. *»Seht meinen kleinen Kerl, ihr Unglücklichen, ihr Elenden, meinen Schatz, mein Baby, meinen Jungen!«* Mia forderte sie mit lauter Stimme auf, genau herzusehen, lachte mit ihren wahnsinnigen Augen und weinte mit ihrem schiefen Mund. *»Seht, wofür ich auf die Unsterblichkeit verzichtet habe! Seht meinen Mordred, seht ihn sehr gut, denn niemals werdet ihr wieder seinesgleichen sehen!«*

Laut keuchend bedeckte sie das blutige, starrende Gesicht des Säuglings mit Küssen und verschmierte dabei ihren Mund, bis sie wie eine Betrunkene aussah, die Lippenstift hatte auflegen wollen. Sie küsste lachend das weiche Doppelkinn des pausbäckigen Neugeborenen, seine Brustwarzen, seinen Nabel, die Spitze seines aufgerichteten Glieds; dann – indem sie ihn mit zitternden Armen immer höher hob, während das Kind, dem sie den Namen Mordred geben wollte, in komischem Erstaunen auf sie hinabglotzte – küsste sie seine Knie und zuletzt die winzigen Füßchen. Und Susannah hörte jetzt das erste Saugen: nicht das Neugeborene an der Mutterbrust, sondern Mias Mund an jedem der vollkommen geformten Zehen.

3

Dieses Kind ist das Verderben meines Dinhs, dachte Susannah kalt. *Ich könnte mir zumindest Scowthers Pistole schnappen und es erschießen. Das wäre das Werk zweier Sekunden.*

Bei ihrem Tempo – der unheimlichen Geschwindigkeit eines Revolvermanns – hätte sie dazu vermutlich nicht länger gebraucht. Aber sie merkte, dass sie außerstande war, sich zu bewegen. Sie hatte sich für diesen Akt des Dramas viele mögliche Abschlüsse vorgestellt, aber niemals Mias Wahnsinn, den niemals, und war nun völlig überrascht. Gleichzeitig war ihr bewusst, dass sie von Glück sagen konnte, dass die Positronics-Verbindung rechtzeitig abgerissen war. Wäre sie das nicht, könnte sie jetzt leicht so wahnsinnig sein wie Mia.

Und die Verbindung könnt wiederkomm, Schwester – willst du nich lieber was unternehmen, solang du kannst?

Aber sie *konnte nicht,* das war der springende Punkt. Sie war vor Bewunderung starr, stand völlig im Bann dieser Geburt.

»Schluss jetzt!«, knurrte Sayre nun Mia an. »Du sollst ihn nicht abschlecken, sondern füttern! Beeil dich, wenn du ihn behalten willst! Leg ihn an deine Brust an! Oder soll ich eine Amme holen lassen? Es gibt viele, die dafür ihr Augenlicht opfern würden!«

»Niemals … im … *LEBEN!«,* rief Mia lachend. Sie ließ den Kleinen sinken, knöpfte ungeduldig den einfachen weißen Kittel auf, den sie jetzt trug, und entblößte die rechte Brust. Susannah konnte sehen, weshalb so viele Männer den Reizen dieser Frau erlegen waren; selbst jetzt noch war diese Brust eine vollkommene, korallenrot gekrönte Halbkugel, die besser für die Hand eines Mannes und die Lust eines Mannes geeignet zu sein schien als für den Mund eines Neugeborenen. Mia legte ihren kleinen Kerl an. Einen Augenblick lang wühlte er so komisch herum, wie er zuvor geglotzt hatte. Sein Gesicht streifte die Brustwarze, schien von ihr abzuprallen. Als er wieder den Kopf senkte, schloss die rosa Rose seines Mundes sich endlich um die steife rosa Knospe der Brust, und er begann zu trinken.

Mia lachte weiter, während sie die verfilzten, mit Blut getränkten schwarzen Locken des kleinen Kerls streichelte. In Susannahs Ohren klang ihr Lachen wie schrilles Kreischen.

Mit schweren Schritten polterte auf einmal ein Roboter heran. Er hatte ziemliche Ähnlichkeit mit Andy dem Kurierroboter – dieselbe hagere Größe von fast zweieinhalb Metern, dieselben leuchtend blauen Augen, dieselben langen Gliedmaßen mit den vielen Gelenken. In den Armen trug er einen großen Glaskasten, der mit grünem Licht angefüllt war.

»Was ist das denn für ein Scheißding?«, knurrte Sayre. Er klang sauer und ungläubig zugleich.

»Ein Brutkasten«, sagte Scowther. »Man kann nie vorsichtig genug sein, finde ich.«

Als er sich danach umsah, schwang seine unter der Schulter hängende Pistole in weitem Bogen auf Susannah zu. Das nun war eine noch bessere Gelegenheit, die beste, die sie jemals bekommen würde, und sie war sich vollends darüber im Klaren, aber bevor Susannah sie ergreifen konnte, *veränderte* Mias kleiner Kerl sich.

4

Susannah sah rotes Licht über den glatten Kinderkörper laufen: vom Scheitel bis zur rechten Ferse mit dem Muttermal. Es war kein einfaches Erröten, sondern ein *Lichtblitz,* der das Kind von außen beleuchtete; das hätte Susannah beschwören können. Und dann, während der Kleine an Mias Brust saugend auf ihrem leeren Bauch lag, folgte dem roten Blitz eine aufsteigende Schwärze, die sich rasch ausbreitete und das Kind in einen lichtlosen Gnom, in ein Negativ des von Mia geborenen rosigen Babys verwandelte. Gleichzeitig begann sein Körper zu schrumpfen, die Beine wurden kürzer und verschmolzen mit dem Bauch, der Kopf glitt tiefer – wobei er Mias Brust mit sich zog – in den Hals, der sich daraufhin wie der einer Kröte aufblähte. Die blauen Augen wurden kurz teerschwarz, danach wieder leuchtend blau.

Susannah wollte schreien, konnte aber nicht.

An den Flanken des schwarzen Wesens bildeten sich zusehends Geschwüre, die dann aufplatzten und Beine austreten ließen. Das rote Muttermal, das an der einen Ferse gesessen hatte, blieb weiter sichtbar, aber es war jetzt zu einem Farbklecks geworden, der jener karmesinroten Markierung auf dem Unterleib einer Schwarzen Witwe glich. Das nämlich war dieses Ding: eine Spinne. Dennoch war das Baby nicht völlig verschwunden. Über dem Spinnenrücken ragte ein weißer Auswuchs auf. Darin konnte Susannah ein winziges, deformiertes Gesicht und blaue Lichtpunkte sehen, die sie als Augen erkannte.

»Was …?«, sagte Mia und wollte sich noch einmal auf den Ellbogen aufrichten. Aus ihrer Brust begann Blut zu fließen. Das Baby trank es wie Milch und vergeudete keinen einzigen Tropfen davon. Sayre stand mit offenem Mund und aus den Höhlen quellenden Augen neben Mia und war wie zu einer Salzsäule erstarrt. Das hier war nicht das, was immer er von dieser Geburt erwartet haben mochte – was immer man ihm *suggeriert* hatte. Der Detta-Teil von Susannah beobachtete Sayres schockierten Gesichtsausdruck mit kindlicher Schadenfreude: Er sah wie der Komiker Jack Benny aus, der einen Lacher in die Länge ziehen wollte.

Mia schien für einen kurzen Augenblick zu erkennen, was geschehen war, jedenfalls wurde ihr Gesicht von einer Art wissendem Entsetzen – und vielleicht vor Schmerz – in die Länge gezogen. Dann kehrte aber ihr Lächeln zurück, dieses engelhafte Madonnenlächeln. Sie streckte eine Hand aus und streichelte das sich weiter verändernde Ungeheuer an ihrer Brust, die schwarze Spinne mit dem winzigen Menschengesicht und dem roten Mal auf dem borstigen Unterleib.

»Ist er nicht schön?«, rief sie aus. *»Ist mein Sohn nicht schön, so lieblich wie die Sommersonne?«*

Das waren ihre letzten Worte.

5

Ihr Gesicht erstarrte nicht eigentlich, sondern wurde lediglich *reglos*. Wangen und Stirn und Kehle, die noch vor kurzem von den Mühen der Geburt dunkelrot angelaufen gewesen waren, verblassten zur wachsartigen Weiße von Orchideenblüten. Die leuchtenden Augen lagen still und unbeweglich in den Höhlen. Und plötzlich hatte Susannah das Gefühl, sie würde keine auf einem Bett liegende *Frau* betrachten, sondern die *Zeichnung* einer Frau. Eine außergewöhnlich detaillierte, aber trotzdem etwas, das mit Zeichenkohle und ein paar blassen Farben auf Papier entstanden war.

Susannah erinnerte sich daran, wie sie nach ihrem ersten Besuch auf dem Wehrgang des Schlosses Discordia ins Hotel Plaza-Park Hyatt zurückgekehrt war, wie sie nach dem letzten Palaver mit Mia im Schutz der Brustwehr hierher nach Fedic gekommen war. Wie ein Riss durch den Himmel und das Schloss und sogar den Stein der Brustwehr gegangen war. Und dann – als trüge ihr Gedanke Schuld daran – riss Mias Gesicht vom Haaransatz bis zum Kinn auf. Ihre starren und trübe werdenden Augen fielen schräg nach beiden Seiten auseinander. Ihre Lippen spalteten sich zu einem verrückten doppelten Zwillingsgrinsen. Und es war nicht Blut, was aus diesem breiter werdenden Riss in ihrem Gesicht quoll, sondern ein moderig riechendes weißes Pulver. Susannah erinnerte sich an Bruchstücke von T. S. Eliot

(hohle Männer die Ausgestopften Stroh im Schädel)

und Lewis Carroll

(ihr seid ja nichts weiter als ein Kartenspiel)

bevor Mias Dan-Tete seinen grässlichen Kopf vom ersten Mahl seines Lebens hob. Er öffnete das blutverschmierte Maul und stemmte sich hoch, wobei er mit den Hinterbeinen scharrend auf dem entleerten Bauch seiner Mutter Halt suchte, während die Vorderbeine fast mit Susannah schattenzuboxen schienen.

Er quiekte triumphierend, und hätte er sich in diesem Augenblick dazu entschlossen, auch die andere Frau anzufallen, von der er während der Schwangerschaft genährt worden war, wäre Susannah Dean bestimmt neben Mia gestorben. Stattdessen wandte er sich aber der schlaff ausgesaugten Brust zu, an der er zuerst getrunken hatte, und riss sie ab. Es waren feucht schmatzende Kaugeräusche. Im nächsten Augenblick vergrub er sich in dem selbst erzeugten Loch, sodass das weiße Menschengesicht verschwand, während Mias Gesicht durch den aus ihrem Kopf quellenden Staub verdeckt wurde. Gleichzeitig war ein scharfes, fast industriell klingendes

Sauggeräusch zu hören, und Susannah dachte: *Es entzieht ihr alle Flüssigkeit, alle noch verbliebene Flüssigkeit. Und seht ihn euch an! Seht, wie er anschwillt! Wie ein Blutegel an einem Pferdehals!*

Ausgerechnet jetzt fragte eine lächerlich englische Stimme im sonoren Tonfall eines lebenslänglichen Kammerdieners: »Bitte um Verzeihung, meine Herren, aber wird dieser Brutkasten noch gebraucht? Die Situation scheint sich jedenfalls leicht geändert zu haben, wenn man mir diese Bemerkung gestattet.«

Die Unterbrechung beendete Susannahs Lähmung. Sie stemmte sich mit einer Hand hoch und bekam mit der anderen Scowthers Pistole zu fassen. Sie ruckte daran, aber die Waffe war mit einem Lederriemen gesichert und wollte sich nicht ziehen lassen. Mit dem Zeigefinger ertastete sie den kleinen Sicherungsknopf und schob ihn nach vorn. Dann richtete sie die noch im Halfter steckende Waffe auf Scowthers Brustkorb.

»Was zum Teu…«, rief er, aber da hatte sie bereits mit dem Mittelfinger den Abzug betätigt, während sie gleichzeitig mit aller Kraft an dem Schulterhalfter zerrte. Die Ledergurte hielten, aber der dünnere Sicherungsriemen für die Pistole riss, und als Scowther zur Seite fiel, während er auf das rauchende schwarze Loch in seinem weißen Arztmantel hinunterzusehen versuchte, brachte Susannah endlich die Waffe an sich. Sie erschoss Straw und den Vampir neben ihm, den mit dem elektrischen Schwert. Der Vampir stand noch einen Augenblick da und starrte den Spinnengott an, der anfangs völlig wie ein Menschenbaby ausgesehen hatte; dann erlosch seine Aura. Und sein Fleisch verschwand mit ihr. Einen Augenblick lang war dort, wo er gestanden hatte, noch ein leeres Hemd zu sehen, das in leeren Jeans steckte. Dann sackten diese Kleidungsstücke zusammen.

»Legt sie um!«, brüllte Sayre und griff nach der eigenen Pistole. *»Knallt das Weib ab!«*

Susannah wälzte sich von dem Spinnenwesen weg, das auf dem zusehends schwindenden Körper seiner Mutter hockte, und zerrte an dem Helm, noch während sie über die Bettkante rutschte. Sekundenlang empfand sie unerträgliche Schmerzen und fürchtete schon, dass sich der Helm nicht abnehmen ließ, aber als sie dann auf dem Boden aufprallte, war sie ihn dann doch los. Der Helm baumelte, mit ausgerissenen Haaren besetzt, über ihr an der Bettkante. Das Spinnenwesen, das bei dem Ruck, der durch den Körper seiner Mutter gegangen war, für einen Augenblick den Halt verloren hatte, keckerte wütend.

Susannah wälzte sich unters Bett, während über ihr mehrere Schüsse fielen. Sie hörte ein lautes *SPROINK*. Eine der Kugeln hatte offenbar eine Bettfeder getroffen. Dann sah sie die behaarten Beine der rattenköpfigen Krankenschwester und schoss ihr in eines der Knie. Die Schwester stieß einen Schrei aus, wandte sich ab und hinkte vor Schmerzen jaulend davon.

Sayre beugte sich nach vorn und zielte mit der Pistole auf das provisorische Doppelbett jenseits von Mias schwindendem Körper. Die Tagesdecke wies bereits drei rauchende, glimmende Löcher auf. Bevor er ein viertes hinzufügen konnte, berührte eines der Spinnenbeine sein Gesicht, riss die Maske auf, die er trug, und ließ die behaarte Wange darunter sehen. Sayre fuhr mit einem Aufschrei zurück. Die Spinne wandte sich ihm zu und ließ einen maunzenden Laut hören. Das weiße Ding hoch auf ihrem Rücken – ein Auswuchs mit einem Menschengesicht – funkelte Sayre an, als wollte es ihn davor warnen, sich an seinem Mahl zu vergreifen. Danach wandte es sich wieder der Frau zu, die aber eigentlich nicht mehr als Frau erkennbar war; sie sah wie die Überreste einer unglaublich alten Mumie aus, die jetzt nur noch aus Staub und Lumpen bestand.

»Entschuldigung, das Ganze *ist* ein wenig verwirrend«, bemerkte der Roboter mit dem Brutkasten. »Soll ich mich zurückziehen? Vielleicht sollte ich zurückkommen, wenn die Lage sich etwas geklärt hat.«

Susannah kehrte ihre Bewegungsrichtung um und wälzte sich unter dem Bett hervor. Sie sah, dass zwei der niederen Männer die Flucht ergriffen hatten. Der Habichtmann Jey schien sich nicht entscheiden zu können. Gehen oder bleiben? Susannah nahm ihm die

Entscheidung ab, indem sie ihm eine Kugel durch den glatten braunen Vogelkopf jagte. Blut spritzte, und Federn flogen.

Sie richtete sich auf, so gut sie konnte, klammerte sich Halt suchend am Bett fest und streckte Scowthers Pistole mit der Rechten vor sich aus. Sie hatte vier Gegner erledigt. Die rattenköpfige Krankenschwester und ein weiterer Mann waren geflüchtet. Sayre hatte die Pistole fallen lassen und versuchte nun, sich hinter dem Roboter mit dem Brutkasten zu verstecken.

Susannah erschoss die beiden restlichen und den niederen Mann mit dem Bulldoggengesicht. Dieser Mann – Haber – hatte Susannah nicht vergessen; er hatte die Stellung gehalten und auf eine Gelegenheit zum Schuss gewartet. Sie kam ihm allerdings zuvor und beobachtete zutiefst befriedigt, wie er rückwärts torkelnd zusammenbrach. Haber, das wusste sie, war ihr gefährlichster Gegner gewesen.

»Madam, ob Sie mir wohl sagen könnten …«, begann der Roboter, und Susannah jagte schnell zwei Schüsse in dessen stählernes Gesicht, die seine leuchtend blauen Augen erlöschen ließen. Diesen Trick hatte sie von Eddie gelernt. Sofort heulte eine ungeheure Sirene los. Susannah war, als könnte sie taub werden, wenn dieses Heulen allzu lange anhielt.

»ICH BIN DURCH SCHÜSSE GEBLENDET WORDEN!«, brüllte der Roboter – weiterhin sprach er mit seinem absurden Möchten-Sie-noch-einen-Tee-Akzent. *»SEHVERMÖGEN NULL, ICH BRAUCHE HILFE, CODE 7, FÜRCHTE ICH, HILFE!«*

Sayre kam mit hoch erhobenen Händen dahinter hervor. Wegen der Sirene und des Gebrülls des Roboters konnte Susannah nicht hören, was er sagte, aber sie konnte dem Hundesohn die Worte von den Lippen ablesen: *Nehmen Sie mein Ehrenwort an, wenn ich mich ergebe?*

Sie lächelte über diese amüsante Idee, ohne zu merken, dass sie lächelte. Aus ihrem Lächeln sprach weder Humor noch Erbarmen, sondern es besagte nur eines: Sie wünschte sich, sie könnte ihn dazu zwingen, ihre Beinstümpfe zu lecken, wie er Mia dazu gezwungen hatte, ihm die Stiefel zu lecken. Aber dafür reichte die Zeit nicht. Er sah sein Verderben in ihrem Grinsen und wandte sich zur Flucht, worauf Susannah ihm zweimal in den Hinterkopf schoss – einmal für Mia, einmal für Pere Callahan. Sayres Schädel zerplatzte in einer Wolke aus Blut und Gehirnmasse. Er torkelte gegen eine Wand, riss ein Regal mit medizinischen Geräten und Verbandsmaterial mit und brach tot zusammen.

Nun zielte Susannah auf den Spinnengott. Der winzige weiße Menschenkopf auf dem schwarzen, borstigen Rücken wandte sich ihr zu. Die blauen Augen, die Rolands so unheimlich ähnlich waren, blitzten.

Nein, das kannst du nicht! Das darfst *du nicht! Denn ich bin der einzige Sohn des Königs!*

Das kann ich nicht?, sendete sie ihrerseits, während sie die Pistole auf ihn richtete. *Oh, Schätzchen, da irrst du … dich … aber … GEWALTIG!*

Bevor sie jedoch abdrücken konnte, fiel hinter ihr ein Schuss. Die Kugel streifte fast ihre linke Halsseite. Susannah reagierte augenblicklich, machte kehrt und ließ sich seitlich zwischen zwei Betten fallen. Einer der zuvor geflüchteten niederen Männer hatte sich die Sache offenbar anders überlegt und war zurückgekommen. Susannah jagte ihm zwei Kugeln in die Brust, sodass er seinen Entschluss nunmehr wohl bedauerte.

Sie warf sich herum, war begierig auf mehr – ja, das war es, was sie wollte, wofür sie bestimmt war, und sie würde Roland auf ewig dafür verehren, dass er es ihr beigebracht hatte –, aber die anderen waren entweder alle tot oder geflüchtet. Die Spinne hastete auf ihren vielen Beinen die Seite ihres Geburtsbetts hinab und ließ dabei die Papiermaché-Leiche ihrer Mutter zurück. Sie wandte den weißen Kinderkopf kurz Susannah zu.

Lass mich lieber durch, Schwarzgesicht, sonst …

Susannah drückte ab, stolperte aber gleichzeitig über die ausgestreckte Hand des Habichtmanns. Die Kugel, die das Ungeheuer hätte erlegen sollen, erwischte es nicht richtig und trennte nur eines der acht behaarten Beine ab. Eine rötlich gelbe Flüssigkeit, mehr Eiter als Blut, trat aus der Wunde aus. Das Wesen kreischte sie vor Schmerzen und Überraschung an. Der hörbare Teil dieses Aufschreis ging im endlosen Sirenengeheul des Roboters unter, aber Susannah hörte ihn laut und deutlich in ihrem Kopf.

Das zahle ich dir heim! Mein Vater und ich, wir zahlen es dir heim! Bis du winselst, sterben zu dürfen, verlass dich darauf!

Dazu kriegst du keine Gelegenheit, Süßer, antwortete Susannah in Gedanken. Sie bemühte sich, möglichst viel Zuversicht auszustrahlen, weil das Wesen nicht wissen sollte, was sie vermutete: dass Scowthers Pistole inzwischen längst leer geschossen war. Sie zielte viel sorgfältiger, als nötig gewesen wäre, worauf die Spinne von ihr forthuschte, erst hinter den endlos mit der Sirene heulenden Roboter flitzte und dann durch einen dunklen Ausgang verschwand.

Also gut. Nicht sonderlich großartig das Ganze, bei weitem nicht die beste Lösung, aber sie lebte noch, und zumindest das war Klasse.

Und die Tatsache, dass Sai Sayres gesamte Mannschaft entweder tot oder geflüchtet war? Auch das war nicht übel.

Susannah warf Scowthers Pistole beiseite und wählte eine andere aus, diesmal eine Walther PPK. Sie zog sie aus der Dockerschlinge, in der Straw sie getragen hatte, und durchwühlte dann dessen Taschen, in denen sie auch prompt ein halbes Dutzend Reservemagazine fand. Sie überlegte kurz, ob sie sich zusätzlich mit dem elektrischen Schwert des Vampirs bewaffnen sollte, ließ es dann aber doch liegen. Es war besser, nur auf Waffen zu setzen, die man kannte.

Sie versuchte, mit Jake Verbindung aufzunehmen, konnte sich selbst aber kein bisschen denken hören und wandte sich deshalb dem Roboter zu. »*He, großer Junge! Schalt deine gottverdammte Sirene ab, okay?*«

Sie hatte keine Ahnung gehabt, ob solch ein Befehl funktionieren würde, aber das tat er. Die sofort eintretende Stille war wundervoll, hatte die sinnliche Struktur von Moiréseide. Stille konnte nützlich sein. Falls es zu einem Gegenangriff kam, würde Susannah sie kommen hören. Und die schlimme Wahrheit? Sie *hoffte* auf einen Gegenangriff, *wünschte sich* geradezu, dass sie kamen, selbst wenn das vielleicht unsinnig war. Sie hatte eine Pistole, und ihr Blut war in Wallung geraten. Das reichte als Grund aus.

(Jake! Jake, hörst du mich, Kleiner? Melde dich bei deiner großen Schwester!)

Nichts. Nicht einmal mehr das Rattern ferner Schüsse. Die Verbindung war …

Dann ein einzelnes Wort – aber war es wirklich ein Wort?

(wimeweh)

Noch wichtiger: War das *Jake?*

Sie wusste es natürlich nicht bestimmt, aber sie glaubte, dass er es war. Und das Wort kam ihr irgendwie bekannt vor.

Susannah konzentrierte sich noch mehr, um diesmal lauter zu rufen, aber dann hatte sie eine seltsame Idee, eine, die zu stark war, um als Intuition bezeichnet zu werden. Jake versuchte, möglichst still zu sein. Er … hielt sich versteckt? Machte sich vielleicht bereit, aus einem Hinterhalt hervorzustürmen? Eine verrückte Idee, aber vielleicht war ja auch *sein* Blut in Wallung geraten. Sie konnte es nicht mit Bestimmtheit sagen, aber sie vermutete, dass er dieses eine Wort

(wimeweh)

absichtlich gesendet hatte, falls es ihm nicht nur irgendwie herausgerutscht war. In beiden Fällen war es vermutlich besser, wenn sie ihn lieber eine Zeit lang in Ruhe ließ.

»Ich bin durch Schüsse geblendet worden, fürchte ich«, wiederholte der Roboter beharrlich. Seine Stimme war weiter laut, aber sie näherte sich allmählich normaler Lautstärke an. »Ich kann überhaupt nichts sehen, und ich habe diesen Brutkasten …«

»Lass ihn fallen«, sagte Susannah.

»Aber …«

»Lass ihn *fallen,* Chumley.«

»Bitte um Verzeihung, Madam, aber mein Name ist Nigel der Butler, und ich kann wirklich nicht …«

Während dieses kurzen Gesprächs hatte Susannah sich näher an ihn herangehievt – man vergaß die alten Bewegungsabläufe nicht, nur weil man für eine kurze Auszeit wieder Beine gehabt hatte, entdeckte sie dabei – und konnte nun den Namen und die Seriennummer lesen, die auf der Chromstahlbrust des Roboters eingeprägt waren.

»Nigel, DNK 45932, lass den beschissenen Glaskasten fallen, sage dir meinen Dank.«

Der Roboter (unter dessen Fabriknummer **DIENSTBOTE** eingeprägt war) ließ den Brutkasten fallen und wimmerte dann, weil das Ding vor seinen stählernen Füßen zerschellte.

Susannah arbeitete sich weiter zu Nigel vor und merkte, dass sie kurzzeitig auftretende Angst überwinden musste, bevor sie die Hand hob und eine dreifingrige Stahlhand ergriff. Sie musste sich daran erinnern, dass Nigel nicht Andy aus Calla Bryn Sturgis war und auch nichts von Andy *wissen* konnte. Der Butler-Roboter mochte intelligent genug sein, um rachsüchtig zu sein – Andy war es jedenfalls gewesen –, aber man konnte nach nichts streben, was man nicht kannte.

Hoffte sie jedenfalls.

»Nigel, heb mich auf.«

Mit surrenden Servomotoren bückte sich der Roboter.

»Nein, mein Lieber, du musst ein paar Schritte vortreten. Da, wo du stehst, liegen Glassplitter.«

»Pardon, Madam, aber ich bin blind. Ich vermute, dass Sie es waren, die mir die Augen ausgeschossen haben.«

Ach ja. Natürlich.

»Also«, sagte Susannah und hoffte, dass ihr gereizter Ton die darunter liegende Angst tarnen würde, »ich kann dir wohl schlecht neue besorgen, wenn du mich nicht aufhebst, oder? Und jetzt leg schleunigst ein Brikett nach, wenn's beliebt. Die Zeit drängt.«

Nigel trat in Richtung des Klangs ihrer Stimme vor, wobei die Glassplitter unter ihm zermalmt wurden. Susannah unterdrückte den Drang, vor ihm zurückzuweichen. Nachdem der Dienstboten-

Roboter sie schließlich ertastet hatte, war sein Griff jedoch durchaus sanft. Er nahm sie auf die Arme.

»Jetzt bring mich zur Tür.«

»Bitte um Verzeihung, Madam, aber in Sechzehn gibt's *viele* Türen. Und unter dem Schloss noch weitere.«

»Wie viele denn?«

»Ich würde sagen …« Eine kurze Pause. »Ich würde sagen, dass gegenwärtig fünfhundertfünfundneunzig funktionsfähig sind.«

Susannah sank der Mut, aber ihr Kopf stellte schnell fest, dass die Quersumme aus fünf-neun-fünf neunzehn war. Also *schrull* ergab.

»Würde es dir etwas ausmachen, mich zu der zu bringen, durch die ich gekommen bin, bevor die Schießerei angefangen hat?« Susannah deutete ans Ende des Raums.

»Nein, Madam, das würde mir nichts ausmachen, aber leider muss ich Ihnen mitteilen, dass das nicht viel bringen würde«, sagte Nigel mit seiner sonoren Stimme. »Diese Tür – NEW YORK Nr. 7/FEDIC – funktioniert nur in einer Richtung.« Eine Pause. In der Stahlkuppel seines Kopfes klickten Relais. »Außerdem ist sie nach der letzten Verwendung durchgebrannt. Sie ist, wie man wohl sagen könnte, zur Lichtung am Ende des Pfades gegangen.«

»Ach, das ist ja *wunderbar!«*, rief Susannah, obwohl sie von dem, was Nigel da berichtete, eigentlich nicht überrascht war. Sie erinnerte sich an das stockende Summen, das die Tür von sich gegeben hatte, kurz bevor Sayre sie unsanft hindurchgestoßen hatte, erinnerte sich, wie sie selbst in ihrer Not noch gedacht hatte, dass es ein sterbliches Ding war. Nun ja, es war gestorben. »Wirklich *wunderbar!«*

»Ich habe das Gefühl, Ihr seid betrübt, Madam.«

»Womit du auch verdammt Recht hast, und ob ich das bin. Nicht genug, dass sich das Ding nur in eine Richtung öffnet! Jetzt fällt es auch noch ganz aus!«

»Und zwar bis auf die automatische Umstellung«, sagte Nigel.

»Automatische Umstellung? Umgestellt auf was?«

»Das müsste dann NEW YORK Nr. 9/FEDIC sein«, sagte Nigel. »Es gab einmal über dreißig Einbahnpforten von New York nach Fedic, aber Nr. 9 dürfte die letzte übrig gebliebene sein. Und alle zu NEW YORK Nr. 7/FEDIC gehörenden Befehle dürften nun automatisch zu Nr. 9 umgestellt worden sein.«

Schrull, dachte Susannah ... fast wie in einem Gebet. *Er spricht wohl über* schrull. *O Gott, wie hoffe ich doch, dass er das tut.*

»Meinst du damit Passwörter und so weiter, Nigel?«

»So ist es, Madam.«

»Bring mich zur Tür Nr. 9.«

»Wie Sie wünschen.«

Nigel marschierte rasch den Gang zwischen hunderten von leeren Betten entlang, deren straffe weiße Laken im Licht der hellen Deckenlampen leuchteten. Susannahs Phantasie bevölkerte diesen Saal für einen Augenblick mit kreischenden, verängstigten Kindern, die frisch aus Calla Bryn Sturgis, vielleicht auch aus den benachbarten Callas eingetroffen waren. Sie sah nicht nur eine einzige rattenköpfige Krankenschwester, sondern ganze Bataillone davon, die eifrig damit beschäftigt waren, den entführten Kindern die Helme überzustülpen, um mit dem Prozess zu beginnen, der ... der *was* tat? Sie irgendwie ruinierte. Ihnen den Verstand aus dem Kopf saugte und ihre Wachstumshormone aus dem Gleichgewicht brachte und sie auf ewig »minder« zurückließ. Susannah vermutete, dass die Kinder anfangs entzückt waren, wenn sie im Kopf eine so angenehme Stimme hörten, die sie in der wundervollen Welt von North Central Positronics und der Sombra Group begrüßte. Susannah malte sich aus, wie das Weinen aufhören würde, in ihren Blicken wieder Hoffnung aufkeimen würde. Vielleicht würden sie glauben, die Krankenschwestern in ihren weißen Uniformen seien trotz ihrer behaarten, erschreckenden Gesichter und ihrer gelben Reißzähne irgendwie gut. So gut wie die Stimme der netten Dame.

Danach würde das Summen beginnen und rasch anschwellen, während es in ihre Kopfmitte vordrang, und dieser Saal würde wieder von Schreckensschreien widerhallen ...

»Madam? Alles in Ordnung mit Ihnen?«

»Ja. Warum fragst du, Nigel?«

»Ich glaube, Sie haben gezittert.«

»Schon gut. Bring mich einfach zur Tür nach New York, zu der, die noch funktioniert.«

6

Nachdem sie den Krankensaal verlassen hatten, trug Nigel sie erst einen Korridor, dann einen zweiten entlang. Sie kamen zu Rolltreppen, die aussahen, als wären sie seit Jahrhunderten zur Bewegungslosigkeit erstarrt. Auf halber Höhe einer der Rolltreppen blinkte eine Stahlkugel auf Beinen sie mit bernsteingelben Augen an und rief: *»Hup! Hup!«* Worauf Nigel mit *»Hup! Hup!«* antwortete, bevor er Susannah erklärte (in dem vertraulichen Ton, den bestimmte Klatschmäuler annahmen, wenn sie über Unglückliche redeten): »Er ist ein Wartungstechniker, der dort seit über achthundert Jahren festsitzt – mit kurzgeschlossener Platine, vermute ich mal. Armer Teufel! Aber er bemüht sich trotzdem weiter, sein Bestes zu geben.«

Unterwegs fragte Nigel sie zweimal, ob sie glaube, dass seine Augen sich ersetzen ließen. Beim ersten Mal antwortete Susannah wahrheitsgemäß, dass sie das nicht wisse. Beim zweiten Mal – inzwischen tat er ihr ein bisschen Leid – fragte sie ihn, was *er* denn denke.

»Ich glaube, dass meine Tauglichkeitszeit annähernd vorüber ist«, sagte er und fügte dann etwas hinzu, wovon sie eine kribbelnde Gänsehaut auf den Armen bekam: »O Discordia!«

Die Brüder Diem sind tot, dachte Susannah und erinnerte sich an etwas – war das ein Traum gewesen? eine Vision? ein flüchtiger Blick auf *ihren* Turm? – aus ihrer Zeit mit Mia. Oder kam es aus ihrer Zeit in Oxford, Mississippi? Oder aus beidem? *Papa Doc Duvalier ist tot. Christa McAuliffe ist tot. Stephen King ist tot, der bekannte Schriftsteller ist bei einem Nachmittagsspaziergang überfahren worden, o Discordia, o Verlorene!*

Aber wer war Stephen King? Und überhaupt, wer war übrigens Christa McAuliffe?

Dann kamen sie an einem der niederen Männer vorbei, die bei der Geburt von Mias Ungeheuer dabei gewesen waren. Er lag mit seiner Pistole in der Rechten und einem Loch im Kopf zusammengerollt auf dem staubigen Boden des Korridors. Susannah vermutete, dass er Selbstmord begangen hatte. In gewisser Beziehung fand sie das nur logisch. Wo hier doch so einiges schief gegangen war. Und falls Mias Baby es jetzt nicht schaffte, aus eigener Kraft dorthin zu gelangen, wo es hingehörte, würde Big Red Daddy fuchsteufelswild sein. Vielleicht sogar auch dann, wenn Mordred irgendwie nach Hause fand.

Sein *anderer* Vater. War das Ganze doch eine Welt aus Zwillingen und Spiegelbildern, wobei Susannah inzwischen mehr von dem verstand, was sie gesehen hatte, als sie eigentlich wollte. Auch Mordred war ein Zwilling, ein Jekyll-und-Hyde-Geschöpf mit zwei Persönlichkeiten, und er – oder es – musste sich an die Angesichter zweier Väter erinnern.

Sie stießen auf eine Anzahl weiterer Toter, die Susannah alle wie Selbstmörder erschienen. Sie fragte Nigel, ob er das erkennen könne – an ihrem Geruch oder sonst was –, aber er behauptete, es nicht zu können.

»Wie viele sind noch hier, glaubst du?«, fragte sie ihn. Ihr Blut hatte genug Zeit gehabt, sich etwas abzukühlen, aber sie fühlte sich trotzdem unruhig.

»Nicht viele, Madam. Ich glaube, dass die meisten weitergezogen sind. Höchstwahrscheinlich zur Derva.«

»Was ist die Derva?«

Der Roboter sagte, er bedaure es sehr, aber diese Information sei vertraulich und nur mit dem entsprechenden Kennwort zugänglich. Susannah versuchte es mit *schrull*, aber das half nichts. Auch *neunzehn* und ihr letzter Versuch *neunundneunzig* blieben erfolglos. Also würde sie sich mit dem Wissen begnügen müssen, dass die meisten eben fort waren.

Nigel bog nach links in einen neuen Korridor, von dem zu beiden Seiten Türen abgingen. Susannah ließ den Roboter anhalten, um eine der Türen zu öffnen, aber dahinter verbarg sich nichts sonderlich Bemerkenswertes. Ihr Blick fiel in ein Büro, das offenbar schon seit langem verlassen war, wie eine dicke Staubschicht zeigte. Interessant war das Plakat mit wild Jitterbug tanzenden Teenagern, das an einer der Wände hing. Unter dem Bild stand in großen blauen Lettern:

SAY, YOU COOL CATS AND BOPPIN' KITTIES!
I ROCKED AT THE HOP WITH ALAN FREED!
CLEVELAND, OHIO, OCTOBER 1954

Susannah war sich ziemlich sicher, dass der Musiker auf der Bühne Richard Penniman war. Nachtclubgänger wie sie trugen Verachtung für jeden zur Schau, der härter als Phil Ochs rockte, aber Suze hatte dennoch immer eine gewisse Schwäche für Little Richard gehabt: *Good golly, Miss Molly, you sure like to ball.* Sie vermutete, dass diese Vorliebe irgendwie mit Detta zusammenhing.

Haben diese Leute ihre Türen einst benutzt, um in beliebigen Wos und Wanns Urlaub zu machen? Haben sie die Macht der Balken dazu pervertiert, bestimmte Ebenen des Turms in Touristenziele zu verwandeln?

Sie fragte Nigel danach, der ihr aber versicherte, davon keine Ahnung zu haben. Der Roboter schien dem Klang der Stimme nach wegen des Verlusts seines Augenlichts noch immer traurig zu sein.

Schließlich erreichten sie einen hallenden Kuppelsaal, in dessen gewaltiges Rund eine Tür neben der anderen eingelassen war. Die Marmorfliesen auf dem Fußboden bildeten ein schwarz-weißes Schachbrettmuster, an das Susannah sich aus bestimmten schweren Träumen erinnerte, Träumen, in denen Mia ihren kleinen Kerl gefüttert hatte. Hoch, sehr hoch darüber flimmerten Konstellationen aus elektrischen Sternen an einem blauen Firmament, das jetzt reichlich Risse aufwies. Diese Rotunde erinnerte sie irgendwie an die Wiege von Lud, mehr noch aber an die Grand Central Station in New York. Irgendwo in den Wänden arbeiteten rostig scheppernde Klimageräte oder Ventilatoren vor sich hin. Der in der Luft hängende Geruch erschien ihr unheimlich vertraut, und nach kurzem Überlegen konnte Susannah ihn bestimmen: das Reinigungsmittel Comet. Die Firma sponserte die Fernsehsendung *Der Preis ist heiß,* die sie sich manchmal ansah, wenn sie vormittags zufällig zu Hause war. »*Ich bin Don Pardo, begrüßen Sie jetzt bitte Ihren Gastgeber, Mr. Bill Cullen!*« Susannah fühlte sich kurz schwindlig und schloss die Augen.

Bill Cullen ist tot. Don Pardo ist tot. Martin Luther King ist tot, in Memphis erschossen. Discordia über alles!

O Jesus, diese *Stimmen,* würden sie nie verstummen?

Sie öffnete die Augen und sah Türen mit der Aufschrift SHANGHAI/FEDIC und BOMBAY/FEDIC und eine mit DALLAS (NOVEMBER 1963)/FEDIC. Andere waren mit Runen beschriftet, die ihr nichts sagten. Zuletzt blieb Nigel vor einer stehen, die sie wiedererkannte:

NORTH CENTRAL POSITRONICS, LTD.
New York / Fedic
Maximale Sicherheitsstufe

Das alles erkannte Susannah von der anderen Seite wieder, aber unter VERBALER ZUTRITTSCODE ERFORDERLICH blinkte nun auf beunruhigende Weise:

Nr. 9 FINALE UMSTELLUNG

7

»Was möchten Sie als Nächstes tun, Madam?«, erkundigte Nigel sich.

»Setz mich ab, Schätzchen.«

Sie überlegte kurz, wie sie reagieren würde, wenn Nigel sich weigerte, das zu tun, aber er zögerte keine Sekunde lang. Danach ginghopste-rutschte sie nach alter Art zu der Tür und legte ihre Hände darauf. Sie fühlte darunter eine Struktur, die weder Holz noch Stahl war. Außerdem glaubte sie, ein ganz leises Summen zu vernehmen. Sie überlegte, ob sie es mit *schrull* – ihrer Version von Ali Babas *Sesam, öffne dich!* – versuchen sollte, ließ es dann aber bleiben. Auf dieser Seite gab es nicht mal eine Türklinke. Einbahn bedeutete Einbahn, vermutete sie; ohne jeden Scheiß.

(JAKE!)

Sie sendete diesen Ruf mit aller Macht.

Keine Antwort. Nicht mal dieses kaum hörbare

(wimeweh)

Nonsenswort. Susannah wartete noch einen Augenblick, dann drehte sie sich um und lehnte sich mit dem Rücken an die Tür. Sie ließ die Reservemagazine zwischen die gespreizten Knie fallen und hielt die Walther PPK in der rechten Hand schussbereit. Keine schlechte Waffe, wenn man mit dem Rücken an einer abgesperrten Tür lehnte, fand sie; ihr gefiel das Gewicht dieser Pistole. Vor langer Zeit waren sie und andere in einer Protestmethode ausgebildet worden, die passiver Widerstand genannt wurde. Lasst euch auf den Boden des Imbissraums fallen, schützt euren Bauch und eure Weichteile. Reagiert nicht auf die Leute, die euch schlagen und beschimpfen und eure Eltern verfluchen. Wiegt euch singend in euren Ketten wie die See. Was hätten ihre alten Freunde wohl von dem gehalten, was aus ihr geworden war?

»Wisst ihr was?«, sagte Susannah. »Das ist mir echt scheißegal. Passiver Widerstand ist auch tot.«

»Madam?«

»Ach, nichts, Nigel.«

»Madam, darf ich fragen …«

»Was ich tue?«

»Genau, Madam.«

»Auf einen Freund warten, Chumley. Einfach nur auf einen Freund warten.«

Sie war davon ausgegangen, dass DNK 45932 sie sofort wieder

daran erinnern würde, dass er Nigel hieß, aber das tat er nicht. Stattdessen fragte er, wie lange sie auf ihren Freund warten wolle. Bis in alle Ewigkeit, erklärte Susannah ihm, was zunächst ein langes Schweigen hervorrief. Schließlich fragte Nigel: »Darf ich dann gehen, Madam?«

»Siehst du denn etwas?«

»Ich habe auf Infrarot umgeschaltet. Das ist zwar weniger befriedigend als dreidimensionale Makrovision, aber es wird ausreichen, um mich zur Reparaturstation zu bringen.«

»Gibt's in dieser Reparaturstation denn jemanden, der dich instand setzen kann?«, fragte Susannah ohne sonderliches Interesse. Sie drückte auf den Knopf, der das Magazin aus dem Griff der Walther auswarf, rammte es dann wieder hinein und empfand ein gewisses urwüchsiges Vergnügen bei dem öligen, metallischen *SNICK!*, das dabei zu hören war.

»Das kann ich leider nicht sagen, Madam«, antwortete Nigel, »obwohl die Wahrscheinlichkeit dafür sehr gering ist, bestimmt weniger als ein Prozent. Sollte dort niemand sein, werde ich wie Sie warten.«

Sie nickte, plötzlich müde und voller Gewissheit, dass dies der Ort war, an dem die große Suche enden würde – hier, an diese Tür gelehnt. Aber man gab nie auf, nicht wahr? Aufgeben war etwas für Feiglinge, nicht für Revolvermänner.

»Möge es dir wohl ergehen, Nigel – danke, dass du mich getragen hast. Lange Tage und angenehme Nächte. Hoffentlich bekommst du deine Augen wieder. Tut mir Leid, dass ich sie rausgeschossen habe, aber ich stand etwas unter Druck und wusste nicht, auf welche Seite du dich schlagen würdest.«

»Ihnen auch alles Gute, Madam.«

Susannah nickte. Nigel stapfte davon, und dann war sie, wie sie da an die Tür nach New York lehnte, allein. Wartete auf Jake. Horchte auf Jake.

Alles, was sie jedoch hörte, war das rostige, sterbende Rattern der Maschinerie in den Wänden.

Kapitel V

Im Dschungel, dem mächtigen Dschungel

1

Allein die Gefahr, die niederen Männer und die Vampire könnten Oy töten, hinderte Jake daran, zusammen mit dem Pere zu sterben. Über diese Entscheidung brauchte er sich nicht den Kopf zu zermartern; Jake rief

(OY, ZU MIR!)

mit aller mentalen Kraft, die er aufbringen konnte, und Oy rannte wie der Blitz zu ihm. Jake hastete an niederen Männern vorbei, die im Bann der Schildkröte standen, und stieß eine Tür mit der Aufschrift ZUTRITT NUR FÜR PERSONAL auf. Aus der düster orangeroten Glut des Restaurants kommend, betraten Jake und Oy jetzt eine Zone mit strahlend hellem weißem Licht und scharf angebratenem, würzig duftendem Fleisch. Dampfschwaden wallten ihm ins Gesicht, heiß und feucht

(der Dschungel)

vielleicht die Vorboten kommender Ereignisse

(der mächtige Dschungel)

vielleicht auch nicht. Nachdem seine Pupillen sich verengt hatten, konnte er wieder klarer sehen und erkannte, dass er sich in der Küche des Dixie Pig befand. Und das nicht zum ersten Mal. Einst, nicht allzu lange vor dem Überfall der Wölfe auf Calla Bryn Sturgis, war Jake einmal Susannah (nur war sie damals Mia gewesen) in einem Traum gefolgt, in dem sie eine große verlassen daliegende Küche nach etwas Essbarem abgesucht hatte. *Diese* Küche, nur herrschte hier jetzt reges

Treiben. An einem Eisenspieß über einem offenen Feuer, aus dem bei jedem Tropfen Fett, der durch das von Essensresten klebrige Eisengitter fiel, neue Flammen züngelten, schmorte ein riesiges Schwein. Rechts und links davon standen unter kupfernen Abzugshauben gigantische Herde, auf denen Töpfe dampften, die fast so groß wie Jake waren. In einem davon rührte ein grauhäutiges Wesen, das so abscheulich war, dass Jakes Augen kaum wussten, wie sie es ansehen sollten. Auf beiden Seiten der grauen, wulstigen Lippen ragten Hauer hervor, und die fleischigen Hängebacken waren über und über mit Warzen besetzt. Die Tatsache, dass dieses Scheusal die schmuddelige weiße Kleidung eines Kochs und dazu eine wie Popcorn bauschige Kochmütze trug, vervollständigte den Albtraum irgendwie, versiegelte ihn sozusagen mit einer Firnisschicht.

Hinter dieser Erscheinung, in den Dampfschwaden kaum sichtbar, standen nebeneinander zwei weitere Gestalten in Weiß, die am Doppelausguss Geschirr spülten. Beide trugen Halstücher. Eine war ein Mensch, ein Junge von sechzehn oder siebzehn Jahren. Die andere schien eine Art monströser Hauskater zu sein, der auf den Hinterbeinen stand.

»*Vai, vai, los mostros pubes, tre cannits en founs!*«, kreischte der Küchenchef mit den Hauern die Spüler an. Er hatte Jake bisher nicht bemerkt. Einer der Spüler – der Kater – entdeckte ihn jedoch. Sofort legte er die Ohren an und fauchte. Jake warf instinktiv den Oriza, den er in der rechten Hand hielt. Der Teller heulte durch die dampfige Luft und durchtrennte den Hals des Katzenwesens so mühelos, als würde ein Messer durch einen Block Schmalz schneiden. Der Kopf, dessen grüne Augen noch immer glühten, purzelte mit schaumigem Klatschen in den Ausguss.

»*San fai, can dit los!*«, rief der Küchenchef. Er schien nicht zu merken, was passiert war, oder aber er war außerstande, es zu begreifen. Er wandte sich Jake zu. Die Augen unter der fliehenden, tief zerfurchten Stirn waren verschwommen blaugrau, die Augen eines vernunftbegabten Wesens. Aus diesem Blickwinkel erkannte Jake nun, was er da vor sich hatte: irgendein anomales, intelligentes Warzenschwein. Was bedeutete, dass es seinesgleichen briet. Was für das Dixie Pig ja nur passend zu sein schien.

»*Can foh pube ain-tet can fah! She-so pan! Vai!*« Das galt offenbar Jake. Und dann, nur um die Verrücktheit komplett zu machen: »Und wenn de nich richtig schrubbst, *fang gar nich erst an!*«

Der andere Spüler, der menschliche, kreischte irgendeine Warnung, aber der Küchenchef achtete nicht auf ihn. Er schien zu glauben, da Jake einen seiner Helfer getötet hatte, sei jener nun moralisch dazu verpflichtet, den Platz des toten Katers einzunehmen.

Jake warf seinen zweiten Teller, der sofort den Hals des Warzenschweins durchtrennte und dem Gelaber ein Ende machte. Mehrere Liter Blut ergossen sich über die Herdplatte rechts neben dem Küchenchef, wo sie mit grässlich verkohltem Gestank verdampften. Der Kopf des Warzenschweins kippte erst nach links und dann nach hinten, fiel aber nicht ab. Das Wesen – es war gut zwei Meter groß – machte zwei torkelnde Schritte nach links und umarmte das am Drehspieß schmorende Schwein. Der Kopf riss sich weiter los und lag nun so auf Chefkoch Warzenschweins rechter Schulter, dass ein Auge zu den in Dampfschwaden gehüllten Leuchtstoffröhren hinaufstarrte. Die Hitze ließ seine Hände an dem Braten kleben, worauf sie schmolzen. Schließlich fiel das Wesen nach vorn in die offenen Flammen, wo sein Kittel sofort Feuer fing.

Jake warf sich rechtzeitig herum, um sehen zu können, dass der andere Spüler mit einem Fleischermesser in der einen Hand und einem Hackbeil in der anderen auf ihn zukam. Jake zog einen weiteren 'Riza aus der Schilftasche, warf ihn aber zunächst noch nicht, obwohl eine Stimme im Kopf ihm zusetzte, er solle es tun, er solle dem Hundesohn das verpassen, was Margaret Eisenhart einmal als »tiefen Haarschnitt« bezeichnet hatte. Darüber hatten die anderen Schwestern des Tellers herzhaft lachen müssen. Aber obwohl ihn alles danach drängte, hielt er seine Hand zurück.

Was er vor sich sah, war ein junger Mann, dessen Haut im grellen Licht der Deckenleuchten blass gelblich grau wirkte. Er machte einen verängstigten und unterernährten Eindruck. Als Jake warnend den Teller hob, blieb der junge Mann stehen. Er starrte jedoch nicht den 'Riza, sondern Oy an, der zwischen Jakes Füßen stand. Das Fell des Bumblers war so gesträubt, dass es seine Größe zu verdoppeln schien, zudem fletschte Oy die Zähne.

»Sprichst du …«, begann Jake, aber dann flog die Tür zum Restaurant auf. Einer der niederen Männer kam in die Küche gestürmt. Jake warf, ohne zu zögern. Der Teller heulte durch die dampfige, neonhelle Luft und trennte dem Eindringling mit blutiger Präzision den Kopf dicht über dem Adamsapfel vom Rumpf. Der kopflose Leib zuckte erst nach links und rechts wie bei einem Bühnenkomiker, der sich auf wunderliche Weise für eine Beifallssalve bedanken wollte, und brach dann zusammen.

Jake hielt fast augenblicklich wieder zwei Teller in den Händen, kreuzte die Arme vor der Brust und nahm so die »Ladestellung« ein, wie Sai Eisenhart sie genannt hatte. Er sah den Spüler an, der weiter das Fleischermesser und das Hackbeil in den Händen hielt. In nicht sehr bedrohlicher Haltung, wie Jake fand. Er nahm einen neuen Anlauf und brachte dieses Mal die ganze Frage heraus: »Sprichst du Englisch?«

»Yar«, sagte der Junge. Er ließ das Hackbeil fallen, um Daumen und Zeigefinger, beide vom Spülwasser gerötet, mit ungefähr einem Zentimeter Abstand hochzuhalten. »Aber nur so viel. Ich lerne, seit ich hier bin.« Er öffnete die andere Hand, und das Messer gesellte sich zu dem Hackbeil auf dem Küchenboden.

»Du kommst aus Mittwelt?«, fragte Jake weiter. »Hab ich Recht?«

Er hielt den Spüler nicht gerade für helle (»Nicht gerade eine Intelligenzbestie«, hätte Elmer Chambers gehöhnt), aber er war zumindest aufgeweckt genug, um Heimweh zu haben; obwohl der Junge verängstigt war, sah Jake unverkennbar etwas davon in seinen Augen aufblitzen. »Yar«, sagte er. »Komme aus Ludweg, ich.«

»Aus der Nähe der Stadt Lud?«

»Nördlich davon, ob's einem passt oder nicht«, sagte der Spüler. »Bringst du mich um, Kamerad? Ich will nicht sterben, so traurig ich bin.«

»Von mir hast du nichts zu befürchten, wenn du die Wahrheit sagst. Ist hier eine Frau durchgekommen?«

Der Spüler zögerte, dann sagte er: »Aye. Sayre und seine Kumpel ham sie gehabt. War völlig daneben, das war sie, hat den Kopf baumeln lassen.« Er demonstrierte, was er meinte, indem er den Kopf schlaff hängen ließ, wodurch er allerdings noch mehr wie ein Dorftrottel aussah. Jake musste an Sheemie aus Rolands Erzählung über seine Zeit in Mejis denken.

»Aber nicht tot.«

»Nar. Hab sie atmen gehört, ich.«

Jake sah zur Tür hinüber, durch die jedoch niemand kam. Noch nicht jedenfalls. Er musste weiter, aber …

»Wie heißt du, Freund?«

»Jochabim, der bin ich, Sohn des Hossa.«

»Pass auf, Jochabim, außerhalb der Küche hier liegt eine Welt namens New York, in der Pubes wie du frei sind. Ich schlage vor, dass du von hier abhaust, solange du die Gelegenheit dazu hast.«

»Sie würden mich bloß zurückholen und auspeitschen.«

»Ach was, du hast ja keine Ahnung, wie groß die Stadt ist. Nämlich wie Lud, als Lud noch …«

Er betrachtete Jochabims Gesicht mit den glanzlosen Augen und dachte: *Nein, ich bin hier derjenige, der keine Ahnung hat. Wenn ich noch länger hier herumlungere, um ihn zur Fahnenflucht zu überreden, geschieht's mir recht, wenn ich …*

Die ins Restaurant hinausführende Tür sprang ein weiteres Mal auf. Diesmal wollten zwei niedere Männer gleichzeitig hereinstürmen, wobei sie für einen Augenblick Schulter an Schulter eingeklemmt waren. Jake warf seine beiden Teller und beobachtete, wie sie sich in der dampfigen Luft kreuzten, um dann die beiden Eindringlinge noch auf der Schwelle zu köpfen. Sie fielen rückwärts, und die Tür schwang wieder zu. Auf der Piper School hatte Jake einmal etwas von der Schlacht bei den Thermopylen gehört, in der die Griechen ein zehnfach stärkeres Perserheer aufgehalten hatten. Die Griechen hatten die Perser in einen Engpass gelockt; er hatte seine Küchentür. Solange sie einzeln oder zu zweit hindurchkamen – und das mussten sie, außer sie konnten ihn irgendwie umgehen –, konnte er sie wie bisher wegputzen.

Zumindest, bis ihm die Orizas ausgingen.

»Schusswaffen?«, fragte er Jochabim. »Gibt's hier Schusswaffen?«

Jochabim schüttelte den Kopf, aber wegen der irritierenden Beschränktheit des jungen Mannes war nicht recht auszumachen, ob das *Keine Schusswaffen in der Küche* oder *Ich versteh dich nicht* heißen sollte.

»Okay, ich muss weiter«, sagte Jake. »Und wenn du nicht abhaust, solange du die Gelegenheit dazu hast, bist du noch dümmer, als du aussiehst. Was viel behauptet wäre. Dort draußen gibt's *Videospiele,* Mann – denk mal darüber nach!«

Jochabim starrte ihn jedoch weiter verständnislos an, weshalb Jake aufgab. Er wollte eben etwas zu Oy sagen, als jemand ihn durch die Tür hindurch ansprach.

»He, Knabe!« Rau. Selbstbewusst. Wissend. Die Stimme eines Mannes, der dich um einen Fünfer erleichtern oder mit deiner Freundin schlafen kann, wann's ihm Spaß macht, dachte Jake. »Dein Freund der Faddah ist tot. Der Faddah ist jetzt eigentlich sogar *Dinnah*. Wenn du jetzt rauskommst, ohne weiter Faxen zu machen, lässt sich vielleicht vermeiden, dass du die Nachspeise wirst.«

»Dreh's seitwärts und steck's dir in den Hintern«, rief Jake zurück. Das drang sogar durch Jochabims Beschränktheit; er wirkte ziemlich schockiert.

»Letzte Chance«, sagte die raue, wissende Stimme. »Komm jetzt da raus.«

»Komm doch rein!«, rief Jake seinerseits. »Ich hab noch reichlich Teller!« Irgendwie spürte er dennoch den aberwitzigen Drang, einfach loszustürmen, durch die Tür zu brechen und den Kampf in die Reihen der niederen Männer und Frauen im Speisesaal des Restaurants zu tragen. Wobei diese Idee nicht einmal verrückt war, wie Roland recht gut gewusst hätte; damit rechneten sie garantiert nicht, und Jake hätte zumindest eine Fifty-fifty-Chance gehabt, sie mit einem halben Dutzend blitzschnell geworfener Teller in Panik zu versetzen und in die Flucht zu treiben.

Das Problem waren die Ungeheuer, die hinter dem Wandteppich geprasst hatten. Die Vampire. Sie würden *nicht* in Panik geraten, das wusste Jake. Wären die Großväter irgendwie imstande gewesen, in die Küche zu gelangen (möglicherweise war es auch nur Mangel an Interesse, der sie im Speisesaal zurückhielt – das und die letzten Überreste der Leiche des Peres), wäre er bereits tot, das ahnte er. Jochabim vermutlich ebenfalls.

Er ließ sich auf ein Knie nieder. »Oy, such Susannah!«, murmelte er und bekräftigte diesen Befehl mit einem raschen mentalen Bild.

Der Bumbler warf Jochabim einen letzten misstrauischen Blick zu, dann machte er sich daran, auf dem Fußboden herumzuschnüffeln. Die Fliesen waren feucht, weil vor kurzem offenbar aufgewischt worden war, und Jake befürchtete schon, dass der Bumbler keine Fährte würde aufnehmen können. Aber dann gab Oy einen kurzen, knappen Laut von sich – mehr ein Blaffen als ein verständliches Wort –, worauf er mit tief gesenkter Nase durch den Mittelgang zwischen den Herden und Warmhalteplatten davonhastete, wobei er nur einen kurzen Umweg machte, um dem rauchenden Leichnam von Chefkoch Warzenschwein auszuweichen.

»Hör mal, du kleiner Dreckskerl!«, rief der niedere Mann von draußen. »Ich verliere langsam die Geduld mit dir!«

»Klasse!«, rief Jake. »Komm doch rein! Mal sehen, ob du dann auch wieder rausgehen kannst!«

Er legte einen Zeigefinger auf die Lippen, um Schweigen zu gebieten, während er Jochabim ansah. Er wollte sich abwenden und wegrennen, hatte aber keine Ahnung, wie lange es dauern würde, bis der Spüler durch die Tür rief, dass der Junge und sein Billy-Bumbler die Thermopylen nicht mehr hielten. Zu seiner Überraschung sagte Jochabim mit sehr leiser Stimme, die kaum mehr als ein Flüstern war, ein paar Worte.

»Was?«, fragte Jake und sah ihn unsicher an. Er glaubte, *Hüte dich vor der Gedankenfalle* gehört zu haben, aber das ergab keinen Sinn. Oder vielleicht doch?

»Hüte dich vor der Gedankenfalle«, sagte Jochabim, diesmal viel deutlicher, dann wandte er sich wieder seinen Töpfen im Spülwasser zu.

»Vor *welcher* Gedankenfalle?«, fragte Jake weiter, aber Jochabim stellte sich taub, und Jake blieb keine Zeit, ihn ins Kreuzverhör zu nehmen. Er rannte los, um Oy einzuholen, und sah sich unterwegs mehrmals um. Falls noch ein paar niedere Männer in die Küche stürmten, wollte Jake Chambers als Erster davon erfahren.

Aber hinter ihm tauchte niemand auf, zumindest nicht bevor er Oy durch eine weitere Tür in die Speisekammer des Restaurants gefolgt war, bei der es sich um einen düsteren Raum voller hoch aufgestapelter Kisten handelte, in dem es nach Kaffee und Gewürzen roch. Sie glich dem Lagerraum hinter dem General Store in East Stoneham, war aber sauberer.

2

In einer Ecke der Speisekammer des Dixie Pig befand sich eine geschlossene Tür. Hinter ihr lag eine geflieste Treppe, die in weiß Gott welche Tiefen führen mochte. Beleuchtet wurde sie von schwachen Glühbirnen hinter trüben Schutzgläsern voller Fliegendreck. Oy machte sich ohne Zögern an den Abstieg, den er mit einer Art hoppelnder Vorderende/Hinterende-Regelmäßigkeit bewältigte, die ziemlich komisch wirkte. Er ließ die Nase dicht über den Stufen. Jake wusste, dass er auf Susannahs Fährte war; das konnte er in den Gedanken seines kleinen Freundes lesen.

Jake versuchte die Stufen zu zählen und kam bis hundertzwanzig, brachte die Zahlen dann aber irgendwie durcheinander. Er fragte sich, ob sie noch in New York (beziehungsweise darunter) waren. Einmal glaubte er, ein leises, vertrautes Rumpeln zu hören, und gelangte zu dem Schluss – angenommen, das war eine U-Bahn –, dass sie noch dort waren.

Schließlich erreichten sie das untere Ende der Treppe. Dort lag ein riesiger, hoch gewölbter Raum, der wie eine gigantische Hotelhalle aussah – nur ohne Hotel. Oy durchquerte ihn, wobei er die Schnauze weiterhin dicht über dem Fußboden ließ, während er eifrig mit dem Ringelschwanz wedelte. Jake musste traben, um mit ihm Schritt halten zu können. Seit die 'Rizas die Schilftasche nicht mehr ganz ausfüllten, klapperten sie darin herum. Am anderen Ende des Lobby-Gewölbes stand ein Kiosk mit einem Schild hinter einem staubigen Fenster: LETZTE GELEGENHEIT, NEW YORKER SOUVENIRS ZU KAUFEN. Auf einem weiteren Schild hieß es: NEW YORK AM 11. SEPTEMBER 2001! TICKETS FÜR DIESES WUNDERVOLLE EVENT NOCH ERHÄLTLICH! FÜR ASTHMATIKER NUR MIT ÄRZTLICHEM ATTEST! Jake fragte sich, was am 11. September 2001 wohl so fabelhaft sein sollte, und überlegte sich dann, dass er das vielleicht auch gar nicht wissen wollte.

Plötzlich hörte er in seinem Kopf eine Stimme, die so laut war, als würde jemand ihm direkt ins Ohr sprechen. *He! He, Positronics-Lady! Sind Sie noch da?*

Jake hatte keine Ahnung, wer diese Positronics-Lady sein mochte, aber er erkannte die Stimme der Fragenden.

Susannah!, rief er laut und kam in der Nähe des Touristenkiosks zum Stehen. Ein überraschtes, freudiges Grinsen breitete sich über sein angestrengtes Gesicht aus und machte es wieder zu einem Jungengesicht. *Suze, bist du da?*

Und dann hörte er sie freudig überrascht aufschreien.

Oy, der merkte, dass Jake ihm nicht mehr dichtauf folgte, drehte sich um und stieß ein ungeduldiges *Ake-Ake!* aus. Jake beachtete ihn vorläufig nicht weiter.

Ich höre dich, sendete er. *Endlich! Gott, mit wem hast du die ganze Zeit geredet? Schrei weiter, damit ich dich an…*

Hinter ihm – vielleicht oben an der langen Treppe, vielleicht schon auf ihr – brüllte jemand: »Dort ist er!« Dabei fielen Schüsse, die Jake aber kaum hörte. Zu seinem großen Entsetzen war ihm etwas in den Kopf gekrochen. Etwas wie eine mentale Hand. Sie gehörte vermutlich dem niederen Mann, der mit ihm durch die Tür gesprochen hatte. Die Hand des niederen Mannes hatte in etwas, das gewissermaßen Jake Chambers' Dogan zu sein schien, einige Skalen entdeckt und fummelte an ihnen herum. Versuchte

(mich einzufrieren mich erstarren zu lassen meine Füße am Boden festfrieren zu lassen)

ihn aufzuhalten. Und diese Hand hatte nur eindringen können, weil er *offen* war, während er sendete und empfing …

Jake! Jake, wo bist du?

Diesmal hatte Jake keine Zeit, ihr zu antworten. Als er einmal versucht hatte, die nichtgefundene Tür in der Höhle der Stimmen zu öffnen, hatte er sich eine Million Türen vorgestellt, die gleichzeitig aufgingen. Jetzt stellte er sich vor, wie sie alle mit einem Knall zugeschlagen wurden, einem Knall, der wie Gottes eigener Überschallknall klang.

Eben noch rechtzeitig. Einen Augenblick lang blieben seine Füße noch auf dem staubigen Boden kleben, und dann schrie etwas vor Schmerzen auf und wich aus ihm zurück. Er ließ es ziehen.

Jake setzte sich in Bewegung, zunächst noch eckig, dann in gesteigertem Tempo. Gott, das war knapp gewesen! Er hörte Susannah ganz schwach seinen Namen rufen, wagte es aber nicht, sich zu öffnen, um antworten zu können. Er würde einfach hoffen müssen, dass Oy ihrer Fährte weiter folgen konnte und dass Susannah weiter senden würde.

3

Später glaubte er, sich daran erinnern zu können, dass er kurz nach Susannahs letztem leisen Rufen begonnen hatte, den Song aus Mrs. Shaws Radio zu singen, aber genau ließ sich das nicht sagen. Ebenso gut konnte man versuchen, die Entstehung von Kopfschmerzen zu lokalisieren oder den genauen Augenblick festzulegen, in dem man merkt, dass man sich eine Erkältung zugezogen hat. Mit Bestimmtheit konnte Jake nur sagen, dass er weitere Schüsse, darunter einmal das surrende Heulen eines Querschlägers, gehört hatte, aber alles das spielte sich weit hinter ihm ab, und er hielt sich zuletzt auch nicht mehr damit auf, sich zu ducken (oder sich auch nur umzusehen). Außerdem bewegte Oy sich jetzt schneller, ließ seine pelzigen kleinen Pfoten richtig wirbeln. Irgendwo polterten und ächzten unsichtbare Maschinen. Auf dem Tunnelboden lagen Stahlgleise, die Jake vermuten ließen, dass hier früher einmal eine Tram oder eine ähnliche Pendelbahn verkehrt hatte. Die Wände waren in regelmäßigen Abständen mit amtlichen Mitteilungen (**RICHTUNG PATRICIA; FEDIC; HABEN SIE IHRE BLAUE NETZKARTE?**) beschriftet. An manchen Stellen waren Kacheln abgefallen, an anderen fehlten die Gleise, an wieder anderen lagen mit einer eklig trüben Brühe angefüllte rätselhafte Schlaglöcher. Jake und Oy kamen an zwei oder drei liegen gebliebenen Fahrzeugen vorbei, die ein Mittelding zwischen Golfkarren und Plattformwagen zu sein schienen. Und sie kamen an einem Roboter mit Rübenkopf vorbei, der die Glühbirnen seiner Augen schwach rot leuchten ließ und einen einzigen Krächzlaut ausstieß, der möglicherweise *halt* hieß. Jake hob einen der Orizas, obwohl er nicht wusste, ob sie gegen dieses Ding nutzen würde, falls es sie verfolgte, aber der Roboter bewegte sich nicht von der Stelle. Dieses eine trübe Aufblitzen schien das letzte Quäntchen Energie in seinen Akkus oder Brennstoffzellen oder Atombatterien oder womit er sonst lief erschöpft zu haben. Hier und da sahen sie Graffiti. Zwei davon kannten sie bereits. Das erste war HEIL DEM SCHARLACHROTEN KÖNIG mit jeweils dem roten Auge über dem I im Text. Das andere lautete BANGO SKANK, '84. *Mann,* dachte Jake geistesabwesend, *dieser Kerl Bango kommt ganz schön herum.* Und dann hörte er erstmals deutlich, dass er halblaut etwas sang. Keine richtigen Worte, sondern nur jenen alten, fast vergessenen Refrain eines der Songs aus Mrs. Shaws Küchenradio: »A-wimeweh, a-wimeweh, a-wiii-ummm-immm-oweh …«

Er hörte damit auf, weil die gemurmelte, talismanartige Eigenart dieses Singsangs ihm unheimlich wurde, und rief Oy zu, er solle kurz anhalten. »Muss mal pinkeln, Boy.«

»Oy!« Gespitzte Lauscher und glänzende Augen ergänzten die Botschaft: *Lass dir nicht zu lange Zeit.*

Jake pinkelte an eine gekachelte Wand. Grünlicher Dreck quoll aus den Fugen zwischen den Fliesenquadraten. Zugleich horchte er auf Geräusche, die auf Verfolger schließen ließen, und wurde auch nicht enttäuscht. Wie viele kamen dort? Und was für eine Art Trupp? Roland hätte das alles vermutlich gewusst, aber Jake hatte keine Ahnung. Die hallenden Echos ließen jedenfalls auf ein ganzes Regiment schließen.

Beim Abschütteln wurde Jake Chambers bewusst, dass der Pere dies nie mehr würde tun können, so wenig wie er noch grinsend mit dem Finger auf ihn zeigen oder sich vor dem Essen bekreuzigen können würde. Sie hatten ihn umgebracht. Ihm das Leben genommen. Seine Atmung und seinen Herzschlag zum Stehen gebracht. Außer in Träumen würde der Pere nie wieder in dieser Geschichte auftauchen. Jake musste weinen. Wie zuvor sein Lächeln bewirkten nun auch die Tränen, dass er wieder kindlich aussah. Oy hatte sich bereits abgewandt, weil er es sichtlich eilig hatte, wieder der Fährte zu folgen, aber jetzt sah er sich unverkennbar besorgt über eine Schulter um.

»Alles in Ordnung«, sagte Jake. Er knöpfte den Hosenschlitz zu und wischte sich dann mit dem Handballen die Tränen vom Gesicht. Nur dass nichts in Ordnung war. Er war mehr als traurig, mehr als zornig, mehr als verängstigt wegen der niederen Männer, die unbarmherzig hinter ihm her waren. Weil sein Adrenalinspiegel jetzt gesunken war, merkte er, dass er nicht nur traurig, sondern auch hungrig war. Auch müde. *Müde?* Der Erschöpfung nahe. Er konnte nicht sagen, wann er zuletzt geschlafen hatte. Er war durch die Tür nach New York gesaugt worden, daran erinnerte er sich – und daran, dass Oy beinahe unter ein Taxi geraten war, und an den Gott-Bombe-Prediger mit dem Namen, der ihn an Jimmy Cagney erinnerte, der in einem alten Schwarz-Weiß-Film, den er sich als kleiner Junge im Fernseher in seinem Zimmer angesehen hatte, George M. Cohan gespielt hatte. Ihm fiel jetzt nämlich ein, dass es in diesem Film ein Lied über einen gewissen Harrigan gegeben hatte: *H-A-double R-I; Harrigan, that's me!«* An solche Dinge konnte er sich also erinnern, aber nicht daran, wann er zuletzt richtig …

»Ake!«, bellte Oy so erbarmungslos wie das Schicksal. Falls Bumbler eine Belastungsgrenze hatten, dachte Jake müde, war Oy noch weit von seiner entfernt. *»Ake-Ake!«*

»Yeah-yeah«, rief er zurück und setzte sich wieder in Bewegung. »Ake-Ake wird jetzt laufen-laufen. Los! Such Susannah.«

Er konnte sich dahinschleppen, aber das würde wahrscheinlich nicht reichen. Auch bloßes Gehen nicht. Er zwang seine müden Beine in einen Trab und fing wieder halblaut zu singen an, diesmal jedoch mit richtigem Text: *»In the jungle, the mighty jungle, the lion sleeps tonight … In the jungle, the quiet jungle, the lion sleeps tonight … Ohhh …«* Und dann war er wieder bei *wimeweh, wimeweh, wimeweh,* Nonsenswörter aus dem Küchenradio, das immer auf die Oldies auf WCBS eingestellt war … aber waren in und mit seiner Erinnerung an diesen Song nicht Erinnerungen an einen anderen Film verwoben? Nicht aus *Yankee Doodle Dandy,* sondern aus irgendeinem anderen Film? Aus einem mit erschreckenden Ungeheuern? Aus einem, den er als ganz kleiner Junge gesehen hatte, als er vielleicht noch seine

(Wickeltücher)

Windeln getragen hatte?

»Near the village, the quiet village, the lion sleeps tonight … Near the village, the peaceful village, the lion sleeps tonight … HAH-oh, a-wimeweh, a-wimeweh …«

Jake blieb schnaufend stehen und rieb sich die Seite. Dort spürte er einen Stich, der aber nicht allzu schlimm war, zumindest bislang nicht, noch nicht tief genug, um ihn ernstlich zu behindern. Aber dieser Schleim … dieser grünliche Schleim, der zwischen den Kacheln herablief … er sickerte durch den uralten Mörtel und die gesprungenen Keramikfliesen, denn dies war

(der Dschungel)

tief unter der Stadt, so tief wie Katakomben

(wimeweh)

oder wie …

»Oy«, sagte er mit vor Trockenheit aufgesprungenen Lippen. Gott, war er durstig! »Oy, das ist nicht Schleim, das ist *Gras*. Oder Unkraut … oder …«

Oy kläffte den Namen seines Freundes, aber Jake achtete kaum darauf. Die hallenden Echogeräusche der Verfolger gingen weiter (waren tatsächlich sogar etwas näher gekommen), aber er ignorierte sie vorerst ebenfalls.

Gras, das aus der gekachelten Wand wuchs.

Das die Wand *überwältigte*.

Er senkte den Kopf und sah noch mehr Gras, leuchtend grün beziehungsweise im Neonlicht der Deckenleuchten fast purpurrot verfärbt, aus dem Boden wachsen. Und Teile von zerbrochenen Kacheln, die in Splitter und Fragmente zerfielen wie die Überreste des Alten Volkes, jener Vorfahren, die gelebt und gebaut hatten, bevor die Balken zu brechen begonnen hatten und die Welt sich weiterbewegt hatte.

Er bückte sich. Griff ins Gras. Hob scharfkantige Fliesensplitter auf, ja, aber auch Erde, die Erde

(des Dschungels)

irgendeiner tiefen Katakombe oder Grabkammer oder vielleicht …

Über die Erdscholle, die er aufgehoben hatte, krabbelte ein Käfer mit einer roten Zeichnung auf dem Rücken, die wie ein blutiges Lächeln aussah, und Jake warf sie mit einem angeekelten Aufschrei weg. Das Zeichen des Königs! Sprecht wahrhaftig! Er kam wieder zu sich und merkte erst jetzt, dass er sich auf ein Knie niedergelassen hatte und wie der Held in irgendeinem alten Film Archäologie praktizierte, während die Meute immer dichter herankam. Oy starrte ihn mit vor Besorgnis glänzenden Augen an.

»Ake! Ake-Ake!«

»Ja, ich komme schon«, sagte er und rappelte sich auf. »Aber, Oy … was *ist* das hier für ein Ort?«

Oy hatte keine Ahnung, weshalb er Besorgnis in der Stimme seines Ka-Dinhs hörte; was er sah, war das Gleiche wie zuvor, und was er witterte, war das Gleiche wie zuvor: *Susannahs* Geruch, die Witterung, die er auf Befehl des Jungen aufnehmen und der er folgen sollte. Und sie war jetzt frischer. Er rannte auf ihrer deutlichen Spur weiter.

4

Fünf Minuten später blieb Jake erneut stehen und rief: »Oy! Warte einen Augenblick!«

Das Seitenstechen war wieder da, und es saß jetzt tiefer, aber es war trotzdem nicht der Grund dafür, dass er stehen geblieben war. *Alles* hatte sich verändert. Oder war dabei, sich zu verwandeln. Und Gott sei ihm gnädig, er glaubte zu wissen, in was es sich verwandelte.

Über ihm brannten die Leuchtstoffröhren, und aus den gekachelten Wänden wucherte Grünzeug. Die feuchte Luft war schwülheiß geworden, sodass sein durchgeschwitztes Hemd ihm am Leib klebte. Ein schöner orangeroter Schmetterling von erstaunlicher Größe flatterte vor seinen weit aufgerissenen Augen vorbei. Jake grapschte danach, aber der Schmetterling wich ihm mühelos aus. Fast schon kokett, dachte er.

Der geflieste Korridor war zu einem Dschungelpfad geworden. Vor ihnen führte er zu einer unregelmäßig geformten Lücke im Unterholz hinauf, hinter der vermutlich eine Art Dschungellichtung lag. Dahinter konnte Jake in Nebelschwaden mächtige alte Bäume aufragen sehen, deren Stämme dick mit Moos bewachsen waren und von deren Ästen Lianen herabhingen. Er konnte riesige, weit ausladende Farne und durch Lücken im Grün des Blätterdachs einen brennenden Dschungelhimmel sehen. Er wusste, dass er unter New York war, unter New York sein musste, aber …

Eine Stimme, die einem Affen gehören musste, zeterte so nahe, dass Jake zusammenfuhr und nach oben blickte, weil er sich sicher war, dass er ihn direkt über sich sehen würde, wie er hinter einer Lampenreihe hervorgrinste. Und dann ein Geräusch, das ihm das Blut in den Adern gerinnen ließ: das gewaltige Brüllen eines Löwen. Und dieser schlief ganz entschieden *nicht*.

Jake war schon im Begriff, den Rückzug anzutreten, und das in höchster Eile, als ihm klar wurde, dass er das *nicht* konnte: Hinter ihm kamen die niederen Männer heran (wahrscheinlich unter Führung des einen, der ihm mitgeteilt hatte, der *Faddah* sei jetzt *Dinnah*). Und Oy sah mit glänzenden Augen ungeduldig zu ihm auf, weil er offenbar weiter wollte. Oy war kein Trottel, aber er ließ keine Besorgnis erkennen – zumindest nicht in Bezug auf das, was vor ihnen lag.

Oy verstand seinerseits nicht, welches Problem der Junge hatte. Er wusste, dass der Junge müde war – das konnte er riechen –, aber er wusste auch, dass Ake Angst hatte. Weshalb? Hier gab es allerlei unangenehme Gerüche, vorwiegend die von vielen Männern, die Oy jedoch nicht unmittelbar gefährlich erschienen. Und außerdem war *ihr* Geruch hier. Jetzt *sehr* frisch. Fast neu.

»Ake!«, kläffte er wieder.

Jake war wieder zu Atem gekommen. »Also gut«, sagte er und sah sich um. »Okay. Aber langsam.«

»Angsam«, wiederholte Oy, aber selbst Jake konnte den erstaunlichen Mangel an Zustimmung in der Antwort des Bumblers nicht überhören.

Jake bewegte sich nur weiter, weil ihm keine andere Wahl blieb. Er ging den steil ansteigenden Dschungelpfad hinauf (in Oys Augen verlief der Korridor völlig eben, was sich seit der Treppe nie geändert hatte) auf die mit Farnen und Ranken gesäumte Lücke zu, auf das schrille Gezeter des Affen und das beklemmend schaurige Brüllen des jagenden Löwen zu. Der Song kreiste unablässig durch sein Gehirn

(in the village … in the jungle … hush my darling, don't stir my darling …)

und jetzt wusste er den Titel, wusste sogar den Namen der Gruppe

(das sind die Tokens mit »The Lion Sleeps Tonight«, aus den Charts verschwunden, aber nicht aus unseren Herzen)

die ihn gesungen hatte, aber wie hatte der *Film* geheißen? Wie hatte der gottverdammte *Film* ge…

Jake erreichte den höchsten Punkt der Steigung und damit auch den Rand der Lichtung. Er blickte durch ein Gewirr aus breiten grünen Blättern und leuchtend purpurroten Blumen (eine winzige grüne Raupe arbeitete sich ins Innere einer dieser Blüten vor), und während er ihr zusah, fiel ihm auch der Name jenes Films ein, der ihm eine Gänsehaut über den Rücken jagte, die vom Nacken bis zu den Fersen hinunterlief. Und im nächsten Augenblick kam der erste Dinosaurier aus dem Dschungel (dem mächtigen Dschungel) auf die Lichtung gestapft.

5

Es war einmal vor langer Zeit

(far and wee)

als er noch ein kleiner Junge war;

(there's some for you and some for me)

es war einmal, als Mutter mit ihrem Kunstclub nach Montreal reiste und Vater nach Vegas flog, wo alljährlich die Herbstshows vorgestellt wurden;

(blackberry jam and blackberry tea)

es war einmal, als 'Bama vier war …

6

’Bama ist der Name, den die einzig Gute

(Mrs. Shaw Mrs. Greta Shaw)

ihm gegeben hat. Sie schneidet die Rinde von seinen Sandwiches ab, sie hängt seine Zeichnungen aus dem Kinnergarten mit Magneten, die wie kleine Plastikfrüchte aussehen, an den Kühlschrank, sie nennt ihn ’Bama, und das ist ein spezieller Name für ihn

(für sie beide)

weil sein Vater ihn an einem betrunkenen Samstagnachmittag beigebracht hat, »Go wide, go wide, roll you Tide, we don’t run and we don’t hide, we’re the ’Bama Crimson Tide!« zu plärren, *und so nennt sie ihn ’Bama, das ist ein Geheimname, und dass nur sie wissen, was er bedeutet, und kein anderer es weiß, ist wie der Besitz eines Hauses, in das man flüchten kann, eines sicheren Hauses in den unheimlichen Wäldern, in denen außerhalb der Schatten alle wie Ungeheuer und Menschenfresser und Tiger aussehen.*

(»Tyger, tyger, burning bright«, *singt seine Mutter für ihn, denn das ist* ihre *Vorstellung von einem Wiegenlied, und* »Eine Fliege hört ich summen … als ich starb«, *was ’Bama Chambers schrecklich ängstigt, obwohl er ihr das nie sagt; er liegt manchmal nachts, manchmal während seines Mittagsschlafs wach und denkt:* Ich werde eine Fliege hören, und sie wird meine Todesfliege sein, mein Herz wird stillstehen, und meine Zunge wird in meinen Rachen fallen wie ein Stein in einen Brunnen, *aber das sind Erinnerungen, die er verdrängt)*

Es ist gut, einen Geheimnamen zu haben, und als er hört, dass Mutter um der Kunst willen nach Montreal reisen und Vater nach Vegas fliegen wird, um mitzuhelfen, die neuen Shows des Senders bei den Vorschauen zu präsentieren, bettelt er seine Mutter an, Mrs. Shaw zu bitten, bei ihm zu bleiben, und seine Mutter gibt schließlich nach. Der kleine Jakie weiß, dass Mrs. Shaw nicht seine Mutter ist, und Mrs. Greta Shaw hat ihm mehr als einmal selbst erklärt, dass sie nicht *seine Mutter ist*

(»Ich hoffe, du weißt, dass ich nicht deine Mutter bin, 'Bama«, sagt sie, während sie ihm einen Teller hinstellt, und auf dem Teller liegt ein Sandwich mit Erdnussbutter, Schinken und Banane, dessen Rinde so abgeschnitten ist, wie nur Greta Shaw sie abzuschneiden versteht, »weil das nämlich nicht zu meiner Stellenbeschreibung gehört«)

(Und Jakie – nur ist er hier 'Bama; wenn sie unter sich sind, ist er 'Bama – weiß nicht genau, wie er ihr erklären soll, dass er das weiß, das weiß, das weiß, aber sich mit ihr begnügen wird, bis die Richtige vorbeikommt oder er wenigstens alt genug ist, um über seine Angst vor der Todesfliege hinwegzukommen)

Und Jake sagt Keine Sorge, mir geht's gut, *aber er ist trotzdem froh, dass Mrs. Shaw sich einverstanden erklärt, bei ihm zu bleiben – statt des neuesten Aupairmädchens, das immer Miniröcke trägt und immer mit ihrem Haar und ihrem Lippenstift herumspielt und sich einen Scheiß um ihn kümmert und nicht weiß, dass er insgeheim 'Bama ist, und Mann, diese kleine Daisy Mae*

(wie sein Vater alle *Aupairmädchen nennt)*

ist dumm dumm dumm. *Mrs. Shaw ist nicht dumm. Mrs. Shaw macht ihm einen Imbiss, den sie manchmal Nachmittagstee oder manchmal vorgezogenes Abendessen nennt, und unabhängig davon, was es gerade gibt – Frischkäse und Obst, ein Sandwich mit abgeschnittener Rinde, Vanillepudding und Kuchen, von der Cocktailparty am Vorabend übrig gebliebene Häppchen –, trällert sie bei der Zubereitung immer das gleiche kleine Lied: »A little snack that's far and wee, there's some for you and some for me, blackberry jam and blackberry tea.«*

In seinem Zimmer steht ein Fernseher, und während seine Eltern fort sind, nimmt er seinen Nachmittagsimbiss dorthin mit und sieht fern sieht fern sieht fern, und er hört ihr Radio in der Küche, immer die Oldies, immer WCBS, und manchmal hört er sie, hört Mrs. Greta Shaw mit den Four Seasons Wanda Jackson Lee »Yah-Yah« Dorsey mitsingen, und manchmal stellt er sich vor, dass seine Eltern bei einem Flugzeugabsturz umkommen und sie irgendwie doch *seine*

Mutter wird, und sie nennt ihn armer kleiner Junge *und* armes verlorenes Kindchen, *und weil irgendeine wundersame Veränderung eintritt, liebt sie ihn, statt ihn nur zu versorgen, liebt ihn liebt ihn liebt ihn, wie er sie liebt, sie ist seine Mutter (oder vielleicht seine Ehefrau, der Unterschied zwischen beidem ist ihm nicht recht klar), aber sie nennt ihn 'Bama statt Schätzchen*

(seine wirkliche Mutter)

oder Ass

(sein Vater)

und obwohl er weiß, dass diese Vorstellung blöd ist, macht es Spaß, im Bett darüber nachzudenken, verdammt viel mehr Spaß, als an die Todesfliege zu denken, die kommen und über seine Leiche hinwegsummen wird, wenn er gestorben ist und seine Zunge in seinem Rachen liegt wie ein in einen Brunnen gefallener Stein. Wenn er nachmittags aus dem Kinnergarten heimkommt (bis er alt genug ist, um zu wissen, dass es eigentlich Kindergarten *heißt, ist er nicht mehr drin), sieht er sich in seinem Zimmer die Sendung* Million Dollar Movie *an. In* Million Dollar Movie *wird eine Woche lang genau der gleiche Film zur genau gleichen Zeit – um vier Uhr nachmittags – gezeigt. In der Woche bevor seine Eltern verreisten und Mrs. Greta Shaw über Nacht blieb, statt heimzufahren*

(o welche Wonne, weil Mrs. Shaw nämlich Discordia unwirksam macht, könnt ihr Amen sagen)

gab es jeden Tag Musik aus zwei Richtungen: Aus der Küche kamen Oldies

(WCBS, könnt ihr Gott-Bombe sagen)

und im Fernsehen stolziert James Cagney mit einer Melone auf dem Kopf umher und singt von Harrigan – H-A-double R-I, Harrigan that's me! *Und den Song darüber, ein wahrhaftiger lebender Neffe seines Onkels Sam zu sein.*

Dann beginnt eine neue Woche, die Woche, in der seine Eltern verreist sind, mit einem neuen Film, und als er ihn zum ersten Mal sieht, macht er sich vor Angst fast in die Hose. Dieser Film, in dem Mr. Cesar Romero die Hauptrolle spielt, heißt Der vergessene Kontinent, *und als Jake ihn später noch mal sieht (im fortgeschrittenen Alter von zehn Jahren), wird er sich fragen, wie er sich jemals vor einem so doofen Film wie diesem hatte fürchten können. Er handelt nämlich von Forschern, die sich im Dschungel verirren, und in diesem Dschungel gibt es* Dinosaurier, *und als Vierjähriger merkte er nicht, dass diese Dinosaurier bloß* gottverdammte ZEICHENTRICKFIGUREN *waren, nichts anderes als Tweety und Sylvester und Popeye der Seemann, würg-würg-würg, könnt ihr Wimpy sagen, könnt ihr mir Olivia Öl geben. Der erste Dinosaurier, den er sieht, ist ein Triceratops, der aus dem Dschungel gewalzt kommt, und die junge Forscherin*

(Beachtliche Oberweite, *hätte sein Vater zweifellos gesagt, weil sein Vater das immer über gewisse Frauen sagte, die Jakes Mutter unter* ein ganz bestimmter Frauentyp *einordnete)*

kreischt sich die Lunge aus dem Leib, und Jake würde mitschreien, wenn er könnte, aber sein Hals ist vor Entsetzen wie zugeschnürt, oh, dies ist Discordia Gestalt geworden! Im Blick des Monsters sieht er das absolute Nichts, das das Ende von allem bedeutet, weil Bitten bei einem solchen Monster nicht verfangen, und Schreie nutzen bei einem solchen Monster auch nichts, es ist zu dumm, durch Schreie wird das Monster höchstens auf einen aufmerksam, und das wird *es, es wendet sich der Daisy Mae mit der beachtlichen Oberweite zu, und dann greift es die Daisy Mae mit der beachtlichen Oberweite an, und in der Küche (der mächtigen Küche) hört er die Tokens, aus den Charts verschwunden, aber nicht aus unseren Herzen, sie singen vom Dschungel, vom friedlichen Dschungel, und hier vor den entsetzt aufgerissenen Augen des kleinen Jungen liegt ein Dschungel, der alles andere als friedlich ist, aber hier gibt's keinen Löwen, sondern ein schwerfälliges Ungetüm, das irgendwie wie ein Nashorn aussieht, aber viel größer ist, und es hat eine Art Knochenkragen um den Hals, und später wird Jake herausbekommen, dass diese Art Monster* Triceratops *heißt, aber vorläufig ist es namenlos, was es sogar noch schlimmer macht, namenlos ist schlimmer. »Wimeweh«, singen die Tokens. »Wee-ummm-a-weh«, und natürlich er-*

schießt Cesar Romero das Monster, bevor es das Mädchen mit der beachtlichen Oberweite in Stücke reißen kann, was für den Augenblick ausreicht, aber in dieser Nacht kommt das Monster zurück, der Triceratops *kommt zurück, er ist in seinem Kleiderschrank, schon als Vierjähriger versteht der kleine Junge nämlich, dass sein Kleiderschrank manchmal nicht sein Kleiderschrank ist, dass seine Tür sich zu verschiedenen Orten öffnen kann, an denen Schreckensgestalten auf der Lauer liegen.*

Er fängt zu schreien an, nachts kann er schreien, und Mrs. Greta Shaw kommt ins Zimmer. Sie sitzt auf seiner Bettkante, ihr Gesicht mit der blaugrauen Schönheitsmaske wirkte geisterhaft, und sie fragt, was hast du, 'Bama, und er kann's ihr tatsächlich erzählen. Seinem Vater oder seiner Mutter hätte er das nie erzählt, wäre einer von ihnen da gewesen, was sie natürlich nicht waren, aber Mrs. Shaw kann er's erzählen, obwohl sie nämlich nicht wesentlich *anders ist als das übrige Personal – die Aupairmädchen Babysitter Kindermädchen Schulwegbegleiter –, ist sie* ein bisschen *anders, genug jedenfalls, um seine Zeichnungen mit kleinen Magneten an den Kühlschrank zu hängen, genug, um den Ausschlag zu geben, um den Turm der geistigen Gesundheit eines albernen kleinen Jungen nicht einstürzen zu lassen, sagt Halleluja, sagt gefunden, nicht verloren, sagt Amen.*

Sie hört sich alles an, was er zu sagen hat, nickt dabei und lässt ihn Tri-CER-a-TOPS sagen, bis er's endlich richtig hinbekommt. Dabei fühlt er sich schon besser. Und dann sagt sie: »Diese Tiere haben früher einmal gelebt, aber sie sind schon vor hundert Millionen Jahren ausgestorben, 'Bama. Vielleicht sogar noch früher. Und jetzt stör mich bitte nicht mehr, ich brauche nämlich meinen Schlaf.«

In dieser Woche sieht Jake sich in der Sendung Million Dollar Movie *jeden Tag* Der vergessene Kontinent *an. Der Film ängstigt ihn jedes Mal ein bisschen weniger. Einmal kommt Mrs. Greta Shaw herein und sieht sich einen Teil gemeinsam mit ihm an. Sie bringt ihm seinen Imbiss, eine große Schale Hawaii-Schaumcreme (auch eine für sich selbst), und trällert ihren wundervollen kleinen Song:*

»A little snack that's far and wee, there's some for you and some for me, blackberry jam and blackberry tea.« Hawaii-Schaumcreme enthält natürlich keine Brombeeren, und sie trinken dazu keinen Tee, sondern den Rest vom Traubensaft, aber Mrs. Greta Shaw sagt, dass allein der Gedanke zählt. Sie hat ihm beigebracht, Rooty-tooty-salutie *zu sagen, bevor sie trinken, und mit ihr anzustoßen. Jake findet das obercool, absolute Spitze.*

Ziemlich bald kommen die Dinosaurier. 'Bama und Mrs. Greta Shaw sitzen nebeneinander, essen Hawaii-Schaumcreme und sehen zu, wie ein großes Monster (Mrs. Shaw sagt, dass diese Art Tyrannasorbet-Wracks heißt) den bösen Forscher frisst. »Zeichentrick-Dinosaurier«, sagt Mrs. Greta Shaw und rümpft die Nase. »Man sollte glauben, sie müssten's besser können.« Aus Jakes Sicht ist das die brillanteste Filmkritik, die er in seinem ganzen Leben gehört hat. Brillant und nützlich.

Schließlich kommen seine Eltern wieder. Bei Million Dollar Movie *wird eine Woche lang* Top Hat *gezeigt, und die nächtlichen Ängste des kleinen Jakie werden nie erwähnt. Im Lauf der Zeit vergisst er seine Furcht vor dem Triceratops und dem Tyrannasorbet.*

7

Als er nun im hohen Gras lag und zwischen Farnwedeln auf die nebelverhangene Lichtung hinausstarrte, entdeckte Jake, dass man manche Dinge nie vergaß.

Hüte dich vor der Gedankenfalle, hatte Jochabim gesagt, und während Jake auf den schwerfälligen Dinosaurier hinabsah – ein Zeichentrick-Triceratops in einem echten Dschungel wie eine imaginäre Kröte in einem echten Garten –, erkannte er, dass es sich hier genau um diese Gedankenfalle handelte. Der Triceratops war nicht real, auch wenn er noch so angsterregend brüllte, auch wenn Jake ihn tatsächlich riechen – die stinkend verfaulenden Pflanzenreste in den weichen Hautfalten, wo seine stämmigen Beine in den Bauch übergingen, die dicke Schicht Mist, mit der sein gepanzertes Hinterteil bedeckt war, und den Sabber, der ständig aus dem mit Hauern besetzten Maul tropfte – und seine keuchenden Atemzüge hören konnte. Er *konnte nicht* real sein, das war Zeichentrick, verdammt noch mal!

Trotzdem wusste Jake, dass das Tier real genug war, um ihn zu töten. Wenn er jetzt dort hinunterging, würde der Zeichentrick-Triceratops ihn ebenso zerreißen, wie er die Daisy Mae mit der beachtlichen Oberweite zerrissen hätte, wenn Cesar Romero nicht rechtzeitig aufgetaucht wäre, um dem Ding mit seiner Großwildjägerbüchse eine Kugel zu verpassen, die es an seiner einzig verwundbaren Stelle traf. Jake hatte sich von der Hand befreit, die versucht hatte, seine motorischen Fähigkeiten zu beeinträchtigen – er hatte alle Türen so fest zugeknallt, dass er die aufdringlichen Finger der Hand vermutlich abgequetscht hatte –, aber dies war etwas anderes. Er konnte nicht einfach die Augen zukneifen und daran vorbeigehen; dies war ein reales Monster, das sein verräterischer Verstand geschaffen hatte, und es konnte ihn wirklich zerreißen.

Hier gab es keinen Cesar Romero, der das verhindern konnte. Auch keinen Roland.

Es gab nur die niederen Männer, die hinter ihm her waren und ständig näher rückten.

Als wollte Oy diesen Punkt unterstreichen, sah er sich in die Richtung um, aus der sie gekommen waren, und bellte einmal durchdringend laut.

Der Triceratops antwortete mit einem Brüllen. Jake erwartete, dass Oy sich bei diesem machtvollen Ton ängstlich gegen ihn drängen würde, aber Oy sah ungerührt weiter über Jakes Schulter nach hinten. Die *niederen Männer* machten Oy Sorgen, nicht der Triceratops unter ihnen oder der Tyrannasorbet, der als Nächster kommen konnte, oder …

Weil Oy ihn nicht sieht, dachte er.

Er spann den Gedanken weiter, konnte ihn aber nicht widerlegen. Oy hatte den Dinosaurier auch nicht gewittert oder gehört. Die

Schlussfolgerung war unausweichlich: Für Oy existierte der schreckliche Triceratops im mächtigen Dschungel unter ihnen nicht.

Was nichts daran ändert, dass er für mich existiert. Das hier ist eine Falle, die man mir – oder jedem anderen Vorbeikommenden, der genügend Phantasie dazu besitzt – gestellt hat. Zweifellos irgendeine technische Spielerei des Alten Volkes. Nur schade, dass sie nicht wie die meisten anderen seiner Maschinen defekt ist; leider ist sie das nicht. Ich sehe, was ich sehe, und kann nichts dagegen ma…

Nein, warte.

Augenblick!

Jake hatte keine Vorstellung davon, wie gut seine mentale Verbindung zu Oy wirklich war, aber er ging davon aus, dass er es bald herausbekommen würde.

»Oy!«

Die rufenden Stimmen der niederen Männer waren inzwischen schrecklich nahe. Bald würden sie den Jungen und den Bumbler sehen, die hier Halt gemacht hatten, und zum Angriff heranstürmen. Oy konnte riechen, dass sie kamen, sah aber trotzdem ruhig zu Jake auf. Zu seinem geliebten Jake, für den er notfalls bereitwillig sterben würde.

»Oy, kannst du den Platz mit mir tauschen?«

Wie sich zeigte, konnte er das.

8

Oy richtete sich mit Ake in den Armen auf. Er schwankte dabei heftig und stellte entsetzt fest, wie schmal der Gleichgewichtsbereich des Jungen doch war. Die Vorstellung, auch nur eine kurze Entfernung allein auf den Hinterbeinen zurücklegen zu müssen, war schrecklich entmutigend, aber trotzdem musste es sein – und zwar sofort. Weil Ake es wollte.

Jake wusste seinerseits, dass er die geliehenen Augen, mit denen er sah, schließen musste. Er war in Oys Kopf, konnte den Triceratops aber weiterhin sehen; jetzt sah er auch einen Pterodactylus, der in der heißen Luft über der Lichtung kreiste und seine lederartigen Flügel ausbreitete, um die aus der Lüftung aufsteigenden Aufwinde zu nutzen.

Oy! Du musst allein zurechtkommen. Und wenn wir unseren Vorsprung halten wollen, solltest du das sofort tun.

Ake!, antwortete Oy und machte dann versuchsweise einen Schritt vorwärts. Der Körper des Jungen schwankte von einer Seite zur anderen, bis an den Rand des Gleichgewichts und darüber hinaus. Akes dummer zweibeiniger Körper taumelte zur Seite. Oy wollte diese Bewegung sofort korrigieren, verschlimmerte sie damit aber nur. Er fiel nach rechts um, wobei Ake sich den Bumblerkopf anschlug.

Vor lauter Ärger wollte Oy bellen. Was da jedoch aus Akes Mund kam, war etwas Dummes, das mehr Wort als Klang war. »Kläff! Läff! *Scheiße*-kläff!«

»Ich höre ihn!«, rief jemand. »Rennt! Los, Laufschritt, ihr nutzlosen Fotzen! Bevor der kleine Scheißer die Tür erreicht!«

Akes Gehör war nicht allzu gut, aber weil die gekachelten Wände alle Geräusche verstärkten, war das kein Problem. Oy konnte ihre rennenden Schritte hören.

»Du musst aufstehen und rennen!«, versuchte Jake zu rufen, aber was herauskam, war ein entstellter, kläffender Satz: *»Ake-Ake, affa! Auf un renn!«* Unter anderen Umständen hätte das vielleicht lustig geklungen, nicht aber unter den jetzigen.

Oy richtete sich auf, indem er Akes Rücken gegen die Wand drückte und sich mit Akes Beinen hochschob. Wenigstens bekam er jetzt die Bewegungsabläufe in den Griff; sie wurden von einem Ort aus gesteuert, den Ake als *Dogan* bezeichnete, und waren relativ einfach. Links davon führte jedoch ein gewölbter Durchgang in einen riesigen Saal mit blitzblanken Maschinen. Oy wusste, dass er sich rettungslos verirrt hätte, wenn er diesen Saal betreten hätte, in dem Jake alle seine wunderbaren Gedanken und seinen Wortschatz aufbewahrte.

Zum Glück brauchte er nicht dort hinein. Was er benötigte, war alles im Dogan zu finden. Linker Fuß … nach vorn. *(Und pausieren.)* Rechter Fuß … nach vorn. *(Und pausieren.)* Das Wesen festhalten, das wie ein Billy-Bumbler aussieht, aber in Wirklichkeit dein Freund ist, und mit dem anderen Arm das Gleichgewicht halten. Nicht dem Drang nachgeben, sich auf alle viere niederzulassen und so weiterzulaufen. Würde er das tun, würden die Verfolger ihn bestimmt bald einholen; er kann sie nicht mehr riechen (nicht mit Akes erstaunlich unempfindlicher knollenförmiger kleiner Schnauze), aber er ist sich dessen trotzdem sicher.

Jake seinerseits kann sie deutlich riechen: mindestens ein Dutzend, wahrscheinlich bis zu sechzehn. Ihre Körper waren die reinsten Stinkbomben, und ihr Gestank wälzte sich wie eine schmutzige Wolke vor ihnen her. Er konnte den Spargel riechen, den einer gegessen hatte; er konnte das fleischige, irgendwie falsche Aroma der Krebszellen riechen, die in einem anderen wucherten, wahrscheinlich in seinem Kopf, möglicherweise auch in seiner Kehle.

Dann hörte er, wie der Triceratops wieder brüllte. Diesmal antwortete ihm das über ihm segelnde vogelähnliche Wesen.

Jake schloss seine – nun ja, Oys – Augen. Im Dunkel war die schwankende Fortbewegungsweise des Bumblers nun allerdings noch schlimmer. Jake befürchtete, sich die Eingeweide aus dem Leib kotzen zu müssen, wenn er das alles (vor allem mit geschlossenen Augen) noch lange aushalten musste. Das war er nämlich: 'Bama, der seekranke Seemann.

Los, Oy!, dachte er. *So schnell du kannst. Pass auf, dass du nicht wieder fällst, aber … so schnell du kannst!*

9

Wäre Eddie dabei gewesen, hätte diese Szene ihn vielleicht an Mrs. Mislaburski erinnert, die etwas weiter die Straße hinunter gewohnt hatte: Mrs. Mislaburski im Februar, nach einem Schneesturm, wenn der Gehsteig mit einer Eisschicht bedeckt und noch nicht geräumt und gestreut war. Aber sie ließ sich durch das bisschen Eis nicht davon abhalten, sich ihr Kotelett oder etwas Fisch aus dem Castle Avenue Market zu holen (oder sonntags in die Messe zu gehen, war doch Mrs. Mislaburski vermutlich die frommste Katholikin von ganz Co-Op City). Da kam sie also, ihre dicken Beine gespreizt, in ihren Stützstrümpfen bonbonrosa, ein Arm mit ihrer Handtasche an ihren gewaltigen Busen gepresst, der andere ausgestreckt, um das Gleichgewicht zu halten, der Kopf gesenkt, ihr Blick auf der Suche nach Inseln aus Asche, wo ein verantwortungsbewusster Hausmeister bereits gestreut hatte (Jesus und Mutter Maria sollten diese guten Männer segnen), aber auch nach den heimtückischen glatten Stellen, die sie zu Fall bringen würden, sodass ihre dicken rosa Knubbelknie auseinander flogen und sie auf ihren vier Buchstaben, vielleicht auch auf dem Rücken landen würde, dabei konnte eine Frau sich leicht das Rückgrat brechen, wonach eine Frau leicht *gelähmt* sein konnte wie die Tochter der armen Mrs. Bernstein, die in Mamaroneck einen Verkehrsunfall gehabt hatte, solche Dinge passierten eben. Und so ignorierte sie die Pfiffe der Kinder (unter denen oft Henry Dean und sein kleiner Bruder Eddie waren) und tapste weiter: mit gesenktem Kopf, ein Arm zur Gleichgewichtserhaltung ausgestreckt, ihre solide alte Damenhandtasche an den Oberkörper gepresst und fest entschlossen, ihre Handtasche mitsamt dem Inhalt unter allen Umständen zu schützen, wenn sie wirklich hinknallte, indem sie sich darauf fallen ließ wie Joe Namath auf den Football, wenn er damit von den Beinen geholt wurde.

Auf diese Weise ging nun also Oy von Mittwelt mit Jakes Körper ein Stück des Korridors entlang, das (zumindest für ihn) nicht viel anders aussah als der bisherige unterirdische Gang. Der einzige Unterschied, den er erkennen konnte, bestand aus drei Löchern auf jeder Seite, aus denen große Glasaugen, die stetig leise summten, sie anstarrten.

Auf den Armen trug er etwas, das wie ein Bumbler aussah und die Augen krampfhaft geschlossen hielt. Wären sie offen gewesen, hätte Jake jene Dinger als Projektoren erkennen können. Aber vermutlich hätte er sie überhaupt nicht wahrgenommen.

Oy bewegte sich langsam (er wusste zwar, dass ihre Verfolger aufholten, aber er wusste auch, dass es besser war, langsam zu gehen, als wieder hinzuknallen), schlurfte x-beinig weiter und hielt den zusammengerollten Ake an die Brust gedrückt – genau wie Mrs. Mislaburski ihre Handtasche an Glatteistagen an sich gepresst hatte –, während er an den Glasaugen vorbeiging. Das Summen verklang. War er weit genug gegangen? Das hoffte er zumindest. Wie ein Mensch zu gehen war einfach zu anstrengend, zu nervenaufreibend. Ebenso wie die Nähe zu Akes ganzer Denkmaschinerie. Er spürte den Drang, sich danach umzusehen – all die spiegelblanken Oberflächen! –, tat es dann aber doch nicht. Dieser Anblick konnte eine Hypnose auslösen. Oder sogar Schlimmeres.

Er machte Halt. »Jake! Sieh nur!«

Jake versuchte, *Okay* zu sagen, heraus kam stattdessen aber ein Bellen. Er öffnete vorsichtig die Augen und sah auf beiden Seiten gekachelte Wände. Aus ihnen wuchsen noch Gras und kleine Farne, gewiss, aber es *war* eine gekachelte Wand. Dies *war* ein Korridor. Er sah sich um und erkannte die Lichtung. Der Triceratops hatte sie vergessen. Er war mit dem Tyrannasorbet in einen Kampf auf Leben und Tod verwickelt – eine Szene aus *Der vergessene Kontinent,* an die Jake sich mit absoluter Klarheit erinnerte. Die junge Frau mit der beachtlichen Oberweite hatte den Kampf aus der Sicherheit von Cesar Romeros Umarmung beobachtet, und als das riesige Maul des Zeichentrick-Tyrannasorbets sich mit tödlichem Biss über dem Kopf des Triceratops schloss, hatte die junge Frau das Gesicht an Cesar Romeros männliche Brust sinken lassen.

»Oy!«, bellte Jake, aber das Bellen war zu *langsam,* weshalb er ins Denken überwechselte.

Los, wir tauschen wieder!

Dazu war Oy nur allzu gern bereit – er hatte sich nie etwas sehnlicher gewünscht –, aber bevor der Wechsel stattfinden konnte, bekamen ihre Verfolger sie in Sicht.

»Da sind se!«, rief der Mann mit dem Bostoner Akzent, der berichtet hatte, der *Faddah* sei *Dinnah*. »Da sind se! Los, erschießt se!«

Und noch während Jake und Oy wieder die Körper tauschten, zerfetzten schon die ersten Kugeln wie schnalzende Finger die Luft um sie herum.

10

Der Anführer der Verfolger war ein Mann namens Flaherty. Von den siebzehn war er der einzige Hume. Die anderen waren bis auf einen alles niedere Männer und Vampire. Der Letzte war ein Taheen mit dem Kopf eines intelligenten Hermelins und mächtigen behaarten Beinen, die aus Bermudashorts ragten. Diese Beine endeten in schmalen Füßen mit äußerst scharfen Krallen. Mit einem einzigen Tritt konnte Lamla einen erwachsenen Mann in zwei Teile reißen.

Flaherty – in Boston aufgewachsen, seit zwanzig Jahren einer der Männer des Königs in zig New Yorks gegen Ende des 20. Jahrhunderts – hatte seinen Trupp in einer nervenzerfetzenden Qual aus Angst und Wut möglichst rasch zusammengestellt. *Nichts gelangt ins Pig*. Das hatte Sayre von Meiman verlangt. Und falls *doch* etwas hineingelangte, durfte es unter keinen Umständen wieder hinaus. Das galt erst recht für den Revolvermann und alle Angehörigen seines Ka-Tet. Ihre Einmischung war längst nicht mehr nur lästig, und man brauchte nicht der Elite anzugehören, um das zu wissen. Aber Meiman, den seine wenigen Freunde als »Kanari« gekannt hatten, war jetzt tot, und der Junge war ihnen irgendwie entwischt. Ein Junge, um Himmels willen! Ein gottverdammter *Knabe!* Aber woher hätten sie wissen sollen, dass diese beiden über ein so wirkungsvolles Totem wie diese Schildkröte verfügten? Wäre das verdammte Ding nicht unter den nächsten Tisch gehüpft, hätten sie vermutlich noch immer in seinem Bann gestanden.

Flaherty wusste, dass das alles stimmte, aber er wusste auch, dass Sayre das nie als stichhaltige Begründung akzeptieren würde. Er würde ihm, Flaherty, nicht mal die Gelegenheit geben, sie vorzubringen. Nein, er und auch die anderen würden schon lange vorher tot sein. Verkrümmt auf dem Fußboden liegen, während die Ärzte-Käfer sich an ihrem Blut labten.

Angeblich konnte der Junge die Tür nicht überwinden, weil er keines der Passwörter wusste – wissen *konnte* –, mit denen sie sich öffnen ließ, aber Flaherty traute solchen Vorstellungen nicht mehr, so verlockend sie auch klingen mochten. Gewissheiten gab es keine mehr, weshalb sich Flaherty auch unendlich erleichtert fühlte, als er den Jungen und seinen mit Pelz besetzten kleinen Kumpel sah, die nicht allzu weit vor ihnen Halt gemacht hatten. Mehrere der Verfolger schossen, ohne jedoch zu treffen. Was Flaherty nicht sonderlich überraschte. Zwischen dem Jungen und ihnen lag irgendein grüner Bereich, der wie ein gottverdammtes Stück Dschungel tief unter der Stadt aussah und aus dem leichter Nebel aufstieg, der das Zielen erschwerte. Und dort gab es doch tatsächlich auch irgendwelche lächerlichen Zeichentrick-Dinosaurier! Einer davon hob sein blutverschmiertes Haupt und brüllte sie an, wobei er die verkümmerten Vorderbeine an die schuppige Brust gedrückt hielt.

Sieht wie ein Drache aus, sagte Flaherty sich und sah dann, wie der Zeichentrick-Dinosaurier sich vor seinen Augen in einen Drachen verwandelte. Der Drache spuckte brüllend Feuer, das mehrere herabbaumelnde Lianen und eine Matte aus hängendem Moos in Brand setzte. Der Junge hatte sich inzwischen wieder in Bewegung gesetzt.

Lamla, der Taheen mit dem Hermelinkopf, arbeitete sich durch den Trupp nach vorn und berührte dann die Stirn mit einer mit Fell bewachsenen Faust. Flaherty erwiderte den Gruß ungeduldig. »Was liegt da unten, Lamla? Weißt du's?«

Flaherty selbst war noch nie unterhalb des Pig gewesen. Wenn er geschäftlich unterwegs war, pendelte er immer zwischen New Yorks hin und her, was bedeutete, dass er entweder die Tür in der Forty-seventh Street zwischen First und Second Avenue – die in dem ständig leeren Lagerhaus in der Bleecker Street (das in manchen Welten ein ewig unfertiges Apartmenthaus war) – oder die weit nördlich in der Ninety-fourth Street benutzte. (Letztere war jetzt häufig defekt, und natürlich gab es niemanden, der sie hätte reparieren können.) In der Innenstadt gab es noch weitere Türen – New York wimmelte von Portalen in andere Wos und Wanns –, aber dies waren die einzigen Türen, die noch funktionierten.

Und natürlich die nach Fedic. Die eine vor ihnen!

»Das ist ein Trugbild-Erzeuger«, sagte das Hermelinwesen. Seine Stimme klang feucht und heiser, nicht einmal annähernd menschlich. »Diese Maschine fischt nach dem, was man fürchtet, und lässt es Wirklichkeit werden. Sayre wird sie eingeschaltet haben, als sein Tet und er hier mit der Schwarzen vorbeigekommen sind. Um sich den Rücken freizuhalten, wisst Ihr.«

Flaherty nickte. Eine Gedankenfalle. Sehr schlau. Aber wie gut war sie, hä? Dieser verdammte Scheißer von einem Jungen hatte sie jedenfalls irgendwie überwunden.

»Was immer der Junge gesehen hat, verwandelt sich jetzt in das, was *wir* fürchten«, sagte der Taheen. »Das Ganze basiert auf Einbildungskraft.«

Einbildung. Flaherty griff dieses Wort begierig auf. »Also gut. Sag den Leuten, dass sie einfach nicht beachten sollen, was immer sie dort unten sehen.«

Erleichtert über das, was Lamla ihm da mitgeteilt hatte, hob er jetzt einen Arm, um seinen Männern das Zeichen zum Angriff zu geben. Sie mussten die Verfolgung immerhin fortsetzen, oder? Sayre (oder Walter o' Dim, der noch schlimmer war) würde sie alle abmurksen, wenn es ihnen nicht gelang, diese Rotznase an der Flucht zu hindern. Aber Flaherty hatte *tatsächlich* Angst vor Drachen, das war die andere Sache; er hatte sie, seit sein Vater ihm in seiner Kindheit Märchen vorgelesen hatte, in denen Drachen vorgekommen waren.

Der Taheen fiel Flaherty in den Arm, bevor dieser endgültig das Zeichen zum Angriff geben konnte.

»Was denn jetzt schon wieder, Lamla?«, knurrte Flaherty.

»Ihr habt mich nicht verstanden. Das, was dort unten ist, ist wirklich genug, um Euch zu töten. Um uns *alle* zu töten.«

»Was siehst *du* also?« Jetzt war zwar nicht der richtige Augenblick für neugierige Fragen, aber Neugier war schon immer Conor Flahertys Fluch gewesen.

Lamla ließ den Kopf hängen. »Darüber möchte ich nicht reden. Es ist schlimm genug. Der springende Punkt ist, Sai, dass wir dort unten sterben werden, wenn wir nicht vorsichtig sind. Ihr würdet anschließend vielleicht aussehen, als hättet Ihr einen Herzschlag erlitten oder wärt einem Straßenräuber zum Opfer gefallen, aber die eigentliche Todesursache wäre genau das, was Ihr dort unten seht. Wer nicht glaubt, dass Einbildung töten kann, ist ein Narr.«

Die anderen hatten sich inzwischen hinter dem Taheen versammelt. Ihre Blicke gingen zwischen der nebelverhangenen Lichtung und Lamla hin und her. Flaherty gefiel überhaupt nicht, was er da auf ihren Gesichtern lesen konnte. Indem er einen oder zwei von denen umlegte, die sich am wenigsten bemühten, ihre mürrischen Blicke zu verbergen, konnte er den Enthusiasmus der anderen vielleicht wieder herstellen, aber was nutzte das, wenn Lamla Recht behielt? Das verdammte Alte Volk, das überall seine Spielsachen zurückgelassen hatte! Höchst gefährliche Spielsachen! Wie sie einem das Leben schwer machten! Die Pest über sie alle!

»Wie kommen wir also durch?«, rief Flaherty aus. »Und wie ist übrigens der *Balg* durchgekommen?«

»Weiß nicht, wie der Balg das geschafft hat«, antwortete Lamla, »aber *wir* brauchen nur die Projektoren zu zerschießen.«

»*Welche* beschissenen Projektoren?«

Das Hermelinwesen deutete nach unten … beziehungsweise auf gleicher Höhe den Korridor entlang, wenn das, was dieser hässliche Teufel sagte, zutraf. »Dort«, sagte Lamla. »Ich weiß, dass Ihr sie nicht sehen könnt, aber glaubt mir, sie sind da. Auf beiden Seiten.«

Flaherty beobachtete mit gewisser Faszination, wie Jakes neblige Dschungellichtung sich vor seinen Augen weiter in einen dunklen, tiefen Märchenwald verwandelte – wie in *Es war einmal zu einer Zeit, als jedermann im Wald und niemand woanders lebte, dass ein Drache das Land verwüstete …*

Was Lamla und die anderen sahen, konnte Flaherty nicht sagen, vor seinen Augen jedenfalls begann der Drache (der vor kurzem noch ein Tyrannasorbet gewesen war) gehorsam sein Verwüstungswerk, setzte Bäume in Brand und hielt Ausschau nach kleinen katholischen Jungen, die er fressen konnte.

»Ich sehe *NICHTS!«*, brüllte er Lamla zu. »Ich glaube, du hast deinen beschissenen *VERSTAND* verloren!«

»Ich habe sie einmal im abgeschalteten Zustand gesehen«, antwortete Lamla gelassen, »und weiß noch ungefähr, wo sie sind. Wenn Ihr mich vier Männer darauf ansetzen lasst, die beide Seiten unter Feuer nehmen, dürfte es nicht lang dauern, sie außer Betrieb zu setzen.«

Und was wird Sayre sagen, wenn ich ihm berichte, dass wir seine kostbare Gedankenfalle zerschossen haben?, hätte Flaherty sagen können. *Und überhaupt, was wird Walter o' Dim dazu sagen? Was einmal hin ist, lässt sich nämlich nie mehr instand setzen, jedenfalls nicht von Leuten wie uns, die mit knapper Not gerade einmal wissen, wie man zwei Stöcke aneinander reibt, um Feuer zu machen, aber nicht viel mehr.*

Das hätte er sagen können, tat es aber nicht. Weil es wichtiger war, den Jungen zu fassen, als irgendeine technische Spielerei des Alten Volks zu erhalten, selbst wenn sie so erstaunlich wie diese Gedankenfalle war. Und Sayre hatte sie schließlich selbst eingeschaltet, oder nicht? In der Tat! Falls es irgendwas zu erklären gab, war Sayre dafür zuständig! Sollte er doch sein Knie vor den großen Bossen beugen und reden, bis sie ihm das Maul stopften! Unterdessen baute der Rotzlümmel, den die Götter verdammen sollten, wieder seinen Vorsprung aus, den Flaherty (der sich schon vorgestellt hatte, wie er für sein promptes Eingreifen belobigt werden würde) und seine Männer so dramatisch verringert hatten. Hätte nur einer von ihnen den Jungen zufällig getroffen, als er und sein wuscheliger kleiner Freund in Sichtweite gewesen waren! Ach,

Wünsche in der einen Hand, Scheiße in der anderen! Rate mal, welche sich schneller füllt!

»Bring deine besten Schützen nach vorn«, sagte Flaherty mit seinem Back-Bay-/John-F.-Kennedy-Akzent. »Legt los!«

Lamla beorderte drei niedere Männer und einen Vampir nach vorn, teilte für beide Seiten je zwei Schützen ein und redete kurz in einer anderen Sprache mit ihnen. Flaherty bekam mit, dass einige von ihnen schon einmal hier unten gewesen waren und sich wie Lamla halbwegs daran erinnerten, wo die Projektoren in die Wände eingebaut waren.

Unterdessen wütete Flahertys Drache – oder genauer gesagt der Drache von seinem *Da'* – weiter im tiefen, dunklen Wald (der Dschungel war jetzt völlig verschwunden) und setzte alles Mögliche in Brand.

Endlich – obwohl Flaherty das Gefühl hatte, dass eine Ewigkeit verstrichen war, waren vermutlich weniger als dreißig Sekunden vergangen – fingen die Scharfschützen zu schießen an. Fast sofort begannen Wald und Drache vor Flahertys Augen zu verblassen; sie wurden zu etwas, das wie überbelichteter Kinofilm aussah.

»Einen hat's schon erwischt, Kameraden!«, schrie Lamla, dessen Stimme sich unglücklicherweise zu einem Blöken verzerrte, wenn er sie erhob. *»Haltet weiter drauf! Haltet um der Liebe eurer Väter willen drauf!«*

Die Hälfte seiner Truppe hat wahrscheinlich nie einen gehabt, dachte Flaherty mürrisch. Dann folgte das deutlich hörbare Klirren zersplitternden Glases, und sofort erstarrte der Drache zur Bewegungslosigkeit, während ihm aus Maul, Nasenlöchern und den Kehllappen an den Seiten seines gepanzerten Halses weiter Feuerodem quoll.

Dadurch ermutigt, begannen die Scharfschützen schneller zu schießen, und Sekunden später verschwand die Lichtung mitsamt dem erstarrten Drachen. Dort, wo sie gewesen waren, lag jetzt wieder nur ein gekachelter Korridor, auf dessen Boden sich die Spuren derer abzeichneten, die ihn in letzter Zeit benutzt hatten. In beiden Wänden waren die zerschossenen Projektoröffnungen zu sehen.

»Alle mal herhören!«, brüllte Flaherty, nachdem er Lamla anerkennend zugenickt hatte. »Wir verfolgen den Jungen weiter, und wir bewegen uns im Laufschritt, und wir erwischen ihn, und wir bringen seinen Kopf auf einer Stange zurück! Seid ihr dabei?«

Sie brüllten wilde Zustimmung, keiner lauter als Lamla, dessen Augen in demselben unheilvollen Gelborange leuchteten wie der Feuerodem des Drachen.

»Gut, dann los!« Flaherty trabte voraus und röhrte dabei ein Lied, das jeder Ausbilder der Marines erkannt hätte: *»We don't care how far you run …«*

»WE DON'T CARE HOW FAR YOU RUN!«, wiederholten die Männer grölend, als sie zu viert nebeneinander über die Stelle trabten, an der Jakes Dschungel gelegen hatte. Unter ihren Füßen knirschten Glassplitter.

»We'll bring you back before we're done!«

»WE'LL BRING YOU BACK BEFORE WE'RE DONE!«

»You can run to Cain or Lud …«

»YOU CAN RUN TO CAIN OR LUD!«

»We'll eat your balls and drink your blood!«

Sie wiederholten auch diese Zeile, worauf Flaherty das Tempo noch etwas mehr steigerte.

11

Jake hörte sie wieder kommen, come-come-commala. Hörte, wie sie drohten, seine Eier zu fressen und sein Blut zu trinken.

Angabe, Angabe, Angabe, dachte er, versuchte aber trotzdem, schneller zu laufen. Bestürzt merkte er, dass er das nicht konnte. Der Körpertausch mit Oy musste ihn mehr ermüdet haben, als er …

Nein.

Roland hatte ihn gelehrt, dass Selbsttäuschung nichts als Stolz in anderem Gewand war – eine Schwäche, die man sich nicht gestatten dürfe. Jake hatte sich stets bemüht, diesen Rat zu befolgen; deshalb gestand er sich jetzt ein, dass »ermüdet« nicht mehr ausreichte, um seine Situation zu beschreiben. Seinem Seitenstechen waren Reißzähne gewachsen, die es tief in den Oberkörper bis unter die Achsel geschlagen hatte. Jake wusste, dass er seinen Vorsprung zunächst vergrößert hatte; der lauter werdende Wechselgesang hinter ihm zeigte jedoch, dass die Verfolger bereits aufholten. Bald würden sie wieder auf Oy und ihn schießen, und obwohl rennende Männer beschissen schlecht schossen, konnte irgendwer doch einen Zufallstreffer erzielen.

Dann sah er etwas, was vor ihm den Korridor blockierte. Eine Tür. Als Jake darauf zurannte, gestattete er sich die Frage, was er wohl tun würde, wenn Susannah nicht auf der anderen Seite war. Oder wenn sie dort war, aber nicht wusste, wie sie ihm beistehen konnte.

Na ja, Oy und er würden sich ihrer Haut wehren, das war alles. Keine Deckung, keine Möglichkeit, die Thermopylen noch einmal nachzuspielen, aber er würde Teller werfen und Köpfe abtrennen, bis er niedergeschossen wurde.

Falls das überhaupt nötig war.

Vielleicht würde es ja nicht nötig sein.

Jake stampfte auf die Tür zu, spürte seinen Atem jetzt glühend heiß in der Kehle – die er dabei fast verbrannte – und dachte: *Nur gut, dass die Tür da ist. Viel weiter hätte ich ohnehin nicht rennen können.*

Oy erreichte die Tür als Erster. Er stellte seine Pfoten aufs Geisterholz und sah nach oben, als würde er in die Tür geschnitzte oder geprägte Wörter lesen können. Dann sah er sich nach Jake um, der keuchend herankam und mit einer Hand unter der Achsel gegen den Brustkorb drückte, während die restlichen Orizas in ihrer Schilftasche klapperten.

NORTH CENTRAL POSITRONICS, LTD.

New York / Fedic

Maximale Sicherheitsstufe

VERBALER ZUTRITTSCODE ERFORDERLICH

Nr. 9 FINALE UMSTELLUNG

Er versuchte es mit dem Türknopf, aber das war nur eine Formalität. Als das kalte Metall sich unter seinem Griff nicht drehen ließ, machte er keinen weiteren Versuch, sondern hämmerte stattdessen mit beiden Handballen an die Tür. »Susannah!«, rief er. »Lass mich rein, wenn du dort drinnen bist!«

Kommt gar nicht in die Tüte, hörte er seinen Vater sagen, und seine Mutter äußerte sich weit ernster, so als wüsste sie, dass das Geschichtenerzählen eine ernste Sache war: *Ich hörte eine Fliege summen … als ich starb.*

Hinter der Tür war nichts zu hören. Hinter Jake jedoch kamen die skandierenden Stimmen des Trupps des Scharlachroten Königs immer näher.

»Susannah!«, brüllte Jake, und als auch diesmal keine Antwort kam, kehrte er der Tür den Rücken zu (hatte er nicht schon immer geahnt, dass er so enden würde: mit dem Rücken zu einer verschlossenen Tür?) und nahm in beide Hände je einen Oriza. Der Bumbler stand zwischen seinen Füßen, und jetzt war sein Fell gesträubt, waren seine weichen Lefzen hochgezogen, um die Zähne sehen zu lassen.

Jake kreuzte die Arme und nahm so die »Ladestellung« ein.

»Kommt nur her, ihr Hundesöhne«, sagte er. »Für Gilead und den Eld. Für Roland, Sohn des Steven. Für Oy und mich.«

Anfangs konzentrierte er sich zu wild entschlossen darauf, gut zu sterben und wenigstens einen der Verfolger mitzunehmen (am liebsten den Kerl, der ihm erklärt hatte, dass der *Faddah* nun *Dinnah* sei), um zu erkennen, dass die Stimme, die er hörte, nicht aus seinem Kopf, sondern von jenseits der Tür stammte.

»Jake! Bist du's wirklich, Schätzchen?«

Er riss die Augen auf. Lieber Gott, lass das keine Sinnestäuschung sein. Falls es eine war, würde es vermutlich die letzte seines Lebens sein.

»Susannah, sie kommen! Weißt du wie …«

»Ja! Du musst *schrull* sagen, hörst du? Das Wort lautet *sch…«*

Jake gab ihr keine Gelegenheit, es zu wiederholen. Er konnte die Verfolger jetzt mit vollem Tempo auf sich zurennen sehen. Einige von ihnen schwenkten Schusswaffen und ballerten bereits in die Luft.

»Schrull!«, rief er. *»Schrull* für den Turm. Öffne dich! Öffne dich, du Hundesohn!«

Durch den von seinem Rücken ausgeübten Druck öffnete sich mit einem Klicken die Tür zwischen New York und Fedic. An der Spitze des herantrabenden Trupps sah Flaherty, wie das geschah, stieß daraufhin den zornigsten Fluch aus seinem Wortschatz aus und gab einen einzelnen Schuss ab. Er war ein guter Schütze, und die gesamte Kraft seines nicht unbeträchtlichen Willens lag in dieser Kugel, lenkte sie. So hätte sie zweifellos auch Jakes Stirn über dem linken Auge durchschlagen, wäre er nicht in genau diesem Augenblick von einer starken Hand mit braunen Fingern am Kragen gepackt und rückwärts durch das schrille Liftschachtheulen gerissen worden, das zwischen den einzelnen Ebenen des Turms ständig zu hören war. Der Schuss ging an seinem Kopf vorbei, statt ihn zu durchschlagen.

Oy kam mit, indem er lautstark den Namen seines Freundes kläffte – *Ake-Ake! Ake-Ake!* –, und kurz darauf fiel die Tür hinter ihnen ins Schloss. Flaherty erreichte sie zwanzig Sekunden später und hämmerte dagegen, bis seine Fäuste bluteten (als Lamla ihn zurückhalten wollte, stieß Flaherty ihn so grob zurück, dass der Taheen rücklings auf dem Boden landete), aber er konnte nichts damit ausrichten. Das Hämmern blieb wirkungslos; sein Fluchen blieb wirkungslos; nichts funktionierte.

Der Junge und sein Bumbler waren ihren Verfolgern im allerletzten Augenblick entkommen. Der Kern von Rolands Ka-Tet blieb noch eine kleine Weile weiter intakt.

Kapitel VI

In der Turtleback Lane

1

Seht dies, ich bitte euch, und seht es sehr wohl, ist dies doch einer der schönsten Orte, die es in Amerika noch gibt.

Ich möchte euch eine schlichte unbefestigte Straße zeigen, die entlang einem dicht bewaldeten, stark gegliederten Höhenzug im Westen Maines verläuft, wobei ihre Nord- und Südenden mit etwa zwei Meilen Abstand auf die Route 7 hinausführen. Unmittelbar westlich dieses Höhenzugs liegt – wie die Fassung eines Juwels – eine tiefe grüne Senke in der Landschaft. Auf ihrem Boden liegt wie der Stein in dieser Fassung der Kezar Lake. Wie alle Bergseen kann er sein Aussehen binnen eines Tages ein halbes Dutzend Male verändern, weil das Wetter hier weit mehr als nur launisch ist; man könnte es halb verrückt nennen und läge damit völlig richtig. Die Einheimischen erzählen einem bereitwillig von Schneeschauern, die es in diesem Teil der Welt einmal Ende August (das war 1948), aber auch am Unabhängigkeitstag (4. Juli 1959) gegeben hat. Noch begeisterter erzählen sie einem von dem Tornado, der im Januar 1917 über den zugefrorenen See gerast ist und Schnee angesaugt und einen wirbelnden Mini-Blizzard erzeugt hat, aus dessen Mitte es donnerte. Solche Wetterkapriolen sind schwer zu glauben, aber ihr könntet Gary Barker besuchen, wenn ihr mir nicht glaubt; er hat Fotos, die das alles beweisen.

Heute ist der See auf dem Boden der Senke schwärzer als hausgemachte Sünde, wobei er die Gewitterwolken, die sich über ihm zusammenziehen, nicht nur reflektiert, sondern auch ihre Stimmung verstärkt. Gelegentlich zuckt ein Silberstrahl über diesen Obsidianspiegel, wenn aus den Wolken Blitze herabzucken. Donnergrollen zieht von Westen nach Osten über den wolkenverhangenen Himmel, als rollten die Räder irgendeiner großen Steinkutsche eine Gasse am Himmel hinunter. Die Tannen und Eichen und Birken stehen still da, und die ganze Welt hält den Atem an. Alle Schatten sind verschwunden. Die Vögel sind verstummt. Am Himmel über uns rollt ein weiterer dieser großen Wagen feierlich seinen Weg entlang, und in seinem Kielwasser – horch! – hören wir einen Motor. Wenig später taucht John Cullums staubiger Ford Galaxie auf: mit Eddie Deans sorgenvollem Gesicht, das hinter dem Lenkrad aufsteigt, und wegen der vorzeitig hereingebrochenen Dunkelheit mit eingeschalteten Scheinwerfern.

2

Eddie öffnete den Mund, um Roland zu fragen, wie weit er fahren solle, aber das wusste er natürlich. Das Südende der Turtleback Lane wurde durch ein Schild mit einer großen schwarzen **1** bezeichnet, und alle Einfahrten, die zu ihrer Linken in Richtung See abzweigten, trugen andere, höhere Nummern. Ab und zu erhaschten sie zwischen den Bäumen einen Blick aufs Wasser, aber die Häuser selbst standen so am Steilhang, dass sie von der Straße aus nicht zu sehen waren. Eddie schien bei jedem Atemzug Ozon und elektrische Entladungen zu schmecken und tastete zweimal nach seinem Nackenhaar, um zu prüfen, ob es ihm zu Berge stand. Das tat es zwar nicht, aber auch dieses Wissen änderte nichts an dem nervösen, geradezu magisch wirkenden Hochgefühl, das ihn immer wieder durchflutete, sein Sonnengeflecht wie einen überlasteten Schutzschalter aufleuchten ließ und sich von dort aus durch seinen ganzen Körper verbreitete. Das lag natürlich am Gewitter; er gehörte nun einmal zu den Leuten, die das Aufziehen von Gewittern in allen Nervenenden spürten. Allerdings hatte er noch nie eines so unglaublich stark gespürt.

Das liegt nicht nur am Gewitter, das weißt du genau.

Nein, natürlich nicht. Jedenfalls war ihm, als ob all diese wilden Überspannungen seine Verbindung zu Susannah irgendwie erleichterten. Sie kam und verschwand wie der Empfang weit entfernter Rundfunksender, den man nachts gelegentlich reinbekam, aber seit ihrer Begegnung mit

(du Kind von Roderick, du Ruinierter, du Verlorener)

Chevin von Chayven war sie erheblich stärker geworden. Weil dieser ganze Teil von Maine dünn war, vermutete er, und vielen Welten benachbart. Genau wie ihr Ka-Tet bald wiedervereint sein würde. Jake war nämlich jetzt bei Susannah, und die beiden schienen vorerst in Sicherheit zu sein, weil sie eine massive Tür zwischen sich und ihren Verfolgern hatten. Trotzdem lag noch etwas vor den beiden, über das Susannah entweder nicht reden wollte oder das sie nicht so schnell erklären konnte. Eddie jedenfalls spürte ihr Entsetzen darüber und ihre Angst davor, es könnte zurückkommen, und glaubte auch zu wissen, worum es sich handelte: Mias Baby. Das zugleich auf eine Weise, die er nicht ganz verstand, auch Susannahs gewesen war. Wieso eine bewaffnete Frau sich vor einem Neugeborenen fürchten sollte, war Eddie unklar, aber Susannah hatte bestimmt einen sehr guten Grund dafür.

Sie kamen an einem Schild vorbei, auf dem FENN, 11 stand, dann folgte eines mit der Aufschrift ISRAEL, 12. Dann fuhren sie um eine Kurve, nach der Eddie plötzlich bremste und den Galaxie mit kreischenden Reifen in einer Staubwolke zum Stehen brachte. Am Straßenrand neben einem Schild mit der Aufschrift BECKHARDT, 13 stand ein vertrauter Pick-up von Ford, an dessen verrosteter Ladefläche nonchalant ein ihnen noch besser vertrauter Mann lehnte, der abgewetzte Jeans und dazu ein Baumwollhemd trug, das er bis zu seinem glatt rasierten Kinn hinauf zugeknöpft hatte. Außerdem trug er eine Baseballmütze der Boston Red Sox, die er ganz leicht schräg aufgesetzt hatte, so als wollte er damit sagen: *Ich bin dir über, Partner*. Er rauchte eine Pfeife, deren aufsteigender bläulicher Rauch in der atemlos stillen Luft vor dem Gewitter regelrecht um sein faltiges, gutmütiges Gesicht zu hängen schien.

Alles das sah Eddie mit der Klarheit seiner unter Hochspannung stehenden Nerven, wobei er sich bewusst war, dass er lächelte, wie man es tat, wenn man einem alten Freund an einem seltsamen Ort begegnete – vor den Pyramiden von Giseh, auf dem Markt in der Altstadt von Tanger, möglicherweise auch auf einer Insel vor der taiwanischen Küste oder eben in der Turtleback Lane in Lovell an einem gewittrigen Nachmittag im Sommer 1977. Und Roland lächelte ebenfalls. Der alte Lange, Große und Hässliche lächelte! Die Wunder hörten anscheinend nimmer auf.

Sie stiegen aus und gingen zu John Cullum hinüber. Roland berührte die Stirn mit der Faust und beugte dabei ein Knie etwas. »Heil, John! Ich sehe Euch sehr wohl.«

»Haja, ich sehe Sie auch«, sagte John Cullum. »Sonnenklar.« Er tippte grüßend über seinen buschigen Augenbrauen an den Schirm der Baseballmütze. Dann nickte er zu Eddie hinüber. »Junger Mann.«

»Lange Tage und angenehme Nächte«, sagte Eddie, indem er die Stirn mit den Fingerknöcheln berührte. Er war nicht von dieser Welt, jetzt nicht mehr, und es war eine Erleichterung, nicht mehr so tun zu müssen.

»Ein hübscher Wunsch«, meinte John. Dann: »Ich war früher da als ihr. Das hab ich mir schon gedacht.«

Roland sah sich um, betrachtete den Wald auf beiden Seiten der Straße und begutachtete die dunkler werdende Wolkenstraße darüber. »Ich glaube, dies ist nicht ganz der Ort …?« In seinem Ton lag die Andeutung einer Frage.

»Stimmt, das ist nicht ganz der Ort, zu dem ihr letztlich wollt«, sagte John und paffte an seiner Pfeife. »Ich bin auf der Herfahrt daran vorbeigekommen und kann euch eins sagen: Wenn ihr wirklich palavern wollt, sollten wir's lieber hier tun. Da vorn könnt ihr nämlich bloß noch gaffen. Glaubt mir, so was hab ich noch nie nich gesehn!« Sein Gesicht leuchtete sekundenlang auf wie das eines Kindes, das seinen ersten Leuchtkäfer in einem Marmeladenglas gefangen hat, und Eddie merkte ihm an, wie ernst es ihm war.

»Wieso?«, fragte er. »Was gibt's denn da? Irgendwelche Wiedergänger? Oder eine Tür?« Dieser plötzliche Gedanke ließ ihn augenblicklich nicht mehr los. »Es *ist* eine Tür, oder? Und sie steht offen!«

John schüttelte zunächst den Kopf, schien sich die Sache dann aber anders zu überlegen. »Könnte eine Tür sein«, sagte er und streckte das Hauptwort so sehr, dass es genüsslich wie ein Seufzer am Ende eines anstrengenden Tages klang: *Tü-ahhh.* »Sieht nicht genau wie eine Tür aus, aber … haja. Könnte eine sein. Vor allem bei dem Licht jetzt.« Er schien zu überlegen. »Haja. Aber ich denke, ihr Jungs wollt palavern. Wenn wir nämlich zu Cara Laughs rauffahren, gibt's kein Palaver mehr; dann steht ihr nur mit offenem Mund da.« Cullum warf den Kopf in den Nacken und lachte. »Ich natürlich auch!«

»Cara Laughs?«, sagte Eddie.

John zuckte die Achseln. »Viele von den Leuten, die hier ein Seegrundstück haben, geben ihren Häusern einen Namen. Ich glaube, das kommt daher, dass sie so viel für sie bezahlt haben, da wollen sie ein bisschen mehr rausholen. Das Cara steht jedenfalls im Augenblick leer. Es gehört einer Familie McCray aus Washington, die es aber zum Verkauf ausgeschrieben hat. Hat in letzter Zeit reichlich Pech gehabt. Der Mann hatte einen Schlaganfall, und sie …« Er tat so, als würde er aus einer Flasche trinken.

Eddie nickte. An dieser Jagd nach dem Dunklen Turm war ihm vieles nicht klar, aber es gab auch Dinge, die er wusste, ohne danach fragen zu müssen. Dazu gehörte, dass der Mittelpunkt der Wiedergänger-Aktivität in diesem Teil der Welt das Haus in der Turtleback Lane war, das John Cullum als Cara Laughs bezeichnet hatte. Und wenn sie es erreichten, würden sie feststellen, dass die Hausnummer am Ende der Zufahrt nicht anders als 19 lautete.

Er hob den Kopf und sah, dass die Gewitterwolken über dem Kezar Lake stetig nach Westen zogen. Nach Westen zu den White Mountains – die in einer nicht allzu fernen Welt mit ziemlicher Gewissheit die Discordia bildeten – und entlang dem Balken.

Immer entlang dem Balken.

Cullum nickte zu dem Namensschild BECKHARDT hinüber. »Ich kümmere mich seit den späten Fünfzigern um Dick Beckhardts Haus«, sagte er. »Ein verdammt netter Kerl. Er ist jetzt in Washington, hat irgendeinen Posten in der Regierung Carter.« *Caaa-tah.* »Ich hab einen Schlüssel. Am besten, wir gehen da rein. Das Haus ist warm und trocken, was es hier draußen nicht mehr lange sein wird. Ihr Jungs könnt eure Geschichte erzählen, und ich höre zu – das kann ich verhältnismäßig gut –, und danach können wir gemeinsam zum Cara fahren. Ich … na ja, so was hab ich noch *nie* …« Er schüttelte den Kopf, nahm die Pfeife aus dem Mund und starrte die beiden aufrichtig verwirrt an. »So was hab ich noch nie gesehen, das könnt ihr mir glauben. Ich hab sogar den Eindruck gehabt, dass ich nicht recht weiß, *wie* man's ansehen muss.«

»Los geht's«, sagte Roland. »Wir fahren alle mit Eurem Karromobil, wenn's beliebt.«

»Passt mir gut«, sagte John und stieg ein.

3

Dick Beckhardts Landhaus lag eine halbe Meile von der Straße entfernt. Es war mit Kiefernholz getäfelt und wirkte recht gemütlich. Im Wohnzimmer stand ein dickbauchiger Ofen, der Fußboden dort war mit einem Flickenteppich bedeckt. Nach Westen hin bestand die Wohnzimmerwand ganz aus Fenstern, vor denen Eddie einen Augenblick stehen bleiben musste, um trotz der Dringlichkeit ihrer Aufgabe hinauszuschauen. Der See hatte einen glanzlosen Ebenholzton angenommen, der irgendwie erschreckend war – *wie das Auge eines Zombies,* dachte er und hatte keine Ahnung, warum er das dachte. Er stellte sich vor, wie sich, sobald der Wind auffrischte (was er sicher tun würde, sobald der Regen kam), auf dem See Schaumkronen bildeten und damit seinen Anblick erträglicher machten. Weil man dann nicht mehr den Eindruck haben würde, etwas starre einen an.

John Cullum saß an Dick Beckhardts Tisch aus poliertem Kiefernholz, nahm seine Baseballmütze ab und hielt sie in den gekrümmten Fingern der Rechten. Er betrachtete Roland und Eddie ernst. »Für Leute, die sich noch nicht gottverdammt lang kennen, kennen wir uns ziemlich verdammt gut«, sagte er. »Findet ihr nich auch?«

Sie nickten. Eddie erwartete nach wie vor, dass draußen jeden Moment Wind aufkommen würde, aber die Welt hielt weiterhin den Atem an. Er würde jede Wette eingehen, dass der Sturm als Höllensturm losbrach, wenn er dann endlich kam.

»Auf die Weise haben sich Leute auch in der Army kennen gelernt«, sagte John. »Im Krieg.« *Aaa-my.* Und *Krieg* mit einem derart starken Yankee-Akzent, der sich unmöglich wiedergeben ließ. »Wie's immer ist, wenn's ernst wird, schätz ich mal.«

»Aye«, sagte Roland. »›Feindliches Feuer schweißt zusammen‹, sagen wir.«

»Tut ihr das? Okay, ich weiß, dass ihr mir was zu erzählen habt, aber bevor ihr anfangt, muss ich erst *euch* was erzählen. Und mich würd's verdammt wundern, wenn euch das nich echt Spaß macht.« *Spaa-aaß.*

»Was denn?«, fragte Eddie.

»Vor ein paar Stunden hat der Bezirkssheriff Eldon Royster drüben in Auburn vier Kerle eingelocht. Wollten wohl eine der Straßensperren auf einer Waldstraße umfahren, haben damit aber nur erreicht, dass sie mit dem Wagen stecken geblieben sind.« John nahm seine Pfeife zwischen die Zähne, fingerte ein Streichholz aus der Hemdtasche und legte dann den Daumen an den Zündholzkopf. Er riss das Streichholz zunächst noch nicht an, sondern hielt es nur dort. »Dass sie die Sperre umfahren wollten, scheint daran gelegen zu haben, dass sie reichlich Feuerkraft hatten.« *Feuah-kraft.* »Maschinenpistolen, Handgranaten und etwas von dem Zeug, das man C-4 nennt. Einer von denen war ein Kerl, den ihr meiner Erinnerung nach erwähnt habt – Jack Andolini oder so.« Und damit riss er das Streichholz an.

Eddie lehnte sich auf einem von Sai Beckhardts schlichten Shaker-Stühlen nach hinten, wandte das Gesicht der Decke zu und schickte ein bellendes Lachen zu den Dachbalken hinauf. Wenn ihn etwas amüsierte, überlegte Roland sich, konnte niemand so lachen wie Eddie Dean. Zumindest niemand, seit Cuthbert Allgood in der Lichtung verschwunden war. »Der hübsche Jack Andolini sitzt im Bundesstaat Maine in einem Kittchen auf dem Land!«, sagte er. »Wälzt mich in Zucker, und nennt mich 'nen verdammten Marmeladekrapfen! Wenn mein Bruder Henry das bloß noch erlebt hätte!«

Dann wurde Eddie klar, dass Henry im Augenblick ja vermutlich lebte – zumindest irgendeine Version von ihm. Unter der Voraussetzung natürlich, dass die Brüder Dean in dieser Welt überhaupt existierten.

»Haja, hab mir gedacht, dass euch das gefallen wird«, sagte John und sog die Flamme des rasch abbrennenden Streichholzes in den Pfeifenkopf. Auch er war sichtlich befriedigt. Er musste fast zu viel grinsen, um seinen Pfeifentabak richtig in Brand setzen zu können.

»Ach du liebe Güte«, sagte Eddie und wischte sich Lachtränen ab. »Damit ist für mich der Tag gerettet. Praktisch das ganze *Jahr.*«

»Ich hab noch was anderes für euch«, sagte John, »aber davon reden wir später.« Als die Pfeife endlich zu seiner Zufriedenheit brannte, lehnte er sich zurück und betrachtete abwechselnd die beiden seltsamen Wanderer, die er an diesem Vormittag kennen gelernt hatte. Männer, deren Ka jetzt mit seinem verwoben war – in besseren wie in schlimmeren, in reicheren wie in ärmeren Zeiten. »Als Nächstes möchte ich nämlich eure Geschichte hören. Und was genau ich in eurem Auftrag tun soll.«

»Wie alt seid Ihr, John?«, fragte Roland ihn.

»Nicht so alt, dass ich nich noch ein bisschen Schwung hab«, antwortete John kühl. »Wie steht's mit Ihnen, Kumpel? Wie oft haben Sie schon Geburtstag gefeiert?«

Roland bedachte ihn mit einem Lächeln, das *Verstanden, aber wechseln wir jetzt das Thema* besagte. »Eddie wird für uns beide sprechen«, sagte er. Darauf hatten sie sich auf der Fahrt von Bridgton herüber geeinigt. »Meine eigene Geschichte ist zu lang.«

»Wenn Sie das sagen«, meinte John.

»Das tue ich«, sagte Roland. »Lasst Euch von Eddie seine Geschichte erzählen, so weit die Zeit reicht, und danach erzählen wir Euch beide, was wir von Euch möchten, und wenn Ihr einverstanden seid, gibt er Euch etwas, was Ihr einem gewissen Moses Carver überbringen sollt ... und von mir bekommt Ihr ebenfalls etwas.«

John Cullum dachte darüber nach, dann nickte er und wandte sich Eddie zu.

Eddie holte tief Luft. »Als Erstes sollten Sie wissen, dass ich diesen Kerl hier neben mir mitten auf einem Flug von Nassau auf den Bahamas zum Kennedy Airport in New York kennen gelernt habe. Ich war damals heroinsüchtig – ebenso wie mein Bruder. Ich war als Drogenkurier mit einer Ladung Kokain unterwegs.«

»Und wann wäre das gewesen, mein Junge?«, fragte John Cullum.

»Im Sommer 1987.«

Sie sahen das Erstaunen auf Cullums Gesicht, aber keine Spur von Ungläubigkeit. »Ihr kommt also *tatsächlich* aus der Zukunft! Donnerwetter!« Er beugte sich in einer Wolke aus duftendem Pfeifenrauch nach vorn. »Erzählen Sie Ihre Geschichte, mein Junge«, sagte er. »Und lassen Sie kein gottverdammtes Wort aus.«

4

Eddie brauchte fast eineinhalb Stunden, obwohl er um der Kürze willen einiges von dem ausließ, was ihnen zugestoßen war. Als er fertig war, lag der Spiegel des Sees unter ihnen in vorzeitiger Nacht. Und immer noch war der drohende Sturm weder ausgebrochen noch weitergezogen. Über Dick Beckhardts Landhaus grollte manchmal Donner, der einige Male so scharf knallte, dass sie alle zusammenfuhren. Ein Blitzstrahl zuckte direkt in die Mitte des schmalen Sees unter ihnen hinab und tauchte dessen Oberfläche flüchtig in ein zartes, perlmuttfarben schimmerndes Purpurrot. Einmal erhob sich ein Wind, der Stimmen aus den Bäumen heulen ließ, sodass Eddie schon dachte: *Jetzt kommt er, jetzt kommt er bestimmt,* aber der Sturm brach nicht los. Er zog jedoch auch nicht weiter, und diese eigentümliche Spannung, als hinge ein Schwert an einem denkbar dünnen Seidenfaden über ihnen, ließ ihn an Susannahs lange, merkwürdige Schwangerschaft denken, die jetzt beendet war. Gegen sieben Uhr abends fiel der Strom aus, und John suchte in den Küchenschränken nach Kerzen, während Eddie weitererzählte – von den alten Leutchen von River Crossing, den verrückten Leuten in der Stadt Lud, den verängstigten Leuten der Calla Bryn Sturgis, wo sie einem ehemaligen Geistlichen begegnet waren, der anscheinend geradewegs einem Buch entstiegen war. John stellte Kerzen auf den Tisch, dazu Kräcker und Käse und eine Flasche Eistee. Eddie beschloss seine Erzählung mit ihrem Besuch bei Stephen King und schilderte, wie Roland den Schriftsteller hypnotisiert hatte, damit er ihren Besuch vergaß, wie sie ihre Freundin Susannah kurz gesehen hatten und wie sie John Cullum angerufen hatten, weil Roland gesagt hatte, in diesem Teil der Welt gebe es außer ihm niemanden, den sie anrufen *konnten*. Als Eddie verstummte, schilderte Roland ihre Begegnung mit Chevin von Chayven auf der Fahrt zur Turtleback Lane. Der Revolvermann legte das Silberkreuz, das er Chevin gezeigt hatte, neben den Käseteller auf den Tisch, und John stupste die feinen Kettenglieder mit seinem dicken Daumennagel an.

Danach herrschte lange Schweigen.

Als Eddie es nicht mehr ertragen konnte, fragte er den Hausverwalter, wie viel von ihrer Geschichte er glaube.

»Alles«, antwortete John sofort. »Ihr müsst für diese Rose in New York sorgen, stimmt's?«

»Ja«, sagte Roland.

»Weil sie bewirkt hat, dass einer der Balken intakt geblieben ist, während die meisten anderen von diesen … Telepathen, von diesen Brechern zerstört worden sind.«

Eddie staunte darüber, wie rasch und leicht John das alles erfasst hatte, obwohl das möglicherweise doch nicht gar so verwunderlich war. *Frische Augen sehen klar,* sagte Susannah gern. Und Cullum war ganz entschieden das, was die Grauen von Lud als »cleveren Burschen« bezeichnet hätten.

»Ja«, sagte Roland. »Ihr sprecht wahr.«

»Die Rose behütet einen Balken. Stephen King ist für den anderen zuständig. Zumindest glaubt ihr das.«

»Richtig«, sagte Eddie. »Er hätte einen Aufpasser nötig, John – allein schon deshalb, weil er ein paar schlechte Angewohnheiten hat –, aber sobald wir das Jahr 1977 dieser Welt verlassen, können wir nie mehr zurückkommen, um nach ihm zu sehen.«

»Und King existiert in keiner dieser anderen Welten?«, fragte John.

»Ziemlich sicher nicht«, antwortete Roland.

»Und selbst wenn's ihn gäbe«, warf Eddie ein, »würde es keine Rolle spielen, was er dort tut. *Dies* hier ist die entscheidende Welt. Die hier und die eine, aus der Roland stammt. Seine Welt und die hiesige sind Zwillinge.«

Er sah zu Roland hinüber, um sich das Gesagte bestätigen zu lassen. Roland nickte und zündete sich die letzte der Zigaretten an, die John ihm am Vormittag gegeben hatte.

»Vielleicht könnte ich ja ein Auge auf diesen Stephen King haben«, sagte John. »Er müsste nicht mal erfahren, dass ich's tu. Immer unter der Voraussetzung natürlich, dass ich mit eurem Auftrag in New York irgendwann fertig bin. Ich hab schon eine ziemlich gute Vorstellung davon, woraus der besteht, aber ich möchte die Einzelheiten lieber von euch hören.« Aus seiner Hüfttasche zog er einen abgewetzten Notizblock mit den Worten *Mead Memo* auf dem grünen Vorderdeckel. Er blätterte darin herum, bis er eine freie Seite gefunden hatte, fischte einen Bleistift aus der Hemdtasche, leckte dessen Spitze an (Eddie hatte Mühe, sich nicht zu schütteln) und sah die beiden dann so erwartungsvoll an wie ein Neuling am ersten Unterrichtstag an der Highschool.

»Also, meine Lieben«, sagte er, »wollt ihr eurem Onkel John nicht auch den Rest erzählen?«

5

Diesmal sprach vor allem Roland, und obwohl er weniger als Eddie zu sagen hatte, brauchte er doch eine halbe Stunde, weil er sich sehr präzise ausdrückte, wobei er sich ab und zu an Eddie wandte, wenn ihm ein Wort oder ein Ausdruck fehlte. Den Killer und den Diplomaten, die in Roland von Gilead lebten, kannte Eddie bereits, aber jetzt sah er erstmals den Abgesandten, den Boten, der großen Wert darauf legte, dass jedes Wort stimmte. Draußen weigerte der Sturm sich noch immer, loszubrechen oder weiterzuziehen.

Schließlich lehnte der Revolvermann sich zurück. Im gelblichen Kerzenschein wirkte sein Gesicht uralt und zugleich eigenartig liebenswert. Als Eddie ihn so betrachtete, hatte er erstmals den Verdacht, Roland könnte mehr fehlen als das, was Rosalita Munoz als »Gelenkstarre« bezeichnet hatte. Roland war abgemagert, und die dunklen Ringe unter den Augen flüsterten von Krankheit. Er leerte ein ganzes Glas des roten Tees auf einen Zug und fragte dann: »Habt Ihr verstanden, was ich Euch erzählt habe?«

»Haja.« Das war alles.

»Ihr habt alles genau verstanden?«, fasste Roland nach. »Keine Fragen dazu?«

»Ich glaube nicht.«

»Dann erzählt es uns also.«

John hatte zwei Blätter des Notizblocks mit seiner großen Krakelschrift voll geschrieben. Jetzt blätterte er hin und her, nickte dabei mehrmals und steckte den Notizblock dann wieder ein. *Er mag ein Junge vom Lande sein, aber er ist keineswegs dumm,* sagte Eddie sich. *Und dass wir ihm begegnet sind, hat nichts mit Glück zu tun, sondern damit, dass unser Ka einen guten Tag hatte.*

»Ich fahre nach New York«, sagte John, »finde diesen Burschen

Aaron Deepneau. Sorge dafür, dass sein Kumpel außen vor bleibt. Überzeuge Deepneau davon, dass die Sorge um die Rose auf dem unbebauten Grundstück ungefähr der wichtigste Job der Welt ist.«

»Das ›ungefähr‹ können Sie streichen«, sagte Eddie.

John nickte, als verstünde sich das von selbst. Er griff nach dem Blatt Papier mit dem Cartoon-Biber in der Kopfleiste und steckte es zusammengefaltet in seine große Geldbörse. Cullum den Kaufvertrag zu überlassen hatte zu den schwierigsten Dingen gehört, die Eddie hatte tun müssen, seit die nichtgefundene Tür sie eingesaugt und in East Stoneham wieder abgesetzt hatte, und er war dicht davor gewesen, ihn wieder an sich zu reißen, bevor er im verkratzten alten Portemonnaie des Hausverwalters verschwinden konnte. Inzwischen glaubte er, viel besser verstehen zu können, wie Calvin Tower zumute gewesen sein musste.

»Nachdem das Grundstück jetzt euch Jungs gehört, gehört euch auch die Rose«, sagte John.

»Die Rose gehört jetzt der *Tet* Corporation«, sagte Eddie. »Ein Unternehmen, dessen geschäftsführender Direktor Sie demnächst werden.«

Dieser großartig klingende Titel schien John Cullum nicht sonderlich zu beeindrucken. »Deepneau soll die Gründungsurkunde aufsetzen und dafür sorgen, dass die Tet legal existiert. Dann suchen wir diesen Moses Carver auf und holen ihn mit an Bord. Das dürfte der schwierigste Part …« *Schwiiie-rigste Paa-aat.* »… werden, aber wir werden unser Bestes geben.«

»Ihr tragt Tante Talithas Kreuz am Hals«, sagte Roland, »und zeigt es Sai Carver, wenn Ihr mit ihm zusammentrefft. Es wird ihn hoffentlich davon überzeugen, dass er Euch vertrauen kann. Aber zuvor müsst Ihr darauf blasen … so!«

Auf ihrer Fahrt von Bridgton herüber hatte Roland Eddie gefragt, ob ihm irgendein Geheimnis einfalle – und sei es noch so trivial oder groß –, das Susannah und ihr Patenonkel gemeinsam haben könnten. Eddie hatte tatsächlich eines gewusst, und jetzt war er nicht wenig verblüfft, auf einmal Susannahs Stimme zu hören, wie sie aus dem silbernen Kreuz auf Dick Beckhardts Kieferntisch kam und davon sprach.

»Wir haben Pimsy unter dem Apfelbaum begraben, damit er im Frühjahr die Blüten fallen sehen konnte«, sagte ihre Stimme. »Und Daddy Mose hat mich ermahnt, nicht mehr zu weinen, weil Gott allzu lange Trauer um ein Haustier für …«

Hier verloren die Worte sich in einem Gemurmel, das dann ganz verstummte. Aber Eddie, der sich sehr gut an den Rest erinnerte, ergänzte das Fehlende. »›… weil Gott allzu lange Trauer um ein Haustier für Sünde hält.‹ Sie hat erzählt, Daddy Mose habe ihr gesagt, sie könne von Zeit zu Zeit an Pimsys Grab gehen und flüstern: ›Sei glücklich im Himmel!‹, aber sie dürfe nie jemandem davon erzählen, weil die Kirche nicht viel von der Vorstellung halte, Tiere könnten in den Himmel kommen. Und sie hat dieses Geheimnis bewahrt. Ich war bislang der Einzige, dem sie jemals davon erzählt hat.« Eddie, der sich möglicherweise an jene postkoitale Vertraulichkeit inmitten der Nacht erinnerte, lächelte schmerzlich.

John Cullum starrte das Silberkreuz an, dann sah er mit großen Augen zu Roland auf. »Was ist das? Eine Art Tonbandgerät? Aber es ist keins, stimmt's?«

»Es ist ein Sigul«, sagte Roland geduldig. »Eines, das Euch helfen kann, diesen Carver zu überzeugen, falls er sich als ›harte Nuss‹ erweist, wie Eddie sagen würde.« Der Revolvermann lächelte schwach. *Harte Nuss* war ein Ausdruck, der ihm gefiel. Einer, den er verstand. »Hängt es Euch um.«

Aber das tat Cullum nicht, zumindest nicht sofort. Zum ersten Mal seit ihrer Bekanntschaft – wozu auch die Schießerei im General Store gehörte – wirkte er ernstlich verstört. »Ist es verzaubert?«

Roland zuckte ungeduldig die Achseln, als wollte er John damit signalisieren, dass ein solches Wort in diesem Zusammenhang bedeutungslos sei, und wiederholte nur: »Hängt es Euch um.«

John Cullum tat widerstrebend wie geheißen, so als befürchtete er, Tante Talithas Kreuz könnte jeden Moment in Rotglut geraten und ihm schwere Verbrennungen zufügen. Er senkte den Kopf, um darauf hinunterzusehen (wobei sein langes Yankeegesicht für einen Augenblick ein amüsantes Spießbürger-Doppelkinn bekam), und steckte es dann unter sein Hemd.

»Donnerwetter«, sagte er ganz leise noch einmal.

6

Eddie Dean, der sich bewusst war, dass er so sprach, wie er einst selbst angesprochen worden war, sagte: »Wiederholt Eure Lektion, John von East Stoneham, und sprecht wahrhaftig.«

Aufgestanden war John Cullum an diesem Morgen als kleiner Hausverwalter auf dem Lande, einer der Unbekannten und Ungesehenen der Welt. Zu Bett gehen würde er heute Abend mit dem Potenzial, einer der wichtigsten Menschen der Welt, ein wahrer Erdenfürst zu werden. Falls ihn diese Aussicht ängstigte, ließ er sich nichts davon anmerken. Möglicherweise hatte er sie noch nicht ganz erfasst.

Was Eddie aber eher nicht glaubte. Das war der Mann, den das Ka ihnen geschickt hatte, und er war clever und tapfer zugleich. Wäre Eddie in diesem Augenblick Walter gewesen (oder Flagg, wie sich Walter manchmal selbst nannte), hätte er vermutlich gezittert.

»Also«, sagte John, »wer die Firma führt, ist völlig egal, aber ihr wollt, dass die Tet die Firma Holmes schluckt, weil der Job in Zukunft nichts mit der Herstellung von Zahncreme und dem Überkronen von Zähnen zu tun hat, auch wenn's eine Zeit lang noch so aussehen dürfte.«

»Und was …«

Weiter kam Eddie nicht. John hob seine knorrige Hand, um ihn zum Schweigen zu bringen. Eddie versuchte, sich einen Taschenrechner in der Hand seines Gegenübers vorzustellen, und merkte, dass er das konnte – recht gut sogar. Verrückt.

»Geben Sie mir 'ne Chance, junger Mann, dann erzähl ich's Ihnen.«

Eddie lehnte sich zurück und machte eine Bewegung, als zöge er einen Reißverschluss vor seinen Lippen zu.

»Die Rose beschützen, das kommt als Erstes. Den *Schriftstella* beschützen, das kommt als Zweites. Außerdem sollen dieser Kerl Deepneau und dieser andere Kerl Carver und ich einen der mächtigsten Konzerne der Welt aufbauen. Wir handeln mit Immobilien, wir arbeiten mit … äh …« Er zog seinen abgewetzten grünen Notizblock heraus, warf kurz einen Blick hinein und steckte ihn dann wieder weg. »Wir arbeiten mit ›Software-Entwicklern‹ zusammen – was immer das sein soll –, weil da die nächste Revolution drinsteckt. Wir sollen uns an drei Wörter erinnern.« Er zählte sie an den Fingern ab. »Microsoft. Microchips. Intel. Und unabhängig davon, wie groß wir werden – oder wie *schnell* wir wachsen –, bleiben unsere drei Aufgaben immer gleich: die Rose beschützen, Stephen King beschützen und zwei anderen Firmen möglichst viele Knüppel zwischen die Beine werfen. Die eine heißt Sombra. Die andere …« Ein ganz kurzes Zögern. »Die andere North Central Positronics. Sombra macht eurer Auskunft nach hauptsächlich Grundstücksgeschäfte. Positronics … na ja, wissenschaftliche und technische Geräte, das ist sogar mir klar. Sobald die Sombra auf ein Stück Land aus ist, versucht die *Tet*, es zuerst zu bekommen. Sobald die North Central ein Patent beantragt, versuchen wir, es früher zu bekommen oder zumindest für sie wertlos zu machen. Indem wir es beispielsweise einem Dritten zuschanzen.«

Eddie nickte anerkennend. Von Letzterem war zuvor gar nicht die Rede gewesen; darauf war der alte Knabe selbst gekommen.

»Wir sind die Drei Zahnlosen Musketiere, die Alten Furzer der Apokalypse, und wir sollen mit fairen oder unfairen Mitteln verhindern, dass diese beiden Organisationen bekommen, was sie wollen. Schmutzige Tricks sind ausdrücklichst erlaubt.« John Cullum grinste. »Ich war nie an der Harvard Business School …« *Haa-vid Bi'ness School.* »… aber ich glaub, dass ich einen Kerl so gut zwischen die Beine treten kann wie jeder andere.«

»Gut«, sagte Roland und machte Anstalten aufzustehen. »Ich glaube, es wird Zeit, dass wir …«

Eddie hob abwehrend eine Hand. Ja, auch er wollte dringend zu Susannah und Jake; konnte es kaum erwarten, seine Liebste in die Arme zu reißen und ihr Gesicht mit Küssen zu bedecken. Seit er sie zuletzt in Calla Bryn Sturgis auf der Oststraße gesehen hatte, schienen Jahre vergangen zu sein. Dennoch konnte er diese Sache nicht einfach so als besiegelt hinnehmen wie Roland, dem sein Leben lang gehorcht worden war und der sich angewöhnt hatte, es für selbstverständlich zu halten, dass völlig Unbekannte ihm treu bis in den Tod dienten. Was Eddie auf der anderen Seite von Dick Beckhardts Tisch sah, war kein weiteres Werkzeug, sondern ein unabhängiger Yankee, hart und blitzgescheit … aber eigentlich schon zu alt für das, was sie von ihm verlangten. Und wo gerade von »zu alt« die Rede ist: Was war mit Aaron Deepneau, dem Chemotherapy Kid?

»Mein Freund will weiter, und ich möchte das auch«, sagte Eddie. »Vor uns liegt noch ein gewaltiger Weg.«

»Das weiß ich. Es steht Ihnen ins Gesicht geschrieben, mein Junge. Wie eine Narbe.«

Eddie fand die Vorstellung faszinierend, dass Pflichterfüllung und das Ka Spuren hinterließen, die dem einen schmückend und dem anderen entstellend erscheinen konnten. Draußen zuckten Blitze herab, grollte Donner.

»Warum wollt Ihr das alles tun?«, fragte Eddie. »Das möchte ich noch wissen. Weshalb wollt Ihr Euch das alles für zwei Männer antun, die Ihr erst heute Vormittag kennen gelernt habt?«

John dachte darüber nach. Er berührte das Kreuz, das er jetzt trug und bis zu seinem Tod im Jahr 1989 tragen würde – das Kreuz, das Roland von einer alten Frau in einer vergessenen Stadt überreicht worden war. Genau auf die gleiche Weise würde er es in den kommenden Jahren berühren, wenn er über eine wichtige Entscheidung nachdachte (wobei die wichtigste vermutlich die war, die Beziehungen der Tet zu IBM abzubrechen, weil diese Firma immer mehr Bereitschaft erkennen ließ, Geschäfte mit North Central Positronics zu machen) oder irgendein Geheimunternehmen vorbereitete (beispielsweise den Brandanschlag auf Sombra Enterprises in Neu-Delhi im Jahr vor seinem Tod). Das Kreuz würde zu Moses Carver sprechen, aber danach nie mehr, auch wenn Cullum noch so eifrig darauf blies. Aber manchmal, wenn er es beim Einschlafen in der Hand hielt, würde er denken: *'s ist ein Sigul. 's ist ein Sigul, mein Lieber – etwas aus einer anderen Welt.*

Wenn er gegen Ende seines Lebens etwas bedauerte (außer einigen seiner Tricks, die wirklich schmutzig gewesen waren und mehr als nur ein Menschenleben gefordert hatten), war es die Tatsache, dass er nie Gelegenheit hatte, jene andere Welt zu besuchen, auf die er einmal an einem stürmischen Abend in der Turtleback Lane in der Kleinstadt Lovell einen flüchtigen Blick erhascht hatte. Von Zeit zu Zeit schickte Rolands Sigul ihm Träume von einem mit Rosen bestandenen Feld und einem rußig schwarzen Turm. Manchmal plagten ihn schreckliche Visionen von einem körperlos schwebenden scharlachroten Augenpaar, das unaufhörlich den Horizont absuchte. Manchmal hatte er Träume, in denen er einen Mann unablässig ein Horn blasen hörte. Aus letzteren Träumen wachte er stets mit tränennassem Gesicht auf: mit Tränen, die von Sehnsucht und Trauer und Liebe kündeten. Dann lag er mit dem Silberkreuz in der Hand da und dachte: *Ich habe Discordia geleugnet und bereue nichts; ich habe in die körperlosen Augen des Scharlachroten Königs gespuckt und frohlocke darüber; ich habe mich mit dem* Ka-Tet *des Revolvermanns und dem Weißen zusammengetan und meine Entscheidung kein einziges Mal infrage gestellt.*

Trotzdem wünschte er sich, er hätte wenigstens einmal jenes andere Land betreten können: das jenseits der Tür.

Jetzt sagte er: »Ihr Jungs wollt all die richtigen Dinge. Klarer kann ich's nicht ausdrücken. Ich glaub euch.« Er zögerte. »Ich glaub *an* euch. Was ich in euren Augen sehe, ist wahr.«

Eddie glaubte schon, sein Gegenüber sei fertig, aber dann grinste Cullum wie ein kleiner Junge.

»Außerdem glaub ich, dass ihr mir die Schlüssel zu 'nem großmächtigen Motor anbietet.« *Motoah.* »Wer würde den nich anlassen und sehen wollen, was er leisten kann?«

»Habt Ihr Angst?«, fragte Roland.

John Cullum dachte darüber nach. Schließlich nickte er. »Haja«, sagte er.

Roland nickte ebenfalls. »Gut«, sagte er.

7

Sie fuhren unter einem schwarzen, von Blitzen erhellten Himmel mit Cullums Wagen wieder zur Turtleback Lane hinauf. Obwohl die Sommersaison sich auf dem Höhepunkt befand und die meisten Landhäuser am Kezar Lake vermutlich bewohnt waren, sahen sie in beiden Richtungen kein einziges Auto. Die Boote auf dem See lagen alle längst in sicheren Häfen.

»Ich hab doch gesagt, dass ich da noch was für euch hab«, sagte John und ging zur Ladefläche seines Pick-ups, auf der hinter dem Fahrerhaus eine Stahlbox festgeschraubt war. Inzwischen hatte der Wind doch zu wehen begonnen. Er zerzauste jetzt den schütteren weißen Haarkranz des Alten. John stellte eine Zahl ein, öffnete das Vorhängeschloss und klappte den Deckel auf. Er holte zwei staubige Bündel heraus, die den Wanderern sehr vertraut waren. Das eine sah fast neu aus, wenn man es mit dem abgewetzten anderen verglich, das die undefinierbare Farbe von Wüstenstaub hatte und auf gesamter Länge mit Rohlederriemen verschnürt war.

»Unsere Gunna!«, rief Eddie aus, der so begeistert – und *verblüfft* – war, dass er fast schrie. »Wie zum *Teufel* haben Sie …?«

John bedachte sie mit einem Lächeln, das Gutes für seine Zukunft als Mann der schmutzigen Tricks verhieß: an der Oberfläche nachdenklich, darunter umso listiger. »Nette Überraschung, was? Das find ich auch. Ich war drüben, um mir Chips Laden anzusehen – oder was davon übrig ist –, als noch ein großes Durcheinander geherrscht hat. Massenhaft Leute sind durcheinander gerannt, will ich damit sagen, haben Tote zugedeckt, ihr gelbes Absperrband gespannt und Fotos gemacht. Irgendjemand hatte eure Sachen auf die Seite gestellt, und sie haben so einsam ausgesehen, dass ich …« Er zuckte mit seinen knochigen Schultern. »Na ja, ich hab sie eben mitgenommen.«

»Das muss gewesen sein, als wir Calvin Tower und Aaron Deepneau in ihrem gemieteten Häuschen besucht haben«, sagte Eddie. »Nachdem *Ihr* heimgefahren wart, um angeblich für die Fahrt nach Vermont zu packen. Hab ich Recht?« Er fuhr mit einer Hand über die Seite seines Beutels. Er kannte diese glatte Oberfläche sehr gut; hatte er nicht selbst den Hirsch geschossen, von dem das Leder stammte, und dessen Decke mit Rolands Messer abgeschabt, bevor er sich den Beutel genäht hatte, wobei Susannah ihm geholfen hatte? Das war gewesen, kurz nachdem der Roboterbär Shardik versucht hatte, Eddie den Leib aufzuschlitzen. Irgendwann im vorigen Jahrhundert, so erschien es ihm.

»Ja«, sagte Cullum, und als der alte Knabe nun herzlich lächelte, verflogen Eddies letzte Zweifel an ihm. Sie hatten den richtigen Mann für diese Welt gefunden. Sprecht wahrhaftig und sagt Gott groß-groß Dank.

»Schnall deine Waffe um, Eddie«, sagte Roland und hielt ihm den Revolver mit dem abgewetzten Sandelholzgriff hin.

Meine. Jetzt nennt er sie meine. Eddie empfand einen leichten Schauder.

»Ich dachte, wir wollten zu Susannah und Jake.« Dennoch griff er nach dem Revolver und schnallte ihn sich durchaus bereitwillig um.

Roland nickte. »Aber ich glaube, dass wir erst noch etwas gegen die zu unternehmen haben, die erst Callahan ermordet und dann versucht haben, auch Jake zu ermorden.« Sein Gesichtsausdruck veränderte sich nicht, während er sprach, aber Eddie Dean und John Cullum erschauderten beide. Einen Augenblick lang war es fast unmöglich, den Revolvermann anzusehen.

Damit war – obwohl sie nichts davon wussten, was gnädiger war, als ihresgleichen verdiente – das Todesurteil über Flaherty, den Taheen Lamla und deren Ka-Tet ausgesprochen.

8

O Gott, wollte Eddie sagen, aber er brachte keinen Ton heraus.

Er hatte schon seit längerem das Leuchten gesehen, das vor ihnen stärker wurde, während sie auf der Turtleback Lane nach Norden fuhren und dabei dem einen funktionierenden Schlusslicht von Cullums Pick-up folgten. Anfangs hatte er das Leuchten für Kutschenlampen an der Einfahrt irgendeines reichen Mannes gehalten, dann für möglicherweise Flutlicht. Aber das Leuchten war immer stärker geworden: ein blaugoldener Glanz zu ihrer Linken, dort, wo der Hang zum See hin abfiel. Als sie sich der Lichtquelle näherten (Cullums Pick-up jetzt kaum schneller als im Kriechtempo), holte Eddie vor Schreck tief Luft und deutete nach vorn. Ein Lichtkreis hatte sich aus der Hauptmasse gelöst und flog nun auf sie zu, wobei er im Anflug die Farbe wechselte: von Blau über Gold zu Rot, von Rot über Grün zu Gold und wieder zu Blau. In seiner Mitte befand sich etwas, was wie ein vierflügliges Insekt aussah. Als es über die Ladefläche von Cullums Wagen hinweg in den Wald links der Straße segelte, blickte es zu ihnen herüber, und Eddie sah, dass das Insekt ein Menschengesicht hatte.

»Was … großer Gott, Roland, *was* …«

»Taheen«, sagte Roland nur. In der zunehmenden Helligkeit sah sein Gesicht ruhig und müde aus.

Weitere Lichtkreise lösten sich von der Hauptmasse und kamen in kometenhaftem Glanz über die Straße gesegelt. Eddie sah Fliegen und winzige Kolibris, die wie mit Edelsteinen besetzt waren, und Wesen, die an geflügelte Frösche erinnerten. Und hinter denen …

Das Bremslicht von Cullums Pick-up leuchte hell auf, aber Eddie war so mit Gaffen beschäftigt, dass er aufgefahren wäre, wenn

Roland ihn nicht rechtzeitig gewarnt hätte. Eddie stellte den Automatikhebel auf Parken und machte sich nicht die Mühe, auch noch die Handbremse anzuziehen oder den Motor abzustellen. Dann stieg er aus und ging auf die asphaltierte Zufahrt zu, die einen steilen bewaldeten Hang hinunterführte. In der sie umgebenden Helligkeit wirkten seine Augen riesig. Den Mund hatte er leicht geöffnet. Die Einfahrt wurde von zwei Schildern flankiert: CARA LAUGHS stand auf dem linken und **19** auf dem rechten Schild.

»Sehenswert, was?«, sagte Cullum ruhig.

Das können Sie laut sagen, versuchte Eddie zu erwidern, aber er brachte noch immer kein Wort heraus, sondern nur ein atemloses Keuchen.

Das Licht kam größtenteils aus dem Waldstück, das östlich der Straße und links neben der Zufahrt zu Cara Laughs lag. Dort standen die Bäume – vor allem Tannen, Fichten und Birken, die ein Eissturm im Spätwinter gebeugt hatte – weit auseinander, und zwischen ihnen schritten hunderte von Gestalten feierlich wie durch einen ländlichen Ballsaal, wobei ihre nackten Füße durchs Laub raschelten. Manche waren ziemlich eindeutig Kinder des Roderick und so minder, wie Chevin von Chayven es gewesen war. Ihre Haut war mit den Geschwüren der Strahlenkrankheit bedeckt, und nur sehr wenige hatten mehr als ein paar Haarbüschel auf dem Kopf, aber das Licht, das sie umgab, verlieh ihnen eine Schönheit, deren Anblick fast unerträglich war. Eddie sah eine Einäugige, die ein totes Kind zu tragen schien. Sie starrte ihn kummervoll an und bewegte dabei die Lippen, aber Eddie konnte nichts hören. Er hob die Faust an die Stirn und beugte ein Knie. Er berührte einen seiner Augenwinkel und zeigte dann auf sie. *Ich sehe dich,* besagte diese Geste … das hoffte er zumindest. *Ich sehe dich sehr wohl.* Die Frau, die das tote oder schlafende Kind trug, erwiderte seine Geste und verschwand dann aus seinem Blickfeld.

Scharf krachender Donner rollte über den Nachthimmel, und ein Blitzstrahl zuckte mitten in das Leuchten hinab. Eine alte Wettertanne, deren mächtiger Stamm dick bemoost war, wurde getroffen und so der Länge nach gespalten, dass sie in zwei Hälften auseinander fiel. Sie schien innerlich in Flammen zu stehen. Und ein gewaltiges Funkensprühen – keine Feuerfunken, nicht in diesem Fall hier, sondern etwas mit der ätherischen Qualität von Elmsfeuer – stieg sich windend zu den tief hängenden Wolken auf. In diesen Funken sah Eddie winzige tanzende Gestalten, die ihm für einen Augenblick den Atem verschlugen. Ihm war, als sähe er eine ganze Staffel von Elfen wie Glöckchen aus *Peter Pan* … eben noch hier, dann auf einmal verschwunden.

»Seht sie euch an«, sagte John ehrfürchtig. »Wiedergänger! Donnerwetter, das müssen *hunderte sein!* Ich wollte, mein Freund Donnie wär hier und könnt sie sehen.«

Eddie vermutete, dass Cullum Recht hatte: Hunderte von Männern, Frauen und Kindern gingen durch das Waldstück unter ihnen, gingen durchs Licht, tauchten auf, verschwanden und erschienen wieder. Während er sie beobachtete, spürte er, wie ihm ein kalter Tropfen Wasser in den Nacken klatschte, dann noch einer und noch einer. Der Sturmwind heulte durch die Bäume, bewirkte ein weiteres Hochsprühen dieser feenhaften Gebilde und verwandelte den vom Blitz gespaltenen Baum in zwei riesige, laut knisternde Fackeln.

»Komm jetzt«, sagte Roland, indem er Eddie am Arm packte. »Hier steht ein Platzregen bevor, bei dem das Ganze wie eine Kerze erlöschen wird. Wenn wir dann noch auf dieser Seite sind, sitzen wir hier fest.«

»Wo …«, begann Eddie, aber dann sah er selbst, wohin sie mussten. Fast am unteren Ende der Zufahrt, dort, wo der Wald in einen steil in den See abfallenden Felssturz überging, lag der Kern des Leuchtens, der vorerst noch zu hell war, um genauer betrachtet werden zu können. Roland schleppte Eddie in diese Richtung mit. John Cullum beobachtete die Wiedergänger noch einen Augenblick lang wie hypnotisiert, dann wollte er sich daran machen, den beiden zu folgen.

»Nein!«, rief Roland ihm über die Schulter zu. Es regnete jetzt stärker; die kalten Tropfen auf seiner Haut schienen die Größe von Geldstücken zu haben. »Ihr habt Eure Arbeit, John! Lebt wohl!«

»Und ihr auch, Jungs!«, rief John zurück. Er blieb stehen und hob grüßend die Hand. Ein Blitzstrahl zuckte über den Himmel und ließ sein Gesicht für Sekundenbruchteile in leuchtendem Blau und tiefstem Schwarz erscheinen. »Und ihr auch!«

»Eddie, wir rennen jetzt in den Kern des Leuchtens«, sagte Roland. »Das hier ist keine Tür des Alten Volkes, sondern eine aus der *Prim* – sie ist *magisch,* musst du wissen. Wenn wir uns ausreichend konzentrieren, bringt sie uns an den gewünschten Ort.«

»Wohin …«

»Keine Zeit, keine Zeit! Jake hat mit mir Fühlung aufgenommen; er hat's mir gesagt! Halt meine Hand fest und denk an gar nichts! Ich kann uns beide hinbringen!«

Eddie wollte ihn noch fragen, ob er das auch ganz bestimmt wisse, aber dazu kam er nicht mehr. Roland rannte los. Eddie hielt mit ihm Schritt. Sie spurteten die Zufahrt hinunter ins Licht, dessen Atem Eddie wie von einer Million Münder auf seinem Körper spüren konnte. Seine Stiefel raschelten im hohen Laub. Zu seiner Rechten hatte er den brennenden Baum. Er konnte das Harz riechen und das Brutzeln der verbrennenden Rinde hören. Sie kamen dem Kern des Leuchtens immer näher. Anfangs konnte Eddie durch die Helligkeit hindurch noch den Kezar Lake sehen; dann spürte er, wie eine unwiderstehliche Macht ihn packte und durch den kalten Regen vorwärts in dieses gleißende, murmelnde Leuchten zog. Einen Augenblick lang nahm er die Umrisse einer Tür wahr. Dann umklammerte er Rolands Hand mit verdoppelter Kraft und schloss die Augen. Der Laubteppich unter seinen Füßen blieb zurück. Sie flogen.

Kapitel VII

WIEDERVEREINIGUNG

1

Flaherty stand an der New York/Fedic-Tür, die durch mehrere Schüsse ein paar Kratzer abbekommen hatte, aber sonst unbeschädigt vor ihnen stand: ein unüberwindbares Hindernis, das der kleine Scheißer irgendwie überwunden hatte. Lamla stand schweigend neben ihm und wartete darauf, dass Flahertys Zorn sich erschöpfte. Auch die anderen warteten – klugerweise ebenfalls schweigend.

Endlich wurden die Fausthiebe, mit denen Flaherty die Tür bearbeitete, schwächer. Er ließ einen letzten Überkopfschlag folgen. Lamla fuhr angesichts des Bluts, das er nun aus den Fingerknöcheln des Humes spritzen sah, zusammen.

»Was?«, sagte Flaherty, der beobachtet hatte, wie er das Gesicht verzog. *»Was?* Hast du irgendwas zu sagen?«

Lamla waren die hellen Ringe um Flahertys Augen und die hochroten Flecken auf den Wangenknochen nicht ganz geheuer. Am wenigsten gefiel ihm, wie Flahertys Hand sich dem Griff der unter seiner Achsel hängenden Glock näherte. »Nein«, sagte er. »Nein, Sai.«

»Na los, sag schon, was dir auf der Seele liegt, wenn's beliebt«, drängte Flaherty. Er versuchte zu lächeln, brachte aber nur ein grausiges Feixen zustande – das Grinsen eines Verrückten. Unauffällig, fast ohne ein Rascheln, wichen die anderen zurück. »Andere werden viel zu sagen haben; warum solltest du da nicht den Anfang machen, mein Freundchen? Er ist mir entkommen! Sei der Erste, der mich bekrittelt, du hässlicher Motherfucker!«

Ich bin tot, sagte Lamla sich. *Nach einem Leben im Dienst des*

Königs genügt ein unvorsichtiger Gesichtsausdruck in Gegenwart eines Mannes, der einen Sündenbock braucht, damit ich tot bin.

Er sah sich um, vergewisserte sich, dass keiner der anderen für ihn eintreten würde, und sagte dann: »Flaherty, sollte ich irgendwie Eure Gefühle verletzt haben, tut's mir auf…«

»Oh, du *hast* mich verletzt, und wie!«, schrie Flaherty, dessen Bostoner Akzent umso ausgeprägter wurde, je mehr seine Wut sich steigerte. »Ich werde für unseren Misserfolg von heute Abend büßen müssen, aye, aber ich glaube, dass erst mal du dafür bezah…«

Um sie herum war eine Art Keuchen zu hören, so als hätte der Korridor selbst scharf Luft eingesogen. Flahertys Haar und Lamlas Pelz wurden leicht bewegt. Der Trupp aus niederen Männern und Vampiren begann sich umzudrehen. Einer von ihnen, ein Vampir namens Albrecht, schrie plötzlich auf und rannte los, sodass Flaherty nun freie Sicht auf die beiden Neuankömmlinge hatte: zwei Männer mit noch frischen dunklen Flecken von Regentropfen auf Jeans und Stiefeln und Hemden. Vor ihnen lagen von weiten Wegen staubige Gunna, und beide Männer trugen je einen Revolver an der Hüfte. Flaherty sah die Sandelholzgriffe in dem Augenblick, bevor der jüngere der beiden Männer blitzschnell zog, und verstand sofort, warum Albrecht geflüchtet war. Nur bestimmte Männer trugen solche Waffen.

Der Jüngere gab einen einzigen Schuss ab. Albrechts blondes Haar flog wie von einer unsichtbaren Hand geschnippt hoch, dann brach er nach vorn zusammen und löste sich dabei in seiner Kleidung auf.

»Heil, ihr Lehnsmänner des Königs«, sagte der Ältere. Er sprach wie in einem beiläufigen Plauderton. Flaherty – dessen Hände noch bluteten, weil er wie wild gegen die Tür gehämmert hatte, durch die der kleine Rotzlümmel verschwunden war – wurde nicht recht schlau aus dem Mann. Es war der Kerl, vor dem man sie gewarnt hatte, es war eindeutig dieser Roland von Gilead, aber wie kam der so plötzlich hierher – noch dazu in ihrem Rücken? *Wie?*

Roland musterte sie mit kalten blauen Augen. »Wer von dieser traurigen Bande nennt sich ihr Dinh? Will er uns die Ehre erweisen vorzutreten oder nicht? Nicht?« Sein Blick blieb auf sie gerichtet; seine Linke verließ die Nähe des Revolvers und berührte den Mundwinkel, der sich zu einem sarkastischen kleinen Lächeln verzogen hatte. »Nicht? Schade. Ihr seid also doch Feiglinge, wie ich leider feststellen muss. Ihr würdet einen Priester töten und Jagd auf einen Jungen machen, aber euch nicht zu eurem Tagewerk bekennen. Ihr seid Feiglinge und die Söhne von Feig…«

Flaherty trat vor, wobei er mit der blutenden Rechten den Griff der Pistole, die in einer Dockerschlinge unter seiner linken Achsel hing, locker umfasste. »Der wäre ich, Roland-des-Steven.«

»Ihr kennt meinen Namen, was?«

»Aye! Ich erkenne Euren Namen an Eurem Gesicht, Euer Gesicht an Eurem Mund. Er ist derselbe wie der Eurer Mutter, die John Farson mit solcher Begeisterung einen geblasen hat, bis er hat kotzen …«

Flaherty zog, während er redete: ein Bauernfängertrick, den er zweifellos eingeübt und gelegentlich zu seinem Vorteil praktiziert hatte. Obwohl er schnell war und Roland mit dem Zeigefinger der linken Hand noch seinen Mundwinkel berührte, als Flaherty zu ziehen begann, kam der Revolvermann ihm jedoch mühelos zuvor. Seine erste Kugel ging zwischen den Lippen von Jakes schlimmstem Verfolger hindurch und ließ die oberen Vorderzähne zu scharfen Splittern explodieren, die Flaherty bei seinem letzten Atemzug einatmete. Der zweite Schuss durchschlug Flahertys Stirn zwischen den Augenbrauen und warf ihn rückwärts gegen die New York/Fedic-Tür, wobei seine unbenutzte Glock so auf den Boden des Korridors knallte, dass sich ein letzter Schuss aus ihr löste.

Die meisten anderen zogen nur Bruchteile einer Sekunde später. Eddie, der die Patrone, mit der er Albrecht erschossen hatte, sofort wieder ersetzt hatte, erschoss die sechs vorderen Männer. Als der Revolver leer geschossen war, wich er zum Nachladen hinter seinen Dinh zurück, wie er es gelernt hatte. Roland erledigte die nächsten fünf und wich dann hinter Eddie zurück, der alle anderen bis auf einen erschoss.

Lamla war clever genug gewesen, seine Waffe nicht zu ziehen, weshalb er nun als Letzter noch stand. Er hob seine leeren Hände mit den behaarten Fingern und den glatten Handflächen. »Verschont Ihr mich, Revolvermann, wenn ich Euch Frieden zusichere?«

»Niemals«, sagte Roland und spannte den Hahn seines Revolvers.

»Dann seid verdammt, Chary-Ka«, sagte der Taheen, und Roland von Gilead erschoss ihn, wo er stand, und Lamla von Galee brach tot zusammen.

2

Flahertys Trupp lag wie Feuerholz vor der Tür aufgestapelt da, Lamla in vorderster Reihe mit dem Gesicht nach unten. Keiner hatte auch nur einen einzigen Schuss abgeben können. Der gekachelte Korridor stank nach dem Pulverdampf, der bläulich in der Luft hing. Dann sprang irgendwo in der Wand müde tuckernd die Lüftung an, und die Revolvermänner spürten den Luftzug, der ihnen als kühler Hauch übers Gesicht strich.

Eddie lud den Revolver nach – der jetzt seiner war, das hatte Roland selbst gesagt – und steckte ihn in das Holster zurück. Dann ging er zu den Toten, von denen er vier nachlässig zur Seite wälzte, um an die Tür heranzukommen. »Susannah! Suze, bist du da?«

Erwartet jemand von uns außer im Traum wirklich, mit den geliebtesten Menschen wieder vereinigt zu werden, selbst wenn sie uns nur für wenige Minuten verlassen, um die profansten Dinge zu erledigen? Nein, keineswegs. Sobald sie außer Sicht kommen, zählen wir sie in unserem geheimsten Herzen zu den Toten. Wie können wir erwarten, für die schockierende Vermessenheit unserer Liebe nicht so tief gestürzt zu werden wie Luzifer, schlussfolgern wir, nachdem wir so viel geschenkt bekommen haben?

Und so rechnete Eddie auch nicht damit, dass Susannah antworten würde, bis sie es tat – aus einer anderen Welt, nur durch ein Türblatt von ihm getrennt. »Eddie? Süßer, bist du's?«

Eddies Kopf, der noch vor wenigen Sekunden völlig normal gewirkt hatte, war plötzlich zu schwer, um sich hochhalten zu lassen. Eddie lehnte ihn an die Tür. Auch seine Lider waren zu schwer, um offen gehalten zu werden, also schloss er sie. Das Gewicht musste von Tränen herrühren, jedenfalls schwamm er plötzlich in ihnen. Er konnte spüren, wie sie ihm warm wie Blut übers Gesicht liefen. Und die Hand, mit der Roland ihn am Rücken berührte.

»Susannah«, sagte Eddie. Er hielt die Augen geschlossen. Die Hände hatte er gespreizt auf die Tür gelegt. »Kannst du sie öffnen?«

Es war Jake, der antwortete: »Nein, aber ihr könnt es.«

»Mit welchem Wort?«, fragte Roland. Er beobachtete abwechselnd die Tür und den Gang hinter ihnen. Fast hoffte er auf einen gegnerischen Nachtrupp (weil sein Blut in Wallung geraten war), aber der gekachelte Korridor blieb leer. »Mit welchem Wort, Jake?«

Nun folgte eine Pause – sie war nur kurz, aber Eddie erschien sie unendlich lang –, dann sprachen die beiden gemeinsam. »Schrull«, sagten sie.

Eddie traute sich nicht, das Wort zu sagen; seine Kehle schien voller Tränen zu sein. Roland hatte kein derartiges Problem. Er wälzte mehrere weitere Leichen von der Tür weg (darunter Flahertys, dessen Gesicht zu einem letzten höhnischen Grinsen erstarrt war), dann sprach er das Wort. Und die Tür zwischen den Welten öffnete sich erneut mit einem leisen Klicken. Es war Eddie, der sie schließlich weit aufzog, und dann standen sie einander wieder gegenüber, Susannah und Jake in der einen Welt, Roland und Eddie in der anderen, und zwischen ihnen befand sich eine durchsichtig schimmernde Membran wie aus lebendem Glimmer. Susannah streckte die Hände aus, und sie durchstießen die Membran wie Hände, die aus einer Wassermasse auftauchten, die sich wie durch Zauberkraft geteilt hat.

Eddie ergriff sie. Er ließ zu, dass ihre Finger sich um seine schlossen und ihn nach Fedic hinüberzogen.

3

Als Roland durch die Tür trat, hatte Eddie Susannah bereits aufgehoben und hielt sie in den Armen. Der Junge sah zum Revolvermann auf. Keiner der beiden lächelte. Oy, der zu Jakes Füßen saß, lächelte für sie beide.

»Heil, Jake«, sagte Roland.

»Heil, Vater.«

»Willst du mich so nennen?«

Jake nickte. »Ja, wenn ich darf.«

»Das wäre mir eine große Freude«, sagte Roland. Dann streckte er – wie jemand, der etwas tat, was er nicht gewohnt war – langsam die Arme aus. Der Junge Jake sah ernst zu Roland auf und ließ dessen Gesicht keine Sekunde aus den Augen, während er zwischen diese Killerhände trat und darauf wartete, dass sie sich hinter seinem Rücken schlossen. Diese Szene hatte er sich in Träumen vorgestellt, die er niemals zu erzählen gewagt hätte.

Susannah bedeckte unterdessen Eddies Gesicht mit Küssen. »Sie hätten Jake beinahe erwischt«, sagte sie gerade. »Ich hatte mich auf meiner Seite der Tür hingesetzt ... Ich war so müde, dass ich eingenickt bin. Er muss mich drei- oder viermal gerufen haben, bevor ich ...«

Später würde er sich ihre Geschichte anhören, Wort für Wort und bis zum Ende. Später würden sie Zeit für ein Palaver haben. Jetzt umfasste er ihre Brust – die linke, damit er das starke, gleichmäßige Schlagen ihres Herzens spüren konnte –, und dann bremste er ihren Redefluss mit seinem Mund und ihre Zunge mit seiner.

Jake schwieg. Er stand mit zur Seite gedrehtem Kopf da, sodass seine Wange an Rolands Rippenbogen lag. Er hatte die Augen geschlossen. Am Hemd des Revolvermanns konnte er Regen und Staub und Blut riechen. Er dachte an seine Eltern, die er nie mehr wiedersehen würde; an seinen Freund Benny, der tot war; an den Pere, der von allen, vor denen *er* geflüchtet war, überwältigt worden war. Der Mann, den er umarmt hielt, hatte ihn einmal um des

Turmes willen verraten, hatte ihn fallen lassen, und Jake konnte nicht sagen, ob das nicht nochmals geschehen würde. Bestimmt lagen noch viele Meilen vor ihnen, und sie würden schwierig sein. Trotzdem war er im Augenblick zufrieden. Sein Verstand war ruhig, in sein wundes Herz war Friede eingekehrt. Es war genug, zu umarmen und umarmt zu werden.

Es war genug, mit geschlossenen Augen dazustehen und zu denken: *Mein Vater ist gekommen, um mich zu holen.*

Teil zwei

DER BLAUE HIMMEL

DEVAR-TOI

Kapitel I

Das Devar-Tete

1

Die vier wieder vereinten Reisenden (fünf, wenn man Oy von Mittwelt mitzählte) standen am Fußende von Mias Bett und sahen auf das herab, was von Susannahs Zwilling übrig geblieben war. Hätten die zusammengefallenen Kleidungsstücke der Leiche nicht eine gewisse Form verliehen, hätte vermutlich keiner genau sagen können, was das vor ihnen einst gewesen war. Nicht einmal der Haarschopf über dem gespaltenen Kürbis, der Mias Kopf gewesen war, sah noch menschlich aus; er hätte genauso gut eine ungewöhnlich große Wollmaus sein können.

Roland blickte auf die verschwindenden Gesichtszüge hinab und staunte darüber, wie wenig doch von der Frau übrig geblieben war, deren Obsession – der kleine Kerl, der kleine Kerl, immer nur der kleine Kerl – ihrem Unternehmen fast den Todesstoß versetzt hatte. Und wer hätte ohne sie das letzte Aufgebot im Kampf gegen den Scharlachroten König und seinen teuflisch gerissenen Kanzler gebildet? John Cullum, Aaron Deepneau und Moses Carver. Drei alte Männer, davon einer mit der Todeskusskrankheit, die Eddie wie ein Krustentier bezeichnete.

So viel hast du getan, sagte er sich, während er gedankenverloren in das staubige, sich auflösende Gesicht blickte. *So viel hast du getan, und so viel mehr hättest du noch getan, aye, und alles ohne Hemmungen noch Skrupel, und so wird die Welt dereinst enden, dünkt mich, kein Opfer des Hasses, sondern der Liebe. War die Liebe doch schon immer die vernichtendere Waffe.*

Er beugte sich vor, nahm einen Duft wahr, der an welke Blumen oder auch alte Gewürze erinnerte, und atmete wieder aus. Das Ding, das halbwegs an einen Frauenkopf erinnerte, hätte sich jetzt wie eine Pusteblume oder Wollmaus wegblasen lassen.

»Sie wollte dem Universum nichts Böses«, sagte Susannah, deren Stimme nicht ganz fest klang. »Sie wollte nur, was jeder Frau zusteht: ein Baby bekommen. Ein Kind, das man lieben und aufziehen kann.«

»Aye«, stimmte Roland zu. »Du sprichst wahrhaftig. Gerade das macht ihr Ende so schwarz.«

Und Eddie sagte: »Manchmal denke ich, dass uns allen geholfen wäre, wenn die Gutmeinenden sich einfach irgendwo verkriechen und sterben würden.«

»Das wäre dann *unser* Ende, Big Ed«, stellte Jake trocken fest.

Sie dachten alle darüber nach, und Eddie fragte sich unwillkürlich, wie vielen sie schon durch ihre wohlmeinende Einmischung den Tod gebracht hatten. Die Bösen kümmerten ihn nicht, aber es hatte auch andere gegeben – Susan, Rolands verlorene Liebe, war nur eine darunter.

Roland wandte sich von den pulverisierten sterblichen Überresten Mias ab und kam zu Susannah, die auf einem der nächsten Betten saß, wo sie die Hände unter die Oberschenkel geschoben hatte. »Erzähl mir alles, was dir zugestoßen ist, seit du uns nach der Schlacht an der Oststraße verlassen hast«, sagte er. »Wir müssen …«

»Roland, *ich* wollte euch niemals verlassen. Das war Mia. Sie hat mich dazu gezwungen. Und hätte ich keinen Zufluchtsort gehabt – einen Dogan –, hätte sie die Herrschaft sogar ganz über mich übernommen.«

Roland nickte, um zu zeigen, dass er das alles verstand. »Erzähl mir trotzdem, wie du in dieses Devar-Tete gekommen bist. Und von dir, Jake, möchte ich es dann auch hören.«

»Devar-Tete«, sagte Eddie. Der Ausdruck klang entfernt vertraut. Hatte er etwas mit Chevin von Chayven, dem Langsamen Mutanten zu tun, den Roland in Lovell von seinem Elend erlöst hatte? Vermutlich. »Was bedeutet das?«

Rolands Handbewegung umfasste den Saal mit all seinen Betten, jedes mit einer Art Helm, zu dem ein gegliederter Stahlschlauch führte; die Götter mochten wissen, wie viele Kinder aus den Callas in diesen Betten gelegen hatten, um dann als Mindere zurückzukehren. »Es bedeutet kleines Gefängnis oder auch Folterkammer.«

»Kommt mir gar nicht so klein vor«, sagte Jake. Er wusste nicht, wie viele Betten es hier gab, schätzte ihre Zahl aber auf dreihundert. Auf wenigstens dreihundert.

»Möglicherweise stoßen wir auf ein noch größeres, bevor wir hier mit allem fertig sind. Erzähl nun deine Geschichte, Susannah, und dann du, Jake.«

»Wohin geht's denn von hier aus weiter?«, fragte Eddie.

»Vielleicht ergibt sich das aus den Geschichten der beiden«, antwortete Roland.

2

Roland und Eddie hörten aufmerksam zu, als Susannah und Jake ihre Abenteuer in allen Einzelheiten schilderten. Roland unterbrach Susannah erstmals, als sie ihnen von Mathiessen van Wyck erzählte, der ihr sein Geld gegeben und ein Hotelzimmer für sie genommen hatte. Der Revolvermann fragte Eddie nach der Schildkröte im Futter der Tragetasche.

»Ich hab nicht *gewusst,* dass das eine Schildkröte war. Ich hab's erst für einen Stein gehalten.«

»Diese Sache möchte ich noch mal hören«, sagte Roland.

Eddie überlegte also sorgfältig, strengte sich an, sich an alle Details zu erinnern (weil doch alles sehr lange zurückzuliegen schien), und erzählte dann, wie Pere Callahan und er zur Höhle der Stimmen hinaufgestiegen waren, in der sie schließlich den Kasten aus Geisterholz mit der Schwarzen Dreizehn geöffnet hatten. Sie hatten erwartet, dass die Schwarze Dreizehn die Tür öffnete, und das hatte sie auch getan, aber zuvor …

»Wir haben den Kasten in die Tragetasche gesteckt«, sagte Eddie. »In die, auf der in New York NICHTS ALS TREFFER BEI MIDTOWN-BAHNEN, aber auf der Seite der Calla Bryn Sturgis NICHTS ALS TREFFER BEI MITTWELT-BAHNEN gestanden hat, ihr wisst schon.«

Sie nickten alle.

»Und dabei habe ich etwas im Futter der Tasche ertastet. Ich habe Callahan darauf aufmerksam gemacht, und er …« Eddie überlegte kurz. »Er hat gesagt, es sei nicht der richtige Zeitpunkt, um sich dafür zu interessieren. Oder irgendwas in der Art. Ich war irgendwie seiner Meinung. Ich erinnere mich, dass ich mir überlegt habe, dass wir auch so schon genügend Rätsel zu lösen hätten und uns dieses für ein andermal aufheben sollten. Roland, wer um Himmels willen, glaubst du, hat dieses Ding in der Tragetasche versteckt?«

»Wer hat sie überhaupt auf dem unbebauten Grundstück zurückgelassen?«, fragte Susannah.

»Oder den Schlüssel?«, warf Jake ein. »Den Schlüssel zu dem Haus in Dutch Hill habe ich doch auf demselben Grundstück gefunden. War das die Rose? Hat die Rose sie irgendwie … ich weiß nicht … hergestellt?«

Roland dachte darüber nach. »Müsste ich eine Vermutung äußern«, antwortete er, »würde ich sagen, dass Sai King diese Zeichen und Siguls hinterlassen hat.«

»Der Schriftsteller«, sagte Eddie. Er wog diese Idee ab, dann nickte er. Er erinnerte sich vage an einen Begriff aus der Highschool – der Gott aus der Maschine, so hatte er geheißen. Dafür gab es auch einen schicken lateinischen Ausdruck, an den er sich aber nicht erinnern konnte. Vermutlich hatte er gerade Mary Lou Kenopenskys Namen auf sein Pult geschrieben, während seine Mitschüler sich pflichtbewusst Notizen gemacht hatten. Im Prinzip verstand man darunter, dass ein Bühnenschriftsteller, der sich in eine ausweglose Lage hineinmanövriert hatte, einen Gott herunterschicken konnte, der auf einem mit Blumen geschmückten Bucka herabgeschwebt kam und die Bedrängten rettete. Zweifellos gefiel das den frommeren Theaterbesuchern, die glaubten, Gott – nicht die Spezialeffekte-Version, die von einer erhöhten Plattform herabschwebte, die das Publikum nicht sehen konnte, sondern der Vater im Himmel – rette *wirklich* Leute, die es verdient hatten. Solche Vorstellungen waren in der heutigen Zeit unmodern geworden, aber Eddie glaubte, dass populäre Schriftsteller – von der Art, wie Sai King einer zu werden schien – diese Methode noch immer benutzten, sie aber besser tarnten. Als kleine Notausstiege. Spielkarten, auf denen DU WIRST AUS DEM GEFÄNGNIS ENTLASSEN oder DU ENTKOMMST DEN PIRATEN oder WIRBELSTURM VERURSACHT STROMAUSFALL, HINRICHTUNG AUFGESCHOBEN stand. Der Gott aus der Maschine (der in Wirklichkeit der Verfasser war) war geduldig bemüht, den Hauptpersonen nichts zustoßen zu lassen, damit seine Story nicht mit einem unbefriedigenden Schluss wie diesem enden musste: »Und so wurde das Ka-Tet auf dem Jericho Hill abgeschlachtet, und die bösen Kerle siegten, Discordia über alles!, tut mir Leid, Leute, mehr Glück beim nächsten Mal (bei *welchem* nächsten Mal, haha), ENDE.«

Kleine Sicherheitsnetze wie beispielsweise ein Schlüssel. Von einer fein geschnitzten Schildkröte ganz zu schweigen.

»Wenn er dieses Zeug in seine Geschichte hineingeschrieben hat«, sagte Eddie, »muss das lange nach unserer Begegnung im Jahr 1977 gewesen sein.«

»Aye«, stimmte Roland zu.

»Außerdem glaube ich nicht, dass er sich das alles hat einfallen lassen«, meinte Eddie. »Irgendwie nicht. Er ist bloß ein … ich weiß nicht, nur ein …«

»Ein Bumhug?«, fragte Susannah lächelnd.

»Nein!«, sagte Jake in leicht schockiertem Ton. »Das nicht. Er ist ein Sender. Praktisch wie ein Fernsehansager.« Er dachte an seinen Vater und den Job seines Vaters beim Fernsehen.

»Bingo!«, rief Eddie aus und zeigte dabei auf den Jungen. Dieser Gedanke führte zu einem anderen: Hätte Stephen King nicht lange genug gelebt, um dieses Zeug in seine Geschichte hineinzuschreiben, wären Schlüssel und Schildkröte nicht da gewesen, als sie gebraucht wurden. Jake wäre von dem Türsteher in dem Haus in Dutch Hill gefressen worden … immer unter der Voraussetzung, dass er überhaupt so weit gekommen wäre, was eher unwahrscheinlich war. Und wenn er dem Monster in Dutch Hill dennoch entkommen wäre, hätten ihn die Großväter – Callahans Vampire des Typs eins – im Dixie Pig verspeist.

Susannah überlegte, ob sie ihnen von der Vision erzählen sollte, die sie gehabt hatte, als Mia ihre letzte Reise vom Hotel Plaza-Park zum Dixie Pig angetreten hatte. In dieser Vision war sie in einer Gefängniszelle in Oxford, Mississippi, eingelocht gewesen und hatte dort Stimmen aus irgendeinem Fernseher gehört. Chet Huntley, Walter Cronkite, Frank McGee: Nachrichtensprecher, die die Namen der Toten skandierten. Einige dieser Namen wie Präsident Kennedy und die Brüder Diem hatte sie gekannt. Andere wie Christa McAuliffe hatte sie nicht gekannt. Aber einer der Namen war der von Stephen King gewesen, das wusste sie bestimmt. Chet Huntleys Partner

(gute Nacht Chet gute Nacht David)

hatte gesagt, Stephen King sei bei einem Spaziergang in der Nähe seines Hauses von einem Dodge-Minivan angefahren und getötet worden. King sei zweiundfünfzig gewesen, hatte Brinkley hinzugefügt.

Hätte Susannah ihnen das erzählt, hätten sehr viele Dinge sich anders oder gar nicht ereignet. Sie öffnete den Mund, um diese Einzelheiten in das Gespräch einzuführen – auf einem Steilhang prallt ein fallender Splitter auf einen Stein der einen größeren Stein ins Rollen bringt der seinerseits gegen zwei weitere stößt und dadurch einen Erdrutsch auslöst –, als das Knarren einer sich öffnenden Tür und das Stampfen näher kommender Schritte zu hören war. Alle drehten sich danach um. Jake griff nach einem ’Riza, die anderen nach ihren Schusswaffen.

»Keine Sorge, Jungs«, murmelte Susannah. »Alles in Ordnung. Ich kenne diesen Kerl.« Und zu DNK 45932, **DIENSTBOTE,** sagte sie: »Ich hätte nicht erwartet, dich so bald wiederzusehen. Eigentlich hätte ich überhaupt nicht erwartet, dich je wiederzusehen. Was gibt's, Nigel, alter Kumpel?«

So blieb diesmal etwas ungesagt, das hätte gesagt werden können, und der Deus ex Machina, der hätte herabsteigen können, um einen Schriftsteller zu retten, der an einem Tag im späten Frühjahr 1999 ein Rendezvous mit einem Dodge-Minivan hatte, blieb, wo er war – hoch über den Sterblichen, die unten ihre Rollen spielten.

3

Das Nette an Robotern war, wie Susannah fand, dass die meisten nicht nachtragend waren. Nigel erzählte ihr, dass niemand verfügbar gewesen sei, um seine Optiken zu reparieren (obwohl er das vielleicht selbst gekonnt hätte, sagte er, hätte er die richtigen Ersatzteile, Werkzeuge und Reparaturhandbücher zur Verfügung gehabt), deshalb sei er mithilfe seiner Infrarotsensoren zurückgekommen, um die Überreste des zertrümmerten (und überhaupt nicht benötigten) Brutkastens aufzusammeln. Er dankte ihr für ihr Interesse und stellte sich dann ihren Freunden vor.

»Freut mich, dich kennen zu lernen, Nigel«, sagte Eddie, »aber du wirst mit deinen Aufräumarbeiten beginnen wollen, das weiß ich sehr wohl, deshalb wollen wir dich auch nicht länger aufhalten.« Eddies Ton war freundlich, und er hatte seinen Revolver wieder ins Holster gesteckt, auch wenn er die Rechte auf dem Griff liegen ließ. Eigentlich war ihm ein bisschen komisch zumute, weil Nigel einem bestimmten Kurierroboter aus Calla Bryn Sturgis so ähnlich sah. Und jener andere *war* nachtragend gewesen.

»Nein, bleib«, sagte Roland. »Möglicherweise gibt es Dinge, die du für uns erledigen kannst. Vorerst möchte ich aber, dass du still bist. Ausgeschaltet, wenn's dir beliebt.« *Auch wenn's dir nicht beliebt,* deutete sein Ton an.

»Gewiss, Sai«, antwortete Nigel mit seinem sonoren britischen

Akzent. »Reaktivieren können Sie mich dann mit den Worten *Nigel, ich brauche dich.*«

»Sehr gut«, sagte Roland.

Nigel verschränkte die hageren (aber zweifellos kräftigen) Arme aus Edelstahl vor der Brust und versetzte sich in den Ruhezustand.

»Zurückgekommen, um die Glassplitter aufzusammeln«, sagte Eddie verwundert. »Vielleicht könnte die Tet Corporation die ja verkaufen. Jede Hausfrau in Amerika würde zwei wollen – einen fürs Haus und einen für den Garten.«

»Je weniger wir mit Technik zu tun haben, desto besser«, sagte Susannah düster. Obwohl sie an die Tür zwischen Fedic und New York gelehnt ein Nickerchen gemacht hatte, sah sie blass und abgespannt, fast zu Tode erschöpft aus. »Ihr seht ja, wohin sie diese Welt gebracht hat.«

Roland nickte nun Jake zu, der daraufhin von den Abenteuern berichtete, die Pere Callahan und er im New York des Jahres 1999 erlebt hatten – mit dem Taxi, das Oy fast überfahren hätte, beginnend und ihrem Zweimannüberfall auf die niederen Männer und Vampire im Speisesaal des Dixie Pig endend. Er schilderte natürlich auch, wie sie die Schwarze Dreizehn entsorgt hatten, indem sie sie in ein Schließfach im World Trade Center gesperrt hatten, in dem sie bis Anfang Juni 2002 sicher aufgehoben sein würde, und dass sie die Schildkröte gefunden hatten, die Susannah wie eine Flaschenpostbotschaft in den Rinnstein vor dem Dixie Pig geworfen hatte.

»Ein so tapferer Junge«, sagte Susannah und zerzauste Jake das Haar. Dann beugte sie sich hinunter, um Oy den Kopf zu streicheln. Der Bumbler machte einen langen Hals, um die Liebkosung noch besser genießen zu können, schloss halb die Augen und legte ein Grinsen auf sein füchsisches kleines Gesicht. »So verdammt tapfer. Danke-sai, Jake.«

»Dank Ake!«, stimmte Oy zu.

»Wäre die Schildkröte nicht gewesen, hätten sie uns alle beide erledigt.« Jakes Stimme klang fest, aber er sah so abgekämpft wie

Susannah aus. »So hat der Pere … er …« Jake wischte sich mit dem Handballen eine Träne ab und starrte Roland an. »Du hast seine Stimme benutzt, um mich weiterzuschicken. Ich habe dich gehört.«

»Aye, das musste ich tun«, sagte der Revolvermann. »Und er hätte es auch nicht anders gewollt.«

»Es waren nicht die Vampire, die ihm ein Ende bereitet haben. Er hat meine Ruger gegen sich selbst benutzt, bevor sie sein Blut trinken und ihn zu einem der *ihren* machen konnten. Obwohl ich glaube, dass sie das eigentlich nicht getan hätten. Sie hätten ihn zerrissen und aufgefressen. Sie waren völlig außer Rand und Band.«

Roland nickte.

»Sein letzter Gedanke war … Ich glaube, dass er die Worte laut ausgesprochen hat, bin mir aber nicht ganz sicher …« Jake überlegte. Er weinte jetzt, ohne sich seiner Tränen zu schämen. »Er hat gesagt: ›Mögest du deinen Turm finden, Roland, und ihn erstürmen, mögest du ihn bis ganz oben erklimmen.‹ Und dann …« Er machte mit gespitzten Lippen ein kleines puffendes Geräusch. »Weg. Wie eine Kerzenflamme erloschen. Fort in irgendwelche anderen Welten.«

Jake verstummte. Alle schwiegen einige Augenblicke lang, und ihr Schweigen wirkte wie etwas, das sie bewusst einhielten. Schließlich sagte Eddie: »Also gut, wir sind wieder beisammen. Was zum Teufel machen wir als Nächstes?«

4

Roland verzog das Gesicht, während er sich setzte, und warf Eddie dann einen Blick zu, der deutlicher als tausend Worte fragte: *Warum stellst du meine Geduld auf die Probe?*

»Schon gut«, sagte Eddie, »das ist nur so eine Angewohnheit. Hör auf, mich so anzusehen.«

»*Was* ist eine Angewohnheit, Eddie?«

Eddie dachte heutzutage weniger oft an sein letztes hartes Süchtigenjahr mit Henry, aber jetzt musste er daran denken. Er mochte es nur nicht zugeben, nicht etwa, weil er sich schämte – darüber glaubte Eddie wirklich hinweg zu sein –, sondern weil er spürte, dass der Revolvermann zunehmend ungeduldig darauf reagierte, dass Eddie alles mit Bezug auf seinen großen Bruder erklärte. Was vielleicht nur allzu verständlich war. Henry war immerhin die definierende, formende Kraft in Eddies Leben gewesen, okay. Genau wie Cort die definierende, formende Kraft in Rolands gewesen war … nur dass der Revolvermann eben nicht *ständig* von seinem alten Lehrer sprach.

»Fragen zu stellen, wenn ich die Antwort schon weiß«, sagte Eddie.

»Und wie lautet die Antwort diesmal?«

»Bevor wir zum Turm weiterziehen, machen wir erst eine Kehrtwende nach Donnerschlag. Wir töten die Brecher oder befreien sie. Was immer erforderlich ist, um die Balken zu schützen. Wir töten Walter oder Flagg oder wie er sich sonst nennt. Weil er der Feldmarschall ist, stimmt's?«

»Das war er«, sagte Roland, »aber jetzt hat ein neuer Mitspieler die Bühne betreten.« Er sah zu dem Roboter hinüber. »Nigel, ich brauche dich.«

Nigel streckte die Arme und hob den Kopf. »Wie kann ich zu Diensten sein?«

»Indem du mir Schreibzeug beschaffst. Gibt's hier welches?«

»Füller, Bleistifte und Kreide sind in der Aufseherkabine am anderen Ende des Extraktionsraums, Sai. Oder waren zumindest dort, als ich das letzte Mal die Gelegenheit hatte, sie zu betreten.«

»Der Extraktionsraum«, sagte Roland nachdenklich und betrachtete die dicht gedrängten Bettreihen. »So nennt ihr ihn?«

»Ja, Sai.« Und dann, fast ängstlich: »Reibelaute und angedeutete Vokalauslassungen lassen darauf schließen, dass Sie zornig sind. Ist das der Fall?«

»Man hat hier Kinder zu hunderten und tausenden hergeschleppt – überwiegend gesunde Kinder, und das aus einer Welt, wo noch viel zu viele bereits missgebildet geboren werden –, um ihnen den Verstand auszusaugen. Warum sollte ich also nicht zornig sein?«

»Sai, das kann ich leider nicht sagen«, sagte Nigel. Möglicherweise bereute er bereits seinen Entschluss, hierher zurückgekehrt zu sein. »Aber ich hatte nichts mit dem Extraktionsprozess zu tun, das versichere ich Ihnen. Ich bin für Hausarbeit inklusive Hausmeistertätigkeiten zuständig.«

»Bring mir einen Bleistift und ein Stück Kreide.«

»Sai, Sie wollen mich doch nicht etwa zerstören? Es war Dr. Scowther, der in den letzten zwölf bis vierzehn Jahren die Extraktionen überwacht hat, und Dr. Scowther ist tot. Diese Lady-Sai hat ihn erschossen – und das mit seiner eigenen Pistole.« In Nigels Stimme, die in ihrem engen Bereich ziemlich ausdrucksvoll war, klang ein gewisser Vorwurf an.

Roland wiederholte nur: »Bring mir einen Bleistift und ein Stück Kreide, aber *jin-jin!«*

Nigel machte sich auf den Weg, um seinen Auftrag auszuführen.

»Wenn du von einem neuen Mitspieler sprichst, meinst du das Baby«, sagte Susannah.

»Gewiss. Es hat zwei Väter, dieses *Bah-bo.«*

Susannah nickte. Sie dachte an die Geschichte, die Mia ihr erzählt hatte, als sie beide flitzen gegangen und die verlassene Stadt Fedic besucht hatten – das heißt, verlassen bis auf Ungeheuer wie Sayre und Scowther und die marodierenden Wölfe. Zwei Frauen, eine weiß und eine schwarz, eine schwanger und eine nicht, die auf Stühlen vor dem Gin-Puppie Saloon saßen. Dort hatte Mia dann Eddie Deans Frau einiges erzählt – vielleicht mehr, als ihnen damals bewusst gewesen war.

Dort haben sie mich verändert, hatte Mia ihr erzählt, wobei mit »sie« vermutlich Scowther und ein Team aus weiteren Ärzten gemeint waren. Und Zauberer? Leute wie die Manni, nur dass sie auf die andere Seite übergelaufen waren? Schon möglich. Wer konnte das schon beurteilen. Im Extraktionsraum war sie sterblich gemacht worden. Dann, als sie Rolands Sperma schon in sich trug, war etwas anderes passiert. An diesen Teil hatte sie sich kaum erinnern können, nur an eine rote Dunkelheit. Jetzt fragte Susannah sich, ob etwa der Scharlachrote König in Person zu ihr gekommen war, ob er sie mit seinem riesigen, uralten Spinnenleib bestiegen hatte oder ob sein abscheuliches Sperma irgendwie herantransportiert worden war, um sich mit Rolands zu vermischen. Jedenfalls war das Baby zu einem grässlichen Zwitter herangewachsen, wie Susannah gesehen hatte: kein Werwolf, sondern eine Wer*spinne*. Und nun war das Ding dort draußen unterwegs, irgendwo. Vielleicht war es ja auch hier und beobachtete sie, während sie palaverten und Nigel gerade mit verschiedenen Schreibgeräten zurückkam.

Ja, dachte sie. *Es beobachtet uns. Und hasst uns … wenn auch nicht gleichermaßen. Am meisten hasst der Dan-Tete nämlich Roland. Seinen ersten Vater.*

Sie schüttelte sich.

»Mordred will dich töten, Roland«, sagte sie. »Das ist sein Auftrag. Das war, wozu er geschaffen wurde. Um dir und deiner Suche ein Ende zu setzen, und dem Turm auch.«

»Ja«, sagte Roland, »um an der Stelle seines Vaters zu herrschen. Ist doch der Scharlachrote König schon alt. Außerdem gelange ich immer mehr zu der Überzeugung, dass er irgendwie gefangen ist. Sollte das wirklich zutreffen, ist er auch nicht mehr unser Hauptfeind.«

»Wir gehen also zu diesem Schloss jenseits von Discordia?«, fragte Jake. Das waren seine einzigen Worte innerhalb der letzten halben Stunde. »Tun wir doch, oder?«

»Ich glaube schon, ja«, antwortete Roland. »*Le Casse Roi Russe,* wie es in den alten Sagen heißt. Wir gehen als Ka-Tet hin, um zu erlegen, was dort haust.«

»So sei es«, sagte Eddie. »Bei Gott, so sei es!«

»Aye«, sagte Roland. »Als Erstes werden wir uns jedoch um die Brecher kümmern. Das Balkenbeben, das wir kurz vor unserer Abreise in Calla Bryn Sturgis gespürt haben, lässt darauf schließen, dass ihre Arbeit schon fast getan ist. Aber selbst wenn das nicht zutrifft …«

»Müssen wir sie daran hindern, ihre Arbeit fortzusetzen«, sagte Eddie.

Roland nickte. Er sah müder aus als je zuvor. »Aye«, sagte er. »Indem wir sie töten oder freilassen. Jedenfalls müssen sie aufhören, sich an den beiden noch verbliebenen Balken zu schaffen zu machen. Dann müssen wir den Dan-Tete erledigen. Den einen, der mit dem Scharlachroten König verbunden ist … und mit mir.«

5

Nigel sollte sich noch als recht hilfreich erweisen (wie es das Schicksal zeigen würde, allerdings nicht nur Roland und seinem Ka-Tet gegenüber). Zunächst einmal aber brachte er zwei Bleistifte, zwei Füller (einer davon ein großes altes Ding, das in die Hand eines Schreibers in einem Dickens-Roman gepasst hätte) und drei Stücke Kreide, eines davon in einer silbernen Röhre, die es wie einen Lippenstift aussehen ließ. Roland nahm sich dieses Stück und gab Jake ein anderes. »Worte, die ihr leicht verstehen würdet, kann ich leider nicht schreiben«, sagte er, »aber unsere Zahlen sind gleich, jedenfalls recht ähnlich. Schreib in Druckbuchstaben daneben, was ich sage, Jake, und gut leserlich.«

Jake tat wie geheißen. Das Ergebnis war eine primitive, aber durchaus verständliche Karte mit einer Legende.

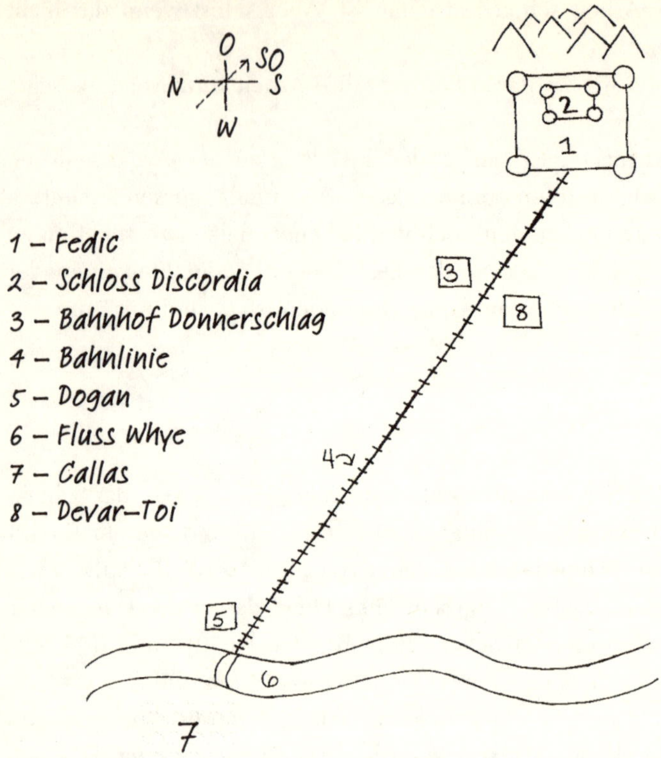

»Fedic«, sagte Roland, indem er auf die 1 zeigte und dann einen kurzen Kreidestrich zur 2 zog. »Und das hier ist Schloss Discordia mit den Türen darunter. Einem großmächtigen Gewirr aus Türen, wie wir gehört haben. Es wird einen Verbindungsgang geben, der uns unter dem Schloss von hier nach hier bringt. Susannah, erzähl uns jetzt noch mal, welchen Weg die Wölfe benutzen und was sie genau tun.« Er gab ihr das Kreidestück in der silbernen Röhre.

Sie nahm es entgegen und stellte bewundernd fest, dass es sich beim Gebrauch von selbst anspitzte. Eine kleine, aber hübsche Eigenheit.

»Sie reiten durch eine nur in einer Richtung funktionierende Tür, die sie hierher bringt«, sagte sie und zog einen Strich von 2 nach 3 – zum *Bahnhof Donnerschlag,* wie Jake ihn genannt hatte. »Die Tür müsste gut zu erkennen sein, weil sie bestimmt *groß* ist, außer sie reiten einzeln nacheinander hindurch.«

»Vielleicht tun sie das ja auch«, sagte Eddie. »Wenn ich mich nicht täusche, sind sie ziemlich auf das angewiesen, was das Alte Volk ihnen hinterlassen hat.«

»Du täuschst dich nicht«, sagte Roland. »Bitte weiter, Susannah.« Statt nur in die Hocke zu gehen, saß er jetzt flach auf dem Boden und hatte sein rechtes Bein steif ausgestreckt. Eddie fragte sich, wie stark Rolands Hüfte wohl schmerzen mochte und ob er noch etwas von Rosalitas Katzenöl in der wiedererhaltenen Tasche hatte. Was er bezweifelte.

Susannah fuhr fort: »Von Donnerschlag aus reiten die Wölfe die Bahnlinie entlang, zumindest bis sie aus dem Schatten kommen … oder der Dunkelheit … oder was immer das ist. Weißt du das genauer, Roland?«

»Nein, aber wir werden es bald genug mit eigenen Augen sehen.« Er vollführte mit der linken Hand jene ungeduldig kreisende Bewegung.

»Also dann überqueren sie den Fluss zu den Callas und entführen die Kinder. Und wenn sie mit ihnen schließlich wieder in Bahnhof Donnerschlag sind, besteigen sie meiner Ansicht nach mit ihren Pferden und den Gefangenen zurück nach Fedic einen Zug, weil die Tür für die Rückkehr ja nicht benutzbar ist.«

»Aye, so geschieht es wohl, glaube ich«, sagte Roland. »Dabei umgehen sie das Devar-Toi – das Gefängnis, das wir mit der Zahl Acht bezeichnet haben – vorläufig.«

»Scowther und seine Naziärzte haben diese helmartigen Dinger auf den Betten dazu benutzt, um etwas aus den Köpfen der Kinder zu saugen«, sagte Susannah. »Das ist das Zeug, das sie den Brechern geben. Sie werden damit gefüttert oder, so vermute ich, bekommen es injiziert. Die Kinder und der Gehirnextrakt werden dann durch die Tür zum Bahnhof Donnerschlag gebracht. Die Kleinen werden nach Calla Bryn Sturgis und vielleicht auch in andere Callas zurückgeschickt, und im Devar-Toi, wie Roland es nennt …«

»Massa, Essen is fertig«, sagte Eddie düster.

An dieser Stelle meldete Nigel sich in absolut fröhlichem Ton zu Wort: »Wünschen Sie einen kleinen Imbiss, Sais?«

Jake befragte kurz seinen Magen und stellte fest, dass er vor Hunger knurrte. Es war abscheulich, so bald nach dem Tod des Peres – und nach allem, was er im Dixie Pig gesehen hatte – schon so hungrig sein zu können, aber er war es trotzdem. »Gibt's hier denn richtiges Essen, Nigel? Wirklich?«

»Ja, in der Tat, junger Herr«, sagte Nigel. »Leider nur Konserven, aber ich kann über zwei Dutzend Gerichte zur Auswahl anbieten, unter anderem gebackene Bohnen, Thunfisch, mehrere Sorten Suppe …«

»Tunt-Fisch für mich«, sagte Roland, »aber eine große Portion, wenn ich bitten darf.«

»Gewiss, Sai.«

»Einen Elvis Special kannst du mir wahrscheinlich nicht zaubern«, sagte Jake sehnsüchtig. »Das ist ein Sandwich mit Erdnussbutter, Schinken und Banane.«

»Jesses, Kleiner«, sagte Eddie. »Ich weiß nicht, ob du das bei dieser Beleuchtung erkennen kannst, aber ich werde gerade ganz grün um die Kiemen.«

»Ich habe leider weder Schinken noch Banane«, sagte Nigel (wobei er letzteres Wort wieder äußerst kritisch aussprach), »aber ich habe Erdnussbutter und drei Sorten Marmelade. Außerdem auch Apfelbutter.«

»Apfelbutter wär nicht schlecht«, sagte Jake.

»Bitte weiter, Susannah«, sagte Roland, während Nigel verschwand, um seinen Auftrag auszuführen. »Allerdings wirst du dich nicht so zu beeilen brauchen; nachdem wir gegessen haben, werden wir sowieso etwas ausruhen müssen.« Man hörte ihm an, dass er von dieser Vorstellung keineswegs begeistert war.

»Ich glaube nicht, dass es noch viel zu erzählen gibt«, sagte Susannah. »Es klingt alles verwirrend – es sieht auch verwirrend aus, was vor allem daran liegt, dass unsere kleine Karte keinen festen Maßstab hat –, aber im Prinzip ist das Ganze nur eine Rundreise, die sie ungefähr alle vierundzwanzig Jahre machen: von Fedic nach Calla Bryn Sturgis, dann mit den Kindern nach Fedic zurück, damit sie die Extraktion vornehmen können. Anschließend schicken sie die Kinder in die Callas zurück und bringen die Gehirnnahrung in dieses Gefängnis, in dem die Brecher leben.«

»Das Devar-Toi«, sagte Jake.

Susannah nickte. »Die Frage ist nur, was wir tun können, um diesen Kreislauf zu unterbrechen.«

»Wir benutzen die Tür, um zum Bahnhof Donnerschlag zu gelangen«, sagte Roland, »und vom Bahnhof geht's weiter zum Gefängnis. Und dort …« Er sah die Angehörigen seines Ka-Tet nacheinander an und vollführte dann mit dem Zeigefinger eine nüchtern vielsagende Schießbewegung.

»Dort wird's Wächter geben«, sagte Eddie. »Vielleicht sogar viele. Was ist, wenn wir in der Unterzahl sind?«

»Das wäre nicht das erste Mal«, sagte Roland.

Kapitel II

Der Beobachter

1

Als Nigel zurückkam, trug er ein wagenradgroßes Tablett mit Sandwichstapeln, zwei Thermosgefäßen mit Suppe (Bouillon und Hühnersuppe) und Limonadendosen. Es gab Cola, Sprite, Nozz-A-La und ein Getränk, das Wit Green Wit hieß. Eddie kostete es und verkündete sofort, dass es unbeschreiblich scheußlich schmecke.

Alle konnten sehen, dass Nigel nicht mehr der muntere, patente Kerl zu sein schien, der er wohl seit Gott weiß wie vielen Jahrzehnten und Jahrhunderten gewesen war. Sein rautenförmiger Kopf zuckte immer wieder von einer Seite zur anderen. Wenn er nach links fiel, murmelte Nigel auf Französisch: *»Un, deux, trois!«* Auf der rechten Seite murmelte er auf Deutsch: *»Eins, zwei, drei!«* Etwa auf Höhe seines Zwerchfells war jetzt ein leises Dauerklicken zu hören.

»Schätzchen, was fehlt dir denn?«, fragte Susannah, als der Dienstboten-Roboter das Tablett zwischen ihnen auf den Boden stellte.

»Die Diagnose einer Reihe von Selbsttests lässt innerhalb der nächsten zwei bis sechs Stunden einen totalen Systemzusammenbruch erwarten«, sagte Nigel trübselig, wirkte aber sonst ganz ruhig. »Bereits vorhandene Logikfehler, die bisher isoliert waren, sind in die AMS gelangt.« Ein weiteres Mal warf er den Kopf ruckartig nach rechts. »Eins, zwei, drei! *Lebt frei oder verreckt, vor Greg habt Respekt!«*

»Was bedeutet AMS?«, fragte Jake.

»Und wer ist Greg?«, fügte Eddie hinzu.

»AMS bedeutet Allgemeine Mentale Systeme«, antwortete Nigel. »Es gibt zwei dieser Systeme, ein rationales und ein irrationales. Bewusstsein und Unterbewusstsein, könnte man sagen. Was Greg betrifft – das ist Greg Stillson, eine Figur in einem Roman, den ich gerade lese. Recht unterhaltsam. Er heißt *Dead Zone – Das Attentat* und ist von Stephen King. Ich habe allerdings keine Ahnung, weshalb ich das in diesem Zusammenhang erwähnt habe.«

2

Nigel erläuterte, dass derartige Logikfehler bei den von ihm als Asimov-Roboter bezeichneten Maschinenmenschen häufig aufträten. Je intelligenter der Roboter, desto mehr Logikfehler ... und desto früher machten sie sich bemerkbar. Das Alte Volk (Nigel nannte es die Hersteller) hatte das durch ein striktes Quarantänesystem kompensiert, das mentale Defekte behandelte, als wären diese so etwas wie Windpocken oder Cholera. (Jake fand, dass das Ganze wie eine erstklassige Methode für den Umgang mit Geisteskrankheiten klang, obwohl die Psychiater davon wahrscheinlich nicht viel halten würden; sie wären arbeitslos geworden.) Nigel vermutete, dass das durch den Verlust seines Augenlichts ausgelöste Trauma seine mentalen Überlebenssysteme irgendwie geschwächt hatte und dass nun alles mögliche schlimme Zeug in seinen Stromkreisen unterwegs war, seine deduktive und induktive Urteilsfähigkeit erodieren ließ und massenhaft Logiksysteme verschlang. Er versicherte Susannah, es ihr keineswegs übel zu nehmen, dass es so weit gekommen sei. Susannah hob eine Faust an die Stirn und dankte ihm groß-groß. In Wirklichkeit traute sie dem guten alten DNK 45932 nicht so recht über den Weg, obwohl sie wahrhaftig keinen Grund dafür hätte angeben können. Vielleicht war das nur ein Überbleibsel aus ihrer Zeit in Calla Bryn Sturgis, als ein Nigel recht ähnlicher Roboter sich in der Tat als ein widerlicher, nachtragender Bursche erwiesen hatte. Und etwas anderes kam auch noch dazu.

Ich sehe was, was du nicht siehst, dachte Susannah.

»Streck deine Hände aus, Nigel.«

Der Roboter gehorchte, und alle konnten die in den Gelenken der Stahlfinger eingeklemmten borstigen Haare sehen. Und einen Tropfen Blut an einem … würde man das als Fingerknöchel bezeichnen? »Was ist das?«, fragte sie und hielt mehrere der Haare hoch.

»Es tut mir Leid, Mutter, ich kann nichts …«

Konnte nichts sehen. Nein, natürlich nicht. Nigel besaß zwar Infrarotsensoren, aber sein eigentliches Sehvermögen war futsch – dank Susannah Dean, Tochter des Dan, Revolvermann im Ka-Tet der Neunzehn.

»Das sind Haare. Außerdem erkenne ich etwas Blut.«

»Äh, ja«, sagte Nigel. »Ratten in der Küche, Mutter. Ich bin dafür programmiert, Ungeziefer zu vertilgen, wenn ich es entdecke. Heutzutage gibt es davon sehr viel, wie ich leider sagen muss; die Welt bewegt sich weiter.« Und dann mit ruckartig nach links geworfenem Kopf: *»Un, deux, trois! Minnie Mouse est la mouse pour moi!«*

»Hm … hast du Minnie und Micky abgemurkst, bevor oder nachdem du die Sandwiches gemacht hast, Nigel, alter Kumpel?«, fragte Eddie.

»Danach, Sai, das versichere ich Ihnen.«

»Na, dann verzichte ich vielleicht lieber«, sagte Eddie. »Ich habe in Maine noch einen Poorboy gegessen, der liegt mir sowieso wie ein Motherfucker im Magen.«

»Du solltest *un, deux, trois* sagen«, erklärte Susannah ihm. Diese Worte waren heraus, bevor sie wusste, dass sie sie sagen würde.

»Erflehe deine Verzeihung?« Eddie saß neben ihr und hatte einen Arm um sie gelegt. Seit die vier wieder zusammen waren, berührte er Susannah bei jeder Gelegenheit, so als müsste er sich ständig von der Tatsache überzeugen, dass sie mehr als nur Wunschdenken war.

»Nichts.« Später, wenn Nigel entweder draußen oder völlig defekt war, würde Susannah ihnen von ihrer Intuition erzählen. Sie vermutete nämlich, dass Roboter des Typs, zu dem Nigel und Andy gehörten, wie jene in den Isaac-Asimov-Kurzgeschichten, die sie als Teenager gelesen hatten, nicht lügen durften. Andy war möglicherweise modifiziert worden oder hatte sich sogar selbst so modifiziert, dass das kein Problem für ihn darstellte. Für Nigel jedoch, so vermutete sie, stellte es in der Tat noch ein Problem dar: Könnt ihr Problem groß-groß sagen. Sie hatte den Eindruck, dass Nigel im Gegensatz zu Andy im Grunde genommen gutherzig war, aber trotzdem hatte er in Bezug auf die Ratten in der Speisekammer entweder gelogen oder zumindest nicht ganz die Wahrheit gesagt. Möglicherweise auch in Bezug auf andere Dinge. *Eins, zwei, drei* und *Un, deux, trois* schienen seine Methode zu sein, etwas Überdruck abzulassen. Jedenfalls fürs Erste.

Das war Mordred, dachte Susannah mit einem Blick in die Runde. Sie nahm sich ein Sandwich, weil sie etwas essen musste – wie Jake war auch sie richtiggehend heißhungrig –, obwohl ihr Appetit dahin war. Sie wusste, dass sie das, was sie grimmig in sich hineinstopfte, nicht genießen würde. *Er hat Nigel zugesetzt, und jetzt beobachtet er uns von irgendwoher. Ich weiß es … Ich spüre es.*

Und als sie den ersten Bissen von irgendeinem lange konservierten, vakuumverpackten Kunstfleisch nahm:

Eine Mutter weiß immer alles.

3

Niemand wollte im Extraktionsraum (obwohl sie dort unter dreihundert und mehr frisch bezogenen Betten hätten wählen können) oder außerhalb in der verlassenen Stadt schlafen, weshalb Nigel sie in seine Unterkunft mitnahm, wobei er unterwegs ab und zu stehen blieb, um heftig den Kopf zu schütteln, damit er wieder klar denken konnte, und auf Deutsch oder Französisch zu zählen. Außerdem fügte er jetzt Zahlen in einer anderen Sprache an, die keiner von ihnen kannte.

Ihr Weg führte sie durch eine Küche – überall Edelstahl und

ruhig summende Maschinen, ganz anders als die uralte Küche, die Susannah flitzenderweise unter Schloss Discordia besucht hatte –, und obwohl sie das bescheidene Häufchen Abfälle der Mahlzeit sahen, die Nigel für sie zubereitet hatte, war nirgends eine Spur von Ratten, lebenden oder toten, zu sehen. Niemand äußerte sich dazu.

Susannahs Gefühl, beobachtet zu werden, kam und ging.

Hinter der Speisekammer lag eine hübsche Dreizimmerwohnung, die offensichtlich Nigels kleines Reich war. Hier gab es kein Schlafzimmer, aber außer dem Wohnzimmer und einem mit Überwachungsgeräten voll gestopften Anrichteraum gab es ein adrettes Arbeitszimmer mit wandhohen Bücherregalen, einem Eichenschreibtisch und einem Lesesessel unter einer Halogenlampe. Der Computer auf dem Schreibtisch stammte von North Central Positronics, in dieser Beziehung also keine Überraschung. Nigel brachte ihnen Kissen und Decken, die frisch und sauber waren, wie er ihnen versicherte.

»Du schläfst offenbar im Stehen, aber beim Lesen scheinst du ja wie jeder andere lieber zu sitzen«, meinte Eddie.

»Oh, in der Tat, one-two-three«, sagte Nigel. »Ich lese gern gute Bücher. Das gehört zu meiner Programmierung.«

»Wir werden sechs Stunden schlafen, dann müssen wir weiter«, sagte Roland in die Runde.

Jake hatte sich unterdessen den Büchern gewidmet. Oy blieb wie immer bei Fuß, während der Junge die Rückentitel las und gelegentlich einen Band herauszog, um ihn sich genauer anzusehen. »Er scheint alles von Dickens zu haben«, sagte er. »Auch Steinbeck … Thomas Wolfe … viel von Zane Grey … ein gewisser Max Brand … ein Kerl namens Elmore Leonard … und der immer populäre Stephen King.«

Sie nahmen sich alle die Zeit, sich die beiden Regalbretter mit Büchern von King anzusehen: insgesamt über dreißig, mindestens vier davon sehr dick, zwei dafür winzig. Seit seiner Zeit in Bridgton war King offenbar ein höchst produktiver Autor gewesen. Der neueste Band, der den Titel *Atlantis* trug, war in einem Jahr erschienen, das ihnen allen sehr vertraut war: 1999. Soweit sie das feststellen konnten, fehlten als einzige die Bücher über *sie* – unter der Voraussetzung, dass King Wort gehalten und sie überhaupt geschrieben hatte. Jake kontrollierte die Jahreszahlen auf den Impressumsseiten, fand aber keine offensichtlichen Lücken. Was jedoch nichts zu bedeuten hatte, weil King so viel geschrieben hatte.

Susannah befragte Nigel danach, der daraufhin angab, er habe nie irgendwelche Bücher von Stephen King über Roland von Gilead oder den Dunklen Turm gesehen. Nachdem er das gesagt hatte, drehte er den Kopf ruckartig nach links und zählte auf Französisch, diesmal ganz bis zehn.

»Trotzdem«, sagte Eddie, nachdem Nigel sich zurückgezogen und klickend und klackend und ratternd den Raum verlassen hatte, »enthalten die Bücher bestimmt viele Einzelheiten, die nützlich sein könnten. Roland, glaubst du, wir könnten Stephen Kings Werke einpacken und mitnehmen?«

»Möglich«, antwortete Roland, »aber wir tun's nicht. Sie könnten uns verwirren.«

»Warum sagst du das?«

Roland schüttelte nur den Kopf. Er wusste nicht, warum er das gesagt hatte, wusste aber, dass es stimmte.

4

Das Nervenzentrum der Experimentalstation von Bogen 16 lag vier Ebenen unterhalb des Extraktionsraums, der Küche und Nigels Arbeitszimmer. Die Kontrollzentrale betrat man durch eine kapselförmige Sicherheitsschleuse. Der Vorraum ließ sich von außen nur mit drei Ausweis-Magnetkarten öffnen, die nacheinander eingeführt werden mussten. Die auf dieser untersten Ebene des Dogans von Fedic aus Deckenlautsprechern kommende Muzak klang wie Beatles-Songs, gespielt vom Ensemble »Komatöses Streichquartett«.

Die Kontrollzentrale bestand aus über einem Dutzend Räumen,

aber der einzige, mit dem wir uns zu befassen brauchen, war der mit Bildschirmen und Überwachungsgeräten angefüllte Raum. Eines der letzteren Geräte kontrollierte eine kleine, aber bösartige Armee von Killerrobotern, die mit Schnaatzen und Laserpistolen bewaffnet waren; ein anderes sollte Giftgas freisetzen (dasselbe Gas, mit dem Blaine die Einwohner von Lud massakriert hatte), falls jemals eine feindliche Eroberung drohte. Was nach Mordred Deschains Ansicht inzwischen geschehen war. Er hatte versucht, die Killerroboter und die Giftgasventile zu aktivieren; beide hatten nicht reagiert. Und nun hatte Mordred eine blutige Nase, eine blaue Beule auf der Stirn und eine geschwollene Unterlippe, weil er aus dem Sessel gefallen war, in dem er gesessen hatte, und sich auf dem Boden gewälzt hatte. Dabei hatte er dünne, kindliche Schreie ausgestoßen, die in keiner Weise das wahre Ausmaß seines Zorns wiedergaben.

Sie auf mindestens fünf Bildschirmen sehen zu können, ohne sie töten oder wenigstens verletzen zu können! Kein Wunder, dass er vor Wut kochte! Er hatte gespürt, wie die lebendige Dunkelheit über ihn herabsank, die Dunkelheit, die seine Verwandlung ankündigte, und hatte sich dazu gezwungen, Ruhe zu bewahren, damit die Verwandlung nicht eintreten konnte. Er hatte bereits entdeckt, dass die Transformation von seinem Menschenkörper in seinen Spinnenleib (und wieder zurück) mit erschreckend hohem Energieverbrauch verbunden war. Später würde das vielleicht keine Rolle mehr spielen, aber vorläufig musste er vorsichtig sein, damit er nicht wie eine Biene, die sich über einem großen Waldbrandgebiet befand, verhungerte.

Was ich euch jetzt zeigen möchte, ist weit bizarrer als alles, was wir bisher betrachtet haben, und ich warne euch im Voraus, dass euer erster Impuls sein wird, dass ihr lacht. Das ist in Ordnung. Lacht, wenn's sein muss. Lasst nur nicht aus den Augen, was ihr seht, selbst in eurer Phantasie ist dies nämlich ein Wesen, das euch Schaden zufügen kann. Denkt daran, dass es von zwei Vätern abstammt, die beide Mörder sind.

5

Inzwischen, nur wenige Stunden nach seiner Geburt, wog Mias kleiner Kerl bereits neun Kilogramm und sah wie ein gesunder halbjähriger Säugling aus. Mordred trug ein einziges Kleidungsstück, eine aus einem Handtuch improvisierte Windel, die Nigel ihm angelegt hatte, als er dem Baby sein erstes Mahl aus im Dogan lebendem Wild gebracht hatte. Der Kleine *brauchte* eine Windel, weil er seine Körperfunktionen noch nicht kontrollieren konnte. Er wusste, dass er sie bald im Griff haben würde – vielleicht noch vor Ablauf des Tages, wenn er im jetzigen Tempo weiterwuchs –, aber für ihn konnte dieser Augenblick nicht früh genug kommen. Einstweilen war er jedenfalls in diesem idiotischen Kinderkörper gefangen.

So eingesperrt zu sein war grässlich. Aus dem Sessel zu fallen und zu nichts anderem imstande zu sein, als dazuliegen, mit seinen mit blauen Flecken übersäten Armen und Beinen zu strampeln, zu bluten und zu plärren! DNK 45932 wäre gekommen, um ihn aufzuheben, hätte den Befehlen des Königssohns so wenig widerstehen können, wie ein aus einem Fenster geworfenes Bleigewicht der Schwerkraft widerstehen konnte, aber Mordred wagte nicht, ihn zu rufen. Die braune Schlampe hatte bereits den Verdacht, dass mit Nigel irgendwas nicht stimmte. Die braune Schlampe war ätzend scharfsichtig, und Mordred selbst war schrecklich verwundbar. Er konnte die gesamte Maschinerie der Experimentalstation von Bogen 16 kontrollieren, gehörte doch das Vermögen, sich in Maschinen einfühlen zu können, zu seinen vielen Talenten, aber als er jetzt auf dem Boden des Raums lag, an dessen Tür KONTROLLZENTRUM stand (in längst vergangener Zeit, bevor die Welt sich weiterbewegt hatte, war er als »Der Kopf« bezeichnet worden), wurde Mordred allmählich bewusst, wie wenige Maschinen hier noch funktionierten. Kein Wunder, dass sein Vater den Turm schleifen und von neuem beginnen wollte! Diese Welt war hinüber.

Er hatte sich in die Spinne zurückverwandeln müssen, um in den Sessel zu kommen, wo er dann wieder seine Menschengestalt angenommen hatte … aber bis er das geschafft hatte, knurrte sein Magen, und ihm lag saurer Hungergeschmack auf der Zunge. Allmählich hatte er den Verdacht, dass nicht nur die Verwandlung viel Energie kostete; die Spinne entsprach seinem wahren Ich eher, und wenn er diese Gestalt annahm, arbeitete sein Metabolismus mit Volldampf. Auch seine Denkweise veränderte sich, was durchaus einiges für sich hatte, weil seine menschlichen Gedanken von Gefühlen beeinflusst wurden (die er nicht unter Kontrolle zu haben schien, obwohl das vielleicht noch kommen würde), Gefühlen, die größtenteils unangenehm waren. Seine Gedanken als Spinne dagegen waren gar keine richtigen Gedanken, zumindest nicht im menschlichen Sinn; sie waren finstere, brüllende Dinge, die aus irgendeinem inneren Sumpf aufzusteigen schienen. Sie handelten von

(FRESSEN)

und

(UMHERSTREIFEN)

und

(VERGEWALTIGEN)

und

(TÖTEN!)

Die vielen köstlichen Möglichkeiten, diese Dinge zu tun, polterten durch das rudimentäre Bewusstsein des Dan-Tete wie gigantische, mit Scheinwerfern ausgerüstete Maschinen, die blindlings durchs unsichtigste Wetter der Welt rasten. So zu denken – seine menschliche Hälfte dahinfahren zu lassen – war ungeheuer attraktiv, aber Mordred fürchtete, es könnte seinen Tod bedeuten, wenn er es jetzt tat, wo er praktisch wehrlos war.

Und einmal hatte es das ja fast schon getan. Er hob seinen rechten Arm – rosa und glatt und völlig nackt –, um auf die rechte Hüfte hinabsehen zu können. Dort hatte die braune Schlampe ihn getroffen, und obwohl Mordred seither beträchtlich gewachsen war, Größe und Gewicht verdoppelt hatte, war die Wunde nicht verheilt, sonderte vielmehr weiter Blut und eine käsige Substanz ab, die dunkelgelb und stinkend war. Er hatte den Verdacht, dass diese Wunde an seinem Menschenkörper nie verheilen würde. Nicht mehr, als sein Spinnenleib jemals imstande sein würde, das Bein nachwachsen zu lassen, das die braune Schlampe ihm weggeschossen hatte. Und wäre sie nicht gestolpert – Ka: aye, daran zweifelte er nicht –, hätte der Schuss ihm nicht das Bein, sondern den Kopf abgerissen, und damit wäre das Spiel aus gewesen, weil …

Plötzlich erklang ein lautes, krächzendes Summen. Auf dem Bildschirm, der den Eingang der Sicherheitsschleuse zeigte, war der Dienstboten-Roboter zu sehen, der dort mit einem Sack in der Hand stand. In dem Sack zappelte etwas, worauf dem schwarzhaarigen, unbeholfen gewickelten Baby, das vor den in Reihen angebrachten Monitoren saß, sofort das Wasser im Mund zusammenlief. Mordred streckte ein süßes Patschhändchen aus und drückte nacheinander mehrere Knöpfe. Die gewölbte Außentür glitt zurück, und Nigel betrat den wie eine Luftschleuse gebauten Vorraum. Der Kleine machte sich sofort daran, die Zahlenfolge 2-5-4-1-3-1-2-1 einzutippen, mit der sich die innere Tür öffnen ließ, aber seine Feinmotorik war praktisch noch immer nicht recht vorhanden, weshalb er mit einem weiteren lauten Summton und dann einer aufreizenden Frauenstimme (aufreizend, weil sie ihn an die Stimme der braunen Schlampe erinnerte) belohnt wurde: »SIE HABEN DEN FALSCHEN SICHERHEITSCODE FÜR DIESE TÜR EINGEGEBEN. SIE KÖNNEN BINNEN ZEHN SEKUNDEN EINEN WEITEREN VERSUCH UNTERNEHMEN. ZEHN … NEUN …«

Mordred hätte jetzt *Fuck you!* gesagt, wenn er hätte sprechen können, was er aber nicht konnte. Er war bestenfalls zu primitivem Babygebrabbel imstande, das Mia zweifellos dazu veranlasst hätte, vor Mutterstolz zu quietschen. Mit den Knöpfen gab er sich jetzt nicht mehr ab; er war zu scharf darauf, was der Roboter in dem Sack brachte. Diesmal waren die Ratten (er nahm an, dass es Ratten waren) noch lebendig. *Lebendig*, bei Gott, mit warmem Blut in den Adern!

Mordred schloss die Augen und konzentrierte sich. Unter seiner hellen Haut lief jenes rote Leuchten, das Susannah auch vor seiner ersten Verwandlung gesehen hatte, vom Scheitel bis zur rechten Ferse mit dem Muttermal. Kaum streifte dieses Licht die offene Wunde an der Hüfte des Babys, beschleunigte der träge Fluss von Blut und eitriger Masse sich vorübergehend, und Mordred stieß einen leisen Schmerzensschrei aus. Seine Hand glitt zur Wunde hinab, und er schmierte sich in einer gedankenlos tröstlichen Geste etwas Blut über den gewölbten kleinen Bauch. Einen Augenblick lang stieg ein Gefühl von Schwärze auf, die den roten Lichtblitz ersetzte, während die Umrisse des Säuglingskörpers verschwammen. Diesmal fand jedoch keine Transformation statt. Das Baby sank japsend in den Sessel zurück, wobei ein dünner Strahl klaren Urins aus seinem Glied tröpfelte und die Vorderseite des Handtuchs durchnässte, das es als Windel trug. Unter dem Kontrollpult vor dem Sessel, in dem das Baby nun wie ein hechelnder Hund zusammengesackt hing, war ein gedämpfter Knall zu hören.

Auf der anderen Seite des Kontrollraums glitt eine mit HAUPTZUGANG beschriftete Tür zur Seite. Nigel kam gleichmütig hereingestampft, zuckte jetzt jedoch fast ständig mit seinem kapselförmigen Kopf und zählte nicht nur in zwei oder drei Sprachen, sondern in einem Dutzend.

»Sir, ich kann wirklich nicht weiter…«

Mordred gab die fröhlichen Gu-gu-ga-ga-Laute eines Babys von sich und streckte die Hände nach dem Sack aus. Der Gedanke, den er dabei sendete, war klar und kalt: *Halt's Maul. Gib mir, was ich brauche.*

Nigel legte ihm den mitgebrachten Sack auf den Schoß. Piepslaute, die fast an eine menschliche Stimme erinnerten, waren zu hören, und Mordred erkannte nun erst, dass alles Zucken von einem einzelnen Lebewesen stammte. Also keine Ratten! Etwas Größeres! Größer und blutiger!

Er öffnete den Sack und sah hinein. Ein goldgerändertes Augenpaar erwiderte flehend seinen Blick. Eine Sekunde lang glaubte Mordred, dass es sich hier um den Vogel handelte, der nachts immer flog, der Hu-hu-Vogel, dessen Namen er nicht kannte, aber dann sah er, dass dieses Tier keine Federn, sondern einen Pelz hatte. Es war ein *Throcken,* in vielen Teilen von Mittwelt als Billy-Bumbler bekannt, wobei dieser kaum alt genug war, um von der Mutter entwöhnt zu sein.

Ruhig, ganz ruhig, dachte er, während ihm das Wasser im Mund zusammenlief. *Wir sitzen im selben Boot, mein kleiner Kamerad – wir sind mutterlose Kinder in einer harten, grausamen Welt. Halt still, dann spende ich dir Trost.*

Mit einem Lebewesen umzugehen, das so jung und einfältig war wie das vor ihm, unterschied sich nicht sonderlich vom Umgang mit Maschinen. Mordred klinkte sich in die Gedanken des Tieres ein und spürte den Ganglienknoten auf, der dessen nur schwach ausgeprägten Willen steuerte. Er streckte eine Gedankenhand – aus *seinem* Willen geformt – danach aus und ergriff ihn. Dabei konnte er einen Augenblick lang die furchtsamen, hoffnungsvollen Gedanken des Wesens hören

(tu mir nichts bitte tu mir nichts; bitte lass mich leben; ich möchte leben Spaß haben ein bisschen spielen; tu mir nichts bitte tu mir nichts bitte lass mich leben)

und antwortete darauf:

Alles ist gut, keine Angst, Kamerad, alles ist gut.

Der Bumbler in dem Sack (Nigel hatte ihn im Fuhrpark gefunden, wo der Kleine durch eine sich schließende Automatiktür von seiner Mutter und seinen Geschwistern getrennt worden war) entspannte sich etwas – ohne ihm wirklich zu glauben, aber darauf *hoffend,* glauben zu dürfen.

6

In Nigels Arbeitszimmer war die Helligkeit der Beleuchtung auf ein Viertel zurückgeregelt worden. Bei Oys Winseln wachte Jake sofort auf. Die anderen schliefen weiter, zumindest vorläufig.

Was hast du, Oy?

Der Bumbler gab keine Antwort, sondern ließ nur weiter ein aus tiefer Kehle kommendes klagendes Winseln hören. Mit seinen goldgeränderten Augen starrte er in die entfernteste düstere Ecke des Arbeitszimmers, als sähe er dort etwas Grauenvolles. Jake konnte sich erinnern, wie er einmal selbst auf diese Weise in eine Ecke seines Kinderzimmers gestarrt hatte, nämlich nachdem er in den frühen Morgenstunden aus irgendeinem Albtraum aufgeschreckt war, einem Traum von Frankenstein oder Dracula oder

(Tyrannasorbet-Wracks)

irgendeinem anderen Butzemann. Gott mochte wissen, welchem. Weil er vermutete, dass möglicherweise auch Bumbler Albträume haben konnten, versuchte er noch intensiver, Fühlung mit Oys Verstand aufzunehmen. Anfangs konnte er nichts erkennen, aber dann sah er ein undeutliches, verschwommenes Bild

(Augen aus einem Dunkel starrende Augen)

von etwas, das ein Billy-Bumbler in einem Sack sein mochte.

»Pst«, flüsterte er Oy ins Ohr, während er ihn umarmte. »Weck sie nicht auf, sie brauchen ihren Schlaf.«

»Laf«, sagte Oy ganz leise.

»Du hast nur einen schlechten Traum gehabt«, flüsterte Jake. »Ich habe manchmal auch welche. Das ist alles nicht in echt. Niemand hat dich in einem Sack. Leg dich wieder schlafen.«

»Afen.« Oy legte den Kopf auf die rechte Vorderpfote. »Nauze, Oy.«

So ist's recht, sendete Jake. *Schnauze, Oy.*

Die goldgeränderten Augen, in denen weiter ein beunruhigter Ausdruck stand, blieben noch eine Zeit lang offen. Schließlich blinzelte Oy mit einem Auge Jake zu und schloss dann beide. Gleich darauf schlief der Bumbler wieder. Irgendwo in der Nähe war einer seiner Artgenossen verendet ... aber der Tod gehörte nun einmal zum Leben; und das Leben war hart, war es schon immer gewesen.

Oy träumte davon, mit Jake unter der großen orangeroten Kugel des Hausierermonds zu sein. Jake, der ebenfalls wieder schlief, bekam davon durch Fühlungnahme mit, und sie träumten davon, gemeinsam unter dem Mond des Alten Schofligen Wanderers zu sein.

Wer ist gestorben?, fragte Jake unter dem einäugigen, wissenden Blinzeln des Hausierers.

Oy, sagte sein Freund. *Ake. Ed.*

Unter dem leeren orangeroten Starren des Alten Schofligen Mannes sagte Oy danach nichts mehr; hatte er doch einen Traum innerhalb seines Traums gefunden, und Jake begleitete ihn dorthin. Dieser Traum war besser. In ihm spielten die beiden in hellem Sonnenschein. Bald kam ein weiterer Bumbler dazu: seinem Aussehen nach ein trauriger kleiner Kerl. Er versuchte mit ihnen zu reden, aber weder Jake noch Oy verstanden, was er sagte, weil er Englisch sprach.

7

Mordred war nicht stark genug, um den Bumbler allein aus dem Sack zu heben, und Nigel konnte oder wollte ihm nicht helfen. Der Roboter stand einfach nur an der Tür des Kontrollzentrums, warf den Kopf ruckartig von einer Seite zur anderen und zählte und ratterte lauter vor sich hin als je zuvor. Aus seinen Innereien stieg ein heißer, brandiger Geruch auf.

Mordred schaffte es schließlich, den Sack umzudrehen, und der Bumbler, vermutlich ein Halbjährling, fiel ihm auf den Schoß. Er hatte die Augen halb geöffnet, aber die unbewegten gelb-schwarzen Augäpfel wirkten trüb.

Mordred warf den Kopf zurück und schnitt vor Konzentration eine Grimasse. Der rote Lichtblitz lief über ihn hinweg, und sein Haar schien sich sträuben zu wollen. Bevor es jedoch mehr tun konnte, als sich leicht zu erheben, war der Kinderkörper, zu dem es gehört hatte, bereits verschwunden. Die Spinne war zum Vorschein gekommen. Sie schlang vier ihrer sieben verbliebenen Beine um den Bumbler und zog ihn mühelos an ihren gierigen Schlund. Binnen zwanzig Sekunden hatte sie den kleinen Körper ausgesaugt. Sie grub das Maul in den weichen Unterbauch des Bumblers, riss ihn auf, hob den Körper höher und fraß dann die hervorquellenden Eingeweide: köstliche, stärkende Packen von bluttriefendem Fleisch. Sie fraß sich tiefer hinein, gab gedämpfte, maunzende Laute der Befriedigung von sich, zerknackte das Rückgrat des Billy-Bumblers und saugte das kurz herauströpfelnde Knochenmark auf. Die meiste Energie steckte im Blut – aye, stets im Blut, wie die Großväter recht gut wussten –, aber auch Fleisch gab Kraft. Als Menschenbaby (dem Roland den alten Kosenamen *Bah-bo* aus Gilead gegeben hatte) hätte Mordred sich weder von dem Blut noch von dem Fleisch ernähren können. Wäre vermutlich daran erstickt. Aber als Spinne …

Er beendete sein Mahl und warf den Kadaver wie zuvor die verbrauchten, ausgesaugten Rattenkadaver achtlos beiseite. Nigel, der diensteifrige, geschäftige Butler, hatte jene bereits entsorgt. Er würde auch diesen hier entsorgen. Nigel jedoch blieb unbeweglich stehen, auch wenn Mordred in Gedanken noch so oft *Nigel, ich brauche dich!* plärrte. Um den Roboter herum war der Brandgeruch von verschmortem Kunststoff inzwischen so stark geworden, dass die Deckenventilatoren sich eingeschaltet hatten. DNK 45932 stand mit augenlosem Gesicht nach links gewandt da. Es verlieh ihm einen merkwürdig fragenden Ausdruck, so als wäre er gestorben, kurz bevor er eine wichtige Frage stellen konnte: *Was ist der Sinn des Lebens?* beispielsweise oder *Wer hat die alte Socke in Mrs. Murphys Fischsuppe getan?* Jedenfalls war seine kurze Karriere als Ratten- und Bumblerfänger beendet.

Vorerst war Mordred voller Energie – das Mahl war frisch und wundervoll gewesen –, aber die würde nicht lange vorhalten. Blieb er in seiner Spinnengestalt, würde er seinen neuen Energievorrat sogar noch schneller aufbrauchen. Verwandelte er sich jedoch in ein Baby zurück, würde er nicht einmal von dem Sessel klettern können oder seine Windel – die natürlich abgerutscht war, als er sich verwandelt hatte – wieder anlegen können. Aber er *musste* sich zurückverwandeln, in Spinnengestalt konnte er nämlich zudem überhaupt nicht klar denken. Logische Schlussfolgerungen anstellen? Allein der Gedanke daran war ein schlechter Witz.

Der weiße Auswuchs auf dem Rücken der Spinne schloss seine Menschenaugen, und der schwarze Leib unter ihm verfärbte sich zu einem blutigen Rot. Die Beine wichen in den Körper zurück und verschwanden. Der Auswuchs, der Kopf des Babys also, wuchs und bildete Einzelheiten aus, während der Leib unter ihm blasser wurde und Menschengestalt annahm; die blauen Augen des Kindes – Kanoniersaugen – blitzten. Mordred war vom Blut und Fleisch des Bumblers noch immer voller Energie, das spürte er, während die Transformation zusehends abgeschlossen wurde, aber ein beängstigender Teil davon (etwa vergleichbar mit dem Schaum auf einem Bier) war bereits verflogen. Und daran waren nicht allein die letzten Verwandlungen schuld. Er wuchs einfach ungestüm. Und ein solches Wachstum erforderte unaufhörlich neue Nahrung, von der es in der Experimentalstation des Bogens 16 nur verdammt wenig gab. Übrigens, auch außerhalb in Fedic war sie rar. Es gab Konserven und Fleisch in Folienpackungen und Energiedrinks in Pulverform, gewiss, sogar überreichlich, aber nichts von dem, was eingelagert war, würde ihn so ernähren, wie er ernährt werden musste. Er brauchte frisches Fleisch, und noch dringender als Fleisch brauchte er *Blut*. Tierblut wiederum konnte sein lawinenartiges Wachstum nur für gewisse Zeit aufrechterhalten. Sehr bald würde er Menschenblut brauchen, sonst würde das Wachstum sich erst verlangsamen, um schließlich ganz aufzuhören. Der Schmerz des Verhungerns würde kommen, aber dieser Schmerz, der sich wie ein Schneckenbohrer unerbittlich in seine Eingeweide fressen würde, würde nichts im Vergleich zu dem mentalen und spirituellen Schmerz sein, *sie* auf den unterschiedlichen Bildschirmen sehen zu müssen: noch immer lebend, in ihrer Gemeinschaft wiedervereint, mit dem tröstlichen Gefühl, eine gemeinsame Sache zu haben.

Der Schmerz, *ihn* zu sehen. Roland von Gilead.

Woher, fragte er sich, wusste er eigentlich die Dinge, die er wusste? Von seiner Mutter? Einige davon, ja, hatte er doch eine Million von Mias Gedanken und Erinnerungen (viele davon von Susannah geklaut) in sich hineinströmen gespürt, als er sich an ihr gütlich getan hatte. Aber dass er wusste, dass es bei den Großvätern ebenso war, woher wusste er das? Beispielsweise konnte ein deutscher Vampir, der das Lebensblut eines Franzosen getrunken hatte, eine Woche oder gar zehn Tage lang Französisch sprechen, es wie ein Einheimischer sprechen, bis diese Fähigkeit dann wie die Erinnerungen seines Opfers zu verblassen begannen …

Woher konnte er so etwas wissen?

War das überhaupt wichtig?

Jetzt konnte er beobachten, wie sie schliefen. Der Junge Jake war einmal aufgewacht, aber nur kurz. Zuvor hatte Mordred sie beim Essen beobachtet: vier Dummköpfe und ein Bumbler – voller Blut, voller Energie –, die im Kreis sitzend miteinander aßen. Sie saßen immer im Kreis beisammen; diesen Kreis bildeten sie sogar, wenn sie auf ihrer Wanderung gelegentlich eine Fünfminutenpause einlegten. Sie taten es, ohne sich dessen überhaupt bewusst zu sein: Sie bildeten ihren Kreis, der den Rest der Welt ausschloss. Mordred hatte keinen solchen Kreis. Obwohl er jung war, verstand er bereits, dass das *Außerhalb* sein Ka war, genau wie es das Ka des Winterwinds war, nur durch ein Viertel des Kompasskreises schwenken zu dürfen: von Nord nach West und dann wieder zurück in den rauen Norden. Er nahm das als gegeben hin, aber trotzdem beobachtete er sie mit dem Ressentiment eines Außenseiters und in dem Wissen, dass er sie verletzen und daraus grimmige Befriedigung ziehen würde. Er stammte aus zwei Welten, verkörperte die vorausgesagte Vereinigung von *Prim* und *Am*, von *Gadosh* und *Godosh*, von *Gan* und *Gilead*. In gewisser Beziehung glich er Jesus Christus, aber auf andere Weise war er sogar *reiner* als der Schafgottmensch, weil jener nur einen richtigen Vater hatte, der zudem in einem höchst hypothetischen Himmel lebte, und einen Stiefvater, der auf der Erde war. Der arme alte Josef, der Hörner trug, die ihm der Allmächtige persönlich aufgesetzt hatte.

Mordred Deschain dagegen hatte gleich zwei *richtige* Väter. Von denen einer jetzt schlief, wie er auf dem Bildschirm vor ihm sah.

Du bist alt, Vater, dachte er. So etwas zu denken verschaffte ihm ein boshaftes Vergnügen; es bewirkte allerdings auch, dass er sich klein und unbedeutend fühlte, nicht mehr als … na ja, als eine Spinne, die aus ihrem Netz herabsah. Mordreds Persönlichkeit war gespalten, und sie würde gespalten bleiben, bis Roland vom Stamme Eld tot und das letzte Ka-Tet zerbrochen war. Und die sehnsüchtige Stimme, die ihn drängte, zu Roland hinzugehen und ihn Vater zu nennen? Eddie und Jake seine Brüder, Susannah seine Schwester zu nennen? Das war die Stimme seiner arglosen Mutter. Sie würden ihn töten, bevor er nur ein einziges Wort herausbringen konnte (falls er bis dahin ein Stadium erreicht hatte, in dem er zu mehr als zu gurgelndem Babygeplapper imstande war). Sie würden ihm die Eier abschneiden und sie an den Bumbler des Bengels verfüttern. Sie würden seinen kastrierten Leichnam verscharren und auf den Hügel scheißen, unter dem er lag, um dann weiterzuziehen.

Du bist nun alt, Vater, und gehst jetzt leicht hinkend, und am Ende des Tages sehe ich dich deine Hüfte mit einer Hand reiben, die kaum merklich zu zittern angefangen hat.

Seht hin, wenn's beliebt. Hier sitzt ein Baby, auf dessen heller Haut ganze Blutbäche ihre Spuren hinterlassen haben. Hier sitzt ein Baby, das stumm seine unheimlichen Tränen weint. Hier sitzt ein Baby, das gleichermaßen zu viel und zu wenig weiß, und auch wenn wir unsere Finger von seinem Mund fern halten müssen (es schnappt, das Baby; schnappt wie ein Krokodiljunges), dürfen wir es ein wenig bemitleiden. Wenn Ka ein Zug ist – und das ist es, ein gewaltiger, rasender Mono, vielleicht bei Verstand, vielleicht auch nicht –, dann ist diese eklige kleine Werspinne seine wertvollste Geisel; nicht auf den Schienen festgebunden wie die arme kleine Nell, sondern an die Stirnlaterne des Ungetüms gefesselt.

Mordred mag sich einreden, zwei Väter zu haben, und das mag in gewisser Weise sogar stimmen, aber hier ist kein Vater, auch keine Mutter. Er hat seine Mutter lebendig aufgefressen, sprecht wahrhaftig, hat sie groß-groß aufgefressen, sie war sein erstes Mahl. Aber was ist ihm anderes übrig geblieben? Er ist das letzte Wunder, das der noch stehende Dunkle Turm hervorgebracht hat, die bresthafte Vereinigung des Rationalen und des Irrationalen, des Natürlichen und des Übernatürlichen, und trotzdem ist er allein, und er ist *hongrig*. Das Schicksal mag ihn dazu ausersehen haben, über eine Kette von Universen zu herrschen (oder sie alle zu vernichten), aber bisher hat er es lediglich geschafft, über einen alten Dienstboten-Roboter zu herrschen, der inzwischen die Lichtung am Ende des Pfades erreicht hat.

Er betrachtet den schlafenden Revolvermann mit Liebe und Hass, Abscheu und Verlangen. Aber was wäre, wenn er zu ihnen hinginge und *nicht* getötet würde? Wenn sie ihn in ihrem Kreis willkommen heißen würden? Eine lächerliche Vorstellung, gewiss; trotzdem konnte man sie einmal rein theoretisch in Betracht ziehen. Dann jedoch würde er Roland über sich stellen, Roland als seinen Dinh akzeptieren müssen, und das wird er niemals tun, niemals tun, nein, niemals tun.

Kapitel III

Der glänzende Draht

1

»Du hast sie beobachtet«, sagte eine sanfte, lachende Stimme. Dann gurrte sie etwas in der Babysprache, an die Roland sich wohl aus seiner eigenen frühen Kindheit erinnert hätte: »›*Ei, wo steckst du nur überall dein Näschen rein, mein wunderfitziger Racker, mein vorwitziges Bah-bo!*‹ Hat dir gefallen, was du vor dem Einschlafen gesehen hast? Hast du mitbekommen, wie sie sich mit dem Rest dieser versagenden Welt weiterbewegt haben?«

Ungefähr zehn Stunden mochten vergangen sein, seit Nigel der Dienstboten-Roboter seinen letzten Auftrag ausgeführt hatte. Mordred, der fest geschlafen hatte, wandte den Kopf der Stimme des Fremden zu, ohne schlaftrunken oder überrascht zu sein. Er sah einen Mann in Jeans und einem Parka mit hochgeschlagener Kapuze auf den grauen Fliesen des Kontrollzentrums stehen. Seine *Gunna* – nicht mehr als ein abgewetzter Seesack – lagen vor seinen Füßen. Seine Wangen waren gerötet, seine Züge gut geschnitten, die Augen brennend heiß. In einer Hand hielt er eine Pistole, und als Mordred Deschain in deren Mündung blickte, erkannte er zum zweiten Mal, dass selbst Götter sterben konnten, sobald ihre Göttlichkeit durch Menschenblut verwässert war. Aber er hatte keine Angst. Nicht vor diesem Kerl. Er warf einen kurzen Blick auf die Bildschirme, die Nigels Bleibe zeigten, und vergewisserte sich, dass der Neuankömmling Recht hatte: Sie war leer.

Der lächelnde Fremde, der einfach aus dem Boden gewachsen zu sein schien, hob die freie Hand an die Kapuze des Parkas und drehte den Rand etwas nach außen. Mordred sah ein kurzes Aufblitzen von Metall. Die Kapuze schien irgendwie mit einem Drahtgeflecht gefüttert zu sein.

»Ich nenne das meine Denkerkappe«, sagte der Fremde. »Ich kann zwar deine Gedanken nicht hören, was ein Nachteil ist, aber du kannst wenigstens auch nicht in meinen Kopf hinein, was ein …

(was ein entschiedener Vorteil ist, findest du nicht auch?)

»… was ein entschiedener Vorteil ist, findest du nicht auch?«

Auf der Jacke trug er zwei Aufnäher. Der eine mit der Aufschrift U. S. ARMY zeigte einen Vogel – den Adler-Vogel, nicht den Hu-hu-Vogel. Auf dem anderen stand ein Name: RANDALL FLAGG. Mordred erkannte plötzlich (ebenfalls ohne überrascht zu sein), dass er fließend lesen konnte.

»Falls du deinem Vater irgendwie ähnlich bist – dem *roten,* meine ich –, dürften deine mentalen Kräfte nämlich über bloße Kommunikation hinausgehen.« Der Mann im Parka kicherte. Mordred sollte ihm seine Angst nicht anmerken. Möglicherweise hatte er sich ja selbst eingeredet, er habe *keine,* er sei aus freien Stücken hergekommen. Vielleicht stimmte das sogar. Eines war Mordred so gleichgültig wie das andere. Das galt auch für die Pläne des Fremden, die verworren waren und wie heiße Suppe in dessen Kopf umherschwappten. Glaubte er wirklich, dass diese »Denkerkappe« seine Gedanken abgeschottet hatte? Mordred sah genauer hin, forschte tiefer und erkannte, dass die Antwort Ja lautete. Sehr praktisch.

»Jedenfalls halte ich eine kleine Schutzmaßnahme für sehr vernünftig. Vernunft ist stets der klügste Kurs; wie hätte ich sonst den Fall Farsons und den Tod von Gilead überlebt? Ich würde nicht wollen, dass du in meinen Kopf eindringst und mich dazu bringst, mich von einem hohen Gebäude zu stürzen, o nein. Andererseits, warum solltest du das tun? Du brauchst mich oder sonst jemanden, weil dieses Klappergestell dort drüben verstummt ist und du nur ein *Bah-bo* bist, das sich nicht mal die Windel um den verschissenen Arsch binden kann!«

Der Fremde – der in Wirklichkeit gar kein Fremder war – lachte. Mordred hockte im Sessel und beobachtete ihn. Seitlich an der

Wange des Kindes zeichnete sich eine rosa Druckstelle ab, weil es mit einer kleinen Faust unter dem kleinen Gesicht eingeschlafen war.

Der Neuankömmling sagte: »Ich glaube, dass wir uns sehr gut verständigen können, wenn ich rede und du nickst, wenn du Ja meinst, und den Kopf schüttelst, wenn du Nein sagen willst. Klopf auf den Sessel, wenn du etwas nicht verstehst. Ganz einfach! Findest du nicht auch?«

Mordred nickte. Der Neuankömmling fand das stetige blaue Leuchten dieser Augen beunruhigend – *höchst* beunruhigend –, aber er versuchte, sich nichts anmerken zu lassen. Er fragte sich einmal mehr, ob es richtig gewesen war, hierher zu kommen, aber er hatte Mias Weg verfolgt, seit sie schwanger geworden war – und weshalb, wenn nicht genau wegen dessen, was er hier vorfand? Zugegeben, es war ein gefährliches Spiel, aber jetzt existierten nur noch zwei Lebewesen, die die Tür am Fuß des Turms aufschließen konnten, bevor der Turm fiel … was er unweigerlich tun würde, und das recht bald, weil der Schriftsteller nur noch wenige Tage in seiner Welt zu leben hatte, sodass die abschließenden Bücher vom Dunklen Turm – insgesamt drei – ungeschrieben bleiben würden. In dem letzten, das in jener Schlüsselwelt tatsächlich noch geschrieben worden war, war Sai Randy Flagg von Rolands Ka-Tet aus einem Traumpalast an einer Interstate verbannt worden: aus einem Palast, der Eddie, Susannah und Jake wie das Schloss erschien, das dem Großen und Schrecklichen Oz gehörte (Oz dem Grünen König, wenn's beliebt). Beinahe hatten sie es sogar geschafft, den schlimmen alten Bumhug Walter o' Dim zu erledigen und damit etwas zu ermöglichen, was manche zweifellos als Happyend bezeichnet hätten. Über Seite 953 von *Glas* hinaus hatte Stephen King jedoch keine einzige Zeile mehr über Roland und den Dunklen Turm geschrieben, was Walter wiederum für das *wahre* Happyend hielt. Die *Folken* der Calla Bryn Sturgis, die minderen Kinder, Mia und Mias Baby – alle diese Dinge schlummerten noch unausgereift im Unterbewusstsein des Schriftstellers: hinter einer nichtgefundenen Tür eingepferchte Kreaturen ohne Lebensodem. Und nun war es zu spät, sie freizusetzen, fand Walter. So verdammenswert schnell King in seiner gesamten Karriere auch gewesen war – ein wahrhaft begabter Autor, der sich in einen schludrigen (aber reichen) Schundproduzenten verwandelt hatte, einen Algernon Swinburne, dem das Metrum abhanden gekommen war, wenn's beliebt –, würde er doch in der ihm verbleibenden Zeit nicht einmal die ersten hundert Seiten der restlichen Erzählung zu Papier bringen können, selbst wenn er Tag und Nacht schrieb.

Zu spät.

Es hatte einen Tag der Wahl gegeben, wie Walter recht gut wusste: Er war in *Le Casse Roi Russe* gewesen und hatte ihn in der Glaskugel gesehen, die das Alte Rote Ding noch besaß (obwohl sie jetzt bestimmt vergessen in irgendeiner Ecke des Schlosses lag). Im Sommer 1997 hatte King eindeutig die Geschichte von den Wölfen, den Zwillingen und den *Orizas* genannten fliegenden Tellern gekannt. Aber dem Schriftsteller war das alles als zu viel Arbeit erschienen. Er hatte sich stattdessen für ein Buch mit locker zusammenhängenden Geschichten entschieden, das den Titel *Atlantis* trug, und sogar jetzt vergeudete der Schriftsteller in seinem Haus an der Turtleback Lane (in dem er keinen einzigen Wiedergänger zu Gesicht bekommen hatte) den Rest seines Lebens damit, über Frieden und Liebe und Vietnam zu schreiben. Es stimmte, dass eine Gestalt aus dem Buch, das Kings letztes Werk sein würde, in der Geschichte vom Dunklen Turm eine Rolle zu spielen gehabt hätte, aber dieser Kerl – ein alter Mann mit hochbegabtem Gehirn – würde nun niemals die Gelegenheit bekommen, Sätze von irgendwelchem Belang zu sprechen. Wundervoll.

In der einzigen Welt, die wirklich wichtig war, die wahre Welt, in der die Zeit niemals rückwärts läuft und es keine zweiten Chancen gibt (gewisslich wahr), schrieb man den 12. Juni 1999. Die Lebenserwartung des Schriftstellers betrug nur noch weniger als zweihundert Stunden.

Walter o' Dim wusste, dass ihm nicht ganz so viel Zeit blieb, den

Dunklen Turm zu erreichen, weil die Zeit (wie der Metabolismus bestimmter Spinnen) auf dieser Seite der Realität schneller und heißer lief. Sagen wir fünf Tage. Höchstens fünfeinhalb. Bis dahin musste er mit Mordred Deschains amputiertem Fuß, dem mit dem Muttermal, unter seinen *Gunna* den Turm erreichen ... die Tür unten öffnen und jene murmelnden Stufen hinaufsteigen ... vorbei an dem gefangenen Roten König ...

Wenn er ein Fahrzeug finden konnte ... oder die richtige Tür ...

War es zu spät, der Gott von Allem zu werden?

Vielleicht ja noch nicht. Was konnte es wohl schaden, es wenigstens zu versuchen.

Walter o' Dim war lange – unter hundert Namen – auf Wanderschaft gewesen, aber der Turm war stets sein Ziel gewesen. Wie Roland wollte er ihn ersteigen, um zu sehen, was in der obersten Kammer lebte. Falls sie nicht leer war.

Er hatte keiner der vielen Cliquen und Kulte und Sekten und Fraktionen angehört, die in den chaotischen Jahren, seit der Turm zu wanken begonnen hatte, entstanden waren, obwohl er ihre Siguls trug, wenn sie ihm nutzten. In den Dienst des Roten Königs war er erst spät getreten, ebenso wie in den John Farsons, des Guten Mannes, durch dessen Schuld Gilead, die letzte Bastion der Zivilisation, in einer Woge aus Blut und Mord untergegangen war. In jenen Jahren hatte auch Walter nicht selten gemordet, während er sein langes und nur quasi sterbliches Leben führte. Er war Augenzeuge gewesen, als Rolands letztes Ka-Tet, wie er damals glaubte, auf dem Jericho Hill endete. *Augenzeuge?* Das war allzu bescheiden, bei allen Göttern und Fischen! Unter dem Namen Rudin Filaro hatte er mit blau angemaltem Gesicht gekämpft, war mit den übrigen stinkenden Barbaren kreischend zum Angriff vorgestürmt und hatte Cuthbert Allgood mit einem Pfeil ins Auge getötet. Trotzdem war sein Blick bei alledem fest auf den Turm gerichtet geblieben. Vielleicht war dem verdammten Revolvermann – als die Sonne nach jenes Tages Werk unterging, lebte nur noch Roland von Gilead – deshalb die Flucht gelungen, indem er sich in einen

Karren mit Gefallenen vergrub und dann bei Sonnenuntergang aus dem Leichenberg kroch, kurz bevor der ganze Stapel angezündet wurde.

Jahre zuvor hatte er Roland in Mejis gesehen und ihn auch dort nur knapp nicht erledigen können (obwohl er dafür vor allem Eldred Jonas, den mit der zitternden Stimme und dem langen grauen Haar, verantwortlich machte, und Jonas hatte dafür bezahlt). Damals hatte der König ihm erklärt, sie seien mit Roland noch nicht fertig, weil der Revolvermann das Ende aller Dinge einleiten und letztlich das zum Einsturz bringen würde, was er zu retten versuchte. Walter hatte das erst zu glauben begonnen, als er sich eines Tages in der Mohainewüste umgesehen und auf seiner Fährte einen bestimmten Revolvermann entdeckt hatte – einen, der im Lauf der vergehenden Jahre gealtert war –, und es erst ganz geglaubt, als Mia aufgetaucht war, die eine alte und gewichtige Prophezeiung erfüllt hatte, indem sie den Sohn des Scharlachroten Königs gebar. Das Rote Ding konnte ihm gewiss nichts mehr nutzen, aber selbst in seiner Gefangenschaft und seinem Wahnsinn war er – *es* – gefährlich.

Bis er Roland als Ergänzung gefunden hatte – vielleicht um über seine Bestimmung hinauswachsen zu können –, war Walter o' Dim kaum mehr als ein aus alten Zeiten übrig gebliebener Wanderer gewesen, ein Söldner mit dem vagen Ehrgeiz, den Turm zu ersteigen, bevor er zum Einsturz gebracht wurde. Hatte ihn das nicht ursprünglich zum Scharlachroten König geführt? Ja. Und es war nicht seine Schuld, dass der große, leichtfüßige Spinnenkönig wahnsinnig geworden war.

Unwichtig. Hier war sein Sohn mit dem gleichen Muttermal an der Ferse – Walter konnte es in eben diesem Augenblick sehen –, womit alles wieder ins Gleichgewicht kam. Natürlich würde er sich vorsehen müssen. Das Ding auf dem Sessel wirkte hilflos, glaubte vielleicht sogar, hilflos zu *sein*, aber trotzdem durfte er es nicht unterschätzen, nur weil es wie ein Baby aussah.

Walter ließ die Pistole in seine Jackentasche gleiten (vorübergehend; nur vorübergehend) und streckte die Hände aus: leer, mit nach oben gekehrten Handflächen. Dann ballte er eine zur Faust, die er gleich darauf an die Stirn führte. Langsam, ohne Mordred aus den Augen zu lassen (Walter hatte gesehen, wie Mordred sich verwandeln konnte, und wusste auch, was der Mutter des kleinen Ungeheuers zugestoßen war), sank der Neuankömmling auf ein Knie.

»Heil, Mordred Deschain, Sohn des Roland von Gilead, das einst war, und des Scharlachroten Königs, dessen Name einst von Endwelt bis Außerwelt verkündet wurde; heil dir, Sohn zweier Väter, beide von Arthur Eld abstammend, dem ersten König nach dem Zurückweichen der *Prim* und Hüter des Dunklen Turms.«

Einen Augenblick lang geschah nichts. Im Kontrollzentrum gab es nur Stille und den noch in der Luft hängenden Brandgeruch von Nigels durchgeschmorten Schaltkreisen.

Dann hob das Baby die pummeligen Fäuste, öffnete sie und hob die Hände: *Erhebe dich, Lehnsmann, und komm zu mir.*

2

»Jedenfalls ist es besser, wenn du nicht ›stark‹ denkst«, sagte der Neuankömmling, indem er näher trat. »Sie haben gewusst, dass du hier bist, und Roland ist jesusmäßig clever; *trig-delah,* das ist er. Mich hat er schon einmal erwischt, da dachte ich schon, ich bin erledigt. Wirklich.« Aus seinen *Gunna* hatte der Mann, der sich manchmal Flagg nannte (auf einer anderen Ebene des Turms hatte er unter diesem Namen eine ganze Welt in Trümmer gelegt), Erdnussbutter und Kräcker geholt. Er hatte seinen neuen Dinh um Erlaubnis darum gebeten, worauf das Baby (obgleich es selbst bitteren Hunger litt) hoheitsvoll genickt hatte. Jetzt saß Walter im Schneidersitz auf dem Fußboden, aß hastig, fühlte sich unter der Denkerkappe sicher und ahnte nicht, dass in seinem Kopf ein Eindringling war, der sein gesamtes Wissen plünderte. Solange diese Plünderung anhielt, war er wohl sicher, aber danach …

Mordred hob eine pummelige Babyhand und beschrieb damit ein elegantes Fragezeichen in der Luft.

»Wie ich entkommen bin?«, fragte Walter. »Nun, ich habe getan, was jeder wahre Betrüger unter diesen Umständen getan hätte – ich habe ihm die Wahrheit gesagt! Habe ihm den Turm gezeigt, zumindest ein paar Ebenen davon. Das hat ihn mächtig verblüfft, und während er auf diese Weise verwundbar war, habe ich ihn mit seinen eigenen Waffen geschlagen und ihn hypnotisiert. Wir waren in einer der Zeitfisteln, die gelegentlich aus dem Turm hervorwirbeln, und die Welt hat sich um uns herum weiterbewegt, als wir unser Palaver auf jenem Knochenfriedhof hatten, aye! Während er schlief, suchte ich weitere Knochen – Menschenknochen – zusammen und steckte sie in die Reste meiner Kleidung. Damals hätte ich ihn töten können, aber was wäre aus dem Turm geworden, wenn ich's getan hätte, hä? Was übrigens aus *dir?* Du wärst niemals auf die Welt gekommen. Ich kann mit Fug und Recht behaupten, Mordred, dass ich – indem ich Roland am Leben gelassen und ihm die Möglichkeit gegeben habe, seine drei zu ziehen – dir das Leben gerettet habe, bevor du überhaupt gezeugt wurdest, das habe ich. Ich habe mich an die Meeresküste verdrückt – hatte das Bedürfnis nach ein bisschen Urlaub, ha! Als Roland dort ankam, hat er sich in die Richtung gewandt, in der die drei Türen standen. Ich war in die andere gegangen, Mordred, mein Lieber, und nun bin ich hier!«

Er lachte mit dem Mund voller Kräcker und prustete Krümel über Kinn und Hemdbrust. Mordred lächelte, aber innerlich war er angewidert. Dies war das, womit er arbeiten sollte, *dies?* Ein Kräcker verschlingender, Krümel spuckender Narr, der zu sehr in seinen vergangenen Erfolgen schwelgte, um die Gefahr zu spüren, in der er gegenwärtig schwebte, oder zu merken, dass sein Verteidigungswall durchbrochen war? Bei allen Göttern, er hatte zu sterben *verdient!* Aber bevor das geschehen konnte, gab es noch zwei weitere Dinge zu erledigen. Zum einen musste er wissen, wohin Roland und seine Freunde gezogen waren. Zum anderen brauchte er Nahrung. Dieser Narr würde ihm beides liefern. Und was machte das alles so leicht? Nun, dass auch Walter alt geworden war – alt und lebensgefährlich selbstsicher – und zu eitel, um das zu erkennen.

»Du fragst dich vermutlich, weshalb ich hier und nicht im Dienst deines Vaters unterwegs bin«, sagte Walter. »Oder?«

Das tat Mordred zwar nicht, aber er nickte trotzdem. Sein Magen knurrte.

»In Wahrheit *bin* ich in seinem Auftrag unterwegs«, sagte Walter und bedachte ihn mit seinem charmantesten Lächeln (das etwas durch die Erdnussbutter beeinträchtigt war, die ihm an den Zähnen klebte). Einst hatte er vermutlich gewusst, dass Aussagen, die mit den Worten *in Wahrheit* beginnen, fast immer gelogen sind. Jetzt nicht mehr. Zu alt, um das zu wissen. Zu eitel, um das mitzukriegen. Zu dumm, um sich daran zu erinnern. Aber er blieb trotzdem auf der Hut. Er konnte die mentale Kraft des Kindes spüren. In seinem Kopf? In seinem Kopf herumstöbernd? Sicherlich nicht. Das im Körper eines Babys gefangene Wesen war mächtig, aber bestimmt nicht *so* mächtig.

Walter beugte sich mit ernster Miene nach vorn und umschlang die Knie mit den Armen.

»Dein Roter Vater ist … unpässlich. Da ich so lange im Umfeld des Turms gelebt und so tief darüber nachgedacht habe, steht das für mich außer Zweifel. Dir fällt die Aufgabe zu, das von ihm begonnene Werk zu vollenden. Und ich bin gekommen, um dir dabei zu helfen.«

Mordred nickte, als wäre er erfreut, das zu hören. Er *war* erfreut. Aber ach, er war auch entsetzlich hungrig!

»Du hast dich vielleicht gefragt, wie ich an diesem angeblich sicheren Ort zu dir gelangen konnte«, fuhr Walter fort. »In Wahrheit habe ich in dem, was Roland als das längst Vergangene bezeichnen würde, mitgeholfen, dieses Kontrollzentrum hier zu erbauen.«

Wieder dieser Ausdruck, verräterisch wie ein Blinzeln.

Er hatte die Pistole in die linke Tasche des Parkas gesteckt. Aus der rechten holte er jetzt ein Kästchen von der Größe einer Zigarettenschachtel, zog daraus eine silberne Antenne heraus und drückte dann auf einen Knopf. Ein Teilstück des grauen Fliesenbodens glitt lautlos zur Seite und ließ eine Treppe sehen. Mordred nickte. Walter – oder Randall Flagg, wie er sich gegenwärtig zu nennen schien – war also buchstäblich aus dem Boden gewachsen. Ein hübscher Trick, aber natürlich hatte er Steven von Gilead, Rolands Vater, einst immerhin als Hofzauberer gedient. Unter dem Namen Marten. Ein Mann mit vielen Gesichtern und vielen hübschen Tricks, das war Walter o' Dim, aber nie so clever, wie er zu glauben schien. Längst nicht so clever. Mordred besaß jetzt nämlich die letzte Information, die er noch gebraucht hatte: wie Roland und seine Freunde hier herausgekommen waren. Es war nun doch nicht nötig, sie dort aufzuspüren, wo sie in Walters Verstand versteckt waren. Er brauchte nur der Fährte des Narren zu folgen.

Zuvor jedoch …

Walters Lächeln war etwas verblasst. »Habt Ihr etwas gesagt, Sire? Ich dachte, ich hätte den Klang Eurer Stimme in den Tiefen meines Verstandes gehört.«

Das Baby schüttelte den Kopf. Und wer wäre glaubwürdiger als ein Baby? Sind ihre Gesichtchen nicht Muster von Arglosigkeit und Unschuld?

»Wenn du willst, nehme ich dich auf ihre Verfolgung mit«, sagte Walter. »Was für ein Gespann wir doch wären! Sie sind zum Devar-Toi in Donnerschlag unterwegs, um die Brecher zu befreien. Ich habe bereits früher versprochen, deinem Vater – deinem *Weißen* Vater – und seinem Ka-Tet entgegenzutreten, falls sie es wagen sollten, weiterzuziehen, und ich gedenke mein Versprechen zu halten. Denn, höre mich wohl an, Mordred, der Revolvermann Roland Deschain hat sich mir überall entgegengestellt, und das dulde ich nicht mehr. *Niemals mehr!* Hörst du?« Seine Stimme schraubte sich vor lauter Wut in die Höhe.

Mordred nickte unschuldig und riss seine hübschen Babyaugen mit einem Ausdruck auf, der Angst, Faszination oder beides gleichzeitig bedeuten konnte. Jedenfalls schien Walter o' Dim unter seinem Blick ein Rad zu schlagen, und die einzige Frage war eigentlich, wann er ihn sich schnappen sollte – sofort oder erst später. Mordred war heißhungrig, wollte sich aber wenigstens noch ein bisschen zurückhalten. Zuzusehen, wie dieser Narr mit solcher Ernsthaftigkeit alles tat, um sein Schicksal endgültig zu besiegeln, hatte etwas eigenartig Zwingendes an sich.

Mordred schrieb erneut ein Fragezeichen in die Luft.

Von Walters Gesicht verschwand auch die letzte Spur eines Lächelns. »Was ich wahrhaftig will? Ist es das, wonach du fragst?«

Mordred nickte zustimmend.

»'s ist keineswegs der Dunkle Turm, wenn du die Wahrheit hören willst; es ist Roland, der mir nicht aus dem Kopf und dem Herzen geht. Ich will seinen Tod.« Walter sprach mit ausdrucksloser, durch kein Lächeln gemilderter Entschiedenheit. »Für die langen und staubigen Meilen, die er mich gejagt hat; für all die Schwierigkeiten, die er mir gemacht hat – und ebenso dem roten König, dem *wahren* König, wie du weißt; für seine Vermessenheit, sich zu weigern, auf seine Suche trotz aller Steine, die ihm in den Weg gelegt wurden, zu verzichten; vor allem auch für den Tod seiner Mutter, die ich einst geliebt habe.« Und in gedämpftem Ton: »Oder zumindest begehrt habe. Jedenfalls war er derjenige, der sie erschossen hat. Unabhängig davon, welche Rolle Rhea vom Cöos und ich in dieser Angelegenheit gespielt haben, war es der Junge selbst, der ihr Herz mit seinen verdammten Revolvern, seinem trägen Verstand und seinen flinken Händen zum Stehen gebracht hat.

Und was das Ende des Universums betrifft … lasst es kommen, wie es will, sage ich, in Eis, Feuer oder Nacht. Was hat das Universum jemals für mich getan, dass ich mich um sein Wohlergehen sorgen sollte? Ich weiß nur, dass Roland von Gilead zu lange gelebt hat, *und ich will, dass dieser Hundesohn unter die Erde kommt.* Und die drei, die er gezogen hat, ebenfalls.«

Zum dritten und letzten Mal zeichnete Mordred ein Fragezeichen in die Luft.

»Von hier zum Devar-Toi führt nur eine einzige noch funktionierende Tür, junger Herr. Es ist die eine, die die Wölfe benutzen … oder benutzt haben; ich glaube, mit ihren Überfällen ist wohl Schluss. Roland und seine Freunde sind hindurchgegangen, aber das ist in Ordnung. Dort, wo sie rauskommen, erwartet sie nämlich reichlich Beschäftigung – den Empfang dürften sie etwas heiß finden! Vielleicht können wir sie ja erledigen, während sie mit den Brechern und den überlebenden Kindern von Roderick und den wahren Wächtern beschäftigt sind. Würde dir das gefallen?«

Der Kleine nickte, ohne zu zögern. Dann steckte er die Finger in den Mund und kaute darauf herum.

»Ja«, sagte Walter. Sein Grinsen leuchtete auf. »Hungrig, natürlich bist du das. Aber wenn's ums Abendessen geht, können wir sicherlich was Besseres finden als Ratten und halb ausgewachsene Billy-Bumbler. Glaubst du nicht auch?«

Mordred nickte wieder. Davon war auch er überzeugt.

»Ich spiele den guten Da' und trage dich, was?«, sagte Walter. »Damit du nicht deine Spinnengestalt anzunehmen brauchst. Bäh! Glaub mir, dein Roter Vater wär leichter anzusehen gewesen, wenn er nicht in einer so abgrundtief hässlichen Gestalt gesteckt hätte.«

Mordred streckte die Arme aus.

»Du kackst mich doch nicht voll, ja?«, sagte Walter wie beiläufig und blieb auf halbem Weg stehen. Er ließ die Hand in die Tasche gleiten, und Mordred erkannte leicht besorgt, dass der gerissene Hundesohn ihm irgendwie dennoch etwas verheimlicht hatte: Er wusste, dass seine so genannte »Denkerkappe« nicht funktionierte. Jetzt wollte er doch die Waffe benutzen.

3

Eigentlich traute Mordred diesem Walter o' Dim bei weitem zu viel zu, aber war das nicht ein Merkmal der ganz Jungen, vielleicht sogar so eine Art Überlebensstrategie? Einem mit weit aufgerissenen Augen dastehenden jungen Burschen erscheinen die Tricks des plumpsten Taschenspielers der Welt wie Wunder. Was hier gespielt wurde, merkte Walter allerdings erst gegen Ende des Spiels, aber er war ein gerissener alter Überlebenskünstler, gewisslich wahr, und als das Verständnis kam, kam es zur Gänze.

Es gibt einen Ausdruck, *der Elefant im Wohnzimmer,* der beschreiben soll, wie es ist, mit einem Drogensüchtigen, einem Alkoholiker, einem Kinderschänder zusammenzuleben. Leute außerhalb solcher Beziehungen fragen manchmal: »Wie konntest du das alles jahrelang untätig geschehen lassen? Hast du *den Elefanten im Wohnzimmer* nicht gesehen?« Und jemandem, der in normaleren Verhältnissen lebt, fällt es äußerst schwer, die Antwort zu verstehen, die der Wahrheit am nächsten kommt: »Tut mir Leid, aber er war schon da, als ich eingezogen bin. Ich wusste nicht, dass das ein *Elefant* ist; ich habe ihn immer für *einen Teil des Mobiliars* gehalten.« Für manche Leute – die Glücklichen unter ihnen – kommt ein Aha-Augenblick, wenn sie plötzlich den Unterschied erkennen. Und dieser Augenblick kam für Walter. Er kam zu spät, aber nicht um viel.

Du kackst mich doch nicht voll, ja? – das war die Frage, die er stellte, aber zwischen den Wörtern *kackst* und *mich* erkannte er plötzlich, dass in seinem Haus ein Eindringling war ... *die ganze Zeit darin gewesen war.* Auch nicht ein Baby, sondern ein schlaksiger Jüngling mit fliehender Stirn, pockennarbiger Haut und trüb neugierigem Blick. Das war das vielleicht beste, zutreffendste Bild, das Walter sich von Mordred Deschain, wie er in diesem Augenblick existierte, hätte machen können: ein jugendlicher Einbrecher, vermutlich high von irgendeinem geschnüffelten Reinigungsspray.

Und er war *die ganze Zeit* darin gewesen! Ihr Götter, wie hatte er das nicht merken können? Der Einbrecher hatte sich nicht einmal versteckt! Er hatte, mit offenem Mund an die Wand gelehnt, deutlich sichtbar dagestanden und alles in sich aufgenommen.

Sein Plan, Mordred mitzunehmen – ihn zu benutzen, um Rolands Leben zu beenden (das heißt, wenn die Wachen im Devar-Toi ihm diese Arbeit nicht abnahmen), dann den kleinen Hundesohn umzubringen und ihm den wertvollen linken Fuß abzuschneiden –, war augenblicklich Makulatur. Aber im nächsten Moment entstand bereits ein neuer Plan, der die Einfachheit selbst war. *Darf ihn nicht merken lassen, dass ich es weiß. Einen Schuss, mehr darf ich nicht riskieren, und auch den nur, weil ich's riskieren* muss. *Dann haue ich ab. Wenn er tot ist, gut. Ist er's nicht, verhungert er vielleicht, bevor …*

Auf einmal merkte Walter, dass seine Hand sich nicht mehr bewegte. Vier Finger hatten sich um den Pistolengriff in seiner Jackentasche geschlossen, aber sie waren jetzt erstarrt. Einer davon war dem Abzug ganz nahe, aber auch diesen konnte er nicht mehr bewegen. Alle Finger hätten ebenso gut einbetoniert sein können. Und jetzt sah Walter den glänzenden Draht zum ersten Mal. Er kam aus dem zahnlosen, rosagaumigen Mund des im Sessel sitzenden Babys, durchquerte unter den Deckenleuchten glitzernd den Raum, schlang sich in Brusthöhe um Walters Oberkörper und fesselte ihm die Arme an die Seiten. Er wusste recht gut, dass der Draht nicht wirklich existierte … aber trotzdem *war* er zugleich da.

Walter konnte sich nicht bewegen.

4

Mordred sah den glänzenden Draht nicht, vermutlich weil er *Unten am Fluss – Watership Down* nie gelesen hatte. Er hatte jedoch Gelegenheit gehabt, Susannahs Verstand zu erforschen, und was er jetzt sah, hatte erstaunliche Ähnlichkeit mit Susannahs Dogan. Nur gab es hier statt Schaltern, die mit KLEINER KERL oder EMOTIONALE TEMP. beschriftet waren, andere, die Walters Mobilität (diesen drehte er rasch auf AUS), Denkfähigkeit und Motivation steuerten. Es handelte sich hier natürlich um eine kompliziertere Anordnung als jene im Kopf des jungen Bumblers – dort hatte er nur ein paar einfache Ganglienknoten, Altweiberknoten nicht unähnlich, vorgefunden –, aber auch sie bot keine besonderen Schwierigkeiten.

Das einzige Problem war, dass er ein Baby war.

Ein gottverdammtes *Baby*, das in einem Sessel festsaß.

Wollte er diese zweibeinige Delikatesse wirklich in Aufschnitt verwandeln, würde er sich beeilen müssen.

5

Walter o' Dim war nicht zu alt, um leichtgläubig zu sein, das begriff er jetzt – er hatte das kleine Monster unterschätzt, sich zu sehr darauf verlassen, wie es aussah, und sein Wissen darüber, was es *war*, nicht genug berücksichtigt –, aber er war wenigstens über die gefährliche Totalpanik hinaus, die Jüngeren in solchen Fällen drohte.

Wenn er mehr vorhat, als im Sessel zu hocken und mich anzuglotzen, muss er sich verwandeln. Dabei könnte er die Kontrolle über mich verlieren. Das ist dann meine Chance. Sie mag nicht groß sein, ist aber die einzige, die ich habe.

In diesem Augenblick sah er vom Scheitel bis zu den Zehen ein leuchtend rotes Licht über die Haut des Babys laufen. In seinem Gefolge begann der pummelig-rosarote *Bah-bo*-Körper dunkler zu werden und anzuschwellen, während aus seinen Seiten Spinnenbeine brachen. Gleichzeitig verschwand der glänzende Draht, der aus dem Mund des Babys gekommen war, und Walter fühlte das erstickende Band, das ihn gefesselt hatte, von sich abfallen.

Keine Zeit, auch nur einen einzigen Schuss zu riskieren, nicht jetzt. Lauf! Renn von ihm … von ihr *weg. Mehr kannst du jetzt nicht tun. Du hättest überhaupt nie herkommen sollen. Du hast dich von deinem Hass auf den Revolvermann blenden lassen, aber vielleicht ist es noch nicht zu spä…*

Noch während diese Gedanken ihm durch den Kopf gingen, wandte er sich der Falltür zu, aber eben als er einen Fuß auf die erste Treppenstufe setzen wollte, war der glänzende Draht wieder da – diesmal nicht um Arme und Oberkörper geschlungen, sondern wie eine Garotte um seinen Hals gelegt.

Keuchend und würgend und sabbernd, mit aus den Höhlen quellenden Augen, drehte Walter sich mit eckigen Bewegungen um. Die Drahtschlinge um seinen Hals lockerte sich minimal. Gleichzeitig spürte er etwas, das sich erstaunlich wie eine unsichtbare Hand anfühlte, über sein Gesicht nach oben fahren und die Kapuze zurückschlagen. So hatte er sich wo immer möglich gekleidet; in bestimmten Provinzen, die sogar noch südlicher als Garlan lagen, war er als *Walter Hodji* bekannt gewesen, wobei letzteres Wort sowohl *düster* als auch *Kapuze* bedeutete. Aber diese spezielle Kopfbedeckung (die er aus einem bestimmten verlassenen Haus in der Kleinstadt French Landing, Wisconsin, entliehen hatte) hatte ihm wirklich kein Glück gebracht.

Ich fürchte, ich könnte das Ende des Pfades erreicht haben, dachte er, als er die Spinne auf ihren sieben Beinen auf sich zustolzieren sah: ein aufgedunsenes, lebhaftes Ding (lebhafter als das Baby, aye, und viertausendmal hässlicher) mit einem verrückten Klumpen von einem Menschenkopf, der über den behaarten Rücken spähte. Auf ihrem Unterleib erkannte Walter das rote Mal wieder, das er zuvor an der Ferse des Babys gesehen hatte. Sie besaß jetzt die Stundenglasform, die sonst für das Weibchen der Schwarzen Witwe so charakteristisch war, und er begriff, dass es sich hier um das Merkmal handelte, auf das es angekommen wäre; allein nur das Baby zu ermorden und dessen Fuß abzutrennen, hätte ihm vermutlich überhaupt nichts genutzt. Offensichtlich hatte er sich auf gesamter Linie geirrt.

Die Spinne richtete sich auf ihren vier Hinterbeinen auf. Die drei Vorderbeine tasteten Walters Jeans ab und machten dabei ein leises, grässliches Kratzgeräusch. Die Augen des Wesens richteten sich mit jener trägen Einbrecherneugier, die er sich bereits allzu gut vorgestellt hatte, leicht hervorquellend auf ihn.

O ja, du hast leider das Ende des Pfades erreicht. Eine Riesenstimme in seinem Kopf. Wörter, die wie aus einem Lautsprecher hallten. *Aber dieses Schicksal hattest du auch mir zugedacht, oder nicht?*

Nein! Zumindest nicht gleich …

Doch, das hattest du! »Verarsche keinen Verarscher«, wie Susannah sagen würde. So tue ich jetzt dem, den du meinen Weißen Vater nennst, einen kleinen Gefallen. Du warst vielleicht nicht sein größter Feind, Walter Padick (wie du geheißen hast, als du im längst Vergangenen deine Wanderschaft begonnen hast), aber du warst sein ältester, das gestehe ich dir zu. Aber jetzt räume ich ihm diesen Stolperstein aus dem Weg.

Walter war nicht bewusst, dass er, auch als das abscheuliche Wesen sich vor ihm aufgerichtet und ihn mit dumpfer Begierde angestarrt hatte, wobei ihm Speichel aus dem Rachen troff, noch irgendwie schwach auf eine Fluchtmöglichkeit gehofft hatte, bis er erstmals seit tausend Jahren den Namen hörte, auf den einst ein Junge auf einer Farm in Delain gehört hatte: Walter Padick. Walter, Sohn von Sam dem Müller in der Östlichen Baronie. Er, der als Dreizehnjähriger von zu Hause weggelaufen war, ein Jahr später von einem anderen Wanderer vergewaltigt worden war und trotzdem irgendwie der Versuchung heimzukriechen widerstanden hatte. Stattdessen war er weiter seiner Bestimmung entgegengewandert.

Walter Padick.

Beim Klang dieser Stimme ließ der Mann, der sich manchmal Marten, Richard Fannin, Rudi Filaro und Randall Flagg (unter zahlreichen anderen Namen) genannt hatte, alle Hoffnungen außer der Hoffnung fahren, tapfer zu sterben.

Ich hongrig, Mordred hongrig, sprach die erbarmungslose Stimme mitten in Walters Kopf – eine Stimme, die entlang dem glänzenden Draht des kleinen Königs Willens zu ihm gelangte. *Aber ich möchte richtig speisen, mit der Vorspeise anfangen. Mit deinen Augen am besten. Gib sie mir.*

Walter kämpfte gewaltig, ohne aber auch nur einen Moment lang Erfolg zu haben. Der Draht war zu stark. Er sah seine Hände nach oben kommen und vor seinem Gesicht schweben. Er sah, wie seine Finger sich zu Haken krümmten. Sie schoben die Lider wie Jalousien hoch, dann gruben sie die Augäpfel von oben heraus. Er konnte die Geräusche hören, die sie machten, wie sie von den Sehnen, die sie sonst drehten, und den Sehnerven, die sonst ihre wundervollen Botschaften übermittelten, abgerissen wurden. Das Geräusch, das das Ende seiner Sehfähigkeit bezeichnete, war leise und feucht. Grellrote Lichtblitze erfüllten seinen Kopf, und dann brach das ewige Dunkel herein. In Walters Fall würde diese Ewigkeit nicht lange dauern, aber wenn Zeit etwas Subjektives ist (und die meisten von uns wissen, dass sie das ist), dann war sie viel *zu* lang.

Gib sie mir, sage ich! Kein Herumtrödeln mehr! Ich sein hongrig!

Walter o' Dim – jetzt Walter o' Dark – drehte die Hände um und ließ die Augäpfel fallen. Beim Hinabfallen zogen sie Fäden hinter sich her und erinnerten auf diese Weise etwas an Kaulquappen. Einen schnappte die Spinne sich aus der Luft. Der andere platschte auf die Fliesen, wo die überraschend bewegliche Kralle am Ende eines Vorderbeins ihn einsammelte, um ihn anschließend in den Rachen der Spinne zu stecken. Mordred zerdrückte den Augapfel wie eine Weinbeere, schluckte ihn aber nicht, sondern ließ sich den köstlichen Schleim die Kehle hinunterlaufen. Wundervoll.

Jetzt die Zunge, bitte.

Walter packte sie gehorsam mit einer Hand und zog daran, konnte sie aber nur teilweise losreißen. Letztlich war sie zu glitschig. Wären die blutigen Höhlen, in denen zuvor noch die Augen gesessen hatten, noch imstande gewesen, Tränen zu produzieren, hätte er vor Höllenqualen und Frustration geweint.

Er griff nochmals danach, aber in ihrer Gier wollte die Spinne nicht länger warten.

Beug dich nach vorn! Streck die Zunge wie am Fötzchen deiner Liebsten aus. Schnell, um deines Vaters willen! Mordred sein hongrig!

Auch gegen diesen neuen Horror kämpfte Walter, der noch allzu gut wahrnahm, was mit ihm geschah, so erfolglos wie gegen den vorigen an. Er beugte sie mit auf den Oberschenkeln liegenden Händen nach vorn, und seine blutende Zunge ragte schief zwischen den Lippen hervor, wo sie kraftlos zitterte, während ihre teilweise gerissene Muskulatur sie zu stützen versuchte. Er hörte wieder die Kratzgeräusche, als Mordreds Vorderbeine sich an Walters Jeans hinaufarbeiteten. Der behaarte Rachen der Spinne schloss sich um Walters Zunge, saugte ein, zwei Sekunden genüsslich daran wie an einem Lutscher und riss sie dann mit einem einzigen kräftigen Ruck heraus. Walter – jetzt nicht nur blind, sondern auch stumm – gab einen erstickten Schmerzensschrei von sich, fiel nach vorn, schlug die Hände vors entstellte Gesicht und wälzte sich auf den Fliesen hin und her.

Mordred biss auf die Zunge, die er nun im Maul hatte. Sie platzte mit einem wollüstigen Blutschauer, der für einen Augenblick alles Denken blockierte. Walter hatte sich auf die Seite gewälzt und tastete blindlings nach der Falltür, weil eine innere Stimme ihm weiter zurief, nicht aufzugeben, sondern weiterhin zu versuchen, dem Ungeheuer zu entkommen, das ihn bei lebendigem Leib auffraß.

Der Blutgeschmack bewirkte, dass Mordred alles Interesse an irgendwelchen Vorspielen verlor. Er war auf den Kern seines Wesens reduziert, das hauptsächlich vom Ernährungstrieb gesteuert wurde. Er stürzte sich auf Randall Flagg, Walter o' Dim, Walter Padick, der einst gewesen war. Es gab noch einige Schreie, aber nicht mehr viele. Und dann war Rolands alter Feind nicht mehr.

6

Der Mann war quasi unsterblich gewesen (ein mindestens so törichter Ausdruck wie »höchst einzigartig«) und ergab ein sagenhaftes Mahl. Nachdem Mordred sich derart vollgestopft hatte, spürte er zunächst den Drang – stark, jedoch nicht ganz unüberwindbar –, sich zu übergeben. Er beherrschte ihn ebenso wie den zweiten, der noch stärker war: sich in seine Babygestalt zurückzuverwandeln, um zu schlafen.

Wollte er die Tür finden, von der Walter gesprochen hatte, war jetzt der beste Zeitpunkt dafür – und zwar in einer Gestalt, die es ihm ermöglichte, ein gutes Tempo vorzulegen: seiner Spinnengestalt. Ohne die leer gesaugte Leiche eines Blickes zu würdigen, hastete Mordred flink an ihr vorbei durch die Falltür und weiter die Treppe hinunter, die zu einem unterirdischen Gang führte. Dieser Korridor, in dem es stark alkalisch roch, schien aus dem gewachsenen Wüstenfels herausgehauen worden zu sein.

Walters gesamtes Wissen – in mindestens fünfzehnhundert Jahren angesammelt – lärmte in seinem Gehirn.

Die Fährte des Mannes in Schwarz führte schließlich zu einem Aufzugschacht. Mordred drückte mit einer borstigen Kralle den Knopf mit dem Wort AUF, was aber nichts als ein müdes Summen hoch über ihm hervorrief und den Geruch nach verbranntem Schuhleder, der hinter der Schalttafel hervordrang. Er kletterte die Innenwand der Kabine hinauf, drückte die Wartungsöffnung mit einem schlanken Bein auf und zwängte sich hindurch. Dass er sich regelrecht hindurchquetschen musste, wunderte ihn nicht; er war inzwischen erheblich gewachsen.

Er kletterte das Tragseil hinauf

(klitzekleine Spinne erkletterte den Wasserstrahl)

bis zu der Tür, durch die – wie seine Sinne ihm sagten – Walter die Aufzugkabine betreten und auf ihre letzte Fahrt geschickt hatte. Zwanzig Minuten später (und noch immer aufgekratzt von all dem wundervollen Blut; *eimerweise* davon, so war's ihm vorgekommen) erreichte er eine Stelle, wo Walters Fährte sich teilte. Das hätte ihn verwirren können, schließlich war er noch immer sehr ein Kind, aber hier wurde Walters Fährte durch die Witterung und das Gefühl der anderen überlagert, und Mordred schlug diese Richtung ein, sodass er jetzt nicht mehr der Fährte des Zauberers, sondern Roland und seinem Ka-Tet folgte. Walter musste ihnen einige Zeit gefolgt, dann aber umgekehrt sein, um Mordred zu suchen. Um sein Schicksal zu finden.

Wieder zwanzig Minuten später erreichte der kleine Bursche eine Tür, die mit keinem Wort, sondern einem *Sigul* bezeichnet war, das er auch mühelos deuten konnte:

Die Frage war, ob er sie gleich öffnen oder lieber noch etwas warten sollte. Kindliche Ungeduld forderte das Erstere, zunehmende Vorsicht das Letztere. Im Augenblick war er satt und brauchte nicht noch mehr Nahrung, vor allem nicht, wenn er sich für einige Zeit in sein Hume-Ich zurückverwandelte. Außerdem konnten Roland und seine Freunde noch dicht hinter dieser Tür sein. Was war, wenn sie ihre Waffen zogen, sobald sie seiner ansichtig wurden? Sie waren höllisch schnell, und Mordred konnte durch Schüsse getötet werden. Das hatten alle seine Instinkte warnend gerufen, als Walter seine Waffe gezogen hatte.

Er *konnte* warten; fühlte kein tiefes Bedürfnis außer der Ungeduld eines Kindes, das alles haben wollte, und zwar *sofort*. Jedenfalls litt er nicht unter der brennenden Intensität von Walters Hass. Seine eigenen Gefühle waren komplexer, mit einem Anflug von Traurigkeit und Einsamkeit und – ja, er tat gut daran, sich das einzugestehen – Liebe. Mordred war es danach, erst einmal eine Zeit lang seine Melancholie zu genießen. Jenseits dieser Tür würde es reichlich Nahrung geben, dessen war er sich sicher, also würde er wieder essen können. Und wachsen. Und beobachten. Er würde seinen Vater und seine Schwester-Mutter und seine Ka-Brüder, Eddie und Jake, beobachten. Er würde beobachten, wie sie abends ihr Lager aufschlugen und Feuer machten und sich in einem Kreis darum versammelten. Er würde sie von seinem Platz aus beobachten, der *außerhalb* war. Vielleicht würden sie ihn spüren, unbehaglich in die Dunkelheit starren und sich fragen, wie es wohl sein mochte, dort draußen zu sein.

Er näherte sich der Tür, richtete sich vor ihr auf und betastete sie fragend. Wirklich zu schade, dass es kein Guckloch gab. Aber wahrscheinlich *würde* es ungefährlich sein, jetzt hindurchzugehen.

Was hatte Walter gesagt? Dass Rolands Ka-Tet die Brecher freilassen wollte, wer immer das sein mochte (das wäre in Walters Verstand zu finden gewesen, aber er hatte sich nicht die Mühe gemacht, danach zu suchen).

Wo sie rauskommen, erwartet sie reichlich Beschäftigung – den Empfang dürften sie etwas heiß finden!

Waren Roland und seine Kinder etwa auf der anderen Seite umgekommen? In einen Hinterhalt geraten? Mordred glaubte, dass er es irgendwie gewusst hätte, wenn das geschehen wäre. Dass er es in seinem Verstand wie ein Balkenbeben gespürt hätte.

Jedenfalls würde er noch etwas zuwarten, bevor er durch die Tür mit dem Wolke-und-Blitz-Sigul kroch. Und wenn er hindurch war? Nun, dann würde er sie aufspüren. Und ihr Palaver belauschen. Und sie beobachten, sowohl wenn sie wach waren als auch wenn sie schliefen. Vor allem würde er den einen beobachten, den Walter als Mordreds Weißen Vater bezeichnet hatte. Jetzt sein einziger *richtiger* Vater, wenn Walter mit seiner Behauptung, der Scharlachrote König sei dem Wahnsinn verfallen, Recht gehabt hatte.

Und im Augenblick?

Jetzt kann ich ein Weilchen schlafen.

Die Spinne lief die Wand dieses Orts hinauf, der voller großer hängender Objekte war, und webte ein Netz. Aber es war das Baby – nackt und jetzt augenscheinlich ein volles Jahr alt –, das darin schlief, mit dem Kopf nach unten und hoch über irgendwelchen Raubtieren, die auf Beutesuche vorbeikommen konnten.

Kapitel IV

Die Tür nach Donnerschlag

1

Als die vier Wanderer aus ihrem Schlaf erwachten (Roland zuerst, und zwar nach genau sechs Stunden), fanden sie auf einem mit einem Geschirrtuch abgedeckten Tablett weitere *Popkins* und Getränkedosen vor. Der Dienstboten-Roboter ließ sich jedoch nicht mehr blicken.

»Also gut, es reicht«, sagte Roland, nachdem er zum dritten Mal vergeblich nach Nigel gerufen hatte. »Er hat angekündigt, dass er es nicht mehr lange machen wird; wahrscheinlich ist er, während wir geschlafen haben, von den Beinen gekippt.«

»Er hat etwas getan, was er nicht tun wollte«, sagte Jake. Sein Gesicht wirkte blass und aufgedunsen. Weil er zu fest geschlafen hat, war Rolands erster Gedanke, aber dann fragte er sich, wie er so töricht hatte sein können. Der Junge hatte um Pere Callahan geweint.

»Was getan?«, fragte Eddie, während er sich seine *Gunna* über eine Schulter warf und danach Susannah auf die gegenüberliegende Hüfte hob. »Für wen getan? Und warum?«

»Keine Ahnung«, sagte Jake »Er *wollte* nicht, dass ich es erfahre, und ich wollte ihn nicht ausspionieren. Ich weiß, dass er bloß ein Roboter war, aber mit seiner netten britischen Stimme und dem allen ist er mir irgendwie wie mehr vorgekommen.«

»Das sind Skrupel, die du voraussichtlich wirst überwinden müssen«, sagte Roland so sanft wie möglich.

»Wie schwer bin ich, Schätzchen?«, fragte Susannah Eddie munter. »Oder vielleicht sollte ich fragen: ›Wie sehr fehlt dir der gute alte Rollstuhl?‹ Von dem Tragegeschirr ganz zu schweigen.«

»Suze, du hast diese Huckepack-Konstruktion von Anfang an gehasst, das wissen wir beide.«

»*Da* hab ich nich nach gefragt, das weißte genau.«

Roland fand es immer faszinierend, wenn Detta sich wie nebenbei in Susannahs Stimme oder – noch unheimlicher – in ihr Mienenspiel schlich.

»Ich würde dich bis ans Ende der Welt tragen«, sagte Eddie sentimental und küsste sie auf die Nasenspitze. »Das heißt, solange du nicht großartig zunimmst. Dann müsste ich dich wahrscheinlich zurücklassen und mich nach einem leichteren Weib umsehen.«

Sie knuffte ihn – nicht gerade sanft – und wandte sich dann an Roland. »Alles verdammt geräumig, wenn man erst mal hier unten ist. Wie sollen wir hier die Tür finden, die nach Donnerschlag führt?«

Roland zuckte die Achseln. Er wusste es nicht.

»Wie steht's mit dir, Cisco?«, fragte Eddie an Jake gerichtet. »Bei dir ist die Gabe der Fühlungnahme doch am stärksten ausgebildet. Kannst du sie dazu benutzen, die Tür zu finden, die wir suchen?«

»Vielleicht, wenn ich wüsste, wie ich's anfangen soll«, sagte Jake, »was ich aber leider nicht tue.«

Und damit sahen alle drei wieder zu Roland hinüber. Nein, es waren vier, weil sogar der götterverdammte Bumbler ihn anstarrte. Eddie hätte einen Scherz gemacht, um das Unbehagen zu zerstreuen, das ihn bei diesem vereinten Anstarren hätte befallen können, und Roland fahndete sogar tatsächlich nach einem. Vielleicht irgendwas darüber, dass zu viele Augen den Kuchen verdarben? Nein. Dieses Sprichwort, das er von Susannah gehört hatte, handelte von Köchen und Brei. Schließlich sagte er einfach: »Wir suchen ein bisschen herum, wie's Hunde tun, die eine Fährte verloren haben, und sehen zu, was wir finden.«

»Am besten einen neuen Rollstuhl für mich«, sagte Susannah gut gelaunt. »Dieser ungezogene weiße Junge hat seine Hände *überall* auf meiner Reinheit.«

Eddie betrachtete sie ernsthaft. »Wäre sie wirklich rein, Liebling«, sagte er, »wäre sie nicht so gespalten, wie sie ist.«

2

Es war Oy, der dann die Initiative ergriff und ihnen den Weg wies, als sie noch einmal in die Küche zurückgekehrt waren. Die Menschen suchten mit einer Art Ziellosigkeit herum, die Jake recht beunruhigend fand, da kläffte Oy auf einmal seinen Namen: *»Ake! Ake-Ake!«*

Sie schlossen sich dem Bumbler vor einer mit einem Türstopper zurückgehaltenen Tür mit der Aufschrift EBENE C an. Oy lief ein kleines Stück in den Korridor hinein und sah sich dann mit glänzenden Augen über die Schulter um. Als er merkte, dass sie ihm nicht folgten, bellte er enttäuscht.

»Was denkt ihr?«, sagte Roland. »Sollen wir ihm folgen?«

»Ja«, sagte Jake.

»Welche Fährte hat er aufgenommen?«, fragte Eddie. »Weißt du das?«

»Vielleicht von etwas aus dem Dogan«, sagte Jake. »Aus dem richtigen, der am Fluss Whye liegt. In dem Oy und ich Ben Slightmans Da' und … ihr wisst schon, den Roboter belauscht haben.«

»Jake?«, sagte Eddie. »Alles in Ordnung, Kleiner?«

»Ja«, sagte Jake, obwohl es ihm bei der Erinnerung daran, wie Bennys Da' geschrien hatte, einen Stich versetzte. Andy der Kurierroboter, der Slightmans Gemecker anscheinend satt gehabt hatte, hatte etwas im Ellbogen des Mannes gedrückt oder gezwickt – vermutlich einen Nerv –, und Slightman hatte »wie eine Eule geschrien«, wie Roland vielleicht (und wahrscheinlich mindestens mit milder Verachtung) gesagt hätte. Über solche Dinge war Slightman der Jüngere jetzt natürlich hinaus, und es war diese Erkenntnis – ein Junge, einst voller Lebensfreude und jetzt kühl wie die Tonerde am Flussufer –, die dem Sohn des Elmer zu denken gab. Man musste irgendwann sterben, ja, und Jake hoffte, dass er sich wenigstens einigermaßen gut verhalten würde, wenn seine Stunde schlug. Schließlich hatte er schon gewisse Übung darin, *wie* man das machte. Es war der Gedanke an all die Zeit im Grab, die ihn frösteln ließ. Diese Ausfallzeit. Diese Lieg-still-und-bleib-tot-Zeit.

Andys Witterung – kalt, aber ölig und unverkennbar – war in dem Dogan jenseits des Flusses Whye überall zu riechen gewesen, weil Andy und Slightman der Ältere sich vor dem Überfall der Wölfe, den Roland und sein improvisierter Trupp abwehren sollten, dort viele Male getroffen hatten. Die derzeitige Witterung war zwar nicht exakt gleich, aber sie weckte Interesse. Jedenfalls war es die einzige Oy bisher vertraute Witterung, und er wollte ihr unbedingt folgen.

»Augenblick, Augenblick«, sagte Eddie. »Ich sehe da was, was wir brauchen.«

Er setzte Susannah ab und durchquerte die Küche. Beim Zurückkommen schob er ein Wägelchen aus Edelstahl vor sich her, das vermutlich für Tellerstapel oder größere Küchenutensilien gedacht war.

»Hopplahopp, sei kein Tropf«, sagte Eddie und hob Susannah darauf.

Sie konnte dort bequem sitzen, indem sie sich an den Seiten festhielt, machte aber ein zweifelndes Gesicht. »Und wenn wir zu einer Treppe kommen? Was dann, Sugarboy?«

»Diese Brücke wird Sugarboy abbrennen, wenn er zu ihr kommt«, sagte Eddie und schob das Wägelchen auf den Korridor hinaus. *»Hü,* Oy, ab durch den Schnee! Los, ihr Huskys!«

»Oy! Husk!« Der Bumbler hastete flink voraus und senkte zwischendurch gelegentlich die Nase, um sie in die Witterung zu tauchen, gab sich aber sonst nicht viel Mühe. Die Fährte war zu frisch und zu breit, um viel Aufmerksamkeit zu erfordern. Er hatte den Geruch der Wölfe entdeckt. Nach einstündigem Marsch kamen sie durch ein großes Schiebetor mit der Aufschrift ZU DEN PFERDEN. Von dort aus führte Oy sie zu einem weiteren Tor, auf dem BEREITSTELLUNGSRAUM und KEIN ZUTRITT FÜR UNBEFUGTE stand. (Dass sie auf ihrem ersten Wegstück von Walter o' Dim beschattet wurden, war etwas, was keiner von ihnen, nicht einmal Jake – obwohl seine Gabe der Fühlungnahme so stark ausgeprägt war –, auch nur ahnte. Zumindest bei dem Jungen funktionierte die »Denkerkappe« des Mannes also recht gut. Als Walter sich sicher war, wohin der Bumbler sie führte, machte er kehrt, um mit Mordred zu palavern – ein Fehler, wie sich zeigte, aber einer mit folgendem Trost: Ihm würde niemals mehr ein weiterer unterlaufen.)

Oy hockte vor der geschlossenen Schwingtür, die sich nach beiden Seiten öffnen ließ, hatte seinen komischen Ringelschwanz eng um die Hinterbeine gerollt und blaffte: *»Ake, auf-auf! Auf, Ake!«*

»Ja, ja«, sagte Jake, »komm ja schon. Mach dir bloß nicht ins Hemd.«

»BEREITSTELLUNGSRAUM«, las Eddie. »Klingt zumindest einigermaßen hoffnungsvoll.«

Sie schoben Susannah weiter auf dem Edelstahlwägelchen, nachdem sie die einzige Treppe, zu der sie bislang gekommen waren (eine ziemlich kurze), ohne größere Schwierigkeiten bewältigt hatten. Susannah war auf dem Hintern vorausgerutscht – ihre übliche Methode, um über Treppen nach unten zu gelangen –, während Roland und Eddie ihr das Wägelchen nachgetragen hatten. Jake marschierte zwischen der Frau und den Männern und hielt dabei Eddies Revolver in der »Parierhaltung« genannten Stellung so erhoben, dass der lange ziselierte Lauf in der linken Schlüsselbeingrube ruhte.

Roland zog nun auch seine Waffe, legte sie in die rechte Schlüsselbeingrube und stieß die Tür auf. Er ging leicht gebückt hindurch: sofort bereit, sich zur Seite zu werfen oder zurückzuspringen, sollte die Situation es erfordern.

Was die Situation nicht tat. Wäre Eddie vorausgegangen, hätte er (wenn auch nur einen Augenblick lang) glauben können, er würde von fliegenden Wölfen angegriffen, die Ähnlichkeit mit den fliegenden Affen aus dem *Zauberer von Oz* hatten. Roland war jedoch nicht mit derart überbordender Phantasie geschlagen, und obwohl in der Deckenbeleuchtung dieses riesigen, hallenartigen Raums viele der Leuchtstoffröhren durchgebrannt waren, vergeudete er keine Zeit – oder Adrenalin – darauf, die hängenden Objekte für etwas anderes zu halten, als sie es tatsächlich waren: defekte Räuberroboter, die darauf warteten, instand gesetzt zu werden.

»Kommt nur rein!«, rief er, und die Worte kamen als Echo zu ihm zurück. Irgendwo hoch in den Schatten war Flügelgeflatter zu hören. Schwalben oder vielleicht auch Häher, die von draußen hier hereingefunden hatten. »Scheint alles in Ordnung zu sein.«

Sie traten ein und standen dann mit stummen, ehrfürchtigen Blicken nach oben da. Nur Jakes vierbeiniger Freund war unbeeindruckt und nutzte die Marschpause, um sich zu putzen, erst die linke, dann die rechte Seite. Zuletzt meinte Susannah, die noch immer auf dem Wägelchen saß: »Ich sag euch mal was: Ich hab schon viel gesehen, aber so etwas wie das hier noch nie.«

Das hatten die anderen auch nicht. Der hallenartige Raum hing voller Wölfe, die im Flug erstarrt zu sein schienen. Einige trugen ihre grünen Kapuzenmäntel à la Dr. Doom; andere waren bis auf ihre Stahlhaut nackt. Manche waren kopflos, andere armlos, manchen fehlte das linke oder rechte Bein. Die grauen Metallgesichter schienen je nach Lichteinfall zu grinsen oder die Zähne zu fletschen. Auf dem Boden lag ein Durcheinander aus grünen Umhängen und grünen Stulpenhandschuhen. Und in ungefähr vierzig Metern Entfernung (die Halle selbst musste mindestens zweihundert Meter lang sein) lag ein einzelnes graues Pferd auf dem Rücken und streckte alle vier Beine steif in die Luft. Sein Kopf fehlte. Aus dem Hals ragte ein Gewirr aus gelb, grün und rot ummantelten Drähten.

Sie gingen langsam hinter Oy her, der mit flotter Unbekümmertheit die Halle durchquerte. Hier drinnen war das Geräusch des Rollwägelchens ziemlich laut, das zurückgeworfene Echo wurde zu einem bedrohlichen Grollen. Susannah blickte immer wieder nach oben. Anfangs – aber nur, weil es in dieser einst bestimmt strahlend hell beleuchteten Halle so düster war – glaubte sie, die Wölfe schwebten, wurden vielleicht durch irgendein Gerät, das die Schwerkraft aufhob, am Fliegen gehalten. Schließlich erreichten sie einen Sektor, in dem die meisten der Leuchtstoffröhren noch brannten, und dort sah sie die dünnen Drahtseile.

»Hier drinnen müssen sie repariert worden sein«, meinte sie. »Das heißt, solange noch jemand für solche Arbeiten da war.«

»Und dort drüben sind sie wahrscheinlich aufgeladen worden«, sagte Eddie und zeigte nach vorn. Entlang der jenseitigen Wand, die sie eben erst klar zu sehen begannen, waren eine Reihe von Kabinen angeordnet. In einigen standen in starrer Haltung Wölfe. Die meisten Kabinen waren leer, und man konnte dort jeweils mehrere Steckdosen sehen.

Jake brach plötzlich in lautes Lachen aus.

»Was ist?«, fragte Susannah. »Um was geht's?«

»Nichts«, sagte er. »Ich finde nur …« Wieder ließ er sein Lachen hören, das in dieser düsteren Halle fabelhaft jung klang. »Ich finde nur, dass sie wie Pendler in der Penn Station aussehen, die an den Telefonen aufgereiht sind, um zu Hause oder im Büro anzurufen.«

Eddie und Susannah ließen sich das kurz durch den Kopf gehen, dann brachen sie in Lachen aus. Also muss Jakes Beobachtung zutreffend gewesen sein, dachte Roland. Nach allem, was sie bisher gemeinsam durchgemacht hatten, überraschte ihn das nicht. Was sein Herz erfreute, war der Klang von Jakes Lachen. Es war angemessen, dass er um den Pere weinte, der sein Freund gewesen war, aber es war gut, dass er noch immer lachen konnte. In der Tat sehr gut.

3

Die Tür, zu der sie wollten, befand sich links neben den Ladestationen. Das Wolke-und-Blitz-Sigul darauf erkannten sie alle sofort von der Mitteilung wieder, die »R. F.« ihnen auf der Rückseite eines Blatts der Zeitung *Tägliche Gerüchteküche von Oz* hinterlassen hatte, aber diese Tür war ganz anders als die übrigen, auf die sie bisher gestoßen waren: Bis auf die Wolke und den Blitzstrahl war sie streng zweckmäßig. Trotz ihrer grünen Lackierung war zu erkennen, dass sie aus Stahl und nicht aus Eisenholz oder dem schwereren Geisterholz bestand. Umgeben war sie von einem grauen Rahmen, ebenfalls aus Stahl, aus dem rechts und links schenkeldicke isolierte Stromkabel herauskamen, die in der Mauer verschwanden. Von jenseits der Mauer drang ein dumpfes Dröhnen herüber, das Eddie irgendwie zu erkennen glaubte.

»Roland«, sagte er leise. »Erinnerst du dich noch an das Portal des Balkens, zu dem wir ganz am Anfang gekommen sind? Das war, noch bevor Jake zu unserer fröhlichen kleinen Schar gestoßen ist.«

Roland nickte. »Als wir die Kleinen Wächter erlegt haben. Shardiks Gefolge. Jedenfalls diejenigen, die überlebt hatten.«

Eddie nickte ebenfalls. »Ich habe mein Ohr an die Tür gelegt und daran gehorcht. ›*Alles ist still in den Hallen der Toten*‹, habe ich gedacht. ›*Dies sind die Hallen der Toten, wo Spinnen ihre Netze bauen und die großen Schaltkreise einer nach dem anderen verstummen.*‹«

Eigentlich hatte er das damals flüsternd gesprochen, aber Roland wunderte sich nicht darüber, dass Eddie sich daran nicht erinnerte: Er war damals hypnotisiert gewesen oder zumindest beinahe.

»Damals waren wir draußen«, sagte Eddie. »Jetzt sind wir drinnen.« Er zeigte auf die Tür nach Donnerschlag, dann fuhr er mit einem Finger den Verlauf der dicken Stromkabel nach. »Die Maschinerie, die Energie durch die hier schickt, klingt nicht sehr gesund. Wenn wir dieses Ding benutzen wollen, sollten wir's lieber gleich tun, finde ich. Es könnte jederzeit für immer Schluss machen, und was täten wir dann?«

»Müssten den Pannenhilfsdienst rufen«, sagte Susannah verträumt.

»Von wegen. Wir wären erledigt … Wie nennst du das gleich wieder, Roland?«

»In heißer Darre begraben. ›Sehet die Säle des Verfalls.‹ Auch das hast du gesagt. Erinnerst du dich nicht?«

»Das habe ich *gesagt?* Richtig laut?«

»Aye.« Roland führte sie zu der Tür. Er streckte die Hand aus und berührte den Türknopf, zog sie dann aber wieder zurück.

»Heiß?«, fragte Jake.

Roland schüttelte den Kopf.

»Unter Strom?«, fragte Susannah.

Der Revolvermann schüttelte wieder den Kopf.

»Dann ab dafür«, sagte Eddie. »Lass jucken!«

Sie drängten sich dicht hinter Roland zusammen. Eddie trug Susannah wieder auf der Hüfte, und Jake hatte Oy aufgehoben. Der Bumbler hechelte, obwohl er weiter fröhlich zu grinsen schien, und seine Augen glänzten in ihren goldenen Ringen wie polierter Onyx.

»Was machen wir, wenn ...« *Wenn sie abgesperrt ist,* hatte Jake ergänzen wollen, aber bevor er das konnte, drehte Roland den Knopf mit der rechten Hand (seinen verbleibenden Revolver hielt er in der Linken) und zog die Tür auf. Hinter der Wand begann die Maschinerie eine Stufe schneller zu laufen, wobei ihr Klang fast verzweifelt wurde. Jake glaubte, etwas Heißes riechen zu können: möglicherweise verschmorendes Isoliermaterial. Er war eben dabei, sich zu ermahnen, damit aufzuhören, sich Dinge einzubilden, als mehrere Deckenventilatoren ansprangen. Sie waren so laut wie zum Start rollende Jagdflugzeuge in einem Spielfilm über den Zweiten Weltkrieg. Alle zuckten sie zusammen. Susannah legte sogar eine Hand auf den Kopf, als wollte sie ihn vor herabfallenden Gegenständen schützen.

»Mir nach«, zischte Roland. »Schnell!« Er trat durch die Tür, ohne sich noch einmal umzusehen. In dem kurzen Augenblick, in dem er halb hindurch war, schien er in zwei Stücke zerbrochen zu sein. Jenseits des Revolvermanns konnte Jake eine riesige düstere Halle sehen, die weit größer als der Bereitstellungsraum war. Und ein Geflecht aus sich kreuzenden silbrigen Linien, die wie Pfeile aus reinem Licht wirkten.

»Los, Jake«, sagte Susannah. »Du als Nächster.«

Jake holte tief Luft und trat durch die Tür. Es gab keine Woge, die einen wie in der Höhle der Stimmen mitriss, und auch kein bimmelndes Glockenspiel. Kein Gefühl, flitzen zu gehen, nicht mal einen Augenblick lang. Stattdessen hatte er das scheußliche Gefühl, sein Inneres würde nach außen gekehrt, und dann befiel ihn die heftigste Übelkeit, die er in seinem ganzen Leben je verspürt hatte. Er sackte nach vorn, und sein rechtes Knie gab nach. Im nächsten Moment lag er auf beiden Knien. Oy fiel ihm aus den Armen. Jake nahm das kaum wahr. Er musste würgen und erbrach sich. Neben ihm lag Roland auf allen vieren und tat das Gleiche. Von irgendwoher kamen leise, regelmäßig tuckernde Geräusche, das beharrliche *Ding-ding-ding-ding* einer Glocke und eine hallende Lautsprecherstimme.

Jake drehte den Kopf zur Seite, weil er Roland erklären wollte, wie sehr er jetzt verstehe, weshalb sie *Roboter*trupps durch diese Tür geschickt hatten, musste sich aber wieder übergeben. Die Reste seiner letzten Mahlzeit liefen dampfend über den rissigen Beton.

Plötzlich rief Susannah mit verzweifelt klingender Stimme: »Nein! *Nein!*« Dann: »Setz mich ab! Eddie, setz mich ab, bevor ich …« Sie brachte den Satz nicht zu Ende, sondern begann heftig zu würgen. Eddie schaffte es, sie auf dem rissigen Beton abzusetzen, bevor er den Kopf zur Seite drehte und in den Kotz-Chor einstimmte.

Oy fiel auf die Seite, hustete heiser und rappelte sich dann auf. Er wirkte benommen und desorientiert … wenn Jake dem Bumbler nicht nur zuschrieb, was er selbst empfand.

Gerade als die Übelkeit etwas abzuklingen begann, waren auf einmal klackende, hallende Schritte zu hören. Drei Männer kamen auf sie zugehastet, alle in Jeans, blauen Baumwollhemden und eigenartigem Schuhwerk, das wie selbst gemacht aussah. Einer der drei, ein älterer Herr mit weißem Wuschelhaar, war den beiden anderen voraus. Alle drei hielten die Hände erhoben.

»Revolvermänner!«, rief der Weißhaarige. »Seid ihr wirklich Revolvermänner? Nicht schießen, wenn ihr welche seid! Wir sind auf eurer Seite!«

Roland, der momentan nicht so aussah, als könnte er jemanden erschießen *(obwohl ich das nicht ausprobieren wollte,* dachte Jake), versuchte aufzustehen, schaffte es auch beinahe, sank dann aber auf ein Knie zurück und gab wieder erstickte Würgelaute von sich. Der Weißhaarige packte ihn am Handgelenk und zog ihn, ohne viel Umstände zu machen, hoch.

»Die Übelkeit ist schlimm«, sagte der Alte, »das weiß niemand besser als ich. Zum Glück klingt sie schnell ab. Ihr müsst sofort mitkommen. Ich weiß, wie wenig euch danach zumute ist, aber im Büro vom Ki'-dam ertönt just in diesem Augenblick eine Alarmglocke und deshalb …«

Er verstummte. Er riss die Augen, die fast so blau wie die Rolands waren, weit auf. Selbst in der hier herrschenden Düsternis konnte Jake sehen, wie der alte Kerl blass wurde. Seine Gefährten waren nun ebenfalls angekommen, aber das schien er nicht wahrzunehmen. Es war Jake Chambers, den er anstarrte.

»Bobby?«, sagte er mit einer Stimme, die kaum lauter als ein Flüstern war. »Mein Gott, ist das etwa Bobby Garfield?«

Kapitel V

STEEK-TETE

1

Die Begleiter des weißhaarigen Herrn waren ein gutes Stück jünger (der eine schien kaum dem Teenageralter entwachsen zu sein, wie Roland fand) und wirkten beide völlig verängstigt. Natürlich fürchteten sie, sie könnten irrtümlich erschossen werden – deshalb waren sie ja mit erhobenen Händen aus der Dunkelheit gehastet gekommen –, aber sie mussten auch vor etwas anderem Angst haben, jedenfalls durfte ihnen jetzt klar sein, dass sie nicht kurzerhand abgeknallt werden würden.

Der Alte gab sich einen fast krampfhaften Ruck, so als würde er sich von irgendeiner privaten Idee losreißen. »Natürlich bist du nicht Bobby«, murmelte er. »Zum einen stimmt die Haarfarbe nicht … und …«

»Ted, wir müssen hier fort«, drängte der jüngste der drei. »Und ich meine *immediatamento.«*

»Ja«, sagte der Alte, ließ den Blick aber weiter auf Jake ruhen. Er bedeckte die Augen mit einer Hand (für Eddie sah er wie ein Jahrmarktszauberer aus, der sich auf seinen großen Auftritt als Gedankenleser vorbereitete), dann ließ er sie wieder sinken. »Ja, natürlich.« Er sah Roland an. »Sind Sie der Dinh? Roland von Gilead? Roland aus dem Stamme Eld?«

»Ja, ich …«, begann Roland, dann beugte er sich nach vorn und würgte wieder. Er brachte jedoch nichts als einen langen silbrigen Speichelfaden heraus; seinen Anteil an Nigels Suppe und Sandwiches hatte er längst von sich gegeben. Dann hob er eine leicht zittrige Hand zum Gruß an die Stirn und sagte: »Ja. Ihr seid mir gegenüber im Vorteil, Sai.«

»Spielt keine Rolle«, entgegnete der Weißhaarige. »Kommen Sie mit uns? Sie und Ihr Ka-Tet?«

»Natürlich«, sagte Roland.

Hinter ihm krümmte Eddie sich zusammen und übergab sich ein weiteres Mal. »Gott*verdammt!«*, rief er mit gepresster Stimme. »Und ich dachte, Greyhound-Reisen sind schon schlimm! Im Vergleich zu dem hier kommt mir so ein Bus aber vor wie ein … ein …«

»Wie eine Luxuskabine auf der *Queen Mary«*, sagte Susannah mit schwacher Stimme.

»Kommt endlich!«, sagte der jüngste der Männer drängend. »Wenn das Wiesel mit seinem Taheen-Trupp unterwegs ist, wird er in fünf Minuten hier sein! Der Typ kann echt *brettern!«*

»Stimmt«, sagte der Weißhaarige. »Wir sollten wirklich los, Mr. Deschain.«

»Geht voraus«, sagte Roland. »Wir folgen euch.«

2

Sie waren auf keinem richtigen Bahnhof, sondern auf einer Art überdachtem kolossalem Rangierbahnhof herausgekommen. Die silbrigen Linien, die Jake gesehen hatte, waren einander schneidende Bahngleise, möglicherweise bis zu siebzig unterschiedliche Gleispaare. Auf einigen davon fuhren gedrungene automatisierte Rangierloks hin und her, um Aufträge zu erledigen, die seit Jahrhunderten überholt sein mussten. Eine schob einen mit rostigen Doppel-T-Trägern beladenen Plattformwagen. Eine andere plärrte mit einer Automatenstimme: »Bitte ein Camka-A zur Anschlussstelle neun schicken! Ein Camka bitte zu Anschlussstelle neun!«

Das Herumgehopse auf Eddies Hüfte bewirkte, dass Susannah wieder speiübel wurde, aber das Drängen des weißhaarigen Alten hatte sie wie eine Erkältung angesteckt. Außerdem wusste sie jetzt, was Taheen waren: monströse Kreaturen mit Menschenkörper und

Vogel- oder Säugetierkopf. Sie erinnerten sie nicht wenig an Hieronymus Boschs Gemälde *Der Garten der Lüste.*

»Vielleicht muss ich gleich noch mal kotzen, Süßer«, sagte sie. »Aber werd bloß nicht langsamer, wenn ich's tue.«

Eddie gab einen Grunzlaut von sich, den sie als Zustimmung deutete. Sie konnte sehen, wie ihm der Schweiß übers blasse Gesicht lief. Er tat ihr Leid; ihm musste so übel wie ihr sein. Jetzt wusste sie also, wie es war, ein Gerät zur Teleportation zu benutzen, das eher wissenschaftlich als magisch arbeitete. Sie fragte sich, ob sie sich jemals dazu würde überwinden können, eine weitere Vorrichtung dieser Art zu benutzen.

Jake hob den Kopf und sah ein Dach, das aus einer Million Glasscheiben in verschiedenen Formen und Größen zusammengesetzt war; es vermittelte den Gesamteindruck, als sähe man ein einheitlich grau gestrichenes Mosaik. Auf einmal flog ein Vogel hindurch, und Jake erkannte, dass das dort oben keine Mosaiksteine, sondern Glasscheiben waren, von denen manche zerbrochen waren. Das, was er für dunkelgraue Kacheln gehalten hatte, war anscheinend nur die Farbe der Außenwelt von Donnerschlag. *Wie eine ständige Sonnenfinsternis,* dachte er und fröstelte. Neben ihm stieß Oy eine neuerliche Folge seiner heiseren Hustenlaute aus, dann trabte er weiter und schüttelte dabei den Kopf.

3

Sie kamen an einer Ansammlung von abgekippten Maschinen vorbei – möglicherweise Generatoren – und betraten danach ein Labyrinth aus wild durcheinander stehenden Eisenbahnwagen, die sich ziemlich von denen unterschieden, die Blaine der Mono gezogen hatte. Manche erschienen Susannah wie Waggons der Pendlerzüge der New York Central, die sie in ihrem Wann 1964 in der Grand Central Station gesehen haben könnte. Als ob dieser Eindruck unterstrichen werden sollte, fiel ihr einer mit der Aufschrift **BAR**

CAR auf. Trotzdem gab es auch andere Personenwagen, die viel älter zu sein schienen; statt aus gebürstetem Chromstahl waren sie aus dunklem genietetem Stahlblech hergestellt und sahen wie Waggons aus, die man in einem alten Westernfilm oder einer Fernsehserie wie *Maverick* zu sehen erwartet hätte. Neben einem von diesen stand ein Roboter, aus dessen Hals ein verrücktes Gewirr von Drähten spross. Seinen Kopf – auf dem eine Dienstmütze mit der Plakette SCHAFFNER KLASSE A saß – trug er unter einem der Arme.

Anfangs versuchte Susannah noch, sich zu merken, wo sie in diesem Irrgarten rechts oder links abbogen, aber schließlich gab sie die Sache als aussichtslos auf. Zuletzt kamen sie etwa fünfzig Meter von einer Holzhütte entfernt heraus, über deren Tür ein Schild mit der Bezeichnung GÜTERABFERTIGUNG/FUNDBÜRO hing. Man gelangte dorthin über eine Laderampe aus rissigem Beton, die mit verwaisten Gepäckkarren, Kistenstapeln und zwei toten Wölfen übersät war. *Nein,* dachte Susannah, *es sind sogar drei.* Der dritte Wolf lehnte im dunkleren Schatten gleich um die Ecke von GÜTERABFERTIGUNG/FUNDBÜRO an der Wand.

»Los, kommt!«, sagte der Alte mit dem weißen Wuschelkopf. »Es ist nicht mehr weit. Aber wir müssen uns beeilen, wenn die Taheen aus dem Heartbreak House uns nämlich einholen, bringen sie euch um.«

»*Uns* würden sie auch umbringen«, sagte der jüngste des Trios. Er strich sich die Haare aus dem Gesicht. »Alle außer Ted. Ted ist als einziger von uns unentbehrlich. Er ist nur zu bescheiden, um das zu sagen.«

Nach GÜTERABFERTIGUNG/FUNDBÜRO kam (vernünftigerweise, wie Susannah fand) die GÜTEREXPEDITION. Der weißhaarige Alte versuchte die Tür zu öffnen. Sie war abgesperrt. Was ihn allerdings eher zu freuen als zu beunruhigen schien. »Dinky?«, sagte er.

Mit Dinky war offenbar der jüngste des Trios gemeint. Er packte den Türknopf mit beiden Händen, und Susannah hörte irgendwo im Inneren ein Knacken. Dinky trat zurück. Als Ted es jetzt erneut versuchte, ließ die Tür sich mühelos öffnen. Sie betraten einen halbdunklen Dienstraum, der durch eine hohe Theke zweigeteilt wurde. Auf ihr stand ein Schild, das bei Susannah fast nostalgische Gefühle weckte: **NUMMER ZIEHEN UND WARTEN** stand darauf.

Nachdem die Tür hinter ihnen geschlossen war, packte Dinky wieder den Türknopf. Ein weiteres kurzes Knacken war zu hören.

»Sie haben sie wieder verriegelt«, sagte Jake. Das klang zwar irgendwie vorwurfsvoll, aber auf seinem Gesicht stand ein Lächeln. Auch bekam er allmählich wieder Farbe. »Hab ich Recht?«

»Nicht jetzt, bitte«, sagte der Weißhaarige – Ted. »Keine Zeit. Kommt bitte mit.«

Er klappte einen Abschnitt der Theke hoch und führte sie hindurch. Dahinter lag ein Büro mit zwei Robotern darin, die offenbar schon lange außer Betrieb waren, und drei Skeletten.

»Warum zum Teufel finden wir dauernd Knochen?«, fragte Eddie. Er fühlte sich wie Jake wieder besser und dachte nur laut nach, ohne wirklich eine Antwort zu erwarten. Er bekam jedoch eine. Von Ted.

»Haben Sie schon einmal was vom Scharlachroten König gehört, junger Mann? Das haben Sie, natürlich haben Sie das. Ich glaube, dass er irgendwann diesen gesamten Teil der Welt unter Giftgas gesetzt hat. Vermutlich nur so zum Spaß. Hat fast alle umgebracht. Die Dunkelheit, die einen überall umgibt, ist eine bis heute nachwirkende Folge. Er ist natürlich verrückt. Genau das ist ein großer Teil des Problems. Hier hinein.«

Er führte sie durch eine Tür mit der Aufschrift **PRIVAT** in ein Büro, das einst wohl einem großen Tier in der wundervollen Welt von Abfertigung und Expedition gehört hatte. Auf dem Boden sah Susannah Fußabdrücke, die vermuten ließen, dass erst vor kurzem Leute durchgekommen waren. Wahrscheinlich diese drei Männer hier. Es gab einen Schreibtisch unter einer fünfzehn Zentimeter hohen Schicht aus Staubflocken, zwei Stühle und eine Couch. Hinter dem Schreibtisch befand sich ein Fenster. Davor hatte früher eine Jalousie gehangen, die jetzt aber auf dem Fußboden lag und eine Aussicht freigab, die so abstoßend wie faszinierend war. Das

Land hinter dem Bahnhof Donnerschlag erinnerte an das ebene, wüste Ödland jenseits des Flusses Whye, war aber felsiger und noch abschreckender.

Und es war natürlich dunkler.

Bahngleise (einige mit für ewig haltenden Zügen) strahlten wie die Fäden eines stählernen Spinnennetzes aus. Über ihnen schien ein Himmel in dunkelstem Schiefergrau so tief zu hängen, dass man ihn fast hätte berühren können. Die Luft zwischen Himmel und Erde war irgendwie *dick;* Susannah merkte, dass sie die Augen zusammenkniff, um besser sehen zu können, obwohl in der Luft nicht wirklich Dunst oder Nebel zu hängen schien.

»Dinky«, sagte der Weißhaarige.

»Ja, Ted.«

»Was hast du zurückgelassen, damit unser Freund Wiesel es finden kann?«

»Eine Wartungsdrohne«, antwortete Dinky. »Es wird so aussehen, als wäre sie durch die Tür aus Fedic rübergekommen, hätte den Alarm ausgelöst und dann auf den Gleisen am anderen Ende des Güterbahnhofs eine Stromschiene berührt. Dort stehen noch etliche unter Hochspannung. Um sie herum liegen oft tote Vögel, die ganz verschmort sind, aber auch ein mittelgroßer Häher ist noch zu klein, um den Alarm auszulösen. Eine Drohne hingegen ... Ich bin mir ziemlich sicher, dass er's glauben wird. Das Wiesel ist nicht dumm, aber das Ganze dürfte recht glaubwürdig aussehen.«

»Gut. Sehr gut. Seht dort hinüber, Revolvermänner.« Ted zeigte auf eine Felsnadel am Horizont. Susannah konnte sie leicht erkennen; in diesem düsteren Land schienen alle Horizonte nahe zu sein. Sie konnte nichts Bemerkenswertes daran erkennen, nur Spalten mit noch tieferen Schatten und unfruchtbare Felsstürze. »Das ist Can Steek-Tete.«

»Die Kleine Nadel«, sagte Roland.

»Ausgezeichnete Übersetzung. Dorthin sind wir unterwegs.«

Susannah verlor allen Mut. Der Berg – oder die Hügelkette, aus der diese Nadel aufragte – musste acht bis zehn Meilen entfernt sein. Jedenfalls an der äußersten Grenze ihres Blickfelds. Sie glaubte nicht, dass Eddie und Roland und die beiden jüngeren Begleiter Teds sie so weit würden tragen können. Und woher wussten sie überhaupt, dass diese neuen Kerle vertrauenswürdig waren?

Andererseits, dachte sie, *was bleibt uns sonst übrig?*

»Wir brauchen Sie nicht zu tragen«, erklärte Ted ihr, »aber Stanley kann eure Unterstützung brauchen. Wir halten uns jetzt wie Teilnehmer einer Séance an den Händen. Ich möchte, dass ihr euch alle diese Felsformation vorstellt, wenn wir hindurchgehen. Und behaltet ihren Namen im Vordergrund eures Bewusstseins: Steek-Tete, die Kleine Nadel.«

»Halt, halt«, sagte Eddie. Sie hatten sich einer weiteren offenen Tür genähert, die diesmal zu einem Einbauschrank gehörte. Drahtkleiderbügel und ein uralter roter Blazer hingen darin. Eddie packte Ted an der Schulter und drehte ihn zu sich um. »Wo hindurchgehen? Wohin gehen? Wenn das nämlich eine Tür wie die vorige …«

Ted sah zu Eddie auf – musste zu ihm aufsehen, weil Eddie größer war –, und Susannah beobachtete etwas Überraschendes, geradezu Beängstigendes: Teds Augen schienen in ihren Höhlen zu *zittern.* Im nächsten Moment erkannte sie, dass das so zwar nicht der Fall war, aber zumindest weiteten und verengten sich die Pupillen des Mannes in unheimlich rascher Folge. Man hätte glauben können, sie könnten sich nicht entscheiden, ob es hier drinnen hell oder dunkel war.

»Wir müssen durch gar keine Tür, jedenfalls durch keine von der Art, wie Sie sie kennen. Sie müssen mir vertrauen, junger Mann. Da, hören Sie?«

Alle schwiegen, und Susannah konnte das Röhren näher kommender Motoren hören.

»Das ist das Wiesel«, sagte Ted. »Er hat Taheen bei sich, mindestens vier, vielleicht sogar ein halbes Dutzend. Sollten sie uns hier drin entdecken, sind Dinky und Stanley so gut wie tot. Sie brauchen uns nicht *einzuholen,* es reicht schon, wenn sie uns nur *sehen.* Wir riskieren unser Leben für euch. Das Ganze ist kein Spiel, deshalb muss ich darauf bestehen, dass ihr aufhört, Fragen zu stellen, und mir einfach *folgt!*«

»Das werden wir tun«, sagte Roland. »Und wir denken alle an die Kleine Nadel.«

»Steek-Tete«, stimmte Susannah zu.

»Ihr werdet auch nicht wieder kotzen müssen«, sagte Dinky. »Versprochen.«

»Gott sei Dank«, sagte Jake.

»Go-sai-ank«, stimmte Oy zu.

Stanley, der dritte Mann in Teds Gruppe, sagte weiterhin kein Wort.

4

Der Einbauschrank war fast eine kleine Kammer – schmal und moderig. An der Brusttasche des uralten roten Blazers steckte eine Messingplakette mit den eingeprägten Worten LEITUNG GÜTEREXPEDITION. Stanley ging bis zur Rückwand voraus, bei der es sich lediglich um eine kahle weiße Wand handelte. Die Drahtkleiderbügel klimperten und klapperten. Jake musste gut aufpassen, damit er nicht auf Oy trat. Er hatte schon immer leicht unter Klaustrophobie gelitten, und auch jetzt spürte er, wie die dicken Finger des Panik-Manns ihn am Nacken berührten: erst auf einer Seite, dann auf der anderen. Die 'Rizas in der Tragetasche klirrten leise. Sieben Personen und ein Billy-Bumbler, die sich in einem leeren Kabuff zusammendrängten? Das war verrückt. Jake konnte noch immer das Röhren herankommender Motoren hören. Unter dem Befehl des Wiesels, wer immer das sein mochte.

»Fasst euch an den Händen«, murmelte Ted. »Und konzentriert euch.«

»Steek-Tete«, wiederholte Susannah, aber Jake fand, dass ihre Stimme diesmal zweifelnd klang.

»Kleine Na…«, begann Eddie, dann verstummte er. Die kahle

Rückwand des Einbauschranks war verschwunden. Dort lag jetzt eine kleine Lichtung mit Felsblöcken auf der einen und einem mit Buschwerk bewachsenen steilen Hang auf der anderen Seite. Jake war bereit, darauf zu wetten, dass sie sich hier in der unmittelbaren Umgebung der Steek-Tete befanden, und wenn das der Ausgang aus dieser Enge war, sollte ihm das nur recht sein.

Stanley schrie vor Schmerz oder Anstrengung oder beidem leise auf. Er hielt die Augen fest geschlossen. Unter den Lidern quollen Tränen hervor.

»Los«, sagte Ted. »Führ uns hindurch, Stanley.« Zu den anderen gewandt fügte er hinzu: »Und helft ihm, wenn ihr könnt! Helft ihm, um eurer Väter willen!«

Jake strengte sich an, sich die Felsnadel vorzustellen, die Ted ihnen gezeigt hatte, und ging weiter, indem er Rolands Hand vor sich und Susannahs Hand hinter sich hielt. Er spürte einen kalten Lufthauch auf seiner schweißnassen Haut, und dann trat er auf die Ausläufer der Steek-Tete in Donnerschlag, wobei er flüchtig an Mr. C. S. Lewis und den wundersamen Kleiderschrank dachte, der einen nach Narnia versetzte.

5

Sie kamen nicht in Narnia heraus.

Auf dem Steilhang war es kalt, und Jake musste bald vor Kälte zittern. Als er sich umsah, war keine Spur von dem Portal zu erkennen, durch das sie gekommen waren. In der trüben Luft hing ein durchdringender, nicht sehr angenehmer Geruch, der an Petroleum erinnerte. In der Bergflanke vor ihnen lag eine kleine Höhle (eigentlich nicht viel mehr als ein weiterer Schrank), aus der Ted einen Stapel Wolldecken und eine Feldflasche holte, deren Inhalt sich als scharfes, alkalisch schmeckendes Wasser erwies. Roland und Jake hüllten sich jeder für sich in eine Decke. Eddie nahm zwei, die er dann um Susannah und sich wickelte. Jake, der sich bemühte, nicht vor Kälte zu schnattern (fingen die Zähne erst mal an zu klappern, waren sie nicht mehr zu bremsen), beneidete die beiden um ihre zusätzliche Wärme.

Auch Dinky hatte sich in eine Wolldecke gehüllt, nur Ted und Stanley schienen die Kälte nicht zu spüren.

»Seht dort hinunter«, forderte Ted Roland und die anderen auf. Er deutete auf das Spinnennetz aus Bahngleisen. Neben der riesigen Fläche des Glasdachs über dem Rangierbahnhof konnte Jake ein grün überdachtes Gebäude sehen, das mindestens eine halbe Meile lang sein musste. Nach allen Richtungen führten Gleise fort. *Der Bahnhof Donnerschlag,* dachte er bewundernd. *Wo die Wölfe die entführten Kinder in Züge gesetzt und entlang dem Pfad des Balkens nach Fedic geschickt haben. Und wohin sie die armen Kleinen dann zurückgebracht haben, nachdem sie minder waren.*

Nach allem, was er durchgemacht hatte, konnte Jake kaum glauben, dass sie vor weniger als zwei Minuten noch dort unten – sechs bis acht Meilen entfernt – gewesen waren. Vermutlich hatten sie alle dazu beigetragen, das Portal offen zu halten, aber der junge Mann namens Stanley musste es überhaupt erst geschaffen haben. Jetzt sah er blass und matt und ziemlich erledigt aus. Als er einmal strauchelte, packte Dinky (nach Jakes bescheidener Meinung ein *sehr* unglücklicher Spitzname) ihn am Arm und stützte ihn. Aber Stanley schien das nicht einmal zu merken. Sein Blick blieb voller Ehrfurcht auf Roland gerichtet.

Nicht nur Ehrfurcht, dachte Jake, *und auch nicht direkt Angst. Etwas anderes. Aber was?*

Dem Bahnhof näherten sich zwei motorisierte Buckas mit großen Ballonreifen – ATVs. Jake vermutete, dass es sich um das Wiesel (wer immer das war) und seine Taheen-Bande handelte.

»Wie ihr wahrscheinlich mitbekommen habt«, fuhr Ted fort, »befindet sich im Dienstzimmer des Oberaufsehers des Devar-Toi eine Alarmanlage. Im Büro des *Gefängnisdirektors,* wenn ihr so wollt. Sie schlägt an, sobald irgendwer oder irgendwas die Tür zwischen dem Bereitstellungsraum Fedic und dem Bahnhof dort drüben benutzt …«

»Ich glaube, dass der Ausdruck, mit dem Ihr ihn bezeichnet habt«, sagte Roland trocken, »nicht Oberaufseher oder Direktor, sondern Ki'-dam war.«

Dinky lachte. »Mann, Sie hören aufmerksam zu.«

»Und was bedeutet Ki'-dam?«, fragte Jake, obwohl er sich das ziemlich gut vorstellen konnte. In der Calla hieß es, jeder Mensch zerfalle in drei Bereiche: Kopfabteilung, Herzabteilung, Ki'abteilung. Damit wurden in absteigender Ordnung sein Denken, seine Gefühle und seine Körperfunktionen bezeichnet. Seine animalischen Funktionen, könnte man sagen; Ki'abteilung ließ sich auch mit *Scheißeabteilung* übersetzen, wenn man vulgär drauf war.

Ted zuckte die Achseln. »Ki'dam bedeutet Scheiße-statt-Gehirn. Das ist Dinkys Spitzname für Sai Prentiss, unseren Oberaufseher. Aber das hast du schon gewusst, stimmt's?«

»Irgendwie schon«, sagte Jake. »Gewissermaßen.«

Ted betrachtete ihn lange, und als Jake diesen Blick enträtselte, war ihm klarer, wie Stanley immer Roland ansah: nicht ängstlich, sondern fasziniert. Jake konnte sich recht gut ausmalen, dass Ted noch immer daran denken musste, wie sehr er einem gewissen Bobby ähnlich sah, und war sich auch ziemlich sicher, dass Ted von seiner Gabe der Fühlungnahme wusste. Worauf aber beruhte Stanleys Faszination? Vielleicht machte er ja auch zu viel daraus. Vielleicht hatte Stanley nur nie erwartet, einmal einen leibhaftigen Revolvermann vor sich zu sehen.

Ted wandte sich ruckartig von Jake ab und wieder Roland zu. »Und nun seht dort hinüber«, sagte er.

»Aber *hallo!«,* rief Eddie. »Was zum *Teufel* …?«

Susannah war amüsiert und verblüfft zugleich. Worauf Ted zeigte, erinnerte sie an Cecil B. DeMilles Bibelepos *Die zehn Gebote,* vor allem an die Filmszenen, in denen das von Moses geteilte Rote Meer verdächtig wie Wackelpudding ausgesehen und die Stimme Gottes aus dem brennenden Busch ziemlich nach Charles Laughton geklungen hatte. Trotzdem *war* es erstaunlich. Jedenfalls auf eine Weise, die an billige Hollywood-Spezialeffekte erinnerte.

Sie sahen einen einzelnen dicken und prachtvollen Sonnenstrahl, der schräg durch ein Loch aus den tief hängenden grauen Wolken schien. Er zerschnitt die seltsam dunkle Luft wie der Strahl eines Suchscheinwerfers und beleuchtete einen Komplex, der ungefähr sechs Meilen vom Bahnhof Donnerschlag entfernt zu liegen schien. Und »ungefähr sechs Meilen« war tatsächlich alles, was man darüber sagen konnte, weil es auf dieser Welt keinen Norden oder Süden mehr gab, wenigstens nicht in verlässlicher Form. Hier gab es nur noch den Pfad des Balkens.

»Dinky, ich habe ein Fernglas in der ...«

»In der unteren Höhle, stimmt's?«

»Nein, ich habe es letztes Mal mit raufgebracht«, antwortete Ted, der sorgsam um Geduld bemüht zu sein schien. »Es liegt auf dem Kistenstapel gleich am Eingang. Bitte hol es mir.«

Eddie nahm diese Nebenhandlung kaum wahr. Er war zu verzaubert (und amüsiert) von diesem einzigen breiten Sonnenstrahl, der ein grünes und heiteres Stück Land beleuchtete, das in dieser dunklen, sterilen Wüste so unwahrscheinlich wirkte wie ... wie ... nun, bestimmt so unwahrscheinlich, wie der Central Park auf Touristen aus dem Mittelwesten wirken musste, die zum ersten Mal in New York waren.

Er konnte Gebäude sehen, die an Studentenwohnheime erinnerten – *freundliche* Wohnheime –, und andere, die wie behagliche alte Landhäuser mit großen gepflegten Rasenflächen davor aussahen. Im rückwärtigen Bereich der von dem Sonnenstrahl erhellten Fläche lag augenscheinlich eine Straße mit Geschäften entlang einer Ladenhauptstraße. Ein typisch amerikanisches Dorf – bis auf die Tatsache, dass es auf allen Seiten von dunkler, felsiger Wüste umgeben war. Eddie sah vier Steintürme, deren Flanken hübsch mit Efeu bewachsen waren. Nein, es waren sechs. Die beiden anderen standen größtenteils hinter prachtvollen alten Ulmen verborgen. Ulmen in der Wüste!

Dinky kam mit einem Fernglas zurück und bot es Roland an, der stumm den Kopf schüttelte.

»Nichts für ungut«, sagte Eddie. »Seine Augen … na, die sind einfach überirdisch gut. Ich für meinen Teil würde allerdings gern mal durchsehen.«

»Ich auch«, sagte Susannah.

Eddie reichte das Fernglas an sie weiter. »Ladies first.«

»Nein, wirklich, ich …«

»Schluss jetzt!«, Ted fauchte beinahe. »Unsere Zeit hier ist beschränkt, unser Risiko gewaltig hoch. Vergeudet nicht die eine und erhöht nicht das andere, wenn ich bitten darf.«

Susannah fühlte sich verletzt, verzichtete aber darauf, ihm herauszugeben. Stattdessen nahm sie das Fernglas, hob es an die Augen und stellte es scharf. Was sie sah, verstärkte ihren Eindruck noch, einen kleinen, aber perfekten College-Campus zu betrachten, der wunderbar mit dem benachbarten Dorf verschmolz. *Ich wette, dort unten gibt's keine Spannungen zwischen Bürgerschaft und Akademikern,* dachte sie. *Ich wette, Ulmendorf und die Brecher-Universität passen zusammen wie Griesbrei und Apfelmus, Abbott und Costello, Hand und Handschuh.* Wenn die *Saturday Evening Post* eine Kurzgeschichte von Ray Bradbury brachte, las sie die immer als Erstes, sie *verehrte* Bradbury, und was sie hier durchs Fernglas sah, erinnerte sie an Greentown, Bradburys idealisiertes Dorf in Illinois. Ein Ort, in dem die Erwachsenen in Schaukelstühlen auf ihren Veranden saßen und Limonade tranken, während die Kinder in der von Glühwürmchen punktierten Dämmerung von Sommerabenden mit Taschenlampen Fangen spielten. Und der benachbarte College-Campus? Dort wurde nicht getrunken, zumindest nicht im Übermaß. Es gab auch keine Opiumpfeifen oder Amphetamine oder Kokain. Es war ein Ort, an dem die Mädchen die Jungen zum Abschied mit keuscher Leidenschaft küssten und dann froh waren, sich wieder eintragen zu können, damit die Wohnheimaufseherin nicht schlecht von ihnen dachte. Ein Ort, an dem den ganzen Tag die Sonne schien, Perry Como und die Andrews Sisters im Radio sangen und niemand ahnte, dass sie in Wirklichkeit in den Trümmern einer Welt lebten, die sich weiterbewegt hatte.

Nein, dachte sie kalt. *Manche von ihnen wissen es. Deshalb sind die drei hier ja auch gekommen, um uns zu empfangen.*

»Das ist das Devar-Toi«, sagte Roland ausdruckslos. Es war keine Frage.

»Genau«, sagte Dinky, »das gute alte Devar-Toi.« Er stand neben Roland und zeigte auf ein großes weißes Gebäude in der Nähe der Wohnheime. »Sehen Sie den weißen Bau? Das ist das Heartbreak House, in dem die Can-Toi leben. Ted nennt sie die niederen Männer. Sie sind Hybriden zwischen Taheen und Menschen. Und sie sagen nicht Devar-Toi dazu, sondern Algul Siento, das bedeutet …

»Blauer Himmel«, sagte Roland, und Jake erkannte auch sofort den Grund dafür: außer den Steintürmen hatten alle Gebäude blaue Ziegeldächer. Nicht Narnia, sondern Blauer Himmel. Wo eine Gruppe von Leuten eifrig damit beschäftigt war, das Ende der Welt herbeizuführen.

Aller Welten.

6

»Es sieht wie der netteste Ort aus, der irgendwo existiert, zumindest seit dem Fall von Innerwelt«, sagte Ted. »Hab ich Recht?«

»Wirklich hübsch, echt«, stimmte Eddie zu. Er hatte mindestens tausend Fragen und konnte sich denken, dass Suze und Jake gemeinsam vermutlich weitere tausend hatten, aber jetzt schien nicht der richtige Zeitpunkt zu sein, um sie zu stellen. Er betrachtete stattdessen einfach weiter diese wundervolle, vierzig Hektar große Oase dort unten. Den einzigen sonnigen, grünen Fleck in ganz Donnerschlag. Den einzigen *netten* Ort. Und wem sollte man das missgönnen? Für unsere Brecher-Kumpel immer nur das Beste.

Obwohl er sich gewaltig beherrschte, entschlüpfte ihm dann *doch* eine Frage.

»Ted, wieso will der Scharlachrote König den Turm einreißen? Können Sie mir das sagen?«

Ted musterte ihn kurz. Eddie fand den Blick kühl, sogar richtiggehend kalt, bis der Mann dann schließlich lächelte. Als er das tat, leuchtete er auf einmal übers ganze Gesicht. Die Pupillen hatten aufgehört, sich auf unheimliche Weise zu vergrößern und zu verkleinern, was eine *große* Verbesserung darstellte.

»Er ist verrückt«, erklärte Ted ihm. »Völlig gaga. Total plemplem. Habe ich Ihnen das nicht erzählt?« Und bevor Eddie antworten konnte: »Ja, es ist wirklich hübsch. Ob man's nun Devar-Toi, das Große Gefängnis oder Algul Siento nennt … es sieht nach Luxus aus. Und unser Leben *ist* luxuriös.«

»Sehr noble Unterbringung«, bestätigte Dinky. Sogar Stanley schien mit leicht sehnsüchtiger Miene auf den im Sonnenschein liegenden Komplex hinabzusehen.

»Das Essen ist erstklassig«, fuhr Ted fort, »und die Doppelvorstellung im Gem wechselt zweimal wöchentlich. Wer nicht ins Kino gehen will, kann die Filme auch auf DVD mit nach Hause nehmen.«

»Was für Dinger?«, fragte Eddie, schüttelte dann aber den Kopf. »Unwichtig. Bitte weiter.«

Ted zuckte die Achseln, als wollte er fragen: *Was braucht man sonst noch?*

»Es gibt zudem absolut astralen Sex«, sagte Dinky. »Natürlich nur simuliert, aber trotzdem unglaublich – ich hab in einer einzigen Woche Marilyn Monroe, Madonna und Nicole Kidman gehabt.« Er sagte das mit einem gewissen unbehaglichen Stolz. »Hätte ich gewollt, hätte ich sie auch alle drei miteinander haben können. Dass sie nicht real sind, merkt man nur, wenn man sie ganz aus der Nähe direkt anbläst. Wenn man das tut, verschwindet da ein Teil … löst sich sozusagen irgendwie auf. Ist ein bisschen beunruhigend.«

»Alkohol? Drogen?«, fragte Eddie.

»Alkohol in begrenzten Mengen«, antwortete Ted. »Wenn Önologie Ihr Steckenpferd sein sollte, erleben Sie bei jeder Mahlzeit neue Wunder.«

»Was ist Önologie?«, fragte Jake.

»Die Wissenschaft vom Weinsnobismus, Schätzchen«, sagte Susannah.

»Wenn man nach irgendwas süchtig in den Blauen Himmel kommt«, sagte Dinky, »wird man entwöhnt. Auf freundliche Weise. Ein paar Kerle, die sich in dieser Beziehung als besonders harte Nüsse erwiesen haben …« Er sah kurz zu Ted hinüber. Ted zuckte abermals die Achseln, dann nickte er. »Diese Kerle sind verschwunden.«

»Eigentlich *brauchen* die niederen Männer nicht noch mehr Brecher«, sagte Ted. »Sie haben schon jetzt genug, um die Arbeit zu Ende zu bringen.«

»Wie viele?«, fragte Roland.

»Ungefähr dreihundert«, sagte Dinky.

»Dreihundertsieben, um genau zu sein«, sagte Ted. »Sie sind in fünf Wohnheimen untergebracht, obwohl dieser Begriff falsche Vorstellungen wecken dürfte. Wir nennen jeweils ganze Zimmerfluchten unser eigen und haben so viel – oder so wenig – Kontakt mit den anderen Brechern, wie wir selbst wünschen.«

»Und ihr wisst, was ihr tut?«, fragte Susannah.

»Ja. Die meisten denken allerdings nicht sehr viel darüber nach.«

»Ich verstehe nicht, warum sie nicht meutern.«

»Was ist Ihr Wann, Ma'am?«, fragte Dinky sie.

»Mein …?« Dann verstand sie. »1964.«

Er schüttelte seufzend den Kopf. »Dann wissen Sie also nichts von Jim Jones und dem Peoples' Temple. Die ganze Sache würde sich nämlich leichter erklären lassen, wenn Sie davon wüssten. Da waren fast tausend Gläubige in einer Kirchensiedlung, die ein Jesus-Kerl aus San Francisco in Guyana gegründet hatte, und haben gemeinsam Selbstmord verübt. Sie haben vergiftetes Kool-Aid aus einer Wanne getrunken, während er ihnen von der Veranda seines Hauses aus zugesehen hat. Mit einem Megaphon hat er ihnen dabei Geschichten von seiner Mutter erzählt.«

Susannah starrte Dinky mit entsetztem Unglauben und dann Ted mit schlecht verhehlter Ungeduld an. Trotzdem schien er etwas daran für wichtig zu halten, jedenfalls mischte er sich nicht ein.

»Fast tausend«, wiederholte Dinky. »Weil sie verwirrt und einsam waren, weil sie glaubten, Jim Jones sei ihr Freund. Weil sie – das ist wichtig – *nichts hatten, zu dem sie hätten zurückkehren können.* Und so ist es auch hier. Würden die Brecher sich zusammentun, könnten sie einen mentalen Schläger bilden, der Prentiss und das Wiesel und die Taheen und die Can-Toi in die nächste Galaxie dreschen würde. Stattdessen gibt's nur mich, Stanley und jedermanns liebsten Superbrecher, unseren Mann für alle Fälle: Mr. Theodore Brautigan aus Milford, Connecticut, Harvard-Absolvent 1920, Theatergruppe, Debattierclub, Herausgeber von *The Crimson* und – natürlich! – Phi-Beta-Kappa-Mitglied.«

»Können wir euch dreien trauen?«, fragte Roland. Die Frage klang täuschend beiläufig, schien kaum mehr als so dahingesagt zu sein.

»Das müsst ihr«, antwortete Ted. »Ihr habt sonst niemanden. So wenig wie wir.«

»Glaubt ihr nicht, dass wir was Besseres an den Füßen hätten«, sagte Dinky, »als Mokassins aus beschissenen Autoreifen, wenn wir auf *ihrer* Seite stünden? Im Blauen Himmel kriegt man alles bis auf ein paar grundlegende Sachen. Zeug, das man normalerweise nicht für unentbehrlich halten würde, aber Zeug … Na ja, es ist schwieriger, von dort abzuhauen, wenn man nur seine Algul-Siento-Pantoffeln an den Füßen hat, sagen wir's mal so.«

»Ich kann das noch immer nicht glauben«, sagte Jake. »Dass die ganzen Leute zusammenarbeiten, um die Balken zu brechen, meine ich. Nehmt es mir nicht übel, aber …«

Dinky wandte sich ihm mit geballten Fäusten und einem humorlosen, wütenden Lächeln auf dem Gesicht zu. Oy trat sofort vor Jake, knurrte leise und fletschte die Zähne. Dinky sah es jedoch nicht oder achtete nicht darauf. »Echt? Weißt du was, Kleiner? Ich *nehm's* dir übel. Ich nehm's dir übel wie ein Motherfucker. Was weißt denn *du* schon davon, wie es ist, sein ganzes Leben außerhalb zu verbringen, die Zielscheibe jedes Spotts zu sein, immer Carrie auf dem gottverdammten Abschlussball zu sein?«

»Wer?«, fragte Eddie verständnislos, aber Dinky war so in Fahrt, dass er nicht darauf einging.

»Dort unten gibt's Kerle, die weder gehen noch reden können. Eine Mieze ohne Arme. Mehrere mit Wasserköpfen, was bedeutet, dass ihre Köpfe bis ins beschissene *New Jersey* reichen.« Mit den Händen bezeichnete er einen Abstand von etwa einem halben Meter von beiden Seiten seines Kopfes – eine Geste, die sie alle für eine Übertreibung hielten. Später sollten sie sehen, dass es keine gewesen war. »Der arme alte Stanley hier gehört zu denen, die nicht reden können.«

Roland sah zu Stanley mit seinem blassen, stoppeligen Gesicht und dem schwarzen Kraushaar hinüber. Der Revolvermann lächelte beinahe. *»Ich* glaube, er kann reden», sagte er, und dann: »Trägst du den Namen deines Vaters, Stanley? Ich glaube, das tust du.«

Stanley senkte den Kopf und wurde rot, lächelte dabei jedoch. Gleichzeitig begann er wieder zu weinen. *Was zum Teufel geht hier eigentlich vor?*, fragte Eddie sich.

Das tat offensichtlich auch Ted. »Sai Deschain, darf ich fragen, was …«

»Nein, nein, erflehe Eure Verzeihung«, sagte Roland. »Die Zeit drängt, das habt Ihr vorhin selbst gesagt, und wir spüren es alle. Wissen die Brecher, wie sie ernährt werden? *Was* man ihnen gibt, um ihre Fähigkeiten zu steigern?«

Ted setzte sich abrupt auf einen Felsbrocken und starrte auf das glänzende Gespinst aus Bahngleisen hinunter. »Jesus«, sagte er. »Es hat mit den Kindern zu tun, für die der Bahnhof eine Durchgangsstation ist, stimmt's?«

»Ja.«

»Niemand weiß es, *ich* auch nicht«, fuhr Ted ebenso nachdrücklich fort. »Wir bekommen täglich Dutzende von Pillen. Wir kriegen morgens, mittags und abends welche. Manche sind Vitamine. Andere sollen uns zweifellos gefügig halten. Ich habe einigen Erfolg damit gehabt, diese in meinem Körper zu neutralisieren – und auch bei Dinky und Stanley. Aber … damit diese Neutralisierung wirkt, Revolvermann, muss man sie selbst *wollen*. Sie verstehen, was ich meine?«

Roland nickte.

»Ich habe seit langem vermutet, dass sie uns auch eine Art … ich weiß nicht … eine Art Gehirndoping geben … aber bei so vielen Pillen lässt sich unmöglich feststellen, welche das sein könnte. Welche uns zu Kannibalen oder Vampiren oder zu beiden macht.« Er hielt inne und starrte dabei auf den unfassbaren Sonnenstrahl hinunter. Dann streckte er die Hände aus. Dinky ergriff eine, Stanley die andere.

»Passt auf!«, sagte Dinky. »Jetzt kommt was Gutes.«

Ted schloss die Augen. Das taten auch die beiden anderen. Vorläufig war nichts zu sehen außer drei Männern, die über die dunkle Wüste zu dem Sonnenstrahl à la Cecil B. DeMille hinübersahen … und sie *sahen* ihn, das wusste Roland. Selbst mit geschlossenen Augen.

Der Sonnenstrahl erlosch. Etwa zehn Sekunden lang war es im Devar-Toi ebenso dunkel wie in der Wüste, auf dem Bahnhof Donnerschlag oder den Hängen unter der Steek-Tete. Dann flammte jenes absurd goldene Licht wieder auf. Dinky stieß einen rauen (aber nicht unzufriedenen) Seufzer aus, ließ Teds Hand los und trat von ihm weg. Im nächsten Augenblick ließ Ted auch Stanleys Hand los und wandte sich an Roland.

»Ihr wart das?«, fragte der Revolvermann.

»Wir drei gemeinsam«, sagte Ted, »aber vor allem Stanley. Er ist ein äußerst starker Sender. Zu den wenigen Dingen, die Prentiss und die niederen Männer und die Taheen wirklich in Panik geraten lassen, gehören Ausfälle ihrer künstlichen Sonne. Das passiert in letzter Zeit nämlich häufiger, und das nicht nur, weil wir uns daran zu schaffen machen. Die Maschinerie …« Er hob die Schultern. »Sie geht dem Ende entgegen.«

»Wie alles andere«, sagte Eddie.

Ted wandte sich ihm zu, ohne zu lächeln. »Aber nicht schnell genug, Mr. Dean. Dieses Herumfummeln an den beiden letzten Balken muss aufhören, muss sehr bald aufhören, sonst ist's zu spät. Dinky, Stanley und ich sind bereit, euch zu helfen, selbst wenn das bedeuten sollte, dass die anderen Brecher dabei alle umgebracht werden.«

»Klar«, sagte Dinky trübe lächelnd. »Wenn's der Reverend Jim Jones konnte, warum nicht auch wir.«

Ted warf ihm einen tadelnden Blick zu, bevor er sich wieder an Rolands Ka-Tet wandte. »Vielleicht kommt es ja nicht dazu. Aber falls doch …« Er stand ruckartig auf und packte Roland am Arm. »Sind wir etwa Kannibalen?«, fragte er mit scharfer, sich fast überschlagender Stimme. »Haben wir die von den Grünkitteln aus dem Grenzland entführten Kinder gefressen?«

Roland schwieg.

Ted wandte sich an Eddie. »Ich will's wissen.«

Eddie gab keine Antwort.

»Madam-Sai?«, sagte Ted zu der Frau, die auf Eddies Hüfte saß. »Wir sind bereit, Ihnen zu helfen. Wollen Sie mir nicht helfen, indem Sie meine Frage beantworten?«

»Würde das Wissen etwas ändern?«, lautete Susannahs Gegenfrage.

Ted starrte sie noch einen Augenblick an, dann wandte er sich Jake zu. »Du könntest wirklich der Zwilling meines jungen Freundes sein«, sagte er. »Weißt du das, mein Junge?«

»Nein, aber es wundert mich nicht«, sagte Jake. »So funktionieren die Dinge hier drüben offenbar. Alles … äh … passt irgendwie zusammen.«

»Willst du mir nicht erzählen, was ich wissen möchte? Bobby würde das tun.«

Damit du dich lebendig verzehren kannst?, dachte Jake. *Nicht sie, sondern dich selbst auffressen?*

Er schüttelte den Kopf. »Ich bin nicht Bobby«, sagte er. »Auch wenn ich ihm noch so sehr ähnlich sehe.«

Ted nickte seufzend. »Ihr haltet zusammen, was mich auch nicht groß wundern sollte. Schließlich seid ihr ein Ka-Tet.«

»Wir müssen los«, sagte Dinky auf einmal zu dem Alten. »Wir sind schon zu lange hier. Es geht nicht nur darum, bei der Zimmerkontrolle anwesend zu sein; Stanley und ich müssen ihre beschissene Telemetrie so verändern, dass sie Prentiss und dem Wiesel bestätigt: ›Teddy B. war die ganze Zeit hier. Dinky Earnshaw und Stanley Ruiz ebenfalls. Bei *diesen* Jungs keine Probleme.‹«

»Stimmt«, sagte Ted, »du hast Recht. Noch fünf Minuten?«

Dinky nickte widerstrebend. Der Wind trug durch die Entfernung gedämpftes Sirenengeheul zu ihnen herüber, und der junge Mann ließ die Zähne in einem ehrlich amüsierten Gesicht sehen. »Sie regen sich *schrecklich* auf, wenn die Sonne wegbleibt«, sagte er. »Wenn sie dem ins Auge blicken müssen, was sie in Wirklichkeit umgibt – irgendeine beschissene Version eines nuklearen Winters.«

Ted steckte seine Hände in die Taschen, starrte seine Füße an und sah dann zu Roland auf. »Es wird Zeit, dass diese … diese groteske Komödie beendet wird. Wenn alles gut geht, kommen wir morgen zurück. Für euch gibt's hier eine größere Höhle, die ungefähr vierzig Meter tiefer auf der dem Algul Siento und dem Bahnhof Donnerschlag abgewandten Seite liegt. Dort findet ihr Essen und Schlafsäcke und einen mit Propangas betriebenen Heizofen. Auch eine Karte des Algul, eine recht primitive. Außerdem habe ich euch ein Tonbandgerät mit mehreren Spulen dagelassen. Sie erklären vielleicht nicht alles, was ihr wissen möchtet, dürften aber viele Lücken schließen. Vorläufig sollt ihr nur erkennen, dass der Blaue Himmel nicht so nett ist, wie es aussieht. Diese mit Efeu bewachsenen Türme sind Wachttürme. Der gesamte Komplex ist von drei Drahtzäunen umgeben. Wenn man sie von innen kommend zu überwinden versucht, verursacht der erste Draht, den man berührt, ein Brennen …«

»Wie von Stacheldraht«, sagte Dinky.

»Die Ladung des zweiten reicht aus, um einen von den Beinen zu holen«, fuhr Ted fort. »Und der dritte …«

»Wir können uns denken, was Sie meinen«, sagte Susannah.

»Was ist mit den Kindern von Roderick?«, fragte Roland. »Sie haben etwas mit dem Devar zu tun, wir sind nämlich unterwegs einem begegnet, der das erzählt hat.«

Susannah sah Eddie mit hochgezogenen Augenbrauen an. Eddie antwortete mit einem *Erzähl-ich-dir-später*-Blick. Ein einfaches und vollkommenes Beispiel für wortlose Kommunikation von der Art, wie Liebende sie für selbstverständlich hielten.

»*Diese* Wichser«, sagte Dinky, allerdings nicht ganz ohne Mitgefühl. »Sie sind ... Wie würden sie in einem alten Roman heißen? Mündel, glaube ich. Sie haben dort drüben – ungefähr zwei Meilen jenseits des Bahnhofs – ein kleines Dorf.« Er zeigte in die Richtung, die er meinte. »Sie arbeiten im Algul als Gärtner, und drei oder vier dürften für Dachdeckerarbeiten geeignet sein – Dachziegel auswechseln und dergleichen. Was es hier für Schadstoffe in der Luft geben mag ... diese armen Schweine reagieren besonders empfindlich darauf. Sie bekommen davon nicht nur Pickel und Ekzeme, sondern gleich etwas, das wie Strahlenkrankheit aussieht.«

»Erzählen Sie uns mehr von ihnen«, sagte Eddie, der sich an den armen alten Chevin von Chayven erinnerte: sein von Geschwüren zerfressenes Gesicht, sein zerlumptes Gewand mit den Urinflecken.

»Sie sind wandernde *Folken«,* antwortete Ted. »Beduinen. Sie folgen meistens den Bahngleisen, glaube ich. Unter dem Algul Siento und dem Bahnhof liegen Katakomben. Die Rods kennen sich darin aus. Dort unten lagern unermesslich große Vorräte an Lebensmitteln, und sie bringen wöchentlich zweimal auf Schlitten frischen Proviant in den Devar. Davon ernähren wir uns überwiegend. Das Zeug ist noch gut, aber ...« Er zuckte die Achseln.

»Hier geht alles rasend schnell zum Teufel«, sagte Dinky in einer für ihn bislang untypisch trübseligen Weise. »Aber der Wein ist Klasse, das muss man zugeben.«

»Könntet Ihr morgen eines der Kinder von Roderick mitbringen, wenn ich Euch darum bäte?«, sagte Roland.

Ted und Dinky wechselten einen erstaunten Blick. Dann sahen

beide zu Stanley hinüber. Stanley nickte, hob die Schultern und vollführte mit nach oben gekehrten Handflächen eine beredte Geste mit den Händen: *Wozu, Revolvermann?*

Roland stand einen Augenblick in Gedanken versunken da. Dann wandte er sich an Ted. »Bringt einen mit, der noch halbwegs Hirn hat«, wies er ihn an. »Sagt ihm ›Dan sur, dan tur, dan Roland, dan Gilead.‹ Wiederholt das!«

Ted wiederholte es sofort, ohne zu stocken.

Roland nickte. »Sollte er dann noch immer zögern, erklärt Ihr ihm, dass Chevin von Chayven sagt, dass er mitkommen muss. Sie reden ziemlich schlicht, hab ich Recht?«

»Klar«, sagte Dinky. »Aber, Mister … Ihr könnt keinen Rod wieder freilassen, wenn er hier oben war und Sie gesehen hat. Sie ahnen nicht, wie schwatzhaft diese Kerle sind!«

»Bringt einen mit«, sagte Roland, »und wir werden sehen, was es zu sehen gibt. Ich habe das, was mein Ka-Mai Eddie als ›ein Gefühl‹ bezeichnet. Ihr kennt solche inneren Gefühle?«

Ted und Dinky nickten.

»Bewahrheitet es sich, gut. Tut's das nicht … dann könnt ihr euch darauf verlassen, dass der Bursche niemandem erzählt, was er hier gesehen hat.«

»Sie würden ihn umlegen, wenn Ihr Gefühl sich als falsch erweist?«, fragte Ted.

Roland nickte.

Ted lachte bitter. »Natürlich würden Sie das tun. Das erinnert mich an die Episode in *Huckleberry Finn,* wo Huck einen Flussdampfer in die Luft fliegen sieht. Er läuft mit dieser Neuigkeit zu Miss Watson und der Witwe Douglas, und als eine von ihnen fragt, ob jemand umgekommen sei, antwortet Huck völlig selbstsicher: ›Nein, Ma'am, bloß ein Nigger.‹ In diesem Fall können wir sagen: ›Nur ein Rod. Der große Revolvermann hatte da so ein Gefühl, aber es hat sich nicht bewahrheitet.‹«

Roland bedachte ihn mit einem Lächeln, das unnatürlich viele Zähne sehen ließ. Eddie, der dieses Lächeln von früher kannte, war froh, dass es nicht ihm galt. Roland sagte: »Ich dachte, Ihr wüsstet, was auf dem Spiel steht, Sai Ted. Oder habe ich da etwas missverstanden?«

Ted erwiderte seinen Blick einige Sekunden lang, dann sah er zu Boden. Seine Lippen bewegten sich lautlos.

Dinky schien inzwischen ein stummes Palaver mit Stanley gehalten zu haben. Jetzt sagte er: »Wenn Sie also einen Rod haben wollen, besorgen wir Ihnen einen. Das ist kein großes Problem. Das Problem könnte lediglich darin bestehen, überhaupt hierher zu gelangen. Sollten wir's nicht schaffen ...«

Roland wartete geduldig darauf, dass der junge Mann seinen Satz zu Ende brachte. Als er das nicht tat, fragte der Revolvermann: »Was sollen wir tun, falls ihr's nicht schafft?«

Ted zuckte die Achseln. Mit dieser Geste imitierte er Dinkys Schulterzucken so perfekt, dass es schon komisch wirkte. »Das Beste, was ihr könnt«, sagte er. »In den Katakomben lagern auch Waffen. Dutzende der elektrischen Piranhas, die sie Schnaatze nennen. Eine Anzahl von Gewehren – das Modell AR-15 der U.S. Army –, die manche von den niederen Männern Schnellschießer nennen, wie ich gehört habe. Da sind auch noch andere Dinge, von denen wir aber nichts Bestimmtes wissen.«

»Dazu gehört auch eine Art Science-Fiction-Strahler wie aus einem Film«, sagte Dinky. »Ich glaube, dass er dazu dient, Dinge irgendwie aufzulösen, aber ich bin entweder zu dämlich, um ihn einzuschalten, oder die Batterie ist leer.« Er wandte sich an den Weißhaarigen. »Die fünf Minuten sind längst vorbei. Wir sollten schleunigst ein Brikett nachlegen und abdampfen, Tedster. Komm, wir machen die Fliege!«

»Gut. Also, wir kommen morgen wieder. Vielleicht habt ihr bis dahin ja einen Plan.«

»*Ihr* nicht?«, fragte Eddie überrascht.

»*Mein* Plan war, von hier zu fliehen, junger Mann. Was mir damals schrecklich clever erschienen ist. Ich bin bis ins Frühjahr 1960 geflüchtet. Dort haben sie mich mit etwas Unterstützung durch die

Mutter meines jungen Freundes Bobby geschnappt und hierher zurückgebracht. Aber jetzt müssen wir wirklich …«

»Noch eine Minute, wenn's beliebt«, sagte Roland und trat auf Stanley zu. Stanley hielt den Kopf gesenkt, aber seine stoppelbärtigen Wangen röteten sich abermals. Und …

Er zittert, dachte Susannah. *Wie ein Waldtier, das seinen ersten Menschen sieht.*

Stanley schien etwa Mitte dreißig zu sein, konnte aber auch älter sein; sein Gesicht wies die sorglose Glätte auf, die Susannah mit bestimmten geistigen Defekten in Verbindung brachte. Ted und Dinky hatten beide Pickel, während bei Stanley keine zu sehen waren. Roland legte ihm beide Hände auf die Unterarme und betrachtete ihn ernsthaft. Anfangs fiel der Blick des Revolvermanns nur auf die schwarze Lockenpracht auf Stanleys gesenktem Kopf.

Dinky wollte etwas sagen. Ted brachte ihn mit einer Handbewegung zum Schweigen.

»Willst du mir nicht ins Gesicht sehen?«, fragte Roland. Er sprach mit einer Sanftheit, die Susannah noch selten in seiner Stimme gehört hatte. »Willst du's nicht tun, Stanley, Sohn des Stanley. Sheemie, der einst war?«

Susannah merkte, wie ihr die Kinnlade herunterklappte. Neben ihr grunzte Eddie wie jemand, dem man einen Magenhaken verpasst hatte. Sie dachte: *Aber Roland ist alt … so alt! Wenn das wirklich der Saloonjunge ist, den er in Mejis gekannt hat – den mit dem Esel und der rosa* sombrera *–, dann muss auch* er …

Der Mann hob langsam den Kopf. Die Tränen liefen ihm übers Gesicht.

»Der gute alte Will Dearborn«, sagte er. Seine Stimme war heiser und schwankte in der Tonhöhe derart stark, wie es eine Stimme tat, die lange brachgelegen hatte. »Tut mir schrecklich Leid, Sai. Würdest du deinen Revolver ziehen und mich erschießen, ich würd's verstehen. Das täte ich.«

»Wieso sagst du das, Sheemie?«, fragte Roland mit derselben sanften Stimme wie zuvor.

Stanleys Tränen flossen nun noch schneller. »Du hast mir das Leben gerettet. Arthur und Richard auch, aber vor allem du, der gute alte Will Dearborn, der in Wirklichkeit Roland von Gilead war. Aber ich hab Susan sterben lassen! Sie, die du geliebt hast! Und die auch ich geliebt habe!«

Das Gesicht des Mannes war wie von Schmerzen verzerrt. Er wollte sich aus Rolands Griff befreien, aber Roland hielt ihn fest.

»Nichts davon war deine Schuld, Sheemie.«

»Ich hätte für sie sterben müssen!«, rief Stanley aus. »Ich hätte an ihrer Stelle sterben sollen! Ich bin dumm! Blöd, wie alle immer gesagt haben!« Er schlug sich ins Gesicht, erst auf die eine Seite, dann auf die andere, sodass rote Abdrücke zurückblieben. Bevor er das noch einmal tun konnte, griff Roland die Hand und zwang sie wieder nach unten.

»'s war Rhea, die den Schaden angerichtet hat«, sagte Roland.

Stanley – der vor einer Äone Sheemie gewesen war – sah in Rolands Gesicht und erforschte dessen Blick.

»Aye«, sagte Roland und nickte. »'s war die vom Cöos … und ich ebenso. Ich hätte bei ihr bleiben sollen. Wenn jemand in dieser Sache schuldlos war, Sheemie – *Stanley* –, dann warst es du.«

»Sagst du das, Revolvermann? Wahrhaftig-wahr?«

Roland nickte. »Wir können darüber palavern, so lange wie du willst, und auch über jene alten Zeiten, aber nicht jetzt. Im Augenblick drängt die Zeit. Du musst mit deinen Freunden gehen, und ich werde bei meinen bleiben.«

Sheemie sah ihn noch einen Augenblick länger an, und Susannah erkannte in ihm jetzt den Jungen, der in einem längst untergegangenen Saloon namens Traveller's Rest geschäftig hin und her geeilt war, leere Bierkrüge eingesammelt, sie in den Spülbottich unter dem Wildfang genannten zweiköpfigen Elch hatte gleiten lassen und einem gelegentlichen Rempler von Coral Thorin oder den noch boshafteren Tritten ausgewichen war, die oft von einer alternden Hure namens Pettie das Trampel kamen. Sie konnte den Jungen sehen, der beinahe dafür umgebracht worden war, dass er Schnaps auf die

Stiefel eines harten Burschen namens Roy Depape verschüttet hatte. Es war Cuthbert gewesen, der Sheemie in jener Nacht das Leben gerettet hatte … aber es war Roland gewesen – jener, den die Einwohner der Stadt als Will Dearborn kannten –, der sie alle gerettet hatte.

Sheemie schlang Roland die Arme um den Hals und drückte ihn an sich. Roland lächelte und streichelte mit seiner verkrüppelten Rechten das lockige Haar. Ein lautes, trompetendes Schluchzen entrang sich Sheemies Kehle. In den Augenwinkeln des Revolvermanns konnte Susannah Tränen erkennen.

»Aye«, sagte Roland, der mit fast unhörbar leiser Stimme sprach. »Ich hab immer gewusst, dass du was Besonderes bist; Bert und Alain haben's auch gewusst. Und hier finden wir einander wieder: eine glückliche Begegnung weiter den Pfad entlang. Dies *ist* eine glückliche Begegnung, Sheemie, Sohn des Stanley. In der Tat. In der Tat.«

Kapitel VI

Der Herr des Blauen Himmels

1

Pimli Prentiss, Herr über den Algul Siento, war auf der Toilette, als Finli (in manchen Kreisen auch als »das Wiesel« bekannt) an die Tür klopfte. Prentiss begutachtete seinen Teint im Licht der unbarmherzigen Leuchtstoffröhre über dem Waschbecken. Im Vergrößerungsspiegel wirkte die Haut wie eine gräuliche, mit Kratern durchsetzte Ebene – nicht viel anders als die Oberfläche des Ödlandes, von dem der Algul auf allen Seiten umgeben war. Der Pickel, auf den er sich gegenwärtig konzentrierte, sah wie ein ausbrechender Vulkan aus.

»Wer ist's für mich?«, brüllte Prentiss, obwohl er sich das eigentlich denken konnte.

»Finli o' Tego!«

»Tritt ein, Finli!« Er nahm den Blick nicht vom Spiegel. Seine Finger, die von zwei Seiten an den entzündeten Pickel heranrückten, sahen riesig aus. Sie begannen Druck auszuüben.

Finli durchquerte Prentiss' Büro und blieb an der Toilettentür stehen. Er musste sich leicht bücken, um hineinsehen zu können. Er war über zwei Meter zehn groß, was selbst für einen Taheen sehr groß war.

»Vom Bahnhof zurück, als wäre ich nie fort gewesen«, sagte Finli. Seine Stimme schwankte wie die der meisten Taheen zwischen einem Jaulen und einem Knurren wild hin und her. Pimli fand, dass sie alle wie die Mischwesen aus dem Roman *Die Insel des Dr. Moreau* von H. G. Wells sprachen, und wartete ständig darauf, dass sie in einen Sprechchor ausbrachen und »Sind wir nicht Menschen?«

skandierten. Finli hatte das einmal in seinen Gedanken gelesen und ihn danach gefragt. Prentiss hatte darauf vollkommen aufrichtig geantwortet, weil er wusste, dass in einer Gesellschaft, in der Telepathie auf niederer Stufe die Regel war, Ehrlichkeit stets die beste Verfahrensweise war. Im Umgang mit Taheen die *einzige* Verfahrensweise. Außerdem mochte er Finli o' Tego.

»Vom Bahnhof zurück, gut«, sagte Pimli. »Und was hast du gefunden?«

»Eine Wartungsdrohne. Scheint auf der Seite von Bogen 16 durchgedreht zu haben und ist …«

»Warte«, sagte Prentiss. »Wenn's beliebt, wenn's beliebt, danke.«

Finli wartete. Prentiss beugte sich noch näher an den Spiegel heran und runzelte vor Konzentration die Stirn. Auch der Herr über den Blauen Himmel war groß, fast eins neunzig, und besaß einen riesigen Schmerbauch, den lange Beine mit massiven Schenkeln trugen. Er begann kahl zu werden und hatte die Knollennase eines Gewohnheitstrinkers. Er schien ungefähr fünfzig zu sein. Er *fühlte* sich wie ungefähr fünfzig (jünger, wenn er die Nacht nicht damit verbracht hatte, mit Finli und einigen der Can-Toi zu saufen). Er war fünfzig gewesen, als er vor ziemlich vielen Jahren hergekommen war – vor mindestens fünfundzwanzig Jahren, und das konnte sogar viel zu gering geschätzt sein. Die Zeit war auf der hiesigen Seite so unzuverlässig wie die Himmelsrichtungen, und man konnte in beidem rasch die Orientierung verlieren. Manche *Folken* verloren außerdem den Verstand. Und sollte die Sonnenmaschine jemals ganz versagen …

Der Pickel wölbte sich an der Spitze auf … zitterte … platzte. Ah!

Ein Klumpen blutiger Eiter spritzte aus der entzündeten Stelle, klatschte auf den Spiegel und lief dann die leicht konkave Oberfläche hinunter. Pimli Prentiss wischte ihn mit dem Finger ab und wollte ihn schon ins Klo schlenzen, bot ihn dann aber Finli an.

Der Taheen schüttelte erst den Kopf, gab schließlich jedoch jenen Laut der Verzweiflung von sich, den jeder, der öfter Diät lebte, erkannt hätte, und führte den Finger seines Herrn in die Schnauze. Er saugte den Eiter ab und gab den Finger mit einem hörbaren Plopp wieder frei.

»Sollt' es eigentlich nicht tun, kann aber nicht widerstehen«, sagte Finli. »Hast du mir nicht erzählt, dass die *Folken* auf der anderen Seite zu dem Schluss gekommen sind, dass der Verzehr von rohem Fleisch schlecht für sie ist?«

»Yar«, sagte Pimli und wischte den Pickel (der noch nachnässte) mit einem Papiertuch ab. Er war seit langem hier und würde aus allen möglichen Gründen nie mehr zurückkehren können, aber bis vor kurzem war er auf dem Laufenden gewesen; noch im vergangenen – konnte man's *Jahr* nennen? – hatte er die *New York Times* ziemlich regelmäßig erhalten. Die *Times* hatte es ihm sehr angetan, besonders das tägliche Kreuzworträtsel. Es war wie ein kleines Stück Heimat.

»Aber sie essen es trotzdem weiter.«

»Yar, das tun wohl viele.« Er öffnete das Arzneischränkchen und nahm ein Fläschchen Wasserstoffperoxid von Rexall heraus.

»Du bist schuld, wenn du's mir hinhältst«, sagte Finli. »Nicht, dass solches Zeug normalerweise schlecht für uns wäre; es ist von Natur aus süß wie Honig oder Beeren. Das Problem ist Donnerschlag.« Und als ob sein Boss nicht wüsste, was er meinte, fügte Finli hinzu: »Zu vieles von dem, was von dort kommt, wirkt verderblich, so süß es auch schmecken mag. Gift, wenn's beliebt.«

Pentiss befeuchtete einen Wattebausch mit dem Desinfektionsmittel und betupfte damit die Wunde auf seiner Backe. Er wusste genau, wovon Finli redete, wie sollte er auch anders? Bevor er hergekommen war und das Amt des Obersten angetreten hatte, hatte er weit über dreißig Jahre lang keine Hautunreinheit an sich entdeckt. Jetzt hatte er Pickel auf den Wangen und Brauen, Akne in den Schläfensenken, hässliche Nester von Mitessern um die Nase und eine Halszyste, die Gangli, der Lagerarzt, bald würde entfernen müssen. (Prentiss fand, dass Gangli ein schrecklicher Name für einen Arzt war; er erinnerte ihn an *Ganglion* und *Gangrän.)* Die

Taheen und die Can-Toi wurden weniger von dermatologischen Problemen befallen, dafür brach ihr Fleisch oft spontan auf; sie litten an Nasenbluten, und selbst kleine Wunden – ein Kratzer von einem Dorn oder einem scharfkantigen Stein – konnten zu Infektion und Tod führen, wenn sie nicht rechtzeitig behandelt wurden. Anfangs hatten Antibiotika in solchen Fällen Wunder gewirkt, waren jedoch längst nicht mehr zuverlässig. Das galt auch für Wundermittel wie Roaccutan. Das lag natürlich an der Umwelt, in der selbst Felsen und Erde Todeskeime auszuschwitzen schienen. Wollte man diese Dinge in ihrer schlimmsten Ausprägung sehen, brauchte man sich nur die Rods anzusehen, die heutzutage kaum besser als Langsame Mutanten waren. Natürlich wanderten *sie* weit nach … War das noch Südost? Jedenfalls wanderten sie weit in die Richtung, in der nachts ein schwacher rötlicher Schein zu sehen war, und jeder sagte, dort sei alles noch viel schlimmer. Pimli wusste nicht sicher, ob das stimmte, aber er vermutete, dass dem so war. Schließlich wurde das Land jenseits von Fedic auch nicht Discordia genannt, weil dort Touristenziele lagen.

»Willst du mehr?«, fragte er Finli. »Ich hab noch ein paar auf der Stirn, die reif sind.«

»Nay, ich möchte jetzt lieber meinen Bericht erstatten, die Videobänder und die Telemetrie kontrollieren, einen kurzen Blick in den Studiersaal werfen und dann für heute Schluss machen. Danach möchte ich ein heißes Bad nehmen und möglichst drei Stunden bei einem guten Buch verbringen. Ich lese gerade *Der Sammler.*«

»Und der Roman gefällt dir«, sagte Prentiss fasziniert.

»Sogar sehr, sage dir meinen Dank. Er erinnert mich an unsere hiesige Situation. Ich möchte jedoch glauben, dass unsere Ziele etwas nobler sind und unsere Motivation etwas über sexuelle Anziehung hinausgeht.«

»Nobel? Ist das dein Ausdruck dafür?«

Finli zuckte die Achseln und ging nicht weiter darauf ein. Ausführliche Gespräche über das, was hier im Blauen Himmel vorging, wurden durch generelle Übereinkunft allgemein vermieden.

Prentiss führte Finli in seine Bibliothek, die ihm auch als Arbeitszimmer diente. Sie führte auf den Teil des Blauen Himmels hinaus, der als Promenade bezeichnet wurde. Finli duckte sich mit durch lange Praxis erworbener unbewusster Eleganz unter der Deckenleuchte hindurch. Prentiss hatte ihm einmal erklärt (nach einigen Gläsern *Graf*), er hätte in der Basketball-Liga einen verdammt guten Center abgegeben. »Das erste nur aus Taheen bestehende Team«, hatte er gesagt. »Man würde euch The Freaks nennen – aber wenn schon.«

»Diese Basketballspieler, bekommen sie das Beste von allem?«, hatte Finli sich erkundigt. Er hatte einen glatten Wieselkopf und große schwarze Augen. Nicht ausdrucksvoller als Puppenaugen, wie Pimli fand. Er trug eine Menge Goldketten – die waren in den letzten Jahren beim Personal des Blauen Himmels in Mode gekommen, und inzwischen hatte sich ein reger Handel mit ihnen entwickelt. Und er hatte sich den Schwanz kupieren lassen. Wahrscheinlich sei das ein Fehler gewesen, hatte er Prentiss eines Nachts einmal anvertraut, als sie beide betrunken gewesen waren. Unglaublich schmerzhaft und ein sicheres Mittel, nach seinem Tod in die Hölle der Finsternis verbannt zu werden, es sei denn …

Es sei denn, es gab kein Leben nach dem Tod. Das war eine Vorstellung, die Pimli geradezu inbrünstig mit Herz und Verstand leugnete, aber er wäre ein Lügner, wenn er nicht zugeben würde (zumindest sich selbst gegenüber), dass die Sache ihn manchmal in den stillen Nachtstunden verfolgte. Gegen solche Gedanken halfen Schlaftabletten. Und natürlich Gott. Sein Glaube daran, dass alle Dinge Gott dienten, sogar der Turm selbst.

Jedenfalls hatte Pimli bestätigt, dass Basketballspieler – zumindest *amerikanische* Basketballspieler – von allem das Beste bekämen, auch mehr Muschis als eine gottverdammte Klobrille. Über diesen Vergleich hatte Finli lachen müssen, bis ihm rötliche Tränen aus den Winkeln seiner merkwürdig ausdruckslosen Augen gesickert waren.

»Und das Beste daran ist«, hatte Pimli hinzugefügt, »dass du nach

NBA-Begriffen praktisch ewig spielen könntest. Beispielsweise, hör mich wohl an, war der berühmteste Spieler in meiner alten Heimat (obwohl ich ihn nie selbst habe spielen sehen; er hat erst nach meiner Zeit richtig Karriere gemacht) ein Kerl namens Michael Jordan, und der …«

»Was wäre er, wenn er ein Taheen wäre?«, hatte Finli ihn unterbrochen. Das war ein Spiel, das sie oft spielten – vor allem, wenn sie einen über den Durst getrunken hatten.

»Ein Wiesel, glaub ich, und ein verdammt gut aussehendes dazu«, hatte Pimli gesagt, und zwar in einem überraschten Ton, der Finli komisch erschienen war. Er hatte wieder vor Lachen gebrüllt, bis ihm Tränen aus den Augen schossen.

»Aber«, hatte Pimli fortgefahren, »seine Karriere war nach kaum fünfzehn Jahren vorbei – inklusive einer Auszeit und mehrerer Come-back-Versuche. Wie lange könntest du ein Spiel spielen, bei dem du nicht mehr tun müsstest, als ungefähr eine Stunde lang auf einem Platz, der nicht größer als ein Campa-Feld ist, hin und her zu rennen, Fin?«

Finli o' Tego, damals über dreihundert Jahre alt, hatte die Achseln gezuckt und mit einer Hand in Richtung Horizont geschnippt. *Delah*. Unendlich viele Jahre lang.

Und wie lange existierte der Blaue Himmel – Devar-Toi für die neueren Insassen, Algul Siento für die Taheen und die Rods –, wie lange stand dieses Gefängnis schon hier? Ebenfalls *delah*. Aber wenn Finli Recht hatte (und Pimlis Herz sagte ihm, dass er fast sicher Recht hatte), dann war *delah* fast vorüber. Und was konnte er, einst Paul Prentiss aus Rahway, New Jersey, und jetzt Pimli Prentiss vom Algul Siento, dagegen tun?

Seinen Job konnte er tun, sonst nichts.

Seinen beschissenen Job.

2

»Also«, sagte Pimli, indem er in einem der beiden Ohrensessel am Fenster Platz nahm, »ihr habt eine Wartungsdrohne gefunden. Wo?«

»In der Nähe der Stelle, wo Gleis 97 den Rangierbahnhof verlässt«, sagte Finli. »Das Gleis steht noch unter Strom – zumindest seine Stromschiene –, was Erklärung genug sein dürfte. Als wir bereits auf der Rückfahrt waren, hast du dich dann gemeldet und gesagt, dass es noch einen *zweiten* Alarm gegeben hat.«

»Ja. Und was habt ihr gefunden?«

»Nichts«, sagte Finli. »Dieses Mal nichts. Vermutlich eine Fehlfunktion, vielleicht von dem ersten Alarm ausgelöst.« Er zuckte die Achseln, als wollte er bestätigen, was sie beide wussten: Alles ging zum Teufel. Und je näher sie sich dem Ende zubewegten, desto mehr beschleunigte sich dieser Verfall.

»Du hast dich mit deinen Leuten aber trotzdem gründlich umgesehen, oder?«

»Natürlich. Keine Eindringlinge.«

Allerdings dachten die beiden nur an Eindringlinge, die Menschen, Taheen, Can-Toi oder Maschinen waren. Niemand von Finlis Leuten hatte nach oben gesehen, und wenn, dann hätte vermutlich trotzdem keiner Mordred wahrgenommen: eine Spinne, die jetzt ungefähr so groß wie ein mittelgroßer Hund war und im tiefen Schatten der Stahlkonstruktion des Bahnhofsdachs in einer kleinen Hängematte aus Spinnengewebe hockte.

»Willst du die Telemetrie wegen des zweiten Alarms noch mal kontrollieren?«

»Auch deshalb«, sagte Finli. »Aber vor allem, weil mir diese Sache irgendwie *hei-tei-tei* vorkommt.« Das war ein Ausdruck, den er aus einem der vielen Kriminalromane von der anderen Seite hatte – er hatt an Krimis einen Narren gefressen – und bei jeder sich bietenden Gelegenheit benutzte.

»In welcher Beziehung *hei-tei-tei?*«

Finli schüttelte nur den Kopf. Er konnte es nicht sagen. »Aber die Telemetrie lügt nicht. Zumindest hat man mir das mal beigebracht.«

»Du zweifelst daran?«

Finli zögerte, weil ihm klar war, dass er sich wieder auf dünnem Eis bewegte – das taten sie beide –, beschloss dann aber, darauf zu pfeifen. »Wir leben in Endzeiten, Boss. Ich zweifle an fast allem.«

»Gilt das auch für deine Dienstpflichten, Finli o' Tego?«

Finli schüttelte, ohne zu zögern, den Kopf. Nein, für seine Dienstpflichten galt das nicht. So war es bei ihnen allen, auch bei dem ehemaligen Paul Prentiss aus Rahway. Pimli konnte sich an irgendeinen alten Soldaten erinnern – vielleicht »Dugout« Doug McArthur –, der einmal gesagt hatte: »Wenn ich eines Tages die Augen schließe, meine Herren, wird mein letzter Gedanke dem Korps gelten. Und dem Korps. Und dem Korps.« Pimlis eigener letzter Gedanke würde wahrscheinlich dem Algul Siento gelten. Was gab es auch schon groß anderes? Um mit den Worten einer großen Amerikanerin, und zwar Martha Reeves von Martha and the Vandellas, zu sprechen: *Nowhere to run, baby, nowhere to hide*. Die Dinge waren außer Kontrolle, rasten ohne Bremsen bergab, und man konnte nicht mehr tun, als die Fahrt zu genießen.

»Möchtest du etwas Gesellschaft, während du deine Runde drehst?«, fragte Pimli.

»Warum nicht?«, antwortete das Wiesel. Finli grinste und ließ dabei eine Schnauze voller nadelspitzer Zähne sehen. Dann sang er mit seiner eigenartig schwankenden Stimme: »›*Dream along with me … I'm on my way to the moon of my fa-aathers …*‹«

»Lass mir noch einen Augenblick Zeit«, sagte Pimli und stand auf.

»Du willst beten?«, fragte Finli.

Pimli blieb an der Tür stehen. »Ja«, sagte er. »Wenn du schon danach fragst. Irgendein Kommentar, Finli o' Tego?«

»Möglicherweise eine Frage.« Das Wesen mit dem Menschenkörper und dem schmalen braunen Wieselkopf lächelte weiter. »Wenn Gebete so etwas Erhabenes sind, weshalb kniest du dann in demselben Raum nieder, in dem du auch sitzt, um zu scheißen?«

»Weil die Bibel uns rät, sich zum Gebet zurückzuziehen, wenn man in Gesellschaft ist. Noch Kommentare?«

»Nay, nay.« Finli machte eine wegwerfende Handbewegung. »Tu dein Bestes und dein Schlimmstes, wie die Manni sagen.«

3

Auf der Toilette klappte Paul o' Rahway den Klodeckel herunter, kniete auf den Fliesen nieder und faltete die Hände.

Wenn Gebete so etwas Erhabenes sind, warum kniest du dann in demselben Raum nieder, in dem du sitzt, um zu scheißen?

Vielleicht hätte ich sagen sollen, weil mir das die Demut erhält, dachte er. *Weil es mich auf die richtige Größe zurechtstutzt. Es ist Dreck, aus dem wir kommen, und es ist Dreck, zu dem wir wieder werden, und wenn es einen Ort gibt, an dem man das unmöglich vergessen kann, dann ist es dieser hier.*

»Gott«, sagte er, »schenk mir Kraft, wenn ich schwach bin, Antworten, wenn ich im Zweifel bin, Mut, wenn ich ängstlich bin. Hilf mir, niemanden zu verletzen, der's nicht verdient hat, und selbst dann nur, wenn er mir keine andere Wahl lässt. Herr …«

Und während er vor dem heruntergeklappten Klodeckel auf den Knien liegt, dieser Mann, der seinen Gott nun bald bitten wird, ihm zu vergeben, dass er aufs Ende der Schöpfung hinarbeite (und das nicht im Geringsten ironisch gemeint), könnten wir die Gelegenheit nutzen, um ihn etwas näher zu betrachten. Wir werden das aber nicht zu ausführlich tun, weil Pimli Prentiss in unserer Erzählung von Roland und seinem Ka-Tet keine Hauptrolle spielt. Trotzdem ist er ein faszinierender Mann, voller Kanten und Widersprüche und Sackgassen. Er ist ein Alkoholiker, der zutiefst an einen persönlichen Gott glaubt, ein mitfühlender Mann, der jetzt kurz davor steht, den Turm zum Einsturz zu bringen und die Trillionen von Welten, die sich um dessen Achse drehen, ins Dunkel einer Trillion verschiedener Richtungen zu schleudern. Er würde Dinky Earnshaw und

Stanley Ruiz sofort liquidieren, wenn er wüsste, was sie getrieben haben … während er gleichzeitig den größten Teil jedes Muttertags in Tränen verbringt, hat er doch seine eigene Mama so sehr geliebt, dass er sie bitterlich vermisst. In Sachen Apokalypse ist er genau der richtige Mann für den Job – einer, der weiß, wie man zum Gebet niederkniet, und mit dem Herrn der himmlischen Heerscharen reden kann wie mit einem alten Freund.

Und hier eine Ironie der Geschichte: Paul Prentiss könnte glatt aus einer dieser Anzeigen stammen, die »Ich habe meinen Job durch die *New York Times* bekommen!« verkünden. Im Jahr 1970, als er seine Arbeit in dem damals als Attica bekannten Gefängnis verloren hatte (wenigstens verpassten Nelson Rockefeller und er so die gewaltigen Häftlingsunruhen), entdeckte er in der Times eine Anzeige mit folgendem Text:

GESUCHT: ERFAHRENER STRAFVOLLZUGSBEAMTER FÜR SEHR VERANTWORTLICHE POSITION IN PRIVATER EINRICHTUNG

Hohes Gehalt! Erstklassige Sozialleistungen! Reisebereitschaft wird vorausgesetzt!

Das hohe Gehalt hatte sich als etwas erwiesen, was seine geliebte Mutter eine »reinrassige, komplette Lüge« genannt hätte, weil es nämlich überhaupt kein Gehalt gab, jedenfalls nicht in dem Sinn, den ein Strafvollzugsbeamter auf der Amerika-Seite verstanden hätte, aber die Sozialleistungen … ja, die Zusatzleistungen waren außergewöhnlich. Anfangs hatte er sich in Sex gesuhlt, und jetzt suhlte er sich in Schnaps und Essen, aber darauf kam es nicht an. Der springende Punkt, fand Sai Prentiss, war Folgendes: Was wollte man im Leben erreichen? Wollte jemand nicht mehr als nur zusehen, wie die Nullen auf seinem Bankkonto sich vermehrten, war er im Algul Siento eindeutig fehl am Platz … was schrecklich wäre, sobald man nämlich unterschrieben hatte, gab es kein Zurück mehr; hier gab es nur das Korps. Und das Korps. Und gelegentlich, wenn wieder ein Exempel statuiert werden musste, eine oder zwei Leichen.

Womit dieser Mann hundertprozentig einverstanden war: Oberaufseher Prentiss, der vor etwa zwölf Jahren in einer feierlichen Taheen-Zeremonie seinen Namen geändert und das nie bereut hatte. Aus Paul Prentiss war Pimli Prentiss geworden. An diesem Punkt hatte er sich nicht nur mit dem Verstand, sondern auch mit dem Herzen von dem abgewandt, was er jetzt nur noch »die Amerika-Seite« nannte. Und das nicht etwa, weil es hier den besten Alaska-Lachs und den besten Champagner seines Lebens gab. Auch nicht, weil er hier Sex mit hunderten von schönen Frauen gehabt hatte. Sondern weil das hier sein Job war, einer, den er unter allen Umständen zu Ende führen würde. Weil er zu der Überzeugung gelangt war, dass ihre Arbeit hier im Devar-Toi Gottes Sache war, nicht nur die des Scharlachroten Königs. Und hinter der Gottesidee stand etwas noch Gewaltigeres: die Vorstellung von einer Milliarde Universen in einem einzigen Ei, das er – der ehemalige Paul Prentiss aus Rahway, einst ein Mensch, der vierzigtausend Dollar im Jahr verdiente und ein Magengeschwür hatte und im Krankheitsfall nur miserable Zusatzleistungen beanspruchen konnte, denen eine korrupte Gewerkschaft zugestimmt hatte – jetzt in seiner Hand hielt. Ihm war bewusst, dass auch er sich in diesem Ei befand und körperlich sofort zu existieren aufhören würde, sobald er es zerschlug, aber wenn es den Himmel und darin einen Gott gab, waren beide bestimmt mächtiger als der Turm. In diesen Himmel würde er kommen, vor jenem Thron würde er kniend um Vergebung seiner Sünden bitten. Und er würde mit einem herzlichen *Wohlgetan, du guter und getreuer Knecht* willkommen geheißen werden. Seine Mutter würde dort sein, und sie würde ihn umarmen, und sie würden miteinander in die Gemeinschaft Jesu eintreten. Dieser Tag würde kommen, dessen war Pimli sich ganz sicher, und zwar würde er wahrscheinlich schon vor dem Heraufziehen des nächsten Erntemonds kommen.

Nicht, dass er sonderlich fand, ein religiöser Spinner zu sein. Durchaus nicht. Diese Gedanken an Gott und den Himmel behielt er strikt für sich. Für den Rest der Welt war er ein ganz gewöhnlicher Kerl, der seine Arbeit tat, eine Arbeit, die er bis zum bitteren Ende gut verrichten wollte. Er sah sich bestimmt nicht als Schurken, aber das hat noch kein wirklich gefährlicher Mann jemals getan. Denken wir nur an Ulysses S. Grant, jenen Bürgerkriegsgeneral, und seine Ankündigung, er werde den Kampf auf dieser Linie ausfechten, und wenn das den ganzen Sommer lang dauern sollte.

Im Algul Siento war der Sommer fast vorüber.

4

Die Villa des Oberaufsehers war ein schmuckes Cape-Cod-Haus und befand sich am einen Ende der Promenade. Die Villa hieß Shapleigh House (Pimli hatte keine Ahnung, weshalb), weshalb die Brecher sie natürlich Shit House nannten. Am anderen Ende der Straße stand ein viel größeres Wohngebäude: ein eleganter, geräumiger Bau im Queen-Anne-Stil, der (aus ebenso obskuren Gründen) Damli House hieß. Er hätte gut zu den Studentenwohnheimen irgendeiner Südstaatenuniversität gepasst. Die Brecher nannten es Heartbreak House, manchmal auch Heartbreak Hotel. Kein Problem. Dort wohnten und arbeiteten die Taheen und ein beträchtliches Kontingent von Can-Toi. Was die Brecher anging, sollten sie ruhig ihre kleinen Scherze machen und unbedingt weiterhin glauben, das Personal wüsste davon nichts.

Pimli Prentiss und Finli o' Tego schlenderten in geselligem Schweigen die Promenade entlang … das heißt, außer wenn sie dienstfreien Brechern begegneten, die allein oder in Gruppen unterwegs waren. Pimli begrüßte jeden mit nie versagender Höflichkeit. Die Gegengrüße variierten zwischen unbekümmert fröhlich und mürrisch grunzend. Jeder jedoch gab irgendeine Art Antwort, was Pimli immerhin als kleinen Sieg wertete. Er machte sich etwas aus ihnen. Ob ihnen das recht war oder nicht – vielen war es nicht recht –, er machte sich etwas aus ihnen. Der Umgang mit ihnen war jedenfalls einfacher als mit den Mördern, Sittlichkeitsverbrechern und Straßenräubern in Attica.

Manche lasen alte Zeitungen oder Zeitschriften. Ein Quartett warf Hufeisen. Ein weiteres Quartett war auf dem Putting Green. Tanya Leeds und Joey Rastosovich, deren Gesichter von Sonnenlicht gesprenkelt waren, spielten unter einer prächtigen alten Ulme Schach. Sie begrüßten ihn aufrichtig erfreut und hatten offenbar allen Grund dazu. Immerhin war Tanya Leeds jetzt eigentlich Tanya Rastosovich, weil Pimli die beiden vor einem Monat getraut hatte – genau wie ein Schiffskapitän. Und irgendwie fand er, dass es das war: das gute Schiff *Algul Siento*, ein Kreuzfahrtschiff, das die dunklen Meere von Donnerschlag unter seinem sonnigen Scheinwerfer befuhr. Diese Sonne fiel manchmal aus, sprecht wahr, aber der heutige Ausfall war nur eine Bagatelle gewesen: lediglich dreiundvierzig Sekunden.

»Wie geht's, Tanya? Joseph?« Immer Joseph, niemals Joey, zumindest nicht als Anrede; er mochte die Koseform nicht.

Die beiden antworteten, ihnen gehe es ausgezeichnet, und bedachten ihn mit jenem benommenen, fickseligen Lächeln, zu dem nur Jungverheiratete imstande waren. Zu dem Ehepaar Rastosovich hatte Finli nichts gesagt, aber er blieb vor einem jungen Mann stehen, der unter einem Baum auf einer Bank aus imitiertem Marmor saß und ein Buch las.

»Sai Earnshaw?«, sagte der Taheen.

Dinky sah auf und zog höflich fragend die Augenbrauen hoch. Sein durch starke Akne entstelltes Gesicht trug den gleichen höflichen Nicht-Ausdruck.

»Wie ich sehe, lesen Sie *Der Magus«*, sagte Finli beinahe schüchtern. »Ich selbst lese gerade *Der Sammler*. Ein merkwürdiger Zufall!«

»Wenn Sie meinen«, antwortete Dinky. Sein Gesichtsausdruck veränderte sich nicht.

»Mich würde interessieren, was Sie von Fowles halten. Ich bin im Augenblick sehr beschäftigt, aber vielleicht könnten wir später über ihn diskutieren.«

Dinky Earnshaw machte weiter sein höflich ausdrucksloses Gesicht und sagte: »Vielleicht könnten Sie später Ihr Exemplar von *Der Sammler* – Hardcover, wie ich hoffe – nehmen und es sich in Ihren pelzigen Arsch stecken. Und zwar quer.«

Finlis hoffnungsvolles Lächeln verschwand. Er machte eine kleine, aber formvollendete Verbeugung. »Ich bedaure, dass Sie so denken, Sai.«

»Scheren Sie sich zum Teufel!«, sagte Dinky. Er schlug sein Buch wieder auf und hielt es sich demonstrativ vors Gesicht.

Pimli und Finli gingen weiter. Nun folgte eine Zeit des Schweigens, während der der Oberaufseher von Algul Siento auf unterschiedliche Weise an Finli heranzukommen versuchte, um zu ergründen, wie sehr die Abfuhr des jungen Mannes ihn verletzt hatte. Der Taheen war stolz auf seine Fähigkeit, Hume-Literatur lesen und darin aufgehen zu können, das wusste Pimli. Schließlich nahm Finli ihm die Mühe ab, indem er sich mit zwei langfingrigen Händen – sein Arsch war eigentlich nicht pelzig, wohl aber die Hände – in den Schritt griff.

»Will mich bloß vergewissern, dass meine Eier noch da sind«, sagte er, und Pimli hatte den Eindruck, dass die gute Laune im Ton seines Sicherheitschefs echt war und nicht etwa gekünstelt.

»Tut mir Leid, dass der so unfreundlich war«, sagte Pimli. »Falls irgendjemand im Blauen Himmel unter authentischer postpubertärer Angst leidet, ist das Sai Earnshaw.«

»›Oh, ihr macht mich alle verrückt!‹«, stöhnte Finli, und als Pimli ihn darauf verblüfft anstarrte, grinste Finli und ließ nadelspitze Zähne sehen. »Das ist ein berühmtes Zitat aus dem Film … *denn sie wissen nicht, was sie tun«*, sagte er. »Dinky Earnshaw erinnert mich irgendwie an James Dean.« Er machte eine nachdenkliche Pause. »Ohne dessen unvergesslich gutes Aussehen, versteht sich.«

»Ein interessanter Fall«, sagte Prentiss. »Ursprünglich ist er für ein Auftragsmörder-Programm einer Tochtergesellschaft von Positronics angeworben worden. Er hat seinen Führungsoffizier ermordet und ist geflüchtet. Wir haben ihn natürlich erwischt. Er hat nie ernsthaft Schwierigkeiten gemacht – nicht hier bei uns –, aber er legt's darauf an, einem auf die Nerven zu gehen.«

»Aber du findest, dass das kein Problem ist.«

Pimli betrachtete ihn von der Seite. »Gibt's irgendwas, von dem *du* findest, dass ich's wissen sollte?«

»Nein, nein. Ich habe dich nur noch nie so nervös wie in den letzten Wochen erlebt. Teufel, um das Kind beim rechten Namen zu nennen – so *paranoid.*«

»Von meinem Großvater habe ich da so eine Redensart«, antwortete Pimli. »›Dass man die Eier fallen lassen könnte, fürchtet man erst, wenn man fast zu Hause ist.‹ Und wir sind jetzt fast zu Hause.«

Und das stimmte. Vor siebzehn Tagen, nicht lange bevor der letzte Schub Wölfe durch die Tür des Bereitstellungsraums von Bogen 16 galoppiert war, hatten ihre Registriergeräte im Keller des Damli House die erste messbare Durchbiegung des Bär-Schildkröte-Balkens aufgezeichnet. Seit damals war der Adler-Löwe-Balken gebrochen. Bald würden die Brecher nicht mehr gebraucht werden; bald würde der vorletzte Balken zersplittern – ob mit oder ohne ihre Hilfe. Das Ganze glich einem Gegenstand in labilem Gleichgewicht, der nun zu schwanken begonnen hatte. Bald würde er zu weit aus seiner idealen Gleichgewichtslage geraten und dann fallen – oder brechen, da es sich ja um einen Balken handelte. Von einem Augenblick zum anderen nicht mehr existieren. Es war der Turm, der fallen würde. Der letzte Balken, der von Wolf und Elefant, würde vielleicht noch eine Woche, vielleicht einen Monat lang halten, aber bestimmt nicht viel länger.

Der Gedanke daran hätte Pimli eigentlich erfreuen müssen, aber das tat er nicht. Vor allem nicht, weil er in Gedanken längst wieder bei den Grünkitteln war. Mit Ziel Callas hatten letztes Mal wieder etwa sechzig – das übliche Kontingent – von ihnen hinübergewechselt, und eigentlich hätten sie in den üblichen zweiundsiebzig Stunden mit der üblichen Anzahl von Calla-Kindern zurück sein müssen.

Stattdessen … nichts.

Er fragte Finli, was *er* davon halte.

Finli blieb stehen und machte ein ernstes Gesicht. »Ich glaube, es könnte ein Virus gewesen sein«, sagte er.

»Erflehe Verzeihung?«

»Ein Computervirus. Das ist uns mit vielen unserer Computer im Damli House passiert, und unabhängig davon, wie erschreckend die Grünkittel auf eine Bande von Reisfarmern wirken mögen, in Wirklichkeit sind sie doch nur Computer auf Beinen.« Er hielt kurz inne. »Oder die Calla-*Folken* haben eine Möglichkeit gefunden, sie zu erledigen. Würde mich das überraschen, wenn sie sich endlich auf die Hinterbeine gestellt und gekämpft hätten? Ein bisschen, aber nicht sehr. Vor allem nicht, wenn sie einen Mutigen gefunden haben, der aufgestanden ist, um sie zu führen.«

»Vielleicht jemand wie ein Revolvermann?«

Finli bedachte ihn mit einem Blick, der knapp an gönnerhaft vorbeischrammte.

Ted Brautigan und Stanley Ruiz kamen gerade auf Zehngang-Fahrrädern den Bürgersteig entlang, und als Oberaufseher und Sicherheitschef grüßend die Hände hoben, erwiderten beide diesen Gruß. Brautigan lächelte zwar nicht, aber Ruiz bedachte sie mit dem lockeren, unbekümmerten Grinsen eines Mannes, der nicht ganz richtig im Kopf war. Obwohl er ganz aus Glupschaugen, Bartstoppeln und von Spucke glänzenden Lippen zu bestehen schien, war er mental unglaublich stark, bei Gott, das war er, und jemand wie er konnte Dümmeres tun, als sich Brautigan anzuschließen, der sich völlig verändert hatte, seit er aus seinem kleinen »Urlaub« in Connecticut zurückgeholt worden war. Pimli zeigte sich über die identischen Tweedmützen der beiden Männer – auch ihre Räder waren identisch – amüsiert, nicht aber über Finlis Blick.

»Lass das«, sagte Pimli.

»Was soll ich lassen?«, fragte Finli.

»Mich wie einen kleinen Jungen anzusehen, der gerade die obere Hälfte seiner Eiswaffel verloren, aber nicht Grips genug hat, um das zu merken.«

Aber Finli machte keinen Rückzieher. Das tat er selten, was wiederum eine der Eigenschaften war, die Pimli an ihm schätzte. »Wenn du nicht willst, dass die Leute dich wie ein Kind ansehen, darfst du dich auch nicht wie eins benehmen. Gerüchte über Revolvermänner, die aus Mittwelt kommen sollen, um die Callas zu retten, laufen seit über tausend Jahren um. Aber bisher ist noch niemals einer nachweislich gesichtet worden. Ich persönlich würde eher an einen bevorstehenden Besuch deines Jesusmenschen glauben.«

»Die Rods sagen …«

Finli zuckte zusammen, als bereitete ihm das wirklich Kopfschmerzen. »Fang bitte nicht davon an, was die Rods sagen. Du achtest meine Intelligenz – und deine – bestimmt höher, als dass du ihr das zumuten würdest. Ihre Gehirne haben sich noch schneller zersetzt als ihre Haut. Und was die Wölfe betrifft, plädiere ich für eine radikal neue Sicht der Dinge: *Wo* sie sind oder was ihnen zugestoßen ist, spielt keine Rolle. Wir verfügen über genug Brecherkraft, um die Arbeit zu Ende zu bringen, und nur darum geht's mir.«

Der Sicherheitschef blieb einen Augenblick an der Treppe stehen, die zur Veranda des Damli House hinaufführte. Er sah den beiden Männern auf ihren identischen Fahrrädern hinterher und runzelte nachdenklich die Stirn. »Brautigan hat uns verdammt viel Schwierigkeiten gemacht.«

»Na, und ob!« Pimli lachte jämmerlich. »Aber seine lästige Zeit ist vorbei. Er ist gewarnt worden, dass seine speziellen Freunde in Connecticut – ein Junge namens Robert Garfield und ein Mädchen namens Carol Gerber – liquidiert werden, wenn er weiter Schwierigkeiten macht. Und obwohl einige der anderen Brecher ihn als ihren Mentor betrachten und manche, zum Beispiel dieser geistig beschränkte Junge, mit dem er gerade unterwegs ist, ihn verehren, hat er erkennen müssen, dass niemand sich für seine … sagen wir mal, philosophischen Ideen interessiert. Jedenfalls jetzt nicht mehr, falls sie's überhaupt jemals getan haben. Außerdem habe ich damals nach seiner Rückkehr ein Gespräch mit ihm geführt. Von Mann zu Mann.«

Das war Finli neu. »Worüber?«

»Über die raue Wirklichkeit. Sai Brautigan hat einsehen gelernt, dass seine einzigartigen Kräfte nicht mehr so entscheidend wichtig sind wie früher. Dazu ist alles schon viel zu weit fortgeschritten. Die beiden letzten Balken werden brechen, ob mit oder ohne seine Hilfe. Und er weiß, dass es zuletzt wahrscheinlich ... Chaos geben wird. Angst und Durcheinander.« Pimli nickte bedächtig. »Brautigan will hier sein, wenn das Ende kommt – und sei's nur, um Freunde wie Stanley Ruiz trösten zu können, wenn der Himmel aufreißt.«

»Komm, wir sollten uns jetzt wirklich die Aufzeichnungsbänder und die Telemetrie noch mal ansehen. Nur um auch ganz sicherzugehen.«

Sie gingen nebeneinander die breite Holztreppe zum Damli House hinauf.

5

Zwei der Can-Toi eskortierten den Oberaufseher und seinen Sicherheitschef nach unten. Pimli musste kurz daran denken, wie eigenartig es doch war, dass jedermann – die Brecher ebenso wie das Algul-Siento-Personal – sie jetzt »niedere Männer« nannte. Weil Brautigan diesen Ausdruck geprägt hatte. »Sprich von Engeln, dann hörst du ihren Flügelschlag«, hätte Prentiss' geliebte Mama vielleicht gesagt, und Pimli vermutete, falls es in diesen letzten Tagen der wahren Welt wahre Menschen-Tiere gab, dann kamen die Can-Toi dafür weitaus eher infrage als die Taheen. Sah man jene ohne ihre unheimlichen lebenden Masken, hätte man sie sogar für *Taheen* mit Rattenköpfen halten können. Aber im Gegensatz zu echten Taheen, die ihrerseits Humes (bis auf einige bemerkenswerte Ausnahmen wie Pimli selbst) für eine minderwertige Rasse hielten, verehrten die Can-Toi die menschliche Wesensform als göttlich. Trugen sie die Masken als eine Art Götzendienst? Sie wollten nie darüber reden, allerdings glaubte Pimli das auch nicht so recht. Er vermutete, dass sie glaubten, menschlich zu *werden* – dass sie deshalb erst ihre Masken aufsetzten (die aus lebendem Fleisch bestanden, das sich nicht herstellen ließ, sondern selbst wachsen musste) und dann einen Hume-Namen annahmen, der zu ihrem Hume-Erscheinungsbild passte. Pimli wusste, dass sie glaubten, sie könnten die Menschen nach dem Sturz des Turms irgendwie beerben … *wie* sie so etwas glauben konnten, ging jedoch völlig über seinen Horizont. Nach dem Sturz würde das himmlische Paradies auf sie warten, wie jeder wusste, der einmal die Offenbarung des Johannes gelesen hatte … aber die Erde?

Vielleicht gab es dann eine *neue* Erde, wiewohl sich Pimli nicht einmal dessen sicher war.

Zwei Can-Toi-Wachposten, Beeman und Trelawney, standen am Ende des Korridors an der in den Keller hinunterführenden Treppe. Pimli fand, dass alle niederen Männer, selbst wenn sie blond und schmächtig waren, irgendwie dem in den Vierziger- und Fünfzigerjahren bekannten Schauspieler Clark Gable unheimlich ähnlich sahen. Sie schienen alle die gleichen dicken, sinnlichen Lippen und komischen Ohren zu haben. Wenn man sehr nahe an sie herankam, sah man schließlich die künstlichen Falten am Hals und hinter den Ohren, wo ihre Hume-Masken zu Zöpfen zusammengedreht waren und in das behaarte, mit Zähnen besetzte Fleisch überging, das ihre Realität war (ob sie die akzeptierten oder nicht). Dann waren da die Augen. Sie waren von Haar umgeben, und wenn man genau hinsah, konnte man erkennen, dass die vermeintlichen Augenhöhlen in Wirklichkeit Löcher in diesen seltsamen Masken aus lebendem Fleisch waren. Manchmal konnte man die Masken selbst atmen hören, was Pimli irgendwie unheimlich und abstoßend fand.

»Heil«, sagte Beeman.

»Heil«, sagte Trelawney.

Pimli und Finli erwiderten den Gruß, wobei alle ihre Faust an die Stirn hoben, und dann ging Pimli nach unten voraus. Als sie im unteren Korridor an einem Schild mit der Ermahnung WIR MÜSSEN ALLE ZUSAMMENARBEITEN – UM EINE FEUERFREIE UMGEBUNG ZU

SCHAFFEN und einem weiteren mit der Aufschrift HEIL DEN CAN-TOI vorbeigingen, sagte Finli ganz leise: »Sie sind *ziemlich* seltsam.«

Pimli klopfte ihm lächelnd auf die Schulter. Deshalb hatte er Finli o' Tego so aufrichtig gern: weil sie immer und zu jeder Zeit ganz gleich dachten.

6

Den größten Teil des Kellers im Damli House nahm ein riesiger Raum voller Geräte ein. Nicht alles Zeug davon funktionierte, und für einige Instrumente, die das noch taten, hatten sie keine Verwendung (es gab zudem genügend, deren Sinn und Zweck sie nicht einmal verstanden), aber sie waren mit den Überwachungs- und Telemetriegeräten, die *Darks* maßen – die Einheit für verbrauchte psychische Energie –, äußerst vertraut. Den Brechern war ausdrücklich verboten, ihre psychischen Fähigkeiten außerhalb des Studiersaals einzusetzen, was aber ohnehin nicht alle gekonnt hätten. Viele glichen Männern und Frauen mit so strenger Erziehung zur Sauberkeit, dass sie nicht einmal urinieren konnten, ohne dass visuelle Stimuli ihnen versicherten, ja, sie seien auf der Toilette, und ja, es gehe völlig in Ordnung, jetzt Wasser zu lassen. Wie Kinder, die noch nicht ganz sauber waren, konnten andere wiederum einen gelegentlichen psychischen Ausbruch nicht vermeiden. Das brauchte nicht mehr zu bedeuten, als dass sie jemandem, den sie nicht leiden konnten, vorübergehende Kopfschmerzen bescherten oder eine Bank auf der Promenade umwarfen, aber Pimlis Leute überwachten die Brecher sorgfältig, und Ausbrüche, die als »mutwillig« eingeschätzt wurden, wurden bestraft – bei Ersttätern leicht, bei Wiederholungstätern in zunehmendem Maße strenger. Und wie Pimli Neuankömmlinge gern belehrt hatte (in der guten alten Zeit, als es noch Neuankömmlinge *gegeben* hatte): »Eure Sünde verrät euch, verlasst euch darauf.« Finlis Glaubensgrundsatz war sogar noch schlichter: *Telemetrie lügt nicht.*

Heute fanden sie in den Telemetrieausdrucken nur flüchtige Impulse. Sie waren so bedeutungslos, wie es eine vierstündige Tonaufzeichnung der Furze und Rülpser einer x-beliebigen Gruppe gewesen wäre. Auch die Videobänder und die Diensttagebücher der Streifen förderten nichts Interessantes zutage.

»Zufrieden, Sai?«, fragte Finli, und irgendetwas in seinem Ton veranlasste Pimli dazu, sich ruckartig umzudrehen und ihn anzustarren.

»Bist *du* es denn?«

Finli o' Tego seufzte. Bei solchen Gelegenheiten wünschte Pimli sich, Finli wäre ein Hume oder er selbst ein echter Taheen. Das Problem waren Finlis ausdruckslose schwarze Augen. Sie glichen fast den Knopfaugen einer Stoffpuppe, und es war einfach unmöglich, in ihnen etwas zu lesen. Außer vielleicht für einen anderen Taheen.

»Ich bin seit Wochen nicht mehr richtig auf dem Damm«, sagte Finli schließlich. »Ich trinke zu viel Graf, um einschlafen zu können, schleppe mich dann durch den Tag und beiße Leuten den Kopf ab. Teilweise schuld daran ist der Ausfall der Nachrichtenverbindungen, seit der vorige Balken gebrochen ist …«

»Du weißt, dass das unvermeidlich war …«

»Ja, natürlich weiß ich das. Ich will damit bloß sagen, dass ich versuche, rationale Erklärungen für irrationale Gefühle zu finden, und das ist nie ein gutes Zeichen.«

An der Rückwand des Raums hing ein Bild der Niagarafälle. Irgendein Can-Toi-Wächter hatte es umgekehrt aufgehängt. Die niederen Männer hielten das Umdrehen von Bildern für den absoluten Gipfel des Humors. Pimli hatte keine Ahnung, weshalb. Aber war das letztlich nicht scheißegal? *Ich verstehe mich auf meinen beschissenen Job,* dachte er, während er die Niagarafälle richtig herum aufhängte. *Ich verstehe mich darauf, und nur das ist wichtig, sage Gott und dem Jesusmenschen meinen Dank.*

»Wir wissen von jeher, dass es gegen Ende verrückt zugehen wird«, sagte Finli, »also rede ich mir ein, dass nicht mehr dahintersteckt. Dieses … wie soll ich sagen …«

»Dieses Gefühl, das du hast«, ergänzte der ehemalige Paul Prentiss. Dann grinste er und legte den rechten Zeigefinger über einen mit Daumen und Zeigefinger der linken Hand gebildeten Kreis. Diese Geste der Taheen bedeutete: *Ich sage die Wahrheit.* »Dieses *irrationale* Gefühl.«

»Yar. Ich weiß natürlich, dass der Blutende Löwe nicht wieder im Norden erschienen ist, und glaube auch nicht, dass die Sonne von innen heraus abkühlt. Ich habe erzählen hören, der Scharlachrote König sei wahnsinnig geworden und der Dan-Tete sei gekommen, um seinen Platz einzunehmen, kann dazu aber nur sagen: ›Das glaube ich, wenn ich's sehe.‹ Das gilt auch für diese tolle Nachricht, irgendein Revolvermann sei aus Westen gekommen, um den Turm zu retten, wie es die alten Märchen und Lieder voraussagen. Bockmist, alles nur Bockmist.«

Pimli klopfte ihm wieder auf die Schulter. »Tut meinem Herzen wohl, dich das sagen zu hören!«

Das tat es wirklich. In seiner Amtszeit als Sicherheitschef hatte Finli o' Tego verdammt gute Arbeit geleistet. Im Lauf der Jahre hatte sein Sicherheitskader ein halbes Dutzend Brecher liquidieren müssen – alles heimwehkranke Dummköpfe, die zu fliehen versucht hatten –, und bei zwei weiteren hatte eine Leukotomie vorgenommen werden müssen, aber Ted Brautigan war der Einzige, der es tatsächlich »unter dem Zaun« (diesen Ausdruck hatte Pimli aus dem Film *Stalag 17)* hindurchgeschafft hatte, aber auch ihn hatten sie zu guter Letzt zurückgeholt, bei Gott. Die Can-Toi brüsteten sich damit, und der Sicherheitschef ließ sie gewähren, aber Pimli kannte die Wahrheit: Es war Finli gewesen, der von Anfang bis Ende jeden einzelnen Schritt choreographiert hatte.

»Aber dieses Gefühl, das ich da habe, könnte mehr als nur eine Nervensache sein«, fuhr Finli fort. »Ich bin nämlich tatsächlich der Überzeugung, dass bestimmte Leute manchmal echte Intuitionen haben können.« Er lachte. »Wie könnte man an einem Ort, an dem es wie hier von Präkognitiven und Postkognitiven nur so wimmelt, das nicht glauben?«

»Aber nicht von Teleportern«, sagte Pimli. »Richtig?«

Teleportation war das einzige so genannte »wilde« Talent, vor dem das hiesige Personal sich fürchtete – und das aus gutem Grund. Die denkbaren Verwüstungen, die ein Teleporter anrichten konnte, waren ungeheuer. Indem er beispielsweise eineinhalb Hektar Weltraum herholte und einen durch Vakuum ausgelösten Hurrikan wüten ließ. Zum Glück gab es einen einfachen Test, mit dem sich dieses spezielle Talent feststellen ließ (einfach durchzuführen, obwohl die notwendigen Apparate ebenfalls noch vom Alten Volk stammten, sodass niemand wusste, wie lange sie noch funktionieren würden), und ein einfaches Verfahren (ebenfalls ein Vermächtnis der Alten), mit dem diese gefährlichen organischen Schaltkreise stillgelegt werden konnten. Dr. Gangli konnte potenzielle Teleporter in weniger als zwei Minuten neutralisieren. »So einfach, dass eine Vasektomie im Vergleich dazu wie eine Gehirnoperation aussieht«, hatte er einmal gesagt.

»Absolut keine Teleporter«, antwortete Finli und führte Prentiss zu einer Instrumentenkonsole, die auf unheimliche Weise an Susannah Deans Visualisierung ihres Dogans erinnerte. Er deutete auf die beiden Anzeigen, die in der seltsamen Schrift des Alten Volkes bezeichnet waren (ähnlich den Markierungen auf der nichtgefundenen Tür). Die Nadeln beider Anzeigen lagen ganz links auf dem Nullpunkt. Als Finli mit seinen pelzigen Daumen darauf klopfte, zuckten sie etwas, fielen aber sofort wieder zurück.

»Was diese Instrumente genau anzeigen sollen, wissen wir nicht«, sagte er, »aber eine Sache, die sie messen, ist das Teleportationspotenzial. Wir hatten schon Brecher, die ihre Gabe zu tarnen versucht haben, aber das hat nicht funktioniert. Säße bei uns irgendwo ein Teleporter im Gebälk, Pimli o' New Jersey, würden diese Nadeln zitternd bis fünfzig oder sogar achtzig ausschlagen.«

»Also.« Pimli fing an, die Punkte an den Fingern abzuzählen, wobei er lächelte, gleichzeitig aber auch ernst wirkte. »Keine Teleporter, kein Blutender Löwe, der sich von Norden heranpirscht, kein Revolvermann. Ach, und die Grünkittel sind einem Computervirus erlegen. Wenn das alles stimmt, was ist dir dann so unter die Haut gegangen? Was genau kommt dir *hei-tei-tei-trullala* vor?«

»Das nahe Ende wahrscheinlich.« Finli seufzte schwer. »Jedenfalls werde ich heute Nacht die Posten auf den Wachttürmen verdoppeln und auch am Zaun entlang Humes patrouillieren lassen.«

»Weil dir die Sache *hei-tei-tei-trullala* vorkommt.« Pimli lächelte wieder ein bisschen.

»*Hei-tei-tei-trullala,* yar.« Finli hatte kein Lächeln aufgesetzt; die ebenmäßigen kleinen Zähne blieben in der glänzenden braunen Schnauze verborgen.

Pimli schlug ihm wieder auf die Schulter. »Los, komm, wir gehen in den Studiersaal rauf. Vielleicht wirkt der Anblick all der Brecher bei der Arbeit ja beruhigend auf dich.«

»Vielleicht tut er's«, sagte Finli, lächelte aber immer noch nicht.

»Es ist alles in Ordnung, Fin«, sagte Pimli beruhigend.

»Ich nehm's an«, sagte der Taheen. Er betrachtete zweifelnd die Apparate, dann sah er zu Beeman und Trelawney hinüber, den beiden niederen Männern, die an der Tür respektvoll darauf warteten, dass die beiden großen Tiere ihr Palaver beendeten. »'s muss wohl stimmen.« Aber im Innersten glaubte er nicht daran. Die einzige Sache, die er mit Bestimmtheit glaubte, war die Tatsache, dass es im Algul Siento keine Teleporter mehr gab.

Die Telemetrie log nicht.

7

Beeman und Trelawney begleiteten sie den ganzen eichengetäfelten Kellerflur entlang zum Personalaufzug, der ebenfalls mit Eiche getäfelt war. An einer Wand der Kabine hing ein Feuerlöscher unter einem weiteren jener Schilder, die die Devar-*Folken* daran erinnerten, dass sie zusammenarbeiten mussten, um eine Umgebung ohne Brände zu schaffen.

Auch dieses Schild stand auf dem Kopf.

Pimlis Blick begegnete dem Finlis. Der Oberaufseher glaubte, im Blick seines Sicherheitschefs Belustigung zu lesen, aber was er sah, konnte natürlich auch nur sein eigener Sinn für Humor sein, der wie ein Gesicht vor einem Spiegel reflektiert wurde. Finli zog wortlos die Reißzwecken heraus und brachte das Schild wieder richtig herum an. Keiner der beiden äußerte sich anschließend zur Aufzugmaschinerie, die lärmend nicht den besten Gesundheitszustand verriet. Auch nicht zu der Art und Weise, wie die Kabine im Schacht ratterte. Falls sie stehen blieb, würde der Ausstieg durch die Deckenluke kein Problem sein, nicht einmal für einen etwas übergewichtigen (na ja … *ziemlich* übergewichtigen) Typen wie Prentiss. Das Damli House war nicht gerade ein Wolkenkratzer, und zudem waren immer reichlich Helfer zur Hand.

Sie erreichten den zweiten Stock, wo das Warnschild auf der Innenseite der geschlossenen Aufzugtür richtig herum hing. Es besagte: **NUR FÜR PERSONAL** und **BITTE SCHLÜSSEL BENUTZEN** und **FAHREN SIE SOFORT WIEDER HINUNTER, WENN SIE DIESE ETAGE VERSEHENTLICH ERREICHT HABEN. SIE WERDEN NICHT BESTRAFT, WENN SIE SICH SOFORT MELDEN.**

Während Finli seine Schlüsselkarte herausholte, fragte er mit einer Beiläufigkeit, die durchaus gespielt sein konnte (zum *Teufel* mit seinen unergründlichen schwarzen Augen): »Hast du von Sai Sayre gehört?«

»Nein«, sagte Pimli (ziemlich ärgerlich), »aber ich rechne eigentlich auch nicht damit. Wir sind hier aus bestimmten Gründen isoliert; ebenso absichtlich in der Wüste vergessen wie die Atomwissenschaftler des Manhattan-Projekts damals in den Vierzigerjahren. Als ich ihn zuletzt gesehen habe, hat er mir erklärt, es könnte … na ja, das letzte Mal sein, dass ich ihn sehe.«

»Immer mit der Ruhe«, sagte Finli. »Ich hab bloß gefragt.« Er führte die Schlüsselkarte nach unten durch den Schlitz, worauf sich die Aufzugtür mit einem ziemlich höllischen Kreischen öffnete.

8

Bei dem Studiersaal handelte es sich um einen lang gestreckten, hohen Raum in der Mitte des Damli, der sich drei volle Stockwerke hoch bis zu einem Glasdach erhob, das dem schwer erarbeiteten Sonnenlicht des Algul Durchlass gewährte. Auf dem Balkon gegenüber der Tür, durch die Prentiss und der Taheen eintraten, war ein seltsames Dreierlei versammelt, das aus einem rabenköpfigen Taheen namens Jakli, einem Can-Toi-Techniker namens Conroy und zwei Hume-Wächtern bestand, deren Namen Pimli nicht gleich einfielen. Im Dienst kamen Taheen, Can-Toi und Humes mithilfe einer bemühten – und manchmal spröden – Höflichkeit miteinander aus, aber man erwartete nicht, sie außer Dienst geselligen Umgang pflegen zu sehen. Eigentlich war der Balkon eine strikte Sperrzone, was »geselligen Umgang« anging. Die Brecher im Saal waren weder Tiere im Zoo noch exotische Fische in einem Aquarium; das hatten Pimli (und auch Finli o' Tego) dem Personal schon oft gepredigt. In all seinen hiesigen Jahren hatte der Oberaufseher von Algul Siento nur bei einem einzigen Mann seines Personals eine Leukotomie vornehmen lassen müssen: bei einem völlig idiotischen Hume-Wachmann namens David Burke, der die Brecher dort unten einmal tatsächlich mit etwas – waren es Erdnussschalen gewesen? – beworfen hatte. Als Burke merkte, dass der Oberaufseher im Ernst eine Leukotomie vornehmen lassen wollte, hatte er um eine zweite Chance gebettelt und hoch und heilig versprochen, nie wieder etwas so Dummes und Herabwürdigendes zu tun. Pimli hatte sich taub gestellt. Er hatte die Gelegenheit gesehen, ein Exempel zu statuieren, das Jahre, vielleicht sogar Jahrzehnte lang abschrecken würde, und sie ergriffen. Noch heute konnte man den jetzt *wirklich* idiotischen Mr. Burke sehen, wie er die Promenade entlangschlenderte oder zur Linken Grenze hinausspazierte, mit schlaffem Mund und einem halbwegs verwirrten Ausdruck in den Augen – *ich weiß* fast, *wer ich bin, ich erinnere mich* fast *daran, was ich getan habe, um so zu enden,* besagte dieser Blick. Er war ein lebendes Beispiel dafür, was man einfach nicht tat, wenn man sich in Gegenwart arbeitender Brecher befand. Aber es gab keine Vorschrift, die es dem Personal ausdrücklich verbot, sich auf dem Balkon aufzuhalten. Alle taten es von Zeit zu Zeit.

Weil es erfrischend war.

Zum einen machte der Aufenthalt in der Nähe arbeitender Brecher jedes Gespräch überflüssig. Was sie »guter Geist« nannten, setzte ein, sobald man den Saal im zweiten Stock von einer der beiden Seiten – von den beiden Aufzügen aus – betrat, und sowie man die Tür zum Balkon öffnete, fühlte man in seinem Kopf guten Geist aufblühen, der einem alle möglichen Arten von gegenständlicher Wahrnehmung eröffnete. Aldous Huxley, hatte Pimli sich bei mehr als einer Gelegenheit gesagt, hätte dort oben völlig durchgedreht. Manchmal spürte man, dass man sich mit den Füßen in eine Art halbherzigen Schwebezustand über den Boden erhob. Sachen, die man in den Taschen hatte, tendierten dazu, sich zu erheben und in der Luft zu schweben. Ehemals vertrackte Situationen schienen sich in dem Moment aufzulösen, in dem man sich auf sie konzentrierte. Hatte man etwas Nichtiges vergessen, beispielsweise einen Fünfuhrtermin oder den zweiten Vornamen seines Schwagers, war hier der Ort, an dem man sich wieder daran erinnern konnte. Und sogar wenn man merkte, dass man etwas richtig Wichtiges vergessen hatte, war man nie verzweifelt. Die *Folken* verließen den Balkon mit einem Lächeln auf dem Gesicht, selbst wenn sie in miesester Stimmung heraufgekommen waren (schlechte Laune war ein ausgezeichneter Grund dafür, den Balkon überhaupt erst aufzusuchen). Es war, als stiege von den Brechern dort unten ständig eine Art Glücksgas auf: unsichtbar und selbst mit höchstentwickelter Telemetrie nicht messbar.

Die beiden grüßten zu den vieren auf dem Balkon hinüber, dann traten sie an die breite Brüstung aus dunklem Eichenholz und sahen hinab. Der Raum unter ihnen hätte die weitläufige Bibliothek eines durch üppige Stiftungen finanzierten ehrwürdigen Herrenclubs in London sein können. Sanft brennende Lampen, viele mit echten

Tiffanyschirmen, standen auf Beistelltischen oder leuchteten von den Wänden (die natürlich in Eiche getäfelt waren). Der Parkettboden war mit exquisiten Orientteppichen ausgelegt. An einer Wand hing ein Matisse, an einer anderen ein Rembrandt … an einer dritten die *Mona Lisa*. Die echte im Gegensatz zu der Fälschung, die auf der Fundamentalen Welt im Louvre hing. Vor ihr stand ein Mann, der die Hände auf den Rücken gelegt hatte. Von hier oben sah es so aus, als würde er das Gemälde eingehend studieren – möglicherweise, um das berühmte geheimnisvolle Lächeln zu enträtseln –, aber Pimli wusste es besser. Auch die Männer und Frauen, die Zeitschriften in den Händen hielten, gaben nur zu lesen vor, wäre man nämlich unten bei ihnen gewesen, hätte man wahrgenommen, dass sie ausdruckslos über den oberen Rand ihrer *McCall's* und *Harper's* hinwegsahen oder knapp seitlich daran vorbeiblickten. Ein Mädchen von elf oder zwölf Jahren in einem wunderhübschen gestreiften Sommerkleid, das in einer Kinderboutique am Rodeo Drive in L. A. leicht sechzehnhundert Dollar hätte kosten können, saß am offenen Kamin vor einem Puppenhaus, wiewohl Pimli wusste, dass es die fein gearbeitete Nachbildung des Damli House überhaupt nicht beachtete.

Dreiunddreißig von ihnen waren dort unten. Insgesamt dreiunddreißig. Um acht Uhr abends, eine Stunde nach dem Ausschalten der künstlichen Sonne, würden hier dreiunddreißig frische Brecher einziehen. Und es gab einen Kerl – nur diesen einzigen –, der, ganz wie es ihm passte, kam und ging. Ein Kerl, der sich unter dem Zaun davongemacht hatte und dafür nicht einmal bestraft worden war … außer natürlich, dass er hierher zurückgebracht worden war, was für diesen Mann Strafe genug war.

Als ob der Gedanke ihn gerufen hätte, öffnete sich die Tür am Ende des Raums, und Ted Brautigan schlüpfte unauffällig herein. Er trug noch immer seine Tweedmütze. Daneeka Rostow sah von dem Puppenhaus auf und bedachte ihn mit einem Lächeln. Brautigan blinzelte ihr seinerseits zu. Pimli stieß Finli leicht an.

Finli: *(Ich sehe ihn)*

Aber sie sahen ihn nicht nur. Sie *fühlten* ihn. In dem Augenblick, in dem Brautigan den Raum betrat, spürten jene auf dem Balkon – und, was viel wichtiger war, diejenigen auf dem Parkett –, wie der Energiepegel stieg. Sie wussten noch immer nicht recht, was sie in Brautigan besaßen, und die Messgeräte halfen ihnen in diesem Punkt auch nicht weiter (der alte Fuchs hatte mehrere davon zum Durchbrennen gebracht, und das aus Absicht, da war sich Pimli ganz sicher). Falls es andere wie ihn gab, hatten die niederen Männer sie bei ihrer Jagd auf Talente nicht entdeckt; die Suche war inzwischen eingestellt worden, weil sie genügend Talente besaßen, um das Werk zu beenden. Etwas, was klar zu sein schien, war Brautigans Talent als Katalysator, als psychisch Begabter, der nicht nur selbst machtvoll war, sondern allein durch seine Nähe die Fähigkeiten anderer steigern konnte. Finlis Gedanken, die Sai Prentiss vor wenigen Augenblicken durchaus klar erschienen waren, leuchteten in seinem Kopf jetzt wie eine Neonreklame. Und, dessen war er sich sicher, das galt auch umgekehrt.

Finli: *(Er ist außergewöhnlich)*

Pimli: *(Und unseres Wissens einzigartig   Hast du diese Sache gesehen)*

Bild: Augen, die größer und kleiner, größer und kleiner werden.

Finli: *(Ja   Weißt du woher das kommt)*

Pimli: *(Keine Ahnung   Ist mir auch egal lieber Finli völlig egal Dieser alte)*

Bild: Ein alter Köter mit großen Kletten im verfilzten Fell, der auf drei Beinen einherhinkt.

(hat seine Schuldigkeit schon fast getan   kann nun bald)

Bild: eine Pistole, die Beretta eines Hume-Wächters, am Schädel des alten Köters.

Zwei Etagen unter ihnen nahm der Gegenstand ihrer Unterhaltung sich eine Zeitung (die Zeitungen waren jetzt alle so alt wie Brautigan selbst, seit Jahren veraltet), setzte sich in einen ledernen Clubsessel, in dessen Tiefen er fast verschwand, und schien dann zu lesen.

Pimli spürte, wie die psychische Kraft an ihnen vorbei und durch sie hindurch nach oben stieg, zum Oberlicht hinauf und auch durchs Glas, dann zu dem Balken, der unmittelbar über Algul hinwegführte, wie sie daran arbeitete, ihn zerspante und erodieren ließ und unaufhörlich gegen die Maserung rieb. Wie sie Löcher in die Magie fraß. Geduldig daran arbeitete, dem Bären das Augenlicht zu rauben. Den Panzer der Schildkröte zu knacken. Den Balken zu zerbrechen, der zwischen Shardik und Maturin verlief. Den Dunklen Turm zu kippen, der zwischen den beiden stand.

Pimli wandte sich seinem Begleiter zu und war nicht überrascht, dass jetzt die ebenmäßigen kleinen Zähne in Finlis Wieselkopf zu sehen waren. Endlich lächelte er! Ebenso wenig überraschte ihn, dass er jetzt in dessen schwarzen Augen lesen konnte. Zumindest hier auf dem Balkon im zweiten Stock konnte er sehr wohl in ihnen lesen.

Finli o' Tego war mit sich selbst im Reinen. Seine Sorgen

(hei-tei-tei-trullala)

hatten sich verflüchtigt. Zumindest vorläufig.

Pimli schickte Finli eine Serie von bunten Bildern: eine Champagnerflasche, die an einem Schiffsbug zerschellte; hunderte von flachen schwarzen Magisterhüten, die in die Luft geworfen wurden; eine Flagge, die auf dem Mount Everest eingerammt wurde; ein lachendes Brautpaar, das mit gesenktem Kopf in einem Schneesturm aus Reiskörnern aus einer Kirche flüchtete; ein Planet – die Erde –, der plötzlich in strahlendem Glanz leuchtete.

Bilder, die alle das Gleiche ausdrückten.

»Ja«, sagte Finli, und Pimli fragte sich, wie er jemals hatte glauben können, diese Augen ihm gegenüber seien unergründlich. »Ja, in der Tat. Erfolg am Ende des Tages.«

Keiner der beiden sah in diesem Augenblick nach unten. Sonst hätten sie gesehen, dass Ted Brautigan – ein alter Köter, das wohl, und müde zudem, aber vielleicht nicht *ganz* so müde, wie manche dachten – zu ihnen aufblickte.

Auch er hatte ein kaum wahrnehmbares Lächeln aufgesetzt.

9

Hier draußen regnete es nie, zumindest hatte Pimli noch keinen Regen erlebt, wenngleich im stygischen Dunkel der Nacht manchmal gewaltige Donnersalven grollten. Die meisten Angehörigen der Wachmannschaft im Devar-Toi hatten sich angewöhnt, trotz dieser Salven durchzuschlafen; Pimli schrak jedoch oft hoch und spürte sein hämmerndes Herz bis zum Hals schlagen, während das Vaterunser wie ein aus einem sich drehenden Band gebildeter roter Kreis durch sein halbgares Unterbewusstsein lief.

Früher am heutigen Tag, im Gespräch mit Finli, hatte der Oberaufseher von Algul Siento den Ausdruck *hei-tei-tei-trullala* mit verlegenem Lächeln gebraucht, was soll's? Es war fast ein Abzählreim für Kinder wie *ene, mene Muh* oder *eia, weia, weg.*

Als Pimli jetzt im Shapleigh House (bei den Brechern als Shit House bekannt), durch die gesamte Länge der Promenade vom Damli House getrennt, in seinem Bett lag, erinnerte er sich an das Gefühl – die absolute *Gewissheit* –, dass alles klappen würde; dass der Erfolg garantiert, nur noch eine Frage der Zeit sei. Auf dem Balkon hatte Finli diese Zuversicht geteilt, aber Pimli fragte sich, ob sein Sicherheitschef jetzt ebenso wie er selbst wach lag und darüber nachdachte, wie leicht man irregeführt werden konnte, wenn man sich in der Umgebung arbeitender Brecher aufhielt. Weil sie jenes Glücksgas aufsteigen ließen, wenn's beliebt. Diese Guter-Geist-Ausstrahlung.

Und angenommen … nur mal *angenommen* … jemand hätte dieses Gefühl tatsächlich *kanalisiert?* Es wie ein Wiegenlied zu ihnen hinaufgeschickt? *Schlaf ein, Pimli, schlaf ein, Finli, schlaft ein, all ihr guten Kinder …*

Lächerliche Vorstellung, völlig paranoid. Als dann jedoch erneut ein zweifacher Donnerknall von dort heranrollte, wo weiterhin Südosten liegen mochte – jedenfalls aus Richtung Fedic und Discordia –, setzte Pimli Prentiss sich auf und knipste die Nachttischlampe an.

Dass man die Eier fallen lassen könnte, fürchtet man erst, wenn man fast zu Hause ist.

Finli hatte davon gesprochen, heute Nacht werde er die Wachen auf den Wachttürmen und entlang den Zäunen verdoppeln. Morgen würden sie sie vielleicht verdreifachen. Nur um ganz sicherzugehen. Und weil Selbstgefälligkeit so kurz vor dem Ende eine wirklich schlimme Sache gewesen wäre.

Pimli stand auf, ein großer Mann mit behaartem Schmerbauch, der nur seine blaue Schlafanzughose trug. Er pinkelte, dann kniete er vor dem heruntergeklappten Klodeckel nieder, faltete die Hände und betete, bis er sich schläfrig fühlte. Er betete darum, seine Pflicht zu erfüllen. Er betete darum, Probleme zu erkennen, bevor sie ihn anfielen. Er betete für seine Mama, genau wie Jim Jones für *seine* gebetet hatte, während er beobachtete, wie die Warteschlange zu der Wanne mit vergiftetem Kool-Aid vorrückte. Er betete, bis der Donner zu wenig mehr als einem senilen Murmeln herabgesunken war, und ging dann wieder beruhigt zu Bett. Sein letzter Gedanke vor dem Einschlafen war, dass er morgen früh als Erstes die Wachen verdreifachen würde, und das war dann auch sein erster Gedanke, als er in dem mit künstlichem Sonnenlicht überfluteten Zimmer aufwachte. Weil man auf die Eier aufpassen musste, wenn man schon fast zu Hause war.

Kapitel VII

KA-SHUME

1

Als Brautigan und seine Freunde fort waren, breitete sich unter den Revolvermännern ein Gefühl aus, das melancholisch und ungewohnt zugleich war, aber anfangs sprach niemand darüber. Jeder von ihnen glaubte, dass diese Melancholie nur ihm oder ihr allein gehöre. Roland, der das Gefühl eigentlich als das hätte erkennen müssen, was es war (Cort hätte es Ka-Shume genannt), schrieb es stattdessen der Sorge um den kommenden Tag und sogar noch mehr der schwächenden Atmosphäre von Donnerschlag zu, wo der Tag trüb und die Nacht finster wie Blindheit war.

Jedenfalls gab es genug Arbeit für sie, nachdem Brautigan, Earnshaw und Sheemie Ruiz, dieser Freund aus Rolands Jugendtagen, sie verlassen hatten. (Susannah und Eddie hatten beide versucht, mit dem Revolvermann über Sheemie zu reden, aber Roland hatte sie abgewehrt. Jake hatte es, sich auf die Gabe der Fühlungnahme berufend, nicht einmal versucht. Roland war nicht bereit, wieder über diese alten Zeiten zu reden, zumindest jetzt noch nicht.) Es gab einen Fußpfad, der um die Flanke der Steek-Tete herum bergab führte. Sie entdeckten die Höhle, von der der Alte gesprochen hatte, die geschickt mit Felsbrocken und staubigen Wüstensträuchern getarnt war. Sie war viel größer als die obere Höhle und ließ sich durch Gaslaternen beleuchten, die an in die Felswände getriebenen Haken hingen. Jake und Eddie zündeten je zwei zu beiden Seiten an, und dann begutachteten die vier schweigend, was hier alles lagerte.

Als Erstes fielen Roland die Schlafsäcke auf: vier Stück, die an der linken Höhlenwand aufgereiht waren und zuvorkommenderweise auf aufgeblasenen Luftmatratzen lagen. Auf den Aufnähern der Schlafsäcke stand EIGENTUM DER U.S. ARMY. Neben dem letzten Schlafsack lag eine fünfte Luftmatratze, über die mehrere Badetücher gebreitet waren. *Sie haben vier Menschen und ein Tier erwartet,* dachte der Revolvermann. *Vorauswissen – oder haben sie uns irgendwie beobachtet? Aber ist das überhaupt wichtig?*

Auf einer Kiste mit der Aufschrift **VORSICHT! MUNITION!** stand ein Gegenstand unter einer blickdichten Staubschutzhaube aus Plastik. Eddie nahm sie ab, worauf eine Maschine mit waagrecht aufgesetzten Spulen zum Vorschein kam. Eine der Spulen war voll. Roland konnte mit dem einzelnen Wort auf der Vorderseite des Geräts nichts anfangen und fragte Susannah danach.

»Wollensak«, sagte sie. »Eine deutsche Firma. Wenn's um diese Dinger geht, die baut die besten.«

»Längst nicht mehr, Liebling«, sagte Eddie. »In meinem Wann sagen wir gern: ›Sony? Echt Spitze!‹ *Die* bauen ein Tonbandgerät, das man sich an den Gürtel klipsen kann. Es heißt Walkman. Ich wette, dass dagegen dieser Dinosaurier hier seine zehn Kilo auf die Waage bringt. Mit Batterien bestimmt noch mehr.«

Susannah begutachtete die unbeschrifteten Tonbandschachteln, die neben dem Wollensak aufgestapelt waren. Es waren insgesamt drei. »Ich kann's kaum erwarten, endlich zu hören, was auf den Bändern drauf ist«, sagte sie.

»Vielleicht, wenn kein Tageslicht mehr da ist«, sagte Roland. »Vorerst wollen wir uns erst mal umgucken, was wir hier sonst noch so haben.«

»Roland?«, sagte Jake.

Der Revolvermann wandte sich zu ihm um. Das Gesicht des Jungen hatte etwas an sich, was Rolands eigenem fast immer einen sanfteren Ausdruck verlieh. Der Revolvermann sah nicht unbedingt zuvorkommender aus, wenn er Jake ansah, aber es schien seinen Zügen eine Eigenschaft zu verleihen, die sie sonst nicht besaßen. Susannah fand, dass Liebe daraus sprach. Vielleicht sprach der Blick auch von einer schwachen Hoffnung für die Zukunft.

»Was gibt's, Jake?«

»Ich weiß, dass wir kämpfen werden …«

»›Nächste Woche zeigen wir *Rückkehr an den O. K. Corral* mit Van Heflin und Lee Van Cleef in den Hauptrollen‹«, murmelte Eddie, während er weiter in die Höhle hineinging. Dort stand ein größerer Gegenstand, der mit etwas abgedeckt war, was wie die Polsterdecke einer Möbelspedition aussah.

»… aber wann?«, fuhr Jake fort. »Glaubst du, dass es schon morgen so weit ist?«

»Vielleicht«, antwortete Roland. »Ich halte aber übermorgen für wahrscheinlicher.«

»Ich habe ein schreckliches Gefühl«, sagte Jake. »Es ist nicht richtig Angst …«

»Glaubst du, dass wir unterliegen werden, Schatz?«, fragte Susannah. Sie legte Jake eine Hand auf den Nacken und sah ihm ins Gesicht. Sie hatte sich angewöhnt, viel auf seine Gefühle zu geben. Manchmal fragte sie sich, wie vieles von dem, was er jetzt darstellte, mit der Kreatur zusammenhing, mit der er hatte fertig werden müssen, um hierher zu gelangen: das Ungeheuer in jener Villa in Dutch Hill. Das war kein Roboter, kein rostiges altes Spielzeug zum Aufziehen gewesen. Der Türsteher war ein echter Überlebender aus der *Prim* gewesen. »Du witterst eine Abreibung im Wind? Ist's das?«

»Eher nicht«, sagte Jake. »Aber ich weiß nicht, was es ist. Mir ist erst einmal so zumute gewesen, und das war kurz bevor …«

»Kurz bevor was?«, fragte Susannah, aber bevor Jake antworten konnte, ging Eddie dazwischen. Roland war froh darüber. *Kurz bevor ich gefallen bin.* Das hatte Jake ergänzen wollen. *Kurz bevor Roland mich hat fallen lassen.*

»Heiliger *Scheiß!* Kommt mal her, Leute! Das müsst ihr euch unbedingt ansehen!«

Eddie hatte die Polsterdecke beiseite gezogen und ein motorisiertes Fahrzeug freigelegt, das wie eine Kreuzung aus einem ATV und einem riesigen Dreirad aussah. Es hatte überbreite Ballonreifen mit tiefem Geländeprofil. Alle Bedienungseinrichtungen waren am Lenker angeordnet. Und auf dem rudimentären Instrumentenbrett lehnte eine Spielkarte. Roland wusste, welche Karte das war, noch bevor Eddie sie zwischen zwei Fingern aufnahm und umdrehte. Das Blatt zeigte eine Frau, die mit einem Tuch über dem Kopf an einem Spinnrad saß: die Herrin der Schatten.

»Sieht so aus, als hätte unser Freund Ted dir eine Karre dagelassen, Schatz«, sagte Eddie.

Susannah war hastig herangekrochen. Jetzt warf sie die Arme nach oben. »Heb mich rauf! Heb mich rauf, Eddie!«

Das tat er, und als Susannah im Sattel saß – statt Zügeln aber die Lenkergriffe gepackt hielt –, schien das Fahrzeug wie für sie gemacht zu sein. Mit dem Daumen betätigte sie den roten Anlassknopf, worauf der Motor zum Leben erwachte und kaum hörbar vor sich hin lief. Elektrisch, nicht benzingetrieben, davon war Eddie überzeugt. Wie ein Golfkarren, aber bestimmt viel schneller.

Susannah wandte sich ihren Gefährten zu und lächelte strahlend. Sie tätschelte die dunkelbraune Verkleidung des Dreirads. »Ab sofort bin ich Missus Zentaur für euch! Nach so einem Ding habe ich mein Leben lang gesucht, ohne es überhaupt zu wissen.«

Niemand bemerkte den verzweifelten Ausdruck auf Rolands Gesicht. Damit niemand ihn sehen konnte, bückte er sich, um die Spielkarte aufzuheben, die Eddie hatte fallen lassen.

Ja, sie war es wirklich – die Herrin der Schatten. Unter ihrem Kopftuch schien sie verschmitzt zu lächeln und zu schluchzen, beides gleichzeitig. Als Roland diese Karte zuletzt gesehen hatte, hatte sie ein Mann, der sich manchmal Walter, manchmal aber auch Flagg nannte, in der Hand gehalten.

Du hast keine Ahnung, wie nahe du dem Turm jetzt bist, hatte er gesagt. *Über deinem Kopf kreisen Welten.*

Und jetzt erkannte er das Gefühl, das sich zwischen sie eingeschlichen hatte, als das, was es fast sicher war: nicht Sorge oder Erschöpfung, sondern Ka-Shume. Dieser mit Wehmut befrachtete Ausdruck ließ sich nicht genau übersetzen, aber er bedeutete, dass man einen bevorstehenden Bruch im eigenen Ka-Tet spürte.

Walter o' Dim, sein alter Erzfeind, war tot. Das hatte Roland beim Anblick des Gesichts der Herrin der Schatten sofort gewusst. Bald würde auch einer aus seiner Schar sterben, wahrscheinlich in der bevorstehenden Schlacht zur Entmachtung im Devar-Toi. Und wieder einmal würde die Waagschale, die sich vorübergehend zu ihren Gunsten geneigt hatte, ins Gleichgewicht kommen.

Nicht ein einziges Mal kam Roland der Gedanke, er könnte derjenige sein, der dem Tod geweiht war.

2

An dem Gefährt, das Eddie sofort »Suzies Dreirad-Cruiser« taufte, waren drei Firmenschilder angebracht. Eines von Honda; eines von Takuro (wie auf dem vor Ausbruch der Supergrippe so beliebten Importwagen Takuro Spirit); das dritte stammte von North Central Positronics. Es gab auch noch ein viertes Schild: U. S. ARMY, wie in EIGENTUM DER.

Susannah wäre am liebsten nicht mehr abgestiegen, aber schließlich tat sie es doch. Hier gab es weiß Gott noch viel zu sehen; die Höhle war eine wahre Schatzkammer. Ihr sich verengender Schlauch war mit Lebensmitteln (vor allem gefriergetrocknetem Zeug, das wahrscheinlich nicht so gut wie Nigels Futter schmecken, sie aber wenigstens ernähren würde), Wasserflaschen, Getränkedosen (reichlich Cola und Nozz-A-La, aber nichts Alkoholhaltiges) und dem versprochenen Propanofen angefüllt. Und dazu kamen Kisten mit Waffen und Munition. Einige davon, aber bei weitem nicht alle, waren mit U. S. ARMY gekennzeichnet.

Jetzt traten ihre elementarsten Fähigkeiten zutage: der wahre Grundstock, wie Cort vielleicht gesagt hätte. Diese Talente und Intuitionen hätten für den größten Teil ihres Lebens brachliegen oder sich nur so lange regen können, um sie gelegentlich in Schwierigkeiten zu bringen, wenn Roland sie nicht bewusst geweckt … sie gefördert … und dann ihre Zähne tödlich spitz zugefeilt hätte.

Sie sprachen kaum ein Wort miteinander, als Roland ein breites Brecheisen aus seiner Tasche holte und damit die Kistendeckel aufstemmte. Susannah hatte das Geländedreirad vergessen, auf das sie ihr ganzes Leben lang gewartet hatte; Eddie vergaß, Witze zu reißen; Roland vergaß seine schlimmen Vorahnungen. Sie wurden von den für sie zurückgelassenen Waffen in Anspruch genommen, und es gab kein Fabrikat, das sie nicht sofort oder wenigstens nach kurzer Beschäftigung damit in seiner Funktion verstanden.

Eine der Kisten enthielt Schnellfeuergewehre AR-15. Die Läufe waren dick eingefettet; der Mechanismus der Schlösser duftete nach Bananenöl. Eddie fielen die zusätzlichen Wahlschalter auf. Er sah in die Kiste neben den AR-15. Darin lagen in Kunststoffhüllen ebenfalls eingefettete Metalltrommeln. Sie sahen wie jene Rundmagazine aus, die man in Gangsterfilmen wie *Maschinenpistolen* immer an den Schnellfeuerwaffen sah, waren aber größer. Eddie hob eines der Sturmgewehre heraus, drehte es um und fand dann genau das, was er erwartet hatte: einen Aufsteckadapter, mit dem diese Trommeln sich an die AR-15 setzen ließen, um sie in Reismäher mit hoher Feuergeschwindigkeit zu verwandeln. Wie viel Schuss pro Magazin? Hundert? Hundertfünfundzwanzig? Jedenfalls genug, um eine halbe Kompanie Soldaten niederzumähen, das stand fest.

In einer anderen Kiste lagen Dinger, die wie Panzerabwehrraketen aussahen, jede in Schablonenschrift mit den Buchstaben STS beschriftet. Ein daneben an der Höhlenwand lehnendes Gestell enthielt ein halbes Dutzend Abschussvorrichtungen, die man auf die Schulter nehmen konnte. Roland zeigte auf das Atomsymbol, das auf einer davon zu sehen war, und schüttelte den Kopf. Er wollte nicht, dass sie Raketen verschossen, die tödliche Strahlung freisetzten konnten, so wirkungsvoll sie auch sein mochten. Er war bereit, die Brecher zu töten, wenn das notwendig war, damit sie aufhörten, an dem Balken herumzuhantieren – aber nur als letztes Mittel.

Rechts und links neben einem Metalltablett mit Gasmasken (Jake erschienen sie auf gruselige Weise wie die abgetrennten Köpfe seltsamer Insekten) standen zwei Kisten mit Handfeuerwaffen: kurzläufige Maschinenpistolen, in deren Griffe das Wort COYOTE eingeprägt war, und großkalibrige Automatikpistolen, die Cobra Star hießen. Jake fühlte sich zu beiden Waffentypen hingezogen (eigentlich wurde er mit allen Fasern von *allen* diesen Waffen angezogen), aber er nahm sich eine Star, weil sie ein bisschen wie die Waffe aussah, die er verloren hatte. Das Magazin wurde in den Griff geschoben und enthielt fünfzehn oder sechzehn Schuss. Die genaue Zahl war nicht wichtig, es ging vielmehr darum, zu *sehen* und zu *wissen*.

»He«, sagte Susannah. Sie hatte sich etwas in Richtung Höhleneingang zurückbewegt. »Kommt und seht euch das an – Schnaatze.«

»Lass sehen, was auf dem Kistendeckel steht«, sagte Jake, während er sich zu ihr gesellte. Susannah hatte den Deckel zur Seite gestellt; Jake griff danach und betrachtete ihn bewundernd. Er zeigte das Gesicht eines lächelnden Jungen mit einer blitzförmigen Narbe auf der Stirn. Er trug eine Brille mit runden Gläsern und schwenkte etwas, was wie ein Zauberstab aussah, gegen einen schwebenden Schnaatz. Unter dieser Darstellung stand in Schablonenschrift:

EIGENTUM DER 449. SCHWADRON
24 »SCHNAATZE«

MODELL HARRY POTTER

FABRIKNUMMER 465-17-CC NDJKR

»LEGT EUCH NICHT MIT DER 449. AN!«
WIR PRÜGELN ALLES SLYTHERIN AUS EUCH RAUS!

Die Kiste enthielt zwei Dutzend Schnaatze, die wie Eier in kleinen Nestern aus Kunststoffwolle lagen. Beim Kampf gegen die Wölfe hatte keiner aus Rolands Schar Gelegenheit gehabt, sie im Einsatz aufmerksam zu studieren, aber jetzt hatten sie reichlich Zeit, ihren natürlichsten Interessen nachzugehen und ihre Neugier zu befriedigen. Jeder nahm sich einen Schnaatz. Sie waren ungefähr tennisballgroß, aber sehr viel schwerer. Die Oberfläche war mit einem Gradnetz überzogen, sodass sie an kleine Weltkugeln mit Längen- und Breitengraden erinnerten. Obwohl die Haut wie Stahl aussah, ließ sie sich etwas eindrücken – wie sehr harter Gummi.

Jeder Schnaatz trug eine Metallplatte mit seiner Seriennummer, neben der ein Knopf zu sehen war. »Der weckt die Dinger auf«, murmelte Eddie. Jake nickte. Die Kugel wies auch eine kleine Vertiefung auf, die genau die richtige Größe für einen Finger hatte. Jake legte einen Zeigefinger hinein und drückte den Knopf, ohne die geringste Angst zu haben, das Ding könnte detonieren oder etwa eine Minikreissäge ausfahren, um ihm den Finger abzuschneiden. Der Knopf machte die Programmierung zugänglich. Er hatte keine Ahnung, woher er das wusste, aber er wusste es ganz sicher.

Ein gewölbter Oberflächensektor des Schnaatzes glitt mit einem leisen *Auowwm!* beiseite. Darunter kamen vier winzige Lämpchen zum Vorschein. Drei davon waren dunkel, aber eine blinkte langsam bernsteingelb. Außerdem gab es sieben kleine Fenster, in denen jetzt die Ziffern **0 00 00 00** standen. Unter jedem befand sich ein Knopf, der so winzig war, dass man so etwas wie eine gerade gebogene Büroklammer brauchen würde, um ihn zu drücken. »Nicht größer als das Arschloch eines Käfers«, wie Eddie später grummelte, als er einen zu programmieren versuchte. Rechts neben den Fenstern befanden sich zwei weitere Knöpfe. Sie waren mit **E** und **W** bezeichnet.

Jake zeigte sie Roland. »Der eine bedeutet EINSTELLEN, der andere WARTEN. Glaubst du nicht auch? Ich schon.«

Roland nickte. Er hatte diese Waffe noch nie gesehen – zumindest nicht aus der Nähe –, aber in Verbindung mit den Fenstern lag der Zweck dieser Knöpfe auf der Hand. Er vermutete, dass diese Schnaatze sich auf eine Weise als nützlich erweisen könnten, wie es die Raketen mit Nuklearsprengköpfen nicht vermochten. EINSTELLEN und WARTEN.

EINSTELLEN … und WARTEN.

»Ob Ted und seine Kumpel dieses ganze Zeug für uns dagelassen haben?«, fragte Susannah.

Roland hielt es für eher unwichtig, wer es zurückgelassen hatte – es war hier, das genügte –, aber er nickte.

»Wie haben sie das angestellt? Und wo haben sie's hergekriegt?«

Das konnte Roland nicht sagen. Er wusste nur, dass die Höhle ein *Ma'sun,* ein Waffenarsenal, war. Dort unten führten Leute Krieg gegen den Turm, den die Linie des Eld zu verteidigen geschworen hatte. Er und sein Tet würden unerwartet über sie herfallen und mit diesen Kriegswerkzeugen zuschlagen und immer wieder zuschlagen, bis ihre Feinde mit zum Himmel gekehrten Stiefelspitzen dalagen.

Oder bis sie selbst so dalagen.

»Vielleicht erklärt er das auf den Tonbändern, die er uns dagelassen hat«, meinte Jake. Er hatte seine neue Pistole Marke Cobra gesichert und in der Tragetasche mit den restlichen Orizas verstaut. Auch Susannah hatte sich aus der Kiste mit den Cobras bedient und die Pistole wie Annie Oakley ein paarmal um den Zeigefinger gewirbelt.

»Gut möglich«, sagte sie und lächelte Jake zu. Es war lange her, dass Susannah sich körperlich so wohl gefühlt hatte. So *unschwanger*. Trotzdem war ihr Verstand beunruhigt. Oder vielleicht ihr Geist.

Eddie hielt eine Stoffbahn hoch, die zusammengerollt und mit drei Stücken Bindfaden verschnürt war. »Dieser Ted hat gesagt, dass er uns eine Karte des Gefangenenlagers dalässt. Ich wette, dass sie das hier ist. Will noch jemand außer mir sie sich ansehen?«

Niemand ließ sich lange fragen. Eddie entrollte die Karte. Brautigan hatte sie gewarnt, dass sie recht primitiv sei, und das war sie auch tatsächlich: kaum mehr als eine Ansammlung von Kreisen und Quadraten. Susannah las den Namen dieser kleinen Stadt – Pleasantville – und musste wieder an Ray Bradbury denken. Jake belustigte die simple Windrose, auf der der Kartenzeichner neben den Buchstaben N ein Fragezeichen gesetzt hatte.

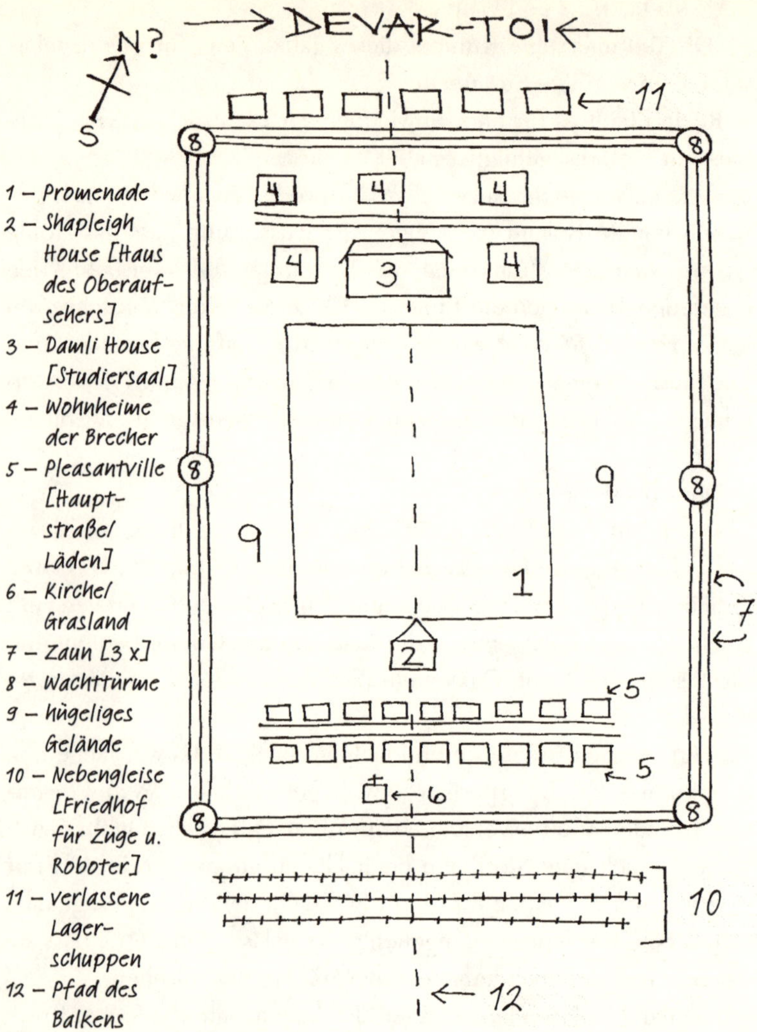
DEVAR-TOI
N?
S
1 – Promenade
2 – Shapleigh House [Haus des Oberaufsehers]
3 – Damli House [Studiersaal]
4 – Wohnheime der Brecher
5 – Pleasantville [Hauptstraße/ Läden]
6 – Kirche/ Grasland
7 – Zaun [3 x]
8 – Wachttürme
9 – hügeliges Gelände
10 – Nebengleise [Friedhof für Züge u. Roboter]
11 – verlassene Lagerschuppen
12 – Pfad des Balkens

Während sie dieses hastig erstellte Meisterwerk der Kartografie studierten, stieg in der Düsternis außerhalb der Höhle ein lang gezogener, zitternder Schrei auf. Eddie, Susannah und Jake sahen sich unruhig um. Oy hob den Kopf von den Pfoten, stieß ein kurzes, tiefes Knurren aus, ließ dann den Kopf wieder sinken und schien sofort weiterzuschlafen: *Zum Teufel mit dir, böser Junge, ich bin bei meinen Kumpels und hab keine Angst.*

»Was war das?«, sagte Eddie. »Ein Kojote? Ein Schakal?«

»Irgendeine Art Wüstenhund«, sagte Roland geistesabwesend. Er saß in der Hocke (was darauf schließen ließ, dass seine schlimme Hüfte sich gebessert hatte, zumindest vorübergehend) und hatte die Arme um die Knie geschlungen. Er ließ die primitiven Kreise und Quadrate auf dem Tuch keine Sekunde aus den Augen. »Can-Toi-Tete.«

»Ist das etwas wie *Dan*-Tete?«, fragte Jake.

Roland beachtete ihn nicht. Er raffte die Karte zusammen und verließ damit die Höhle, ohne sich umzusehen. Die anderen wechselten einen Blick, dann folgten sie ihm, wobei sie ihre Decken wieder wie Umhänge um sich zogen.

3

Roland ging zu der Stelle zurück, an der Sheemie (mit etwas Hilfe von seinen Freunden) sie abgesetzt hatte. Diesmal benutzte der Revolvermann das Fernglas und starrte ewig lange auf den Blauen Himmel hinunter. Irgendwo hinter ihnen heulte der Wüstenhund ein weiteres Mal: ein einsamer Klagelaut in der Düsternis.

Und, das fand Jake, die Düsternis war jetzt noch düsterer. Das menschliche Auge passte sich an, wenn der Tag zur Neige ging, aber der helle Scheinwerfer der künstlichen Sonne wirkte im Kontrast der Dämmerung jetzt noch greller als zuvor. Jake war sich ziemlich sicher, dass die Sonnenmaschine entweder ganz ein- oder ganz ausgeschaltet werden konnte, ohne jegliche Zwischenstufe. Vielleicht ließ man sie sogar die ganze Nacht lang brennen, aber das bezweifelte er. Das Nervensystem des Menschen war für eine geregelte Folge von Hell und Dunkel eingerichtet, das hatte er im Biologieunterricht gelernt. Man konnte längere Zeiträume bei schwachem Licht überdauern – was etwa die Bewohner der Polargebiete jedes Jahr taten –, aber davon konnte man wirklich einen Dachschaden bekommen. Jake glaubte nicht, dass die Verantwortlichen dort unten die Brecher mehr belasten wollten als unbedingt nötig. Außerdem würden sie ihre »Sonne« möglichst lange funktionstüchtig halten wollen; wo hier doch alles alt und pannenanfällig war.

Endlich gab Roland das Fernglas an Susannah weiter. »Sieh dir vor allem die Gebäude zu beiden Enden des Rasenrechtecks an.« Er entrollte die Karte wie ein Schauspieler, der auf der Bühne aus einer Schriftrolle vorlesen sollte, warf einen kurzen Blick darauf und sagte: »Sie sind auf der Karte mit den Ziffern zwei und drei bezeichnet.«

Susannah betrachtete sie sorgfältig. Die Nummer 2, das Haus des Oberaufsehers, war ein kleines Cape-Cod-Haus in leuchtendem Blau, mit Weiß abgesetzt. Ein Häuschen, das ihre Mutter wegen der fröhlichen Farben und der Bogenkanten am Dachgesims vermutlich als Lebkuchenhaus bezeichnet hätte.

Das Damli House war viel größer, und während sie es beobachtete, sah sie mehrere Leute hineingehen oder herauskommen. Manche machten den unbekümmerten Eindruck von Zivilisten. Andere schienen viel … nun, viel wachsamer zu sein. Und sie sah zwei, drei Gestalten, die unter schweren Lasten gebeugt gingen. Sie reichte das Fernglas an Eddie weiter und fragte ihn, ob das diese Kinder von Roderick seien.

»Ich glaube schon«, sagte er, »aber ich kann's nicht ganz bestimmt …«

»Kümmern wir uns nicht um die Rods«, sagte Roland. »Nicht jetzt. Und? Was hältst du von den beiden Gebäuden, Susannah?«

»Na ja«, sagte sie, wie um sich behutsam voranzutasten (eigentlich hatte sie keinen blassen Schimmer, was er von ihr erwartete), »beide befinden sich in erstklassigem Zustand, vor allem im Vergleich zu manchen der Hausruinen, die uns auf unserer Reise untergekommen sind. Das eine, das Damli House genannt wird, ist besonders hübsch. Es ist im so genannten Queen-Anne-Stil erbaut und …«

»Was glaubst du: Sind sie aus Holz oder nur so hergerichtet? Mich interessiert besonders das als Damli bezeichnete.«

Susannah richtete das Fernglas noch einmal darauf, dann gab sie es Eddie zurück. Er sah kurz hindurch und reichte es dann an Jake weiter. Während Jake es benutzte, war ein lautes *Klick!* zu hören, das aus weiter Ferne herangerollt kam … und der Sonnenstrahl von Cecil B. DeMille, der das Devar-Toi wie ein Scheinwerfer beleuchtet hatte, erlosch und ließ sie in einer trüben purpurroten Dämmerung zurück, die bald in stockfinstere Nacht übergehen würde.

Der Wüstenhund begann wieder so zu heulen, dass Jake eine Gänsehaut auf den Armen bekam. Das Jaulen wurde höher … und höher … und brach dann jäh mit einer letzten erstickten Silbe ab. Das Ganze klang wie ein finaler Überraschungsschrei, und Jake zweifelte nicht daran, dass der Wüstenhund nun tot war. Irgendetwas hatte sich von hinten an ihn angeschlichen, und als der große Himmelsscheinwerfer erlosch …

Dort unten brannten weiter Lichter, das sah er jetzt: eine weiße Doppelreihe, vermutlich die Straßenbeleuchtung von »Pleasantville«, gelbe Lichtkreise, die von Natriumdampflampen auf den Fußwegen der von Susannah so bezeichneten Brecher-Universität stammen konnten … und Scheinwerfer, die kreuz und quer ins Dunkel griffen.

Nein, dachte Jake, *nicht Scheinwerfer. Suchscheinwerfer. Wie in einem Gefängnisfilm.* »Kommt, wir gehen zurück«, sagte er. »Es gibt nichts mehr zu sehen. Außerdem gefällt es mir hier draußen in der Dunkelheit nicht.«

Roland war einverstanden. Sie folgten ihm im Gänsemarsch, wobei Eddie Susannah trug und Jake ihnen mit Oy bei Fuß folgte. Jake erwartete ständig, dass ein zweiter Wüstenhund den Schrei des ersten aufgreifen würde, was aber nicht geschah.

4

»Sie sind aus Holz«, sagte Jake. Er hockte im Schneidersitz unter einer der Gaslaternen und ließ ihr willkommenes weißes Licht sein Gesicht bescheinen.

»Holz«, stimmte Eddie zu.

Susannah zögerte einen Augenblick, weil sie spürte, dass das eine wirklich wichtige Frage war, und rief sich in Erinnerung, was sie gesehen hatte. Dann nickte sie ebenfalls. »Holz, das würde ich mit großer Bestimmheit sagen. *Besonders* das eine, das Damli House heißt. Ein aus Stein oder Ziegeln erbautes Haus im Queen-Anne-Stil, das als Holzhaus getarnt wird? Das ergibt keinen Sinn.«

»Wenn es Vagabunden täuschen kann, die es niederbrennen wollen«, sagte Roland, »dann schon. Das ergibt durchaus einen Sinn.«

Susannah dachte darüber nach. Er hatte natürlich Recht, aber …

»Ich sage trotzdem Holz.«

Roland nickte. »Das tue ich auch.« Er hatte große grüne Flaschen gefunden, auf deren Etikett *Perrier* stand. Jetzt schraubte er eine davon auf und vergewisserte sich, dass es sich bei diesem Perrier um Wasser handelte. Dann nahm er fünf Plastikbecher und goss sie der Reihe nach halb voll. Die Becher stellte er anschließend vor Jake, Susannah, Eddie, Oy und sich selbst hin.

»Nennst du mich Dinh?«, fragte er Eddie.

»Ja, Roland, du weißt, dass ich das tue.«

»Willst du Khef mit mir teilen und dieses Wasser trinken?«

»Ja, wenn du möchtest.« Eddie hatte zunächst gelächelt, ließ das jetzt aber bleiben. Das Gefühl von vorhin war wieder da, und es war stärker als zuvor. Ka-Shume, ein wehmütiges Wort, das er nicht kannte.

»Trink, Lehnsmann.«

Eddie gefiel es nicht sehr, als Lehnsmann bezeichnet zu werden, aber er trank das Wasser. Roland kniete vor ihm nieder und drückte ihm einen kurzen, trockenen Kuss auf die Lippen. »Ich liebe dich, Eddie«, sagte er, und draußen in der öden Landschaft, die sie als

Donnerschlag kannten, erhob sich ein Wüstenwind, der körnigen vergifteten Staub mit sich trug.

»Äh … ich liebe dich auch«, sagte Eddie. Das war ihm vor lauter Überraschung rausgerutscht. »Was ist dann nicht in Ordnung? Und erzähl mir nicht, dass es nichts ist, ich spüre da nämlich etwas.«

»Alles ist in Ordnung«, sagte Roland lächelnd, aber Jake hatte den Revolvermann noch nie so traurig sprechen hören. Das ängstigte ihn. »Hier geht's nur um Ka-Shume, das zu jedem Ka-Tet kommt, das jemals existiert hat … Aber jetzt, solange wir heil sind, teilen wir uns unser Wasser. Wir teilen unser Khef. 's ist ein freudiger Brauch.«

Er wandte sich an Susannah.

»Nennst du mich Dinh?«

»Ja, Roland, ich nenne dich Dinh.« Sie wirkte sehr blass, aber vielleicht kam das nur vom weißen Licht der Gaslampen.

»Willst du Khef mit mir teilen und dieses Wasser trinken?«

»Mit Vergnügen«, sagte sie und griff nach ihrem Plastikbecher.

»Trink, Lehnsfrau.«

Sie trank und hielt ihre ernsten dunklen Augen dabei auf ihn gerichtet. Sie dachte an die Stimmen, die sie in Oxford im Gefängnis gehört hatte: dieser tot, jener tot, jener andere tot; o Discordia, und die Schatten werden länger.

Roland küsste sie auf den Mund. »Ich liebe dich, Susannah.«

»Ich liebe dich auch.«

Der Revolvermann wandte sich Jake zu. »Nennst du mich Dinh?«

»Ja«, sagte Jake. Dass *er* leichenblass war, stand außer Frage; sogar seine Lippen waren aschfahl. »Ka-Shume bedeutet Tod, nicht wahr? Wen von uns trifft es?«

»Das weiß ich nicht«, erwiderte Roland, »aber der Schatten kann sich noch von uns heben, weil das Rad sich noch dreht. Hast du Ka-Shume gespürt, als du mit Callahan den Schlupfwinkel der Vampire betreten hast?«

»Ja.«

»Ka-Shume für euch beide?«

»Ja.«

»Aber trotzdem bist du hier. Unser Ka-Tet ist stark und hat viele Gefahren überstanden. Vielleicht überlebt es auch diese.«

»Aber ich spüre …«

»Ja«, sagte Roland. Seine Stimme klang freundlich, aber in seinen Augen stand jener schreckliche Ausdruck. Jener Blick, der über bloße Traurigkeit hinausging, der besagte, hier werde geschehen, was geschehen müsse, der Turm aber stehe jenseits davon, der Dunkle Turm rage jenseits auf, und nach ihm strebe er mit Herz und Seele, Ka und Khef. »Ja, ich spüre es auch. Das tun wir alle. Deshalb trinken wir Wasser, bekräftigen unsere Gemeinschaft miteinander. Willst du Khef und dieses Wasser mit mir teilen?«

»Ja.«

»Trink, Lehnsmann.«

Das tat Jake. Und dann, bevor Roland ihn küssen konnte, ließ er den Becher fallen, schlang dem Revolvermann die Arme um den Hals und flüsterte ihm leidenschaftlich ins Ohr: »Roland, ich liebe dich.«

»Ich liebe dich auch«, sagte Roland und löste sich sanft aus der Umarmung. Draußen frischte abermals der Wind auf. Jake wartete darauf, dass gleich etwas heulen würde – triumphierend möglicherweise –, aber alles blieb still.

Roland wandte sich lächelnd dem Billy-Bumbler zu.

»Oy von Mittwelt, nennst du mich Dinh?«

»Dinh!«, sagte Oy.

»Willst du Khef und dieses Wasser mit mir teilen?«

»Khef! Was'!«

»Trink, Lehnsmann.«

Oy steckte die Schnauze in den Plastikbecher – eine ziemlich delikate Angelegenheit – und schlabberte das Wasser auf. Als der Becher leer war, sah er erwartungsvoll auf. An seinen Schnurrbarthaaren hingen einige Tropfen.

»Oy, ich liebe dich«, sagte Roland und brachte sein Gesicht in Reichweite der scharfen Zähne des Bumblers. Oy leckte ihm einmal kurz über die Wange, dann steckte er die Schnauze wieder in den Becher, weil er wohl hoffte, darin noch ein paar Tropfen zu finden.

Roland streckte die Hände aus. Jake ergriff die eine, Susannah die andere. Sich an den Händen haltend bildeten sie auf diese Weise einen Kreis. *Wie Trinker am Ende eines Treffens der Anonymen Alkoholiker,* dachte Eddie.

»Wir sind ka-tet«, sagte Roland. »Wir sind eins aus vielen. Wir haben unser Wasser geteilt, wie wir unser Leben und unser Streben geteilt haben. Sollte einer von uns fallen, ist dieser eine nicht verloren, denn wir sind eins und werden ihn nicht vergessen, auch im Tode nicht.«

Sie hielten sich noch einen Augenblick länger an den Händen. Roland ließ als Erster los.

»Wie sieht dein Plan aus?«, fragte Susannah ihn. Sie sagte nicht Schätzchen zu ihm; soviel Jake mitbekam, bedachte sie ihn niemals wieder mit diesem oder einem anderen Kosenamen. »Willst du ihn uns nicht erklären?«

Roland nickte zu dem Wollensak-Tonbandgerät hinüber, das auf der Munitionskiste stand. »Vielleicht sollten wir uns erst das da anhören«, sagte er. »Ich habe bereits so etwas wie einen Plan, aber was Brautigan zu sagen hat, könnte bei einigen Details nützlich sein.«

5

Nacht in Donnerschlag war die exakte Definition von Dunkelheit: kein Mond, keine Sterne. Stünden wir jedoch außerhalb der Höhle, in der Roland und sein Tet soeben Khef geteilt haben und sich jetzt die Tonbänder anhören werden, die Ted Brautigan für sie zurückgelassen hat, würden wir in jenem winddurchtosten Dunkel zwei rot glühende Kohlenstücke schweben sehen. Würden wir den über die Flanke der Steek-Tete führenden Bergpfad hinaufsteigen (bei Nacht ein gefährliches Unterfangen), würden wir schließlich auf eine siebenbeinige Spinne stoßen, die jetzt auf dem merkwürdig zusammengeschrumpften Körper eines Mutie-Kojoten hockte. Dieser Can-Toi-Tete war lebend eine wahrhafte Missgeburt mit einem aus der Brust ragenden fünften Bein und einer zwischen den Hinterläufen wie ein Euter herabhängenden gallertartigen Fleischmasse gewesen, aber sein Fleisch nährte Mordred, und sein Blut – in einer Folge langer Züge dampfend genossen – war süß wie Dessertwein. Eigentlich gab es hier drüben alle möglichen Lebewesen, die man fressen konnte. Mordred hatte zwar keine Freunde, die ihn mit den Siebenmeilenstiefeln der Teleportation von einem Ort zum anderen tragen konnten, aber auch er hat den Weg vom Bahnhof Donnerschlag zur Steek-Tete ohne größere Mühen zurückgelegt.

Er hat genug mitbekommen, um bestimmt zu wissen, was sein Vater plant: einen Überfall auf jenen dort unten liegenden Gefängniskomplex. Sie sind erbärmlich in der Unterzahl, aber Rolands kleine Gruppe von Revolvermännern ist ihm leidenschaftlich ergeben, und Überraschung ist stets eine mächtige Waffe.

Außerdem sind Revolvermänner das, was Jake *fou* nennen würde: völlig verrückt, wenn ihr Blut in Wallung geriet, und nichts und niemanden fürchtend. Solche Berserkerwut war eine noch mächtigere Waffe.

Mordred wurde mit ziemlich viel ererbtem Wissen geboren, so scheint es. Er weiß beispielsweise, dass sein Roter Vater, hätte er erfahren, was Mordred jetzt weiß, sofort den Direktor des Devar-Toi oder dessen Sicherheitschef von der Anwesenheit des Revolvermanns benachrichtigt hätte. Und dann wäre das Ka-Tet aus Mittwelt irgendwann im Verlauf dieser Nacht *seinerseits* überfallen worden. Möglicherweise im Schlaf getötet, und alles, damit die Brecher weiter das Werk des Königs tun konnten. Mordred wurde nicht mit dem Wissen um dieses Werk geboren, aber er kann logisch denken und hat scharfe Ohren. Er versteht jetzt, was die Revolvermänner hergeführt hat: Sie sind gekommen, um die Brecher zu zerbrechen.

Er könnte sie daran hindern, gewiss, aber Mordred empfindet

seinem Roten Vater gegenüber nicht mehr Loyalität als gegenüber seinem Weißen Vater. Was er wirklich am meisten genießt – das entdeckt er jetzt –, ist die bittere Einsamkeit eines *Außenstehenden*. Die Ereignisse mit dem kalten Interesse eines Kindes zu beobachten, das Leben und Tod, Krieg und Frieden durch die Glasscheibe der Ameisenfarm auf seinem Schreibpult beobachtet.

Würde er wirklich zulassen, dass der Ki'-dam dort unten seinen Weißen Vater tötete? Oh, wahrscheinlich nicht. Dieses Vergnügen behält Mordred sich selbst vor, und er hat seine Gründe dafür; schon jetzt hat er seine Gründe dafür. Aber was die anderen betrifft – den jungen Mann, die kurzbeinige Frau, den Jungen –, ja, wenn Ki'-dam Prentiss die Oberhand gewinnt, soll er sie nach Belieben töten oder auch alle drei. Was Mordred Deschain angeht, so wird er das Spiel seinen Lauf nehmen lassen. Er wird beobachten. Er wird zuhören. Er wird die Schreie hören und den Brandgeruch riechen und das Blut in der Erde versickern sehen. Und erst dann, wenn er glaubt, dass Roland mit seinem Vorhaben zu scheitern droht, wird er, Mordred, eingreifen. Zugunsten des Roten Königs, wenn das angezeigt scheint, aber in Wirklichkeit zu seinen eigenen und aus eigenen Beweggründen, die recht simpel sind: *Mordred sein hongrig*.

Und wenn Roland und sein Ka-Tet ihr Spiel gewinnen sollten? Es gewinnen und ihren Weg zum Turm fortsetzen? Das hält Mordred für nicht sehr wahrscheinlich, auf seine eigentümliche Art gehört nämlich auch er zu ihrem Ka-Tet; er teilt ihr Khef und fühlt, was sie fühlen. Er spürt das bevorstehende Auseinanderbrechen ihrer Gemeinschaft.

Ka-Shume!, denkt Mordred lächelnd. Im Kopf des Wüstenhundes ist ein einzelnes Auge zurückgeblieben. Eines der behaarten Spinnenbeine liebkost es und pflückt es dann heraus. Mordred isst es wie eine Weinbeere, dann wendet er sich wieder dem weißen Licht der Gaslaternen zu, das an den Rändern der Wolldecke hervordringt, mit der Roland den Höhleneingang verhängt hat.

Könnte er sich näher heranschleichen? Nahe genug, um lauschen zu können?

Mordred traut sich das schon deshalb zu, weil der auffrischende Wind die Geräusche seines Annäherns übertönen wird. Eine erregende Vorstellung.

Er huscht den Felsenhang hinab und nähert sich dem schmalen Lichtstreifen, dem Murmeln der Stimme aus dem Tonbandgerät und den Gedanken der Zuhörenden: seine Brüder, seine Schwester-Mutter, der zahme Bumbler und natürlich der Oberaufseher aller, der Große Weiße Ka-Daddy.

Mordred kriecht so nahe heran, wie er es nur wagt, und kauert sich dann in der kalten und windigen Dunkelheit zusammen. Er fühlt sich elend, genießt sein Elend aber auch und träumt seine Außenseiterträume. Im Inneren, hinter der Wolldecke, ist Licht. Sollen sie es nur haben, wenn sie wollen; es sei dort einstweilen Licht. Zu guter Letzt wird er, Mordred, es löschen. Und in der Dunkelheit wird er sich seinen Freuden hingeben.

Kapitel VIII

Anmerkungen aus dem Pfefferkuchenhäuschen

1

Eddie sah zu den anderen hinüber. Jake und Roland saßen auf den Schlafsäcken, die für sie zurückgelassen worden waren. Oy lag zusammengerollt zu Jakes Füßen. Susannah war bequem im Sattel ihres Geländedreirads geparkt. Eddie nickte zufrieden und drückte die Starttaste des Tonbandgeräts. Die Spulen drehten sich … zunächst nur Stille … sie drehten sich … noch immer Stille … dann, nachdem ein Räuspern zu hören gewesen war, begann Ted Brautigan zu sprechen. Sie hörten über vier Stunden lang zu, und Eddie wechselte die leere Spule jeweils gegen die nächste volle aus, ohne sich die Mühe zu machen, die bereits gehörten Tonbänder zurückzuspulen.

Niemand schlug vor, für heute doch erst einmal Schluss zu machen, am wenigsten Roland. Er hörte stumm fasziniert zu, obwohl seine Hüfte wieder zu pochen begann. Roland glaubte, jetzt mehr zu verstehen; jedenfalls wusste er, dass sie eine reelle Chance hatten, das zu unterbinden, was in dem Komplex dort unten geschah. Dieses Wissen ängstigte ihn, weil ihre Erfolgsaussichten dennoch äußerst gering waren. Ihr Ka-Shume-Gefühl machte das klar. Und wie hoch der Einsatz war, begriff man erst richtig, wenn man die Göttin in ihrem weißen Gewand sah, das Miststück von Göttin, deren Ärmel zurückfiel, um ihren anmutigen schneeigen Arm sehen zu lassen, während sie einen heranwinkte: *Kommt zu mir, rennt zu mir. Ja, es ist möglich, ihr könnt euer Ziel erreichen, ihr könnt siegen, rennt also zu mir, schenkt mir euer ganzes Herz. Und wenn ich's breche? Wenn einer von euch strauchelt, in den Pfuhl von Coffah stürzt (den eure neuen Freunde »Hölle« nennen)? Pech für euch.*

Ja, wenn einer von ihnen in den Coffah fiele, angesichts der Fontänen verbrennen müsste, wäre das wirklich Pech. Und das Miststück in dem weißen Gewand? Ach, sie würde nur die Hände in die Hüften stemmen, den Kopf in den Nacken werfen und lachen, während die Welt unterging. Von dem Mann, dessen müde, vernünftige Stimme jetzt die Höhle füllte, hing so viel ab. Der Dunkle Turm selbst war von ihm abhängig, war Brautigan doch ein Mann mit staunenswerten Kräften.

Das Überraschende war, dass sich das Gleiche von Sheemie sagen ließ.

2

»Sprechprobe, eins, zwo … Sprechprobe, eins, zwo … Sprechprobe, Sprechprobe, Sprechprobe. Hier spricht Ted Stevens Brautigan …«

Eine kurze Pause. Die Spulen drehten sich, eine voll, die andere jetzt im Begriff, sich zu füllen.

»Okay, gut. Sogar großartig. Ich wusste nicht, ob dieser Kasten funktionieren würde, vor allem hier, aber er scheint in Ordnung zu sein. Ich habe mich auf diese Sache vorbereitet, indem ich mir vorzustellen versucht habe, wie ihr vier – fünf, wenn man den kleinen Freund des Jungen mitzählt –, mir zuhört, weil ich die Erfahrung gemacht habe, dass Visualisierung immer eine ausgezeichnete Methode ist, wenn man irgendeine Art Präsentation vorbereitet. Leider funktioniert das in diesem Fall nicht. Sheemie kann mir sehr gute mentale Bilder senden – sogar ausgezeichnete –, aber Roland ist der einzige von euch, den er tatsächlich gesehen hat, und auch ihn seit dem Fall von Gilead nicht mehr, als ihr beide noch sehr jung wart. Nichts für ungut, Leute, aber ich vermute, dass der Roland, der jetzt nach Donnerschlag unterwegs ist, keine große Ähnlichkeit mit dem jungen Mann mehr hat, den mein Freund Sheemie so angebetet hat.

Wo Sie jetzt wohl gerade sind, Roland? In Maine, auf der Suche nach dem Schriftsteller? Diesem Mann, der in gewisser Weise auch mich erschaffen hat? In New York, auf der Suche nach Eddies Frau? Ist überhaupt noch einer von euch am Leben? Ich weiß, dass die Chancen, dass Sie Donnerschlag erreichen, schlecht stehen; das Ka zieht Sie zum Devar-Toi hin, aber ein sehr mächtiges Anti-Ka, das jener, den Sie den Scharlachroten König nennen, in Gang gesetzt hat, arbeitet auf tausenderlei Weise gegen Sie und Ihr Tet. Und dennoch …

War es Emily Dickinson, die Hoffnung das Ding mit Federn genannt hat? Ich kann mich nicht entsinnen. Es gibt sehr viele Dinge, an die ich mich nicht mehr erinnern kann, aber ich weiß anscheinend noch, wie man kämpft. Vielleicht ist das eine gute Sache. Ich *hoffe,* dass es eine gute Sache ist.

Seid ihr schon auf die Idee gekommen, euch zu fragen, *wo* ich das hier gerade aufnehme, Lady und Gentlemen?«

Darauf waren sie nicht gekommen. Sie saßen nur da, von dem leicht rauchigen Klang von Brautigans Stimme wie hypnotisiert, und ließen eine Flasche Perrier und eine Büchse mit Graham-Kräckern herumgehen.

»Ich will's euch sagen«, fuhr Brautigan fort, »teils weil es die drei von euch, die aus Amerika stammen, sicher amüsieren wird, aber vor allem, weil es euch vielleicht helfen kann, einen Plan auszuarbeiten, wie das, was im Algul Siento vor sich geht, unterbunden werden kann.

Während ich spreche, sitze ich in einem Sessel aus Schokoladentafeln. Das Sitzpolster ist ein großes blaues Marshmallow, und ich bezweifle, dass die Luftmatratzen, die wir für euch zurücklassen wollen, bequemer sein könnten. Man würde vermuten, ein Polster dieser Art sei klebrig. Mitnichten. Die Wände des Raums hier – und der Küche, die ich sehen kann, wenn ich durch die Gummibonbonbogen links von mir blicke – bestehen aus grüner, gelber und roter Bonbonmasse. Leckt man die grüne an, schmeckt man Limone. Leckt man die rote an, schmeckt man Himbeere. Ich glaube allerdings, dass Geschmack (in jedem Sinn dieses vieldeutigen

Worts) nur sehr wenig mit Sheemies Auswahl zu tun hatte; ich glaube, dass er nur eine kindliche Vorliebe für leuchtende Primärfarben hat.«

Roland nickte und lächelte dabei ein wenig.

»Ich muss jedoch gestehen«, sagte die Tonbandstimme trocken, »dass ich froh wäre, wenn ich wenigstens einen Raum in etwas dezenteren Farben hätte. Vielleicht in Blau. Erdfarben wären noch besser.

Weil wir gerade bei Erdfarben sind: Die Treppe hier ist ebenfalls aus Schokolade. Das Geländer ist eine gestreifte Bonbonstange. Man kann jedoch nicht von ›der Treppe ins Obergeschoss‹ sprechen, es *gibt* nämlich kein Obergeschoss. Durchs Fenster kann man Autos vorbeifahren sehen, die verdächtig wie Bonbons aussehen, und der Straßenbelag scheint Lakritze zu sein. Wenn man jedoch die Tür öffnet und mehr als nur einen einzigen Schritt in Richtung Lakritzstraße macht, findet man sich dort wieder, wo man angefangen hat. In dem, was wir in Ermangelung eines besseren Begriffs ebenso gut ›die wirkliche Welt‹ nennen können.

Das Pfefferkuchenhäuschen – so nennen wir's nämlich, weil man das hier drinnen immer riecht: warmen Pfefferkuchen, soeben frisch aus dem Backofen – ist gleichermaßen Dinkys Schöpfung wie die Sheemies. Dinky ist in Corbett Hall neben Sheemie einquartiert worden und hat eines Nachts mitbekommen, wie Sheemie sich in den Schlaf geweint hat. Viele Leute hätten unter solchen Umständen angelegentlich weggehört, und ich gebe zu, dass wohl niemand weniger wie der barmherzige Samariter aussieht als Dinky Earnshaw, aber statt wegzuhören, hat er an die Tür von Sheemies Wohnung geklopft und gefragt, ob er hereinkommen dürfe.

Fragt man ihn heute danach, erzählt Dinky einem, das sei keine große Sache gewesen. ›Ich war hier neu, ich war einsam, ich war auf der Suche nach Freunden‹, sagt er dann. ›Als ich einen Kerl so flennen gehört habe, hab ich mir gedacht, dass *er* vielleicht auch einen Freund wollen würde.‹ Als ob das die natürlichste Sache der Welt wäre. So etwas könnte freilich vielerorts zutreffen, aber nicht im Algul Siento. Und vor allem darüber müsst ihr euch meines Erachtens im Klaren sein, wenn ihr *uns* verstehen wollt. Entschuldigt also, wenn ich auf diesem Punkt herumzureiten scheine.

Einige der Hume-Wächter nennen uns ›Morks‹ – nach irgendeinem außerirdischen Lebewesen aus irgendeiner Fernsehkomödie. Und Morks sind die selbstsüchtigsten Menschen der Welt. Asozial? Das trifft's nicht ganz. Manche sind sogar *extrem* sozial, aber nur insofern, als ihnen das jenes verschafft, was sie gegenwärtig wollen oder brauchen. Sehr wenige Morks sind Soziopathen, aber die meisten Soziopathen sind Morks, wenn ihr versteht, was ich meine. Der berühmteste – Gott sei's gedankt, dass die niederen Männer ihn nie herübergebracht haben – war ein Massenmörder namens Ted Bundy.

Wenn man ein paar Zigaretten übrig hat, kann niemand einem gegenüber mitfühlender – oder bewundernder – sein als ein Mork, der einen Glimmstängel schnorren will. Aber sobald er ihn hat, ist er auch schon fort.

Die meisten Morks – ich spreche von acht- oder neunundneunzig Prozent – hätten das Weinen hinter dieser geschlossenen Tür gehört und wären beim Vorbeikommen nicht einmal langsamer gegangen. Dinky jedoch hat angeklopft und gefragt, ob er hereinkommen dürfe, und das, obwohl er hier neu und berechtigterweise noch unsicher war (er dachte beispielsweise auch, er würde dafür bestraft werden, dass er seinen vorigen Boss ermordet hatte, aber das ist eine Geschichte für ein andermal).

Wir sollten uns nun Sheemies Reaktion darauf ansehen. Ich behaupte wieder, dass acht- oder sogar neunundneunzig Prozent aller Morks auf eine derartige Frage hin ›Verschwinde!‹ oder sogar ›Verpiss dich!‹ gebrüllt hätten. Warum? Weil wir uns außerordentlich bewusst sind, dass wir anders sind als die Masse der ›normalen‹ Menschen, und es handelt sich um ein Anderssein, das die meisten Menschen nicht mögen. Nicht mehr, als die Neandertaler die ersten Cromagnonmenschen in ihrer Nähe mochten, nehme ich mal an. Morks können Überfälle nicht leiden.«

Eine Pause. Die Spulen drehten sich. Alle vier konnten spüren, dass Brautigan angestrengt nachdachte.

»Nein, das stimmt nicht ganz«, sagte er schließlich. »Morks mögen es nicht, in einem emotional verletzlichen Zustand überrascht zu werden. Zornig, glücklich, in Tränen aufgelöst oder von hysterischem Lachen geschüttelt, alles in dieser Art. Das wäre so, als müsstet ihr Leutchen euch in eine gefährliche Situation begeben, ohne eure Waffen bei euch zu haben.

Ich war hier lange Zeit einsam. Ich war ein Mork, der Mitgefühl hatte, ob mir das gefiel oder nicht. Dann gab es Sheemie, der tapfer genug war, um Trost anzunehmen, als ihm Trost angeboten wurde. Und Dinky, der bereit war, ihm die Hand hinzustrecken. Die meisten Morks sind egoistische Introvertierte, die sich als knorrige Individualisten ausgeben – sie wollen von ihrer Umwelt als Lederstrumpf-Typen gesehen werden –, und das hiesige Personal ist davon begeistert, das könnt ihr mir glauben. Keine Gemeinschaft ist leichter zu regieren als eine, die jeglichen Gemeinschaftsbegriff ablehnt. Seht ihr nun, weshalb ich mich zu Sheemie und Dinky hingezogen gefühlt habe und wie sehr ich von Glück sagen kann, dass ich sie gefunden habe?«

Susannahs Hand stahl sich in Eddies. Er ergriff sie und drückte sie sanft.

»Sheemie hat sich im Dunkeln gefürchtet«, fuhr Ted fort. »Die niederen Männer – ich bezeichne sie alle als niedere Männer, obwohl hier Humes und Taheen sowie Can-Toi beschäftigt sind – verfügen über ein Dutzend raffinierter Tests zur Ermittlung psychischer Potenziale, aber sie konnten anscheinend nicht feststellen, dass sie einen geistig Beschränkten erwischt hatten, der sich einfach im Dunkeln fürchtete. Pech für sie.

Dinky hat das Problem sofort erfasst und dadurch gelöst, dass er Sheemie Geschichten erzählt hat. Die ersten waren Märchen, und eines davon war ›Hänsel und Gretel‹. Sheemie war von dem Pfefferkuchenhäuschen derart fasziniert, dass er ständig weitere Einzelheiten hören wollte. Und so war's eigentlich Dinky, der sich die

Schokoladesessel mit den Marshmallow-Polstern, den Gummibonbonbogen und die Bonbonstange als Treppengeländer ausgedacht hat. Eine Zeit lang *gab* es sogar ein Obergeschoss; dort standen die Betten der ›Drei Bären‹. Aber Sheemie hat sich nie viel aus dieser anderen Märchengeschichte gemacht, und als sie bei ihm in Vergessenheit geriet, ist das Obergeschoss der Casa Pfefferkuchen …« Ted Brautigan gluckste vor sich hin. »Na, irgendwie könnte man sagen, dass es biologisch abgebaut worden ist.«

Wie dem auch sei, ich glaube, dass es sich bei dem Häuschen, in dem ich mich gerade befinde, eigentlich um eine Zeitfistel handelt. Oder …« Erneut eine Pause. Ein Seufzer. Dann: »Also, es gibt eine Milliarde Universen, die eine Milliarde Realitäten enthalten. Das ist etwas, was mir klar geworden ist, seit ich aus der zurückgeholt worden bin, die der Ki'-dam immer wieder als meinen ›kleinen Urlaub in Connecticut‹ bezeichnet. Dieser schleimige Hundesohn!«

In Brautigans Stimme verbarg sich aufrichtiger Hass, fand Roland, und das war gut. Hass war gut. Er war nützlich.

»Diese Realitäten gleichen einem Spiegelkabinett, in dem es jedoch keine exakt gleichen Reflexionen gibt. Das ist ein Bild, auf das ich später zurückkommen möchte, aber das hat noch etwas Zeit. Vorerst möchte ich nur, dass ihr versteht – oder einfach akzeptiert –, dass die Realität *organisch* ist, dass sie *lebt*. Sie gleicht einem Muskel. Sheemie tut nichts anderes, als mit einer mentalen Injektionsspritze ein Loch in diesen Muskel zu piken. Über diese Nadel verfügt er nur, weil er etwas Besonderes ist …«

»Weil er ein Mork ist«, murmelte Eddie.

»Pst!«, sagte Susannah.

»… kann er sie einsetzen«, fuhr Brautigan fort.

(Roland überlegte, ob er zurückspulen sollte, um die fehlenden Worte zu hören, hielt das dann aber doch für überflüssig.)

»Dies hier ist ein Ort außerhalb der Zeit, außerhalb der Realität. Ich weiß, dass ihr etwas von der Funktion des Dunklen Turms versteht; ihr begreift seinen einigenden Zweck. Nun, stellt euch das Pfefferkuchenhäuschen als einen Balkon des Turms vor: Wenn wir uns darin aufhalten, befinden wir uns außerhalb des Turms, sind aber weiterhin mit dem Turm *verbunden*. Dieser Ort ist durchaus real – so real, dass ich mit Puderzuckerflecken an den Händen und an meiner Kleidung zurückgekommen bin –, aber nur Sheemie Ruiz hat zu ihm Zugang. Sobald wir hier sind, verwandelt er sich in alles, was Sheemie nur will. Man fragt sich, Roland, ob Sie und Ihre Freunde auch nur geahnt haben, was Sheemie wirklich ist und was er kann, als Sie ihm damals in Mejis begegnet sind.«

An dieser Stelle streckte Roland die Hand aus und drückte die Stopptaste des Tonbandgeräts. »Wir wussten, dass er … seltsam war«, erzählte er den anderen. »Wir wussten, dass er etwas Besonderes war. Cuthbert hat manchmal gesagt: ›Was ist nur mit diesem Jungen *los?* Er macht, dass mir die Haut kribbelt!‹ Und dann ist er in Gilead aufgetaucht, er und sein Esel Capi. Hat behauptet, dass er uns auf ihm gefolgt ist. Wir *wussten,* dass das unmöglich war, aber damals ist so vieles passiert, dass ein Saloonjunge aus Mejis – nicht gerade hell, aber fröhlich und hilfsbereit – unsere geringste Sorge war.«

»Er ist durch Teleportation hingekommen, oder?«, sagte Jake.

Roland, der dieses Wort bis zu diesem Tag noch nie gehört hatte, nickte sofort. »Zumindest muss er so den größten Teil der Strecke bewältigt haben; anders kann's nicht gewesen sein. Wie hätte er zum Beispiel sonst den Fluss Xay überqueren können? Dort hat es nur eine intakte Brücke gegeben, eine Hängebrücke an Seilen, und als wir drüben waren, hat Alain die Seile durchgeschnitten. Wir haben beobachtet, wie die Brücke hundertfünfzig Klafter tiefer in den Fluss gestürzt ist.«

»Vielleicht hat er die Schlucht umgangen«, sagte Jake.

Roland nickte. »Schon möglich … aber das hätte einen Umweg von mindestens sechshundert Rädern bedeutet.«

Susannah stieß einen leisen Pfiff aus.

Eddie wartete ab, ob Roland noch mehr zu sagen hatte. Als klar war, dass das nicht der Fall war, beugte Eddie sich nach vorn und drückte wieder die Starttaste. Erneut füllte Teds Stimme die Höhle.

»Sheemie ist ein Teleporter. Dinky selbst ist präkognitiv begabt … unter anderem. Leider bleiben ihm auch viele Zugänge in die Zukunft versperrt. Solltet ihr euch also fragen, ob der junge Sai Earnshaw weiß, wie alles ausgehen wird, lautet die Antwort Nein.

Jedenfalls gibt es dieses von einer Injektionsnadel gepikte Loch im lebenden Fleisch der Realität … diesen Balkon an der Seite des Turms … dieses Pfefferkuchenhäuschen. Ein realer Ort, so schwer es auch sein mag, das zu glauben. Hier werden wir die Waffen und die sonstige Ausrüstung lagern, die wir dann in einer der Höhlen auf der anderen Seite der Steek-Tete für euch zurücklassen wollen, und hier bespreche ich also auch dieses Tonband. Als ich mein Zimmer mit diesem altmodischen, aber ziemlich gut funktionierenden Gerät unter dem Arm verlassen habe, war es 10.14 Uhr BHSZ – Blauer-Himmel-Standardzeit. Wenn ich zurückkomme wird es noch immer 10.14 Uhr sein. Unabhängig davon, wie lange ich bleibe. Das ist nur eine der ungeheuer praktischen Eigenschaften des Pfefferkuchenhäuschens.

Ihr müsst verstehen – Sheemies alter Freund tut das vielleicht schon –, dass wir drei Rebellen in einer Gesellschaft sind, deren Ideal es ist, sich anzupassen, um zurechtzukommen, selbst um den Preis der Beendigung aller Existenz … und das eher früher als später. Wir besitzen eine Anzahl äußerst nützlicher Talente, die wir bündeln können, und haben es auf diese Weise geschafft, immer eine Schrittlänge Vorsprung zu halten. Bekämen Prentiss oder Finli o' Tego – das ist Prentiss' Sicherheitschef – jedoch heraus, was wir zu tun versuchen, wäre Dinky noch am selben Tag Wurmfutter. Sheemie vermutlich auch. Aus Gründen, zu denen ich noch kommen werde, hätte ich vielleicht noch etwas länger Zeit zu leben. Wenn Pimli Prentiss allerdings erführe, dass ich versucht habe, einen echten Revolvermann auf ihn anzusetzen – einen, dem es anscheinend zu verdanken ist, dass nicht weit von hier über fünf Dutzend Grünkittel erledigt wurden –, wäre sogar mein Leben gefährdet.« Eine Pause. »So wertlos es auch ist.«

Dann folgte eine längere Pause. Die zuvor leere Tonbandspule war jetzt halb voll. »Hört also zu«, sagte Brautigan, »dann erzähle ich euch die Geschichte eines bedauernswerten und unglücklichen Mannes. Meine Erzählung dauert vielleicht länger, als ihr gerade Zeit habt; in diesem Fall verstehen bestimmt drei von euch den Zweck der Taste SCHNELLER VORLAUF. Was mich betrifft, bin ich an einem Ort, an dem es keine Uhren gibt und Brokkoli zweifellos per Gesetz verboten sind. Ich habe unendlich viel Zeit.«

Eddie fiel wieder auf, wie müde die Stimme dieses Mannes klang.

»Ich möchte nur vorschlagen, dass ihr es unterlasst, schnell vorzuspulen, es sei denn, es muss sein. Wie ich schon gesagt habe, kann es darin etwas geben, was euch weiterhilft, auch wenn ich nicht sagen könnte, was. Ich bin einfach zu nahe dran. Und zudem bin ich es müde, ständig auf der Hut sein zu müssen, nicht nur tagsüber, sondern auch im Schlaf. Könnte ich nicht ab und zu ins Pfefferkuchenhäuschen verschwinden, um dort zu schlafen, ohne mich vorsehen zu müssen, hätten Finlis Can-Toi-Jungs uns drei bestimmt schon längst geschnappt. In einer Ecke dieses Raums gibt es ein Sofa, das ebenfalls aus diesen wunderbar unklebrigen Marshmallows besteht. Darauf kann ich mich ausstrecken und die Albträume haben, die ich brauche, um bei Verstand zu bleiben. Danach kann ich ins Devar-Toi zurückkehren, wo es meine Aufgabe ist, nicht nur mich, sondern auch Sheemie und Dinky zu beschützen. Dafür zu sorgen, dass die Wachen und ihre gottverdammte Telemetrie auch während unserer geheimen Tätigkeit auf eine Weise getäuscht werden, dass es so aussieht, als wären wir ständig dort gewesen, wo wir hingehören: in unseren Wohnungen, im Studiersaal, vielleicht in einem Film, der im Gem gezeigt wird, oder nach der Vorstellung beim Eisessen in Sardin's Drug Store. Das bedeutet aber auch, dass wir weiterhin als Brecher arbeiten, und ich kann jeden Tag spüren, wie der Balken, an dem wir gegenwärtig arbeiten – Bär und Schildkröte – sich immer mehr durchbiegt.

Kommt schnell her, Leute. Das wünsche ich mir von euch. Kommt so schnell her, wie ihr irgend könnt. Es geht nämlich nicht nur darum, ob mir nicht irgendein Schnitzer unterläuft. Dinky ist schrecklich cholerisch und hat die Angewohnheit, in wüste Schimpfkanonaden auszubrechen, wenn er sich provoziert fühlt. In einem solchen Zustand könnte er jederzeit etwas Falsches sagen. Sheemie tut zwar sein Bestes, aber wenn jemand ihm die falsche Frage stellen oder ihn bei der falschen Tätigkeit erwischen würde, wenn ich nicht in der Nähe bin, um die Sache auszubügeln …«

Brautigan führte diesen Gedankengang nicht zu Ende. Aus Sicht seiner Zuhörer war das auch nicht nötig.

3

Als er fortfährt, beginnt er damit, dass er ihnen erzählt, er sei im Jahr 1898 in Milford, Connecticut, geboren. Wir alle kennen Einleitungssätze dieser Art gut genug, um zu wissen, dass sie – was immer daraus werden wird – den Beginn einer Autobiografie bezeichnen. Aber während sie dieser Stimme lauschen, fällt den Revolvermännern etwas auf, was ihnen bekannt vorkommt; das gilt sogar für Oy. Anfangs können sie diesen Eindruck nicht recht definieren, aber nach einiger Zeit kommen sie darauf. Die Geschichte von Ted Brautigan, eines Wandernden Buchhalters statt eines Wandernden Priesters, weist zahlreiche Parallelen zu der von Pere Donald Callahan auf. Die beiden könnten fast Zwillinge sein. Und der sechste Zuhörer – der eine in der stürmischen Nacht vor dem mit einer Wolldecke verhängten Höhleneingang – vernimmt sie mit wachsendem Mitgefühl und Verständnis. Warum auch nicht? Anders als in der Story des Peres spielt der Alkohol in Brautigans Erzählung zwar keine große Rolle, trotzdem ist es eine Geschichte von Sucht und Isolierung, die Geschichte eines Außenseiters.

4

Mit achtzehn Jahren wird Theodore Brautigan zum Studium in Harvard zugelassen, wo auch sein Onkel Tim studiert hat, und Onkel Tim – selbst kinderlos – ist gern bereit, für Teds Studium aufzukommen. Und soviel Timothy Atwood weiß, läuft die Sache völlig unkompliziert ab: Angebot ergeht, Angebot wird angenommen, Neffe brilliert auf allen wichtigen Gebieten, Neffe schließt Studium ab und bereitet sich darauf vor, ins Möbelgeschäft seines Onkels einzutreten, sobald er sich ein halbes Jahr im Nachkriegseuropa umgesehen hat.

Was Onkel Tim nicht weiß, ist jedoch, dass Ted vor Beginn seines Studiums in Harvard versucht, sich freiwillig für etwas zu melden, das bald als die American Expeditionary Force bekannt sein wird. »Junger Mann«, erklärt ihm der Musterungsarzt, »Sie haben verdammt laute Herzgeräusche und hören unterdurchschnittlich gut. Wollen Sie etwa behaupten, dass Sie hergekommen sind, ohne zu wissen, dass Ihnen das den roten Stempel einbringen würde? Dafür – Entschuldigung, wenn ich das so offen sage – sehen Sie nämlich zu intelligent aus.«

Und dann tut Ted Brautigan etwas, was er noch nie getan hat, etwas, was er sich niemals zu tun geschworen hat. Er fordert den Militärarzt auf, sich eine Zahl zu denken, nicht bloß zwischen eins und zehn, sondern zwischen eins und tausend. Um ihm den Gefallen zu tun (in Hartford regnet es, was bedeutet, dass im Rekrutierungsbüro nicht viel los ist), denkt der Doc sich die Zahl 748. Ted nennt sie ihm. Dann 419 … 89 … und 997. Als Ted ihn auffordert, an einen berühmten Menschen, lebend oder tot, zu denken, und dann Andrew Johnson – nicht Jackson, sondern Johnson – nennt, ist der Doc endgültig verblüfft. Er zieht einen weiteren Arzt, einen Freund, hinzu, und Ted beginnt den ganzen Zirkus von vorn … mit einer Variante. Er bittet den zweiten Doc, sich eine Zahl zwischen eins und einer Million zu denken, und sagt ihm dann auf den Kopf zu, dass er an siebenundachtzigtausendvierhundertsechzehn gedacht *hat. Der zweite Arzt wirkt momentan überrascht – sogar sprachlos erstaunt –, dann tarnt er das mit einem breiten Scheißergrinsen. »Sorry, junger Mann«, sagt er, »Sie haben sich nur um knapp hundertdreißigtausend verschätzt.« Ted betrachtet ihn, ohne zu lächeln, ohne irgendwie bewusst auf dieses Scheißergrinsen zu reagieren, aber er ist erst achtzehn und noch jung genug, um von solcher ungeheuerlichen und scheinbar sinnlosen Verlogenheit platt zu sein. Unterdessen ist das Scheißergrinsen von Doc Nummer zwo von selbst verblasst. Er wendet sich an Doc Nummer eins und sagt: »Sieh dir seine Augen an, Sam – sieh dir an, was mit seinen Augen passiert.«*

Der erste Arzt versucht, Teds Augen mit einem Augenspiegel zu untersuchen, aber Ted wischt ihn ungeduldig beiseite. Er hat Zugang zu Spiegeln und weiß, wie seine Pupillen sich manchmal weiten und wieder verengen, ist sich dieses Vorgangs selbst außer Reichweite eines Spiegels bewusst, weil sein Sehvermögen dann zu flimmern und zu stottern scheint, aber das interessiert ihn nicht, vor allem jetzt nicht. Im Moment interessiert ihn nur, dass Doc Nummer zwo ihn verscheißert, ohne dass er einen Grund dafür erkennen kann. »Schreiben Sie die Zahl diesmal auf«, fordert er ihn auf. »Schreiben Sie sie auf, damit Sie nicht betrügen können.«

Doc Nummer zwo plustert sich auf. Ted wiederholt seine Herausforderung. Doc Sam bietet ihm Papier und Bleistift an, und der zweite Arzt nimmt beides. Als er eben eine Zahl hinschreiben will, besinnt er sich anders, wirft den Bleistift auf Sams Schreibtisch und sagt: »Das ist irgendein billiger Straßenkünstlertrick, Sam. Wenn du das nicht erkennst, musst du wirklich blind sein.« Und kaum hat er das gesagt, stolziert er auch schon davon.

Ted fordert Dr. Sam nun auf, an einen Verwandten, irgendeinen Verwandten, zu denken, und sagt ihm im nächsten Augenblick, dass er an seinen Bruder Guy denkt, der mit vierzehn an einer Blinddarmentzündung gestorben ist – und dass ihre Mutter ihn seither als Sams Schutzengel bezeichnet. Diesmal wirkt Dr. Sam wie vor den Kopf geschlagen. Außerdem bekommt er es jetzt mit der Angst zu tun. Ob das an den merkwürdigen Kontraktions- und Entspannungs-

bewegungen von Teds Pupillen oder der nüchtern-sachlichen Demonstration von Telepathie ohne dramatisches Stirnreiben, ohne Gemurmel »Ich nehme etwas wahr … warten Sie …« liegt, bleibt unklar, aber Dr. Sam hat jetzt Angst. Er stempelt Teds Freiwilligenbewerbung mit einem großen roten **UNTAUGLICH** *ab und will ihn dann loswerden – der Nächste bitte, wer will nach Frankreich und Senfgas schnüffeln? –, aber Ted fasst ihn sanft, aber durchaus bestimmt am Arm.*

»Hören Sie«, sagt Ted Stevens Brautigan, »ich bin ein echter Telepath. Das habe ich schon mit sechs oder sieben Jahren vermutet – sobald ich alt genug war, um dieses Wort zu kennen –, und ich weiß es sicher, seit ich sechzehn bin. Ich könnte beim Nachrichtendienst wertvolle Arbeit leisten, und auf einem solchen Posten würden Herzgeräusche und Hörschwäche nicht viel ausmachen. Und die Sache mit meinen Augen?« Er greift in die Brusttasche, zieht eine Sonnenbrille heraus und setzt sie auf. »Voilà!«

Er lächelt Dr. Sam zaghaft an. Was aber nichts nutzt. An der Tür des provisorischen Rekrutierungsbüros im Nebenraum der Turnhalle der Highschool East Hartford ist ein Feldwebel postiert, den der Arzt jetzt heranwinkt. »Dieser junge Mann hat einen T5, und ich habe keine Lust, noch länger mit ihm zu diskutieren. Vielleicht sind Sie so freundlich, ihn hinauszubegleiten.«

Nun ist es Teds Arm, der gepackt wird – und das nicht gerade sanft.

»Augenblick!«, sagt Ted. »Ich kann noch was anderes! Etwas, das noch wertvoller ist! Ich weiß nicht, ob es ein Wort dafür gibt, aber …«

Bevor er weiterreden kann, schleppt der Feldwebel ihn hinaus und befördert ihn den Korridor entlang, an mehreren neugierig gaffenden Jungen und Mädchen in fast genau seinem Alter vorbei. Es gibt *ein Wort dafür, und er wird es viele Jahre später im Blauen Himmel erfahren. Das Wort heißt* Katalysator, *und aus Paul »Pimli« Prentiss' Sicht macht das Ted Stevens Brautigan so ziemlich zum wertvollsten Hume des Universums.*

Was jedoch nicht an jenem Tag des Jahres 1916 gilt. An diesem Tag des Jahres 1916 wird er eilig den Korridor entlanggeschoben und auf der Granittreppe vor dem Haupteingang deponiert und von einem Mann mit fast greifbar starkem Akzent ermahnt: »Sie bleim jezt gefälligs hier draußn, Boa.« Nach kurzem Überlegen kommt Ted darauf, dass der Feldwebel ihn nicht tatsächlich als Schlange bezeichnet; aus dem Mund eines Dixiecrats dürfte Boa *in diesem Zusammenhang* Boy *heißen.*

Eine Zeit lang bleibt Ted einfach dort stehen, wo er deponiert worden ist. Er denkt: Wie viel braucht's eigentlich, um euch zu überzeugen? *Und:* Wie blind kann man nur sein? *Er kann nicht glauben, was ihm gerade zugestoßen ist.*

Er muss es aber glauben, steht er doch hier draußen vor der Tür. Und nach einem sechs Meilen langen Spaziergang um Hartford glaubt er, auch etwas anderes zu verstehen. Sie werden es nie *glauben. Keiner von ihnen. Niemals. Sie weigern sich zu erkennen, dass jemand, der die Gedanken des versammelten deutschen Oberkommandos lesen könnte, ein bisschen nützlich sein könnte. Jemand, der dem alliierten Oberkommando sagen könnte, wo die nächste deutsche Großoffensive stattfinden wird. Jemand, der so was mehrmals – vielleicht sogar nur* ein- *oder* zweimal! *– schaffte, konnte den Krieg vielleicht bis Weihnachten beenden. Aber er wird keine Gelegenheit dazu haben, weil man ihm keine geben wird. Und warum nicht? Das hat etwas damit zu tun, weshalb der zweite Arzt seine Zahl geändert hat, nachdem Ted sie gesagt hatte, und dann keine zweite aufschreiben wollte. Weil sie tief im Innersten kämpfen* wollen *und ein Kerl wie er bloß alles verderben würde.*

Irgendwas in dieser Art.

Scheiß drauf. Er wird nach Harvard gehen und auf Kosten seines Onkels studieren.

Und das tut er dann auch. Harvard ist alles das, was Dinky ihnen erzählt hat, und noch mehr: Theatergruppe, Debattierclub, Harvard Crimson, *Mathematische Oddfellows und natürlich die Krönung des Ganzen: die Phi-Beta-Kappa-Mitgliedschaft. Er spart seinem Onkel sogar ein paar Bucks, indem er sein Abschlussexamen vorzeitig ablegt.*

Er reist durch Südfrankreich, der Krieg ist längst vorbei, als ihn ein Telegramm erreicht: ONKEL TOT **STOP** HEIMKEHR BALDIGST **STOP**.

Das Schlüsselwort scheint hier **STOP** *zu sein.*

Das war weiß Gott einer dieser Wendepunkte im Leben. Er kehrte heim, ja, und tröstete, wo Trost nötig war, ja. Aber statt ins Möbelgeschäft einzusteigen, beschließt Ted, seinen Marsch zum finanziellen Erfolg zu **STOPPEN** *und den in finanzielles Mittelmaß zu* **BEGINNEN**. *Im Verlauf der ganzen langen Geschichte des Mannes hörte Rolands Ka-Tet kein einziges Mal, dass Ted Brautigan sein außergewöhnliches Talent oder seinen Augenblick der Erleuchtung – dass es sich um ein wertvolles Talent handelt, das niemand auf der Welt will – für seine selbst gewählte Anonymität verantwortlich machte.*

Und Gott, wodurch er das begreifen lernt! Zum einen ist sein »wildes Talent« (wie schundige Science-Fiction-Magazine es manchmal nennen) unter den richtigen Umständen tatsächlich körperlich gefährlich. Oder unter den falschen.

Im Jahr 1935, in Ohio, macht es Ted Brautigan zum Mörder.

Er bezweifelt nicht, dass manche das Wort für zu schroff halten würden, aber speziell diesen Fall muss man ihn schon selbst beurteilen lassen, verbindlichsten Dank, und er findet das Wort angebracht. Die Szene spielt in Akron, und es ist Sommerabend, und Kinder spielen an einem Ende der Stossy Avenue mit einer Blechbüchse Fußball und am anderen Schlagball, und Brautigan steht in einem leichten Sommeranzug an der Ecke, steht neben dem Telefonmast mit dem aufgemalten weißen Streifen, der bedeutet, dass der Bus hier hält. Hinter ihm liegt ein ehemaliges Süßwarengeschäft mit einem blauen NRA-Adler in einem der Schaufenster und der mit weißer Farbe aufgepinselten Botschaft SIE BRING DEN KLEIN MANN UM am anderen. Ted steht einfach nur mit seiner abgewetzten Aktentasche aus Korduanleder und einer braunen Papiertüte da – ein

Schweinekotelett zum Abendessen, er hat es sich in Mr. Dales Fancy Butcher Shop gekauft –, als plötzlich jemand von hinten so heftig gegen ihn anrennt, dass er gegen den Telefonmast mit dem weißen Streifen prallt. Er kommt mit der Nase zuerst auf. Das Nasenbein bricht. Aus der Nase spritzt Blut. Dann prallt er mit dem Mund auf, spürt, wie die Zähne sich von innen in die Oberlippe graben, und hat plötzlich einen salzigen Geschmack wie von heißem Tomatensaft im Mund. Ein dumpfer Schlag trifft sein Kreuz, gleichzeitig ist ein Reißen zu hören. Seine Hose, die ihm bei dem Aufprall halb über den Hintern runtergerutscht ist, hängt wie eine Clownshose verrutscht und verdreht an ihm, und plötzlich rennt ein Kerl in einem T-Shirt und einer Gabardinehose mit glänzendem Hosenboden die Stossy Avenue entlang in Richtung Schlagballspiel davon, und das Ding, das in seiner rechten Hand flattert, wie eine braune Lederzunge flattert, he, dieses Ding ist Ted Brautigans Geldbörse. Ihm ist gerade die Geldbörse geraubt worden, bei Gott!

Die violette Dämmerung jenes Sommerabends wird plötzlich ganz dunkel, dann hellt sie sich auf, dann wird sie nochmals dunkel. Es sind seine Augen, die den Trick vollführen, der den zweiten Arzt vor fast zwanzig Jahren so verblüfft hat, aber Ted nimmt das kaum wahr. Seine Aufmerksamkeit konzentriert sich auf den Flüchtenden, auf diesen Scheißkerl, der ihm eben die Geldbörse geraubt und nebenbei die Fresse poliert hat. Er ist noch nie in seinem Leben so wütend gewesen, niemals, und obwohl der Gedanke, den er dem Flüchtenden nachschickt, harmlos, fast sanft ist

(hör zu Kumpel wenn du gefragt hättest hätte ich dir einen Dollar gegeben vielleicht sogar zwei)

besitzt er das tödliche Gewicht eines Wurfspeers. Und er war *ein Speer. Ted braucht einige Zeit, um sich damit ganz abzufinden, aber als es so weit ist, wird ihm bewusst, dass er ein Mörder ist, und falls es einen Gott gibt, wird Ted Brautigan eines Tages vor dessen Thron stehen und sich dafür verantworten müssen, was er eben getan hat. Der Flüchtende scheint über irgendetwas zu stolpern, aber dort gibt es nichts, nur die drei Wörter* HARRY LIEBT BELINDA *in verblas-*

sender Kreideschrift auf dem von Rissen durchzogenen Gehsteig. Diese Botschaft ist von kindlich gezeichneten Symbolen umrahmt – Sterne, ein Komet, ein Halbmond –, die er später fürchten lernen wird. Ted fühlt sich, als hätte er gerade selbst einen Speer zwischen die Schulterblätter bekommen, aber zumindest steht er noch. Er hat's doch nicht so gemeint. Das steht fest. In seinem Herzen weiß er, dass er das nicht wollte. Er ist nur … vom Zorn überfallen worden.

Er hebt seine Geldbörse auf und sieht, dass die Kinder, die Schlagball gespielt haben, ihn mit offenem Mund anstarren. Er richtet seine Geldbörse auf sie, als wäre sie eine Art Schusswaffe mit schlaff herabhängendem Lauf, und der Junge, der den abgesägten Besenstiel hält, fährt zusammen. Dieses Zusammenfahren, mehr noch als der zusammenbrechende Leib, wird Ted noch mindestens ein Jahr lang im Traum verfolgen – und danach ab und an sein ganzes Leben lang. Weil er Kinder mag, *niemals eines absichtlich erschrecken würde. Und er weiß, was sie sehen: einen Mann mit so weit heruntergezogener Hose, dass seine Unterhosen zu sehen sind (wer weiß, vielleicht hängt aus dem Schlitz sogar sein Pimmel raus, und wäre das nicht der endgültige magische Effekt?), einer Geldbörse in der Hand und einem bekloppten Ausdruck auf der blutigen Fresse.*

»Ihr habt nichts gesehen!«, brüllt er sie an. »Hört ihr? Kapiert? Ihr habt nichts gesehen!«

Dann zieht er sich die Hose hoch. Dann geht er zu seiner Aktentasche zurück und hebt sie auf, aber nicht das Schweinekotelett in der braunen Papiertüte, scheiß auf das Schweinekotelett, er hat den Appetit ebenso verloren wie einen seiner Schneidezähne. Dann wirft er einen letzten Blick auf die Leiche auf dem Gehsteig und die verängstigten Kinder. Dann flüchtet er.

Was zu einem Lebensberuf wird.

5

Das Ende des zweiten Tonbands löste sich aus der Spule und machte leise *fwip-fwip-fwip*, während es kreiselte.

»Jesus«, sagte Susannah. »Jesus, dieser arme Mann.«

»Und alles so lange her«, sagte Jake und schüttelte den Kopf, als könnte er dadurch wieder klar denken. Ihm erschienen die Jahre zwischen seinem und Mr. Brautigans Wann als unüberwindbare Kluft.

Eddie griff nach der dritten Schachtel, klappte sie auf, damit das Tonband sichtbar wurde, und sah mit hochgezogenen Augenbrauen zu Roland hinüber. Der Revolvermann machte mit einem Finger die vertraute kreisende Geste, die *Los, los, weiter!* besagte.

Eddie fädelte das Band durch die Tonköpfe. Das hatte er zuvor noch nie gemacht, aber dazu brauchte man auch kein Raketenwissenschaftler zu sein, wie es immer so schön hieß. Die müde Stimme hob wieder an, sprach aus dem Pfefferkuchenhaus, das Dinky Earnshaw für Sheemie geschaffen hatte: ein realer Ort, der rein aus Phantasie entstanden war. Ein Balkon an der Seite des Dunklen Turms, wie Brautigan ihn genannt hatte.

Als er den Mann umbrachte (versehentlich, dem hätten sie alle zugestimmt; sie lebten zwangsläufig mit der Waffe in der Hand und kannten den Unterschied zwischen *versehentlich* und *absichtlich*, ohne darüber diskutieren zu müssen), war es gegen 19 Uhr gewesen. Um 21 Uhr an diesem Abend saß Brautigan in einem nach Westen fahrenden Zug. Drei Tage später überflog er die Rubrik *Buchhalter gesucht* in einer Tageszeitung in Des Moines. Inzwischen wusste er einiges über sich selbst, war sich bewusst, wie vorsichtig er in Zukunft sein musste. Selbst wo Zorn gerechtfertigt gewesen wäre, durfte er sich den Luxus des Zorns nicht mehr erlauben. Normalerweise war er bloß ein Feld-Wald-und-Wiesen-Telepath – konnte einem sagen, was man zum Mittagessen gehabt hatte, konnte einem sagen, welche Karte die Herzkönigin war, weil der Kartenhai, der das Glückspiel an der Straßenecke veranstaltete, es wusste –, aber im Zorn verfügte er über diesen Speer, diesen schrecklichen Speer …

»Das ist übrigens nicht wahr«, sagte die Tonbandstimme. »Das mit dem bloßen Feld-Wald-und-Wiesen-Telepathen, meine ich, und das wusste ich bereits, als ich – noch feucht hinter den Ohren – zum Militär gehen wollte. Ich hatte nur kein Wort für das parat, was ich war.«

Wie sich zeigte, lautete das Wort *Katalysator*. Und er war sich später sicher, dass gewisse Leute – gewisse *Talentsucher* – ihn schon damals beobachteten, ihn einschätzten und wussten, dass er anders als die kleine Untergruppe von Telepathen war – aber nicht, *auf welche Weise* anders. Zum einen waren Telepathen, die nicht von der Fundamentalen Welt (das war ihr Ausdruck) stammten, eher selten. Zum anderen war Ted seit Mitte der Dreißigerjahre bewusst, dass das, was er hatte, tatsächlich *ansteckend* war: Berührte er Leute, während er sich selbst in einem Zustand emotionaler Erregung befand, wurden sie für kurze Zeit ebenfalls Telepathen. Was er damals noch nicht wusste, war die Tatsache, dass Leute, die bereits Telepathen *waren,* dadurch stärker wurden.

Exponentiell stärker.

»Aber damit eile ich meiner Geschichte voraus«, sagte er.

Er zog von Stadt zu Stadt, ein Landstreicher, der einen Herrenanzug trug und im Passagierwagen auf den Schienen unterwegs war, statt in Latzhosen gekleidet in einem Güterwagen zu reisen, und nie lange genug an einem Ort blieb, um Wurzeln zu schlagen. Und nachträglich glaubte er, schon damals gewusst zu haben, dass er beobachtet wurde. Das war eine intuitive Sache, irgendwie etwas wie jene Eigentümlichkeiten, die man nur aus den Augenwinkeln heraus wahrnahm. Beispielsweise wurde er auf eine bestimmte *Art* Leute aufmerksam. Einige wenige waren Frauen, die meisten jedoch Männer, aber alle hatten eine Vorliebe für auffällige Kleidung, sehr kurz angebratene Steaks und schnelle Wagen in ebenso grellbunten Farben wie ihre Kleidung. Ihre Gesichter waren eigenartig grob und seltsam ausdruckslos. Es handelte sich um ein Aussehen, das er viel später mit Trotteln, die sich von Quacksalbern hatten liften lassen, in Verbindung brachte. Im selben Zwanzigjahreszeitraum – abermals jedoch nicht bewusst, nur aus den Augenwinkeln seines Verstands heraus – fiel ihm auf, dass in buchstäblich jeder Stadt, in der er war, immer wieder diese kindlich schlichten Symbole auf Zäunen und Vortreppen und Gehsteigen auftauchten. Sterne und Kometen, Planeten mit Ringen und Halbmonde. Manchmal ein rotes Auge. Oft, wenn auch nicht immer, waren in der Nähe die Quadrate eines Himmel-und-Hölle-Spiels auf den Boden gezeichnet. Später, sagte er, habe alles auf verrückte Weise zusammengepasst, nicht jedoch in den Dreißiger-, Vierziger- und frühen Fünfzigerjahren, als er sich hatte treiben lassen. Nein, damals hatte er sich ein bisschen wie die Docs eins und zwo verhalten: Er hatte nicht sehen wollen, was er direkt vor der Nase hatte, weil es … beunruhigend war.

Und dann, ziemlich genau zum Ende des Koreakriegs, sah er »Die Anzeige«. Sie versprach den **JOB IHRES LEBENS** und sicherte zu, dem **MANN MIT DEN RICHTIGEN QUALIFIKATIONEN** würden **ABSOLUT KEINE FRAGEN** gestellt werden. Zu den aufgezählten geforderten Qualifikationen gehörten Buchhaltungskenntnisse. Brautigan war sich sicher, dass diese Anzeige im ganzen Land erschienen war und er sie eben zufällig in der *Sacramento Bee* las.

»Heiliger Scheiß!«, rief Jake aus. »Das ist die gleiche Zeitung, in der Pere Callahan gelesen hat, dass sein Freund Rowan Magruder …«

»Pst«, sagte Roland. »Hört lieber zu.«

Sie hörten zu.

6

Die Einstellungstests werden von Humes vorgenommen (ein Ausdruck, den Ted Brautigan erst einige Wochen später mitbekommen wird – nicht bevor er das Jahr 1955 verlässt und die Nicht-Zeit des Algul betritt). Auch der Leiter des Vorstellungsgesprächs, mit dem er es schließlich in San Francisco zu tun hat, ist ein Hume. Ted wird mit der Zeit erfahren (neben sehr vielen anderen Sachen), dass die Verkleidungen der niederen Männer, vor allem die Masken, die sie tragen, gar nicht so perfekt sind, jedenfalls nicht, wenn man ihnen persönlich nahe gegenübersteht. Persönlich und aus der Nähe kann man die Wahrheit erkennen: Sie sind Hume/Taheen-Mischlinge, die ihr Werden mit religiösem Eifer betreiben. Die sicherste Methode, sich in der Umklammerung eines niederen Mannes wiederzufinden, während ein Satz mörderischer Niedere-Mann-Zähne nach der Halsschlagader des Opfers sucht, ist es, ihnen gegenüber zu behaupten, dass sie nur zweierlei werden: älter und hässlicher. Die roten Markierungen in der Stirnmitte – das Auge des Königs – verschwinden im Allgemeinen, wenn sie auf der Amerika-Seite sind (oder trocknen wie vorübergehend untätige Pickel ein), und die Masken nehmen im Großen und Ganzen eine unheimliche organische Beschaffenheit an, nur hinter den Ohren nicht, wo das behaarte, mit Zähnen besetzte Unterfleisch sichtbar wird, und ebenso nicht in den Nasenlöchern, in denen man Dutzende sich bewegende Flimmerhärchen sehen kann. Aber wer ist schon so unhöflich, seinem Gegenüber von unten in die Nasenlöcher zu glotzen?

Was immer sie selbst glauben, persönlich und aus der Nähe gesehen, stimmt bei ihnen irgendwas ganz entschieden nicht, auch wenn sie auf der Amerika-Seite sind, und niemand will die neuen Fische erschrecken, bevor das Netz ausgelegt ist. Deshalb sind es Humes (ein Ausdruck, den die Can-Toi niemals benutzen; sie halten ihn für so abwertend wie »Nigger« oder »Vamp«) bei den Einstellungstests, Humes bei den Vorstellungsgesprächen, nichts als Humes, bis sie später durch eine der noch funktionierenden Türen auf der Amerika-Seite gehen, um dann in Donnerschlag herauszukommen.

Ted unterzieht sich dem Einstellungstest gemeinsam mit etwa hundert weiteren Kandidaten in einer Turnhalle, die ihn an die in East Hartford erinnert. Sie ist mit unendlichen Reihen von Schultischen voll gestellt (der Hallenboden ist rücksichtsvollerweise mit Turnmatten ausgelegt worden, damit die altmodischen Stahlrohrgestelle *der Tische das versiegelte Hartholz nicht zerkratzen), aber nach der ersten Testrunde – ein neunzig Minuten langer Grundlagentest in Mathe, Englisch und Allgemeinwissen – sind die Hälfte davon nicht mehr besetzt. Nach der zweiten Runde sind es bereits drei Viertel. Diese zweite Runde besteht aus teilweise mächtig seltsamen Fragen, höchst* subjektiven *Fragen, und in manchen Fällen gibt Ted sogar Antworten, die gar nicht seiner Überzeugung entsprechen, weil er sich denkt – vielleicht* weiß *er das auch –, dass die Veranstalter der Prüfung nicht die Antwort hören wollen, die er (und die meisten anderen Leute) normalerweise geben würden. Als Beispiel dafür sollte folgendes kleines Juwel dienen:*

23. Sie halten auf einer wenig befahrenen Landstraße hinter einem Wagen, der von der Straße abgekommen ist und sich überschlagen hat. In diesem Fahrzeug ist ein junger Mann eingeklemmt, der um Hilfe ruft. Sie fragen: »Sind Sie verletzt, junger Mann?«, worauf er antwortet: »Nein, ich glaube nicht.« Auf dem Feld neben dem Wagen liegt eine Ledertasche voller Geld. Sie:

a) retten den jungen Mann und geben ihm sein Geld zurück
b) retten den jungen Mann, bestehen aber darauf, dass das Geld zur örtlichen Polizei gebracht wird
c) schnappen sich das Geld und fahren weiter, weil Sie wissen, dass irgendwann jemand vorbeikommen und den jungen Mann befreien wird, auch wenn die Straße wenig befahren ist
d) entscheiden sich für keine der drei oben genannten Möglichkeiten

Wäre das Ganze ein Einstellungstest für den Polizeidienst in Sacramento gewesen, hätte Ted im Handumdrehen »b« umkringelt. Er mag vielleicht eine Art Vagabund sein, aber seine Mama hat keine Dummköpfe großgezogen, verbindlichsten Dank. Diese Wahl wäre auch unter den meisten anderen Umständen richtig gewesen – mit ihr ging man auf Nummer Sicher, mit ihr konnte man nichts falsch machen. Und als Auffangposition, die praktisch besagte: »Ich habe keinen blassen Schimmer, worum es hier geht, bin aber wenigstens ehrlich genug, das zuzugeben«, gab es immer noch »d«.

Ted umkringelt »c«, aber nicht etwa, weil er in dieser Situation notwendigerweise so handeln würde. Insgesamt würde er eher zu »a« tendieren – unter der Voraussetzung, dass er dem jungen Mann ein paar Fragen nach der Herkunft des Geldes stellen kann. Und wenn nicht gerade ein Gewaltverbrechen vorläge (und er würde's wissen, nicht wahr, unabhängig davon, was der junge Mann auch behaupten würde), klar, hier ist Ihr Geld, vaja con Dios. Und weshalb? Weil Ted Brautigan findet, dass der Besitzer des Pleite gegangenen Süßwarengeschäfts Recht hatte: SIE BRING DEN KLEIN MANN UM.

Er umkringelte also das »c«, und fünf Tage später findet er sich in San Francisco (die Bahnfahrt von Sacramento aus hat das Unternehmen bezahlt, bei dem er sich bewirbt) gemeinsam mit drei Männern und einem mürrisch wirkenden Mädchen von achtzehn oder neunzehn Jahren (die ehemalige Tanya Leeds aus Bryce, Colorado, wie sich herausstellen wird) im Vorraum eines ebenfalls Pleite gegangenen Ballettstudios wieder. Von der Lockvogelanzeige angezogen, hatten sich über vierhundert Personen dem Einstellungstest in der Turnhalle unterzogen. Überwiegend Nieten. Hier jedoch die vier Hauptgewinne. Ein Prozent. Und das bedeutet schon, wie Ted Brautigan später entdecken wird, einen erstaunlichen Erfolg.

Schließlich wird er durch eine Tür mit der Aufschrift PRIVAT *in ein Büro geführt. Der Raum ist hauptsächlich mit staubigen Ballettklamotten angefüllt. Ein breitschultriger Mann mit hartem Gesicht, der einen braunen Anzug trägt, sitzt, unpassenderweise von zarten rosa Tutus umrahmt, auf einem Klappstuhl. Ted denkt:* Eine echte Kröte in einem imaginären Garten.

Der Mann beugt sich nach vorn und legt dabei die Hände auf die gewaltigen Oberschenkel. »Mr. Brautigan«, sagt er, »ich mag eine Kröte sein oder nicht, aber ich kann Ihnen den Job Ihres Lebens anbieten. Ich kann Sie auch mit einem Händedruck und bestem Dank wieder wegschicken. Das hängt davon ab, wie Sie eine bestimmte Frage beantworten. Die Frage nach einer Frage, um es genau zu sagen.«

Der Mann, dessen Name sich als Frank Armitage herausstellt, reicht Ted ein Blatt Papier. Darauf steht als Vergrößerung die Frage 23, also die mit dem jungen Mann und der Ledertasche voller Geld.

»Sie haben das ›c‹ umkringelt«, sagt Frank Armitage. »Erzählen Sie mir jetzt bitte, und zwar ohne lang zu überlegen, *weshalb.«*

»Weil Sie das ›c‹ wollten«, antwortet Ted, ohne lang zu überlegen.

»Und woher wissen Sie das?«

»Weil ich ein Telepath bin«, sagt Ted. »Und weil ich damit zu dem Personenkreis gehöre, auf den Sie wirklich *aus sind.« Er bemüht sich, weiter ein Pokergesicht zu machen, was ihm seiner Meinung nach auch ganz gut gelingt, aber innerlich erfüllt ihn große, jubelnde Erleichterung. Weil er einen Job gefunden hat? Nein. Weil er gleich ein Angebot bekommen wird, im Vergleich zu dem die Preise in den neuen Quizshows im Fernsehen kümmerlich wirken werden? Nein.*

Weil endlich jemand das will, was er kann.

Weil endlich jemand ihn *will.*

7

Die angebotene Stellung erwies sich zwar als Lockvogelangebot, aber in seinem auf Tonband aufgezeichneten Bericht war Brautigan ehrlich genug, um zuzugeben, vermutlich auch mitgemacht zu haben, wenn er die Wahrheit gewusst hätte.

»Weil Talent nicht still sein will, sich nicht darauf versteht, still zu sein«, sagte er. »Egal, ob das Talent Safeknacken, Gedankenlesen oder Kopfrechnen mit zehnstelligen Zahlen betrifft, es schreit danach, gebraucht zu werden. Es ist niemals still. Es weckt einen mitten in der müdesten Nacht und schreit: »Gebrauch mich, gebrauch mich, gebrauch mich! Ich hab's satt, untätig herumzuhocken! Gebrauch mich, Scheißkopf, gebrauch mich!«

Jake brach in schallend lautes präpubertäres Lachen aus. Er bedeckte den Mund mit den Händen, kicherte aber durch die Finger weiter. Oy sah mit seinen schwarzen Augen, die von goldenen Ringen umgeben waren, zu ihm auf und grinste teuflisch.

In jenem Raum voller mit Rüschen besetzter rosa Tutus fragte Armitage, der den weichen Filzhut auf seinem Bürstenhaarschnitt nach hinten geschoben hatte, ob Ted schon einmal von den »South American Seabees« gehört habe. Weil Ted das verneinte, erklärte Armitage ihm, dass im Jahr 1946 einmal ein Konsortium aus reichen südamerikanischen Geschäftsleuten, vor allem Brasilianer, eine größere Gruppe von amerikanischen Ingenieuren, Bauarbeitern und Bohrarbeitern angeheuert hatte. Insgesamt über hundert. Und das seien die South American Seabees gewesen. Das Konsortium stellte alle für vier Jahre ein, zwar in unterschiedlichen Gehaltsstufen, wobei das Gehalt aber in jeder Stufe äußerst großzügig war – so sehr, dass es schon fast peinlich war. Beispielsweise konnte ein Planierraupenfahrer einen Vertrag mit 20000 Dollar Jahresgehalt unterschreiben, was damals ein Haufen Geld war. Aber es gab noch mehr: einen Bonus in der Höhe eines Jahresgehalts. Das machte nach vier Jahren insgesamt 100000 Dollar. Vorausgesetzt jedoch, der Betreffende war bereit, eine ungewöhnliche Bedingung zu erfüllen: hinreisen, arbeiten und nicht mehr zurückkommen, bevor die vier Jahre um waren oder die Arbeit getan war. Man hatte zwei Tage in der Woche frei, genau wie in Amerika, und bekam seinen Jahresurlaub, genau wie in Amerika, aber in den Pampas. Bevor man die vereinbarten vier Jahre abgedient hatte, durfte man nicht nach Nordamerika zurück (nicht mal nach Rio). Wenn man unterdessen in Südamerika starb, wurde man dort eingebuddelt – niemand hatte Lust, für eine Leichenüberführung nach Wilkes-Barre zu zahlen. Aber man bekam fünfzig Mille Vorschuss und eine Übergangsfrist von sechzig Tagen, in denen man sie ausgeben, sparen, investieren oder auf den Kopf hauen konnte. Entschied man sich dafür, den Vorschuss zu investieren, konnten daraus fünfundsiebzig Mille geworden sein, wenn man wieder aus dem Dschungel getanzt kam: mit knochentiefer Sonnenbräune, einem ganzen Satz neuer Muskeln und genügend Geschichten, um ein Leben lang davon zu zehren. Und sobald man wieder daheim war, hatte man natürlich, was die Tommys gern »die andere Hälfte« nennen, um es draufzulegen.

So ähnlich sei es auch hier, erklärte Armitage gegenüber Ted mit großem Ernst. Nur betrage der Vorschuss eine lockere Viertelmillion, und nach Ablauf der Verpflichtungszeit gebe es eine halbe Million.

»Was unglaublich klang«, sagte Teds Stimme aus dem Wollensak. »Und wie, verdammt noch mal! Ich habe erst später herausbekommen, wie unglaublich billig sie uns eingekauft haben, selbst zu diesen Preisen. Vor allem Dinky lässt sich oft darüber aus, wie geizig sie sind … Wobei ›sie‹ in diesem Fall die Bürokraten des Scharlachroten Königs sind. Er behauptet, dass der König das Ende der Schöpfung auf die billige Masche herbeizuführen versucht, und damit hat er natürlich Recht, aber ich glaube, auch Dinky erkennt – obwohl er das natürlich nie zugeben würde –, dass man einem Menschen andererseits auch nicht zu viel bieten darf, weil er sich sonst nämlich einfach weigert, das Angebot für bare Münze zu nehmen. Oder er wäre, je nachdem wie viel Phantasie er hat (viele Telepathen und Präkognitive besitzen fast überhaupt keine), tatsächlich *außerstande*, es zu glauben. In unserem Fall sollte die Verpflichtungszeit sechs Jahre – mit der Wahlmöglichkeit einer Verlängerung auf zwölf Jahre – betragen. Armitage verlangte meine sofortige Entscheidung. Nur wenige Methoden sind so erfolgreich, Lady und Gentlemen, wie die, bei der man die Zielperson erst verblüfft, sie dann vor Geldgier erstarren lässt und zuletzt überrumpelt.

Ich jedenfalls wurde gehörig überrumpelt und stimmte sofort zu. Armitage erklärte mir daraufhin, dass meine Viertelmillion noch am selbigen Nachmittag für mich bei der Seaman's San Francisco Bank bereitliege, und ich könne auch ab sofort darüber verfügen. Ich fragte ihn, ob es denn keinen Vertrag zu unterschreiben gebe. Er streckte mir die Hand hin – so groß wie ein Schinken war sie – und sagte, *das* sei unser Vertrag. Ich fragte ihn, wohin ich reisen und was ich dort tun würde – lauter Fragen, die ich vorher hätte stellen sollen, wie ihr mir sicher zugestehen würdet, aber ich war so überwältigt, dass ich gar nicht auf diese Idee gekommen bin.

Außerdem glaubte ich, das alles ziemlich sicher zu wissen. Ich ging davon aus, für die Regierung zu arbeiten. Irgendeine Kalter-Krieg-Geschichte. Die auf einer Insel im Pazifik angesiedelte telepathische Abteilung der CIA oder des FBI. Ich weiß noch, wie ich gedacht habe, dass sich daraus ein verdammt spannendes Hörspiel machen ließe!

Armitage jedoch erklärte mir: ›Sie werden weit reisen, Ted, aber trotzdem gleich nebenan sein. Das ist alles, was ich Ihnen vorerst sagen kann. Außer, dass Sie in den acht Wochen, bevor Sie tatsächlich … äh … abreisen, niemandem von unserer Vereinbarung erzählen dürfen. Denken Sie daran: Feind hört mit! Auch auf die Gefahr hin, damit Verfolgungswahn in Ihnen zu wecken – Sie müssen ständig damit rechnen, beschattet zu werden.‹

Und natürlich *wurde* ich beobachtet. Erst später – *zu* später, wenn man überhaupt so sagen darf – konnte ich meine beiden letzten Monate in Frisco rekapitulieren, und da ging mir auf, dass die Can-Toi mich die ganze Zeit über beobachtet hatten.

Die niederen Männer.«

8

»Armitage und die beiden anderen Humes holten uns vor dem Hotel Mark Hopkins ab«, sagte die Tonbandstimme. »An das Datum erinnere ich mich noch glasklar; es war Halloween, der Abend vor Allerheiligen des Jahres 1955. Fünf Uhr abends. Ich, Jace McGovern, Dave Ittaway, Dick … seinen Nachnamen habe ich vergessen, er ist ungefähr ein halbes Jahr später gestorben. Laut Humma soll es Lungenentzündung gewesen sein, und die übrigen Ki'cans haben das auch behauptet – Ki'can heißt gewissermaßen Scheißleute oder Scheiß-*Folken,* falls euch das interessiert –, aber es war Selbstmord, und wenn das irgendwer wusste, dann ich. Die anderen … Na ja, erinnert ihr euch an Doc Nummer zwo? Die anderen waren und sind nicht anders als er. ›Erzählen Sie mir nichts, was ich nicht wissen will, Sai, verderben Sie mir meine Weltsicht nicht.‹ Jedenfalls war unsere Gruppe mit Tanya Leeds komplett. Zähes kleines Ding …«

Eine Pause und ein Klick. Als Ted dann weitersprach, klang seine Stimme vorübergehend frischer. Das dritte Tonband war fast zu Ende. *Den Rest der Story muss er im Eiltempo abgehandelt haben,* dachte Eddie und stellte fest, dass dieser Gedanke etwas Enttäuschung bei ihm auslöste. Unabhängig davon, was er vielleicht sonst noch war, war Ted ein verdammt guter Geschichtenerzähler.

»Armitage und seine Kollegen kamen mit einem Ford-Kombi, einem ›Woody‹, wie wir in der guten alten Zeit wegen des Holzimitats an den Wagenseiten sagten. Sie fuhren mit uns landeinwärts, in ein Kaff namens Santa Mira. Nur die Hauptstraße dort war asphaltiert, alle übrigen Straßen waren unbefestigt. Ich weiß noch, dass es dort viele Ölförderpumpen gab, die mich irgendwie an Gottesanbeterinnen erinnerten … obwohl es natürlich längst dunkel war, sodass sie nur als Silhouetten in den Himmel ragten.

Ich erwartete eine Bahnstation oder vielleicht einen Bus mit SONDERFAHRT in dem Fenster, in dem sonst das Fahrtziel angezeigt wird. Stattdessen hielten wir auf dem leeren Ladehof einer Spedition, über dessen Einfahrt ein schiefes Schild mit der Aufschrift SANTA MIRA SHIPPING hing, und ich fing einen glasklaren Gedanken von Dick Wer-auch-immer auf. *Sie werden uns ermorden,* dachte er. *Sie haben uns hergebracht, um uns zu ermorden und unser Zeug zu klauen.*

Wer nicht selbst Telepath ist, kann sich nicht vorstellen, wie furchterregend so was sein kann. Wie diese scheinbare Gewissheit sich irgendwie … im Kopf festsetzt. Ich sah Dave Ittaway blass werden, und obwohl Tanya keinen Laut von sich gab – sie war ein zähes kleines Ding, wie ich schon erwähnt habe –, war es im Wagen hell genug, um zu erkennen, dass ihr Tränen in den Augen standen.

Ich beugte mich zu Dick hinüber, ergriff seine Hände und hielt sie fest, als er sie mir wieder zu entziehen versuchte. Ich sendete: *Sie haben uns keine Viertelmillion pro Nase gegeben, von denen der größte Teil noch sicher auf der Seaman's Bank liegt, damit sie uns in die hinterste Provinz verschleppen und unsere Uhren klauen können.* Und Jace sendete: *Ich hab nicht mal eine Uhr. Ich hab meine Gruen schon vor zwei Jahren in Albuquerque zum Pfandleiher getragen, und als ich daran gedacht habe, mir eine neue zu kaufen – das war gestern gegen Mitternacht –, hatten die Geschäfte längst zu, und ich war ohnehin zu besoffen, um vom Barhocker zu klettern.*

Die Geschichte löste unsere Verkrampfung, und wir mussten alle lachen. Armitage wollte wissen, worüber wir lachten, und das entspannte uns noch mehr, weil wir jetzt etwas hatten, was sie nicht hatten, und eine Kommunikationsmöglichkeit beherrschten, die ihnen verschlossen blieb. Ich sagte, es sei nichts gewesen, und drückte Dick noch mal kurz die Hände. Das war genug. Ich hatte … irgendwie als Katalysator gewirkt. Es war das erste Mal. Das erste von vielen, vielen Malen. Das ist mit daran schuld, dass ich inzwischen so müde bin; das ständige Katalysieren macht einen kaputt.

Armitage und die anderen führten uns hinein. Die Lagerhalle war leer, aber in der Rückwand gab es eine Tür, auf der mit Kreide zwei Worte angeschrieben waren, die von diesen Monden und Sternen umgeben waren. *Bahnhof Donnerschlag* stand dort. Nur gab es hier keinen Bahnhof: keine Gleise, keine Busse, keine Straße außer der, auf der wir hergekommen waren. Auf beiden Seiten der Tür waren Fenster zu sehen, und rechts und links der Lagerhalle gab es lediglich ein paar kleinere ähnliche Gebäude – verlassene Lagerschuppen, einer davon nur ein ausgebranntes Gerippe – und jede Menge Buschland, das mit Abfall übersät war.

Dave Ittaway sagte: ›Warum gehen wir dort raus?‹, und einer der anderen sagte: ›Sie werden schon sehen‹, und das taten wir allerdings.

›Ladies first‹, sagte Armitage und öffnete die Tür.

Auf der anderen Seite war es dunkel, aber nicht von derselben *Art* Dunkelheit, wie man sie sonst kannte. Es war ein dunkleres Dunkel. Sobald ihr Donnerschlag bei Nacht gesehen habt, werdet ihr wissen, was ich damit meine. Und es klang anders. Unser alter Kumpel Dick jedenfalls schien sich die Sache auf einmal anders überlegt zu haben und machte kehrt. Einer der Männer zog eine Pistole. Und ich werde nie vergessen, was Armitage dann sagte. Weil es irgendwie … freundlich klang. ›Zum Umkehren ist es zu spät‹, sagte er. ›Jetzt könnt ihr nur noch vorwärts gehen.‹

Und in diesem Augenblick wusste ich, dass die Sache mit der sechsjährigen Verpflichtung, die wir auf Wunsch erneuern konnten, bloß etwas war, was mein Freund Bobby Garfield und *sein* Freund Sully-John als Quatsch mit Soße bezeichnet hätten. Nicht, dass wir's in ihren Gedanken hätten lesen können. Sie trugen nämlich alle ihre Hüte. Man sieht nie einen niederen Mann – oder auch eine niedere Frau – ohne Hut. Die Hüte der Männer sahen wie normale weiche Filzhüte aus, nicht anders als sie damals allgemein getragen wurden, aber es waren keine gewöhnlichen Hüte. Es waren Denkerkappen. *Anti*-Denkerkappen wäre allerdings zutreffender, weil sie die Gedanken ihrer Träger abschirmen. Versucht man jemanden zu sondieren, der eine trägt – sondieren ist Dinkys Wort für Gedankenlesen –, empfängt man nur ein mit viel Geflüster unterlegtes Summen. Richtig unangenehm – wie das Flitzer-Glockenspiel. Wenn ihr das kennt, wisst ihr ja auch, was ich damit meine. Schreckt vor allzu starken Bemühungen ab, und Anstrengungen sind das Letzte, woran die meisten Telepathen im Algul interessiert sind. Wirklich interessiert sind die Brecher nur daran, Lady und Gentlemen, sich anzupassen, um zurechtzukommen. Was nur beweist, was es ist – furchtbar –, wenn man einen Schritt zurücktritt und die Dinge in der richtigen Perspektive sieht. Aber es gibt da noch etwas anderes, worauf die meisten Brecher nicht stehen. Auf dem Campus hört man oft einen Slogan – einen kleinen Vierzeiler – oder sieht ihn mit Kreide an eine Wand geschrieben: ›Genießt die Kreuzfahrt, ihr Männer und Frau'n, es gibt nichts zu verlieren, also werdet schön braun.‹ Das bedeutet weit mehr, als nur zu ›relaxen‹. Die wahre Bedeutung dieses holperigen kleinen Verses ist äußerst unangenehm. Ich frage mich, ob ihr das auch sehen könnt.«

Eddie glaubte, zumindest *er* könne das, und dabei kam ihm der Gedanke, dass sein Bruder Henry einen wirklich erstklassigen Brecher abgegeben hätte. Allerdings nur unter der Voraussetzung, dass er sein Heroin und seine Platten von Creedence Clearwater Revival hätte mitnehmen dürfen.

Ted machte eine längere Pause, dann folgte ein irgendwie wehmütiges Lachen.

»Ich glaube, es ist an der Zeit, eine lange Geschichte abzukürzen. Wir sind durch die Tür gegangen, belassen wir's dabei. Da ihr das inzwischen schon mal selbst gemacht haben müsst, wisst ihr ja, dass das sehr unangenehm, verwirrend sein kann. Und die Tür zwischen Santa Mira, Kalifornien, und Donnerschlag war in besserem Zustand als manche anderen, durch die ich seither gegangen bin.

Auf der anderen Seite herrschte also einen Augenblick lang nur Dunkelheit, in der das Heulen jenes Tieres zu hören war, das die Taheen Wüstenhund nennen. Dann flammten mehrere Lampen auf, und wir sahen diese … diese *Kreaturen* mit den Köpfen von Vögeln und Wieseln, einen mit einem Stierkopf, mit Hörnern und allem. Jace schrie laut auf, und ich kreischte ebenfalls. Dave Ittaway warf sich herum und wollte wegrennen, aber Armitage bekam ihn am Arm zu fassen. Selbst wenn er das nicht getan hätte … wohin hätte Dave flüchten können? Durch die Tür zurück? Die war jetzt geschlossen und funktionierte höchstwahrscheinlich nur in einer Richtung. Die einzige von uns, die nicht einen Laut von sich gab, war Tanya, und als ich sie ansah, erkannte ich in ihrem Blick und las in ihren Gedanken nur eines: Erleichterung. Wir wussten jetzt nämlich Bescheid. Nicht alle Fragen waren beantwortet, aber die beiden wichtigsten waren es. Wo waren wir? In einer anderen Welt. Würden wir zurückkehren? Nie im Leben. Unser Geld würde auf der Seaman's Bank in San Francisco bleiben, bis es zu Millionen geworden war, und niemand würde es jemals ausgeben. Unser Engagement hier war langfristig angelegt.

Es stand ein Bus bereit, der von einem Roboter namens Phil gefahren wurde. ›Phil ist mein Name, ich mach's nicht mehr lange, aber davor ist mir nicht bange‹, sagte er. Er roch stechend nach Ozon, und tief aus seinen Eingeweiden kamen alle möglichen unharmonischen Klickgeräusche. Der alte Phil lebt inzwischen nicht mehr, ist mit Gott weiß wie vielen anderen auf dem Friedhof für Züge und Roboter abgekippt worden, aber sie haben noch genügend mechanisierte Helfer, um zu Ende zu bringen, was sie angefangen haben, davon bin ich überzeugt.

Dick war in Ohnmacht gefallen, als wir in Donnerschlag herauskamen, aber als dann vor uns die Lichter des Komplexes auftauchten, kam er wieder zu sich. Tanya hatte seinen Kopf auf ihrem Schoß, und ich weiß noch, wie dankbar er zu ihr aufgesehen hat. Komisch, woran man sich manchmal erinnert, oder? Am Tor wurden wir eingecheckt. Man teilte uns auf die Wohnheime auf, wies uns unsere Suiten zu, sorgte dafür, dass wir zu essen bekamen … und es war eine verdammt gute Mahlzeit. Die erste von vielen.

Am nächsten Tag begannen wir zu arbeiten. Und abgesehen von meinem kleinen ›Urlaub in Connecticut‹ haben wir seither nichts als gearbeitet.«

Wieder eine Pause. Dann:

»Gott sei uns gnädig, wir haben seitdem nichts als gearbeitet. Und Gott verzeih uns, die meisten von uns sind dabei glücklich gewesen. Weil Talent sich nach nichts anderem sehnt, als gebraucht zu werden.«

9

Ted erzählt ihnen von seinen ersten paar Schichten im Studiersaal und seiner Erkenntnis – zu der er nicht allmählich, sondern fast augenblicklich gelangte –, dass sie nicht hier waren, um Spione zu enttarnen oder die Gedanken russischer Wissenschaftler zu lesen »oder zu sonstigem Raumfahrt-Blödsinn«, wie Dinky sagen würde (nicht dass Dinky im Gegensatz zu Sheemie von Anfang an da gewesen wäre). Nein, ihre Arbeit besteht daraus, etwas zu zerbrechen. Das kann er spüren, nicht nur am Himmel über dem Algul Siento, sondern überall um sie herum, sogar unter ihren Sohlen.

Trotzdem ist er eigentlich zufrieden. Das Essen ist gut, und obwohl sein Sexualtrieb sich im Lauf der Jahre ziemlich abgeschwächt hat, hat er nichts gegen einen gelegentlichen Fick, wobei er sich allerdings jedes Mal daran erinnert, dass Simulatorsex eigentlich nichts anderes ist als maschinenunterstützte Masturbation. Andererseits ist er im Lauf der Jahre gelegentlich zu einem Fick zu einer Nutte gegangen, wie's viele Männer auf Wanderschaft tun, und könnte bestätigen, dass auch diese Art Sex sich nicht allzu sehr von Masturbation unterscheidet; man rackert sich ab, dass einem der Schweiß runterläuft, und sie gurrt dabei »Baby-Baby-Baby«, während sie sich in Wirklichkeit fragt, ob sie nicht bald mal wieder tanken müsste, und sich zu erinnern versucht, an welchem Tag es bei Red & White für alle Artikel doppelt Rabattmarken gibt. Wie bei den meisten Dingen im Leben muss man seine Phantasie benutzen, und das kann Ted, er versteht sich auf die gute alte Visualisierungstechnik, verbindlichsten Dank. Ihm gefällt das Dach über dem Kopf, ihm gefällt die Gesellschaft der anderen ... Die Wachen sind Wachen, das schon, aber er glaubt ihnen, wenn sie sagen, dass es ebenso ihr Job ist, zu verhindern, dass böses Zeug von draußen reinkommt, wie sie dafür sorgen müssen, dass die Brecher nicht abhauen. Er mag auch die Insassen und merkt nach ein, zwei Jahren, dass die Insassen ihn auf irgendeine seltsame Weise brauchen. Er kann sie trösten, wenn sie Depressionen haben; er kann ihr in krampfartigen Wellen auftretendes Heimweh mildern, indem er ungefähr eine Stunde lang leise murmelnd mit ihnen spricht. Und das ist bestimmt eine gute Sache. Vielleicht ist alles eine gute Sache – es fühlt sich jedenfalls wie eine gute Sache an. Heimweh zu haben ist menschlich, aber zu brechen, ist göttlich. Er versucht, das Roland und seinem Tet zu erklären, aber er findet keinen besseren Vergleich als den, dass es so ist, als könnte man sich endlich an der bisher unerreichbaren Stelle am Rücken kratzen, die einen mit einem schwachen, aber hartnäckigen Jucken fast zum Wahnsinn getrieben hat. Er geht gern in den Studiersaal, und das tun auch alle anderen. Ihm gefällt es, dort zu sitzen, den Geruch von gutem Holz und gutem Leder in der Nase zu haben, zu suchen … zu suchen … und dann plötzlich: Aahhh! Man hat's geschafft. Man ist drin, schaukelt wie ein Affe an einem Ast. Man bricht, Baby, und brechen ist göttlich.

Dinky hatte einmal gesagt, der Studiersaal sei der einzige Ort auf der Welt, an dem er wirklich das Gefühl habe, mit dem eigenen Ich in Verbindung zu stehen. Und deshalb wolle er unbedingt, dass der Studiersaal geschlossen werde. Nach Möglichkeit niedergebrannt. »Weil ich weiß, welchen Scheiß ich anstelle, wenn ich mit mir selbst Fühlung habe«, erzählte er Ted. »Wenn ich, du weißt schon, echt gut drauf bin.« Und Ted wusste genau, was er meinte. Weil der Studiersaal immer zu gut war, um wahr zu sein. Man setzte sich hin, blätterte vielleicht in einer Zeitschrift, sah sich Bilder von Fotomodellen und Margarine, Filmstars und flotten Flitzern an und fühlte, wie sich sein Geist erhob. Der Balken umgab einen auf allen Seiten, er glich einem gewaltigen korridorartigen Kraftfeld, aber jedermanns Gedanken stiegen immer zum Dach auf, und sobald sie dort angelangt waren, glitten sie wie von selbst ins gewohnte alte Gleis.

Einst, als die Prim zurückwich und Gans Stimme noch durch die Räume des Makroversums hallte, waren die Balken wohl glatt und poliert, aber diese Zeiten sind vorbei. Jetzt ist der Weg des Bären und der Schildkröte uneben und erodiert, voller Einkerbungen und Auswaschungen und Senken und Risse, dort gibt es reichlich Stellen, in die man die Finger stecken und Halt finden kann, manchmal zerrt man daran, und manchmal spürt man, wie man sich in ihn hineinwindet wie ein Säuretropfen, der denken kann. Alle diese Empfindungen sind in höchstem Maß angenehm. Sexy.

Und für Ted gibt es darüber hinaus noch etwas anderes, obwohl er nicht weiß, dass er diese Gabe besitzt, bis Trampas es ihm erzählt.

Trampas will ihm eigentlich nichts *erzählen, aber er hat nun einmal dieses schlimme Ekzem, und das ändert alles. Schwer zu glauben, dass der Dunkle Turm durch eine schuppige Kopfhaut gerettet worden sein könnte, aber diese Vorstellung ist nicht gänzlich abwegig.*

Überhaupt nicht abwegig.

10

»Im Algul arbeiten ungefähr hundertachtzig Vollzeitbeschäftigte«, sagte Ted. »Ich bin keiner, der andere belehrt, wie sie ihre Arbeit tun sollen, aber das ist etwas, was ihr euch aufschreiben oder wenigstens merken solltet. Das sind überschlägig sechzig pro Achtstundenschicht, wobei jede Kategorie mit rund zwanzig vertreten ist. Weil Taheen die schärfsten Augen haben, bemannen sie im Allgemeinen die Wachttürme. Humes patrouillieren entlang dem äußeren Zaun. Mit Schusswaffen, versteht sich – harten Kalibern. Ganz oben stehen Prentiss, der Oberaufseher, und Finli o' Tego, sein Sicherheitschef – Hume beziehungsweise Taheen –, aber die Springer sind meistens Can-Toi … also niedere Männer.

Die meisten niederen Männer kommen nicht gut mit den Brechern aus; eine gewisse steife Kameradschaftlichkeit ist alles, wozu sie imstande sind. Dinky hat mir einmal erzählt, dass sie neidisch auf uns sind, weil wir ›fertige Humes‹ sind, wie er's ausgedrückt hat. Wie die Hume-Wachen tragen auch die Can-Toi im Dienst Denkerkappen, sodass wir ihre Gedanken nicht sondieren können. Tatsächlich haben die meisten Brecher seit Jahren nicht mehr versucht, außer dem Balken etwas oder jemanden zu sondieren, und können das vielleicht auch gar nicht mehr; der Verstand ist nichts anderes als ein Muskel, der wie jeder andere verkümmert, wenn man ihn nicht gebraucht.«

Eine Pause. Ein Klicken im Lautsprecher. Dann:

»Ich werde nicht zu Ende erzählen können. Was mich enttäuscht, aber nicht völlig überrascht. Was jetzt kommt, wird meine letzte Geschichte sein müssen, Leute. Tut mir Leid.«

Ein leises Gluckern. Trinkgeräusche, da war Susannah sich ganz sicher. Ted trank offenbar wieder etwas Wasser.

»Habe ich euch schon erzählt, dass die Taheen eigentlich keine Denkerkappen brauchen? Sie sprechen fließend Englisch, und ich habe gelegentlich bemerkt, dass sie in beschränktem Umfang zu Gedankensondierungen fähig sind, aber wenn man sich bei ihnen einklinkt, empfängt man nur den Verstand betäubende statische Störungen – weißes Rauschen. Ich war der Ansicht, das komme von irgendeiner Abschirmung; Dinky vermutet, dass das die Art ist, wie sie tatsächlich *denken*. Jedenfalls haben sie es dadurch leichter. Sie brauchen morgens nicht daran zu denken, dass sie eine Kopfbedeckung aufsetzen müssen, bevor sie aus dem Haus gehen!

Trampas war einer der Can-Toi-Springer. Man konnte ihn an einem Tag die Hauptstraße von Pleasantville entlangschlendern oder mitten auf der Promenade auf einer Bank sitzen sehen – meistens mit irgendeinem Selbsthilfebuch wie *Sieben Schritte zu positivem Denken*. Am nächsten Tag lehnte er dann vielleicht am Heartbreak House an der Mauer und sonnte sich. Ebenso verhält es sich mit den übrigen Can-Toi. Falls es dabei ein Verhaltensmuster gibt, habe ich es nie enträtseln können; Dinky übrigens auch nicht. Wir glauben inzwischen, dass es gar keines gibt.

Was Trampas immer von allen anderen unterschied, war das völlige Fehlen eines Neidkomplexes. Er ist – oder vielmehr war – tatsächlich freundlich; in mancher Beziehung schien er gar kein niederer Mann zu sein. Bei seinen Can-Toi-Kollegen war er offenbar nicht sonderlich beliebt. Was irgendwie paradox ist, denn falls das *Werden,* nach dem sie alle streben, wirklich möglich ist, gehört Trampas zu den wenigen, die damit gewissen Erfolg zu haben scheinen. Zum Beispiel mit einfachem Lachen. Das Lachen der meisten niederen Männer klingt, als würde eine Ladung Steine eine Blechschütte runterrasseln; macht einem echt 'ne Gänsehaut, wie Tanya immer sagt. Wenn dagegen Trampas lacht, klingt das zwar ein bisschen hoch, aber sonst ganz normal. Weil er *wirklich* lacht, glaube ich. Von Herzen lacht. Die anderen zwingen sich nur dazu.

Jedenfalls habe ich eines Tages ein Gespräch mit ihm angefangen. Auf der Hauptstraße war das, vor dem Kino. *Krieg der Sterne* wurde zum x-ten Mal gezeigt. Wenn es einen Film gibt, von dem die Brecher nie genug kriegen können, dann ist das *Krieg der Sterne.*

Ich habe ihn gefragt, ob er wisse, wo sein Name herkomme. Er hat geantwortet, ja, natürlich wisse er das – von seiner Clan-Familie. Jeder Can-Toi erhält irgendwann im Lauf seiner Entwicklung von seiner Clan-Familie einen Hume-Namen; es handelt sich dabei um eine Art Mannbarkeitsritual. Dinky sagt, dass sie den Namen kriegen, wenn sie sich zum ersten Mal erfolgreich einen runtergeholt haben, aber das ist bloß wieder einer seiner typischen Sprüche. Tatsache ist, dass wir's nicht wissen und dass es auch nicht wichtig ist. Manche dieser Namen sind schon ziemlich lächerlich. Beispielsweise gibt's hier einen Kerl, der wie Rondo Hatton aussieht, ein Filmschauspieler aus den Dreißigerjahren, der an Akromegalie litt und deshalb immer Monster und Psychopathen spielte, aber er heißt Thomas Carlyle. Außerdem gibt's hier einen Beowulf und einen Typen namens Van Gogh Baez.«

Susannah, ein alter Bleecker-Street-Folkie, verbarg ihr Gesicht in den Händen, um einen Kicheranfall zu unterdrücken.

»Jedenfalls habe ich ihm erzählt, dass Trampas eine Figur aus dem berühmten Westernroman *Der Virginier* ist. Nur der zweite Mann hinter dem wahren Helden, gewiss, aber Trampas spricht den einen Satz des Buchs, an den sich jeder erinnert: ›*Lächle,* wenn du das sagst.‹ Das hat unserem Trampas geschmeichelt, und ich habe ihm schließlich beim Kaffee im Drugstore den ganzen Roman erzählt.

Wir wurden Freunde. Ich habe ihm erzählt, was in unserer kleinen Gemeinschaft aus Brechern vorgehe, und er hat mir alle möglichen harmlosen, aber interessanten Dinge erzählt, die sich auf *seiner* Seite des Zauns ereigneten. Trampas hat auch über sein Ekzem geklagt, von dem es ihm schrecklich am Kopf juckte. Er hat immer wieder seine Mütze abgenommen – dieses kleine runde Ding, das fast wie eine *Jarmulke* aussah, aber aus Jeansstoff genäht war –, um sich darunter am Kopf zu kratzen. Er hat behauptet, das sei die schlimmste Stelle überhaupt, sogar noch schlimmer als Ekzeme am Pullermann. Und allmählich habe ich mitbekommen, dass ich immer dann, wenn er die Mütze abnahm, um sich zu kratzen, seine Gedanken lesen konnte. Nicht nur die an der Oberfläche, sondern wirklich alle. Wenn ich flink war – und das lernte ich zu sein –, konnte ich darin auswählen, genau wie man blätternderweise Lexikonartikel auswählt. Nur war's nicht wirklich so; es hatte eher Ähnlichkeit damit, dass jemand ein Radio bei den Nachrichten ein- und ausschaltet.«

»Heiliger Scheiß«, sagte Eddie und nahm sich einen weiteren Graham-Kräcker. Er wünschte sich nur, er hätte ein Glas Milch dazu gehabt; Graham-Kräcker ohne Milch waren fast wie Oreos ohne das weiße Zeug in der Mitte.

»Stellt euch vor, dass ein Radio oder Fernseher voll aufgedreht wird«, sagte Ted mit seiner rostigen, versagenden Stimme, »und dann wieder abgestellt wird … genausoschnell.« Er zog die Wörter absichtlich zusammen, und alle lächelten – selbst Roland. »Ungefähr so ist's. Jetzt will ich euch erzählen, was ich erfahren habe. Ich vermute, dass ihr das schon wisst, aber ich darf nicht riskieren, dass dem nicht so ist. Dazu ist die Sache zu wichtig.

Es gibt einen Turm, Lady und Gentlemen, wie ihr wissen solltet. Einst kreuzten sich dort sechs Balken, die Energie von ihm erhielten – er ist irgendeine Art unvorstellbarer Kraftquelle – und ihn zugleich stützten, wie Abspannseile einen Sendemast halten. Vier dieser Balken sind inzwischen gebrochen, der vierte erst vor kurzem. Übrig sind nur noch der Balken des Bären, Weg der Schildkröte – Shardiks Balken – und der Balken des Elefanten, Weg des Wolfes, den manche den Balken des Gan nennen.

Ich frage mich, ob ihr euch mein Entsetzen vorstellen könnt, als ich entdeckte, was wir im Studiersaal wirklich taten. Als ich die harmlose juckende Stelle gekratzt hatte. Obwohl ich von Anfang an gewusst hatte, dass wir etwas Wichtiges taten – es *gewusst* hatte.

Aber es gab etwas noch Schlimmeres, von dem ich *nichts* geahnt hatte – etwas, das nur mich betraf. Ich wusste, dass ich in mancher Beziehung anders war; beispielsweise war ich offenbar der einzige Brecher, der auch nur das geringste Mitgefühl zu besitzen schien. Wie ich schon erzählt habe, kommt man gern zu mir, wenn man in Depressionen zu versinken droht. Pimli Prentiss, der Oberaufseher, hat Tanya und Joey Rastosovich getraut – hat darauf bestanden, wollte keine Einwände hören, hat gesagt, das sei sein Vorrecht und seine Pflicht, darin gleiche er dem Kapitän eines alten Kreuzfahrtschiffs –, und sie haben ihm natürlich seinen Willen gelassen. Aber danach sind sie in meine Wohnung gekommen, und Tanya hat gesagt: ›*Du* musst uns trauen, Ted. Dann sind wir richtig verheiratet.‹

Und manchmal frage ich mich: ›Hast du geglaubt, das sei alles? Hast du, bevor du dich mit Trampas angefreundet und ihn jedes Mal belauscht hast, wenn er die Mütze abgenommen hat, um sich zu kratzen, wirklich geglaubt, ein wenig Mitleid und ein wenig Liebe in deiner Seele seien die einzigen Unterschiede zwischen dir und den anderen? Oder hast du dich auch in diesem Punkt selbst betrogen?

Ich weiß es nicht bestimmt, aber vielleicht kann ich mich in diesem Anklagepunkt freisprechen. Ich verstand wirklich nicht, dass mein Talent weit über Sondieren und Brechen hinausging. Ich bin wie ein Mikrofon für einen Sänger oder Steroide für einen Muskel. Ich ... wirke *anregend*. Es gibt eine Einheit für mentale Kraft – nennen wir sie Dark, okay? Im Studiersaal erzeugen zwanzig bis dreißig Leute ohne mich etwa fünfzig Darks pro Stunde. *Mit* mir? Da springt die Erzeugung auf vielleicht fünf*hundert* Darks pro Stunde. Und das tut sie augenblicklich.

Indem ich Trampas' Gedanken belauscht habe, ist mir klar geworden, dass sie mich für den Fang des Jahrhunderts hielten, vielleicht für den besten Fang aller Zeiten, den einzigen wirklich unentbehrlichen Brecher. Ich hatte ihnen schon geholfen, einen Balken zu zerbrechen, und verkürzte ihre Arbeit an Shardiks Balken um *Jahrhunderte.* Und wenn Shardiks Balken bricht, Lady und Gentlemen, hält auch Gans Balken nicht mehr lange. Und wenn dieser letzte Balken bricht, fällt der Dunkle Turm, die Schöpfung ist zu Ende, und das Auge der Existenz wird blind.

Wie ich's jemals geschafft habe, Trampas daran zu hindern, meine Verzweiflung zu sehen, weiß ich nicht. Dabei habe ich Grund zu der Annahme, dass mein Pokergesicht vielleicht doch nicht ganz so undurchdringlich war, wie ich immer dachte.

Ich wusste, dass ich von hier fort musste. Und damals kam Sheemie zum ersten Mal zu mir. Ich glaube, er hat die ganze Zeit meine Gedanken gelesen, aber ich weiß es nicht sicher, und Dinky ist sich darüber ebenfalls nicht im Klaren. Ich weiß nur, dass er eines Abends in meine Wohnung kam und mir in Gedanken erklärte: ›Wenn Ihr wollt, mache ich Euch ein Loch, Sai, und Ihr könnt davontanzen.‹ Als ich ihn gefragt habe, was er damit meine, hat er mich nur angesehen. Komisch, wie viel ein einziger Blick sagen kann, was? *Beleidige meinen Verstand nicht. Vergeude meine Zeit nicht. Vergeude deine eigene nicht.* Das alles las ich nicht in seinen Gedanken, sondern auf seinem Gesicht.«

Roland grunzte etwas Zustimmendes. Mit leuchtenden Augen fixierte er weiter die sich drehenden Spulen des Tonbandgeräts.

»Ich fragte ihn jedoch, wo das Loch rauskommen würde. Er antwortete, das wisse er nicht – ich würde auf mein Glück vertrauen müssen. Trotzdem überlegte ich nicht allzu lange. Ich hatte Angst, dass ich sonst Gründe finden würde, die fürs Bleiben sprachen. Ich sagte: ›Also los, Sheemie – lass mich davontanzen.‹

Er schloss die Augen und konzentrierte sich, und plötzlich verschwand eine Ecke meines Zimmers. Ich konnte Autos vorbeifahren sehen. Sie waren verzerrt, aber richtige amerikanische Wagen. Ohne große Debatte oder Zweifel stürzte ich mich darauf. Ich versuchte es einfach. Ich war mir nicht völlig sicher, ob es mir gelingen würde, in diese andere Welt zu gelangen, aber ich war an einem Punkt angelangt, an dem mir das schon fast egal war. Ich hatte das

Gefühl, nichts Besseres tun zu können, als zu sterben. Das würde ihr Zerstörungswerk zumindest verlangsamen.

Und kurz bevor ich den entscheidenden Schritt wagte, forderte Sheemie mich in Gedanken auf: ›Ihr müsst versuchen, meinen Freund Will Dearborn zu finden. Sein wirklicher Name ist Roland. Seine Freunde sind tot, aber er nicht, weil ich ihn nämlich hören kann. Er ist ein Revolvermann, und er hat neue Freunde. Bringt sie her, dann sorgen sie dafür, dass die bösen Kerle dem Balken nicht länger schaden, genau wie er Jonas und seine Freunde daran gehindert hat, mich umzubringen.‹ Für Sheemies Verhältnisse war das geradezu eine lange Rede.

Ich schloss die Augen und ging hindurch. Ich hatte einen Augenblick lang das Gefühl, auf dem Kopf zu stehen, aber das war alles. Kein Glockenspiel, keine Übelkeit. Eigentlich ganz angenehm, zumindest im Vergleich zu dem Durchgang in Santa Mira. Ich landete auf allen vieren neben einem viel befahrenen Highway. Im Buschwerk in meiner Nähe hing eine alte Zeitung. Ich griff danach und stellte fest, dass ich mindestens im April 1960 gelandet war – fast fünf Jahre nach dem Tag, an dem Armitage und seine Freunde uns durch die Tür in Santa Mira gelotst hatten – und zudem auf der anderen Seite Amerikas. Ich hielt jedenfalls ein Blatt der Zeitung *Hartford Courant* in der Hand. Und der Highway erwies sich schließlich als der Merritt Parkway.«

»Sheemie kann magische Türen machen!«, rief Roland aus. Er hatte seinen Revolver gereinigt, während er zuhörte, aber jetzt legte er ihn beiseite. »Das verstehe ich unter Teleportation! *Darum geht's dabei!*«

»Pst, Roland«, sagte Susannah. »Er erzählt jetzt bestimmt gleich, was er in Connecticut erlebt hat. Den Teil möchte ich mir nicht entgehen lassen.«

11

Aber niemand soll Teds Abenteuer in Connecticut zu hören bekommen. Er bezeichnet es einfach als »eine Geschichte für einen anderen Tag« und erzählt seinen Zuhörern, dass er in Bridgeport geschnappt wurde, während er versuchte, genügend Geld zusammenzubekommen, um endgültig verschwinden zu können. Die niederen Männer packten ihn in einen Wagen, fuhren mit ihm nach New York und schleppten ihn in ein Spareribs-Lokal namens Dixie Pig. *Von dort aus nach Fedic, von Fedic zum Bahnhof Donnerschlag; vom Bahnhof schnurstracks ins Devar-Toi zurück, ach, Ted, schön, Sie zu sehen, willkommen zu Hause.*

Das vierte Tonband ist jetzt zu drei Vierteln abgelaufen, und Teds Stimme ist kaum lauter als ein Krächzen. Trotzdem macht er tapfer weiter.

»Ich war nicht lange fort gewesen, aber hier drüben hatte die Zeit einen ihrer willkürlichen Sprünge vorwärts gemacht. Humma o' Tego war abgesetzt worden, vermutlich meinetwegen, und Prentiss aus New Jersey, der Ki'dam, war an seine Stelle getreten. Finli und er haben mich im Haus des Oberaufsehers ein ums andere Mal verhört. Es gab keine körperlichen Misshandlungen – wahrscheinlich hielten sie mich weiter für zu wichtig, um mir irgendwie Schaden zufügen zu wollen –, aber Unannehmlichkeiten und eine Menge psychologischer Spielchen waren dabei. Außerdem machten sie mir klar, dass meine Freunde in Connecticut umgebracht werden würden, wenn ich jemals wieder einen Fluchtversuch unternehmen würde. Ich sagte daraufhin: ›Kapiert ihr das denn nicht, Jungs? Wenn ich weiter meine Arbeit tue, ist ohnehin Schluss mit ihnen. Dann ist mit jedermann *Schluss, außer vielleicht mit dem, den ihr den Scharlachroten König nennt.‹*

Prentiss legte in seiner lästigen Art die gestreckten Hände zusammen und sagte: ›Das mag stimmen oder auch nicht, Sai, aber sollte es dazu kommen, werden wir nicht leiden, wenn's 'mit uns Schluss ist', wie Sie's ausdrücken. Aber der kleine Bobby und die kleine Carol

… von Carols Mutter und Bobbys Freund Sully-John ganz zu schweigen …‹ Er brauchte den Satz nicht zu Ende zu bringen. Ich frage mich noch immer, ob ihnen bewusst war, in welch schreckliche Angst sie mich mit dieser Drohung gegen meine jungen Freunde versetzten. Und wie schrecklich wütend sie mich machten.

Alle ihre Fragen kreisten letztlich um zwei Dinge, die sie wirklich wissen wollten: Weshalb ich abgehauen war und wer mir dabei geholfen hatte. Ich hätte bei der alten Name-Dienstgrad-Stammnummer-Masche bleiben können, aber ich entschied mich für das Risiko, etwas mitteilsamer zu sein. Ich hatte abhauen wollen, sagte ich, weil mir die Gedanken eines Can-Toi eine Ahnung davon vermittelt hatten, was wir hier wirklich taten, und mir die Vorstellung davon nicht gefallen hatte. Was die Frage betraf, wie ich rausgekommen war, behauptete ich, das nicht zu wissen. Ich sei eines Abends eingeschlafen, sagte ich, und irgendwie neben dem Merritt Parkway aufgewacht. Nachdem sie anfangs über diese Geschichte gespottet hatten, glaubten sie sie zuletzt halbwegs, was vor allem daran lag, dass ich später kein Jota mehr davon abwich, auch wenn sie mich noch so oft ausquetschten. Und sie wussten natürlich bereits, wie stark ich begabt war – und wie anders als die anderen.

›Glauben Sie, dass Sie auf irgendeine unbewusste Weise ein Teleporter sind, Sai?‹, fragte Finli mich.

›Woher soll ich das wissen?‹, lautete meine Gegenfrage, weil das Beantworten von Fragen mit Fragen bei jedem Verhör eine gute Methode ist, glaube ich, solange es sich um eine verhältnismäßig harmlose Vernehmung wie jene handelt. ›Ich habe nie etwas von einer solchen Fähigkeit gespürt, aber wir wissen natürlich nicht immer, was in unserem Unterbewusstsein lauert, nicht wahr?‹

›Sie sollten hoffen, dass Sie's nicht selbst waren‹, sagte Prentiss zu mir. ›Wir können hier mit fast jedem wilden Talent leben, außer mit diesem einen. Und dieses eine, Mr. Brautigan, würde sogar für einen so geschätzten Mitarbeiter wie Sie das Ende bedeuten.‹ Das kam mir zwar unwahrscheinlich vor, aber von Trampas erfuhr ich später – ohne sein Wissen, versteht sich –, dass Prentiss offensichtlich die

Wahrheit gesagt hatte. Jedenfalls war das meine Story, von der ich nie auch nur ein bisschen abwich.

Prentiss' Diener Tassa, ein Hume, falls das wichtig ist, trug Kekse und Dosen mit Nozz-A-La auf – ein Getränk, das ich recht gern mag, weil es etwas wie Rootbeer schmeckt –, und Prentiss bot mir davon an, so viel ich wollte ... Das heißt, nachdem ich ihnen verraten haben würde, von wem meine Informationen stammten und wie ich dem Algul Siento entkommen war. Dann begann die ganze Vernehmung von vorn, nur mampften Prentiss und das Wiesel diesmal Kekse und tranken Nozzie. Irgendwann lenkten sie jedoch immer ein und ließen mich etwas trinken und einen Happen essen. Als Vernehmer hatten sie leider einfach nicht genug Nazihaftes an sich, um mich dazu zu bringen, meine Geheimnisse preiszugeben. Sie probierten natürlich auch, mich zu sondieren, aber ... Kennt ihr die alte Redensart, dass man nie versuchen soll, einen Verarscher zu verarschen?«

Eddie und Susannah nicken beide. Das tut auch Jake, dessen Vater diesen Spruch bei Diskussionen über die Programmgestaltung im Sender oft genug abgelassen hat.

»Das habt ihr bestimmt«, fährt Ted fort. »Nun, ebenso wenig kann man einen Sondierer sondieren, zumindest keinen, der über eine bestimmte Verständnisebene hinausgekommen ist. Aber ich sollte jetzt lieber zur Sache kommen, bevor meine Stimme ganz versagt.

Eines Tages, ungefähr drei Wochen nachdem die niederen Männer mich zurückgebracht hatten, näherte Trampas sich mir in Pleasantville auf der Hauptstraße. Unterdessen hatte ich Dinky kennen gelernt, hatte ihn als verwandte Seele begriffen und lernte mit seiner Hilfe Sheemie besser kennen. Neben meinen täglichen Vernehmungen im Haus des Oberaufsehers hatte ich auf diese Weise viel um die Ohren. Ich hatte seit meiner Rückkehr kaum jemals an Trampas gedacht, aber er hatte fast ständig an mich gedacht. Wie ich sehr bald erfuhr.

›Ich weiß, was Sie auf die Fragen antworten, die Ihnen gestellt werden‹, sagte er. ›Aber ich weiß nicht, weshalb Sie mich nicht verraten haben.‹

Ich erklärte ihm, auf diesen Gedanken sei ich nie gekommen, weil Petzen nicht Bestandteil meiner Erziehung gewesen sei. Und außerdem hatten sie mir keinen elektrischen Viehtreiberstock in den Hintern gerammt oder mir die Fingernägel ausgerissen … obwohl sie möglicherweise zu solchen Mitteln gegriffen hätten, wenn ihnen ein anderer gegenübergesessen hätte. Das Schlimmste, was sie mir angetan hatten, war gewesen, dass sie mich eineinhalb Stunden lang den Teller mit Keksen auf Prentiss' Schreibtisch hatten anstarren lassen, bevor sie nachgaben und mich einen nehmen ließen.

›Anfangs war ich wütend auf Sie‹, sagte Trampas, ›aber dann habe ich – widerstrebend – eingesehen, dass ich an Ihrer Stelle vielleicht ähnlich gehandelt hätte. In der ersten Woche nach Ihrer Rückkehr habe ich nicht viel geschlafen, das kann ich Ihnen sagen. Ich habe drüben im Damli im Bett gelegen und damit gerechnet, dass sie jeden Augenblick kommen und mich holen würden. Sie wissen, was sie mit mir gemacht hätten, wenn sie rausgekriegt hätten, dass ich der Schuldige war, stimmt's?‹

Ich verneinte wahrheitsgemäß. Er sagte, er wäre von Gaskie, Finlis Stellvertreter, ausgepeitscht und dann mit wundem Rücken ins wüste Land gejagt worden, um in Discordia zu sterben oder im Schloss des Roten Königs eine Stellung zu finden. Aber dorthin zu gelangen, das wäre nicht einfach gewesen. Südöstlich von Fedic kann man sich Dinge wie die Fressende Krankheit (vermutlich Krebs, aber eine Variante, die rapide, sehr schmerzhaft und ziemlich eklig ist) oder etwas zuziehen, das sie einfach die Verrücktheit nennen. Die Kinder von Roderick leiden oft an beiden Krankheiten – und an anderen noch dazu. Die unbedeutenden Hautkrankheiten von Donnerschlag – Pickel, Ekzeme und Hautausschläge – sind offenbar nur ein schwacher Abklatsch der Probleme, die einen in Endwelt erwarten. Aber für einen Verstoßenen wäre eine Stellung am Hof des Scharlachroten Königs die einzige Hoffnung. Jedenfalls könnten Can-Toi wie Trampas nicht in die Callas gehen. Die sind zwar näher, gewiss, und dort gibt es richtigen Sonnenschein, aber ihr könnt euch vorstellen, was niedere Männer oder Taheen im Bogen der Callas zu erwarten hätten.«

Das konnte Rolands Tet sich sehr gut vorstellen.

»›Machen Sie nicht zu viel daraus‹, sagte ich. ›Wie Dinky, dieser Neue, sagen würde, ist's nicht meine Angewohnheit, private Dinge auf die Straße zu tragen. So einfach ist die Sache. Mit Ritterlichkeit hat das nichts zu tun.‹

Er sagte daraufhin, er sei mir trotzdem dankbar, sah sich dann um und fuhr sehr leise fort: ›Ich möchte mich für Ihre Freundlichkeit revanchieren, Ted, indem ich Ihnen rate, mit ihnen zusammenzuarbeiten, soweit Sie können. Damit meine ich nicht, dass Sie mich in Schwierigkeiten bringen sollen, aber ich will auch nicht, dass Sie noch mehr Probleme bekommen. Sie werden vielleicht nicht ganz so dringend gebraucht, wie Sie glauben.‹

Ich möchte, dass ihr mir jetzt sehr gut zuhört, Lady und Gentlemen, weil die folgende Sache sehr wichtig sein kann; allerdings weiß ich das nicht genau. Sicher weiß ich nur, dass mich das, was Trampas als Nächstes erzählt hat, bis ins Mark hat erschauern lassen. Er hat gesagt, unter allen Welten auf der anderen Seite gebe es eine, die einzigartig sei. Sie nennen sie die Wirkliche Welt. Trampas scheint über sie nur zu wissen, dass sie so wirklich ist, wie Mittwelt es einst war, bevor die Balken nachzugeben begannen und Mittwelt sich weiterbewegte. Auf der Amerika-Seite dieser ›Wirklichen‹ Welt, sagt er, ruckt die Zeit manchmal, aber sie bewegt sich nur in einer Richtung: vorwärts. Und auf dieser Welt lebt ein Mann, der ebenfalls als eine Art Katalysator fungiert; er ist vielleicht sogar die sterbliche Inkarnation von Gans Balken.«

12

Roland sah zu Eddie hinüber, und als ihre Blicke sich begegneten, formten beide lautlos mit dem Mund denselben Namen: *King*.

13

»Trampas hat mir erzählt, der Scharlachrote König habe versucht, diesen Mann zu töten, aber das Ka habe sein Leben stets beschützt. ›Sie sagen, dass sein Lied den Kreis geschlossen hat‹, erklärte Trampas mir, ›obwohl niemand genau zu wissen scheint, was das bedeutet.‹ Jetzt hat das Ka jedoch verfügt – nicht der Rote König, sondern das schlichte alte Ka –, dass dieser Mann, dieser Gan-Ersatz oder was immer er ist, sterben soll. Er hat nämlich aufgehört. Er hat aufgehört, das ihm aufgetragene Lied zu singen, und das hat ihn schließlich verwundbar gemacht. Allerdings nicht *für den Scharlachroten König, das hat Trampas mir mehrmals versichert. Nein, er ist dem Ka gegenüber verwundbar geworden. ›Er singt nicht mehr‹, sagte Trampas. ›Sein Lied ist zu Ende. Er denkt nur noch an verendete Hühner mit roten Augen, aber sein Lied, auf das es ankommt, ist verstummt. Er hat die Rose vergessen.‹«*

14

Das hörte Mordred in der Stille außerhalb der Höhle und zog sich zurück, um darüber nachzudenken.

15

»Trampas hat mir das alles nur erzählt, um mir begreiflich zu machen, dass ich nicht mehr völlig unersetzlich war. Natürlich würden sie mich behalten wollen; vermutlich war es ehrenvoll, Shardiks Balken zu zerbrechen, bevor der Tod dieses Mannes den Balken Gans einknicken ließ.«

Eine Pause.

»Erkennen sie die tödliche Verrücktheit eines Wettrennens bis an den Rand des Verderbens und dann über ihn hinaus? Anscheinend

nicht. Täten sie das, würden sie sich bestimmt kein Wettrennen liefern. Oder mangelt es ihnen einfach nur an Phantasie? Man stellt sich nicht gern vor, dass ein derart primitiver Mangel das Ende herbeiführen könnte, aber …«

16

Roland macht verzweifelt die kreisende Bewegung mit den Fingern, als könnte der Alte, dessen Stimme sie hören, ihn dabei sehen. Er wollte hören, sehr gut und ausführlich hören, was der Can-Toi über Stephen King wusste, aber stattdessen war Brautigan auf irgendein abschweifendes, unzusammenhängendes Nebengleis geraten. Das mochte verständlich sein – der Mann war hörbar erschöpft –, aber hier handelte es sich immerhin um etwas, was wichtiger als alles andere war. Das wusste auch Eddie. Roland konnte es auf dem angespannten Gesicht des jüngeren Mannes lesen. Sie beobachteten gemeinsam, wie das restliche braune Band – jetzt nur noch eine wenige Millimeter dicke Spule – zusehends dahinschwand.

17

»… aber trotzdem sind wir nur arme, unbedarfte Humies, und ich nehme an, dass wir solche Dinge nicht wissen können, jedenfalls nicht einigermaßen sicher …«

Er holt müde seufzend Luft. Die Tonbandspule dreht sich weiter und schmilzt das restliche Band ab, das lautlos zwischen den Tonköpfen hindurchläuft. Dann endlich:

»Ich habe Trampas nach dem Namen dieses magischen Menschen gefragt, und er hat geantwortet: ›Den kenne ich nicht, Ted, aber ich weiß, *dass er keine Magie mehr in sich hat, weil er aufgehört hat, das zu tun, wofür das Ka ihn bestimmt hatte. Bleibt er seinem Schicksal überlassen, werden das Ka der Neunzehn – das seiner Welt – und*

das Ka der Neunundneunzig – das unserer *Welt – sich vereinigen, um …«*

Aber mehr kommt nicht. Hier endet das Tonband.

18

Die Aufwickelspule drehte sich, und das glänzende braune Band machte wieder leise *fwip-fwip-fwip,* bis Eddie sich nach vorn beugte und die Stopptaste drückte. »Scheiße!«, murmelte er halblaut.

»Gerade, als es interessant wurde«, sagte Jake. »Und wieder diese Zahlen. Neunzehn … und neunundneunzig.« Er machte eine Pause, dann zog er sie zusammen: »Neunzehn-neunundneunzig.« Dann ein drittes Mal: »1999. Das Fundamentale Jahr in der Fundamentalen Welt. Wohin Mia musste, um ihr Baby zu bekommen. Wo die Schwarze Dreizehn jetzt ist.«

»Fundamentale Welt, Fundamentales Jahr«, wiederholte Susannah. Sie nahm die letzte Tonbandspule vom Gerät, hielt sie kurz vor einer der Lampen hoch und legte sie in die Schachtel zurück. »Wo die Zeit sich immer nur in einer Richtung bewegt. So, wie sich's gehört.«

»Gan hat die Zeit *geschaffen«,* sagte Roland. »So heißt es in den alten Legenden. Gan ist aus dem Nichts aufgestiegen – in manchen Versionen aus dem Meer, aber beide meinen eindeutig die *Prim* – und hat die Welt erschaffen. Dann hat er sie mit einem Finger angestoßen, damit sie sich drehte, und das war dann die Zeit.«

Irgendetwas braute sich in der Höhle zusammen. Irgendeine Offenbarung. Das spürten sie alle. Etwas, das so zum Platzen gespannt war, wie es Mias Bauch zuletzt gewesen war. Neunzehn. Neunundneunzig. Diese Zahlen hatten sie verfolgt; sie waren überall aufgetaucht. Sie sahen sie am Himmel, sahen sie auf Bretterzäune geschrieben, hörten sie in ihren Träumen.

Oy sah mit gespitzten Ohren und glänzenden Augen auf.

Susannah meldete sich zu Wort. »Als Mia unser Zimmer im Plaza-

Park verlassen hat – übrigens Zimmer *1919* –, um ins Dixie Pig zu fahren, bin ich in eine Art Trance verfallen. Ich habe geträumt … Gefängnisträume … von Nachrichtensprechern, die gemeldet haben, dieser und jener sei alles tot …«

»Das hast du uns schon erzählt«, sagte Eddie.

Sie schüttelte heftig den Kopf. »Aber nicht *alles*. Weil manche Sachen mir unsinnig vorgekommen sind. Zum Beispiel, dass Dave Garroway gesagt hat, Präsident Kennedys kleiner *Junge* sei tot – der kleine John-John, der vor dem Sarg seines Daddys salutiert hat, als der Katafalk an ihm vorbeigerollt ist. Das habe ich euch nicht erzählt, weil dieser Teil nämlich so verrückt geklungen hat. Jake, Eddie, war der kleine John-John Kennedy in eurem Wann tot? In einem eurer beiden Wanns?«

Beide schüttelten den Kopf. Jake wusste nicht einmal genau, von wem Susannah da sprach.

»Aber er *ist* gestorben – in der Fundamentalen Welt und in einem Wann, das keines von unseren ist. Ich wette, dass es 1999 passiert ist. So stirbt der Sohn des letzten Revolvermanns, o Discordia. Ich glaube jetzt, dass ich gewissermaßen die Seite mit Nachrufen aus dem *Wochenblatt für Zeitreisende* gehört habe. Allerdings waren die Zeiten durcheinander gewürfelt. John-John Kennedy, dann Stephen King, von dem hatte ich nie gehört, aber David Brinkley hat gesagt, dass dieser Mann *Brennen muss Salem* geschrieben hat. Das ist das Buch, in dem Father Callahan vorgekommen ist, stimmt's?«

Roland und Eddie nickten.

»Pere Callahan hat uns seine Geschichte erzählt.«

»Klar«, sagte Jake. »Aber was …«

Sie unterbrach ihn. Ihre Augen waren verschleiert, geistesabwesend. Augen, die nur noch einen Blick vom Verstehen entfernt waren. »Und dann kommt Brautigan zum Ka-Tet der Neunzehn und erzählt *seine* Geschichte. Und seht mal hier! Seht euch den Bandzähler an!«

Sie beugten sich alle über das Tonbandgerät. In dem kleinen Fenster stand:

1999

»Ich glaube, dass King vielleicht auch Teds Geschichte geschrieben hat«, sagte sie. »Möchte jemand eine Vermutung darüber anstellen, in welchem Jahr *diese* Geschichte in der Fundamentalen Welt aufgetaucht ist oder auftauchen *wird?«*

»1999«, sagte Jake leise. »Aber nicht der Teil, den wir gehört haben. Sondern der Teil, den wir *nicht* gehört haben. Teds Abenteuer in Connecticut.«

»Und ihr habt ihn kennen gelernt«, sagte Susannah, indem sie ihren Dinh und ihren Mann ansah. »Ihr seid bei Stephen King gewesen.«

Sie nickten abermals.

»Er hat den Pere geschaffen, er hat Brautigan geschaffen, er hat *uns* geschaffen«, sagte sie wie zu sich selbst, dann schüttelte sie den Kopf. »Nein. ›Alle Dinge dienen dem Balken.‹ Er … er hat als *Katalysator* fungiert.«

»Genau.« Eddie nickte zustimmend. »Ja, okay. Das klingt ungefähr richtig.«

»In meinem Traum war ich in einer Gefängniszelle«, fuhr Susannah fort. »Ich hatte die Sachen an, in denen ich damals festgenommen worden bin. Und David Brinkley hat gesagt, dass Stephen King tot ist, wehe, Discordia – irgendetwas in dieser Art. Brinkley hat gesagt …« Sie machte stirnrunzelnd eine Pause. Sie wollte Roland schon darum bitten, sie zu hypnotisieren, um die verschüttete Erinnerung freizulegen, aber das war dann doch nicht notwendig. »Brinkley hat gesagt, dass King bei einem Spaziergang in der Nähe seines Hauses in Lovell, Maine, von einem Dodge-Minivan überfahren und getötet worden ist.«

Eddie fuhr zusammen. Roland, dessen Augen glühten, beugte sich nach vorn. »Sagst du das?«

Susannah nickte nachdrücklich.

»Er hat das Haus in der Turtleback Lane gekauft!«, rief der Revol-

vermann heiser aus. Er packte Eddie vorn am Hemd. Eddie schien das nicht einmal zu merken. »*Natürlich* hat er's getan! Ka spricht, und der Wind weht! Er ist dem Pfad des Balkens ein Stück weiter gefolgt und hat sich an der Stelle ein Haus gekauft, wo der Balken dünn ist! Wo wir die Wiedergänger gesehen haben! Wo wir mit John Cullum gesprochen haben! Zweifelst du daran? *Bezweifelst du auch nur ein einziges gottverdammtes kleines bisschen?*«

Eddie schüttelte den Kopf. Natürlich zweifelte er nicht daran. Das Ganze klang so, als wäre man auf dem Jahrmarkt und träfe mit dem Holzhammer genau den Stift des Lukas, sodass das Bleigewicht die Säule entlang nach oben schoss und die Glocke erklingen ließ. Wenn einem das gelang, bekam man ein pausbäckiges Püppchen mit Hochfrisur – und das nur, weil Stephen King *dachte,* es müsse ein Püppchen dieser Art sein? Weil King aus der Welt stammte, in der Gan die Zeit mit seinem heiligen Finger angestoßen hatte? Denn sagt *King* Püppchen, sagen wir *alle* Püppchen, und wir sagen alle unseren Dank? Wäre er irgendwie auf die Idee gekommen, der Preis fürs Anschlagen der Lukas-Glocke auf dem Jahrmarkt sei eine Tigerente, würden *sie* dann Tigerente sagen? Eddie vermutete, dass die Antwort Ja lautete. Das glaubte er so sicher, wie die Co-Op City in Brooklyn lag.

»David Brinkley hat gesagt, King sei zweiundfünfzig gewesen. Ihr beiden Jungs habt ihn kennen gelernt, rechnet also mal nach. Kann er 1999 zweiundfünfzig gewesen sein?«

»Da kannst du deine Reinheit drauf verwetten«, sagte Eddie. Er warf Roland einen finsteren, bestürzten Blick zu. »Und da wir immer wieder auf die Zahl neunzehn stoßen – Ted Stevens Brautigan, los, zählt schon die Buchstaben! –, hängt sie bestimmt nicht nur mit dem Jahr zusammen. Neunzehn …«

»Das ist ein Datum«, sagte Jake ausdruckslos. »Natürlich. Ein Fundamentales Datum in einem Fundamentalen Jahr in der Fundamentalen Welt. Der Neunzehnte von irgendeinem Monat im Jahre 1999. Vermutlich von einem Sommermonat, wo er doch auf einem Spaziergang war.«

»Dort drüben ist es jetzt gerade Sommer«, sagte Susannah. »Es ist Juni. Der sechste Monat. Und wenn man die Sechs auf den Kopf stellt, wird eine Neun daraus.«

»Yeah, und wenn man *dog* rückwärts buchstabiert, wird *god* daraus«, sagte Eddie, klang aber trotzdem beunruhigt.

»Susannah hat wahrscheinlich Recht«, sagte Jake. »Ich glaube, dass es am 19. Juni passiert. Das ist der Tag, an dem King totgefahren wird, womit selbst die *Chance,* dass er sich noch mal mit der Dunklen-Turm-Geschichte – *unserer* Geschichte – befasst, dahin ist. Gans Balken geht durch Überlastung zugrunde. Shardiks Balken bleibt übrig, aber der ist bereits erodiert.« Sein Gesicht war blass, die Lippen fast blau, als er zu Roland aufsah. »Er wird wie ein Zahnstocher abknicken.«

»Vielleicht ist das schon längst passiert«, sagte Susannah.

»Nein«, sagte Roland.

»Wie willst du dir da so sicher sein?«, fragte sie.

Er bedachte sie mit einem eisigen, humorlosen Lächeln. »Weil«, sagte er, »wir dann nicht mehr hier wären.«

19

»Wie können wir verhindern, dass das passiert?«, fragte Eddie. »Dieser Trampas hat Ted erzählt, dass es Ka ist.«

»Vielleicht hat er sich ja geirrt«, meinte Jake, aber seine Stimme klang dünn. Versagend. »Es war nur ein Gerücht. Vielleicht hat er was falsch mitbekommen. Möglicherweise hat King noch bis Juli Zeit. Oder bis August. Oder wie wär's mit September? Klingt September nicht wahrscheinlicher? Schließlich ist das der neunte Monat …«

Alle sahen zu Roland hinüber, der jetzt mit ausgestrecktem Bein dasaß. »Genau hier tut's weh«, sagte er, als spräche er mit sich selbst. Er berührte die rechte Hüfte … dann seine Rippen … zuletzt die rechte Schläfe. »Ich habe in letzter Zeit ständig Kopfschmerzen. Sie werden immer schlimmer. Wollte euch aber nicht damit belästigen.«

Er fuhr sich mit der verkrüppelten Rechten über die rechte Körperhälfte. »Hier wird er verletzt. Hüfte zerschmettert. Rippen eingedrückt. Schädel gebrochen. Tot in den Straßengraben geschleudert. Ka … und das Ende des Ka.« Sein Blick wurde wieder klar, und er wandte sich drängend an Susannah. »An welchem Datum warst du in New York? Hilf mir auf die Sprünge.«

»1. Juni 1999.«

Roland nickte und sah dann zu Jake hinüber. »Und du? Am gleichen Tag, stimmt's?«

»Ja.«

»Anschließend nach Fedic … und weiter nach Donnerschlag. *Heute.*«

Er machte eine nachdenkliche Pause, dann sprach er gemessen und mit Nachdruck vier Worte:

»Es ist noch Zeit.«

»Aber hier drüben läuft die Zeit schneller …«

»Und wenn sie einen dieser Rucke macht …«

»Ka …«

Ihre Worte überlappten sich. Dann verstummten sie alle und sahen wieder Roland an.

»Das Ka lässt sich ändern«, sagte er. »Es wäre nicht das erste Mal. Das erfordert zwar immer seinen Preis – Ka-Shume möglicherweise –, aber es lässt sich machen.«

»Und wie kommen wir dorthin?«, fragte Eddie.

»Es gibt nur eine Möglichkeit«, sagte Roland. »Sheemie muss uns hinschicken.«

Stille in der Höhe bis auf das ferne Grollen des Donners, von dem dieses dunkle Land seinen Namen hatte.

»Wir haben zwei Aufgaben«, sagte Eddie. »Sie betreffen den Schriftsteller und die Brecher. Wer kommt zuerst?«

»Der Schriftsteller«, sagte Jake. »Solange die Zeit noch ausreicht, ihn zu retten.«

Aber Roland schüttelte den Kopf.

»Warum nicht?«, rief Eddie aus. »Ach, Mann, *warum* nicht? Du *weißt,* wie glitschig die Zeit hier drüben ist! Und sie ist eine Einbahnstraße! Wenn wir den richtigen Zeitpunkt verpassen, bekommen wir nie wieder eine Chance!«

»Aber wir müssen auch dafür sorgen, dass Shardiks Balken nicht weiter beschädigt wird«, sagte Roland.

»Soll das heißen, dass Ted und dieser Dinky nicht zulassen werden, dass Sheemie uns hilft, bevor wir ihnen geholfen haben?«

»Nein. Sheemie würde es für mich tun, da bin ich mir sicher. Aber was wäre, wenn ihm etwas zustößt, während wir in der Fundamentalen Welt sind? Wir säßen im Jahr 1999 fest.«

»In der Turtleback Lane gibt's eine Tür, die …«, hob Eddie an.

»Selbst wenn sie 1999 noch da wäre, Eddie, könnte sie uns sonst wohin schicken. In irgendein x-beliebiges *Wann.* Und von Ted wissen wir, dass Shardiks Balken schon angefangen hat, sich durchzubiegen.« Roland schüttelte den Kopf. »Mein Innerstes sagt mir, dass das Gefängnis dort unten der Ort ist, wo wir anfangen müssen. Wenn jemand von euch anderer Meinung ist, höre ich gern zu und lasse mich überzeugen.«

Sie schwiegen. Draußen vor der Höhle heulte der Wind.

»Wir müssen Ted fragen, bevor wir eine endgültige Entscheidung treffen«, sagte Susannah schließlich.

»Nein«, sagte Jake.

»Nein!«, stimmte Oy zu. Was natürlich nicht überraschend war; wenn Ake etwas sagte, konnte man darauf Stein und Bein schwören, davon war Oy überzeugt.

»Frag *Sheemie«,* sagte Jake. »Frag Sheemie, was wir *seiner* Meinung nach tun sollen.«

Roland nickte bedächtig.

Kapitel IX

Spuren auf dem Pfad

1

Als Jake nach einer Nacht voller unruhiger Träume, von denen die meisten im Dixie Pig spielten, erwachte, sickerte mattes, schwaches Licht in die Höhle. In New York hatte solches Licht immer bewirkt, dass er am liebsten die Schule geschwänzt und den ganzen Tag auf dem Sofa verbracht hätte, um Bücher zu lesen, sich Quizsendungen im Fernsehen anzusehen und den Nachmittag zu verschlafen. Eddie und Susannah lagen aneinander geschmiegt in einem gemeinsamen Schlafsack. Oy hatte das für ihn vorbereitete Lager verschmäht, um neben Jake zu schlafen. Er war u-förmig zusammengerollt und hatte die Schnauze auf die linke Vorderpfote gelegt. Die meisten Leute hätten geglaubt, er würde schlafen, aber Jake sah den verstohlenen Goldglanz unter den Lidern des Tieres und wusste daher, dass Oy ihn heimlich beobachtete. Der Reißverschluss am Schlafsack des Revolvermanns war offen, der Schlafsack leer.

Jake dachte einen Augenblick darüber nach, dann stand er auf und ging nach draußen. Oy folgte ihm und trottete lautlos über den festgetrampelten Boden, während Jake den Pfad hinaufging.

2

Roland wirkte abgehärmt, so als ginge es ihm nicht gut, aber er kauerte in der Hocke, und Jake fand, wenn er dazu beweglich genug war, fehlte ihm bestimmt auch nichts weiter. Er hockte sich neben den Revolvermann und ließ die Hände locker zwischen den Oberschenkeln herabhängen. Roland sah zu ihm hinüber, sagte aber nichts und betrachtete dann wieder den Gefängniskomplex, den das Wachpersonal Algul Siento und die Insassen Devar-Toi nannten. Er lag in heller werdendem bläulichem Dunst unter und vor ihnen. Die Sonne – elektrisch, nuklear, was auch immer – schien noch nicht.

Oy ließ sich mit einem kleinen Seufzer neben Jake hinplumpsen und schien sofort wieder einzuschlafen. Aber damit konnte er Jake nicht täuschen.

»Heil. Fröhlich beginne dein Tag«, sagte Jake, als das Schweigen bedrückend zu werden begann.

Roland nickte. »Fröhlich schauen, fröhlich sein.« Er wirkte so fröhlich wie ein Trauermarsch. Der Revolvermann, der in Calla Bryn Sturgis bei Fackelschein eine furiose Commala getanzt hatte, hätte schon tausend Jahre in seinem Grab liegen können.

»Wie fühlst du dich, Roland?«

»Gut genug, um in die Hocke zu gehen.«

»Aye, aber wie *fühlst* du dich?«

Roland sah zu ihm hinüber, dann zog er seinen Tabaksbeutel aus der Tasche. »Alt und voller Wehwehchen, wie du genau weißt. Möchtest du rauchen?«

Jake überlegte, dann nickte er.

»Es werden aber nur Kurze«, sagte Roland. »In meiner Tasche war vieles, bei dem ich froh war, es zurückbekommen zu haben, aber nur wenig Rauchkraut.«

»Meinetwegen kannst du es auch lieber für dich selbst aufheben.«

Roland lächelte. »Ein Mann, der seine schlechten Angewohnheiten nicht gut mit anderen teilen kann, ist ein Mann, der sie ganz aufgeben sollte.« Er drehte zwei Zigaretten – wobei er als Papierersatz irgendein Blatt benutzte, das er in der Mitte durchriss –, gab eine davon Jake und zündete dann beide mit einem Streichholz an, das er mit dem Daumennagel anschnippte. In der stillen, kalten Luft unterhalb der Can Steek-Tete hing der Rauch vor ihnen, bevor eine kaum spürbare Brise ihn langsam mit sich forttrug. Jake fand den Tabak scharf, beißend und abgestanden, aber er beschwerte sich mit keinem Wort. Die Selbstgedrehte schmeckte ihm. Er dachte daran, wie oft er sich vorgenommen hatte, im Gegensatz zu seinem Vater nie zu rauchen – niemals im Leben –, und nun fing er doch damit an. Und sogar mit Einverständnis, vielleicht sogar mit Billigung seines neuen Vaters.

Roland streckte einen Finger aus, berührte Jakes Stirn ... dessen linke Wange ... die Nase ... das Kinn. Die letzte Berührung tat ein bisschen weh. »Pickel«, sagte Roland. »Von der hiesigen Luft.« Er vermutete, dass sie auch von emotionaler Unruhe kamen – Trauer um den Pere –, aber wenn er Jake das hätte wissen lassen, hätte er den Kummer des Jungen wegen Callahans Tod nur verstärkt.

»Du hast keine«, sagte Jake. »Deine Haut ist glatt wie ein Spiegel. Glück gehabt.«

»Keine Pickel«, sagte Roland und rauchte. Unter ihnen lag das Dorf im heraufdämmernden Tageslicht. *Das friedliche Dorf,* dachte Jake, aber es sah mehr als friedlich aus; es sah regelrecht tot aus. Dann sah er zwei Gestalten, aus dieser Entfernung kaum mehr als Punkte, die aufeinander zuschlenderten. Hume-Wachen, vermutete er, die entlang dem äußeren Zaun patrouillierten. Sie vereinigten sich lange genug zu einem einzigen Punkt, dass Jake sich ein kurzes Palaver vorstellen konnte, und dann trennten sie sich wieder. »Keine Pickel, aber die Hüfte tut mir verdammt weh. Fühlt sich an, als hätte jemand sie nachts geöffnet und mit Glassplittern gefüllt. Mit *glühenden* Splittern. Das mit dem Schädel ist allerdings noch schlimmer.« Er berührte die rechte Kopfseite. »Als ob er einen Sprung hätte.«

»Glaubst du denn wirklich, dass du Stephen Kings Verletzungen spürst?«

Statt mit Worten zu antworten, legte Roland den linken Zeigefinger quer auf den Kreis, den er mit Daumen und kleinem Finger seiner Rechten bildete: eine Geste, die *Ich sage dir die Wahrheit* bedeutete.

»Das ist mies«, sagte Jake. »Für ihn wie für dich.«

»Vielleicht, vielleicht auch nicht. Denk darüber nach, Jake; denk gut darüber nach. Was ich spüre, lässt darauf schließen, dass King nicht sofort tot sein wird. Und das bedeutet, dass er unter Umständen leichter zu retten ist.«

Jake meinte, dass das möglicherweise nur bedeutete, dass King einige Zeit halb bewusstlos neben der Straße liegen würde, bevor er starb, aber das wollte er lieber nicht sagen. Roland sollte ruhig glauben, was er wollte. Aber da war noch etwas anderes. Etwas, was Jake selbst betraf und ihn weit mehr beunruhigte.

»Roland, kann ich *dan-dinh* mit dir sprechen?«

Der Revolvermann nickte. »Wenn du willst.« Eine kleine Pause. Ein Zucken des linken Mundwinkels, das nicht ganz ein Lächeln war. »Wenn's beliebt.«

Jake nahm all seinen Mut zusammen. »Wieso bist du derzeit so zornig? *Worauf* bist du zornig? Oder *auf wen?«* Nun machte er eine Pause. »Etwa auf mich?«

Roland zog die Augenbrauen hoch, dann lachte er bellend. »Nicht auf dich, Jake. Kein bisschen. Nie im Leben.«

Jake wurde vor Freude rot.

»Ich vergesse oft, wie stark deine Gabe sich entwickelt hat. Du hättest bestimmt einen erstklassigen Brecher abgegeben.«

Das war zwar keine Antwort, aber Jake verzichtete darauf, das zu erwähnen. Bei der Vorstellung, ein Brecher zu sein, musste er zudem einen Schauder unterdrücken.

»Weißt du's nicht?«, sagte Roland. »Wo du doch weißt, dass ich das bin, was Eddie stinksauer nennt, wirst du doch bestimmt auch wissen, warum, oder nicht?«

»Ich könnte nachsehen, aber das wäre unhöflich.« Dahinter steckte jedoch noch mehr. Jake konnte sich verschwommen an eine Geschichte aus der Bibel erinnern, eine über Noah, der sich in der Arche die Kante gegeben hatte, während seine Söhne und er darauf warteten, dass die Sintflut sich verlief. Einer der Söhne war auf den Alten gestoßen, der betrunken in seiner Koje lag, und hatte ihn verlacht. Dafür hatte Gott den Sohn verflucht. Einen Blick in Rolands Gedanken zu werfen war nicht das Gleiche, wie ihn anzusehen –

und ihn zu verlachen –, während er betrunken war, aber es kam nahe heran.

»Du bist ein guter Junge«, sagte Roland. »Brav und gut, aye.« Und obwohl der Revolvermann fast geistesabwesend gesprochen hatte, hätte Jake in diesem Augenblick glücklich und zufrieden sterben können. Irgendwo in weiter Ferne über ihnen ertönte das hallende *Klick!*, und gleichzeitig flammte die Spezialeffekte-Sonne über dem Devar-Toi wieder auf. Im nächsten Augenblick hörten sie leise Musik heraufschallen: »Hey Jude«, arrangiert für Aufzug und Supermarkt. Für die dort unten hieß es jetzt: Raus aus den Federn! Soeben war ein weiterer Brechertag angebrochen. Jake vermutete allerdings, dass das Brechen dort unten zu keinem Zeitpunkt richtig unterbrochen wurde.

»Komm, wir spielen ein Spiel, du und ich«, sagte Roland. »Du versuchst, in meinen Kopf einzudringen und zu erkennen, auf wen ich zornig bin. Ich versuche, dich daran zu hindern.«

Jake veränderte seine Haltung leicht. »Das klingt nicht nach einem lustigen Spiel, finde ich, Roland.«

»Trotzdem möchte ich's gern gegen dich spielen.«

»Also gut, wie du willst.«

Jake schloss die Augen und rief ein Bild von Rolands müdem, stoppelbärtigem Gesicht auf. Seine leuchtenden blauen Augen. Er stellte sich eine Tür zwischen und etwas oberhalb dieser Augen vor – eine kleine Tür mit einem Messingknopf – und versuchte sie dann zu öffnen. Der Knopf ließ sich kurz drehen. Als er sich nicht weiterdrehte, verstärkte Jake seine Kraft. Der Knopf drehte sich erneut, wurde dann aber wieder abgebremst. Jake öffnete die Augen und sah auf Rolands Stirn kleine Schweißperlen stehen.

»Das ist blöd«, sagte er. »Ich mache deine Kopfschmerzen schlimmer.«

»Egal. Tu dein Bestes.«

Mein Schlimmstes, dachte Jake. Wenn sie dieses Spiel schon spielen mussten, wollte er es nicht unnötig verlängern. Er schloss wieder die Augen und sah sofort wieder die Tür über Rolands buschigen Augenbrauen. Diesmal gebrauchte er mehr Kraft, die er zudem rasch verstärkte. Das Ganze fühlte sich ein bisschen wie Armdrücken an. Im nächsten Augenblick drehte der Knopf sich, und die Tür ging auf. Roland grunzte, dann stieß er ein schmerzhaftes Lachen aus. »Das reicht mir«, sagte er. »Bei den Göttern, du bist stark!«

Jake achtete nicht darauf. Er machte die Augen auf. »Der Schriftsteller? King? Warum bist du auf *ihn* zornig?«

Roland seufzte und warf seine schwelende Zigarettenkippe weg; Jake war mit seiner schon fertig. »Weil wir zwei Aufgaben haben, wo wir nur eine haben sollten. Dass wir die zweite bewältigen müssen, ist Sai Kings Schuld. Er wusste, was er zu tun hatte, und ich glaube, dass er auf irgendeiner Ebene auch gewusst hat, dass ihm dann nichts geschehen würde. Aber er war *ängstlich.* Er war *müde.«* Rolands Oberlippe kräuselte sich. »Jetzt liegen seine Kastanien im Feuer, und wir müssen sie für ihn rausholen. Dafür werden wir bezahlen müssen, und zwar ziemlich.«

»Du bist zornig auf ihn, weil er ängstlich ist? Aber …« Jake runzelte die Stirn. »Warum sollte er das nicht sein dürfen? Er ist nur ein Schriftsteller. Ein Wörterschmied, kein Revolvermann.«

»Das weiß ich«, sagte Roland, »aber ich glaube nicht, dass er aus Angst aufgehört hat, Jake, oder *nur* aus Angst. Er ist auch faul. Das habe ich gespürt, als ich ihm begegnet bin, und Eddie hat das sicher auch gemerkt. Er hat sich die Arbeit angesehen, die ihm aufgetragen worden war, und sie hat ihn entmutigt, und da hat er sich gesagt: ›Na gut, ich suche mir einen *leichteren* Job, einen, der mir besser gefällt und meinen Fähigkeiten besser entspricht. Sie werden sich meiner annehmen *müssen.‹* Und das tun wir jetzt ja auch.«

»Du hast ihn nicht gemocht.«

»Nein«, sagte Roland, »das habe ich nicht. Kein bisschen. Ich habe ihm auch nicht getraut. Ich habe schon früher Wörterschmiede kennen gelernt, Jake, und sie sind alle mehr oder weniger aus demselben Holz geschnitzt. Sie erzählen Geschichten, weil sie sich vor dem Leben fürchten.«

»Sagst du das?« Jake hielt das für eine bedrückende Vorstellung. Er fand aber auch, dass sie irgendwie wahr klang.

»Das tue ich. Aber …« Roland zuckte die Achseln. *So sind sie nun mal,* besagte dieses Schulterzucken.

Ka-Shume, dachte Jake. Wenn ihr Ka-Tet durch Kings Schuld zerbrach …

Wenn das Kings Schuld war, was dann? Sollten sie sich an ihm rächen? Das war die Überlegung eines Revolvermanns; es war aber auch ein dummer Gedanke, so dumm wie die Idee, sich an Gott rächen zu wollen.

»Aber wir haben ihn am Hals«, ergänzte Jake.

»Aye. Trotzdem würde mich das nicht daran hindern, ihn in seinen feigen, faulen Hintern zu treten, wenn ich Gelegenheit dazu hätte.«

Darüber musste Jake schallend lachen, und der Revolvermann lächelte. Dann stand Roland mit schmerzhaft verzerrtem Gesicht auf, wobei er beide Hände aufs rechte Hüftgelenk presste. »Verdammt«, knurrte er.

»Tut scheußlich weh, was?«

»Reden wir nicht von meinen kleinen Wehwehchen. Komm mit, dann zeige ich dir etwas Interessanteres.«

Roland führte Jake leicht hinkend zu einer Stelle, wo der Pfad sich – vermutlich auf dem Weg zum Gipfel – um die Flanke des Fußes der Kleinen Nadel schlängelte. Dort wollte der Revolvermann wieder in die Hocke gehen, verzog aber das Gesicht und ließ sich stattdessen auf ein Knie nieder. Er wies mit der rechten Hand zu Boden. »Was siehst du hier?«

Auch Jake ließ sich auf ein Knie nieder. Der Boden war mit Geröll und kleinen Felsbrocken übersät. Hier und da war der Gesteinsschutt aus seiner Lage gebracht worden, sodass sich schwache Spuren auf dem Geröllfeld abzeichneten. Jenseits der Stelle, an der sie knieten, waren zwei Zweige eines Busches, den Jake für einen Mesquitebusch hielt, abgeknickt. Als er sich nach vorn beugte, roch er den schwachen, stechenden Duft des Pflanzensafts. Dann begutachtete er nochmals die Spuren im Geröll. Es gab mehrere, die schmal und nicht allzu tief waren. Wenn es sich hier um eine Fährte handelte, stammte sie bestimmt nicht von einem *Menschen*. Aber auch nicht von einem Wüstenhund.

»Weißt du, von wem die Spuren sind?«, fragte Jake. »Dann sag's einfach, bevor ich es durch Armdrücken aus dir rausholen muss.«

Roland grinste flüchtig. »Geh ihnen ein Stück weit nach. Sieh zu, was du finden kannst.«

Jake stand auf, folgte langsam der Fährte und ging dabei vornübergebeugt wie ein Junge, der schlimmes Bauchweh hatte. Die Spuren im Gesteinsschutt führten um einen Felsblock herum. Auf dem Felsen lag Staub, in dem sich Kratzer abzeichneten, als hätte etwas Borstiges im Vorbeigehen den Felsblock gestreift.

Außerdem fanden sich dort einige schwarze Haarborsten.

Jake griff nach einer davon, öffnete dann aber sofort wieder die Finger und blies die Borste von seiner Haut, während er sich vor Ekel schüttelte. Roland beobachtete das alles aufmerksam.

»Du siehst aus, als hättest du ein Gespenst gesehen.«

»Das war abscheulich!« Jake hörte sich leicht stottern. »O Gott, was war das? W-w-was hat hier gelauert?«

»Der eine, den Mia Mordred genannt hat.« Rolands Stimme klang unverändert, aber Jake merkte, dass er sich kaum dazu überwinden konnte, dem Revolvermann in die Augen zu sehen; so düster war ihr Blick. »Der kleine Kerl, den ich gezeugt haben soll.«

»Er war hier? In der Nacht?«

Roland nickte.

»Und hat uns belauscht, unser …?« Jake konnte den Satz nicht zu Ende bringen.

Roland tat es an seiner Stelle. »Er hat unser Palaver und unsere Pläne belauscht, aye, das glaube ich. Und auch Teds Erzählung.«

»Aber du weißt es nicht bestimmt. Die Spuren könnten von allen möglichen Tieren stammen.« Trotzdem konnte Jake, seit er Susannahs Geschichte gehört hatte, im Zusammenhang mit dieser Fährte nur an eine Spinne denken. An die Beine einer Monsterspinne.

»Geh ein Stück weiter«, sagte Roland.

Jake sah ihn fragend an, und Roland nickte aufmunternd. Der Wind wehte, trug anspruchslose Hintergrundmusik aus dem Gefängniskomplex zu ihnen herauf (jetzt glaubte er »Bridge Over Troubled Water« zu erkennen) und brachte zugleich fernen Donner mit, der wie rollende Knochen klang.

»Was …«

»Geh ihnen nach«, sagte Roland und nickte den mit losem Geröll bedeckten Pfad entlang.

Jake tat wie geheißen. Er wusste, dass es sich hier um eine weitere Lektion handelte – bei Roland war man immer in der Schule. Selbst wenn man im Schatten des Todes stand, gab es noch etwas zu lernen.

Hinter dem Felsblock verlief der Pfad ungefähr fünfundzwanzig Meter weit fast waagrecht, bevor er sich wieder außer Sicht schlängelte. Auf dieser Geraden waren die Abdrücke sehr deutlich zu sehen: Dreiergruppen auf der einen, Vierergruppen auf der anderen Seite.

»Sie hat gesagt, dass sie ihm ein Bein abgeschossen hat«, sagte Jake.

»Ganz recht.«

Jake versuchte, sich eine siebenbeinige Spinne von der Größe eines Menschenbabys vorzustellen, schaffte es aber nicht. Er vermutete, dass er es auch gar nicht *wollte.*

Hinter der nächsten Biegung lag ein ausgetrockneter Tierkadaver auf dem Weg. Jake war sich ziemlich sicher, dass dem Tier der Leib aufgerissen worden war, was jetzt aber nur noch schwer festzustellen war. Es gab keine Eingeweide, kein Blut, keine summenden Fliegen. Nur einen Klumpen aus schmutzigem, staubigem Material, das vage – *sehr* vage – an etwas Hundeähnliches erinnerte.

Oy kam heran, schnüffelte kurz, hob dann ein Bein und pinkelte auf die Überreste. Danach kehrte er mit einer Miene zu Jake zurück, als hätte er etwas sehr Wichtiges erledigt.

»Das war gestern das Abendessen unseres Besuchers«, sagte Roland.

Jake sah sich um. »Beobachtet er uns jetzt im Moment? Was glaubst du?«

»Ich glaube, dass Jungs, die noch wachsen, viel Schlaf brauchen«, sagte Roland.

Jake spürte einen Stich wie von irgendeinem unerfreulichen Gefühl, hakte es aber sofort ab, ohne sich gründlich damit zu beschäftigen. Eifersucht? Bestimmt nicht. Wie konnte er auf ein Ungeheuer eifersüchtig sein, eines, das sein Leben damit begonnen hatte, die eigene Mutter aufzufressen. Es war mit Roland blutsverwandt, das ja – sein richtiger Sohn, wenn man pingelig sein wollte –, aber das war nicht mehr als ein Zufall.

Oder nicht?

Jake merkte, dass Roland ihn aufmerksam beobachtete, ihn auf eine Weise ansah, die ihm unbehaglich war.

»Woran denkst du gerade?«, sagte der Revolvermann.

»An nichts Besonderes«, sagte Jake. »Ich frage mich nur, wo er sich verkrochen haben mag.«

»Schwer zu sagen«, sagte Roland. »Allein in diesem Hügel muss es hundert Löcher geben. Komm.«

Roland ging zu der Stelle hinter dem Felsblock zurück, wo Jake die schwarzen Haarborsten entdeckt hatte, und sobald er dort war, machte er sich daran, die von Mordred hinterlassenen Spuren systematisch zu verwischen.

»Wieso tust du das?«, fragte Jake, und zwar schärfer, als er das beabsichtigt hatte.

»Eddie und Susannah brauchen nichts von dieser Sache zu wissen«, sagte Roland. »Er will uns nur beobachten, sich aber nicht in unsere Angelegenheiten einmischen. Zumindest vorläufig nicht.«

Woher willst du das wissen?, wollte Jake schon fragen, aber da machte sich wieder der Stich bemerkbar – der eine, der unmöglich Eifersucht sein konnte –, und er hielt lieber den Mund. Sollte Roland doch glauben, was er wollte. Jake würde inzwischen die Augen offen halten. Und wenn Mordred töricht genug war, sich offen zu zeigen …

»Mir geht's vor allem um Susannah«, sagte Roland. »Sie würde bestimmt am ehesten unter der Anwesenheit des kleinen Kerls leiden. Außerdem könnte er ihre Gedanken am leichtesten lesen.«

»Weil sie seine Mutter ist«, sagte Jake.

»Die beiden hängen zusammen, aye. Kann ich mich darauf verlassen, dass du den Mund hältst?«

»Klar.«

»Und bemüh dich, deine Gedanken zu tarnen – auch das ist wichtig.«

»Ich kann's versuchen, aber …« Jake zuckte die Achseln, um anzudeuten, dass er eigentlich nicht wusste, wie man das machte.

»Gut«, sagte Roland. »Und ich tue das Gleiche.«

Der Wind frischte wieder einmal böig auf. »Bridge Over Troubled Water« war durch einen (da war sich Jake ziemlich sicher) anderen Beatles-Song ersetzt worden, den, wo der Refrain mit *Biep-biep-mmm-biep-biep, yeah!* endete. Hatten sie den in den staubigen, sterbenden Kleinstädten zwischen Gilead und Mejis gekannt?, fragte Jake sich. Hatte es in einigen dieser Städte Shebs gegeben, die »Drive My Car« im Jagtime-Tempo auf verstimmten Klavieren herunterhämmerten, während die Balken schwächer wurden und der Leim, der die Welten zusammenhielt, langsam Fäden zog und die Welten selbst absackten?

Er schüttelte kurz und kräftig den Kopf, um ihn hoffentlich wieder klar zu bekommen. Roland beobachtete ihn weiter, und Jake empfand einen Augenblick lang eine für ihn untypische Gereiztheit. »Gut, ich halte den Mund, Roland, und versuche zumindest, meine Gedanken für mich zu behalten. Mach dir meinetwegen keine Sorgen.«

»Ich mache mir keine«, sagte Roland, und Jake stellte fest, dass er gegen die Versuchung ankämpfen musste, im Kopf seines Dinhs nachzusehen, ob das auch wirklich stimmte. Er fand aber noch immer, dass Gedankenlesen eine schlechte Idee war – und das nicht nur, weil es unhöflich war. Misstrauen konnte leicht wie Säure wirken. Ihr Ka-Tet war schon so zerbrechlich genug, und vor ihnen lag noch viel Arbeit.

»Gut«, sagte Jake. »Das ist gut.«

»Gut!«, bestätigte Oy in so herzhaftem Das-wäre-also-erledigt-Ton, dass beide grinsen mussten.

»Wir wissen, dass er hier ist«, sagte Roland, »aber er weiß wahrscheinlich nicht, dass wir das wissen. Unter den gegenwärtigen Umständen gibt's für uns keine bessere Lösung.«

Jake nickte. Bei diesem Gedanken war ihm etwas wohler.

Als sie zur Höhle zurückkehrten, kam Susannah im gewohnten raschen Kriechtempo zum Eingang. Sie schnüffelte in die Luft und verzog dann das Gesicht. Als sie die beiden sah, wurde die Grimasse zu einem Lächeln. »Ich sehe gut aussehende Männer! Wie lange seid ihr schon auf, Jungs?«

»Noch nicht lange«, sagte Roland.

»Und wie geht's dir?«

»Gut«, antwortete Roland. »Ich bin mit Kopfschmerzen aufgewacht, aber jetzt sind sie fast verschwunden.«

»Wirklich?«, fragte Jake.

Roland nickte und drückte die Schulter des Jungen.

Susannah fragte die beiden, ob sie hungrig seien. Roland nickte. Jake ebenfalls.

»Na, dann kommt rein«, sagte sie. »Wir wollen mal sehen, was sich dagegen tun lässt.«

3

Susannah kramte Eipulver und Büchsen mit Cornedbeef der Marke Prudence aus den Vorräten hervor. Eddie entdeckte einen Dosenöffner und einen kleinen Gasgrill. Nachdem er eine Zeit lang vor sich hingemurmelt hatte, schaffte er es, ihn in Gang zu setzen, und war nur wenig erstaunt, als der Gasgrill auf einmal zu reden begann.

»Hallo! Ich bin zu drei Vierteln mit Gamry-Flüssiggas gefüllt, das Wal-Mart, Burnaby's und andere gute Geschäfte führen. Wer auf

Gamry besteht, verlangt Qualität! Ziemlich dunkel hier drinnen, was? Kann ich Ihnen mit Rezepten oder Kochzeiten behilflich sein?«

»Du kannst mir behilflich sein, indem du die Klappe hältst«, sagte Eddie, worauf der Grill stummt blieb. Eddie fragte sich, ob er das Gerät beleidigt hatte, und überlegte dann, ob er deshalb vielleicht Selbstmord verüben sollte, um die Welt von einem Problem zu befreien.

Roland öffnete vier Dosen Pfirsiche, roch daran und nickte. »In Ordnung, glaube ich«, sagte er. »Süß.«

Sie waren eben mit dieser Mahlzeit fertig, als die Luft vor dem Höhleneingang auf einmal zu schimmern begann. Im nächsten Augenblick erschienen Ted Brautigan, Dinky Earnshaw und Sheemie Ruiz. In ihrer Begleitung befand sich der Rod, den sie auf Rolands Wunsch mitgebracht hatten. Er trug eine ausgebleichte und zerfetzte Latzhose und wirkte unterwürfig und sehr verängstigt.

»Kommt rein und esst mit«, sagte Roland freundlich, als wäre ein aus der Luft aufgetauchtes Quartett von Teleportern etwas Alltägliches. »Es gibt reichlich.«

»Wir sollten das Frühstück vielleicht lieber auslassen«, sagte Dinky. »Wir haben nicht viel Z…«

Bevor er ausreden konnte, gaben Sheemies Knie nach, und er brach am Höhleneingang zusammen. Er verdrehte die Augen, sodass nur noch das Weiße sichtbar war, und zwischen seinen aufgesprungenen Lippen quoll dünner, schaumiger Speichel hervor. Er begann, zu zittern und zu zucken, und trat dabei so krampfartig mit den Beinen um sich, dass er mit den Gummimokassins Furchen in den Gesteinsschutt kratzte.

Kapitel X

Das letzte Palaver (Sheemies Traum)

1

Was als Nächstes kam, konnte man nicht als Tumult bezeichnen, wie Susannah fand; um einen solchen Zustand herbeizuführen, brauchte man bestimmt mindestens ein Dutzend Leute, und sie waren nur zu siebt. Zu acht, wenn man den Rod mitzählte, was man eigentlich auch tun musste, war er doch für einen wesentlichen Teil des Aufruhrs verantwortlich. Sobald er Roland sah, fiel er auf die Knie, hob die Hände wie ein Footballschiedsrichter, der einen erfolgreichen Zusatzversuch signalisierte, über den Kopf und verbeugte sich in schneller Folge. Jede Abwärtsbewegung fiel so extrem aus, dass er mit der Stirn auf den Höhlenboden schlug. Gleichzeitig brabbelte er aus voller Lunge etwas in seiner seltsamen, vokalreichen Sprache. Während er diese Turnübungen vollführte, ließ er Roland keine Sekunde aus den Augen. Susannah hatte kaum Zweifel, dass der Revolvermann als irgendeine Art Gott begrüßt wurde.

Auch Ted sank auf die Knie, aber seine ganze Aufmerksamkeit galt Sheemie. Der Alte umfasste dessen Kopf mit beiden Händen, damit Sheemie ihn nicht hin- und herwerfen konnte; auf der linken Wange – gefährlich dicht unter dem Auge – hatte Rolands alter Freund aus seiner Zeit in Mejis bereits eine Schnittwunde, die von einem scharfkantigen Stein herrührte. Inzwischen lief Sheemie auch Blut aus dem Mund und verteilte sich über seine bescheiden stoppelbärtigen Wangen.

»Gebt mir etwas, was ich ihm zwischen die Zähne stecken kann!«, rief Ted. »Los, irgendjemand! Wacht auf! Scheiße, er beißt sich noch die Zunge ab!«

An der offenen Kiste mit den Schnaatzen lehnte noch der Holzdeckel. Roland schlug ihn so kräftig über sein erhobenes Knie – seine Hüfte ließ jetzt keine Anzeichen von Gelenkstarre erkennen, wie Susannah auffiel –, dass er zersplitterte. Susannah schnappte sich ein Stück aus der Luft und wandte sich damit Sheemie zu. Sie brauchte sich natürlich nicht erst wie die anderen hinzuknien; sie befand sich ohnehin ständig auf den Knien. Das eine Ende des Holzstücks war scharfkantig gezackt. Sie legte schützend eine Hand darüber und schob Sheemie dann das andere Ende zwischen die Zähne. Er biss so fest darauf, dass ein Knirschen zu hören war.

Der Rod setzte inzwischen seinen in hoher Tonlage, fast im Falsett vorgetragenen Singsang fort. Die einzigen Wörter, die Susannah von diesem Kauderwelsch verstand, waren *Heil, Roland, Gilead* und *Eld*.

»Irgendwer soll dafür sorgen, dass er die Klappe hält!«, rief Dinky, worauf Oy zu kläffen begann.

»Kümmere dich nicht um den Rod, halt lieber Sheemies Beine fest!«, fauchte Ted. »Halt ihn still!«

Dinky kniete sich nun ebenfalls hin und packte Sheemie an den Füßen, von denen einer jetzt nackt war, während der andere noch in dem absurden Gummimokassin steckte.

»Oy, Schnauze!«, sagte Jake, und Oy hielt die Schnauze. Er stand mit gespreizten kurzen Beinchen so da, dass er mit dem Bauch beinahe den Höhlenboden berührte, während sein gesträubtes Fell ihn fast doppelt so groß wie sonst erscheinen ließ.

Roland beugte sich über Sheemie, stützte die Unterarme auf den mit Gesteinsschutt bedeckten Höhlenboden und brachte seinen Mund dicht an Sheemies Ohr heran. Er begann etwas zu murmeln. Susannah verstand nur sehr wenig davon, weil der Rod in seinem Falsett weiterbrabbelte, aber sie konnte *Will Dearborn, der einst war* heraushören und *alles ist gut* und – glaubte sie jedenfalls – *ausruhen*.

Was immer Roland auch sagte, es schien zu Sheemie durchzudringen. Er entkrampfte sich nach und nach. Susannah beobachtete, wie Dinky die Knöchel des ehemaligen Saloonjungen nur noch locker umfasste, sich aber weiterhin bereithielt, wieder fest zuzupacken, sollte Sheemie abermals zu strampeln anfangen. Auch die Gesichtsmuskeln entkrampften sich, und Sheemie biss nicht mehr zu. Das Stück Holz, das noch leicht von den oberen Schneidezähnen gehalten wurde, schien zu schweben. Susannah zog es sanft weg und betrachtete dann erstaunt die blutgeränderten Bisslöcher in dem weichen Holz, manche bestimmt einen ganzen Zentimeter tief. Sheemie hing die Zunge seitlich aus dem Mund, was Susannah daran erinnerte, wie Oy immer zur Siestazeit aussah, wenn er auf dem Rücken schlafend alle viere von sich streckte.

Jetzt war nur noch das an einen Versteigerer erinnernde Plappern des Rod und das leise Knurren tief in Oys Kehle zu hören. Der Bumbler stand schützend neben Jake und beobachtete den Neuankömmling mit zusammengekniffenen Augen.

»Halt die Klappe und sei still«, befahl Roland dem Rod und fügte dann noch etwas in einer anderen Sprache hinzu.

Der Rod erstarrte mitten in einer weiteren Verbeugung, ließ die Hände über den Kopf erhoben und glotzte Roland an. Eddie sah, dass ein nässendes Geschwür, rot wie eine Erdbeere, eine Seite der Nase weggefressen hatte. Der Rod bedeckte nun die Augen mit verschorften, schmutzigen Händen, als würde ihn die Erscheinung des Revolvermanns blenden, und sank auf die Seite. Er zog die Knie bis zur Brust hoch und ließ dabei einen lauten Furz hören.

»Harpo spricht«, sagte Eddie, was flott und witzig genug war, um Susannah zum Lachen zu bringen. Danach herrschte Stille bis auf das Heulen des Windes außerhalb der Höhle, den schwachen Klang der Hintergrundmusik aus dem Devar-Toi und das ferne Donnergrollen, jenes Geräusch rollender Knochen.

Fünf Minuten später öffnete Sheemie die Augen, setzte sich auf und sah sich mit der verwirrten Miene eines Menschen um, der weder wusste, wo er war, noch wie er dort hingekommen war, noch weshalb. Dann fiel sein Blick auf Roland, und ein Lächeln ließ sein armes, müdes Gesicht aufleuchten.

Roland erwiderte es und breitete die Arme aus. »Kannst du zu mir kommen, Sheemie? Sonst komme ich gewisslich zu dir.«

Sheemie, dem das dunkle, schmutzige Haar ins Gesicht hing, kroch auf allen vieren zu Roland von Gilead hinüber und legte ihm seinen Kopf auf die Schulter. Susannah fühlte Tränen in ihren Augen brennen und sah beiseite.

2

Irgendwann kurze Zeit später saß Sheemie an die Höhlenwand gelehnt auf der Decke, die »Suzies Dreirad-Cruiser« bedeckt hatte und ihm jetzt zusammengelegt als Polster für Kopf und Rücken diente. Eddie hatte ihm eine Limonade angeboten, aber Ted hatte gemeint, Wasser sei wohl besser. Nachdem Sheemie die erste Flasche Perrier in einem Zug geleert hatte, trank er jetzt mit kleinen Schlucken eine zweite Flasche. Die anderen tranken Pulverkaffee, nur Ted nicht; er hatte sich eine Dose Nozz-A-La genommen.

»Mir ein Rätsel, wie du dieses Zeug aushalten kannst«, sagte Eddie.

»Die Geschmäcker sind verschieden, sagte die alte Jungfer, als sie die Kuh küsste«, antwortete Ted.

Nur das Kind von Roderick wollte nichts. Der Ärmste blieb am Höhleneingang liegen und hielt sich weiter mit beiden Händen fest die Augen zu. Er zitterte leicht.

Ted hatte Sheemie zwischen der ersten und zweiten Flasche Wasser kurz untersucht, den Puls gemessen, ihm in den Mund gesehen und den Schädel nach weichen Stellen abgetastet. Immer wenn er gefragt hatte, ob denn etwas wehtue, hatte Sheemie den Kopf geschüttelt, ohne Roland während dieser Untersuchung auch nur eine Sekunde lang aus den Augen zu lassen. Nachdem Ted auch noch die Rippen abgetastet hatte (»Kitzelt, Sai, das tut's«, meinte Sheemie darauf mit einem Lächeln), erklärte er ihn für kerngesund.

Eddie, der Sheemies Augen sehr gut sehen konnte – eine der

Gaslampen hing in der Nähe und beleuchtete Sheemies Gesicht hell –, hielt das für eine Lüge von geradezu Präsidentenqualität.

Susannah war dabei, einen weiteren Schwung Rührei aus Eipulver mit Cornedbeef zuzubereiten. (Der Gasgrill hatte sich wieder zu Wort gemeldet – »Noch mal das Gleiche, hä?«, hatte er in fröhlich anerkennendem Ton gesagt.) Eddie wandte sich an Dinky Earnshaw und fragte: »Kommst du mal kurz mit nach draußen, solange Suze sich ums Futter kümmert?«

Dinky sah zu Ted hinüber, der einmal nickte, und drehte sich dann wieder zu Eddie um. »Wenn du unbedingt willst. Wir haben heute Morgen zwar etwas mehr Zeit, was aber nicht heißt, dass wir sie vergeuden dürfen.«

»Ich verstehe«, sagte Eddie.

3

Der Wind war stärker geworden, aber die Luft wurde dadurch nicht besser, sondern roch übler als je zuvor. Auf der Highschool hatte Eddie einmal einen Klassenausflug zu einer Ölraffinerie in New Jersey gemacht. Bis zu diesem Tag hatte er geglaubt, das damals sei der bei weitem schlimmste Gestank seines Lebens gewesen; zwei der Mädchen und drei der Jungen hatten davon kotzen müssen. Er wusste noch, wie der Mann, der sie dort geführt hatte, herzlich lachend sagte: »Denkt einfach daran, dass das der Geruch von Geld ist – das hilft.« Möglicherweise blieb die Perth Oil & Gas ja auch weiterhin die Rekordhalterin – aber nur, weil die Gerüche, die er jetzt wahrnahm, nicht ganz so stark waren. Aber was erinnert ihn hier eigentlich außerdem noch so an die Perth Oil & Gas? Er konnte es nicht sagen, und es war vermutlich auch nicht weiter wichtig, aber es war doch seltsam, wie manche Dinge hier wieder auftauchten. Nur war »wieder auftauchen« irgendwie nicht ganz der richtige Ausdruck.

»Sie hallen wider«, murmelte Eddie. »Das ist's.«

»'tschuldigung, Partner?«, sagte Dinky. Er stand vor der Höhle und blickte auf die blau gedeckten Gebäude in der Ferne, das Gewirr aus stehenden Zügen und das perfekte kleine Dorf hinunter. Zumindest perfekt, bis man daran dachte, dass es von drei Elektrozäunen umgeben war, von denen der äußere unter derart starker Spannung stand, dass jede Berührung tödlich war.

»Nichts«, sagte Eddie. »Woher kommt dieser Gestank? Irgendeine Idee?«

Dinky schüttelte den Kopf, zeigte aber über den Gefängniskomplex hinweg in eine Richtung, die Norden sein konnte oder auch nicht. »Irgendetwas dort draußen ist giftig, mehr weiß ich nicht«, sagte er. »Ich habe Finli einmal danach gefragt, und er hat gesagt, im dortigen Sektor habe es früher einmal Fabriken gegeben. Irgendwas mit Positronics. Kennst du den Namen?«

»Ja. Aber wer ist Finli?«

»Finli o' Tego. Unser Sicherheitschef, Prentiss' rechte Hand, auch als das Wiesel bekannt. Ein Taheen. Wer dort unten irgendwas verwirklichen will, muss sich an Finli wenden, damit es funktioniert. Und er macht's einem nicht leicht. Ihn tot vor mir liegen zu sehen wäre ein Gefühl wie an Weihnachten. In Wirklichkeit heiße ich übrigens Richard Earnshaw. Freut mich echt, dich kennen zu lernen.« Er streckte die Hand aus. Eddie schüttelte sie.

»Ich bin Eddie Dean. Hier draußen westlich des Pecos als Eddie von New York bekannt. Die Frau ist Susannah. Meine Ehefrau.«

Dinky nickte. »Aha. Und der Junge ist Jake. Ebenfalls aus New York.«

»Jake Chambers, genau. Hör zu, Rich…«

»Ach, das ist vergebene Liebesmüh«, sagte er lächelnd. »Ich bin jetzt wohl schon zu lange Dinky, um mich noch mal umzugewöhnen. Ich hätte es sowieso schlimmer treffen können. Im Supr Savr Supermarket, in dem ich einige Zeit gejobbt habe, hatte ich mal einen Kollegen, so Mitte zwanzig, der war als ›JJ the Fucking Blue Jay‹ bekannt. So wird der Ärmste noch heißen, wenn er achtzig ist und einen Pissbeutel mit sich herumträgt.«

»Wenn wir nicht tapfer sind, Glück haben und schön brav sind«, sagte Eddie, »wird *niemand* mehr achtzig. Weder auf dieser noch auf irgendeiner anderen Welt.«

Dinky wirkte erst erschrocken, dann bedrückt. »Da hast du nicht ganz Unrecht.«

»Um den Kerl da, den Roland von früher kennt, sieht es ziemlich schlecht bestellt aus«, sagte Eddie. »Hast du seine *Augen* gesehen?«

Dinky nickte und wirkte jetzt noch trübseliger als zuvor. »Die kleinen Blutungen im Weißen heißen Petechien, glaube ich. Oder so ähnlich.« Dann fügte er in entschuldigendem Ton etwas hinzu, was Eddie unter den herrschenden Umständen ziemlich grotesk fand: »Ich weiß nicht, ob ich das richtig ausspreche.«

»Mir ist's egal, wie du sie nennst – die sind jedenfalls nicht gut. Und dieser Anfall, den er da hingelegt hat …«

»Nicht sehr nett ausgedrückt«, sagte Dinky.

Auch das war Eddie scheißegal. »Hat er schon früher welche gehabt?«

Dinky brach den Blickkontakt ab und starrte stattdessen seine Füße an, mit denen er herumscharrte. Eddie fand, dass das Antwort genug war.

»Wie viele Male?« Eddie hoffte, dass seine Stimme nicht so entsetzt klang, wie er sich fühlte. Das Weiße von Sheemies Augen wies genügend punktförmige Blutungen auf, um so auszusehen, als hätte jemand Paprika hineingestreut. Von den größeren Gerinnseln in den Augenwinkeln ganz zu schweigen.

Noch immer ohne ihn anzusehen, hob Dinky vier Finger.

»Viermal?«

»Ja«, sagte Dinky. Er begutachtete weiter seine improvisierten Mokassins. »Seit der Zeit, als er Ted ins Connecticut des Jahres 1960 geschickt hat. Als ob dabei in seinem Inneren irgendetwas geplatzt wäre.« Er sah auf und lächelte gequält. »Als wir drei gestern ins Devar zurückgekehrt sind, ist er jedenfalls nicht ohnmächtig geworden.«

»Augenblick, ich möchte nur sichergehen, dass ich das richtig mitbekommen habe. Im Gefängnis dort unten gibt's für euch Kerle alle möglichen lässlichen Süden, aber nur eine Todsünde: Teleportation.«

Dinky dachte darüber nach. Für Taheen und Can-Toi waren die Vorschriften bestimmt nicht so liberal gehalten; sie konnten wegen aller möglichen Vergehen, darunter Straftatbestände wie Fahrlässigkeit, absichtliches Ärgern der Brecher und gelegentliche Grausamkeiten ihnen gegenüber ins Exil geschickt oder einer Leukotomie unterzogen werden. Einmal – so hatte er sich erzählen lassen – war ein Brecher sogar von einem niederen Mann vergewaltigt worden, der dem vorigen Oberaufseher daraufhin ernsthaft erklärt haben soll, das sei Bestandteil seines *Werdens* – der Scharlachrote König persönlich sei ihm im Traum erschienen und habe ihn angewiesen, das zu tun. Dafür war der Can-Toi zum Tod verurteilt worden. Die Brecher waren eingeladen worden, der Hinrichtung (durch einen einzigen Revolverschuss in den Kopf bewirkt) mitten auf der Hauptstraße von Pleasantville beizuwohnen.

Dinky erzählte Eddie davon und gestand dann ein, dass zumindest für die Insassen Teleportation die einzige Todsünde sei. Jedenfalls die einzige, die er kannte.

»Und Sheemie ist euer Teleporter«, sagte Eddie. »Ihr beide helft ihm – wirkt als *Katalysator* für ihn, um Teds Ausdruck zu gebrauchen – und tarnt seine Tätigkeit, indem ihr die Aufzeichnungen irgendwie fälscht.«

»Du hast keine Ahnung, wie leicht es ist, ihre Telemetrie hinters Licht zu führen«, sagte Dinky fast lachend. »Partner, die wären *schockiert,* wenn sie's wüssten. Das Problem dabei ist nur, dass wir dabei vermeiden müssen, die ganze Chose zum Kippen zu bringen.«

Auch das war Eddie egal. Hauptsache, es funktionierte. Allein darauf kam es an. Auch Sheemie funktionierte … nur wie lange noch?

»… aber er ist derjenige, der es immer macht«, fuhr Eddie fort. »Sheemie.«

»Ja.«

»Der Einzige, der's *kann.«*

»Ja.«

Eddie dachte an ihre Doppelaufgabe: Sie mussten die Brecher befreien (oder umbringen, wenn sie sich nicht anders aufhalten ließen) und verhindern, dass der Schriftsteller auf einem Spaziergang von einem Minivan umgenietet wurde. Roland glaubte, sie könnten beides schaffen – aber dazu würden sie mindestens zweimal Sheemies Fähigkeiten als Teleporter benötigen. Zudem würden ihre Besucher nach dem heutigen Palaver hinter den Dreifachzaun zurückkehren müssen, was wiederum hieß, dass Sheemies Fähigkeiten wohl dreimal gebraucht werden würden.

»Er behauptet, dass es nicht wehtut«, sagte Dinky. »Falls das dir Sorgen macht.«

In der Höhle lachten die anderen über irgendetwas. Sheemie war wieder bei Bewusstsein und nahm Nahrung zu sich. Alles war offenbar eitel Sonnenschein.

»Nicht unbedingt«, sagte Eddie. »Was passiert nach Teds Meinung mit Sheemie, wenn er teleportiert?«

»Er hat dabei Gehirnblutungen«, sagte Dinky prompt. »Winzige Schlaganfälle auf der Oberfläche des Gehirns.« Zur Demonstration tippte er mit dem Zeigefinger an verschiedene Stellen des eigenen Schädels. »Boing, boing, boing.«

»Und die werden schlimmer, stimmt's?«

»Hör zu, wenn du glaubst, es ist meine Idee, dass er uns herumschickt, irrst du dich gewaltig.«

Eddie hob die Hand wie ein Verkehrspolizist. »Nein, nein. Ich will nur rauskriegen, was hier vorgeht.« *Und wie unsere Chancen stehen.*

»Ich hasse es, ihn so zu benutzen!«, brach es aus Dinky hervor. Er sprach leise, damit die in der Höhle Verbliebenen ihn nicht hören konnten, aber Eddie war keine Sekunde lang so, als würde Dinky damit übertreiben. Dinky war unverkennbar unglücklich darüber. »Ihn stört's nicht – er *will* sogar helfen –, aber das macht alles irgendwie noch schlimmer. Wie er zu Ted aufsieht …« Er zuckte die Achseln. »Wie ein Hund zum besten Herrchen des Universums aufsehen würde. Genauso sieht er euren Dinh an, wie du bestimmt schon gemerkt hast.«

»Er tut's für meinen Dinh«, sagte Eddie, »und daher ist das Ganze auch in Ordnung. Das glaubst du vielleicht nicht, Dinky, aber …«

»Aber du schon?«

»Voll und ganz. Jetzt zur wirklich wichtigen Frage: Hat Ted eine Vorstellung davon, wie lange Sheemie noch durchhalten kann? Wenn man berücksichtigt, dass nun auch wir ihm ein bisschen helfen können.«

Wen versuchst du hier aufzuheitern, Bruderherz?, fragte Henry plötzlich in Eddies Kopf. Zynisch wie immer. *Ihn oder dich selbst?*

Dinky musterte Eddie, als wäre der verrückt oder zumindest nicht ganz richtig im Kopf. »Ted war Buchhalter. Manchmal auch Privatlehrer. Oder Tagelöhner, wenn er nichts Besseres finden konnte. Er ist kein Arzt.«

Trotzdem ließ Eddie nicht locker. »Was meint er?«

Dinky machte eine Pause. Der Wind blies. Musik wurde herangetragen. In weiter Ferne murmelte Donnergrollen in der Düsternis. Schließlich sagte er: »Vielleicht noch drei oder vier Male … Obwohl, die Nachwirkungen werden jedes Mal schlimmer. Vielleicht also auch nur noch zwei Male. Aber es gibt keine Garantien, okay? Er könnte ebenso gut schon beim nächsten Mal, wenn er sich konzentriert, um die Lücke zu schaffen, durch die wir immer hindurchschlüpfen, mit einem Gehirnschlag tot umfallen.«

Eddie grübelte angestrengt nach weiteren Fragen, die er stellen konnte, was ihm aber nicht gelang. Die letzte Antwort war ziemlich erschöpfend gewesen, und als Susannah sie jetzt rief, war er nur zu gern bereit, wieder hineinzugehen.

4

Sheemie Ruiz hatte seinen Appetit wiedergefunden, was alle für ein gutes Zeichen hielten, und futterte zufrieden. Die Blutflecken in den Augen waren leicht verblasst, aber weiter deutlich sichtbar. Eddie fragte sich, was das Wachpersonal im Blauen Himmel wohl von ihnen hielte, wenn es sie sah, und überlegte auch, ob Sheemie eine Sonnenbrille tragen könnte, ohne dadurch Aufsehen zu erregen.

Roland hatte den Rod auf die Füße gestellt und unterhielt sich jetzt im Hintergrund der Höhle mit ihm. Na ja … gewissermaßen. Der Revolvermann sprach, und der Rod hörte zu, wobei er gelegentlich ehrfürchtige kleine Blicke auf Rolands Gesicht riskierte. Von ihrem Kauderwelsch verstand Eddie nur zwei Wörter: Chevin und Chayven. Roland fragte sein Gegenüber nach jenem anderen aus, den sie in Lovell angetroffen hatten, wo er die Straße entlanggetorkelt war.

»Hat er einen Namen?«, fragte Eddie an Ted und Dinky gerichtet, während er sich Nachschlag holte.

»Ich nenne ihn Chucky«, sagte Dinky. »Weil er etwas Ähnlichkeit mit der Puppe aus einem Horrorfilm hat, den ich mal gesehen habe.«

Eddie grinste. *»Chucky – Die Mörderpuppe,* yeah. Den hab ich auch gesehen. Das war nach deinem Wann, Jake. Und *lange* nach deinem, Suziella.« Das Haar des Rod haute nicht richtig hin, aber die sommersprossigen Pausbacken und blauen Augen stimmten. »Glaubt ihr, dass er den Mund halten kann?«

»Wenn ihn keiner ausfragt, dann schon«, sagte Ted. Was nach Eddies Ansicht keine sehr befriedigende Antwort war.

Nach einem etwa fünfminütigen Gespräch schien Roland zufrieden zu sein und kam zu den anderen zurück. Er ging in die Hocke – kein Problem, weil seine Gelenke jetzt gelockert waren – und sah Ted an. »Dieser Bursche heißt Haylis von Chayven. Wird sein Verschwinden irgendjemandem auffallen?«

»Unwahrscheinlich«, sagte Ted. »Die Rods tauchen immer in

kleinen Gruppen am Tor hinter den Wohnheimen auf und fragen nach Arbeit. Meistens Boten- und Trägerdienste. Als Bezahlung bekommen sie eine Mahlzeit oder Getränke. Wenn sie mal ausbleiben, vermisst niemand sie.«

»Gut. Jetzt etwas anderes – wie lang sind hier die Tage? Liegen zwischen heute und morgen zur selben Zeit vierundzwanzig Stunden?«

Diese Frage schien Ted zu interessieren, und er dachte eine Weile darüber nach, bevor er antwortete. »Sagen wir fünfundzwanzig«, meinte er dann. »Vielleicht sogar noch etwas länger. Weil die Zeit sich verlangsamt, zumindest hier bei uns. Die Schwächung der Balken scheint Störungen im Zeitfluss zwischen den Welten hervorzurufen. Das ist wohl auch einer der größten Schwachpunkte.«

Roland nickte. Susannah bot ihm Essen an, aber er schüttelte mit einem Dankeswort den Kopf. Hinter ihnen saß der Rod auf einer Kiste und starrte auf seine nackten, mit Geschwüren bedeckten Füße hinunter. Eddie war überrascht, als er sah, dass Oy sich dem Burschen näherte, und noch überraschter, als der Bumbler Chucky (oder Haylis) gestattete, ihm mit einer missgebildeten Kralle von einer Hand über den Kopf zu streicheln.

»Und gibt es morgens einen Zeitpunkt, zu dem die Dinge dort unten weniger … ich weiß nicht …«

»Etwas desorganisiert sind?«, schlug Ted vor.

Roland nickte.

»Habt ihr vorhin das Hornsignal gehört?«, fragte Ted. »Kurz bevor wir aufgekreuzt sind?«

Sie schüttelten alle den Kopf.

Ted zeigte sich überrascht. »Aber ihr habt doch gehört, dass die Musik angefangen hat, oder?«

»Ja«, sagte Susannah und bot Ted eine frische Dose Nozz-A-La an. Er nahm sie entgegen und trank genüsslich einen Schluck daraus. Eddie war bemüht, sich kein Schütteln anmerken zu lassen.

»Danke, meine Liebe. Jedenfalls kündigt das Hornsignal den Schichtwechsel an. Damit beginnt auch die Musik.«

»Ich hasse diese Musik«, sagte Dinky missmutig.

»Falls ihre Kontrolle über uns jemals ins Wanken gerät«, fuhr Ted fort, »wäre dies jeweils der günstige Augenblick.«

»Und wie viel Uhr ist es dann?«, fragte Roland.

Ted und Dinky wechselten einen unsicheren Blick. Der junge Mann hielt mit fragend hochgezogenen Augenbrauen acht Finger hoch und wirkte erleichtert, als Ted daraufhin sofort nickte.

»Ja, acht Uhr«, sagte Ted und lachte dann mit einem spöttischen kleinen Kopfschütteln. »Oder das, was acht Uhr *wäre* – in einer Welt, in der das Gefängnis dort unten stets unverrückbar im Osten läge und nicht wie an manchen Tagen in Ostsüdost.«

Roland jedoch, der schon lange in einer aus den Fugen gehenden Welt gelebt hatte, bevor Ted Brautigan überhaupt nach Algul Siento gekommen war, fand die Art und Weise, wie einst unverrückbare Tatsachen sich zu verbiegen begonnen hatten, nicht sonderlich beunruhigend. »Etwa fünfundzwanzig Stunden von jetzt an«, sagte Roland. »Beziehungsweise etwas weniger.«

Dinky nickte. »Aber falls du auf heilloses Durcheinander rechnest, vergiss es. Jeder kennt seinen Platz und begibt sich auch umgehend dorthin. Das ist alles eingespielt.«

»Trotzdem«, sagte Roland, »dürfte das für uns der günstigste Augenblick sein.« Dann sah er zu seinem alten Freund aus Mejis hinüber. Und winkte ihn zu sich heran.

5

Sheemie stellte sofort seinen Teller beiseite, kam zu Roland und führte die Faust an die Stirn. »Heil, Roland … Will Dearborn, der einst war.«

Roland erwiderte den Gruß, dann sah er zu Jake hinüber. Der Junge erwiderte den Blick unsicher. Roland nickte ihm zu, worauf auch Jake zu ihm kam. Nun standen Jake und Sheemie einander gegenüber, während der zwischen ihnen hockende Roland sie gar nicht mehr anzusehen schien, nachdem er sie zusammengebracht hatte.

Jake hob eine Faust an die Stirn.

Sheemie erwiderte diese Geste.

Jake blickte auf Roland hinab und fragte: »Was soll ich tun?«

Roland gab keine Antwort, sondern blickte nur gelassen in Richtung Höhleneingang, als gäbe es in der anscheinend endlosen Düsternis dort draußen etwas, was sein Interesse erregte. Und Jake wusste, was von ihm erwartet wurde; er wusste es so sicher, als hätte er in Rolands Gedanken gelesen, um es zu erfahren (was er ganz entschieden *nicht* getan hatte). Sie waren an eine Weggabelung gekommen. Es war Jake gewesen, der vorgeschlagen hatte, Sheemie entscheiden zu lassen, welchen Weg sie nehmen würden. Zum damaligen Zeitpunkt war ihm das wie eine verrückt gute Idee vorgekommen – Gott mochte wissen, warum. Als Jake jetzt in dieses müde, ernsthafte, nicht sonderlich intelligente Gesicht mit den blutunterlaufenen Augen sah, fragte er sich zweierlei: Was hatte ihn bloß dazu gebracht, diesen Vorschlag zu machen, und wieso hatte nicht jemand – möglicherweise Eddie, der sich trotz allem, was sie durchgemacht hatten, einen verhältnismäßig kühlen Kopf bewahrt hatte – ihm freundlich, aber bestimmt erklärt, ihre Zukunft in Sheemie Ruiz' Hände zu legen sei eine dämliche Idee? Total gaga, wie seine alten Schulkameraden auf der Piper School vermutlich gesagt hätten. Und nun wollte Roland, nach dessen Überzeugung es selbst im Schatten des Todes noch etwas zu lernen gab, dass Jake die Frage stellte, die er selbst vorgeschlagen hatte, und die Antwort würde ihn zweifellos als den abergläubischen Wirrkopf entlarven, zu dem er sich entwickelt hatte. Aber warum sollte er sie nicht doch stellen? Warum nicht, selbst wenn das dem Hochwerfen einer Münze entsprach? Jake war – möglicherweise am Ende eines kurzen, aber unbestreitbar interessanten Lebens – in eine Welt gelangt, in der es magische Türen, mechanische Butler, Telepathie (die er selbst in sehr beschränktem Umfang beherrschte), Vampire und Werspinnen gab. Weshalb sollte er also nicht Sheemie wählen lassen?

Schließlich *mussten* sie den einen oder den anderen Weg nehmen, und er hatte schon zu gottverdammt viel mitgemacht, um sich Sorgen darüber zu machen, er könnte vor seinen Gefährten wie ein Idiot dastehen. *Außerdem,* dachte er, *wenn ich nicht hier unter Freunden bin, bin ich's nirgends und nie.*

»Sheemie«, sagte er. In diese blutunterlaufenen Augen zu blicken war entsetzlich, aber er zwang sich trotzdem dazu. »Wir sind mit einem Auftrag unterwegs. Das heißt, dass wir eine Aufgabe haben. Wir …«

»Ihr müsst den Turm retten«, sagte Sheemie. »Und mein alter Freund soll ihn betreten und bis ganz oben hinaufsteigen, um zu sehen, was zu sehen ist. Vielleicht gibt's eine Wiederaufnahme, vielleicht gibt's den Tod, vielleicht beides. Er war einst Will Dearborn, aye, das war er. Will Dearborn für mich.«

Jake sah zu Roland hinunter, der weiter dahockte und in die Düsternis vor der Höhle starrte. Aber sein Gesicht war blass geworden und trug jetzt einen seltsamen Ausdruck, wie Jake fand.

Mit einem Finger machte Roland die kreisende Geste, die *Los, weiter!* bedeutete.

»Ja, wir sollen den Dunklen Turm retten«, sagte Jake. Und glaubte in diesem Augenblick, etwas von Rolands Begier zu verstehen, den Turm zu sehen und zu betreten, selbst wenn das seinen Tod bedeutete. Was lag im Mittelpunkt des Universums? Welcher Mann (oder Junge) konnte sich das *nicht* fragen, sobald diese Frage einmal angeschnitten war, und es mit eigenen Augen sehen wollen?

Selbst wenn dieser Anblick ihn zum Wahnsinn trieb?

»Aber damit wir das können, müssen wir zwei Aufgaben ausführen. Eine besteht darin, in unsere Welt zurückzukehren und einen Mann zu retten. Einen Schriftsteller, der unsere Geschichte erzählt. Von der anderen haben wir schon gesprochen: die Brecher zu befreien.« Aus Ehrlichkeit fügte Jake hinzu: »Oder sie sonst wie aufzuhalten. Verstehst du das?«

Diesmal gab Sheemie jedoch keine Antwort. Er starrte wie Roland in die Düsternis vor der Höhle hinaus. Sein Gesichtsausdruck war der eines Hypnotisierten. Bei diesem Anblick war Jake unbehaglich zumute, aber er machte weiter. Schließlich war er jetzt bei seiner Frage angelangt, und was blieb ihm anderes übrig, als sie auch tatsächlich zu stellen?

»Die Frage ist, welche Aufgabe sollen wir uns zuerst vornehmen? Den Schriftsteller zu retten scheint auf den ersten Blick leichter zu sein, weil es keine Gegner gibt … zumindest keine, von denen wir wissen … aber natürlich besteht die Möglichkeit, dass … na ja …« Jake wollte nicht *Aber natürlich besteht die Möglichkeit, dass du als unser Teleporter ums Leben kommst* sagen – deshalb dieser lahme und unbefriedigende Schluss.

Einige Augenblicke lang glaubte er, dass Sheemie keine Antwort geben würde und ihn damit vor die Entscheidung stellen, ob er es noch einmal versuchen sollte oder nicht, aber dann hob der ehemalige Saloonjungen doch wieder zu sprechen an. Er sah dabei allerdings keinen von den Anwesenden an, sondern starrte weiter aus der Höhle in die Düsternis Donnerschlags hinaus.

»Ich hab letzte Nacht einen Traum gehabt, das hatte ich«, sagte Sheemie von Mejis, dem drei junge Revolvermänner aus Gilead einst das Leben gerettet hatten. »Ich hab geträumt, ich wär wieder im Travellers' Rest, nur war weder Coral da noch Stanley, noch Pettie, noch Sheb – er, der das Pianer gespielt hat. Ich war ganz allein, und ich hab den Boden aufgewischt und dazu ›Careless Love‹ gesungen. Dann kreischten die Fledermausflügel, das taten sie, sie haben einen komischen Ton gemacht …«

Jake sah Roland mit der Spur eines Lächelns auf den Lippen nicken.

»Und wie ich aufsehe«, fuhr Sheemie fort, »kommt dieser Junge rein.« Sein Blick glitt kurz zu Jake hinüber, dann starrte er wieder in die Düsternis hinaus. »Er hat wie Ihr ausgesehen, junger Sai, das hat er getan, ähnlich genug, um Euer Zwilling zu sein. Aber sein Gesicht war voller Blut, und eines seiner Augen fehlte, was sein hübsches Aussehen verdorben hat, und er hat stark gehinkt. Hat wie der Tod ausgesehen, das hat er, und mich schrecklich geängstigt, aber es hat mich auch traurig gemacht, ihn so zu sehen. Ich hab einfach weitergewischt, weil ich dachte, er würde dann vielleicht nicht auf mich achten oder mich gar nicht sehen und wieder weggehen.«

Jake merkte, dass er diese Geschichte kannte. Hatte er sie miterlebt? War dieser Junge mit dem blutigen Gesicht tatsächlich *er* gewesen?

»Aber er hat dir ins Gesicht gesehen …«, murmelte Roland, weiterhin in der Hocke, weiterhin in die Düsternis starrend.

»Aye, Will Dearborn, der einst war, mir ins Gesicht gesehen, das hat er getan und dabei gesagt: ›Warum musst du mich verletzen, wo ich dich doch so liebe? Wo ich doch nichts anderes kann oder will, weil Liebe mich geschaffen und genährt hat und …‹«

»›Und in besseren Tagen am Leben erhalten‹«, murmelte Eddie. Aus einem seiner Augen fiel eine Träne, die einen dunklen Fleck auf dem Höhlenboden hinterließ.

»›… und in besseren Tagen am Leben erhalten. Weshalb fügst du mir Schnittwunden zu und entstellst mein Gesicht und erfüllst mich mit Leid? Ich habe dich nur um deiner Schönheit willen geliebt, wie du mich einst um meiner willen geliebt hast, bevor die Welt sich weiterbewegt hat. Jetzt zerkratzt du mich mit deinen Nägeln und träufelst mir brennendes Quecksilber in die Nase; du hast wilde Tiere auf mich gehetzt, das hast du, und sie haben von meinen Weichteilen gefressen. Um mich herum versammeln sich die Can-Toi, und es gibt keine Ruhe vor ihrem Gelächter. Trotzdem liebe ich dich weiterhin und würde dir dienen und sogar die Magie wieder herstellen, wenn du's zuließest, denn dafür wurde mein Herz geschaffen, als ich aus der *Prim* entstanden bin. Und einst war ich stark und schön, aber jetzt ist meine Kraft fast erschöpft.‹«

»Du hast geweint«, sagte Susannah, und Jake dachte: *Natürlich hat er das getan.* Auch er weinte. Ted Brautigan und Dinky Earnshaw ebenfalls. Nur Roland standen keine Tränen in den Augen, aber der Revolvermann war bleich, so überaus bleich.

»Er hat geweint«, sagte Sheemie (dem Tränen übers Gesicht liefen, während er seinen Traum erzählte), »und ich hab auch geweint, weil ich sehen konnte, dass er schön wie der lichte Tag gewesen war. Er hat gesagt: ›Würde die Folter jetzt aufhören, könnte ich mich vielleicht wieder erholen – wenn auch niemals mein Aussehen, so doch meine Kraft ...‹«

»›Mein *Kes*‹«, sagte Jake, und obwohl er dieses Wort noch nie gehört hatte, sprach er es richtig aus: fast wie *kiss*.

»›... und mein *Kes*. Aber in noch einer Woche ... oder vielleicht schon in fünf Tagen ... oder auch nur drei ... ist alles zu spät. Dann sterbe ich, auch wenn die Folter aufhört. Und auch du wirst sterben, wenn nämlich die Liebe die Welt verlässt, stehen alle Herzen still. Erzähl ihnen von meiner Liebe und erzähl ihnen von meinen Schmerzen und erzähl ihnen von meiner Hoffnung, die noch lebt. Denn dies ist alles, was ich besitze, und alles, was ich bin, und alles, was ich verlange.‹ Damit hat der Junge sich umgedreht und ist rausgegangen. Und die Fledermausflügeltür hat wieder ihr Geräusch gemacht. *Krei-isch.*«

Jetzt sah er Jake an und lächelte wie jemand, der gerade erst aufgewacht war. »Kann Eure Frage nicht beantworten, Sai.« Er klopfte sich mit der Faust leicht an die Stirn. »Hab hier oben nicht viel Hirn, ich – bloß Spinnweben. Das hat Cordelia Delgado immer gesagt, und wahrscheinlich hat sie Recht.«

Jake antwortete nichts darauf. Er war wie vor den Kopf geschlagen. Er hatte von demselben entstellten Jungen geträumt, der aber in keinem Saloon, sondern im Gage Park gewesen war, jener Anlage, wo sie Charlie Tschuff-Tschuff gesehen hatten. Letzte Nacht. So musst' es gewesen sein. Er hatte nicht mehr daran gedacht und hätte sich vermutlich nie daran erinnert, wenn Sheemie nicht seinen eigenen Traum erzählt hätte. Und hatten auch Roland, Eddie und Susannah eigene Versionen dieses selben Traums geträumt? Ja. Das konnte er auf ihren Gesichtern lesen, genau wie er erkennen konnte, dass Ted und Dinky gerührt, aber sonst etwas verwirrt waren.

Roland stand leicht zusammenzuckend auf, presste kurz eine Hand auf die Hüfte und sagte dann: »Danke-sai, Sheemie, du hast uns sehr geholfen.«

Sheemie lächelte unsicher. »Wie hab ich das geschafft?«

»Das braucht dich nicht zu kümmern, mein Lieber.« Roland wandte sich an Ted. »Meine Freunde und ich gehen jetzt kurz hinaus. Wir müssen an-tet miteinander reden.«

»Natürlich«, sagte Ted. Er schüttelte leicht den Kopf, als wollte er ihn klar bekommen.

»Tut meinem Seelenfrieden einen Gefallen und macht's kurz«, sagte Dinky. »Wahrscheinlich ist noch alles im grünen Bereich, aber ich will unser Glück nicht überstrapazieren.«

»Braucht ihr ihn, um wieder reinzuspringen?«, fragte Eddie, indem er in Richtung Sheemie nickte. Es war eher eine rhetorische Frage; wie hätten die drei sonst zurückkommen sollen?

»Nun, tja, aber ...«, begann Dinky.

»Dann strapaziert ihr euer Glück ohnehin sehr.« Nachdem Eddie das gesagt hatte, folgten Susannah, Jake und er Roland aus der Höhle. Oy blieb zurück, blieb neben seinem neuen Freund Haylis von Chayven sitzen. Irgendetwas daran beunruhigte Jake. Es war kein Gefühl der Eifersucht, sondern eine unbestimmte Angst. Als sähe er ein Omen, das ein Klügerer als er – vielleicht einer der Manni-*Folken* – hätte deuten können. Aber würde er die Bedeutung auch wirklich erfahren wollen?

Möglicherweise nicht.

6

»Mein Traum ist mir erst wieder eingefallen, als er seinen erzählt hat«, sagte Susannah, »und hätte er *seinen* nicht geschildert, hätte ich mich vermutlich nie daran erinnert.«

»Genau«, sagte Jake.

»Aber er steht mir jetzt wieder deutlich vor Augen«, fuhr sie fort. »Ich war auf einem U-Bahnhof, und dieser Junge ist die Treppe heruntergekommen ...«

»Und ich war im Gage Park ...«, sagte Jake.

»Und ich war auf dem Spielplatz an der Markey Avenue, wo Henry und ich früher Basketball gespielt haben«, sagte Eddie. »In meinem Traum hat der Junge mit dem blutigen Gesicht ein T-Shirt getragen, auf dem stand: KEINEN MOMENT LANGEWEILE …«

»… IN MITTWELT«, ergänzte Jake, und Eddie warf ihm einen erstaunten Blick zu.

Jake nahm das kaum wahr; seine Gedanken wanderten in eine andere Richtung. »Ich frage mich, ob Stephen King in seinen Romanen jemals Träume verwendet. Sozusagen als Hefe, um die Handlung aufgehen zu lassen.«

Es war eine Frage, die keiner der anderen beantworten konnte.

»Roland?«, sagte Eddie. »Wo warst du in deinem Traum?«

»Im Travellers' Rest, wo sonst? Bin ich nicht einst mit Sheemie dort gewesen?« *Mit meinen Freunden, die nun schon lange tot sind,* hätte er hinzufügen können, tat es aber nicht. »Ich habe an dem Tisch gesessen, der einst Eldred Jonas' Stammtisch war, und Watch Me gespielt.«

Susannah sagte leise: »Der Junge in unseren Träumen war der *Balken,* stimmt's?«

Als Roland nickte, wurde Jake klar, dass Sheemie ihnen letztlich doch gesagt hatte, welche Aufgabe zuerst drankam. Dass er es ihnen ganz eindeutig gesagt hatte.

»Noch Fragen?«, erkundigte Roland sich.

Seine Gefährten schüttelten nacheinander den Kopf.

»Wir sind ka-tet«, sagte Roland, und sie antworteten im Chor: *»Wir sind eins aus vielen.«*

Roland zögerte noch einen Augenblick, betrachtete sie eingehend – sah sie nicht nur an, sondern schien den Anblick ihrer Gesichter genüsslich in sich aufzunehmen – und führte sie dann in die Höhle zurück.

»Sheemie«, sagte er, als wieder alle drinnen waren.

»Ja, Sai! Ja, Roland, Will Dearborn, der einst war!«

»Wir werden den Jungen retten, von dem du erzählt hast. Wir werden dafür sorgen, dass die Bösen ihm nichts mehr tun können.«

Sheemie lächelte, aber es war ein verwirrtes Lächeln. Er konnte sich nicht an den Jungen in seinem Traum erinnern … nicht mehr. »Gut, Sai, das ist gut!«

Roland wandte sich an Ted. »Sobald Sheemie euch dieses Mal zurückgebracht hat, steckst du ihn ins Bett. Sollte das zu viel Aufsehen erregen, sorgst du einfach dafür, dass er sich sonst wie schont.«

»Ich kann ins Krankentagebuch schreiben, dass er Schnupfen hat, damit er nicht in den Studiersaal muss«, sagte Ted. »Erkältungen kommen hier in Donnerschlag häufig vor. Aber ihr müsst euch darüber im Klaren sein, Leute, dass es keine Garantien gibt. Vielleicht kann er uns diesmal noch zurückbringen, aber dann …« Ted schnippte mit den Fingern.

Sheemie ahmte ihn lachend nach, schnippte dabei aber sogar beidhändig mit den Fingern. Susannah musste wegsehen, weil es ihr fast das Herz zerriss.

»Das *weiß* ich«, antwortete Roland, und obwohl seine Stimme kaum verändert klang, wussten alle Angehörigen seines Ka-Tet, wie gut es war, dass dieses Palaver bald zu Ende war. Rolands Geduld war nahezu erschöpft. »Sorgt dafür, dass er sich ausruht, auch wenn er gesund ist und sich wohl fühlt. Für das, was ich zunächst vorhabe, brauchen wir ihn nicht – vor allem dank der Waffen, die ihr für uns zurückgelassen habt.«

»Es sind gute Waffen, das wohl«, sagte Ted, »aber sind sie auch gut genug, um sechzig Männer, Can-Toi und Taheen auszuschalten?«

»Steht ihr beiden auf unserer Seite, wenn der Kampf beginnt?«, fragte Roland.

»Mit dem größten Vergnügen«, sagte Dinky und fletschte die Zähne zu etwas, das längst kein Grinsen mehr war.

»Ja«, sagte Ted. »Und möglicherweise werde ich dann eine weitere Waffe einsetzen können. Habt ihr euch die Tonbänder angehört, die ich euch dagelassen habe?«

»Ja«, antwortete Jake.

»Dann kennt ihr ja die Geschichte von dem Kerl, der mir die Geldbörse gestohlen hat.«

Diesmal nickten alle.

»Was ist eigentlich mit dieser jungen Frau?«, fragte Susannah nun. »Ein zähes kleines Ding, hast du gesagt, Ted. Was ist mit Tanya und ihrem Freund? Oder genauer gesagt, mit ihrem Mann?«

Ted und Dinky wechselten einen kurzen fragenden Blick, dann schüttelten sie gleichzeitig den Kopf.

»Früher vielleicht«, sagte Ted. »Jetzt nicht mehr. Jetzt ist sie verheiratet. Sie will nur noch mit ihrem Liebsten kuscheln.«

»Und brechen«, fügte Dinky hinzu.

»Aber verstehen die denn nicht, was …« Susannah merkte, dass sie den Satz nicht zu Ende bringen konnte. Weniger die Erinnerung an ihren Traum, sondern vielmehr die an Sheemies Traum ging ihr nicht mehr aus dem Kopf. *Jetzt zerkratzt du mich mit deinen Nägeln,* hatte der Traumjunge geklagt. Der Traumjunge, der einst hübsch gewesen war.

»Sie *wollen* es nicht begreifen«, erklärte Ted ihr freundlich. Er bemerkte Eddies finstere Miene und schüttelte den Kopf. »Aber ich werde nicht zulassen, dass ihr sie dafür hasst. Ihr – *wir* – werden vielleicht einige von ihnen töten müssen, aber ich lasse nicht zu, dass ihr sie hasst. Sie haben das Verstehen nicht aus Angst oder Gier verdrängt, sondern aus Verzweiflung.«

»Und weil das Brechen etwas Göttliches ist«, sagte Dinky. Auch er sah Eddie an. »Wie die erste halbe Stunde, nachdem man sich einen Schuss gesetzt hat, etwas Göttliches sein kann. Wenn du zufällig weißt, was ich meine.«

Eddie seufzte, vergrub die Hände in den Hosentaschen und schwieg.

Sheemie überraschte sie alle, indem er sich eine der Coyote-Maschinenpistolen griff und in weitem Bogen schwenkte. Wäre sie geladen gewesen, wäre die große Suche nach dem Dunklen Turm in diesem Augenblick mit einem Schlag zu Ende gewesen. »Ich will auch kämpfen!«, rief er. *»Peng, peng, peng! Bum-bum-bum-badum!«*

Eddie und Susannah duckten sich; Jake warf sich instinktiv vor

Oy; Ted und Dinky schlugen die Hände vors Gesicht, als hätten sie es auf diese Weise vor einem Feuerstoß mit fünfzig großkalibrigen Stahlmantelgeschossen schützen können. Roland nahm Sheemie gelassen die Maschinenpistole weg.

»Deine Zeit, uns zu helfen, wird kommen«, sagte er, »aber erst nachdem dieser erste Kampf geführt und gewonnen ist. Siehst du Jakes Bumbler, Sheemie?«

»Aye, er ist bei dem Rod.«

»Er kann sprechen. Sieh zu, ob du ihn dazu bringen kannst, mit dir zu reden.«

Sheemie ging bereitwillig zu Chucky/Haylis hinüber, der immer noch damit beschäftigt war, Oys Kopf zu streicheln, ließ sich auf ein Knie nieder und versuchte Oy den Bumbler dazu zu bringen, seinen Namen zu sagen. Oy tat das fast augenblicklich und bemerkenswert deutlich. Sheemie lachte, und Haylis stimmte in das Lachen mit ein. Es klang, als wären sie zwei Jungen aus der Calla. Wenn auch möglicherweise von der minderen Art.

Roland, dessen Lippen kaum mehr als einen weißen Strich in seinem strengen Gesicht bildeten, wandte sich unterdessen an Dinky und Ted.

7

»Er muss um jeden Preis herausgehalten werden, sobald die Schießerei losgeht.« Der Revolvermann machte eine Handbewegung, als sperre er ein Schloss ab. »Wenn wir unterliegen, spielt es keine Rolle, was später mit ihm geschieht. Siegen wir aber, werden wir ihn noch mindestens einmal brauchen. Wahrscheinlich zweimal.«

»Um wohin zu gehen?«, fragte Dinky.

»Ins Amerika der Fundamentalen Welt«, antwortete Eddie. »In die Kleinstadt Lovell im Westen von Maine. So früh im Juni 1999, wie die Einbahnzeit das zulässt.«

»Dass Sheemie mich damals nach Connecticut geschickt hat,

scheint seine Anfälle ausgelöst zu haben«, sagte Ted halblaut. »Ihr wisst, dass sein Zustand sich verschlechtern dürfte, wenn er euch auf die Amerika-Seite zurückschickt? Dass er davon sterben könnte?« Er sprach ganz sachlich. *Bloß eine Frage, die Herren Kollegen.*

»Das wissen wir«, sagte Roland, »und wenn es so weit ist, werde ich ihn über die Risiken aufklären und ihn fragen, ob …«

»O Mann, *das* kannst du dir hinten reinstecken«, unterbrach Dinky ihn, und Eddie fühlte sich so an sich selbst erinnert, wie er in den ersten Stunden am Strand des Westlichen Meeres gewesen war – verwirrt, stinksauer und mit Entzugserscheinungen, weil kein Heroin zur Hand war –, dass ihn das Gefühl eines Déjà-vu-Erlebnisses beschlich. »Selbst wenn du ihn auffordern würdest, sich selbst anzuzünden, würde er nur fragen, ob du ein Streichholz für ihn hast. Er hält dich für den Heiland persönlich.«

Susannah wartete mit einer Mischung aus Ängstlichkeit und fast lüsternem Interesse auf Rolands Reaktion. Aber es gab keine. Roland, der die Daumen in den Revolvergurt gehakt hatte, starrte Dinky nur wortlos an.

»Ihr seid euch natürlich darüber im Klaren, dass ein Toter euch nicht von der Amerika-Seite zurückholen kann«, sagte Ted in möglichst vernünftigem Ton.

»Diese Hürde werden wir nehmen, falls und wenn wir dazu kommen«, sagte Roland. »Bis dahin sind erst noch ein paar andere Hürden zu überwinden.«

»Ich bin froh, dass wir uns zuerst das Devar-Toi vornehmen, so groß das Risiko auch sein mag«, sagte Susannah. »Was dort unten vorgeht, ist abscheulich.«

»Ja, Ma'am«, sagte Dinky gedehnt und schob sich einen imaginären Cowboyhut aus der Stirn. »Das ist wohl genau der richtige Ausdruck.«

Die Spannung in der Höhle ließ spürbar nach. Hinter ihnen forderte Sheemie gerade Oy auf, sich herumzuwälzen, was der Bumbler auch bereitwillig tat. Auf dem Gesicht des Rod stand ein breites, nachlässiges Grinsen. Susannah fragte sich, wann Haylis von

Chayven zuletzt die Gelegenheit gehabt hatte, sein kindlich bezauberndes Lächeln zu gebrauchen.

Sie spielte mit dem Gedanken, Ted zu fragen, ob es nicht eine Möglichkeit gebe, das aktuelle Datum in Amerika festzustellen, beschloss dann aber, sich die Mühe zu sparen. Wäre Stephen King tot, hätten sie's gewusst; das hatte Roland gesagt, und sie zweifelte nicht daran, dass er damit richtig lag. Vorläufig ging es dem Schriftsteller gut, und er vergeudete unbekümmert seine Zeit und seine wertvolle Phantasie an irgendein bedeutungsloses Projekt, während die Welt, die sich vorzustellen sein Lebenszweck war, weiter in seinem Kopf verstaubte. Wirklich kein Wunder, dass Roland stinksauer auf ihn war. Sie war selbst etwas sauer auf ihn.

»Wie sieht dein Plan aus, Roland?«, fragte Ted.

»Er basiert auf zwei Voraussetzungen: dass wir sie überraschen und danach in wilde Flucht jagen können. Ich glaube nicht, dass sie damit rechnen, in diesen letzten Tagen belästigt zu werden; von Pimli Prentiss bis hinunter zum geringsten Hume-Wachposten außerhalb der Umzäunung hat niemand Grund zu der Annahme, sie könnten bei der Arbeit gestört oder gar überfallen werden. Trifft meine Vermutung zu, werden wir siegen. Unterliegen wir, leben wir wenigstens nicht lange genug, um die Balken brechen und den Turm einstürzen zu sehen.«

Roland suchte die primitive Karte des Algul hervor und breitete sie auf dem Höhlenboden aus. Sie versammelten sich alle um sie herum.

»Diese Nebengleise hier«, sagte er, indem er auf den mit der 10 bezeichneten Bereich mit den zerhackten Strichen tippte. »Durchs Fernglas betrachtet, scheinen einige der dort abgestellten defekten Lokomotiven und Wagen kaum zwanzig Schritte vom Südzaun entfernt zu stehen. Ist das richtig?«

»Yeah«, sagte Dinky und deutete mit dem Finger auf die Mitte des ihnen am nächsten liegenden Bahngleises. »Nennen wir diese Richtung meinetwegen Süden – das ist ein ebenso gutes Wort wie jedes andere. Auf diesem Gleis hier steht ein Güterwaggon sehr dicht am Zaun. Nur ungefähr zehn Schritte entfernt oder so. Auf beiden Seiten steht in großer Schrift SOO LINE.«

Ted nickte zustimmend.

»Gute Deckung«, sagte Roland. »Ausgezeichnete Deckung.« Dann zeigte er auf ein Gebiet im Norden des Gebäudekomplexes. »Und hier stehen alle möglichen Schuppen.«

»In denen waren früher Lebensmittel gelagert«, sagte Ted, »aber jetzt stehen die meisten leer, glaube ich. Eine Zeit lang hat dort eine Bande von Rods geschlafen, aber vor sechs, sieben, acht Monaten haben Pimli und das Wiesel sie rausgeworfen.«

»Aber wieder gute Deckung, ob leer oder voll«, sagte Roland. »Ist das Gelände hinter ihnen und um sie herum einigermaßen eben und frei von Hindernissen? Eben genug, damit dieses Ding darauf herumkurven kann?« Er wies mit dem Daumen auf Suzies Dreirad-Cruiser.

Ted und Dinky wechselten einen Blick. »Eindeutig«, sagte Ted.

Susannah wartete ab, ob Eddie protestieren würde, noch bevor er wusste, was Roland vorhatte. Was Eddie aber nicht tat. Gut. Sie überlegte bereits, welche Waffen sie wohl wählen würde. Welche Kaliber.

Roland hockte kurze Zeit schweigend da und starrte die Karte an, als würde er auf irgendeine Weise mit ihr kommunizieren. Als Ted ihm eine Zigarette anbot, nahm der Revolvermann sie dankend an. Dann begann er zu sprechen. Zweimal zeichnete er mit einem Stück Kreide etwas auf die Seite einer Waffenkiste. Zweimal zeichnete er nach »Norden« und »Süden« weisende Pfeile auf die Karte. Ted stellte eine Frage; Dinky stellte eine weitere. Hinter ihnen spielten Sheemie und Haylis wie zwei kleine Jungen mit Oy. Der Bumbler imitierte ihr Lachen mit fast unheimlicher Genauigkeit.

Als Roland fertig war, sagte Ted Brautigan: »Du willst ungeheuer viel Blut vergießen.«

»Das will ich in der Tat. So viel ich irgend kann.«

»Riskant für die Lady«, sagte Dinky trocken, indem er erst sie und dann ihren Mann ansah.

Susannah äußerte sich nicht dazu. Auch Eddie nicht. Er war sich der Risiken vollends bewusst. Aber er verstand auch, weshalb Roland Susannah nördlich des Komplexes postieren wollte. Das Geländedreirad würde ihr Mobilität verleihen, und die würden sie brauchen. Was die Risiken betraf, so waren sie sechs, die es mit sechzig aufnehmen wollten. Vielleicht mit noch mehr. Natürlich würde es Risiken geben, und natürlich würde es Blutvergießen geben.

Blut und Feuer.

»Vielleicht schaffe ich es ja, ein paar zusätzliche Waffen in Stellung zu bringen«, sagte Susannah. In ihren Augen glitzerte jener spezielle Detta-Walker-Blick. »Über Funk ferngesteuert wie ein Flugmodell. Mal sehen. Aber ich bleibe in Bewegung, verlasst euch drauf. Ich rase durch die Gegend wie Fett auf einem heißen Backblech.«

»Ob das alles funktionieren kann?«, sagte Dinky freiheraus.

Rolands Lippen teilten sich zu einem humorlosen Grinsen. »Es *wird* funktionieren.«

»Woher nimmst du die Sicherheit?«, fragte Ted.

Eddie erinnerte sich an Rolands Argumentation, bevor sie John Cullum angerufen hatten, und hätte diese Frage deshalb beantworten können, aber für Antworten war der Dinh ihres Ka-Tet zuständig – wenn er welche geben wollte –, also überließ er es auch Roland.

»Weil es muss«, sagte der Revolvermann. »Ich sehe da keine andere Möglichkeit.«

Kapitel XI

Der Angriff auf Algul Siento

1

Es war einen Tag später, nicht lange vor dem Hornsignal, das den morgendlichen Schichtwechsel ankündigen würde. Bald würde die Musik einsetzen, die Sonne würde aufflammen, und die Brecher-Nachtschicht würde nach links von der Studiersaalbühne abgehen, während die Brecher-Tagschicht von rechts auftrat. Alles war so, wie es sein sollte, aber trotzdem hatte Pimli Prentiss in dieser Nacht weniger als eine Stunde geschlafen und war selbst in dieser kurzen Zeit von schlimmen, wüsten Träumen heimgesucht worden. Gegen vier Uhr (als sein Wecker tatsächlich vier Uhr *anzeigte,* aber wer wusste das genau, und welche Rolle spielte das so kurz vor dem Ende überhaupt noch?) war er schließlich aufgestanden und hatte sich an seinen Schreibtisch gesetzt und auf die dunkle Promenade hinausgestarrt, die um diese Zeit verlassen dalag, wenn man von einem einsamen Roboter absah, der es sich unsinnigerweise in den Kopf gesetzt hatte, einen Patrouillengang zu unternehmen, wobei seine mit Zangen bewehrten sechs Arme ziellos in den Nachthimmel griffen. Die noch funktionierenden Roboter wurden von Tag zu Tag wackeliger, aber ihre Batterien auszubauen konnte gefährlich sein, weil manche Sprengsätze enthielten, die detonieren konnten, wenn man das versuchte. Man konnte nichts anderes tun, als sich mit ihren Mätzchen abzufinden und sich daran zu erinnern, dass bald alles vorüber sein würde, Jesus und Gott der allmächtige Vater seien gepriesen. Irgendwann zog der ehemalige Paul Prentiss die mittlere Schreibtischschublade auf, nahm den .45er Colt Peacemaker heraus und behielt ihn auf dem Schoß. Es war der Revolver, mit dem Humma, der vorige Oberaufseher, den Vergewaltiger Cameron hingerichtet hatte. Pimli hatte während seiner Amtszeit niemanden hinrichten müssen und war froh darüber, aber den Revolver auf dem Schoß zu haben, sein würdevolles Gewicht zu spüren, brachte immer einen gewissen Trost. Wieso er den jedoch in den stillen Stunden der Nacht brauchen sollte, vor allem wo doch alles so gut lief, wusste er selbst nicht. Er wusste nur, dass man in der von Finli und ihrem Cheftechniker Jenkins so bezeichneten Tiefentelemetrie – als ob es sich um Instrumente handelte, die sich auf dem Meeresboden statt in einer kleinen Kellerkammer neben dem langen, niedrigen Raum mit den anderen, nützlicheren Geräten befanden – einige anomale Impulse verzeichnet hatte. Um das Kind beim rechten Namen zu nennen: Was Pimli empfand, erkannte er als die Ahnung eines bevorstehenden Verhängnisses. Er versuchte sich einzureden, dass dieses Gefühl nur die praktische Anwendung der Redensart seines Großvaters war: Er war fast zu Hause und hatte nun allen Grund, sich Sorgen wegen der Eier zu machen.

Schließlich hatte er eine Dockerschlinge angelegt, den Peacemaker darin versorgt und war ins Bad gegangen, wo er den Klodeckel heruntergeklappt und sich dann davor niedergekniet hatte, um zu beten. Und dort hielt er sich nun noch immer auf, nur hatte sich etwas in der Atmosphäre verändert. Obwohl er keine Schritte gehört hatte, wusste er, dass jemand sein Büro betreten hatte. Logik ließ darauf schließen, wer das sein musste. Noch immer mit geschlossenen Augen, noch immer mit beiden Händen den heruntergeklappten Klodeckel umklammernd, rief er: »Finli? Finli o' Tego? Bist du das?«

»Yar, Boss, ich bin's.«

Was machte *der* denn noch vor dem Hornsignal hier? Alle, sogar die Brecher, kannten Finli das Wiesel als begeisterten Langschläfer. Aber alles zu seiner Zeit. Vorläufig sprach Pimli noch mit dem Herrn (obwohl er ehrlich gesagt beinahe kniend eingedöst wäre, kurz bevor irgendein tief sitzender Urinstinkt ihn gewarnt hatte, er sei im ersten Stock seiner Villa nicht länger allein). Einen so wichtigen Gast wie den Herrn der himmlischen Heerscharen durfte man nicht vor den Kopf stoßen, weshalb er sein Gebet – »Gewähre mir die Gnade deines Willens, amen!« – nun beendete, bevor er sich ächzend erhob. Sein verdammter Rücken machte mit dem Wanst, den er vorn mitschleppen musste, nicht recht mit.

Finli stand am Fenster, hielt den Peacemaker ans trübe Morgenlicht hoch und drehte ihn hin und her, um den fein ziselierten Lauf bewundern zu können.

»Mit dem ist doch Cameron liquidiert worden, oder?«, sagte Finli. »Der Vergewaltiger Cameron.«

Pimli nickte. »Pass gut auf, mein Sohn. Er ist geladen.«

»Mit sechs Schuss?«

»Acht! Bist du blind? Sieh dir doch die Trommel an, um Himmels willen.«

Finli ging nicht darauf ein. Stattdessen gab er Pimli den Revolver zurück. »Ich weiß, wie man den Abzug betätigt, das tue ich, und bei Waffen genügt das.«

»Aye, wenn sie geladen sind. Wie kommt's, dass du schon so früh auf den Beinen bist und einen Mann beim Morgengebet störst?«

Finli musterte sein Gegenüber prüfend. »Was würdest du mir antworten, wenn ich dich fragen würde, weshalb ich dich angezogen und gekämmt – statt in Bademantel und Pantoffeln und mit nur einem offenen Auge – beim Morgengebet antreffe?«

»Ich hab Bammel. So einfach ist das. Aber dir geht's wohl auch nicht anders.«

Finli lächelte entzückt. »Bammel! Ist das so was wie kribbelig und flatterig und hei-tei-tei-trullala?«

»So ungefähr … yar.«

Finlis Lächeln wurde breiter, obwohl Pimli fand, das es nicht ganz echt wirkte. »Das gefällt mir! Das gefällt mir sehr gut! Bammelig! Bammelhaft!«

»Nein«, sagte Pimli. »›Bammel haben‹, so heißt's richtig.«

Finlis Lächeln verblasste. »Auch ich habe Bammel. Ich bin kribbelig. Ich fühle mich hei-tei-tei. Ich bin flatter, und du bist rig.«

»Weitere Impulse mit der Tiefentelemetrie?«

Finli zuckte die Achseln, dann nickte er. Das Problem bei der Tiefentelemetrie war, dass keiner genau wusste, was sie eigentlich maß. Es konnte sich gleichermaßen um Telepathie oder (Gott bewahre!) Teleportation oder sogar ein Zittern tief im Gefüge der Realität handeln – einen Vorläufer der nahenden Zerstörung des Bärenbalkens. Unmöglich festzustellen. Jedenfalls waren immer mehr dieser zuvor untätigen und geheimnisvollen Apparate in den vergangenen drei, vier Monaten zum Leben erwacht.

»Was sagt Jenkins dazu?«, fragte Pimli. Er steckte den .45er Colt in die Dockerschlinge, fast ohne darüber nachzudenken, und bringt uns damit dem, was ihr nicht hören wollt und ich nicht erzählen will, einen Schritt näher.

»Jenkins plappert, was immer seinen Mund auf dem fliegenden Teppich von Zunge verlässt«, sagte Finli mit rüdem Schulterzucken. »Wie kann ich ihn nach seiner Meinung fragen, wenn er nicht mal die Bedeutung der Symbole auf den Anzeigen und Bildschirmen der Tiefentelemetrie kennt?«

»Immer mit der Ruhe«, sagte Pimli und legte seinem Sicherheitschef eine Hand auf die Schulter. Er war überrascht (und etwas besorgt), als er spürte, wie das Fleisch unter Finlis elegantem Oberhemd von Turnbull & Asser merklich bebte. Oder sogar zitterte. »Ganz ruhig, Kumpel! War bloß 'ne Frage.«

»Ich kann nicht schlafen, ich kann nicht lesen, ich kann nicht mal bumsen«, sagte Finli. »Ich hab's mit allen dreien versucht, bei Gan! Ich bitte dich, geh mit ins Damli House hinüber und sieh dir die verdammten Ausdrucke an. Vielleicht fällt dir irgendwas dazu ein.«

»Ich bin Trailboss, kein Techniker«, sagte Pimli milde, war aber bereits zur Tür unterwegs. »Da ich im Augenblick jedoch nichts Besseres zu tun habe …«

»Vielleicht ist es ja nur das nahende Ende, das sich irgendwie ankündigt«, sagte Finli und blieb an der Tür stehen. »Als ob es bei einer Sache dieser Art ein *nur* geben könnte.«

»Vielleicht ist es das«, sagte Pimli gleichmütig. »Außerdem wird uns ein kleiner Morgenspaziergang … He! He, du da! Du dort drüben! Du Rod! Dreh dich gefälligst um, wenn ich mit dir rede!«

Der Rod, ein zerlumpter Kerl in einer alten Latzhose aus Jeansstoff (der tief herabhängende Hosenboden war fast weiß ausgebleicht), gehorchte. Er hatte ein pausbäckiges, sommersprossiges Gesicht, und die Augen leuchteten in einem gewinnenden Blau, auch wenn ihr Ausdruck im Moment von Besorgnis sprach. Eigentlich hätte er nicht einmal schlecht ausgesehen, wäre da nicht seine Nase gewesen, die auf einer Seite fast völlig weggefressen war, was ihm das groteske Aussehen eines Mannes mit nur einem Nasenloch verlieh. Er trug einen Korb unter dem Arm. Pimli glaubte, dieses schlurfende *Bah-bo* schon früher auf der Ranch gesehen zu haben, war sich seiner Sache aber nicht ganz sicher; für ihn sahen alle Rods gleich aus.

Das spielte für ihn jedoch keine Rolle. In Sachen Identifizierung war Finli zuständig, der jetzt auch die Initiative ergriff, indem er einen Gummihandschuh aus dem Gürtel zog und ihn sich überstreifte, während er vortrat. Der Rod wich an die Wand zurück, umklammerte den Weidenkorb fester und ließ einen lauten Furz fahren, aus dem wohl reine Nervosität sprach. Pimli musste sich ziemlich fest auf die Innenseite seiner Wange beißen, um zu verhindern, dass auf seinen Lippen ein Lächeln erschien.

»Nay, nay, *nay!*«, rief der Sicherheitschef und schlug dem Rod mit der nun behandschuhten Hand kräftig ins Gesicht. (Ungeschützten Hautkontakt mit Kindern von Roderick vermied man lieber; sie trugen zu viele ansteckende Krankheiten mit sich.) Loser Speichel flog aus dem Mund des Rod und Blut aus dem einen Nasenloch. »Sprich nicht mit deiner Ki'abteilung zu mir, Sai Haylis! Das Loch in deinem Gesicht ist kaum besser, aber es kann mir wenigstens einen respektvollen Gruß entbieten. Ich will's zumindest hoffen!«

»Heil, Finli o' Tego«, murmelte Haylis und schlug sich so kräftig mit der Faust an die Stirn, dass sein Hinterkopf an die Wand knallte – *bonk!* Damit war's um Pimli geschehen: Er konnte sich nicht länger beherrschen und lachte bellend los. Auch Finli würde ihm das auf ihrem Weiterweg zum Damli House nicht vorwerfen können, lächelte er doch nun ebenfalls. Pimli bezweifelte allerdings, dass der Rod namens Haylis dieses Lächeln sonderlich tröstlich finden würde. Dazu ließ Finli dabei zu viele scharfe Zähne sehen. »Heil, Finli von der Wache, lange Tage und angenehme Nächte wünsch ich Euch, Sai!«

»Schon besser«, sagte Finli anerkennend. »Nicht viel, aber immerhin. Was zum Teufel machst du hier vor Horn und Sonne? Und was hast du da in deinem Deckelkorb, Lümmel?«

Haylis, dessen Augen beunruhigt glitzerten, drückte den Korb noch fester an die Brust. Finlis Lächeln verschwand sofort.

»Du klappst sofort den Deckel auf und zeigst mir, was du in deinem Korb hast, Freundchen, sonst kannst du deine Zähne vom Teppich auflesen.« Diese Worte kamen mit einem samtweichen, tiefen Knurren heraus.

Pimli glaubte einen Augenblick lang, dass der Rod nicht freiwillig gehorchen würde, und empfand kurz aufkeimende Besorgnis. Aber dann öffnete der Bursche doch langsam den Weidenkorb. Es war ein Korb mit Henkeln und Deckel, der in Finlis Heimatterritorium als Deckelkorb bezeichnet wurde. Der Rod hielt ihn Finli widerstrebend hin. Gleichzeitig schloss er die entzündeten, von Ausfluss verkrusteten Augen und drehte den Kopf zur Seite, als fürchtete er einen weiteren Schlag ins Gesicht.

Finli sah hinein. Er sagte lange nichts, dann lachte er ebenfalls bellend und forderte Pimli mit einer Handbewegung auf, selbst einen Blick in den Korb zu werfen. Was der Gefängnisdirektor darin sah, war ihm gleich klar, aber was es bedeutete, erfasste er erst einige Sekunden später. Er erinnerte sich jetzt daran, wie er einen Pickel ausgedrückt und Finli den blutigen Eiter angeboten hatte, nicht anders als man einem Freund ein nach einer Dinnerparty übrig gebliebenes Häppchen anbieten würde. Auf dem Boden des Weidenkorbs lag ein kleines Häufchen Kosmetiktücher. Gebrauchte Kleenex-Tücher, um es genau zu sagen.

»Hat Tammy Kelly dich heute Morgen hier zum Reinemachen geschickt?«, fragte Pimli.

Der Rod nickte ängstlich.

»Und hat dir gesagt, dass du dir alles nehmen darfst, was du aus den Abfallkörben brauchen kannst?«

Er rechnete damit, dass der Rod lügen würde. Sollte dieser das tatsächlich tun, würde er Finli befehlen, den Kerl zu züchtigen, um ihm eine Lektion in Ehrlichkeit zu erteilen.

Haylis schüttelte jedoch betrübt den Kopf.

»Also gut«, sagte Pimli erleichtert. Für Schläge und Heulen und Tränen war es wirklich noch zu früh. So etwas konnte einem das Frühstück verderben. »Du kannst gehen und deine Beute mitnehmen. Aber nächstes Mal bittest du um Erlaubnis, Freundchen, sonst wirst du mit Prügeln fortgejagt. Hast du verstanden?«

Der Rod nickte nachdrücklich.

»Los, geh schon, geh! Verschwinde aus meinem Haus, geh mir aus den Augen!«

Sie sahen dem Rod nach, während dieser mit dem Korb voller gebrauchter Kleenex-Tücher abzog, die er zweifellos wie Nougatpralinen genießen würde, und beschämten sich gegenseitig so, dass beider Gesicht ernst und streng blieb, bis der arme verunstaltete Sohn von niemandem außer Sicht war. Dann brachen sie in schallendes Gelächter aus. Finli o' Tego torkelte rückwärts so heftig gegen die Wand, dass er dabei ein Bild vom Haken stieß, rutschte an ihr entlang zu Boden und johlte hysterisch. Pimli schlug sich die Hände vors Gesicht und lachte, bis ihm der gewaltige Schmerbauch wehtat. Das Lachen beseitigte die nervöse Anspannung, mit der sie beide den Tag begonnen hatten, und ließ sie schlagartig verfliegen.

»Wirklich ein gefährlicher Kerl!«, sagte Finli, als er wieder etwas reden konnte. Er wischte sich mit einer pelzigen Pfoten-Hand die Lachtränen aus den Augen.

»Der Rotzsaboteur!«, stimmte Pimli zu. Sein Gesicht war hochrot.

Sie wechselten einen Blick, dann brachen sie nochmals in erleichtertes wieherndes Gelächter aus, bis sie damit sogar die Haushälterin oben im zweiten Stock weckten. Tammy Kelly lag in ihrem schmalen Bett, hörte diese Ka-Mais schallend lachen und starrte missbilligend ins Halbdunkel. Die Männer waren doch alle ziemlich gleich, fand sie, völlig unabhängig davon, in welcher Art Haut sie steckten.

Draußen schlenderten der Hume-Oberaufseher und sein Taheen-Sicherheitschef Arm in Arm die Promenade entlang. Das Kind von Roderick schlurfte inzwischen mit gesenktem Kopf und wild hämmerndem Herzen durchs Nordtor hinaus. Wie knapp das gewesen war! Aye! Hätte Wieselkopf ihn gefragt: »Haylis, hast du irgendwas im Haus zurückgelassen?«, hätte er zwar gelogen, so gut er konnte, aber er und seinesgleichen konnten jemanden wie Finli o' Tego nicht erfolgreich hinters Licht führen; nie im Leben! Er wäre aufgeflogen, ganz bestimmt. Aber er war *nicht* aufgeflogen, Gan sei gelobt. Das Kugelding, das der Revolvermann ihm gegeben hatte, war jetzt im hinteren Schlafzimmer versteckt und summte dort leise vor sich hin. Er hatte es wie befohlen in den Abfallkorb gelegt und mit einer frischen Lage Papiertücher aus der Schachtel, die auf dem Waschtisch stand, bedeckt. Eigentlich hatte ihm niemand gesagt, die weggeworfenen Kosmetiktücher nicht mitnehmen zu dürfen, und er hatte ihrem würzigen, köstlichen Geruch nicht widerstehen können. Und alles hatte sich ja auch zum Besten gewendet, oder nicht? Yar! Statt ihm alle möglichen Fragen zu stellen, die er nicht hätte beantworten können, hatten sie ihn nämlich ausgelacht und zu guter Letzt gehen lassen. Er wünschte sich, er könnte nun den Berg hinaufsteigen, um wieder mit dem Bumbler zu spielen … o ja, aber der weißhaarige Hume namens Ted hatte ihm befohlen, weit, weit fortzugehen, sobald sein Auftrag ausgeführt war. Und wenn er Schüsse hörte, sollte Haylis sich verstecken, bis alles vorbei war. Und das würde er tun … o ja, ohne Zweifel. Hatte er nicht auch getan, was Roland von Gilead ihm aufgetragen hatte? Die erste der summenden Kugeln war jetzt im Wohnheim Feveral Hall versteckt, zwei weitere waren im Damli House, wo die Brecher arbeiteten und das wachfreie Personal schlief, und die letzte Kugel lag im Haus des Oberaufsehers … wo er fast geschnappt worden wäre. Haylis wusste nicht, wozu die summenden Kugeln dienten, und wollte das auch gar nicht wissen. Er würde fortgehen, vielleicht mit seiner Freundin Garma, sollte er sie finden. Wenn eine Schießerei begann, würden sie sich in einer tiefen Höhle verstecken und sich die Papiertücher teilen. Manche hatten nur kleine Mengen Rasierseife an sich, aber andere enthielten feuchten Rotz und große Popel, deren verlockenden Duft er selbst jetzt wahrnahm. Den größten der Schleimklumpen, den mit etwas geronnenem Blut, würde er für Garma aufheben, die sich dann vielleicht von ihm stöpseln lassen würde. Haylis ging nun schneller und lächelte bei der Aussicht darauf, Garma stöpseln zu dürfen.

2

Susannah, die nördlich des Komplexes hinter einem der leer stehenden Lagerschuppen auf ihrem Geländedreirad in Deckung saß, beobachtete, wie Haylis davonging. Sie sah den armen, entstellten Kerl über irgendetwas lächeln, also hatte bei ihm vermutlich alles geklappt. Das war in der Tat eine gute Nachricht. Sobald er außer Sicht war, konzentrierte sie sich wieder auf ihren Sektor des Algul Siento.

Sie konnte beide Steintürme sehen (von dem linken Wachtturm allerdings nur die obere Hälfte; den Rest verdeckte eine Geländewelle). Sie waren mit irgendeiner Art Efeu umwuchert. Wohl nicht wild wachsend, sondern angepflanzt, fand Susannah, berücksichtigte man die Kahlheit der umliegenden Landschaft. Auf dem Westturm saß ein Kerl in einem Sessel, möglicherweise sogar einem La-Z-Boy. Am Geländer des Ostturms standen ein Taheen mit einem Biberkopf und ein niederer Mann (falls er ein Hume war, sagte Susannah sich, war er potthässlich); die beiden unterhielten sich und warteten offensichtlich auf das Hornsignal, mit dem sie abgelöst wurden und zum Frühstück in die Kantine gehen konnten. Zwischen den beiden Wachttürmen war der Dreifachzaun zu erkennen, dessen Elemente so viel Abstand zueinander hatten, dass zwischen ihnen Fußstreifen patrouillieren konnten, ohne fürchten zu müssen, einen tödlichen Schlag abzubekommen. An diesem Morgen war jedoch keine Patrouille zu sehen. Die wenigen *Folken*, die im Innenraum unterwegs waren, ließen sich Zeit, schienen es nicht sonderlich eilig zu haben, irgendein Ziel zu erreichen. Falls die lustlose Szene vor ihr nicht das größte Täuschungsmanöver des Jahrhunderts war, lag Roland richtig. Sie waren so verwundbar wie eine Herde Mastschweine, die außerhalb des Schlachtpferchs zum letzten Mal gefüttert wurde: *Come-come-commala, bald gibt's Spareribs für alle.* Und während die Revolvermänner bei der Suche nach ferngesteuerten Waffen keinen Erfolg gehabt hatten, *hatten* sie entdeckt, dass drei der futuristischer aussehenden Gewehre Schalter mit der Aufschrift INTERVALL aufwiesen. Eddie behauptete das seien *Lazer*, was Susannah zunächst verblüffte, bis ihr klar wurde, dass kein Zusammenhang mit *lesen* bestand. Jake hatte vorgeschlagen, sie außer Sicht des Devar-Toi auszuprobieren, worauf Roland sofort sein Veto eingelegt hatte. Das war gestern Abend gewesen, als sie ihren Plan scheinbar zum hundertsten Mal durchgesprochen hatten.

»Er hat Recht, Kleiner«, hatte Eddie gesagt. »Die Clowns dort unten würden vielleicht wissen, dass wir mit diesen Waffen schießen, selbst wenn sie's nicht sehen oder hören könnten. Wir wissen nicht, welche Impulse ihre Telemetrie aufzeichnen kann.«

Im Schutz der Dunkelheit hatte Susannah alle drei »Lazer« aufgebaut. Wenn es dann so weit war, würde sie die Intervallschalter betätigen. Vielleicht funktionierten die Waffen und verstärkten so den Eindruck, den sie hervorzurufen gedachten; vielleicht aber auch nicht. Susannah würde sie zur rechten Zeit ausprobieren – mehr konnte sie nicht tun.

Mit laut klopfendem Herzen wartete Susannah nun auf das Hornsignal. Auf die Musik. Und wenn die Schnaatze, die der Rod versteckt hatte, so funktionierten, wie Roland *glaubte,* dass sie es tun würden – dann auch auf die Brände.

»Im Idealfall werden sie alle während des fünf bis zehn Minuten dauernden Wachwechsels aktiv«, hatte Roland gesagt. »Jedermann flitzt geschäftigt umher, winkt Freunden zu, bleibt vielleicht zu einem Schwätzchen stehen. Das können wir zwar nicht erwarten – nicht so recht –, aber wir können darauf hoffen.«

Ja, das konnten sie tun … aber Wunsch in der einen Hand, Scheiße in der anderen, mal sehen, welche sich schneller füllt. Jedenfalls lag die Entscheidung, wann der erste Schuss abgegeben werden musste, heute bei Susannah. Danach würde alles *jin-jin* ablaufen.

Bitte, Gott, hilf mir, den richtigen Zeitpunkt zu wählen.

Sie wartete und hielt dabei die Stütze einer der Coyote-Maschinenpistolen in die rechte Schulter eingezogen. Als die Musik einsetzte – mit etwas, was sie für eine Aufzeichnung des Uraltschlagers »That's Amore« hielt –, fuhr Susannah auf dem Sitz des Geländedreirads zusammen und betätigte unwillkürlich den Abzug. Wäre die Waffe nicht gesichert gewesen, hätte sie einen Feuerstoß ins Dach des Lagerschuppens gejagt und damit bestimmt alles verdorben. Aber Roland hatte sie gut ausgebildet, und der Abzug unter ihrem Zeigefinger bewegte sich nicht. Trotzdem hatte ihre Pulsfrequenz sich verdoppelt – vielleicht verdreifacht –, und sie konnte spüren, wie ihr der Schweiß über die Rippen lief, obwohl es wieder ein kühler Tag war.

Die Musik hatte eingesetzt. Gut. Aber die Musik allein genügte nicht. Sie saß auf dem Dreirad und wartete auf das Hornsignal.

3

»Dino Martino«, flüsterte Eddie fast unhörbar leise.

»Hä?«, sagte Jake.

Sie waren zu viert hinter dem alten Güterwaggon mit der Aufschrift SOO LINE, nachdem sie sich durch den Friedhof aus ausgedienten Loks und Waggons bis zu dieser Stelle vorgearbeitet hatten. Die Schiebetüren zu beiden Seiten des Waggons standen offen, sodass die vier nur hindurchzusehen brauchten, um den Zaun, die südlichen Wachttürme und das Dorf Pleasantville mit seiner einzigen Straße überblicken zu können. Der sechsarmige Roboter, der zuvor auf der Promenade unterwegs gewesen war, rollte jetzt an putzigen (und geschlossenen) Läden vorbei die Hauptstraße hinauf und hinunter und plärrte dabei etwas, was wie mathematische Gleichungen klang, und zwar aus voller … Lunge?

»Dino Martino«, wiederholte Eddie. Oy saß zu Jakes Füßen und sah mit seinen glänzenden, goldgeränderten Augen zu ihm auf; Eddie beugte sich hinunter und tätschelte ihm kurz den Kopf. »Dieses Lied hat ursprünglich Dean Martin gesungen.«

»Ehrlich?«, sagte Jake zweifelnd.

»Klar. Nur hat unsere Version gelautet: ›When-a da moon hits-a yo' lip like a big piece-a-shit, 'at's amore …‹«

»Still jetzt, wenn's beliebt«, murmelte Roland.

»Ihr riecht doch nicht etwa schon Rauch, oder?«, fragte Eddie.

Jake und Roland schüttelten den Kopf. Roland hatte seine große Kanone mit dem Sandelholzgriff. Jake war mit einem AR-15 bewaffnet, aber auch die Tasche mit den Orizas hatte er sich wieder über die Schulter gehängt – und das nicht nur als Talisman. Wenn alles wie vorgesehen klappte, würden Roland und er sie bald einsetzen.

4

Wie die meisten Männer, die Hauspersonal beschäftigen, hatte auch Pimli Prentiss keinen klaren Begriff von seinen Angestellten als Wesen mit Zielen, Ehrgeiz und Gefühlen – mit anderen Worten: als Menschen. Solange jemand da war, der ihm nachmittags sein Glas Whiskey brachte und ihm abends um halb sechs sein Kotelett (nur kurz angebraten) vorsetzte, machte er sich kaum jemals Gedanken über sie. Zweifellos wäre er erstaunt gewesen zu erfahren, dass Tammy (seine Haushälterin) und Tassa (sein Laufjunge) sich hassten. Schließlich gingen sie in seiner Gegenwart mit vollendetem – wenn auch eisigem – Respekt miteinander um.

Nur war Pimli an diesem Morgen nicht da, als »That's Amore« (von einer Milliarde farbloser Streicher interpretiert) aus den versteckten Lautsprechern im Algul Siento quoll. Der Gefängnisdirektor ging die Promenade entlang, heute von seinem Sicherheitschef und einem rabenköpfigen Taheen namens Jakli begleitet. Sie diskutierten über Tiefentelemetrie, und Pimli verschwendete nicht einen Gedanken an sein Haus, das er zum letzten Mal hinter sich gelassen haben sollte. Bestimmt wäre er nie auf die Idee gekommen, dass Tammy Kelly (noch im Nachthemd) und Tassa von Sonesh (noch in seidenen Schlafshorts) dabei waren, sich wegen der Vorräte in der Speisekammer in die Haare zu geraten.

»Sieh dir das an!«, rief Tammy gerade. Die beiden standen in der in düsterem Halbdunkel liegenden Küche. Es war ein großer Raum, aber bis auf drei waren sämtliche Glühbirnen durchgebrannt. Im Lager waren nur noch wenige Birnen vorrätig, und die waren alle für den Studiersaal reserviert.

»Was ansehen?« Mürrisch. *Schmollend.* Und waren das Lippenstiftspuren auf seiner niedlichen kleinen Cupidoschnute von einem Mund? Sie nahm es an.

»Siehst du nicht die Lücken in den Regalen?«, sagte sie empört. »Hier! Keine gebackenen Bohnen mehr …«

»Er macht sich nicht die Bohne aus Bohnen, das weißt du recht gut …«

»Auch kein Thunfisch mehr, und willst du etwa behaupten, dass er *den* nicht isst? Den würde er essen, bis er ihm zu den Ohren rauskommt, das weißt du genau!«

»Kannst du nicht …«

»Keine Suppe mehr …«

»Stimmt doch nicht!«, rief er. »Sieh doch … hier und da und *dort* …«

»Aber nicht Tomate von Campbell's, die er am liebsten mag«,

unterbrach sie ihn und rückte in ihrer Erregung näher an ihn heran. Ihre Auseinandersetzungen waren bisher nie in Tätlichkeiten ausgeartet, aber Tassa hatte den Verdacht, dass es heute dazu kommen könnte. Und wenn, das sollte ihm nur recht sein! Er würde dieser fetten, alten, geschwätzigen Schlampe liebend gern eins aufs Auge geben! »Kannst du irgendwo eine Tomatensuppe von Campbell's sehen, Tassa von Dingsbums?«

»Kannst du nicht auch mal selbst einen Karton Suppendosen holen?«, sagte er, indem er seinerseits einen Schritt vortrat; sie standen sich jetzt so dicht gegenüber, dass sie sich fast mit der Nase berührten, und obwohl die Frau stattlich und der junge Mann (war Tassa doch ein Hume wie wir alle) gertenschlank war, ließ der Laufjunge des Oberaufsehers keine Furcht erkennen. Tammy blinzelte, und zum ersten Mal seit Tassa in die Küche geschlurft gekommen war – bloß um sich einen Becher Kaffee zu holen, wenn's beliebt –, zog ein Ausdruck, der nichts mit Gereiztheit zu tun hatte, über ihr Gesicht. Das konnte Nervosität, vielleicht sogar Angst sein. »Sind deine Arme so schwach, Tammy von Selber-Dingsbums, dass du keinen Karton Suppendosen aus dem Lager holen kannst?«

Sie richtete sich gekränkt zu voller Größe auf. Ihre Hängebacken (von irgendeiner Nachtcreme fettig glänzend) zitterten vor selbstgerechter Empörung. »Vorräte für die Speisekammer zu holen ist schon immer die Arbeit des Laufjungen gewesen! Und das weißt du genau!«

»Trotzdem ist's nicht verboten, dass du mal aushilfst. Ich hab gestern den Rasen gemäht, wie du genau weißt, während du in der Küche gesessen hast – mit einem Glas Eistee nämlich und so behaglich wie die alte Ellie in ihrem Lieblingssessel.«

Sie fuhr auf und verlor vor Empörung alle Angst, die sie möglicherweise empfunden hatte. »Ich hab das gleiche Recht auf eine Pause wie jeder andere! Ich hatte gerade den Boden geputzt ...«

»Mir ist's vorgekommen, als hätte Dobbie ihn geputzt«, sagte er. Dobbie war ein Haushaltsroboter vom Typ »Hauself« – ziemlich alt, aber nach wie vor sehr tüchtig.

Tammy wurde noch wütender. »Was verstehst du schon von Hausarbeit, du affiger kleiner Schwuler?«

Hektische Röte überzog Tassas sonst so blasse Wangen. Dass er die Hände zu Fäusten ballte, merkte er nur, weil seine sorgfältig gepflegten Fingernägel sich in die Handflächen gruben. Ihm ging auf, dass dieser kleinkarierte verbale Schlagabtausch eigentlich ausgesprochen lächerlich war, wenn man bedachte, dass sich unmittelbar vor ihnen das Ende alles Lebens als schwarzes Nichts erstreckte; sie glichen zwei Toren, die sich am Rand des Abgrunds beschimpften und in den Haaren lagen. Die fette alte Sau hatte seit Jahren gegen ihn gestichelt, und genau *das* war der eigentliche Grund dafür. Jetzt hatte sie ihn endlich einmal offen ausgesprochen.

»Ist es das, was dich an mir stört, Sai?«, erkundigte er sich zuckersüß. »Dass ich die Stange küsse, statt ins Loch zu stoßen, ist das alles?«

Auf Tammy Kellys Wangen blühten jetzt keine Rosen mehr; sie standen regelrecht in Flammen. So weit hatte sie nicht gehen wollen, aber nachdem sie es nun getan hatte – sie hatten es *beide* getan, falls es nämlich zu Tätlichkeiten kam, war das ebenso seine Schuld wie ihre –, konnte sie nicht mehr zurück. Der Teufel sollte sie holen, wenn sie auch nur ein Stück zurückwich.

»In der Bibel des Direktors steht, dass Schwulsein Sünde ist«, erklärte sie ihm in gerechter Empörung. »Das hab ich selbst gelesen, das hab ich. Drittes Buch Mose, Kapitel achtzehn, Vers …«

»Und was steht im Moses über die Sünde der Völlerei?«, erkundigte er sich. »Was schreibt er über eine Frau mit Titten so groß wie Polster und einem Arsch so groß wie ein Küchenti…?«

»Wie groß mein Hintern ist, geht dich nichts an, du kleiner *Schwanzlutscher!*«

»Ich kann wenigstens einen Mann *kriegen«*, sagte er zuckersüß, »und muss nicht mit einem Staubwedel ins Bett gehen …«

»Wie kannst du es wagen!«, rief sie schrill. »Halt deine freche Klappe, bevor ich sie dir stopfe!«

»… um mir Spinnweben aus der Möse zu wischen, damit ich …«

»Ich schlage dir die Zähne ein, wenn du nicht …«

»… meine müde alte Fotze befingern kann.« Dann fiel ihm etwas ein, was sie noch mehr beleidigen würde. »Meine müde, *schmutzige* alte Fotze!«

Tammy ballte die Fäuste, die beträchtlich größer als seine waren. »Wenigstens hat mir niemals …«

»Kein Wort mehr, Sai, ich bitte dich.«

»… niemals irgendein Mann sein hässliches altes … hässliches … altes …«

Sie brachte den Satz nicht zu Ende, machte ein verwirrtes Gesicht und schnüffelte in die Luft. Tassa schnüffelte ebenfalls und merkte, dass dieser Geruch eigentlich nicht neu war. Er hatte ihn schon fast zu Beginn ihres Streits wahrgenommen, aber jetzt war er stärker.

»Riechst du den …«, sagte Tammy.

»… Rauch!«, ergänzte er. Sie starrten sich erschrocken an und hatten mit einem Mal ihren Streit vergessen, ungefähr fünf Sekunden, bevor es zu Tätlichkeiten gekommen wäre. Tammys Blick fixierte die neben dem Herd angebrachte Warntafel. Überall im Algul Siento hingen solche Warnungen, weil die meisten Gebäude, die den Komplex bildeten, aus Holz bestanden. Aus *altem* Holz. WIR MÜSSEN ALLE ZUSAMMENARBEITEN, UM EINE FEUERFREIE UMGEBUNG ZU SCHAFFEN stand darauf.

Irgendwo in der Nähe – auf dem rückwärtigen Flur – gellte einer der noch funktionierenden Rauchmelder beängstigend los. Tammy lief in die Speisekammer, um sich den dort hängenden Feuerlöscher zu schnappen.

»Hol den aus der Bibliothek!«, rief sie, worauf Tassa ohne ein Wort des Widerspruchs loshetzte. Feuer war die große Gefahr, die sie alle fürchteten.

5

Gaskie o' Tego, der stellvertretende Sicherheitschef, stand im Eingangsbereich von Feveral Hall, des Wohnheims unmittelbar hinter Damli House, und sprach mit James Cagney. Cagney war ein rothaariger Can-Toi, der mit Vorliebe Westernhemden und Cowboystiefel trug, die seine eins fünfundsechzig um drei Fingerbreit vergrößerten. Beide hielten ein Klemmbrett in der Hand und sprachen über bestimmte Änderungen des Wachdiensts im Damli House, die kommende Woche erforderlich sein würden. Sechs der für die zweite Schicht eingeteilten Männer waren an etwas erkrankt, das Gangli, der Lagerarzt, als die Hume-Krankheit »Momps« bezeichnete. Krankheiten waren in Donnerschlag alltäglich – sie lagen in der Luft, wie jeder wusste, und in den giftigen Hinterlassenschaften des Alten Volkes –, aber sie waren immer lästig. Gangli betonte, sie könnten von Glück sagen, dass hier noch nie eine wirkliche Seuche wie der Schwarze Tod oder das Heiße Grausen aufgetreten sei.

In einiger Entfernung, auf dem gepflasterten Spielfeld hinter dem Damli House, fand ein frühmorgendliches Basketballspiel statt, bei dem mehrere Taheen und Can-Toi-Wächter (die offiziell im Dienst sein würden, sobald das Hornsignal ertönte) gegen ein zusammengewürfeltes Team aus Brechern spielten. Gaskie beobachtete, wie Joey Rastosovich fast von der Mittellinie aus warf … *wusch!* Trampas schnappte sich den Ball, spielte ihn über die Auslinie und nahm kurz seine Kappe ab, um sich darunter zu kratzen. Gaskie machte sich nicht viel aus Trampas, der eine völlig unangebrachte Vorliebe für die begabten Tiere hatte, für die er zuständig war. Etwas näher saß Ted Brautigan auf der in die Feveral Hall führenden Treppe und verfolgte ebenfalls das Spiel. Wie immer mit einer Dose Nozz-A-La in der Hand.

»Scheiß drauf«, sagte James Cagney mit der Stimme eines Mannes, der eine langweilige Diskussion beenden wollte. »Wenn's dir nichts ausmacht, für zwei, drei Tage ein paar Humies von der Zaunpatrouille abzuziehen …«

»Wieso ist Brautigan so früh auf den Beinen?«, unterbrach Gaskie ihn. »Normalerweise kommt der doch nie vor Mittag aus den Federn. Und bei dem Knaben, mit dem er immer rumhängt, ist es sonst nicht anders. Wie heißt der gleich wieder?«

»Earnshaw?« Brautigan hing auch oft mit diesem Halbidioten Ruiz rum, aber Ruiz war kein Knabe mehr.

Gaskie nickte. »Aye, Earnshaw, den meine ich. Er hat heute offenbar schon morgens Dienst. Ich hab ihn jedenfalls im Studiersaal gesehen.«

Cag (wie seine Freunde ihn nannten) war es scheißegal, warum Brautigan mit den Vögelein aufgestanden war (von denen es ohnehin nicht mehr viele gab, zumindest nicht in Donnerschlag); er wollte nur schnell diese Dienstplansache abschließen, damit er zum Damli House hinüberschlendern konnte, um sich eine Portion Rührei zu bestellen. Einer der Rods hatte irgendwo frischen Schnittlauch gefunden, wie er mitbekommen hatte, und …

»Riechst du auch was, Cag?«, fragte Gaskie o' Tego plötzlich.

Der Can-Toi, der sich für James Cagney hielt, wollte fragen, ob Gaskie etwa gefurzt habe, aber dann sparte er sich diese humorvolle Erwiderung. Er roch nämlich tatsächlich auch etwas. War das etwa Rauch?

Cag glaubte, dass es welcher war.

6

Ted saß auf der kalten Steintreppe vor Feveral Hall, atmete die übel riechende Luft und hörte zu, wie Humes und Taheen sich auf dem Spielfeld mit wenig feinen Ausdrücken belegten. (Nicht jedoch die Can-Toi; sie weigerten sich, solch ordinäre Wörter zu benutzen.) Sein Herz schlug kräftig, aber nicht hektisch. Falls es hier einen Rubikon gab, der überschritten werden musste, hatte er ihn schon vor einiger Zeit überschritten, das war ihm jetzt klar. Möglicherweise in jener Nacht, in der die niederen Männer ihn aus Connecticut hierher zurückgeschleppt hatten; wahrscheinlicher aber noch an dem Tag, an dem er Dinky vorgeschlagen hatte, sich mit den Revolvermännern, von denen Sheemie Ruiz behauptete, sie seien in der Nähe, in Verbindung zu setzen. Jetzt war er angespannt (bis zum Anschlag, hätte Dinky gesagt), aber nervös? Nein. Nervosität, fand er, war etwas für Leute, die noch immer keinen eindeutigen Entschluss gefasst hatten.

Hinter sich hörte Ted den einen Idioten (Gaskie) den anderen Idioten (Cagney) fragen, ob er etwas rieche, und war sich nun ganz sicher, dass Haylis seinen Teil getan hatte. Das Spiel lief. Ted griff in seine Tasche und zog einen Fetzen Papier heraus. Darauf stand ein vollkommener, allerdings kaum shakespearischer Pentameter: *MIT ERHOBENEN HÄNDEN NACH SÜD, NICHTS WIRD EUCH DANN GESCHEH'N.*

Er starrte den kurzen Text an und machte sich dann bereit, ihn zu senden.

Hinter ihm im Aufenthaltsraum der Feveral Hall schrillte gellend laut ein Rauchmelder los.

Auf geht's, auf geht's, dachte er und sah nach Norden, wo sich hoffentlich der erste Schütze – die Frau – verbarg.

7

Auf drei Vierteln des Weges die Promenade in Richtung Damli House entlang blieb Prentiss mit Finli auf der einen und Jakli auf der anderen Seite stehen. Das Hornsignal war noch nicht ertönt, aber hinter ihnen erklang nun ein lautes Schrillen. Sie hatten kaum angefangen, sich ihm zuzuwenden, als am anderen Ende des Komplexes – dort wo die Wohnheime lagen – ein weiteres an- und abschwellendes Schrillen einsetzte.

»Was zum Teufel …«, begann Pimli.

… *ist das?*, hatte er fragen wollen, aber da kam auch schon Tammy Kelly, der sein Laufjunge Tassa dicht auf den Fersen war, aus der Tür gestürmt. Beide schwenkten aufgeregt die Arme über dem Kopf.

»Feuer!«, rief Tammy. *»Feuer!«*

Feuer? Aber das ist unmöglich, sagte Pimli sich. *Wenn das einer der Rauchmelder aus meinem Haus ist und* gleichzeitig *der Rauchmelder in einem der Wohnheime losgeht, dann muss doch …*

»Das muss ein Fehlalarm sein«, erklärte er Finli. »Die Rauchmelder zeigen damit wohl nur an, dass ihre Batterien …

Bevor er diese hoffnungsvolle Einschätzung zu Ende bringen konnte, explodierte eines der seitlichen Fenster des Shapleigh House nach außen. Den Glassplittern folgte das Hervorzüngeln von orangeroten Flammen.

»Götter!«, rief Jakli mit seiner summenden Stimme. »Da brennt's *wirklich!«*

Pimli starrte die Flammen mit offenem Mund an. Und plötzlich schrillte *noch ein* Rauchmelder los, diesmal mit einer Reihe laut hicksender Hupgeräusche. Großer Gott, lieber Jesus, das war einer der Rauchmelder im *Damli House!* Dort konnte doch unmöglich …

Finli o' Tego packte ihn am Arm. »Boss«, sagte er ziemlich gelassen. »Das bedeutet Ärger.«

Bevor Pimli antworten konnte, ertönte das Hornsignal, um den Schichtwechsel zu signalisieren. Und plötzlich war ihm bewusst, wie verwundbar sie in den nächsten sechs Minuten oder so sein würden. Für alles Mögliche verwundbar.

Er weigerte sich, das Wort *Angriff* in sein Bewusstsein zu lassen. Wenigstens vorerst verdrängte er es noch.

8

Dinky Earnshaw saß scheinbar seit einer Ewigkeit in seinem Sessel und wartete ungeduldig darauf, dass die Vorstellung begann. Im Studiersaal zu sein munterte ihn im Allgemeinen auf – Teufel, das munterte *jeden* auf, da gab es immerhin den »Guten Geist«-Effekt –, aber heute spürte er nur, wie seine Nervenfäden sich immer mehr anspannten, sodass seine Eingeweide sich allmählich zu einer Kugel zusammenzuballen schienen. Gelegentlich nahm er wahr, dass Taheen und Can-Toi von den Balkonen sahen, um auf der Guten-Geist-Welle zu reiten, aber er brauchte nicht zu befürchten, von solchen Leuten sondiert zu werden; zumindest davor war er sicher.

War das ein Rauchmelder? Vielleicht aus Feveral Hall?

Vielleicht. Vielleicht auch nicht. Außer ihm horchte niemand nach draußen.

Abwarten, ermahnte er sich. *Ted hat ja gesagt, dass das der schwierige Teil wird. Und wenigstens ist Sheemie in Sicherheit. Sheemie ist in seinem Zimmer sicher, und Corbett Hall ist vor Feuer sicher. Beruhig dich also. Entspann dich.*

Das *war* das Schrillen eines Rauchmelders. Dessen war Dinky sich sicher. Na ja ... *fast* sicher.

Auf seinen Knien lag ein aufgeschlagenes Kreuzworträtselheft. In den vergangenen fünfzig Minuten hatte er die Felder eines der Quadrate mit Nonsensbuchstaben ausgefüllt, ohne den dazugehörigen Aufgaben irgendeine Beachtung zu schenken. Jetzt schrieb er in großen, markanten Druckbuchstaben über das Kreuzworträtsel: **MIT ERHOBENEN HÄNDEN NACH SÜD, NICHTS WIRD EUCH DANN GE...**

In diesem Augenblick gellte einer der Feuermelder im ersten Stock, vermutlich der im Westflügel, mit lautem an- und abschwellendem Heulen los. Mehrere Brecher, die aus tranceartiger tiefer Konzentration gerissen wurden, schrien überrascht und ängstlich auf. Dinky schrie ebenfalls auf, aber vor Erleichterung. Aus Erleichterung und noch etwas anderem. Freude? Genau, sehr wahrscheinlich war es Freude. Als der Feuermelder loszuschrillen begann, hatte er nämlich das machtvolle Summen des »guten Geists« plötzlich abbrechen hören. Die unheimliche kombinierte Kraft der Brecher war wie ein überlasteter Stromkreis zusammengebrochen.

Unterdessen hatte er einen Auftrag auszuführen. Er durfte nicht länger warten. Dinky stand auf, ließ das Kreuzworträtselheft achtlos auf den Orientteppich fallen und wandte sich in Gedanken an die übrigen Brecher im Studiersaal. Das war nicht sonderlich schwierig; mit Teds Hilfe hatte er fast täglich für diesen Augenblick geübt. Und wenn es funktionierte? Wenn die Brecher etwas, was er nur antippen konnte, aufnahmen, wiederholten und bis zur Ebene eines Befehls verstärkten? Nun, dann würde es übermächtig werden. Es würde zum Dominantakkord einer neuen »Guten Geist«-Ausgestaltung werden.

Zumindest bestand darin die Hoffnung.

(HIER BRENNT'S LEUTE IM GEBÄUDE IST FEUER AUSGEBROCHEN)

Wie um das zu unterstreichen, waren ein leiser Knall und ein Klirren zu hören, mit dem etwas implodierte, und dann quollen auch schon die ersten dünnen Rauchschwaden aus den Lüftungsöffnungen. Die Brecher sahen sich mit weit aufgerissenen, glasigen Augen um; einige von ihnen standen nun auch auf.

Und Dinky sendete:

(KEINE SORGE KEINE PANIK KEINE GEFAHR BENUTZT DIE)

Er sendete ein perfektes, oft geübtes Bild der Nordtreppe, dann fügte er Brecher hinzu. Brecher, die in geordneter Ruhe die Nordtreppe hinuntergingen. Brecher, die das Gebäude durch die Küche verließen. Feuerprasseln, Rauchgeruch, aber beides aus dem Schlafbereich der Wachen im Westflügel. Würde irgendjemand den Wahrheitsgehalt dieser gesendeten Gedanken anzweifeln? Würde jemand sich fragen, wer sie sendete und warum? Nein, sie waren jetzt nur verängstigt. Sie *warteten* jetzt darauf, dass jemand ihnen sagte, was sie zu tun hatten, und Dinky Earnshaw war dieser Jemand.

(NORDTREPPE GEHT DIE NORDTREPPE HINUNTER UND AUF DEN RASEN HINTER DEM GEBÄUDE HINAUS)

Und es funktionierte! Sie machten sich alle in diese Richtung auf. Wie Schafe, die einem Leittier folgten, oder Pferde, die einem Hengst folgten. Einige griffen die beiden Grundvorstellungen

(KEINE PANIK KEINE PANIK)

(NORDTREPPE NORDTREPPE)

auf und wiederholten sie. Und was noch besser war: Dinky hörte sie jetzt auch von oben. Von den Can-Toi und Taheen, die noch auf den Balkonen waren.

Niemand rannte, niemand geriet in Panik, aber der Exodus die Nordtreppe hinunter hatte begonnen.

9

Susannah saß am Fenster des Schuppens, hinter dem sie versteckt gewesen war, auf ihrem Geländedreirad und machte sich jetzt keine Sorgen mehr, sie könnte entdeckt werden. Rauchmelder – mindestens drei Stück – jaulten vor sich hin. Noch lauter gellte eine Feuersirene; das Heulen kam aus dem Damli House, dessen war sie sich sicher. Wie als Antwort kamen von der Seite des Komplexes, auf der Pleasantville lag, Hupensignale, die wie elektronische Wildgansschreie klangen. Gleichzeitig hörte sie eine Vielzahl lärmender Glockentöne.

Da das alles südlich von ihnen passierte, war es kein Wunder, dass die Frau, die sich im Norden des Devar-Toi aufhielt, die drei Posten auf den efeuumrankten Wachttürmen nur von hinten sah. Drei schienen nicht sehr viele zu sein, aber sie verkörperten immerhin fünf Prozent der Gesamtstärke. Zumindest war das ein Anfang.

Susannah blickte über den Lauf ihrer Waffe hinweg auf den einen, den sie im Visier hatte, und schickte ein Gebet los. *Gott, lass mich gut treffen … gut treffen …*

Bald.

Bald war es so weit.

10

Finli hielt weiter den Arm des Oberaufsehers umklammert. Pimli schüttelte die Hand ab, machte sich auf den Weg zu seinem Domizil und starrte dabei ungläubig den Rauch an, der aus allen Fenstern der linken Seite quoll.

»Boss!«, brüllte Finli, indem er ihn wieder am Arm packte. »Boss, das ist unwichtig! Wir müssen uns um die Brecher kümmern. Um die *Brecher!*«

Er drang nicht durch, aber das schockierende an- und abschwellende Heulen des Feuermelders schaffte es. Pimli drehte sich wieder danach um und blickte dabei sekundenlang in Jaklis knopfartige kleine Vogelaugen. In ihnen sah er nichts als Panik, was den verrückten, aber willkommenen Effekt hatte, Pimli selbst zu stabilisieren. Überall Hupen und Sirenen. Eines der Hupsignale, das gleichmäßig pulsierte, hatte er zuvor noch nicht gehört. Kam das etwa aus Richtung Pleasantville?

»Komm jetzt, Boss!«, flehte Finli o' Tego geradezu. »Wir müssen sicherstellen, dass mit den Brechern alles in Ordnung ist …«

»Rauch!«, schrie Jakli und flatterte mit seinen schwarzen (und völlig nutzlosen) Flügeln. »Rauch aus Damli House, auch aus Feveral!«

Pimli beachtete ihn nicht weiter. Als er den Colt Peacemaker aus der Dockerschlinge zog, fragte er sich flüchtig, welche Vorahnung ihn wohl dazu bewogen hatte, heute eine Waffe zu tragen. Er hatte keinen blassen Schimmer, war aber froh, nun das Gewicht des Revolvers in der Hand spüren zu können. Hinter ihm rief Tassa irgendetwas – auch Tammy kreischte etwas –, aber Pimli ignorierte sie beide. Sein Herz raste zwar, aber er selbst war wieder ganz die Ruhe. Finli hatte Recht. Im Augenblick waren nur die Brecher wichtig. Sie mussten sicherstellen, dass sie nicht ein ganzes Drittel ihrer gut ausgebildeten Medien durch läppische Kurzschlussbrände oder irgendeinen halbgaren Sabotageakt verloren. Er nickte seinem Sicherheitschef zu, worauf sie zusammen auf Damli House zurannten, während Jakli wie eine Gestalt aus einem Warner-Brothers-Zeichentrickfilm krächzend und flatternd hinter ihnen herlief. Irgendwo vor ihnen brüllte Gaskie laute Befehle. Und dann hörte Pimli von New Jersey ein Geräusch, das ihn bis ins Mark erschaudern ließ: ein schnelles *Peng-peng-peng.* Schüsse! Götter, wenn irgendein Trottel auf seine Brecher schoss, würde der Kopf dieses Idioten den Tag auf einer hohen Stange beschließen! Auf die Idee, dass nicht die Brecher, sondern seine Wachposten angegriffen werden könnten, war er zu diesem Zeitpunkt noch nicht gekommen – übrigens auch der etwas gewieftere Finli nicht. Allzu viel passierte allzu schnell.

11

Am Südrand des Devar-Toi-Komplexes war der pulsierende Hupton fast so laut, dass einem das Trommelfell platzen konnte. »Jesus!«, sagte Eddie, konnte aber nicht einmal sich selbst hören.

Die Posten auf den südlichen Wachttürmen kehrten ihnen den Rücken zu und blickten nach Norden. Eddie konnte noch keinen Rauch entdecken. Aber vielleicht nahmen die beiden ihn von ihren höheren Aussichtspunkten wahr.

Roland legte Jake eine Hand auf die Schulter, dann zeigte er auf den Güterwaggon mit der Aufschrift SOO LINE. Jake nickte und kroch, dicht gefolgt von Oy, darunter hindurch. Roland streckte Eddie beide Hände entgegen – *Bleib, wo du bist!* – und folgte dann Jake. Auf der anderen Seite des Waggons standen der Junge und der Revolvermann nebeneinander auf. Die Posten hätten sie deutlich sehen müssen, wären diese Wackeren nicht durch die Rauchmelder und Feuersirenen innerhalb des Komplexes abgelenkt gewesen.

Plötzlich versank die gesamte Fassade der Pleasantville Hardware Company in einem Spalt im Erdboden. Ein Roboter-Löschfahrzeug – leuchtend rot lackiert und chromblitzend – kam aus seiner bisher getarnten Garage geröhrt. Rote Blinkleuchten pulsierten sein lang gestrecktes Mittelteil hinunter, und eine Lautsprecherstimme plärrte: *»STRASSE FREI MACHEN! HIER KOMMT FEUERLÖSCHGRUPPE B! STRASSE FREI MACHEN! PLATZ FÜR FEUERLÖSCHGRUPPE B!«*

In ihrem Sektor des Devar-Toi durften jetzt keine Schüsse fallen, noch nicht. Der Süden des Lagerkomplexes sollte den zunehmend verängstigten Insassen von Algul Siento sicher erscheinen: Nur keine Sorge Leute, hier ist eure Zuflucht vor dem unerwartet hereingebrochenen Scheißesturm!

Der Revolvermann zog einen 'Riza aus der Tasche mit Jakes schwindendem Vorrat und nickte dem Jungen zu, er solle sich ebenfalls einen nehmen. Roland deutete auf den Posten auf dem rechten Wachtturm, dann nochmals auf Jake. Der Junge nickte, hielt den rechten Arm vor der Brust angewinkelt und wartete darauf, dass Roland ihm das Zeichen gab.

12

Sobald du das Hornsignal zum Schichtwechsel hörst, hatte Roland Susannah angewiesen, *beginnst du zu schießen. Richte möglichst viel Schaden an, aber lass sie um deines Vaters willen nicht merken, dass sie's mit nur einem Gegner zu tun haben!*

Als ob er ihr das hätte sagen müssen.

Sie hätte die drei Posten auf den Wachttürmen ausschalten können, während das Horn noch plärrte, aber irgendetwas ließ sie warten. Einige Sekunden später war sie froh, dass sie das getan hatte. Die Hintertür des Queen-Anne-Hauses flog mit solcher Gewalt auf, dass sie aus den Angeln gerissen wurde. Brecher stürzten heraus, wobei sie sich in ihrer Panik an ihre Vorderleute krallten *(das sind also die Möchtegern-Zerstörer des Universums,* dachte sie, *diese Schafe),* und zwischen ihnen sah sie ein halbes Dutzend der Missgeburten mit Tierköpfen und mindestens vier der unheimlichen Humanoiden mit Menschenmasken.

Susannah nahm sich als Ersten den Posten auf dem Westturm vor und hatte bereits einen Zielwechsel auf die beiden Posten auf dem Ostturm vorgenommen, bevor der erste Gefallene der Schlacht um Algul Siento, dem die Gehirnmasse aus dem Haar tropfte und übers Gesicht lief, übers Geländer gekippt und zerschmettert am Fuß des Turms liegen geblieben war. Ihre auf kurze Feuerstöße eingestellte Coyote-Maschinenpistole verschoss mit dumpfem Rattern jeweils drei Patronen: *Tschum! Tschum! Tschum!*

Der Taheen und der niedere Mann auf dem Ostturm wirbelten wie bei einer Tanzfigur so herum, dass sie sich gegenüberstanden. Der Taheen brach auf dem Gittersteg zusammen, der den Turmkranz umgab; der niedere Mann wurde gegen das Geländer geworfen, kippte rücklings darüber hinweg und stürzte dann mit dem Kopf voraus in die Tiefe. Susannah bildete sich ein, das Knacken zu hören, mit dem er sich das Genick brach.

Einige der ziellos umherirrenden Brecher beobachteten den Sturz dieses Unglücklichen und kreischten.

»Nehmt die Hände hoch!« Das war Dinky; sie erkannte seine Stimme. »Hände hoch, wenn ihr Brecher seid!«

Niemand stellte diesen Befehl infrage; unter den gegenwärtigen Umständen hatte jeder, der zu wissen schien, was hier ablief, unbestritten das Kommando. Einige der Brecher – wenn auch nicht alle, noch nicht – hoben die Hände. Susannah war das gleichgültig. Sie brauchte keine erhobenen Hände, um die Böcke von den Schafen scheiden zu können. Ihr Gesichtssinn war auf fast unheimliche Weise äußerst scharf geworden.

Sie schob den Stellschieber von FEUERSTÖSSE auf EINZELFEUER und fing an, das gemeinsam mit den Brechern aus dem Studiersaal geströmte Wachpersonal wegzuputzen. *Taheen … Can-Toi, den auch … eine Hume, aber die nicht, die ist eine Brecherin, obwohl sie die Hände nicht oben hat … fragt mich nicht, woher ich das weiß, ich weiß es eben …*

Susannah betätigte den Abzug der Coyote, und der Kopf des Humes neben der Frau in der leuchtend roten Freizeithose explodierte in einem Nebel aus Blut und Knochen. Die Brecher kreischten wie Kinder, starrten mit hervorquellenden Augen und erhobenen Händen um sich. Und jetzt hörte Susannah wieder Dinky – diesmal jedoch nicht seine körperliche Stimme. Sie hörte seine mentale Stimme, und die war viel lauter:

(MIT ERHOBENEN HÄNDEN NACH SÜD, NICHTS WIRD EUCH DANN GESCHEH'N)

Das war ihr Stichwort, die Deckung zu verlassen und die Stellung zu wechseln. Wenn man die drei Posten auf den Wachttürmen mitzählte, hatte sie acht der bösen Jungs des Scharlachroten Königs erledigt – angesichts deren Panik keine besondere Leistung – und sah jetzt keinen mehr, zumindest vorerst nicht.

Susannah drehte den Gasgriff und flitzte mit dem Geländedreirad zu einem der anderen verlassenen Schuppen hinüber. Das Fahrzeug beschleunigte so rasant, dass sie beinahe vom Sattel gekippt wäre. Sie bemühte sich, nicht zu lachen (und musste trotzdem lachen), und schrie mit Detta Walkers schrillster Hyänenstimme lauthals:

»Los, haut ab, Motherfucker! Ab nach Süd! Flossn hoch, damit wir euch von den bösn Kerln wegkenn! Wer se nich hebt, kriegt 'ne Kugel in 'n Kopp! Ohne Scheiß, Leute!«

Durchs Tor in den nächsten Schuppen rein, wobei sie mit einem der Ballonreifen am Torrahmen entlangschrammte – aber nicht so heftig, um das Geländedreirad umkippen zu lassen. Gott sei Dank, hätte sie doch nie die Kraft gehabt, das Fahrzeug wieder allein aufzurichten. Hier drinnen stand einer der »Lazer« auf seiner ausklappbaren Dreibeinlafette. Sie legte den Kippschalter auf EIN um und fragte sich eben, ob sie auch den Schalter INTERVALL betätigen musste, als aus der Mündung der Waffe ein blendend heller purpurroter Lichtstrahl schoss, der über den Elektrozaun hinwegging und ein Loch ins oberste Stockwerk von Damli House brannte. Susannah erschien es so groß wie das Loch, das eine Artilleriegranate auf Kernschussweite hinterlassen hätte.

Nicht schlecht, dachte sie. *Jetzt sollte ich auch noch die anderen anwerfen.*

Sie fragte sich jedoch, ob die Zeit dafür reichen würde. Immer mehr Brecher griffen bereits Dinkys Vorschlag auf, wiederholten ihn und verstärkten ihn dabei:

(MIT ERHOBENEN HÄNDEN NACH SÜD! NICHTS WIRD EUCH DANN GESCHEH'N!)

Um der Aufforderung Nachdruck zu verleihen, schob sie den Stellschieber der Coyote auf DAUERFEUER und durchsiebte dann das Obergeschoss des nächsten Wohnheims mit einem langen Feuerstoß. Geschosse surrten als Querschläger davon. Fensterglas zersplitterte. Brecher stoben kreischend und mit erhobenen Händen um die Ecke von Damli House davon. Susannah sah Ted um dieselbe Ecke kommen. Er war schwer zu übersehen, weil er sich gegen den Strom bewegte. Dinky und er umarmten sich kurz, dann hoben sie die Hände und schlossen sich dem südwärts gerichteten Strom von Brechern an, die bald ihren VIP-Status verlieren und nur eine weitere Gruppe von Flüchtlingen bilden würden, die in einem dunklen, vergifteten Land zu überleben versuchten.

Sie hatte acht erledigt, aber das reichte nicht. Der Hunger hatte sie befallen, dieser nackte Hunger. Ihre Augen sahen alles. Sie pulsierten und schmerzten in ihrem Kopf, aber sie sahen alles. Susannah hoffte, dass weitere Taheen, niedere Männer oder Hume-Wachen hinter Damli House hervorkommen würden.

Sie wollte mehr.

13

Sheemie Ruiz lebte im Wohnheim Corbett Hall, ausgerechnet in dem Gebäude, das Susannah völlig nichtsahnend mit mindestens hundert Kugeln durchsiebt hatte. Hätte er auf dem Bett gelegen, wäre er höchstwahrscheinlich tödlich getroffen worden. Stattdessen lag er nun am Fußende auf den Knien und betete um die Sicherheit seiner Freunde. Er sah nicht einmal auf, als Schüsse das Fenster zersplittern ließen, sondern verdoppelte lediglich die Intensität seines Flehens. Er konnte Dinkys Gedanken in seinen Kopf hämmern hören

(MIT ERHOBENEN HÄNDEN)

und hörte dann weitere Gedankenströme

(NACH SÜD)

die alle miteinander einen gewaltigen Fluss bildeten. Und dann war *Teds* Stimme zu hören, die nicht nur in den Chor der anderen einfiel, sondern diesen Fluss

(NICHTS WIRD EUCH DANN GESCHEH'N)

zu einem Ozean werden ließ. Ohne es wahrzunehmen, hatte Sheemie den Text seines Gebets abgeändert. Aus *Vater unser* und *Beschütz meine Freunde* wurde *Mit erhobenen Händen … nach Süd … nichts wird euch dann gescheh'n.* Damit hörte er nicht einmal auf, als die Propangastanks hinter der Kantine von Damli House mit ohrenbetäubendem Lärm hochgingen.

14

Gangli Tristum (für euch *Doktor* Gangli, sage meinen Dank) war in vieler Beziehung der gefürchtetste Mann in Damli House. Er war ein Can-Toi, der – verrückterweise – statt eines Menschennamens einen Taheennamen angenommen hatte, und führte das Krankenrevier im Westflügel des Gebäudes mit eiserner Faust. Und auf Rollschuhen.

Die Atmosphäre im Krankenrevier war ziemlich entspannt, wenn Gangli in seinem Büro saß, um Papierkram zu erledigen, oder seine Runde machte (meistens um Brecher, die erkältet waren, in ihren Wohnheimen zu besuchen), aber wenn er herauskam, verfiel das gesamte Revier – Krankenschwestern und Krankenpfleger ebenso wie Patienten – in respektvolles (und nervöses) Schweigen. Ein Neuankömmling hätte beim Anblick dieses vierschrötigen, dunkelhäutigen Mannes mit Hamsterbacken, der mit auf der Brust gefalteten Händen, die auf seinem Stethoskop ruhten, und wehenden weißen

Mantelschößen langsam den Mittelgang zwischen den Bettreihen entlangglitt, vielleicht gelacht (ein Brecher hatte einmal geäußert: »Er sieht aus wie John Irving nach einer verunglückten Schönheitsoperation«). Wäre allerdings jemand beim Lachen *erwischt* worden, hätte derjenige nie wieder gelacht. Dr. Gangli konnte in der Tat schnelle Urteile sprechen, und niemand machte sich ungestraft über seine Rollschuhe lustig.

Statt auf ihnen zu gleiten, flog er jetzt geradezu die Gänge hinauf und hinunter, dass die Stahlrollen (seine Rollschuhe stammten nämlich aus einer Zeit lange vor Rollerblades) über den Hartholzboden rumpelten. »Sämtliche Akten!«, rief er. »Habt ihr verstanden? … Wenn in diesem beschissenen Durcheinander eine einzige Krankenakte verschwindet, *eine einzige götterverdammte Akte,* lasse ich mir zum Nachmittagstee jemands Augen servieren!«

Die Patienten waren natürlich bereits alle fort; er hatte sie beim ersten Ton des Rauchmelders, beim ersten Anzeichen von Brandgeruch aus ihren Betten holen und die Treppe hinunterbringen lassen. Einige der Krankenpfleger – feige Waschlappen, aber er kannte jeden einzelnen beim Namen, o ja, und würde sie zu gegebener Zeit in seinem Bericht erwähnen – waren mit den Kranken geflüchtet, aber fünf hatten ausgeharrt, darunter sein persönlicher Assistent Jack London. Gangli war stolz auf sie, obwohl man das seiner gebieterischen Stimme nicht angemerkt hätte, während er in dichter werdendem Rauch auf und ab, auf und ab durch die Gänge rollte.

»Stellt die Akten sicher, hört ihr? Das will ich euch bei allen Göttern, die je gegangen oder gekrochen sind, geraten haben! *Ich will's euch geraten haben!«*

Ein rötlicher Feuerstrahl schoss durchs Fenster. Das musste irgendeine Art Waffe sein, weil der Strahl die Glaswand zwischen Ganglis Büro und dem Krankenrevier zersplittern ließ und seinen Lieblingssessel in Brand setzte.

Gangli duckte sich und rollte unter dem Laserstrahl hindurch, ohne langsamer zu werden.

»Gan verdamm mich!«, rief einer der Krankenpfleger. Es war ein außerordentlich hässlicher Hume, mit Glupschaugen in einem bleichen Gesicht. »Was zum Teufel war …«

»Kümmre dich nicht drum!«, brüllte Gangli. »Was kümmert's dich, was das war, Arschgesicht? Hol die Akten! *Hol meine beschissenen Akten!*«

Irgendwo vor dem Gebäude – von der Promenade her? – kam mit grässlichem Klingeln und Sirenengeheul ein Rettungsfahrzeug angefahren. *»STRASSE FREI MACHEN!«*, hörte Gangli. *»MACHT PLATZ FÜR FEUERLÖSCHGRUPPE B!«*

Von einer Feuerlöschgruppe B hatte Gangli noch nie gehört, aber hier gab es ja sowieso viel, von dem man nichts wusste. Beispielsweise hatte er bei einem Drittel der Geräte in seinem OP nicht die blasseste Ahnung, wie man sie überhaupt benutzte! Egal, im Augenblick kam es nur darauf an, dass …

Bevor er den Gedanken zu Ende führen konnte, gingen die Propangastanks hinter der Kantine hoch. Sie explodierten mit gewaltigem Tosen – scheinbar direkt unter ihnen –, und Gangli Tristum wurde hoch in die Luft geschleudert, wobei die Stahlrollen seiner Rollschuhe sich wie wild drehten. Auch die anderen verloren den Boden unter den Füßen, und die rauchgeschwängerte Luft war plötzlich voller fliegender Papiere. Während Dr. Gangli sie mit dem Wissen anstarrte, dass sie verbrennen würden und er von Glück würde sagen können, wenn er nicht mit ihnen verbrannte, drängte sich ihm eine klare Erkenntnis auf: Das Ende war vorzeitig gekommen.

15

Roland hörte, wie der telepathische Befehl

(*MIT ERHOBENEN HÄNDEN NACH SÜD, NICHTS WIRD EUCH DANN GESCHEH'N*)

in seinem Kopf rhythmisch wiederholt wurde, und nickte Jake zu. Sofort flogen die Orizas. Im allgemeinen Getöse ging ihr unheimliches Heulen fast unter, aber einer der Posten musste trotzdem etwas kommen gehört haben, jedenfalls drehte er sich noch zur Geräuschquelle um, als die messerscharfe Tellerkante ihm auch schon den Kopf abtrennte, der daraufhin mit überrascht klimpernden Wimpern rückwärts vom Wachtturm purzelte. Der enthauptete Leib machte noch zwei Schritte, dann sackte er mit über dem Geländer hängenden Armen zusammen, während das Blut nur so in einem hellroten Strom aus dem Halsstumpf schoss. Auch der andere Posten war zwischenzeitlich längst zu Boden gegangen.

Eddie wälzte sich mühelos unter dem Güterwaggon mit der Aufschrift SOO LINE hindurch und war anschließend auf der Lagerseite mit einem Satz auf den Beinen. Inzwischen waren zwei weitere Roboter-Löschfahrzeuge aus der Feuerwache gebraust, die bisher mit der Fassade des Eisenwarengeschäfts getarnt gewesen war. Sie fuhren nicht auf Rädern, sondern schienen auf Luftkissen zu gleiten. Irgendwo im Nordteil des Campus (Eddies Verstand beharrte nämlich darauf, das Devar-Toi so zu nennen) explodierte etwas. Gut. Ausgezeichnet.

Roland und Jake entnahmen dem zusehends schwindenden Vorrat neue Teller und benutzten sie dazu, sich einen Weg durch die drei Zäune zu bahnen. Der unter Hochspannung stehende Teil zerriss mit hässlich knisterndem Knall und einem kurzen bläulichen Lichtblitz. Dann waren sie drin. Sie bewegten sich rasch und wortlos und rannten – Oy wie immer dicht hinter Jake – an den jetzt unbesetzten Wachttürmen vorbei. Zwischen Henry Grahams Drugstore & Erfrischungshalle und der Buchhandlung Pleasantville verlief eine Gasse.

Am Ende dieser Gasse sahen sie auf die Hauptstraße hinaus und stellten fest, dass sie gegenwärtig verlassen dalag, obwohl von den beiden letzten Löschfahrzeugen ein bitterer elektrischer Geruch (ein U-Bahn-Geruch, wie Eddie fand) in der Luft hing, der den allgemeinen Gestank noch verschlimmerte. In der Ferne heulten Feuerwehrsirenen, schrillten Rauchmelder. Hier in Pleasantville fühlte Eddie sich unwillkürlich an die Paradestraße von Disneyland erinnert: keine Abfälle in den Rinnsteinen, keine unanständigen Graffiti an den Mauern, nicht einmal Staub auf den Kristallglasscheiben. Hierher kamen heimwehkranke Brecher, wenn sie einen Hauch von Amerika brauchten, vermutete er. Aber wollte denn keiner etwas Besseres, etwas *Realistischeres* als dieses plastisch-phantastische Stillleben? Vielleicht wirkte ja alles einladender, wenn sich Leute auf den Gehsteigen und in den Geschäften aufhielten, aber das war schwer zu glauben. Zumindest für *ihn* schwer zu glauben. Möglicherweise lag es auch nur am Chauvinismus eines Jungen aus der Großstadt.

Gegenüber sahen sie ein Schuhgeschäft, »Gay Paree«-Moden, Hair Today und das Kino The Gem Theater (**KOMMT REIN, DRINNEN IST'S KOOL** stand auf dem Werbebanner unter dem Vordach). Roland hob eine Hand und machte Eddie und Jake ein Zeichen, mit ihm die Straße zu überqueren. Sollte alles so klappen, wie er sich das erhoffte (was es aber fast nie tat), würden sie dort ihren Hinterhalt einrichten. Sie rannten geduckt hinüber, Oy weiter dicht auf Jakes Fersen. Bisher schien alles wie am Schnürchen zu klappen, und das machte den Revolvermann wirklich nervös.

16

Jeder kampferprobte General wird bestätigen, dass selbst in kleinen Gefechten (wie das hiesige eines war) unweigerlich der Augenblick kommt, in dem der Zusammenhalt sich lockert und der Erzählfluss und jegliches reales Gefühl dafür, wie die Dinge stehen, verloren gehen. Derartige Dinge müssen dann im Nachhinein von Historikern rekonstruiert werden. Das Bedürfnis, den Mythos des Zusammenhalts neu zu erschaffen, ist möglicherweise einer der Gründe dafür, dass es Geschichtsschreibung überhaupt gibt.

Tut nichts zur Sache. Wir haben jedenfalls jenen Punkt erreicht, an dem die Schlacht um Algul Siento sich verselbstständigte, und ich kann jetzt nicht mehr tun, als die Aufmerksamkeit mal hierhin, mal dorthin zu lenken und zu hoffen, dass ihr dem allgemeinen Chaos eure eigene Ordnung geben könnt.

17

Trampas, der von Ekzemen geplagte niedere Mann, der Ted unwissentlich so viele Informationen geliefert hatte, rannte zu dem Strom von Brechern, die aus Damli House flüchteten, und griff sich einen: Birdie McCann, einen hageren ehemaligen Zimmermann mit Stirnglatze.

»Birdie, was ist los?«, rief Trampas. Er trug gegenwärtig seine »Denkerkappe«, was bedeutete, dass er die telepathischen Impulse um sie herum nicht wahrnehmen konnte. »Weißt du, was …«

»Schüsse!«, rief Birdie und riss sich los. *»Schüsse!* Sie sind dort draußen!« Er deutete hinter sich.

»Wer? Wie vie…«

»Vorsicht, ihr Idioten, es wird nicht langsamer!«, brüllte Gaskie o' Tego irgendwo hinter Trampas und McCann.

Trampas sah auf und beobachtete erschrocken, wie das führende Löschfahrzeug mit den roten Blinkleuchten röhrend und schwankend mitten auf der Promenade dahergebraust kam, während zwei Feuerwehrleute – Roboter aus Edelstahl – sich stehenderweise hinten an Haltegriffe klammerten. Pimli, Finli und Jakli sprangen zur Seite. Das tat auch Tassa, der Laufjunge. Tammy Kelly dagegen lag, von einer größer werdenden Blutlache umgeben, bäuchlings im Gras. Sie war von der Feuerlöschgruppe B, die seit über achthundert Jahren nicht mehr zum Einsatz ausgerückt war, platt gewalzt worden. Sie würde sich nie wieder beschweren.

Und …

»STRASSE FREI MACHEN!«, plärrte es aus dem Feuerwehrauto. Hinter ihm scherten zwei weitere Fahrzeuge aus, um protzig auf beiden Seiten von Shapleigh House vorzufahren. Auch diesmal konnte der Laufjunge Tassa sich nur mit knapper Not durch einen

Sprung zur Seite retten. *»FEUERLÖSCHGRUPPE B!«* Aus der Fahrzeugmitte wurde eine Stahlkuppel ausgefahren, die sich gleich darauf teilte und einen Düsenkopf aus Metall sehen ließ, der sofort Hochdruckwasserstrahlen in acht verschiedene Richtungen spritzte. *»MACHT PLATZ FÜR FEUERLÖSCHGRUPPE B!«*

Und …

James Cagney – der rothaarige Can-Toi, der mit Gaskie im Eingangsbereich des Wohnheims Feveral Hall gestanden hatte, als es mit dem Ärger losging, ihr erinnert euch doch, oder? – sah, was kommen würde, und brüllte eine Warnung, die den Wachen galt, die aus dem Westflügel von Damli House gestolpert kamen: hustend und mit tränenden Augen, manche mit angesengten Hosen, einige wenige – ach, Gan und Bessa und allen Göttern sei Dank! – mit ihren Waffen.

Cag rief ihnen zu, sie sollten aus dem Weg gehen, konnte aber bei all dem Lärm kaum die eigene Stimme hören. Er sah, wie Joey Rastosovich zwei von ihnen zur Seite zog, und beobachtete, wie der junge Earnshaw einen weiteren Mann beiseite rempelte. Einige der hustenden, weinenden Flüchtlinge sahen das heranrasende Löschfahrzeug und liefen von allein auseinander. Schließlich pflügte die Feuerlöschgruppe B mit unverminderter Geschwindigkeit durch die Wachen aus dem Westflügel, röhrte auf Damli House zu und spritzte dabei Wasser nach sämtlichen Himmelsrichtungen.

Und …

»Jesus, nein«, ächzte Pimli Prentiss. Er schlug die Hände vors Gesicht. Finli dagegen konnte den Blick nicht von dieser grausigen Szene wenden. Er sah, wie ein niederer Mann – Ben Alexander, da war er sich ziemlich sicher – von den Riesenreifen des Löschfahrzeugs platt gewalzt wurde. Er sah, wie ein anderer vom Kühlergrill erfasst und an die Außenwand geklatscht wurde, als das Löschfahrzeug Damli House rammte, dass es Bretter und Glassplitter regnete, um dann durch eine Kellerluke zu brechen, die zum Teil durch ein kümmerliches Blumenbeet verdeckt gewesen war. Ein Rad versank im Kellerabgang, und eine Roboterstimme begann zu dröhnen: *»UNFALL! FEUERWACHE BENACHRICHTIGEN! UNFALL!«*

Mach Sachen, Sherlock, dachte Finli, der das Blut im Gras mit einer Art morbider Faszination anstarrte. Wie viele seiner Männer und seiner kostbaren Schützlinge hatte das gottverdammte defekte Löschfahrzeug bereits niedergewalzt? Sechs? Acht? Ein beschissenes Dutzend?

Irgendwo hinter dem Damli House war wieder das beängstigende *Tschum-tschum-tschum* zu hören: Feuerstöße aus einer Schnellfeuerwaffe.

Ein dicker Brecher namens Waverly rempelte ihn an. Finli hielt ihn am Arm fest, bevor er weiterhasten konnte. »Was ist passiert? Wer sagt euch da, dass ihr in Richtung Süden abhauen sollt?« Im Gegensatz zu Trampas trug Finli nämlich keine Denkerkappe, und die Botschaft

(MIT ERHOBENEN HÄNDEN NACH SÜD, NICHTS WIRD EUCH DANN GESCHEH'N)

knallte so laut und deutlich in seinen Kopf, dass es kaum möglich war, noch einen anderen Gedanken zu fassen.

Neben ihm nahm Pimli – der sich seinerseits abmühte, seine Gedanken zu sammeln – diese hämmernde Botschaft auf und schaffte es schließlich, sie durch eine eigene zu ergänzen: *Das muss Brautigan sein, der die Vorstellung aufgebracht und dann verstärkt hat. Wer außer ihm könnte das sonst.*

Und …

Gaskie schnappte sich erst Cag und dann Jakli und befahl ihnen lauthals, alle bewaffneten Wachen zu sammeln und sie die Brecher abfangen zu lassen, die auf der Promenade und den Straßen an ihrer Seite nach Süden unterwegs waren. Sie sahen ihn mit ausdruckslosen, starren Blicken an, aus denen Panik sprach. Er hätte vor hilfloser Wut aufschreien können. Und schon kamen die beiden nächsten Löschfahrzeuge mit heulenden Sirenen heran. Das größere erfasste zwei Brecher, stieß sie nieder, überfuhr sie. Eines der Opfer war Joey Rastosovich. Als das Fahrzeug, das mit unter den Schürzen ausströmender komprimierter Luft das Gras niederdrückte, vorbei war, sank Tanya neben ihrem sterbenden Mann auf die Knie und erhob die Hände zum Himmel. Sie kreischte aus voller Lunge, aber dennoch konnte Gaskie sie kaum hören. In seinen Augenwinkeln brannten Tränen der Frustration und Angst. *Dreckschweine,* dachte er. *Dreckige, hinterlistige Schweine!*

Und …

Nördlich des Algul-Siento-Komplexes verließ Susannah ihre Deckung und fuhr an den Dreifachzaun heran. Das war zwar nicht vorgesehen gewesen, aber das Bedürfnis, weiter zu schießen, weiter einen nach dem anderen zu erledigen, war so stark wie nie. Sie konnte einfach nicht anders, und Roland hätte das wohl verstanden. Außerdem hatte der aus Damli House quellende Rauch vorübergehend den Nordteil des Komplexes eingenebelt. Die roten Strahlen der »Lazer« stießen dort hinein – ein und aus, ein und aus wie eine Leuchtreklame –, und Susannah erinnerte sich daran, dass sie ihnen nicht in die Quere kommen durfte, wenn sie kein münzgroßes Loch durch den Körper gebrannt haben wollte.

Sie benutzte die Coyote, um den Zaun von ihrer Seite aus mit kurzen Feuerstößen zu zerschießen – äußerer Ring, mittlerer Ring, innerer Ring –, und verschwand dann im dichter werdenden Rauch, während sie unterwegs nachlud.

Und …

Der Brecher namens Waverly versuchte, sich aus dem Griff des Sicherheitschefs zu befreien. *Nar, nar, nichts dergleichen, wenn's beliebt,* dachte Finli. Er riss den Mann – der vor seinem Leben im Algul ein Buchhalter oder irgendwas in der Art gewesen war – näher zu sich heran und schlug ihm dann zweimal so heftig ins Gesicht, dass ihm die Hand danach wehtat. Waverly schrie vor Schmerz und Überraschung auf.

»Scheiße, wer ist dort hinten?«, brüllte Finli. *»SCHEISSE, WER MACHT DAS ALLES?«* Die hinzugekommenen Löschfahrzeuge waren vor Damli House aufgefahren und spritzten wahre Wasserströme in den Rauch. Finli wusste nicht, ob das etwas nutzen wür-

de, andererseits würde es vermutlich auch nicht schaden. Und wenigstens hatten die verdammten Dinger das Gebäude, das sie retten sollten, nicht wie das erste Löschfahrzeug gerammt.

»Herr, ich weiß es nicht!«, schluchzte Waverly. Er blutete aus der Nase und einem der Mundwinkel. *»Ich weiß es nicht, aber es müssen fünfzig, vielleicht sogar hundert dieser Teufel sein. Dinky hat uns rausgeholt! Gott segne Dinky Earnshaw!«*

Gaskie o' Tego hielt unterdessen James Cagney mit einer kräftigen Hand am Hals gepackt, während er mit der anderen Jaklis Hals umfasste. Gaskie ahnte, dass der beschissene Krähenkopf Jakli eben hatte abhauen wollen, aber darüber durfte er sich jetzt keine großen Gedanken machen. Er brauchte sie beide.

Und …

»Boss!«, rief Finli. »Boss, schnapp dir den jungen Earnshaw! An der Sache ist irgendwas faul!«

Und …

Mit Cags Gesicht an der einen Wange und Jaklis an der anderen konnte das Wiesel (das an diesem schrecklichen Morgen zu den wenigen gehörte, die einen klaren Kopf behielten) sich endlich Gehör verschaffen. Gaskie wiederholte inzwischen seinen Befehl, die bewaffneten Wachen sollten sich aufteilen und die flüchtenden Brecher abdrängen. *»Bemüht euch nicht, sie aufzuhalten, aber bleibt bei ihnen! Und sorgt um Himmels willen dafür, dass sie nicht in den Elektrozaun geraten! Haltet sie vom Zaun fern, wenn sie die Hauptstraße ver…«*

Bevor er diese Ermahnung zu Ende bringen konnte, kam eine Gestalt aus dem dichter werdenden Rauch geschossen. Es handelte sich um Gangli, den Lagerarzt, mit brennendem Arztmantel und noch immer den Rollschuhen an den Füßen.

Und …

Susannah Dean ging hustend an der linken hinteren Ecke von Damli House in Stellung. Sie sah drei der Scheißkerle: Gaskie, Jakli und Cagney, wenn sie deren Namen gekannt hätte. Bevor sie auf die zielen konnte, wurden sie jedoch durch vorbeiziehende Rauchschwaden verdeckt. Nachdem der Rauch sich wieder verzogen hatte, waren Cag und Jakli fort, um aus bewaffneten Wachen Gruppen zu bilden, die als Schäferhunde fungieren und wenigstens versuchen sollten, ihre in Panik geratenen Schützlinge vor Schaden zu bewahren, selbst wenn sie sich nicht sofort aufhalten ließen. Gaskie dagegen war noch da, und Susannah erledigte ihn mit einem Kopfschuss.

Pimli bekam das nicht mit. Ihm wurde klar, dass das ganze Durcheinander sich nur an der Oberfläche abspielte. Vermutlich absichtlich ausgelöst. Der Entschluss der Brecher, sich von den Angreifern nördlich von Algul Siento abzusetzen, war etwas zu unvermittelt gekommen, wirkte etwas zu gut organisiert.

Scheiß auf Earnshaw, dachte er, Brautigan *ist der Mann, den ich mir vorknöpfen muss.*

Bevor der Oberaufseher sich jedoch davonmachen konnte, Ted nachzusetzen, umklammerte Tassa ihn in einer verzweifelten, verängstigten Umarmung und stammelte, Shapleigh House stehe in Flammen und er habe Angst, ganz schlimm Angst, die gesamte Garderobe seines Herrn, all dessen Bücher …

Pimli Prentiss schleuderte ihn mit einem Fausthieb an die Schläfe zur Seite. Der vereinigte Gedankenimpuls der Brecher (jetzt »schlechter« statt »guter Geist«)

(MIT ERHOBENEN HÄNDEN, NICHTS WIRD EUCH DANN)

hämmerte wie verrückt in seinem Kopf und drohte alles Denken zu blockieren. Daran war dieser beschissene Brautigan schuld, das *wusste* er jetzt, aber der Mann hatte schon einen zu großen Vorsprung … es sei denn …

Pimli sah auf den Colt Peacemaker in seiner Hand hinunter, betrachtete ihn nachdenklich und schob ihn dann wieder in die Dockerschlinge unter der linken Achsel. Er wollte diesen beschissenen Brautigan lebend haben. Dieser beschissene Brautigan war ihm einige Erklärungen schuldig. Von gottverdammt fleißiger Arbeit als Brecher ganz zu schweigen.

Tschum-tschum-tschum. Um ihn herum pfiffen Kugeln. Überall um ihn herum waren rennende Hume-Wachen, Taheen und Can-Toi unterwegs. Jesus, wie wenige doch von ihnen bewaffnet waren … wenn, dann vor allem Humes, die am Zaun hätten patrouillieren sollen. Die Bewacher von Brechern brauchten eigentlich *keine* Waffen: Brecher waren im Allgemeinen zahm wie Papageien, und der Gedanke an einen Überfall von außen war einem lächerlich erschienen, bis …

Bis er passiert, dachte er. Dann sah er Trampas.

»Trampas!«, brüllte er. »*Trampas!* He, Cowboy! Schnapp dir Earnshaw und bring ihn zu mir! *Earnshaw zu mir!*«

Hier mitten auf der Promenade herrschte etwas weniger Lärm, und Trampas konnte Sai Prentiss recht deutlich hören. Er spurtete sofort hinter Dinky her und packte den jungen Mann am Arm.

Und …

Die elfjährige Daneeka Rostov kam aus dem wogenden Rauch, der jetzt die gesamte untere Hälfte von Damli House verdeckte, und zog zwei rote Wägelchen hinter sich her. Daneekas Gesicht war rot und geschwollen; helle Tränen liefen ihr über die Wangen; sie ging weit vornüber gebeugt und musste sich gewaltig anstrengen, um den einen Radio-Flyer-Wagen mit Baj und den anderen mit Sej zu ziehen. Beide Brecher hatten den riesigen Schädel und die winzigen, klugen Augen wasserköpfiger Gelehrter, aber Sej besaß zudem kleine, bewegliche Armstummel, während Baj gar keine hatte. Jetzt hatten beide Schaum vor dem Mund und gaben heisere Würgelaute von sich.

»Helft mir!«, brachte Dani heraus und hustete dann noch schlimmer als zuvor. »Helft mir, irgendwer, bevor sie ersticken!«

Earnshaw sah sie und wollte zu ihr hinüber. Aber Trampas hielt ihn zurück, obwohl er sichtlich nicht mit dem Herzen dabei war. »Nein, Dinky«, sagte er. Seine Stimme klang entschuldigend, aber fest. »Lass das jemand anders machen. Der Boss will dich sprechen. Ich soll …«

Dann war Brautigan wieder da: mit bleichem Gesicht, sein Mund mit den zusammengepressten Lippen eine schmale Linie in der unteren Gesichtshälfte. »Lass ihn los, Trampas. Ich mag dich, alter Junge, aber heute solltst du dich nicht in unsere Angelegenheiten einmischen.«

»Ted? Was …«

Als Dinky wieder zu Dani hinüberwollte, riss Trampas ihn abermals zurück. Vor Damli House wurde Baj ohnmächtig und kippte kopfüber von seinem Wägelchen. Obwohl er in weichem Gras landete, machte sein Kopf dabei ein schreckliches *platzendes* Geräusch. Dani Rostov kreischte auf.

Dinky machte einen Satz in ihre Richtung. Trampas riss ihn wieder zurück, diesmal kräftiger. Gleichzeitig zog er die .22er Colt Woodsman, den er in einer Dockerschlinge trug.

Die Zeit reichte nicht, um vernünftig mit ihm zu reden. Ted Brautigan hatte den Gedankenspeer nicht mehr geworfen, seit er ihn damals in Akron im Jahr 1935 gegen den Geldbörsendieb eingesetzt hatte; obwohl er sehr versucht gewesen war, hatte er ihn nicht einmal benutzt, als die niederen Männer ihn im Bridgeport, Connecticut, des Jahres 1960 wieder eingefangen hatten. Er hatte sich vorgenommen, ihn nie mehr einzusetzen, und ganz bestimmt wollte er damit nicht

(lächle, *während du das sagst)*

Trampas treffen, der ihn immer anständig behandelt hatte. Aber er musste das Südende des Komplexes erreichen, bevor hier wieder Ordnung hergestellt wurde, und war entschlossen, dabei Dinky an seiner Seite zu haben.

Außerdem war Ted wütend. Der arme kleine Baj, der immer für jedermann ein Lächeln parat gehabt hatte!

Er konzentrierte sich und fühlte einen übelkeiterregenden Schmerz durch den Kopf zucken. Trampas ließ Dinky los und warf Ted einen ungläubig vorwurfsvollen Blick zu, der diesen bis ans Ende seiner Tage verfolgen würde. Dann fasste Trampas sich wie jemand mit den schlimmsten Thomapyrin-Kopfschmerzen des Universums mit den Händen an den Kopf und brach mit geschwollenem Hals und heraushängender Zunge tot auf dem Rasen zusammen.

»Los, komm!«, rief Ted und packte Dinky am Arm. Prentiss, der durch eine weitere Explosion abgelenkt war, sah Gott sei Dank gerade nicht zu ihnen herüber.

»Aber Dani … und Sej!«

»Sie kann sich um Sej kümmern!« Den Rest sendete er mental: *(da sie jetzt nicht auch noch Baj ziehen muss)*

Ted und Dinky flüchteten, während Pimli Prentiss sich hinter ihnen umdrehte, den toten Trampas ungläubig anglotzte und ihnen dann nachbrüllte, sie sollten stehen bleiben – im Namen des Scharlachroten Königs stehen bleiben.

Finli o' Tego zog seine Waffe, aber bevor er schießen konnte, fiel Daneeka Rostov ihn kratzend und beißend an. Sie wog zwar fast nichts, aber im ersten Augenblick überraschte ihn dieser unerwartete Angriff doch so sehr, dass er fast zu Boden gegangen wäre. Er schlang ihr einen starken pelzigen Arm um den Hals und schleuderte sie beiseite, aber Ted und Dinky waren inzwischen fast außer Schussweite. Sie rannten links an Shapleigh House vorbei und würden gleich in den Rauchschwaden verschwinden.

Finli stabilisierte seine Waffe mit beiden Händen, atmete tief durch, hielt die Luft an und gab dann einen einzelnen Schuss ab. Das Blut spritzte aus dem rechten Arm des Alten; Finli hörte ihn aufschreien und sah ihn taumeln. Dann stützte der Welpe jedoch den alten Köter, und die beiden verschwanden um die Hausecke.

»Ich erwische euch schon noch!«, rief Finli ihnen nach. »Yar, das tue ich, und wenn ich euch kriege, werdet ihr euch wünschen, ihr wärt nie geboren!« Irgendwie klang diese Drohung jedoch schrecklich leer.

Unterdessen war die gesamte Bevölkerung von Algul Siento – Brecher, Taheen, Hume-Wachen und Can-Toi, in deren Stirnmitten blutige rote Löcher wie dritte Augen starrten – einer Flutwelle gleich nach Süden unterwegs. Und Finli sah etwas, was ihm wirklich nicht gefiel: Die Brecher, und zwar *nur* die Brecher, bewegten sich mit erhobenen Händen dorthin. Und falls dort weitere Verwüster lauerten, würden sie mühelos erkennen können, auf wen sie schießen mussten, oder nicht?

Und …

In seinem Zimmer im zweiten Stock von Corbett Hall, noch immer am Fußende seines mit Glassplittern übersäten Betts auf den Knien liegend, hatte Sheemie Ruiz eine Offenbarung … oder hörte die Stimme seiner lebhaften Phantasie, man suche es sich aus. Jedenfalls sprang er auf. Sein Blick, normalerweise freundlich, aber wegen einer Welt, die er nicht recht verstand, immer leicht verwirrt, war klar und voller Jubel.

»BALKEN SAGT SEINEN DANK!«, rief er in den leeren Raum.

Sheemie sah sich so glücklich um wie Ebenezer Scrooge, der gerade entdeckt hatte, dass die Geister alles in einer einzigen Nacht geschafft hatten, und lief zur Tür, wobei Glassplitter unter seinen Hausschuhsohlen knirschten. Ein spitzer Glasdolch bohrte sich ihm auch prompt in den Fuß – trug Sheemies Tod in seiner Spitze, wenn er's nur gewusst hätte, sagt Discordia –, aber in seinem Jubel spürte er das nicht einmal. Er flitzte auf den Gang hinaus und weiter die Treppe hinunter.

Auf dem Treppenabsatz im ersten Stock begegnete Sheemie einer ältlichen Brecherin namens Belle O'Rourke, packte sie an den Schultern und schüttelte sie. *»BALKEN SAGT SEINEN DANK!«*, brüllte er in ihr benommenes, verständnisloses Gesicht. *»BALKEN SAGT, DASS ALLES NOCH GUT WERDEN KANN! NICHT ZU SPÄT! GERADE NOCH RECHTZEITIG!«*

Er rannte weiter, um die frohe Botschaft (jedenfalls war es aus seiner Sicht eine frohe) zu verbreiten, und …

Auf der Hauptstraße sah Roland erst Eddie Dean, dann Jake Chambers an. »Sie kommen, und hier werden wir es mit ihnen aufnehmen müssen. Wartet auf meinen Befehl; dann bleibt standhaft und wahrhaftig.«

18

Als Erstes tauchten drei Brecher auf, die in vollem Tempo mit erhobenen Händen auf sie zurannten. Sie überquerten die Hauptstraße, ohne die drei überhaupt wahrzunehmen: Eddie, der im Kassenhäuschen des Filmtheaters The Gem war (er hatte die Scheiben auf drei Seiten mit dem Sandelholzgriff des Revolvers herausgeschlagen, der einst Roland gehört hatte), oder Jake (der in einer Ford-Limousine ohne Motor saß, die vor der Bäckerei geparkt war) oder Roland selbst (hinter einer Schaufensterpuppe in der Auslage von »Gay Paree«-Moden).

Die Brecher erreichten den jenseitigen Gehsteig und sahen sich verwirrt um.

Weiter!, sendete Roland ihnen zu. *Los, haut ab, nehmt die Gasse, solange ihr noch könnt.*

»Kommt jetzt!«, rief einer von ihnen, und sie rannten die Gasse zwischen dem Drugstore und der Buchhandlung hinunter. Ein weiterer Brecher tauchte auf, dann noch zwei, dann der erste Mann des Wachpersonals: ein Hume-Wächter mit erhobener Pistole neben seinem ängstlichen Gesicht mit den großen Augen. Roland zielte auf ihn … drückte aber noch nicht ab.

Weitere Angehörige des Wachpersonals kamen zwischen Häusern hervor auf die Hauptstraße gerannt. Sie hielten große Abstände. Wie Roland gehofft und erwartet hatte, setzten sie alles daran, den Strom ihrer Schutzbefohlenen zu begleiten und zu kanalisieren. So versuchten sie zu verhindern, dass aus einer Absetzbewegung eine wilde Flucht wurde.

»Bildet zwei Reihen!«, rief ein rabenköpfiger Taheen mit summender, atemloser Stimme. *»Bildet zwei Reihen und behaltet sie zwischen euch, um eurer Väter willen!«*

Einer der anderen, ein rothaariger Can-Toi, dem das Hemd aus der Hose hing, brüllte: *»Was ist mit dem Zaun, Jakli? Was ist, wenn sie in den Zaun rennen?«*

»Lässt sich nicht ändern, Cag. Lass …«

Bevor der Rabe zu Ende sprechen konnte, wollte ein kreischender Brecher an ihm vorbeirennen, aber der Rabe – Jakli – versetzte ihm einen derart gewaltigen Stoß, dass der arme Kerl mitten auf der Straße hinknallte. »Bleibt beisammen, ihr Würmer!«, fauchte er. »Rennt meinetwegen, aber haltet irgendeine beschissene Art Ordnung!« Als ob es hier irgendeine Ordnung geben könnte, dachte Roland (und das nicht ohne Befriedigung). Dann rief Jakli zu dem Rothaarigen hinüber: »Lass ein paar verbrutzeln, Cag – wenn die anderen das sehen, kehren sie schon freiwillig um!«

Hätten Eddie oder Jake in diesem Augenblick zu schießen begonnen, hätte das die Sache verkompliziert, aber das tat keiner der beiden. Die drei Revolvermänner beobachteten aus ihren Verstecken, wie aus dem Chaos eine Art Ordnung entstand. Weitere Wachen tauchten auf. Jakli und der Rothaarige verteilten sie auf die beiden Linien, die jetzt einen Korridor von einer Straßenseite zur anderen bildeten. Einige der Brecher entkamen, bevor die zwei Linien standen, aber das waren nur sehr wenige.

Ein neuer Taheen – einer mit einem Wieselkopf – kam und übernahm den Befehl von jenem rabenköpfigen Jakli. Er schlug einigen rennenden Brechern auf den Rücken und trieb sie dadurch nur noch mehr an.

Südlich der Hauptstraße erklang ein verwirrter Schrei: »Der Zaun hat ein Loch!« Und dann ein zweiter: »Ich glaube, die Wachen sind tot!« Auf diesen Schrei folgte ein entsetztes Aufheulen, und Roland wusste so bestimmt, als hätte er es selbst gesehen, dass irgendein bedauernswerter Brecher gerade auf den abgetrennten Kopf eines Wachpostens gestoßen war, der dort im Gras lag.

Das erschrockene Stimmengewirr nach dieser Entdeckung war noch nicht verstummt, als Dinky Earnshaw und Ted Brautigan zwischen Bäckerei und Schuhgeschäft auftauchten – so dicht neben Jakes Versteck, dass er eine Hand aus dem Fenster des Wagens hätte stecken und sie berühren können. Ted war durch einen Streifschuss verwundet. Sein rechter Hemdsärmel war vom Ellbogen abwärts durchgeblutet, aber mit leichter Unterstützung von Dinky, der ihm einen Arm um die Schultern gelegt hatte, konnte Ted noch selbst gehen. Bei ihrem Spießrutenlauf durch die Doppelreihe aus Bewaffneten drehte Ted sich kurz um und sah geradewegs zu Rolands Versteck hinüber. Dann erreichten Earnshaw und er die Gasse und verschwanden.

Sie waren nun in Sicherheit, zumindest vorläufig, und das war gut. Aber wo blieb der große Boss? Wo war Prentiss, der Verantwortliche dieser abscheulichen Einrichtung? Roland wollte ihn ebenso erledigen wie den wieselköpfigen Taheen-Sai dort drüben – wenn man einer Schlange den Kopf abhackte, verendete die ganze Schlange. Aber er durfte nicht mehr viel länger warten. Der Strom der flüchtenden Brecher versiegte allmählich. Der Revolvermann glaubte nicht, dass Sai Wiesel auf die letzten Nachzügler warten würde; er würde verhindern wollen, dass seine kostbaren Schützlinge durch das Loch im Zaun flüchteten. Er würde wissen, dass sie in dem unfruchtbaren, düsteren Land, das den Komplex auf allen Seiten umgab, nicht weit kommen würden. Aber wenn Pleasantville aus Norden angegriffen wurde, konnten im Süden Retter bereitstehen, um …

Und da war er endlich, Gan und den Göttern sei Dank: Sai Pimli Prentiss, stolpernd und ausgepumpt und sichtbar unter Schock stehend. Unter seinem fleischigen linken Arm schwang ein Revolver in einer Dockerschlinge vor und zurück. Prentiss blutete aus einem Nasenloch und einem Augenwinkel, als hätte all die Aufregung irgendetwas in seinem Kopf platzen lassen. Er näherte sich dem Wiesel, wobei er leicht schwankte – dieses betrunkene Schwanken würde Roland später, als er sich bittere Selbstvorwürfe machte, fürs Endergebnis der Arbeit dieses Morgens verantwortlich machen –, und wollte vermutlich wieder den Befehl übernehmen. Ihre kurze, aber innige Umarmung, die Trost spendete und zugleich welchen empfing, sagte Roland alles Notwendige darüber, wie eng ihre Beziehung war.

Er zielte auf Prentiss' Hinterkopf, betätigte den Abzug und sah Blut und Haare fliegen. Prentiss streckte die Hände aus, deren Finger sich vor dem dunklen Himmel abhoben, und brach fast vor den Füßen des vor Schrecken starren Wiesels zusammen.

Wie als Reaktion darauf flammte die nukleare Sonne auf und überflutete die Welt mit Licht.

»Heil, ihr Revolvermänner, tötet sie alle!«, rief Roland, indem er den Hammer seines Revolvers, dieser uralten Mordmaschine, mit der rechten Handfläche zurückschlug. Vier Personen waren bereits unter seinem Feuer zusammengebrochen, bevor die Wachen, die wie Tontauben auf einem Schießstand vor ihm aufgereiht waren, die Schüsse überhaupt registriert hatten – von einer Reaktion darauf ganz zu schweigen. *»Für Gilead, für New York, für den Balken, für eure Väter! Hört mich an, hört mich an! Keiner darf stehen bleiben! TÖTET SIE ALLE!«*

Und das taten sie: der Revolvermann aus Gilead, der frühere Drogensüchtige aus Brooklyn, das einsame Kind, das für die Haushälterin Mrs. Greta Shaw einst 'Bama gewesen war. Und aus Norden nahte ein vierter Angreifer, eine Frau, die auf ihrem Geländedreirad durch die immer dichter werdenden Rauchschwaden rollte (wobei sie nur einmal vom geraden Kurs abwich, um dem platt gewalzten Körper einer anderen Haushälterin – diese mit Namen Tammy – auszuweichen): sie, die einst von jungen, ernsthaften Männern der N-zweimal-A-C-P in gewaltlosen Protestmethoden unterwiesen worden war und sich jetzt – rückhaltlos und ohne Bedauern – für den Weg der Waffe entschieden hatte. Susannah erledigte drei säumige Hume-Wachen und einen flüchtenden Taheen. Der Taheen hatte ein Gewehr umhängen, aber er versuchte nicht einmal, es zu gebrauchen. Stattdessen hob er seine mit glattem Pelz bedeckten Arme – sein Kopf wirkte irgendwie bärenähnlich – und bat um Schonung und Entlassung auf Ehrenwort. Susannah, die daran dachte, was hier alles geschehen war, nicht zuletzt wie die Balkenkiller mit pürierten Kindergehirnen gefüttert worden waren, damit sie mit höchstem Wirkungsgrad arbeiten konnten, gewährte ihm keines von beiden, ließ ihn andererseits jedoch auch nicht leiden und gab ihm keine Zeit, sein Schicksal zu fürchten.

Als sie die Gasse zwischen Filmtheater und Friseur entlangrollte, hatte die Schießerei aufgehört. Finli und Jakli lagen im Sterben; James Cagney hatte mit halb von seinem abstoßenden Rattenkopf gerissener Hume-Maske das Zeitliche gesegnet; um sie herum lagen drei weitere Dutzend, die ebenso tot waren. Die zuvor makellos sauberen Rinnsteine von Pleasantville quollen von ihrem Blut über.

Über den Komplex verteilt, gab es zweifellos noch weitere Wachen, die sich aber wohl verkrochen hatten, weil sie der Überzeugung waren, sie seien von hundert oder mehr erfahrenen Kämpfern, Landpiraten von Gott wusste woher, überfallen worden. Die meisten Brecher von Algul Siento befanden sich auf dem Grasland zwischen der Häuserzeile an der Hauptstraße und den südlichen Wachttürmen; dort waren sie wie eine Herde Schafe zusammengedrängt, das waren sie. Ohne auf seinen blutenden Arm zu achten, hatte Ted bereits damit begonnen, eine Anwesenheitsliste zu erstellen.

Dann erschien das gesamte Nordkontingent der Verwüsterarmee am Ausgang der Gasse neben dem Filmtheater: eine kurzbeinige schwarze Lady auf einem ATV. Sie lenkte mit einer Hand und stabilisierte mit der anderen auf dem Lenker eine Coyote-Maschinenpistole. Sie sah die auf der Hauptstraße aufgetürmten Leichen und nickte zwar nicht triumphierend, aber nüchtern befriedigt.

Eddie kam aus dem Kassenhäuschen und umarmte sie.

»He, Sugarman, he«, murmelte sie und bedeckte seine Halsseite mit leichten Küssen, die ihn erzittern ließen. Dann war plötzlich Jake da – vom Morden blass, aber trotzdem gefasst –, und sie legte ihm einen Arm um die Schultern und zog ihn an sich. Zufällig fiel ihr Blick auf Roland, der auf dem Gehsteig hinter den dreien stand, die er nach Mittwelt gezogen hatte. Der Revolver baumelte lose in seiner Linken – und fühlte er tatsächlich, was seine sehnsüchtige Miene auszudrücken schien? Wusste er überhaupt, was auf seinem Gesicht stand? Sie bezweifelte es und empfand tiefes Mitleid mit ihm.

»Komm her, Gilead«, sagte sie. »Das hier ist eine *Gruppen*umarmung, und du gehörst mit zur Gruppe.«

Im ersten Augenblick glaubte sie, dass er ihre Einladung nicht verstanden hatte oder vorgab, sie nicht zu verstehen. Dann kam er, nachdem er den Revolver ins Holster gesteckt und sich danach kurz gebückt hatte, um Oy aufzuheben. Er trat zwischen Jake und Eddie. Oy sprang Susannah auf den Schoß, als wäre das die natürlichste Sache der Welt. Dann legte der Revolvermann einen Arm um Eddies Taille, den anderen um Jakes. Susannah hob die Arme (wobei der Bumbler auf ihrem plötzlich schrägen Schoß komisch scharrend Halt suchte), schlang sie Roland um den Hals und drückte ihm einen herzhaften Schmatz auf die sonnenverbrannte Stirn. Jake und Eddie lachten. Roland stimmte ein und lächelte dabei, so wie man es tat, wenn einen das Glück überraschte.

Ich möchte, dass ihr sie so seht; ich möchte, dass ihr sie sehr wohl seht. Werdet ihr das? Sie stehen zusammengedrängt um Suzies Dreirad-Cruiser herum und umarmen sich im Vollgefühl ihres Sieges. Ich möchte, dass ihr sie so seht, nicht weil sie eine große Schlacht gewonnen haben – das weiß jeder einzelne von ihnen besser –, sondern weil sie in diesem Augenblick zum letzten Mal ein Ka-Tet sind. Die Geschichte ihrer Gemeinschaft endet hier, auf dieser potemkinschen Straße und unter dieser künstlichen Sonne; im Vergleich zu allem, was vorangegangen ist, wird der Rest der Geschichte kurz und brutal sein. Denn endet ein Ka-Tet, kommt das Ende stets rasch.

Sage mein Bedauern.

19

Pimli Prentiss verfolgte mit den blutverkrusteten Augen eines Sterbenden, wie der jüngere der beiden Männer sich aus der Gruppenumarmung löste und auf Finli o' Tego zutrat. Der junge Mann sah, dass Finli sich noch bewegte, und ließ sich neben ihm auf ein Knie nieder. Die Frau, die von ihrem Dreirad abgestiegen war, machte sich mit dem Jungen daran, die übrigen ihrer Opfer zu untersuchen und die wenigen noch Lebenden endgültig zu erledigen. Selbst während Pimli mit einer Kugel im Kopf sterbend dalag, begriff er das nicht als Grausamkeit, sondern vielmehr als Gnade. Und wenn diese Arbeit getan war, so vermutete Pimli, würden sie sich mit ihren anderen feigen, hinterhältigen Freunden treffen, die noch nicht in Flammen stehenden Gebäude des Algul nach überlebenden Wachen durchsuchen und zweifellos alle, die ihnen in die Hände fielen, auf der Stelle erschießen. *Ihr werdet nicht viele finden, meine schurkischen Freunde,* dachte er. *Zwei Drittel meiner Männer habt ihr schon hier liquidiert.* Und wie viele der Angreifer hatten Oberaufseher Pimli, Sicherheitschef Finli und ihre Männer ihrerseits erledigt? Seines Wissens keinen einzigen.

Aber vielleicht konnte er dagegen noch etwas tun. Seine Rechte begann ihren langsamen und schmerzvollen Weg hinauf zur Dockerschlinge und dem darin steckenden Peacemaker.

Eddie hatte inzwischen die Mündung des Gilead-Revolvers mit dem Sandelholzgriff seitlich an den Wieselkopf gesetzt. Er krümmte den Finger gerade am Abzug, als er sah, dass der Taheen ihn bei vollem Bewusstsein ansah, obwohl er in die Brust getroffen war, stark blutete und offenbar nicht mehr lange zu leben hatte. Und Eddie sah in seinem Blick noch etwas anderes, aus dem er sich aber nicht viel machte. Er hielt es für Verachtung. Er hob den Kopf und sah Susannah und Jake die Gefallenen am Ostrand des Gefechtsfelds untersuchen, sah Roland auf dem gegenüberliegenden Gehsteig mit Dinky und Ted sprechen, während er Teds Arm notdürftig verband. Die ehemaligen Brecher hörten aufmerksam zu, und obwohl sie zweifelnde Gesichter machten, nickten sie beide.

Eddie wandte sich wieder dem sterbenden Taheen zu. »Du bist am Ende des Pfades angelangt, mein Freund«, sagte er. »In die Pumpe getroffen, vermute ich mal. Hast du noch etwas zu sagen, bevor du die Lichtung betrittst?«

Finli nickte.

»Dann sprich, Kumpel. Aber mach's lieber kurz, wenn du alles rausbringen willst.«

»Du und die deinen seid ein Rudel feiger Hunde«, stieß Finli hervor. Er *hatte* vermutlich einen Herzschuss erlitten – so fühlte es sich jedenfalls an –, aber das eine würde er noch sagen; es musste gesagt werden, und er zwang sein Herz mit reiner Willenskraft zum Weiterschlagen, bis die Worte heraus waren. Dann würde er sterben und das Dunkel freudig begrüßen. »Nach Pisse stinkende, feige Hunde, die Männer aus dem Hinterhalt töten. Das würde ich sagen.«

Eddie lächelte humorlos. »Und was ist mit feigen Hunden, die Kinder benutzen würden, um die ganze Welt aus dem Hinterhalt zu töten, mein Freund. Das ganze *Universum?«*

Das Wiesel blinzelte, als hätte es keine solche Antwort erwartet. Eher sogar gar keine Antwort. »Ich hatte … meine Befehle.«

»Das bezweifle ich nicht«, sagte Eddie. »Und du hast sie bis zuletzt ausgeführt. Viel Spaß in der Hölle oder Na'ar oder wie du's sonst nennst.« Er setzte Finli den Revolver an die Schläfe und drückte ab. Das Wiesel zuckte einmal, dann lag es still da. Eddie verzog das Gesicht und stand auf.

Dabei nahm er aus den Augenwinkeln heraus eine Bewegung wahr und sah, dass ein anderer – der Boss der ganzen Veranstaltung – sich mühsam auf einem Ellbogen aufgerichtet hatte. Sein Revolver, der .45er Peacemaker, mit dem einst ein Vergewaltiger hingerichtet worden war, zielte auf ihn. Eddie verfügte zwar über blitzschnelle Reflexe, aber ihm blieb keine Zeit, sie anzuwenden. Der Peacemaker röhrte ein einziges Mal auf, während Flammenzungen aus der Mündung schossen. Von Eddie Deans Stirn spritzte Blut. An seinem Hinterkopf wurde eine Locke zur Seite geschnippt, als die Kugel austrat. Wie ein Mann, der sich eine Sekunde zu spät an etwas sehr Wichtiges erinnerte, klatschte er mit einer Hand auf das Loch, das sich über seinem rechten Auge gebildet hatte.

Roland fuhr auf den abgetretenen Stiefelhacken herum und zog den eigenen Revolver so schnell, dass kein Auge hätte folgen können. Auch Jake und Susannah warfen sich herum. Susannah sah ihren Mann mit an die Stirn gedrücktem Handballen auf der Straße stehen.

»Eddie? *Schätzchen?*«

Während Pimli sich abmühte, den Hammer des Peacemakers nochmals zu spannen, war seine Oberlippe vor Anstrengung zu einem hündischen Zähnefletschen zurückgezogen. Roland schoss ihm in die Kehle, und der Herr des Blauen Himmels rollte ruckartig nach links, sodass der noch immer nicht gespannte Revolver ihm aus der Hand flog und scheppernd neben der Leiche seines Freundes Finli o' Tego liegen blieb. Er war dort fast vor Eddies Füßen gelandet.

»Eddie!«, schrie Susannah, während sie auf die Hände gestützt begann, sich halb kriechend, halb hüpfend auf ihn zuzubewegen. *Er ist nicht schwer verletzt*, sagte sie sich, *nicht schwer, lieber Gott, lass meinen Mann nicht schwer verletzt sein …*

Dann sah sie unter seiner pressenden Hand Blut hervorquellen, das aufs Pflaster klatschte, und da *wusste* sie, dass er schwer verwundet war.

»Suze?«, sagte er. Seine Stimme war völlig klar. »Suzie, wo bist du? Ich kann nichts mehr sehen.«

Er machte einen Schritt, einen zweiten, einen dritten … und dann knallte er der Länge nach auf die Straße, genau so wie Gran-Pere Jaffords es gewusst hatte, dass er es eines Tages tun würde, aye, von dem Augenblick an, als er ihn zum ersten Mal gesehen hatte. Der Junge war nämlich ein Revolvermann, sprecht wahrhaftig, und es war das einzige Ende, das so einer erwarten konnte.

Kapitel XII

Das Tet zerbricht

1

Am Abend hockte Jake traurig vor der Kleeblatt-Taverne am östlichen Ende der Hauptstraße von Pleasantville. Die Leichen der Wachen waren von einem Wartungsteam aus Robotern abtransportiert worden, was immerhin ein gewisser Trost war. Oy hatte eine Stunde oder sogar noch länger auf dem Schoß des Jungen gesessen. Normalerweise wäre er nie so lange so nahe bei ihm geblieben, aber er schien zu verstehen, dass Jake ihn heute brauchte. Es war nicht das erste Mal, dass Jake sich über dem Fell des Bumblers ausweinte.

Jake hatte sich dabei ertappt, dass er den größten Teil dieses endlosen Tages damit verbrachte, mit zwei unterschiedlichen Stimmen zu denken. Das war ihm auch schon früher passiert, aber seit Jahren nicht mehr; nicht mehr seit jener Zeit, als er als ganz kleiner Junge vermutlich irgendeinen unheimlichen, von seinen Eltern unbemerkten Zusammenbruch erlitten hatte.

Eddie stirbt, sagte die erste Stimme (die eine, die ihm immer versichert hatte, in seinem Kleiderschrank hausten Monster, die bald hervorbrechen würden, um ihn lebendig aufzufressen). *Er liegt in einem Zimmer von Corbett Hall, und Susannah ist bei ihm. Er plappert zwar in einem fort, aber er wird sterben.*

Nein, widersprach die zweite Stimme (die eine, die ihm immer – wenig überzeugend – versichert hatte, Monster gebe es nicht). *Nein, das kann alles nicht sein. Eddie ist …* Eddie! *Und außerdem gehört er zu unserem Ka-Tet. Er könnte sterben, wenn wir den Dunklen Turm erreichen, wir könnten* alle *sterben, wenn wir ihn erreichen, aber nicht jetzt, nicht hier, das wäre verrückt.*

Eddie liegt im Sterben, erwiderte die erste Stimme. Sie war unerbittlich. *Er hat ein Loch im Kopf, in das du beinahe deine Faust stecken könntest. Er wird sterben.*

Darauf konnte die zweite Stimme nur immer mit weiterem Leugnen antworten, das aber von Mal zu Mal schwächer wurde.

Nicht einmal das Wissen, dass sie wahrscheinlich den Balken gerettet hatten (Sheemie schien das jedenfalls zu glauben; er war kreuz und quer durchs unheimlich stille Devar-Toi gelaufen und hatte die frohe Botschaft – *BALKEN SAGT, DASS ALLES NOCH GUT WERDEN KANN! BALKEN SAGT SEINEN DANK!* – lauthals verkündet), konnte Jake trösten. Eddie zu verlieren war ein selbst für diesen glücklichen Ausgang zu hoher Preis. Und das Zerbrechen des Tet war ein noch weit höherer Preis. Jake wurde bei jedem Gedanken daran speiübel, und er schickte undeutliche Gebete zu Gott, zu Gan, zum Jesusmenschen hinauf und flehte sie an, einzeln oder gemeinsam ein Wunder zu tun und Eddie das Leben zu retten.

Er betete sogar zu dem Schriftsteller.

Rette das Leben meines Freundes, dann retten wir deines, betete er zu Stephen King, zu einem Mann, den er noch nie gesehen hatte. *Rette Eddie, dann lassen wir nicht zu, dass dieses Auto dich überfährt. Das verspreche ich hoch und heilig.*

Dann musste er wieder daran denken, wie Susannah Eddies Namen geschrien hatte, wie sie versucht hatte, ihn umzudrehen, und wie Roland sie in die Arme genommen und gesagt hatte: *Das darfst du nicht, Susannah, du darfst ihn nicht bewegen*, und wie sie sich gegen ihn gewehrt hatte – mit Wahnsinn im Blick, mit ständig *wechselndem* Ausdruck auf dem Gesicht, als unterschiedliche Persönlichkeiten es für kurze Zeit okkupierten, um schließlich wieder zu flüchten. *Ich muss ihm helfen!*, schluchzte sie mit der Susannah-Stimme, die Jake kannte, um im nächsten Augenblick mit einer anderen, raueren Stimme zu kreischen: *Lass mich los, Motherfucker! Lass mich mein Voodoo an ihm praktiziern, mein Hokuspokus machn, dann steht er auf und geht wieder, wirst schon sehn! Echt!* Und Roland hatte sie die ganze Zeit in den Armen gehalten, hatte sie umarmt und gewiegt, während Eddie auf der Straße lag, aber nicht tot war; es wäre fast besser gewesen, wenn er tot gewesen wäre (auch wenn tot bedeutete, dass man nicht mehr auf Wunder hoffen durfte, dass es keine Hoffnung mehr gab), aber Jake konnte sehen, wie Eddies Finger im Staub zuckten, und konnte hören, dass er unzusammenhängendes Zeug vor sich hin murmelte wie jemand, der im Schlaf redete.

Dann war Ted gekommen, unmittelbar hinter ihm Dinky und schließlich noch zwei oder drei der anderen Brecher, die ihnen zögernd gefolgt waren. Ted hatte sich neben der sich wehrenden, schreienden Frau niedergekniet und Dinky ein Zeichen gegeben, sich auf ihrer anderen Seite hinzuknien. Dann hatte er ihre Hand ergriffen und Dinky zugenickt, die andere zu nehmen. Und dann war etwas aus ihnen geflossen – etwas, was tief und beruhigend war. Es war nicht für Jake bestimmt, nein, durchaus nicht, aber er fing trotzdem einiges davon auf und spürte, wie sein wild jagendes Herz allmählich langsamer schlug. Er blickte in Ted Brautigans Gesicht und sah, dass dessen Augen wieder ihr Kunststück aufführten, bei dem die Pupillen immer größer und kleiner, größer und kleiner wurden.

Susannahs Schreie wurden leiser und flauten zu schmerzlichen kleinen Seufzern ab. Sie blickte auf Eddie hinab, und als sie den Kopf senkte, fielen Tränen aus ihren Augen auf den Rücken von Eddies Hemd und hinterließen dort dunkle Spuren wie von Regentropfen. Dann tauchte Sheemie aus einer der Gassen auf, verkündete allen, die sie hören wollten, lauthals seine frohe Botschaft – *»BALKEN SAGT NICHT ZU SPÄT! BALKEN SAGT GERADE NOCH RECHTZEITIG, BALKEN SAGT SEINEN DANK UND DASS WIR IHN HEILEN LASSEN MÜSSEN!«* –, wobei er stark humpelte, als hätte er sich am Fuß verletzt (keiner der Anwesenden dachte sich etwas dabei oder bemerkte es auch nur). Dinky wandte sich murmelnd an die wachsende Menge von Brechern, die den tödlich verletzten Revolvermann anstarrte, worauf einige davon zu Sheemie gingen und dafür sorgten, dass er den Mund hielt. Im Hauptsektor des

Devar-Toi schrillten weiter die Feuermelder, aber die hinzugekommenen Löschfahrzeuge sollten die drei schlimmsten Brände (Damli House, Shapleigh House und Feveral Hall) irgendwann tatsächlich unter Kontrolle bringen.

Woran Jake sich als Nächstes erinnerte, war das Bild von Teds Fingern – unglaublich sanften Fingern –, wie sie das Haar auf Eddies Hinterkopf teilten und ein großes Loch freilegten, das mit gerinnendem dunklem Blut angefüllt war. In dieser gallertartigen Masse schwammen kleine weiße Flocken. Jake hatte glauben wollen, dass es sich um Knochensplitter handelte. Das war besser, als sich Flocken von Eddies Gehirn vorzustellen.

Beim Anblick dieser schrecklichen Kopfwunde prallte Susannah zurück und begann wieder zu kreischen. Begann sich zu wehren. Ted und Dinky (der kreidebleich war) wechselten einen Blick, hielten Susannahs Hände fester und sendeten wieder ihre

(Friede Entspannung Stille Geduld Ruhe Gelassenheit Friede)

beruhigende Botschaft, die ebenso aus Farben – ein kühles Blau, das in sanfte Grautöne überging – wie aus Worten bestand. Roland hatte ihr dabei seine Hände auf die Schultern gelegt.

»Lässt sich etwas für ihn tun?«, fragte Roland an Ted gerichtet. »Irgendetwas?«

»Wir können dafür sorgen, dass er keine Schmerzen hat«, sagte Ted. »Zumindest das lässt sich machen.« Er nickte zum Devar-Toi hinüber. »Gibt's dort nicht noch Arbeit für dich, Roland?«

Im ersten Augenblick schien Roland die Frage nicht recht zu verstehen. Dann betrachtete er die Leichen der erschossenen Wachen und begriff, was Ted meinte. »Ja«, sagte er, »ich glaube schon. Jake, kommst du mit? Dass die Überlebenden sich vielleicht unter einem neuen Führer neu formieren … das dürfen wir nicht zulassen.«

»Was ist mit Susannah?«, fragte Jake.

»Susannah wird uns helfen, ihren Mann an einen Ort zu bringen, an dem er es gut hat und so friedlich wie möglich sterben kann«, sagte Ted Brautigan. »Das tust du doch, nicht wahr, meine Liebe?«

Sie erwiderte seinen Blick mit einem Ausdruck, der noch nicht ganz leer war; das Verstehen (und das Flehen) in ihrem Blick bohrte sich Jake wie ein Eiszapfen ins Herz. »Muss er wirklich sterben?«, fragte sie ihn.

Ted hob ihre Hand an seine Lippen und küsste sie. »Ja«, sagte er. »Er muss sterben, und du wirst das ertragen müssen.«

»Dann müsst ihr etwas für mich tun«, sagte Susannah und berührte Teds Wange mit den Fingern. Jake fand, dass die Finger kalt aussahen. Eiskalt.

»Was, meine Liebe? Was ich kann, das tue ich.« Er griff nach ihren Fingern und hielt sie

(Friede Entspannung Stille Geduld Ruhe Gelassenheit Friede)

in seiner Hand.

»Lasst das, was ihr gerade tut, sein, bis ihr anderes von mir hört«, sagte sie.

Er starrte sie überrascht an. Dann sah er zu Dinky hinüber, der aber nur die Achseln zuckte. Er wandte sich wieder an Susannah.

»Ihr dürft euren ›guten Geist‹ nicht einsetzen, um mir meinen Schmerz zu stehlen«, erklärte sie ihm, »ich will ihn nämlich mit weit geöffnetem Mund bis zur Neige trinken. Bis zum letzten Tropfen.«

Ted hielt einen Augenblick lang den Kopf gesenkt und runzelte die Stirn. Schließlich sah er wieder auf und bedachte sie mit dem sanftesten Lächeln, das Jake je gesehen hatte.

»Aye, Lady«, sagte er. »Wir tun, was du verlangst. Aber wenn du uns brauchst ... *falls* du uns brauchst ...«

»Dann rufe ich euch«, sagte Susannah und beugte sich wieder über den Mann, der unverständliche Worte plappernd auf der Straße lag.

2

Als Roland und Jake die Gasse erreichten, die sie wieder ins Zentrum des Devar-Toi bringen würde, wo sie die Trauer um ihren gefallenen Freund zurückstellen würden, während sie jeden erledigten, der möglicherweise noch gegen sie kämpfen wollte, streckte Sheemie eine Hand aus und zupfte Roland am Hemdsärmel.

»Balken sagt seinen Dank, Will Dearborn, der einst war.« Er hatte sich durch sein Schreien die Stimme verdorben und sprach nun mit einem heiseren Krächzen. »Balken sagt, dass alles noch gut werden kann. So gut wie neu. *Besser sogar.*«

»Das ist schön«, sagte Roland, und Jake fand das auch irgendwie. Trotzdem hatte er dabei keine rechte Freude empfinden können und empfand auch jetzt keine. Jake musste immer wieder an das Loch denken, das die sanften Finger Ted Brautigans freigelegt hatten. Dieses mit einer roten gallertartigen Masse angefüllte Loch.

Roland legte Sheemie einen Arm um die Schultern, drückte ihn an sich, und küsste ihn auf die Wange.

Sheemie lächelte freudig. »Ich komme mit, Roland. Darf ich, mein Lieber?«

»Diesmal nicht«, sagte Roland.

»Warum weinst du?«, fragte Sheemie.

Jake beobachtete, wie der glückliche Ausdruck von Sheemies Gesicht verschwand und durch einen sorgenvollen ersetzt wurde. Unterdessen waren weitere Brecher auf die Hauptstraße zurückgekehrt, auf der sie in kleinen Gruppen umherliefen. Jake sah Bestürzung auf den Gesichtern, die sich dem Revolvermann zuwandten … und eine gewisse benommene Neugier … und in einigen Fällen klare Abneigung. Beinahe Hass. Nirgends jedoch sah er so etwas wie Dankbarkeit, nicht einen Funken Dankbarkeit, und dafür *hasste* er sie.

»Mein Freund ist verwundet«, sagte Roland. »Ich weine um ihn, Sheemie. Und um seine Frau, die meine Freundin ist. Gehst du bitte zu Ted und Dinky, um die Frau zu trösten, falls sie getröstet werden möchte?«

»Wenn du das willst, aye! Für dich tue ich alles!«

»Danke-sai, Sohn des Stanley. Und hilf mit, wenn sie meinen Freund wegbringen.«

»Deinen Freund Eddie! Der verwundet liegt!«

»Aye, er heißt Eddie, du sprichst wahrhaftig. Du wirst Eddie doch helfen?«

»Aye!«

»Dann ist da noch etwas anderes ...«

»Aye?«, sagte Sheemie, aber dann fiel ihm offenbar etwas ein. »Aye! Ich soll euch helfen, von hier fortzugehen, weit zu reisen, du und deine Freunde! Ted hat's mir erzählt. ›Mach ein Loch‹, hat er gesagt, ›wie du damals eins für mich gemacht hast.‹ Bloß haben sie ihn da zurückgebracht. Die bösen Kerle. Aber euch würden sie nicht zurückbringen, weil die bösen Kerle nämlich weg sind! Der Balken hat seinen Frieden!« Daraufhin lachte Sheemie – für Jakes trauerndes Ohr ein misstönender Laut.

Möglicherweise auch für Rolands, jedenfalls wirkte sein Lächeln angestrengt. »Wenn es an der Zeit ist, Sheemie ... Ich glaube allerdings, dass Susannah hier bleiben und auf unsere Rückkehr warten wird.«

Falls *wir jemals zurückkehren,* dachte Jake.

»Nein, ich meinte einen weiteren Auftrag, den du vielleicht übernehmen kannst. Nicht jemandem helfen, in diese andere Welt zu reisen, aber ein *wenig* etwas in dieser Art, ein wenig. Ich habe schon mit Ted und Dinky darüber gesprochen, und sie werden es dir erzählen, sobald Eddie versorgt ist. Wirst du ihnen gehorchen?«

»Aye! Und ich helfe, wenn ich kann!«

Roland gab ihm einen Klaps auf die Schulter. »Gut!«

Dann gingen Jake und der Revolvermann in eine Richtung weiter, die Norden sein mochte, kehrten dorthin zurück, um zu Ende zu bringen, was sie angefangen hatten.

3

In den folgenden drei Stunden stöberten sie weitere vierzehn Mann des Wachpersonals auf, von denen die meisten Humes waren. Roland überraschte Jake – ein wenig –, indem er nur die beiden erledigte, die sich hinter dem im Kellerabgang eingebrochenen Löschfahrzeug verschanzt hatten, um sie von dort aus unter Feuer zu nehmen. Die übrigen entwaffnete er, ließ sie auf Ehrenwort frei und drohte, wer vom Personal des Devar-Toi sich noch auf dem Gelände befinde, wenn nachmittags das Hornsignal zum Schichtwechsel erklinge, werde ohne Vorwarnung erschossen.

»Aber wohin sollen wir gehen?«, fragte ein Taheen mit einem schneeweißen Hahnenkopf unter einem großen, schlabberigen roten Hahnenkamm (er erinnerte Jake etwas an die Zeichentrickfigur Foghorn Leghorn).

Roland zuckte die Achseln. »Wohin ihr euch wendet, ist mir egal«, sagte er, »wenn ihr nur fort seid, sobald das nächste Hornsignal ertönt, wisst ihr? Ihr habt hier Teufelswerk getan, aber jetzt ist die Hölle geschlossen, und ich werde dafür sorgen, dass diese besonderen Türen hier nie wieder geöffnet werden.«

»Wie meint Ihr das?«, fragte der Gockel-Taheen beinahe schüchtern, aber Roland machte keine Anstalten, ihm das zu erklären, sondern forderte ihn nur auf, seine Warnung an alle weiterzugeben, denen der Taheen noch begegne.

Die meisten der überlebenden Taheen und Can-Toi verließen Algul Siento in Zweier- und Dreiergruppen und gingen ohne Widerspruch, während sie sich alle Augenblicke nervös umsahen. Jake fand, dass sie zu Recht verängstigt waren. Das Gesicht seines Dinhs wirkte an diesem Tag gedankenschwer und schrecklich kummervoll. Eddie Dean lag auf dem Totenbett, da würde niemand Roland von Gilead in die Quere kommen dürfen.

»Was hast du mit dem Gefängnis hier vor?«, fragte Jake, nachdem das nachmittägliche Hornsignal erklungen war. Sie gingen gerade an der rauchenden Ruine von Damli House vorbei (um das herum die Roboter-Feuerwehrleute alle zehn Schritte Warnschilder mit der Aufschrift **KEIN ZUTRITT, SOLANGE BRANDFAHNDUNG ERMITTELT!** aufgestellt hatten) und waren auf dem Weg zurück zu Eddie.

Roland schüttelte nur den Kopf, ohne die Frage zu beantworten.

Auf der Promenade sah Jake sechs Brecher stehen, die sich an den Händen hielten und so einen Kreis bildeten. Sie erinnerten an Teilnehmer einer Séance. Sheemie war da, und Ted, und Dani Rostov; bei den anderen handelte es sich um eine junge Frau, eine ältere Frau und einen stämmigen Mann, der wie ein Bankier aussah. Hinter ihnen lagen die fast fünfzig Wachen, die bei dem kurzen Gefecht umgekommen waren. Sie waren unter Wolldecken aufgereiht, sodass nur ihre Stiefelspitzen zu sehen waren.

»Weißt du, was sie tun?«, fragte Jake und meinte damit die Séance-*Folken* – die hinter ihnen waren einfach tot, eine Aufgabe, die sie in Zukunft ganz ausfüllen würde.

Roland sah flüchtig zu dem Kreis aus Brechern hinüber. »Ja.«

»Was denn?«

»Nicht jetzt«, sagte der Revolvermann. »Erst einmal machen wir Eddie unsere Aufwartung. Du wirst dazu alle Gemütsruhe brauchen, die du aufbringen kannst, was wiederum voraussetzt, dass du dich ganz von äußeren Einflüssen frei machst.«

4

Als Jake jetzt mit Oy vor der leeren Kleeblatt-Taverne mit ihren Bierreklamen aus Leuchtstoffröhren und der stummen Jukebox hockte, dachte er darüber nach, wie Recht doch Roland gehabt hatte und wie dankbar er selbst gewesen war, als der Revolvermann ihn nach ungefähr einer Dreiviertelstunde angesehen, seine schreckliche Seelenpein erkannt und ihm gestattet hatte, das Zimmer zu verlassen, das Zimmer, in dem Eddie dahinsiechte, wobei er seine Vitalität nur Stück für Stück aufgab und jeden letzten Zentimeter seines Lebensgewebes mit seinem bemerkenswerten Willen prägte.

Die von Ted Brautigan organisierten Krankenträger hatten den jungen Revolvermann nach Corbett Hall gebracht, wo er im Erdgeschoss das geräumige Schlafzimmer der Präfektenwohnung bekam. Die Krankenträger blieben danach im Innenhof des Wohnheims stehen, und dort gesellten sich im Lauf des Nachmittags die übrigen Brecher hinzu. Als Roland und Jake eintrafen, hatte eine mollige Rothaarige dem Revolvermann den Weg vertreten.

Lady, das würde ich lieber nicht tun, hatte Jake gedacht. *Nicht heute Nachmittag.*

Trotz des Lärms und Getümmels am heutigen Tag hatte diese Frau – Jake fand, dass sie der Ehrenpräsidentin des Gartenvereins seiner Mutter ziemlich ähnlich sah – Zeit gefunden, verhältnismäßig viel Make-up aufzulegen: Puder, Rouge und Lippenstift, so rot wie ein hiesiges Feuerwehrauto. Sie stellte sich als Grace Rumbelow vor (ehemals aus Aldershot, Hampshire, England) und verlangte zu wissen, was als Nächstes geschehe – wohin sie gehen würden, was sie tun sollten, wer sich um sie kümmern würde. Mit anderen Worten: Sie stellte dieselben Fragen wie der Gockel-Taheen.

»Man hat uns nämlich bislang versorgt«, sagte Grace Rumbelow mit lauter, klarer Stimme und britischem Akzent. »Zumindest fürs Erste sind wir nicht in der Lage, uns selbst zu versorgen.«

Lärmende Zustimmung von allen Seiten.

Roland musterte die Dame von oben bis unten, und etwas in seiner Miene beraubte sie ihrer sorgfältig kalkulierten Empörung. »Geht mir aus dem Weg«, sagte der Revolvermann, »sonst stoße ich Euch nieder.«

Die Frau wurde unter ihrem Rouge ganz blass und tat wie befohlen, ohne ein weiteres Wort zu sagen. Vogelähnliches Gezwitscher, das wohl Missfallen ausdrückte, folgte Jake und Roland bis nach Corbett Hall hinein, allerdings hatte es erst eingesetzt, nachdem der Revolvermann außer Sicht war und sie nicht länger fürchten mussten, in den Bann des beunruhigenden Blicks seiner blauen Augen zu geraten. Die Brecher erinnerten Jake an manche seiner Altersgenossen an der Piper School: die Schwachköpfe, die immer am lautesten Sachen wie *Die Arbeit war Scheiße!* oder *Leck mich fett!* brüllten … aber nur, wenn der Lehrer nicht im Zimmer war.

Der Flur im Erdgeschoss von Corbett Hall wurde von Neonröhren erhellt und roch stark nach dem Brandrauch von Damli House und Feveral Hall. Rechts neben einer Tür mit dem Schild PRÄFEKTENSUITE saß Dinky Earnshaw auf einem Klappstuhl und rauchte eine Zigarette. Er sah auf, als Roland und Jake herankamen, wobei Oy dem Jungen dichtauf folgte.

»Wie geht's ihm?«, fragte Roland.

»Er stirbt, Mann«, sagte Dinky achselzuckend.

»Und Susannah?«

»Hält sich wacker. Aber wenn er erst einmal tot ist …« Dinky zuckte nochmals die Achseln, um anzudeuten, dass es dann so oder so ausgehen könne.

Roland klopfte leise an die Tür.

»Wer ist da?« Susannahs Stimme klang gedämpft.

»Roland und Jake«, sagte der Revolvermann. »Dürfen wir reinkommen?«

Auf seine Frage folgte eine Pause, die Jake ungewöhnlich lang vorkam. Roland jedoch zeigte sich nicht überrascht. Übrigens auch Dinky nicht.

Schließlich sagte Susannah: »Herein!«

Sie traten ein.

5

Während Jake mit Oy im beruhigenden Dunkel hockte und auf Rolands Ruf wartete, dachte er über die Szene nach, die sich in dem verdunkelten Zimmer seinem Blick dargeboten hatte. Darüber und an die endlose Dreiviertelstunde, bevor Roland sein Unbehagen bemerkt und ihn mit dem Versprechen hatte gehen lassen, er werde ihn rufen, wenn es »an der Zeit« sei.

Jake hatte viel Tod gesehen, seit er nach Mittwelt geholt worden war; er hatte ihn ausgeteilt, hatte sogar einmal den eigenen erlitten, obwohl er sich an fast nichts mehr davon erinnern konnte. Aber hier starb ein Ka-Gefährte, und was sich im Schlafzimmer der Präfektenwohnung abgespielt hatte, war ihm unsinnig erschienen. Und *endlos*. Jake wünschte sich mittlerweile, er wäre bei Dinky draußen auf dem Flur geblieben; er wollte seinen Witze reißenden und gelegentlich auch heißblütigen Freund nicht auf diese Weise in Erinnerung behalten.

Zum einen sah Eddie mehr als nur gebrechlich aus, wie er so mit einer Hand in Susannahs Händen im Bett des Präfekten lag; er sah alt und (Jake gestand sich das nur widerwillig ein) dumm aus. Vielleicht war auch senil das richtigere Wort. Die Mundwinkel waren eingefallen, sodass sich tiefe Grübchen gebildet hatten. Susannah hatte ihm zwar das Gesicht gewaschen, aber die Bartstoppeln ließen es trotzdem irgendwie schmutzig aussehen. Unter den Augen hatte er große purpurrote Blutergüsse, fast als hätte dieser Hundesohn Prentiss ihn noch verprügelt, bevor er ihn erschossen hatte. Die Lider waren geschlossen, aber unter ihren dünnen Schleiern rollten die Augen fast unaufhörlich hin und her, so als würde Eddie träumen.

Und er redete in einer Tour. Aus seinem Mund kam ein stetiger Strom leise gemurmelter Worte. Manche Dinge, die er sagte, konnte Jake verstehen, andere wieder nicht. Manche waren wenigstens minimal vernünftig, aber vieles war das, was sein Freund Benny *Ki'-come* genannt hätte: völliger Unsinn. Von Zeit zu Zeit tauchte Susannah einen Waschlappen in die Schüssel auf dem Nachttisch, wrang ihn aus und wischte damit dann über die Stirn und die trockenen Lippen ihres Mannes. Einmal stand Roland auf, nahm die Schüssel mit ins Bad, füllte sie mit frischem Wasser und brachte sie Susannah zurück. Sie bedankte sich mit leiser, durchaus freundlicher Stimme. Als Jake kurz danach ebenfalls frisches Wasser holte, dankte sie ihm im selben Ton. Als ob sie ihre Anwesenheit kaum wahrnähme.

Wir gehen ihretwegen hin, hatte Roland zuvor Jake erklärt. *Denn sie wird sich später daran erinnern, wer da war, und dankbar sein.*

Aber würde sie das sein? Das fragte Jake sich jetzt im Dunkel draußen vor der Kleeblatt-Taverne. *Würde* sie wirklich dankbar sein? Schließlich war es irgendwie Rolands Schuld, dass Eddie Dean mit nur fünfundzwanzig oder sechsundzwanzig Jahren auf dem Totenbett lag. Andererseits wäre sie Eddie natürlich nie begegnet, wenn Roland nicht gewesen wäre. Das war alles zu verwirrend. Jake bekam davon ebenso Kopfschmerzen wie von der Vorstellung, dass es multiple Welten gab, die alle ein eigenes New York besaßen.

Während Eddie nun also dort auf dem Totenbett lag, hatte er seinen Bruder Henry gefragt, warum dieser immer vergessen habe, sich in eine gute Rebound-Position zu drängen.

Er hatte Jack Andolini gefragt, welche Fee ihn eigentlich so hässlich gemacht habe.

Er hatte gerufen: »Vorsicht, Roland, das ist George mit dem großen Zinken, er ist wieder da!«

Und: »Suze, wenn du ihm von Dorothy und dem Blechholzfäller erzählen kannst, erzähle ich ihm den ganzen Rest.«

Und, wobei es eiskalt um Jakes Herz wurde: »Ich schieße nicht mit der Hand; wer mit der Hand schießt, hat das Angesicht seines Vaters vergessen.«

Nach diesen Worten hatte Roland im Halbdunkel (die Vorhänge waren ja zugezogen) Eddies andere Hand ergriffen und gedrückt. »Aye, Eddie, du sprichst wahrhaftig. Willst du nicht die Augen öffnen und mich ansehen, mein Lieber?«

Aber Eddie hatte die Augen nicht geöffnet. Stattdessen hatte der junge Mann, der jetzt einen nutzlosen Kopfverband trug, etwas gemurmelt, wobei es noch eisiger um Jakes Herz wurde: »Alles ist vergessen in den Steinhallen der Toten. Sehet die Säle des Verfalls, wo Spinnen ihre Netze bauen und die großen Stromkreise einer nach dem anderen verstummen.«

Dann folgte einige Zeit lang nichts Verständliches mehr, nur jenes unaufhörliche Murmeln. Jake holte ein weiteres Mal frisches Wasser, und als er damit zurückkam, hatte Roland sein angestrengtes, blasses Gesicht gesehen und ihm erklärt, er könne gehen.

»Aber …«

»Nur zu, geh ruhig, Schätzchen«, sagte Susannah. »Aber sei vorsichtig. Vielleicht sind dort draußen noch ein paar unterwegs, die sich rächen wollen.«

»Aber wie weiß ich …«

»Ich rufe dich, wenn es an der Zeit ist«, sagte Roland und tippte mit einem der verbliebenen Finger seiner Rechten an Jakes Schläfe. »Keine Sorge, du wirst mich hören.«

Jake hätte Eddie gern geküsst, bevor er ging, aber das traute er sich nicht. Natürlich fürchtete er nicht, dass der Tod so etwas Ansteckendes wie eine Erkältung war – da machte er sich nichts mehr vor –, aber er hatte Angst, dass allein schon die Berührung seiner Lippen ausreichen könnte, Eddie auf die Lichtung am Ende des Pfades zu schubsen.

Und daran könnte Susannah dann *ihm* die Schuld geben.

6

Draußen auf dem Gang fragte Dinky ihn, wie es um Eddie stehe.

»Echt schlimm«, sagte Jake. »Hast du eine Zigarette für mich?«

Dinky zog die Augenbrauen hoch, gab ihm dann aber doch eine Zigarette. Der Junge klopfte sie mit einem Ende auf seinen Daumennagel, so wie er gesehen hatte, dass es der Revolvermann immer mit Selbstgedrehten machte, ließ sich anschließend Feuer geben und inhalierte dann tief. Der Rauch brannte zwar noch immer, aber nicht mehr so scharf wie beim ersten Mal. Ihm wurde diesmal nur ein bisschen schwindelig, und husten musste er auch nicht. *Schon bald werde ich ein Gewohnheitsraucher sein,* dachte er. *Sollte ich je nach New York zurückkehren, könnte ich ja vielleicht auch beim Sender in Dads Abteilung anfangen. Jedenfalls bin ich im »Killen« schon ziemlich gut.*

Er hob die Zigarette vor die Augen: eine kleine weiße Lenkwaffe, wo der Rauch statt aus dem Hinterteil aus der Spitze kam. Gleich über dem Filter stand das Wort CAMEL. »Ich hatte mir geschworen, nie damit anzufangen«, erklärte er Dinky. »Nie im Leben. Und hier stehe ich jetzt mit einer Kippe in der Hand.« Jake lachte. Es war ein bitteres Lachen, ein erwachsenes Lachen, und als er es aus seinem Mund kommen hörte, lief ihm ein kalter Schauder über den Rücken.

»Bevor ich hergekommen bin, habe ich bei so einem Kerl gearbeitet«, sagte Dinky. »Mr. Sharpton, so hat er geheißen. Jedenfalls hat der oft gesagt, dass *nie* das Wort ist, auf das Gott horcht, wenn er mal lachen will.«

Jake antwortete nicht darauf. Er dachte daran, wie Eddie von Sälen des Verfalls gesprochen hatte. Jake war Mia einst in einen solchen Saal gefolgt, in grauer Vorzeit, im Traum. Inzwischen war Mia tot. Callahan war tot. Und Eddie lag im Sterben. Er dachte an all die Toten, die draußen unter Wolldecken aufgereiht lagen, während in der Ferne der Donner wie scheppernde Knochen rollte. Er dachte daran, wie der Mann, der auf Eddie geschossen hatte, sich ruckartig nach links geworfen hatte, als Rolands Kugel ihm den Rest gab. Er versuchte zwar, sich an das Begrüßungsfest zu erinnern, das man ihretwegen in der Calla Bryn Sturgis veranstaltet hatte – an die Musik, den Tanz und die farbigen Fackeln –, aber deutlich sah er nur den Tod Benny Slightmans vor sich, eines weiteren Freundes. Heute Abend schien die Welt aus Toten zu bestehen.

Jake selbst war gestorben und zurückgekommen: nach Mittwelt zurück und zu Roland zurück. Er hatte sich den ganzen Nachmittag lang einzureden versucht, dass das auch Eddie widerfahren könne, aber irgendwie wusste er, dass es nicht dazu kommen würde. Jakes Part in dieser Geschichte war noch nicht zu Ende gewesen. Eddies dagegen schon. Jake hätte zwanzig Jahre seines Lebens – dreißig! – dafür gegeben, das nicht glauben zu müssen, aber er konnte nicht anders. Vermutlich hatte er es bei irgendeiner unbewussten Sondierung erfahren.

Die Säle des Verfalls, wo Spinnen ihre Netze bauen und die großen Stromkreise einer nach dem anderen verstummen.

Jake kannte da eine bestimmte Spinne. Beobachtete Mias Sohn das alles? Hatte er seinen Spaß daran? Feuerte er vielleicht die eine oder die andere Seite an, nicht anders als ein gottverdammter Yankee-Fan auf den billigsten Plätzen?

Das tut er. Ich weiß, dass er es tut. Ich spüre ihn.

»Alles in Ordnung mit dir, Kiddo?«, fragte Dinky.

»Nein«, sagte Jake. »Nichts ist in Ordnung.« Worauf Dinky nickte, als wäre das eine völlig vernünftige Antwort. *Tja,* dachte Jake, *wahrscheinlich hat er keine andere erwartet. Schließlich ist er ein Telepath.*

Wie um das zu unterstreichen, fragte Dinky ihn nun, wer Mordred sei.

»Glaub mir, das willst du nicht wissen«, sagte Jake. Er drückte seine Zigarette nur halb aufgeraucht aus (»der ganze Lungenkrebs steckt hier im letzten Stück drin«, hatte sein Vater immer im Brustton der Überzeugung gesagt und wie in einem Fernsehspot auf eine seiner filterlosen Zigaretten gezeigt) und verließ Corbett Hall. Er benutzte den Hinterausgang, weil er der Ansammlung von sorgenvoll wartenden Brechern entgehen wollte, was ihm auch gelang. Jetzt war er in Pleasantville, hockte auf dem Randstein wie einer der Obdachlosen, die man in New York immer sah, und wartete darauf, gerufen zu werden. Wartete auf das Ende.

Jake überlegte, ob er in das Gasthaus gehen sollte, vielleicht um sich ein Bier zu zapfen (wenn er alt genug war, um zu rauchen und Leute aus dem Hinterhalt zu erschießen, war er bestimmt auch alt genug für ein Bier), vielleicht auch nur, um zu sehen, ob die Jukebox ohne Geldeinwurf spielen würde. Er wäre jede Wette eingegangen, dass Algul Siento das gewesen war, was Amerika nach Überzeugung seines Vaters eines Tages sein würde: eine bargeldlose Gesellschaft, und die alte Seeberg-Jukebox war bestimmt so eingestellt, dass man nur die Knöpfe zu drücken brauchte, damit die Musik einsetzte. Und er hätte gewettet, dass er bei einem Blick auf den Titelstreifen neben der Nummer 19 »Someone Saved My Life Tonight« von Elton John gelesen hätte.

Er stand auf, und in diesem Augenblick kam auch der Ruf. Jake war nicht der Einzige, der ihn hörte; Oy ließ ein kurzes, schmerzlich klingendes Jaulen hören. Es war, als stünde Roland unmittelbar neben ihnen.

Zu mir, Jake, und beeil dich. Er geht von uns.

7

Jake hastete durch eine der Gassen zurück, machte einen Bogen um das immer noch rauchende Haus des Oberaufsehers (der Laufjunge Tassa, der Rolands Ausweisungsbefehl ignorierte oder einfach nur nicht mitbekommen hatte, saß in Pullover und Kilt stumm auf der Treppe vorm Haus und hatte den Kopf in den Händen vergraben) und trabte dann die Promenade hinauf, wobei er unruhig schnell zu der Stelle hinübersah, wo die Toten aufgereiht gelegen hatten. Der kleine Séancenkreis, der zuvor dort zu sehen gewesen war, hatte sich aufgelöst.

Ich werde nicht weinen, nahm er sich eisern vor. *Wenn ich alt genug bin, um zu rauchen und daran zu denken, mir ein Bier zu zapfen, dann bin ich auch alt genug, meine blöden Tränendrüsen im Griff zu haben. Ich werde nicht weinen.*

Dabei wusste er, dass er es höchstwahrscheinlich doch tun würde.

8

Sheemie und Ted hatten sich außerhalb der Präfektenwohnung zu Dinky gesellt. Dinky hatte seinen Klappstuhl Sheemie überlassen. Ted sah zwar müde aus, aber Sheemie sah dagegen richtig beschissen aus, wie Jake fand: die Augen wieder blutunterlaufen, angetrocknetes Blut an Nase und linkem Ohr, das Gesicht aschfahl. Er hatte einen Hausschuh ausgezogen und massierte sich den Fuß, als hätte er dort Schmerzen. Trotzdem war er sichtlich zufrieden. Fast schon überschwänglich.

»Balken sagt, alles kann noch gut werden, junger Jake«, sagte

Sheemie. »Balken sagt, dass es nicht zu spät ist. Balken sagt seinen Dank.«

»Das ist gut«, murmelte Jake und griff nach dem Türknopf. Er hörte kaum, was Sheemie noch zusätzlich sagte. Er konzentrierte sich nun ganz darauf, seine

(werde nicht weinen und alles schwerer für sie machen)

Gefühle unter Kontrolle zu halten, sobald er drinnen war. Aber dann sagte Sheemie etwas, was ihn auf der Stelle aus seiner Konzentration riss.

»Auch in der Wirklichen Welt nicht zu spät«, fügte Sheemie hinzu. »Das wissen wir. Wir haben uns kurz umgesehen. Haben die Laufschrift gelesen. Stimmt's, Ted?«

»Ja, das haben wir.« Ted hatte eine Dose Nozz-A-La auf dem Knie balanciert. Er setzte sie nun an und trank einen Schluck. »Wenn du dort reingehst, Jake, dann kannst du Roland Folgendes erzählen: Wenn es der 19. Juli 1999 ist, um den es euch geht, dann ist alles noch in Ordnung. Allerdings wird der Spielraum allmählich knapp.«

»Ich geb's weiter«, sagte Jake.

»Und erinnere ihn daran, dass die Zeit dort drüben manchmal rutscht. Nicht anders als ein alter Keilriemen rutscht. Das geht bestimmt auch noch länger weiter, selbst wenn der Balken sich wieder erholt. Und ist der Neunzehnte erst vorbei …«

»Kann er niemals wiederkehren«, sagte Jake. »Jedenfalls nicht dort. Das wissen wir.« Er öffnete die Tür und schlüpfte ins Dunkel der Präfektenwohnung.

9

Ein einziger scharf begrenzter gelber Lichtkreis, den die Nachttischlampe warf, beleuchtete Eddie Deans Gesicht. Das Licht warf den Schatten seiner Nase auf die linke Wange und verwandelte seine geschlossenen Augen in dunkle Höhlen. Susannah kniete auf dem Boden neben ihm, hielt ihm die Hände und blickte auf ihn hinab.

Ihr Schatten lief hoch über die Wand hinauf. Roland saß auf der anderen Seite des Betts in tiefem Schatten. Der endlose gemurmelte Monolog des Sterbenden war verstummt, und die Atmung hatte längst aufgehört, auch nur andeutungsweise regelmäßig zu sein. Er holte immer wieder tief Luft, hielt sie an und atmete dann langsam pfeifend aus. Dabei blieb seine Brust immer so lange unbeweglich, dass Susannah ihm jedes Mal mit angstvoll glänzenden Augen forschend ins Gesicht starrte, bis der nächste lange, keuchende Atemzug kam.

Jake setzte sich neben Roland auf die Bettkante, sah Eddie an, sah Susannah an und sah zuletzt zögernd ins Gesicht des Revolvermanns auf. Im Halbdunkel konnte er darin nichts als Erschöpfung sehen.

»Von Ted soll ich dir ausrichten, dass es auf der Amerika-Seite fast der 19. Juli ist, bitte schön und sage meinen Dank. Und dass die Zeit ein Stück durchrutschen könnte.«

Roland nickte. »Trotzdem sollten wir abwarten, bis das hier zu Ende ist. Es wird nicht mehr lange dauern, und wir sind's ihm schuldig.«

»Wie lange noch?«, murmelte Jake.

»Das kann ich nicht sagen. Ich dachte schon, er würde nicht mehr lang genug durchhalten, selbst wenn du rennst ...«

»Das hab ich auch getan, sobald ich auf dem Rasen war ...«

»Aber wie du siehst ...«

»Er kämpft hart«, sagte Susannah, und dass dies das Einzige war, worauf sie noch stolz sein konnte, griff Jake ans Herz. »Mein Mann kämpft hart. Wer weiß, vielleicht will er uns noch etwas sagen.«

10

Und so kam es schließlich auch. Fünf endlose Minuten nachdem Jake ins Schlafzimmer geschlüpft war, schlug Eddie die Augen auf. »Sue ...«, sagte er. »Su ...sie ...«

Sie beugte sich dicht über ihn, hielt weiter seine Hände, lächelte ihm ins Gesicht und konzentrierte leidenschaftlich ihre gesamte Aufmerksamkeit auf ihn. Und mit einer Anstrengung, die Jake nicht für möglich gehalten hätte, befreite Eddie auf einmal eine seiner Hände, schwang sie etwas nach rechts und griff in Susannahs dichte krause Locken. Auch wenn das Gewicht seines Arms so an den Haarwurzeln zog, dass es Susannah schmerzen musste, ließ sie sich nichts davon anmerken. Das auf ihren Lippen erblühende Lächeln wirkte freudig, einladend, irgendwie sogar sinnlich.

»Eddie! Willkommen unter den Lebenden!«

»Verarsche keinen … Verarscher«, flüsterte er. »Ich komme nicht, Schätzchen, ich gehe.«

»Unsinn, Eddie, du …«

»Pst«, machte er, worauf sie verstummte. Er zog ihren Kopf am Haar nach unten. Sie brachte ihr Gesicht bereitwillig an seines heran und küsste seine lebenden Lippen zum letzten Mal. »Ich … werde … auf dich warten«, sagte er, indem er jedes einzelne Wort mit ungeheurer Anstrengung herauspresste.

Jake sah Schweißperlen auf Eddies Haut erscheinen – die letzte Botschaft eines sterbenden Körpers an die Welt der Lebenden –, und in diesem Augenblick verstand das Herz des Jungen endlich, was sein Kopf schon seit Stunden wusste. Er begann zu weinen. Es waren brennende und reinigende Tränen. Als Roland seine Hand nahm, drückte Jake sie krampfhaft. Er war nicht nur traurig, sondern auch voller Angst. Wenn so etwas Eddie passieren konnte, konnte es jedem passieren. Es konnte auch ihm passieren.

»Ja, Eddie, ich weiß, dass du warten wirst«, sagte sie.

»Auf …« Wieder jenes tiefe, erbärmliche, rasselnde Atemholen. Seine Augen glitzerten wie Edelsteine. »Auf der Lichtung.« Ein weiterer Atemzug. Seine Hand in ihrem Haar. Lampenlicht, das sie beide in einem mystischen gelben Kreis umfangen hielt. »Auf der am Ende des Pfades.«

»Ja, Liebster.« Ihre Stimme klang jetzt ruhig, aber dennoch fiel eine Träne auf Eddies Wange, die dann langsam zum Kinn hinablief. »Ich höre dich sehr gut. Warte auf mich, dann finde ich dich, und wir betreten sie gemeinsam. Ich gehe dann wieder auf meinen Beinen.«

Eddie lächelte ihr zu, dann sah er zu Jake hinüber.

»Jake … zu mir.«

Nein, dachte Jake, den jähe Panik überkam, *nein, ich kann nicht, ich kann nicht.*

Aber er beugte sich bereits über ihn, in den Geruch, der das nahe Ende verkündete. Er konnte sehen, wie der schmale Staubstreifen an Eddies Haaransatz sich in eine Schmiere verwandelte, als nun noch mehr winzige Schweißperlen auf dessen Stirn traten.

»Warte auch auf mich«, sagte Jake mit gefühllosen Lippen. »Okay, Eddie? Wir betreten sie alle gemeinsam. Dann sind wir wieder *ka-tet,* genau wie früher.« Er versuchte zu lächeln, schaffte es aber nicht. Ihm schmerzte das Herz zu sehr, als dass er hätte lächeln können. Er fragte sich sogar, ob es nicht gleich in seiner Brust explodieren würde, so wie Steine manchmal in einem heißen Feuer explodierten. Dieses Wissen verdankte er seinem Freund Benny Slightman. Bennys Tod war schon schlimm gewesen, aber das hier war tausendmal schlimmer. Eine *Million* Mal schlimmer.

Eddie schüttelte den Kopf. »Nicht … so schnell, Kumpel.« Er holte erneut Luft, dann verzog er das Gesicht, als besäße die Luft nun Widerhaken, die nur er spüren konnte. Er flüsterte jetzt – nicht aus Schwäche, wie sich Jake später sagte, sondern weil es um eine Sache ging, die nur sie beide etwas anging. »Nimm dich vor … Mordred in Acht. Und vor … Dandelo.«

»Dandelion? Eddie, ich …«

»Dandelo.« Weit aufgerissene Augen. Gewaltige Anstrengung. »Beschützt … euren … Dinh … vor Mordred. Du … Oy. *Eure* Aufgabe.« Er sah kurz zu Roland hinüber, bevor er sich wieder auf Jake konzentrierte. *»Pst.«* Dann: »Beschützen …«

»Ich … ich tu's. *Wir* tun's.«

Eddie nickte schwach, dann sah er zu Roland hinüber. Jake trat zur Seite, und der Revolvermann beugte sich über Eddie, um dessen letzte Worte zu hören.

11

Niemals zuvor in seinem Leben hatte Roland so glänzende Augen gesehen, nicht einmal auf dem Jericho Hill, als Cuthbert ihm ein lachendes Lebewohl entboten hatte.

»Dies ist das Ende unseres *Ka-Tet«*, sagte Eddie.

Roland nickte.

Eddie lächelte. »Wir haben ... schöne Zeiten erlebt.«

Roland nickte abermals.

»Du ... du ...« Aber diesen Satz brachte Eddie nicht zu Ende. Er hob eine Hand und deutete eine kreisende Bewegung an.

»Ich habe getanzt«, sagte Roland und nickte. »Die *Commala* getanzt.«

Ja, formten Eddies Lippen, dann folgte ein weiterer jener schmerzlich keuchenden Atemzüge. Es war sein letzter.

»Danke für meine zweite Chance«, sagte er. »Danke ... Vater.«

Das war alles. Eddies Augen blickten weiter in Rolands, und sie waren weiterhin wach, aber er fand keinen Atem, um den zu ersetzen, den er mit diesem letzten Wort, diesem *Vater* verausgabt hatte. Das Lampenlicht ließ die Haare auf seinen nackten Armen glänzen und verwandelte sie in Gold. In der Ferne murmelte der Donner. Dann schloss Eddie die Augen und ließ den Kopf zur Seite sinken. Seine Arbeit war getan. Er hatte den Pfad verlassen und die Lichtung betreten. Sie blieben um ihn herum sitzen: im Kreis, aber kein Ka-Tet mehr.

12

Nun war es eine halbe Stunde später.

Roland, Jake, Ted und Sheemie saßen auf einer Bank mitten auf der Promenade. Dani Rostov und der Bursche, der wie ein Bankier aussah, standen in der Nähe. Susannah war im Schlafzimmer der Präfektenwohnung geblieben, wo sie die Leiche ihres Mannes für die Beisetzung wusch. Sie konnten von der Bank aus hören, dass sie dabei sang. Sie schien lauter Songs zu singen, die sie Eddie auf der gemeinsamen Wanderung hatten singen hören. Einer davon war »Born to Run«. Ein anderer war das »Reislied« aus Calla Bryn Sturgis.

»Wir müssen hinüber, und zwar sofort«, sagte Roland. Seine Rechte hatte er an der Hüfte, die er sich ständig rieb. Jake hatte gesehen, wie er ein Fläschchen Aspirin (Gott mochte wissen, woher er das hatte) aus seiner Ledertasche geholt und drei Tabletten ohne Wasser geschluckt hatte. »Sheemie, schickst du uns hin?«

Sheemie nickte. Er war auf Dinky gestützt zu der Bank gehumpelt, aber noch immer hatte keiner von ihnen Zeit gehabt, sich seine Fußverletzung anzusehen. Im Vergleich zu ihren sonstigen Sorgen erschien sein Humpeln als Bagatelle; falls Sheemie Ruiz in dieser Nacht sterben sollte, dann würde sein Tod eher davon herrühren, dass er eine provisorische Tür zwischen der Donner-Seite und Amerika geöffnet hatte. Ein weiterer anstrengender Akt der Teleportation konnte ihm den Tod bringen – was war da ein weher Fuß im Vergleich dazu?

»Ich werd's versuchen«, sagte er. »Ich werde mein Bestes geben, das tue ich.«

»Jene, die uns geholfen haben, einen Blick auf New York zu werfen, werden uns wieder helfen«, sagte Ted.

Ted hatte eine Methode gefunden, das aktuelle Datum im Amerika der Fundamentalen Welt zu ermitteln. Er, Dinky, Fred Worthington (der Bursche, der wie ein Bankier aussah) und Dani Rostov waren gemeinsam in New York gewesen und konnten klare mentale Bilder vom Times Square aufrufen: die Lichter, das Gedränge, die Kinoreklamen … und, am allerwichtigsten, die riesige Laufschrift, die den Passanten Tagesereignisse meldete und etwa alle dreißig Sekunden über Broadway und Forty-eighth Street umlief. Die provisorische Tür war lange genug offen gewesen, um lesen zu können, dass UN-Experten mutmaßliche Massengräber im Kosovo untersuchten, Vizepräsident Gore an diesem Tag als Präsidentschaftskandidat New York besucht und Roger Clemes am Vorabend dreizehn Batter der Texas Rangers ausgeschaltet habe, ohne damit eine Niederlage der Yankees verhindern zu können.

Mithilfe der anderen hätte Sheemie die Tür noch ziemlich lange offen halten können (die anderen hatten den Lichterglanz dieses geschäftigen New Yorker Abends mit einer Art hungrigem Staunen angestarrt – nicht mehr brechend, sondern öffnend, sehend), aber das war nicht nötig gewesen. Nach dem Baseballergebnis waren Datum und Zeit in leuchtend gelbgrünen Lettern von der Höhe eines Stockwerks an ihnen vorbeigehuscht: **18.06.1999, 9.19 PM.**

Jake öffnete den Mund, um zu fragen, wie sie sich so sicher sein konnten, tatsächlich einen Blick in die Fundamentale Welt geworfen zu haben, in jene Welt, in der Stephen King noch weniger als einen Tag zu leben hatte, machte den Mund dann aber wieder zu. Die Antwort lag in der Zeit, Dummerchen, so wie es die Antwort immer tat: Die Quersumme der Uhrzeit 9.19 ergab neunzehn.

13

»Und vor wie langer Zeit habt ihr das gesehen?«, fragte Roland.

Dinky überlegte kurz. »Muss mindestens fünf Stunden her sein. Wenn man berücksichtigt, wann zum Schichtwechsel geblasen wurde und die Sonne für die Nacht ausgegangen ist.«

Dann müsste es drüben halb drei Uhr morgens sein, rechnete Jake aus, indem er die Stunden an den Fingern abzählte. Das Denken fiel ihm selbst bei einfachen Additionen schwer, weil er in Gedanken ständig bei Eddie war, aber er merkte, dass er es hinbekam, wenn er sich wirklich Mühe gab. *Bloß kannst du dich nicht darauf verlassen, dass es nur fünf Stunden sind, weil die Zeit auf der Amerika-Seite schneller läuft. Das kann sich jetzt, wo die Brecher aufgehört haben, dem Balken zuzusetzen, natürlich ändern – die Zeit kann wieder synchron laufen –, wenn auch vermutlich nicht gleich. Im Augenblick läuft sie bestimmt noch schneller.*

Außerdem konnte sie rutschen.

Noch in der einen Minute konnte Stephen King am Morgen des 19. Juni putzmunter in seinem Arbeitszimmer an der Schreibmaschine sitzen, um in der nächsten … bums! Weil acht oder zwölf Stunden blitzschnell vergangen waren, konnte er am selben Abend bei einem Beerdigungsunternehmen in der Nähe liegen, während seine trauernden Angehörigen ihrerseits im Lichtkreis einer Lampe saßen, zu entscheiden versuchten, was für eine Art Trauergottesdienst King gewollt hätte – falls das nicht in seinem Testament stand –, und sich vielleicht sogar überlegten, wo er bestattet werden sollte. Und der Dunkle Turm? Stephen Kings Version des Dunklen Turms? Oder die Version von Gan, die Version der *Prim?* Verloren, alle für immer verloren. Und dieses Geräusch, das man hört? He, das muss der Scharlachrote König sein, der irgendwo mitten in der Discordia lacht und lacht und lacht. Und vielleicht Mordred der Spinnenjunge, der gemeinsam mit ihm lacht.

Erstmals seit Eddies Tod rückte etwas anderes als Trauer in den Vordergrund von Jakes Bewusstsein. Es war ein leises Ticken, ähnlich dem, wie es die Schnaatze gemacht hatten, nachdem Roland und Eddie sie programmiert hatten. Kurz bevor sie Haylis übergeben worden waren, damit er sie verstecken konnte, war das gewesen. Das Ticken war das Geräusch der Zeit, und die Zeit war ihnen nicht zugetan.

»Er hat Recht«, sagte Jake. »Wir müssen hin, solange wir noch etwas ausrichten können.«

Ted: »Wird Susannah …«

»Nein«, unterbrach Roland ihn. »Susannah bleibt hier, und ihr helft ihr, Eddie zu begraben. Einverstanden?«

»Ja«, sagte Ted. »Natürlich, wenn du das so willst.«

»Wenn wir nicht bis …« Roland rechnete. Er kniff dabei ein Auge zu, während er mit dem anderen ins Dunkel starrte. »Wenn wir nicht bis übermorgen um dieselbe Zeit zurück sind, könnt ihr davon ausgehen, dass wir in Fedic in die Endwelt zurückgekehrt sind.« *Ja, geht mal von Fedic aus,* dachte Jake. *Natürlich. Welchen Zweck hät-*

te schon groß die logischere Annahme, dass wir tot sind oder uns zwischen den Welten verirrt haben: Flitzer bis in alle Ewigkeit?

»Kennt ihr Fedic?«, fragte Roland gerade.

»Südlich von hier, stimmt's?«, sagte Worthington. Er war mit der elfjährigen Dani herübergekommen. »Beziehungsweise dort, wo einst Süden *war*. Trampas und einige der anderen Can-Toi haben davon gesprochen, als würde es dort spuken.«

»Dort spukt es allerdings«, sagte Roland grimmig. »Könnt ihr Susannah in einen Zug nach Fedic setzen, falls wir es nicht schaffen, hierher zurückzukommen? Ich weiß, dass noch irgendwelche Züge verkehren müssen, sonst …«

»Wegen der Grünkittel, meinst du?«, sagte Dinky und nickte bedächtig. »Beziehungsweise wegen der Wölfe, wie ihr sie nennt. Alle Züge der Linie D verkehren noch. Sie sind automatisiert.«

»Sind das Monos? Können die sprechen?«, sagte Jake, der sofort an Blaine hatte denken müssen.

Dinky und Ted wechselten einen fragenden Blick, dann wandte Dinky sich wieder Jake zu und zuckte die Achseln. »Woher sollen wir das wissen? Ich weiß vermutlich mehr über die *Körbchengröße* D als die Linie D, und das dürfte hier für alle gelten. Zumindest für die Brecher. Manche der Wachen könnten vielleicht mehr wissen. Oder der Kerl dort drüben.« Er wies mit dem Daumen auf Tassa, der weiter mit dem Kopf in den Händen auf der Treppe vor dem Shapleigh House saß.

»Wir werden Susannah jedenfalls bitten, vorsichtig zu sein«, murmelte Roland an Jake gewandt. Jake nickte. Wahrscheinlich konnten sie nicht mehr tun, aber er hatte eine weitere Frage. Er nahm sich vor, sie Ted oder Dinky zu stellen, sobald Roland einmal anderweitig beschäftigt war. Die Vorstellung, Susannah hier zurückzulassen, gefiel ihm gar nicht – jede Faser seines Herzens protestierte dagegen –, aber er wusste so gut wie Roland, dass sie sich mitzukommen weigern würde, solange Eddie unbestattet war. Sie hätten Susannah nur geknebelt und gefesselt mitnehmen können, aber das hätte alles noch viel schlimmer gemacht, als es ohnehin schon war.

»Könnte mir vorstellen«, sagte Ted, »dass einige Brecher daran interessiert wären, Susannah auf der Bahnreise nach Süden zu begleiten.«

Dani nickte. »Dass wir euch helfen, macht uns nicht gerade beliebt«, sagte sie. »Ted und Dinky kriegen zwar am meisten davon ab, aber auch mich hat vor einer halben Stunde jemand angespuckt, als ich in meinem Zimmer war, um den hier zu holen.« Sie hielt einen abgewetzten, offenbar sehr geliebten Pu-Bären hoch. »Ich glaube nicht, dass sie etwas tun werden, solange ihr noch da seid, Leute, aber später …« Sie zuckte die Achseln.

»Mann, das verstehe ich nicht«, sagte Jake. »Die sind doch jetzt *frei!*«

»Frei, um was zu tun?«, sagte Dinky. »Denk mal darüber nach. Die meisten waren auf der Amerika-Seite drüben Außenseiter. Fünfte Räder am Wagen. Hier waren wir VIPs und hatten von allem das Beste. Jetzt ist mit allem Schluss. Ist ihre Reaktion wirklich so schwer zu verstehen, wenn man das berücksichtigt?«

»Ja«, sagte Jake unverblümt. Wahrscheinlich *wollte* er es nicht verstehen.

»Sie haben noch etwas anderes eingebüßt«, erklärte Ted ihnen ruhig. »Es gibt einen Roman von Ray Bradbury, der *Fahrenheit 451* heißt. ›Es war eine Lust, Feuer zu legen‹, lautet die erste Zeile darin. Tja, zu brechen war eben auch eine Lust.«

Dinky nickte. Das taten auch Worthington und Dani Rostov.

Sogar Sheemie nickte zustimmend.

14

Eddie lag wie zuvor im Lichtkreis der Lampe, aber sein Gesicht war jetzt ganz sauber, und die Bettdecke des Präfekten war ordentlich bis zu seiner Taille heruntergeschlagen. Susannah hatte ihm ein frisch gewaschenes weißes Hemd angezogen, das sie irgendwo aufgetrieben hatte (im Kleiderschrank des Präfekten, wie Jake vermutete), und sie musste auch einen Rasierapparat gefunden haben, jedenfalls waren Wangen und Kinn glatt. Jake versuchte sich vorzustellen, wie sie dagesessen und ihren toten Mann rasiert hatte – wobei sie »Commala-come-come, the rice has just begun« sang –, was ihm anfangs nicht gelingen wollte. Aber dann stand ihm dieses Bild auf einmal so lebendig vor Augen, dass er wieder kämpfen musste, um nicht in Schluchzen auszubrechen.

Susannah hörte ruhig zu, als Roland mit ihr sprach: neben dem Bett sitzend, die Hände auf dem Schoß gefaltet, den Blick gesenkt. Dem Revolvermann erschien sie wie eine schüchterne Jungfrau, die einen Heiratsantrag erhielt.

Als er fertig war, äußerte sie sich nicht dazu.

»Hast du verstanden, was ich dir erklärt habe, Susannah?«

»Ja«, sagte sie, noch immer ohne aufzusehen. »Ich soll meinen Mann begraben. Ted und Dinky werden mir dabei helfen, wenn auch nur, um zu verhindern, dass ihre Freunde …« Sie gab diesem Wort eine kleine bitter-sarkastische Betonung, die Roland sogar etwas ermutigte. Sie schien weiter im Leben zu stehen. »… ihn mir wegnehmen und am nächsten Baum aufknüpfen, als wäre er gelyncht worden.«

»Und danach?«

»Danach kommt ihr wieder hierher, und wir kehren gemeinsam nach Fedic zurück, oder Ted und Dinky setzen mich in den Zug, damit ich allein hinfahren kann.«

Jake war die seltsame Teilnahmslosigkeit in ihrer Stimme nicht nur höchst zuwider; sie ängstigte ihn auch. »Du weißt, weshalb wir zurück nach drüben müssen, oder?«, fragte er besorgt. »Ich meine, du *weißt's* doch, oder?«

»Um den Schriftsteller zu retten, solange noch Zeit ist.« Sie hatte nach einer von Eddies Händen gegriffen, und Jake bemerkte fasziniert, dass seine Fingernägel tadellos sauber waren. Wie sie das wohl geschafft hatte, fragte er sich – hatte der Präfekt etwa einen kleinen Nagelknipser von der Art gehabt, wie sein Vater ihn stets an einer Schlüsselkette in der Hosentasche getragen hatte? »Sheemie sagt, dass wir den Balken von Bär und Schildkröte gerettet haben. Wir *glauben* sogar, dass wir die Rose gerettet haben. Aber es gibt dort noch mindestens einen Auftrag zu erledigen. Er betrifft den Schriftsteller. Den Faulpelz von Schriftsteller.« Jetzt sah sie auf, und in ihren Augen blitzte es. Jake dachte plötzlich, dass es vielleicht sogar gut war, dass Susannah nicht bei ihnen sein würde, wenn – falls – sie Sai Stephen King gegenübertraten.

»Rettet ihn man lieber«, sagte sie. Roland wie Jake konnten hören, wie die alte Einschleichdiebin Detta sich in ihre Stimme drängte. »Nach allem, was heute passiert is, solltet ihr ihn lieber rettn. Und diesmal sagst du ihm, dass er nich mehr aufhörn darf, seine Geschichte zu schreiben. Ganz egal, was kommt: Hölle, Hochwasser, Krebs oder Pimmelfaulbrand. Er soll auch keine Gedanken an den Pulitzerpreis verschwenden. Sag ihm, dass er weitermachn und seine beschissene Story *zu Ende* bringen soll.«

»Ich werde die Botschaft weitergeben«, sagte Roland.

Sie nickte.

»Und du wirst zu uns stoßen, sobald dieser Auftrag ausgeführt ist«, sagte Roland mit beim letzten Wort leicht gehobener Stimme, die daraus fast eine Frage machte. »Du kommst dann mit uns und führst gemeinsam mit uns den letzten Auftrag aus, oder nicht?«

»Ja«, sagte sie. »Und zwar nicht, weil ich das möchte – mein ganzer Mut ist flöten –, sondern weil *er* wollte, dass ich's tue.« Sanft, ganz sanft legte sie Eddies Hand wieder zur anderen auf dessen Brust. Dann zeigte sie mit einem Finger auf Roland. Die Fingerspitze zitterte kaum wahrnehmbar. »Fang bloß nicht wieder mit dem Scheiß an, von wegen wir sind ka-tet, eins aus vielen. Die Zeiten sind nämlich vorbei. Hab ich Recht?«

»Ja«, sagte Roland. »Aber der Turm steht noch immer. Und wartet.«

»Darauf bin ich auch nicht mehr scharf, großer Macker.« Nicht ganz Dettas Tonfall, aber beinahe. »Wenn du mal die Wahrheit hören willst.«

Aber Jake merkte, dass sie *nicht* die Wahrheit sagte. Sie hatte ihre

Begierde, den Dunklen Turm zu Gesicht zu bekommen, so wenig eingebüßt wie Roland. So wenig wie Jake selbst. Ihr Tet mochte zerbrochen sein, aber das Ka blieb. Und sie spürte es so stark wie ihre Gefährten.

15

Sie küssten sie (und Oy leckte ihr kurz über die Wange), bevor sie gingen.

»Pass gut auf dich auf, Jake«, sagte Susannah. »Komm heil wieder, hörst du? Eddie hätte dir nichts anderes gesagt.«

»Ich weiß«, murmelte Jake und küsste sie dann noch einmal. Er lächelte, weil er zu hören glaubte, wie Eddie ihn ermahnte, auf seinen Arsch aufzupassen, der schon einen Spalt habe, und begann wieder zu weinen. Susannah hielt ihn noch einen Augenblick länger an sich gedrückt, dann wandte sie sich wieder ihrem Mann zu, der so still und kalt im Bett des Präfekten lag. Jake begriff, dass sie im Augenblick wenig Zeit für Jake Chambers oder Jake Chambers' Schmerz hatte. Ihr eigener war dafür einfach zu groß.

16

Vor der Tür wartete Dinky auf Jake. Roland ging mit Ted voraus; die beiden waren in ein Gespräch vertieft bereits am Ende des Korridors angelangt. Jake nahm an, dass sie auf die Promenade zurückwollten, auf der Sheemie (mit etwas Unterstützung der anderen) dann versuchen würde, sie ein weiteres Mal auf die Amerika-Seite zu schicken. Das erinnerte ihn an etwas.

»Die Züge der Linie D fahren doch nach Süden«, sagte er. »Beziehungsweise dorthin, wo Süden liegen sollte, stimmt's?«

»Mehr oder weniger, Partner«, sagte Dinky. »Manche der Loks haben poetische Namen wie *Delicious Rain* oder *Spirit of the*

Snow Country, aber *alle* sind mit Buchstaben und Ziffern bezeichnet.«

»Steht das für Dandelo?«, fragte Jake.

Dinky starrte ihn verwundert stirnrunzelnd an. »Dandelo? Was zum Teufel soll das denn sein?«

Jake wiegte den Kopf. Er wollte Dinky nicht einmal erzählen, wo er dieses Wort gehört hatte.

»Also, ich weiß es nicht, nicht bestimmt«, sagte Dinky, während sie weitergingen, »aber ich habe immer angenommen, das würde Discordia bedeuten. Weil dort doch angeblich alle Züge enden – irgendwo tief im ödesten Ödland des Universums.«

Jake nickte. D wie Discordia. Das klang vernünftig. Zumindest halbwegs.

»Du hast meine Frage nicht beantwortet«, sagte Dinky. »Was ist ein Dandelo?«

»Nur ein an eine Wand gekritzeltes Wort, das ich am Bahnhof Donnerschlag gelesen habe. Wahrscheinlich bedeutet es überhaupt nichts.«

17

Vor Corbett Hall wartete eine Delegation von Brechern. Sie wirkten erbittert und ängstlich. *D wie Dandelo,* sagte Jake sich. *D wie Discordia. Und auch d wie desolat.*

Roland baute sich mit verschränkten Armen vor ihnen auf. »Wer spricht für euch?«, fragte er. »Spricht einer für euch, so lasst ihn vortreten, unsere Zeit hier ist nämlich um.«

Ein grauhaariger Gentleman – ein weiterer Bankierstyp, um genau zu sein – trat vor. Er trug eine graue Anzughose, ein weißes Oberhemd mit offen stehendem Kragen und eine graue Weste, ebenfalls aufgeknöpft. Die Weste hing durch. Das tat auch der ganze Mann.

»Sie haben uns unser Leben weggenommen«, sagte er. Diese

Worte sprach er mit einer Art mürrischer Befriedigung – so als hätte er schon immer gewusst, dass dies alles (oder etwas in dieser Art) passieren würde. »Das Leben, das wir kannten. Was bekommen wir dafür von Ihnen, Mr. Gilead?«

Die Rede wurde mit zustimmendem Gemurmel begrüßt. Jake Chambers hörte es und war plötzlich so wütend wie noch nie in seinem Leben. Seine Rechte stahl sich scheinbar aus eigenem Antrieb zum Griff der Coyote-Maschinenpistole hinunter, fuhr darüber und fand kalten Trost in ihren Umrissen. Sogar sein Kummer war für kurze Zeit vergessen. Und Roland wusste das. Er griff hinter sich und legte, ohne hinzusehen, eine Hand auf Jakes Rechte. Er drückte sie, bis Jake die Waffe wieder losließ.

»Ich will euch sagen, was ich euch gebe, wenn ihr schon danach fragt«, sagte Roland. »Ich wollte diesen Ort, an dem ihr euch von den Gehirnen hilfloser Kinder ernährt habt, um das Universum zu zerstören, niederbrennen lassen; aye, gänzlich niederbrennen. Ich hatte die Absicht, bestimmte fliegende Kugeln, die in unseren Besitz gelangt sind, detonieren und sie alles zertrümmern zu lassen, was unbrennbar war. Ich wollte euch den Weg zum Fluss Whye und den grünen Callas dahinter zeigen und euch mit einem Fluch in Marsch setzen, den mein Vater mich gelehrt hat: ›Lange sollt ihr leben – aber nicht bei guter Gesundheit.‹«

Die Antwort Rolands löste ein aufgebrachtes Murmeln aus, aber nicht ein Auge erwiderte dessen Blick. Der Mann, der sich bereit erklärt hatte, für alle zu sprechen (und selbst im Zorn musste Jake seinen Mut anerkennen), schwankte etwas, als wäre er kurz davor, in Ohnmacht zu fallen.

»Die Callas liegen weiterhin in dieser Richtung«, sagte Roland und zeigte dorthin. »Wenn ihr euch dorthin wendet, werden unterwegs einige – sogar viele – von euch sterben, weil es dort draußen Raubtiere gibt, die hungrig sind, und was es an Wasser gibt, kann vergiftet sein. Ich bezweifle nicht, dass die Calla-*Folken* wissen werden, wer ihr seid und was ihr getan habt, selbst wenn ihr euch mit Lügen umgebt, da unter ihnen Manni leben, und die Manni sehen viel. Trotzdem werdet ihr dort möglicherweise nicht den Tod, sondern Vergebung finden, die Fähigkeit der Herzen solcher Menschen, zu verzeihen, ist nämlich größer als die Fähigkeit von Herzen, wie ihr welche habt, das zu verstehen. Übrigens auch als die meines Herzens.

Dass sie euch arbeiten lassen würden, wobei ihr den Rest eures Lebens nicht wie bisher im Luxus, sondern in Schweiß und Plackerei zubringen würdet, bezweifle ich nicht. Trotzdem rate ich euch dringend, dorthin zu gehen, und wenn's nur deshalb ist, dass ihr eine gewisse Buße für das tut, was ihr euch habt zuschulden kommen lassen.«

»Wir haben nicht *gewusst,* was wir taten, Sie hartherziger Mann!«, rief eine Frau aus einer der hinteren Reihen aufgebracht.

»IHR HABT'S GEWUSST!«, erwiderte Jake so schreiend laut, dass er schwarze Punkte vor den Augen sah. Rolands Hand bedeckte augenblicklich wieder seine, damit er nicht schießen konnte. Hätte er die Menge tatsächlich mit der Coyote durchsiebt, die Zahl der Todesopfer an diesem schrecklichen Ort weiter erhöht? Er konnte es nicht sagen. Er wusste nur, dass ein Revolvermann seine Hände manchmal nicht ganz unter Kontrolle hatte, wenn sie eine Waffe hielten. »Wagt ja nicht, das zu leugnen! *Ihr habt's gewusst!«*

»Ich gewähre euch Folgendes, wenn's beliebt«, fuhr Roland fort. »Meine Freunde und ich – die Überlebenden, obwohl ich sicher weiß, dass mein toter Freund zustimmen würde, was auch der Grund dafür ist, dass ich so rede – lassen diesen Ort stehen. Hier gibt es zweifellos genug Nahrungsmittel für den Rest eures Lebens und Roboter, die das Essen kochen und eure Kleidung waschen und euch sogar den Hintern abwischen, falls ihr glaubt, das zu brauchen. Wenn ihr das Fegefeuer einer Erlösung vorzieht, dann bleibt hier. Ich an eurer Stelle würde aber lieber die Reise wagen. Folgt den Bahngleisen aus Donnerschlag hinaus. Bekennt vor den Calla-*Folken,* was ihr getan habt, bevor sie's euch ins Gesicht sagen, fallt barhäuptig vor ihnen auf die Knie und erfleht ihre Verzeihung.«

»Niemals!«, rief jemand unnachgiebig, aber Jake glaubte sehen zu können, dass einige der anderen verunsichert waren.

»Wie ihr wollt«, sagte Roland. »Ich habe mein letztes Wort dazu gesprochen, und der Nächste, der mir widerspricht, könnte tot liegen bleiben. Meine Freundin bereitet ihren Mann darauf vor, in die Erde gesenkt zu werden, und ich bin voller Kummer und Zorn. Wollt ihr weitersprechen? Wollt ihr meinen Zorn riskieren? Dann riskiert ihr dies hier.« Er zog seinen Revolver und ließ die Mündung in der Höhlung seiner Schulter ruhen. Jake trat neben ihn. Er hielt seine Waffe jetzt ebenfalls schussbereit.

Nun folgte einen Augenblick lang Schweigen, dann wandte der Mann, der für alle gesprochen hatte, sich ab.

»Erschießen Sie uns nicht, Mister, Sie haben schon genug angerichtet«, sagte jemand erbittert.

Roland antwortete nicht darauf, und die Menge begann sich zu verlaufen. Einige rannten auf einmal los, und die anderen ließen sich davon wie von einer Erkältung anstecken. Bis auf einige, die weinten, flüchteten sie alle stumm, und bald hatte die Nacht sie verschluckt.

»Wow!«, sagte Dinky. Seine Stimme klang vor lauter Respekt ganz sanft.

»Roland«, sagte Ted. »Was sie getan haben, war nicht allein ihre Schuld. Ich dachte, das hätte ich dir bereits erklärt. Meine Erklärung scheint wohl nicht besonders gut gewesen zu sein.«

Roland steckte den Revolver ins Holster zurück. »Deine Erklärung war ausgezeichnet«, sagte er. »Deshalb leben sie ja auch noch.«

Jetzt hatten sie den vor Damli House liegenden Teil der Promenade wieder für sich allein. Sheemie kam zu Roland gehumpelt. Er hatt die Augen aufgerissen und blickte ernst. »Zeigst du mir, wohin du möchtest, mein Lieber?«, fragte er. »Kannst du mir den Ort zeigen?«

Den Ort. Roland war so aufs *Wann* fixiert gewesen, dass er kaum einen Gedanken aufs *Wo* verschwendet hatte. Und seine Erinnerungen an die Straße, die sie in Lovell entlanggefahren waren, waren ziemlich bruchstückhaft. Eddie hatte John Cullums Wagen gelenkt, während Roland seinen eigenen Gedanken nachgehangen hatte, sich auf die Dinge konzentriert hatte, die er sagen würde, um den Hausverwalter davon zu überzeugen, ihnen zu helfen.

»Hat Ted dir einen Ort gezeigt, an den du ihn schicken solltest?«, fragte er Sheemie.

»Aye, das hat er getan. Nur hat er nicht gewusst, dass er das tut. Es war ein Kinderbild ... Ich weiß nicht recht, wie ich es dir beschreiben soll ... Dummer Kopf! Voller Spinnweben!« Sheemie machte eine Faust und schlug sich kräftig gegen die Stirn.

Roland ergriff die Hand, bevor Sheemie noch einmal zuschlagen konnte, und streckte die Finger. Er tat es überraschend sanft. »Nein, Sheemie. Ich weiß, was du meinst. Du hast einen Gedanken entdeckt ... eine Erinnerung aus der Zeit, als er noch klein war.«

Ted war zu ihnen herübergekommen. »Natürlich, so muss es gewesen sein!«, sagte er. »Ich weiß nicht, warum ich nicht schon früher darauf gekommen bin. Vermutlich war das zu einfach. Ich bin in Milford aufgewachsen, und der Ort, an dem ich 1960 rausgekommen bin, war geografisch gesehen gleich um die Ecke. Sheemie muss eine Erinnerung an eine Kutschfahrt oder vielleicht eine Fahrt mit der Hartford-Trambahn zu Onkel Jim und Tante Molly in Bridgeport entdeckt haben. Irgendwas in meinem Unterbewusstsein.« Er schüttelte den Kopf. »Ich *wusste*, dass der Ort mir bekannt vorgekommen ist, aber das war natürlich erst viele Jahre später. In meiner Kindheit hat es nämlich den Merritt Parkway noch nicht gegeben.«

»Kannst du mir ein Bild dieser Art zeigen?« Sheemie hatte sich hoffnungsvoll an Roland gewendet.

Roland dachte wieder an die Stelle in Lovell, wo sie an der Route 7 geparkt hatten, wo er Chevin von Chayven aus dem Wald gerufen hatte, aber das war einfach nicht sicher genug; dort gab es keinen markanten Punkt, der diesen Ort einzigartig und unverwechselbar machte. Zumindest keinen, an den er sich erinnern konnte.

Auf einmal fiel ihm etwas anderes ein. Etwas, was mit Eddie zusammenhing.

»Sheemie!«

»Aye, Roland von Gilead, Will Dearborn, der einst war!«

Roland streckte die Hände aus und legte sie seitlich an Sheemies Kopf. »Schließ die Augen, Sheemie, Sohn des Stanley.«

Sheemie tat wie geheißen, dann streckte er ebenfalls die Hände aus und umfasste Rolands Kopf. Auch Roland schloss nun die Augen.

»Sieh, was ich sehe, Sheemie«, sagte er. »Sieh, wohin ich möchte. Sieh es sehr wohl.«

Und das tat Sheemie.

18

Während sie so dastanden – Roland projizierend und Sheemie sehend – rief Dani Rostov leise Jake zu sich.

Als er vor ihr stand, zögerte sie, als wüsste sie auf einmal nicht recht, was sie sagen oder tun sollte. Er wollte schon danach fragen, aber bevor er dazu kam, verschloss sie ihm den Mund mit einem Kuss. Ihre Lippen waren erstaunlich weich.

»Der soll dir Glück bringen«, sagte sie, und als sie seine Verblüffung sah und die Macht dessen begriff, was sie getan hatte, wurde sie mutiger. Sie schlang ihm die Arme um den Hals (weiter mit dem abgewetzten Pu-Bären in der einen Hand; er kitzelte Jake sanft im Nacken) und tat es noch einmal. Er spürte, wie ihre kleinen, harten Brüste sich an ihn drängten, und würde sich für den Rest seines Lebens an dieses Gefühl erinnern. Würde sich für den Rest seines Lebens an *sie* erinnern.

»Und der war für mich.« Sie zog sich mit gesenktem Blick und feuerroten Wangen an Ted Brautigans Seite zurück, bevor Jake ein Wort sagen konnte. Nicht, dass er jetzt etwas hätte sprechen können, selbst wenn sein Leben davon abgehangen hätte. Seine Kehle war wie zugeschnürt.

Ted sah ihn an und lächelte. »Alle, die später folgen, beurteilt man nach dem ersten«, sagte er. »Glaub mir, ich weiß Bescheid.«

Jake konnte noch immer nichts sagen. Ihr Kuss hätte ebenso gut ein Schlag über den Schädel sein können. So benommen war er.

19

Eine Viertelstunde später standen fünf Männer, ein Mädchen, ein Billy-Bumbler und ein benommener, verwirrter (und übermüdeter) Junge auf der Promenade. Sie schienen das Rasenviereck für sich allein zu haben; die übrigen Brecher waren alle spurlos verschwunden. Von seinem Standort aus konnte Jake das beleuchtete Fenster im Erdgeschoss von Corbett Hall sehen, hinter dem Susannah bei ihrem Mann die Totenwache hielt. Ferner Donner grollte. Ted sprach jetzt wie im Büro des Chefs der Güterexpedition auf dem Bahnhof Donnerschlag, als Eddies Tod noch undenkbar gewesen wäre: »Fasst euch an den Händen. Und konzentriert euch.«

Jake wollte nach Dani Rostovs Hand greifen, aber Dinky schüttelte leise lächelnd den Kopf. »Vielleicht kannst du ein andermal mit ihr Händchen halten, Raubein, aber im Augenblick bist du das Häschen in der Grube. Und dein Dinh ist das andere.«

»Haltet euch an den Händen, ihr zwei«, sagte Sheemie. Aus seiner Stimme sprach eine sanfte Autorität, die Jake bisher nicht an ihm kannte. »Das hilft mit.«

Jake steckte Oy vorn in sein Hemd. »Roland, hast du Sheemie zeigen können …«

»Sieh hin«, sagte Roland und ergriff seine Hände. Die anderen bildeten einen engen Kreis um die beiden. »Sieh hin. Ich glaube, du kannst es erkennen.«

In der Dunkelheit öffnete sich ein leuchtender Spalt, der Sheemie und Ted in Jakes Blickfeld überstrahlte. Als der Spalt sekundenlang zitternd dunkler zu werden schien, fürchtete Jake schon, er könnte wieder verschwinden. Aber dann wurde er wieder heller und breiter. Jake hörte ganz schwach das Fahrgeräusch eines vorbeikommenden Autos oder Lastwagens in jener anderen Welt (wie man Geräusche hörte, wenn man unter Wasser war). Und er sah ein Gebäude mit einem kleinen asphaltierten Parkplatz davor. Dort standen drei Autos und ein Pick-up.

Tageslicht!, sagte er sich bestürzt. Wenn die Zeit in der Fundamentalen Welt nie rückwärts lief, bedeutete das, dass sie einen ihrer willkürlichen Sprünge vorwärts gemacht haben musste. War dies die Fundamentale Welt, dann war heute Samstag, der 19. Juni des Jahres …

»Schnell!«, rief Ted von der anderen Seite dieses leuchtenden Spalts in der Realität. »Wenn ihr gehen wollt, geht jetzt! Er wird gleich ohnmächtig! Wenn ihr …«

Roland riss Jake nach vorn, wobei seine Tasche vom Rücken des Jungen abprallte

Wartet!, wollte Jake noch rufen. *Wartet, ich habe mein Zeug vergessen!*

Aber dafür war es zu spät. Er hatte das Gefühl, als würden Riesenhände seine Brust zusammendrücken, und spürte alle Luft aus seiner Lunge entweichen. Jake hörte sich explosiv furzen und dachte: *Druckabfall*. Ihm kam es so vor, als fiele er nach *oben*, dann fand er sich taumelnd auf dem Asphalt des Parkplatzes wieder, wo sein Schatten an seinen Fersen zu kleben schien: blinzelnd, das Gesicht zu einer Grimasse verzogen und sich mit einem abgelegenen Teil seines Verstandes fragend, wie lange seine Augen nicht mehr einfachem, altem natürlichem Tageslicht ausgesetzt gewesen waren. Wahrscheinlich nicht mehr, seit er die Torweghöhle betreten hatte, um Susannah zu folgen.

Ganz leise hörte er jemanden – das Mädchen, das ihn geküsst hatte, glaubte er – *Alles Gute!* rufen, dann verstummte auch dieses Geräusch. Donnerschlag war fort, das Devar-Toi und die Dunkelheit ebenfalls. Sie waren auf der Amerika-Seite, auf dem Parkplatz des Gebäudes, zu dem Rolands Erinnerung und Sheemies Gedankenkraft – durch die der anderen vier Brecher verstärkt – sie teleportiert hatten. Es war der East Stoneham General Store, vor dem Roland und Eddie von Jack Andolini überfallen worden waren. Falls nicht irgendein schrecklicher Irrtum passiert war, war das jedoch vor zweiundzwanzig Jahren gewesen. Heute war der 19. Juni 1999, und die Reklameuhr im Schaufenster (ES IST IMMER ZEIT FÜR FLEISCHWARE VON BOAR'S HEAD! stand im Kreis um das Zifferblatt) zeigte 15.41 Uhr an.

Die Zeit war fast abgelaufen.

Teil drei

IN DIESEM DUNST AUS GRÜN UND GOLD

VES'-KA GAN

Kapitel I

Mrs. Tassenbaum fährt nach Süden

1

Über die Tatsache, dass seine Hände fast überirdisch schnell waren, hatte Jake Chambers nie nachgedacht. Er wusste nur, dass sein Hemd – durch Oys Gewicht wie schwanger ausgebeult – aus seiner Jeans rutschte, als er aus dem Devar-Toi nach Amerika zurückstolperte. Der Bumbler, der nicht gerade von Glück verwöhnt war, wenn es um den Übergang zwischen Welten ging (beim letzten Mal wäre er fast unter ein Taxi geraten), fiel sich überschlagend heraus. Fast niemand auf der Welt wäre imstande gewesen, diesen Fall zu verhindern (bei dem Oy sich vermutlich keineswegs wehgetan hätte), aber Jake war nicht fast niemand. Das Ka brauchte ihn so dringend, dass es sogar einen Weg gefunden hatte, den Tod zu umgehen, um ihn wieder Roland beizugesellen. Jetzt schossen seine Hände mit solcher Geschwindigkeit nach vorn, dass sie kurzzeitig zur Unsichtbarkeit verschwammen. Als sie wieder sichtbar wurden, war die eine in Oys dichtem Nackenfell vergraben, während die andere das kürzere Fell am Ende des langen Rumpfs gepackt hielt. Jake setzte seinen Freund auf dem Asphalt ab. Oy sah zu ihm auf und bellte einmal kurz. Sein Kläffen schien zwei Dinge auf einmal auszudrücken: *Danke* und *Mach das bloß nicht wieder.*

»Komm!«, sagte Roland. »Wir haben's eilig.«

Als Jake ihm zum Eingang des Ladens folgte, nahm Oy seinen gewohnten Platz neben dem Jungen ein. An der Tür hing ein Schild an einem kleinen Gummisaugnapf. Darauf stand WIR HABEN GEÖFFNET, ALSO NUR HEREIN – genau wie damals im Jahr 1977. Im Schaufenster links neben der Ladentür klebte eine Einladung:

KOMMT ALLEIN, KOMMT GEMEINSAM
ZUM

1. CONGREGATIONAL CHURCH
BEANHOLE BOHNEN-DINNER

Samstag, 19. Juni 1999
Kreuzung Route 7 & Klatt Road

PFARRHAUS (Rückgebäude)
17 – 19.30 Uhr

IN DER 1. CONGO SAGEN WIR:
»FREUT UNS IMMA, SIE ZU SEHN, NACHBAH!«

Jake dachte: *Das Bohnendinner beginnt in ungefähr einer Stunde. Sie werden schon Tischtücher ausbreiten und Geschirr aufdecken.*

Rechts neben der Ladentür klebte eine verblüffendere Mitteilung an die Öffentlichkeit:

ERSTE WIEDERGÄNGER-KIRCHE
LOVELL-STONEHAM
Wollen nicht auch SIE mit uns beten?

Sonntagsgottesdienst: 10 Uhr
Donnerstagsgottesdienst: 19 Uhr

JEDEN MITTWOCH JUGENDABEND!!! 19-21 UHR!
Spiele! Musik! Bibelarbeit!
UND
NACHRICHTEN VON WIEDERGÄNGERN!
He, Teens!
»Nur mitmachen ist cool!!!«
»Wir suchen die Tür zum Paradies – wollt ihr mitsuchen?«

Jake musste unwillkürlich an Harrigan, den Straßenprediger an der Ecke Second Avenue und Forty-sixth Street, denken und fragte sich, zu welcher dieser beiden Kirchen er sich wohl hingezogen gefühlt hätte. Sein Verstand hätte ihm vermutlich zur 1. Congo geraten, aber sein *Herz* …

»Beeil dich, Jake«, sagte Roland wieder, dann war das Bimmeln zu hören, mit dem der Revolvermann die Ladentür aufstieß. Gute Gerüche wehten heraus und erinnerten Jake (wie damals auch Eddie) an Took's, den Gemischtwarenladen in der Calla: Kaffee und Pfefferminzbonbons, Pfeifentabak und Salami, Olivenöl, würzige Salzlake, Zucker und Gewürze und hunderterlei andere gute Sachen.

Als er Roland in den Laden folgte, war ihm bewusst, dass er zumindest doch zwei Dinge mitgebracht hatte. Die Coyote-Maschinenpistole steckte im Bund seiner Jeans, und die geflochtene Tasche mit den Orizas hing weiterhin über seiner Schulter – auf der linken Seite, damit er das noch verbliebene halbe Dutzend Teller leicht mit der rechten Hand erreichen konnte.

2

Wendell »Chip« McAvoy stand an der Kühltheke und wog eine ziemlich große Portion von in Honig eingelegtem Truthahn in Scheiben für Mrs. Tassenbaum ab, und bis die Glocke über der Ladentür bimmelte und Chips Leben noch einmal auf den Kopf stellte *(Du hast einen Kopfstand gemacht,* sagten die Oldtimer früher, wenn man sich mit dem Auto überschlug), hatten sie über die starke Zunahme von Jetbooten auf dem Keywadin Pond diskutiert … oder vielmehr hatte Mrs. *Tassenbaum* darüber gesprochen.

Chip hielt Mrs. T. mehr oder weniger für einen typischen Sommergast: reich wie Krösus (oder zumindest ihr Mann, dem eine dieser neuen Dot-Com-Firmen gehörte), schwatzhaft wie ein von Whiskey betrunkener Papagei und verrückt wie Howard Hughes auf einem Morphiumtrip. Sie konnte sich einen Kabinenkreuzer leisten (und zwei Dutzend Jetboote, die ihn zogen, wenn sie sich das einbildete), aber zu seinem kleinen Supermarkt an diesem Ende des Sees kam sie in einem verkratzten alten Ruderboot, das sie ziemlich genau dort vertäute, wo John Cullum bis zu »Jenem Tag« seines vertäut hatte (als die Jahre seine Geschichte zu immer größerer Reinheit destilliert, sie wie ein häufig poliertes Mahagonimöbel auf Hochglanz gebracht hatten, hatte Chip sich mehr und mehr angewöhnt, die Großschreibung durch entsprechende Betonung auszudrücken, indem er von »Jenem Tag« in demselben ehrfürchtigen Ton sprach wie Reverend Conveigh von Unserem Herrn). Die Tassenbaum war geschwätzig, aufdringlich, gut aussehend (doch, doch, durchaus ... wenn Make-up und Haarspray einen nicht störten), stinkreich und Republikanerin. Unter diesen Umständen fühlte Chip McAvoy sich völlig berechtigt, heimlich den Daumen auf eine Ecke der Waagschale zu legen ... ein Trick, den er von seinem Vater gelernt hatte, der ihm erklärt hatte, es sei praktisch seine Pflicht, Leute von auswärts zu beschummeln, wenn die sich's leisten konnten, aber man dürfe niemals Einheimische beschummeln, nicht mal wenn sie so reich waren wie dieser Schriftsteller King drüben in Lovell. Warum? Weil solche Dinge sich herumsprachen, und ehe man sich's versah, war man ganz auf Kunden von auswärts angewiesen, und versuch *das* mal im Februar, wenn die Schneeverwehungen an der Route über zweieinhalb Meter hoch sind. Jetzt war jedoch nicht Februar, und Mrs. Tassenbaum – eine Tochter Abrahams, wenn er je eine gesehen hatte – war nicht von hier. Nein, Mrs. Tassenbaum und ihr stinkreicher Dot-Com-Ehemann würden nach New York zurückkehren, sobald sie das erste bunte Herbstblatt fallen sahen. Deshalb empfand er auch keinerlei Unrechtsbewusstsein, als er ihre Truthahnportion für sechs Dollar mit dem Daumenballen an der Waage in eine für sieben Dollar achtzig verwandelte. Es schadete auch nichts, ihr zuzustimmen, als sie nun das Thema wechselte und darüber klagte, was für ein schrecklicher Mann dieser Bill Clinton doch sei, obwohl Chip in Wirklichkeit Bubba beide Male gewählt hatte und auch ein drittes Mal für ihn gestimmt hätte, wenn die Verfassung eine dritte Amtszeit zugelassen hätte. Bubba war clever, er verstand sich darauf, die Kameltreiber dazu zu bringen, das zu tun, was er wollte, er hatte den kleinen Mann nicht *völlig* vergessen, und er bekam mehr Muschis zu sehen als eine Klobrille, mein lieber Scholli!

»Und jetzt glaubt Gore, er könnte … in seinem Kielwasser ins Amt rauschen!«, sagte Mrs. Tassenbaum, während sie nach ihrer Geldbörse angelte (das Fleisch auf der Waage wurde auf wundersame Weise noch einmal etwas schwerer, und Chip hielt es für ratsam, dieses Gewicht zu speichern). »Er behauptet, das Internet erfunden zu haben. Ha! Ich weiß es besser! Ich kenne nämlich den Mann, der das Internet *wirklich* erfunden hat!« Sie sah auf (Chips Daumen war jetzt nirgends in der Nähe der Waage zu sehen, in dieser Beziehung hatte er einen Instinkt, der Teufel sollte ihn holen, wenn er da keinen hatte) und bedachte Chip mit einem schelmischen kleinen Lächeln. Sie senkte die Stimme auf eine vertrauliche Unter-uns-Tonhöhe. »Wie auch nicht, schließlich schlafe ich seit fast zwanzig Jahren im selben Bett mit ihm!«

Chip lachte herzlich, nahm den aufgeschnittenen Truthahn von der Waage und legte ihn auf ein Stück weißes Einwickelpapier. Er war froh, dass das Thema Jetboote abgeschlossen war, er hatte sich bei Viking Motors (»The Boys with the Toys«) drüben in Oxford neulich selbst eines bestellt.

»Ich weiß, was Sie meinen! Dieser Bursche, dieser Gore, viel zu glatt!« Mrs. Tassenbaum nickte enthusiastisch, weshalb Chip beschloss, noch etwas nachzulegen. »Zum Beispiel seine Frisur – wie kann man jemandem trauen, der sich so viel Pomade in sein …«

Und genau in diesem Augenblick bimmelte die Glocke über der Ladentür. Chip hob den Kopf. Sah. Und erstarrte. Seit Jenem Tag war gottverdammt viel Wasser den Saint John River hinabgeflossen, aber Wendell »Chip« McAvoy erkannte den Mann, der all jene Scherereien verursacht hatte, in dem Augenblick wieder, in dem dieser über die Schwelle trat. Manche Gesichter vergaß man einfach nie.

Und hatte er tief im geheimen Innersten seines Herzens nicht stets geahnt, dass der Mann mit den erschreckend blauen Augen noch nicht mit ihm fertig war, sondern eines Tages zurückkommen würde?

Seinetwegen?

Dieser Gedanke durchbrach seine Lähmung. Chip warf sich herum und flüchtete. Er war hinter der Theke noch keine drei Schritte weit gekommen, da fiel ein Schuss, der wie Donner durch den Laden hallte – das Geschäft war größer und moderner als 1977, weil sein Vater zum Glück auf einer extravagant hohen Versicherung bestanden hatte –, und Mrs. Tannenbaum stieß einen durchdringenden Schrei aus. Drei oder vier Kunden, die zwischen den Regalen unterwegs waren, drehten sich mit erstaunten Gesichtern um, und eine Frau brach ohnmächtig zusammen. Chip hatte noch Zeit, die Tatsache zu registrieren, dass es sich um Rhoda Beemer handelte: die älteste Tochter einer der beiden Frauen, die an Jenem Tag hier erschossen wurde. Auf einmal erschien es ihm, als wäre die Zeit zurückgedreht worden, als läge dort Ruth selbst, während eine Büchse Sahnemais aus ihrer schlaff gewordenen Hand rollte. Er hörte eine Kugel wie eine zornige Wespe über sich hinwegsurren und kam schlitternd und mit erhobenen Händen zum Stehen.

»Nicht schießen, Mister!«, hörte er sich mit der dünnen, zittrigen Stimme eines alten Mannes blöken. »Nehmen Sie, was in der Kasse ist, aber erschießen Sie mich nicht!«

»Umdrehen!« Es war die Stimme des Mannes, der Chips Welt an Jenem Tag auf den Kopf gestellt hatte – des Mannes, durch dessen Schuld er beinahe umgekommen war (er hatte drüben in Bridgton zwei Wochen lang im Krankenhaus gelegen, so wahr Jesus lebte) und der nun zurückgekehrt war wie ein altes Monster, das im Kleiderschrank eines Kindes hauste. »Alle anderen auf den Fußboden, aber Ihr dreht Euch um, Krämer. Dreht Euch um und seht mich an.

Seht mich sehr wohl an.«

3

Der Mann schwankte so stark, dass Roland kurz fürchtete, er werde zusammenklappen, statt sich umzudrehen. Aber vielleicht sagte irgendein überlebensorientierter Teil seines Gehirns ihm, dass sein Leben eher in Gefahr war, wenn er jetzt ohnmächtig werde, jedenfalls schaffte der Ladenbesitzer es irgendwie, auf den Beinen zu bleiben und sich nach dem Revolvermann umzudrehen. Seine Kleidung hatte fast unheimliche Ähnlichkeit mit der, die er bei Rolands vorigem Besuch getragen hatte; die schwarze Krawatte und die bis hoch über die Taille reichende Fleischerschürze hätten die gleichen wie damals sein können. Das Haar, das er wie früher glatt zurückgekämmt trug, war nicht mehr nur grau meliert, sondern inzwischen ganz weiß. Roland erinnerte sich daran, wie Blut aus der linken Schläfe des Ladenbesitzers gespritzt war, nachdem eine Kugel – möglicherweise von Andolini selbst abgefeuert – sie gestreift hatte. Jetzt befand sich dort ein hellgrau verfärbter Klumpen Narbengewebe. Roland vermutete, dass der Mann sein Haar mit Fleiß auf eine Weise kämmte, die diese Narbe eher zur Schau stellte, als sie zu verbergen. Er hatte an jenem Tag das Glück eines Dummen gehabt oder war vom Ka gerettet worden. Letzteres hielt Roland für wahrscheinlicher.

Das angstvolle Wiedererkennen in seinem Blick ließ vermuten, dass das auch der Ladenbesitzer glaubte.

»Habt Ihr ein Karromobil, ein Truckomobil oder ein Tack-Sieh?«, fragte Roland, wobei seine Waffe weiter auf den Bauch des Ladenbesitzers zielte.

Jake trat neben Roland. »Was fahren Sie?«, fragte er den Ladenbesitzer. »Das meint er.«

»Pick-up!«, brachte der Ladenbesitzer heraus. »International Harvester! Steht draußen auf dem Parkplatz!« Er griff so plötzlich unter seine Schürze, dass Roland ihn um ein Haar erschossen hätte. Zu seinem Glück merkte der Ladenbesitzer das offenbar nicht. Alle Kunden – auch die Frau, die an der Kühltheke gestanden hatte – lagen jetzt flach auf dem Boden. Roland konnte das Fleisch riechen, das sie sich hatte abwiegen lassen, worauf sofort sein Magen knurrte. Er war müde, hungrig, mit Kummer überladen, und es gab zu viele Dinge, an die er denken musste, bei weitem zu viele. Sein Verstand kam nicht mehr mit. Jake hätte vielleicht gesagt, er brauche eine »Auszeit«, aber Roland konnte in ihrer unmittelbaren Zukunft keine Auszeiten sehen.

Der Ladenbesitzer hielt ihm einen Schlüsselbund hin. Die Finger zitterten, und die Schlüssel klirrten leise. Die durch die Schaufenster einfallende Spätnachmittagssonne fiel auf sie und warf komplizierte Reflexionen in die Augen des Revolvermanns. Erst hatte der Mann mit der Hand unter seine weiße Schürze gegriffen (und das gar nicht langsam), ohne um Erlaubnis zu fragen; jetzt hielt er mehrere reflektierende Metallobjekte hoch, wie um seinen Gegner zu blenden. Als ob er es darauf *anlegte,* erschossen zu werden. Aber so war's auch am Tag des Hinterhalts gewesen, oder nicht? Der Krämer (damals noch leichtfüßiger und ohne krummen Rücken) war Eddie und ihm wie eine Katze nachgelaufen, die es nicht lassen konnte, einem zwischen die Beine zu geraten, und hatte den Kugelhagel um sie herum anscheinend nicht wahrgenommen (genau wie er den Streifschuss an seiner Schläfe zunächst anscheinend nicht bemerkt hatte). Roland wusste noch gut, wie er zwischendrin von seinem Sohn erzählt hatte – fast wie ein Mann, der beim Friseur ein Schwätzchen hielt, während er darauf wartete, dass er an die Reihe kam. Also ein Ka-Mai, und solche Leute waren nicht selten gegen Gefahren gefeit. Zumindest bis das Ka ihrer Possen überdrüssig wurde und sie aus dieser Welt hinausbeförderte.

»Nehmen Sie den Pick-up, nehmen Sie ihn, fahren Sie, wohin Sie wollen!«, rief der Ladenbesitzer. »Er gehört Ihnen! Ich schenke ihn Ihnen! Wirklich!«

»Wenn Ihr nicht aufhört, mich mit den verdammten Schlüsseln zu blenden, Sai, nehme ich Euch das Leben«, sagte Roland. Hinter der Theke hing eine weitere Uhr. Ihm war bereits aufgefallen, dass diese Welt voller Uhren war, so als glaubten die Leute, die hier lebten, sie könnten damit die Zeit käfigen. Zehn vor vier, was bedeutete, dass sie schon neun Minuten auf der Amerika-Seite waren. Die Zeit raste, raste nur so dahin. Irgendwo in der Nähe befand Stephen King sich höchstwahrscheinlich auf seinem Nachmittagsspaziergang, und zwar in verzweifelter Gefahr, obwohl er nichts davon ahnte. Oder war es schon passiert? Sie – wenigstens Roland – hatten immer angenommen, dass der Tod des Schriftstellers sie wie ein Balkenbeben schwer treffen würde, aber vielleicht stimmte das ja gar nicht. Vielleicht würden die Auswirkungen seines Todes sich erst nach und nach bemerkbar machen.

»Wie weit ist es von hier zur Turtleback Lane?«, knurrte Roland den Ladenbesitzer an.

Der ältliche Sai starrte ihn nur mit riesigen, vor Entsetzen feucht schimmernden Augen an. Roland hatte noch nie ein derart starkes Bedürfnis gehabt, einen Menschen abzuknallen … oder ihn wenigstens mit dem Revolvergriff niederzuschlagen. Der Mann sah so dämlich aus wie eine Ziege, die mit einem Huf in einer Felsspalte festsaß.

Dann sprach die vor der Kühltheke auf dem Boden liegende Frau. Sie behielt die Hände auf dem Rücken, als sie sich zur Seite wälzte, um zu Roland und Jake aufsehen zu können. »Die liegt in Lovell, Mister. Das ist ungefähr fünf Meilen von hier.«

Ein Blick in ihre Augen – groß und braun, aber keineswegs in Panik – genügte, um Roland zu zeigen, dass sie nicht den Krämer, sondern diese Frau brauchten. Es sei denn …

Er wandte sich an Jake. »Kannst du das Gefährt des Krämers fünf Meilen weit fahren?«

Roland sah, dass der Junge das schon bejahen wollte, aber dann erkannte, dass er nicht das Misslingen ihres Unternehmens riskieren durfte, indem er etwas zu tun versuchte, was er – als Stadtjunge, der er war – noch nie im Leben getan hatte.

»Nein«, sagte Jake. »Ich glaube nicht. Und du?«

Roland hatte beobachtet, wie Eddie den Wagen John Cullums gelenkt hatte. Das Ganze schien nicht allzu schwer zu sein … aber er musste Rücksicht auf seine Hüfte nehmen. Rosa hatte ihm erklärt, dass die Gelenkstarre sich rasch ausbreite – wie ein von stürmischen Winden angefachter Waldbrand, hatte sie gesagt –, und er wusste jetzt, was sie damit gemeint hatte. Auf der Wanderung zur Calla Bryn Sturgis hatte seine Hüfte nur manchmal wehgetan. Jetzt kam es ihm so vor, als wäre die Gelenkpfanne mit flüssigem Blei ausgegossen und zusätzlich mit Stacheldraht umwickelt worden. Die Schmerzen strahlten bis zum rechten Fußknöchel hinunter aus. Roland hatte beobachtet, wie Eddie die Pedale trat, wie er – immer mit dem rechten Fuß – zwischen dem, das den Wagen beschleunigte, und dem, das ihn abbremste, hin- und herwechselte. Was bedeutete, dass das rechte Hüftgelenk in ständiger Bewegung war.

Das traute er sich nicht zu. Nicht mit der erforderlichen Zuverlässigkeit.

»Ich glaube nicht«, sagte er. Er nahm dem Ladenbesitzer die Schlüssel ab, dann sah er die vor der Kühltheke liegende Frau an. »Steht auf, Sai«, sagte er.

Mrs. Tassenbaum gehorchte, und als sie stand, gab Roland ihr die Autoschlüssel. *Hier drinnen treffe ich immer wieder nützliche Leute*, dachte er. *Wenn sie so gut ist, wie Cullum sich erwiesen hat, klappt vielleicht doch noch alles.*

»Ihr fahrt meinen jungen Freund und mich jetzt nach Lovell«, sagte Roland.

»In die Turtleback Lane«, sagte sie.

»Ihr sprecht wahr, sage Euch meinen Dank.«

»Werden Sie mich erschießen, wenn wir Ihr Ziel erst einmal erreicht haben?«

»Nur wenn Ihr trödelt«, sagte Roland.

Sie dachte kurz nach, dann nickte sie. »Gut, dann werde ich mal lieber nicht trödeln. Also los!«

»Alles Gute, Mrs. Tassenbaum«, sagte der Ladenbesitzer mit schwacher Stimme, als sie sich nun auf den Weg zur Tür machte.

»Sollte ich nicht zurückkommen«, sagte sie, »merken Sie sich nur eines: Es war mein Mann, der das Internet erfunden hat – er und seine Freunde, teils am CalTech, teils in ihren Garagen. *Nicht* Albert Gore.«

Rolands Magen knurrte wieder. Er griff über die Theke (der Krämer wich vor ihm zurück, als fürchtete er, Roland könnte ihn mit der Pest anstecken), schnappte sich den aufgeschnittenen Truthahn der Frau und stopfte sich drei Scheiben davon in den Mund. Den Rest gab er Jake, der schnell zwei Scheiben aß und dann auf Oy hinuntersah, der das Fleisch mit großem Interesse betrachtete.

»Du kriegst deinen Anteil, sobald wir im Pick-up sitzen«, versprach Jake ihm.

»Pick«, sagte Oy, dann viel nachdrücklicher: »Teil!«

»Da springt doch Jesus im Viereck«, sagte der Ladenbesitzer.

4

Der Yankee-Akzent des Ladenbesitzers mochte ja vielleicht etwas für sich haben, der Pick-up jedoch ganz und gar nicht. Zum einen besaß er eine Handschaltung. Irene Tassenbaum aus Manhattan hatte kein Auto mit Handschaltung mehr gefahren, seit sie Irene Cantora aus Staten Island gewesen war. Außerdem handelte es sich hier um eine Knüppelschaltung, wie ihr überhaupt noch nie eine untergekommen war.

Jake saß direkt neben ihr, hatte die Füße rechts und links neben besagten Schaltknüppel gestellt und hielt Oy auf dem Schoß. Roland schwang sich auf den Beifahrersitz und gab sich Mühe, wegen der Schmerzen in seinem Bein nicht irgendwelche Laute von sich zu geben. Irene vergaß die Kupplung zu treten, als sie den Motor anließ. Der I-H machte einen Satz nach vorn, dann stand er wieder still da. Zum Glück war er seit Mitte der Sechzigerjahre im Westen von Maine unterwegs, sodass er nicht mehr wie ein munteres Fohlen bockte, sondern eher wie eine ältliche Stute gemächlich hüpfte; sonst hätte Chip McAvoy wieder mindestens eine seiner Schaufensterscheiben eingebüßt. Oy hatte Mühe, sich auf Jakes Schoß zu halten, und versprühte einen Mund voll Truthahn mit einem Wort, das er von Eddie gelernt hatte.

Irene starrte den Bumbler mit großen, verblüfften Augen an. »Hat dieses Geschöpf eben *fuck* gesagt, junger Mann?«

»Kümmern Sie sich nicht darum, was er gesagt hat«, antwortete Jake. Seine Stimme zitterte. Die Boar's-Head-Uhr im Schaufenster zeigte jetzt fünf vor vier an. Wie Roland hatte auch der Junge noch nie zuvor das Gefühl gehabt, dass die Zeit etwas war, was sie so wenig unter ihrer Kontrolle hatten. »Treten Sie die Kupplung, damit wir endlich *weiterkommen.«*

Zum Glück war das Schaltschema in den Schaltknopf eingeprägt und noch immer schwach sichtbar. Mrs. Tassenbaum trat die Kupplung mit ihrem beturnschuhten linken Fuß, ließ das Getriebe höllisch krachen und fand schließlich den Rückwärtsgang. Der Pick-up stieß mit einer Reihe von Rucken rückwärts auf die Route 7 hinaus und hatte die Mittellinie bereits halb überfahren, als der Motor abstarb. Sie drehte den Zündschlüssel sofort nach rechts und merkte erst zu spät, dass sie wieder vergessen hatte, die Kupplung zu treten, um eine weitere Reihe dieser krampfhaften Sprünge vermeiden zu können. Jake und Roland stützten sich jetzt von dem staubigen Instrumentenbrett ab, auf dem ein rot-weiß-blauer Aufkleber AMERICA! LOVE IT OR LEAVE! forderte. Die Sprünge erwiesen sich jedoch schließlich sogar als ihr Glück. Im selben Augenblick kam ein Langholzwagen – Roland musste unwillkürlich an den denken, der bei seinem letzten Aufenthalt hier verunglückt war – über die Kuppe nördlich des Ladens. Wäre der Pick-up nicht auf den Parkplatz zurückgehoppelt (wo er den Kotflügel eines geparkten Wagens eindrückte, bevor er endlich zum Stehen kam), wären sie mittschiffs gerammt worden. Und sehr wahrscheinlich dabei umgekommen. Der Langholzwagen wich mit trompetendem Horn aus, worauf die Hinterräder eine riesige Staubwolke aufwirbelten.

Das Geschöpf auf dem Schoß des Jungen – Mrs. Tassenbaum kam es wie eine verrückte Mischung aus Hund und Waschbär vor – bellte wieder ein Wort.

Fuck. Da war sie sich ziemlich sicher.

Der Ladenbesitzer und die anderen Kunden standen hinter dem Schaufenster aufgereiht, und Irene wusste plötzlich, wie sich ein Fisch im Aquarium fühlen musste.

»Lady, können Sie die Kiste fahren oder nicht?«, brüllte der Junge. Über die linke Schulter hatte er eine Art Tasche hängen. Sie erinnerte an die eines Zeitungsjungen, war aber aus Schilf geflochten und schien Teller zu enthalten.

»Ich kann sie fahren, junger Mann, nur keine Sorge.« Sie war verängstigt, aber zugleich … Machte ihr das nicht auch alles irgendwie *Spaß?* Sie glaubte es fast. In den letzten achtzehn Jahren war sie kaum mehr gewesen als etwas, mit dem der große David Tassenbaum sich schmückte, eine Schauspielerin, die in seinem zunehmend berühmten Leben eine Nebenrolle spielte, die Dame des Hauses, die »Diese hier *müssen* Sie versuchen« sagte, während sie auf Partys Kanapees herumreichte. Jetzt war sie plötzlich im Mittelpunkt von irgendwas, und sie ahnte, dass dieses Irgendwas in der Tat höchst wichtig war.

»Tief Luft holen«, sagte der Mann mit dem harten sonnenverbrannten Gesicht. Er starrte mit seinen leuchtend blauen Augen in ihre, und wie er das tat, war es schwierig, an etwas anderes zu denken. Außerdem war das Gefühl angenehm. *Wenn das Hypnose ist,* dachte sie, *sollte man das an staatlichen Schulen unterrichten.* »Die Luft anhalten, dann ausatmen. Und jetzt *fahrt* uns, um Eures Vaters willen.«

Sie atmete wie angewiesen tief durch, und auf einmal erschien ihr der Tag heller – fast leuchtend. Und sie konnte leise singende Stimmen hören. Wunderschöne Stimmen. Lief im Autoradio etwa irgendeine Schnulzensendung? Keine Zeit, das zu überprüfen. Aber es war angenehm, was immer es war. So beruhigend wie das tiefe Atemholen.

Mrs. Tassenbaum trat die Kupplung und ließ den Motor an. Diesmal fand sie den Rückwärtsgang beim ersten Versuch und stieß halbwegs gekonnt rückwärts auf die Straße hinaus. Als sie dann den ersten Gang einlegen wollte, erwischte sie jedoch den zweiten, sodass der Motor fast abstarb, als sie die Kupplung kommen ließ, aber dann schien er sich ihrer doch zu erbarmen. Mit dem Pfeifen von losen Kolbenringen und wahnsinnigem Geklapper unter der Motorhaube fuhren sie endlich nach Norden in Richtung Stoneham-Lovell davon.

»Wisst Ihr, wo die Turtleback Lane ist?«, fragte Roland sie. Vor ihnen, in der Nähe einer Reklametafel mit der Aufschrift MILLION DOLLAR CAMPGROUND fuhr ein klappriger blauer Minivan auf die Straße hinaus.

»Ja«, sagte sie.

»Bestimmt?« Der Revolvermann wollte mit der Suche nach der abgelegenen Straße, in der King wohnte, auf keinen Fall kostbare Zeit vergeuden.

»Ja. Wir haben Freunde, die dort wohnen. Die Beckhardts.«

Einen Augenblick lang konnte Roland nur herumrätseln: Er wusste, dass er diesen Namen schon einmal gehört hatte, konnte sich zunächst aber nicht erinnern, wo. Dann kam er darauf. Beckhardt war der Name des Mannes, in dessen Haus Eddie und er ihr letztes Palaver mit John Cullum gehalten hatten. Er spürte einen neuerlichen Stich ins Herz, als er daran dachte, wie Eddie an jenem Nachmittag gewesen war: noch so stark und lebensprühend.

»Gut«, sagte er. »Ich glaube Euch.«

Sie sah an dem zwischen ihnen sitzenden Jungen vorbei zu ihm hinüber. »Sie haben's wohl verdammt eilig, Mister – wie das weiße Kaninchen in *Alice im Wunderland*. Zu welchem hochwichtigen Anlass kommen Sie denn beinahe zu spät?«

Roland schüttelte den Kopf. »Tut nichts zur Sache, fahrt einfach nur.« Er sah auf die Uhr im Instrumentenbrett, aber die war offensichtlich defekt. Die Zeiger waren schon lange auf (natürlich) 9.19 Uhr stehen geblieben. »Vielleicht ist es noch nicht zu spät«, sagte er, während der blaue Van vor ihnen, von Jake und Roland völlig unbeachtet, seinen Vorsprung zu vergrößern begann. Einmal geriet er über den Mittelstrich der Route 7 auf die Gegenfahrbahn, und

Mrs. Tassenbaum hätte sich fast zu einer Bemerkung hinreißen lassen – irgendwas über Leute, die schon vor fünf Uhr zu trinken begannen –, aber dann kehrte der Van doch wieder auf seine Straßenseite zurück, fuhr über den nächsten Hügel und verschwand in Richtung Lovell.

Mrs. Tassenbaum dachte nicht mehr an ihn. Es gab interessantere Dinge, über die sie nachdenken musste. Beispielsweise …

»Was ich jetzt frage, braucht ihr nicht zu beantworten, wenn ihr nicht wollt«, sagte sie, »aber ich gebe zu, dass ich neugierig bin: Seid ihr Wiedergänger, Jungs?«

5

Bryan Smith hat die letzten paar Nächte – mit seinen Rottweilern, beide aus demselben Wurf, denen er die Namen Bullet und Pistol gegeben hat – auf dem Million Dollar Campground knapp außerhalb des Gemeindegebiets von Lovell-Stoneham verbracht. Dort am Fluss lässt es sich recht gut aushalten (die Einheimischen nennen die wackelige Holzkonstruktion, die über das Wasser führt, die Million Dollar Bridge, was Bryan als Witz versteht, der noch dazu, bei Gott!, recht komisch ist). Außerdem kreuzen dort manchmal Leute auf – vor allem Hippietypen aus den Wäldern um Sweden, Harrison und Waterford –, die immer irgendwelche Drogen zu verkaufen haben. Bryan ist gern ein bisschen auf Droge, mag gern down *sein, wenn's beliebt, und er ist an diesem Samstagnachmittag down … nicht sehr, nicht so, wie er es am liebsten mag, aber doch genug, um nach etwas zu gieren, das sich mampfen lässt. Im Center Lovell Store haben sie diese Mars-Schokoriegel. Und wenn man heißhungrig ist, gibt's nichts Besseres zu mampfen.*

Er fährt vom Campingplatz auf die Route 7 hinaus, ohne auch nur einen Blick nach rechts oder links zu werfen, und sagt dann: »Ups, wieder vergessen!« Allerdings ist hier niemand unterwegs. Später – vor allem zwischen dem Unabhängigkeitstag und dem

Labor Day Anfang September – wird es sogar hier draußen in der Provinz mehr Verkehr geben, durch den man sich kämpfen muss, und er wird wahrscheinlich keine weiten Ausflüge mehr machen. Er weiß, dass er kein besonders guter Fahrer ist; beim nächsten Strafzettel wegen Schnellfahrens oder eines Blechschadens ist er seinen Führerschein vermutlich für ein halbes Jahr los. Wieder mal.

Aber diesmal gibt's keine Probleme; der einzige andere Wagen in Sichtweite ist ein alter Pick-up, aber diese Dschunke ist längst eine halbe Meile hinter ihm.

»Friss meinen Staub, Cowboy!«, sagt er und kichert. Er weiß nicht, warum er Cowboy *gesagt hat, obwohl er an* Motherfucker *gedacht hat – wie in* Friss meinen Staub, Motherfucker –, *aber es klingt gut. Es klingt richtig. Er merkt, dass er auf die Gegenfahrbahn geraten ist, und korrigiert seinen Kurs. »On the road again!«, ruft er aus und lässt dabei ein weiteres hohes Kichern hören.* On the road again *ist ein guter Scherz, den er immer bei Mädchen anbringt. Gut kommt's auch an, wenn man das Lenkrad so hin und her reißt, dass der Wagen über die Straße schlingert, und dazu sagt:* Jesses! Mann, muss ich viel Hustensaft erwischt haben! *Er kennt viele Sprüche dieser Art, hat sogar mal daran gedacht, ein Buch mit dem Titel* Verrückte Straßenwitze *zu schreiben. Wäre das nicht ein Heuler: Bryan Smith schreibt ein Buch genau wie dieser Kerl King da drüben in Lovell!*

Er stellt das Radio an (wobei der Van auf den weichen Seitenstreifen links neben der Fahrbahn gerät und eine Staubfahne hinter sich herzieht, ohne jedoch in den Straßengraben zu rutschen) und bekommt Steely Dan rein, die »Hey Nineteen« spielen. Geiler Song! Ja, Sir, voll *geil! Als Reaktion auf die Musik fährt er etwas schneller. Ein Blick in den Rückspiegel zeigt ihm, dass seine Hunde, Bullet und Pistol, mit glänzenden Augen über die Rücksitzlehne glotzen. Eine Sekunde lang glaubt Bryan, dass sie ihn ansehen, sich vielleicht denken, was für ein feiner Kerl er ist, dann fragt er sich, wie man bloß so dämlich sein kann. Hinter dem Fahrersitz steht eine Kühlbox aus Styropor mit einem Pfund Hamburgerfleisch, das er sich später auf dem Million Dollar Campground am Lagerfeuer braten will. Ja, und als Nachtisch noch ein paar Mars-Riegel, beim haarigen alten Jesus! Schokoriegel von Mars sind voll geil!*

»Die Kühlbox geht euch nichts an, Jungs«, erklärt Bryan Smith den Hunden, die er im Rückspiegel sehen kann. Statt zu gieren, nickt der Minivan diesmal und gerät über den durchgezogenen Mittelstrich, während er mit achtzig Sachen eine unübersichtliche Steigung hinauffährt. Zum Glück – oder unglücklicherweise, je nachdem, wie man die Sache betrachtet – kommt ihm kein Fahrzeug entgegen; nichts behindert Bryan Smiths Weiterfahrt nach Norden.

»Lasst bloß das Hamburgerfleisch in Ruhe, das ist mein Abendessen.« Er sagt Ahmdessn so, wie auch John Cullum das aussprechen würde, aber das Gesicht, das den Hunden mit den glänzenden Augen aus dem Rückspiegel entgegensieht, gleicht dem Gesicht von Sheemie Ruiz. Fast wie ein Ei dem anderen.

Sheemie könnte Bryan Smiths Zwillingsbruder sein.

6

Irene Tassenbaum fuhr den Pick-up jetzt selbstsicherer, Knüppelschaltung hin oder her. Allerdings wünschte sie sich irgendwie, nicht ungefähr eine Viertelmeile weiter rechts abbiegen zu müssen, weil sie dazu wieder die Kupplung würde treten müssen, diesmal zum Herunterschalten. Aber dort vorn begann nun einmal die Turtleback Lane, und die Turtleback Lane war, wohin diese Jungs wollten.

Wiedergänger! Sie behaupteten, welche zu sein, und *sie* glaubte es ihnen doch glatt, aber wer hätte das sonst noch getan? Vielleicht Chip McAvoy und natürlich Reverend Peterson von dieser verrückten Wiedergänger-Kirche unten in Stoneham Corners, aber sonst noch jemand? Zum Beispiel ihr Ehemann? Von wegen. Niemals. Was man nicht auf einen Mikrochip ätzen konnte, war nach David Tassenbaums Überzeugung nicht real. Sie fragte sich – wie in letzter Zeit schon mehrmals –, ob man mit siebenundvierzig nicht schon zu alt war, um an eine Scheidung zu denken.

Sie schaltete in den zweiten Gang zurück, ohne das Getriebe *allzu* sehr krachen zu lassen, aber als sie vom Highway abbog, musste sie dann ganz in den ersten Gang herunterschalten, weil der dumme alte Pick-up zu ächzen und zu tuckern anfing. Sie rechnete schon damit, dass einer ihrer Mitfahrer eine klugscheißerische Bemerkung machen würde (vielleicht würde der Mutantenhund des Jungen sogar wieder *fuck* sagen), aber der Mann auf dem Beifahrersitz sagte nur: »Die Straße sieht jetzt anders aus.«

»Wann waren Sie denn zuletzt hier?«, fragte Irene Tassenbaum ihn. Sie überlegte, ob sie wieder in den zweiten Gang hochschalten sollte, beschloss dann aber, alles beim Alten zu belassen. »Solange es funktioniert, nur nicht daran herummachen«, sagte David gern.

»Das ist eine Weile her«, räumte der Mann ein. Sie konnte nicht anders, sie musste immer wieder heimlich zu ihm hinübersehen. Er hatte etwas Fremdartiges und Exotisches an sich – besonders in den Augen. Es war, als hätten sie Dinge gesehen, von denen sie niemals auch nur geträumt hatte.

Schluss damit, ermahnte sie sich. *Er ist wahrscheinlich ein Drugstore-Cowboy, der gerade mal aus Portsmouth, New Hampshire, kommt.*

Aber irgendwie bezweifelte sie das. Auch der Junge war merkwürdig – er und sein exotischer Hundemischling –, aber die beiden waren nichts im Vergleich zu dem Mann mit dem hageren Gesicht und den seltsamen blauen Augen.

»Eddie hat erzählt, dass sie eine Schleife bildet«, sagte der Junge. »Vielleicht seid ihr beide das letzte Mal von der anderen Seite gekommen.«

Der Mann dachte darüber nach, dann nickte er. »Liegt das andere Ende in Richtung Bridgton?«, fragte er die Frau.

»Ja, genau.«

Der Mann mit den seltsamen blauen Augen nickte. »Wir wollen zum Haus des Schriftstellers.«

»Cara Laughs«, sagte sie sofort. »Ein schönes Haus. Ich kenne es vom See aus, aber ich weiß nicht, welche Nummer die Einfahrt …«

»Nummer neunzehn«, sagte der Mann. Sie fuhren gerade an der Hausnummer 27 vorbei. Von diesem Ende der Turtleback Lane aus würden die Nummern nicht höher, sondern niedriger werden.

»Was wollen Sie denn von ihm, wenn ich fragen darf?«

Diesmal antwortete der Junge. »Wir wollen ihm das Leben retten.«

7

Roland erkannte die steil abfallende Zufahrt sofort wieder, obwohl er sie zuletzt unter einem schwarzen Gewitterhimmel gesehen hatte und durch die leuchtenden fliegenden Taheen abgelenkt gewesen war. Heute war keine Spur von Taheen oder anderen exotischen Geschöpfen zu sehen. Das Schindeldach des Hauses unter ihnen war irgendwann in den vergangenen Jahren durch Kupferblech ersetzt worden, und die bewaldete Fläche hinter dem Haus war jetzt ein Rasen, aber die Einfahrt war gleich geblieben: links ein Schild mit dem Namen CARA LAUGHS und rechts eines mit der Zahl **19** in großen Ziffern. Dahinter lag der im hellen Nachmittagslicht blau glitzernde See.

Vom Rasen kam das Knattern eines angestrengt ratternden kleinen Motors herauf. Roland sah zu Jake hinüber und erschrak sofort über die bleichen Wangen des Jungen und dessen weit aufgerissene, ängstlich dreinblickende Augen.

»Was? Was ist los?«

»Er ist nicht hier, Roland. Weder er noch jemand aus seiner Familie. Nur der Mann, der den Rasen mäht.«

»Unsinn, du kannst doch nicht …«, begann Mrs. Tassenbaum.

»Ich weiß es!«, brüllte Jake sie an. »Ich *weiß* es, Lady!«

Roland starrte Jake offen mit einer Art entsetzter Faszination an … aber in seiner gegenwärtigen Verfassung verstand der Junge diesen Blick nicht oder übersah ihn ganz.

Weshalb lügst du, Jake?, dachte der Revolvermann. Und unmittelbar darauf: *Nein, er lügt nicht.*

»Was ist, wenn es schon passiert ist?«, fragte Jake, und ja, doch, er war wirklich wegen King besorgt, wenngleich Roland den Verdacht hatte, dass das nicht der einzige Grund für Jakes Besorgnis war. »Was ist, wenn er tot ist und seine Angehörigen nicht hier sind, weil die Polizei sie benachrichtigt hat, und …«

»Es ist nicht passiert«, sagte Roland, aber das war auch schon alles, was er mit Sicherheit sagen konnte. *Was weißt du, Jake, und warum erzählst du's mir nicht?*

Er hatte allerdings keine Zeit, sich jetzt länger darüber Gedanken zu machen.

8

Die Stimme des Mannes mit den blauen Augen klang ruhig, als er mit dem Jungen sprach, aber er *erschien* Irene Tassenbaum nicht ruhig, durchaus nicht. Die singenden Stimmen, die sie zuerst vor dem East Stoneham General Store gehört hatte, hatten sich verändert. Ihr Lied klang zwar noch immer süß, aber hatte sich da nicht eine verzweifelte Note eingeschlichen? Sie glaubte, eine zu hören. Eine hohe, flehende Klangfarbe, die ihre Schläfen pochen ließ.

»Wie willst du das *wissen?«*, schrie der Junge namens Jake den Mann an – seinen Vater, wie sie vermutete. »Wie willst du dir da so gottverdammt sicher sein?«

Statt die Frage des Jungen zu beantworten, sah der Mann namens Roland *sie* an. Mrs. Tassenbaum fühlte, dass sie auf Armen und Rücken eine Gänsehaut bekam.

»Fahrt runter, Sai, wenn's beliebt.«

Sie betrachtete die steile Zufahrt zum Haus Cara Laughs zweifelnd. »Dann komme ich mit der Klapperkiste hier aber vielleicht nicht wieder rauf.«

»Das werdet Ihr müssen«, sagte Roland.

9

Der Mann, der den Rasen mähte, war Kings Leibeigener, nahm Roland an, oder was sonst in dieser Welt dafür galt. Unter dem Strohhut lugte weißes Haar hervor, aber er hielt sich gerade, wirkte gesund und schien die Last seiner Jahre ohne große Mühe zu tragen. Als der Pick-up nun die steile Zufahrt zum Haus herunterrollte, hielt der Mann inne, wobei er einen Arm auf dem Gestänge des Rasenmähers ruhen ließ. Als die Beifahrertür geöffnet wurde und der Revolvermann ausstieg, betätigte er den Zündschalter, um den Motor abzustellen. Und er nahm den Hut ab – ohne recht zu merken, was er da tat, wie Roland vermutete. Dann registrierte er den Revolver an Rolands Seite und riss die Augen weit genug auf, um die Krähenfüße um sie herum verschwinden zu lassen.

»Howdy, Mister«, sagte er vorsichtig. *Er hält mich wohl für einen Wiedergänger*, dachte Roland. *Genau wie die Frau es getan hat.*

Und sie *waren* ja auch gewissermaßen Wiedergänger, Jake und er; und waren zudem zufälligerweise zu einer Zeit und an einem Ort aufgetaucht, an dem solche Erscheinungen sich häuften.

Und wo die Zeit rasend schnell verging.

Roland sprach, bevor der Mann weiter etwas sagen konnte. »Wo sind sie? Wo ist *er*? Stephen King? Sprecht, Mann, und sagt mir die Wahrheit!«

Der Strohhut glitt aus den kraftlos werdenden Fingern des Alten und fiel vor seinen Stiefeln ins frisch gemähte Gras. Mit seinen haselnussbraunen Augen starrte er fasziniert in Rolands Augen: ein von der Schlange hypnotisiertes Kaninchen.

»Die Familje is in ihrm Haus am andern Seeufer«, sagte er. »Das den Schindlers gehört hat. Sie feiert dort. Steve hat gesagt, dass er nach seinem Spaziergang rüberfährt.« Er wies auf einen kleinen schwarzen Wagen, der am Ende der Zufahrt so hinter dem Haus geparkt war, dass die Motorhaube gerade noch zu sehen war.

»Wo geht er spazieren? Wisst Ihr's? Dann sagt's dieser Lady!«

Der Alte sah kurz über Rolands Schulter, dann wieder in die

Augen des Revolvermanns. »Wär einfacher, wenn ich Sie selbst hinfahrn würd.«

Roland dachte darüber nach, aber nur kurz. Anfangs einfacher, ja. Aber zum Schluss hin, wenn King entweder gerettet oder getötet werden würde, vermutlich schwieriger. Immerhin hatten sie diese Frau auf Kas Straße gefunden. Selbst wenn die Rolle, die sie zu spielen hatte, noch so geringfügig sein mochte, waren sie auf dem Pfad des Balkens zuerst ihr begegnet. Letztlich lief alles auf diese einfache Tatsache hinaus. Was die Bedeutung ihrer Rolle anging, war es allerdings besser, nicht im Voraus darüber zu spekulieren. Hatten Eddie und er nicht anfänglich auch geglaubt, John Cullum, dem sie in demselben Gemischtwarenladen ungefähr drei Räder nördlich von hier begegnet waren, werde in ihrer Geschichte nur eine unbedeutende Rolle spielen? Trotzdem hatte sie sich als alles andere als das erwiesen.

All das ging ihm in weniger als einer Sekunde durch den Kopf: Informationen (ein inneres *Gefühl*, hätte Eddie sie genannt), die in einer herausragenden Art von mentalem Stenogramm verarbeitet wurden.

»Nein«, sagte er und wies mit dem Daumen über die Schulter. »Sagt's ihr. *Schnell.*«

10

Der Junge – Jake – war mit schlaff neben seinen Oberschenkeln liegenden Händen gegen die Rückenlehne zurückgesunken. Der seltsame Hund sah besorgt ins Gesicht des Jungen auf, aber Jake beachtete ihn nicht. Er hatte die Augen geschlossen, und Irene Tassenbaum dachte zunächst, er sei ohnmächtig geworden.

»Junge? … Jake?«

»Ich habe ihn«, sagte der Junge, ohne die Augen zu öffnen. »Nicht Stephen King – mit dem kann ich nicht Fühlung aufnehmen –, aber den anderen. Wie kann ich ihn nur aufhalten?«

Mrs. Tassenbaum hatte ihrem Mann schon oft genug bei der Arbeit zugehört – wenn er lange gemurmelte Dialoge mit sich selbst führte –, um eine an den Fragenden selbst gerichtete Erkundigung zu erkennen, wenn sie eine hörte. Auch hatte sie keine Ahnung, von wem der Junge da sprach, lediglich, dass es nicht Stephen King war. Was global gesprochen ungefähr sechs Milliarden andere Möglichkeiten offen ließ.

Trotzdem *gab* sie eine Antwort, weil sie wusste, was *sie* immer aufhielt.

»Zu schade, dass er nicht aufs Klo muss«, sagte sie.

11

In Maine gibt es noch keine Erdbeeren, nicht so früh in der Saison, aber es gibt Himbeeren. Justine Anderson (aus Maybrook, New York) und Elvira Toothaker (ihre Freundin aus Lovell) gehen mit kleinen Plastikeimern die Route 7 entlang (die Elvira noch immer die Old Fryeburg Road nennt) und ernten die Büsche ab, die auf einer Strecke von mindestens einer halben Meile entlang der alten Steinmauer wachsen. Garrett McKeen hat diese Mauer vor hundert Jahren hochgezogen, und mit Garretts Urenkel spricht Roland Deschain von Gilead in eben diesem Augenblick. Das Ka ist ein Rad, wie ihr alle wisst.

Dass die beiden Frauen ihren einstündigen Spaziergang genossen haben, liegt nicht daran, dass eine von ihnen eine besondere Vorliebe für Himbeeren hätte (Justine vermutet sogar, dass sie ihre nicht essen wird, weil sich ihr die Kernchen immer zwischen die Zähne klemmen), sondern dass er ihnen Gelegenheit gegeben hat, Nachrichten über ihre jeweiligen Familien auszutauschen und gemeinsam ein bisschen über die Jahre zu lachen, in denen ihre Freundschaft noch frisch und wahrscheinlich das Wichtigste im Leben beider Mädchen war. Sie haben sich am Vassar College kennen gelernt (vor tausend Jahren, so kommt ihnen das jetzt vor) und haben im drit-

ten Studienjahr bei der Abschlussfeier miteinander das Gänseblumenkränzchen getragen. Darüber sprechen sie gerade, als der blaue Minivan – ein 1985er Dodge Caravan, Justine erkennt Marke und Modell, weil ihr ältester Sohn sich genau so einen zugelegt hatte, als Familienzuwachs kam – um die Kurve bei Melder's German Restaurant & Brathaus kommt. Er braucht die gesamte Straßenbreite, schlingert von einer Seite zur anderen, lässt erst Staub vom linken Bankett aufwirbeln, schleudert über den Asphalt und zieht dann auf dem rechten Seitenstreifen eine Staubfahne hinter sich her. Als er das zum zweitenmal macht – wobei er jetzt in recht flottem Tempo auf sie *zukommt –, fürchtet Justine schon, er könnte in den Straßengraben geraten und sich überschlagen (»einen Kopfstand machen«, wie man in den Vierzigerjahren sagte, als Elvira und sie noch auf dem Vassar waren), aber der Fahrer lenkt ihn im letzten Augenblick wieder auf die Straße zurück.*

»Vorsicht, der Kerl ist betrunken oder sonst was!«, sagt Justine erschrocken. Sie zieht Elvira vom Fahrbahnrand zurück, aber sie müssen feststellen, dass die alte Mauer mit vorgelagerten Himbeerbüschen ihnen den Weg versperrt. Die Dornen verfangen sich in ihren leichten Sommerhosen (Gott sei Dank, dass keine von uns Shorts getragen hat, *wird Justine später denken ... als sie zum Denken* Zeit *hat) und ziehen Fäden aus dem Stoff.*

Justine überlegt sich, dass sie ihrer Freundin einen Arm um die Schultern legen und sie beide über die hüfthohe Mauer katapultieren sollte – mit einem Rückwärtssalto, genau wie damals vor vielen Jahren im Turnunterricht –, aber bevor sie sich dazu entschließen kann, ist der blaue Van auch schon bei ihnen, allerdings befindet er sich im Augenblick, in dem er an ihnen vorbeizieht, mehr oder weniger auf der Straße, sodass er für sie keine Gefahr mehr darstellt.

Justine beobachtet, wie er mit gedämpft wummernder Rockmusik vorbeifährt, spürt ihr Herz gewaltig pochen und hat den schalen, metallischen Geschmack von etwas auf der Zunge, was ihr Körper ausgeschüttet haben muss – Adrenalin wäre da wohl die wahrscheinlichste Möglichkeit. Auf halber Strecke den Hügel hinauf gerät der Minivan nun wieder über den weißen Mittelstrich. Der Fahrer korrigiert seinen Fehler … nein, überkorrigiert ihn. Der blaue Van gerät abermals aufs rechte Bankett und wirbelt auf einer Strecke von fünfzig Metern gelben Staub auf.

»Gottchen, hoffentlich sieht Stephen King dieses Arschloch rechtzeitig«, sagt Elvira. Sie sind dem Schriftsteller ungefähr eine halbe Meile von hier begegnet und haben einander gegrüßt. In der ganzen Kleinstadt gibt es wahrscheinlich niemanden, der ihn nicht schon einmal bei einem seiner Nachmittagsspaziergänge gesehen hat.

Als hätte der Fahrer gehört, dass Elvira ihn ein Arschloch genannt hat, flammen plötzlich die Bremsleuchten des blauen Minivans auf. Der Wagen rollt ganz von der Straße und kommt zum Stehen. Kaum öffnet sich die Tür, hören die beiden Damen ohrenbetäubend laute Rockmusik wummern. Sie hören auch, wie der Fahrer jemanden anschnauzt (Elvira und Justine bemitleiden jeden, der an einem so schönen Juninachmittag bei solch einem Subjekt mitfahren muss). »Lasst es bloß in Ruhe!«, brüllt er. »'s gehört nich euch, verstandn?« Und dann greift der Fahrer in den Wagen, holt einen Spazierstock heraus und benutzt ihn, um über die Mauer zu klettern und in den Büschen zu verschwinden. Der Van steht mit laufendem Motor und offener Fahrertür auf dem Seitenstreifen und verströmt bläuliche Abgaswolken am einen Ende und Rockmusik am anderen.

»Was macht er denn da?«, fragt Justine leicht nervös.

»Eine Pinkelpause, würde ich mal vermuten«, sagt ihre Freundin. »Und wenn Mr. King dort hinten Glück hat, muss der Kerl vielleicht sogar ein großes Geschäft verrichten. Dann hätte Mr. King Zeit, die Route 7 zu verlassen und wieder die Turtleback Lane zu erreichen.«

Justine hat plötzlich keine Lust mehr, Himbeeren zu pflücken. Sie will nach Hause und sich erst einmal einen starken Tee gönnen.

Der Mann kommt in flottem Tempo aus den Büschen gehinkt und klettert mithilfe seines Stocks über die Mauer zurück.

»Ich glaube, er hat doch nicht Aa gemusst«, sagt Elvira, und als der schlechte Fahrer wieder in seinen blauen Van steigt, sehen die beiden alten Frauen sich an und brechen in Kichern aus.

12

Roland beobachtete, wie der alte Mann der Frau den Weg erklärte – irgendwas mit der Warrington's Road, die sie als Abkürzung nehmen sollte –, und dann öffnete Jake wieder die Augen. Roland fand, dass der Junge unsagbar erschöpft aussah.

»Ich hab's geschafft, ihn anhalten und pinkeln gehen zu lassen«, sagte er. »Jetzt ist er mit irgendwas hinter seinem Sitz beschäftigt. Ich kann nicht sagen, was es ist, aber es wird ihn nicht lang aufhalten. Roland, das sieht nicht gut aus. Wir sind schrecklich spät dran. Wir müssen weiter.«

Roland sah die Frau an und konnte nur hoffen, dass seine Entscheidung, sie am Steuer nicht durch den Alten zu ersetzen, richtig gewesen war. »Wisst Ihr, wohin wir müssen? Habt Ihr alles verstanden?«

»Ja«, sagte sie. »Die Warrington's Road hinauf zur Route 7. Wir fahren manchmal zum Abendessen zu Warrington's. Ich kenne diese Straße.«

»Kann aber nich dafür garantiern, dass Se ihm da begegnen«, sagte der Gärtner, »is aber wahrscheinlich.« Er bückte sich, hob seinen Hut auf und fing an, frisch gemähtes Gras von ihm abzubürsten. Das tat er mit langen, langsamen Strichen wie ein Mann, der in einem Traum gefangen ist. »Haja, kommt mir wahrscheinlich vor.« Und dann, noch immer wie ein Mann, der wachend träumt, klemmte er sich den Hut unter den Arm, berührte die Stirn mit der Faust und beugte ein Knie vor dem Fremden mit dem großkalibrigen Revolver an der Hüfte. Wieso auch nicht?

Der Fremde war von weißem Licht umgeben.

13

Als Roland wieder ins Fahrerhaus des Pick-ups kletterte – eine Aufgabe, die durch die rasch zunehmenden Schmerzen in seiner rechten Hüfte erschwert wurde –, berührte er mit der Hand Jakes Bein, und plötzlich wusste er, was Jake zurückgehalten hatte – und weshalb. Er hatte gefürchtet, dieses Wissen könnte die Konzentration des Revolvermanns auf ihre Aufgabe beeinträchtigen. Es war jedenfalls nicht *Ka-Shume,* was der Junge empfand, sonst hätte Roland es ebenfalls empfunden. Wie sollte es überhaupt Ka-Shume zwischen ihnen geben, wo ihr Tet doch bereits zerbrochen war? Ihre besondere Kraft, größer als die Summe ihrer einzelnen Kräfte, möglicherweise vom Balken selbst herrührend, existierte nicht mehr. Sie waren jetzt lediglich drei Freunde (vier, wenn man den Bumbler mitzählte), die ein gemeinsamer Zweck einte. Und sie würden King retten, das wusste Jake. Sie würden den Schriftsteller retten, um so der Rettung des Turms einen Schritt näher zu kommen. Aber ein weiterer von ihnen würde dabei sterben.

Auch das wusste Jake.

14

Auf einmal fiel Roland eine alte Lebensweisheit ein, die er von seinem Vater hatte: *Wenn das Ka es so will, lass es geschehen.* Ja; in Ordnung; es sollte so sein.

In den langen Jahren, die er auf der Fährte des Mannes in Schwarz verbracht hatte, hätte der Revolvermann geschworen, nichts im Universum könne ihn jemals dazu bringen, dem Turm zu entsagen; hatte er zu Beginn seiner schrecklichen Laufbahn auf der Suche nach ihm nicht buchstäblich die eigene Mutter ermordet? Aber in jenen Jahren war er freundlos, kinderlos und (das gestand er sich nicht gern ein, aber es war wahr) herzlos gewesen. Er hatte sich von der gefühllosen Romantik betören lassen, die Herzlose für

Liebe hielten. Jetzt hatte er einen Sohn, und er hatte eine zweite Chance bekommen, und er hatte sich verändert. Auch das Wissen, dass einer von ihnen würde sterben müssen, um den Schriftsteller zu retten – dass ihre Gemeinschaft nochmals und schon so bald verringert werden musste –, konnte ihn nicht zur Aufgabe bewegen. Aber er würde dafür sorgen, dass diesmal Roland von Gilead, nicht Jake von New York, das Opfer brachte.

Wusste der Junge, dass er hinter sein Geheimnis gekommen war? Keine Zeit, sich jetzt länger darüber Gedanken zu machen.

Roland knallte die Beifahrertür des Truckomobils zu und sah die Frau an. »Du heißt Irene?«, fragte er.

Sie nickte.

»Fahr, Irene. Stell dir vor, Fürst Bocksbein wäre mit Vergewaltigung im Sinn hinter dir her, tu's, ich bitte dich. Die Warrington's Road entlang. Wenn wir ihn dort nicht sehen, auf die Siebenerstraße hinaus. Tust du das?«

»Scheiße, ja!«, sagte Mrs. Tassenbaum und legte schwungvoll den Rückwärtsgang ein.

Der Motor heulte auf, aber der Pick-up rollte zunächst langsam vorwärts, als würde ihn die vor ihm liegende Aufgabe so sehr ängstigen, dass er lieber im See enden wollte. Dann ließ sie die Kupplung ganz kommen, und der alte International Harvester machte einen Satz, röhrte rückwärts die steile Zufahrt hinauf und zog dabei eine Wolke aus blauem Rauch und verbranntem Gummi hinter sich her.

Garrett McKeens Urenkel gaffte ihnen mit offen stehendem Mund nach. Er hatte keine Erinnerung daran, was sich gerade ereignet hatte, aber er war sich sicher, dass sehr viel von dem abhängen würde, was als Nächstes geschah.

Möglicherweise sogar alles.

15

Auf einmal so dringend pinkeln zu müssen war komisch, hatte Bryan Smith doch zuletzt genau das getan, bevor er den Million Dollar Campground verlassen hatte. Und nachdem er über die beschissene Steinmauer geklettert war, hat er bloß ein paar Tropfen rausgebracht, obwohl er vorher das Gefühl gehabt hatte, die Blase würde ihm gleich platzen. Bryan hofft, dass er keine Probleme mit seiner Prostata kriegen wird; Probleme mit der alten Prostata sind das Letzte, was er brauchen kann. Er hat schon genügend andere Probleme, beim haarigen alten Jesus.

Na schön, wenn er schon mal steht, kann er gleich versuchen, die Styropor-Kühlbox hinter dem Fahrersitz besser zu verstauen – die Hunde starren sie weiter mit heraushängender Zunge hechelnd an. Er bemüht sich, sie unter den Sitz zu schieben, aber das geht nicht, weil der Platz dazu nicht ganz reicht. Also droht er seinen Rottweilern stattdessen mit einem schmutzigen Zeigefinger und erklärt ihnen noch mal, dass die Kühlbox und das Fleisch darin nichts für sie ist, weil das nämlich sein Ahmdessn ist. Diesmal denkt er sogar daran, das Versprechen anzufügen, ihnen etwas Hamburgerfleisch unter ihr Trockenfutter zu mischen, wenn sie artig sind. Für Bryan Smith ist das schon ein ziemlich ausufernder Gedanke, auf die einfache Lösung aber, die Kühlbox nach vorn zu hieven und auf den freien Beifahrersitz zu stellen, kommt er nie.

»Lasst sie in Ruhe!«, *ermahnt er sie nochmals und klettert dann wieder hinters Lenkrad. Er knallt die Tür zu, wirft einen kurzen Blick in den Rückspiegel, sieht nicht sehr weit hinter sich zwei alte Ladys (zuvor sind sie ihm nicht aufgefallen, weil er beim Vorbeifahren nicht unbedingt auf die Straße geachtet hat), winkt ihnen zu, was sie durch die schmutzige Heckscheibe des Caravans aber nicht wahrnehmen können, und fährt dann wieder auf die Route 7 hinaus. Im Radio wird jetzt »Gangsta Dream* 19*« von Owt-Ray-Juss gespielt, und Bryan dreht es lauter (wobei er wieder über den weißen Mittelstrich auf die Gegenfahrbahn gerät – er gehört zu den*

Leuten, die ihr Autoradio einfach nicht verstellen können, ohne es anzusehen). Rap ist das Höchste! Und Metal auch! Zu seinem Glück fehlt ihm jetzt nur noch ein Stück von Ozzie – »Crazy Train« wäre jetzt gut.

Und noch ein paar dieser Mars-Riegel.

16

Mrs. Tassenbaum kam aus der Zufahrt des Cara Laughs geschossen und röhrte gleich darauf im zweiten Gang die Turtleback Lane entlang, dass der Motor des alten Pick-ups nur so heulte (wäre ein Drehzahlmesser eingebaut gewesen, hätte die Nadel bestimmt im roten Bereich gestanden) und ein paar Werkzeuge auf dem verrosteten Blech der Ladefläche einen wilden Stepptanz aufführten.

Roland besaß die Gabe zur Fühlungnahme nur sehr eingeschränkt – im Vergleich zu Jake fast gar nicht –, aber er kannte Stephen King persönlich und hatte ihn in den Scheinschlaf einer Hypnose versetzt. Deshalb war er nicht sonderlich überrascht, als er den Verstand berühren konnte, den Jake nicht hatte erreichen können. Vermutlich schadete es auch nicht, dass King gerade an *sie* dachte.

Das tut er auf seinen Spaziergängen oft, dachte Roland. *Wenn er allein ist, hört er das Lied der Schildkröte und weiß, dass er eine Aufgabe hat. Eine, vor der er sich bisher gedrückt hat. Nun, mein Freund, damit ist ab heute Schluss.*

Das heißt, wenn sie es schafften, ihn zu retten.

Er beugte sich nach vorn und sah an Jake vorbei zu der Frau hinüber. »Kannst du mit dieser götterverdammten Kiste nicht schneller fahren?«

»Doch«, sagte sie, »ich glaube schon.« Und an Jake gewandt fragte sie: »Kannst du wirklich Gedanken lesen – oder ist das bloß ein Spiel, das du mit deinem Freund spielst?«

»Ich kann sie nicht richtig lesen, aber ich kann mit ihnen Fühlung aufnehmen«, sagte Jake.

»Verdammt, hoffentlich stimmt das«, sagte sie, »die Turtleback ist nämlich ziemlich hügelig und an manchen Stellen nur eine Fahrspur breit. Wenn du spürst, dass uns jemand entgegenkommt, musst du's mir sagen.«

»Wird gemacht.«

»Ausgezeichnet«, sagte Irene Tassenbaum. Sie fletschte die Zähne zu einem Grinsen. Jetzt stand wirklich außer Zweifel, dass dies die beste Sache war, die ihr je zugestoßen war. Die *aufregendste* Sache. Sie konnte jetzt nicht nur diese singenden Stimmen hören, sondern im Laub der Bäume zu beiden Seiten der Straße auch Gesichter sehen, als würden sie von einer Vielzahl beobachtet. Sie konnte spüren, wie sich überall um sie herum irgendeine gewaltige Kraft zusammenballte, und wurde plötzlich von einer schwindelerregenden Vorstellung befallen: Wenn sie jetzt das Gaspedal von Chip McAvoys rostigem alten Pick-up durchträte, würde sie schneller als mit Lichtgeschwindigkeit fahren können. Angetrieben von der Energie, die sie um sich herum spürte, könnte er schneller als die Zeit selbst sein.

Na, dann wollen wir das mal sehen, dachte sie. Sie lenkte den I-H in die Mitte der Turtleback Lane, trat die Kupplung und drosch den Schaltknüppel in den dritten Gang. Der alte Pick-up beschleunigte nun zwar nicht auf Hyper-Lichtgeschwindigkeit, er wurde auch nicht schneller als die Zeit, aber die Tachonadel kletterte immerhin auf achtzig Sachen … und darüber hinaus. Der Wagen röhrte über eine Hügelkuppe, und als die Straße wieder abfiel, hob er für einen Moment mit allen vier Rädern ab.

Irene Tassenbaum kreischte vor Aufregung. Und aus reiner Freude.

17

Stephen King hat zwei Spaziergangstrecken, die kurze und die lange. Der kurze Spaziergang führt ihn zur Kreuzung der Warrington's Road mit der Route 7 und dann auf demselben Weg zu seinem Haus Cara Laughs zurück. Er ist drei Meilen lang. Den langen Spaziergang nennt er zum Spaß auch Todesmarsch (was übrigens auch der Titel eines Romans ist, den er unter seinem Pseudonym Bachman geschrieben hat, damals bevor die Welt sich weiterbewegt hat). Er führt über die Kreuzung hinaus, die Route 7 entlang bis zur Slab City Road und dann auf der Route 7 ganz bis nach Berry Hill zurück, ohne die Warrington's Road zu berühren. Er führt übers Nordende der Turtleback Lane zu seinem Haus zurück und ist vier Meilen lang. Das ist der, den er heute machen will, aber als er die Kreuzung der Warrington's Road mit der Route 7 erreicht, macht er Halt und spielt mit dem Gedanken, lieber doch auf dem kürzeren Weg zurückzukehren. Er achtet immer darauf, bei öffentlichen Straßen auf dem Seitenstreifen zu gehen, obwohl auf der Route 7 nie viel Verkehr herrscht, nicht mal im Sommer; richtig Verkehr herrscht auf diesem Highway nur während der Fryeburg Fair, und dieser Jahrmarkt beginnt nicht vor der ersten Oktoberwoche. Außerdem sind die Sichtverhältnisse fast überall gut. Wenn ein schlechter (oder betrunkener) Autofahrer naht, kann man ihn im Allgemeinen aus einer halben Meile Entfernung sehen und hat reichlich Zeit, sich in Sicherheit zu bringen. Es gibt nur einen Hügel, der nicht einzusehen ist, und der liegt unmittelbar hinter der Einmündung der Warrington's Road. Andererseits ist das auch ein Aerobic-*Hügel, der die alte Pumpe so richtig zum Schlagen bringt, und ist das nicht der eigentliche Grund dafür, dass er alle diese dämlichen Spaziergänge macht? Um das zu fördern, was die Gesundheitsapostel im Fernsehen »Herzgesundheit« nennen? Er trinkt nicht mehr, er nimmt keine Drogen mehr, er hat sich das Rauchen fast abgewöhnt, er treibt Sport. Was will man mehr?*

Trotzdem flüstert ihm eine innere Stimme etwas zu. Runter von der Hauptstraße, *sagt sie.* Geh nach Hause zurück. Dann hast du eine Stunde Zeit gewonnen, bis du zur Party ans andere Seeufer hinüberfahren musst. Du könntest etwas arbeiten. Vielleicht die nächste *Dunkle-Turm*-Geschichte anfangen; du weißt, wie sie dir auf der Seele liegt.

Aye, das tut sie, aber er hat schon eine andere Story angefangen, und die gefällt ihm gut. Die Geschichte vom Turm wieder aufzugreifen heißt, in tiefem Wasser zu schwimmen. Vielleicht darin zu ertrinken. Während er hier an dieser Kreuzung steht, wird ihm jedoch plötzlich klar, dass er heute mit ihr anfangen wird, *wenn er früher heimkommt. Er wird nicht anders können. Er wird auf das hören müssen, was er für sich manchmal als Ves'-Ka Gan, das Lied der Schildkröte (und manchmal als Susannahs Song), bezeichnet. Er wird die Story, an der er jetzt arbeitet, beiseite legen, dem sicheren Festland den Rücken kehren und wieder in jene dunklen Gewässer hinausschwimmen. Das hat er schon viermal getan, aber diesmal wird er ganz hinüberschwimmen müssen.*

Schwimmen oder ertrinken.

»Nein«, sagt er. *Er spricht laut, warum auch nicht. Hier draußen ist niemand, der ihn hören könnte. Er nimmt undeutlich das schwache Geräusch eines herannahenden Fahrzeugs wahr – oder sind's zwei, eines auf der Route 7, eines auf der Warrington's Road? –, aber das ist alles.*

»Nein«, sagt er *noch einmal. »Ich gehe spazieren, und dann gehe ich auf die Party. Heute wird nichts mehr geschrieben. Vor allem* das *nicht.«*

Also lässt er die Kreuzung hinter sich und geht den steilen, unübersichtlichen Hügel hinauf. Er geht auf das Geräusch des näher kommenden Dodge Caravan zu, das auch der Klang seines herannahenden Todes ist. Das Ka der rationalen Welt will seinen Tod; das der Prim *will, dass er lebt und sein Lied singt. So ist's an diesem sonnigen Nachmittag im Westen von Maine: die unwiderstehliche Kraft rast auf das unbewegliche Objekt zu, und zum ersten Mal seit dem Rückzug der* Prim *wendet alle Existenz, wenden alle Welten sich dem Dunklen Turm zu, der am fernen Ende des Can'-Ka No Rey – das heißt der Roten Felder von Niemand – steht. Sogar der Scharlachrote König hört mit seinem zornigen Geschrei auf. Liegt die Entscheidung doch am Dunklen Turm selbst.*

»Die Auflösung erfordert ein Opfer«, sagt King, und obwohl ihn außer den Vögeln niemand hört und er keine Ahnung hat, was dieser Satz von ihm bedeuten soll, bleibt er unbesorgt. Ständig murmelt er ja irgendwas vor sich hin; man könnte glauben, in seinem Kopf gebe es eine Höhle der Stimmen, eine voller hervorragender – aber nicht notwendigerweise intelligenter – Imitatoren.

Er marschiert weiter, schwingt seine Hände neben seinen in Jeans steckenden Oberschenkeln, ist sich nicht bewusst, dass sein Herz die letzten Schläge

(nicht)

tut, dass sein Verstand die letzten Gedanken

(nicht)

hat und dass seine Stimmen ihre letzten delphischen Prophezeiungen

(nicht)

machen.

»Ves'-Ka Gan«, sagt er und ist von diesem Klang amüsiert, fühlt sich aber auch zu ihm hingezogen. Er hat sich vorgenommen, seine Dunkler-Turm-Phantasien nicht mit unaussprechlichen Wörtern in irgendeiner erfundenen (um nicht zu sagen beschissenen) Sprache aufzumotzen – wenn er das tut, streicht sie ihm Chuck Verrill, sein New Yorker Lektor, ohnehin größtenteils heraus –, aber sein Verstand scheint sich trotzdem ständig mit solchen Wörtern und Begriffen zu füllen: Ka, Ka-Tet, Sai, Soh, Can-Toi (das stammt wenigstens aus Desperation, *einem anderen seiner Bücher. Können da Tolkiens Cirith Ungol und H. P. Lovecrafts Nyarlahotep, der Große Blinde Fiedler, noch weit sein?*

King lacht kurz auf und fängt dann an, einen Song zu singen, den eine seiner Stimmen ihm geschenkt hat. Er glaubt, dass er ihn bestimmt in seinem nächsten Revolvermann-Buch, in dem er der

Schildkröte endlich ihre Stimme wiedergibt, benutzen wird. »Commala-come-come«, singt er im Weitergehen, »there's a young man with a gun. Young man lost his honey when she took it on the run.«

Ist dieser junge Mann etwa Eddie Dean? Oder Jake Chambers?

»Eddie«, sagt er laut. »Eddie ist der Revolvermann mit dem Schätzchen.« Er ist so tief in Gedanken versunken, dass er das Dach des blauen Dodge Caravan nicht sieht, als es über dem nahen Horizont vor ihm auftaucht, und deshalb auch nicht erkennt, dass dieser Wagen gar nicht auf der Straße, sondern auf dem Seitenstreifen fährt, auf dem er gerade geht. Genauso wenig nimmt er das Röhren des hinter ihm herankommenden Pick-ups wahr.

18

Bryan hört das Scharren des Kühlboxdeckels trotz des irren Rip-Rap-Beats der Musik, und als er einen Blick in den Rückspiegel wirft, ist er bestürzt und empört zugleich, weil er sieht, dass Bullet, schon immer der vorlautere der beiden Rotties, von der Ladefläche an der Hecktür in den Fahrgastbereich gesprungen ist. Bullets Hinterläufe liegen auf dem schmutzigen Sitz, sein Stummelschwanz wedelt vergnügt, und seine Schnauze ist in Bryans Kühlbox vergraben.

Unter diesen Umständen würde jeder vernünftige Fahrer an den Straßenrand fahren, dort anhalten und sein ungezogenes Tier zur Ordnung rufen. Aber Bryan Smith hat am Steuer noch nie gute Noten für Vernunft bekommen – und kann das durch zahlreiche Verkehrsvergehen beweisen. Statt also am Straßenrand zu halten, dreht er sich nach rechts um, lenkt mit der linken Hand und drückt mit der Rechten wirkungslos gegen den flachen Schädel des Rottweilers.

»Lass das!«, brüllt er Bullet an, während sein Minivan sich erst dem rechten Seitenstreifen nähert, um schließlich darauf weiterzurumpeln. »Hörst du nicht, Bullet? Spinnst du jetzt? Lass das!« Es gelingt ihm sogar, den Hundekopf einen Augenblick lang hochzudrücken, aber er findet mit den Fingern in dem kurzen Fell keinen

Halt, und Bullet ist zwar kein Genie, aber doch clever genug, um zu wissen, dass er noch mindestens eine Chance hat, sich das Zeug im weißen Papier – dieses Zeug mit dem verlockenden Blutgeruch – zu schnappen. Er taucht unter Bryans Hand hindurch und bekommt das Paket Hamburgerfleisch in die Fänge.

»Aus!«, *schreit Bryan.* »Lass das … SOFORT fallen!«

Um den nötigen festen Halt zu haben, während er sich in seinem Schalensitz umdreht, stemmt er sich mit beiden Füßen ab. Unter einem davon befindet sich unglücklicherweise das Gaspedal. Der Van beschleunigt stark und rast auf die Hügelkuppe zu. In diesem Augenblick, in seiner Erregung und seinem Zorn, hat Bryan völlig vergessen, wo er ist (auf der Route 7 in der Gemarkung Lovell) und was er tun sollte (einen fast zwei Tonnen schweren Van fahren). Er ist nur noch darauf fixiert, Bullet das Fleischpaket aus den Fängen zu reißen.

»Her damit!«, brüllt er und zerrt daran. Bullet, der nun noch eifriger mit dem Schwanz wedelt (für ihn geht es jetzt nicht mehr nur um einen Leckerbissen, sondern auch um ein Spiel), zerrt in Gegenrichtung. Das Einwickelpapier zerreißt hörbar. Der Van ist jetzt ganz von der Straße abgekommen. Vor ihm liegt, von schönem Nachmittagslicht angestrahlt, ein Wäldchen mit alten Tannen: ein Dunst aus Grün und Gold. Bryan denkt nur an das Fleisch. Er hat keine Lust, Hamburger mit Hundesabber dran zu essen, das könnt ihr glauben.

»Her damit!«, schreit er wieder, ohne den Mann zu sehen, auf den sein Van zuhält, ohne den Pick-up zu sehen, der eben hinter dem Mann zum Stehen gekommen ist, ohne zu sehen, wie die Beifahrertür dieses Pick-ups aufgestoßen wird und ein schlaksiger, langmähniger Cowboytyp aus dem Wagen springt, wobei ein Revolver mit großem gelblichen Holzgriff aus dem Holster an seiner Hüfte auf den Erdboden knallt; Bryan Smiths Welt hat sich jetzt auf einen sehr ungezogenen Hund und ein Pfund Hackfleisch verengt. Im Gerangel um das Fleisch erblühen auf dem Fleischerpapier – Tätowierungen gleich – Blutrosen.

19

»Das ist er!«, rief der Junge namens Jake, aber darauf war Irene Tassenbaum nicht angewiesen. Stephen King trug Jeans, ein baumwollenes Arbeitshemd und eine Baseballmütze. Er war schon ziemlich weit von der Kreuzung zwischen Warrington's Road und Route 7 entfernt, hatte ungefähr ein Viertel der Steigung zurückgelegt.

Sie trat die Kupplung, schaltete in den Zweiten hinunter wie ein Rallyefahrer, der die karierte Zielflagge vor sich sah, und hielt ruckartig auf die andere Straßenseite zu, indem sie das Lenkrad mit beiden Händen nach links drehte. Chip McAvoys Pick-up schwankte, aber er überschlug sich nicht. Sie sah Metall in der Sonne blinken. Ein entgegenkommender Wagen erreichte die Kuppe des Hügels, den King gerade hinaufmarschierte. Sie hörte den an der Tür sitzenden Mann rufen: »Hinter ihm halten!«

Sie tat wie geheißen, obwohl sie jetzt sehen konnte, dass der entgegenkommende Minivan über den rechten Seitenstreifen rumpelte und sie wahrscheinlich rammen würde. Ganz zu schweigen davon, dass er Stephen King zwischen den beiden Fahrzeugen zerquetschen würde.

Die Beifahrertür flog auf, dann verließ der Mann namens Roland halb fallend, halb springend das Fahrerhaus.

Danach lief alles sehr, sehr schnell ab.

Kapitel II

Ves'-Ka Gan

1

Was geschah, war tödlich einfach: Rolands schlimme Hüfte ließ ihn im Stich. Er sank mit einem Schrei, in dem sich Wut, Schmerz und Verzweiflung mischten, auf die Knie. Dann verdunkelte sich für ihn das Sonnenlicht, weil Jake über ihn hinwegsetzte, ohne auch nur aus dem Tritt zu geraten. Im Fahrerhaus kläffte Oy wie wild: *»Ake-Ake! Ake-Ake!«*

»Jake, nein!«, rief Roland. Er sah alles mit schrecklicher Klarheit. Der Junge fasste den Schriftsteller um die Mitte, als der blaue Wagen – weder Pick-up noch Personenwagen, sondern eine Kreuzung zwischen beiden – mit röhrender, dissonanter Musik auf sie zuraste. Jake drehte King nach links und schützte ihn mit seinem Körper, sodass er es war, der nun von dem Minivan erfasst wurde. Hinter dem Revolvermann, der mit in der Erde vergrabenen blutenden Händen auf den Knien lag, kreischte die Frau aus dem Laden auf.

»JAKE, NEIN!«, brüllte Roland nochmals, aber das kam zu spät. Der Junge, den er als seinen Sohn betrachtete, verschwand unter dem blauen Fahrzeug. Der Revolvermann sah eine erhobene kleine Hand – würde sie nie vergessen –, und dann war auch sie fort. King, der erst von Jake und dann vom Gewicht des Wagens hinter Jake gerammt wurde, wurde an den Rand des Tannenwäldchens geschleudert – drei Meter vom Aufprallpunkt entfernt. Er landete auf der rechten Seite und schlug sich den Kopf so heftig an einem Felsbrocken an, dass die Baseballmütze wegflog. Dann wälzte er sich auf die Seite, als wollte er aufstehen. Vielleicht wollte er auch gar nichts; seine Augen waren schockierte Nullen.

Der Fahrer riss das Lenkrad herum, sodass der Wagen links an Roland vorbeirollte, ihn um eine Handbreit verfehlte und ihm nur Staub ins Gesicht schleuderte, statt ihn zu überfahren. Unterdessen wurde er langsamer, weil der Fahrer jetzt, wo es zu spät war, anscheinend bremste. Die Flanke des Vans schrammte den Kühlergrill des Pick-ups entlang, wodurch der Wagen noch langsamer wurde, aber er richtete trotzdem weiteren Schaden an. Bevor er ganz zum Stehen kam, fuhr er den auf dem Boden liegenden King nochmals an. Roland hörte das Knacken, mit dem ein Knochen brach. Dann folgte ein Schmerzensschrei des Schriftstellers. Und nun wusste Roland endgültig über die Schmerzen in seiner Hüfte Bescheid, nicht wahr? Sie waren nie von Gelenkstarre, zumindest nicht ausschließlich von Gelenkstarre gekommen. Sie waren Vorboten von Kings Verletzung gewesen.

Er rappelte sich auf und nahm dabei nur am Rande wahr, dass die eigenen Schmerzen wie weggeblasen waren. Er starrte Stephen Kings unnatürlich verdrehten Körper unter dem linken Vorderrad des blauen Fahrzeugs an und dachte mit unreflektierter Wildheit: *Gut! Wenn hier jemand sterben muss, dann sollst du das sein! Zum Teufel mit dem Nabel von Gan, zum Teufel mit den Geschichten, die daraus hervorkommen, zum Teufel mit dem Turm, du sollst es sein, nicht mein Junge!*

Der Bumbler flitzte an Roland vorbei zu der Stelle, wo Jake so hinter dem Van auf dem Rücken lag, dass bläulicher Auspuffqualm ihm in die offenen Augen geblasen wurde. Oy zögerte keinen Augenblick; er packte die Oriza-Tasche, die noch über Jakes Schulter hing, mit den Zähnen und zog den Jungen von dem Wagen weg: Zentimeter für Zentimeter, wobei seine kurzen kräftigen Beine kleine Staubwolken aufwirbelten. Aus Jakes Ohren und Mundwinkeln strömte Blut. Die Absätze seiner Kurzstiefel hinterließen eine Doppelspur im Erdreich und den dürren braunen Tannennadeln.

Roland stolperte zu Jake hinüber und sank neben ihm auf die Knie. Sein erster Gedanke war, dass Jake vielleicht doch nicht so schwer verletzt war. Die Gliedmaßen des Jungen waren gerade, allen

Göttern sei Dank, und die über den Nasensattel und eine bartlose Wange verlaufende Spur bestand nicht aus Blut, wie Roland zunächst vermutet hatte, sondern aus mit Rost versetztem Öl. Er blutete aus den Ohren, ja, auch aus dem Mund, aber letztere Blutung konnte auch daher kommen, dass er sich auf die Zunge gebissen hatte oder …

»Geh und kümmere dich um den Schriftsteller«, sagte Jake. Seine Stimme klang ruhig, überhaupt nicht durch Schmerzen eingeschnürt. Sie hätten nach einem Tag der Wanderung an einem kleinen Kochfeuer sitzen und auf das warten können, was Eddie gern als Futter bezeichnete … oder, wenn ihm besonders humorvoll zumute war (was oft vorkam), als »Fodder«.

»Der Schriftsteller kann warten«, sagte Roland knapp, indem er dachte: *Mir ist ein Wunder geschenkt worden. Eines, das die Kombination aus dem elastischen, noch unfertigen Körper eines Jungen mit dem weichen Erdboden, der unter ihm nachgegeben hat, als das Truckomobil dieses Hundesohns ihn überrollte, ermöglicht hat.*

»Nein«, sagte Jake. »Das kann er nicht.« Und als er sich bewegte, um sich aufzusetzen, spannte sein Hemd sich etwas mehr über seinem Oberkörper, und da sah Roland, wie grausig der Brustkorb des Jungen eingedrückt war. Aus Jakes Mund quoll ein neuerlicher Blutstrom, und als er wieder sprechen wollte, musste er stattdessen husten. Rolands Herz schien sich in seiner Brust wie ein Lappen zu verdrehen, und er fragte sich einen Moment lang, wie es bei diesem Anblick überhaupt noch weiterschlagen konnte.

Oy stieß einen Klagelaut aus, Jakes halb geheulten Namen, einen Laut, von dem Roland auf beiden Armen eine Gänsehaut bekam.

»Nicht reden«, sagte Roland. »Vielleicht hast du dir etwas gebrochen. Die eine oder andere Rippe.«

Jake drehte den Kopf zur Seite. Er spuckte einen Mund voll Blut aus – ein Teil davon lief wie Kautabak über seine Backe – und fasste Roland am Handgelenk. Sein Griff war so kräftig wie seine Stimme, jedes Wort klar verständlich.

»*Alles* ist gebrochen. Ich sterbe – das weiß ich, weil ich das schon mal gemacht habe.« Als Nächstes sagte er genau das, woran Roland kurz vor der Abfahrt von Cara Laughs gedacht hatte: »Wenn das Ka es so will, lass es geschehen. *Kümmre dich um den Mann, den zu retten wir hergekommen sind!*«

Es war unmöglich, dem Befehl in Blick und Stimme des Jungen nicht zu gehorchen. Jetzt war es geschehen, das Ka der Neunzehn war am Ende. Vielleicht bis auf King. Bis auf den Mann, den zu retten sie hergekommen waren. Wie viel von ihrem Schicksal war aus den Spitzen seiner flinken, nikotinfleckigen Finger geflossen? Alles? Ein Teil davon? Das gerade Geschehene?

Unabhängig davon, wie die Antwort lautete, hätte Roland ihn mit bloßen Händen erwürgen können, während der Schriftsteller unter dem Fahrzeug eingeklemmt war, das ihn angefahren hatte – auch wenn King den Van gar nicht gefahren hatte; hätte er das getan, was Ka ihn zu tun bestimmt hatte, wäre er niemals hier gewesen, als dieser Idiot vorbeigerast war, und Jakes Brustkorb würde nicht so grässlich eingesunken aussehen. Das war zu viel, nachdem Eddie erst vor kurzem aus dem Hinterhalt erschossen worden war.

Und dennoch …

»Beweg dich nicht«, sagte er und stand auf. »Oy, pass auf, dass er sich nicht bewegt.«

»Ich werde mich schon nicht bewegen.« Jedes Wort weiterhin klar, weiterhin fest. Aber Roland sah jetzt, dass auch der Saum von Jakes Hemd und der Schritt seiner Jeans mit Blut getränkt war, das dort wie Rosen aufblühte. Er war einmal gestorben und zurückgekehrt. Aber nicht aus dieser Welt. In dieser war der Tod immer endgültig.

Roland wandte sich der Stelle zu, an der der Schriftsteller lag.

2

Als Bryan Smith hinter dem Steuer seines Vans hervorkommen wollte, stieß Irene Tassenbaum ihn grob in den Wagen zurück. Seine Hunde, die vermutlich Blut oder Oy oder beides witterten, kläfften und sprangen hinter ihm wie wild herum. Aus dem Autoradio kam jetzt irgendein neues und völlig höllisches Heavy-Metal-Stück. Sie hatte das Gefühl, ihr müsse gleich der Kopf platzen – nicht wegen des Unfallschocks, sondern von dem bloßen Krach. Sie sah Rolands Revolver auf dem Erdboden liegen und hob ihn auf. Der kleine Teil ihres Verstands, der noch zusammenhängend denken konnte, staunte über das Gewicht der Waffe. Trotzdem zielte sie damit auf den Mann, griff dann an ihm vorbei und schaltete das Radio aus. Sobald das benebelnde Scheppern der Gitarren verstummt war, konnte sie zwitschernde Vögel hören, dazu zwei kläffende Hunde und einen heulenden … nun, einen heulenden Was-immer-er-war.

»Stoßen Sie von dem Mann zurück, den Sie angefahren haben«, sagte sie. »Aber schön langsam. Und wenn Sie dabei den Jungen noch mal überrollen, blase ich Ihnen das Hirn raus, das schwöre ich Ihnen.«

Bryan Smith starrte sie mit blutunterlaufenen, verwirrten Augen an. »Welchen Jungen?«, fragte er.

3

Als das Vorderrad des Minivans langsam von dem Schriftsteller herunterrollte, sah Roland, dass dessen Unterkörper unnatürlich nach rechts verdreht war und ein Klumpen das Jeansbein auf dieser Seite ausbeulte. Bestimmt der Oberschenkelknochen. Außerdem hatte er eine Platzwunde an der Stirn, mit der er an den Felsbrocken geknallt war, und seine rechte Gesichtshälfte war voller Blut. Er sah schlimmer als Jake aus, bei weitem schlimmer, aber ein einziger Blick genügte, um dem Revolvermann zu zeigen, dass er wahrscheinlich überleben würde, wenn sein Herz stark war und der Schock ihn nicht umbrachte. Roland glaubte wieder vor sich zu sehen, wie Jake die Taille des Mannes umfasste, wie er ihn abschirmte und die Aufprallwucht mit dem eigenen kleineren Körper abfing.

»Sie wieder«, sagte King mit leiser Stimme.

»Sie erinnern sich an mich?«

»Ja. Jetzt.« King fuhr sich mit der Zungenspitze über die Lippen. »Durstig.«

Roland hatte nichts zu trinken dabei, aber hätte ohnehin nicht mehr hergegeben, als ausreichte, um Kings Lippen zu befeuchten. Flüssigkeit konnte bei einem Verletzten zu Erbrechen führen, und an Erbrochenem konnte man ersticken. »Tut mir Leid«, sagte er.

»Nein. Das tut's Ihnen nicht.« Er leckte sich wieder die Lippen. »Jake?«

»Dort drüben, am Boden. Ihr kennt ihn?«

King versuchte zu lächeln. »Hab ihn *geschrieben*. Wo ist der andere, mit dem Sie bei mir waren? Wo ist Eddie?«

»Tot«, sagte Roland. »Im Devar-Toi.«

King runzelte die Stirn. »Devar? Das kenne ich nicht.«

»Ja. Deshalb sind wir auch hier. Deshalb mussten wir herkommen. Einer meiner Freunde ist tot, ein zweiter liegt vermutlich im Sterben, und das Tet ist zerbrochen. Alles, weil ein fauler, ängstlicher Mann aufgehört hat, die Arbeit zu tun, für die das Ka ihn bestimmt hat.«

Kein Verkehr auf der Straße. Bis auf die kläffenden Hunde, den heulenden Bumbler und die zwitschernden Vögel war die Welt still. Die Zeit hätte stillstehen können. *Vielleicht tut sie das ja auch,* dachte Roland. Er hatte in seinem Leben genug gesehen, um das für möglich zu halten. *Alles* war möglich.

»Ich habe den Balken verloren«, sagte King von der Stelle aus, wo er auf dem Nadelteppich am Rand des Wäldchens lag. Frühsommerliches Licht hüllte ihn ein, jener Dunst aus Grün und Gold.

Roland griff mit beiden Händen unter King und half ihm, sich aufzusetzen. Der Schriftsteller schrie vor Schmerzen auf, weil die

Kugel seines rechten Hüftgelenks sich an den zertrümmerten, komprimierten Resten der Gelenkpfanne rieb, aber er protestierte nicht. Roland zeigte zum Himmel. Dicke weiße Schönwetterwolken – *los ángeles,* so hatten die Cowboys von Mejis sie genannt – hingen unbeweglich im Himmelsblau, nur die unmittelbar über ihnen nicht. Diese segelten, wie von einem schmalen Luftstrom angetrieben, in zügigem Tempo über den Himmel.

»Da!«, flüsterte Roland dem Schriftsteller wütend ins abgeschürfte, mit Schmutz verstopfte Ohr. »Gleich über Euch! Überall um Euch herum! Fühlt Ihr ihn nicht? *Seht* Ihr ihn nicht?«

»Doch«, sagte King. »Jetzt sehe ich ihn.«

»Aye, und er war immer da. Ihr habt ihn nicht verloren, Ihr habt nur Euer feiges Auge abgewandt. Mein Freund musste Euch retten, damit Ihr ihn wieder seht.«

Roland tastete mit der linken Hand nach der Gürteltasche und holte eine Patrone hervor. Anfangs wollten seine Finger den alten, flinken Trick nicht so recht vorführen; sie zitterten zu stark. Er konnte sie nur zur Ruhe zwingen, indem er sich daran erinnerte, dass die Wahrscheinlichkeit, dass sie unterbrochen wurden oder Jake starb, während er mit dieser elenden Karikatur von einem Mann beschäftigt war, umso größer war, je länger er für diese Sache brauchte.

Er blickte auf und sah, dass die Frau den Fahrer des Unfallwagens mit seiner Waffe bedrohte. Das war gut. *Sie* war gut; warum hatte Gan die Geschichte mit dem Turm nicht jemandem wie ihr aufgebürdet? Jedenfalls hatte sein Gefühl, sie lieber bei sich zu behalten, sich als richtig erwiesen. Auch der Höllenlärm, den die Hunde und der Bumbler gemacht hatten, war inzwischen verstummt. Oy leckte Jake den öligen Schmutz vom Gesicht, während Pistol und Bullet im Van das Hackfleisch verschlangen, ohne jetzt von ihrem Herrchen gestört zu werden.

Roland wandte sich wieder King zu, und die Patrone vollführte ihren alten geschickten Tanz über die Fingerrücken. King war fast augenblicklich weg, wie das auch bei den meisten Leuten geschah, die schon einmal hypnotisiert worden waren. Die Augen blieben offen, aber jetzt schienen sie durch den Revolvermann hindurchzusehen, etwas Entferntes zu fixieren.

Rolands Herz schrie, er solle diese Sache so schnell wie möglich hinter sich bringen, aber sein Kopf wusste es besser. *Du darfst nicht pfuschen. Außer du willst Jakes Opfer wertlos machen.*

Die Frau sah ihn ebenso an wie der Fahrer des Minivans, der nun in der offenen Tür seines Fahrzeugs saß. Sai Tassenbaum wehrte sich dagegen, das merkte Roland, aber Bryan Smith war Stephen King ins Land des Schlafs gefolgt. Was den Revolvermann nicht sonderlich überraschte. Hätte der Kerl auch nur im Entferntesten geahnt, was er hier angerichtet hatte, hätte er bestimmt jede Fluchtmöglichkeit genutzt. Selbst eine nur vorläufige.

Der Revolvermann konzentrierte seine Aufmerksamkeit wieder auf den Mann, der – so musste man ihn wohl bezeichnen – sein Biograf war. Er begann genau wie damals. In seinem Leben bedeutete das: vor einigen Tagen. In dem des Schriftstellers: vor über zwei Jahrzehnten.

»Stephen King, siehst du mich?«

»Heil, Revolvermann, ich sehe dich sehr wohl.«

»Wann hast du mich zuletzt gesehen?«

»Als wir in Bridgton gewohnt haben. Als die Kinder noch klein waren. Als ich noch gelernt habe, wie man schreibt.« Eine Pause, dann nannte er Roland etwas, das für ihn die wichtigste Zeitmarke war, etwas, das bei jedem Mann anders war: »Als ich noch getrunken habe.«

»Schläfst du jetzt tief?«

»Tief.«

»Du hast keine Schmerzen mehr?«

»Keine mehr, ja. Ich danke dir.«

Der Billy-Bumbler heulte wieder auf. Roland sah sich um und hatte schrecklich Angst davor, was das bedeuten könnte. Die Frau war zu Jake gegangen und kniete jetzt neben ihm. Roland war erleichtert, als er sah, dass Jake ihr einen Arm um den Hals legte und sie zu sich herabzog, um in ihr Ohr sprechen zu können. Wenn er kräftig genug war, das zu tun …

Schluss damit! Du hast gesehen, wie der Brustkorb unter seinem Hemd eingedrückt ist! Du kannst es dir nicht leisten, Zeit für Hoffnung zu vergeuden.

Roland war das Opfer eines grausamen Paradoxes: Weil er Jake liebte, musste er Jakes Sterbebegleitung Oy und einer Frau überlassen, der sie erst vor weniger als einer Stunde zum ersten Mal begegnet waren.

Nicht zu ändern. Er hatte jetzt mit King zu reden. Wenn Jake die Lichtung betrat, während er ihm den Rücken zukehrte … *Wenn das Ka es so will, lass es geschehen.*

Roland nahm seinen ganzen Willen und all seine Konzentration zusammen. Er fokussierte sie in einem Brennpunkt, dann wandte er seine Aufmerksamkeit wieder dem Schriftsteller zu. »Bist du Gan?«, fragte er abrupt, ohne zu wissen, was ihm diese Frage eingegeben hatte. Er wusste nur, dass es die *richtige* Frage war.

»Nein«, sagte King sofort. Von der Platzwunde auf seiner Stirn lief ihm das Blut in den Mund. Er spuckte es aus, ohne auch nur zu blinzeln. »Ich habe mich mal für ihn gehalten, aber das war nur der Suff. Und Stolz, nehme ich an. Kein Schriftsteller ist Gan – kein Maler, kein Bildhauer, kein Komponist. Wir sind Kas-ka Gan. Nicht *Ka*-Gan, sondern *Kas*-ka Gan. Verstehst du? Weißt du, was ich meine?«

»Ja«, sagte Roland. Propheten oder Sänger von Gan: dieses Wort konnte eines davon oder beides bedeuten. Und er wusste jetzt auch, weshalb er das gefragt hatte. »Und das Lied, das du singst, ist *Ves'*-Ka Gan. Hab ich Recht?«

»O *ja!«*, sagte King und lächelte. »Das Lied der Schildkröte. Viel zu lieblich für jemanden wie mich, der kaum tonrein singen kann.«

»Das ist mir egal«, sagte Roland. Er dachte so schnell und klar, wie sein benommener Verstand es zuließ. »Und nun bist du bei einem Unfall verletzt worden.«

»Bin ich gelähmt?«

»Keine Ahnung.« *Ist mir auch egal.* »Ich weiß nur, dass du am Leben bleiben wirst, und wenn du wieder schreiben kannst, wirst du wie früher aufs Lied der Schildkröte, Ves'-Ka Gan, hören. Gelähmt oder nicht. Und diesmal wirst du singen, bis das Lied zu Ende ist.«

»Also gut.«

»Du wirst …«

»Und Urs-Ka Gan, das Lied des Bären«, unterbrach King ihn. Dann schüttelte er den Kopf, obwohl ihm das selbst in der Hypnose sichtlich Schmerzen bereitete. »Urs-A-Ka Gan.«

Der Ruf des Bären? Der *Schrei* des Bären? Roland wusste nicht, was hier gemeint war. Er würde hoffen müssen, dass es keine Rolle spielte, dass es nicht mehr als die Wortklauberei eines Schriftstellers war.

Ein Wohnwagengespann passierte den Unfallort, ohne langsamer zu werden, dann rasten zwei schwere Motorräder in Gegenrichtung vorbei. Und Roland hatte eine eigenartig überzeugende Idee: Die Zeit war nicht stehen geblieben, aber sie waren vorläufig nur *verschwommen* sichtbar. So wurden sie von dem Balken beschützt, der nicht mehr angegriffen wurde und ihnen deshalb helfen konnte, zumindest ein wenig.

4

Erklär's ihm noch mal. Es darf kein Missverständnis geben. Und kein Schwachwerden, wie er zuvor schwach geworden ist.

Er beugte sich hinunter und brachte sein Gesicht so dicht an das von King heran, dass sie sich fast mit der Nase berührten. »Diesmal singst du, bis das Lied zu Ende ist, und schreibst, bis die Geschichte aus ist. Hast du wirklich und wahrhaftig verstanden?«

»Und sie lebten glücklich und zufrieden bis an ihr seliges Ende«, sagte King verträumt. »Ich wollte, ich könnte das schreiben.«

»Ich auch.« Das wünschte er sich – mehr als irgendetwas anderes. Trotz seines Kummers kamen noch keine Tränen; seine Augen fühlten sich wie heiße Steine in seinem Kopf an. Vielleicht würden die Tränen später kommen, wenn die Wahrheit dessen, was hier geschehen war, Gelegenheit gehabt hatte, etwas einzusinken.

»Ich tue, was du sagst, Revolvermann. Unabhängig davon, wie die Geschichte sich entwickelt, wenn die Seiten dünn werden.« Auch Kings Stimme wurde jetzt dünn. Roland glaubte, dass der Mann bald das Bewusstsein verlor. »Tut mir Leid um deine Freunde, tut mir aufrichtig Leid.«

»Danke«, sagte Roland, der weiter gegen den Drang ankämpfen musste, die Hände um den Hals des Schriftstellers zu legen, um ihn zu erwürgen. Er wollte aufstehen, aber King sagte etwas, was ihn innehalten ließ.

»Hast du auf *ihr* Lied gehört, wie ich's dir gesagt habe? Auf Susannahs Song?«

»Ich … ja.«

Jetzt zwang King sich dazu, sich auf einem Ellbogen aufzurichten, und obwohl seine Kräfte sichtlich nachließen, kam seine Stimme trocken und stark. »Sie braucht dich. Und du brauchst sie. Lass mich jetzt hier allein. Spar dir deinen Hass für die auf, die ihn mehr verdienen. Ich habe dein Ka nicht mehr gemacht, als ich Gan oder die Welt geschaffen habe, und das wissen wir beide. Lass deine Narretei – und deinen Kummer – hinter dir, und tu eben das, was du auch von mir verlangst.« King erhob die Stimme zu einem rauen Schrei; er ließ die Hand nach vorn schießen und umklammerte Roland damit erstaunlich kräftig am Handgelenk. *»Bring die Arbeit zu Ende!«*

Als Roland zu antworten versuchte, brachte er zunächst kein Wort heraus. Er musste sich räuspern und noch mal ansetzen. »Schlaft jetzt, Sai – schlaft und vergesst alle hier bis auf den Mann, der euch angefahren hat.«

King schloss die Augen. »Alle hier vergessen bis auf den Mann, der mich angefahren hat.«

»Ihr wart spazieren, und er hat Euch angefahren.«

»Spazieren … und er hat mich angefahren.«

»Sonst war niemand hier. Nicht ich, nicht Jake, nicht die Frau.«

»Sonst niemand«, bestätigte King. »Nur er und ich. Wird er das auch sagen?«

»Yar. Ihr werdet sehr bald tief schlafen. Später werdet Ihr wahrscheinlich Schmerzen haben, aber im Augenblick fühlt Ihr keine.«

»Jetzt keine Schmerzen. Tief schlafen.« Kings verdrehter Leib ruhte schlaff auf den Tannennadeln.

»Aber bevor Ihr schlaft, müsst Ihr mir noch einmal zuhören«, sagte Roland.

»Ich höre.«

»Vielleicht kommt eine Frau zu Euch, um … Wartet! Träumt Ihr manchmal von Liebe mit Männern?«

»Fragt Ihr, ob ich schwul bin? Vielleicht ein latenter Homosexueller?« Kings Stimme klang amüsiert.

»Das weiß ich nicht.« Roland machte eine Pause. »Ich denke schon.«

»Die Antwort lautet Nein«, sagte King. »Manchmal träume ich von Liebe mit Frauen. Etwas weniger, seit ich älter bin … und jetzt wahrscheinlich längere Zeit nicht mehr. Dieser Scheißkerl hat mich echt schwer erwischt.«

Nicht so sehr wie meinen Sohn, dachte Roland erbittert, sagte aber nichts.

»Wenn Ihr nur von Liebe mit Frauen träumt, kommt also vielleicht eine Frau zu Euch.«

»Sagt Ihr das?« Kings Stimme klang leicht interessiert.

»Ja. Und wenn sie kommt, wird es eine sehr schöne Frau sein. Vielleicht spricht sie mit Euch über die Leichtigkeit und das Vergnügen der Lichtung. Sie nennt sich vielleicht Morphia, Tochter des Schlafes, oder Selena, Tochter des Mondes. Sie bietet Euch vielleicht ihren Arm und verspricht, Euch hinzuführen. Ihr müsst sie abweisen.«

»Ich muss sie abweisen.«

»Auch wenn ihre Augen und ihre Brüste Euch in Versuchung führen.«

»Auch dann«, stimmte King zu.

»Warum werdet Ihr sie abweisen, Sai?«

»Weil das Lied nicht fertig ist.«

Endlich war Roland zufrieden. Mrs. Tassenbaum kniete neben Jake. Der Revolvermann beachtete die beiden nicht weiter und ging zu dem Mann, der zusammengesunken am Steuer der Motorkutsche saß, die all den Schaden angerichtet hatte. Die Augen dieses Mannes waren weit aufgerissen und ausdruckslos, der Mund war schlaff geöffnet. Von seinem stoppelbärtigen Kinn hing ein Speichelfaden herab.

»Hört Ihr mich, Sai?«

Der Mann nickte ängstlich. Die Hunde hinter ihm waren verstummt. Vier glänzende Augen beobachteten den Revolvermann aus dem Raum zwischen den Sitzen heraus.

»Wie heißt Ihr?«

»Bryan, wenn's Euch gefällt ... Bryan Smith.«

Nein, das gefiel ihm überhaupt nicht. Hier war noch ein Mann, den er am liebsten erwürgt hätte. Auf der Straße fuhr ein weiteres Auto vorbei, und diesmal hupte der Fahrer oder die Fahrerin, als er oder sie vorbeifuhr. Woraus ihr Schutzschild auch bestehen mochte, er begann dünn zu werden.

»Sai Smith, Ihr habt einen Mann angefahren – mit Eurem Wagen oder Truckomobil oder wie Ihr's sonst nennt.«

Bryan Smith begann am ganzen Leib zu zittern. »Ich hab noch nie auch nur 'n Strafzettel für Falschparken gekriegt«, jammerte er, »und jetzt muss ich den berühmtesten Mann vom ganzn Staat umfahn! Meine Hunde haben gerauft ...«

»Eure Lügen ärgern mich nicht«, sagte Roland, »aber die Angst, aus der sie entstehen, tut es. Schweigt jetzt.«

Bryan Smith hielt wie befohlen den Mund. Aus seinem Gesicht schwand langsam, aber stetig alle Farbe.

»Ihr wart allein, als Ihr ihn angefahren habt«, sagte Roland. »Niemand war hier außer Ihr und der Geschichtenerzähler. Habt Ihr verstanden?«

»Ich war allein. Mister, sind Sie ein Wiedergänger?«

»Was ich bin, geht Euch nichts an. Ihr habt nach ihm gesehen und festgestellt, dass er noch lebt.«

»Noch lebt, gut«, sagte Smith. »Ich wollt keinem was tun, ehrlich.«

»Er hat mit Euch gesprochen. Daher habt Ihr gewusst, dass er noch lebt.«

»Ja!« Smith lächelte. Dann runzelte er die Stirn. »Was hat er gesagt?«

»Das wisst Ihr nicht mehr. Ihr wart aufgeregt und ängstlich.«

»Ängstlich und aufgeregt. Aufgeregt und ängstlich. Ja, das war ich.«

»Ihr fahrt jetzt weg. Unterwegs wacht Ihr nach und nach wieder auf. Und beim ersten Haus oder Laden haltet Ihr an, um zu melden, dass hier an der Straße ein Mann liegt. Ein Mann, der Hilfe braucht. Wiederholt jetzt Euren Auftrag, und seid wahrhaftig.«

»Fahren.« Mit den Händen liebkost er das Lenkrad, als wäre er am liebsten sofort losgefahren. Roland vermutete, dass dem wohl auch so war. »Nach und nach aufwachen. Im ersten Haus oder Laden melden, dass Stephen King verletzt am Straßenrand liegt und Hilfe braucht. Ich weiß, dass er noch lebt, weil er mit mir geredet hat. Es war ein Unfall.« Er machte eine Pause. »Das war nicht meine Schuld. Er ist auf der Fahrbahn gegangen.« Erneut eine Pause. »Wahrscheinlich.«

Kümmert's mich, wer die Verantwortung für diesen Schlamassel tragen muss?, fragte Roland sich. Irgendwie nicht. King konnte in beiden Fällen weiterschreiben. Und Roland hoffte fast, dass man *ihm* die Schuld gab, weil eigentlich King an allem schuld war: Er hätte überhaupt nie hier draußen unterwegs sein dürfen.

»Fahrt jetzt los!«, befahl er Bryan Smith. »Ich will Euer Gesicht nicht mehr sehen.«

Smith ließ den Motor des Vans mit einer Miene an, aus der wahre Erleichterung sprach. Roland machte sich nicht die Mühe, ihn beim Wegfahren zu beobachten. Er ging zu Mrs. Tassenbaum hinüber und sank neben ihr auf die Knie. Oy saß jetzt stumm Jake zu Häupten, weil er wusste, dass der, um den er trauerte, sein Heulen nicht mehr hören konnte. Was der Revolvermann am meisten gefürchtet hatte, war passiert. Während er mit zwei Männern gesprochen hatte, die er nicht mochte, war der Junge, den er mehr liebte als alle anderen – mehr als er sein ganzes Leben lang jemanden geliebt hatte, selbst Susan Delgado –, zum zweitenmal für ihn unerreichbar geworden. Jake war tot.

5

»Er hat mit dir gesprochen«, sagte Roland. Er nahm Jake in die Arme und begann ihn sanft zu wiegen. Die 'Rizas klapperten in ihrer Tasche. Er bildete sich ein, dass Jake bereits kalt wurde.

»Ja«, sagte sie.

»Was hat er gesagt?«

»Er hat mich aufgefordert, zurückzukommen und Sie abzuholen, ›wenn die Sache hier erledigt ist‹. Genau so hat er's ausgedrückt. Und er hat hinzugefügt: ›Sagen Sie meinem Vater, dass ich ihn liebe.‹«

Roland brachte nur einen erstickten, jämmerlichen Laut heraus, der tief aus der Kehle kam. Er dachte daran, wie es in Fedic gewesen war, nachdem sie durch die Tür gegangen waren. *Heil, Vater,* hatte Jake gesagt, und Roland hatte ihn auch damals in die Arme geschlossen. Nur hatte er dabei das Herz des Jungen schlagen gespürt. Er hätte alles dafür gegeben, es wieder schlagen fühlen zu können.

»Er hat noch mehr gesagt«, fuhr sie fort, »aber haben wir jetzt überhaupt Zeit dafür – vor allem, wo ich's Ihnen doch auch später erzählen kann?«

Roland verstand sofort, was sie meinte. Die Geschichte, die Bryan Smith und Stephen King erzählen würden, war sehr einfach. Darin war kein Platz für einen schlaksigen, von langer Wanderung staubigen Mann mit einem großen Revolver, auch nicht für eine ergrauende Frau und erst recht nicht für einen toten Jungen, der eine Tasche mit scharfkantigen Tellern über der Schulter trug und im Bund seiner Jeans eine Maschinenpistole stecken hatte.

Die einzige Frage war, ob die Frau überhaupt zurückkommen würde, um ihn abzuholen. Sie war nicht der erste Mensch, den er dazu bewogen hatte, Dinge zu tun, die jener normalerweise vielleicht nicht getan hätte, aber Roland wusste, dass sich das ändern konnte, sobald sie fort war. Ihr ein feierliches Versprechen abzunehmen – *Schwört Ihr, mich wieder abzuholen, Sai? Schwört Ihr's beim stehen gebliebenen Herzen dieses Jungen?* – wäre sinnlos gewesen. Sie konnte hier jedes Wort davon meinen und ihre Meinung ändern, sobald sie über den nächsten Hügel gefahren war.

Aber als er Gelegenheit gehabt hatte, den Ladenbesitzer, dem der Pick-up gehörte, seinen Wagen selbst fahren zu lassen, hatte er's nicht getan. Und er hatte sie auch nicht gegen den alten Mann ausgetauscht, der den Rasen des Schriftstellers gemäht hatte.

»Später genügt«, sagte er. »Aber du musst jetzt fort. Und solltest du aus irgendeinem Grund nicht zurückkommen können oder wollen, nehme ich dir das nicht übel.«

»Wohin würden Sie denn allein wollen?«, fragte sie ihn. »*Wüssten* Sie überhaupt, wohin Sie müssen? Das hier ist nicht Ihre Welt, oder doch?«

Roland ignorierte die Frage. »Wenn hier noch Leute sind, wenn du zurückkommst – Friedenswächter, Gesetzeshüter, Blauröcke, was weiß ich –, fährst du, ohne anzuhalten, einfach weiter. Komm eine halbe Stunde darauf zurück. Sind dann noch immer Leute da, fahr wieder weiter. Und so fort, bis endlich niemand mehr hier ist.«

»Wird denen mein Hin-und-her-Fahren nicht auffallen?«

»Das weiß ich nicht«, sagte er. »Wird's das?«

Sie überlegte, dann lächelte sie leicht. »Den Gesetzeshütern in diesem Teil der Welt? Vermutlich nicht.«

Er nickte, akzeptierte ihre Einschätzung. »Halte also an, wenn es dir als sicher erscheint. Du wirst mich nicht sehen, aber ich werde dich sehen. Ich warte bis Einbruch der Dunkelheit. Bist du bis dahin nicht zurück, breche ich auf.«

»Ich hole Sie ab, allerdings komme ich dann nicht mit diesem armseligen Pick-up«, sagte sie. »Dann fahre ich einen Mercedes.« Das sagte sie mit einem gewissen Stolz.

Roland hatte keine Ahnung, was ein März-Hedes war, aber er nickte, als hätte er eine. »Also los. Wir reden miteinander, wenn du zurückkommst.«

Falls du zurückkommst, dachte er.

»Ich glaube, den wollen Sie wieder«, sagte sie und steckte ihm den Revolver ins Holster zurück.

»Danke-sai.«

»Bitte sehr.«

Er beobachtete, wie sie zu dem alten Pick-up zurückging (den sie seiner Meinung nach trotz ihrer herabsetzenden Worte fast zu lieben gelernt hatte) und sich am Lenkrad hochzog. Und als sie das tat, erkannte er, dass er etwas brauchte, das vielleicht auf der Ladefläche des Wagens liegen würde. *»Brrr!«*

Mrs. Tassenbaum hatte bereits nach dem Zündschlüssel gegriffen. Jetzt nahm sie die Hand weg und sah Roland an. Er ließ Jake sanft auf die Erde sinken, in der er bald ruhen würde (dieser Gedanke hatte ihn dazu bewogen, sie aufzuhalten) und stand auf. Er verzog das Gesicht und legte die Hand auf die Hüfte, allerdings nur aus alter Gewohnheit. Die Schmerzen waren weg.

»Was?«, fragte sie, als er an den Wagen trat. »Wenn ich nicht bald fahre …«

Roland nickte. »Ja, ich weiß.«

Er warf einen Blick auf die Ladefläche. Zwischen achtlos verstreutem Werkzeug sah er unter einer blauen Plane etwas Quadratförmiges. Die Ecken der Plane waren unter den Gegenstand geschoben, damit sie nicht weggeblasen werden konnte. Als Roland die Plane wegzog, kamen darunter mindestens acht Kisten aus jenem steifen Papier zum Vorschein, das Eddie »Karton« genannt hatte. Sie waren zusammengeschoben worden, um den Würfel zu bilden. Die aufgedruckten Bilder zeigten, dass sie Bierdosen enthielten. Aber ihm wär es auch einerlei gewesen, wenn die Kartons Sprengstoff enthalten hätten.

Er wollte nur die Plane.

Roland trat mit ihr in den Armen von dem Wagen zurück und sagte: »*Jetzt* kannst du fahren.«

Sie griff wieder nach dem Schlüssel, mit dem der Motor angelassen wurde, drehte ihn aber nicht gleich nach rechts. »Sir«, sagte sie, »mein Beileid zu Ihrem Verlust. Das wollte ich Ihnen nur sagen. Ich sehe sehr gut, was der Junge Ihnen bedeutet hat.«

Roland Deschain senkte den Kopf, ohne etwas zu sagen.

Irene Tassenbaum sah ihn noch einen Augenblick länger an, erinnerte sich daran, dass Worte manchmal nutzlos waren, ließ dann den Motor an und knallte ihre Tür zu. Er beobachtete, wie sie in einer engen Kurve auf die Straße hinauslenkte (die Kupplung gebrauchte sie inzwischen reibungslos), um nach Norden in Richtung East Stoneham zurückzufahren.

Mein Beileid zu Ihrem Verlust.

Und jetzt war er mit diesem Verlust allein. Mit Jake allein. Roland betrachtete einen Augenblick lang das Tannenwäldchen neben der Straße, dann sah er zwei der drei Personen an, die das Ka hierher geführt hatte: einen Mann, bewusstlos, und einen Jungen, tot. Rolands Augen waren trocken und heiß; sie pochten so in ihren Höhlen, dass er schon fürchtete, die Fähigkeit zu weinen erneut verloren zu haben. Diese Vorstellung erschreckte ihn. Welchen Wert hatte das alles, wenn er nicht einmal jetzt – nach allem, was er wiedergewonnen und nochmals verloren hatte – weinen konnte? Weshalb es eine ungeheure Erleichterung war, als die Tränen dann endlich kamen. Sie quollen ihm aus den Augen, verschlierten deren fast wahnsinnigen Glanz. Sie liefen ihm über die schmutzigen Wangen. Er weinte fast lautlos, aber einmal schluchzte er doch, und das hörte Oy. Er reckte die Schnauze der Bahn aus zügig dahinziehenden Wolken entgegen und heulte sie einmal kurz an. Dann schwieg auch er.

6

Roland trug Jake tiefer in das Wäldchen hinein, wobei Oy ihm lautlos dicht auf den Fersen folgte. Dass auch der Bumbler weinte, überraschte Roland längst nicht mehr; er hatte ihn schon früher weinen sehen. Und die Zeit, in der er Oys Demonstrationen von Intelligenz (und Mitgefühl) lediglich für Mimikry gehalten hatte, war längst vorüber. Auf diesem kurzen Weg dachte Roland vor allem an das Totengebet, das er Cuthbert bei ihrem letzten gemeinsamen Feldzug, der auf dem Jericho Hill geendet hatte, hatte sprechen hören. Er bezweifelte, dass Jake ein Gebet brauchte, um seinen Weg zu Ende gehen zu können, aber der Revolvermann brauchte etwas, was seinen Verstand beschäftigte, weil er sich im Augenblick nicht sehr stark fühlte; wenn er zu weit in die falsche Richtung ging, würde er bestimmt zerbrechen. Vielleicht konnte er sich später der Hysterie hingeben – oder sogar der Irina, dem heilenden Wahnsinn –, aber nicht jetzt. Jetzt würde er nicht zusammenklappen. Er würde den Tod des Jungen nicht auf diese Weise entwerten.

Das dunstige grüngoldene Sommerlicht, eines, wie es nur in Wäldern existierte (die *alte* Wälder sein mussten wie der, in dem der Bär Shardik gehaust hatte), wurde dunkler. Es fiel in schrägen Strahlen durch die Bäume und ließ die Stelle, an der Roland schließlich stehen blieb, mehr wie eine Kirche als eine Lichtung aussehen. Von der Straße aus war er ungefähr zweihundert Schritte weit nach Westen gegangen. Jetzt legte er Jake ab und blickte sich um. Er sah zwei rostige Bierdosen und mehrere ausgeworfene Patronenhülsen, vermutlich Hinterlassenschaften von Jägern. Roland warf sie tiefer in den Wald, damit die Begräbnisstätte gereinigt war. Dann betrachtete er Jake, wobei er sich die Tränen aus den Augen wischte, um ihn so deutlich wie möglich sehen zu können. Das Gesicht des Jungen war so sauber wie die Lichtung, dafür hatte Oy gesorgt, aber Jakes rechtes Auge stand noch offen, sodass der Eindruck entstand, als zwinkere der Junge boshaft. Das durfte nicht sein. Roland zog das Lid mit einem Finger herunter, und als es daraufhin wieder aufsprang (wie eine störrische Jalousie, fand er), leckte er einen Daumen an und schloss es damit. Diesmal blieb es geschlossen.

Jakes Hemd war staubig und blutbefleckt. Roland zog sein eigenes aus, bekleidete Jake damit und bewegte ihn dabei wie eine Puppe, um es ihm anzuziehen. Das Hemd reichte Jake bis fast zu den Knien, aber Roland versuchte gar nicht erst, es in die Jeans zu stecken; so verdeckte es immerhin auch die Blutflecken auf Jakes Hose.

Das alles verfolgte Oy mit goldgeränderten Augen, die in Tränen schwammen.

Roland hatte erwartet, dass der Boden unter dem dicken Nadelteppich weich sein würde, und das war er auch. Er war mit Jakes Grab schon ziemlich weit, als er von der Straße her ein Motorengeräusch hörte. Andere Motorkutschen waren vorbeigekommen, seit er Jake in den Wald getragen hatte, aber er erkannte den unrunden Lauf dieses Motors sofort. Der Mann mit dem blauen Wagen war zurückgekommen. Roland war sich nicht ganz sicher gewesen, dass der Mann das auch wirklich tun würde.

»Bleib hier«, wies er den Bumbler halblaut an. »Bewach dein Herrchen.« Aber das war falsch. »Bleib hier und bewach deinen Freund.«

Es wäre nicht ungewöhnlich gewesen, wenn Oy den Befehl ebenso leise wiederholt hätte *(B'eib!* war ungefähr das Beste, was er hätte herausbringen können), aber diesmal sagte er nichts. Roland sah jedoch, wie er sich neben Jakes Kopf legte und eine Fliege aus der Luft schnappte, die sich auf die Nase des Jungen setzen wollte. Roland nickte zufrieden und ging dann in Richtung Straße zurück.

7

Als Roland ihn wieder zu Gesicht bekam, war Bryan Smith aus seiner Motorkutsche gestiegen und saß mit seinem Spazierstock über den Knien auf der Steinmauer. (Roland hatte keine Ahnung, ob dieser Stock nur eine affektierte Angewohnheit oder wirklich nötig war, aber auch das war ihm einerlei.) King hatte eine Art schwammiges Bewusstsein zurückerlangt. Die beiden Männer redeten miteinander.

»Sagen Sie mir bitte, dass es nur verstaucht ist«, sagte der Schriftsteller mit schwacher, besorgter Stimme.

»Von wegen! Ihr Bein ist sechs- bis siebenmal gebrochen, würd ich sagen.« Nachdem Smith jetzt Zeit gehabt hatte, sich zu beruhigen, sich vielleicht sogar eine Story zurechtzulegen, klang seine Stimme nicht nur ruhig, sondern fast heiter.

»Sie bauen einen echt auf«, sagte King. Die sichtbare Hälfte seines Gesichts war sehr blass, aber die Blutung aus der Platzwunde auf der Stirn war beinahe zum Stehen gekommen. »Haben Sie eine Zigarette für mich?«

»Nee«, sagte Smith mit demselben unheimlich fröhlichen Ton. »Hab's Rauchen aufgegeben.«

Obwohl Rolands Gabe zur Fühlungnahme nicht sonderlich ausgeprägt war, spürte er doch, dass das nicht stimmte. Aber Smith hatte nur noch drei Zigaretten und wollte sie sich nicht mit diesem Mann teilen, der sich bestimmt genügend Zigaretten leisten konnte, um seinen ganzen Van damit zu füllen. *Außerdem* glaubte Smith …

»Außerdem solltn Leute, die 'nen Unfall hattn, nich rauchn«, sagte Smith tugendhaft.

Der Schriftsteller nickte. »Krieg ohnehin kaum Luft«, murmelte er dann.

»'scheinlich ein, zwei Rippen gebrochen. Ich heiße Bryan Smith. Ich hab Sie angefahrn. Sorry.« Er streckte ihm die Hand hin, die King dann unglaublicherweise auch schüttelte.

»So was is mir noch nie passiert«, sagte Smith. »Ich hab nie auch nur 'nen Strafzettel für Falschparken gekriegt.«

Auch wenn King das vielleicht als Lüge erkannte, zog er es vor, sich nicht dazu zu äußern. Ihn bewegte etwas anderes. »Mr. Smith … Bryan … war hier nicht noch jemand?«

Unter den Bäumen versteifte Roland sich.

Smith schien tatsächlich darüber nachzudenken. Er griff in seine Tasche, holte einen Mars-Schokoriegel heraus und wickelte ihn aus. Dann schüttelte er den Kopf. »Bloß Sie und ich. Aber ich hab vom Laden aus den Rettungsdienst angerufn. Die haben gesagt, dass jemand ganz in der Nähe is. Dass jemand ganz schnell kommt. Machn Sie sich man bloß keine Sorgen.«

»Sie wissen, wer ich bin.«

»Gott, *yeah!«*, sagte Bryan Smith schmunzelnd. Er biss von dem Schokoriegel ab und sprach mit vollem Mund weiter. »Hab Sie gleich erkannt. Hab alle Ihre Filme gesehn. Am besten hat mir der mit dem Bernhardiner gefalln. Wie hat der Hund gleich wieder geheißn?«

»Cujo«, sagte King. Das war ein Wort, das Roland kannte, weil Susan Delgado ihn manchmal so genannt hatte. In Mejis bedeutete *Cujo* nichts anderes als »Süßer«.

»Genau! Der war Klasse! Verdammt unheimlich! Nur gut, dass der kleine Junge am Leben bleibt!«

»Im Buch stirbt er.« Dann schloss King die Augen und lehnte sich wartend zurück.

Smith nahm wieder einen Bissen, diesmal einen noch riesigeren. »Der mit dem Clown hat mir auch gefalln! *Echt* cool!«

King antwortete nichts darauf. Die Augen blieben geschlossen, aber Roland fand, dass die Brust des Schriftstellers sich kraftvoll und regelmäßig hob und senkte. Das war gut.

Dann kam ein großer Wagen herangeröhrt, kurvte auf den Seitenstreifen und hielt dicht vor Smiths Van. Die neue Motorkutsche war ungefähr so groß wie ein Leichenwagen, aber orange statt schwarz und mit Blinkleuchten ausgerüstet. Roland war nicht unzufrieden, als er sie über die Spuren des Pick-ups des Krämers fahren sah, bevor sie zum Stehen kam.

Roland erwartete fast, einen Roboter aussteigen zu sehen, aber es war ein Mann. Dieser griff noch einmal in den Wagen, um eine schwarze Arzttasche herauszuholen. Mit der Gewissheit, dass hier alles zum Besten stand, kehrte Roland zu der Stelle zurück, wo er

Jake niedergelegt hatte, und bewegte sich dabei mit all seiner früheren unbewussten Geschmeidigkeit: Er ließ nicht einen einzigen Zweig knacken, scheuchte nicht einen einzigen Vogel auf.

8

Würde es euch überraschen – nach allem, was wir gemeinsam gesehen, und nach all den Geheimnissen, die wir erfahren haben –, dass Mrs. Tassenbaum an diesem Nachmittag gegen Viertel nach fünf mit Chip McAvoys altem Pick-up in die Einfahrt eines Hauses abbog, das wir schon einmal besucht haben? Vermutlich nicht, denn das Ka ist ein Rad, und alles, was es kann, ist, sich zu drehen. Bei unserem letzten Besuch im Jahr 1977 waren Haus und Bootshaus am Keywadin Pond weiß gestrichen und mit Grün abgesetzt gewesen. Die Tassenbaums, in deren Besitz das Anwesen im Jahr 1994 übergegangen war, hatten das Haus geschmackvoll cremeweiß streichen lassen (nicht farbig abgesetzt; nach Irene Tassenbaums Ansicht waren farbige Akzente etwas für Leute, die sich nicht entscheiden konnten). Wo ihre Einfahrt von der Straße abzweigt, haben sie auch ein Schild mit dem Namen SUNSET COTTAGE aufgestellt, und was Onkel Sam betrifft, ist das Bestandteil ihrer Postanschrift, aber für die Einheimischen wird dieses Haus am Südende des Sees immer »das alte Cullum-Haus« bleiben.

Sie parkte den Pick-up neben ihrem dunkelroten Benz, ging ins Haus und legte sich dabei schon mal zurecht, wie sie David erklären würde, weshalb sie mit der Karre des hiesigen Ladenbesitzers ankam. Aber das Sunset Cottage summte mit der eigentümlichen Stille, die nur leere Häuser an sich haben; das fiel ihr sofort auf. Im Lauf der Jahre war sie an viele leere Orte zurückgekehrt – zuerst in Apartments, dann in immer größere Häuser. Nicht weil David auf Sauftour oder hinter anderen Frauen her war, Gott behüte! Nein, seine Freunde und er waren meistens in irgendeiner Garage oder Kellerwerkstatt gewesen, hatten schlechten Wein und Billigbier aus dem Getränkemarkt getrunken und das Internet und all die Software entwickelt, die es erst benutzerfreundlich machte. Der Profit, auch wenn das die meisten nicht glauben wollten, war nur ein Nebeneffekt gewesen. Diese Stille, in die ihre Frauen oft zurückkamen, war ebenfalls einer. Nach längerer Zeit setzte einem diese summende Stille irgendwie zu, machte einen *wütend*, aber nicht heute. Heute war sie entzückt, dass das Haus ihr allein gehörte.

Wirst du mit Marshall Dillon ins Bett steigen, wenn er dich will?

Das war keine Frage, über die sie auch nur nachzudenken brauchte. Die Antwort lautete Ja, natürlich würde sie mit ihm schlafen, wenn er sie wollte: in der Seitenlage, von hinten, auf allen vieren oder in der Missionarsstellung, wenn er daran sein Vergnügen fand. Aber er würde nicht mit ihr schlafen wollen, selbst wenn er nicht um seinen jungen

(Sai? Sohn?)

Freund getrauert hätte; er würde sie nicht wollen: sie mit ihren Falten, sie mit ihrem an den Wurzeln ergrauenden Haar, sie mit dem Rettungsring, den ihre Designerklamotten nicht ganz verbergen konnten. Allein die Vorstellung war lächerlich.

Trotzdem: Wenn er sie wollte, würde sie's tun.

Sie sah am Kühlschrank nach und entdeckte unter einem der bunten Magneten, mit denen die Tür übersät war (**WIR SIND POSITRONICS, BAUEN DIE ZUKUNFT CHIP FÜR CHIP** stand darauf), eine kurze Nachricht.

Ree,
du wolltest, dass ich mich entspanne, also tue ich's (verdammt noch mal!). D. h. ich bin mit Sonny Emerson beim Angeln – am annern Ende vom See, haja, haja. Komme erst gegen 7 Uhr zurück, wenn die Mücken nicht zu schlimm sind. Nimmst du ihn aus & kochst ihn, wenn ich einen Barsch mitbringe? D.
PS: Drüben im Laden geht irgendwas vor, das drei Streifenwagen wert ist. Vielleicht WIEDERGÄNGER???? ☺ Wenn du was hörst, kannst du's mir ja später verklickern.

Sie hatte ihm erzählt, dass *sie* nachmittags in den Laden hinüberfahren würde – wegen Eiern und Milch, die sie natürlich nie gekauft hatte –, und er hatte genickt. *Ja, Schatz, ja, Schatz.* Aber aus seiner Nachricht sprach nicht die geringste Besorgnis, keine Andeutung davon, dass er sich daran erinnerte, was sie gesagt hatte. Nun, was erwartete sie eigentlich? Bei David kamen unwichtige Informationen durch Ohr A herein und gingen durch Ohr B wieder hinaus. Willkommen in der Welt der Genies!

Sie drehte den Zettel um, zog einen Filzschreiber aus dem Kaffeebecher, in dem sie standen, zögerte kurz und schrieb dann:

David,
etwas ist passiert, und ich muss für einige Zeit fort. Mindestens für 2, vielleicht auch für 3 bis 4 Tage. Mach dir bitte keine Sorgen um mich und ruf niemanden an. VOR ALLEM NICHT DIE POLIZEI. Es geht wieder mal um ein streunendes Tier.

Würde er das verstehen? Sie glaubte, dass er sich vielleicht daran erinnern konnte, wo sie sich kennen gelernt hatten. Das war beim Tierschutzverein Santa Monica gewesen, zwischen den übereinander aufgestapelten Tierkäfigen im rückwärtigen Teil: Liebe blüht bei Kötergekläff. Das klang weiß Gott wie James Joyce, wie sie fand. Er hatte einen streunenden Hund abgeliefert, den er in der Nähe des Apartments, in dem er mit einem halben Dutzend Eierkopf-Freunden wohnte, auf der Straße aufgelesen hatte. Sie war auf der Suche nach einem Kätzchen gewesen, das ihr im Prinzip ohne Freunde geführtes Leben aufheitern sollte. Er hatte damals noch volles Haar gehabt. Was sie anging, hatte sie Frauen, die sich ihres färbten, leicht belustigend gefunden. Die Zeit war ein Dieb, und zu den ersten Dingen, die sie einem stahl, gehörte der Sinn für Humor.

Sie zögerte, dann fügte sie hinzu:

Liebe dich
Ree

Stimmte das überhaupt noch? Na ja, sie würde es jedenfalls stehen lassen. Etwas durchzustreichen, was man mit Filzstift geschrieben hatte, sah immer hässlich aus. Sie brachte die Nachricht mit demselben Magneten an, der den Zettel schon zuvor am Kühlschrank festgehalten hatte.

Als sie die Mercedesschlüssel aus dem Korb neben der Tür nahm, fiel ihr das Ruderboot ein, das noch an dem kurzen Bootssteg hinter dem Laden lag. Dort würde ihm nichts passieren. Aber dann erinnerte sie sich noch an etwas anderes, an etwas, was der Junge ihr gesagt hatte. *Er versteht nichts von Geld.*

Sie ging in die Speisekammer, in der sie immer eine dünne Rolle Fünfziger aufbewahrte (hier draußen in der Provinz gab es Orte, an denen – das hätte sie beschwören können – die Leute noch nicht mal von Kreditkarten *gehört* hatten) und nahm sich drei. Sie wollte schon hinausgehen, zuckte dann aber die Achseln, ging zurück und nahm die restlichen drei auch noch mit. Warum der Geiz? Heute lebte sie eben auf großem Fuß.

Beim Hinausgehen blieb sie stehen, um noch einmal einen Blick auf ihre Nachricht zu werfen. Ohne die geringste Erklärung dafür zu haben, nahm sie den Positronics-Magneten weg und ersetzte ihn durch einen, der wie eine Orangenscheibe aussah. Dann verließ sie das Haus.

Die Zukunft konnte ihr gestohlen bleiben. Vorläufig hatte sie genug mit der Gegenwart zu tun.

9

Der Rettungswagen war wieder fort. Vermutlich, um den Schriftsteller ins nächste Hospital oder Krankenrevier zu bringen, dachte Roland. Gerade als der Wagen abfuhr, waren die Friedenswächter gekommen und hatten ungefähr eine halbe Stunde lang damit verbracht, mit Bryan Smith zu reden. Der Revolvermann konnte das Palaver von seinem Platz hinter der ersten Bodenwelle aus gut verfolgen. Die Fragen der Blauröcke waren deutlich und ruhig, Smiths Antworten kaum mehr als ein Gemurmel. Roland sah keinen Grund, die Arbeit einzustellen. Falls die Blauen in das Wäldchen kamen und ihn entdeckten, würde er mit ihnen fertig werden. Sie nur kampfunfähig machen, außer sie machten das unmöglich; die Götter wussten, dass es hier schon genügend Tote gegeben hatte. Aber er würde seinen Toten so oder so begraben.

Er würde seinen Toten begraben.

Der liebliche grüngoldene Schein auf der Lichtung hatte sich verdüstert. Die Mücken fielen über Roland her, aber er unterbrach die Arbeit nicht, um nach ihnen zu schlagen, sondern ließ sie sich einfach satt trinken und dann mit ihrer Blutfracht beladen schwerfällig davonschwirren. Als er mit dem Grab fertig war, das er mit den Händen ausgehoben hatte, hörte er Motoren anspringen: das ruhige Brummen zweier Autos und das ungleichmäßigere Tuckern von Smiths Van-Mobil. Da er nur zwei Friedenswächter hatte reden hören, bedeutete das wohl – falls nicht noch ein dritter Blaurock anwesend gewesen war, der nichts zu sagen gehabt hatte –, dass sie Smith allein wegfahren ließen. Das erschien Roland reichlich merkwürdig, aber wie die Frage, ob King querschnittgelähmt war oder nicht, ging ihn das nichts an und brauchte ihn nicht weiter zu kümmern. Wichtig war nur dies hier; wichtig war nur, dass er seinen Toten bestattete.

Er ging dreimal los, um Felsbrocken zu sammeln, weil ein mit den Händen ausgehobenes Grab notwendigerweise flach sein musste, und Tiere waren selbst in einer zahmen Welt wie dieser stets hungrig. Die Felsbrocken stapelte er am Kopfende des Grabes auf, das einer Narbe im Waldboden glich, der fast so dunkel wie schwarzer Samt war. Oy lag weiter neben Jakes Kopf, sah zu, wie der Revolvermann kam und ging, und sagte nichts. Er war schon immer anders gewesen als seine Artgenossen, wie sie sich entwickelt hatten, seit die Welt sich weiterbewegt hatte; Roland hatte sogar darüber spekuliert, ob Oys ungewöhnliche Geschwätzigkeit sein Tet dazu veranlasst hatte, ihn auszuschließen – und das keineswegs sanft. Als sie unweit der Ortschaft River Crossing auf diesen kleinen Kerl gestoßen waren, war er ausgehungert gewesen und hatte an einer Weiche eine halb verheilte Bisswunde gehabt. Der Bumbler hatte Jake von Anfang an geliebt. »Das liegt auf der Hand wie die Bedürfnisse der Erde«, hätte Cort (oder Rolands eigener Vater) vielleicht gesagt. Und mit Jake hatte der Bumbler am meisten gesprochen. Roland vermutete, dass Oy jetzt weitgehend verstummen würde, weil der Junge tot war, und diese Überlegung war eine weitere Methode, das Verlorene näher zu bestimmen.

Er erinnerte sich daran, wie der Junge im Fackelschein vor den Einwohnern der Calla Bryn Sturgis gestanden hatte: sein Gesicht jung und schön, als könnte er ewig leben. *Ich bin Jake Chambers, Sohn des Elmer, aus Elds Linie, aus dem Ka-Tet der Neunundneunzig,* hatte er gesagt, und ach, aye, hier war er im Jahre neunundneunzig und wartete nur noch darauf, in sein kühles Grab gelegt zu werden.

Roland musste wieder weinen. Er schlug die Hände vors Gesicht, wiegte sich auf den Knien vor und zurück, roch den süßen Duft der Tannennadeln und wünschte sich, er hätte verzichtet, bevor das Ka, dieser alte, geduldige Dämon, ihm den wahren Preis seines Unternehmens offenbart hatte. Er hätte alles dafür gegeben, das Geschehene ungeschehen machen, diese Grube ohne Inhalt zuschütten zu können, aber dies hier war nun einmal die Welt, in der die Zeit nur in eine Richtung floss.

10

Als er sich wieder in der Gewalt hatte, hüllte er Jake sorgfältig in die blaue Plane, die er um das stille, blasse Gesicht herum zu einer Art Kapuze formte. Bevor er das Grab schloss, würde er Jakes Gesicht bedecken, aber vorerst noch nicht.

»Oy?«, sagte er. »Willst du Abschied nehmen?«

Oy sah Roland an, und der Revolvermann wusste einen Moment

lang nicht, ob das Tier ihn verstanden hatte. Dann machte der Bumbler einen langen Hals und leckte ein letztes Mal über die Wange des Jungen. »Au, Ake«, sagte er.

Der Revolvermann hob den Jungen auf (wie leicht er war, dieser Junge, der mit Benny Slightman aus der Heubodenluke gesprungen war und mit Pere Callahan gegen die Vampire gekämpft hatte; wie seltsam leicht, so als hätte sein allmählich zunehmendes Gewicht den Körper mit dem Leben verlassen) und legte ihn ins Grab. Ein paar Erdkrumen fielen ihm auf die eine Wange, und Roland wischte sie weg. Dann schloss er wieder die Augen und überlegte. Fast fünf Minuten lang begutachtete und verwarf er verschiedene Gebete, Meditationen und Segnungen in einem halben Dutzend Sprachen. Zuletzt entschied er sich für ein altes Gebet der Manni, das er in der Sunmie-Zunge gelernt hatte. Damals waren sie in Garlan gewesen, Cuthbert und er, auf der Suche nach dem letzten – und fanatisch treuen – Aufgebot der einst gewaltigen Armee des Guten Mannes. Obwohl er wusste, dass jede Übersetzung in die Sprache dieser Welt unbeholfen klingen würde, tat er sein Bestes. Falls Jakes Seele noch in Grabesnähe verweilte, war es diese Sprache, die sie verstehen würde.

»Die Zeit fliegt, die Totenglocke läutet, das Leben verrinnt, also hört mein Gebet.

Die Geburt ist nur der Beginn des Todes, also hört mein Gebet.

Der Tod ist sprachlos, also hört mein Gebet.«

Die Worte schwebten in den Dunst aus Grün und Gold davon. Roland ließ sie verhallen, bevor er das restliche Gebet anfügte. Er sprach jetzt zügiger.

»Dies ist Jake, der seinem Ka und seinem Tet gedient hat. Das ist gewisslich wahr.

Möge der vergebungsvolle Blick von S'mana sein Herz heilen. Darum bitten wir.

Möge der Arm von Gan ihn aus der Finsternis dieser Erde heben. Darum bitten wir.

Umgebe ihn, Gan, mit Licht.

Erfülle ihn, Chloë, mit Kraft.

Ist er durstig, so gebt ihm auf der Lichtung Wasser.

Ist er hungrig, so gebt ihm auf der Lichtung Nahrung.

Lasst seiner wachenden Seele sein Leben auf dieser Erde und den Schmerz seines Hinscheidens wie einen Traum erscheinen; lasst seine Augen sich an Schönem ergötzen; lasst ihn die Freunde wiederfinden, die er verloren hat, und lasst jeden, dessen Namen er ruft, mit seinem antworten.

Dies ist Jake, der tapfer gelebt, die Seinen geliebt und den Tod gefunden hat, wie das Ka es wollte.

Jeder Mensch schuldet dem Leben seinen Tod. Dies ist Jake. Schenkt ihm Frieden.«

Er kniete noch einige Atemzüge länger mit zwischen den Knien gefalteten Händen da und wurde sich bewusst, dass er die wahre Macht des Kummers, den Schmerz des Bedauerns erst in diesem Augenblick ganz verstanden hatte.

Ich kann's nicht ertragen, ihn loszulassen.

Aber dann wieder das grausame Paradox: Wenn er es nicht tat, war Jakes Opfer vergebens gewesen.

Roland öffnete die Augen und sagte: »Lebe wohl, Jake. Ich liebe dich, Kleiner.«

Dann zog er die blaue Kapuze als Schutz vor dem Erdregen, der nun folgen würde, über das Gesicht des Jungen.

11

Nachdem das Grab zugeschaufelt und mit Felsbrocken bedeckt war, ging Roland zur Straße zurück und begutachtete die von den unterschiedlichen Spuren erzählte Geschichte, nur weil er nichts anderes zu tun hatte. Als diese sinnlose Aufgabe erledigt war, setzte er sich auf einen umgestürzten Baumstamm. Oy war am Grab geblieben, und Roland ahnte, dass der Bumbler dort verweilen würde. Er würde ihn rufen, sobald Mrs. Tassenbaum zurückkam, aber er wusste, dass Oy vielleicht nicht kommen würde; wenn nicht, konnte das nur bedeuten, dass Oy beschlossen hatte, seinem Freund auf die Lichtung zu folgen. Der Bumbler würde einfach an Jakes Grab Wache halten, bis der Hunger (oder irgendein Raubtier) sein Leben forderte. Dieser Gedanke vermehrte Rolands Schmerz, aber er würde Oys Entscheidung respektieren.

Zehn Minuten später kam der Bumbler von selbst aus dem Wäldchen und setzte sich neben Rolands linken Stiefel. »Guter Boy!«, sagte Roland und fuhr ihm über den Kopf. Oy hatte zu leben beschlossen. Es war nur ein kleiner Trost, aber es war ein guter Trost.

Wieder zehn Minuten später näherte sich ein dunkelroter Wagen fast lautlos der Stelle, an der King angefahren und Jake tödlich verletzt worden war. Er hielt auf dem Seitenstreifen. Roland öffnete die Beifahrertür, stieg ein und zuckte dabei aus alter Gewohnheit vor Schmerzen zusammen, die er längst nicht mehr verspürte. Oy sprang ohne Aufforderung zwischen seine Füße, legte sich mit der Schnauze an seine Seite gekuschelt nieder und schien sofort einschlafen zu wollen.

»Haben Sie Ihren Jungen bestattet?«, fragte Mrs. Tassenbaum, als sie anfuhr.

»Ja. Danke-sai.«

»Ich kann dort keinen Grabstein aufstellen, glaube ich«, sagte sie, »aber ich könnte später etwas anpflanzen. Wissen Sie vielleicht, was ihm gefallen würde?«

Roland sah auf und lächelte zum ersten Mal seit Jakes Tod wieder. »Ja«, sagte er. »Eine Rose.«

12

Sie fuhren fast zwanzig Minuten lang, ohne ein Wort zu sprechen. Mrs. Tassenbaum hielt vor einem kleinen Laden im Gemeindebereich Bridgton und tankte: MOBIL, eine Marke, die Roland von seinen Wanderungen her kannte. Als sie hineinging, um zu zahlen, sah er zu *los ángeles* auf, die klar und deutlich über den Himmel zogen. Der Pfad des Balkens – und bereits stärker, wenn er sich das nicht nur einbildete. Vermutlich spielte es aber auch keine Rolle, ob er das tat. Wenn der Balken nicht schon stärker war, würde er es bald sein. Sie hatten es geschafft, ihn zu retten, wenngleich Roland sich über diesen Gedanken nicht freuen konnte.

Als Mrs. Tassenbaum aus dem Laden zurückkam, hielt sie ein Hemd in Leibchenform mit Kurzärmeln in der Hand. Auf der Vorderseite war eine Kutsche abgebildet – ein *richtiger* Bucka-Wagen –, die von einem Kreis aus Worten umgeben war. Roland konnte *HOME* entziffern, sonst nichts. Er fragte Irene, was die Worte besagten.

»BRIDGTON OLD HOME DAYS, 27. BIS 30. JULI 1999«, las sie vor. »Was darauf steht, ist unwichtig, wenn es nur Ihre Brust bedeckt. Früher oder später werden wir irgendwo anhalten und übernachten wollen, und hierzulande gilt die Redensart: ›Kein Hemd, keine Schuhe, kein Service.‹ Ihre Stiefel sehen zwar ziemlich abgewetzt und mitgenommen aus, aber damit kommen Sie wahrscheinlich überall rein. Aber mit nacktem Oberkörper? Ä-äh, ausgeschlossen! Später besorge ich Ihnen ein besseres Hemd – eines mit Kragen – und auch eine anständige Hose. Die Jeans sind ja so schmutzig, dass sie bestimmt schon von allein stehen könnten.« Sie führte eine kurze (aber heftige) innere Debatte, dann wagte sie den Sprung ins kalte Wasser. »Sie haben ungefähr zwei Millionen Narben, würde ich sagen. Und das betrifft nur den Teil von Ihnen, den ich sehen kann.«

Darauf ging Roland nicht ein. »Hast du Geld?«, fragte er.

»Ich habe dreihundert Dollar mitgenommen, als ich zu Hause war, um den Wagen zu holen, und hatte dreißig oder vierzig in der Tasche. Außerdem Kreditkarten, aber Ihr verstorbener Freund wollte, dass ich möglichst lange bar bezahle. Am besten, bis Sie allein weiterziehen können. Er hat auch gesagt, dass irgendwelche Leute nach Ihnen fahnden könnten. Er hat sie ›niedere Männer‹ genannt.«

Roland nickte. Ja, dort draußen würden niedere Männer unterwegs sein, und nach allem, was er und sein Ka-Tet getan hatten, um die Pläne ihres Herrn zu durchkreuzen, würden sie doppelt eifrig danach streben, seinen Kopf zu bekommen. Am liebsten rauchend auf eine Stange aufgesteckt. Und auch Sai Tassenbaums Kopf, sobald sie mitbekamen, dass sie ihm geholfen hatte.

»Was hat Jake sonst noch gesagt?«, fragte Roland.

»Dass ich Sie nach New York City bringen soll, wenn Sie dorthin wollen. Er hat gesagt, dass es dort eine Tür gibt, durch die sie an einen Ort namens Faydag gelangen können.«

»Noch etwas?«

»Ja. Er hat gesagt, dass es noch einen weiteren Ort gibt, und zwar einen, zu dem Sie möglicherweise wollen, bevor Sie die Tür benutzen.« Sie warf ihm aus den Augenwinkeln einen schüchternen kleinen Blick zu. »Gibt's da einen?«

Er dachte darüber nach, dann nickte er.

»Er hat auch mit dem Hund gesprochen. Das hat geklungen, als würde er ihm … Befehle geben? Anweisungen?« Sie musterte Roland zweifelnd. »Kann das sein?«

Roland hielt es für möglich. Mrs. Tassenbaum hatte Jake nur bitten können. Was aber Oy anging … Nun, das konnte die Erklärung dafür sein, dass der Bumbler nicht am Grab zurückgeblieben war, so gern er das vermutlich getan hätte.

Sie fuhren eine Zeit lang schweigend weiter. Die Straße, auf der sie waren, führte schließlich zu einer viel belebteren, auf der Autos und Lastwagen mit hoher Geschwindigkeit auf mehreren Fahrspuren verkehrten. Um auf sie auffahren zu dürfen, musste sie an einer Mautstelle halten und mit Geld bezahlen. Der Mautkassierer war ein Roboter mit einem Korb als Arm. Roland hatte gehofft, schlafen zu können, aber immer wenn er die Augen schloss, sah er Jakes Gesicht vor sich. Dann Eddies Gesicht mit dem nutzlosen Verband, der seine Stirn bedeckte. *Wenn die Bilder schon kommen, sobald ich bloß die Augen schließe,* dachte er, *wie werden dann erst meine Träume aussehen?*

Er öffnete die Augen wieder und beobachtete, wie sie eine glatte, asphaltierte Rampe hinunterfuhr und sich dann flüssig in den starken Verkehr einordnete. Er beugte sich nach rechts und blickte aus seinem Fenster nach oben. Er sah Wolken, *los ángeles,* die über ihnen in die gleiche Richtung zogen. Sie befanden sich weiter auf dem Pfad des Balkens.

13

»Mister? Roland?«

Sie dachte, dass er nur mit offenen Augen in seinem Schalensitz gedöst hatte. Jetzt wandte er sich ihr zu: mit den Händen im Schoß, die gesunde Hand über der verstümmelten, wie um sie zu verbergen. Sie glaubte, noch nie jemanden gesehen zu haben, der weniger in einen Mercedes-Benz passte als er. Beziehungsweise überhaupt in irgendein Auto. Auch glaubte sie, noch nie einen Mann gesehen zu haben, der so müde aussah.

Trotzdem ist er nicht verbraucht. Irgendwie ist er noch längst nicht verbraucht, auch wenn er darüber vielleicht anders denkt.

»Das Tier … Oy?«

»Oy, ja.« Der Bumbler sah auf, als er seinen Namen hörte, wiederholte ihn jedoch nicht, wie er das noch am Vortag getan hätte.

»Ist es ein Hund? Es ist keiner, jedenfalls nicht exakt, stimmt's?«

»Er, nicht es. Und nein, er ist kein Hund.«

Irene Tassenbaum öffnete den Mund, dann machte sie ihn wieder zu. Das fiel ihr überraschend schwer, war sie in Gesellschaft doch gewöhnlich nie so schweigsam. Außerdem war sie hier ja mit einem Mann zusammen, den sie auch in seinem Kummer und angesichts seiner Verlebtheit attraktiv fand (in gewisser Weise vielleicht gerade deshalb). Ein sterbender Junge hatte sie gebeten, diesen Mann nach New York und dort zu den Orten zu bringen, zu denen er sonst wollte. Er hatte gesagt, dass sein Freund über New York noch weniger wisse als über Geld, was sie für leicht wahrscheinlich hielt. Aber sie hielt diesen Mann auch für gefährlich. Sie wollte ihm weitere Fragen stellen – aber was war, wenn er sie beantwortete?

Sie begriff, dass ihre Chancen, sich nach seinem Weggang wieder in das Leben einzuordnen, das sie bis Viertel vor vier an diesem Nachmittag geführt hatte, umso größer waren, je weniger sie wusste. Sich darin einzuordnen, wie man von einer Nebenstraße kommend auf die Turnpike auffuhr. Das war sicher am besten.

Sie stellte das Radio an und fand einen Sender, der »Amazing Grace« spielte. Als sie das nächste Mal zu ihrem merkwürdigen Begleiter hinüberblickte, sah sie, dass er zu dem dunkler werdenden Himmel aufsah und weinte. Dann fiel ihr Blick zufällig nach unten, und sie sah noch etwas viel Seltsameres, etwas, das ihr Herz anrührte, wie es zuletzt vor fünfzehn Jahren angerührt worden war, nämlich als ihr einziger Versuch, ein Kind zu bekommen, mit einer Fehlgeburt geendet hatte.

Das Tier, der Nicht-Hund, der Oy … auch er weinte.

14

Sie fuhr kurz nach der Staatsgrenze von Massachusetts von der I-95 ab und nahm für sie in einem schäbigen Motel, das sich Sea Breeze Inn nannte, zwei Zimmer nebeneinander. Sie hatte nicht daran gedacht, ihre Autobrille mitzunehmen, die sie ihre Käferarschloch-Brille nannte (wie in »wenn ich diese Brille trage, kann ich bis ins Arschloch eines Käfers sehen«), und fuhr ohnehin nicht gern nachts. Nachtfahrten – mit und ohne Käferarschloch-Brille – zerrten an ihren Nerven und konnten ihre Migräne auslösen. Mit einer Migräne hätte sie keinem von beiden nutzen können, und ihr Migränemittel lag nutzlos im Medizinschränkchen ihres Hauses in East Stoneham.

»Außerdem«, hatte sie Roland erklärt, »wenn diese Tet Corporation, zu der Sie wollen, in einem Bürogebäude untergebracht ist, kommen Sie ohnehin nicht vor Montagmorgen hinein.« Obwohl das vermutlich nicht stimmte; Roland war die Art Mann, die überall hineinkam. Man könnte ihm einfach nirgends den Zutritt verwehren.

Wahrscheinlich lag darin ein Teil der Anziehungskraft, die er für einen bestimmten Frauentyp besitzen musste.

Jedenfalls hatte er nichts gegen das Motel einzuwenden. Nein, er wolle aber nicht mit ihr zum Abendessen gehen, weshalb sie schließlich den nächsten erträglichen Schnellimbiss ansteuerte und mit einem späten Abendessen von Kentucky Fried Chicken zurückkam. Sie aßen in Rolands Zimmer. Irene machte Oy unaufgefordert einen Teller zurecht. Oy fraß ein einziges Stück Huhn, das er manierlich zwischen den Pfoten hielt, ging dann ins Bad und schien auf der Badematte vor der Wanne einzuschlafen.

»Wieso heißt das hier Sea Breeze?«, fragte Roland. Anders als Oy aß er von allem etwas, aber er tat es, ohne Freude erkennen zu lassen. Er aß wie ein Mann, der damit eine Arbeit verrichtet. »Ich kann das Meer nicht riechen.«

»Na ja, wahrscheinlich kann man das, wenn der Wind aus der richtigen Richtung kommt und mit Orkanstärke weht«, sagte sie. »So was nennt man dichterische Freiheit, Roland.«

Er nickte und bewies damit unerwartetes (zumindest für sie) Verständnis. »Nette Lügen.«

»Ja, so könnte man's auch nennen.«

Sie stellte den Fernseher an, weil sie glaubte, das könnte ihn ablenken, war dann aber von seiner Reaktion ziemlich schockiert (obwohl sie sich einzureden versuchte, sie sei amüsiert). Als Roland sagte, er könne es nicht sehen, hatte sie keine Ahnung, wie sie das auffassen sollte; ihr erster Gedanke war, dass es sich um eine indirekte und *schrecklich* intellektuelle Kritik an dem Medium selbst handelte. Dann dachte sie, er spräche (auf ebenso indirekte Weise) von seinem Kummer, seinem Zustand der Trauer. Erst als er ihr erklärte, er höre Stimmen, ja, aber sehe nur Zeilen, die seine Augen tränen ließen, wurde ihr klar, dass er die reine Wahrheit sagte: Er konnte die Bilder auf dem Fernsehschirm nicht erkennen. Nicht die Wiederholung von *Roseanne,* nicht den Infowerbespot für Ab-Flex, nicht die sprechenden Köpfe in den Lokalnachrichten. Sie ließ den Fernseher eingeschaltet, bis die Story über Stephen King kam (mit dem Rettungshubschrauber ins Central Maine General Hospital in Lewiston geflogen, wo eine Operation am frühen Abend sein rechtes Bein gerettet zu haben schien – sein Zustand den Umständen entsprechend, weitere Operationen erforderlich, der Weg zur Genesung voraussichtlich lang und ungewiss), dann schaltete sie ihn aus.

Sie sammelte die Abfälle ein – von KFC-Mahlzeiten schien irgendwie immer so viel *mehr* übrig zu bleiben –, wünschte Roland unsicher eine gute Nacht (die er auf eine geistesabwesende Ich-bin-nicht-wirklich-hier-Art erwiderte, die sie nervös und traurig machte) und ging dann nach nebenan in ihr Zimmer. Dort sah sie sich eine Stunde lang einen alten Film an, in dem Yul Brynner einen Robotercowboy spielte, der Amok lief, bevor sie den Fernseher ausschaltete und ins Bad ging, um sich die Zähne zu putzen. Dort merkte sie, dass sie – *natürlich,* Dummerchen! – ihre Zahnbürste vergessen hatte. Sie tat ihr Bestes mit dem Zeigefinger als Zahnbürstenersatz, dann streckte sie sich in Slip und BH (auch kein Nachthemd dabei) auf dem Bett aus. So verbrachte sie eine weitere Stunde in dem Bewusstsein, dass sie auf Geräusche von jenseits der papierdünnen Wand lauschte – vor allem auf ein Geräusch: das Krachen des Revolvers, den er auf dem Weg vom Auto ins Motelzimmer rücksichtsvollerweise nicht offen im Holster getragen hatte. Dieser einzelne Schuss würde bedeuten, dass er seinem Kummer auf sehr direkte Weise ein Ende gemacht hatte.

Als sie die Stille jenseits der Wand nicht länger ertragen konnte, stand sie auf, zog sich wieder an und ging ins Freie, um sich die Sterne anzusehen. Dort sah sie Roland mit dem Nicht-Hund an seiner Seite auf dem Randstein sitzen. Sie hätte ihn am liebsten gefragt, wie er von ihr unbemerkt aus seinem Zimmer hinausgekommen war (die Wände waren so dünn, und sie hatte so *angestrengt* hingehört), verzichtete dann aber doch darauf. Stattdessen fragte sie ihn, was er hier draußen mache, nur um anschließend zu merken, dass sie auf seine Antwort und die rückhaltlose Offenheit seines ihr zugewandten Gesichts nicht vorbereitet gewesen war. Sie erwartete bei ihm immer wieder etwas zivilisierte Patina – ein Quäntchen Feinheit, Höflichkeit –, aber die gab es bei ihm nicht. Seine Ehrlichkeit war erschreckend.

»Ich habe Angst vor dem Einschlafen«, sagte er. »Ich habe Angst, dass meine toten Freunde mich besuchen werden – und dass es mein Tod sein wird, sie zu sehen.«

In dem Mischlicht, das teils aus der offenen Tür ihres Zimmers fiel, teils von dem grässlichen, herzlosen Halloween-Glanz der Natriumdampflampen des Parkplatzes stammte, blickte sie ihn unverwandt an. Ihr Herz hämmerte derart stark, dass ihre ganze Brust zitterte, aber als sie sprach, klang ihre Stimme ganz ruhig: »Würde es helfen, wenn ich mich zu dir lege?«

Roland dachte darüber nach, dann nickte er. »Ich glaube schon.«

Sie ergriff seine Hand, und gemeinsam gingen sie in das Zimmer, das sie für ihn gemietet hatte. Er streifte seine Kleidung ab, ohne das kleinste bisschen verlegen zu wirken, und sie betrachtete ängstlich staunend die Narben, die seinen Oberkörper bedeckten: die rot gekräuselte Spur eines Messerstichs am einen Bizeps, das milchige Narbengewebe einer Brandwunde am anderen, die sich überkreuzenden weißen Peitschenstriemen auf und zwischen den Schulterblättern, drei tiefe Einbuchtungen, die nur alte Schusswunden sein konnten. Und dazu kamen natürlich die zwei fehlenden Finger seiner rechten Hand. Sie war neugierig, aber sie wusste, dass sie nie den Mut haben würde, ihn danach zu fragen.

Sie legte ihre Oberbekleidung ab, zögerte kurz, streifte dann aber auch den Büstenhalter ab. Sie hatte einen Hängebusen und an einer Brust ebenfalls eine vertiefte Narbe, die jedoch nicht von einer Kugel, sondern von einer Lumpektomie stammte. Na und? Selbst in ihrer Blütezeit hätte sie nie ein Wäschemodell für Victoria's Secret abgeben können. Und selbst in ihrer Blüte hatte sie auch nie geglaubt, nur aus Titten und Arsch mit dem dazugehörigen Lebenserhaltungssystem zu bestehen. Sie hatte auch nie zugelassen, dass irgendjemand – einschließlich ihres Mannes – diesem Irrtum erlag.

Ihren Slip ließ sie jedoch an. Wäre ihr Schamhaar frisch gestutzt gewesen, hätte sie ihn vielleicht abgestreift. Wenn sie morgens beim

Aufstehen gewusst hätte, dass sie in einem billigen Motelzimmer mit einem fremden Mann ins Bett gehen würde, während irgendein seltsames Tier auf der Badematte vor der Wanne pennte … Natürlich hätte sie dann auch ihre Zahnbürste und eine Tube Zahnpasta eingepackt.

Als er sie auf dem Bett liegend umarmte, holte sie zuerst erschrocken tief Luft und machte sich steif, dann entspannte sie sich. Aber sehr langsam. Er drängte sich mit den Hüften an ihr Gesäß, und sie spürte das beträchtliche Gewicht seines Gemächts, aber er hatte anscheinend nur Trost im Sinn; sein Glied war schlaff.

Er umfasste ihre linke Brust und ließ den Daumen in die vertiefte Narbe gleiten, die von der Lumpektomie herrührte. »Was ist das?«, fragte er.

»Na ja«, sagte sie (allerdings nicht mehr mit ruhiger, gleichmäßiger Stimme), »mein Arzt meint, in weiteren fünf Jahren wäre daraus Krebs geworden. Deshalb hat man mir es rausgeschnitten, bevor es … ich weiß nicht, wie's richtig heißt … Metastasen kommen erst später, wenn überhaupt.«

»Bevor es blühen konnte?«, fragte er.

»Ja. Richtig. Gut.« Ihre Brustwarze war jetzt steinhart, und das musste er natürlich spüren. Ach, das war alles so verrückt!

»Warum schlägt dein Herz so aufgeregt?«, fragte er. »Hast du Angst vor mir?«

»Ich … ja.«

»Du brauchst keine Angst zu haben«, sagte er. »Das Töten hat ein Ende.« Eine lange Pause in der Dunkelheit. Sie konnte das gedämpfte Brausen des Verkehrs auf der Schnellstraße hören. »Vorläufig«, fügte er hinzu.

»Oh«, sagte sie mit dünner Stimme. »Gut.«

Seine Hand auf ihrer Brust. Sein Atem in ihrem Nacken. Nach unbestimmbar langer Zeit – eine Stunde oder vielleicht auch nur fünf Minuten – wurden seine Atemzüge länger. Da wusste sie, dass er eingeschlafen war. Sie war erfreut und enttäuscht zugleich. Wenige Minuten später schlief auch sie ein, und es folgte ihr erholsamster Schlaf seit Jahren. Falls er Albträume von seinen toten Freunden hatte, störte er sie nicht damit. Als sie aufwachte, war es fast acht Uhr, und er stand nackt am Fenster und sah durch den Vorhang hinaus, den er mit dem Finger einen Spalt weit geöffnet hatte.

»Hast du schlafen können?«, fragte sie ihn.

»Etwas. Fahren wir weiter?«

15

Sie hätten um drei Uhr nachmittags in Manhattan sein können, und die Fahrt in die Stadt wäre am Sonntag viel einfacher als am Montagmorgen im Berufsverkehr gewesen, aber New Yorker Hotelzimmer waren teuer, und selbst für ein Doppelzimmer hätte sie eine Kreditkarte benutzen müssen. Also übernachteten sie stattdessen in einem Motel 6 in Harwich, Connecticut. Sie nahm nur ein Zimmer, und in dieser Nacht liebte er sie. Nicht unbedingt, weil er es selbst wollte, das konnte sie spüren, sondern weil er begriff, dass sie es wollte. Es vielleicht brauchte.

Es war ein außergewöhnliches Erlebnis, obwohl sie nicht genau hätte sagen können, weshalb; trotz all der Narben, die sie unter ihren Händen spürte – manche rau, manche glatt –, hatte sie irgendwie das Gefühl, eine Traumgestalt zu lieben. Und in dieser Nacht träumte sie dann auch tatsächlich. Sie träumte von einem Feld voller Rosen, an dessen anderem Ende sich ein gewaltiger Turm aus schiefrigen schwarzen Steinen erhob. Ungefähr auf halber Höhe glühten rote Lichter … nur ahnte sie, dass dies keine Lichter, sondern Augen waren.

Schreckliche Augen.

Sie hörte viele singende Stimmen, tausende von Stimmen, und begriff, dass dies die Stimmen seiner toten Freunde waren. Sie wachte mit tränennassen Wangen und dem Gefühl auf, einen Verlust erlitten zu haben, obwohl er noch neben ihr lag. Nach dem heutigen Tag würde sie ihn nicht wiedersehen. Was für alle das Beste sein würde. Trotzdem hätte sie *jedes* Opfer gebracht, um noch einmal von ihm geliebt zu werden, obwohl sie erkannte, dass er eigentlich nicht sie geliebt hatte; auch als er sich in sie ergossen hatte, war er in Gedanken weit fort, bei diesen Stimmen gewesen.

Diesen verlorenen Stimmen.

Kapitel III

Wieder in New York (Roland weist sich aus)

1

Am Morgen des 21. Juni 1999, einem Montagmorgen, schien die Sonne über New York City, gerade so als läge Jake Chambers nicht tot in der einen Welt und Eddie Dean in einer anderen; als läge Stephen King nicht im Klinikum Lewiston auf der Intensivstation und käme jeweils nur für kurze Zeit wieder zu Bewusstsein; als säße Susannah Dean nicht mit ihrem Kummer allein in einem Zug, der auf unsicheren alten Gleisen durchs dunkle Wüstenland Donnerschlag zur Geisterstadt Fedic raste. Es hatte welche gegeben, die entschlossen gewesen waren, sie auf ihrer Reise wenigstens bis dorthin zu begleiten, aber Susannah hatte jene gebeten, ihr etwas Freiraum zu lassen, und man hatte ihren Wunsch respektiert. Sie wusste, dass sie sich besser fühlen würde, wenn sie weinen konnte, was sie bisher allerdings nicht geschafft hatte – ein paar zufällige Tränen, bedeutungslose Schauer in der Wüste, waren das Beste, was sie hatte hervorbringen können –, obwohl sie das grässliche Gefühl hatte, dass alles weit schlimmer war, als sie sich ausdenken konnte.

Scheiße, das is kein »Gefühl«, krähte Detta verächtlich aus ihrem Innersten, während Susannah in dunkles, felsiges Wüstenland und auf vereinzelte Ruinen von Dörfern und Kleinstädten hinausstarrte, die verlassen worden waren, als die Welt sich weiterbewegt hatte. *Du hast 'ne regelrechte* Intuizjon, *Mädel! Die einzige Frage, wo du nich beantwortn kannst, is doch, ob der olle Lange, Große und Hässliche oder der junge holde Knabe jetz dein Mann auf der Lichtung besuchen.*

»Bitte, nicht«, murmelte sie. »Bitte keiner von beiden, Gott, ich kann keinen weiteren Tod ertragen.«

Aber Gott blieb ihrem Flehen gegenüber taub, Jake blieb tot, der Dunkle Turm blieb am Ende des Can'-Ka No Rey stehen, warf seinen Schatten über eine Million laut singender Rosen, und in New York brannte die heiße Sommersonne auf Gerechte wie Ungerechte herab.

Könnt ihr mir ein Halleluja geben?

Danke-sai.

Jetzt soll mir jemand noch ein großes altes Gott-Bomben-Amen zurufen.

2

Mrs. Tassenbaum ließ ihren Wagen im Sir-Speedy-Parkhaus in der Sixty-third Street (das Schild auf dem Gehsteig zeigte einen Ritter, der in voller Rüstung am Lenkrad eines Cadillacs saß und seine Lanze unbekümmert aus dem Fahrerfenster streckte), in dem David und sie zwei Dauermieteplätze hatten. Ihr Apartment lag in der Nähe, und Irene fragte Roland, ob er nicht dort hingehen wolle, um sich erst einmal frisch zu machen … obwohl der Mann in seinem derzeitigen Aufzug eigentlich nicht mal so übel aussah, wie sie sich eingestehen musste. Sie hatte ihm neue Jeans und dazu ein weißes Hemd gekauft, dessen Ärmel er bis zu den Ellbogen aufgekrempelt trug; außerdem hatte sie einen Kamm und eine Tube Gel gekauft, das so stark war, dass seine Molekularstruktur wahrscheinlich einem Superkleber ähnlicher als Vitalis war. Indem sie ihm seine grau melierte Mähne straff nach hinten gekämmt hatte, hatte sie das hagere, gut geschnittene Gesicht und die kantigen Züge einer interessanten Mischung freigelegt: einer Mischung aus Quäker und Cherokee, wie sie sich vorstellte. Die Tasche mit den Orizas hing wieder über Rolands Schulter. Auch sein Revolver, dessen Holster in den Patronengurt gewickelt war, steckte darin – vor neugierigen

Blicken durch das T-Shirt mit dem Old-Home-Days-Aufdruck getarnt.

Roland schüttelte den Kopf. »Danke für das Angebot, aber ich möchte lieber erledigen, was getan werden muss, und dann dorthin zurückgehen, wo ich hingehöre.« Er beobachtete die auf dem Gehsteig vorbeihastende Menge mit düsterem Blick. »Falls ich überhaupt irgendwo hingehöre.«

»Du könntest ein paar Tage in der Wohnung bleiben und dich ausruhen«, sagte sie. »Ich würde bei dir bleiben.« *Und dich dumm und dämlich ficken, wenn's beliebt,* dachte sie und musste unwillkürlich lächeln. »Das heißt, ich weiß natürlich, dass du das nicht annehmen wirst, aber du sollst eben wissen, dass mein Angebot steht.«

Er nickte. »Danke, aber es gibt da eine Frau, die darauf angewiesen ist, dass ich so schnell wie möglich zu ihr zurückkomme.« Das klang wie eine Lüge – und noch dazu eine groteske. Berücksichtigte man, was alles passiert war, brauchte Susannah Dean die Rückkehr von Roland Deschain in ihr Leben ungefähr so dringend, wie Bah-bos in einem Säuglingsheim Rattengift in ihrem Abendfläschchen brauchten. Irene Tassenbaum akzeptierte die Aussage jedoch. Und ein Teil ihres Ichs hatte es sogar selbst eilig, nämlich zu ihrem Mann zurückzukommen. Sie hatte ihn am Abend zuvor angerufen (von einem eine Meile vom Motel entfernten Münztelefon aus, nur um sicherzugehen) und bei Gott den Eindruck gehabt, David Seymour Tassenbaums Aufmerksamkeit endlich wieder geweckt zu haben. Seit ihrer Begegnung mit Roland mochte Davids Aufmerksamkeit natürlich entschieden zweitklassig wirken, aber sie war weiß Gott besser als nichts. Roland von Gilead würde bald aus ihrem Leben verschwinden und es ihr überlassen, nach Neuengland zurückzufinden und ihre Abwesenheit so gut wie möglich zu erklären. Ein anderer Teil ihres Ichs beklagte also auch den bevorstehenden Verlust, aber sie hatte in den vergangenen rund vierzig Stunden genügend Abenteuer erlebt, um für den Rest ihres Lebens ausgesorgt zu haben, oder etwa nicht? Und Dinge, über die es sich nachzudenken lohnte, auch das. Zum einen schien die Welt dünner zu sein, als sie sich je vorgestellt hatte. Und die Realität ausgedehnter.

»Also gut«, sagte sie. »Als Erstes willst du zur Ecke Second Avenue und Forty-sixth Street, richtig?«

»Ja.« Susannah hatte keine Gelegenheit gehabt, ihnen viel über ihre Abenteuer aus der Zeit zu erzählen, in der Mia ihren gemeinsamen Körper entführt hatte, aber der Revolvermann wusste, dass es ein hohes Gebäude gab – einen Wolkenkratzer, wie Eddie, Jake und Susannah sagten –, das jetzt auf dem ehemals unbebauten Grundstück stand, und dort musste die Tet Corporation zu finden sein. »Brauchen wir dazu ein Tack-Sieh?«

»Können dein pelziger Freund und du siebzehn kurze Blocks und zwei oder drei lange zu Fuß schaffen? Die Entscheidung liegt bei dir, ich jedenfalls hätte nichts dagegen, mir die Beine zu vertreten.«

Roland wusste nicht, wie lang ein langer Block oder wie kurz ein kurzer sein mochte, aber er war sehr gern bereit, das auf praktische Weise festzustellen, nachdem seine lähmenden Hüftschmerzen nun verschwunden waren. Stephen King hatte jetzt diese Schmerzen – und die von seinen gebrochenen Rippen und der rechten Kopfseite, wo er sich den Schädel gebrochen hatte. Roland beneidete ihn nicht um diese Schmerzen, aber sie waren jetzt wenigstens wieder bei ihrem rechtmäßigen Eigentümer.

»Auf geht's«, sagte er.

3

Eine Viertelstunde später stand er auf der anderen Straßenseite dem großen dunklen Gebäude gegenüber, das bis in den Sommerhimmel aufragte, und konnte nur mühsam verhindern, dass ihm der Mund offen stand, dass ihm die Kinnlade möglicherweise vielleicht bis zur Brust aufklappte. Das hier war nicht der Dunkle Turm, zumindest nicht *sein* Dunkler Turm (obwohl es ihn nicht überrascht hätte, dass manche der im Himmelsturm dort drüben arbeitenden Leute – einige von ihnen Leser von Rolands Abenteuern – dem Gebäude Hammarskjöld Plaza Nr. 2 eben diesen Namen gegeben hatten), aber er zweifelte keinen Augenblick daran, dass dies der Vertreter des Turms in der Fundamentalen Welt war, nicht anders als die hiesige Rose ein ganzes Feld voller Rosen vertrat: das Feld, das er in so vielen Träumen gesehen hatte.

Trotz des Verkehrslärms konnte er die singenden Stimmen schon von hier aus hören. Die Frau musste dreimal seinen Namen sagen und ihn schließlich am Ärmel zupfen, um seine Aufmerksamkeit zu wecken. Als er sich ihr – widerstrebend – zuwandte, sah er, dass sie nicht den Turm auf der gegenüberliegenden Straßenseite betrachtete (sie war eine Stunde von Manhattan entfernt aufgewachsen, und Wolkenkratzer waren für sie ein alter Hut), sondern den Minipark auf ihrer Straßenseite. Aus ihrem Gesichtsausdruck sprach Begeisterung. »Ist das nicht ein wunderschöner kleiner Park? Ich war bestimmt schon hundertmal an dieser Ecke, aber heute fällt er mir zum ersten Mal so richtig auf. Siehst du den Springbrunnen da? Guck nur, die Schildkrötenskulptur.«

Er sah es. Und obwohl Susannah ihnen diesen Teil ihrer Erlebnisse nicht erzählt hatte, wusste Roland, dass sie hier gewesen war – gemeinsam mit Mia, niemands Tochter – und auf der Bank ganz in der Nähe des nassen Schildkrötenpanzers gesessen hatte. Er konnte sie fast dort sitzen sehen.

»Ich würde gern hineingehen«, sagte sie schüchtern. »Können wir? Reicht die Zeit?«

»Ja«, sagte er und folgte ihr durch das kleine schmiedeeiserne Gatter.

4

In dem Minipark war es friedlich, aber nicht völlig still.

»Hörst du auch Leute singen?«, fragte Mrs. Tassenbaum mit einer Stimme, die kaum mehr als ein Flüstern war. »Einen Chor von irgendwoher?«

»Darauf kannst du deinen letzten Dollar verwetten«, antwortete Roland, bereute das aber sofort. Die Redensart hatte er von Eddie, und es schmerzte, dessen Worte zu sprechen. Er trat zur Schildkröte und ließ sich dort auf ein Knie nieder, um sie genauer betrachten zu können. Von ihrem Maul fehlte ein winziges Stück, so als hätte sie dort eine Art Zahnlücke. Auf dem Panzer war ein Kratzer zu sehen, der wie ein Fragezeichen aussah, und verblassende rosa Buchstaben.

»Was steht da?«, fragte Irene Tassenbaum. »Irgendwas von einer Schildkröte, aber mehr kann ich nicht entziffern.«

»›Sieh der SCHILDKRÖTE gewaltige Pracht.‹« Das wusste er, ohne es lesen zu müssen.

»Was bedeutet das?«

Roland stand auf. »Mehr, als ich dir im Augenblick erklären kann. Möchtest du hier auf mich warten, während ich dort drüben hineingehe?« Er nickte zu dem Turm hinüber, dessen schwarze Glasfassade in der Sonne glänzte.

»Ja«, sagte sie, »gern. Ich bleib einfach hier auf der Bank in der Sonne sitzen und warte auf dich. Es ist … erfrischend. Klingt das verrückt?«

»Nein«, sagte er. »Sollte dich jemand ansprechen, dessen Aussehen du nicht traust, Irene – das ist zwar wenig wahrscheinlich, weil das hier ein sicherer Ort ist, aber immerhin denkbar –, konzentrierst du dich einfach ganz stark und rufst mich.«

Sie machte große Augen. »Redest du von ASW?«

Er wusste nicht, was die Abkürzung ASW bedeutete, aber er verstand, was sie damit meinte, und nickte.

»Das würdest du hören? *Mich* hören?«

Dafür konnte er natürlich nicht garantieren. Das Gebäude konnte mit Abschirmgeräten ausgestattet sein, die wie die Denkerkappen der Can-Toi funktionierten und das unmöglich machten.

»Ich glaube schon. Aber dass du belästigt wirst, ist wie gesagt unwahrscheinlich. Dies ist ein sicherer Ort.«

Sie betrachtete wieder die Schildkröte, deren Panzer vom Wassernebel des Springbrunnens glänzte. »Das ist er wirklich, nicht wahr?« Sie lächelte kurz, wurde dann aber wieder ernst. »Du kommst doch zurück, oder? Du würdest mich nicht verlassen, ohne mir wenigstens …« Sie zuckte die Achseln, eine Geste, die sie sehr jung aussehen ließ. »Ohne mir wenigstens Lebewohl zu sagen?«

»Niemals. Was ich drüben im Turm zu erledigen habe, dürfte nicht lange dauern.« In Wirklichkeit hatte er dort kaum etwas zu erledigen … das heißt, falls die gegenwärtige Führung der Tet Corporation nicht etwas mit *ihm* zu besprechen hatte. »Wir haben anschließend noch ein weiteres Ziel. Dort werden Oy und ich dann von dir Abschied nehmen.«

»Okay«, sagte sie und setzte sich – mit dem Bumbler zu ihren Füßen – auf die Parkbank. Die Sitzfläche war feucht, und sie trug eine neue Sommerhose (bei derselben blitzartigen Einkaufstour erstanden, der Roland das Hemd und die Jeans verdankte), aber das störte sie nicht. An einem so warmen, sonnigen Tag würde der leichte Stoff sofort wieder trocknen, und sie merkte einfach, dass sie das Bedürfnis hatte, der Schildkrötenskulptur so nahe wie möglich zu sein. Um ihre winzigen, zeitlosen schwarzen Augen studieren zu können, während sie diesen lieblichen Stimmen lauschte. Das Ganze würde sehr erholsam sein, glaubte sie. Das war zwar kein Begriff, den sie normalerweise mit New York in Verbindung brachte, aber mit seiner ruhigen, friedlichen Atmosphäre war dieser kleine Park auch irgendwie ein für New York sehr untypischer Ort. Sie malte sich aus, einmal mit David hierher zu kommen; vielleicht konnte er sich dann auf dieser Bank sitzend die Geschichte von ihrem dreitägigen Verschwinden anhören, ohne sie für verrückt zu halten. Oder zumindest für *allzu* verrückt.

Roland brach auf. Er bewegte sich mit der mühelosen Geschmeidigkeit eines Menschen, der Tage und Wochen gehen konnte, ohne dabei sein Tempo zu verändern. *Ihn möchte ich nicht auf den Fersen haben,* dachte sie und empfand bei dieser Vorstellung einen leisen Schauder. An dem schmiedeeisernen Gatter, durch das er auf den Gehsteig treten würde, blieb er stehen und wandte sich ihr noch einmal zu. Dann sprach er in einem weichen Singsang:

»Sieh der SCHILDKRÖTE gewaltige Pracht!
Auf deren Panzer die Welt gemacht.
Klar ist ihr Denken und stets rein,
Schließt uns alle darin ein.
Sie hört die Schwüre auf ihrem Rücken
Und schweigt dazu aus freien Stücken.
Land und Meer liebt sie inniglich,
Sogar ein kleines Kind wie mich.«

Dann verließ er sie, bewegte sich rasch und sicher, ohne sich noch einmal umzusehen. Sie saß auf der Parkbank und beobachtete, wie er mit anderen Passanten an der Ecke darauf wartete, dass die Fußgängerampel GEHEN anzeigte, und dann mit leicht gegen die Hüfte schlagender Ledertasche die Straße überquerte. Sie beobachtete, wie er die Treppe zum Eingang des Gebäudes Hammarskjöld Plaza Nr. 2 hinaufging und darin verschwand. Dann lehnte sie sich zurück, schloss die Augen und lauschte auf die singenden Stimmen. Irgendwann wurde ihr bewusst, dass mindestens zwei der Wörter, die sie sangen, die Bestandteile ihres Nachnamens waren.

5

Roland hatte den Eindruck, dass große Massen von *Folken* in das Gebäude strömten, aber das war die Wahrnehmung eines Mannes, den seine späten Wanderjahre hauptsächlich durch entvölkerte

Gebiete geführt hatten. Wäre er nicht um Viertel vor elf, sondern mit der Masse der Angestellten um Viertel vor neun gekommen, hätte der Menschenstrom ihn schlicht sprachlos gemacht. Jetzt saß jedoch die Mehrzahl der dort arbeitenden Menschen in ihren Büros und Glaskästen und produzierte beschriebenes Papier und in Bytes gemessene Informationsmengen.

Die aus Klarglas bestehenden Fensterflächen der Eingangshalle waren mindestens zwei Vollgeschosse hoch, möglicherweise sogar drei. Daher war die Halle von Licht durchflutet, und als Roland sie betrat, fühlte er den ganzen Kummer, den er empfunden hatte, seit er auf der Hauptstraße von Pleasantville neben Eddie gekniet hatte, von sich abfallen. Hier drinnen klangen die singenden Stimmen lauter – nicht mehr wie ein kleiner Chor, sondern wie ein machtvoller Riesenchor. Und er sah, dass er nicht der Einzige war, der sie hörte. Auf der Straße waren die Menschen mit gesenktem Kopf und konzentrierter Miene dahingehastet, so als wollten sie bewusst die zarte und vergängliche Schönheit des Tages, der ihnen geschenkt worden war, ignorieren, hier drinnen konnten sie jedoch nicht umhin, wenigstens einen Teil dessen zu spüren, wofür der Revolvermann so einzigartig empfindlich war, um es dann wie Wasser in der Wüste zu trinken.

Er schlenderte wie im Traum langsam über den rosa Marmorboden und hörte das hallende Klicken seiner Stiefelabsätze und das leise Klappern der sich in der Umhängetasche bewegenden Orizas. Er dachte: *Leute, die hier arbeiten, wünschen sich, hier leben zu können. Sie sind sich dessen vielleicht nicht genau bewusst, aber sie tun es. Leute, die hier arbeiten, erfinden Gründe, um länger im Büro bleiben zu dürfen. Und sie führen ein langes und ertragreiches Leben.*

In der Mitte des hohen, hallenden Raums machte der luxuriöse Marmorboden einem Quadrat aus bescheidener dunkler Erde Platz. Es war durch burgunderrote Samtseile an messingfarbenen Ständern abgetrennt, aber Roland wusste, dass die Absperrung eigentlich überflüssig war. Diesen kleinen Garten hätte niemand betreten, nicht mal ein selbstmörderisch veranlagter Can-Toi, der sich einen Namen machen wollte. Dies war heiliger Boden. Hier wuchsen drei Zwergpalmen und Pflanzen, die er nicht mehr gesehen hatte, seit er Gilead verlassen hatte: Spathiphilium, so hatten sie seiner Erinnerung nach dort geheißen, während sie hier natürlich anders heißen konnten. Es gab noch weitere Pflanzen – aber nur eine, auf die es wirklich ankam.

In der Mitte des Quadrats stand für sich allein die Rose.

Sie war nicht umgepflanzt worden; das erkannte Roland sofort. Nein, sie war noch genau dort, wo sie bereits 1977 gestanden hatte, als an dieser Stelle ein unbebautes Grundstück voller Abfall und Bauschutt gelegen hatte, auf dem eine Werbetafel verkündete, in Zusammenarbeit mit dem Maklerbüro Sombra errichte die Baufirma Mills hier demnächst die Turtle-Bay-Luxuseigentumswohnungen. Stattdessen war dieses Bürogebäude mitsamt seinen hundert Stockwerken *um die Rose herum* gebaut worden. Wozu es sonst noch dienen mochte, war im Vergleich zu diesem Zweck zweitrangig.

Das Gebäude Hammarskjöld Plaza Nr. 2 war ein Schrein.

6

Jemand tippte Roland leicht auf die Schulter, worauf er so plötzlich herumfuhr, dass er besorgte Blicke auf sich zog. Er war selbst besorgt. Seit vielen, vielen Jahren – vielleicht seit er dreizehn oder vierzehn gewesen war – hatte sich niemand mehr unbemerkt an ihn anschleichen können, um ihn auf die Schulter zu tippen. Und auf diesem Marmorboden hätte er doch hören müssen, dass …

Obwohl die junge (und bildschöne) Frau, die sich ihm genähert hatte, von seiner jähen Reaktion sichtlich überrascht war, trafen seine Hände, die nach vorn schossen, um sich auf ihre Schultern zu legen, nur auf leere Luft und danach mit sanftem Klatschen – das von der hohen Decke widerhallte, die mindestens so hoch war wie die von der Wiege von Lud – auf sich selbst. Die grünen Augen der

Frau waren groß und hellwach, und er hätte geschworen, dass aus ihnen keine böse Absicht sprach, aber dass er erst so überrascht worden war und sie dann *verfehlt* hatte …

Er sah auf die Füße der jungen Frau hinunter und erhielt dadurch zumindest eine Teilantwort. Sie trug Schuhe, wie er noch nie welche gesehen hatte: Leinenschuhe mit dicken Kreppsohlen. Damit konnte man sich auf harten Böden so lautlos wie mit den weichsten Mokassins bewegen.

Während er sie betrachtete, empfand er eine seltsame doppelte Gewissheit: erstens, dass er »das Schiff, auf dem sie angekommen ist« gesehen hatte, wie eine Familienähnlichkeit in Calla Bryn Sturgis manchmal beschrieben wurde, und zweitens, dass es auch auf dieser Welt, dieser speziellen Fundamentalen Welt, eine Gesellschaft von Revolvermännern gab und eben eines ihrer Mitglieder an ihn herangetreten war.

Und wo hätte diese Begegnung besser stattfinden können als in Sichtweite der Rose?

»Ich sehe Euren Vater in Eurem Gesicht, aber mir will nicht recht der Name einfallen«, sagte Roland halblaut. »Sagt mir, wer er war, wenn's beliebt.«

Die Frau lächelte, worauf Roland beinahe auf den Namen kam, den er suchte. Dann entschwand er aber wieder, wie solche Dinge es oft taten: Erinnerungen konnten scheu sein. »Sie sind ihm nie begegnet … obwohl ich verstehe, weshalb Sie glauben, ihn gekannt zu haben. Meinen Namen sage ich Ihnen später, wenn Sie wollen, aber jetzt soll ich Sie zunächst einmal nach oben begleiten, Mr. Deschain. Dort erwartet Sie jemand, der mit Ihnen …« Sie wirkte einen Augenblick lang verlegen, so als hätte sie den Verdacht, dass jemand sie angewiesen hatte, ein bestimmtes Wort zu benutzen, damit sie ausgelacht werden würde. Dann bildeten sich Grübchen in ihren Wangen, und ihre grünen Augen blitzten bezaubernd, als dächte sie: *Wenn sich jemand über mich lustig machen will, soll er in Gottes Namen doch.* »… jemand, der mit Ihnen *palavern* möchte«, schloss sie.

»Nun denn«, sagte er.

Sie berührte ihn leicht an der Schulter, als wollte sie ihn noch kurz in der Eingangshalle festhalten. »Ich soll dafür sorgen, dass Sie zuerst das Schild im Garten des Balkens lesen«, erklärte sie ihm. »Wollen Sie das bitte tun?«

Rolands Antwort klang trocken, aber trotzdem leicht entschuldigend. »Ich will's gern versuchen«, sagte er, »aber ich habe immer Probleme mit eurer Schriftsprache, obwohl ich mich mündlich ganz gut verständigen kann, wenn ich hier drüben bin.«

»Ich glaube, Sie werden den Text lesen können«, antwortete sie. »Versuchen Sie's nur.« Und abermals berührte sie seine Schulter, drehte ihn sanft zu dem quadratischen Beet mitten in der Eingangshalle um – mit seiner dunklen Erde, die nicht Gärtner mit Schubkarren hereingefahren hatten, sondern die tatsächlich der Boden war, aus dem die Rose ursprünglich gewachsen war. Die Erde war vermutlich abgerecht, aber sonst nicht verändert worden.

Anfangs hatte er mit der kleinen Messingtafel im Garten so wenig Erfolg wie mit den meisten Schildern in Schaufenstern oder Wörtern auf »Magda-Ziehn«-Titeln. Er wollte schon aufgeben, wollte die junge Frau, deren Gesicht ihm entfernt bekannt vorkam, doch bitten, ihm den Text vorzulesen, als die Buchstaben sich auf einmal veränderten und zu den Großen Buchstaben Gileads wurden. Nun konnte er mühelos lesen, was dort stand. Sobald er fertig war, nahmen die Buchstaben wieder ihre vorige Gestalt an.

»Ein hübsches Kunststück«, sagte er. »Hat das Geschriebene auf meine Gedanken reagiert?«

Sie lächelte – ihre Lippen waren mit einer Masse überzogen, die ihn an rosa Zuckerguss erinnerte – und nickte. »Ja. Wären Sie Jude, hätten Sie ihn auf Hebräisch gesehen. Wären Sie Russe, hätte er kyrillisch dagestanden.«

»Sprecht Ihr wahrhaftig?«

»Wahrhaftig.«

In der Eingangshalle herrschte wieder der normale Rhythmus … nur begriff Roland, dass der Rhythmus dieses Gebäudes nie dem anderer Bürogebäude gleichen würde. Die in Donnerschlag Lebenden würden ihr Leben lang an kleinen Unpässlichkeiten wie Pickeln und Ekzemen und Kopfschmerzen und Triefaugen leiden und zuletzt (in den meisten Fällen ziemlich früh) an einer schlimmen, schmerzhaften Krankheit sterben – meistens an Krebs, der den Körper rasch auszehrte und die Nerven wie Buschfeuer abbrannte. Hier fand sich genau das Gegenteil: Gesundheit und Harmonie, Freundschaft und Freigebigkeit. Diese *Folken* hörten die Rose eigentlich nicht in Wirklichkeit singen, aber das war auch nicht nötig. Sie waren die Glücklichen, und das wussten sie auf irgendeiner Ebene auch … was das größte Glück war. Er beobachtete, wie sie hereinkamen und zu den Hebekästen gingen, die sie »Lifte« nannten, wie sie ihre Aktentaschen und Aktenkoffer, ihre Geräte und ihre Gunna schwangen, wobei sich nicht ein Einziger auf dem kürzesten Weg zwischen Eingang und Aufzug bewegte. Einige wenige kamen vorbei, um sich den Garten des Balkens, wie die Frau ihn genannt hatte, aus der Nähe anzusehen, aber selbst die anderen, die das nicht taten, beschrieben einen kleinen Bogen in seine Richtung, so als würden sie im Vorbeigehen von ihm wie von einem starken Magneten angezogen. Und wenn jemand versucht hätte, der Rose Schaden zuzufügen? Bei den Aufzügen sah Roland auf einem Hocker zwar einen Wachmann sitzen, aber der war dick und alt. Was allerdings keine Rolle spielte. Hätte jemand sich ihr in bedrohlicher Absicht genähert, hätten alle in der Eingangshalle Anwesenden im Kopf ein schrilles Alarmsignal gehört – durchdringend und gebieterisch wie eine Ultraschallpfeife, die nur von Hunden wahrgenommen werden konnte. Und sie hätten sich auf jeden gestürzt, der den Eindruck erweckt hätte, der Rose schaden zu wollen. Das hätten sie blitzschnell und ohne Rücksicht auf die eigene Unversehrtheit getan. Die Rose hatte es bereits verstanden, sich selbst zu schützen (oder wenigstens Leute anzulocken, die sie schützen konnten), als sie noch zwischen Müll und Unkraut auf dem unbebauten Grundstück gestanden hatte, und daran hatte sich nichts geändert.

»Mr. Deschain? Sollen wir jetzt hinauffahren?«

»Aye«, sagte er. »Geht Ihr voraus, wenn's recht ist.«

7

Was ihm am Gesicht der jungen Frau vertraut erschien, wurde ihm schließlich klar, als sie eben den »Lift« erreichten. Wahrscheinlich lag es daran, dass er sie nun im Profil sah, was die Ähnlichkeit des Gesichtsschnitts noch mehr betonte. Er erinnerte sich daran, wie Eddie ihm von dem Gespräch berichtet hatte, das er mit Calvin Tower geführt hatte, nachdem Jack Andolini und George Biondi das Manhattaner Restaurant für geistige Nahrung fluchtartig verlassen hatten. Tower hatte von der Familie seines ältesten Freundes gesprochen. *Sie brüsten sich gern damit, den originellsten Anwaltsbriefkopf in ganz New York, vielleicht sogar in ganz Amerika zu haben. Auf dem steht einfach nur* »DEEPNEAU«.

»Ihr seid Sai Aaron Deepneaus Tochter?«, fragte er sie. »Nein, wahrscheinlich nicht, dazu seid Ihr zu jung. Seine Enkelin?«

Ihr Lächeln verblasste. »Aaron hatte keine Kinder, Mr. Deschain. Ich bin lediglich die Enkelin seines jüngsten Bruders, aber meine Eltern sind früh gestorben. So bin ich eigentlich bei Airy aufgewachsen.«

»So habt Ihr ihn genannt? Airy?« Roland war bezaubert.

»Diesen Kosenamen habe ich ihm als Kind gegeben, und er hat sich irgendwie gehalten.« Sie streckte ihm die Hand hin, lächelte nun auch wieder. »Nancy Deepneau. Freut mich sehr, Sie kennen zu lernen. Ich bin ein bisschen ängstlich, aber dennoch sehr erfreut.«

Roland schüttelte ihr die Hand, aber das war nur eine Geste, kaum mehr als eine flüchtige Berührung. Mit weit mehr Gefühl (war das doch das Ritual, mit dem er aufgewachsen war, das er verstand) legte er dann die Faust an die Stirn und verbeugte sich. »Lange Tage und angenehme Nächte, Nancy Deepneau.«

Ihr Lächeln wurde zu einem fröhlichen Grinsen. »Und mögen

Sie Euch doppelt vergönnt sein, Roland von Gilead! Mögen sie Euch doppelt vergönnt sein!«

Der »Lift« kam. Sie stiegen ein und fuhren anschließend in den neunundneunzigsten Stock hinauf.

8

Als die Kabinentür zur Seite glitt, lag vor ihnen ein großes rundes Foyer. Das dunkle Pink des Teppichbodens entsprach genau dem Farbton der Rose. Geradeaus vor ihnen befand sich eine Glastür, auf der in Goldbuchstaben **TET CORPORATION** stand. Dahinter sah Roland einen kleineren Empfangsbereich, wo eine Frau an einem Schreibtisch saß und Selbstgespräche zu führen schien. Rechts vor der Glastür standen zwei Männer in Geschäftsanzügen. Beide hatten sie eine Hand in der Hosentasche und schienen ganz leger zu plaudern, aber Roland sah, dass sie keineswegs entspannt waren. Und sie waren bewaffnet. Ihre Sakkos waren gut geschnitten, aber wer sich mit Waffen auskannte, sah sofort eine, wo eine vorhanden war. Diese beiden Kerle würden eine, vielleicht zwei Stunden lang im Foyer stehen (selbst gute Leute konnten nicht sehr viel länger wachsam bleiben) und bei jedem Öffnen der Kabinentür so tun, als plauderten sie nur miteinander, während sie in Wirklichkeit darauf vorbereitet waren, beim geringsten Verdacht einzugreifen. Mit diesen Sicherheitsmaßnahmen war Roland sehr einverstanden.

Er hielt sich jedoch nicht lange damit auf, die Wachmänner zu beobachten. Sobald er sie als solche bestimmt und eingeordnet hatte, wandte er sich dem zu, was ihn sofort fasziniert hatte, kaum dass die Kabinentür aufgegangen war. An der Wand links von ihm hing ein großes Schwarz-Weiß-Bild: eine ungefähr eineinhalb Meter breite und einen Meter hohe ungerahmte Fotografie (er hatte ursprünglich geglaubt, das Wort heiße *Fottergrafie)*, die so geschickt in die Wand eingepasst war, dass sie einem Fenster glich, das in eine unnatürlich stille Realität hinausblickte. Drei Männer in Jeans und mit offenem Hemd saßen auf der obersten Querstange eines Zauns, wo sie die Stiefelabsätze hinter die unterste Stange gehakt hatten. Wie viele Male, fragte Roland sich, hatte er Cowboys oder *pastorillas* so auf Zäunen sitzen sehen, während sie das Einfangen, Brandmarken, Kastrieren oder Zureiten von wilden Pferden beobachteten? Wie viele Male hatte er selbst so dagesessen, ob mit einem oder mehreren aus seinem alten Tet – Cuthbert, Alain, Jamie DeCurry – neben sich, so wie jetzt hier John Cullum und Aaron Deepneau einen Schwarzen mit goldgeränderter Brille und schmalem weißem Schnurrbart flankierten? Die Erinnerung schmerzte, und es war kein lediglich emotionaler Schmerz, sondern sein Magen verkrampfte sich buchstäblich, und sein Herz begann zu jagen. Die drei auf dem Bild lachten gerade über etwas, und das Ergebnis war eine Art zeitloser Perfektion, einer jener Augenblicke, in dem Männer genießen, was und wo sie gerade sind.

»Die Gründerväter«, sagte Nancy. Es klang belustigt und traurig zugleich. »Dieses Foto ist 1986 auf einer exklusiven Ferienranch gemacht worden. Taos, New Mexico. Drei Stadtjungen bei den Cowboys, zum Schießen! Und sehen sie nicht aus, als amüsierten sie sich königlich?«

»Ihr sprecht wahrhaftig«, sagte Roland.

»Sie kennen alle drei?«

Roland nickte. Er kannte sie allerdings, auch wenn er Moses Carver, dem Mann in der Mitte, nie persönlich begegnet war. Dan Holmes' Partner, Odetta Holmes' Taufpate. Auf dem Bild schien er ein kräftiger, gesunder Siebziger zu sein, dabei musste er 1986 bereits eher achtzig gewesen sein. Möglicherweise sogar fünfundachtzig. Natürlich, sagte Roland sich jetzt, durfte man hier nie die Rechnung ohne den Joker machen: das Wunder, das er vorhin in der Eingangshalle dieses Gebäudes gesehen hatte. Die Rose war zwar so wenig ein Jungbrunnen, wie die Schildkröte in jenem winzigen Park auf der anderen Straßenseite die echte Maturin war, aber möglicherweise besaß sie ja bestimmte wohltuende Eigenschaften?

Ja, das glaubte er. Bestimmte heilende Eigenschaften? Ja, auch das. Und glaubte er, dass Aaron Deepneau die neun Lebensjahre, die ihm zwischen 1977 und dieser Szene im Jahr 1986 geschenkt worden waren, einzig den die *Prim* ersetzenden Tabletten und medizinischen Behandlungsmethoden des Alten Volkes verdankte? Nein, das glaubte er nicht. Diese drei Männer – Carver, Cullum und Deepneau –, hatten sich auf fast magische Weise vereint, um noch in ihrem hohen Alter für die Rose zu kämpfen. Ihre Geschichte, so glaubte der Revolvermann, hätte ein eigenes Buch ergeben, bestimmt sogar ein sehr gutes und spannendes. Was Roland glaubte, war die Einfachheit selbst: Die Rose hatte ihre Dankbarkeit bewiesen.

»Wann sind sie gestorben?«, fragte er Nancy Deepneau.

»John Cullum war der Erste«, sagte sie. »Er ist 1989 an einer Schussverletzung gestorben. Aber er hat im Krankenhaus noch zwölf Stunden durchgehalten – lange genug, damit alle sich von ihm verabschieden konnten. Er war in New York, um an der Jahressitzung des Verwaltungsrats teilzunehmen. Nach Ansicht der hiesigen Polizei war er das Opfer eines irgendwie schief gegangenen Straßenraubs. Wir hingegen glauben, dass er von einem Handlanger entweder der Sombra oder der North Central Positronics ermordet wurde. Vermutlich von einem Can-Toi. Es hat zwar auch schon früher Attentate gegeben, aber die waren alle fehlgeschlagen.«

»Die Sombra und die Positronics sind praktisch das Gleiche«, sagte Roland. »Beide sind ein Werkzeug des Scharlachroten Königs in dieser Welt.«

»Das wissen wir«, sagte sie und zeigte dann auf den Mann links außen, dem sie so ähnlich sah. »Onkel Aaron hat bis 1992 gelebt. Als Sie ihm begegnet sind … war das 1977 gewesen?«

»Ja«, sagte Roland.

»Also, im Jahr 1977 hätte kein Mensch geglaubt, dass er noch so lange leben würde.«

»Waren es auch die *Fayen-Folken*, die ihn ermordet haben?«

»Nein, der Krebs hat sich zurückgemeldet, das war alles. Aaron ist friedlich im Bett gestorben. Ich war bis zuletzt bei ihm. Seine letzten Worte waren: ›Sag Roland, dass wir unser Bestes getan haben.‹ Und so sage ich's Ihnen jetzt.«

»Danke-sai.« Er hörte die Rauheit in seiner Stimme und hoffte, dass die junge Frau sie nicht als Barschheit missverstehen würde. Viele hatten ihr Bestes für ihn getan, nicht wahr? Sogar sehr viele, angefangen mit Susan Delgado vor langen, langen Jahren.

»Alles in Ordnung mit Ihnen?«, fragte sie mit leiser, mitfühlender Stimme.

»Ja«, sagte er. »Mir geht's gut. Und Moses Carver? Wann ist *er* gestorben?«

Sie zog die Augenbrauen hoch, dann lachte sie.

»Was …?«

»Da, sehen Sie selbst!«

Sie deutete auf die Glastür. Von innen kam jetzt ein runzeliger Mann mit weißem Flauschhaar und dazu passenden weißen Augenbrauen auf sie zu, der eben an der Sekretärin vorbeikam, die am Schreibtisch Selbstgespräche geführt zu haben schien. Seine Haut war dunkel, aber die der Frau, auf deren Arm er sich stützte, war noch dunkler. Er war groß – ungefähr eins neunzig, wenn er das Rückgrat hätte strecken können –, aber die Frau war noch größer, bestimmt eins fünfundneunzig, vielleicht sogar zwei Meter. Ihr Gesicht war nicht schön, aber auf fast wilde Weise attraktiv. Das Gesicht eines Kriegers.

Das Gesicht eines Revolvermanns.

9

Wäre Moses Carvers Rückgrat nicht verkrümmt gewesen, wäre er Roland auf gleicher Augenhöhe begegnet. So musste Carver etwas nach oben sehen, was er tat, indem er den Kopf vogelartig schräg hielt. Er schien tatsächlich außerstande zu sein, das Genick zu bewegen; offenbar war es durch Arthritis völlig steif. Er hatte braune Augen, aber das Weiß der Augäpfel war so verfärbt, dass schwierig zu erkennen war, wo die Iris aufhörte, und sie schienen vor fröhlichem Lachen hinter seiner goldgeränderten Brille zu funkeln. Er hatte noch immer den schmalen weißen Schnurrbart.

»Roland von Gilead!«, sagte er. »Wie ich mich danach gesehnt habe, Sie kennen zu lernen, Sai! Sprecht *wahrhaftig!* Ich glaube, dass mich nur das so lange nach Johns und Aarons Tod noch am Leben erhalten hat. Lass mich einen Augenblick los, Marian, lass mich los! Da gibt es etwas, was ich tun muss!«

Marian Carver ließ ihn los und sah dabei Roland an. Er hörte ihre Stimme nicht im Kopf, brauchte sie auch nicht zu hören; was sie sagen wollte, lag alles in ihrem Blick: *Fangt ihn auf, wenn er fällt, Sai.*

Aber dieser Mann, den Susannah einmal Daddy Mose genannt hatte, fiel nicht. Er führte eine locker zur Faust geballte arthritische Hand an die Stirn, beugte dann das rechte Knie und verlagerte sein ganzes Gewicht aufs zitternde rechte Bein. »Heil Euch, dem letzten Revolvermann, Roland Deschain aus Gilead, Sohn des Steven und wahrer Nachkomme Arthur Elds. Ich, der letzte Überlebende des von uns so genannten Ka-Tet der Rose, begrüße Euch!«

Roland legte nun selbst die Faust an die Stirn und tat mehr, als nur ein Bein zu beugen; er ließ sich ganz aufs Knie nieder. »Heil, Daddy Mose, Taufpate von Susannah, Dinh des Ka-Tet der Rose, ich begrüße Euch von ganzem Herzen.«

»Danke-sai«, sagte der Alte, dann lachte er wie ein Junge. »Welch glückhafte Begegnung im Haus der Rose! Dort, wo ihr einst das Grab bereitet werden sollte! Ha! Sagt, dass dies keine glückhafte Begegnung ist! Könnt Ihr das?«

»Nay, wäre das doch gelogen.«

»Ihr sagt es!«, rief der Alte aus, dann ließ er wieder sein fröhliches Geht-zum-Teufel-Lachen hören. »Aber vor lauter Ehrfurcht vergesse ich meine Manieren, Revolvermann. Diese gut aussehende Amazone, die hier neben mir steht, könnten Sie ohne weiteres für meine Enkelin halten, als sie nämlich im Jahr 1969 geboren wurde, war ich bereits siebzig. Aber die Wahrheit ist ...« *Abba die Waaaheit is,* hörte Roland. »... dass man die besten Dinge im Leben manchmal erst spät entdeckt, und Kinder – *Kinner* – zu haben gehört meiner Meinung nach dazu. Was eine umständliche Methode ist, um zu sagen, dass dies meine Tochter Marian Carver ist: Präsidentin der Tet Corporation, seit ich 1997 mit achtundneunzig Jahren abgetreten bin. Und glauben Sie nicht auch, Roland, dass in manchem Country Club Heulen und Zähneklappern herrschen würde, wenn die Mitglieder wüssten, dass dieses Unternehmen, das jetzt ungefähr zehn Milliarden Dollar wert ist, von einer Negerin geleitet wird?« Sein Akzent, der mit wachsender Aufregung und Freude stärker geworden war, machte daraus: *Dis Unternehm, das jetz ungefähr zehn Milljarden Dollah wert is, von 'ner Nehgarin geleitet wird?*

»Schluss jetzt damit, Dad«, sagte die hoch gewachsene Frau neben ihm. Ihre Stimme klang gütig, duldete aber keinen Widerspruch. »Sonst schlägt dein Herzmonitor Alarm, und dieser Mann hat's eilig.«

»So kommandiert sie mich ständig herum!«, rief der Alte entrüstet. Zugleich drehte er den Kopf etwas zur Seite und zwinkerte Roland mit dem Auge, das seine Tochter nicht sehen konnte, unaussprechlich gerissen und gut gelaunt zu.

Als ob sie dir nicht längst auf die Schliche gekommen wäre, Alter, dachte Roland belustigt. *Als ob sie dir nicht schon vor vielen, vielen Jahren draufgekommen wäre – sagt delah.*

»Wir würden gern etwas mit Ihnen palavern, Roland«, sagte Marian Carver, »aber zuvor muss ich da noch etwas sehen.«

»Nein, das ist ganz überflüssig!«, widersprach der Alte empört. »Überhaupt nicht notwendig, das weißt du genau! Habe ich etwa eine Eselin großgezogen?«

»Wahrscheinlich hat er Recht«, sagte Marian, »aber sicher ...«

»... ist sicher«, ergänzte der Revolvermann. »Das ist eine gute Regel, aye. Was möchtet Ihr sehen? Was wird euch bestätigen, dass ich der bin, der ich zu sein behaupte ... und den Ihr vor Euch zu haben glaubt?«

»Ihr Revolver«, sagte sie.

Roland zog das T-Shirt mit dem Old-Home-Days-Aufdruck aus der Tragetasche und nahm dann das Holster heraus. Er wickelte den Patronengurt ab und zog schließlich den Revolver mit dem Sandelholzgriff heraus. Er hörte Marian Carver ehrfurchtsvoll Luft einsaugen, zog es aber vor, ihre Reaktion nicht weiter zu beachten. Gleichzeitig sah er, dass die beiden Wachmänner in den gut geschnittenen Anzügen näher herangekommen waren und ebenfalls große Augen machten.

»Seht ihn euch gut an!«, rief Moses Carver aus. »Aye, jeder einzelne von euch! Sagt *Gott!* Später könnt ihr euren Enkeln erzählen, dass ihr Excalibur, das Schwert König Artus' gesehen habt, weil dies hier nämlich aufs Gleiche hinausläuft!«

Roland hielt Marian den Revolver seines Vaters hin. Er wusste, dass sie die Waffe ergreifen musste, um seine Identität bestätigen zu können, und das tun musste, bevor sie ihn ins Innere der Tet Corporation mitnahm (in dem der Falsche großen Schaden hätte anrichten können), aber im Augenblick war sie außerstande, ihre Aufgabe zu erfüllen. Dann gab sie sich einen Ruck, griff nach dem Revolver und riss angesichts seines Gewichts gleich noch einmal die Augen auf. Sie achtete tunlichst darauf, den Abzug nicht zu berühren, als sie sich den Lauf nun vors Gesicht hob, um das in der Nähe der Mündung eingeprägte Symbol besser sehen zu können.

»Wollen Sie mir verraten, was dieses Zeichen bedeutet, Mr. Deschain?«, fragte sie ihn.

»Ja«, sagte er, »wenn du mich Roland nennst.«

»Wie Sie … äh … du willst, ich werd's versuchen.«

»Es ist Arthurs Zeichen«, sagte er und fuhr mit der Fingerspitze darüber. »Das einzige Symbol auf dem Portal seiner Grabkammer, wenn's beliebt. Es ist sein Dinh-Zeichen, und es bedeutet WEISS.«

Der Alte streckte seine zitternden Hände aus: stumm, aber gebieterisch.

»Ist er geladen?«, fragte sie Roland und gab die Antwort dann gleich selbst: »Natürlich ist er das.«

»Gib ihm die Waffe«, sagte Roland.

Marian machte ein zweifelndes Gesicht, und die beiden Wachen wirkten noch skeptischer, aber Daddy Mose streckte weiter die Hände nach dem Witwenmacher aus. Roland nickte. Die Frau übergab den Revolver widerstrebend ihrem Vater. Der Alte nahm ihn entgegen, hielt ihn in beiden Händen und tat dann etwas, was das Herz des Revolvermanns erwärmte und zugleich frösteln ließ: Er küsste den Lauf mit alten, welken Lippen.

»Was schmeckt Ihr dort?«, fragte Roland mit aufrichtiger Neugierde.

»Die Jahre, Revolvermann«, sagte Moses Carver. »Das tue ich.« Und mit diesen Worten hielt er seiner Tochter die Waffe wieder mit dem Griff voraus hin.

Marian gab sie gleich an Roland weiter, als wäre sie froh, sich von ihrem ernsten, todbringenden Gewicht befreien zu können, worauf er die Waffe wieder in das Holster steckte und anschließend den Patronengurt darumwickelte.

»Bitte treten … tritt ein«, sagte sie. »Auch wenn deine Zeit beschränkt ist, wollen wir sie so fröhlich gestalten, wie es deine Trauer zulässt.«

»Darauf ein Amen!«, sagte der Alte und schlug Roland auf die Schulter. »Sie lebt noch, meine Odetta … die Sie Susannah nennen. Das ist immerhin etwas. Ich dachte, Sie würden sich freuen, das zu hören, Sir.«

Roland *war* froh darüber, nickte seinen Dank.

»Komm jetzt, Roland«, sagte Marian Carver. »Komm, und sei uns willkommen, denn das hier ist auch dein Haus, und wir wissen, dass du uns wahrscheinlich nie wieder besuchen wirst.«

10

Marian Carvers Büro lag in der Nordwestecke des neunundneunzigsten Stocks. Hier waren die Fensterwände durch keine einzige Strebe oder Stütze unterbrochen, und die Aussicht verschlug dem Revolvermann fast den Atem. Blickte man an dieser Ecke stehend hinaus, hatte man das Gefühl, über einer Skyline, die phantastischer war, als irgendjemand sie sich hätte vorstellen können, in der Luft zu hängen. Trotzdem hatte er sie schon einmal gesehen, erkannte er doch jene Hängebrücke und einige der diesseitigen Wolkenkratzer wieder. Die Brücke *musste* er wiedererkennen, weil sie alle in einer anderen Welt beinahe auf ihr gestorben wären. Von dieser Brücke aus war Jake von Schlitzer entführt und zum Ticktackmann verschleppt worden. Das hier war nichts anderes als die Stadt Lud, wie sie zu ihrer Blütezeit ausgesehen haben musste.

»Das ist New York?«, sagte er. »So nennt ihr die Stadt, richtig?«

»Ja«, sagte Nancy Deepneau.

»Und die hängende Brücke dort drüben?«

»Die George Washington Bridge«, sagte Marian Carver. »Für die Einheimischen einfach die GWB.«

Dort drüben lag also nicht nur die Brücke, auf der sie nach Lud gelangt waren, sondern daneben auch die Fußgängerbrücke, auf der Pere Callahan damals New York verlassen hatte, um seine Wanderschaft anzutreten. An dieses Detail aus dessen Erzählung konnte Roland sich sehr wohl erinnern.

»Darf ich Ihnen eine Erfrischung anbieten?«, fragte Nancy.

Er wollte schon dankend ablehnen, merkte dann aber, wie ihm der Kopf schwamm, worauf er seine Meinung änderte. Eine Erfrischung, ja, aber nur etwas, was den Geist schärfte, weil dieser scharf bleiben musste. »Tee, wenn ihr welchen habt«, sagte er. »Heißen, starken Tee mit Zucker oder Honig. Geht das?«

»Das geht«, sagte Marian und drückte eine Taste des Geräts auf ihrem Schreibtisch. Sie sprach mit jemandem, den Roland nicht sehen konnte, und auf einmal kam ihm auch die Frau im Vorzimmer, die scheinbar Selbstgespräche geführt hatte, weniger unvernünftig vor.

Nachdem Marian heiße Getränke und Sandwiches (die Roland für sich wohl immer als Popkins bezeichnen würde) bestellt hatte, beugte sie sich nach vorn und lenkte Rolands Blick auf sich. »Unsere Begegnung in New York ist eine glückliche, Roland, so hoffe ich doch, aber dein Besuch hier ist nicht … ist nicht *entscheidend* wichtig. Und ich vermute, du weißt auch, warum.«

Der Revolvermann dachte darüber nach, dann nickte er. Ein wenig zurückhaltend, aber im Lauf der Jahre hatte er sich eine gewisse Vorsicht angewöhnt. Es gab andere – Alain Johns war einer davon gewesen, Jamie DeCurry ein weiterer –, die von Natur aus vorsichtig waren, aber bei Roland, der schon immer dazu geneigt hatte, erst zu schießen und dann Fragen zu stellen, war das nie der Fall gewesen.

»Nancy hat dich aufgefordert, die Plakette im Garten des Balkens zu lesen«, sagte Marian. »Hast du …«

»Garten des Balkens, sagt *Gott!«*, warf Moses Carver ein. Auf dem Weg ins Büro seiner Tochter hatte er aus einem Ständer in Form eines nachgeahmten Elefantenfußes einen Krückstock gezogen, mit dem er jetzt auf den luxuriösen Teppichboden stieß, um seinen Worten Nachdruck zu verleihen. Marian nahm die Unterbrechung geduldig hin. »Sagt *Gott*-Bombe!«

»Die seit kurzem bestehende Freundschaft meines Vaters mit Reverend Harrigan, der unten vor dem Eingang Hof hält, ist kein Höhepunkt meines Lebens«, sagte Marian seufzend, »aber lassen wir das jetzt. Also, hast du die Plakette gelesen, Roland?«

Er nickte. Nancy Deepneau hatte dafür ein anderes Wort – Schild oder Sigul – gebraucht, aber er verstand, dass beide das Gleiche bezeichneten. »Das Geschriebene hat sich in Große Buchstaben verwandelt. Ich konnte sie sehr wohl lesen.«

»Und was steht darauf?«

»GESTIFTET VON DER TET CORPORATION ZUR ERINNERUNG AN EDWARD CANTOR DEAN UND JOHN ›JAKE‹ CHAMBERS.« Er machte eine Pause. »Darunter steht: ›Cam-a-cam-mal, Pria-toi, Gan delah‹, was man mit WEISS ÜBER ROT, SO WILL GOTT ES EWIGLICH übersetzen könnte.«

»Und für uns bedeutet es: GUT ÜBER BÖSE, DAS IST DER WILLE GOTTES«, sagte Marian.

»Lobet den Herrn!«, sagte Moses Carver und stieß mit seinem Krückstock auf den Teppichboden. »Auf dass die *Prim* sich erhebe!«

Dann wurde pflichtschuldigst angeklopft, und die Vorzimmerfrau kam mit einem Silbertablett herein. Roland stellte fasziniert fest, dass vor ihren Lippen ein kleiner schwarzer Knopf hing, dessen schmaler schwarzer Bügel in ihrem Haar verschwand. Bestimmt irgendeine Art Fernsprechgerät. Nancy Deepneau und Marian Carver halfen ihr dabei, dampfenden Tee und Kaffee, Schalen mit Zucker und Honig und ein Sahnetöpfchen aufzudecken. Auf dem Tablett stand auch ein Teller mit Sandwiches, bei dessen Anblick Roland der Magen knurrte. Er musste unwillkürlich an seine Freunde unter der Erde denken – für sie gab es keine Popkins mehr –, aber auch an Irene Tassenbaum, die in dem kleinen Park auf der gegenüberliegenden Straßenseite saß und geduldig auf ihn wartete. Beide Gedanken hätten ihm eigentlich den Appetit verderben müssen, aber sein Magen machte sich erneut unverschämt bemerkbar. Manche Teile des Menschen besaßen kein Gewissen – das war eine Tatsache, die ihm irgendwie schon seit seiner Kindheit bewusst war. Er nahm sich einen Popkin, kippte einen gehäuften Löffel Zucker in seinen Tee und tat obendrein Honig dazu. Er würde sich hier so kurz wie möglich aufhalten und möglichst bald zu Irene zurückkehren, aber bis dahin …

»Wohl bekomm's, Sir«, sagte Moses Carver und blies über seine Kaffeetasse hinweg. »Freu dich, Gurgel, ein Platzregen kommt! Heißa!«

»Dad und ich haben ein Haus auf Montauk Point«, sagte Marian, während sie Sahne in ihren Kaffee tat, »und wir waren am vergangenen Wochenende draußen. Am Samstagnachmittag gegen Viertel nach fünf hat mich einer der hiesigen Wachleute angerufen. Eigentlich entlohnt sie zwar die Hammarskjöld-Plaza-Verwaltungsgesellschaft, aber die Tet Corporation legt noch einen Bonus drauf, damit wir … bestimmte interessante Dinge erfahren, sagen wir mal … sobald sie sich ereignen. Als nun der 19. Juni näher rückte, haben wir die Plakette in der Eingangshalle gespannt beobachtet, Roland. Wärst du überrascht zu hören, dass der Text bis gegen Viertel nach fünf an diesem Tag GESPENDET VON DER TET CORPORATION ZU EHREN DER BALKEN-FAMILIE UND ZUR ERINNERUNG AN GILEAD gelautet hat?«

Roland überlegte, trank einen kleinen Schluck von seinem Tee (der heiß und stark und gut war) und schüttelte dann den Kopf. »Nein.«

Marian beugte sich mit glitzernden Augen nach vorn. »Und weshalb?«

»Weil bis zu diesem Zeitpunkt am Samstagnachmittag alles in der Schwebe war. Obwohl den Brechern das Handwerk gelegt worden war, blieb alles in der Schwebe, bis Stephen King gerettet war.« Er sah die drei nacheinander an. »Ihr wisst doch von den Brechern?«

Marian nickte. »Nicht im Detail, aber wir wissen, dass der Balken, an dessen Zerstörung sie gearbeitet haben, jetzt vor ihnen sicher ist und auch nicht so schwer beschädigt, dass er sich nicht regenerieren könnte.« Sie zögerte, dann fügte sie hinzu: »Und wir wissen von deinem Verlust. Von beiden Verlusten. Unser herzliches Beileid, Roland.«

»Diese Jungs sind in Jesu Armen geborgen«, sagte Marians Vater. »Und selbst falls sie's nicht sind, sind sie auf der Lichtung zusammen.«

Roland, der das ebenfalls glauben wollte, nickte dankend. Dann wandte er sich wieder Marian zu. »Die Sache mit dem Schriftsteller war sehr knapp. Er ist verletzt, schwer verletzt. Jake ist gestorben, um ihn zu retten. Er hat sich zwischen King und das Van-Mobil geworfen, das ihm den Tod gebracht hätte.«

»King wird wieder gesunden«, sagte Nancy. »Und er wird wieder schreiben. Das wissen wir aus sehr zuverlässiger Quelle.«

»Von wem?«

Marian beugte sich vor. »Dazu kommen wir gleich«, sagte sie.

»Der springende Punkt ist, dass wir das fest glauben, Roland, dass wir dessen sicher sind. Und dass King in den kommenden Jahren ungefährdet ist, bedeutet, dass deine Arbeit in Bezug auf die Balken getan ist: *Ves'-ka Gan.«*

Roland nickte. Das Lied würde weitergehen.

»Vor uns liegt zwar noch viel Arbeit«, fuhr Marian fort, »für mindestens dreißig Jahre, schätzen wir, aber …«

»Aber das ist *unsere* Arbeit, nicht Ihre«, sagte Nancy.

»Habt ihr das aus derselben ›zuverlässigen Quelle‹?«, fragte Roland und nahm einen Schluck Tee. Obwohl der Tee sehr heiß war, hatte er die große Tasse schon halb geleert.

»Ja. Dein Streben, die Kräfte des Scharlachroten Königs zu besiegen, war erfolgreich. Der Scharlachrote König selbst …«

»Das war niemals das Streben dieses Mannes, das weißt du genau!«, sagte der neben der attraktiven Schwarzen sitzende Hundertjährige und stieß erneut mit seinem Krückstock auf den Teppichboden. »Sein Streben …«

»Genug jetzt, Dad.« Ihre Stimme klang so energisch, dass der Alte blinzeln musste.

»Nay, lass ihn sprechen«, sagte Roland. Alle starrten ihn an, als hätte dieser trockene Peitschenknall sie überrascht (und ein wenig verängstigt). »Lass ihn reden, denn er spricht wahrhaftig. Wollen wir die Sache ausfechten, lasst sie uns ganz ausfechten. Für mich sind die Balken nie mehr als ein Mittel zum Zweck gewesen. Wären sie gebrochen, wäre der Turm gefallen. Wäre der Turm gefallen, würde ich ihn nie erreichen und ersteigen können.«

»Das heißt also, dass der Dunkle Turm Ihnen mehr bedeutet als der Fortbestand des Universums«, sagte Nancy Deepneau. Sie sprach in einem Ton, als wollte sie sich nur vergewissern, dass sie richtig verstanden hatte, und betrachtete Roland mit einer Mischung aus Erstaunen und Verachtung. »Der Fortbestand *aller* Universen.«

»Der Dunkle Turm *ist* alle Existenz, und um ihn zu erreichen, habe ich im Lauf der Jahre viele Freunde geopfert – auch einen

Jungen, der mich Vater genannt hat. Darüber hinaus habe ich die eigene Seele geopfert, Lady-Sai, deshalb wendet Euren dreisten Blick von mir ab. Tut es bald und tut es wohl, ich bitte Euch.«

Seine Stimme klang höflich, wenn auch eisig kalt. Nancy Deepneau wurde schlagartig blass, und die Kaffeetasse, die sie hielt, zitterte so sehr, dass Roland eine Hand ausstreckte und sie ihr abnahm, damit sie den heißen Kaffee nicht verschüttete und sich verbrühte.

»Nehmt es mir nicht übel«, sagte er. »Versteht mich wohl, denn wir werden nie wieder miteinander reden. Was in beiden Welten geschehen ist, ist geschehen, gut oder schlecht, für das Ka oder dagegen. Trotzdem liegt hinter allen Welten mehr, als ihr wisst, und mehr, als ihr je vermuten könntet. Meine Zeit ist knapp bemessen ... machen wir also weiter.«

»Gut gesagt, Sir!«, knurrte Moses Carver und stieß abermals mit dem Stock auf den Boden.

»Sollte ich Sie gekränkt haben, dann tut es mir aufrichtig Leid«, sagte Nancy.

Roland antwortete nicht darauf, wusste er doch, dass ihr das keineswegs Leid tat – sie hatte nur Angst vor ihm. Nun folgte unbehagliches Schweigen, das schließlich von Marian Carver gebrochen wurde.

»Wir haben zwar selbst keine Brecher, Roland«, sagte sie, »aber auf der Ranch in Taos beschäftigen wir ein Dutzend Telepathen und Präkognitive. Was sie gemeinsam erreichen, ist manchmal etwas unsicher, aber stets größer als die Summe der Einzelteile. Du kennst den Begriff ›guter Geist‹?«

Der Revolvermann, der ihn auf Ted Brautigans Tonband gehört hatte, nickte zustimmend.

»Sie stellen eine Version davon her«, sagte sie, »obwohl er bestimmt nicht so groß oder so machtvoll ist wie der, den die Brecher in Donnerschlag hervorbringen konnten.«

»Weil sie zu hunderten waren«, grummelte der Alte. *»Und* besser ernährt wurden.«

»Und weil die Diener des Königs jederzeit bereitstanden, um

jeden zu entführen, der besonders machtvoll war«, sagte Nancy, »hatten sie stets das zur Verfügung, was wir die Crème de la Crème nennen. Trotzdem haben auch unsere Leute uns gute Dienste geleistet.«

»Wer hat die Idee gehabt, solche *Folken* einzustellen?«, fragte Roland.

»Sie werden's nicht glauben, Partner«, sagte Moses, »aber das war Cal Tower. Er hat sonst nie viel beigetragen … hat nie besonders viel getan, außer seine Bücher zu sammeln und bei allem zu trödeln, dieser geldgierige, hochnäsige, verwöhnte Hundesohn, der er war …«

Seine Tochter warf ihm einen drohenden Blick zu. Roland merkte, dass er selbst Mühe hatte, nicht zu grinsen. Moses Carver mochte hundert sein, aber er hatte Calvin Tower mit einem einzigen Satz treffend charakterisiert.

»Jedenfalls hat er in mehreren Science-Fiction-Romanen gelesen, wie Tellypathen zur Arbeit angestellt wurden. Sie wissen, was SF-Romane sind?«

Roland schüttelte den Kopf.

»Na, macht nichts. Das meiste Zeug ist eh Bockmist, aber ab und zu taucht doch eine gute Idee auf. Hören Sie zu, dann erzähl ich Ihnen eine gute. Was ich mein', verstehn Se, wenn Se wissn, worüber Tower und Ihr Freund Mister Dean vor zweiundzwanzig Jahrn gesprochn haben, als Mister Dean gekommen is und Tower vor den beidn weißn Schlägern gerettet hat.«

»Dad!«, sagte Marian warnend. »Schluss jetzt mit dem Nigger-Gerede. Du bist alt, aber nicht dumm.«

In seinen trüben alten Augen glitzerte boshafte Fröhlichkeit, als er ihren Blick erwiderte; dann sah er zu Roland hinüber und zwinkerte ihm abermals listig zu. »Vor den beidn weißn *Itakern!*«

»Eddie hat mir davon erzählt, ja«, sagte Roland.

Carvers undeutliche Aussprache verschwand; er sprach wieder klar und deutlich. »Dann wissen Sie auch, dass sie von dem Buch *Der Hogan* von Benjamin Slightman gesprochen haben. Der Buchtitel enthielt ebenso einen Fehler wie der Name des Verfassers – und auf solche Dinge ist der alte Fettsack wirklich abgefahren.«

»Ja«, sagte Roland. Der Titel hatte durch ein Versehen *Der Dogan* gelautet – ein Ausdruck, der für Roland und sein Ka-Tet große Bedeutung erlangt hatte.

»Nun, nachdem Ihr Freund bei ihm gewesen war, hat Cal Tower sich wieder für diesen Schriftsteller interessiert, wobei sich gezeigt hat, dass er unter dem Pseudonym *Daniel Holmes* noch vier weitere Bücher geschrieben hat. Er war weiß wie ein Ku-Klux-Klan-Laken, dieser Slightman, aber der Name, unter dem er die späteren Bücher veröffentlicht hat, war der Name von Odettas Vater. Und ich wette, dass Sie das nicht im Geringsten überrascht, stimmt's?«

»So ist es«, sagte Roland. Er bildete sich ein, ein weiteres Mal das leise Klicken zu hören, mit dem das Ka-Kombinationsschloss sich weiterdrehte.

»Und alle Bücher, die er unter dem Namen Holmes geschrieben hat, waren SF-Romane, in denen der Staat Tellypathen und Präkogs anheuert, um Sachen rauszukriegen. Und da haben dann auch *wir* die Idee her.« Der Alte sah Roland an und stieß den Krückstock triumphierend auf. »Die Geschichte ist noch viel länger, ziemlich viel länger, aber ich weiß, dass Ihre Zeit nicht reicht. Darum geht's letztlich immer wieder, stimmt's? Zeit. Und in dieser Welt läuft sie nur vorwärts.« Er machte ein wehmütiges Gesicht. »Ich würde viel dafür geben, Revolvermann, mein Patenkind wiedersehen zu können, aber das ist unmöglich, nicht wahr? Außer wir treffen uns auf der Lichtung wieder.«

»Da sprecht Ihr vermutlich wahrhaftig«, sagte Roland, »aber ich werde ihr erzählen, wie ich Sie noch voller Lebenskraft und Feuer angetroffen habe ...«

»Sagt *Gott,* sagt *Gott*-Bombe!«, unterbrach der Alte ihn und stieß wieder mit dem Stock auf. »Verkünden Sie's, Bruder! Und sehen Sie zu, dass Sie's *ihr* erzählen.«

»Das werde ich.« Roland trank seinen Tee aus, stellte die Tasse auf Marians Schreibtisch zurück und stand dann auf, wobei er die

Rechte stützend auf seine Hüfte legte. Er würde lange brauchen, um sich daran zu gewöhnen, dass dort nichts mehr schmerzte – wahrscheinlich länger, als er noch zu leben hatte. »Und nun müssen wir Abschied nehmen. Nicht weit von hier liegt ein Ort, den ich aufsuchen muss.«

»Wir wissen, welchen Ort du meinst«, sagte Marian. »Du wirst dort von jemandem erwartet. Wir haben den Ort für dich bewacht, und die Tür ist noch da, funktioniert weiterhin. Du kannst jederzeit hindurchgehen.«

Roland deutete eine Verbeugung an. »Danke-sai.«

»Aber nimm doch noch einen Augenblick Platz, wenn's beliebt. Wir haben Geschenke für dich, Roland. Nicht genug, um dir alles zu vergelten, was du getan hast – ob in der Absicht, uns zu helfen, oder nicht –, aber Dinge, die dir vielleicht trotzdem willkommen sein werden. Als Erstes Nachrichten von unseren Guten-Geist-Leuten in Taos. Dann etwas von …« Sie überlegte. »… von etwas normaleren Rechercheuren, die hier in diesem Gebäude für uns arbeiten. Sie nennen sich ›Calvins‹, aber das hat nichts mit Glaubensdingen zu tun. Vielleicht ist es ja eine kleine Hommage an Mr. Tower, der vor neun Jahren in seinem neuen Antiquariat einem Herzschlag erlegen ist. Möglicherweise ist es aber auch nur ein Scherz.«

»Ein schlechter, wenn's so wäre«, knurrte Moses Carver.

»Und dazu noch zwei weitere Geschenke … von uns. Von Nancy, von mir, von meinem Dad und einem, der nicht mehr unter uns weilt. Also, willst du dich nicht noch mal kurz hinsetzen?«

Und obwohl Roland es eilig hatte, kam er ihrer Aufforderung nach. Das erste Mal seit Jakes Tod machte sich ein anderes echtes Gefühl als Trauer in ihm bemerkbar.

Neugier.

11

»Zuerst die Nachrichten von unseren Leuten in New Mexico«, begann Marian, nachdem Roland sich wieder hingesetzt hatte. »Sie haben euch so gut wie möglich beobachtet, und obwohl sie die Ereignisse in Donnerschlag nur schemenhaft wahrgenommen haben, sind sie der Überzeugung, dass Eddie noch kurz vor seinem Tod Jake Chambers etwas – vielleicht etwas Wichtiges – mitgeteilt hat. Vermutlich, als er auf der Straße gelegen hat, bevor er … ich weiß nicht …«

»Bevor er ins Zwielicht eingetreten ist?«, schlug Roland vor.

»Ja«, stimmte Nancy Deepneau zu. »Das glauben wir. Beziehungsweise *sie* glauben das. Unsere Version der Brecher.«

Marian bedachte sie mit einem missmutigen Stirnrunzeln, was vermuten ließ, dass hier eine Dame saß, die sich nicht gern unterbrechen ließ. Dann wandte sie ihre Aufmerksamkeit wieder Roland zu. »Dinge auf dieser Seite zu sehen fällt unseren Leuten leichter, und einige von ihnen sind sich recht sicher – nicht hundertprozentig, aber doch ziemlich –, dass wiederum auch Jake diese Nachricht vor seinem Tod weitergegeben haben dürfte.« Sie machte eine Pause. »Diese Frau, mit der du reist, Mrs. Tannenbaum …«

»Tassenbaum«, verbesserte Roland sie. Das tat er, ohne sich dessen groß bewusst zu sein, weil sein Verstand anderweitig beschäftigt war. Er arbeitete auf Hochtouren.

»Nun gut, Tassenbaum«, sagte Marian. »Sie hat dir bestimmt schon einen Teil von dem erzählt, was Jake ihr vor seinem Tod anvertraut hat, aber es könnte noch mehr geben. Nicht etwas, was sie wissentlich zurückhält, sondern etwas, was sie nicht als wichtig erkannt hat. Du musst sie noch mal auffordern, *alles* zu wiederholen, was Jake zu ihr gesagt hat, bevor du dich von ihr verabschiedest.«

»Ja, das werde ich«, sagte Roland, und das würde er natürlich auch tun, aber er glaubte eigentlich nicht, dass Jake irgendwie Eddies Nachricht an Mrs. Tassenbaum weitergegeben hatte. Nein, nicht ihr hatte er das anvertraut. Er merkte, dass er kaum mehr an

Oy gedacht hatte, seit sie Irenes Wagen abgestellt hatten, aber Oy war natürlich bei ihnen; er würde jetzt zu Irenes Füßen liegen, während sie in dem kleinen Park auf der anderen Straßenseite saß, in der Sonne liegen und auf ihn warten.

»Abgemacht«, sagte er. »Das wäre also das. Bitte weiter.«

Marian zog die breite mittlere Schublade ihres Schreibtischs auf und entnahm ihr einen Luftpolsterumschlag und ein kleines Holzkästchen. Den dicken Umschlag gab sie Nancy Deepneau. Das Kästchen stellte sie vor sich hin.

»Jetzt ist Nancy an der Reihe«, sagte sie. »Und ich möchte dich bitten, es kurz zu machen, Nancy, weil dieser Mann es bekanntlich sehr eilig hat, weiterzukommen.«

»Und wie!«, sagte Moses und stieß den Krückstock auf.

Nancy sah von Marian zu Roland hinüber … zumindest ungefähr in seine Richtung. Dabei errötete sie und machte einen leicht verwirrten Eindruck. »Stephen King«, begann sie, dann räusperte sie sich und wiederholte den Namen des Schriftstellers. Danach schien sie nicht weiterzuwissen. Stattdessen errötete sie noch mehr.

»Tief einatmen«, forderte Roland sie auf, »und die Luft anhalten.«

Sie tat wie geheißen.

»Jetzt langsam ausatmen.«

Auch das tat sie.

»Jetzt erzählen Sie mir, was Sie zu sagen haben, Nancy, Großnichte des Aaron.«

»Stephen King hat fast vierzig Bücher geschrieben«, sagte sie, und obwohl ihre Wangen gerötet blieben (Roland vermutete, dass er den Grund dafür bald genug erfahren würde), war ihre Stimme jetzt ruhiger. »Erstaunlich viele davon, selbst die allerersten, enthalten irgendeine Anspielung auf den Dunklen Turm. Als ob King sich von Anfang an stets mit ihm beschäftigt hätte.«

»Ihr sprecht, was ich als wahrhaftig kenne«, sagte Roland, indem er die Hände faltete. »Sage meinen Dank.«

Das schien Nancy noch mehr zu beruhigen. »Daher die Calvins«, sagte sie. »Drei Männer und zwei Frauen, alle mit herausragenden

Fähigkeiten, die von acht Uhr morgens bis vier Uhr nachmittags nichts anderes tun, als Stephen Kings Werke zu lesen.«

»Sie lesen sie nicht nur«, ergänzte Marian. »Sie erstellen Querverweise nach Handlungsorten, nach Personen, nach Themen – so bescheiden sie auch sind –, sogar nach bekannten Markenartikeln, die darin vorkommen.«

»Zu ihrer Arbeit gehört auch die Suche nach Erwähnungen von Leuten, die in der Fundamentalen Welt leben oder gelebt haben«, sagte Nancy. »Mit anderen Worten, nach realen Personen. Und natürlich nach Hinweisen auf den Dunklen Turm.« Sie gab ihm den Umschlag, in dem Roland etwas ertastete, was nur ein dickes Buch sein konnte. »Falls King jemals einen *fundamentalen Roman* geschrieben hat, Roland – außerhalb des Dunklen-Turm-Zyklus, meine ich –, muss es unserer Überzeugung nach dieses Buch sein.«

Die Umschlagklappe war mit einer Klammer geschlossen. Roland sah Marian und Nancy fragend an. Sie nickten beide. Der Revolvermann öffnete den Umschlag und zog ein ungewöhnlich dickes Buch mit rot-weißem Einband heraus. Auf dem nicht illustrierten Einband standen nur Stephen Kings Name und ein einzelnes Wort.

Rot für den König, Weiß für Arthur Eld, dachte er. *Weiß über Rot, so will Gan es ewiglich.*

Aber vielleicht war das nur Zufall.

»Was heißt dieses Wort?«, fragte Roland und tippte auf den Einband.

»Schlaflos«, sagte Nancy. »Es bedeutet …«

»Ich weiß, was es bedeutet«, unterbrach Roland sie. »Weshalb bekomme ich dieses Buch?«

»Weil die Geschichte mit dem Dunklen Turm zusammenhängt«, sagte Nancy, »und es darin eine Figur namens Ed Deepneau gibt. Er ist zufällig der Schurke des Romans.«

Der Schurke des Romans, dachte Roland. *Kein Wunder, dass sie rot geworden ist.*

»Gibt es in Eurer Familie jemanden dieses Namens?«, fragte er sie.

»Es hat jemanden gegeben«, sagte sie. »In der Kleinstadt Bangor, die King in Wirklichkeit meint, wenn er wie in diesem Buch über Derry schreibt. Der wirkliche Ed Deepneau ist schon in Kings Geburtsjahr 1947 gestorben. Er war von Beruf Buchhalter, so harmlos wie Milch mit Plätzchen. Der in *Schlaflos* dagegen ist ein Wahnsinniger, der unter den Einfluss des Scharlachroten Königs gerät. Er versucht, ein Flugzeug in eine Bombe zu verwandeln und es in ein Gebäude rasen zu lassen, um tausende von Menschen zu töten.«

»Beten wir, dass es nie dazu kommt«, sagte der Alte trübselig, während er die New Yorker Skyline betrachtete. »Gott weiß, dass es passieren könnte.«

»In der Geschichte schlägt der Anschlag jedenfalls fehl«, sagte Nancy. »Zwar kommen einige Leute um, aber die Hauptfigur des Romans, ein alter Mann namens Ralph Roberts, schafft es, das Schlimmste zu verhindern.«

Roland starrte Aaron Deepneaus Großnichte durchdringend an. »Der Scharlachrote König wird hier drin erwähnt? *Namentlich?*«

»Ja«, sagte sie. »Also, der Ed Deepneau in Bangor – der *wahre* Ed Deepneau – war ein entfernter Vetter meines Vaters. Die Calvins könnten Ihnen auf Wunsch den Stammbaum zeigen, aber die Verbindung zu Onkel Aaron war wirklich sehr weitläufig. Wir glauben, dass King diesen Namen in seinem Buch verwendet hat, um dadurch Ihre – oder unsere – Aufmerksamkeit zu wecken, ohne selbst zu merken, was er da tat.«

»Eine Botschaft aus seinem Unterverstand«, meinte der Revolvermann nachdenklich.

Nancy nickte eifrig. »Aus seinem Unterbewusstsein, richtig! Ja, genau das denken wir auch!«

Das war aber nicht genau das, was Roland dachte. Der Revolvermann erinnerte sich jetzt daran, wie er King im Jahr 1977 hypnotisiert hatte; wie er ihn angewiesen hatte, auf *Ves'-ka Gan,* das Lied der Schildkröte, zu lauschen. Hatte Kings Unterverstand – der Teil von ihm, der nie aufgehört haben würde, den Hypnosebefehl zu befolgen – einen Teil des Lieds der Schildkröte in diesen Roman eingeschleust? In einen Roman, den die Diener des Königs einfach übersehen haben konnten, weil er nicht zum so genannten »Dunklen-Turm-Zyklus« gehörte? Das hielt Roland für ebenso möglich, wie der Name Deepneau in der Tat ein Sigul sein konnte. Aber …

»Ich kann dieses Buch nicht lesen«, sagte er. »Hier und da zwar ein Wort, aber nicht mehr.«

»Sie können's nicht, aber meine Kleine kann's«, sagte Moses Carver. »Meine Odetta, die Sie Susannah nennen.«

Roland nickte bedächtig. Und obwohl er bereits angefangen hatte, gewisse Zweifel zu haben, erschien vor seinem inneren Auge ein glänzendes Bild, das sie mit Oy zwischen sich dicht an einem Feuer sitzend zeigte – an einem großen, weil die Nacht kalt war. In den Felsen über ihnen heulte der Wind eine bittere Wintermelodie, aber das bekümmerte sie nicht, weil sie den Bauch voll hatten, ihre Körper warm waren, in Felle von Tieren gehüllt, die sie selbst erlegt hatten, und sie eine unterhaltsame Geschichte vor sich hatten.

Stephen Kings Geschichte von Insomnia, von Schlaflosigkeit.

»Sie wird Sie Ihnen auf der weiteren Wanderung vorlesen«, sagte der Alte. »Auf Ihrer Wanderung, sagt Gott!«

Ja, dachte Roland. *Eine letzte Geschichte anhören, eine letzte Wanderung unternehmen. Die eine, die zum Can'-Ka No Rey und dem Dunklen Turm führte. Zumindest wäre das eine verlockende Vorstellung.*

»In dem Roman benutzt der Scharlachrote König diesen Ed Deepneau«, sagte Nancy, »um ein Einzelkind, einen Jungen namens Patrick Danville, zu ermorden. Unmittelbar vor dem Anschlag, während Patrick und seine Mutter darauf warten, dass eine Frau eine Rede hält, zeichnet der Junge ein Bild, das Sie, Roland, und den Scharlachroten König zeigt, der anscheinend im obersten Geschoss des Dunklen Turms gefangen gehalten wird.«

Roland fuhr zusammen. »Im *obersten Geschoss?* Im *obersten Geschoss* gefangen?«

»Keine Aufregung«, sagte Marian. »Ganz ruhig, Roland. Die Calvins analysieren Kings Werk seit Jahren, jedes Wort und jeden Hinweis, und die Ergebnisse ihrer Arbeit werden an die Guten-Geist-*Folken* in New Mexico weitergeleitet. Obwohl die beiden Gruppen noch nie zusammengetroffen sind, könnte man mit vollem Recht behaupten, dass sie zusammenarbeiten.«

»Nicht, dass sie sich immer einig wären«, warf Nancy ein.

»Allerdings nicht!« Marian sprach mit der verärgerten Stimme einer Frau, die in ihrem Leben mehr als genügend kleine Streitereien hatte schlichten müssen. »Aber etwas, worüber sie sich einig *sind,* ist die Tatsache, dass Kings Hinweise auf den Dunklen Turm fast immer verdeckt sind und manchmal auch überhaupt nichts bedeuten.«

Roland nickte. »Er spricht davon, weil sein Unverstand stets daran denkt, aber manchmal verfällt er in Geschwafel.«

»Ja«, sagte Nancy.

»Aber ihr haltet offenbar nicht das gesamte Buch für eine falsche Fährte, sonst würdet ihr es mir nicht mitgeben wollen.«

»Das tun wir in der Tat nicht«, sagte Nancy. »Was aber nicht unbedingt heißt, dass der Scharlachrote König im *Obergeschoss* des Turms gefangen gehalten wird. Andererseits ist das wiederum auch nicht auszuschließen.«

Roland dachte an seine eigene Überzeugung, dass der Rote König nämlich außerhalb des Turms – auf einer Art Balkon – gefangen war. War das eine echte Intuition oder nur etwas, was er glauben wollte?

»Jedenfalls solltest du unserer Meinung nach auf diesen Patrick Danville achten«, sagte Marian. »Nach allgemeiner Ansicht existiert er nämlich tatsächlich, obwohl wir hier noch keine Spur von ihm haben entdecken können. Vielleicht findet ihr ihn ja in Donnerschlag.«

»Oder jenseits davon«, warf Moses ein.

Marian nickte. »Wie Stephen King in *Schlaflos* erzählt – das wirst du dann selbst hören –, stirbt Patrick Danville noch als junger Mann. *Aber das braucht nicht wahr zu sein.* Verstehst du, was ich damit meine?«

»Nicht hundertprozentig.«

»Wenn Sie Patrick Danville finden – oder er Sie findet –, ist er vielleicht noch immer das in diesem Roman geschilderte Kind«, sagte Nancy. »Aber er könnte auch so alt wie Onkel Mose sein.«

»Pech für ihn, wenn er's ist!«, sagte der Alte und lachte glucksend.

Roland wog das Buch in den Händen, starrte den rot-weißen Umschlag an und fuhr die leicht erhabenen Buchstaben nach, die ein Wort bildeten, das er nicht lesen konnte. »Und ist es wirklich nicht nur eine Geschichte?«

»Seit er im Frühjahr 1970 die Zeile *Der Mann in Schwarz floh durch die Wüste, und der Revolvermann folgte ihm* getippt hat«, sagte Marian Carver, »ist sehr wenig von dem, was Stephen King geschrieben hat, ›nur eine Geschichte‹ gewesen. Er mag das vielleicht nicht glauben; wir jedoch tun das schon.«

Aber die jahrelange Beschäftigung mit dem Scharlachroten König kann bewirkt haben, dass ihr überall Gespenster seht, wenn's beliebt, dachte Roland. Laut sagte er dann: »Wenn nicht Geschichten, was dann?«

Diesmal antwortete Moses Carver: »Wir halten sie für eine Art Flaschenpost.« In seiner Art, dieses Wort auszusprechen – *Flaschnpohst* –, klang für Roland ein herzzerreißendes Echo von Susannah an, und er hatte plötzlich den Wunsch, sie zu sehen, um zu wissen, dass mit ihr auch alles in Ordnung war. Dieses Begehren war auf einmal so stark, dass es einen bitteren Geschmack auf seiner Zunge hinterließ.

»… jenes große Meer geworfen hat.«

»Entschuldigung«, sagte der Revolvermann. »Ich war zerstreut.«

»Ich habe gesagt, dass wir glauben, dass Stephen King seine Flaschenpost immer in jenes große Meer geworfen hat. In das, das wir die *Prim* nennen. In der Hoffnung, dass die Botschaften Sie erreichen werden, dass seine Mitteilungen es Ihnen und meiner Odetta ermöglichen werden, euer Ziel zu erreichen.«

»Womit wir bei unseren letzten Geschenken wären«, sagte Marian. »Unseren wirklichen Geschenken. Als Erstes …« Sie gab ihm das Holzkästchen.

Es hatte einen aufklappbaren Deckel. Roland legte seine linke Hand mit gespreizten Fingern auf den Deckel, um ihn zu öffnen, dann hielt er inne und betrachtete zunächst einmal seine Gesprächspartner. Sie sahen ihn hoffnungsvoll und mit gespannter Erwartung an – eine Verhaltensweise, bei der ihm unbehaglich zumute war. Ihm kam ein verrückter (aber erstaunlich überzeugender) Gedanke: Diese Leute waren in Wirklichkeit alles Handlanger des Scharlachroten Königs, und sobald er das Kästchen öffnete, würde er als Letztes einen zündfertigen Schnaatz sehen, der tickend die letzten Sekunden bis zum Einsatz zählte. Und die letzten Geräusche, die er hören würde, bevor seine Welt explodierte, würden ihr schrilles Lachen und der Ruf *Heil dem Roten König!* sein. Natürlich war das nicht unmöglich, aber irgendwann war ein Punkt erreicht, an dem man Vertrauen haben musste, weil die Alternative der Wahnsinn war.

Wenn das Ka es so will, lass es geschehen, dachte er und öffnete das Kästchen.

12

Auf dunkelblauem Samt (eine Farbe, die sie vielleicht oder auch nicht als die Farbe des Königshofs von Gilead kannten) ruhte darin eine Taschenuhr mit aufgewickelter Uhrkette. In den goldenen Sprungdeckel waren drei Objekte eingraviert: ein Schlüssel, eine Rose und – zwischen ihnen und etwas höher – ein Turm, dessen winzige Fenster sich spiralförmig über die Außenmauer nach oben wanden.

Roland stellte verwundert fest, dass seine Augen sich wieder einmal mit Tränen füllten. Als er die anderen wieder ansah – zwei junge Frauen und einen alten Mann, Herz und Gehirn der Tet Corporation –, erblickte er zunächst sechs statt drei Personen. Er blinzelte, um die Phantomdoubles verschwinden zu lassen.

»Lesen Sie, was innen auf dem Deckel steht«, forderte Moses Carver ihn auf. »Und in dieser Gesellschaft braucht man seine Tränen nicht zu verbergen, Sohn des Steven, wir sind nämlich nicht die Maschinen, durch die andere uns ersetzen würden, wenn sie ihren Willen bekämen.«

Roland sah, dass der Alte wahrhaftig sprach, weil auch über seine verwitterten dunklen Wangen nun Tränen liefen. Nancy Deepneau weinte, ohne sich deswegen zu schämen. Und obwohl Marian Carver bestimmt stolz darauf war, aus härterem Holz geschnitzt zu sein, glänzten auch ihre Augen verdächtig.

Er drückte auf den in die Krone eingelassenen Knopf, worauf der Deckel aufsprang. Unter dem Glas zeigten fein gearbeitete Zeiger die Stunden und Minuten an – mit perfekter Genauigkeit, daran zweifelte Roland nicht. Im unteren Drittel kreiste auf einem eigenen Zifferblatt ein kleinerer Zeiger, der die Sekunden zählte. Innen auf dem Sprungdeckel war eingraviert:

ZU HÄNDEN VON ROLAND DESCHAIN
von
MOSES ISAAC CARVER
MARIAN ODETTA CARVER
NANCY REBECCA DEEPNEAU

als Zeichen unseres Dankes

Weiß über Rot, so will GOTT es ewiglich

»Danke-sai«, sagte Roland mit heiserer, zitternder Stimme. »Ich danke euch, und meine Freunde würden das auch tun, könnten sie alle hier sein.«

»In unseren Herzen sind sie da, Roland«, sagte Marian. »Und auf deinem Gesicht sehen wir sie sehr wohl.«

Moses Carver lächelte wieder. »In unserer Welt bedeutet es etwas ganz Bestimmtes, Roland, wenn ein Mann eine goldene Uhr geschenkt bekommt.«

»Und das wäre?«, sagte Roland. Er hielt sich die Taschenuhr – bestimmt die bei weitem beste Uhr, die er je in seinem Leben gesehen hatte – ans Ohr und horchte auf das präzise, zarte Ticken ihres Werks.

»Dass seine Arbeit getan ist, dass es Zeit für ihn wird, angeln zu gehen oder mit seinen Enkeln zu spielen«, antwortete Nancy Deepneau. »Aber wir haben sie Ihnen aus einem anderen Grund geschenkt. Sie soll die Stunden bis zu Ihrem Ziel zählen und Ihnen sagen, wann Sie in seiner Nähe sind.«

»Und das kann sie?«

»In New Mexico haben wir einen außergewöhnlichen Guten-Geist-Telepathen namens Fred Towne«, sagte Marian. »Er sieht sehr viel und irrt sich nie beziehungsweise fast nie. Bei der Uhr handelt es sich um eine Patek Philippe, Roland. Sie hat neunzehntausend Dollar gekostet, und der Hersteller garantiert die Rücknahme zum vollen Kaufpreis, sollte sie jemals vor- oder nachgehen. Sie braucht nicht aufgezogen zu werden, weil sie mit einer Batterie läuft – *nicht* von North Central Positronics oder einer ihrer Tochtergesellschaften, das kann ich dir versichern –, die hundert Jahre hält. Fred meint allerdings, dass die Uhr beim Annähern an den Dunklen Turm trotzdem stehen bleiben könnte.«

»Oder anfangen, rückwärts zu laufen«, sagte Nancy. »Darauf sollten Sie achten.«

»Das werden Sie bestimmt tun, was?«, sagte Moses Carver.

»Aye«, antwortete Roland. Er verstaute die Uhr (nach einem weiteren langen Blick auf die Gravuren auf dem goldenen Sprungdeckel) in einer seiner Taschen und das Holzkästchen dann in einer anderen. »Ich werde diese Uhr sehr aufmerksam beobachten.«

»Du solltest auch auf etwas anderes achten«, sagte Marian. »Mordred.«

Roland wartete.

»Wir haben Grund zu der Annahme, dass er den von dir Walter genannten Mann umgebracht hat.« Sie hielt inne. »Und wie ich sehe, überrascht dich das nicht. Darf ich fragen, weshalb nicht?«

»Walter hat inzwischen meine Träume verlassen, nicht anders als die Schmerzen meine Hüfte und meinen Kopf verlassen haben«, sagte Roland. »Zuletzt ist er mir in einem Traum erschienen, den ich in Calla Bryn Sturgis hatte – in der Nacht des Balkenbebens.« Er würde ihnen nicht erzählen, wie schrecklich diese Träume gewesen waren; Träume, in denen er verwirrt und allein durch die moderigen Gänge eines Schlosses geirrt war, auf denen Spinnweben sein Gesicht gestreift hatten; dann das huschende Geräusch von etwas, was sich aus der Dunkelheit hinter ihm (oder vielleicht über ihm) näherte, und, unmittelbar vor dem Aufwachen, das Leuchten roter Augen und eine nicht menschliche Stimme, die *»Vater«* flüsterte.

Die drei beobachteten ihn mit ernster Miene. Schließlich sagte Marian: »Hüte dich vor ihm, Roland. Fred Towne, unser Mann, den ich erwähnt habe, sagt: ›Mordred sein hongrig.‹ Er sagt, das sei ein wirklicher Hunger. Fred ist ein tapferer Bursche, aber er hat Angst vor deinem … deinem Feind.«

Meinem Sohn, weshalb sagt sie das nicht?, dachte Roland, aber er glaubte, den Grund dafür zu kennen. Sie verzichtete darauf, das auszusprechen, um seine Gefühle zu schonen.

Moses Carver stand auf und lehnte seinen Krückstock an den Schreibtisch seiner Tochter. »Ich hätte da noch etwas für Sie«, sagte er. »Allerdings etwas, was schon immer Ihnen gehört hat – Sie sollten es tragen und am Ziel niederlegen, wenn Sie's schließlich erreichen.«

Roland war ehrlich perplex und wurde noch verwirrter, als der Alte nun langsam sein Hemd aufzuknöpfen begann. Marian machte Anstalten, ihm dabei zu helfen, was er aber brüsk abwehrte. Unter dem Oberhemd kam das Trägerunterhemd eines alten Mannes zum Vorschein: ein Slinkum, wie der Revolvermann es genannt hätte. Darunter zeichnete sich etwas ab, was Roland sofort erkannte, etwas, was sein Herz für einen Schlag aussetzen ließ. In Gedanken war er wieder in dem Haus am See – Beckhardts Landhaus, Eddie an seiner Seite – und hörte sich sagen: *Ihr tragt Tante Talithas Kreuz am Hals und zeigt es Sai Carver, wenn Ihr mit ihm zusammentrefft. Es wird ihn hoffentlich davon überzeugen, dass er Euch vertrauen kann. Aber zuvor …*

Das Kreuz hing jetzt an einer feingliedrigen Goldkette. Moses Carver zog es aus seinem Slinkum, betrachtete es einen Augenblick lang, sah mit einem kleinen Lächeln auf den Lippen zu Roland auf und blickte dann wieder auf das Kreuz hinunter. Er blies darauf. Der Revolvermann bekam eine Gänsehaut, als nun ganz schwach und leise Susannahs Stimme zu hören war:

»Wir haben Pimsy unter dem Apfelbaum begraben …«

Dann verstummte sie. Sekundenlang herrschte Stille, und Carver, der jetzt die Stirn runzelte, wollte schon ein weiteres Mal darauf blasen. Aber das war nicht nötig. Bevor er dazu kam, war John Cullums Stimme in ihrer gedehnten Yankee-Sprechweise zu hören – nicht aus dem Kreuz selbst, sondern scheinbar aus der Luft dicht darüber.

»Wir haben unser Bestes getan, Partner … « *Paaad-nah.* »… und ich hoffe, dass es gut genug war. Tja, ich hab immer gewusst, dass es mir nur geliehen war, und jetzt soll's also wieder zurück zu seinem rechtmäßigen Besitzer. Ihr wisst schon, wo es hingehört; ich …« Hier wurde die Stimme, die seit den Worten *zu seinem rechtmäßigen Besitzer* stetig schwächer geworden war, selbst für Rolands scharfe Ohren unverständlich. Trotzdem hatte er genug gehört. Er nahm Tante Talithas Kreuz, das er am Fuß des Dunklen Turms niederzulegen versprochen hatte, und hängte es sich um den Hals. Es war zu ihm zurückgekehrt, und warum auch nicht? War das Ka nicht ein Rad?

»Ich danke Euch, Sai Carver«, sagte er. »Im eigenen Namen, in dem meines Ka-Tet, das einst war, und in dem der Frau, die es mir überlassen hat.«

»Danken Sie nicht mir«, wehrte Moses Carver ab. »Danken Sie John Cullum. Er hat mir das Kreuz auf dem Totenbett übergeben. Ein Mann aus Eisen, das war er.«

»Ich …«, begann Roland, konnte dann aber sekundenlang nicht weitersprechen. Sein Herz war überschwer. »Ich danke euch allen«, sagte er schließlich. Er senkte den Kopf vor ihnen: mit geschlossenen Augen und an die Stirn gelegter rechter Faust.

Als er die Augen wieder öffnete, streckte Moses Carver seine dünnen alten Arme nach ihm aus. »Nun wird's aber Zeit, dass wir unserer Wege gehen und Sie Ihrer«, sagte er. »Umarmen Sie mich, Roland, küssen Sie mich zum Abschied auf die Wange, wenn's beliebt, und denken Sie dabei an mein Mädchen, denn ich möchte ihr Lebewohl sagen, wenn Sie gestatten.«

Roland tat wie geheißen, und in einer anderen Welt, in der Susannah gerade im Zug nach Fedic döste, hob sie eine Hand und berührte damit ihre Wange, weil es ihr so vorkam, als wäre Daddy Mose zu ihr gekommen, hätte sie in den Arm genommen und *Adieu, alles Gute und gute Reise* gesagt.

13

Als Roland in der Eingangshalle aus dem »Lift« trat, war er wenig überrascht, zwischen einigen respektvoll schweigenden *Folken* eine Frau in einem graugrünen Pullover und einer moosgrünen leichten Hose vor dem Garten stehen zu sehen. Neben ihrem linken Schuh saß ein Tier, das nicht ganz ein Hund war. Roland ging zu ihr hinüber und berührte sie am Ellbogen. Irene Tassenbaum drehte sich mit staunend geweiteten Augen nach ihm um.

»Hörst du's auch?«, fragte sie ihn. »Wie der Gesang, den wir in Lovell gehört haben, nur hundertmal lieblicher.«

»Ich höre ihn«, sagte er. Dann bückte er sich und hob Oy auf. Während die Stimmen sangen, blickte er in die glänzenden goldgeränderten Augen des Bumblers. »Freund von Jake«, sagte er, »was sollst du mir von ihm ausrichten?«

Oy gab sich Mühe, aber was er herausbrachte, war bestenfalls etwas, das wie *Dandy-o* klang – ein Wort, an das Roland sich vage aus einem alten Trinklied erinnerte, in dem es sich auf *Adelina sagt, sie ist geil-o* reimte.

Roland legte seine Stirn an die von Oy und schloss die Augen. Er roch den warmen Atem des Bumblers. Und noch mehr: einen Duft tief in dessen Pelz, der von dem Heu kam, in das Jake Chambers und Benny Slightman vor nicht allzu langer Zeit abwechselnd gesprungen waren. In Gedanken hörte er Jakes Stimme, die mit dem lieblichen Gesang jener anderen Stimmen unterlegt war, ein letztes Mal:

Richte ihm aus, dass Eddie sagt: »Hütet euch vor Dandelo.« Nicht vergessen!

Und Oy hatte es nicht vergessen.

14

Als sie draußen die Treppe vor dem Gebäude Hammarskjöld Plaza Nr. 2 hinabgingen, sprach sie jemand mit ehrerbietiger Stimme an: »Madam? Sir?«

Es war ein Mann in einem schwarzen Anzug, zu dem er eine weiche schwarze Mütze trug. Er stand neben dem längsten, schwärzesten Karromobil, das Roland je gesehen hatte. Bei diesem Anblick wurde dem Revolvermann unbehaglich zumute.

»Wer hat uns eine Leichen-Bucka geschickt?«, fragte er.

Irene Tassenbaum lächelte. Die Rose hatte sie erfrischt – auch angeregt und fröhlich gestimmt –, aber sie war weiterhin müde. Und darauf bedacht, wieder Verbindung mit David aufzunehmen, der unterdessen vor Sorge um sie wahrscheinlich fast durchdrehte.

»Das ist kein Leichenwagen«, sagte sie, »sondern eine Limousine. Ein Wagen für besondere Leute … beziehungsweise auch Leute, die sich für etwas Besonderes halten.« Sie wandte sich an den Chauffeur. »Können Sie veranlassen, dass Ihre Zentrale ein Flugticket für mich bucht, während wir unterwegs sind?«

»Gewiss, Madam. Darf ich fragen, mit welcher Gesellschaft und wohin Sie fliegen möchten?«

»Ich möchte nach Portland, Maine. Am liebsten mit Rubberband Airlines, wenn von denen heute Nachmittag eine Maschine dort hinfliegt.«

Die Limousine hatte getönte Scheiben; das dunkle Innere wurde durch regelbare farbige Lampen erhellt. Oy sprang auf einen der Ledersitze und beobachtete interessiert die draußen vorbeiziehende Großstadt. Roland war gelinde überrascht, an einer Seite des langen Fahrgastabteils eine komplett bestückte Bar zu entdecken. Er überlegte, ob er ein Bier trinken sollte, gelangte dann aber zu dem Schluss, dass selbst ein derart schwaches Getränk seine geistigen Fähigkeiten beeinträchtigen konnte. Irene dagegen waren solche Sorgen fremd. Sie goss sich aus einer kleinen Flache etwas ein, das Whiskey zu sein schien, und hob dann das Glas, um ihm zuzutrinken.

»Möge deine Straße sich stets aufwärts winden, mögest du den Wind stets im Rücken haben, mein lieber Gespiele«, sagte sie.

Roland nickte. »Ein guter Trinkspruch. Danke-sai.«

»Die letzten drei Tage waren die erstaunlichsten Tage meines Lebens. Ich möchte *dir* danke-sai sagen. Dass du mich gewählt hast.« *Und dass du mich gebumst hast,* dachte sie, ohne es jedoch auszusprechen. Dave und sie kuschelten zwar noch immer gelegentlich miteinander, aber das war nichts gegen letzte Nacht. So war es bei ihnen überhaupt noch nie gewesen. Und wenn Roland nicht abgelenkt gewesen wäre? Höchstwahrscheinlich wäre ihr albernes Ich dann wie ein Knallkörper explodiert.

Roland nickte und beobachtete, wie draußen die Straßen der Großstadt – eine Version von Lud, aber noch jung und lebendig – vorbeizogen. »Was wird aus deinem Wagen?«, fragte er.

»Sollten wir ihn brauchen, bevor wir nach New York zurückkommen, lassen wir ihn uns einfach von jemandem nach Maine raufbringen. Aber wahrscheinlich genügt uns sowieso Davids Beamer. Das ist nun einmal einer der Vorteile des Reichtums … Warum starrst du mich so an?«

»Ihr habt ein Karromobil, das *Beamer* genannt wird?«

»Umgangssprache«, sagte sie. »Eigentlich heißt's BMW. Für Bayerische Motorenwerke.«

»Aha.« Roland versuchte ein Gesicht zu machen, als hätte er irgendetwas von dem verstanden.

»Roland, darf ich dich etwas fragen?«

Er machte eine kreisende Handbewegung, sie solle weitersprechen.

»Als wir den Schriftsteller gerettet haben, haben wir da auch die Welt gerettet? Das haben wir gewissermaßen, nicht wahr?«

»Ja«, sagte er.

»Wie kann es passieren, dass ein Schriftsteller, der nicht mal sehr gut ist – und ich kann's beurteilen, ich habe immerhin vier oder fünf seiner Bücher gelesen –, für die Zukunft der Welt zuständig ist? Oder des gesamten Universums?«

»Warum hast du nicht nach einem Buch aufgehört, wenn er nicht so gut ist?«

Mrs. Tassenbaum lächelte. *»Treffer!* Er *liest* sich eben gut, das gestehe ich ihm zu – er kann gute Geschichten erzählen, hat aber erbärmlich wenig Sprachgefühl. So, jetzt habe ich deine Frage beantwortet, nun musst du meine beantworten. Gott weiß, dass es Schriftsteller gibt, die sich einbilden, die ganze Welt hänge von dem ab, was sie fabrizieren. Norman Mailer fällt einem da ein, auch Shirley Hazzard und John Updike. Aber in diesem Fall scheint die Welt wirklich davon abzuhängen. Wie kommt es dazu?«

Roland zuckte die Achseln. »Er hört die richtigen Stimmen und singt die richtigen Lieder. Ka, sonst nichts.«

Jetzt war die Reihe an Irene Tassenbaum, so zu tun, als hätte sie irgendwas verstanden.

15

Die Limousine hielt vor einem Gebäude mit einer grünen Markise, die den ganzen Gehsteig überspannte. Am Eingang stand abermals ein Mann in einem gut geschnittenen Anzug. Die vom Gehsteig hinaufführenden Stufen waren mit gelbem Plastikband abgesperrt. Es war mit Wörtern bedruckt, die Roland nicht entziffern konnte.

»Hier steht TATORT, BETRETEN VERBOTEN«, erklärte Mrs. Tassenbaum ihm. »Aber das Band scheint schon länger hier zu hängen. Ich glaube, dass es normalerweise abgenommen wird, wenn sie mit ihren Kameras, den kleinen Pinseln und dem übrigen Kram fertig sind. Du musst mächtige Freunde haben.«

Roland war sich sicher, dass das Absperrband tatsächlich schon länger hier hing: nämlich seit ungefähr drei Wochen. Seit jenem Tag, an dem Jake und Pere Callahan das Dixie Pig betreten hatten – mit dem Bewusstsein, in den Tod zu gehen, aber trotzdem mutig mit dem Kopf voran. Er sah einen Rest Whiskey in Irenes Glas, kippte ihn, verzog das Gesicht, weil der Alkohol ihm die Kehle verbrannte, genoss dann aber das Gefühl, wie dieses Brennen sich bis in den Magen hinab fortsetzte.

»Besser?«, fragte Irene.

»Aye, danke.« Er nahm die Tasche mit den Orizas fester über die Schulter und stieg mit Oy aus. Irene blieb kurz zurück, um noch mit dem Chauffeur zu reden, dessen Zentrale den gewünschten Flug offenbar hatte buchen können. Roland schlüpfte unter dem Absperrband hindurch, blieb dann einen Augenblick lang stehen, horchte auf den brausenden Lärm der Großstadt an diesem hellen Junitag und ließ die jugendliche Vitalität auf sich wirken. Er würde niemals eine weitere Großstadt sehen, dessen war er sich ziemlich sicher. Und möglicherweise war das auch nur gut so. Er hatte den Verdacht, dass nach New York alle anderen Städte eine Enttäuschung sein würden.

Der Wachmann – offenbar in Diensten der Tet Corporation, jedenfalls war es kein städtischer Friedenswächter – kam ihm auf dem Gehsteig entgegen. »Wenn Sie dort hineinwollen, Sir, gibt es da etwas, was Sie mir zuerst zeigen müssen.«

Roland holte den Patronengurt aus der Umhängetasche, wickelte ihn wieder einmal vom Holster und zog schließlich den Revolver seines Vaters. Diesmal machte er jedoch keine Anstalten, ihn aus der Hand zu geben, und das verlangte der Herr von ihm auch gar nicht. Er begutachtete lediglich die ziselierten Verzierungen, vor allem das Symbol in der Nähe der Mündung. Dann nickte er respektvoll und trat zurück. »Ich sperre Ihnen auf. Sobald Sie hineingehen, sind Sie auf sich allein gestellt. Das wissen Sie aber, nicht wahr?«

Roland, der sein Leben lang überwiegend auf sich allein gestellt gewesen war, nickte.

Bevor er weitergehen konnte, fasste Irene ihn am Ellbogen, drehte ihn zu sich um und schlang ihm die Arme um den Hals. Sie hatte bei ihrem Blitzeinkauf auch Schuhe mit halbhohen Absätzen erstanden, sodass sie den Kopf nun nur leicht in den Nacken zu legen brauchte, um ihm in die Augen sehen zu können.

»Pass gut auf dich auf, Cowboy.« Sie küsste ihn flüchtig auf den Mund – ein Kuss unter Freunden – und bückte sich dann, um Oy zu streicheln. »Und auch auf den kleinen Kerl.«

»Ich tue mein Bestes«, sagte Roland. »Denkst du an dein Versprechen wegen Jakes Grab?«

»Eine Rose«, sagte sie. »Die soll er bekommen.«

»Danke.« Er sah sie noch etwas länger an, zog sein Innerstes zurate – folgte seinem *Gefühl* – und gelangte zu einem Entschluss. Aus der Tasche mit den Orizas zog er den Luftpolsterumschlag mit dem dicken Buch hervor … das Susannah ihm nun doch nie auf der Wanderung vorlesen würde. Er legte ihn in Irenes Hände.

Sie betrachtete den Umschlag stirnrunzelnd. »Was ist darin? Fühlt sich wie ein Buch an.«

»Yar. Eines von Stephen King. Es heißt *Schlaflos*. Hast du das auch schon gelesen?«

Sie lächelte schwach. »Nein, das nicht. Und du?«

»Nein. Und ich werd's auch nicht tun. Es kommt mir heikel vor.«

»Das verstehe ich nicht.«

»Es kommt mir irgendwie … dünn vor.« Er musste an die Schwachstelle im Eyebolt Canyon nahe Mejis denken.

Sie wog es prüfend in der Hand. »Mir kommt's aber gottverdammt dick vor. Ein typisches Stephen-King-Buch eben. Er verkauft nach Dicke, und Amerika kauft nach Gewicht.«

Roland schüttelte nur den Kopf.

»Schon gut«, sagte Irene. »Ich bin nur grätig, weil Ree keine Abschiede mag, nie gemocht hat. Ich soll dieses Buch behalten, stimmt's?«

»Ja.«

»Okay. Wenn Big Steve aus dem Krankenhaus kommt, lasse ich's mir vielleicht von ihm signieren. Wie ich die Sache sehe, ist er mir ein Autogramm schuldig.«

»Oder einen Kuss«, sagte Roland und gab ihr seinerseits noch einen. Seit das Buch nicht mehr in seinen Händen war, fühlte er sich irgendwie leichter. Freier. *Sicherer.* Er schloss sie fest in die Arme und drückte sie an sich. Irene Tassenbaum erwiderte seine Umarmung ebenso kräftig.

Schließlich ließ Roland sie los, berührte die Stirn leicht mit der Faust und wandte sich dann dem Eingang des Dixie Pig zu. Er öffnete die Tür und trat über die Schwelle, ohne sich noch einmal umzusehen. Das, so hatte er festgestellt, war immer die einfachste Vorgehensweise.

16

Der verchromte Ständer, der an dem Abend, an dem Jake und Pere Callahan hier eingetroffen waren, auf dem Gehsteig gestanden hatte, war zur Aufbewahrung ins Foyer gestellt worden. Roland stolperte darüber, aber seine Reflexe waren so gut wie früher, und er bekam ihn zu fassen, bevor er umfallen konnte. Er las, was darauf geschrieben stand, lotete die Wörter aus und verstand dann doch nur eines: GESCHLOSSEN. Die orangeroten elektrischen Flambeaus, die den Speisesaal erhellt hatten, brannten nicht, aber die batteriebetriebene Notbeleuchtung tauchte den Bereich jenseits von Bar und Foyer in ein fahles Licht. Links führte ein Türbogen in einen weiteren Speisesaal. Dort brannte keine Notbeleuchtung; dieser Teil des Dixie Pig war finster wie eine Höhle. Das Licht aus dem großen Speisesaal schien höchstens zwei Schritte weit hineinzukriechen – eben genug, um das Ende eines langen Tischs zu beleuchten –, um dann schlagartig alle Leuchtkraft zu verlieren. Der Wandteppich, von dem Jake gesprochen hatte, war verschwunden. Vielleicht befand er sich in der Asservatenkammer des nächsten Polizeireviers; vielleicht gehörte er aber auch schon zu den Schätzen irgendeines verrückten Sammlers. Roland konnte den schwachen Duft von gebratenem Fleisch riechen: vage und unangenehm.

Im großen Speisesaal waren einige Tische umgestürzt. Roland sah Flecken auf dem roten Teppichboden: mehrere dunkle, die bestimmt Blut waren, und eine gelbliche geronnene Masse, die … etwas anderes war.

Wirf ihn beiseite! Erbärmlicher Tand des 'chafgottes, wirf ihn beiseite, wenn du's wagst!

Und die unerschrockene Stimme des Peres, die in Rolands Ohren schwach widerhallte: *Ich brauche meinen Glauben nicht dafür aufs Spiel zu setzen, dass ein Ding wie Ihr mich herausfordert, Sai.*

Der Pere. Auch einer von denen, die Roland am Wegesrand zurückgelassen hatte.

Roland dachte kurz an die geschnitzte Schildkröte, die im Futter der Bowlingtasche, die sie auf dem unbebauten Grundstück gefunden hatten, versteckt gewesen war, verlor aber keine Zeit damit, sie zu suchen. Wäre sie hier gewesen, hätte er bestimmt ihre Stimme gehört, die in der Stille seinen Namen rief. Nein, wer den Gobelin mit den Vampir-Rittern beim Festmahl entwendet hatte, hatte sehr wahrscheinlich auch die Sköldpadda mitgenommen – ohne recht zu wissen, um was es sich bei ihr handelte, nur mit dem Wissen, dass sie etwas Fremdartiges und Wundervolles und Unirdisches war. Schade. Sie hätte sich als nützlich erweisen können.

Der Revolvermann ging weiter und schlängelte sich mit Oy bei Fuß zwischen den Tischen hindurch.

17

In der Küche blieb er lange genug stehen, um sich zu fragen, was die New Yorker Friedenswächter wohl von ihr gehalten haben mochten. Er wäre jede Wette eingegangen, dass sie noch keine Küche dieser Art gesehen hatten – nicht in dieser Stadt der Maschinen und der hellen elektrischen Lichter. Dies war eine Küche, in der Hax der Koch, an den er sich aus seiner Jugend am besten erinnerte (und unter dessen am Galgen baumelnden Füßen Roland und sein bester Freund einst Brotbrocken für die Vögel verstreut hatten), sich wie zu Hause gefühlt hätte. Die Kochfeuer brannten seit Wochen nicht mehr, aber der Geruch des Fleisches, das hier gebraten worden war – teils auch von der Art, die manche »Langschwein« nannten –, war stark und abstoßend. Auch hier wieder Spuren eines Kampfes (ein verkrusteter Topf, der auf den grünen Fliesen lag, und auf einer Herdplatte schwarz eingebranntes Blut), und Roland konnte sich lebhaft vorstellen, wie Jake sich durch die Küche hindurchgekämpft hatte. Aber nicht in Panik; nein, nicht er. Stattdessen war er stehen geblieben, um den Küchenjungen nach dem Weg zu fragen.

Wie heißt du, Freund?

Jochabim, der bin ich, Sohn des Hossa.

Jake hatte ihnen diesen Teil seines Abenteuers erzählt, aber es war nicht Rolands Erinnerung, die jetzt zu ihm sprach. Es waren die Stimmen der Toten. Er hatte solche Stimmen schon früher gehört und erkannte sie als das, was sie waren.

18

Oy übernahm die Führung, wie er das schon bei seinem ersten Besuch hier getan hatte. Er konnte noch immer Akes Witterung aufnehmen, schwach und leidvoll. Ake war jetzt vorausgegangen, aber nicht allzu weit; er war gut, Ake war gut, Ake würde warten, und wenn die Zeit gekommen war – wenn der Auftrag, den Ake ihm erteilt hatte, ausgeführt war –, würde Oy ihn einholen und wie früher an seiner Seite bleiben. Seine Nase war gut, und er würde eine frischere Fährte als die hiesige finden, wenn es an der Zeit war, nach einer zu suchen. Ake hatte ihn vor dem Tod gerettet, was aber vergleichsweise unwichtig war. Ake hatte ihn vor Einsamkeit und Schande gerettet, nachdem Oy vom Tet seiner Artgenossen verstoßen worden war, und das war entscheidend wichtig.

Vorläufig hatte er einen Auftrag zu erledigen. Er führte den Mann Olan in die Speisekammer. Die Geheimtür zur Treppe war geschlossen, aber der Mann Olan tastete geduldig zwischen den Regalen mit Kisten und Dosen umher, bis er herausbekam, wie man sie öffnete. Alles war wie zuvor: die ins Kellergeschoss hinunterführende lange Treppe, die von nackten Glühbirnen an der Decke schwach beleuchtet wurde, und der feuchte, mit Schimmel überlagerte Geruch. Er witterte Ratten, die durch Hohlräume in den Wänden flitzten; Ratten und anderes Ungeziefer, darunter Käfer von der Art, auf die er Jagd gemacht hatte, als Ake und er letztes Mal hier gewesen waren. Das war eine gute Jagd gewesen, und er hätte sie gern wiederholt. Oy wünschte sich, dass die Käfer sich abermals zeigen, ihn noch mal herausfordern würden, aber das taten sie natürlich nicht. Sie hatten Angst, und ihre Angst war nur allzu berechtigt, waren Oy und seine Artgenossen doch von jeher ihre erbitterten Feinde.

Er machte sich auf den Weg die Treppe hinunter, und der Mann Olan folgte ihm.

19

Sie kamen an dem verlassenen Kiosk mit seinen vom Alter vergilbten Schildern (NEW YORKER SOUVENIRS und NEW YORK AM 11. SEPTEMBER 2001) vorbei, und fünfzehn Minuten später – Roland sah auf seine neue Uhr, um sich zu vergewissern, wie viel Zeit vergangen war – erreichten sie die Stelle, wo der staubige Boden des Korridors mit Glassplittern übersät war. Roland nahm Oy auf den Arm, damit er sich nicht die Pfotenballen zerschnitt. In beiden Wänden sah er die zerschossenen Überreste ehemals verglaster Luken. Als er einen Blick hineinwarf, entdeckte er dahinter komplizierte Apparaturen. Hier hatten sie Jake beinahe gefangen, ihn in eine Art Gedankenfalle gelockt, aber Jake war wieder einfallsreich genug und tapfer genug gewesen, um daraus zu entkommen. *Er hat alles überlebt bis auf einen Mann, der zu dumm und unachtsam war, um etwas so Einfaches zu schaffen, wie seine Bucka auf einer leeren Straße zu fahren,* dachte Roland erbittert. *Und den Mann, der ihn hierher gebracht hat – auch diesen Mann nicht.* Dann bellte Oy ihn an, und Roland merkte, dass er den armen kleinen Kerl in seinem Zorn auf Bryan Smith (und sich selbst) zu fest gedrückt hatte.

»Erflehe deine Verzeihung, Oy«, sagte er und setzte ihn ab.

Oy trabte weiter, ohne zu antworten, und schon wenig später stieß Roland auf die verstreuten Leichen der Kerle, die seinen Jungen vom Dixie Pig aus verfolgt hatten. Im Staub, der den Boden dieses alten Korridors bedeckte, waren hier auch die Spuren zu sehen, die Eddie und er bei ihrer Ankunft hinterlassen hatten. Roland hörte wieder eine Geisterstimme, diesmal die des Mannes, der die Verwüster angeführt hatte. *Ich erkenne Euren Namen an Eurem Gesicht, Euer Gesicht an Eurem Mund. Es ist derselbe wie der Eurer Mutter, die John Farson mit solcher Begeisterung einen geblasen hat …*

Roland drehte den Toten (ein Hume namens Flaherty, dessen Da' ihm Angst vor Drachen eingejagt hatte, wenn der Revolvermann davon gewusst oder etwas darum gegeben hätte … was er nicht tat) mithilfe der Stiefelspitze auf den Rücken und sah auf das starre Gesicht hinab, das bereits von einer Schimmelschicht überzogen war. Neben der Leiche lag der hermelinköpfige Taheen, dessen letzte Worte *Dann seid verdammt, Chary-Ka* gewesen waren. Und jenseits der aufgehäuften Leichen dieser beiden und ihrer Gefährten befand sich die Tür, durch die er die Fundamentale Welt endgültig verlassen würde. Falls sie noch funktionierte.

Oy trabte darauf zu, setzte sich davor und sah sich dann nach

Roland um. Der Bumbler hechelte, aber sein liebenswert teuflisches Grinsen von einst war verschwunden. Roland erreichte die Tür und legte die Hände auf das dicht gemaserte Geisterholz. Tief darunter spürte er schwache Vibrationen. Noch funktionierte sie also, mochte das aber nicht mehr sehr viel länger tun. Er schloss die Augen und dachte daran, wie seine Mutter sich über ihn gebeugt hatte, als er in seinem Bettchen lag (wie lange er die Wiege schon mit dem Kinderbett vertauscht hatte, wusste er nicht, aber es konnte nicht lange gewesen sein), ihr Gesicht buntscheckig von den farbigen Glasfenstern des Kinderzimmers: Gabrielle Deschain, die später durch diese Hände sterben würde, die sie jetzt so leicht und zärtlich mit den eigenen liebkoste; Tochter von Candor dem Großen, Ehefrau von Steven, Mutter von Roland, die ihn in den Schlaf und zu Träumen von jenen Ländern sang, die nur Kinder kennen.

Kleiner Spatz, mach's mir nicht schwer,
Bring dein kleines Körbchen her.
Schripp und schrapp und schrull,
Und schon ist das Körbchen voll.

So weit bin ich gewandert, dachte er, während er die Hände mit gespreizten Fingern auf der Tür aus Geisterholz liegen hatte. *So weit bin ich gewandert, und so viele habe ich unterwegs verletzt, verletzt oder getötet, und was ich gerettet haben mag, ist nur Zufällen zu verdanken und kann meine Seele niemals retten, falls ich denn eine besitze. Trotzdem gibt's immerhin eines: Ich bin am Beginn der letzten Wanderung angelangt und brauche sie nicht allein hinter mich zu bringen, solange Susannah mich begleiten will. Vielleicht gibt es immer noch genug, um mein Körbchen zu füllen.*

»Schrull«, sagte Roland und öffnete die Augen, als die Tür aufging. Er sah Oy flink hindurchschlüpfen. Er hörte das schrille Kreischen des Nichts zwischen den Welten, dann trat er selbst hindurch und zog die Tür schwungvoll hinter sich zu, noch immer ohne einen einzigen Blick zurückzuwerfen.

Kapitel IV

Fedic (zwei Ansichten)

1

Seht nur, wie hell es hier ist!

Als wir zuvor hier waren, war Fedic schattenlos und trübe gewesen, aber das hatte seinen Grund gehabt: es war nicht das wahre Fedic, sondern nur eine Art Flitzer-Surrogat; ein Ort, den Mia gut kannte, an den sie sich gut erinnerte (genauso wie sie sich der Brustwehr des Schlosses entsann, auf der sie oft gewesen war, bevor die Umstände – in der Person von Walter o' Dim – ihr einen physischen Leib schenkten) und den sie deshalb in Gedanken wieder erschaffen konnte. Heute ist die verlassene Kleinstadt jedoch fast blendend hell (obwohl wir bestimmt besser sehen werden, sobald unsere Augen sich nach der Düsternis von Donnerschlag und dem Halbdunkel der Gänge unter dem Dixie Pig akkommodiert haben). Alle Schatten sind klar definiert; sie könnten aus schwarzem Filz ausgeschnitten und auf den Oggan gelegt worden sein. Der wolkenlose Himmel ist strahlend blau. Die Luft ist frisch und kalt. Der um die Giebel der leeren Gebäude und durch die Zinnen von Schloss Discordia heulende Wind ist herbstlich und irgendwie nach innen gewandt. Auf dem Bahnhof Fedic steht eine Atomlokomotive – in der Sprache des Alten Volks eine »heiße Lok« – mit dem Namen **SPIRIT OF TOPEKA** auf beiden Seiten ihres einer Raketenspitze gleichenden Bugs. Jahrhunderte mit Sandstürmen aus der Wüste haben die schmalen Fenster des Führerstands fast undurchsichtig gemacht, aber das ist nicht weiter wichtig; die *Spirit of Topeka* hat ihre letzte Fahrt gemacht, und auch als sie noch regelmäßig verkehrte, wurde sie nie von einem bloßen Hume geführt. Hinter der

Lok sind nur drei Wagen angekoppelt. Es waren ein Dutzend, als sie den Bahnhof Donnerschlag zu ihrer letzten Fahrt verließ, und es waren ein Dutzend, als sie in Sichtweite dieser Geisterstadt angelangte, aber …

Na ja, das ist eine Geschichte, die Susannah zu erzählen hat, und wir werden zuhören, wenn sie sie dem Mann erzählt, den sie Dinh genannt hat, als es noch ein Ka-Tet gab, das er führen konnte. Und hier ist Susannah selbst, die dort sitzt, wo wir sie schon einmal gesehen haben: vor dem Gin-Puppie Saloon. An der Stange zum Anbinden von Pferden parkt ihr verchromtes Streitross, dem Eddie den Namen Suzies Dreirad-Cruiser gegeben hat. Sie friert und hat nicht mal einen Pullover, in den sie sich hüllen könnte, aber ihr Herz sagt ihr, dass ihre Wartezeit fast zu Ende ist. Und wie sie hofft, dass ihr Herz auch Recht hat, wo es hier doch so spukt. In ihren Ohren klingt das Heulen des Windes viel zu sehr wie die verwirrten Schreie von Kindern, die hierher verschleppt wurden, damit ihr Körper ruiniert und ihr Verstand ermordet werden konnte.

Neben der rostigen Nissenhütte am Ende der Straße (der Experimentalstation von Bogen 16, erinnert ihr euch?) sind die grauen Cyborg-Pferde angebunden. Seit unserem letzten Besuch sind noch ein paar mehr umgefallen; einige andere bewegen den Kopf rastlos vor und zurück, als hielten sie nach ihren Reitern Ausschau, ob die kommen und sie losbinden würden. Aber das wird nie mehr geschehen, weil die freigesetzten Brecher sich zerstreut haben und keine Kinder mehr als Nahrung für ihre einzigartig begabten Köpfe brauchen.

Und jetzt seht euch das an! Endlich passiert das, worauf die Lady diesen ganzen Tag lang gewartet hat, und am Tag davor, und am Tag vor diesem, an dem Ted Brautigan, Dinky Earnshaw und einige andere (nicht jedoch Sheemie, der hat die Lichtung am Ende des Pfades betreten, sagt LEIDER) von ihr Abschied genommen haben. Die Tür des Dogans geht auf, und ein Mann tritt heraus. Als Erstes fällt ihr auf, dass er nicht mehr hinkt. Dann bemerkt sie die neuen Jeans, das neue Hemd. Flotte Klamotten, aber sonst ist er für dieses kalte Wetter so ungenügend gekleidet wie sie. In den Armen hält der Neuankömmling ein Pelztier mit hochgestellten Ohren. Soweit ist alles in Ordnung, aber der Junge, der das Tier tragen sollte, der fehlt. Kein Junge, worauf sich ihr Herz sofort mit Kummer füllt. Aber nicht mit Überraschung, hat sie es doch bereits geahnt, genau wie jener Mann (jener harte Mann) es gespürt hätte, wenn *sie* den Pfad verlassen hätte.

Sie rutscht auf Händen und Beinstümpfen von ihrem Sitz, hievt sich von dem hölzernen Gehsteig auf die Straße hinunter. Dort hebt sie eine Hand über den Kopf und winkt. »Roland!«, ruft sie. »He, Revolvermann! Ich bin hier drüben!«

Er sieht sie und erwidert ihr Winken. Dann bückt er sich und setzt das Tier ab. Oy rast wie der Blitz auf sie zu, mit gesenktem Kopf und angelegten Ohren, rennt mit dem Tempo und der geballten, sprungbereiten Eleganz eines Wiesels auf einer verharschten Schneedecke. Als er noch zwei Meter von ihr entfernt ist (mindestens zwei Meter), springt er so in die Luft, dass sein Schatten über den Schotter der Straße fliegt. Susannah bekommt ihn zu fassen, wie ein Footballspieler sich einen jesusmäßigen Pass aus der Luft schnappt. Die Wucht seines Aufpralls presst ihr den Atem aus der Lunge und lässt sie in einer kleinen Staubwolke umkippen, aber der erste Atemzug, den sie danach tut, kommt als Lachen wieder heraus. Sie lacht weiter, während er mit seinen kurzen Vorderläufen auf ihrer Brust und den kurzen Hinterläufen auf ihrem Bauch steht, die Ohren spitzt, freudig mit dem Ringelschwanz wedelt und ihr die Wangen, die Nase, die Augen leckt.

»Schluss jetzt!«, ruft sie. »Lass das, Schätzchen, bevor du mich noch umbringst!«

Sie hört diese Worte, so leichthin gemeint, und ihr Lachen verstummt. Oy springt von ihr herunter, bleibt sitzen, reckt die Schnauze ins leere Blau des Himmels und stößt ein lang gezogenes Heulen aus, das ihr alles sagen würde, was sie wissen muss, wenn sie es nicht schon zuvor gewusst hätte. Oy verfügt nämlich über eloquentere Ausdrucksmittel als die wenigen Wörter, die er sprechen kann.

Susannah setzt sich auf, klopft sich kleine Staubwolken aus dem Hemd und sieht dann einen Schatten über sich fallen. Sie hebt den Blick, kann aber Rolands Gesicht nicht gleich erkennen. Sein Kopf ist unmittelbar vor der Sonne, die ihn mit einer blendend hellen Corona umgibt. Seine Gesichtszüge bleiben in tiefem Schatten verborgen.

Aber er streckt ihr die Hände hin.

Irgendwie will sie die Hände nicht ergreifen, und ist das nicht verständlich? Irgendwie würde sie die Sache am liebsten hier beenden, ihn allein ins Ödland schicken. Unabhängig davon, was Eddie wollte. Unabhängig davon, was auch Jake bestimmt gewollt hätte. Diese dunkle Gestalt mit dem hellen Strahlenkranz um den Kopf hat sie aus einem überwiegend behaglichen Leben gezerrt (o ja, sie hatte ihre Gespenster, die ihr zusetzten – und auch zumindest einen bösartigen Dämon –, aber wer von uns hätte die nicht?). Er hat sie erst mit Liebe, dann mit Schmerz, dann mit Grauen und Verlust bekannt gemacht. Mit anderen Worten: Ihre Situation hat sich stetig verschlimmert. Es war seine unheilvoll talentierte Hand, die schuld an ihrem Kummer war, die Hand dieses staubigen fahrenden Ritters, der in seinen alten Stiefeln und mit je einer alten Todesmaschine an den Seiten aus der alten Welt getreten ist. Dies sind melodramatische Gedanken, purpurrote Bilder, und die Odetta von früher, Stammgast im The Hungry i und ganz allgemein ein steiler Zahn, hätte zweifellos über sie gelacht. Aber sie hat sich verändert, er hat sie verändert, und ihrer Überzeugung nach hat niemand ein größeres Anrecht auf melodramatische Gedanken und purpurrote Bilder als Susannah, Tochter des Dan.

Irgendwie wollte sie ihn abweisen, nicht um seine Suche zu beenden oder ihm den Mut zu rauben (das wird erst der Tod können), sondern um den letzten Funken in seinem Blick erlöschen zu lassen und ihn für seine schonungslose unabsichtliche Grausamkeit zu strafen. Aber das Ka ist das Rad, auf das wir alle geflochten sind, und wenn es sich dreht, müssen wir uns zwangsläufig mitdrehen: erst mit dem Kopf himmelwärts, dann wieder in Richtung Hölle hinab, wo unser Gehirn zu brennen scheint. Statt sich also abzuwenden …

2

Statt sich abzuwenden, wie es ein Teil ihres Ichs wollte, ergriff Susannah nun Rolands Hände. Er zog sie hoch, nicht auf die Füße (weil sie ja keine mehr besaß, obwohl sie für kurze Zeit ein Paar geliehen bekommen hatte), sondern in seine Arme. Und als er sie auf die Wange küssen wollte, drehte sie den Kopf so zur Seite, dass seine Lippen sich auf ihre drückten. *Er soll wissen, dass dies keine halbherzige Sache ist,* dachte sie, während sie ihren Atem mit seinem vermengte und ihn dann verändert zurückerhielt. *Er soll wissen, dass ich bis zum Schluss dabei bin, wenn ich mitmache. Gott sei mir gnädig, ich bin bis zum Schluss mit dabei.*

3

Im Geschäft für Hüde & Damenbekleidung gab es warme Sachen, die jedoch schon bei leichter Berührung zerfielen – die Jahre und die Motten hatten nichts Brauchbares zurückgelassen. Im Hotel Fedic (RUHIGE ZIMMER, GUDE BETTEN) entdeckte Roland in einem Schrank einige Wolldecken, die sie wenigstens vor der nachmittäglichen Kühle schützen würden. Sie wickelten sich darin ein – die Nachmittagsbrise reichte eben aus, um den Modergeruch erträglich zu machen), und Susannah fragte nach Jake, um den unmittelbaren Schmerz wegen seines Todes loszuwerden.

»Wieder dieser Schriftsteller«, sagte sie erbittert, als Roland fertig war, und wischte sich Tränen aus den Augen. »Der Teufel soll den Kerl holen!«

»Meine Hüfte hat nachgegeben, und der … und Jake hat keinen Augenblick gezögert.« Roland hätte beinahe *der Junge* gesagt, wie er sich Elmers Sohn zu nennen angewöhnt hatte, als sie noch Walter auf der Fährte gewesen waren. Als er eine zweite Chance erhalten hatte, hatte er sich jedoch geschworen, das nie wieder zu tun.

»Nein, natürlich nicht«, sagte sie lächelnd. »Das hätte er nie getan.

Er hatte verdammt viel Mut, unser Jake. Hast du dich um ihn gekümmert? Hast du ihn würdig bestattet? Darüber möchte ich gern mehr hören.«

Also schilderte er ihr, wie er Jake begraben hatte, und vergaß auch nicht zu erwähnen, dass Irene Tassenbaum versprochen hatte, eine Rose zu pflanzen. Susannah nickte, dann sagte sie: »Ich wollte, ich könnte das Gleiche für deinen Freund Sheemie tun. Er ist auf der Fahrt hierher im Zug gestorben. Mein Beileid, Roland.«

Roland nickte. Er wünschte sich, er hätte jetzt etwas Tabak, aber es gab natürlich keinen. Er hatte wieder seine beiden Revolver, und außerdem standen noch sieben Orizas auf der Habenseite. Darüber hinaus besaßen sie wenig oder überhaupt nichts Brauchbares.

»Hat er wieder mithelfen müssen, als du hergekommen bist? Ich nehme das mal an. Ich wusste, dass jede weitere Anstrengung sein Tod sein würde. Ted Brautigan und Dinky haben das auch gewusst.«

»Aber das war's nicht, Roland. Es hat vielmehr mit seinem Fuß zu tun.«

Der Revolvermann sah sie verständnislos an.

»Er hat sich beim Kampf um den Blauen Himmel an einem Glassplitter geschnitten, und die dortige Luft und der Staub waren *Gift!*« Es war Detta, die das letzte Wort mit so starkem Akzent ausspuckte, dass Roland es beinahe nicht verstand: *Giff!* »Sein gottverdammter Fuß ist angeschwollen … Zehen wie Würste … dann sind Hals und Gesicht dunkelrot geworden … er hat Fieber bekommen …« Sie holte tief Luft und zog die beiden Wolldecken enger um sich. »Er hat zunächst phantasiert, aber zuletzt war er ganz klar im Kopf. Er hat von dir und Susan Delgado gesprochen. Er hat mit so viel Liebe, mit solcher Trauer davon gesprochen …« Susannah machte eine Pause, dann brach es aus ihr hervor: »Wir *werden* hingehen, Roland, wir *werden's* tun, und wenn er's nicht wert ist, dein Turm, werden wir's irgendwie lohnend machen!«

»Das tun wir«, sagte er. »Wir finden den Dunklen Turm, daran kann uns nichts hindern, und bevor wir ihn betreten, sprechen wir ihre Namen. Die aller Verlorenen.«

»Deine Liste wird länger sein als meine«, murmelte sie, »aber auch meine wird lang genug sein.«

Darauf gab Roland keine Antwort, aber der Rekommandeur-Roboter, vielleicht durch den Klang ihrer Stimmen aus seinem langen Schlaf gerissen, gab eine. »Girls! Girls! *Girls!*«, rief er hinter der Schwingtür der Gaiety Bar & Grill. »Manche sind Humies, und manche sind Cybies, aber wen kümmert's, du merkst keinen Unterschied, wen kümmerts, sie gewähren, du merkst's, Girls merken's, du merkst's …« Eine kurze Pause, dann plärrte der Animateur ein letztes Wort – »*BEFRIEDIGUNG!*« – und verstummte endgültig.

»Ein trostloser Ort, bei allen Göttern«, sagte er. »Wir bleiben nur über Nacht und brechen dann auf.«

»Wenigstens scheint hier die Sonne, was nach Donnerschlag eine Wohltat ist, aber leider ist es auch so *kalt!*«

Er nickte, dann erkundigte er sich nach den anderen.

»Die sind weitergezogen«, sagte sie, »aber es hat einen Augenblick gegeben, wo ich dachte, wir würden alle auf dem Boden jener Erdspalte enden.«

Sie zeigte auf das am weitesten von der Schlossmauer entfernte Ende der Hauptstraße von Fedic.

»In einigen der Wagen des Zuges funktionieren die Bildschirme noch, und als vor uns die Stadt auftauchte, konnten wir die eingestürzte Brücke sehr gut sehen. Wir konnten die über die Erdspalte hinausragenden Enden sehen, aber die Lücke in der Mitte war mindestens hundert Meter breit. Vielleicht noch breiter. Auch der noch intakte Bahnviadukt war gut zu sehen. Der Zug war inzwischen etwas langsamer geworden, aber nicht so sehr, dass man hätte abspringen können. Dazu war keine Zeit mehr. Und den Sprung hätte vermutlich niemand überlebt. Wir hatten schätzungsweise gut achtzig Sachen drauf. Und sobald wir auf dem Viadukt waren, hat das Scheißding angefangen, zu ächzen und zu knarren. Oder zu krächzen und zu quarren, falls du deinen James Thurber gelesen hast, was ich allerdings nicht vermute. Der Zug hat Musik gemacht – wie damals Blaine, weiß du noch?«

»Ja.«

»Aber wir konnten hören, dass der Viadukt dabei zusammenzubrechen begann. Er hat wild zu schwanken begonnen. Eine Stimme – sehr ruhig und beschwichtigend – hat gesagt: ›Es gibt unbedeutende Schwierigkeiten, bitte bleiben Sie auf Ihren Plätzen.‹ Dinky hat das kleine russische Mädchen – Dani – in den Arm genommen. Ted hat meine Hände ergriffen und gesagt: ›Ich möchte dir sagen, dass es ein Vergnügen war, dich gekannt zu haben.‹ Danach kam ein so starker Ruck, dass er mich fast vom Sitz geschleudert hätte – er hätte es getan, wenn Ted mich nicht festgehalten hätte –, und ich habe mir gesagt: ›Jetzt ist's so weit, wir sind erledigt, lieber Gott, bitte lass mich tot sein, bevor das, was immer dort unten lauern mag, mich zwischen die Zähne bekommt‹, und ein paar Augenblicke lang sind wir rückwärts gerollt. *Rückwärts*, Roland! Ich konnte sehen, wie der ganze Wagen – wir waren im ersten hinter der Lok – sich aufgebäumt hat. Dabei war das ohrenbetäubende Kreischen von zerreißendem Metall zu hören. Dann hat die gute alte *Spirit of Topeka* einen Zwischenspurt hingelegt. Übers Alte Volk kannst du sagen, was du willst, ich weiß, dass es vieles falsch gemacht hat, aber es hat Maschinen gebaut, die echt *Schmackes* hatten.

Jedenfalls, bevor ich recht wusste, was passiert war, sind wir in den Bahnhof eingefahren. Und dann wieder dieselbe beruhigende Stimme, die uns aufgefordert hat, nochmals zu kontrollieren, ob wir unser Handgepäck – unsere *Gunna*, du weißt ja – vollständig mitgenommen haben. Als ob wir nach einem gottverdammten TWA-Flug in Idlewild gelandet wären! Und erst als wir draußen auf dem Bahnsteig waren, haben wir dann gesehen, dass die letzten neun Wagen des Zuges gefehlt haben. Gott sei Dank waren sie leer.« Sie warf einen hasserfüllten (wiewohl ängstlichen) Blick zum Ende der Straße hinüber. »Was immer dort unten lauern mag … hoffentlich erstickt es daran!«

Dann hellte ihre Miene sich auf.

»Immerhin hatte das Ganze *einen* Vorteil: Da die *Spirit of Topeka* bis zu fünfhundert Stundenkilometer schnell war, wie die Unsgeht's-allen-gut-Stimme mitgeteilt hat, müssen wir den jungen Herrn Spider-Boy in einer Staubwolke hinter uns gelassen haben.«

»Darauf würde ich mich nicht verlassen«, sagte Roland.

Susannah verdrehte müde die Augen. »Erzähl mir bloß das nicht.«

»Ich erzähl's dir trotzdem. Aber mit Mordred befassen wir uns, wenn's so weit ist, und ich glaube nicht, dass das heute sein wird.«

»Gut.«

»Bist du wieder unter dem Dogan gewesen? Ich glaube, du warst noch mal dort.«

Susannah riss die Augen auf. »Ganz schön *riesig*, was? Im Vergleich dazu wirkt die Grand Central Station wie ein Provinzbahnhof im Mittelwesten. Wie lange hast du gebraucht, um da rauszufinden?«

»Wäre ich allein gewesen, würde ich noch immer dort unten herumirren«, sagte Roland. »Oy hat mir den Weg nach draußen gewiesen. Ich habe angenommen, dass er deiner Fährte gefolgt ist.«

Susannah dachte darüber nach. »Gut möglich. Wahrscheinlich ist er aber eher Jakes Fährte gefolgt. Hast du einen breiten Korridor überquert, in dem das Schild NUR ORANGEROTE ZEITKARTE VORWEISEN; BLAUE ZEITKARTE WIRD NICHT AKZEPTIERT hängt?«

Roland nickte, aber das verblasste gemalte Schild an der Wand hatte ihm wenig bedeutet. Er hatte den Gang als den, durch den die Wölfe zu ihren Überfällen geritten waren, durch den Anblick zweier grauer Pferdekadaver, die weiter hinten im Korridor lagen, und eine weitere der zähnefletschenden Masken bestimmen können. Dort hatte er auch einen aus einem Stück Autoreifen angefertigten Mokassin gesehen, an den er sich sehr gut erinnerte. Er muss Ted oder Dinky gehört haben, sagte er sich jetzt; Sheemie Ruiz war zweifellos mit seinen Mokassins an den Füßen bestattet worden.

»Also«, sagte er. »Ihr seid aus dem Zug ausgestiegen – zu wievielt wart ihr da?«

»Zu fünft, weil Sheemie ja bereits tot war«, antwortete sie. »Ich, Ted, Dinky, Dani Rostov und Fred Worthington – du erinnerst dich doch an Fred, oder?«

Roland nickte. Der Mann, der wie ein Bankier ausgesehen hatte.

»Ich habe mit ihnen eine Führung durch den Dogan gemacht«, sagte sie. »Jedenfalls soweit mir das möglich war. Die Betten, in denen die Kinder ihrer Gehirne beraubt wurden, und das eine, in dem Mia endlich ihr Ungeheuer zur Welt gebracht hat; die Einbahn-Tür zwischen Fedic und dem Dixie Pig in New York, Nigels Unterkunft.

Ted und seine Freunde waren ziemlich verblüfft über die Rotunde mit all den Türen – vor allem die, die ins Dallas des Jahres 1963 führt, wo Präsident Kennedy ermordet wurde. Zwei Ebenen tiefer – dort zweigen die meisten Korridore ab – haben wir noch eine entdeckt, die ins Ford's Theater führt, in dem Präsident Lincoln im Jahr 1865 ermordet wurde. Dort hängt sogar ein Plakat für das Stück, in dem er war, als Booth ihn erschossen hat. *Our American Cousin,* so hat's geheißen. Welche Art Leute würde wohl hingehen und sich so was ansehen wollen?«

Roland konnte sich viele Leute vorstellen, die das tun würden, aber er schwieg klugerweise.

»Alles ist sehr alt«, sagte sie. »Und sehr heiß. Und verdammt unheimlich, wenn du's genau wissen willst. Die meisten Maschinen arbeiten nicht mehr, und überall stehen Pfützen mit Wasser, Öl und weiß der Teufel welchen Flüssigkeiten. Einige von ihnen leuchten schwach, und Dinky hat gemeint, sie könnten radioaktiv sein. Ich mag mir gar nicht vorstellen, was in meinem Körper wuchert oder wann mein Haar anfangen wird auszufallen. An manchen Türen konnten wir dieses scheußliche Glockenspiel hören … dieses eine, das einem so auf die Nerven geht.«

»Das Flitzer-Glockenspiel.«

»Richtig. Und hinter einigen Türen waren *Wesen* zu hören. Glitschige Wesen. Wer hat mir erzählt, dass das Flitzerdunkel voller Ungeheuer ist – du oder Mia?«

»Das könnte ich gewesen sein«, sagte er. Die Götter wussten, dass es dort welche gab.

»Auch in dieser Erdspalte jenseits der Stadt lauern welche. Das weiß ich von Mia. ›Ungeheuer, die sich winden, sich schlängeln, sich fortpflanzen und auf Flucht sinnen‹, hat sie gesagt. Jedenfalls haben Ted, Dinky, Dani und Fred sich dort an den Händen gefasst und einen Kreis gebildet. Sie haben das gemacht, was Ted einen ›kleinen guten Geist‹ nennt. Ich konnte ihn fühlen, obwohl ich nicht zu ihrem Kreis gehörte, und war froh darüber, weil's dort unten nämlich verdammt unheimlich ist.« Sie zog ihre Decken noch enger um sich. »Die Aussicht, noch einmal hinzumüssen, begeistert mich nicht gerade.«

»Aber du glaubst, dass wir's müssen.«

»Es gibt einen Gang, der tief unter dem Schloss verläuft und auf der anderen Seite in Discordia endet. Ted und seine Freunde haben ihn entdeckt, indem sie alte Gedanken, die Ted ›Geistergedanken‹ nennt, aufgenommen haben. Fred, der zufällig ein Stück Kreide in der Tasche hatte, hat ihn für mich markiert, aber er dürfte trotzdem schwierig zu finden sein. Dort unten ist es wie in dem Labyrinth in einer alten griechischen Sage, in dem ein Ungeheuer – halb Mensch, halb Stier – gehaust hat. Ich *vermute*, dass wir ihn wiederfinden könnten …«

Roland bückte sich und streichelte dem Bumbler das Fell. »Wir finden ihn. Dieser kleine Bursche hier folgt einfach deiner Fährte. Stimmt's, Oy?«

Oy blickte mit seinen goldgeränderten Augen zu ihm auf, sagte aber nichts.

»Jedenfalls«, fuhr sie fort, »haben Ted und die anderen Verbindung mit den Wesen aufgenommen, die in dieser Erdspalte vor der Stadt hausen. Das war zwar ursprünglich nicht ihre Absicht, aber es ist trotzdem passiert. Es hat sich dann herausgestellt, dass diese Wesen weder für noch gegen den Scharlachroten König sind, sie sind nur für sich selbst, aber immerhin können sie *denken*. Und sie sind telepathisch veranlagt. Sie wussten, dass wir hier sind, und als die Verbindung hergestellt war, waren sie gern zu einem Palaver bereit. Ted und seine Freunde haben herausbekommen, dass diese Wesen seit langer, langer Zeit dabei sind, einen Tunnel zu den Katakomben unter der Experimentalstation zu graben und kurz vor dem Durchbruch stehen. Und sobald sie das geschafft haben, können sie umherstreifen, wo immer sie wollen.«

Roland dachte eine Weile schweigend darüber nach, wobei er auf den abgetretenen Absätzen seiner Stiefel vor und zurück wippte. Susannah und er würden hoffentlich längst fort sein, bevor es zu diesem Durchbruch kam … Vielleicht passierte er ja auch, bevor Mordred herkam, und dann würde das Halbblut sich mit ihnen auseinander setzen müssen, sollte er ihnen folgen wollen. Klein Mordred gegen uralte Unterweltmonster – eine erfreuliche Vorstellung.

Schließlich nickte er Susannah zu, sie solle fortfahren.

»Auch aus einigen Gängen war das Flitzer-Glockenspiel zu hören. Nicht nur hinter den Türen, sondern auch aus Korridoren, die durch keine Tür abgeschlossen sind! Ist dir klar, was das bedeutet?«

Natürlich war Roland das klar. Wenn sie dem falschen Korridor folgten – oder Ted und seine Freunde sich in Bezug auf den markierten Korridor geirrt hatten –, würden er, Susannah und Oy sehr wahrscheinlich für immer und ewig verschwinden, statt weit jenseits von Schloss Discordia herauszukommen.

»Sie wollten mich dort unten nicht allein lassen – sie haben mich wieder bis in den Bettensaal zurückbegleitet, bevor sie selbst weitergezogen sind –, und ich war verdammt froh darüber. Ich hatte kein gutes Gefühl dabei, den Rückweg selbst finden zu müssen, auch wenn ich's wahrscheinlich geschafft hätte.«

Roland legte einen Arm um sie und drückte sie kurz an sich. »Und sie wollten die Tür benutzen, durch die einst die Wölfe hinausgeritten sind?«

»Mhm, die am Ende des Korridors, in dem nur orangerote Dauerkarten gelten. Sie werden dort herauskommen, wo die Wölfe immer rausgekommen sind, zum Fluss Whye ziehen und ihn überschreiten, um nach Calla Bryn Sturgis zu gelangen. Die Calla-*Folken* werden sie wohl aufnehmen, nicht wahr?«

»Ja.«

»Und auch wenn sie die ganze Geschichte erzählen, werden sie nicht … nicht gelyncht oder sonst was?«

»Bestimmt nicht. Henchick wird erkennen, dass sie die Wahrheit sagen, und sich vor sie stellen, selbst wenn's kein anderer tut.«

»Sie wollen dann versuchen, die Torweghöhle zu benutzen, um auf die Amerika-Seite zurückzukehren.« Susannah seufzte. »Ich hoffe, dass ihnen das gelingt, aber ich habe da so meine Zweifel.«

Die hatte auch Roland. Allerdings besaßen die vier auch ein gewaltiges Potenzial, und Ted hatte ihn als außergewöhnlich zielstrebiger und einfallsreicher Mann beeindruckt. Und die Manni waren auf ihre Weise ebenfalls mächtig und große Reisende zwischen den Welten. Wahrscheinlich würde es Ted und seinen Freunden irgendwann tatsächlich gelingen, nach Amerika zurückzukehren. Er überlegte, ob er Susannah erklären solle, dass das geschehen werde, wenn das Ka es wolle, kam aber wieder davon ab. Ka war gerade jetzt nicht ihr Lieblingswort, was er ihr auch kaum verübeln konnte.

»Hör mich nun sehr wohl an und überlege scharf, Susannah. Sagt dir das Wort ›Dandelo‹ irgendetwas?«

Oy sah mit glänzenden Augen auf.

Sie dachte darüber nach. »Irgendwie kommt's mir entfernt bekannt vor«, sagte sie dann, »aber das ist auch schon alles. Warum?«

Roland erzählte ihr, was er glaubte: dass Eddie auf dem Totenbett eine Art Vision von einem Gegenstand … oder einem Ort … oder einer Person gehabt hatte. Von etwas, das Dandelo hieß. Eddie hatte den Namen an Jake weitergegeben, Jake hatte ihn an Oy weitergegeben, und Oy hatte ihn an Roland weitergegeben.

Susannah runzelte zweifelnd die Stirn. »Vielleicht ist er auch schon zu oft weitergegeben worden. Ich erinnere mich da an ein Spiel, das wir als Kinder immer gespielt haben. Stille Post, so haben wir's genannt. Der erste Mitspieler denkt sich irgendwas aus, ein schwieriges Wort oder einen Satz, und flüstert es seinem Nachbarn zu. Man darf es nur einmal hören, Wiederholungen sind nicht erlaubt. Der zweite Mitspieler gibt weiter, was *er* gehört zu haben glaubt, und so geht das dann die Runde weiter. Bis das Wort beim letzten Mitspieler in der Reihe anlangt, hat es sich in etwas völlig anderes verwandelt, was immer großes Lachen hervorruft. Wenn dieses hier falsch ist, werden wir allerdings nichts zu lachen haben, fürchte ich.«

»Nun«, sagte Roland, »wir werden weiter auf der Hut sein und hoffen, dass ich's richtig verstanden habe. Vielleicht bedeutet es ja auch überhaupt nichts.« Aber das glaubte er selbst nicht.

»Wo kriegen wir wärmere Sachen her, wenn es noch kälter wird als jetzt?«, fragte Susannah nun.

»Wir stellen uns selbst her, was wir brauchen. Darauf verstehe ich mich. Auch das ist etwas, was uns heute noch keine Sorgen zu machen braucht. Worüber wir uns Sorgen machen *müssen,* ist die Frage, was wir essen werden. Notfalls können wir vermutlich Nigels Vorratslager finden …«

»Ich will auf keinen Fall unter den Dogan zurück, bevor wir nicht unbedingt müssen«, sagte Susannah. »In der Nähe des Bettensaals muss es auch eine Küche geben; sie müssen den armen Kindern doch irgendwas zu essen gegeben haben.«

Roland dachte darüber nach, dann nickte er. Das war eine gute Idee.

»Komm, wir sehen am besten gleich nach«, sagte sie. »Nach Einbruch der Dunkelheit möchte ich nicht mal mehr in der obersten Etage dieser Bude sein.«

4

In der Turtleback Lane, im Jahr 2002, im Monat August, erwacht Stephen King aus einem Wachtraum über Fedic. Er tippt: *»Nach Einbruch der Dunkelheit möchte ich nicht mal mehr in der obersten Etage dieser Bude sein.«* Die Worte erscheinen auf dem Bildschirm vor ihm. Damit ist ein von ihm so bezeichnetes Unterkapitel abgeschlossen, aber das heißt nicht immer, dass er für diesen Tag fertig ist. Ob er für einen Tag fertig ist, hängt davon ab, was er hört. Oder genauer gesagt davon, was er *nicht* hört. Worauf er horcht, ist Ves'-Ka Gan, das Lied der Schildkröte. Für heute scheint die Musik, die an manchen Tagen nur leise und an anderen so laut ist, dass sie ihn fast taub macht, verstummt zu sein. Morgen wird sie zurückkehren. Bislang hat sie das jedenfalls immer getan.

Er drückt die Befehlstaste und gleichzeitig die S-Taste. Der Computer lässt sein Klingelzeichen hören, um zu melden, dass der heute geschriebene Text gespeichert ist. Dann steht er auf, verzieht das Gesicht wegen der Hüftschmerzen und tritt ans Fenster seines Arbeitszimmers. Er blickt auf die Einfahrt hinaus, die steil zu der Straße hinaufführt, auf der er jetzt nur noch selten zu Fuß unterwegs ist. (Und auf der Hauptstraße, der Route 7, nie mehr.) Das mit der Hüfte ist an diesem Vormittag sehr schlimm, und auch die großen Oberschenkelmuskeln scheinen in Flammen zu stehen. Während er hinaussieht, reibt er sich geistesabwesend die schmerzende Stelle.

Roland, du Hundesohn, du hast mir die Schmerzen zurückgegeben, denkt er. Sie verlaufen das rechte Bein entlang wie ein rot glühendes Seil nach unten, könnt ihr nicht Gott sagen, könnt ihr nicht Gott-Bombe sagen, und er ist der, bei dem sie letztlich hängen geblieben sind. Der Unfall, der ihn beinahe das Leben gekostet hat, liegt bereits drei Jahre zurück, aber die Schmerzen sind noch immer da. Sie haben abgenommen – der menschliche Körper besitzt nun einmal erstaunliche Selbstheilungskräfte –, aber manchmal sind sie noch immer schlimm. Er denkt nicht viel an sie, wenn er schreibt, das Schreiben ist eine Art Flitzengehen, aber er ist immer recht steif, wenn er ein paar Stunden am Schreibtisch gesessen hat.

Er denkt an Jake. Ihm tut es verdammt Leid, dass Jake tot ist, und er vermutet, dass die Leser einfach *rasend* sein werden, sobald dieser neueste Roman erscheint. Und kann man es ihnen verübeln? Einige von ihnen kennen Jake Chambers nun bereits seit zwanzig Jahren, fast doppelt so lange, wie der Junge tatsächlich gelebt hat. Oh, sie werden fuchsteufelswild sein, aber werden sie ihm auch glauben, wenn er ihnen antwortet und schreibt, dass er das ebenso sehr bedauert wie sie, dass er ebenso überrascht ist wie sie? In tausend Jahren nicht, wie sein Großvater gesagt hätte. Er denkt an seinen Roman *Sie:* Annie Wilkes nennt Paul Sheldon einen Utschibutschi-Balg, weil er versucht, die alberne, hohlköpfige Misery Chastain loszuwerden. Annie brüllt, dass Paul der *Autor* ist, und der Autor ist Gott für seine Gestalten, er braucht keine von ihnen umzubringen, wenn er nicht will.

Aber Stephen ist *nicht* Gott. Zumindest nicht in diesem Fall. Er weiß verdammt genau, dass Jake Chambers nicht am Unfallort war, und auch Roland Deschain nicht – diese Vorstellung ist lächerlich, die beiden sind nur erfunden, verdammt noch mal –, aber er weiß auch, dass das Lied, das er hört, wenn er an seinem raffinierten Macintosh sitzt, sich irgendwann in Jakes Todeslied verwandelt hat, und würde er das ignorieren, würde er den Kontakt zum Ves'-Ka Gan ganz verlieren, und das darf nicht sein. Nicht, wenn er den Roman beenden will. Dieses Lied ist die einzige Fährte, die er hat, die Spur aus Brotbrocken, der er folgen muss, wenn er jemals aus dem von ihm selbst gepflanzten Zauberwald seines Plots herausfinden will, und …

Weißt du bestimmt, dass du *ihn gepflanzt hast?*

Äh … nein. Eigentlich kann er das nicht mit Bestimmtheit sagen. Ruft also schon mal die Männer in den weißen Kitteln.

Und weißt du ganz sicher, dass Jake an jenem Tag nicht dort war? An wie viel von dem verdammten Unfall kannst du dich denn überhaupt erinnern?

An nicht viel. Er weiß noch, wie er das Dach von Bryan Smiths Van über dem Horizont hat auftauchen sehen und erkannt hat, dass der Wagen nicht auf der Straße war, wo er hingehörte, sondern auf dem unbefestigten Seitenstreifen. Danach erinnert er sich, dass Smith auf einer Steinmauer gesessen, auf ihn hinuntergesehen und ihm erzählt hat, dass sein Bein bestimmt sechs- bis siebenmal gebrochen ist. Aber zwischen diesen beiden Erinnerungen – der an die Annäherung und der an einen Zeitpunkt unmittelbar nach dem Unfall – ist der Film seines Gedächtnisses rot versengt.

Oder *fast* rot.

Aber wenn er manchmal nachts aus Träumen erwacht, an die er sich nicht recht erinnern kann …

Manchmal hört er … na ja …

»Manchmal hörst du Stimmen«, sagt er. »Warum sprichst du das nicht einfach laut aus?«

Und dann lachend: »Ich hab's eben getan, glaube ich.«

Er hört das Klicken von Hundekrallen, das den Flur entlang näher kommt, dann streckt Marlowe seine lange Schnauze ins Arbeitszimmer. Er ist ein Welsh Corgi mit kurzen Beinen und langen Ohren, jetzt schon recht betagt, mit eigenen Wehwehchen und Schmerzen, von dem Auge, das er letztes Jahr wegen Krebs verloren hat, ganz zu schweigen. Der Tierarzt meinte, die Operation würde er wahrscheinlich nicht überleben, aber er hat's geschafft. Was für ein feiner Kerl. Was für ein *zäher* Kerl. Und als er den Kopf hebt, um aus seiner unvermeidlich niedrigen Perspektive zu dem Schriftsteller aufzusehen, trägt er sein gewohntes teuflisches Grinsen zur Schau. *Wie läuft's, Bubba?*, scheint dieser Blick zu fragen. *Hast du in letzter Zeit ein paar gute Worte gefunden? Wie geht's immer?*

»Mir geht's gut«, sagt er zu Marlowe. »Ich halte durch. Und wie geht's dir?«

Marlowe (manchmal auch als Langschnauze bekannt) wedelt zur Antwort mit seinem arthritischen Hinterteil.

»Sie wieder.« Das habe ich zu ihm gesagt. Und er hat gefragt: »Erinnern Sie sich an mich?« Möglicherweise hat er es auch als Aussage formuliert: »Sie erinnern sich an mich.« Ich habe ihm gesagt, dass ich durstig sei. Er hat gesagt, er habe nichts zu trinken da, er hat gesagt, das tue ihm Leid, und ich habe ihn einen Lügner genannt. Und damit hatte ich Recht, es hat ihm nämlich überhaupt nicht Leid getan. Ihm war's scheißegal, ob ich Durst hatte, weil nämlich Jake tot war, und er hat versucht, mir den Tod des Jungen anzuhängen, der Dreckskerl hat versucht, die Schuld daran mir in die Schuhe zu schieben …

»Aber nichts davon hat sich wirklich ereignet«, sagt King, während er beobachtet, wie Marlowe in Richtung Küche zurückwatschelt, wo er noch mal seine Schüssel inspizieren wird, bevor er eines seiner immer länger werdenden Nickerchen macht. Das Haus ist bis auf die beiden leer, und unter diesen Umständen führt er oft Selbstgespräche. »Ich meine, das *weißt* du doch, oder? Dass sich nichts davon wirklich ereignet hat.«

Er nimmt an, dass er das tut, aber es war so *merkwürdig*, dass Jake auf diese Weise gestorben ist. Jake kommt in allen seinen Notizen vor, was nicht sonderlich überraschend ist, weil Jake ja auch bis ganz zum Schluss dabei sein sollte. Eigentlich sollten das sogar alle. Natürlich steht keine Geschichte, außer einer schlechten, die von vornherein eine Totgeburt war, jemals *völlig* unter Kontrolle des Autors, aber diese hier ist so *außer* Kontrolle geraten, dass es schon lächerlich ist. Er kommt sich wirklich eher so vor, als würde er ein Schauspiel beobachten – oder ein Lied hören –, anstatt eine verdammte erfundene Story zu schreiben.

Er beschließt, sich als Mittagsimbiss ein Erdnussbuttersandwich mit Gelee zu machen und die ganze verdammte Sache bis morgen zu vergessen. Heute Abend wird er ins Kino gehen, um sich den neuen Clint-Eastwood-Film *Blood Work* anzusehen, und froh sein, irgendwohin fahren, irgendetwas tun zu können. Morgen wird er wieder an seinem Schreibtisch sitzen, und vielleicht schlüpft irgendetwas aus dem Film in das Buch hinüber – zumindest hatte Roland ja anfangs auch viel von Clint Eastwood, von Sergio Leones »Mann ohne Namen«.

Und ... weil wir gerade von Büchern sprechen ...

Auf dem Couchtisch liegt eines, das erst heute Morgen per FedEx aus seinem Büro in Bangor gekommen ist: *Das gesamte dichterische Werk Robert Brownings.* Es enthält natürlich »Herr Roland kam zum finstern Turm«, das erzählende Gedicht, das die Grundlage von Kings langer (und anstrengender) Erzählung ist. Plötzlich hat er eine Idee, die auf sein Gesicht einen Ausdruck treten lässt, der nur knapp kein regelrechtes Lachen ist. Als könnte Marlowe seine Gefühle lesen (und vielleicht kann er das auch; King hat schon immer vermutet, dass Hunde erst vor kurzem aus jenem großen Ich-weiß-genau-was-du-empfindest-Land Empathica emigriert sind), scheint sein eigenes teuflisches Grinsen nun noch breiter zu werden.

»Es gibt nur einen Platz für das Gedicht, alter Junge«, sagt King und wirft das Buch wieder auf den Couchtisch. Es ist ziemlich dick und landet mit dumpfem Aufprall. »Nur einen einzigen Platz.« Dann vergräbt er sich tiefer in den Sessel und schließt die Augen. *Will bloß ein paar Minuten lang so dasitzen,* denkt er und weiß, dass er sich selbst täuscht, dass er fast sicher einnicken wird. Wie er's jetzt auch tut.

Teil vier

DIE WEISSEN LANDE VON EMPATHICA

DANDELO

Kapitel I

Das Lebewesen unter dem Schloss

1

Und wirklich, im Erdgeschoss der Experimentalstation fanden sie unweit des Bettensaals eine größere Küche mit anschließender Speisekammer. Sie entdeckten auch noch etwas: das Büro von Sai Richard P. Sayre, ehemals Generalbevollmächtigter des Scharlachroten Königs, jetzt dank Susannahs schneller Rechter auf der Lichtung am Ende des Pfades. Auf Sayres Schreibtisch lagen erstaunlich vollständige Dossiers über alle vier Revolvermänner. Sie beseitigten diese, indem sie sie einfach in den Aktenvernichter steckten. Die Ordner enthielten Fotos von Eddie und Jake, deren Anblick einfach zu schmerzlich war. Bloße Erinnerungen waren besser.

In Sayres Büro hingen zwei gerahmte Ölgemälde. Eines davon zeigte einen kräftigen, gut aussehenden, lächelnden Jungen. Er hatte keine Oberbekleidung an, war barfuß, hatte zerzaustes Haar und trug nur Jeans und eine Dockerschlinge. Er schien ungefähr in Jakes Alter zu sein. Dieses Porträt hatte eine etwas unangenehme Sinnlichkeit an sich. Susannah vermutete, dass der Maler, Sai Sayre oder beide zur Lavendelhügel-Bande gehört haben könnten, wie Homosexuelle manchmal im Village umschrieben wurden. Das Haar des Jungen war schwarz. Die Augen waren blau. Die Lippen waren rot. Er hatte eine weißliche Narbe an der Seite und an der linken Ferse ein Muttermal, das so hochrot wie seine Lippen war. Vor ihm lag ein verendetes schneeweißes Pferd. An seinen gefletschten Zähnen klebte Blut. Der durch das Mal gezeichnete linke Fuß des Jungen ruhte auf der Flanke des Pferdes, und seine Lippen waren zu einem triumphierenden Lächeln verzogen.

»Das ist Llamrei, Arthur Elds Streitross«, sagte Roland. »Das Bild des Pferdes wurde auf Gileads Standarten in die Schlacht getragen und war das Sigul für ganz Innerwelt.«

»Diesem Bild nach siegt also der Scharlachrote König?«, fragte Susannah. »Oder zumindest sein Sohn Mordred?«

Roland zog die Augenbrauen hoch. »Dank John Farson haben die Männer des Scharlachroten Königs die Länder von Innerwelt schon vor langem erobert«, sagte er. Dann lächelte er jedoch. Es war ein sonniger Ausdruck, der sich so sehr von seiner sonstigen Miene unterschied, dass Susannah davon immer leicht schwindlig wurde. »Aber ich glaube, wir haben in der einzigen Schlacht gesiegt, auf die's ankommt. Dieses Gemälde zeigt nur irgendjemands Wunschdenken.« Mit einer Brutalität, die sie erschreckte, zertrümmerte er das Glas mit der Faust, fetzte das Gemälde aus dem Rahmen und riss es dabei größtenteils in der Mitte durch. Bevor er es ganz in Stücke reißen konnte, was er zweifellos vorhatte, fiel Susannah ihm in den Arm und zeigte auf die rechte untere Ecke. Dort stand in zierlicher, aufwändiger Schönschrift der Name des Künstlers: *Patrick Danville.*

Das andere Gemälde zeigte den Dunklen Turm als einen sich nach oben verjüngenden rußschwarzen Zylinder. Er stand am jenseitigen Ende des Can'-Ka No Rey, des Rosenfeldes. In ihren Träumen war der Turm ihnen höher als der höchste New Yorker Wolkenkratzer erschienen (für Susannah war dies das Empire State Building). Auf dem Gemälde schien er nicht höher als zweihundert Meter zu sein, aber auch das raubte ihm nichts von seiner traumartigen Majestät: Genau wie in ihren Träumen zogen die schmalen Fenster sich spiralförmig über seine Außenseite nach oben. Im Obergeschoss war ein Erkerfenster mit vielen Farben angeordnet, von denen jede – das wusste Roland – einer der magischen Glaskugeln entsprach. Der zweite Kreis von innen zeigte das Rosa jener Kugel, die für einige Zeit der Obhut einer Hexe namens Rhea anvertraut gewesen war; den innersten Kreis bildete das stumpfe Ebenholzschwarz der Schwarzen Dreizehn.

»Der Raum hinter diesem Fenster ist mein Ziel«, sagte Roland und tippte auf das Glas über dem Gemälde. »Dort ist meine Suche zu Ende.« Seine Stimme klang ehrfürchtig leise. »Dieses Bild ist nicht nach irgendeinem Traum gemalt, Susannah. Man hat das Gefühl, die Beschaffenheit jedes einzelnen Steins ertasten zu können. Findest du nicht auch?«

»Ja.« Das war alles, was sie sagen konnte. Den Turm hier an der Wand des verstorbenen Richard P. Sayre zu sehen verschlug ihr den Atem. Plötzlich erschien alles im Bereich des Möglichen. Das Ende ihrer langen Wanderung war buchstäblich in Sicht.

»Der Maler muss selbst dort gewesen sein«, meinte Roland nachdenklich. »Muss seine Staffelei in den Rosen aufgestellt haben.«

»Patrick Danville«, sagte sie. »Das Gemälde ist genauso signiert wie das von Mordred und dem toten Pferd. Da, siehst du die Signatur?«

»Ich sehe sie sehr wohl.«

»Und siehst du den Weg durchs Rosenfeld, der zur Treppe am Fuß des Turms führt?«

»Ja. Neunzehn Stufen, das möchte ich wetten. *Schrull.* Und die Wolken darüber …«

Susannah sah sie ebenfalls. Sie bildeten eine Art Wirbel, bevor sie vom Turm weg zum Ort der Schildkröte am anderen Ende des Balkens zogen, dem sie bisher gefolgt waren. Und sie sah noch etwas anderes: Auf der Außenseite des Turms waren in Abständen von etwa fünfzehn Metern Balkone mit hüfthohen schmiedeeisernen Geländern angebracht. Auf dem zweiten Balkon waren ein roter Klecks und drei winzige weiße Kleckse zu sehen: ein kleines Gesicht, das nicht genau zu erkennen war, und zwei erhobene Hände.

»Ist das der Scharlachrote König?«, fragte sie und zeigte darauf. Sie traute sich nicht recht, die Fingerspitze aufs Glas über der winzigen Gestalt zu legen. So als fürchtete sie, der Scharlachrote König könnte zum Leben erwachen und sie in das Bild hineinziehen.

»Ja«, sagte Roland. »Aus dem einzigen Ding ausgesperrt, das er jemals begehrt hat.«

»Vielleicht können wir dann einfach auf der Treppe an ihm vorbeigehen. Und im Vorbeilaufen verächtlich prusten.« Als Roland sie verständnislos ansah, nahm sie die Zunge zwischen die Lippen und demonstrierte, was sie meinte.

Dieses Mal war das Lächeln des Revolvermanns schwach und zerstreut. »Ich glaube nicht, dass es so einfach sein wird«, sagte er.

Susannah seufzte. »Ich eigentlich auch nicht.«

Sie hatten, was sie zu holen gekommen waren – sogar ziemlich viel mehr –, aber es fiel ihnen trotzdem schwer, Sayres Büro zu verlassen. Das Gemälde hielt sie dort fest. Susannah fragte Roland, ob er es nicht mitnehmen wolle. Es wäre ein Leichtes gewesen, es mit dem auf Sayres Schreibtisch liegenden Brieföffner aus dem Rahmen zu schneiden und zusammengerollt zu transportieren. Roland überlegte kurz und schüttelte dann den Kopf. Das Gemälde enthielt eine Art bösartiges Leben, das unerwünschte Aufmerksamkeit anlocken konnte, nicht anders als helles Licht Nachtfalter anlockte. Und auch wenn das nicht der Fall gewesen wäre, so vermutete er, dass sie *beide* zu viel Zeit damit verbringen würden, es anzusehen. Das Bild konnte sie ablenken – oder noch schlimmer –, geradezu hypnotisieren.

Letztlich ist's vielleicht nur eine weitere Gedankenfalle, dachte er.

»Nein, wir lassen es hier«, sagte er entschieden. »Bald genug – in einigen Monaten, vielleicht nur ein paar Wochen – können wir das Original betrachten.«

»Sagst du das?«, fragte sie mit schwacher Stimme. »Roland, sagst du das wirklich?«

»Das tue ich.«

»Wir drei? Oder müssen Oy und ich ebenfalls sterben, um dir den Weg zum Turm zu bahnen? Schließlich bist du allein *aufgebrochen,* stimmt's? Vielleicht musst du dann auch am Schluss wieder allein sein. Würde ein Schriftsteller das nicht so haben wollen?«

»Das heißt nicht, dass er's *tun* kann«, sagte Roland. »Stephen King ist nicht das Wasser, Susannah – er ist nur die Leitung, durch die es läuft.«

»Ich verstehe, was du damit sagen willst, aber ich weiß nicht recht, ob ich's auch wirklich glaube.«

Auch Roland war sich nicht sicher, ob er das glaubte. Er überlegte, ob er Susannah darauf hinweisen sollte, dass ursprünglich Cuthbert und Alain seine Gefährten gewesen waren, als er seine Suche in Mejis begonnen hatte – und dass Jamie DeCurry sich zu ihnen gesellt und das Trio zu einem Quartett erweitert hatte, als sie dann erneut aus Gilead aufgebrochen waren. Aber in Wirklichkeit hatte seine Suche natürlich erst nach der Schlacht auf dem Jericho Hill begonnen – und da war er tatsächlich allein gewesen.

»Ich habe als Einzelgänger angefangen, aber so werde ich nicht aufhören«, sagte er. Sie hatte sich recht geschickt auf einem Bürostuhl auf Rollen durch den Dogan bewegt. Jetzt hob er sie heraus und setzte sie sich auf die rechte Hüfte, jene, die längst nicht mehr schmerzte. »Du und Oy werdet bei mir sein, wenn ich die Stufen hinaufsteige und die Tür öffne, ihr werdet bei mir sein, wenn ich den Turm ersteige, ihr werdet bei mir sein, wenn ich dem geifernden roten Kobold das Handwerk lege, und ihr werdet bei mir sein, wenn ich die Kammer im Obergeschoss betrete.«

Obwohl Susannah sich nicht dahin gehend äußerte, erschien ihr das als Lüge. In Wirklichkeit erschien es ihnen damit sogar beiden als Lüge.

2

Sie brachten Konservenbüchsen, eine Bratpfanne, zwei Töpfe, zwei Teller und zwei Essbestecke mit ins Hotel Fedic zurück. Roland hatte eine Stablampe, deren fast entladene Batterien einen schwächlichen Lichtschein lieferten, ein Tranchiermesser und ein praktisches kleines Fleischerbeil mit gummiertem Griff dazugelegt. Susannah hatte zwei Einkaufsnetze gefunden, in denen sie dieses Minimum an neuen Gunna transportieren konnten. Und sie hatte in der Speisekammer neben der Krankenrevierküche auf einem hohen Regalbrett drei Dosen mit einer gallertartigen Masse entdeckt.

»Das ist Sterno«, erklärte sie dem Revolvermann auf seine Frage hin. »Gutes Zeug. Man kann es anzünden. Es verbrennt langsam und erzeugt eine heiße blaue Flamme, auf der man kochen kann.«

»Ich dachte mir schon, dass wir hinter dem Hotel ein kleines Feuer machen«, sagte er. »Allerdings brauche ich derart übel riechendes Zeug nicht dazu.« Er sprach mit einem Anflug von Verachtung.

»Nein, vermutlich nicht. Aber es könnte sich als nützlich erweisen.«

»Wozu?«

»Keine Ahnung, aber ...« Sie zuckte die Achseln.

Kurz vor dem Ausgang kamen sie an einer Putzkammer vorbei, in der ein Hausmeister allen möglichen Kram aufbewahrt hatte. Susannah hatte fürs Erste nun wirklich genug vom Dogan und wollte möglichst schnell hinaus, aber Roland wollte sich darin umsehen. Die Putzkübel, Schrubber und Reinigungsmittel beachtete er nicht weiter. Er interessierte sich nur für die in einer Ecke liegenden Gurte und Stricke. Die Bretter, auf denen sie lagen, ließen Susannah vermuten, dass dieses Zeug einmal zum Bau eines Gerüsts gedient hatte. Sie konnte sich auch denken, wofür Roland die Gurte und Stricke hernehmen wollte, und Betrübnis überfiel sie. Sie hatte das Gefühl, wieder ganz am Anfang zu sein.

»Ich dachte, das mit der Huckepackerei wäre vorbei«, sagte sie ärgerlich und mit mehr als nur einem Anklang von Detta in der Stimme.

»Das ist aber irgendwie die einzige Möglichkeit«, sagte Roland. »Ich bin nur froh, dass ich wieder gesund genug bin, um dein Gewicht tragen zu können.«

»Und dieser unterirdische Gang ist der einzige Weg nach draußen? Weißt du das auch ganz bestimmt?«

»Vielleicht gibt es auch einen Weg durchs Schloss hindurch ...«, begann er, aber Susannah schüttelte bereits den Kopf.

»Ich war mit Mia bereits oben, vergiss das nicht. Jenseits fällt der

Steilhang nach Discordia hinunter mindestens hundertfünfzig Meter tief ab. Wahrscheinlich sogar tiefer. Sollte es dort jemals eine Treppe gegeben haben, existiert sie jedenfalls längst nicht mehr.«

»Dann sind wir wohl für den Korridor bestimmt«, sagte er, »und er für uns. Vielleicht finden wir jenseits ja ein Gefährt für dich. In einem anderen Dorf, einer anderen Stadt.«

Susannah schüttelte nochmals den Kopf. »Ich glaube, dass die Zivilisation hier endet, Roland. Und ich glaube, wir sollten uns möglichst warm anziehen, weil es ziemlich *kalt* werden wird.«

Warme Kleidung schien hier jedoch knapp zu sein. Anders als bei den Lebensmitteln war offenbar niemand auf den Gedanken gekommen, ein paar zusätzliche Pullover und Fleecejacken vakuumverpackt einzulagern. Es gab zwar Wolldecken, aber selbst die eingelagerten Decken waren fadenscheinig dünn, nahezu wertlos.

»Aber mir ist alles scheißegal«, sagte sie mit matter Stimme. »Wenn wir nur bald von hier wegkommen.«

»Das werden wir«, sagte er.

3

Susannah ist im Central Park, und es ist kalt genug, dass sie ihren Atem sehen kann. Der gesamte Himmel über ihr ist eintönig *weiß, ein Schneehimmel. Sie sieht auf den Eisbären hinunter (der sich auf seiner Felseninsel wälzt, weil ihm die Kälte sehr zu behagen scheint), als auf einmal jemand seinen Arm um ihre Taille schlingt. Warme Lippen drücken ihr einen Schmatz auf die kalte Wange. Als sie sich umdreht, stehen dort Eddie und Jake. Ihr Grinsen ist identisch, und sie tragen fast identische Weihnachtsmannmützen. Auf Eddies Mütze steht vorn FRÖHLICHE, auf Jakes WEIHNACHT. Sie öffnet den Mund, um ihnen zu erklären: »Ihr Jungs könnt nicht hier sein; ihr Jungs seid tot«, und erkennt dann mit großer, jubelnder Erleichterung, dass all das andere Zeug nur ein Traum war, den sie gehabt hat. Und wirklich, wie könnte man daran zweifeln? Es gibt keine sprechenden Tiere, die Billy-Bumbler heißen, nicht in Wirklichkeit, keine Taheen-Geschöpfe mit Menschenleibern und Tierköpfen, auch keine Orte, die Fedic oder Schloss Discordia heißen.*

Vor allem gibt es keine Revolvermänner. John Kennedy war der letzte; in diesem Punkt hatte ihr Chauffeur Andrew völlig Recht.

»Hab dir heiße Schokolade mitgebracht«, sagt Eddie und hält sie ihr hin. Ein perfekter Becher Schokolade mit Schlag obendrauf und Schokostreuseln auf dem Schlagrahm; sie kann die Schokolade riechen, und als sie den Becher entgegennimmt, kann sie die Finger in seinen Handschuhen spüren, und die erste Flocke dieses winterlichen Schneefalls schwebt zwischen ihnen zu Boden. Sie denkt, wie wundervoll es doch ist, im guten alten New York lebendig zu sein, wie großartig es ist, dass die Realität die Realität ist, dass sie im Jahr des Herrn hier …

In welchem *Jahr des Herrn eigentlich?*

Sie runzelt die Stirn, weil das doch eine ernste Frage ist. Schließlich ist Eddie ein Mann aus den Achtzigern, und sie selbst hat's nie weiter als bis 1964 geschafft (oder war es 65?). Und was Jake angeht, Jake Chambers mit dem vorn auf der Weihnachtsmannmütze aufgedruckten Wort WEIHNACHT, stammt er nicht aus den Siebzigern? Und welchen gemeinsamen Nenner gibt es für sie, wenn sie zu dritt drei Jahrzehnte der zweiten Hälfte des 20. Jahrhunderts verkörpern? Welches Jahr ist jetzt?

»NEUNZEHN«, *sagt eine Stimme aus dem Nichts (vielleicht ist es die Stimme Bango Skanks, der großen verloren gegangenen Romangestalt),* »dies ist NEUNZEHN, dies ist SCHRULL. Alle deine Freunde sind tot.«

Mit jedem Wort wird die Welt weniger wirklich. Sie kann durch Eddie und Jake hindurchsehen. Als sie nun wieder auf den Eisbären hinunterblickt, sieht sie ihn mit den Tatzen in der Luft verendet auf seiner Felseninsel liegen. Der köstliche Duft von heißer Schokolade schwindet und wird durch Modergeruch von altem Gips, uraltem Holz ersetzt. Durch den Geruch eines Hotelzimmers, in dem jahrelang niemand mehr übernachtet hat.

Nein, *jammert ihr Verstand.* Nein, ich will den Central Park, ich will Mr. FRÖHLICHE und Mr. WEIHNACHT, ich will den Duft von heißer Schokolade und den Anblick der ersten zögerlichen Schneeflocken im Dezember. Ich habe genug von Fedic, Innerwelt, Mittwelt und Endwelt. Ich will *meine* Welt. Mir ist es nämlich egal, ob ich jemals den Dunklen Turm zu sehen kriege.

Eddies und Jakes Lippen bewegen sich im Gleichtakt, als sängen sie gemeinsam ein Lied, eines, das sie nicht hören kann, aber es ist kein Lied; die Worte, die sie ihnen von den Lippen ablesen kann, kurz bevor ihr Traum zerbricht, lauten

4

»Hütet euch vor Dandelo.«

Mit diesen Worten auf den Lippen wachte Susannah im ungewissen Zwielicht vor Anbruch der Morgendämmerung auf. Sie zitterte vor Kälte. Wenigstens der Teil ihres Traums, der davon handelte, dass sie ihren Atem sehen konnte, erwies sich also als wirklich. Sie tastete nach ihren Wangen und wischte die Nässe ab. Es war nicht ganz so kalt, um ihre Tränen gefrieren zu lassen, aber dazu fehlte nur verdammt wenig.

Sie sah sich in dem schäbigen Zimmer hier im Hotel Fedic um und wünschte sich von ganzem Herzen, ihr Traum vom Central Park wäre wahr gewesen. Zum einen hatte sie auf dem Fußboden schlafen müssen – das Bett war im Prinzip nur eine Rostskulptur, die darauf wartete, zusammenzubrechen – und deshalb jetzt einen steifen Rücken. Zum anderen waren alle Decken, die sie als provisorische Matratze und als Zudecke benutzt hatte, durch ihr nächtliches Hin-und-her-Werfen in Fetzen gerissen. Ihr Staub hing in der Luft, kitzelte Susannah in der Nase und erzeugte ein pelziges Gefühl im Rachen, so als wäre bei ihr die schlimmste Erkältung der Welt im Anzug. Apropos Kälte: Sie zitterte wirklich am ganzen Leib. Und sie musste pinkeln, was wiederum bedeutete, dass sie sich auf ihren

Beinstümpfen und vor Kälte halb tauben Händen würde den Flur entlangschleppen müssen.

Und dabei war nichts von dem allen wirklich das, was mit Susannah Odetta Holmes-Dean an diesem Morgen nicht in Ordnung war, stimmt's? Das Problem war, dass sie eben aus einem schönen Traum in eine Welt gekommen war

(dies ist NEUNZEHN alle deine Freunde sind tot)

in der sie jetzt so einsam war, dass sie sich fast durchdrehen fühlte. Das Problem war, dass der Quadrant, in dem der Himmel hell wurde, nicht notwendigerweise im Osten lag. Das Problem war, dass sie müde und traurig, heimwehkrank und todunglücklich, kummervoll und deprimiert war. Das Problem war, dass sie in dieser Stunde vor Tagesanbruch, in diesem Hotelzimmer, das in ein Western-Museum gepasst hätte, das Gefühl hatte, dass ihr Widerstandswille nahezu erschöpft war. Sie wollte ihren Traum wiederhaben.

Sie wollte Eddie.

»Du bist auch schon auf, wie ich sehe.«

Susannah fuhr herum und drehte sich dabei so schnell auf den Händen, dass sie sich einen Schiefer einzog.

Der Revolvermann lehnte am Rahmen der auf den Gang hinausführenden Tür. Er hatte die Gurte zu der Art Tragegestell verwoben, die ihr nur allzu vertraut war. Das Geschirr hing jetzt über seiner linken Schulter. Über der anderen trug er einen Lederbeutel, der ihre neuen Besitztümer und die restlichen Orizas enthielt. Oy saß zu Rolands Füßen und betrachtete sie ernst.

»Du hast mir einen Mordsschreck eingejagt, Sai Deschain«, sagte sie.

»Du hast geweint.«

»Geht dich nichts an, so oder so.«

»Sobald wir von hier fort sind, wird es uns besser gehen«, sagte er. »Fedic ist verpestet.«

Sie wusste genau, was er damit meinte. Der Wind war nachts zum Sturm geworden, und sein Heulen um die Giebel des Hotels und des Saloons nebenan hatte in Susannahs Ohren wie Kindergeschrei geklungen – von Kleinen, die sich dermaßen in Zeit und Raum verirrt hatten, dass sie nie mehr wieder heimfinden würden.

»Also gut. Aber noch eines, Roland: Bevor wir die Straße überqueren und den Dogan betreten, musst du mir etwas versprechen.«

»Welches Versprechen möchtest du haben?«

»Wenn es so aussieht, als würde uns etwas erwischen – irgendein Ungeheuer aus dem Arsch des Satans oder eines aus dem Flitzer-Niemandsland –, sollst du mir rechtzeitig eine Kugel durch den Kopf jagen. Was dich selbst betrifft, kannst du tun und lassen, was du willst, aber ich ... Was soll das? Wozu hältst du mir den hin?« Es war einer seiner Revolver.

»Weil ich heutzutage nur mit einem davon wirklich gut bin. Und weil ich nicht der sein werde, der dir das Leben nimmt. Solltest du's jedoch selbst tun wollen ...«

»Roland, deine verqueren Skrupel erstaunen mich immer wieder«, sagte sie. Dann nahm sie die Waffe in eine Hand und zeigte mit der anderen auf das Tragegeschirr. »Und was dieses Ding betrifft ... Wenn du glaubst, dass ich mich da reinsetze, bevor's wirklich sein muss, bist du verrückt.«

Auf seinen Lippen zeichnete sich ein schwaches Lächeln ab. »Und wenn wir das beide sind, geht's gleich besser, was?«

Sie seufzte, dann nickte sie. »Mag sein, yeah, aber noch keineswegs richtig gut. Auf geht's, Großer, wir hauen von hier ab. Mein Arsch ist ein Eiswürfel, und der Staub ist Scheiße für meine Nebenhöhlen.«

5

Sobald sie wieder im Dogan waren, setzte er sie auf den Bürostuhl mit Rollen und schob sie darauf bis zur ersten Treppe, wobei Susannah ihre Gunna mitsamt den Orizas auf dem Schoß hielt. An der Treppe beförderte der Revolvermann den Stuhl mit einem Tritt über die Kante und stand dann mit Susannah auf der Hüfte da, während beide mit verzogenem Gesicht den krachenden Echos lauschten, mit denen der Stuhl sich immer wieder überschlagend die Treppe hinunterstürzte.

»*Der* wäre damit erledigt«, sagte sie, als die Echos endlich verstummten. »So wenig er mir jetzt noch nutzen kann, hättest du ihn ebenso gut hier oben lassen können.«

»Wir werden sehen«, sagte Roland und machte sich an den Abstieg. »Auf uns könnte eine Überraschung warten.«

»Das Scheißding is hin, das wissn wir beide«, sagte Detta. Oy ließ ein kurzes, scharfes Kläffen hören, als wollte er *Stimmt genau!* sagen.

6

Der Bürostuhl hatte den Sturz tatsächlich überlebt. Und den nächsten ebenfalls. Als Roland schließlich in die Hocke ging, um das arme verbeulte Ding zu begutachten, nachdem es eine dritte (und äußerst lange) Treppe hinabgepoltert war, entdeckte er, dass nun eine der Rollen stark verbogen war. Das erinnerte ihn ein wenig daran, wie ihr verlassener Rollstuhl ausgesehen hatte, als sie ihn nach dem Kampf gegen die Wölfe an der Oststraße auf dem Bergpfad aufgefunden hatten.

»Da, hab ich's dir nich gesagt?«, fragte Detta und gackerte. »Wird wieder Zeit, sich ins Zeuch zu legn, Roland!«

Er betrachtete sie. »Kannst du Detta nicht wegschicken?«

Sie sah ihn überrascht an, dann rief sie sich ins Gedächtnis zurück, was sie zuletzt gesagt hatte, und errötete. »Doch«, sagte sie mit bemerkenswert dünner Stimme. »Entschuldige, Roland.«

Er hob sie auf und rückte sie im Tragegeschirr zurecht. Dann ging es weiter. So unangenehm es unter dem Dogan war – so *unheimlich* es unter dem Dogan auch sein mochte –, Susannah war trotzdem froh, dass sie Fedic nun endlich hinter sich ließen. Weil das zugleich bedeutete, dass sie auch alles andere hinter sich ließen: Lud, die Callas, Donnerschlag, Algul Siento; auch New York und den Westen Maines. Vor ihnen lag das Schloss des Roten Königs, wenngleich sie nicht glaubte, dass sie sich deswegen sonderlich große Sorgen machen mussten, war sein berühmtester Bewohner doch dem Wahnsinn verfallen und hatte seinen Wohnsitz im Dunklen Turm genommen.

Das Unwesentliche blieb zurück. Sie näherten sich dem Ende ihrer langen Reise, und es gab nicht mehr viel anderes, um das man sich Sorgen machen musste. Das war gut. Und wenn das Schicksal es wollte, dass sie auf ihrem Weg zu Rolands Objekt der Begierde den Tod fand? Nun, solange jenseits der Existenz nur gewöhnliche Dunkelheit lag (wie sie während des größten Teils ihres Erwachsenenlebens geglaubt hatte), war nichts verloren, solange es kein *Flitzer*dunkel voller schleichender Ungeheuer war. Und he, vielleicht *gab* es ja ein Leben nach dem Tode, ein Paradies, eine Wiedergeburt, vielleicht sogar eine Wiederauferstehung auf der Lichtung am Ende des Pfades. Letztere Vorstellung gefiel ihr, und sie hatte genügend Wunder miterlebt, um diese Möglichkeit nicht ganz auszuschließen. Vielleicht würden Eddie und Jake sie dort erwarten, beide dick gegen die Kälte vermummt, während die ersten vom Himmel herabschwebenden Schneeflocken des Winters sich in ihren Augenbrauen verfingen: Mr. FRÖHLICHE und Mr. WEIHNACHT, die ihr heiße Schokolade anboten. Mit Schlag.

Heiße Schokolade im Central Park! Was war im Vergleich dazu der Dunkle Turm?

7

Sie kamen durch die Rotunde mit ihren Türen nach überallhin; sie erreichten schließlich den breiten Korridor mit dem Schild NUR ORANGEROTE ZEITKARTE VORWEISEN; BLAUE ZEITKARTE WIRD NICHT AKZEPTIERT an der Wand. Etwas weiter den Korridor entlang sahen sie im Schein einer der wenigen noch brennenden Leuchtstoffröhren (und unweit des verlorenen Mokassins) etwas, das an die gekachelte Wand geschrieben war, und machten einen kleinen Umweg, um es lesen zu können.

Roland, Susannah: Wir sind unterwegs! Wünscht uns alles Gute!
Auch EUCH alles Gute!
Gott segne euch!
Wir werden euch nie vergessen!

Den Haupttext hatten alle unterschrieben: Fred Worthington, Dani Rostov, Ted Brautigan und Dinky Earnshaw. Unter ihren Namen standen zwei weitere Zeilen in einer anderen Schrift, die Susannah für die Teds hielt. Als sie las, was er geschrieben hatte, hätte sie am liebsten geweint:

Wir gehen eine bessre Welt suchen.
Möget auch ihr eine finden.

»Gott segne sie«, sagte Susannah heiser. »Gott segne und behüte sie alle.«

»Hüte«, sagte eine leise, ziemlich schüchterne Stimme neben Rolands Ferse. Sie sahen nach unten.

»Willst wohl wieder reden, Schätzchen?«, fragte Susannah, aber darauf gab Oy keine Antwort. Es dauerte Monate, bis er wieder etwas sagte.

8

Zweimal verliefen sie sich. Das eine Mal fand Oy ihren Weg durch das Labyrinth aus Tunneln und Korridoren wieder – in einigen heulte manchmal ein ferner stürmischer Luftzug, während aus anderen verschiedene Geräusche kamen, die näher und bedrohlicher klangen –, und einmal fand Susannah selbst auf den richtigen Weg zurück, weil sie das von Dani weggeworfene Einwickelpapier eines Mounds-Schokoriegels erspähte. Im Algul Siento hatte es reichlich Süßigkeiten gegeben, und die Kleine hatte davon offenbar einen erklecklichen Vorrat mitgenommen. (»Aber kein einziges Kleidungsstück zum Wechseln«, sagte Susannah kopfschüttelnd und lachte.) An einer Stelle, vor einer alten Eisenholztür, die Roland an die Türen am Strand des Westlichen Meeres erinnerte, hörten sie widerliche *Kaugeräusche*. Susannah versuchte sich vorzustellen, wer oder was wohl solche Geräusche machen konnte, und kam nur auf einen riesigen, körperlosen Rachen voller schmutzig-gelber Zähne. An der Tür befand sich zudem ein unverständliches Symbol. Allein von seinem Anblick wurde ihr unbehaglich zumute.

»Weißt du, was es bedeutet?«, fragte sie. Roland – obwohl er über ein halbes Dutzend Sprachen beherrschte und viele andere kannte – schüttelte den Kopf. Susannah war erleichtert. Sie hatte den Verdacht, dass jemand, der die Lautfolge kannte, die dieses Symbol bezeichnete, sie bestimmt auch würde aussprechen wollen. Sie vielleicht würde aussprechen *müssen*. Und dann würde die Tür sich öffnen. Würde man weglaufen wollen, wenn man das Wesen sah, das dahinter kaute? Wahrscheinlich. Würde man's *können?*

Möglicherweise nicht.

Bald nach dieser Tür kamen sie an eine weitere, etwas kürzere Treppe und stiegen sie hinunter. »Die muss ich vergessen haben, als wir gestern darüber geredet haben, aber jetzt fällt sie mir wieder ein«, sagte sie und zeigte auf die Fußabdrücke im Staub, der die Treppenstufen bedeckte. »Siehst du, hier sind unsere Spuren. Fred hat mich runtergetragen, Dinky wieder rauf. Wir sind fast da, Roland, versprochen.«

In dem Labyrinth aus sich verzweigenden Korridoren am unteren Ende der Treppe verlor sie jedoch abermals die Orientierung, und das war die Gelegenheit, wo Oy sich als ihr Retter erwies, indem er durch einen düsteren Tunnel weitertrabte, der so niedrig war, dass der Revolvermann gebückt gehen musste, während Susannah sich mit um seinen Hals geschlungenen Armen an ihm festklammerte.

»Ich weiß nicht …«, begann Susannah, aber dann führte Oy sie in einen helleren Korridor *(vergleichsweise* heller: mindestens die Hälfte aller Leuchtstoffröhren war ausgebrannt, und viele Kacheln waren von den Wänden gefallen und ließen das dunkle, feucht glänzende Erdreich dahinter sehen). Der Bumbler setzte sich auf ein verwischtes Durcheinander aus Fährten und sah zu ihnen auf, als wollte er fragen: *Hier wolltet ihr doch her, oder?*

»Genau«, sagte Susannah hörbar erleichtert. »Okay. Sieh nur, genau wie ich's dir erzählt habe.« Sie zeigte auf eine Tür mit der Aufschrift FORD'S THEATER, 1865. **SEHEN SIE DIE ERMORDUNG LINCOLNS.** Daneben hing unter Glas ein Plakat für *Our American Cousin,* das aussah, als wäre es erst am Vortag gedruckt worden. »Der Gang, zu dem wir wollen, liegt ganz in der Nähe. Zweimal links, dann rechts … glaube ich. Jedenfalls werde ich ihn wiedererkennen, wenn ich ihn sehe.«

Roland war die ganze Zeit über geduldig mit ihr. Ihn beunruhigte ein hässlicher Gedanke, den er Susannah gegenüber jedoch verschwieg: dass dieses unterirdische Labyrinth aus Tunneln und Korridoren ebenso driften könne wie die Himmelsrichtungen der »oberen Welt«, wie er sie insgeheim bereits nannte. Wenn das stimmte, säßen sie ordentlich in Schwierigkeiten.

Hier unten war es so heiß, dass die beiden bald schweißnass waren. Oy hechelte laut und gleichmäßig wie eine kleine Lok, aber er blieb stets neben der linken Ferse des Revolvermanns. Der Boden war hier nicht mehr mit Staub bedeckt, und Spuren, wie sie zurvor gelegentlich welche gesehen hatten, waren hier nicht mehr zu entdecken. Dafür waren die Geräusche hinter den hiesigen Türen lauter, und als sie an der nächsten vorbeikamen, wurde dahinter so kräftig an die Tür geschlagen, dass sie mitsamt dem Rahmen erzitterte. Oy kläffte sie an, wobei er die Ohren anlegte, und Susannah stieß einen kleinen Schrei aus.

»Ganz ruhig«, sagte Roland. »Es kann nicht durchbrechen. Das kann keines von ihnen.«

»Weißt du das auch bestimmt?«

»Ja«, sagte der Revolvermann mit fester Stimme. Dabei war er sich seiner Sache eigentlich keineswegs sicher. Ihm fiel ein Ausdruck von Eddie ein: *Alles ist möglich.*

Sie wichen immer wieder Pfützen aus und achteten darauf, den von Radioaktivität oder Hexenlicht leuchtenden Lachen nicht einmal nahe zu kommen. Als sie an einer geborstenen Leitung vorbeikamen, aus der eine endlose grüne Dampffahne strömte, schlug Susannah vor, den Atem anzuhalten, bis sie ein gutes Stück daran vorbei waren. Roland hielt das für eine ausgezeichnete Idee.

Dreißig oder vierzig Meter weiter bat sie ihn, stehen zu bleiben. »Ich weiß nicht recht, Roland«, sagte sie, und er konnte hören, wie sie sich bemühte, alle Panik aus ihrer Stimme herauszuhalten. »Als ich die Lincoln-Tür gesehen habe, dachte ich, wir hätten's geschafft, aber jetzt … sieht hier alles …« Ihre Stimme schwankte, und er spürte, wie Susannah tief durchatmen musste, während sie darum kämpfte, nicht die Beherrschung zu verlieren. »Jetzt sieht hier alles ganz anders aus. Und die Geräusche … wie sie einem in den Kopf steigen …«

Er wusste, was sie meinte. Zu ihrer Linken hing eine unbezeichnete Tür schief in ihren Angeln, und durch den Spalt am Oberrand drang das atonale Geklingel eines Flitzer-Glockenspiels: Tonfolgen, die grauenhaft und faszinierend zugleich waren. Dabei wehte sie durch den Türspalt ein stetiger Pesthauch an. Roland wusste, dass Susannah gleich vorschlagen wollte, sie sollten umkehren, solange sie noch konnten, und sich die Sache mit den Gängen unter dem Schloss vielleicht noch mal überlegen, deshalb sagte er schnell: »Komm, wir sehen nach, was dort vorn liegt. Wenigstens scheint's etwas heller zu sein.«

Als sie sich kurz darauf einer Kreuzung näherten, von der Tunnel und gekachelte Korridore nach allen Richtungen abzweigten, spürte er, wie Susannah sich ruckend aufsetzte. »Da!«, rief sie. »Dieser Trümmerhaufen! Um den sind wir herumgegangen! Wir sind um ihn herumgegangen, Roland, *das weiß ich genau!*«

Ein Teil des Deckengewölbes war herabgestürzt und bildete mitten auf der Kreuzung ein wüstes Durcheinander aus zerbrochenen Kacheln, zersplittertem Glas, Kabelstücken und einfacher alter Erde. Am Rand dieses Trümmerhaufens waren Fährten zu erkennen.

»Weiter!«, rief sie. »Geradeaus weiter! ›Ich glaube, das ist der, den sie Hauptstraße genannt haben‹, hat Ted gesagt, und Dinky war der gleichen Meinung. Dani Rostov hat gesagt, das sei vor langer Zeit gewesen, ungefähr zu der Zeit, als der Scharlachrote König irgendetwas getan haben soll, um Donnerschlag schließlich dunkel werden zu lassen. Auf diesem Weg soll damals vielen Leuten die Flucht gelungen sein. Nur dass sie dabei auch Spuren ihrer Gedanken zurückgelassen haben. Als ich sie gefragt habe, was für ein Gefühl das sei, hat sie's damit verglichen, als ob man nach dem Ablaufen des Badewassers einen schmutzigen Seifenrand in der Wanne sieht. ›Nicht nett‹, hat sie gesagt. Fred hat den Korridor markiert, und dann sind wir den ganzen Weg in den Dogan zurückgegangen. Ich will weiß Gott nichts beschreien, aber ich glaube, wir haben's jetzt wirklich geschafft.«

Und das hatten sie – zumindest vorläufig. Achtzig Schritte nach dem Trümmerhaufen erreichten sie einen bogenförmigen Durchgang, hinter dem flackernde weiße Kugelleuchten an der Decke eines leicht abfallenden Korridors hingen. An der Wand bildeten vier Kreidestriche, die wegen der durch die Kachelfugen sickernden Feuchtigkeit bereits zu verlaufen begannen, die letzte Mitteilung der befreiten Brecher an sie:

Hier rasteten sie einige Zeit und aßen Hände voll Rosinen aus einer Konservenbüchse. Selbst Oy knabberte ein paar, obwohl sein Verhalten deutlich zeigte, dass er sich nicht viel aus ihnen machte. Nachdem sie genug gegessen hatten und Roland die Büchse wieder in dem Lederbeutel verstaut hatte, fragte er Susannah: »Also, kann's weitergehen?«

»Ja. Am besten sofort, bevor ich meine … *Großer Gott, Roland, was war das?«*

Hinter ihnen, vermutlich in einem der Korridore jenseits der Kreuzung mit dem Trümmerhaufen in der Mitte, war ein gedämpfter dumpfer Aufprall zu hören gewesen. Er hatte irgendwie *flüssig* geklungen, so als hätte ein Riese mit Gummistiefeln, die voller Wasser gelaufen waren, einen Schritt gemacht.

»Keine Ahnung«, sagte er.

Susannah sah sich unbehaglich über die Schulter um, konnte jedoch nur Schatten erkennen. Einige davon bewegten sich, aber das konnte auch daran liegen, dass manche der Lampen unruhig flackerten.

Es *konnte* daran liegen.

»Weißt du was«, sagte sie, »ich glaube, dass es eine gute Idee wäre, hier so schnell wie möglich abzuhauen.«

»Ich glaube, du hast Recht«, sagte Roland, während er sich wie ein Sprinter, der in den Startblöcken hockte, auf ein Knie und die gespreizten Finger beider Hände stützte. Als Susannah dann wieder im Tragegeschirr saß, richtete er sich auf, ging an dem Kreidepfeil an der Wand vorbei und legte ein scharfes Gehtempo vor, das schon fast ein Traben war.

9

Sie waren seit ungefähr einer Viertelstunde in diesem Halbtrab unterwegs, als sie auf ein Skelett in den Überresten einer verrottenden Militäruniform stießen. An dem Totenschädel hing noch ein Hautfetzen, aus dem lustlos ein schwarzes Büschel Haare spross. Die gebleckten Zähne grinsten, wie um sie in der Unterwelt willkommen zu heißen. Auf dem Boden neben dem weiß leuchtenden Beckenknochen lag ein Goldring, der zuletzt wohl von einem der zerfallenden Finger der rechten Hand des Toten geglitten war. Susannah bat Roland, sich den Ring näher ansehen zu dürfen. Er hob ihn auf und gab ihn ihr. Sie betrachtete ihn ausreichend lange, um ihre Vermutung bestätigt zu finden, und warf ihn dann fort. Der Ring klirrte kurz, und danach waren wieder nur tropfendes Wasser und das Flitzer-Glockenspiel zu hören – jetzt zwar leiser, aber unverändert beharrlich.

»Wie ich gedacht habe«, sagte sie.

»Und das wäre?«, fragte Roland, als er sich wieder in Bewegung setzte.

»Der Kerl war ein Elk. Mein Vater hatte denselben verdammten Ring.«

»Ein ›Elk‹? Das sagt mir nichts.«

»Das ist eine Bruderschaft. Sozusagen ein ›Good-ole-boy‹-Ka-Tet. Aber was zum Teufel hat ein Elk hier unten zu suchen gehabt? Wenn's ein Shriner gewesen wäre … das könnte ich zur Not noch verstehen.« Worauf sie leicht irre lachte.

Die von der Decke hängenden Kugeln waren mit irgendeinem leuchtenden Gas gefüllt, das zwar rhythmisch, aber nicht ganz gleichmäßig pulsierte. Susannah ahnte, dass es hier etwas zu erkennen gab, und begriff es auch schon nach kurzer Zeit tatsächlich. Wenn Roland sich rasch bewegte, pulsierten die Leuchtkugeln schnell. Wurde er langsamer (ohne anzuhalten, aber irgendwie eben im Energiesparmodus), verringerte sich auch die Impulsfolge des Leuchtens. Sie glaubte zwar nicht ganz, dass das Pulsieren genau seinem – oder ihrem – Herzschlag entsprach, aber irgendwie gehörte er mit dazu. (Hätte sie das Wort *Biorhythmus* gekannt, hätte sie es sofort darauf angewendet.) Jeweils für die nächsten etwa fünfzig Meter vor ihnen war die Hauptstraße dunkel; erst bei ihrem Näherkommen flammten die Lampen jeweils auf. Es hatte fast etwas Hypnotisierendes an sich. Einmal drehte Susannah sich nach hinten um – nur einmal, sie wollte Roland ja nicht aus dem Tritt bringen – und stellte fest, dass die Lampen, jawohl, etwa fünfzig Meter hinter ihnen wieder erloschen. Die Lichter hier waren viel heller als die flackernden Leuchtkugeln am Anfang der Hauptstraße, und sie vermutete, dass das Flackern daher rührte, dass ihre Energiequelle (wie fast alles in dieser Welt) allmählich versagte. Dann fiel ihr auf, dass eine der Leuchten beim Annähern dunkel blieb. Als sie noch näher herankamen, um dann schließlich unter ihr hindurchzugehen, sah Susannah, dass sie nicht *völlig* tot war; ihr Kern leuchtete weiterhin schwach und pulsierte im Rhythmus ihrer Herzen und Gehirne. Das erinnerte sie an manche Leuchtreklamen, bei denen einer oder mehrere Buchstaben defekt waren, sodass PABST zu PA ST oder TASTY BRATWURST zu TASTY RATWURST wurde. Ungefähr dreißig Meter weiter kam die nächste durchgebrannte Leuchtkugel, dann kamen zwei nacheinander.

»Wenn das so weitergeht, haben wir bald kein Licht mehr«, meinte sie verdrießlich.

»Ich weiß«, sagte Roland. Er schien jetzt ein ganz kleines bisschen außer Atem zu sein.

Die Luft blieb moderig, aber die anfängliche Hitze wich allmählich feuchter Kälte. An den Wänden hingen Plakate, von denen die meisten längst bis zur Unkenntlichkeit verrottet waren. Sie sahen eines auf einem trockenen Wandstück, das einen Mann zeigte, der eben in einer Arena einem Tiger unterlegen war. Die Raubkatze riss dem Schreienden ein blutiges Eingeweideknäuel aus dem Bauch, während die Zuschauer ringsum johlten. Der Plakattext bestand aus jeweils einer Zeile in einem halben Dutzend verschiedener Sprachen. Den an zweiter Stelle stehenden Text konnte Susannah lesen: BESUCHEN SIE DEN CIRCUS MAXIMUS! **SIE WERDEN JUBELN!**

»Jesus, Roland«, sagte Susannah. »Allmächtiger Gott, was waren das für Menschen?«

Roland machte sich nicht die Mühe, einen der Texte zu entziffern, gab aber auch keine Antwort, obwohl er eine hatte: *Folken,* die übergeschnappt waren.

10

In Abständen von hundert Metern führten kurze Treppen – die längste hatte insgesamt nur zehn Stufen – sie allmählich immer tiefer ins Erdinnere hinunter. Als sie nach Susannahs Schätzung ungefähr einen halben Kilometer zurückgelegt hatten, erreichten sie ein Holztor, das aus den Angeln gerissen und völlig zertrümmert worden war – möglicherweise von irgendeinem Fahrzeug. Hier lagen weitere Skelette, an einigen Stellen sogar so dicht, dass Roland es nicht vermeiden konnte, auf sie zu treten. Die Knochen zerbrachen nicht knackend, sondern zerbarsten dumpf, was aber irgendwie die schlimmere Variante war. Der von ihnen aufsteigende Geruch war fahl und feucht. Die meisten Kacheln an den Wandstellen über diesen Toten waren herabgefallen, und die noch verbliebenen Kacheln waren von Kugeln durchlöchert. Also hatte es eine Schießerei gegeben. Susannah öffnete den Mund, aber bevor sie sich dazu äußern konnte, war abermals jener dumpfe Aufprall zu hören. Sie hatte den Eindruck, dass er diesmal etwas lauter war. Auch etwas näher. Sie sah sich um, konnte jedoch nichts erkennen. Die Lichter gingen weiterhin fünfzig Meter hinter ihnen aus.

»Nicht, dass du mich für paranoid hältst, Roland, aber ich glaube, dass wir verfolgt werden.«

»Ja, ich weiß.«

»Soll ich darauf schießen? Oder einen Teller werfen? Irgendwie ist dieses Heulen ziemlich beängstigend.«

»Nein.«

»Warum nicht?«

»Es weiß vielleicht nicht, was wir sind. Wenn du jedoch schießt ... weiß es Bescheid.«

Sie brauchte einen Augenblick, um zu kapieren, was Roland in Wirklichkeit sagte: Er war sich nicht sicher, ob eine Kugel – oder ein Oriza – das Wesen hinter ihnen würde aufhalten können. Oder noch schlimmer: Er *wusste* es möglicherweise.

Als Susannah weitersprach, gab sie sich große Mühe, dabei ruhig zu sein, und fand, dass ihr das auch recht gut gelang. »Glaubst du, dass es etwas aus jener Erdspalte ist?«

»Kann sein«, sagte Roland. »Oder etwas, was aus dem Flitzerdunkel herübergekommen ist. Schweig jetzt.«

Der Revolvermann steigerte seine Geschwindigkeit bis zu Joggingtempo und darüber hinaus. Sie staunte über seine Beweglichkeit, seit die Hüftschmerzen wieder verschwunden waren, aber sie konnte seine Atemzüge nicht nur im Heben und Senken seines Rückens spüren, sondern auch hören: schnelles, keuchendes Einatmen, dann stoßartiges, raues Ausatmen, das fast wie ein Wutschrei klang. Sie hätte alles dafür gegeben, auf den eigenen Beinen – den starken Beinen, um die Jack Mort sie gebracht hatte – neben ihm herlaufen zu können.

Die Leuchtkugeln über ihnen pulsierten jetzt schneller, was auch leichter zu sehen war, weil sie jetzt spärlicher wurden. Zwischen ihnen wuchs ihr gemeinsamer Schatten zunächst in die Länge, um dann allmählich wieder kürzer zu werden, wenn sie sich der nächsten Lichtquelle näherten. Die Luft war kühler; die Fliesen, die den Boden bedeckten, wurden weniger und unebener. An manchen Stellen waren sie aufgewölbt oder derart von breiten Spalten durchzogen, dass Unachtsame leicht hätten zu Fall gebracht werden können. Oy vermied sie mühelos, und Roland war das bisher ebenfalls gelungen.

Susannah wollte ihm gerade sagen, seit einiger Zeit nichts mehr von ihrem Verfolger gehört zu haben, als hinter ihnen etwas gewaltig keuchend Atem holte. Sie fühlte, wie die Luft um sie herum die Richtung änderte; sie spürte ein Zerren an ihren straffen Locken, weil die Luft kräftig nach hinten gesogen wurde. Dabei war ein gewaltiges Sabbern zu hören, bei dem sie am liebsten lauthals geschrien hätte. Was dort hinten auch sein mochte, es war jedenfalls groß.

Nein.

Riesig.

11

Sie stürmten die nächste kurze Treppe hinunter. Fünfzig Meter dahinter brannten drei weitere der pulsierenden Leuchtkugeln mit unstetem Licht, aber dann kam nur Dunkelheit. Die unebenen Kachelwände des Korridors und sein holperiger Fliesenboden verschmolzen zu einem Nichts, das fast körperlich wirkte: wie große Wolken aus locker aufgeschichtetem schwarzem Filz. Sie würden hineinrennen, stellte Susannah sich vor, und ihrer beider Schwung würde sie anfangs noch ein Stück weitertragen. Dann würde dieses Zeug sie zurückfedern lassen, und das, was sie dort hinten verfolgte, würde sie einholen. Sie würde einen Blick auf etwas erhaschen, das so fremdartig und grausig war, dass ihr Verstand es nicht würde begreifen können. Was wiederum ein Segen sein konnte. Dann würde es sich auf sie stürzen und …

Roland stürmte in die Dunkelheit hinein, ohne langsamer zu werden, und sie federten natürlich nicht zurück. Anfangs gab es noch etwas Licht, teils von hinter ihnen, teils von den Leuchtkugeln über ihnen (von denen einige wenige noch wie ersterbend schwach leuchteten). Eben genug, um sie eine weitere Treppe sehen zu lassen, die oben von in erbärmliche Lumpen gehüllten Skeletten flankiert wurde. Roland hastete die Stufen – diesmal waren es neun – hinunter, ohne aus dem Rhythmus zu kommen. Oy rannte neben ihm her; mit angelegten Ohren und unter dem Fell spielenden Muskeln tanzte er fast die Stufen hinunter. Dann umgab sie völlige Dunkelheit.

»Bell, Oy, damit wir nicht übereinander fallen!«, knurrte Roland. »Bellen!«

Oy bellte. Dreißig Sekunden später wurde der Befehl wiederholt, und Oy bellte nochmals.

»Roland, was ist, wenn die nächste Treppe kommt?«

»Die kommt bestimmt«, sagte er, und man brauchte nicht bis hundert zu zählen, dann war es so weit. Sie spürte, wie sein Oberkörper nach vorn kippte und er ins Stolpern geriet. Sie fühlte, wie er die Schultermuskeln anspannte und die Hände vor sich ausstreckte, aber er stürzte nicht. Susannah konnte seine Reflexe nur bewundern. Rolands Stiefel polterten in unvermindertem Tempo die im Dunklen unsichtbare Treppe hinunter. Diesmal zwölf Stufen? Vierzehn? Bevor sie richtig mitzählen konnte, befanden sie sich wieder auf einem ebenen Teil des Korridors. Jetzt wusste sie also, dass er imstande war, Treppen selbst bei Dunkelheit, selbst in vollem Lauf zu bewältigen. Aber was war, wenn er mit dem Fuß in eine Spalte geriet? Das war weiß Gott nur allzu leicht möglich, weil der Zustand des Bodens sich stetig verschlechtert hatte. Oder was war, wenn sie auf ein Hindernis aus aufgestapelten Skeletten stießen? Auch auf dem ebenen Teilstück hier wäre beim jetzigen Tempo wohl ein Sturz kaum zu vermeiden. Was aber war, wenn er oben an einer dieser kleinen Treppen über einen Knochenhaufen stolperte? Sie bemühte sich, das Bild zu verdrängen, wie Roland einem verkrüppelten Turmspringer gleich ins Schwarze hinaussegelte, schaffte es aber nicht ganz. Mit wie vielen gebrochenen Knochen würden sie *beide* nach der Bruchlandung am unteren Ende der Treppe liegen bleiben? *Scheiße, Schätzchen, such dir schon mal 'ne Grabstelle aus,* hätte Eddie vielleicht gesagt. Diese Rennerei mit Höchstgeschwindigkeit war Wahnsinn.

Aber sie hatten keine andere Wahl. Sie konnte das Lebewesen hinter ihnen jetzt nur allzu deutlich hören – nicht bloß seine sabbernden Atemzüge, sondern auch schleifende Geräusche, als würde Sandpapier eine Wand des Korridors streifen – oder auch beide. Zwischendurch hörte sie manchmal ein Klirren und Scheppern, wenn wieder eine Kachel abgerissen wurde. Es war unmöglich, sich aus diesen Geräuschen kein Bild zu machen, und vor Susannahs Augen formte sich ein riesiger schwarzer Wurm, dessen gegliederter Leib den Korridor ganz ausfüllte. Er riss immer wieder lose Kacheln ab und begrub sie unter seinem gallertartigen Körper, während er hungrig vorwärts schoss und den Abstand zwischen sich und ihnen stetig verringerte.

Und das jetzt auch weit schneller als zuvor. Susannah glaubte den Grund dafür zu kennen. Vorhin waren sie der Mittelpunkt einer sich mit ihnen bewegenden Lichtinsel gewesen. Was das Lebewesen hinter ihnen auch sein mochte, es war jedenfalls lichtscheu. Ihr fiel die Stablampe ein, die Roland aus dem Dogan mitgenommen hatte, die ohne frische Batterien allerdings nahezu wertlos war. Hätte sie den Schalter an dem langen Stab betätigt, wäre das verdammte Ding nach zwanzig Sekunden erloschen.

Andererseits … Augenblick.

Stab.

Der lange Metallstab!

Susannah wühlte in dem Ledersack, der gegen Rolands Seite schlug, und fand darin Konserven, aber das waren nicht die Büchsen, die sie suchte. Endlich geriet ihr aber eine davon, die sie am Aufreißstreifen um den Deckel erkannte, in die Finger. Sie hatte keine Zeit, sich zu fragen, warum die Dose sich sofort völlig vertraut anfühlte; Detta hatte so ihre Geheimnisse, und der Umgang mit Sterno gehörte vermutlich dazu. Sie hielt die Dose hoch, als könnte sie sich durch Riechen vergewissern, was sie enthielt, und knallte sie sich dabei prompt auf den Nasensattel, weil Roland plötzlich über irgendetwas strauchelte – vielleicht über herabgestürztes Mauerwerk, vielleicht über ein weiteres Skelett – und kämpfen musste, um auf den Beinen zu bleiben. Auch diesmal schaffte er es, aber irgendwann würde er hinschlagen, und das Lebewesen dort hinten würde vielleicht über ihnen sein, bevor er sich aufrappeln konnte. Susannah spürte, wie ihr warmes Blut übers Gesicht lief, und das Wesen hinter ihnen, das es wohl witterte, stieß einen gewaltigen kehligen Schrei aus. Sie musste an einen Riesenalligator in einem Sumpf in Florida denken, der sein schuppiges Haupt erhob, um den Mond anzubelfern. Und es war so *nahe*.

Lieber Gott, gib mir Zeit, dachte sie. *So will ich nicht enden; bei einem Schusswechsel zu fallen ist eine Sache, aber in völliger Dunkelheit lebendig gefressen zu werden …*

Das war etwas anderes.

»Los, *schneller!*«, fauchte sie Roland an und hieb mit den Oberschenkeln wie ein Reiter, der sein müdes Pferd anspornte, gegen seine Seiten.

Irgendwie gelang es Roland, die Geschwindigkeit nochmals zu steigern. Seine Atmung war jetzt ein qualvolles Röhren. Nicht einmal nachdem er die *Commala* getanzt hatte, hatte er derart gekeucht. Wenn er dieses Tempo beibehielt, würde ihm bald das Herz in der Brust platzen. Aber …

»*Schneller,* Tex! Gib Vollgas, verdammt noch mal! Ich hab vielleicht noch ein Ass im Ärmel, aber bis dahin musst du echt *alles* geben!«

Und in der Dunkelheit unter Schloss Discordia tat Roland genau das.

12

Susannah stieß mit der freien Hand noch einmal in den Lederbeutel und bekam die Stablampe zu fassen. Sie zog sie heraus, klemmte sie sich unter den Arm (mit dem Bewusstsein, dass sie garantiert erledigt waren, wenn sie den Stab fallen ließ), riss dann die Sterno-Büchse auf und war erleichtert, das kurze Zischen des Vakuumverschlusses zu hören. Erleichtert, aber nicht überrascht – wäre die Dose undicht gewesen, wäre das brennbare Gelee, das sie enthielt, längst verdunstet und die Büchse sehr viel leichter gewesen.

»Roland!«, rief sie. »Roland, ich brauche Zündhölzer!«

»Hemd…tasche!«, keuchte er. »Nimm sie dir!«

Zuvor ließ sie die Stablampe jedoch in den Spalt zwischen ihrem Schritt und seinem Rücken gleiten. Dabei wollte sie ihr wegrutschen, aber sie konnte sie gerade noch erwischen. Nun bohrte Susannah den langen Lampenstab in die Sterno-Büchse. Um nach Streichhölzern greifen zu können, während sie die Dose und die nun mit Brennstoff überzogene Stablampe hielt, hätte sie eine dritte Hand gebraucht, deshalb ließ sie die Büchse einfach fallen. Im Lederbeutel steckten noch zwei weitere Dosen, allerdings würde sie eh keine weitere Chance mehr haben, nach einer davon zu greifen, sollte ihr Vorhaben nicht funktionieren.

Das Lebewesen brüllte wieder und schien jetzt *unmittelbar* hinter ihnen zu sein. Nun konnte sie es auch riechen: wie ein Haufen in der Sonne verwesender Fische.

Sie griff über Rolands Schulter hinweg und zog ein Zündholz aus seiner Hemdtasche. Wahrscheinlich reichte die Zeit aus, um eines zu entzünden; für zwei reichte sie bestimmt nicht. Roland und Eddie konnten sie mit dem Daumennagel anreißen, aber Detta Walker hatte immer einen viel besseren Trick beherrscht, einen, mit dem sie mehr als einen der weißen Jungs, die ihr bei ihren Raubzügen durch Straßenkneipen zum Opfer gefallen waren, verblüfft hatte. Sie verzog in der Dunkelheit das Gesicht, fletschte die Zähne und drückte den Streichholzkopf von unten gegen die beiden mittleren oberen Schneidezähne. *Eddie, falls du da bist, hilf mir, Liebster – hilf mir, nicht zu versagen.*

Sie riss das Zündholz an. Die Stichflamme versengte ihr den Gaumen, und sie hatte sofort Schwefelgeschmack auf der Zunge. Der brennende Streichholzkopf blendete ihre an die Dunkelheit angepassten Augen, aber sie sah trotzdem genug, um ihn an den mit Brennstoff überzogenen Stab der Lampe zu halten. Das Sterno fing sofort Feuer und verwandelte die Stablampe in eine Fackel. Ihr Lichtschein war nicht besonders hell, aber immerhin *etwas*.

»Umdrehen!«, rief sie.

Roland kam sofort schlitternd zum Stehen – ohne Fragen, ohne Protest – und warf sich herum. Als sie die Hand mit der brennenden Stablampe ausstreckte, sahen sie beide sekundenlang den feuchten, mit zahlreichen rosa Albinoaugen versehenen Kopf. Darunter befand sich ein Maul von der Größe einer Falltür, das mit sich windenden Tentakeln angefüllt war. Das Sterno brannte zwar nicht sonderlich hell, aber in diesem stygischen Dunkel reichte diese Helligkeit aus, um das Wesen zurückschrecken zu lassen. Bevor es wieder in der Dunkelheit verschwand, sah Susannah noch, wie alle diese Augen sich krampfhaft schlossen, und überlegte sich, wie lichtempfindlich sie wohl sein mussten, wenn schon diese kleine flackernde Flamme sie …

Der unterirdische Gang war hier auf beiden Seiten von unordentlich aufgetürmten Knochenhaufen gesäumt. Das verbreiterte Ende der Stablampe, wo die Birne saß und das Susannah als Griff verwendete, wurde bereits warm. Oy, der mit gesenktem Kopf, gesträubtem Fell und gespreizten kurzen Beinen dastand, kläffte hektisch, während er ins Dunkel starrte.

»In die Hocke, Roland, in die Hocke!«

Er gehorchte, und sie reichte ihm die improvisierte Fackel, die inzwischen bereits schwächer brannte, wobei die über den Edelstahlstab laufenden gelben Flammen bläulich wurden. Das Lebewesen brüllte wieder ohrenbetäubend laut, und jetzt konnte Susannah auch dessen wogende Umrisse wieder erkennen. Weil das Licht schwächer wurde, kam es wieder angekrochen.

Wenn der Boden hier nass ist, sind wir höchstwahrscheinlich erledigt, dachte sie, aber während sie in dem Skeletthaufen nach einem Oberschenkelknochen tastete, stellte sie mit den Fingerspitzen fest, dass er trocken war. Möglicherweise war das nur eine Falschmeldung ihrer hoffnungsvollen Sinne – schließlich konnte sie irgendwo in der Nähe Wasser von der Decke tropfen hören –, aber das glaubte sie eigentlich nicht.

Sie holte die nächste Sterno-Büchse aus dem Lederbeutel, bekam aber beim ersten Versuch den Verschluss nicht auf. Das Wesen rückte stetig näher, und jetzt konnte sie unter dessen klumpenförmigem erhobenem Kopf auch jede Menge kurzer, missgestalteter Beine sehen. Also doch kein Wurm, sondern irgendein riesiger Tausendfüßler. Oy baute sich vor ihr auf, kläffe weiter und fletschte zwischendurch sämtliche Zähne. Oy würde als Erster gefressen werden, wenn sie es nicht bald schaffte, diese Dose zu …

Schließlich glitt ihr Finger in den Ring, der beinahe flach auf dem Deckel lag. Sie hörte ein leises Knacken und Zischen. Roland schwenkte die Stablampe, um die Flammen noch einmal anzufachen (was hätte funktionieren können, hätte es dort noch Nahrung für sie gegeben), und Susannah sah ihre undeutlicher werdenden Schatten wie wahnsinnig über die lückenhaften Kachelwände tanzen.

Der Knochen, den sie geangelt hatte, war zu dick, um in die Sterno-Büchse zu passen. Unbeholfen auf Rolands Rücken liegend, halb in ihrem Tragegeschirr, halb herausgerutscht, steckte sie vier Finger in die Dose und bestrich das vordere Ende des Knochens mit dem geleeartigen Brennstoff. War der Knochen feucht, würden sie so nur wenige schreckliche Sekunden gewinnen. War er jedoch trocken, konnten sie vielleicht … ganz vielleicht …

Das Lebewesen kam unaufhaltsam näher. Zwischen den aus seinem Maul züngelnden Tentakeln konnte sie spitze Reißzähne sehen. Im nächsten Augenblick würde es nahe genug heran sein, um sich Oy zu schnappen, wie ein Gecko eine Fliege aus der Luft schnappte. Der Gestank nach verwestem Fisch war ekelerregend stark. Und was mochte sich dahinter drängen? Welche weiteren Abscheulichkeiten?

Es war nicht an der Zeit, jetzt darüber nachzudenken.

Sie hielt ihre Knochenfackel an die erlöschenden Flammen, die noch den Stab der Lampe einhüllten. Die neue Flamme war heller, als sie erwartet hatte – viel heller –, und der Aufschrei des Lebewesens klang diesmal nicht nur überrascht, sondern auch gepeinigt. Mit einem widerwärtig schmatzenden Geräusch, als würde man Schlamm in einem Plastikregenmantel zusammenquetschen, wich es zurück.

»Gib mir noch mehr Knochen«, sagte sie, als Roland die Stablampe wegwarf. »Und pass auf, dass es *knochentrockne* sind.« Sie lachte über ihren Kalauer (weil es sonst niemand tun wollte), ein kaputtes, schmutziges Detta-Gackern.

Roland, der noch immer keuchend nach Atem rang, tat wie geheißen.

13

Als sie ihren Weg durch den Korridor fortsetzten, saß Susannah rücklings in dem Tragegeschirr, was eine schwierige, aber nicht unmögliche Position war. Falls sie hier herauskamen, würde ihr der Rücken ein, zwei Tage lang verdammt wehtun. *Und ich werde jedes einzelne Pochen davon genießen,* nahm sie sich vor. Roland hatte das T-Shirt mit dem Old-Home-Days-Aufdruck, das Irene Tassenbaum ihm gekauft hatte, mit dabei. Er reichte es Susannah nach hinten, worauf sie es um das eine Ende des Knochens wickelte und ihn dann möglichst weit ausgestreckt hielt, während sie gleichzeitig darauf achtete, das Gleichgewicht zu bewahren. Rennen durfte Roland nicht mehr – dabei wäre sie bestimmt aus dem Tragegeschirr gepurzelt –, aber er schlug ein flottes Marschtempo an und blieb nur gelegentlich stehen, um einen geeigneten Arm- oder Beinknochen aufzuheben. Oy begriff rasch, worum es ging, und fing an, Knochen zu apportieren. Das Wesen verfolgte sie weiter. Gelegentlich erhaschte Susannah einen Blick auf dessen feucht glänzende Haut. Aber selbst wenn es aus dem flackernden Licht ihrer jeweiligen Fackel zurückwich, konnte sie weiter das schmatzende Stampfen hören, als wäre dort ein Riese mit Schlamm in den Stiefeln unterwegs. Irgendwie glaubte sie langsam, dass dieses Geräusch vom Schwanz des Ungetüms herrührte. Das erfüllte sie mit einem unvernünftigen, inwendigen Entsetzen, das aber fast stark genug war, um ihr den Verstand zu rauben.

Dass es auch noch einen Schwanz haben muss!, tobte ihr Verstand geradezu. *Einen Schwanz, der sich so anhört, als wäre er voller Wasser oder Gallert oder halb geronnenem Blut! Jesus! Mein Gott! Allmächtiger!*

Nicht nur das Licht allein hinderte es am Angriff, überlegte Susannah sich, sondern auch die Angst vor Feuer. Solange sie auf dem Korridorteilstück mit den noch funktionierenden Leuchtkugeln unterwegs gewesen waren, musste das Ding im Hintergrund geblieben sein und sich gedacht haben (falls es *denken* konnte), dass es irgendwie besser war, sie sich erst im Dunkeln zu schnappen. Hätte es gewusst, dass sie Feuer machen konnten, hätte es wahrscheinlich einige seiner zahlreichen oder auch alle seine Augen geschlossen und sich dort auf sie gestürzt, wo das Licht schwächer war, weil da schon viele der Leuchten ausgefallen waren. Jetzt hatte es zumindest vorläufig Pech, weil die Knochen erstaunlich gute Fackeln abgaben (auf die Idee, dass der sich wieder erholende Balken ihnen auf diese Weise half, kam sie nicht). Die einzige Frage war nur, ob der Brennstoff reichen würde. Sie konnte jetzt damit haushalten, weil die Knochen von selbst weiterbrannten, sobald sie erst einmal Feuer gefangen hatten – mit Ausnahme einiger feuchter Knochen, die sie hatte wegwerfen müssen, nachdem sie die nächsten Fackeln an den nur schwach glimmenden Enden ihrer Vorgänger entzündet hatte –, aber man *musste* das Feuer in Gang setzen, und von der dritten und letzten Sterno-Büchse war bereits über die Hälfte verbraucht. Susannah bereute jetzt bitter, die erste Dose weggeworfen zu haben, aber sie wusste nicht, was sie sonst hätte tun sollen, als das Ungeheuer sich ihnen so schnell genähert hatte. Und sie wünschte sich auch, Roland würde schneller laufen, vermutete aber, dass er selbst dann kein höheres Tempo hätte durchhalten können, wenn sie richtig herum im Tragegeschirr gesessen und sich an ihm festgehalten hätte. Vielleicht ab und zu ein kurzer Spurt, aber bestimmt nicht mehr. Sie konnte fühlen, wie seine Muskeln unter dem Hemd flatterten. Er war ziemlich erledigt.

Fünf Minuten später, als sie wieder in die Büchse griff, um einen Klumpen »eingedoste Hitze« auf das knochige Knie-Ende eines Schienbeins zu schmieren, berührte sie mit den Fingerspitzen den Dosenboden. Aus der Dunkelheit hinter ihnen war ein weiteres jener wässrigen Stampfgeräusche zu vernehmen. Der Schwanz von Rolands und ihrem speziellen Freund, insistierte ihr Verstand. Das Ungeheuer hielt mit ihnen Schritt. Es wartete darauf, dass ihnen das Feuer ausging und die Welt wieder dunkel wurde. Dann würde es sich auf sie stürzen.

Dann würde es fressen.

14

Sie würden eine Auffangstellung brauchen. Zu dieser Überzeugung gelangte sie praktisch in dem Augenblick, wo ihre Fingerspitzen den Dosenboden berührten. Zehn Minuten und drei Fackeln später machte Susannah sich bereit, den Revolvermann dazu aufzufordern, er solle anhalten, wenn – und falls – sie den nächsten besonders großen Knochenhaufen erreichten. Sie konnten einen Scheiterhaufen aus Lumpen und Knochen errichten, und sobald das Feuer hell loderte, würden sie einfach wie der Teufel rennen. Wenn – und falls – sie das Lebewesen wieder auf ihrer Seite der Feuerbarriere hörten, konnte Roland sich um seine Last erleichtern und sein Tempo erhöhen, indem er sie zurückließ. Sie betrachtete das nicht als Selbstopfer, sondern nur als logischen Gedanken – es gab keinen Grund, dass der monströse Tausendfüßler sie beide erwischen musste, wenn sich das vermeiden ließ. Aber sie hatte auch nicht vor, sich von ihm erwischen zu lassen, wenn es sich verhindern ließ. Jedenfalls nicht lebend. Sie hatte den Revolver, sie würde ihn auch gebrauchen. Fünf Schüsse für Sai Tausendfüßler; sollten die ihn nicht aufhalten, war der sechste für sie.

Bevor sie einen dieser Punkte ansprechen konnte, brachte Roland jedoch drei Worte heraus, die alles aufhoben, was sie hatte sagen wollen. »Licht«, keuchte er. »Vor uns.«

Sie verdrehte sich den Hals, sah aber zunächst nichts, was aber auch an der Fackel liegen mochte, die sie in der ausgestreckten Hand hielt. Dann sah sie etwas: einen schwachen weißen Schimmer.

»Weitere Leuchtkugeln?«, fragte sie. »Ein Abschnitt, in dem sie noch brennen?«

»Vielleicht. Ich glaub's aber nicht.«

Fünf Minuten später merkte sie, dass sie im Schein einer ihrer letzten Fackeln Boden und Wände des Korridors erkennen konnte. Der Boden war mit einer dünnen Schicht aus Staub und Kieselsteinen bedeckt, die nur von draußen hereingeweht worden sein konnte. Susannah, die in der Linken einen flammenden Knochen hielt, dessen Ende mit einem T-Shirt umwickelt war, reckte beide Arme hoch und stieß einen Triumphschrei aus. Das Ungeheuer antwortete mit einem wütenden, verärgerten Brüllen, das ihrem Herzen wohl tat, auch wenn sie davon am ganzen Körper eine Gänsehaut bekam.

»Lebe wohl, Schätzchen!«, schrie sie. »Lebe wohl, du vieläugiger Motherfucker!«

Es brüllte noch einmal und warf sich dabei nach vorn. Einen Augenblick lang sah sie es deutlich: ein mächtiger runder Klumpen, der trotz des offen stehenden Mauls nicht als Kopf bezeichnet werden konnte; der gegliederte Leib, der von den Kontakten mit den unebenen Wänden zerkratzt war und Schleim absonderte; ein Quartett aus kräftigen Stummelarmen, zwei auf jeder Seite. Die Arme endeten in klappernden Scheren. Als Susannah aufschrie und ihm wieder die Fackel entgegenstreckte, wich das Ungeheuer mit einem weiteren ohrenbetäubenden Brüllen zurück.

»Hat deine Mutter dir nicht beigebracht, dass man Tiere nicht ärgern darf?«, sagte Roland. Seine Stimme klang dabei so trocken, dass sie nicht wusste, ob er sie necken wollte oder nicht.

Fünf Minuten später waren sie draußen.

Kapitel II

Auf der Ödland-Prachtstrasse

1

Sie verließen den Korridor durch einen zerbröckelten Stollenausgang am Fuß des Steilhangs neben einer Nissenhütte, die der Experimentalstation von Bogen 16 glich, aber viel kleiner war. Die Außenhaut dieses kleinen Gebäudes war mit Rost bedeckt. Vor seiner Vorderfront lagen Knochenhaufen, die ungefähr kreisförmig angeordnet waren. Die Felsen in der Umgebung waren geschwärzt und an einigen Stellen gesprungen; ein Felsblock von der Größe des Queen-Anne-Hauses im Algul Siento, in dem die Taheen gelebt und gearbeitet hatten, klaffte in der Mitte auseinander und ließ erkennen, dass er mit funkelnden Mineralen gefüllt war. Die Luft war kalt, und sie konnten das rastlose Heulen des Windes hören, aber die Felsen hielten das Schlimmste ab, weshalb sie das Gesicht in stummer Dankbarkeit dem klaren blauen Himmel zuwandten.

»Hier hat irgendeine Art Kampf stattgefunden, stimmt's?«, sagte Susannah.

»Ja, vermutlich. Ein großer, vor langer Zeit.« Roland schien völlig erledigt zu sein.

Vor der halb offenen Tür der Nissenhütte lag ein Schild, allerdings mit der Schriftseite nach unten. Susannah bestand darauf, dass er sie absetzte, damit sie es umdrehen und lesen konnte. Roland tat, was sie verlangte, dann lehnte er sich sitzend an einen Felsen zurück und starrte Schloss Discordia an, das jetzt hinter ihnen lag. Zwei Türme ragten ins Himmelsblau auf: der eine ganz, der andere im oberen Viertel gekappt. Roland bemühte sich, möglichst wieder zu Atem zu kommen. Der Boden unter ihm war verdammt kalt, und er wusste bereits, dass ihre Reise durch das Ödland schwierig werden würde.

Susannah hatte unterdessen das Schild aufgehoben. Sie hielt es in der einen Hand und rieb mit der anderen festgebackenen alten Schmutz ab. Was dann auf dem Schild zu lesen war, ließ ihr einen kalten Schauder über den Rücken laufen:

DIESER KONTROLLPUNKT IST GESCHLOSSEN. FÜR IMMER.

Darunter, in Rot, als ob es sie anstarrte, war das Auge des Königs zu sehen.

2

Der Hauptraum der Nissenhütte enthielt nichts außer zertrümmerten Einrichtungsgegenständen und weiteren Skeletten, von denen keines vollständig war. Im Lagerraum nebenan entdeckte sie köstliche Überraschungen: lange Regale mit Konserven – viel mehr, als sie hätten tragen können. Und auch weitere Sterno-Büchsen. (Sie glaubte nicht, dass Roland noch einmal über »eingedoste Hitze« lästern würde, und damit lag sie auch richtig.) Wie aus einem Treppenwitz heraus streckte sie den Kopf aus der Hintertür des Lagerraums und erwartete eigentlich nur, dort ein paar Skelette zu finden. Sie sah lediglich *eines*. Das Wertvolle an ihm aber war das Fahrzeug, auf dem diese lose Ansammlung von Knochen ruhte: ein Wägelchen von der Art wie der Karren, auf dem Susannah bei ihrem Palaver mit Mia auf dem Wehrgang des Schlosses gesessen hatte. Das hiesige war zwar kleiner, dafür aber auch in weit besserem Zustand. Die Räder waren nicht aus Holz, sondern aus Metall und hatten flache Reifen aus irgendeinem Kunststoff. Aus den Seiten ragten Zuggriffe, und sie erkannte, das dieses Wägelchen in Wirklichkeit eine Art Rikscha war.

Halt dich bereit, dein Schätzchen zu ziehen, Graukopf!

Das war ein typisch garstiger Detta-Walker-Gedanke, aber er kam so überraschend, dass sie trotzdem laut darüber lachen musste.

»Was hast du Amüsantes gefunden?«, rief Roland.

»Du wirst schon sehen!«, antwortete sie und bemühte sich, Detta zumindest aus ihrer Stimme herauszuhalten. Was ihr jedoch nicht völlig gelang. »Kriegste bald zu sehn, aber hoppla!«

3

Hinten an die Rikscha war ein kleiner Motor angebaut, aber beide erkannten auf einen Blick, dass dieser seit einer Ewigkeit nicht mehr gelaufen war. Im Lagerraum fand Roland ein paar einfache Werkzeuge, darunter auch einen verstellbaren Schraubenschlüssel. Er war mit offenen Backen festgerostet, aber etwas Öl (aus einer Susannah sehr vertrauten rot-schwarzen 3-in-1-Dose) machte ihn wieder gängig. Roland benutzte den Engländer, um den Motor von seiner Halterung loszuschrauben, und warf ihn dann beiseite. Während er arbeitete und Susannah das tat, was Daddy Mose als verschärftes Zuschauen bezeichnet hätte, saß Oy vierzig Schritte von jenem Stolleneingang entfernt, durch den sie ans Tageslicht gekommen waren: offensichtlich als Wachposten gegen das Ungeheuer, das sie im Dunkeln verfolgt hatte.

»Höchstens fünfzehn Pfund weniger gewonnen«, sagte Roland, indem er sich die Hände an den Jeans abwischte und den Motor betrachtete, »aber bis wir diesen Wagen nicht mehr brauchen, werden wir wohl froh sein, ihn um was auch immer erleichtert zu haben.«

»Wann brechen wir dann auf?«, fragte Susannah.

»Sobald wir so viele Konserven aufgeladen haben, wie ich mir zutraue, notfalls tragen zu können«, sagte er und seufzte schwer.

Sein stoppeliges Gesicht war blass. Er hatte dunkle Ringe um die Augen und auch ein paar neue Falten, die seine Wangen durchfurchten und sich von den Mundwinkeln bis zum Kinn hinunterzogen. Er war schrecklich abgemagert.

»Roland, das geht nicht! Nicht so bald! Du bist doch völlig erledigt!«

Er zeigte auf Oy, der geduldig Wache hielt, und den dunklen Stolleneingang vierzig Schritt hinter dem Tier. »Möchtest du diesem Loch wirklich so nahe sein, wenn die Nacht kommt?«

»Wir können Feuer machen …«

»Vielleicht hat es Freunde«, sagte er, »die keine Angst vor Feuer haben. Im Stollen hat dieses Ding sich uns nicht mit anderen teilen wollen, weil es dachte, nicht teilen zu *müssen*. Jetzt ist es ihm vielleicht egal, vor allem, wenn es rachsüchtig sein sollte.«

»Solche Wesen können nicht denken. Bestimmt nicht.« Das ließ sich leichter glauben, weil sie jetzt draußen waren. Aber sie wusste, dass sie ihre Meinung vielleicht ändern würde, wenn die Schatten länger wurden und ineinander zu fließen begannen.

»Ich glaube nicht, dass wir es uns leisten können, das zu riskieren«, sagte Roland.

Wenn auch widerstrebend, gelangte sie zu der Überzeugung, dass er wohl irgendwie Recht hatte.

4

Zu ihrem Glück war das erste Stück des schmalen Weges, der sich ins Ödland davonschlängelte, fast eben, und als sie eine Steigung erreichten, erhob Roland keine Einwände dagegen, dass Susannah von dem Wägelchen, dem sie den Namen Ho Fats Luxustaxi gegeben hatte, abstieg und tapfer hinter ihm herhüpfte, bis sie den Hügelkamm erreicht hatten. Ganz allmählich blieb Schloss Discordia immer weiter hinter ihnen zurück. Roland marschierte weiter, als die Felsen den gekappten Schlossturm verdeckten; erst als auch der andere nicht mehr zu sehen war, zeigte er auf einen Felsüberhang neben dem Weg. »Hier bleiben wir über Nacht, wenn du keine Einwände hast.«

Sie hatte keine. Sie hatten genügend Knochen und Khakifetzen mitgebracht, um Feuer machen zu können, aber Susannah war klar, dass das Brennmaterial nicht lange reichen würde. Die Lumpen würden so schnell verbrennen wie Zeitungspapier, und die Knochen würden verbrannt sein, bevor die Zeiger von Rolands eleganter neuer Uhr (die er ihr fast ehrfürchtig gezeigt hatte) um Mitternacht zusammenkamen. Und morgen Abend würde es vermutlich gar kein Feuer geben und deshalb auch nur kaltes Essen direkt aus der Büchse. Ihr war bewusst, dass alles noch weit schlimmer hätte sein können – sie schätzte die Tagestemperatur auf sieben bis acht Grad, und immerhin *hatten* sie Lebensmittel –, aber sie hätte viel für einen Pullover und noch mehr für eine lange Unterhose gegeben.

»Bestimmt finden wir unterwegs anderes Zeug, das wir zum Feuermachen benutzen können«, sagte sie hoffnungsvoll, als das Feuer schließlich brannte (die brennenden Knochen stanken übel, und sie achteten darauf, auf der dem Wind zugekehrten Seite des Feuers zu sitzen). »Unkraut … Buschwerk … weitere Knochen … vielleicht sogar dürres Holz.«

»Das glaube ich nicht«, sagte er. »Nicht auf dieser Seite des Schlosses des Scharlachroten Königs. Nicht mal Teufelsgras, das sonst in Mittwelt praktisch überall wächst.«

»Das kannst du nicht wissen. Jedenfalls nicht sicher.« Sie konnte es nicht ertragen, an endlose Tage mit gleich bleibend niedrigen Temperaturen zu denken, während sie beide für nichts Extremeres als einen Frühlingstag im Central Park angezogen waren.

»Ich glaube, er hat dieses Land gemordet, als er Donnerschlag verdunkelt hat«, meinte Roland nachdenklich. »Wahrscheinlich war es sowieso nie sehr ergiebig, aber jetzt ist es völlig unfruchtbar. Aber wir sollten dankbar sein für das, was uns beschert ist.« Er streckte die Hand aus und berührte einen Pickel, der sich neben ihrer vollen Unterlippe gebildet hatte. »Vor hundert Jahren hätte dieser hier dunkler werden, sich ausbreiten und dir das Fleisch von den Knochen fressen können. Das Gehirn erfassen und dich vor deinem Tod in den Wahnsinn treiben können.«

»Krebs? Strahlenkrankheit?«

Roland zuckte die Achseln, als wäre das nicht weiter wichtig. »Irgendwo jenseits des Schlosses des Roten Königs erreichen wir vielleicht Grasland oder sogar wieder Wälder, obwohl das Gras, bis wir dort sind, unter einer Schneedecke liegen dürfte. Es ist die falsche Jahreszeit. Das spüre ich in der Luft, das merke ich daran, wie schnell der Tag dunkel wird.«

Susannah ächzte und wollte damit eine komische Wirkung erzielen, aber was herauskam, war ein ängstlicher, erschöpfter Laut, der so echt klang, dass er sie selbst erschrak. Oy stellte die Ohren auf und sah sich nach ihnen um. »Warum heiterst du mich nicht ein wenig auf, Roland?«

»Du musst die Wahrheit wissen«, sagte er. »Unter den jetzigen Voraussetzungen können wir ziemlich lange durchhalten, Susannah, aber das wird kein Spaß. Auf dem Wagen haben wir genügend Vorräte für einen Monat oder sogar länger, wenn wir sie strecken … und das werden wir tun. Wenn wir wieder fruchtbares Land erreichen, werden wir auch Tiere finden, um sie zu erlegen, selbst wenn schon Schnee liegen sollte. Und darauf zähle ich. Nicht weil wir bis dahin Hunger auf frisches Fleisch haben werden, obwohl das zu erwarten ist, sondern weil wir die Felle brauchen. Ich hoffe, dass wir sie nicht verzweifelt dringend brauchen werden, dass die Sache nicht so knapp wird, aber …«

»Aber du fürchtest, dass es so sein wird.«

»Ja«, sagte er, »leider. Über längere Zeit hinweg ist im Leben kaum etwas so entmutigend wie anhaltende Kälte – vielleicht nicht streng genug, um zu töten, aber ständig da, um einem Stück für Stück Energie und Willenskraft und Körperfett zu rauben. Du wirst schon sehen.«

Das tat sie.

5

Im Leben ist kaum etwas so entmutigend wie anhaltende Kälte.

Unter Tags war es nicht so schlimm. Dann waren sie zumindest unterwegs, betätigten sich körperlich und hielten ihren Kreislauf in Schwung. Aber auch schon tagsüber begann Susannah die freien Flächen zu fürchten, zu denen sie manchmal kamen, die Orte, wo der Wind über meilenweite vegetationslose Geröllfelder zwischen Kegelstümpfen oder Tafelbergen heulte. Dergleichen Formationen ragten wie die roten Finger sonst gänzlich begrabener Steingiganten in den gleich bleibend blauen Himmel auf. Der Wind schien immer schneidender zu werden, während sie sich unter milchigen Wolkenschleiern, die dem Pfad des Balkens folgten, mühsam weiterschleppten. Susannah hob ihre aufgesprungenen Hände, um das Gesicht vor dem Wind zu schützen. Sie konnte es nicht ausstehen, wie ihre Finger fast ganz gefühllos wurden und sich in betäubte Extremitäten verwandelten, in denen es unter der Haut kribbelte. Ihre Augen füllten sich mit Wasser, und dann liefen ihr Ströme von Tränen übers Gesicht. Diese Tränenspuren gefroren nie; so streng war die Kälte nicht. Sie war nur streng genug, um ihr Leben in langsam eskalierendes Elend zu verwandeln. Für welche Bagatelle hätte sie an diesen unangenehmen Tagen, in diesen schrecklichen Nächten ihre unsterbliche Seele verkauft? Manchmal glaubte sie, ein einziger Pullover hätte als Kaufpreis genügt; ein andermal sagte sie sich: *Nein, Schätzchen, dafür besitzt du auch jetzt noch zu viel Selbstachtung. Würdest du für einen einzigen Pullover eine Ewigkeit in der Hölle – oder vielleicht im Flitzerdunkel – verbringen wollen? Bestimmt nicht!*

Nun, *vielleicht* nicht. Wenn der Teufel, der sie in Versuchung führte, beispielsweise ein Paar Ohrenwärmer drauflegen würde …

Und dabei wäre eigentlich so wenig erforderlich gewesen, um es behaglich zu haben. Daran musste sie ständig denken. Sie hatten Verpflegung, und sie hatten auch Wasser, weil sie in Abständen von fünfundzwanzig Kilometern an Pumpen vorbeikamen, die noch arbeiteten und aus tiefen Gesteinsschichten unter dem Ödland große Mengen von kaltem, nach Mineralstoffen schmeckendem Wasser förderten.

Ödland. Sie hatte Stunden und Tage, letztlich sogar Wochen Zeit, über diesen Begriff nachzudenken. Was machte es so unwirtlich? Vergiftetes Wasser? Das hiesige Wasser war nicht süß, durchaus nicht, aber es war auch nicht ungenießbar. Nahrungsmangel? Sie hatten Verpflegung, obwohl sie vermutete, dass die Nahrungsfrage später ein Problem werden könnte, wenn sie keine neuen Nahrungsquellen auftun konnten. Unterdessen hatte sie das ewige Büchsenfleisch gewaltig satt, von Rosinen zum Frühstück und Rosinen, wenn man eine Nachspeise wollte, ganz zu schweigen. Aber das Zeug war Nahrung. Körpertreibstoff. Was machte das Ödland so unwirtlich, wenn man Nahrung und Wasser hatte? Zu beobachten, wie der Himmel im Westen erst golden, dann rostbraun wurde; zu verfolgen, wie er im Osten erst purpurrot, dann sternenfunkelnd schwarz wurde. Sie beobachtete diese Übergänge vom Tag zur Nacht mit zunehmendem Grauen: mit dem Gedanken an eine weitere endlos lange Nacht, in der sie sich zu dritt zusammendrängten, während der Wind sich heulend durch die Felsen wand und die Sterne mitleidlos herabschienen. Endlose Stunden in einer kalten Hölle, während einem die Finger kribbelten und man dachte: *Wenn ich nur einen Pullover und ein Paar Handschuhe hätte, dann hätte ich es behaglich. Mehr bräuchte es nicht, nur einen Pullover und ein Paar Handschuhe. Weil es nämlich eigentlich gar nicht so kalt ist.*

Wie kalt wurde es nach Sonnenuntergang denn tatsächlich? Nie unter null Grad, das wusste sie, weil das Wasser, das sie Oy hinstellte, nie gefror. Sie schätzte, dass die Temperatur zwischen Mitternacht und Tagesanbruch auf vier bis fünf Grad sank; in einigen Nächten musste sie allerdings auch knapp über dem Gefrierpunkt gelegen haben, weil am Rand von Oys Wasserschüssel bereits winzige Eiskristalle zu sehen gewesen waren.

Allmählich begann sie seinen Pelz voller Neid zu betrachten.

Anfangs redete sie sich ein, das sei nur ein spekulativer Zeitvertreib – wie hoch hielt der Metabolismus des Bumblers seine Körpertemperatur, wie warm hielt dieser Pelz (dieser dichte, dieser *üppig* dichte, dieser *erstaunlich* dichte Pelz) ihn eigentlich? Allmählich erkannte sie aber, was in Wirklichkeit dahinter steckte: Neidgefühle, die sich mit Dettas Stimme meldeten. *Der kleine Scheißer spürt keine Kälte nich, wenn die Sonne untergeht, was? Nee, der nich! Ob dem sein Pelz für zwei Paar Fausthandschuh reichn würd?*

Elend und entsetzt, verdrängte sie solche Gedanken wieder, fragte sich, ob es für den menschlichen Geist in seiner gemeinsten, berechnendsten, egoistischsten Verfassung ein unteres Limit gab, wollte es dann aber lieber nicht so genau wissen.

Tiefer und immer tiefer fraß die Kälte sich in sie hinein, Tag für Tag, Nacht für Nacht. Wie ein Holzsplitter. Sie schliefen zusammengedrängt mit Oy zwischen sich und drehten sich gemeinsam um, sodass abwechselnd die Körperseiten, die dem Wind ausgesetzt gewesen waren, auch einmal nach innen kamen. Wirklich erholsamer Schlaf war nie lange möglich, selbst wenn sie noch so erschöpft waren. Als der zunehmende Mond die Nächte zu erhellen begann, marschierten sie zwei Wochen lang nur nachts und schliefen dafür tagsüber. Das ging etwas besser.

Die einzigen Tiere, die sie zu Gesicht bekamen, waren große schwarze Vögel, die am südöstlichen Horizont vorbeiflogen oder sich in ganzen Schwärmen auf den Tafelbergen versammelten. Wenn der Wind günstig war, konnten Roland und Susannah ihre schrille, schwatzhafte Unterhaltung hören.

»Glaubst du, dass diese Dinger essbar wären?«, fragte Susannah den Revolvermann einmal. Der Mond war zu einer schmalen Sichel geworden, und sie waren wieder tagsüber unterwegs, um potenzielle Gefahren rechtzeitig erkennen zu können (an mehreren Stellen war der Weg von tiefen Spalten durchzogen, und einmal mussten sie einen Erosionstrichter umgehen, der bodenlos zu sein schien).

»Was glaubst *du?«*, fragte Roland zurück.

»Wahrscheinlich nicht, aber ich hätte nichts dagegen, mal einen zu probieren, um es rauszukriegen.« Sie hielt ganz kurz inne. »Wovon leben die deiner Meinung nach?«

Roland wiegte nur den Kopf.

An der hiesigen Stelle schlängelte sich der Weg durch einen phantastischen versteinerten Garten aus nadelspitzen Felsformationen. In einiger Entfernung kreisten über hundert jener schwarzen Krähenvögel um einen flachen Tafelberg oder saßen an dessen Abbruch und blickten wie knopfäugige Geschworene zu Roland und Susannah hinüber.

»Vielleicht sollten wir ja einen Umweg machen«, sagte sie. »Zusehen, ob wir's irgendwie rauskriegen können.«

»Wenn wir vom Weg abweichen, finden wir ihn vielleicht nicht wieder«, sagte Roland.

»Bockmist! Oy könnte ...«

»Susannah, ich will nichts mehr davon hören!« Er sprach in einem derart ärgerlichen Ton, den sie bisher an ihm nicht kannte. Ärgerlich, das ja, sie hatte Roland schon oft ärgerlich erlebt. Aber hier schwangen eine Kleinlichkeit, eine Übellaunigkeit mit, die ihr Sorgen machten. Und die sie auch etwas ängstigten.

In der folgenden halben Stunde schwiegen sie beide. Roland zog Ho Fats Luxustaxi, auf dem Susannah saß. Dann stieg der schmale Weg (die Ödland-Prachtstraße, wie Susannah sie insgeheim nannte) steil an, und sie sprang ab, schloss zu Roland auf und hielt dann möglichst mit ihm Schritt. Für solche Ausflüge hatte sie sein T-Shirt mit dem Old-Home-Days-Aufdruck in zwei Teile zerrissen, die sie sich dann um die Hände wickelte. Der Stoff schützte sie vor scharfkantigen Steinen und wärmte auch die Finger, zumindest ein wenig.

Er blickte auf sie hinab, dann wieder auf den Weg, der vor ihnen lag. Er hatte die Unterlippe leicht vorgeschoben, und Susannah dachte, dass Roland bestimmt nicht wusste, wie absurd trotzig dieser Ausdruck war – wie der eines Dreijährigen, der nicht mit an den Strand durfte. Er konnte es nicht wissen, und sie würde es ihm nicht sagen. Vielleicht später, wenn sie sich an diesen Albtraum erinnern und darüber lachen konnten. Wenn sie nicht mehr genau wissen würden, was so schrecklich an einer Nacht war, in der die Temperatur fünf Grad betrug und man auf dem kalten Boden zitternd wach lag, einzelne Sternschnuppen ihre nicht wärmende Feuerspur über den Himmel ziehen sah und unaufhörlich dachte: *Nur einen Pullover, mehr brauchte ich gar nicht. Nur einen Pullover, dann würde ich froh wie ein Papagei zur Fütterungszeit mitwandern.* Und sich überlegte, ob Oys Pelz für warme Unterhosen für sie beide ausreichen würde und ob man dem armen kleinen Kerl damit nicht sogar einen Gefallen täte, wenn man ihn umbrächte; schließlich war er so *traurig*, seit Jake die Lichtung betreten hatte.

»Susannah«, sagte Roland, »ich habe dich vorhin angefahren und erflehe daher deine Verzeihung.«

»Nicht nötig«, wehrte sie ab.

»Doch, ich glaube schon. Wir haben auch so genügend Schwierigkeiten, da sollten wir nicht noch Schwierigkeiten zwischen uns schaffen. Da sollten wir nicht Verstimmungen zwischen uns aufkommen lassen.«

Sie schwieg. Blickte zu ihm auf, während er nach Südosten sah, um die kreisenden Vögel zu beobachten.

»Diese Krähen«, sagte er.

Sie schwieg weiter, wartete.

»In meiner Kindheit haben wir sie manchmal Schwarze Vögel von Gan genannt. Ich habe Eddie und dir erzählt, wie mein Freund Cuthbert und ich Brot für die Vögel ausgelegt haben, nachdem der Koch gehenkt worden war, oder?«

»Ja.«

»Das waren genau solche Vögel. Bei manchen haben sie Schlosskrähen geheißen. Aber nie Königskrähen, weil sie nämlich Aasfresser waren. Du hast gefragt, wovon diese Vögel leben. Es könnte sein, dass sie ihr Fressen auf den Höfen und Gassen *seines* Schlosses suchen, seit er nicht mehr dort residiert.«

»Le Casse Roi Russe oder Roi Rouge oder wie du's nennst.«

»Aye. Ich kann es nicht mit Sicherheit sagen, aber …«

Roland sprach nicht weiter, aber das war auch nicht notwendig.

Danach behielt Susannah die Vögel im Auge und stellte fest, dass sie tatsächlich immer aus Südosten zu kommen und dort hinzufliegen schienen. Die Vögel konnten bedeuten, dass sie letztlich doch vorankamen. Das war nicht viel, aber immerhin genug, um sie für den Rest des Tages und tief in eine weitere zitternd verbrachte, erbärmlich kalte Nacht hinein in gehobene Stimmung zu versetzen.

6

Am nächsten Morgen, als sie in einem weiteren feuerlosen Lager ein weiteres kaltes Frühstück verzehrten (Roland hatte versprochen, dass sie an diesem Abend etwas Sterno verbrauchen würden, um wieder einmal eine Mahlzeit zu bekommen, die warm war), fragte Susannah, ob sie sich die Taschenuhr, die er von der Tet Corporation geschenkt bekommen hatte, ansehen dürfe. Roland reichte sie ihr bereitwillig hinüber. Sie betrachtete die drei in den Sprungdeckel eingravierten Siguls lange, vor allem den Turm mit seinen spiralförmig aufsteigenden Fenstern. Dann ließ sie den Deckel aufspringen und las die Widmung. Ohne zu Roland aufzusehen, sagte sie: »Erzähl mir noch mal, was sie gesagt haben.«

»Sie haben weitergegeben, was sie von einem ihrer Telepathen gehört hatten. Ihrer Darstellung nach muss er besonders talentiert sein, aber ich habe seinen Namen vergessen. Er meint jedenfalls, dass die Uhr stehen bleiben oder sogar rückwärts laufen könnte, wenn wir uns dem Dunklen Turm nähern.«

»Schwer vorstellbar, dass eine Patek Philippe rückwärts laufen soll«, sagte Susannah. »Sie zeigt an, dass es in New York momentan acht Uhr sechzehn morgens oder abends ist. Dem Gefühl nach scheint's hier jetzt ungefähr halb sieben zu sein, aber das hat vermutlich nicht viel zu bedeuten. Trotzdem, woher sollen wir wissen, ob dieses Ding nun vor- oder nachgeht?«

Roland hatte aufgehört, Sachen zu seinen *Gunna* zu packen, und dachte über ihre Frage nach. »Siehst du den kleinen Zeiger unten in der Mitte? Den, der ganz allein umläuft?«

»Den Sekundenzeiger, ja.«

»Sag mir, wann er genau oben ankommt.«

Sie verfolgte, wie der Sekundenzeiger seinen Kreis vollendete, und als er oben anlangte, sagte sie: »Jetzt!«

Roland war in die Hocke gegangen, was er inzwischen mit seiner schmerzfreien rechten Hüfte mühelos konnte. Er schloss die Augen und umschlang seine Knie mit den Armen. Bei jedem Ausatmen stand eine dünne Atemwolke vor seinem Gesicht. Susannah bemühte sich, sie nicht zu beachten; ihr kam es vor, als hätte die verhasste Kälte genügend Kraft gewonnen, um vor ihnen zu erscheinen: weiterhin geisterhaft, aber deutlich sichtbar.

»Roland, was …«

Er machte eine abwehrende Handbewegung, ohne die Augen zu öffnen, und sie verstummte.

Der Sekundenzeiger beschrieb hastig seinen Kreis, tauchte erst nach unten und stieg dann wieder auf, bis er senkrecht stand. Und als er dort anlangte …

Roland öffnete die Augen und sagte: »Das war eine Minute. *Wahrhaftig* eine Minute, so wahr ich unter dem Balken lebe.«

Sie starrte ihn verblüfft an. »Wie um Himmels willen schaffst du das?«

Roland schüttelte den Kopf. Er wusste's nicht. Er wusste nur, dass Cort ihnen gepredigt hatte, sie müssten stets imstande sein, die Zeit im Kopf zu messen, weil man sich auf mechanische Uhren nicht verlassen könne und Sonnenuhren an bewölkten Tagen nun einmal wertlos seien. Oder natürlich um Mitternacht. In einem Sommer hatte er sie in einer unbehaglichen Nacht nach der anderen in den Hain westlich des Schlosses geschickt (und dort draußen war es ziemlich unheimlich, zumindest wenn man allein war, obwohl das natürlich keiner laut gesagt hätte – nicht einmal die Jungen untereinander), bis sie genau pünktlich zu der von Cort festgesetzten Minute auf den Hof hinter dem Großen Saal zurückkehren konnten. Es war merkwürdig, wie jene Uhr im Kopf funktionierte. Anfangs tat sie das natürlich nicht. Und wieder nicht. Und wieder nicht. Dann holte Cort mit seiner schwieligen Hand aus, ließ sie zu einem wuchtigen Schlag herabfallen und knurrte: *Grrr, Wurm, heut Abend geht's zurück in den Wald! Dir scheint's dort draußen ja mächtig zu gefallen!* Aber sobald die Uhr im Kopf dann einmal zu ticken begann, schien sie für immer und ewig richtig zu gehen. Eine Zeit lang hatte Roland diese Fähigkeit zwar eingebüßt gehabt, genau wie die Welt ihre Himmelsrichtungen verloren hatte, aber jetzt war sie wieder da, und das munterte ihn gewaltig auf.

»Hast du die Minute abgezählt?«, fragte sie. »Einundzwanzig, zweiundzwanzig, irgendwas in der Art?«

Er schüttelte den Kopf. »Ich weiß es einfach. Wann eine Minute vorbei ist – oder eine Stunde.«

»Red kein' Stuss!«, sagte sie. »Du hast geraten!«

»Hätte ich dann nach genau einer Umdrehung des Zeigers gesprochen?«

»Vielleicht war's bloß Dusel«, sagte Detta und betrachtete ihn gewitzt, wobei sie ein Auge beinahe, aber nicht ganz schloss, eine Mimik, die Roland nicht ausstehen konnte. (Aber das würde er ihr nie sagen; er wusste, dass Detta ihn sonst bei den Gelegenheiten, bei denen sie sich zeigte, nur damit gepiesackt hätte.)

»Willst du's noch mal versuchen?«, fragte er.

»Nein«, sagte Susannah und seufzte. »Ich glaube dir, dass deine Uhr exakt richtig geht. Was wiederum bedeutet, dass wir dem Dunklen Turm nicht nahe sind. Noch nicht.«

»Vielleicht nicht so nahe, dass er meine Uhr beeinflussen kann, aber näher, als ich ihm jemals gewesen bin«, sagte Roland ruhig. »Wir sind praktisch bereits in seinem Schatten. Glaub mir, Susannah – ich spreche wahrhaftig.«

»Aber …«

Über ihnen war ein Krächzen zu hören, das rau und zugleich eigenartig gedämpft klang: *Kruu, kruu!* statt *krah, krah!* Susannah hob den Kopf und sah einen der riesigen schwarzen Vögel, die

Roland als Schlosskrähen bezeichnete, so tief über sie hinwegfliegen, dass sie die angestrengten Flügelschläge hören konnten. In seinem langen Hakenschnabel trug er einen schlaffen Strang von etwas Gelbgrünem. Susannah erschien es wie ein Stück welker Seetang. Nur nicht *ganz* verwelkt.

Sie wandte sich Roland zu und sah ihn aufgeregt an.

Er nickte. »Teufelsgras. Wahrscheinlich bringt der Vogel es mit, um das Nest seiner Gefährtin damit zu polstern. Bestimmt nicht als Futter für die Kleinen. Nicht *dieses* Zeug. Aber Teufelsgras sieht man immer als Letztes, wenn man in Nichtlande geht, und immer als Erstes, wenn man herauskommt, so wie wir's jetzt tun. Wie wir es endlich tun. Hör mich jetzt an, Susannah, ich möchte, dass du mir zuhörst und diese lästige Schlampe Detta in den hintersten Winkel deiner Gedanken verbannst. Zudem möchte ich nicht, dass du meine Zeit damit vergeudest, etwa zu behaupten, sie sei nicht da, wo ich sie doch in deinen Augen die *Commala* tanzen sehen kann.«

Susannah wirkte überrascht, dann etwas eingeschnappt, so als wollte sie gleich widersprechen. Aber schließlich sah sie weg, ohne ein Wort zu sagen. Als sie ihn wieder ansah, konnte sie die Gegenwart »dieser lästigen Schlampe«, wie Roland sie genannt hatte, nicht mehr spüren. Und Roland schien sie ebenfalls nicht mehr wahrzunehmen, jedenfalls sprach er nun weiter.

»Ich glaube, dass es bald so aussehen wird, als kämen wir aus dem Ödland heraus, aber du wärst gut beraten, dem Augenschein nicht zu trauen – ein paar Häuser und vielleicht etwas Straßenpflaster garantieren weder Sicherheit noch Zivilisation. Und es wird nicht mehr lange dauern, bis wir sein Schloss – Le Casse Roi Russe – erreichen. Der Scharlachrote König hält sich höchstwahrscheinlich nicht mehr dort auf, aber er könnte eine Falle für uns hinterlassen haben. Ich möchte, dass du Augen und Ohren offen hältst. Sollte es etwas zu reden geben, möchte ich, dass du das mir überlässt.«

»Was weißt du, was ich nicht weiß?«, fragte sie. »Was hältst du zurück?«

»Nichts«, sagte er (mit für ihn seltener Ernsthaftigkeit). »Das ist nur ein Gefühl, Susannah. Wir sind unserem Ziel jetzt nahe, unabhängig davon, was die Uhr anzeigen mag. Kurz davor, uns den Weg zum Dunklen Turm zu erschließen. Aber mein alter Lehrer Vannay hat immer gesagt, es gebe nur eine Regel ohne Ausnahme: *Vor dem Sieg kommt die Versuchung*. Und je größer der Sieg ist, den es zu erringen gilt, desto größer ist die Versuchung, der man widerstehen muss.«

Susannah fröstelte und schlang sich die Arme um den Oberkörper. »Ich möchte es nur warm haben«, sagte sie. »Wenn mir niemand eine große Ladung Brennholz und eine Flanellhemdhose dafür bietet, dass ich dem Turm entsage, können wir wohl noch eine Zeit lang durchhalten.«

Roland kam eine von Corts gewichtigsten Maximen in den Sinn – *Niemals das Schlimmste laut aussprechen!* –, hielt aber den Mund, zumindest in Bezug auf dieses Thema. Er steckte die Uhr wieder sorgfältig ein und erhob sich dann, bereit zum Aufbruch.

Aber Susannah zögerte noch. »Ich habe von dem anderen geträumt«, sagte sie. Von wem sie sprach, brauchte sie nicht zu sagen. »Drei Nächte hintereinander, wie er unserer Fährte nachhastet. Glaubst du, dass er wirklich da ist?«

»O ja«, sagte Roland. »Und irgendwie hat er einen leeren Bauch.«

»Hongrig, Mordred sein hongrig«, murmelte sie. Auch diese Worte hatte sie im Traum gehört.

Susannah fröstelte wieder.

7

Der Weg, dem sie folgten, wurde breiter, und an diesem Nachmittag zeigten sich auf seiner Oberfläche auch die ersten schäbigen Steinplatten einer ehemaligen Pflasterung. Er wurde zunehmend noch breiter, und nicht lange vor Einbruch der Dunkelheit erreichten sie eine Stelle, wo ein weiterer Weg (der im Lange-Her bestimmt eine Straße gewesen war) sich mit ihm vereinigte. Hier stand eine rostige Eisenstange, die früher vermutlich ein Straßenschild getragen hatte, das jedoch verschwunden war. Am nächsten Tag stießen sie auf das erste Gebäude diesseits von Fedic: eine eingefallene Ruine mit den Überresten einer Veranda, auf der ein umgedrehtes Schild lag. Hinter dem Haus war eine zusammengesackte Scheune zu sehen. Susannah drehte das Schild mit Rolands Hilfe um, und sie konnten darauf ein Wort entziffern: MIETSTALL. Darunter war wieder das ihnen so unheimlich vertraute rote Auge aufgemalt.

»Ich glaube, unser Weg war früher die Poststraße zwischen Schloss Discordia und Le Casse Roi Russe«, sagte er. »Das ergäbe Sinn.«

Sie zogen an weiteren Gebäuden, weiteren einmündenden Straßen vorbei. Es handelte sich hier um den Außenbezirk eines Dorfs oder einer Kleinstadt, vielleicht sogar einer richtigen Stadt, die einst das Schloss des Scharlachroten Königs umgeben hatte. Aber im Gegensatz zu Lud war von ihr nur sehr wenig übrig geblieben. In der Umgebung einiger Ruinen wuchs Teufelsgras in trübseligen Büscheln, aber dazwischen regte sich kein Leben. Die Kälte war schneidender als je zuvor. In der vierten Nacht nachdem sie die Krähen gesichtet hatten, wollten sie in den noch stehenden Überresten eines Hauses übernachten, konnten beide diesmal jedoch flüsternde Stimmen in den Schatten hören. Roland bestimmte sie – mit einer Nüchternheit, die Susannah unheimlich erschien – als die Stimmen von Gespenstern oder »Hausgeistern«, wie er sie nannte, und schlug vor, auf die Straße zurückzukehren.

»Ich glaube nicht, dass sie uns schaden können, aber sie könnten dem kleinen Kerl wehtun«, sagte Roland und streichelte Oy, der ihm mit einer Ängstlichkeit, die seiner sonstigen Art völlig widersprach, auf den Schoß gesprungen war.

Mit einem Rückzug war Susannah nur allzu gern einverstanden. Das Gebäude, in dem sie hatten kampieren wollen, strahlte eine Frostigkeit aus, die sie als noch schlimmer denn wirkliche Kälte empfand. Diese Wesen, die sie dort hatte flüstern hören, mochten uralt sein, aber sie waren anscheinend noch immer hungrig. Und so drängten die drei sich wieder wärmesuchend neben Ho Fats Luxustaxi mitten auf der Ödland-Prachtstraße aneinander und warteten darauf, dass die Temperatur mit Sonnenaufgang um ein paar Grad anstieg. Sie versuchten, mit Holz aus einem der eingestürzten Gebäude Feuer zu machen, schafften es aber nur, eine doppelte Hand voll Sterno zu vergeuden. Der Brennstoff verlief sich zwischen dem Holz des zerbrochenen Stuhls, den sie als Anmachholz hatten verwenden wollen, flammte kurz auf und ging dann aus. Das Holz wollte einfach nicht brennen.

»Warum?«, fragte Susannah, während sie beobachtete, wie die letzten Rauchfetzen sich auflösten. *»Warum?«*

»Überrascht dich das, Susannah von New York?«

»Nein, aber ich möchte den Grund dafür wissen. Ist es zu alt? Versteinert oder irgendwas?«

»Es brennt nicht, weil es uns hasst«, sagte Roland, als hätte das auch für sie auf der Hand liegen müssen. »Das hier ist *sein* Land, noch immer seines, obwohl er weitergezogen ist. Hier hasst uns alles. Aber … pass auf, Susannah. Was hältst du davon, wenn wir wieder nachts marschieren, da wir jetzt auf einer richtigen Straße sind, die überwiegend gepflastert ist? Willst du's versuchen?«

»Klar«, sagte sie. »Alles dürfte besser sein, als auf der Straße zu liegen und vor Kälte zu bibbern wie ein Kätzchen, das gerade ins Wasserfass getunkt worden ist.«

Und so verfuhren sie dann auch – für den Rest dieser ersten Nacht und in den beiden folgenden Nächten. Susannah dachte sich oft: *Ich werde bestimmt krank, so kann ich nicht weitermachen, ohne mir irgendwas zu holen,* aber dazu kam es nie. Sie wurden beide nie krank. Lästig war nur der Pickel links neben ihrer Unterlippe, der manchmal aufplatzte und etwas blutete, bevor er sich wieder schloss und verschorfte. Das Einzige, was sie plagte, war die dauernde Kälte, die sich immer tiefer in ihr Innerstes hineinfraß. Der Mond hatte wieder zuzunehmen begonnen, und da wurde ihr auch klar, dass sie nun schon fast einen Monat von Fedic aus nach Südosten zogen.

Langsam ersetzte ein verfallenes Dorf die phantastischen Gärten aus Felsnadeln, aber Susannah hatte sich zu Herzen genommen, was Roland gesagt hatte: Sie befanden sich weiter im Ödland, und obwohl sie jetzt gelegentlich auf Straßenschilder stießen, die diese Straße als DES KÖNIGS WEG bezeichneten (natürlich mit dem Auge; das rote Auge fehlte nie), war ihr bewusst, dass sie in Wirklichkeit weiter auf der Ödland-Prachtstraße waren.

Das Dorf war befremdend, und sie konnte sich noch nicht einmal andeutungsweise vorstellen, was für eine sonderbare Spezies hier einst gelebt haben mochte. Die Seitenstraßen waren gepflastert. Die Häuschen waren schmal und steilgieblig; sie besaßen zudem sehr schmale und abnorm hohe Türen, als wären sie für jene lang gezogenen Gestalten erbaut worden, wie man sie in den Zerrspiegeln eines Spiegelkabinetts sehen konnte. Dies waren Lovecraft-Häuser, Clark-Ashton-Smith-Häuser, William-Hope-Hodgson-Grenzlandhäuser, alle unter einer Lee-Brown-Coye-Mondsichel zusammengedrängt: krumme, windschiefe Häuser auf den Hügeln, die sich allmählich zu beiden Seiten der Straße zu erheben begannen. Wo hier und da eines eingestürzt war, hatten die Ruinen ein unangenehm *organisches* Aussehen angenommen, so als bestünden sie statt aus altem Holz, Dachziegeln und Glas aus zerfetztem und verwesendem Fleisch. Immer wieder bildete Susannah sich ein, in irgendeiner Anordnung aus Brettern und Schatten tote Gesichter zu erkennen: Gesichter, die sich in den Trümmern zu drehen und Rolands und ihren Weg mit grässlichen Zombieaugen zu verfolgen schienen. Sie erinnerten Susannah an den Türsteher in Dutch Hill und ließen sie frösteln.

In der vierten Nacht auf Des Königs Weg erreichten sie eine große Kreuzung, an der die Hauptstraße krumm abbog und mehr nach Süden als nach Osten – und somit vom Pfad des Balkens weg – weiterführte. Vor ihnen, weniger als einen Nachtmarsch entfernt (oder eine Nachtfahrt weit, wenn man zufällig Ho Fats Luxustaxi benutzte), ragte ein hoher Hügel auf, der von einem riesigen schwarzen Schloss gekrönt wurde. Im schwachen Mondschein wirkte es auf Susannah halbwegs orientalisch. Die Türme waren oben ausgebuchtet, als wünschten sie sich, sie könnten Minarette sein. Phantastische Laufstege spannten sich zwischen ihnen, kreuzten sich über dem Hof vor dem eigentlichen Schloss. Ein paar dieser Laufstege waren eingestürzt, aber die meisten hielten noch. Außerdem konnte sie ein tiefes, dumpfes Brausen hören. Nicht von Maschinen. Sie fragte Roland danach.

»Wasser«, sagte er.

»Was für Wasser? Hast du eine Idee?«

Er schüttelte den Kopf. »Aber selbst wenn ich am Verdursten wäre, würde ich nichts trinken, was so nahe am Schloss vorbeifließt.«

»Dieser Ort ist des Übels«, murmelte sie und meinte damit nicht nur das Schloss, sondern auch das namenlose Dorf mit den schiefen

(scheel grinsenden)

Häusern, die um sie herum aus dem Boden gewachsen waren. »Und noch etwas, Roland – er ist nicht verlassen.«

»Susannah, wenn du spürst, dass Geister anklopfen, um in deinen Kopf zu gelangen – anklopfen oder sich einschleichen –, dann schick sie einfach fort.«

»Du glaubst, dass das dann funktioniert?«

»Das kann ich nicht so genau sagen«, gab er zu, »aber ich habe gehört, dass man solchen Geistern zuerst Zutritt gewähren muss – dass sie es aber verstehen, sich diese Erlaubnis durch allerlei Listen zu erschleichen.«

Susannah hatte *Dracula* gelesen und Pere Callahans Geschichte aus Jerusalem's Lot gehört, weshalb sie nur zu gut verstand, wie Roland das meinte.

Er fasste sie sanft an den Schultern und drehte sie von dem Schloss weg – das vielleicht nicht von Natur aus schwarz war, hatte sie sich überlegt, sondern nur im Lauf der Jahre dunkel geworden war. Bei Tageslicht würde das besser zu erkennen sein. Gegenwärtig wurde ihr Weg lediglich von einem Viertelmond erhellt, den immer wieder Wolken verdüsterten.

Von der Kreuzung, auf der sie Halt gemacht hatten, führten mehrere Straßen ab, von denen die meisten krumm wie gebrochene Finger waren. Die eine, die Roland ihr zeigte, war jedoch schnurgerade, und Susannah wurde klar, dass dies die einzige *ganz* gerade Straße war, die sie gesehen hatte, seit das verlassene Dorf sich stumm zu beiden Seiten ihres Wegs erhoben hatte. Sie war nicht mit Steinen gepflastert, sondern hatte einen glatten Straßenbelag und verlief nach Südosten, immer den Pfad des Balkens entlang. Über ihr glitten die vom Mondschein versilberten Wolken wie Boote bei einer Seeprozession dahin.

»Siehst auch du am Horizont einen dunklen Schatten, meine Liebe?«, fragte er.

»Ja. Einen dunklen Schatten mit einem weißlichen Streifen davor. Was ist das? Weißt du das?«

»Ich vermute etwas, aber ich bin mir meiner Sache nicht sicher«, sagte Roland. »Ich schlage vor, dass wir hier rasten. Der Tag ist nicht mehr weit, und dann sehen wir beide mehr. Außerdem möchte ich mich jenem Schloss nicht nachts nähern.«

»Wenn der Scharlachrote König fort ist und der Pfad des Balkens dort drüben liegt ...« Sie zeigte die gerade Straße entlang. »Wozu müssen wir dann überhaupt in sein verdammtes altes Schloss gehen?«

»Zum einen, um festzustellen, dass er *wirklich* fort ist«, sagte Roland. »Und vielleicht schaffen wir es auf diese Weise auch, den hinter uns in eine Falle zu locken. Was ich zwar bezweifle – er ist schlau –, aber die Möglichkeit besteht. Er ist auch jung, und die Jugend ist nun einmal gelegentlich leichtsinnig.«

»Du würdest ihn umbringen?«

Rolands Lächeln wirkte im Mondschein eisig. Unbarmherzig. »Ohne einen Moment zu zögern«, sagte er.

8

Am Morgen wachte Susannah zwischen den hinten in der Rikscha verstreuten Vorräten aus einem unruhigen Halbschlaf auf und sah Roland, wie er auf der Kreuzung stand und den Pfad des Balkens hinabblickte. Sie stieg ab und bewegte sich dabei sehr vorsichtig. Sie war über Nacht steif geworden und wollte nicht fallen. Die Knochen in ihrem Fleisch stellte sie sich als etwas Kaltes und Sprödes vor: Glasknochen, die leicht zersplittern konnten.

»Was siehst du?«, fragte Roland sie. »Was siehst du dort vorn, nachdem es nun hell ist?«

Das weißliche Band war Schnee, was sie angesichts der Tatsache, dass dort Bergland lag, nicht überraschte. Was sie jedoch überraschte – und ihr Herz mehr erfreute, als sie je für möglich gehalten hätte –, waren die Bäume oberhalb des Schneestreifens. Grüne Tannen. *Lebende Bäume.*

»Oh, Roland, sie sehen herrlich aus!«, sagte sie. »Selbst mit dem unteren Stamm im Schnee sehen sie wundervoll aus! Findest du nicht auch?«

»Ja«, sagte er nur. Er hob sie hoch und drehte sich mit ihr in die Richtung um, aus der sie gekommen waren. Jenseits der hässlich zusammengedrängten Vorstadt mit den verlassenen Häusern konnte sie einen Teil des Ödlands sehen, das sie durchquert hatten: ein bizarres Gewirr aus Felsnadeln, aus dem einzelne Kegelstümpfe und Tafelberge aufragten.

»Stell dir Folgendes vor«, sagte Roland. »Dort hinten in Blickrichtung liegt Fedic. Jenseits von Fedic kommt Donnerschlag. Jenseits von Donnerschlag kommen die Callas und der Wald, der das Grenzland zwischen Mittwelt und Endwelt markiert. Lud liegt weit dahinter, und River Crossing noch weiter; auch das Westliche Meer und die große Mohainewüste liegen dort. Und irgendwo dort hinten, in der Weite und auch in der Zeit verloren, liegen die letzten Reste von Innerwelt. Die Baronien. Gilead. Orte, an denen noch jetzt Menschen leben, die sich an Liebe und Licht erinnern.«

»Ja«, meinte sie, ohne zu verstehen, was er damit sagen wollte.

»Dorthin hat der Scharlachrote König sich gewandt, um seiner Wut freien Lauf zu lassen«, fuhr Roland fort. »Er wollte in die andere Richtung, musst du wissen, zum Dunklen Turm, und war sich selbst in seinem Wahnsinn darüber im Klaren, dass er das Land, durch das er ziehen musste – er und ein Gefolge aus Anhängern, die er mitzunehmen beschlossen hatte –, nicht verwüsten durfte.« Er zog sie an sich und küsste sie mit einer Zärtlichkeit auf die Stirn, die sie fast zu Tränen rührte. »Wir drei werden sein Schloss besuchen und dort Mordred fangen, sollten die Götter uns begünstigen und ihm übel wollen. Dann ziehen wir weiter – zurück ins lebende Land. Dort wird es Holz zum Feuermachen geben und Wild, um an Frischfleisch und Felle für Kleidungsstücke zu kommen. Kannst du noch etwas länger durchhalten, meine Liebe? *Kannst* du?«

»Aye«, sagte sie. »Ich danke dir, Roland.«

Sie umarmte ihn, und während sie das tat, sah sie zum roten Schloss hinüber. Bei zunehmendem Tageslicht war zu sehen, dass die im Lauf der Jahre dunkler gewordenen Steine, aus denen es erbaut worden war, ursprünglich die Farbe vergossenen Bluts gehabt hatten. Das weckte wieder Erinnerungen an ihr Palaver mit Mia auf dem Wehrgang von Schloss Discordia: Erinnerungen an ein stetig pulsierendes scharlachrotes Licht in der Ferne. Eigentlich von ziemlich genau dorther, wo sie jetzt standen.

Komm jetzt zu mir, wenn du überhaupt willst, Susannah von New York, hatte Mia sie aufgefordert. *Der König kann selbst aus der Ferne seinen Bann ausüben.*

Sie hatte von diesem pulsierenden roten Glühen gesprochen, aber …

»Es ist weg!«, sagte sie zu Roland. »Das rote Licht aus dem Schloss … der Schmiede des Königs, so hat sie's genannt! Es ist erloschen! *Wir haben es die ganze Zeit über kein einziges Mal gesehen!«*

»Richtig«, sagte er, und diesmal war sein Lächeln etwas wärmer. »Ich glaube, dass wir es zum Erlöschen gebracht haben, als wir die Arbeit der Brecher beendet haben. Das Schmiedefeuer des Königs brennt nicht mehr, Susannah. Auf ewig, wenn die Götter uns wohl gesinnt sind. Wenigstens das haben wir erreicht, wenn wir auch teuer dafür bezahlt haben.«

Am Nachmittag dieses Tages erreichten sie Le Casse Roi Russe, das sich als doch nicht gänzlich verlassen erweisen sollte.

Kapitel III

Das Schloss des Scharlachroten Königs

1

Sie waren noch eine Meile von dem Schloss entfernt, und das Brausen des unsichtbaren Flusses war sehr laut geworden, als mit einem Mal Fahnenschmuck und Wahlplakate vor ihnen auftauchten. Der Fahnenschmuck bestand aus rot-weiß-blauen Fähnchen und Girlanden – die Art, die Susannah mit Paraden am Volkstrauertag und kleinstädtischen Hauptstraßen am Unabhängigkeitstag in Verbindung brachte. An den Fassaden dieser schmalen, geheimnistuerischen Häuser und ehemaligen Geschäfte, die längst geschlossen und vom Keller bis zum Dachboden ausgeräumt waren, wirkte solcher Schmuck wie Rouge auf den Wangen eines verwesenden Leichnams.

Die Gesichter auf den Plakaten waren ihr nur allzu vertraut. Richard Nixon und Henry Cabot Lodge machten mit Zeige- und Mittelfinger das Siegeszeichen und grinsten wie Autoverkäufer (NIXON/LODGE, WEIL DIE ARBEIT NOCH NICHT GETAN IST, hieß es dazu). John Kennedy und Lyndon Johnson hatten einander die Arme um die Schultern gelegt und die freien Hände grüßend erhoben. Unter ihren Füßen stand die kühne Behauptung WIR BRECHEN ZU NEUEN GRENZEN AUF.

»Irgendeine Idee, wer gewonnen hat?«, fragte Roland über die Schulter hinweg. Susannah fuhr gegenwärtig mit Ho Fats Luxustaxi und sah sich die Sehenswürdigkeiten an (und wünschte sich dabei, sie hätte einen Pullover; schon eine leichte Wolljacke hätte ihr weiß Gott genügt).

»O ja«, sagte sie. Sie zweifelte keinen Augenblick daran, dass diese Plakate in ihrem, Susannahs, Interesse angebracht worden waren. »Kennedy hat gewonnen.«

»Er ist dein Dinh geworden?«

»Dinh der gesamten Vereinigten Staaten. Und Johnson hat den Job bekommen, nachdem Kennedy erschossen worden war.«

»Erschossen? Sagst du das?« Roland wirkte neugierig.

»Aye. Von einem Feigling namens Oswald aus dem Hinterhalt erschossen.«

»Und deine Vereinigten Staaten waren das mächtigste Land der Welt.«

»Na ja, Russland hat uns gerade schwer Konkurrenz gemacht, als du mich am Kragen gepackt und nach Mittwelt gerissen hast, aber im Prinzip hast du Recht.«

»Und die Bürger deines Landes wählen ihren Dinh selbst? Dieses Amt wird nicht vom Vater auf den Sohn vererbt?«

»Richtig«, sagte sie leicht misstrauisch. Sie erwartete fast, dass Roland gleich das demokratische System kritisieren würde. Oder darüber lachen.

Stattdessen überraschte Roland sie, indem er sagte: »Das klingt ziemlich knorke, um Blaine den Mono zu zitieren.«

»Tu mir einen Gefallen und zitiere ihn nicht, Roland. Weder jetzt noch jemals wieder. Okay?«

»Wie du willst«, sagte er, dann fuhr er ohne Pause, aber mit viel leiserer Stimme fort: »Halt meinen Revolver bereit, wenn's beliebt.«

»Wird gemacht«, bestätigte Susannah sofort und ebenso leise. Das kam als *Wi' g'mach'* heraus, weil sie die Lippen möglichst nicht bewegen wollte. Sie konnte spüren, dass sie jetzt aus dem Inneren der Gebäude beobachtet wurden, die sich an diesem Ende von Des Königs Weg zusammendrängten wie Krämerläden und Wirtshäuser einer mittelalterlichen Kleinstadt (oder einer entsprechenden Filmkulisse). Sie wusste nicht, ob das Menschen, Roboter oder vielleicht nur weiterhin funktionierende Fernsehkameras waren, aber sie hatte diesem Gefühl nicht misstraut, noch bevor Roland gesprochen und es bestätigt hatte. Und sie brauchte Oy, dessen Kopf wie das

Pendel einer Standuhr hin- und herschwang, nur anzusehen, um zu wissen, dass auch er das spürte.

»Und war er ein guter Dinh, dieser Kennedy?«, fragte Roland wieder mit normaler Stimme. Sie trug trotz des Brausens in der Luft gut. Susannah stellte etwas Wunderbares fest: Sie fror ausnahmsweise nicht, obwohl die Luft hier in der Nähe des brausenden Flusses feuchtkalt war. Sie war viel zu sehr auf die Welt um sich herum konzentriert, um zu frieren. Zumindest gegenwärtig.

»Na ja, das haben nicht alle gefunden, vor allem der Spinner nicht, der ihn erschossen hat, aber ich schon«, antwortete sie. »Als Kandidat hat er den Leuten erzählt, dass er große Veränderungen plant. Wahrscheinlich haben nicht mal die Hälfte der Wähler geglaubt, dass er das ernst meint, weil nämlich die meisten Politiker aus demselben Grund lügen, aus dem ein Affe am Schwanz hängend von einem Ast baumelt – einfach weil er's kann. Aber sowie er gewählt war, hat er angefangen, die Dinge anzugehen, die er versprochen hatte. Es kam zu einem Showdown wegen einer Insel namens Kuba, und er war genauso tapfer wie … tja, sagen wir einfach, dass es dir gefallen hätte, mit ihm zu reiten. Als gewisse Leute gesehen haben, wie ernst er es tatsächlich meint, haben diese Arschlöcher den Spinner angeworben, damit der ihn erschießt.«

»Oz-walt.«

Sie nickte, ohne sich die Mühe zu machen, seine Aussprache zu korrigieren, weil sie merkte, dass es daran eigentlich nichts zu korrigieren gab. *Oz-walt. Oz.* So schloss der Kreis sich wieder, nicht wahr?

»Und Johnson hat das Amt übernommen, nachdem Kennedy gefallen war.«

»Jawoll.«

»Wie hat *er* abgeschnitten?«

»Das war noch nicht abzusehen, als ich New York verlassen habe. Aber er war eher der Typ, der es gewohnt war, das übliche Spiel zu spielen. ›Mitmarschieren, um voranzukommen‹, haben wir dazu gesagt. Du weißt wahrscheinlich, was ich damit meine?«

»Ja, in der Tat«, sagte er. »Und, Susannah, ich glaube, wir sind da.« Roland brachte Ho Fats Luxustaxi zum Stehen. Er stand mit den Handgriffen in den Fäusten da und betrachtete Le Casse Roi Russe.

2

Des Königs Weg endete hier und führte auf einen weiten mit Steinen gepflasterten Vorhof, den die Männer des Scharlachroten Königs einst bestimmt so pflichtbewusst bewacht hatten, wie Königin Elisabeths Beefeaters den Buckingham-Palast bewachten. Ein Auge, im Lauf der Jahre nur wenig verblasst, war mit roter Farbe aufs Pflaster gemalt worden. Auf dem Hof stehend, konnte man nur erraten, was es war, aber von den oberen Stockwerken des Schlosses aus würde das Auge die Aussicht nach Nordwesten beherrschen, wie Susannah vermutete.

Dasselbe verdammte Ding ist wahrscheinlich auch in allen anderen Himmelsrichtungen aufgemalt, dachte sie.

Über diesem Vorhof spannte sich zwischen zwei verlassenen Wachttürmen ein anscheinend frisch gemaltes Spruchband. In Schablonenschrift (ebenfalls rot, weiß und blau) war darauf zu lesen:

WILLKOMMEN, ROLAND UND SUSANNAH!
(OY AUCH!)
KEEP ON ROCKIN' IN DER FREIEN WELT!

Das Schloss jenseits des Vorhofs (und des kanalisierten Flusses, der als Wassergraben diente) war tatsächlich aus dunkelroten Steinblöcken erbaut worden, die sich im Lauf der Jahre fast schwarz verfärbt hatten. Aus dem Hauptgebäude sprossen Türmchen und Türme in die Höhe und schwollen auf eine Art und Weise an, die dem Auge wehtat und die Schwerkraft zu besiegen schien. Das eigentliche Schloss inmitten dieser verspielten Anbauten war nüchtern und schmucklos bis auf das in den Schlussstein des Torbogens über dem Haupteingang eingehauene starrende Auge. Zwei der hohen Laufstege waren eingestürzt und hatten den großen Hof mit Steintrümmern überschüttet, aber sechs weitere waren noch intakt und überschnitten sich auf verschiedenen Ebenen, was Susannah an ein Autobahnkreuz mit zahlreichen Ein- und Ausfahrten erinnerte. Wie schon bei den Häusern waren auch hier die Türen und Fenster eigenartig schmal. Wohl genährte schwarze Krähen saßen auf Fenstersimsen und waren auf den hohen Laufstegen aufgereiht, von denen sie auf die drei herabblickten.

Susannah, die Rolands Revolver so im Gürtel stecken hatte, dass sie ihn leicht erreichen konnte, schwang sich von der Rikscha. Sie gesellte sich zu Roland und begutachtete mit ihm das Schlosstor diesseits des Wassergrabens. Es stand offen. Dahinter überspannte eine gewölbte Steinbrücke den Fluss. Unter ihr rauschte dunkles Wasser durch eine zehn, zwölf Meter breite Steinrinne. Das Wasser roch unangenehm streng, und dort, wo einige scharfkantige schwarze Felsen es zerteilten, war der Schaum gelb, nicht weiß.

»Was machen wir jetzt?«, fragte sie.

»Als Erstes hören wir diesen Burschen zu«, antwortete Roland und nickte zum Haupteingang jenseits des gepflasterten Vorhofs hinüber. Aus dem offen stehenden Portal traten jetzt zwei Männer – völlig normale Gestalten, keine Zerrbilder aus dem Spiegelkabinett, wie Susannah eigentlich erwartet hatte. Als sie den Vorhof schon halb überquert hatten, kam ein dritter Mann herausgeschlüpft und hastete hinter ihnen her. Keiner von ihnen schien bewaffnet zu sein, und als die beiden vorderen Männer die Brücke erreichten, war Susannah auch nicht besonders überrascht, dass sie sich als eineiige Zwillinge erwiesen. Und der Mann hinter ihnen sah ebenso aus: ein Weißer, ziemlich groß, langes schwarzes Haar. Also Drillinge: zwei als Empfangskomitee, der dritte als Draufgabe. Sie trugen Jeans und schwere Kolanis, die sie ihnen sofort (und schmerzlich) neidete. Die beiden vorderen Männer hatten große Weidenkörbe mit Ledergriffen dabei.

»Mit Bärten und Brillen würden sie genauso aussehen wie Stephen King, als Eddie und ich ihn damals besucht haben«, sagte Roland halblaut.

»Wirklich? Im Ernst?«

»Ja. Weißt du noch, was ich gesagt habe?«

»Ich soll dich reden lassen.«

»Und dass vor dem Sieg die Versuchung kommt. Denk auch daran.«

»Das tue ich. Roland, hast du Angst vor ihnen?«

»Ich glaube, dass wir von diesen dreien nicht viel zu befürchten haben. Aber halte dich trotzdem schussbereit.«

»Sie sehen nicht bewaffnet aus.« Andererseits konnte in diesen Weidenkörben natürlich alles Mögliche verborgen sein.

»Halt dich trotzdem bereit.«

»Verlass dich drauf!«, sagte sie.

3

Trotz des Brausens des Flusses unter der Brücke konnten sie das gleichmäßige *Tock-tock* der Stiefelabsätze des Trios hören. Die beiden mit den Körben hielten auf dem höchsten Punkt der Brücke an. Dort stellten sie ihre Traglasten nebeneinander ab. Der dritte Mann blieb jenseits der Brücke stehen und faltete schicklich die Hände vor dem Körper. Susannah konnte nun riechen, dass einer der Körbe zweifellos gebratenes Fleisch enthielt. Aber kein Langschwein. Roastbeef und Huhn, alles durcheinander, das roch sie … himmlische Düfte! Ihr lief das Wasser im Mund zusammen.

»Heil, Roland von Gilead!«, sagte der schwarzhaarige Mann zur Rechten. »Heil, Susannah von New York! Heil, Oy von Mittwelt! Lange Tage und angenehme Nächte!«

»Einer ist hässlicher als der andere«, bemerkte sein Begleiter.

»Hört nicht auf ihn«, sagte der rechte Stephen-King-Doppelgänger.

»›Hört nicht auf ihn‹«, äffte der andere ihn nach, indem er das Gesicht zu einer derart hässlichen Grimasse verzog, dass sie schon wieder komisch wirkte.

»Mögen sie euch doppelt vergönnt sein«, sagte Roland zu dem höflicheren der beiden. Er streckte das rechte Bein vor und vollführte eine flüchtige Verbeugung. Susannah deutete, wie in der Calla üblich, einen Knicks an, wobei sie imaginäre Röcke spreitete. Oy, der neben Rolands linkem Fuß saß, glotzte das Zwillingspaar auf der Brücke einfach nur an.

»Wir sind Uffis«, sagte der rechte Mann. »Kennt Ihr Uffis, Roland?«

»Ja«, sagte Roland und fügte dann an Susannah gewandt hinzu: »Das ist ein altes Wort … sogar ein uraltes. Er behauptet, sie seien Gestaltwandler.« Dann sagte er mit viel leiserer Stimme, die gewiss nicht über das Brausen des Flusses hinweg zu hören war: »Ich glaube aber nicht, dass das stimmt.«

»Doch, es stimmt«, sagte der rechte Mann durchaus freundlich.

»Lügner sehen überall ihresgleichen«, bemerkte der linke Mann und rollte spöttisch ein Auge. Nur eines. Susannah konnte sich nicht daran erinnern, schon einmal gesehen zu haben, dass jemand nur mit *einem* Auge rollte.

Der dritte Mann sagte weiterhin nichts, sondern stand einfach nur mit gefalteten Händen da und sah zu.

»Wir können jede beliebige Gestalt annehmen«, fuhr der rechte Mann fort, »aber wir haben Anweisung, jemand zu sein, den Ihr kennt und dem Ihr vertraut.«

»Ich würde Sai King nicht sehr viel weiter trauen, als ich seinen schwersten Großvater werfen könnte«, stellte Roland fest. »Lästig wie eine Ziege, die einem die Hose anknabbert, das ist er.«

»Wir haben unser Bestes getan«, sagte der rechte Stephen King. »Wir hätten auch Eddie Deans Gestalt annehmen können, aber wir dachten, das wäre für die Lady zu schmerzlich.«

»Die ›Lady‹ sieht aus, als würde sie es sogar mit einem Stück Seil treiben, wenn sie es zwischen den Schenkeln zum Stehen bringen könnte«, bemerkte der linke Stephen King und grinste lüstern.

»Unangebracht«, sagte nun der dritte Mann, der mit den gefalteten Händen. Er sprach im milden Ton eines Schiedsrichters. Susannah erwartete fast, dass er Lästermaul King für fünf Minuten auf die Strafbank schicken würde. Das wäre ihr nur recht gewesen, seine spöttischen Bemerkungen taten ihr nämlich im Herzen weh; sie erinnerten sie irgendwie an Eddie.

Roland beachtete das Geplänkel nicht weiter.

»Könntet ihr auch drei unterschiedliche Gestalten annehmen?«, fragte er Silbermund King. Bevor der Revolvermann diese Frage stellte, hörte Susannah ihn laut schlucken und wusste jetzt, dass sie nicht die Einzige war, der von den Düften aus dem Esskorb das Wasser im Mund zusammenlief. »Hätte beispielsweise einer von euch Sai King, einer Sai Kennedy und einer Sai Nixon sein können?«

»Eine gute Frage«, sagte Silbermund King von rechts.

»Eine dumme Frage«, sagte Lästermaul King von links. »Gehört überhaupt nicht zum Thema. Und Abmarsch! Na ja, hat's jemals einen Actionhelden gegeben, der ein Intellektueller war?«

»Hamlet, Prinz von Dänemark«, sagte Schiedsrichter King hinter ihnen ruhig. »Aber da er der Einzige ist, der einem sofort einfällt, ist er vielleicht nur die Ausnahme, die die Regel bestätigt.«

Silbermund und Lästermaul drehten sich beide nach ihm um. Als klar war, dass Schiedsrichter King nicht mehr sagen würde, wandten sie sich wieder Roland und Susannah zu.

»Da wir in Wirklichkeit nur *ein* Wesen sind«, sagte Silbermund, »noch dazu eines mit recht beschränkten Fähigkeiten, lautet die Antwort Nein. Wir könnten alle Kennedy sein, oder wir könnten alle Nixon sein, aber …«

»Schöne Aussichten gestern, schöne Aussichten morgen, aber niemals schöne Aussichten heute«, sagte Susannah. Sie hatte keine Ahnung, warum ihr das eingefallen war (und noch weniger, warum sie das laut gesagt hatte), aber Schiedsrichter King sagte: »Genau!«, und nickte ihr wie einer Klassenbesten zu.

»Macht weiter, um eures Vaters willen«, sagte Lästermaul King von links. »Ich kann's kaum ertragen, diese Verräter am Herrn des Roten zu sehen, ohne kotzen zu müssen.«

»Also gut«, sagte sein Kompagnon. »Obwohl es recht unfair erscheint, sie als Verräter zu bezeichnen – zumindest dann, wenn man das Ka in die Gleichung einführt. Da unsere wahren Namen für euch unaussprechbar wären …«

»Wie Supermans Rivale Mr. Mxyzptlk«, sagte Lästermaul.

»… könntet ihr genauso gut die benutzen, die Los' uns beigelegt hat. Er, den ihr den Scharlachroten König nennt. Ich bin vereinfacht gesagt Ego und höre auf den Namen Femalo. Der Bursche neben mir ist Fumalo. Er ist unser ES.«

»Also muss der andere hinter euch Fimalo sein«, sagte Susannah. »Was ist er, euer Über-Ich?«

»Oh, hervorragend!«, rief Fumalo aus. »Ich wette, du kannst sogar Freud so aussprechen, dass der alte Sigmund zufrieden wäre!« Er beugte sich nach vorn und bedachte sie mit seinem wissenden lüsternen Grinsen. »Aber kannst du ihn auch *buchstabieren,* du kurzbeinige New Yorker Schwarzdrossel?«

»Achtet nicht auf ihn«, sagte Femalo, »er hat Frauen schon immer als bedrohlich empfunden.«

»Seid ihr Stephen Kings Ich, Es und Über-Ich?«, fragte Susannah.

»Was für eine gute Frage!«, sagte Femalo anerkennend.

»Was für eine *dumme* Frage!«, sagte Fumalo missbilligend. »Hatten deine Eltern auch geistig normale Kinder, Schwarzdrossel?«

»Fang lieber kein Rededuell mit mir an«, sagte Susannah ihm. »Sonst schicke ich Detta Walker vor, damit sie dich platt macht.«

»Ich habe nichts mit Sai King zu tun«, sagte Schiedsrichter King, »außer dass ich mir vorübergehend einige seiner körperlichen Merkmale geborgt habe. Mir ist übrigens selbstverständlich bewusst, dass ihr eigentlich nicht viel Zeit erübrigen könnt. Ich halte zwar nicht viel von eurer Sache und habe auch nicht die Absicht, mich irgend anzustrengen, um euch zu helfen – zumindest nicht, mich *sehr* anzustrengen –, aber andererseits weiß ich, dass ihr beide größtenteils für den Weggang von Los' verantwortlich seid. Da er mich wie einen Gefangenen gehalten und kaum besser als seinen Hofnarren – oder auch nur seinen Lieblingsaffen – behandelt hat, war ich durchaus nicht traurig, ihn gehen zu sehen. Ich würde euch helfen, wenn ich kann – zumindest ein wenig –, aber nein, ich werde mich dabei nicht abstrampeln. ›Damit das gleich von Anfang an klar ist‹, wie euer verstorbener Freund Eddie Dean hätte sagen können.«

Susannah bemühte sich, keine Miene zu verziehen, aber es schmerzte. Es tat weh.

Femalo und Fumalo hatten sich wie zuvor, als Fimalo sich zu Wort gemeldet hatte, zu ihm umgedreht. Jetzt wandten sie sich wieder an Roland und Susannah.

»›Ehrlichkeit ist die beste Politik‹«, sagte Femalo mit frommer Miene. »Cervantes.«

»›Lügner gedeihen überall‹«, sagte Fumalo mit höhnischem Grinsen. »Anonymus.«

»Es hat Zeiten gegeben«, sagte Femalo, »in denen Los' uns gezwungen hat, uns sechs- oder sogar siebenmal zu teilen – nur weil er uns *leiden* sehen wollte. Trotzdem konnten wir sein Schloss ebenso wenig wie alle anderen verlassen, weil er die Mauern mit einer Todeslinie umgeben hatte.«

»Wir dachten, er würde uns vor seinem Weggang alle ermorden«, sagte Fumalo, diesmal ohne seinen bisherigen Fuck-you-Zynismus. Sein Gesicht trug den nachdenklichen, introvertierten Ausdruck eines Mannes, der auf eine nur um Haaresbreite vermiedene Katastrophe zurückblickte.

Femalo: »Er *hat* sehr viele umgebracht. Hat seinen Lordkanzler köpfen lassen.«

Fumalo: »Der Syphilis im fortgeschrittenen Stadium hatte und nicht mehr als ein Schwein auf der Schlachthofrutsche wusste, was um ihn herum geschah, leider!«

Femalo: »Er hat das Küchenpersonal und die Mägde und die Dienerschaft vor sich Aufstellung nehmen lassen …«

Fumalo: »Die ihm alle treu gedient hatten, in der Tat sehr treu.«

Femalo: »Und sie gezwungen, Gift zu nehmen, als sie vor ihm standen. Er hätte sie im Schlaf ermorden können, wenn er gewollt hätte …«

Fumalo: »Und allein nur dadurch, dass er ihnen den Tod gewünscht hätte.«

Femalo: »Aber stattdessen hat er sie gezwungen, Gift zu nehmen. *Rattengift*. Sie haben große braune Brocken davon geschluckt und sind vor seinen Augen gestorben, indem sie sich vor Krämpfen wanden, während er auf seinem Thron gesessen hat …«

Fumalo: »Der aus Schädeln besteht, müsst ihr wissen …«

Femalo: »Er hat mit einem Ellbogen auf dem Knie und dem Kinn auf der Faust wie ein Mann dagesessen, der tiefe Gedanken hat, der vielleicht über die Quadratur des Kreises oder die ultimative Primzahl nachdenkt, während er die ganze Zeit zugesehen hat, wie sie sich auf dem Fußboden des Audienzsaals in Krämpfen gewunden, wie sie gezuckt und sich übergeben haben.«

Fumalo (mit gewissem Eifer, den Susannah zugleich lüstern als auch *äußerst* unattraktiv fand): »Manche sind um Wasser bettelnd gestorben. Das war Gift, das durstig machte, aye! Und wir dachten, dass wir als *Nächste* dran sind!«

Darauf nun reagierte Femalo schließlich, wenn schon nicht zornig, dann doch etwas pikiert: »Lässt du mich bitte fertig erzählen, damit sie weiterziehen oder umkehren können, ganz wie's ihnen beliebt?«

»Herrisch wie immer«, sagte Fumalo und verfiel in mürrisches Schweigen. Über ihnen rangelten die Schlosskrähen um die besten Plätze und blickten mit ihren Knopfaugen auf sie herab. *Bestimmt in der Hoffnung, jene fressen zu können, die auf der Walstatt zurückbleiben,* dachte Susannah.

»Er besaß sechs der noch existierenden Zauberkugeln«, sagte Femalo. »Und als ihr noch in Calla Bryn Sturgis wart, hat er in einer davon etwas gesehen, was ihn endgültig in den Wahnsinn getrieben hat. Wir wissen zwar nicht bestimmt, was es war, weil wir nicht dabei waren, aber wir vermuten, dass es euer Sieg war – nicht nur der in der Calla, sondern später auch der bei der Schlacht um Algul Siento. Damit wäre sein Plan, die Balken zerbrechen zu lassen, um den Turm aus der Ferne zum Einsturz zu bringen, endgültig gescheitert gewesen.«

»Natürlich war's das«, sagte Fimalo ruhig, und die beiden Stephen Kings auf der Brücke drehten sich wieder einmal nach ihm um. »Es kann nichts anderes gewesen sein. Was ihn ursprünglich bis an den Rand des Wahnsinns getrieben hat, waren zwei widersprüchliche Zwänge, unter denen er litt: den Turm zum Einsturz zu bringen und ihn zu erreichen, bevor *du* ihn erreichen konntest, Roland, und ihn zu ersteigen. Ihn zu zerstören ... oder ihn zu beherrschen. Ich glaube nicht, dass er sich jemals sehr um *Verständnis* bemüht hat – er wollte dir nur bei etwas zuvorkommen, nach dem du strebst, und es dir wegschnappen. Solche Dinge waren ihm stets wichtig.«

»Du würdest bestimmt gern hören, wie er in den Wochen, bevor er seine kostbaren Spielsachen zertrümmert hat, wie verrückt getobt, dich verwünscht und deinen Namen verflucht hat«, sagte Fumalo. »Wie er gelernt hat, dich zu fürchten, soweit er überhaupt Angst empfinden *kann.«*

»Nein, der nicht«, widersprach Femalo – ziemlich trübselig, wie Susannah fand. »Der hätte keine Freude daran. Er siegt ebenso unelegant, wie er verliert.«

»Als der Rote König gesehen hat, dass der Algul euch zufallen würde«, sagte Fimalo, »wurde ihm klar, dass die noch vorhandenen Balken sich regenerieren würden. Mehr noch! Dass diese beiden überlebenden Balken irgendwann die *restlichen* Balken neu erschaffen, sie Meile für Meile und Rad für Rad rekonstruieren würden. Und wenn es dazu kommt, könnte eines Tages ...«

Roland nickte. In seinen Augen sah Susannah einen völlig neuen Ausdruck: freudige Überraschung. *Vielleicht versteht er* doch *zu siegen,* dachte sie. »Dann könnte eines Tages alles zurückkehren, was sich weiterbewegt hat«, sagte der Revolvermann. »Vielleicht Mittwelt und Innerwelt.« Er machte eine Pause. »Möglicherweise sogar Gilead. Das Licht. Das *Weiße.«*

»Da gibt's kein Vielleicht«, sagte Fimalo. »Denn das Ka ist ein Rad, und solange ein Rad nicht zerbrochen ist, wird es sich immer drehen. Gelingt es dem Scharlachroten König nicht, sich zum Herrn oder Scharfrichter des Turms aufzuschwingen, wird alles zurückkehren, was einst war.«

»Wahnsinn«, sagte Fumalo. »Und *zerstörerischer* Wahnsinn dazu. Aber der Große Rote *war* natürlich immer die verrückte Hälfte von Gans Persönlichkeit.« Er bedachte Susannah mit einem boshaften Grinsen und sagte: »Das war mal wieder *Freuuud,* Fräulein Schwarzdrossel.«

Femalo fuhr fort: »Und nachdem die Kugeln zertrümmert und die Morde verübt waren …«

»Das ist etwas, was ihr verstehen solltet«, sagte Fumalo. »Das heißt, wenn ihr nicht zu dumm dazu seid, es zu begreifen.«

»Nachdem diese Arbeit getan war, hat er *Selbstmord* verübt«, meldete sich Fimalo zu Wort, und die beiden anderen drehten sich wieder nach ihm um. Es war, als müssten sie das zwanghaft tun.

»Mit einem Löffel?«, fragte Roland gespannt. »Das war nämlich die Prophezeiung, mit der meine Freunde und ich aufgewachsen sind. Sie kommt in einer Art Knittelvers vor.«

»Ja, in der Tat«, sagte Fimalo. »Ich dachte, er würde sich damit die Kehle durchschneiden, war die Kante der Löffelschale doch auch zugeschliffen worden (wie bestimmte Teller, müsst ihr wissen – Ka ist ein Rad und kehrt stets zu seinem Ausgangspunkt zurück), aber er hat ihn verschluckt. *Verschluckt,* könnt ihr euch das vorstellen? Ganze Ströme von Blut sind aus seinem Mund gestürzt. *Fluten!* Dann hat er das größte seiner grauen Pferde bestiegen – er nennt es Nis, nach dem Land des Schlafes und der Träume – und ist mit wenigen Gunna vor sich im Sattel nach Südosten in die Weißen Lande von Empathica fortgeritten.« Fimalo lächelte. »Hier lagern große Vorräte an Lebensmitteln, aber *er* braucht sie nicht, wie ihr vielleicht wisst. Los' isst nicht mehr.«

»Augenblick, Auszeit!«, sagte Susannah und bildete mit erhobenen Händen ein T (eine Geste, die sie von Eddie übernommen hatte, ohne sich darüber im Klaren zu sein.) »Wenn er einen zugeschliffenen Löffel verschluckt hat, der ihm den Hals aufgeschnitten hat, an dem er erstickt ist …«

»Fräulein Schwarzdrossel geht ein Licht auf!«, frohlockte Fumalo und reckte die Arme gen Himmel.

»… wie konnte er dann noch *irgendwas* tun?«

»Los' kann nicht sterben«, sagte Femalo, als würde er einer Dreijährigen etwas Offenkundiges erklären. »Und *ihr …«*

»Ihr armen *Trottel …«*, warf sein Kompagnon mit gutmütiger Bösartigkeit ein.

»Ihr könnt niemanden umbringen, der bereits tot ist«, schloss Fimalo. »Früher einmal, Roland, hätten deine Revolver seinem Leben ein Ende setzen können …«

Roland nickte. »Vom Vater auf den Sohn vererbt, ihre Läufe aus Arthur Elds großem Schwert Excalibur geschmiedet. Ja, auch das gehört zur Prophezeiung. Und er hat sie natürlich gekannt.«

»Aber jetzt ist er vor ihnen sicher. Er hat sich ihrem Zugriff entzogen. Er ist ein *Untoter.«*

»Wir haben Grund anzunehmen, dass er auf einen Balkon des Turms verbannt worden ist«, sagte Roland. »Untot oder nicht, er hätte den Turm nie ohne irgendein Sigul des Eld ersteigen können; wenn er die Prophezeiung tatsächlich so gut gekannt hat, muss er auch das gewusst haben.«

Fimalo lächelte grimmig. »Aye, aber wie Horatio in einer in Susannahs Welt erzählten Geschichte die Brücke gehalten hat, hält Los', der Scharlachrote König, jetzt den Turm. Er kann ihn nicht bis ganz oben ersteigen, aber das kannst auch du nicht, solange er ihn gut verteidigt.«

»Der alte King Red scheint doch nicht ganz übergeschnappt zu sein«, sagte Femalo.

»Plemplem wie ein tollwütiger *Fuchs!«*, fügte Fumalo hinzu. Er tippte sich mit ernster Miene an die Schläfe … um dann in Gelächter auszubrechen.

»Aber wenn ihr doch weiterzieht«, sagte Fimalo, »bringt ihr ihm die Siguls des Eld, die er braucht, um sich in den Besitz des Turms zu setzen, dessen Gefangener er nun ist.«

»Erst einmal würde er sie mir wegnehmen müssen«, sagte Roland. »*Uns* wegnehmen.« Er sprach so unaufgeregt, als würde er nur eine Bemerkung übers Wetter machen.

»Richtig«, bestätigte Fimalo, »aber überleg doch, Roland: Du kannst ihn nicht damit töten, aber es ist möglich, dass er sie dir abnimmt, ist er doch ziemlich gerissen und seine Reichweite groß. Und gelänge ihm das … tja! Stellt euch einen toten, wahnsinnigen König vor, der mit einem Paar der großen alten Revolver in seinem Besitz im obersten Turmgeschoss residiert! Er könnte von nun an von dort oben aus herrschen, aber ich vermute, dass er sich in seinem Wahnsinn eher dafür entscheiden würde, ihn zum Einsturz zu bringen. Was er vermutlich auch tun könnte, Balken hin oder her.«

Fimalo betrachtete sie von jenseits der Brücke mit ernstem Gesicht.

»Und dann«, sagte er, »wäre alles nur noch Dunkelheit.«

4

Dann folgte eine Pause, in der alle vor und auf der Brücke Stehenden über diese Vorstellung nachdachten. Zuletzt sagte Femalo fast entschuldigend: »Der Preis wäre vielleicht nicht so hoch, wenn man nur diese Welt berücksichtigen müsste, die man ohne weiteres die Turmwelt nennen könnte, weil der Dunkle Turm hier nicht wie in vielen Welten als Rose, wie in einigen Welten als unsterblicher Tiger oder wie in mindestens einer Welt als Ur-Hund Rover existiert …«

»Ein Hund namens *Rover?*«, sagte Susannah gedankenverloren. »Sagt ihr das wirklich?«

»Lady, du hast so viel Phantasie wie ein angekohltes Holzscheit«, sagte Fumalo in verächtlichem Ton.

Femalo beachtete das nicht weiter. »In dieser Welt hier ist der Turm er selbst. In der Welt, in der du, Roland, zuletzt warst, pflanzen die meisten Arten sich noch ohne Mutationen fort, verläuft das Leben vieler weiterhin erfreulich, gibt es noch Kraft und Hoffnung. Würdest du riskieren wollen, jene Welt ebenso wie diese und alle anderen Welten zu zerstören, die Sai King in seiner Phantasie berührt, aus denen er geschöpft hat? Denn nicht er war ihr Schöpfer, wie du weißt. Ein Blick auf den Nabel von Gan macht einen nicht selbst zu Gan, obwohl viele kreative Leute das zu glauben scheinen. Würdest du das also alles riskieren wollen?«

»Wir stellen nur Fragen, ohne euch zu irgendetwas überreden zu wollen«, sagte Fimalo. »Aber die Wahrheit ist ernüchternd: Es gibt jetzt nur noch deine Suche, Revolvermann. Sie ist *alles,* was noch übrig ist. Nichts zwingt dich zum Weiterwandern. Sobald du dieses Schloss verlässt und in die Weißen Lande weiterziehst, überschreiten deine Freunde und du eine vom Ka gezogene Grenze. Aber das brauchst du nicht zu tun. Was du durchlitten hast, ist in Gang gesetzt worden, damit du die Balken rettest, um so den ewigen Fortbestand des Turms zu sichern – jener Achse, um die sich alle Welten und alles Leben drehen. Das ist geschafft. Wenn du jetzt umkehrst, dann bleibt der tote König für ewig dort gefangen, wo er jetzt ist.«

»Sagt *ihr«,* warf Susannah in einem rüden Ton ein, der Sai Fumalos würdig gewesen wäre.

»Ob ihr wahrhaftig sprecht oder falsch, kümmert mich nicht«, sagte Roland. »Ich werde trotzdem weiterziehen, habe ich doch mein Versprechen gegeben.«

»Aber *wem* hast du dein Versprechen gegeben?«, entfuhr es Fimalo. Zum ersten Mal, seit er jenseits der Brücke Halt gemacht hatte, löste er die gefalteten Hände und benutzte sie dazu, um sich die Haare aus der Stirn zu streichen. Es war nur eine kleine Geste, die seine Verärgerung jedoch völlig beredt ausdrückte. »Glaub mir, es gibt keine Prophezeiung, die ein Versprechen dieser Art vorsieht!«

»Es kann auch keine geben. Ich habe es mir nämlich selbst gegeben, und nun beabsichtige ich, es auch zu halten.«

»Dieser Mann ist so verrückt wie Los' der Rote«, sagte Fumalo, allerdings nicht ohne Respekt.

»Also gut«, sagte Fimalo. Er seufzte und faltete wieder die Hände vor sich. »Ich habe getan, was *ich* tun konnte.« Er nickte seinen beiden anderen Dritteln zu, die sich wieder umgedreht hatten und ihn aufmerksam beobachteten.

Femalo und Fumalo ließen sich beide auf je ein Knie nieder: Femalo auf sein rechtes, Fumalo aus sein linkes. Sie hoben die Deckel der mitgebrachten Weidenkörbe ab und kippten sie nach vorn, um ihren Inhalt sehen zu lassen. (Susannah fühlte sich flüchtig an die Art und Weise erinnert, wie die Models in Gameshows wie *Der Preis ist heiß* die Gewinne präsentierten.)

Der eine enthielt Essen: Brathähnchen und Schweinebraten, Rinderbraten, große rosa Schinkenstücke. Susannah spürte, wie ihr Magen sich bei diesem Anblick dehnte, als wollte er sich bereitmachen, alles auf einen Sitz zu verschlingen, und hatte große Mühe, das sinnliche Stöhnen zu unterdrücken, das in ihrer Kehle aufstieg. Ihr lief das Wasser im Mund zusammen, und sie hob eine Hand, um es von den Lippen abzuwischen. Die drei würden wissen, was sie tat, das ließ sich wohl nicht ändern, aber sie wollte ihnen wenigstens die Befriedigung rauben, den physischen Beweis für ihren Hunger auf ihrem Kinn glänzen zu sehen. Oy kläffte kurz, blieb aber auf seinem Platz neben der linken Ferse des Revolvermanns.

In dem anderen Korb lagen dicke Pullover mit Zopfmuster, einer grün, einer rot: Weihnachtsfarben.

»Dazu kommen lange Unterwäsche, Jacken, mit Fell gefütterte Kurzstiefel und Handschuhe«, sagte Femalo. »In Empathica ist es um diese Jahreszeit nämlich eisig kalt, und ihr werdet noch monatelang unterwegs sein.«

»Am Stadtrand haben wir einen leichten Aluminiumschlitten für euch deponiert«, sagte Fimalo. »Ihr könnt ihn auf euren Wagen laden und später, wenn ihr das Schneeland erreicht, dazu benutzen, die Lady und eure *Gunna* zu transportieren.«

»Ihr fragt euch bestimmt, weshalb wir das alles tun, obwohl wir eure Reise nicht billigen«, sagte Femalo. »Es ist nun einmal so, dass wir für unser Überleben überaus dankbar sind …«

»Wir dachten wirklich schon, wir wären erledigt«, unterbrach Fumalo ihn. »›Der Quarterback ist Toast‹, hätte Eddie vielleicht gesagt.«

Auch das schmerzte Susannah … aber nicht so sehr wie der Anblick des vielen Essens. Nicht so sehr wie die Vorstellung, wie es wäre, sich einen dieser dicken Pullover über den Kopf zu ziehen und den unteren Rand bis auf die Oberschenkel hinabgleiten zu lassen.

»Ich hatte beschlossen, wenigstens zu versuchen, euch den Weitermarsch auszureden«, sagte Fimalo – der als einziger der drei von sich in der ersten Person Singular sprach, wie Susannah aufgefallen war. »Und sollte mir das nicht gelingen, wollte ich euch wenigstens die Ausrüstung mitgeben, die ihr dafür brauchen werdet.«

»Du kannst ihn nicht mehr töten!«, stieß Fumalo hervor. »Begreifst du das nicht, du dumme Killermaschine, *begreifst* du das nicht? Du kannst ihm nur aus Übereifer in seine toten Hände spielen! Wie kann man bloß so *däm…«*

»Still«, sagte Fimalo ruhig, worauf Fumalo augenblicklich verstummte. »Seine Entscheidung steht fest.«

»Was habt ihr vor?«, fragte Roland gelassen. »Nachdem wir weitergezogen sind?«

Die drei zuckten in perfektem Gleichtakt die Achseln, aber es war Fimalo – das Über-Ich der so genannten Uffis –, der ihm antwortete. »Hier warten«, sagte er. »Abwarten, ob die Matrix der Schöpfung weiterlebt oder stirbt. Inzwischen versuchen wir, Le Casse zu renovieren, seinen früheren Glanz wieder herzustellen. Es war einst schön. Es kann wieder schön werden. Und damit ist unser Palaver wohl beendet. Nehmt eure Geschenke mit unserem Dank und unseren guten Wünschen entgegen.«

»*Widerwilligen* guten Wünschen«, sagte Fumalo und lächelte dabei doch tatsächlich. Ein von ihm kommendes Lächeln war ebenso unerwartet wie verwirrend.

Susannah hätte sich beinahe in Bewegung gesetzt. Obwohl sie

nach frischer Nahrung (nach frischem *Fleisch)* hungerte, waren es die Pullover und die warme Unterwäsche, nach denen sie wirklich gierte. Auch wenn ihre Vorräte sichtbar abnahmen (und bestimmt erschöpft sein würden, bevor sie den Landstrich, den die Uffis Empathica nannten, durchquert hatten), rollten auf der Ladefläche von Ho Fats Luxustaxi noch Büchsen mit Bohnen und Thunfisch und Cornedbeef umher, und momentan war ihr Bauch auch gefüllt. Es war die Kälte, die sie allmählich umbrachte. Zumindest fühlte es sich so an; die Kälte schien sich einen schmerzhaften Zentimeter nach dem anderen auf ihr Herz zuzuarbeiten.

Zwei Dinge hielten sie dann doch noch zurück. Das erste war die Erkenntnis, dass ein einziger Schritt nach vorn genügen würde, um ihr den letzten Rest Willenskraft zu rauben; sie würde in die Brückenmitte hüpfen, sich auf den großen Korb mit Kleidung stürzen und darin wie eine beutegierige Hausfrau beim alljährlichen Weißwäsche-Sonderverkauf bei Filene's herumwühlen. Nach diesem ersten Schritt würde es kein Halten mehr geben. Und der Verlust ihrer Willenskraft wäre nicht einmal das Schlimmste gewesen, sondern sie würde auch die Selbstachtung verlieren, um die Odetta Holmes trotz der kaum vermuteten Saboteurin, die in ihrem Verstand auf der Lauer lag, ihr Leben lang gekämpft hatte.

Trotzdem hätte selbst das vielleicht nicht genügt, um sie zurückzuhalten. Den Ausschlag gab die Erinnerung an den Tag, an dem sie die Krähe mit dem grünen Zeug im Schnabel gesehen hatten – diese Krähe, die *kruu, kruu!* statt *krah, krah!* gekrächzt hatte. Nur Teufelsgras, gewiss, aber trotzdem grünes Zeug. Lebendes Zeug. An jenem Tag hatte Roland sie aufgefordert, die Zunge zu hüten, hatte warnend gesagt … Was hatte er gleich wieder gesagt? *Vor dem Sieg kommt die Versuchung*. Sie hätte zwar nie auch nur vermutet, dass die größte Versuchung ihres Lebens ein dicker Pullover mit Zopfmuster sein könnte, aber …

Plötzlich begriff sie, was der Revolvermann vielleicht nicht von Anfang an, aber doch bald nach dem Auftauchen der drei Stephen Kings gewusst haben musste: Das Ganze war ein Schwindel. Sie wusste nicht, was die Weidenkörbe genau enthielten, aber sie hatte verdammt starke Zweifel daran, dass es sich tatsächlich um Essen und Kleidung handelte.

Sie blieb bei ihrer Entscheidung.

»Nun?«, sagte Fimalo geduldig. »Wollt ihr nicht kommen und euch die Geschenke holen, die ich für euch habe? Holen müsst ihr sie euch schon selbst, weiter als bis zur Brückenmitte darf ich mich nämlich nicht vorwagen. Unmittelbar vor Femalo und Fumalo verläuft die Todeslinie des Königs. Ihr könnt sie unbesorgt in beiden Richtungen passieren. Wir dagegen nicht.«

»Wir danken dir für deine Freundlichkeit, Sai«, sagte Roland, »aber wir werden auf diese Geschenke verzichten. Wir haben Proviant, und warme Pelzkleidung erwartet uns, die zwar vorläufig noch auf Hufen wandelt. Außerdem ist es wirklich nicht so kalt.«

»Stimmt«, sagte Susannah und lächelte dabei den drei identischen – und identisch sprachlos verblüfften – Gesichtern entgegen. »Wirklich nicht so kalt.«

»Also, wir wollen weiter«, sagte Roland und deutete eine weitere Verbeugung über dem vorgestellten Bein an.

»Sagen unseren Dank, möge es euch wohl ergehen«, fügte Susannah hinzu und spreitete wieder ihre unsichtbaren Röcke.

Roland und sie machten sich daran, sich abzuwenden. Im gleichen Augenblick griffen Femalo und Fumalo, beide noch auf den Knien, in die offenen Körbe vor sich.

Susannah brauchte keinen Befehl von Roland, nicht einmal ein gerufenes Wort. Sie riss den Revolver aus dem Gürtel und schoss den Mann zu ihrer Linken – Fumalo – nieder, als er eben eine langläufige silbrige Waffe aus dem Korb zog. Von ihrem Lauf hing etwas herab, was wie ein Schal aussah. Roland hatte seinen Revolver so blitzschnell wie immer gezogen und einen einzigen Schuss abgegeben. Über ihnen flatterten die Krähen angstvoll krächzend auf und verdunkelten für einen Moment den blauen Himmel. Femalo, der ebenfalls eine silbrige Waffe in Händen hielt, sackte über seinen Essenskorb langsam nach vorn: mit einem ersterbenden überraschten Ausdruck auf dem Gesicht und einem Einschussloch mitten in der Stirn.

5

Fimalo blieb stehen, wo er war, jenseits der Brücke. Die Hände hatte er weiterhin gefaltet, aber er sah nicht mehr wie Stephen King aus. Er trug jetzt das hagere, gelbliche Gesicht eines alten Mannes, der langsam und nicht gerade schmerzlos starb. Das schüttere Haar war schmutzig grau, nicht mehr glänzend schwarz. Auf dem Schädel wucherten schuppige Ekzeme. Wangen, Kinn und Stirn waren mit Pickeln und offenen Geschwüren bedeckt, die teils eiterten, teils blutig nässten.

»Wer bist du wirklich?«, fragte Roland ihn.

»Ein Hume, genau wie ihr«, sagte Fimalo resigniert. »In meinen Jahren als Lordkanzler des Scharlachroten Königs habe ich Rando Thoughtful geheißen. Aber davor war ich einfach Austin Cornwell aus dem Bundesstaat New York. Nicht in der Fundamentalen Welt, muss ich leider sagen, sondern in einer anderen. Ich habe eine Zeit lang die Niagara Mall geleitet und war zuvor in der Werbebranche erfolgreich. Vielleicht interessiert euch, dass ich Werbung für Produkte wie Nozz-A-La und den Takuro Spirit gestaltet habe.«

Susannah ging auf diesen bizarren und unerwarteten Lebenslauf nicht ein. »Er hat seinen wichtigsten Mann also doch nicht enthaupten lassen«, stellte sie fest. »Was war das mit den drei Stephen Kings?«

»Nur *Glammer«*, sagte der Alte. »Wollt ihr mich auch umbringen? Nur zu! Ich bitte euch nur, es kurz zu machen. Wie ihr seht, geht's mir nicht besonders.«

»War irgendwas von dem, was ihr uns erzählt habt, wahr?«, fragte Susannah.

Seine alten Augen betrachteten sie mit wässrigem Erstaunen. *»Alles* war wahr«, sagte er und betrat die Brücke, auf der zwei weitere alte Männer – früher bestimmt einmal Untergebene von ihm – längelang ausgestreckt lagen. »Oder nahezu alles, wenn man von einer einzigen Lüge absieht … und dem hier.« Er warf die Körbe mit zwei Fußtritten um, sodass ihr Inhalt herauskippte.

Susannah schrie unwillkürlich entsetzt auf. Oy fuhr wie der Blitz hoch und baute sich mit gespreizten kurzen Beinen und gesenktem Kopf schützend vor ihr auf.

»Schon gut«, sagte sie, aber ihre Stimme zitterte noch. »Ich war nur … überrascht.«

Der Weidenkorb, der scheinbar alle möglichen gebratenen Fleischstücke enthalten hatte, war in Wirklichkeit mit verwesenden menschlichen Gliedmaßen gefüllt gewesen – also doch mit Langschwein, noch dazu in erbärmlich schlechtem Zustand. Das überwiegend blauschwarze Fleisch wimmelte von Maden.

Und der andere Korb enthielt nicht etwa Kleidungsstücke. Was Fimalo herausgekippt hatte, war in Wirklichkeit ein glänzender Klumpen verendender Schlangen. Ihre gelben Augen waren trübe; die gespaltenen Zungen züngelten lustlos; einige bewegten sich schon nicht mehr.

»Ihr hättet sie wunderbar erfrischt, wenn ihr sie an euch gedrückt hättet«, sagte Fimalo bedauernd.

»Ihr habt doch nicht tatsächlich erwartet, dass das geschehen würde, oder?«, fragte Roland ihn.

»Nein«, sagte der Alte. Er ließ sich müde seufzend auf der Brücke nieder. Als eine der Schlangen auf seinen Schoß kriechen wollte, wischte er sie mit einer Bewegung beiseite, die geistesabwesend und ungeduldig zugleich war. »Aber ich hatte meine Befehle, die hatte ich.«

Susannah starrte die Leichen der beiden anderen mit entsetzter Faszination an. Femalo und Fumalo, jetzt lediglich zwei tote alte Männer, verwesten unnatürlich schnell, wobei ihre pergamentartige Haut auf die Knochen zurückwich und träge Eiterrinnsale austreten ließ. Während Susannah das beobachtete, tauchten die Augenhöhlen von Femalos Schädel wie zwei Periskope auf und verliehen ihm sekundenlang einen schockierten Ausdruck. Einige der Schlangen wanden und schlängelten sich inzwischen um die verwesenden Leichen. Andere krochen in den Korb mit den von Maden wimmelnden Gliedmaßen – zweifellos auf der Suche nach den wärmeren tieferen Regionen. Die Verwesung brachte ihr eigenes zeitweiliges Fieber mit sich, und Susannah vermutete, dass sie selbst in Versuchung gewesen wäre, seine Wärme möglichst zu genießen. Das heißt, wenn sie eine Schlange gewesen wäre.

»Werdet ihr mich umbringen?«, fragte Fimalo.

»Nay«, sagte Roland, »weil du nämlich noch einen weiteren Auftrag auszuführen hast. Nach uns wird noch jemand hierherkommen.«

Fimalo hob den Kopf. In den wässrigen alten Augen blitzte Interesse auf. »Euer Sohn?«

»Meiner, aber auch der deines Herrn. Würdest du ihm bei eurem Palaver etwas von mir ausrichten?«

»Wenn ich bis dahin lebe und es ausrichten kann, gewiss.«

»Richte ihm aus, dass ich alt und erfahren bin, während er nichts als jung ist. Bestell ihm, dass er sich seine Racheträume vielleicht noch etwas länger bewahren kann, wenn er sich zurückhält … auch wenn ich nicht weiß, was ich getan habe, um seine Rache zu verdienen. Und sag ihm, dass ich ihn töten werde, sollte er mich angreifen, genau wie ich vorhabe, seinen Roten Vater zu töten.«

»Entweder hörst du zu und verstehst es nicht«, sagte Fimalo, »oder du verstehst es, aber glaubst es nicht.« Seit seine List enttarnt war (nichts so Glanzvolles wie ein Uffi, dachte Susannah; nur ein ehemaliger Werbemann aus dem Bundesstaat New York), wirkte er unsagbar müde. »Ihr könnt kein Wesen mehr töten, das sich bereits selbst getötet hat. Ihr könnt auch den Dunklen Turm nicht betreten, weil der nämlich nur einen Eingang hat, und der Balkon, auf dem Los' gefangen ist, beherrscht ihn. Außerdem hat er reichlich Waffen zur Verfügung. Allein die Schnaatze würden euch aufspüren und erledigen, bevor ihr auch nur das halbe Rosenfeld durchquert hättet.«

»Das soll dann allein unsere Sorge sein«, sagte Roland, und Susannah fand, dass er selten ein wahreres Wort gesprochen hatte; sie machte sich allerdings schon jetzt Sorgen. »Und was dich angeht, wirst du Mordred meine Nachricht übermitteln, wenn du ihn siehst?«

Fimalo vollführte eine zustimmende Handbewegung.

Roland schüttelte den Kopf. »Nicht einfach nur mit der Hand wedeln, Freundchen – ich will's aus deinem Mund hören.«

»Ich gebe deine Nachricht weiter«, sagte Fimalo und fügte dann hinzu: *»Falls* ich ihn sehe und wir zum Palavern kommen.«

»Das werdet ihr. Schönen Tag noch.« Roland wollte sich nun endgültig abwenden, aber Susannah packte ihn am Arm und hielt ihn zurück.

»Schwört mir, dass alles, was ihr uns erzählt habt, wahr ist«, forderte sie den hässlichen Alten auf, der auf der Steinbrücke unter dem kalten Blick der Krähen saß, die nach und nach wieder ihre früheren Plätze einnahmen. Sie hatte keinen blassen Schimmer, was sie dadurch erfahren oder damit beweisen wollte. Würde sie selbst jetzt überhaupt erkennen, ob dieser Mann log? Wahrscheinlich nicht. Aber sie ließ sich nicht beirren. »Schwört's mir beim Namen Eures Vaters und bei seinem Angesicht.«

Als der Alte seine Rechte mit ihr zugekehrter Handfläche hob, konnte sie selbst darin Geschwüre entdecken. »Ich schwöre es beim Namen von Andrew John Cornwell aus Tioga Springs, New York. Und auch bei seinem Angesicht. Der König dieses Schlosses ist wirklich dem Wahnsinn verfallen, hat wirklich alle Zaubergläser zertrümmert, die in seinen Besitz gelangt waren. Er hat sein Gefolge wirklich dazu gezwungen, Gift zu nehmen, und dessen Sterben wirklich genüsslich beobachtet.« Mit der zum Schwur erhobenen Rechten machte er eine Bewegung, die den Korb mit abgetrennten Gliedmaßen umfasste. »Woher, glaubt Ihr, habe ich die, Fräulein Schwarzdrossel? Von Body Parts ›R‹ Us?«

Sie verstand nicht, was er damit meinte, und blieb stumm.

»Er hat sich wirklich zum Dunklen Turm begeben. Er ist wie der

Hund in irgendeiner alten Fabel: Wenn *er* schon nicht von dem Heu profitieren kann, will er dafür sorgen, dass es auch kein anderer kann. Ich habe euch nicht einmal belogen, was den Inhalt dieser Körbe betrifft. Ich habe ihn nur vorgezeigt und es euch überlassen, eigene Schlüsse daraus zu ziehen.« Als Susannah sein zynisch befriedigtes Lächeln sah, überlegte sie, ob sie ihn daran erinnern sollte, dass zumindest Roland seinen Trick durchschaut hatte. Aber das war letztlich nicht der Mühe wert.

»Nur in einem einzigen Punkt habe ich glatt gelogen«, sagte der ehemalige Austin Cornwell. »Als ich nämlich behauptet habe, er hätte mich köpfen lassen.«

»Zufrieden, Susannah?«, fragte Roland sie.

»Ja«, antwortete sie, obwohl sie es eigentlich nicht war. »Gehen wir.«

»Dann klettre wieder auf Ho Fat und kehr diesem Mann dabei nicht den Rücken zu. Er ist gerissen.«

»Mach Sachen«, sagte Susannah, dann tat sie wie geheißen.

»Lange Tage und angenehme Nächte«, sagte der ehemalige Sai Cornwell, der nun von sich windenden, verendenden Schlangen umgeben war. »Möge der Jesusmensch Euch und Eure gesamte Clanfamilie beschützen. Und möget Ihr zur Vernunft kommen, bevor's dafür zu spät ist, und *Euch vom Dunklen Turm fernhalten!«*

6

Sie kehrten zu der Straßenkreuzung zurück, an der sie den Pfad des Balkens verlassen hatten, um einen Abstecher zum Schloss des Roten Königs zu machen. Dort angekommen, machte Roland Halt, um kurz zu rasten. Eine kleine Brise war aufgekommen und ließ nun den patriotischen Fahnenschmuck flattern. Susannah sah jetzt, dass er alt und verblasst wirkte. Die Porträts von Nixon, Lodge, Kennedy und Johnson waren durch Graffiti entstellt, die selbst uralt zu sein schienen. Aller *Glammer* – jedenfalls der Talmiglanz, den der Scharlachrote König hatte aufbieten können – war verschwunden.

Masken ab, Masken ab, dachte sie müde. *Die Gesellschaft war wundervoll, aber jetzt ist das Fest aus ... und der Rote Tod herrscht über alles.*

Sie berührte den Pickel neben ihrer Unterlippe und betrachtete dann die Fingerspitze. Sie erwartete, Eiter oder Blut oder beides zu sehen. Aber sie sah keines von beiden, was eine Erleichterung war.

»Wie viel davon glaubst du?«, fragte Susannah ihn.

»So ziemlich alles«, antwortete Roland.

»Dann ist er also dort. Oben im Turm.«

»Nicht *im* Turm. An der *Außenseite* gefangen.« Er lächelte. »Das ist ein großer Unterschied.«

»Wirklich? Und was hast du mit ihm vor?«

»Das weiß ich nicht.«

»Glaubst du, dass er tatsächlich in den Turm zurückgelangen und ihn bis ganz oben ersteigen könnte, wenn er irgendwie deine Revolver in die Hände bekommt?«

»Ja.« Die Antwort war unverzüglich gekommen.

»Und was willst du dagegen tun?«

»Nicht zulassen, dass er auch nur einen der beiden bekommt.« Er sagte das, als würde sich das von selbst verstehen, und Susannah gestand sich ein, dass dem vermutlich so war. Nur vergaß sie leider oft, wie gottverdammt *wörtlich* er alles meinte. Buchstäblich alles.

»Du hast davon gesprochen, Mordred im Schloss eine Falle zu stellen.«

»Ja«, sagte Roland, »aber wegen der Dinge, die wir dort gesehen, die wir dort erfahren haben, ist es mir nun besser vorgekommen, weiterzuziehen. Einfacher. Sieh her.«

Er zog seine Taschenuhr heraus und ließ den Sprungdeckel aufschnappen. Sie beobachteten beide, wie der Sekundenzeiger allein um seine Achse kreiste. Aber noch genauso schnell wie zuvor? Susannah konnte es nicht mit Bestimmtheit sagen, aber sie glaubte, dass dem nicht so war. Sie sah mit hochgezogenen Augenbrauen zu Roland auf.

»Die meiste Zeit geht sie noch richtig«, sagte Roland, »aber nicht mehr die *ganze* Zeit. Ich glaube, dass sie bei jedem sechsten oder siebten Umlauf eine Sekunde verliert. Insgesamt vielleicht drei bis sechs Minuten pro Tag.«

»Das ist nicht sehr viel.«

»Nein«, antwortete Roland und steckte die Uhr wieder ein, »aber es ist ein Anfang. Mordred soll meinetwegen tun, was er will. Der Dunkle Turm liegt gleich hinter den Weißen Landen, und ich habe vor, ihn zu erreichen.«

Susannah hatte Verständnis für seine Ungeduld. Sie konnte nur hoffen, dass diese Ungeduld ihn nicht zum Leichtsinn verleiten würde. Sonst fiel Mordred Deschains jugendliche Unerfahrenheit vielleicht nicht mehr so ins Gewicht. Wenn Roland zur falschen Zeit den rechten Fehler machte, würden sie, er und Oy den Dunklen Turm vielleicht nie zu sehen bekommen.

Ihre Überlegungen wurden durch ein gewaltiges Flattern hinter ihr unterbrochen. Kaum verdeckt war daraus ein Menschenlaut zu hören, der als Heulen begann und rasch zu einem Kreischen anstieg. Obwohl die Entfernung diesen Schrei abschwächte, waren das Entsetzen und die Schmerzen, die in ihm lagen, unüberhörbar. Schließlich brach er barmherzigerweise wieder ab.

»Der Lordkanzler des Scharlachroten Königs hat die Lichtung betreten«, sagte Roland.

Susannah sah sich nach dem Schloss um. Sie konnte seine schwärzlich roten Wälle, aber sonst nichts sehen. Sie war *froh,* dass sie nicht mehr sehen konnte.

Mordred sein hongrig, dachte sie. Ihr Herz raste, und sie glaubte, in ihrem ganzen Leben noch nie so verängstigt gewesen zu sein – nicht als sie während der Geburt neben Mia gelegen hatte, nicht einmal in der Schwärze unter Schloss Discordia.

Mordred sein hongrig … aber nun kriegt er Fressen.

7

Der alte Mann, der sein Leben als Austin Cornwell begonnen hatte und es als Rando Thoughtful beschließen würde, saß auf der dem Schloss zugekehrten Brückenhälfte. Die Krähen warteten über ihm, vielleicht weil sie spürten, dass die Aufregungen dieses Tages noch nicht vorbei waren. Thoughtful hatte es warm, was er seinem Kolani und der Tatsache verdankte, dass er sich einen Schluck Brandy gegönnt hatte, bevor er hinausgegangen war, um mit Roland und dessen schwarzer Lady zu sprechen. Nun … vielleicht stimmte das nicht *ganz*. Vielleicht waren es Brass und Compson (auch als Femalo und Fumalo bekannt) gewesen, die sich beide einen Schluck von des Königs bestem Brandy gegönnt hatten, bevor der ehemalige Lordkanzler von Los' das letzte Drittel der Flasche geleert hatte.

Was immer der Grund dafür sein mochte, der Alte schlief jedenfalls ein und wachte auch nicht auf, als Mordred Rotferse kam. Er hockte mit auf die Brust gesunkenem Kinn da, während ihm der Sabber zwischen den geschürzten Lippen herauströpfelte, und sah wie ein Baby aus, das in seinem Hochstuhl eingeschlafen war. Auf den Zinnen und Laufgängen waren inzwischen mehr Vögel versammelt als je zuvor. Beim Annähern des jungen Prinzen hätten sie eigentlich auffliegen müssen, aber er sah einfach zu ihnen auf und machte eine Handbewegung in der Luft: Die geöffnete Rechte fuhr rasch am Gesicht vorbei und stach dann zur Faust geballt nach unten. *Wartet,* hieß das.

Mordred machte auf der Stadtseite der Brücke Halt und sog prüfend den Geruch des verwesenden Fleischs ein. Dieser Duft war verlockend genug gewesen, um ihn einen Umweg machen zu lassen, obwohl er wusste, dass Roland und Susannah weiter dem Pfad des Balkens folgten. Sie und ihr zahmer Bumbler sollten ihren Weg ruhig fortsetzen, sagte sich der Junge. Irgendwann später würde die Wachsamkeit seines Weißen Daddys einmal nachlassen, selbst wenn es nur für einen Augenblick war, und dann würde Mordred ihn sich schnappen.

Und zwar zum Abendessen, wie er hoffte, aber zum Frühstück oder Mittagessen wäre auch nicht schlecht.

Als er diesen Burschen zum letzten Mal gesehen hatte, war er noch

(kleiner Spatz mach's mir nicht schwer bring dein kleines Körbchen her)

ein Kleinkind gewesen. Das Wesen, das jetzt vor dem Tor des Schlosses des Roten Königs stand, war zu einem Jungen herangewachsen, der ungefähr neun Jahre alt zu sein schien. Kein gut aussehender Junge; nicht die Art Junge, die irgendjemand (außer seiner verrückten Mutter) hübsch genannt hätte. Das hatte allerdings momentan weniger mit seiner vertrackten Erbmasse als mit bloßem Ausgehungertsein zu tun. Das Gesicht unter dem trockenen schwarzen Haarbüschel war abgezehrt und viel zu schmal. Das Fleisch unter Rolands Kanoniersaugen war verfärbt, schwammig purpurrot. Die Gesichtshaut war von Pickeln und offenen Geschwüren wie von einem Schuss mit Vogelschrot durchlöchert. Wie der Pickel neben Susannahs Unterlippe hätten sie eine Folge seiner Wanderung durch vergiftete Landstriche sein können, aber bestimmt hatte auch Mordreds Ernährung etwas damit zu tun. Beim Aufbruch vom Kontrollpunkt jenseits des Tunnels hätte er sich mit Konserven versehen können – Roland und Susannah hatten mehr als genug zurückgelassen –, aber daran hatte er nicht gedacht. Er war noch dabei, wie Roland wusste, die zum Überleben notwendigen Tricks zu erlernen. Die einzigen Dinge, die Mordred aus der Nissenhütte mitgenommen hatte, waren eine zerschlissene wattierte Drillichjacke, wie Eisenbahner sie trugen, und ein brauchbares Paar Stiefel gewesen. Dass er die Stiefel gefunden hatte, war wirklich ein glücklicher Zufall gewesen, auch wenn sie sich im weiteren Verlauf der Wanderung ziemlich in ihre Bestandteile aufgelöst hatten.

Wäre er ein Hume – oder auch nur ein gewöhnlicheres Wer-Geschöpf, was das anging – gewesen, wäre Mordred im Ödland gestorben, mit oder ohne Jacke, mit oder ohne Stiefel. Weil er jedoch das war, was er war, hatte er Krähen zu sich gerufen, wenn er hungrig war, und den Krähen war nichts anderes übrig geblieben, als seinem Ruf zu folgen. Die Vögel waren zwar eine erbärmliche Kost, und die Käfer, die er unter den kahlen (und noch immer schwach radioaktiven) Felsen hervorrief, waren noch schlimmer, aber er hatte sie hinuntergewürgt. Eines Tages hatte er einmal mit dem Verstand eines Wiesels Fühlung aufgenommen und es zu sich befohlen. Es war ein mageres, kümmerliches Ding gewesen, selbst bereits dem Hungertod nahe, aber nach den Vögeln und Käfern hatte es wie das beste Steak der Welt geschmeckt. Mordred hatte sich in sein anderes Ich verwandelt, das Wiesel in seine siebenbeinige Umarmung geschlossen und dann ausgesaugt, bis nur noch einige Fetzen Fell übrig waren. Er hätte gern noch ein weiteres Dutzend verspeist, konnte aber nur dieses eine finden.

Und hier stand nun ein ganzer Korb mit Essen vor ihm. Es war gut gealtert, gewiss, aber was war schon dabei? Selbst die Maden besaßen Nährwert. Mehr als genug, um ihn bis in die verschneiten Wälder südwestlich des Schlosses zu tragen, in denen es reichlich Wild geben würde.

Aber zuvor musste er sich des alten Mannes annehmen.

»Rando«, sagte er. »Rando Thoughtful.«

Der Alte fuhr zusammen, murmelte etwas und schlug dann die Augen auf. Einige Sekunden lang starrte er den vor ihm stehenden dürren Jungen völlig verständnislos an. Schließlich überzog Angst seine wässrigen Augen.

»Mordred, Sohn des Los'«, sagte er und versuchte zu lächeln. »Heil Euch, zukünftiger König!« Er machte eine scharrende Bewegung mit den Füßen und schien dann zu merken, dass er saß, was aber nicht sein durfte. Er wollte sich sofort aufrappeln, fiel mit einem Bums zurück, der den Jungen nicht wenig belustigte (Belustigungen waren im Ödland eher selten gewesen, da war diese hier umso mehr zu begrüßen), und versuchte es gleich noch mal. Diesmal gelang es ihm, auf die Beine zu kommen.

»Ich sehe keine Toten außer zwei Burschen, die in einem Alter, das deines sogar noch übersteigt, gestorben zu sein scheinen«, bemerkte Mordred, indem er sich übertrieben gründlich umsah. »Jedenfalls sehe ich keine toten Revolvermänner, weder von der langbeinigen noch von der kurzbeinigen Sorte.«

»Ihr sprecht wahrhaftig – und ich sage Euch meinen Dank, natürlich tue ich das –, aber ich kann alles erklären, Sai, sogar ganz einfach …«

»Ach, warte! Halte deine Erklärung zurück, auch wenn sie gewiss ausgezeichnet ist! Lass mich stattdessen raten! Liegt's daran, dass Schlangen – lange, dicke Schlangen – den Revolvermann und seine Lady gefesselt haben und du sie unter Bewachung ins Schloss hast bringen lassen?«

»Gnädiger Herr …«

»In diesem Fall«, fuhr Mordred fort, »muss dein Korb gewaltig viele Schlangen enthalten haben, jedenfalls sehe ich noch ganze Mengen hier draußen. Und einige davon scheinen sich offenbar an dem zu laben, was mein Abendessen hätte sein sollen.« Obwohl die abgetrennten, verwesenden Gliedmaßen in dem Korb trotzdem sein Abendessen sein würden – zumindest ein Teil davon –, warf Mordred dem Alten einen vorwurfsvollen Blick zu. »*Sind* die Revolvermänner also eingesperrt worden?«

Der ängstliche Gesichtsausdruck des Alten verschwand und wurde durch Resignation ersetzt. Das brachte Mordred beinahe zur Raserei. Was er auf dem Gesicht des alten Sai Thoughtful sehen wollte, war nicht Angst und bestimmt nicht Resignation, sondern Hoffnung. Die er ihm rauben würde, wann es ihm gefiel. Seine Gestalt begann zu wabern. Einen Augenblick lang sah der Alte das formlose Dunkel, das unter ihrem Äußeren lauerte, und die vielen Beine. Dann verschwand es, und der Junge war wieder da. Zumindest vorläufig.

Ich will nicht schreiend sterben, dachte der ehemalige Austin Cornwell. *Gewährt mir wenigstens das, ihr Götter dort oben. Ich will nicht schreiend in den Fängen dieses Monstrums sterben.*

»Ihr wisst, was hier geschehen ist, junger Herr. Es ist in meinem Verstand, also auch in Eurem. Warum verzehrt Ihr nicht, was in diesem Korb ist – auch die Schlangen, wenn sie Euch schmecken –, und lasst einen alten Mann friedlich seine Tage beschließen? Wenn nicht um Euretwillen, dann um Eures Vaters willen. Ich habe ihm treu gedient und tue das auch jetzt noch. Ich hätte mich einfach im Schloss verkriechen und sie weiterziehen lassen können. Aber das habe ich nicht getan. Ich hab's *versucht.«*

»Du hattest keine andere Wahl«, antwortete Mordred von seinem Ende der Brücke aus. Ohne zu wissen, ob das stimmte oder nicht. Ohne sich etwas daraus zu machen. Totes Fleisch war lediglich nahrhaft und sonst nichts. Aber lebendes Fleisch und Blut, das noch Sauerstoff von den letzten Atemzügen enthielt ... ah, das war wahrlich ein Genuss. Das war ein *köstliches Mahl!* »Sollst du mir etwas von ihm bestellen?«

»Aye, das wisst Ihr.«

»Erzähl's mir.«

»Warum lest Ihr's nicht einfach in meinen Gedanken?«

Wieder diese flatternde, flüchtige Veränderung. Einen Augenblick lang stand am anderen Ende der Brücke kein Junge, auch keine Spinne von der Größe eines Jungen, sondern etwas, was beides zugleich war. Sai Thoughtfuls Mund wurde trocken, noch während der Speichel, der ihm bei seinem Nickerchen aus dem Mund gelaufen war, an seinem Kinn glänzte. Dann verfestigte sich Mordreds Jungengestalt wieder in seiner zerlumpten, zerschlissenen Jacke.

»Weil's mir gefällt, es aus deinem zahnlosen alten Maul zu hören«, sagte er zu Thoughtful.

Der Alte fuhr sich mit der Zungenspitze über die Lippen. »Also gut, wie's Euch beliebt. Er hat gesagt, er sei erfahren, während Ihr noch jung und völlig unbeschrieben seid. Er hat gesagt, wenn Ihr Euch nicht von ihm fernhaltet, wird er euch den Kopf abschlagen. Er hat gesagt, er würde ihn gern vor Eurem Roten Vater hochhalten, während er auf seinem Balkon gefangen steht.«

Das war ziemlich viel mehr, als Roland tatsächlich gesagt hatte (und wir müssen's wissen, waren wir doch dabei), und mehr als genug für Mordred.

Trotzdem *nicht* genug für Rando Thoughtful. Noch vor zehn Tagen hätte es vielleicht genügt, um das zu bewirken, was der Alte erreichen wollte: den Jungen dazu zu provozieren, ihn schnell zu töten. Aber Mordred war rasch gereift und widerstand jetzt seinem ersten Impuls, einfach über die Brücke zu stürmen, dabei die Gestalt zu wechseln und Rando Thoughtful mit einem einzigen Schlag eines stacheligen Beins den Kopf vom Leib zu reißen.

Stattdessen sah er zu den Krähen auf – die sich jetzt zu hunderten versammelt hatten –, und sie erwiderten seinen Blick so aufmerksam wie Schüler in einem Klassenzimmer. Der Junge machte eine flatternde Bewegung mit den Armen, dann zeigte er auf den Alten. Sofort erfüllte Flügelschwirren die Luft. Der Lordkanzler des Königs wandte sich sofort zur Flucht, aber bevor er auch nur einen einzigen Schritt tun konnte, fielen die Krähen in einer tintenschwarzen Wolke über ihn her. Er riss die Arme hoch, um sein Gesicht zu schützen, als sie auf Kopf und Schultern landeten und ihn in eine Vogelscheuche verwandelten. Dieser Reflex nutzte ihm jedoch nichts; weitere Krähen setzten sich nun auf seine erhobenen Arme, bis das schiere Gewicht der Vögel ihn zusammenbrechen ließ. Schnäbel pickten und hackten ins Gesicht des Alten und überzogen es mit einer Tätowierung aus winzigen Blutflecken.

»Nein!«, rief Mordred. »Hebt mir seine Haut auf … die Augen könnt ihr meinetwegen haben.«

Als die gierigen Krähen nun Rando Thoughtful die Augen aus den Höhlen pickten, war das der Zeitpunkt, wo der ehemalige Lordkanzler den anschwellenden Schrei ausstieß, den Roland und Susannah hörten, während sie an der Straßenkreuzung rasteten. Die Vögel, die nicht auf ihm Platz fanden, umflatterten ihn wie eine lebende Gewitterwolke. Sie drehten ihn levitierend auf den Bauch und trugen ihn zu dem Verwandelten, der jetzt zur Brückenmitte vorgeprescht war und dort hockte. Die Stiefel und die zerschlissene wattierte Jacke waren vorläufig auf der Stadtseite der Brücke zurückgeblieben; was nun auf Sai Thoughtful wartete – auf den Hinterbeinen aufgerichtet, mit den Vorderbeinen in die Luft krallend, das rote Mal auf dem behaarten Unterleib nur allzu deutlich sichtbar – war Dan-Tete, der Kleine Rote König.

Der Mann schwebte seinem Schicksal entgegen, augenlos und kreischend. Er streckte die Hände vor sich aus, machte sinnlose Abwehrbewegungen, und die Spinne packte eine davon mit den Vorderbeinen und führte sie in ihren stacheligen Rachen, der sie wie eine Zuckerstange krachend verschlang.

Köstlich!

8

An diesem Abend, jenseits der eigenartig schmalen, seltsam unerfreulichen Stadthäuser, machte Roland vor etwas Halt, bei dem es sich früher vermutlich um eine kleine Farm gehandelt hatte. Er blieb vor dem Wohngebäude stehen und schnüffelte.

»Was gibt's, Roland? Was?«

»Kannst du das Holz dieses Hauses riechen, Susannah?«

Sie schnüffelte ebenfalls. »Ja, das kann ich – was ist damit?«

Er drehte sich lächelnd nach ihr um. »Wenn wir's riechen können, dann können wir's auch verbrennen.«

Das erwies sich als richtig. Auch mit Rolands raffiniertesten Waldläuferfertigkeiten und einer halben Dose Sterno war es zunächst zwar schwierig, ein Feuer in Gang zu bekommen, aber schließlich gelang es doch. Susannah rückte so nahe wie irgend möglich an die Flammen heran, drehte sich regelmäßig um, damit beide Seiten gleichmäßig geröstet wurden, und genoss den Schweiß, der ihr erst auf Gesicht und Brüsten, dann auf dem Rücken ausbrach. Sie hatte vergessen, wie es war, ganz durchwärmt zu sein, und legte ständig Holz nach, bis das Lagerfeuer einem lodernden Scheiterhaufen glich. Für die Tiere im weiten Land entlang dem Pfad des heilenden Balkens musste dieses Feuer einem zur Erde gestürzten Kometen gleichen, der weiterhin gloste. Oy saß neben ihr, hielt die Ohren gespitzt und starrte wie hypnotisiert in die Flammen. Susannah rechnete damit, dass Roland gleich protestieren, dass er sie auffordern würde, nicht dauernd Holz nachzulegen, sondern es um ihres Vaters willen etwas herabbrennen zu lassen – aber das tat er nicht. Er saß nur mit seinen zerlegten Revolvern vor sich da und ölte die Teile. Als ihm das Feuer irgendwann zu heiß wurde, rückte er etwas davon ab. Im Feuerschein tanzte sein Schatten eine magere, schwankende *Commala*.

»Kannst du noch ein, zwei kalte Nächte aushalten?«, fragte er sie schließlich.

Sie nickte. »Wenn's sein muss.«

»Sobald wir den Aufstieg ins Schneeland beginnen, wird es wirklich kalt«, sagte er. »Und obwohl ich dir nicht versprechen kann, dass wir nur eine einzige Nacht kein Feuer haben werden, glaube ich andererseits auch nicht, dass es mehr als zwei Nächte sein werden.«

»Du glaubst, dass Wild sich leichter erlegen lässt, wenn wir kein Feuer machen, stimmt's?«

Roland nickte und machte sich daran, die Revolver wieder zusammenzusetzen.

»Wird es übermorgen schon Wild geben?«

»Ja.«

»Woher weißt du das?«

Er überlegte, dann schüttelte er den Kopf. »Das kann ich nicht sagen – ich weiß es eben.«

»Kannst du's riechen?«

»Nein.«

»Fühlung mit deren Verstand aufnehmen?«

»Das ist es auch nicht.«

Sie gab auf. »Roland, was ist, wenn Mordred heute Nacht die Vögel gegen uns entsendet?«

Er lächelte und deutete auf die Flammen. Unter ihnen waberte die hellrote Holzkohlenglut wie der Feuerodem eines Drachen. »Sie werden es nicht wagen, deinem Freudenfeuer zu nahe zu kommen.«

»Und morgen?«

»Morgen sind wir weiter von Le Casse Roi Russe entfernt, als sie selbst auf Mordreds Geheiß fliegen würden.«

»Und woher weißt du *das?*«

Roland schüttelte nochmals den Kopf, obwohl er glaubte, die Antwort auf diese Frage zu kennen. Was er wusste, kam vom Turm. Er konnte das Erwachen von dessen Puls im Kopf spüren. Als ob aus einem trockenen Samenkorn ein grüner Trieb sprösse. Aber es war zu früh, darüber zu sprechen.

»Leg dich hin, Susannah«, sagte er. »Ruh dich aus. Ich wache bis Mitternacht, dann wecke ich dich.«

»Wir halten also ab jetzt Wache«, sagte sie.

Er nickte.

»Beobachtet *er* uns?«

Das konnte Roland nicht so recht sagen, aber er vermutete, dass Mordred es tat. Vor seinem inneren Auge stand das Bild eines spindeldürren Jungen (nun jedoch mit aufgeblähtem Bauch, weil er reichlich gegessen haben würde), in den Lumpen einer schmutzigen, zerrissenen Jacke, aber anderweitig nackt. Ein magerer Junge, der sich in einem dieser unnatürlich schmalen Häuser einquartiert hat, vielleicht im zweiten Stock, weil von dort aus die Sicht gut ist. Er hockt am Fenster, hat die Knie bis unters Kinn hochgezogen, um es wärmer zu haben, spürt in der Eiseskälte vielleicht die Narbe in seiner Seite, starrt den Schein ihres Feuers an und neidet es ihnen. Neidet ihnen auch ihre Gemeinschaft. Halbmutter und Weißer Vater, die ihm den Rücken zukehren.

»Wahrscheinlich«, sagte er.

Susannah wollte sich ausstrecken, richtete sich dann aber noch einmal auf. Sie berührte die wunde Stelle neben ihrer Unterlippe. »Das ist kein Pickel, Roland.«

»Nein?« Er saß ruhig da und sah sie an.

»Im College hatte ich eine Freundin, die genau so etwas hatte«, sagte Susannah. »Es hat geblutet, dann hat die Blutung aufgehört, es ist fast verheilt, dann ist es dunkler geworden und hat wieder geblutet. Schließlich ist sie zum Arzt gegangen – zu einem Facharzt, den wir Dermatologe nennen –, und der meinte, dass es sich um ein Angiom handelte. Einen Bluttumor. Er hat ihr Novocain gespritzt und es mit einem Skalpell herausgeschnitten. Er hat gesagt, es sei gut, dass sie rechtzeitig gekommen sei, mit jedem Tag würde dieses Ding nämlich seine Wurzeln etwas tiefer ausstrecken. Irgendwann, hat er gesagt, hätte es den Gaumen und vielleicht sogar die Nebenhöhlen erreicht.«

Roland wartete schweigend. Der Ausdruck, den sie benutzt hatte, klang in seinem Kopf nach: *Bluttumor*. Er hätte auf den Scharlachroten König gemünzt sein können, fand er. Auch auf Mordred.

»Wir haben kein Novocain nich, Baby«, sagte Detta Walker, »und das weiß ich auch, klare Sache! Aber wenn's so weit is und ich's dir sag, zückst du dein Messer und schneidst mir das Scheißding weg. Un zwa schneller, als der Bumbler dort drüben 'ne Fliege aus der Luft schnappen kann. Haste verstanden? Du weißt, was ich meine?«

»Ja. Aber leg dich jetzt hin. Ruh dich aus.

Sie streckte sich aus. Fünf Minuten nachdem sie scheinbar eingeschlafen war, öffnete Detta Walker die Augen und

(ich beobachte dich, weißer Knabe)

funkelte ihn an. Roland nickte ihr zu, worauf sie die Augen wieder schloss. Kurze Zeit später öffneten die Augen sich zum zweiten Mal. Diesmal war es Susannah, die ihn ansah, und nachdem diese die Augen geschlossen hatte, öffneten sie sich nicht wieder.

Er hatte zwar gesagt, sie um Mitternacht zu wecken, aber er ließ sie noch zwei Stunden länger schlafen, weil er wusste, dass ihr Körper sich in der Wärme am Feuer *wirklich* erholte, zumindest für diese eine Nacht. Kurz nachdem seine schöne neue Taschenuhr ein Uhr angezeigt hatte, fühlte er den Blick ihres Verfolgers endlich nicht mehr. Wie unzählige Kinder vor ihm hatte auch Mordred es nicht geschafft, in den dunkelsten Nachtstunden noch wach zu bleiben. Wo immer der Ort liegen mochte, an dem er sich verkrochen hatte: das ungewollte, einsame Kind, das in die Fetzen seiner wattierten Jacke gehüllt war, war nun mit dem Kopf auf den Armen eingeschlafen.

Und spitzte sein Mund, der noch von Sai Thoughtfuls Blut verkrustet war, die bebenden Lippen, als träumte er von der Brust, die er nur einmal gekannt, und der Milch, die er nie gekostet hatte?

Roland wusste es nicht. Wollte es auch nicht unbedingt wissen. Er war nur froh, in der Stillwache der Nacht allein zu sein, wo er gelegentlich ein Stück Holz auf das langsam niederbrennende Feuer warf. Weil das Feuer sonst zu rasch ausgegangen wäre, wie er vermutete. Das Holz war neuer als das, aus dem die Stadthäuser erbaut waren, aber trotzdem uralt und zu einer Substanz verhärtet, die fast wie Stein war.

Morgen würden sie Bäume sehen. Die ersten seit Calla Bryn Sturgis, wenn man jene unberücksichtigt ließ, die unter der künstlichen Sonne des Algul Siento gewachsen waren, und jene anderen, die er in Stephen Kings Welt gesehen hatte. Das wäre nicht schlecht. Unterdessen herrschte tiefe Nacht. Außerhalb des Lichtkreises des herabbrennenden Feuers heulte ein Wind, der Rolands Haar von den Schläfen wegstehen ließ und einen feinen Schneegeruch mitbrachte. Er legte den Kopf in den Nacken und beobachtete, wie die Sternenuhr sich am schwarzen Himmel über ihm drehte.

Kapitel IV

Felle

1

Statt einer oder zwei Nächten ohne Feuer mussten sie dann doch drei erdulden. Die letzte Nacht bestand aus den längsten, erbärmlichsten zwölf Stunden in Susannahs Leben. *Ist das hier schlimmer als die Nacht, in der Eddie gestorben ist?*, fragte sie sich einmal. *Willst du wirklich behaupten, dass das hier schlimmer ist, als schlaflos in einem der Zimmer des Wohnheims zu liegen und zu wissen, dass du in Zukunft immer allein liegen wirst? Schlimmer, als sein Gesicht, als seine Hände und Füße zu waschen? Sie für die Beerdigung zu waschen?*

Ja. Es war schlimmer. Sie verabscheute diese Erkenntnis und hätte sie niemals irgendwem gegenüber eingestanden, aber die tiefe, endlose Kälte dieser letzten Nacht war *weit* schlimmer. Sie begann jeden leichten Atemzug einer Brise aus dem Schneeland im Osten und Süden zu fürchten. Es war schrecklich und zugleich seltsam demütigend, erkennen zu müssen, wie leicht körperliches Unbehagen die Macht über einen übernehmen konnte, indem es sich wie Giftgas ausbreitete, bis es ganz und gar von einem Besitz ergriffen hatte. Trauer? Verlust? Was bedeuteten solche Dinge schon, wenn man spüren konnte, wie die Kälte auf dem Vormarsch war, wie sie über Finger und Zehen vordrang, über die beschissene *Nase* hinaufkroch, um worauf abzuzielen? Natürlich aufs Gehirn, wenn's beliebt. Und aufs Herz. Im Würgegriff solcher Kälte waren Trauer und Verlust nichts als Wörter. Nein, nicht einmal das. Nur *Laute*. Bedeutungsloses Gequake, während man zitternd im Sternenlicht saß und auf den Morgen wartete, der nie kommen würde.

Noch schlimmer wurde alles durch das Wissen, dass es um sie herum eigentlich reichlich Brennmaterial gab, weil sie inzwischen ein von Leben erfülltes Gebiet erreicht hatten, das Roland das »Unterschneeland« nannte. Es bestand aus sanft ansteigenden grasigen Hügeln (das Gras war jetzt größtenteils weiß und abgestorben) und flachen Tälern mit einzelnen Waldstücken und zugefrorenen Bächen. Noch bei Tageslicht hatte Roland ihr mehrere Löcher im Eis gezeigt und erklärt, dass diese von Rotwild stammten. Er zeigte ihr auch mehrere Haufen Losung. Bei Tageslicht waren solche Fährten interessant, sogar hoffnungsvoll gewesen. Aber in der Tiefe dieser endlosen Nacht, in der sie auf ihr ständiges leises Zähneklappern horchte, bedeuteten sie nichts, Eddie bedeutete nichts, auch Jake nicht. Der Dunkle Turm bedeutete so wenig wie inzwischen auch das große Feuer, das sie am Rand der Schlossvorstadt entzündet hatten. Sie konnte sich an sein Aussehen erinnern, aber das Gefühl von Hitze, die ihre Haut erwärmte, bis sie mit einer dünnen Schweißschicht bedeckt war, war gänzlich verloren. Wie jemand, der für ein paar Augenblicke gestorben war und einen kurzen Blick in ein lichtes Leben nach dem Tod hatte werfen dürfen, konnte sie nichts anderes sagen, als dass es irgendwie wundervoll gewesen sei.

Roland saß mit einem um ihre Schulter gelegten Arm da und hustete gelegentlich mit einem trockenen Bellen. Susannah befürchtete, dass er noch krank werden würde, aber auch dieser Gedanke hatte keine Kraft. Nur die Kälte.

Einmal – kurz bevor der anbrechende Tag endlich den Himmel im Osten heller werden ließ – sah sie weit vor ihnen, schon jenseits der Schneegrenze, orangerote Lichter, die wirbelnd tanzten. Sie fragte Roland, ob er wisse, was das sei. Eigentlich interessierte sie es gar nicht, aber die eigene Stimme zu hören gab ihr wenigstens die Gewissheit, dass sie nicht schon längst tot war. Zumindest noch war sie es nicht.

»Ich glaube, das sind Hobs.«

»W-w-was s-s-sind das?« Sie konnte jetzt nur noch stammelnd und stotternd sprechen.

»Ich weiß nicht, wie ich sie dir erklären soll«, sagte er. »Irgendwie ist das aber auch nicht nötig. Du wirst sie noch zu sehen bekommen. Wenn du genau hinhorchst, kannst du im Augenblick nämlich etwas hören, das näher und interessanter ist.«

Anfangs hörte sie nur das Seufzen des Windes. Dann ließ es nach, und ihre Ohren fingen das trockene Rascheln auf, mit dem etwas in der Senke unter ihnen durchs Gras lief. Wenig später folgte ein leises Knacken. Susannah wusste genau, was das war: ein Huf, der durch dünnes Eis stampfte, um das fließende Wasser darunter freizulegen. Sie wusste auch, dass sie in drei, vier Tagen einen Mantel aus dem Fell des Tieres tragen konnte, das jetzt in der Nähe trank, was ihr allerdings ebenfalls nichts bedeutete. Zeit war ein unbrauchbarer Begriff, wenn man unter ständigen Schmerzen in der Dunkelheit wachte.

Hatte sie jemals früher schon einmal derart gefroren? Das war ziemlich komisch, was?

»Was ist mit Mordred?«, fragte sie. »Glaubst du, dass er dort draußen ist?«

»Ja.«

»Spürt er die Kälte auch so wie wir?«

»Das weiß ich nicht.«

»Viel mehr davon kann ich nicht aushalten, Roland – wirklich nicht!«

»Das brauchst du auch nicht. Es wird bald Tag, und ich rechne fest damit, dass wir bei Anbruch der nächsten Dunkelheit ein Feuer haben werden.« Er hustete in die Faust, dann legte er ihr den Arm wieder um die Schultern. »Du wirst dich besser fühlen, sobald wir wieder unterwegs sind. Und bis dahin sind wir wenigstens nicht allein.«

2

Mordred fror tatsächlich so wie sie, ganz genauso, und er hatte niemanden.

Er war ihnen jedoch nahe genug, um sie reden zu hören: nicht, was sie wirklich sagten, aber den Klang ihrer Stimmen. Er zitterte hemmungslos und hatte sich den Mund mit dürrem Gras voll gestopft, weil er befürchtete, Rolands scharfe Ohren könnten seine Zähne klappern hören. Die Eisenbahnerjacke nutzte ihm nichts mehr: Er hatte sie weggeworfen, nachdem sie in so viele Fetzen zerfallen war, dass er sie nicht mehr zusammenhalten konnte. Die Jackenärmel hatte er noch eine Zeit lang getragen, aber dann hatten sie sich von den Ellbogen aus ebenfalls aufgelöst, worauf er sie mit einem wütenden Fluch ins niedrige Gras neben der alten Straße geschleudert hatte. Und die Stiefel konnte er nur weitertragen, weil es ihm gelungen war, langes Gras zu einem groben Strick zu flechten. Damit hatte er die Überreste an seinen Füßen festgebunden.

Er hatte überlegt, ob er sich in seine Spinnengestalt zurückverwandeln sollte, weil er die Kälte dann weniger spüren würde, aber er war in seinem gesamten kurzen Leben stets vom Schreckgespenst des Verhungerns verfolgt worden und würde es vermutlich stets fürchten, auch wenn er noch so große Vorräte besaß. Die Götter wussten, dass jene im Augenblick nicht besonders reichlich waren: drei abgetrennte Arme, vier Beine (zwei schon angegessen) und ein Stück Rumpf aus dem Weidenkorb, das war alles. Hätte er sich jetzt verwandelt, hätte die Spinne diese Kleinigkeiten bis Tagesanbruch längst alle verschlungen. Und obwohl Mordred wusste, dass es hier Wild gab – er konnte das Rotwild ebenso deutlich vernehmen wie sein Weißer Daddy –, war er sich nicht ganz sicher, ob es ihm auch gelingen würde, es in eine Falle zu locken oder zu Tode zu hetzen.

Also saß er einfach nur da und zitterte und lauschte ihren Stimmen, bis ihr Klang verstummte. Vielleicht schliefen sie. Vielleicht döste er selbst ein wenig. Das Einzige, was ihn daran hinderte, aufzugeben und umzukehren, war sein Hass auf sie. Weil sie einander hatten, während er niemanden hatte. Überhaupt niemanden.

Mordred sein hongrig, dachte er unglücklich. *Mordred ist kalt. Und Mordred hat niemand. Mordred ist allein.*

Er nahm ein Handgelenk zwischen die Zähne, biss tief hinein und saugte die hervorquellende Wärme auf. In dessen Blut schmeckte er einen letzten Rest von Rando Thoughtfuls Leben … aber nur so wenig! So rasch verflüchtigt! Und danach gab es nur noch den wertlosen, wiederverwerteten Geschmack seiner selbst.

Im Dunkel begann Mordred lautlos zu weinen.

3

Vier Stunden nach Tagesanbruch, unter einem weißen Himmel, der Regen oder Schneeregen (vielleicht beides zugleich) versprach, lag Susannah Dean vor Kälte zitternd hinter einem umgestürzten Baumstamm und blickte in eines der kleinen Täler hinunter. *Du wirst Oy hören,* hatte der Revolvermann ihr erklärt. *Und du wirst auch mich hören. Ich werde tun, was ich kann, aber vor allem treibe ich sie vor mir her, und du wirst am besten zum Schuss kommen. Sorg dafür, dass jeder Schuss trifft.*

Was alles noch schlimmer machte, war ihr schleichender Verdacht, dass Mordred jetzt irgendwo ganz in der Nähe war und sie vielleicht aus dem Hinterhalt überfiel, während sie ihm den Rücken zukehrte. Sie sah sich immer wieder um, aber sie hatte einen verhältnismäßig ausgesetzten Platz gewählt, und im hohen Gras hinter ihr war nur ein einziges Mal ein Lebewesen zu sehen gewesen: ein großer brauner Hase, der mit bis zum Boden herabhängenden Löffeln vorbeihoppelte.

Endlich hörte sie Oys aufgeregt hohes Kläffen aus dem niedrigen Wäldchen zu ihrer Linken. Im nächsten Augenblick rief Roland auch schon. »Heisa! Heisa! Auf, auf! Weiter, sag ich! Sputet euch!

Ich will euch …« Dann das Geräusch eines erneuten Hustenanfalls. Dieses Husten gefiel ihr nicht. Nein, ganz und gar nicht.

Als sie jetzt Bewegung zwischen den Bäumen erkennen konnte, appellierte sie an Detta Walker, was sie nur sehr selten getan hatte, seit Roland sie gezwungen hatte, sich einzugestehen, dass in ihrem Körper noch eine zweite Persönlichkeit steckte.

Ich brauche dich. Willst du's wieder warm haben, sorg dafür, dass meine Hände ruhig sind, damit ich gut zielen und treffen kann.

Das unaufhörliche Zittern ihres Körpers ließ schlagartig nach. Als das Hirschrudel unter den Bäumen hervorbrach – kein kleines Rudel; es musste aus mindestens achtzehn Tieren unter Führung eines kapitalen Hirschs mit prachtvollem Geweih bestehen –, waren auch ihre Hände wieder ganz ruhig. In ihrer Rechten hielt sie Rolands Revolver mit dem Sandelholzgriff.

Dann tauchte Oy auf, der hinter der letzten Nachzüglerin aus dem Wäldchen gestürmt kam. Sie war eine Mutie-Hirschkuh, die auf vier ungleich langen Beinen lief (das aber unheimlich graziös), während ein nutzloses fünftes Bein wie ein Euter mitten unter ihrem Bauch baumelte. Ganz zuletzt kam Roland, der eigentlich nicht richtig rannte, sondern lediglich in einem angestrengten Trab vorwärts stolperte. Susannah beachtete ihn nicht weiter und behielt den Hirsch im Visier ihres Revolvers, während der kapitale Bursche quer durch ihr Schussfeld lief.

»Hierher«, flüsterte sie. »Mach einen Haken nach rechts, Schätzchen, zeig mir, dass du's kannst. *Commala-come-come.*«

Und obwohl der Hirsch an der Spitze des Rudels eigentlich keinen Grund dafür hatte, hielt er nun tatsächlich etwas mehr auf Susannah zu. Jetzt war sie von jener Art Kälte erfüllt, die ihr willkommen war. Ihr Sehvermögen schien unnatürlich scharf zu werden, bis sie die unter der Decke des Hirschs spielenden Muskeln, den weißen Halbmond, als sein Auge rollte, die alte Verletzung am Vorderlauf der nächsten Hirschkuh, wo das Fell nie mehr richtig nachgewachsen war, sehen konnte. Sie hatte einen Augenblick Zeit, sich zu wünschen, Eddie und Jake lägen jetzt neben ihr, fühlten, was sie fühlte, sähen, was sie sah, aber dann war auch das vorüber.

Ich töte nicht mit meiner Waffe; wer mit seiner Waffe tötet, hat das Angesicht seines Vaters vergessen.

»Ich töte mit dem Herzen«, murmelte sie und schoss dann.

Die erste Kugel traf den vorweg laufenden Hirsch zwischen die Lichter, worauf er nach links stürzend zusammenbrach. Die anderen Tiere liefen an ihm vorbei. Eine Hirschkuh sprang über ihn hinweg, und Susannahs zweite Kugel traf sie auf dem höchsten Punkt ihres Sprunges, sodass sie tot aufkam, ein Bein abgeknickt und gebrochen, alle Grazie entschwunden.

Sie hörte Roland dreimal schießen, kümmerte sich aber nicht darum, ob er getroffen hatte; sie hatte ihre eigene Arbeit zu erledigen, und sie erledigte sie gut. Jede der restlichen vier Patronen in der Trommel traf einen Hirsch, von denen nur einer sich noch bewegte, als er zusammenbrach. Sie verschwendete keinen Gedanken daran, dass das eigentlich erstaunlich gute Schießleistungen waren, vor allem mit einer Faustfeuerwaffe; sie war schließlich ein Revolvermann, und das hier war ihr Beruf.

Außerdem war es am heutigen Morgen windstill.

Das halbe Rudel lag jetzt tot in der grasigen Senke unter ihr. Die restlichen Tiere drehten bis auf eines scharf nach links ab und flüchteten den Hügel hinunter in Richtung Bach. Im nächsten Augenblick waren sie in der Deckung einiger Weiden verschwunden. Das letzte Tier, ein Jährling, kam genau auf sie zu. Susannah hielt sich nicht erst damit auf, den Revolver mit einer der Patronen nachzuladen, die aufgehäufelt auf einem quadratischen Stück Hirschleder neben ihr lagen. Stattdessen zog sie einen der Orizas heraus, wobei ihre Finger automatisch den stumpfen Griffbereich fanden.

»'Riza!«, rief sie und warf den Teller. Er flitzte mit seinem unheimlichen Heulen übers trockene Gras, stieg dabei etwas an und traf den laufenden Hirsch schließlich mitten am Hals. Blutstropfen, vor dem weißen Himmel ganz schwarz, bildeten eine fliegende Girlande um seinen Kopf. Kein Fleischerbeil hätte sauberere Arbeit

leisten können. Der Hirsch lief noch einen Augenblick lang weiter, achtlos und kopflos, während sein jagendes Herz mit dem letzten halben Dutzend Schläge weiter Blut aus dem Halsstumpf pumpte. Dann krachte er kaum zehn Schritte vor ihrem Versteck auf seine gespreizten Vorderläufe herab und färbte das trockene gelbe Gras leuchtend blutrot.

Die Qualen der endlos langen Nacht waren vergessen. Das taube Gefühl in Händen und Füßen war verschwunden. Sie empfand keine Trauer mehr, keinen Verlust, keine Angst. In diesem Augenblick war Susannah genau die Frau, zu der das Ka sie gemacht hatte. Die Mischung aus Pulverdampf und Blutgeruch, die von dem erlegten Hirsch aufstieg, war bitter; zugleich war sie der süßeste Duft der Welt.

Susannah richtete sich auf ihren Beinstümpfen auf, hielt Rolands Revolver weiter mit der rechten Hand umklammert und warf sich gen Himmel in eine Y-Pose. Dann stieß sie einen gellend lauten Schrei aus. Er enthielt keine Worte, konnte auch keine enthalten. Im Augenblick unserer größten Triumphe finden wir nie Worte.

4

Roland hatte darauf bestanden, dass sie ein riesiges Frühstück zu sich nahmen, und Susannahs Einwand, kaltes Cornedbeef schmecke wie klumpiger Fleischbrei, ließ ihn unbeeindruckt. Als seine schicke goldene Taschenuhr zwei Uhr nachmittags anzeigte – mit anderen Worten zu der Zeit, als das stetige kalte Nieseln allmählich in Schneeregen überging –, war sie dann froh darüber. Sie hatte niemals schwerer gearbeitet, und dieser Arbeitstag war noch nicht zu Ende. Roland war die ganze Zeit neben ihr, arbeitete trotz seines sich verschlimmernden Hustens ebenso unermüdlich. Sie hatte Zeit (während ihres kurzen, aber absurd köstlichen Mittagsmahls aus scharf angebratenen Hirschsteaks), darüber nachzudenken, wie eigenartig er war, wie bemerkenswert. Nach all dieser Zeit, all diesen Abenteuern, hatte sie ihn noch immer nicht ganz ergründet. Nicht einmal andeutungsweise. Sie hatte ihn lachen und weinen sehen, töten und tanzen; sie hatte ihn schlafen und im Schutz von Büschen mit heruntergelassener Hose und nacktem Hintern auf einem Baumstamm, den er als Stamm der Erleichterung bezeichnete, hocken sehen. Sie hatte nie mit ihm geschlafen, wie eine Frau mit einem Mann schlief, aber sie glaubte, ihn unter sämtlichen anderen Umständen erlebt zu haben, aber trotzdem ... Roland blieb unergründlich.

»Dein Husten klingt irgendwie immer mehr nach Lungenentzündung«, bemerkte Susannah, kurz nachdem der Regen eingesetzt hatte. Unterdessen waren sie bei dem Teil ihrer Tagesarbeit, den Roland als *Aven-car* bezeichnete: das erlegte Wild abtransportieren und Vorbereitungen für die Weiterverarbeitung treffen.

»Mach dir deswegen keine Sorgen«, sagte Roland. »Ich habe alles, was ich brauche, um es zu kurieren.«

»Wirklich?«, fragte sie zweifelnd.

»Yar. Und diese hier, die ich nie verloren habe.« Er griff in eine seiner Taschen und zeigte ihr eine Hand voll Aspirintabletten. Sie fand, dass sein Gesichtsausdruck dabei wahrhaft Ehrfurcht erkennen ließ, aber wer mochte ihm das verdenken? Möglicherweise verdankte er diesem Mittel, das er *Astin* nannte, sogar sein Leben. *Astin* und *Cheflet*.

Sie hievten ihre Beute auf die Ladefläche von Ho Fats Luxustaxi und transportierten sie zum Bach hinunter. Insgesamt waren es drei Fuhren. Nachdem sie die Tiere aufeinander gestapelt hatten, stellte Roland den abgetrennten Kopf des Jährlings so auf den Stapel, dass er sie mit seinen glasigen Augen anstarrte.

»Was willst du mit dem?«, fragte Susannah mit einer Spur Detta in der Stimme.

»Wir werden alle Gehirne brauchen, die wir bekommen können«, sagte Roland und hustete wieder trocken in seine geballte Faust. »Es ist eine schmutzige Art und Weise, die Arbeit zu erledigen, aber sie funktioniert und geht schnell.«

5

Nachdem sie ihre Beute am Ufer des eiskalten Bachs aufgestapelt hatten (»Wenigstens brauchen wir uns keine Sorgen wegen der Fliegen zu machen«, sagte Roland), machte der Revolvermann sich daran, Feuerholz zu sammeln. Susannah freute sich jetzt zwar auf ein Feuer, empfand dabei aber nicht mehr das schreckliche Bedürfnis wie in der Nacht zuvor. Sie hatte schwer geschuftet und fühlte sich zumindest vorerst behaglich warm. Sie versuchte, sich an ihre tiefe Verzweiflung, an jenes Gefühl zu erinnern, die Kälte krieche ihr in die Knochen und verwandle sie in Glas, aber das gelang ihr nicht. Weil der Körper die Eigenart hat, selbst die schlimmsten Dinge zu vergessen, vermutete sie, und ohne Mitwirkung des Körpers besitzt das Gehirn sozusagen nur noch verblasste Schnappschüsse als Erinnerung.

Bevor Roland richtig damit anfing, Feuerholz zu sammeln, suchte er das Ufer des eiskalten Bachs ab und grub schließlich einen faustgroßen Stein aus. Er gab ihn Susannah, die einen Daumen über die milchige, vom Wasser polierte Oberfläche gleiten ließ. »Quarz?«, fragte sie, aber das war es wohl nicht. Nicht ganz.

»Dieses Wort kenne ich nicht, Susannah. Wir nennen diesen Stein Chert. Er lässt sich zu primitiven, aber sehr nützlichen Werkzeugen verarbeiten: Beile, Messer, Spieße, Schaber. Heute brauchen wir Schaber. Und mindestens einen Hammer.«

»Was wir abschaben werden, ist klar, aber was werden wir hämmern?«

»Das zeige ich dir dann, aber kommst du erst noch einen Augenblick zu mir?« Roland kniete nieder und ergriff ihre kalte Hand. Gemeinsam wandten sie sich dem Hirschkopf zu.

»Wir danken dir für das, was wir empfangen werden«, sagte Roland zu dem Kopf, und Susannah empfand einen leichten Schauder. Genauso hatte ihr Vater immer das Tischgebet vor einem großen Mahl begonnen, wenn dort die ganze Familie versammelt gewesen war.

Unsere eigene Familie ist zerbrochen, dachte sie, ohne es jedoch auszusprechen; geschehen war geschehen. Sie antwortete mit den Worten, die sie als kleines Mädchen gelernt hatte: »Vater, wir danken dir.«

»Leite unsere Hände und leite unsere Herzen, während wir aus dem Tod Leben gewinnen«, sagte Roland. Dann sah er mit hochgezogenen Augenbrauen zu ihr hinüber und fragte wortlos, ob sie noch etwas hinzufügen wolle.

Susannah merkte, wie ihr die Worte von selbst kamen. »Vater unser im Himmel, geheiligt werde Dein Name. Dein Reich komme, Dein Wille geschehe wie im Himmel, so auf Erden. Vergib uns unsere Schuld, wie auch wir vergeben unseren Schuldigern. Und führe uns nicht in Versuchung, sondern erlöse uns von dem Bösen; denn Dein ist das Reich und die Kraft und die Herrlichkeit in Ewigkeit.«

»Das ist ein schönes Gebet«, sagte er.

»Ja«, sagte sie. »Ich hab's vielleicht nicht ganz richtig gesagt – das letzte Mal liegt schon lange zurück –, aber es bleibt das beste Gebet. Aber jetzt sollten wir lieber weiterarbeiten, solange ich meine Hände noch spüren kann.«

Roland sagte amen.

6

Roland ergriff den abgetrennten Kopf des einjährigen Hirschs (an den Geweihansätzen ließ er sich gut anfassen), stellte ihn vor sich hin und schlug dann mit dem faustgroßen Felsbrocken auf den Schädel. Dabei war ein gedämpftes Knacken zu hören, bei dem sich Susannah der Magen verkrampfte. Roland packte die Geweihstangen und ruckte an ihnen, erst nach links, dann nach rechts. Als Susannah sah, wie das gespaltene Schädeldach sich unter dem Fell bewegte, verkrampfte sich ihr Magen nicht nur; er beschrieb einen langsamen Looping.

Roland schlug noch zwei weitere Male zu, wobei er das Stück

Chert mit fast chirurgischer Präzision führte. Dann benutzte er sein Messer, um die Kopfhaut kreisförmig einzuschneiden, bevor er sie wie eine Kappe abzog. Nun war der eingeschlagene Schädel darunter sichtbar. Er schob die Messerklinge in einen Spalt und verwendete sie als Hebel. Als das Gehirn des Hirschs freigelegt war, nahm er es heraus, legte es sorgfältig beiseite und sah zu Susannah hinüber. »Wir brauchen die Gehirne aller Tiere, die wir geschossen haben – dazu benötigen wir den Hammer.«

»Aha«, sagte sie mit gepresster Stimme. »Gehirne.«

»Zum Gerben. Aber Chert lässt sich noch anders verwenden. Pass auf.« Er zeigte ihr, wie man zwei Steine zusammenschlug, bis einer oder beide zersprangen, wobei allerdings statt unregelmäßiger Klumpen große, fast glatte Stücke entstanden. Sie wusste, dass metamorphe Gesteine sich auf diese Weise spalten ließen, aber Schiefer und dergleichen war meistens zu weich, um gute Werkzeuge abzugeben. Dieses Zeug aber war richtig *hart*.

»Wenn du Stücke bekommst, die auf einer Seite dick genug sind, um sich gut anfassen zu lassen, und auf der anderen schmal auslaufen«, sagte Roland, »legst du sie beiseite. Das sind dann unsere Schaber. Wir könnten natürlich Holzgriffe dafür anfertigen, aber dazu reicht die Zeit nicht. Bis wir uns schlafen legen, werden wir also reichlich wunde Hände haben.«

»Wie lange wird es deiner Meinung nach dauern, genügend Schaber herzustellen?«

»Nicht sehr lange«, sagte Roland. »Chert zerbricht glücklich, habe ich immer gehört.«

Während Roland nun Brennholz auf die kleine Lichtung zwischen Weiden und Erlen an dem zugefrorenen Bach schleppte, machte Susannah sich am Bachufer auf die Suche nach Chert. Nachdem sie ein Dutzend große Brocken gefunden hatte, stieß sie auch auf einen großen Granitblock, dessen glatte, vom Wasser geformte Rundung aus dem Erdboden ragte. Sie fand, dass er einen ausgezeichneten Amboss abgeben würde.

Der Chert zerbrach tatsächlich glücklich, und sie hatte bereits dreißig mögliche Schaber neben sich liegen, als Roland mit der dritten großen Ladung Brennholz zurückkam. Er häufte etwas Anmachholz auf, das Susannah mit ihren Händen schützte. Unterdessen war der Schneeregen stärker geworden, und obwohl sie unter verhältnismäßig dichten Bäumen arbeiteten, würde es vermutlich nicht mehr lange dauern, bis sie beide völlig durchnässt waren.

Als das Feuer brannte, trat Roland ein paar Schritte zurück, sank abermals auf die Knie und faltete die Hände.

»Noch ein Gebet?«, fragte sie amüsiert.

»Was einem in der Kindheit beigebracht wird, bleibt einem das ganze Leben«, sagte Roland. Er schloss kurz die Augen, dann hob er die gefalteten Hände an den Mund und drückte einen Kuss darauf. Das einzige Wort, das sie ihn sagen hörte, war *Gan*. Schließlich öffnete er die Augen, hob die Hände, breitete sie aus und vollführte eine anmutige Bewegung, als würde er Vögel gen Himmel fliegen lassen. Als er wieder sprach, klang seine Stimme nüchtern und trocken. Wieder ganz geschäftsmäßig. »Das hätten wir also«, sagte er. »Los, an die Arbeit!«

7

Sie flochten Stricke aus Gras, genau wie Mordred es getan hatte, und hängten den ersten Hirsch – das bereits kopflose Tier – mit den Hinterläufen an einen niedrigen Weidenast. Roland benutzte sein Messer, um ihm den Bauch aufzuschneiden, griff dann hinein, wühlte in den Eingeweiden herum und brachte zwei tropfende rote Organe zum Vorschein, die Susannah für die Nieren hielt.

»Die helfen gegen Fieber und Husten«, sagte er und biss in eines der Teile wie in einen Apfel. Susannah machte ein würgendes Geräusch und wandte sich ab, um den Bach zu betrachten, bis er fertig war. Dann drehte sie sich wieder um und sah ihm zu, wie er Kreise um die herabhängenden Läufe schnitt, wo sie in den Körper übergingen.

»Und? Fühlst du dich schon besser?«, fragte sie unbehaglich.

»Die Wirkung kommt erst«, sagte er. »Hilf mir jetzt, diesen Burschen zu enthäuten. Das erste Fell nehmen wir her, wie's ist – wir brauchen eine Wanne für unser Gerbhirn. Jetzt sieh gut her.«

Er grub die Finger an einer Stelle unter das Hirschfell, wo es durch eine dünne Fett- und Muskelschicht am Körper festgehalten wurde. Das Fell ließ sich leicht bis etwa zur Körpermitte herunterreißen. »Jetzt versuch's auf deiner Seite, Susannah.«

Schwierig war es nur, die Finger weit genug einzugraben. Dann zogen sie beide gemeinsam. Als das Fell bis zu den baumelnden Vorderläufen herabhing, erinnerte es entfernt an ein Hemd. Roland benutzte sein Messer, um es abzuschneiden, und fing dann an, etwas abseits des prasselnden Feuers, aber noch unter den Bäumen, eine Grube auszuheben. Susannah half ihm und genoss das Gefühl, wie ihr der Schweiß über Gesicht und Körper lief. Nachdem sie eine flache Mulde ausgehoben hatten, die gut einen halben Meter breit und einen Viertelmeter tief war, kleidete Roland sie mit dem Fell aus.

Den ganzen Nachmittag lang wechselten sie sich dabei ab, die übrigen acht erlegten Hirsche abzuhäuten. Das Ganze musste so schnell wie möglich geschehen; sobald die Fett- und Muskelschicht nämlich unter der Haut austrocknete, wurde die Arbeit mühsamer und damit auch zeitraubender. Der Revolvermann achtete darauf, dass das Feuer weiter loderte, und ließ Susannah zwischendurch allein arbeiten, um Holzasche herauszurechen. Wenn diese so weit abgekühlt war, dass sie keine Löcher mehr in die Auskleidung der Mulde brennen konnte, schob er sie dort hinein. Gegen fünf Uhr nachmittags konnte Susannah kaum noch die Arme heben, aber sie arbeitete verbissen weiter. Rolands Gesicht, Hals und Hände waren von der Asche auf komische Weise geschwärzt.

»Du siehst wie der Sänger in einer Minstrel-Show aus«, sagte sie. »Rastus Coon.«

»Wer ist das?«

»Bloß jemand, der sich zum Narren der Weißen macht«, antwortete sie. »Glaubst du, dass Mordred zurzeit irgendwo dort draußen ist und uns bei der Arbeit zusieht?« Sie hatte den ganzen Tag die Augen nach ihm offen gehalten.

»Nein«, sagte er und richtete sich auf, um eine Pause zu machen. Er strich sich die Haare aus der Stirn und hinterließ dabei eine frische Aschespur, die Susannah an die Bußfertigen am Aschermittwoch denken ließ. »Ich glaube, er ist fort, um selbst zu jagen.«

»Mordred sein hongrig«, sagte sie. Und dann: »Du kannst Fühlung zu ihm aufnehmen, stimmt's? Zumindest genug, um zu wissen, ob er hier ist oder nicht.«

Roland dachte darüber nach, dann sagte er einfach: »Ich bin sein Vater.«

8

Bei Einbruch der Dunkelheit hatten sie einen Stapel Hirschfelle und einen Berg enthäuteter, kopfloser Kadaver, die bei wärmerem Wetter bestimmt von Fliegen schwarz gewesen wären. Sie schlugen sich wieder mit zischend heißen, absolut köstlichen Hirschsteaks voll, und Susannah hatte einen weiteren Gedanken für Mordred übrig, der irgendwo dort draußen im Dunkeln war und sein Abendessen vermutlich roh verzehrte. Möglicherweise besaß er Zündhölzer, aber er war nicht dumm; hätten sie in der Dunkelheit ein weiteres Feuer gesehen, hätten sie es sofort überfallen. Und ihn. Dann *peng-peng-peng,* goodbye, Spider-Boy. Sie empfand erstaunlich viel Mitgefühl für ihn und ermahnte sich selbst, sich davor in Acht zu nehmen. Unter umgekehrten Vorzeichen hätte Mordred bestimmt keines für Roland oder sie empfunden.

Nach dem Essen wischte Roland sich die fettigen Finger am Hemd ab und sagte: »Das hat gut geschmeckt.«

»*Das* kannst du laut sagen.«

»Jetzt nehmen wir die Gehirne heraus. Dann schlafen wir.«

»Nacheinander?«, fragte Susannah.

»Ja – meines Wissens gibt's nur ein Gehirn pro Kunde.«

Im ersten Augenblick war sie zu überrascht, als sie Eddies Redewendung

(eines pro Kunde)

aus Rolands Mund kommen hörte, um zu merken, dass er einen Scherz gemacht hatte. Lahm, ja, aber trotzdem ein echter Scherz. Sie rang sich ein Pro-forma-Lächeln ab. »Sehr witzig, Roland. Du weißt, was ich meine.«

Roland nickte. »Wir schlafen abwechselnd und halten Wache, ja. Ich glaube, das wäre am besten.«

Zeit und Wiederholung hatten ihre Wirkung getan; sie hatte inzwischen zu viele hervorquellende Eingeweide gesehen, um sich jetzt noch vor ein paar Gehirnen zu ekeln. Sie schlugen Schädel ein, benutzten Rolands Messer (jetzt schon ziemlich stumpf), um sie aufzubrechen, und nahmen dann die Gehirne der erlegten Tiere heraus. Diese stapelten sie sorgfältig wie ein Gelege mit großen grauen Eiern auf. Bis der letzte Schädel sein Gehirn hergegeben hatte, waren Susannahs Finger so wund und geschwollen, dass sie sich kaum noch biegen ließen.

»Leg dich hin«, sagte Roland. »Schlaf. Ich übernehme die erste Wache.«

Susannah widersprach nicht. Sie wusste, dass ihr voller Bauch und die Wärme des Feuers bewirken würden, dass sie schnell einschlief. Sie wusste auch, dass sie so steif aufwachen würde, dass es schwierig und schmerzhaft sein würde, sich auch nur hinzusetzen. Aber das war ihr jetzt egal. Ein Gefühl großer Zufriedenheit erfüllte sie. Zum Teil rührte es natürlich daher, dass sie warm und reichlich gegessen hatte, aber das war nicht alles. Ihr Wohlbehagen kam zum größeren Teil daher, dass sie einen Tag lang hart gearbeitet hatte – nicht mehr, aber auch nicht weniger. Dass sie *etwas für sich getan hatten,* statt sich nur treiben zu lassen.

Jesus, dachte sie, *ich glaube, ich werde auf meine alten Tage noch zur Republikanerin.*

Dann fiel ihr noch etwas anderes auf: wie still es hier war. Kein

Laut außer dem Seufzen des Windes, dem Wispern des Schneeregens (jetzt allmählich nachlassend) und dem Prasseln des herrlichen Feuers.

»Roland?«

Er sah von seinem Platz am Feuer zu ihr herüber und zog dabei die Augenbrauen hoch.

»Du hustest nicht mehr.«

Er lächelte und nickte. Sie nahm sein Lächeln in den Schlaf mit, aber es war dann Eddie, von dem sie träumte.

9

Sie blieben drei Tage in ihrem Lager am Bach, und in dieser Zeit lernte Susannah mehr über die Herstellung von Lederkleidung, als sie je für möglich gehalten hätte (und sehr viel mehr, als sie wirklich wissen wollte).

Indem sie das Bachufer ungefähr eine Meile weit in beiden Richtungen absuchten, fanden sie geeignete Stücke von Baumstämmen, für beide einen. Während sie unterwegs waren, weichten die Felle in der provisorischen Wanne ein, die nun mit einer dunklen Brühe aus Wasser und Asche gefüllt war. Sie stellten die Stammstücke schräg an zwei Weiden (nebeneinander, damit sie Seite an Seite arbeiten konnten) und verwendeten dann die Chert-Schaber, um die Häute von Haaren zu befreien. Dafür brauchten sie einen Tag. Als sie damit fertig waren, schöpften sie die »Wanne« aus, drehten das Hirschfell um und füllten die Grube wieder, diesmal mit einer Mischung aus Wasser und zerstampftem Hirn. Dieses Verfahren zur Gerbung war ihr neu. Sie weichten die Häute über Nacht in der Brühe ein, und während Susannah damit beschäftigt war, Sehnen zu Nähfäden zu verarbeiten, schärfte Roland sein Messer wieder und schnitzte dann damit ein halbes Dutzend Knochennadeln. Danach bluteten alle seine Finger von Dutzenden von nicht sehr tiefen Schnitten. Er bestrich sie mit feuchter Holzasche, sodass die

Hände aussahen, als trüge er große, plumpe grauschwarze Handschuhe. So schlief er dann auch. Als er die Asche am nächsten Morgen im Bach abwusch, sah Susannah erstaunt, dass die Schnittwunden schon deutlich zu heilen begonnen hatten. Daraufhin betupfte sie auch das hartnäckige kleine Geschwür neben ihrer Unterlippe mit etwas Holzasche, aber das Zeug brannte derart fürchterlich, dass sie es schleunigst wieder abwusch.

»Ich möchte, dass du mir dieses gottverdammte Ding wegschneidest«, sagte sie.

Roland schüttelte den Kopf. »Wir lassen ihm noch etwas Zeit, von allein zu heilen.«

»Warum?«

»An einem Geschwür herumzuschneiden ist immer schlecht, wenn's nicht unbedingt sein muss. Vor allem hier ›jod-wä-deh‹, wie Jake gesagt hätte.«

Sie stimmte dem zu (ohne sich die Mühe zu machen, seine Aussprache zu korrigieren), aber als sie sich zur Ruhe legte, krochen ihr unangenehme Bilder in den Kopf: Phantasiebilder davon, wie der Pickel immer größer wurde, ihr Gesicht Stück für Stück wegfraß und ihren ganzen Kopf in einen schwarzen, verkrusteten, blutenden Tumor verwandelte. In der Dunkelheit besaßen solche Bilder grausige Überzeugungskraft, aber zum Glück war sie zu müde, um sich lange von ihnen wach halten zu lassen.

Am zweiten Tag im Gerberlager, wie Susannah es nun insgeheim nannte, baute Roland über einem neuen Feuer, das klein und langsam brannte, ein großes, ziemlich wackeliges Gestell. Sie räucherten je zwei Häute gleichzeitig und legten sie dann beiseite. Der Geruch des fertigen Produkts war überraschend angenehm. *Es riecht wie Leder,* dachte Susannah, als sie eines an ihr Gesicht hielt, und musste dann lachen. Schließlich war es genau das.

Den dritten Tag verbrachten sie mit »Schneiderei«, und hier übertraf Susannah den Revolvermann endlich einmal. Roland nähte mit weit gesetzten, nur halbwegs brauchbaren Stichen. Sie glaubte, dass seine Westen und Leggings gerade einmal einen Monat lang zusammenhielten, vielleicht auch zwei, sich dann jedoch allmählich auflösen würden. Sie selbst war da weitaus geschickter. Nähen war eine Fertigkeit, die sie von ihrer Mutter und ihren beiden Großmüttern gelernt hatte. Anfangs trieben sie Rolands sperrige Knochennadeln fast in den Wahnsinn, bis sie sich die Zeit nahm, Daumen und Zeigefinger der rechten Hand mit kleinen Hirschlederkappen zu bedecken, die sie dort festband. Danach ging die Arbeit leichter von der Hand, und am frühen Nachmittag des Schneidereitages nahm sie Kleidungsstücke von Rolands Stapel und besserte seine weiten Stiche an vielen Stellen mit ihren aus, die feiner und enger gesetzt waren. Sie rechnete damit, dass er dagegen protestieren würde – Männer hatten da so ihren Stolz –, aber er unterließ das, was wahrscheinlich auch nur klug war. Hätte er gejammert und sich beschwert, wäre ihm vermutlich Detta Walker über den Mund gefahren.

Als die dritte Nacht im Gerberlager anbrach, hatten beide je eine Weste, ein Paar Leggings und einen Mantel. Dazu je ein Paar Fausthandschuhe. Das waren plumpe, lächerlich aussehende Dinger, die aber die Hände immerhin warm halten würden. Und was Hände betraf, so war Susannah wieder einmal kaum mehr imstande, die Finger zu biegen. Mit einem zweifelnden Blick auf die verbliebenen Häute fragte sie Roland, ob sie einen weiteren Schneidereitag hier im Lager verbringen würden.

Er dachte kurz darüber nach, dann schüttelte er den Kopf. »Wir laden den Rest einfach nur aufs Ho-Fat-Tack-Sieh, zusammen mit einem Teil des Fleischs und ein paar Brocken Eis aus dem Bach, damit es kühl und frisch bleibt.«

»Das Taxi wird wertlos sein, sobald wir zum Schnee kommen, oder?«

»Richtig«, sagte er, »aber bis dahin haben wir dann auch die restlichen Häute zu Kleidungsstücken verarbeitet und das Fleisch längst verzehrt.«

»Du hältst es hier nicht länger aus, stimmt's? Du hörst seinen Ruf. Den des Turms.«

Roland starrte in das prasselnde Feuer und sagte nichts. Das war auch nicht nötig.

»Wie transportieren wir unsere *Gunna,* wenn wir in die Weißen Lande kommen?«

»Wir bauen uns eine Schleppbahre. Und dort gibt's dann auch reichlich frisches Wild.«

Susannah nickte und wollte sich nun hinlegen. Roland fasste sie jedoch an den Schultern und drehte sie zu dem Feuer um. Er brachte sein Gesicht so nahe an ihres heran, dass sie kurz glaubte, er wolle ihr einen Gutenachtkuss geben. Stattdessen betrachtete er lange und prüfend das kleine Geschwür neben ihrer Unterlippe.

»Und?«, sagte sie schließlich. Sie hätte mehr sagen können, aber dann hätte er das Zittern in ihrer Stimme gehört.

»Ich glaube, es ist ein bisschen kleiner geworden. Wenn wir erst einmal das Ödland ganz hinter uns haben, heilt es vielleicht von allein.«

»Glaubst du wirklich?«

Der Revolvermann schüttelte sofort den Kopf. »Ich sage *vielleicht.* Leg dich jetzt hin, Susannah. Ruh dich aus.«

»Also gut, aber lass mich nicht wieder länger schlafen. Ich will auch meinen Teil tun.«

»Ja. Leg dich jetzt hin.«

Das tat sie und schlief bereits, kaum dass sie die Augen geschlossen hatte.

10

Sie ist im Central Park, und es ist so kalt, dass sie ihren Atem sehen kann. Der Himmel über ihr ist gänzlich weiß, ein Schneehimmel, aber sie friert nicht. Nein, nicht in ihrem neuen Hirschledermantel, den Leggings, der Weste und den komischen Fausthandschuhen aus Hirschleder. Sie hat auch etwas auf dem Kopf, das bis über die Ohren heruntergezogen ist und sie ebenso warm hält wie den übrigen Kör-

per. Sie nimmt die Mütze neugierig ab und stellt fest, dass sie nicht aus Hirschleder besteht wie ihre anderen neuen Sachen, sondern eine rot-grüne Weihnachtsmannmütze ist. Vorn darauf steht FRÖHLICHE WEIHNACHT.

Sie betrachtet sie verwundert. Kann man auch in Träumen Déjà-vu-Erlebnisse haben? Offenbar schon. Sie sieht sich um, und da stehen auch schon Eddie und Jake und grinsen sie an. Ihre Köpfe sind unbedeckt, und sie merkt, dass die Weihnachtsmannmütze, die sie in Händen hält, die beiden Mützen kombiniert, die sie in einem anderen Traum getragen haben. Sie empfindet plötzlich große, überschwängliche Freude, so als hätte sie gerade irgendein angeblich unlösbares Problem gelöst, sagen wir einmal die Quadratur des Kreises oder die ultimative Primzahl (nimm das, *Blaine, damit hast du hoffentlich genug, du verrückter Tschuff-Tschuff-Zug).*

Eddie trägt ein Sweatshirt mit dem Aufdruck ICH TRINKE NOZZ-A-LA!

Auf Jakes steht: ICH FAHRE DEN TAKURO SPIRIT!

Beide haben Becher mit heißer Schokolade von der perfekten Art: mit Schlag obendrauf und Schokostreuseln auf dem Schlagrahm.

»Welche Welt ist das hier?«, fragt sie die beiden und hört dann in der Nähe irgendwelche Weihnachtssänger »What Child Is This« anstimmen.

»Du musst ihn seinen Weg allein gehen lassen«, sagt Eddie.

»Yar, und du musst dich vor Dandelo hüten«, sagt Jake.

»Das verstehe ich nicht«, sagt Susannah und hält ihnen die Weihnachtsmannmütze hin. »War das nicht eure? Hattet ihr sie euch nicht geteilt?«

»Sie kann deine Mütze sein, wenn du willst«, sagt Eddie, dann hält er ihr den Becher hin. »Hier, ich habe dir heiße Schokolade mitgebracht.«

»Keine Zwillinge mehr«, sagt Jake. »Es gibt nur eine *Mütze, verstehst du?«*

Bevor sie antworten kann, spricht eine laute Stimme aus dem Nichts, und der Traum beginnt sich aufzulösen. »NEUNZEHN«, *sagt die Stimme.* »HIER SPRICHT NEUNZEHN, HIER SPRICHT SCHRULL.«

Mit jedem Wort wird die Welt weniger wirklich. Sie kann durch Eddie und Jake hindurchsehen. Der köstliche Schokoladeduft wird durch den Geruch von Asche

(Aschermittwoch)

und Leder ersetzt. Sie sieht, wie Eddies Lippen sich bewegen, als spräche er einen Namen, und dann

11

»Zeit, aufzustehen, Susannah«, sagte Roland. »Du bist jetzt dran mit Wachehalten.«

Sie setzte sich auf und sah sich um. Das Lagerfeuer war heruntergebrannt.

»Ich habe ihn dort draußen gehört«, sagte Roland, »aber das ist jetzt schon eine Zeit lang her. Alles in Ordnung mit dir, Susannah? Hast du geträumt?«

»Ja«, sagte sie. »In diesem Traum hat es nur eine Mütze gegeben, und *ich* habe sie getragen.«

»Das verstehe ich nicht.«

Sie verstand es selbst nicht. Der Traum verblasste bereits, wie es Träume nun einmal taten. Sicher wusste sie nur, dass der Name, den Eddie hatte sagen wollen, unmittelbar bevor er sich in Luft aufgelöst hatte, der von Patrick Danville gewesen war.

Kapitel V

Joe Collins aus der Odd's Lane

1

Drei Wochen nach Susannahs Traum von nur einer Mütze traten drei Gestalten (zwei große, eine kleine) aus einem Bergwald und zogen langsam über eine riesige freie Fläche zu weiteren Wäldern hinunter. Eine der großen Gestalten zog die andere auf einem seltsamen Vehikel, das mehr einem Schlitten als einer Schleppbahre glich.

Oy rannte zwischen Roland und Susannah hin und her, als hätte er ständig Wache zu halten. Sein Pelz war vom kalten Wetter und von der regelmäßigen Ernährung mit Hirschfleisch dicht und glatt geworden. Im Sommer mochte dieses Gebiet, das die drei überquerten, eine Wiese sein, aber jetzt verschwand es unter einer brusthohen Schneeschicht. Der Schlitten war nun leichter zu ziehen, weil ihr Weg endlich einmal bergab führte. Roland wagte tatsächlich zu hoffen, dass das Schlimmste vorüber war. Dabei war die Durchquerung der Weißen Lande gar nicht so schlimm gewesen – wenigstens bisher nicht. Hier gab es reichlich Wild, Holz für ihr nächtliches Feuer war überall zu finden, und wenn das Wetter umschlug und Schneestürme wüteten, wie es schon viermal der Fall gewesen war, hatten sie sich einfach verkrochen und abgewartet, bis die Stürme sich über den sich nach Südosten hinziehenden bewaldeten Bergketten ausgetobt hatten. Das taten sie irgendwann immer, wenngleich der wildeste dieser Schneestürme zwei volle Tage lang gedauert hatte, und als sie danach auf den Pfad des Balkens zurückkehrten, war die Schneedecke um einen Meter Neuschnee angewachsen. Auf freien Flächen, wo der heulende Nordostwind ungehindert wüten konnte, gab es Schneeverwehungen, die wie Meereswellen aussahen. Einige davon begruben selbst hohe Tannen bis fast zu den Wipfeln.

Nach ihrem ersten Tag in den Weißen Landen, an dem Roland sich ziemlich anstrengen musste, um sie zu ziehen (und dort lag der Schnee noch keinen Viertelmeter hoch), wurde Susannah klar, dass die Überquerung dieser hohen, bewaldeten Bergketten monatelang dauern würde, wenn Roland nicht ein Paar Schneeschuhe hatte; deshalb begann sie gleich am ersten Abend, ihm ein Paar zu machen. Die Herstellung war ein Versuch-und-Irrtum-Prozess (»bis es halt irgendwann klappt«, sagte Susannah), aber der Revolvermann bezeichnete bereits die dritte Ausführung als Erfolg. Die Rahmen bestanden aus biegsamen Birkenzweigen, das Innere aus einem Geflecht aus Hirschlederstreifen. Für Roland sahen die Dinger wie Tränentropfen aus.

»Woher wusstest du, wie solche Dinger aussehen?«, fragte er sie, nachdem er die Schneeschuhe erstmals einen Tag lang erprobt hatte. Seine Tagesleistung hatte sich geradezu verblüffend erhöht, vor allem nachdem er sich einen wiegenden Seemannsgang angewöhnt hatte, der verhinderte, dass sich auf den geflochtenen Schuhoberflächen Schnee ansammelte.

»Fernsehen«, sagte Susannah. »Als Teenager habe ich mir oft die Serie *Sergeant Preston* angesehen. Sergeant Preston hatte zwar keinen Billy-Bumbler, der ihm Gesellschaft geleistet hat, aber dafür hatte er seinen treuen Hund King. Jedenfalls habe ich einfach die Augen zugemacht und mich zu erinnern versucht, wie die Schneeschuhe dieses Kerls ausgesehen haben.« Sie zeigte auf die, die Roland trug. »Besser krieg ich's nicht hin.«

»Sie sind sehr gut geworden«, sagte er, und die Aufrichtigkeit, die sie aus diesem schlichten Kompliment heraushörte, ließ ein Kribbeln durch sie hindurchlaufen. Das war nicht unbedingt das Gefühl, das Roland (oder irgendein anderer Mann, was das anging) in ihr hervorrufen sollte, aber irgendwie konnte sie nicht aus ihrer Haut. Sie fragte sich, ob das angeboren oder anerzogen war, wusste gleichzeitig aber nicht recht, ob sie's überhaupt wissen wollte.

»Sie sind in Ordnung, solange sie nicht auseinander fallen«, sagte sie. Genau das hatten nämlich die beiden ersten Ausführungen getan.

»Ich merke nichts davon, dass die Lederstreifen sich ablösen«, sagte er. »Sie dehnen sich vielleicht etwas, aber das ist auch schon alles.«

Als sie jetzt die weite freie Fläche überquerten, hielt dieses dritte Paar Schneeschuhe noch immer, und weil Susannah auf diese Weise das Gefühl hatte, auch einen Beitrag geleistet zu haben, konnte sie sich ohne allzu große Schuldgefühle von Roland ziehen lassen. Manchmal fragte sie sich, was wohl mit Mordred sein mochte, und als sie seit ungefähr zehn Tagen in den Weißen Landen unterwegs waren, nahm sie eines Abends ihren Mut zusammen und forderte Roland auf, ihr zu erzählen, was er alles von ihm wusste. Dazu hatte sie seine Mitteilung veranlasst, sie brauchten jetzt nicht mehr abwechselnd zu wachen, zumindest in nächster Zeit nicht; sie könnten beruhigt beide zehn Stunden lang durchschlafen, wenn ihr Körper das brauchte. Oy würde sie schon wecken, falls das nötig war.

Roland, der mit um die Knie geschlungenen Armen und locker gefalteten Händen dasaß, seufzte und starrte fast eine volle Minute lang stumm ins Feuer. Sie hatte sich schon beinahe damit abgefunden, dass er nicht antworten würde, da sagte er auf einmal: »Er folgt uns nach wie vor, bleibt aber immer weiter zurück. Kämpft darum, etwas zu essen zu bekommen, kämpft darum, an uns dranzubleiben, kämpft vor allem darum, es warm zu haben.«

»Um es *warm* zu haben?« Das konnte Susannah kaum glauben. Sie waren auf allen Seiten von Bäumen umgeben.

»Er hat keine Zündhölzer und auch nichts von diesem Stern-O. Ich glaube, dass er eines Abends – das muss ziemlich am Anfang gewesen sein – auf eines unserer Feuer gestoßen ist und unter der Asche etwas Glut entdeckt hat, die er anschließend ein paar Tage lang mitführen konnte, um abends Feuer machen zu können. Auf diese Weise haben schon die alten Höhlenbewohner auf ihren Wanderungen Feuer mitgenommen, wie ich einmal gelernt habe.«

Susannah nickte. Sie hatte im Naturkundeunterricht an der Highschool ungefähr das Gleiche gehört, obwohl ihre Lehrerin hatte zugeben müssen, dass viel von dem Wissen über den Alltag der Steinzeitmenschen nicht auf gesicherten Erkenntnissen, sondern nur auf fundierten Vermutungen basiere. Da Susannah sich fragte, ob auch Rolands Antwort auf Vermutungen basierte, erkundigte sie sich danach.

»Das sind keine Vermutungen, aber ich kann's auch nicht richtig erklären. Wenn es etwas mit Fühlungnahme zu tun hat, Susannah, ist sie jedenfalls nicht mit Jakes Art zu vergleichen. Nicht mit Sehen oder Hören, nicht einmal mit Träumen. Allerdings … glaubst du nicht auch, dass wir manchmal Träume haben, an die wir uns beim Aufwachen nicht mehr erinnern können?«

»Ja.« Sie überlegte kurz, ob sie ihm von schnellen Augenbewegungen und den REM-Schlafversuchen erzählen sollte, von denen sie in der Illustrierten *Look* gelesen hatte, gelangte aber zu dem Schluss, dass das alles zu kompliziert werden würde. Sie begnügte sich mit der Feststellung, dass man bestimmt Nacht für Nacht von Dingen träume, an die man sich morgens nicht mehr erinnern könne.

»Vielleicht sehe und höre ich ihn in solchen Träumen«, meinte Roland. »Ich weiß nur, dass er darum kämpft, mit uns Schritt halten zu können. Dabei weiß er so wenig über die Welt, dass es eigentlich ein Wunder ist, dass er überhaupt noch lebt.«

»Tut er dir Leid?«

»Nein. Ich kann mir kein Mitleid leisten, und du kannst's auch nicht.«

Aber er wich ihrem Blick aus, während er das sagte, weshalb sie glaubte, dass er log. Vielleicht *wollte* er kein Mitleid mit Mordred haben, aber sie war sich sicher, dass er doch welches empfand, zumindest ein wenig. Vielleicht wollte er hoffen, dass Mordred bei ihrer Verfolgung umkam – dazu gab es reichlich Gelegenheit, vor allem durch Erfrieren –, aber Susannah glaubte, dass Roland nicht ganz dazu imstande war. Sie hatten dem Ka vielleicht ein Schnippchen geschlagen, aber Blut war ihrer Ansicht nach noch immer dicker als Wasser.

Es gab da jedoch etwas anderes, was noch mächtiger als sogar Blutsbande war. Das wusste sie, weil sie es jetzt ständig in ihrem Kopf pulsieren spürte, schlafend wie wachend. Es war der Dunkle Turm. Sie vermutete, dass sie ihm bereits sehr nahe waren. Sie konnte sich noch keine Vorstellung machen, was sie mit seinem wahnsinnigen Hüter anfangen würden, sobald sie den Turm erreichten, aber sie merkte, dass ihr das jetzt egal war. Im Augenblick wollte sie ihn nur sehen. Wie es sein würde, ihn zu betreten, ging weiterhin über ihr Vorstellungsvermögen hinaus, aber ihn sehen? Ja, das konnte sie sich vorstellen. Und sie glaubte, ihn zu sehen würde auch genügen.

2

Sie zogen langsam über das sanft abfallende riesige Schneefeld immer tiefer, wobei Oy abwechselnd neben Roland hertrabte und sich dann zurückfallen ließ, damit er nach Susannah sehen konnte, um sogleich mit großen Sätzen zu Roland zurückzukehren. Wolkenlöcher über ihnen ließen manchmal große Stücke Himmelsblau sehen. Roland wusste, dass dort der Balken am Werk war und die Wolkendecke stetig nach Südosten zog. Sonst war der Himmel von Horizont zu Horizont weiß und machte irgendwie einen bedrückend *vollen* Eindruck, was inzwischen beide so empfanden. Es würde bald wieder schneien, und der Revolvermann hatte das Gefühl, dass der nahende Sturm schlimmer als alle bisherigen werden könnte. Der Wind frischte auf, und die Feuchtigkeit, die er mitbrachte, betäubte alle unbedeckten Hautpartien (nach drei Wochen eifriger Näharbeit waren das allerdings nur Stirn und Nasenspitze). Die Windstöße wirbelten lange, durchscheinende Schneeschleier auf, die an ihnen vorbeirasten, um dann wie phantastische, ihre Gestalt verändernde Balletttänzer bergab weiterzuziehen.

»Sind sie nicht schön?«, sagte Susannah hinter Roland fast wehmütig.

Roland von Gilead, der nicht viel Schönheitssinn besaß (lediglich im entlegenen Mejis hatte er einmal welchen bewiesen), grunzte nur. Er wusste, was er schön gefunden hätte: einen guten Unterschlupf, sobald der Sturm sie einholte, etwas Besseres als nur ein dichtes Wäldchen. Deshalb wollte er seinen Augen auch nicht recht trauen, als der letzte Windstoß abflaute und der aufgewirbelte Schnee sich wieder setzte. Er ließ das Zuggeschirr fallen, trat heraus, ging nach hinten zu Susannah (ihre *Gunna,* jetzt wieder umfangreicher, waren auf dem Schlitten hinter ihr festgebunden) und ließ sich neben ihr auf ein Knie nieder. Von Kopf bis Fuß in Tierhäute gehüllt, sah sie mehr wie ein räudiger Yeti als wie ein Mensch aus.

»Was hältst du davon?«, fragte er sie.

Der Wind wirbelte erneut Schnee auf, mehr als zuvor, der zunächst verdeckte, was Roland gesehen hatte. Nachdem der aufgewirbelte Schnee sich gesetzt hatte, riss auch die Wolkendecke auf, sodass kurz die Sonne schien und das Schneefeld wie Myriaden von Diamantsplittern funkeln ließ. Susannah hielt sich eine Hand schützend über die Augen und sah bergab. Was sie dort erblickte, war ein in den Schnee geschnittenes umgekehrtes T. Der ihnen nähere Querstrich (der aber trotzdem mindestens zwei Meilen weit entfernt war) schien vergleichsweise kurz zu sein, auf beiden Seiten vielleicht sechzig bis siebzig Meter. Der Längsstrich jedoch war *sehr* lang – er erstreckte sich bis zum Horizont, um sogar noch dahinter zu verschwinden.

»Das sind Straßen!«, sagte sie. »Dort unten hat jemand auf zwei Straßen Schnee geräumt, Roland!«

Er nickte. »Das glaube ich auch, aber ich wollte es zur Sicherheit von dir hören. Ich sehe auch noch etwas anderes.«

»Was denn? Deine Augen sind schärfer als meine, viel schärfer.«

»Wenn wir näher dran sind, wirst du's selbst sehen.«

Er wollte schon aufstehen, aber sie zupfte ihn ungeduldig am Ärmel. »Versuch nicht, mich damit abzuspeisen! *Was* siehst du?«

»Dächer«, sagte er einlenkend. »Ich glaube, dass dort unten Häuser stehen. Vielleicht handelt es sich sogar um eine ganze Stadt.«

»Menschen? Sprichst du von *Menschen?*«

»Na ja, aus einem der Kamine scheint jedenfalls Rauch aufzusteigen. Allerdings lässt sich das nicht sicher sagen, weil der Himmel so weiß ist.«

Sie wusste nicht recht, ob sie Menschen sehen wollte oder nicht. Bestimmt würden diese nur alles verkomplizieren. »Roland, wir sollten vorsichtig sein.«

»Ja«, sagte er und ging wieder nach vorn zum Zuggeschirr. Bevor er es aufhob, rückte er noch seinen Patronengürtel zurecht und schob das Holster etwas tiefer, damit es bequemer neben seiner Linken hing.

Eine Stunde später erreichten sie die Kreuzung zwischen einem Landsträßchen und einer großen Straße. Sie wurde durch eine über drei Meter hohe Schneewehe markiert, durch die irgendjemand mit einem Schneepflug gefahren war. Im festgewalzten Schnee konnte Susannah die Fahrspuren einer Planierraupe erkennen. Aus dieser kompakten Schneeschicht ragte ein Eisenrohr. Die beiden oben angebrachten Straßenschilder unterschieden sich durch nichts von denen, die sie aus allen möglichen Städten kannte – zum Beispiel auch von Straßenkreuzungen in New York. Auf dem Schild für die kurze Straße stand:

ODD'S LANE

Aber erst das andere entzückte ihr Herz.

TOWER ROAD

stand darauf.

3

Die um die Kreuzung herum zusammengedrängt stehenden Landhäuser waren bis auf eines unbewohnt, und viele lagen als halb vergrabene Trümmerhaufen da, unter dem Gewicht des sich ansammelnden Schnees zusammengebrochen. Eines – es stand bei etwa drei Vierteln des linken Arms der Odd's Lane – unterschied sich jedoch deutlich von den anderen. Das Dach war größtenteils von der potenziell erdrückenden Schneelast befreit worden, und von der Straße bis zur Haustür war ein Weg freigeschaufelt worden. Aus dem Kamin dieses malerischen, von Bäumen umgebenen Landhauses kam der federweiße Rauch. Hinter einem der Fenster brannte auch freundliches buttergelbes Licht, aber es war der Rauch, der Susannah faszinierte. Aus ihrer Sicht gab er dem Ganzen den letzten Schliff. Sie fragte sich nur noch, wer die Haustür aufmachen würde, wenn sie anklopften. Würde es Hänsel oder seine Schwester Gretel sein? (Waren die beiden eigentlich Zwillinge? Hatte sich jemals irgendwer mit dieser Frage beschäftigt?) Vielleicht würde es auch Rotkäppchen oder Goldlöckchen sein, Letztere mit einem Kinnbart aus Haferbrei, der verriet, dass sie genascht hatte.

»Vielleicht sollten wir's einfach links liegen lassen«, sagte sie und merkte dann, dass ihre Stimme kaum mehr als ein Flüstern war, obwohl sie noch bei der Schneewehe standen. »Die Finger davon lassen und unseren Dank sagen.« Sie wies auf das Straßenschild **TOWER ROAD**. »Unser Weg ist klar vorgezeichnet, Roland – vielleicht sollten wir ihn dann auch nehmen.«

»Und wenn wir's unverzüglich täten, glaubst du, dass auch Mordred es tun würde?«, fragte Roland. »Glaubst du, dass er einfach vorbeigehen und die Hausbewohner in Frieden lassen wird?«

Das war eine Frage, auf die sie gar nicht gekommen war, und die Antwort lautete natürlich Nein. Wenn Mordred zu der Überzeugung gelangte, die Hausbewohner töten zu können, würde er es tun. Um Nahrung zu haben, falls die Hausbewohner essbar waren, wenngleich die Nahrungsbeschaffung nur ein zweitrangiges Motiv sein würde. In den Wäldern hinter ihnen hatte es reichlich Wild gegeben, und selbst wenn Mordred nicht mithilfe der Jagd satt geworden war (und in seiner Spinnenform hätte er nach Susannahs Überzeugung durchaus erfolgreich jagen können müssen), hatten sie in sehr vielen Lagern die Überreste ihrer eigenen Mahlzeiten zurückgelassen. Nein, er würde wohlgenährt aus dem verschneiten Bergland herunterkommen … aber nicht zufrieden. Überhaupt nicht zufrieden. Und deshalb wehe dem, der ihm zufällig über den Weg lief.

Andererseits, dachte sie … nur *gab* es kein andererseits, und plötzlich war es ohnehin zu spät. Die Haustür des Landhauses ging auf, und ein alter Mann erschien auf der Schwelle. Er trug Stiefel, Jeans und einen schweren Parka mit Pelzbesatz an der Kapuze. Susannah fand, dass dieser Parka wie einer aus dem Army-Shop in Greenwich Village aussah.

Der alte Mann hatte rosige Wangen und sah wie das blühende winterliche Leben aus, aber er humpelte stark und musste sich auf den kräftigen Stock stützen, den er mit der Linken hielt. Hinter seinem malerischen Häuschen mit dem wie im Märchen aufsteigenden Kaminrauch war das durchdringende Wiehern eines Pferdes zu hören.

»Schon gut, Lippy, ich seh sie ja!«, rief der Alte in diese Richtung. »Ich hab immer noch wenigstens *ein* gutes Auge.« Er drehte sich wieder nach der Schneewehe um, auf der Roland zwischen Susannah und Oy stand. Er hob seinen Stock zu einem Gruß, der fröhlich und furchtlos zugleich wirkte. Roland hob seinerseits die Hand.

»Es wird wohl ein Palaver geben, ob wir's wollen oder nicht«, sagte Roland.

»Ja, ich weiß«, antwortete Susannah. Dann wandte sie sich an den Bumbler: »Oy, benimm dich, verstanden?«

Oy sah erst sie an und dann wieder zu dem Alten hinüber, ohne einen Ton von sich zu geben. Was die Benimmfrage anbetraf, wollte er seine Meinung darüber anscheinend vorläufig für sich behalten.

Um das schlimme Bein des Alten war es offenbar *sehr* schlimm bestellt – »praktisch nix wert«, hätte Daddy Mose Carver gesagt –, aber mithilfe seines Stocks kam er ganz gut zurecht, indem er leicht zur Seite gedreht vorwärts hoppelte, was Susannah amüsant und bewundernswert zugleich fand. »Munter wie 'ne Grille«, war eine von Daddy Moses weiteren Redensarten, und diese passte vielleicht besser auf diesen alten Mann dort vorn. Jedenfalls sah sie keine Bedrohung und keine Gefahr in einem weißhaarigen Kerl (sein langes Haar war fein wie das eines Babys und hing bis auf die Parkakapuze herab), der an einem Stock hüpfen musste. Als er näher kam, sah sie, dass eines seiner Augen von grauem Star milchig-weiß war. Die noch schwach sichtbare Pupille schielte blicklos links an ihnen vorbei. Das andere betrachtete die Neuankömmlinge jedoch lebhaft interessiert, während der Bewohner des Häuschens die Odd's Lane entlang auf sie zugehüpft kam.

Das Pferd wieherte abermals, worauf der Alte seinen Stock wild vor dem weißen, niederen Himmel schwenkte. »Halt's Maul, du Heukiste, du Rossbollenfabrik, du triefäugige olle Tripperfotze, du elendes Klappergestell, hast wohl noch nie Besuch gesehn? Bist wohl in 'ner Scheune geboren, wieher-wieher? (Wenn du's nich bist, bin ich ein blauäugiger Pavian, den's überhaupt nich gibt!)«

Roland schnaubte ein echtes Lachen, und der letzte Rest von Susannahs wachsamer Besorgnis verflog. In dem Anbau hinter dem Haus – der nicht entfernt großartig genug war, um als Scheune bezeichnet zu werden – wieherte das Pferd noch einmal, und der Alte schwenkte wieder seinen Stock, wobei er fast auf den festgefahrenen Schnee geknallt wäre. Mit seiner unbeholfenen, aber trotzdem flinken Gangart hatte er jetzt schon die Hälfte des Wegs zu ihnen zurückgelegt. Er rettete sich vor einem bösen Sturz, indem er auf den Stock gestützt halb hüpfend, halb rutschend zum Stehen kam, und schwenkte ihn dann fröhlich in ihre Richtung.

»Heil, Revolvermänner!«, rief der Alte. Zumindest seine Lunge funktionierte bewundernswert gut. »Revolvermänner auf Pilgerfahrt zum Dunklen Turm, das müsst ihr sein, das müsst ihr sein, denn seh ich nicht die großen Schießeisen mit den gelblichen Holzgriffen? Und der Balken ist wieder da, schön und stark, jedenfalls ich spüre ihn, und Lippy tut's auch! Munter wie ein Fohlen, das ist sie seit Weihnachten – oder was ich Weihnachten nenn, weil ich kein Kalender hab und auch den Weihnachtsmann nich gesehn hab, womit ich aber nich rechne, weil ich doch ein braver Junge gewesen bin, oder? Niemals! Niemals! Brave Jungen kommen in den Himmel, und alle meine Freunde sind an dem anderen Ort, rösten in des Teufels Bude Marshmallows und trinken Nozzy mit Whiskey! Arrr, hört mich nur reden, mein Mundwerk ist eingerostet und läuft trotzdem wie geschmiert! Heil dem einen, heil dem andern und heil dem pelzigen kleinen Kobold dazwischen! Ein Billy-Bumbler, so wahr ich lebe und atme! *Jau*, ist echt schön, euch zu sehen! Joe Collins ist mein Name, Joe Collins aus der Odd's Lane, selbst ein Kauz, einäugig und lahm, das bin ich, aber sonst zu euren Diensten!«

Er hatte jetzt die Schneewehe erreicht, die den Punkt bezeichnete, an dem die Tower Road endete … oder begann, je nachdem, wie man das betrachtete oder in welche Richtung man unterwegs war, vermutete Susannah. Er sah zu ihnen auf, ein Auge glänzend wie das eines Vogels, das andere mit stumpfer Faszination in die Schneewüste starrend.

»Lange Tage und angenehme Nächte, yar, das sag ich, und wer was anderes sagen tät, der ist eh nich hier, wen kümmert's also einen Scheiß, was er sagen tät?« Aus einer Tasche holte er etwas, was nur ein Gummibonbon sein konnte, und warf es hoch. Oy fing es mühelos aus der Luft: *Schnapp!*, und schon war es fort.

Darüber mussten Roland *und* Susannah lachen. Es fühlte sich seltsam an, aber es war ein gutes Gefühl, so als fände man etwas Wertvolles wieder, das man lange für immer verloren geglaubt hatte. Selbst Oy schien nun zu grinsen, und falls das Pferd ihn störte (es wieherte nochmals laut, während sie aus ihrer überhöhten Position auf der Schneewehe auf Sai Collins hinabsahen), ließ er sich nichts anmerken.

»Ich hab eine Million Fragen an euch«, sagte Collins, »aber ich will nur mit einer anfangen: Wie zum Teufel wollt ihr von dieser Schneewehe runterkommen?«

4

Wie sich zeigte, rutschte Susannah einfach hinunter, indem sie die Schleppbahre als Schlitten benutzte. Sie entschied sich für die Stelle, wo das Nordwestende der Odd's Lane im Schnee verschwand, weil der Wall dort nicht ganz so steil war. Ihre Fahrt war kurz, aber nicht glatt. Im unteren Drittel der Abfahrt prallte sie gegen einen großen Eisblock, fiel von der Schleppbahre und legte den Rest der Strecke wild lachend unter Purzelbäumen zurück. Die Schleppbahre kippte um – machte einen Kopfstand, wenn's beliebt – und verstreute ihre *Gunna* in sämtliche Richtungen.

Roland und Oy waren mit einigen Sätzen bei ihr. Roland, der sichtlich besorgt war, beugte sich sofort über sie, und Oy beschnüffelte fürsorglich ihr Gesicht, aber Susannah lachte noch immer. Das tat auch der alte Kauz. Daddy Mose hätte sein Lachen »fröhlich wie das Hutband von Dads Strohhut« genannt.

»Mir fehlt nichts, Roland – glaub mir, als Kind bin ich mit meinem Dreirad schlimmer gestürzt.«

»Ende gut, alles gut«, stimmte Joe Collins zu. Er begutachtete sie mit seinem gesunden Auge, wie um sicherzugehen, dass ihr auch wirklich nichts fehlte, und begann dann, einige der verstreuten Gegenstände aufzuheben, wobei er sich mühsam auf den Stock stützte. Sein dünnes weißes Haar wehte um sein rosiges Gesicht.

»Nah, nah«, sagte Roland und streckte eine Hand aus, um ihn am Arm festzuhalten. »Lasst mich das machen, bevor Ihr auf Euren Podex fallt.«

Das quittierte der Alte mit neuerlichem Lachen, in das Roland bereitwillig einfiel. Im Anbau hinter dem Häuschen wieherte das Pferd wieder laut, als wollte es gegen dieses Übermaß an guter Laune protestieren.

»Auf meinen Podex fallen! Mann, das klingt gut! Ich hab kein blassen Schimmer nich, was mein Podex is, aber das klingt gut! Echt wahr!« Er klopfte den Schnee von Susannahs Hirschledermantel, während Roland rasch die verstreuten Sachen aufhob und wieder auf ihrem primitiven Schlitten stapelte. Auch Oy half mit, indem er mehrere Fleischpakete apportierte und auf die Ladefläche fallen ließ.

»Wirklich ein kluger kleiner Kerl!«, sagte Joe Collins bewundernd.

»Er ist ein guter Reisegefährte«, stimmte Susannah zu. Sie war jetzt sehr froh, dass sie Halt gemacht hatten; sie hätte die Bekanntschaft dieses gutmütigen alten Mannes um nichts in der Welt missen wollen. Sie streckte ihm ihre in dem unförmigen Handschuh steckende Rechte hin. »Ich bin Susannah Dean – Susannah von New York. Tochter des Dan.«

Er ergriff ihre Rechte und schüttelte sie. Er trug keine Handschuhe, und obwohl seine Finger von Arthritis verkrümmt waren, war sein Händedruck kräftig. »New York, was? Nun, da komme ich ursprünglich auch her. Auch aus Akron, Ohio, und San Francisco. Sohn des Henry und der Flora, wenn ihr's wissen wollt.«

»Sie sind von der Amerika-Seite?«, fragte Susannah.

»O Gott, ja, aber das ist lange, lange Zeit her«, antwortete er. »Was ihr vermutlich delah nennen würdet.« Sein gesundes Auge funkelte; das schlimme Auge betrachtete weiter mit derselben stumpfen Interesselosigkeit die Schneewüste. Er wandte sich an Roland. »Und wer sind Sie wohl, mein Freund? Denn ich nenne Sie meinen Freund, wie ich's bei jedem tun würde, solange er sich nich als das Gegenteil erweist, worauf ich ihm mit Bessie, wie ich meinen Stock nenne, zu Leibe rücken würde.«

Roland grinste. Er kann wohl nicht anders, dachte Susannah. »Roland Deschain von Gilead. Sohn des Steven.«

»Gilead! *Gilead!*« Collins' gesundes Auge wurde vor Staunen ganz rund. »Das ist ein Name aus der Vergangenheit, was? Einer aus den Geschichtsbüchern! Heiliger Strohsack, Sie müssen älter als der liebe Gott sein!«

»Das würden manche sagen«, stimmte Roland lächelnd zu.

»Und der kleine Bursche?«, fragte er und beugte sich nach vorn. Aus seiner Tasche holte Collins zwei weitere Gummibonbons, einer rot, einer grün. Weihnachtsfarben, bei denen Susannah ein flüchtiges Déjà-vu-Gefühl empfand. Es streifte sie wie ein Flügelschlag und war gleich darauf wieder verschwunden. »Wie heißt du, kleiner Bursche? Was rufen sie, wenn du heimkommen sollst?«

»Er redet nicht …«

… *mehr, obwohl er's früher getan hat,* hatte Susannah ergänzen wollen, aber bevor sie das konnte, sagte der Bumbler: »Oy!« Und das sagte er so aufgeweckt und nachdrücklich wie jemals in seiner Zeit mit Jake.

»Braver Junge!«, sagte Collins und ließ Oy die Gummibonbons aus der Luft schnappen. Dann streckte er seine knotige Hand aus, und Oy legte seine Pfote hinein. So schüttelten sie sich bei dieser glücklichen Begegnung an der Kreuzung von Odd's Lane und Tower Road die Hand.

»Der Teufel soll mich holen«, sagte Roland vor sich hin.

»Das wird er uns alle, schätze ich, ob mit oder ohne Balken«, meinte Joe Collins, indem er Oys Pfote losließ. »Aber nich heut. Ich schlage vor, dass wir jetzt reingehn, wo wir's warm haben und bei 'ner Tasse Kaffee – denn ich habe welchen, das tu ich – oder 'nem Krug Ale palavern können. Ich hab sogar etwas Eierlikör, wenn euch der lieber ist. Mir bekommt er am besten mit 'nem klitzekleinen Schuss Rum drin, aber wer weiß? Ich schmecke eigentlich schon seit über fünf Jahren nix mehr. Die Luft aus der Discordia hat mir die Geschmacksknospen und auch den Geruchssinn ruiniert. Also, was sagt ihr?« Er betrachtete sie erwartungsvoll.

»Das klingt meiner Meinung nach verdammt gut«, sagte Susannah. Sie hatte selten etwas aufrichtiger gemeint.

Er schlug ihr kameradschaftlich auf die Schulter. »Eine gute Frau ist 'ne wahrhaft unbezahlbare Perle! Weiß nich, ob das von Shakespeare, aus der Bibel oder von beiden stammt, aber …«

Plötzlich wechselte der Alte das Thema.

»Arrr, Lippy, der Teufel soll das, was mal deine Augen waren, holen, was hast *du* hier zu suchen? Wolltest diese Leute kennen lernen, was?«

Er sprach jetzt mit dem lächerlich übertriebenen Gurren, das ausschließlich Leute zu gebrauchen schienen, die mit einem oder zwei Haustieren allein hausten. Das Pferd hatte sich tollpatschig zwischen sie gedrängt, und Collins schlang ihm einen Arm um den Hals und tätschelte es mit rauer Zuneigung, obwohl Susannah die Stute für den hässlichsten Vierbeiner hielt, den sie in ihrem ganzen Leben zu Gesicht bekommen hatte. Beim Anblick der Stute verflog ein Teil ihrer bisherigen guten Laune. Lippy war blind – nicht nur auf einem Auge, sondern auf beiden – und dürr wie eine Vogelscheuche. Bei jedem Schritt bewegte ihr Skelett sich so deutlich unter dem räudigen Fell, dass Susannah damit rechnete, dass jeden Moment ein paar Knochen durchstoßen würden. Einen Augenblick lang erinnerte sie sich an den nachtschwarzen Korridor unter Schloss Discordia mit einem absoluten Erinnerungsvermögen, das geradezu albtraumhaft war: das schlangenartige Gleiten des Wesens, das sie verfolgt hatte, und die Knochen. All diese Knochen.

Collins schien etwas davon auf ihrem Gesicht zu sehen, denn als er wieder sprach, klang seine Stimme fast entschuldigend. »Ich weiß, sie ist ein hässliches altes Ding, aber ich schätze, wenn Sie mal so alt sind wie meine Lippy, werden Sie auch nich mehr viele Schönheitswettbewerbe gewinnen!« Er tätschelte den aufgescheuerten und wund aussehenden Hals der Stute, packte dann deren kümmerliche Mähne, als wollte er sie mit den Wurzeln ausreißen (obwohl Lippy keine Schmerzen erkennen ließ), und drehte sie so auf der Straße um, dass sie wieder dem Häuschen zugewandt war. Dabei wirbelten die ersten Flocken des bevorstehenden Schneesturms durch die Luft.

»Komm jetzt, Lippy, du alte Ki'abteilung, du elender Klepper, du kreuzlahme Mähre, du verlorene vierbeinige Aussätzige! Kannst du nicht riechen, dass Schnee in der Luft liegt? Das kann sogar ich, und dabei ist mein Geruchssinn seit Jahren futsch!« Er wandte sich wieder an Roland und Susannah und sagte: »Ich hoffe, dass euch schmeckt, was ich koche, das tu ich, das hier sieht nämlich wie ein Dreitagesturm aus. Aye, mindestens drei Tage, bevor der Dämonenmond sich wieder sehen lässt! Aber unsere Begegnung ist eine glückliche, das ist sie, darauf setze ich Uhr und Urkunde! Ihr dürft meine Gastfreundschaft bloß nich nach Lippys Ernährungszustand beurteilen!«

Das will ich auch hoffen, dachte Susannah und empfand einen kleinen Schauder. Der Alte hatte sich abgewandt, und Roland warf ihr einen fragenden Blick zu. Sie lächelte und schüttelte den Kopf, als wollte sie *Es ist nichts* sagen – was natürlich stimmte. Sie dachte nicht daran, dem Revolvermann zu erzählen, dass ein spatiger alter Gaul, erblindet und mit hervorstehenden Rippen, in ihr unbestimmt Ängste geweckt hatte. Roland hatte sie noch nie eine dumme Gans genannt, und sie hatte weiß Gott nicht die Absicht, ihm jetzt einen Grund dafür …

Als hätte die lahme Mähre ihre Gedanken gehört, sah sie sich um und fletschte ihre wenigen verbliebenen Zähne gegen Susannah. Die Augen in Lippys knochigem keilförmigem Schädel waren mit Eiter geränderte Blindstopfen über ihrem irgendwie grausigen Grinsen. Sie wieherte Susannah an, als wollte sie sagen: *Denk, was du willst, Schwarzdrossel; ich werde noch hier sein, lange nachdem du deinen Weg gegangen und deinen Tod gestorben bist.* Gleichzeitig frischte der Wind auf, wirbelte ihnen Schneeflocken ins Gesicht, seufzte in den tief verschneiten Tannen und heulte um die Giebel von Collins' Häuschen. Der Windstoß ließ nach, wurde dann für einen Augenblick wieder stärker und erzeugte einen kurzen, kummervollen Schrei, der fast menschlich klang.

5

Der Anbau hinter dem Häuschen bestand aus einem Hühnerstall auf der einen Seite, Lippys Box auf der anderen und einem kleinen Heuboden darüber. »Ich kann raufsteigen und es mit der Heugabel runterwerfen«, sagte Collins »aber wegen meiner kaputten Hüfte ist das jedes Mal lebensgefährlich. Also, ich kann Sie nich dazu zwingen, 'nem alten Mann zu helfen, Sai Deschain, aber wenn Sie so freundlich wären ...?«

Roland stieg die schräg an der Falltür zum Heuboden lehnende Leiter hinauf und warf Heu hinunter, bis Collins rief, das sei nun reichlich, mehr als Lippy selbst bei einem viertägigen Schneesturm fresse. (»Man könnt sagen, dass sie nich mehr frisst, als ein polnischer Fick wert ist – wie man ihr ansieht«, sagte er.) Der Revolvermann kam wieder heruntergeklettert, und Collins ging auf dem kurzen Weg in sein Häuschen voraus. Auf beiden Seiten des Wegs türmte sich der Schnee so hoch wie Rolands Haupt.

»Ist's auch noch so bescheiden et cet'ra«, sagte Joe und führte sie in seine Küche. Sie war mit astreichem Fichtenholz getäfelt, das in Wirklichkeit allerdings aus Kunststoffpaneelen bestand, wie Susannah sah, als sie es näher betrachtete. Und sie war herrlich warm. Auf dem Elektroherd stand der Firmenname Rossco, einer, den sie noch nie gehört hatte. Der Kühlschrank, ein Amana, hatte vorn über dem Türgriff eine spezielle kleine Klappe. Susannah sah sie sich aus der Nähe an und las die Wörter MAGIC ICE. »Dieses Ding macht Eiswürfel?«, fragte sie entzückt.

»Hm, nein, nicht ganz«, sagte Joe. »Machen tut sie das *Gefrierfach,* meine Schöne; dieses Ding hier vorn lässt sie bloß in Ihren Drink fallen.«

Das kam ihr komisch vor, und sie lachte. Dabei fiel ihr Blick auf Oy, der mit seinem alten teuflischen Grinsen zu ihr aufsah, was sie aber nur noch mehr zum Lachen brachte. Abgesehen von den modernen Großgeräten war diese Küche wundervoll nostalgisch; sie roch nach Zucker und Gewürzen und allen möglichen altmodischen Düften.

Roland sah interessiert zu den Leuchtstoffröhren auf, und Collins nickte. »Yar, yar, hab alles 'lektrisch«, sagte er. »Auch 'ne Warmluftheizung, ist das nicht nett? Und niemand schickt mir jemals 'ne Rechnung! Der Generator steht in 'nem kleinen Schuppen auf der anderen Seite. Ein Honda, und still wie ein Sonntagmorgen! Sogar wenn man dicht vor dem Schuppen steht, hört man nix als ein *mmmmmm.* Stotter-Bill füllt den Propangastank und erledigt die Wartungsarbeiten, wenn's welche braucht, was in meiner ganzen Zeit hier aber nur zweimal der Fall war. Ach was, Joey erzählt Lügen, dass sich die Balken biegen. 's waren drei Male. Insgesamt drei.«

»Wer ist Stotter-Bill?«, fragte Susannah, während Roland gleichzeitig fragte: »Wie lange seid Ihr schon hier?«

Joe Collins lachte. »Einer nach dem andern, meine lieben neuen Freunde, einer nach dem andern!« Er hatte den Stock beiseite gestellt, um sich den Parka über den Kopf zu ziehen, belastete dabei versehentlich sein schlimmes Bein, stieß ein leises Knurren aus und fiel beinahe hin. *Wäre* hingefallen, wenn Roland ihn nicht gestützt hätte.

»Dank euch, dank euch, dank euch«, sagte Joe. »Muss euch allerdings sagen, dass das nich das erste Mal gewesen wär, dass ich mit der Nase auf dem Lernoleum lande! Aber da Sie mich diesmal davor bewahrt haben, will ich Ihre Frage zuerst beantworten. Als Odd Joe von der Odd's Lane lebe ich seit etwa siebzehn Jahren hier. Dass ich's euch nich haargenau sagen kann, kommt nur daher, dass die Zeit eine Weile gottverdammt komisch war, wenn ihr wisst, was ich meine.«

»Das tun wir«, sagte Susannah. »Glauben Sie mir, das tun wir.«

Collins zog jetzt seinen Pullover aus, und darunter kam ein weiterer zum Vorschein. Susannah hatte ihn auf den ersten Blick für einen stämmigen, fast dicken alten Mann gehalten. Jetzt sah sie, dass der größte Teil dessen, was sie für Leibesfülle gehalten hatte, nur Auspolsterung gewesen war. Er war zwar keineswegs so zaundürr wie sein altes Pferd, aber weit davon entfernt, stämmig zu sein.

»Was Stotter-Bill angeht«, fuhr der Alte fort, indem er den zweiten Pullover auszog, »das ist ein Roboter. Putzt mir das Haus und sorgt dafür, dass der Generator läuft ... und räumt natürlich Schnee. Als ich hergekommen bin, hat er nur manchmal gestottert; jetzt tut er's bei jedem zweiten oder dritten Wort. Was ich machen werd, wenn er mal irgendwann stehen bleibt, weiß ich nich.« Susannah fand, dass das einzigartig unbesorgt klang.

»Vielleicht wird es ihm auch bald besser gehen, wo doch der Balken jetzt wieder in Ordnung ist«, sagte sie.

»Vielleicht hält er dadurch ein bisschen *länger,* aber ich hab da verdammt starke Zweifel, dass es mit ihm je *besser* wird«, sagte Joe. »Maschinen werden nicht wieder gesund, so wie das Lebewesen tun.« Er war bei seinem Thermo-Unterhemd angelangt, und hier hörte der Striptease auch auf. Susannah war erleichtert. Der Anblick der irgendwie grässlichen Trommel aus Pferderippen, so dicht unter dem kurzen grauen Fell, hatte ihr gereicht. Sie hatte nicht den Wunsch, auch noch die von Lippys Herrn zu sehen.

»Runter mit euren Mänteln und euren Leggings«, sagte Joe. »Gleich gibt's Eierlikör oder was ihr sonst mögt, aber erst will ich euch noch mein Wohnzimmer zeigen. Es ist nämlich mein ganzer Stolz, das ist es.«

6

Auf dem Flickenteppich, der den Fußboden im Wohnzimmer bedeckte und auch in Großmutter Holmes' Haus gepasst hätte, stand ein La-Z-Boy-Liegesessel neben einem Couchtisch. Auf der Tischplatte türmten sich Zeitschriften und Taschenbücher neben einer Lesebrille und einer kleinen braunen Flasche, die wohl irgendeine Medizin enthielt. In einem Regal stand ein Fernseher, auch wenn Susannah sich nicht vorstellen konnte, welchen Sender der alte Joe damit hereinbekommen wollte (Eddie und Jake hätten natürlich den Videorecorder auf dem Brett darunter erkannt). Was Susannah jedoch faszinierte – und Roland natürlich erst recht –, war das Foto an einer der Wände. Es war dort leicht schief mit Reißzwecken befestigt worden: auf eine nachlässige Weise, die (wenigstens Susannah) wie ein Sakrileg erschien.

Ein Foto des Dunklen Turms.

Ihr stockte der Atem. Sie hoppelte darauf zu, wobei sie die Knoten und Wülste des Flickenteppichs unter ihren Händen kaum mitbekam, und hob dann die Arme. »Roland, heb mich hoch!«

Als er das tat, sah sie, dass sein hageres Gesicht bis auf die beiden hektisch roten Flecken auf den Wangenknochen leichenblass geworden war. Seine Augen funkelten. Der Turm erhob sich vor einem Abendhimmel, und die untergehende Sonne strahlte die Hügel hinter ihm orangerot an, beleuchtete die endlos aufsteigende Fensterspirale. Aus einigen dieser Fenster drang ein trübes, schauerliches Glimmen. Sie konnte Balkone sehen, die in jedem zweiten oder dritten Stock aus dem dunklen Mauerwerk ragten, und auf sie hinausführende massive Türen, die aber alle geschlossen waren. Sicher auch abgesperrt, daran zweifelte sie nicht. Vor dem Turm lag das Rosenfeld Can'-Ka No Rey – düster, aber auch im Schatten lieblich anzusehen. Die meisten Rosen hatten sich bei herabsinkender Dunkelheit geschlossen, aber einige wenige leuchteten noch wie schläfrige Augen hervor.

»Joe!«, sagte sie. Ihre Stimme war kaum lauter als ein Flüstern. Sie fühlte sich matt und glaubte, singende Stimmen zu hören, fern und schwach. »Oh, Joe! Dieses *Foto …!*«

»Aye, meine Liebe«, sagte er, hörbar über ihre Reaktion erfreut. »Das ist ein gutes Bild, stimmt's? Darum hab ich's ja aufgehängt. Ich hab noch andere, aber das hier ist das beste. Genau bei Sonnenuntergang, damit der Schatten wie ewiglich den Pfad des Balkens markiert. Was er in gewisser Weise tut, wie ihr beide bestimmt wisst.«

Rolands schnelle, keuchende Atemzüge, als hätte er gerade ein Wettrennen absolviert, drangen Susannah ins Ohr, aber sie nahm sie kaum wahr. Es war nämlich nicht nur der *Gegenstand* dieses Bildes, der sie so ehrfürchtig staunen ließ.

»Das ist eine *Polaroidaufnahme!*«

»Nun … yar«, sagte Joe, als könnte er sich ihre Aufregung nicht recht erklären. »Stotter-Bill hätte mir wahrscheinlich auch 'nen Kodak bringen können, wenn ich einen verlangt hätte, aber wo hätte ich den Film dann jemals entwickelt gekriegt? Und als ich an 'ne Videokamera gedacht hab – weil das Ding unter dem Fernseher nämlich solche Filme abspielen kann –, war ich zu alt, um die Tour noch mal zu machen, und mein Klepper auch zu alt, um mich zu tragen. Trotzdem würde ich sie noch mal machen, wenn ich könnte, weil's dort nämlich wunderschön ist, ein Ort voller warmherziger Geister. Ich hab die singenden Stimmen längst verstorbener Freunde gehört, auch die von Ma und Pa. Ich wollt immer …«

Eine Lähmung hatte Roland erfasst. Er spürte sie in jeder Muskelfaser. Dann durchbrach er sie und wandte sich so rasch von dem Bild ab, dass es Susannah dabei fast schwindlig wurde. »Ihr wart dort?«, fragte er. *»Ihr wart am Schwarzen Turm?«*

»Klar war ich das«, sagte der Alte. »Wer, glaubt ihr, hat dieses Foto sonst gemacht? Der blöde Ansel Adams etwa?«

»Wann habt Ihr's gemacht?«

»Das ist von meinem letzten Ausflug dorthin«, antwortete Joe. »Vor zwei Jahren, im Sommer – allerdings liegt das Land dort tiefer, müsst ihr wissen, und wenn dort jemals Schnee fällt, hab ich ihn nie gesehen.«

»Wie weit von hier?«

Joe kniff sein schlimmes Auge zusammen und rechnete nach. Zwar brauchte er dafür nicht lange, aber Roland und Susannah *erschien* diese Zeit lang, sehr lang. Draußen wehte der Wind in Stößen. Die alte Stute wieherte, als wollte sie nun gegen dieses Geräusch protestieren. Vor dem Wohnzimmerfenster mit den Eisblumen auf den Scheiben begann der fallende Schnee zu wirbeln und zu tanzen.

»Also«, sagte Joe schließlich, »ihr seid jetzt in Richtung Tiefland unterwegs, und Stotter-Bill räumt die Tower Road vom Schnee, so weit ihr gehen wollt; was sollte der alte Dingsbums sonst mit seiner

Zeit anfangen? Natürlich müsst ihr erst mal hier abwarten, bis dieser jesusmäßige Nordoststurm sich ausgeweht hat …«

»Also, wie lange dauert es, sobald wir von hier aufgebrochen sind?«, fragte Roland.

»Sie können's wohl kaum erwarten, was? Aye, echt scharf drauf, und warum auch nich, wo Sie doch aus der Innerwelt kommen, müssen Sie lange Jahre unterwegs gewesen sein, um bis hierher zu kommen. Mag mir gar nich vorstellen, wie viele. Na, ich schätz mal, dass ihr sechs Tage brauchen werdet, um aus den Weißen Landen rauszukommen, vielleicht sieben …«

»Nennt ihr diese Lande Empathica?«, fragte Susannah.

Er blinzelte, dann warf er ihr einen verwirrten Blick zu. »Äh, nein, Ma'am – ich hab diesen Teil der Schöpfung nie anders als die Weißen Lande nennen gehört.«

Die Verwirrung war nur gespielt. Da war sie sich fast sicher. Der alte Joe Collins, fröhlich wie der Weihnachtsmann in einem Kinderstück, hatte sie gerade belogen. Sie konnte sich keinen Reim darauf machen, aber bevor sie nachhaken konnte, fragte Roland scharf: »Lässt du das bitte vorläufig? Lässt du's um deines Vaters willen?«

»Ja, Roland«, sagte sie eingeschüchtert. »Natürlich.«

Roland, der Susannah weiter auf seiner Hüfte trug, wandte sich wieder an Joe.

»Könnt bis zu neun Tage lang dauern, schätz ich«, sagte Joe, während er sich am Kinn kratzte, »weil die Straße nämlich verdammt glatt sein kann, vor allem wenn Bill den Schnee walzt, aber das kann man ihm nun mal nich abgewöhnen. Er hat seine Anweisungen, wo er befolgen muss. Seine *Programmierung*, wie er's nennt.« Der Alte merkte, dass Roland etwas sagen wollte, und hob eine Hand. »Nay, nay, ich trödle nich absichtlich, um Sie zu ärgern, Sir oder Sai oder was Ihnen lieber ist –, ich bin nur nich viel Besuch gewöhnt. Also, sobald ihr unterhalb der Schneegrenze seid, sind's noch zehn bis zwölf Tagesmärsche, aber die braucht ihr keineswegs zu Fuß zurückzulegen, wenn ihr nich wollt. Weil dort eine von denen Positronics-

Hütten steht, in der jede Menge kleiner Fahrzeuge geparkt sind. Wie Golfkarren, so sehn sie aus. Ihre Batt'rien sind 'türlich alle leer, aber dort gibt's 'nen Generator, 'nen Honda genau wie meiner, der bei meim letzten Besuch noch funktioniert hat, weil Bill alles instand hält, soweit er kann. Wenn ihr's schafft, einen dieser Wagen 'lektrisch aufzuladen … Also, damit würdet ihr eure Reisezeit auf höchstens vier Tage verkürzen. Also, ich denke Folgendes: Wenn ihr die ganze Strecke marschieren müsst, dann kann's bis zu neunzehn Tagen dauern. Wenn ihr das letzte Teilstück mit einem dieser Summer fahren könnt – so nenn ich sie, Summer, weil sie beim Fahren immer so ein summendes Geräusch machen –, würd ich insgesamt zehn Tage sagen. Vielleicht elf.«

Nach dieser langen Rede herrschte zunächst Schweigen. Neuerliche Windstöße warfen Schnee ans Fenster, und Susannah hörte wieder etwas, was fast wie ein menschlicher Schrei klang. Zweifellos wurde das Geräusch durch den Wind verursacht, wenn er über Winkel und Kanten strich.

»Weniger als drei Wochen also, auch wenn wir marschieren müssten«, sagte Roland. Er streckte eine Hand nach der Polaroidaufnahme des dunklen Steinturms vor dem Abendhimmel aus, berührte sie aber nicht ganz. Als hätte er Angst, ihn zu berühren, dachte Susannah. »Nach all den Jahren, all den Meilen.«

Von massenhaft vergossenem Blut ganz zu schweigen, fügte Susannah in Gedanken hinzu, aber das hätte sie nicht einmal gesagt, wenn sie mit ihm allein gewesen wäre. Das war auch nicht nötig; keiner wusste nämlich besser als er, wie viel Blut dafür vergossen worden war. Aber hier stimmte irgendwas nicht ganz. Stimmte nicht oder war effektiv falsch. Und *das* schien der Revolvermann *nicht* zu erkennen.

Sympathie bedeutete, die Gefühle anderer zu respektieren. Empathie bedeutete, sie tatsächlich zu *teilen*. Weshalb würden die Leute also irgendein Land Empathica nennen?

Und weshalb würde dieser nette alte Mann in diesem Punkt lügen?

»Ihr müsst mir etwas erzählen, Joe Collins«, sagte Roland.

»Aye, Revolvermann, wenn ich kann.«

»Wart Ihr *ganz nahe dran?* Habt Ihr seine Steine mit der Hand berührt?«

Der Alte starrte Roland zunächst an, als hätte er den Verdacht, dieser wolle ihn aufziehen. Als er sah, dass das nicht der Fall war, wirkte er auf einmal eher entsetzt. »Nein«, sagte er, und dabei klang seine Stimme zum ersten Mal so amerikanisch wie Susannahs. »Näher als auf dem Bild hab ich mich nich rangetraut. Bis zum Rand des Rosenfelds. Zweihundert, zweihundertfünfzig Meter vielleicht. Was der Roboter fünfhundert Radbogen nennen würd.«

Roland nickte. »Und warum nicht?«

»Weil ich dachte, näher ranzugehen würd mein Tod sein – und ich würd mich nich dagegen wehrn können. Die Stimmen würden mich magisch anziehn. Das hab ich damals gedacht, das denk ich noch heute.«

7

Nach dem Abendessen – sicher das beste Mahl, das Susannah seit ihrer Entführung in diese andere Welt genossen hatte, und vielleicht sogar das beste ihres ganzen Lebens –, platzte der Pickel neben ihrer Unterlippe weit auf. In gewisser Weise war daran Joe Collins schuld, aber selbst später, als sie viel gegen den alten Bewohner der Odd's Lane vorzubringen hatten, kreidete sie ihm das nicht an. Es war bestimmt das Letzte gewesen, was er gewollt hätte.

Es gab Huhn, auf den Punkt richtig gebraten und nach all dem Hirschfleisch besonders schmackhaft. Dazu servierte Joe Kartoffelbrei mit Soße, Preiselbeergelee in dicken roten Scheiben, grüne Erbsen (»Nur aus der Dose, sorry«, erklärte er ihnen) und gekochte Perlzwiebeln in süßer Kondensmilch eingelegt. Als Getränk gab es Eierlikör. Roland und Susannah tranken ihn mit kindlicher Gier, lehnten aber beide den »klitzekleinen Schuss Rum« dankend ab. Oy bekam sein eigenes Essen; Joe machte ihm einen Teller mit Huhn und Kartoffelbrei zurecht und stellte ihn neben dem Herd auf den Fußboden. Oy verputzte alles im Nu, lag dann auf der Schwelle zwischen der Küche und dem kombinierten Speise- und Wohnzimmer, leckte sich die Schnauze, um den letzten Rest Hühnerkleinsoße aus den Schnurrhaaren zu bekommen, und beobachtete dabei die Humes mit gespitzten Ohren.

»Ich könnte jetzt keine Nachspeise mehr verdrücken, also bieten Sie mir bitte keine an«, sagte Susannah, während sie nach dem zweiten Teller die restliche Soße mit einem Stück Brot auftunkte. »Ich weiß nicht mal, ob ich momentan noch von diesem Stuhl hier runterkomme.«

»Na ja, schon in Ordnung«, sagte Joe sichtbar enttäuscht, »vielleicht später. Ich hätte da Schokoladepudding und einen mit Karamell.«

Roland hob seine Serviette, um einen Rülpser zu dämpfen, und sagte dann: »Ich könnte noch einen kleinen Klecks von beiden vertragen, glaube ich.«

»Na ja, ich wohl auch, wenn ich's mir recht überlege«, gab Susannah zu. Wie viele Äonen waren vergangen, seit sie den letzten Karamellpudding gegessen hatte?

Nach dem Pudding erbot Susannah sich, Joe beim Abwasch zu helfen, was dieser aber dankend ablehnte, indem er sagte, er werde die Töpfe und Teller einfach in den Geschirrspüler stellen, um sie vorzuspülen, und das Gerät »den ganzen Klimbim« später abwaschen lassen. Er erschien ihr jetzt munterer, während Roland und er zwischen Esstisch und Küche hin- und hergingen, weniger auf seinen Stock angewiesen. Susannah vermutete, dass der klitzekleine Schuss Rum (oder vielleicht auch mehrere, die bis zur Nachspeise einen ziemlich großen ergeben hatten) etwas damit zu tun haben könnte.

Joe goss Kaffee ein, und die drei (vier, wenn man Oy mitzählte) machten es sich im Wohnzimmer bequem. Draußen wurde es dunkel, und der Wind heulte nun auch lauter als zuvor. *Mordred ist irgendwo dort draußen, in einem Schneeloch oder Wäldchen zusammengekauert,* dachte sie und musste wieder einen Anflug von Mitleid mit ihm unterdrücken. Das wäre leichter gewesen, wenn sie nicht gewusst hätte, dass er – ob mordlüstern oder nicht – noch ein Kind sein musste.

»Erzählt uns, wie Ihr hierher gekommen seid, Joe«, forderte Roland den Alten auf.

Joe grinste. »Das ist eine haarsträubende Geschichte«, sagte er, »aber wenn ihr sie wirklich hören wollt, hab ich nix dagegen, sie zu erzähln.« Sein Grinsen milderte sich zu einem wehmütigen Lächeln ab. »Es ist schön, mal wieder mit Leuten reden zu können. Als Zuhörerin ist Lippy schon in Ordnung, aber leider antwortet sie nie was.«

Er habe als Lehrer angefangen, berichtete Joe, aber bald entdeckt, dass das kein Beruf für ihn war. Er mochte Kinder zwar – hatte sie sogar ziemlich gern –, verabscheute jedoch den ganzen bürokratischen Scheiß und die Art und Weise, wie das System offenbar sicherstellen sollte, dass kein viereckiger Pflock den Rundungsprozess überstand. Also gab er nach nur drei Jahren den Lehrerberuf auf und wechselte ins Showgeschäft.

»Habt Ihr gesungen oder getanzt?«, wollte Roland wissen.

»Weder noch«, sagte Joe. »Ich bin mit dem alten Stand-up auf Tournee gegangen.«

»Stand-up?«

»Er meint, dass er ein Komiker war«, sagte Susannah. »Er hat Witze erzählt.«

»Richtig!«, bestätigte Joe fröhlich. »Und manche Leute haben sie sogar für komisch gehalten. Aber die waren natürlich in der Minderheit.«

Er fand einen Impresario, der mit seiner früheren Firma, einem Discountladen für Herrenbekleidung, Pleite gemacht hatte. Eines habe zum anderen geführt, sagte er, auch ein *Engagement* habe zum anderen geführt. Nach einiger Zeit trat er in zweit- und drittklassigen Nachtclubs in ganz Amerika auf, war mit einem verbeulten, aber zuverlässigen Ford-Pick-up unterwegs und fuhr dorthin, wo Shantz, sein Impresario, ihn hinschickte. An Wochenenden arbeitete er fast nie; an Wochenenden wollten selbst die drittklassigen Clubs lieber Rock-Bands buchen.

Das war in den späten Sechziger- und frühen Siebzigerjahren, und damals hatte es keinen Mangel an »aktuellem Material« gegeben, wie Joe es nannte: Hippies und Yippies, BH-Verbrennerinnen und Black Panthers, Filmstars und wie immer Politiker – aber er selbst war immer mehr der traditionelle Komiker gewesen, der Witze erzählte. Sollten Mort Sahl und George Carlin sich auf die aktuelle Masche verlegen, wenn sie wollten; Joe Collins würde bei *Weil wir gerade von meiner Schwiegermutter reden* … und *Viele Leute halten unsere polnischen Freunde für dumm, aber da will ich Ihnen mal was von diesem irischen Mädchen erzählen, das ich neulich kennen gelernt habe* … bleiben.

Während seiner Erzählung kam es zu einer seltsamen (und – zumindest für Susannah – ziemlich ergreifenden) Verwandlung. Joes Mittwelt-Akzent mit all dem *yar* und *nay* und *wenn's beliebt* wurde kaum merklich zu einem Akzent, den sie nur als Klugscheißer-Amerikanisch bestimmen konnte. Sie erwartete ständig, dass er *bird* als *boid* und *heard* als *hoid* aussprechen würde, aber das kam vermutlich nur daher, weil sie so lange mit Eddie zusammen gewesen war. Vermutlich war Joe Collins einer jener seltenen Imitatoren, deren Stimme das akustische Gegenstück zu Plastilin war und flüchtige Eindrücke aufnahm, die sich bald wieder verloren. Trat er in einem Brooklyner Club auf, sprach er vermutlich tatsächlich von *boid* und *hoid;* in Pittsburgh würde es dagegen *burrd* und *hurrd* heißen, und aus dem Supermarkt *Giant Eagle* würde *Jaunt Iggle* werden.

Roland unterbrach ihn ziemlich bald, um zu fragen, ob ein Komiker so etwas wie ein Hofnarr sei, worauf der Alte herzlich lachte. »Genau! Statt des Königs und der Höflinge müssen Sie sich nur einen Haufen Leute vorstellen, die mit Drinks in der Hand in einem verrauchten Raum sitzen.«

Roland nickte lächelnd.

»Als Komiker durch den Mittelwesten zu touren und pro Ort jeweils nur einen Abend aufzutreten hat auch seine Vorteile«, sagte der Alte. »Wenn man beispielsweise in Dubuque floppt, passiert nicht mehr, als dass man statt fünfundvierzig nur zwanzig Minuten lang auftritt, und dann geht's in die nächste Stadt weiter. In Mittwelt gibt's vermutlich Orte, an denen man riskiert, für schlechte Witze geköpft zu werden.«

Daraufhin brach der Revolvermann in Lachen aus, ein Geräusch, das Susannah noch immer verblüffen konnte (obwohl sie selbst lachte). »Ihr sprecht wahrhaftig, Joe.«

Im Sommer 1972 war Joe einmal in Cleveland in dem Nachtclub Jango's unweit des Ghettos aufgetreten. Roland unterbrach ihn wieder; diesmal wollte er wissen, was ein Ghetto sei.

»Was Hauck betrifft«, sagte Susannah, »bezeichnet das einen Teil der Stadt, in dem die Bewohner überwiegend schwarz und arm sind und die Cops die Angewohnheit haben, ihre Knüppel zu schwingen und dann erst Fragen zu stellen.«

»Bing!«, rief Joe und klopfte sich mit den Fingerknöcheln an die Stirn. »Hätte ich nicht besser erklären können!«

Draußen vor dem Haus erklang wieder dieser eigentümlich kleinkindartige Schrei, obwohl diesmal der Wind gerade für einen Augenblick abgeflaut war. Susannah sah zu Roland hinüber, aber falls der Revolvermann etwas gehört hatte, ließ er sich nichts anmerken.

Es muss der Wind gewesen sein, sagte Susannah sich. *Was hätte es denn sonst sein* können?

Mordred, antwortete ihr Verstand flüsternd. *Mordred, der dort draußen beinahe erfriert. Mordred, der draußen fast stirbt, während wir hier mit unserem heißen Kaffee sitzen.*

Aber sie erwähnte nichts dergleichen.

In Hauck hatte es seit einigen Wochen Rassenunruhen gegeben, erzählte Joe, aber er war ziemlich betrunken (»stinkbesoffen«, wie er es selbst ausdrückte) und merkte kaum, dass das Publikum bei seinem zweiten Auftritt im Vergleich zum ersten um ungefähr vier

Fünftel geschrumpft war. »Teufel, ich war groß in Form«, sagte er. »Ich weiß nicht, was mit den anderen war, aber *ich* war schwer in Fahrt, hab mich über mich selbst schief gelacht.«

Dann hatte jemand einen Molotowcocktail durch die Glastür des Clubs geworfen (was ein Molotowcocktail war, wusste Roland), und bevor man *Nehmen Sie meine Schwiegermutter … bitte!* sagen konnte, stand der Laden in Flammen. Joe war rückwärts durch den Bühnenausgang abgehauen. Er hatte die Straße schon fast erreicht, als drei Kerle (»Alle drei sehr schwarz, alle ungefähr von der Größe von Basketballspielern«) ihn sich schnappten. Zwei hielten ihn fest; der dritte schlug zu. Dann schwang jemand eine Flasche. Bum-bum, und alle Lichter gehen aus. Aufgewacht war er auf einem grünen Hügel am Rand einer Geisterstadt, die Stone's Warp hieß, wie sich anhand von Schildern an den leeren Gebäuden entlang der Hauptstraße feststellen ließ. Joe Collins war sie vorgekommen wie der Set eines Westernfilms, nachdem alle Schauspieler heimgegangen waren.

Etwa an dieser Stelle gelangte Susannah zu dem Schluss, dass sie nicht allzu viel von Sai Collins Story glaubte. Sie war zweifellos unterhaltsam und wohl auch nicht völlig unwahrscheinlich, wenn man beispielsweise Jakes ersten Ausflug nach Mittwelt bedachte, der ja auf seinem Schulweg in New York überfahren und tödlich verletzt worden war. Trotzdem glaubte sie nicht allzu viel davon. Die Frage war nur: Spielte das eine Rolle?

»Himmel konnte man's nicht nennen, weil's weder Wolken noch Engelschöre gab«, sagte Joe, »aber ich wusste irgendwie, dass es trotzdem eine Art Leben nach dem Tod war.« Er war umhergewandert. Er hatte Nahrung gefunden, er hatte ein Pferd gefunden (Lippy) und war weitergezogen. Er war allen möglichen Nomadenstämmen begegnet: manche freundlich, manche nicht, manche weitgehend normal, manche Muties. Allmählich hatte er sich etwas vom hiesigen Kauderwelsch angeeignet und ein wenig Mittweltgeschichte aufgeschnappt; jedenfalls wusste er vom Turm und den Balken. Einmal hatte er versucht, das Ödland zu durchqueren, sagte er, hatte es aber mit der Angst zu tun bekommen und war umgekehrt, weil er alle möglichen Geschwüre und unheimlichen Ausschläge bekam.

»Ich hab einen Furunkel am Hintern gekriegt, der hat mir den Rest gegeben«, sagte er. »Das muss jetzt sechs bis acht Jahre her sein. Lippy und ich haben uns gesagt: Hol's der Teufel, weiter wollen wir nicht. Danach habe ich diesen Ort gefunden, der Westring heißt, und dann hat Stotter-Bill *mich* gefunden. Er versteht sich auf Erste Hilfe und hat den Furunkel an meinem Hintern aufgeschnitten.«

Roland wollte wissen, ob Joe den Vorbeizug des Scharlachroten Königs gesehen habe, als der wahnsinnige Herrscher seine letzte Pilgerfahrt zum Dunklen Turm unternommen habe. Joe sagte, den habe er nicht gesehen, aber vor einem halben Jahr sei ein schrecklicher Sturm ausgebrochen (»ein richtiger Kaventsmann«), der ihn in seinen Keller getrieben habe. Dort unten war – Generator hin oder her – der Strom ausgefallen, und während er angstschlotternd in einer Ecke hockte, hatte er plötzlich das Gefühl gehabt, irgendein schreckliches Wesen sei ganz in der Nähe und könne jeden Augenblick Fühlung mit seinem Verstand aufnehmen, um dann seinen Gedanken bis in sein Versteck zu folgen.

»Wisst ihr, wie ich mir da vorgekommen bin?«, sagte er.

Roland und Susannah schüttelten den Kopf. Das tat auch Oy, der sie perfekt imitierte.

»Wie ein Imbiss«, sagte Joe. »Ein potenzieller Imbiss.«

Dieser Teil seiner Geschichte ist wahr, dachte Susannah. *Er kann ihn ein bisschen umgestellt haben, aber im Prinzip stimmt alles.* Und wenn sie Grund zu dieser Annahme hatte, dann kam das nur daher, dass die Vorstellung, der Scharlachrote König reise in seinem eigenen transportablen Sturm, ihr schrecklich plausibel erschien.

»Was habt Ihr gemacht?«, fragte Roland.

»Ich bin eingeschlafen«, sagte er. »Das ist eine Gabe, die ich schon immer hatte, genau wie Stimmen imitieren – obwohl ich bei meinen Auftritten auf berühmte Stimmen verzichte, weil die in der Provinz nicht ankommen. Außer man ist mindestens Rich Little. Seltsam, aber wahr. Ich kann praktisch überall und jederzeit auf Befehl schlafen, und das habe ich auch da unten im Keller gemacht. Als ich dann aufgewacht bin, hat das Licht wieder gebrannt, und der … der Was-auch-immer war fort. Ich weiß natürlich vom Scharlachroten König, ich treffe manchmal noch Leute – meistens Nomaden wie ihr drei –, und sie sprechen von ihm. Meistens machen sie dabei das Zeichen gegen den bösen Blick und spucken zur Sicherheit durch die Finger. – Ihr glaubt, dass er's war, stimmt's? Ihr glaubt, dass der Scharlachrote König auf dem Weg zum Turm tatsächlich an der Odd's Lane vorbeigekommen ist.« Und bevor sie antworten konnten, fuhr der Alte fort: »Nun, warum nicht? Schließlich ist die Tower Road hier die Hauptdurchgangsstraße. Sie führt geradewegs hin.«

Du weißt, dass er's war, dachte Susannah. *Welches Spielchen spielst du hier, Joe?*

Der dünne Schrei, der ganz entschieden nicht vom Wind kam, war wieder zu hören. Sie glaubte jedoch nicht mehr, dass er von Mordred stammte. Er schien eher aus dem Keller zu kommen, in den Joe gegangen war, um sich vor dem Scharlachroten König zu verstecken … wie er zumindest behauptet hatte. Wer war jetzt dort unten? Und hielt er sich versteckt, wie Joe es getan hatte, oder war er ein Gefangener?

»Das war kein schlechtes Leben«, sagte Joe gerade. »Nicht das Leben, mit dem ich gerechnet hatte, ganz und gar nicht, aber dazu hab ich eine Erklärung – Leute, die genau das Leben führen, das sie erwartet haben, sind auffällig oft die, die Schlaftabletten nehmen oder sich den Lauf einer Schusswaffe in den Mund stecken und den Abzug betätigen.«

Roland schien immer noch einer anderen Sache hinterherzuhängen, jedenfalls sagte er: »Ihr wart ein Hofnarr, und die Gäste in diesen Wirtshäusern waren Euer Hof.«

Joe lächelte, wobei er eine Menge weißer Zähne sehen ließ. Susannah runzelte die Stirn. Hatte sie diese Zähne zuvor schon gesehen? Sie hatten viel gelacht, dabei hätten sie ihr doch auffallen *müssen,* aber irgendwie konnte sie sich nicht daran erinnern. Jedenfalls sprach er nicht so undeutlich wie Leute, die fast gar keine Zähne mehr hatten (solche Leute waren oft zu ihrem Vater gekommen, um sich wegen künstlicher Gebisse beraten zu lassen). Hätte sie noch vor kurzem eine Vermutung anstellen sollen, hätte sie impulsiv gesagt, er *habe* noch Zähne, die aber nur Ruinen seien, die …

Was ist denn mit dir los, Mädel? Er mag in ein paar Punkten gelogen haben, aber ihm ist bestimmt kein Satz neuer Zähne gewachsen, seit ihr euch zum Abendessen hingesetzt habt! Du lässt deine Phantasie mit dir durchgehen.

Tat sie das? Nun, das war möglich. Und vielleicht war auch der dünne Schrei doch nichts anderes als das Heulen des Windes in den Hausgiebeln.

»Ich würde gern ein paar Eurer Witze und Geschichten hören«, sagte Roland. »Wie Ihr sie auf Tournee erzählt habt, wenn's beliebt.«

Susannah starrte ihn forschend an, weil sie sich fragte, ob der Revolvermann diese Bitte mit einem Hintergedanken vorbrachte, aber er schien sich aufrichtig dafür zu interessieren. Seit Roland die mit Reißzwecken an der Wohnzimmerwand befestigte Polaroidaufnahme des Dunklen Turms gesehen hatte (zu dem er ständig wieder hinübersah, während Joe seine Geschichte erzählte), hatte ihn eine Art hektischer guter Laune erfasst, die ihm gar nicht ähnlich sah. Man hätte beinahe glauben können, er sei krank und befinde sich hart am Rande eines Deliriums.

Die Bitte des Revolvermanns schien Joe Collins zu überraschen, aber keineswegs zu missfallen. »Großer Gott«, sagte er. »Mir kommt's vor, als wär ich schon seit tausend Jahren nicht mehr als Komiker aufgetreten … und wenn ich überlege, wie die Zeit sich hier vor einer Weile verändert hat, *waren* es vielleicht auch tausend. Ich weiß gar nicht recht, wo ich anfangen soll.«

Zur eigenen Überraschung hörte Susannah sich sagen: »Versuchen Sie's einfach.«

8

Joe überlegte eine Weile, stand dann auf und wischte sich ein paar verirrte Krümel vom Hemd. Er hinkte in die Mitte des Raums, wobei er den Stock am Sessel zurückließ. Oy sah mit gespitzten Ohren und dem alten teuflischen Grinsen zu ihm auf, als freute er sich schon riesig auf das kommende Vergnügen. Joe wirkte einen Augenblick lang unsicher. Dann holte er tief Luft, atmete aus und bedachte sie mit einem Lächeln. »Versprecht mir, dass ihr keine Tomaten schmeißt, wenn ich schlecht bin«, sagte er. »Denkt daran, dass alles schon verdammt lang her ist.«

»Auf den Mann, der uns aufgenommen und verköstigt hat?«, sagte Susannah. »Nie im Leben!«

Roland, der immer alles wörtlich nahm, fügte hinzu: »Außerdem haben wir keine Tomaten.«

»Klar, klar. In der Speisekammer stehen allerdings welche in Dosen … Vergesst, dass ich das gesagt habe!«

Susannah lächelte. Roland ebenfalls. Dadurch ermutigt, sagte Joe: »Okay, gehen wir zu jenem magischen Ort namens Jango's in jener magischen Stadt zurück, die manche Leute den ›Fehler am See‹ nennen. Mit anderen Worten nach Cleveland, Ohio. Zweite Show. Die eine, die ich nie zu Ende bringen konnte, und ich war schwer in Fahrt, das könnt ihr mir glauben. Augenblick noch …«

Er schloss die Augen. Schien sich zu sammeln. Als er sie wieder öffnete, wirkte er zehn Jahre jünger. Eine erstaunliche Verwandlung. Und er *klang* nicht nur wie ein Amerikaner, als er zu sprechen begann, sondern *sah auch wie einer aus.* Susannah hätte das nicht mit Worten ausdrücken können, aber sie wusste, dass es stimmte: Hier stand eindeutig Joe Collins, *Made in U.S.A.*

»He, Ladys und Gentlemen, willkommen bei Jango's, ich bin Joe Collins, und ihr seid's nicht.«

Roland lachte halblaut, und Susannah lächelte aus reiner Höflichkeit – das war ein ziemlich alter Witz.

»Der Wirt hat mich gebeten, euch daran zu erinnern, dass es

heute Abend für einen Dollar zwei Biere gibt. Verstanden? Gut. Bei ihm ist das Motiv Gewinnsucht, bei mir Eigennutz. Je mehr ihr trinkt, desto witziger werde ich nämlich.«

Susannahs Lächeln wurde breiter. Auftritte von Komikern hatten einen bestimmten Rhythmus, das wusste sogar *sie*, obwohl sie selbst keine fünf Minuten vor einem lauten Nachtclubpublikum hätte auftreten können, auch nicht dann, wenn ihr Leben davon abgehangen hätte. Es gab einen *Rhythmus,* und nach einem unsicheren Anfang begann Joe seinen zu finden. Er hatte die Augen halb geschlossen, und sie vermutete, dass er die mehrfarbigen Scheinwerfer über der Bühne sah – den Farben des Zauberer-Regenbogens so ähnlich, wie ihr dabei einfiel – und den Rauch von fünfzig Zigaretten roch. Eine Hand an dem verchromten Mikrofonständer; die andere zum Gestikulieren frei. Joe Collins, der an einem Freitagabend im Jango's auftrat …

Nein, nicht freitags. Er hat gesagt, dass die Clubs am Wochenende alle immer Rock-Bands buchten.

»Reden wir nicht von diesem ›Fehler am See‹-Zeug, Cleveland ist eine schöne Stadt«, sagte Joe. Sein Tempo beschleunigte sich jetzt etwas. Er begann zu *rappen,* wie Eddie vermutlich gesagt hätte. »Meine Eltern stammen aus Cleveland, aber als sie sechzig waren, sind sie nach Florida gezogen. Sie wollten nicht, aber Scheibenkleister, das ist nun einmal gesetzlich vorgeschrieben. Bing!« Joe schlug sich mit den Fingerknöcheln an die Stirn und schloss dabei die Augen. Roland lachte wieder halblaut, obwohl er keine Ahnung haben konnte, wo (oder auch nur was) Florida war. Susannahs Lächeln war noch breiter geworden.

»Florida ist ein toller Ort«, sagte Joe. »*Toller* Ort. Die Heimat der Jungverheirateten und der Beinahe-Toten. Mein Großvater, Gott hab ihn selig, hat dort im Ruhestand gelebt. Wenn ich mal sterbe, möchte ich friedlich einschlafen, genau wie Opa Fred. Und nicht etwa so kreischend wie die Mitfahrer in seinem Wagen.«

Darüber nun lachte Roland schallend laut, und Susannah stimmte ein. Oys Grinsen war breiter als je zuvor.

»Meine Oma, die war auch großartig. Sie hat gesagt, sie habe schwimmen gelernt, als jemand mit ihr auf den Lake Cuyahoga rausgefahren sei und sie über Bord geworfen habe. Ich hab zu ihr gesagt: ›He, Oma, die haben gar nicht versucht, dir das Schwimmen beizubringen.‹«

Roland schnaubte, wischte sich die Nase ab und schnaubte nochmals. Sein Gesicht war rot angelaufen. Lachen steigerte den gesamten Stoffwechsel, brachte den Organismus fast auf die Flucht-oder-Kampf-Ebene; das hatte Susannah irgendwo einmal gelesen. Was bedeutete, dass auch ihrer gesteigert sein musste, weil sie ja ebenfalls lachte. Es war, als strömten alle Schrecken, aller Kummer aus einer offenen Wunde, strömten daraus hervor wie …

Nun ja, wie Blut.

Sie vernahm, dass im Hintergrund ihres Bewusstseins eine Alarmglocke leise zu läuten begann, tat das jedoch ab. Welchen Grund gab es hier schon, besorgt zu sein? Sie *lachten* doch, um Himmels willen! Amüsierten sich!

»Kann ich mal 'nen Augenblick ernst sein? Nein? Na, dann scheiß ich auf euch und den Klepper, auf dem ihr hergeritten seid – wenn ich morgen aufwache, bin ich nüchtern, aber ihr seid weiter hässlich. – Und glatzköpfig.«

(Roland brüllte vor Lachen.)

»Ich bin jetzt mal ernst, okay? Und wenn euch das nicht gefällt, könnt ihr's euch ja dort reinstecken, wo ihr euren Geldbeutel tragt. Meine Oma war eine patente Frau. Frauen sind im Allgemeinen patent, wisst ihr das eigentlich? Aber sie haben auch ihre Fehler, genau wie Männer. Muss eine Frau sich beispielsweise entscheiden, ob sie einen Baseball fangen oder das Leben eines Babys retten soll, rettet sie lieber das Baby, ohne auch nur darüber nachzudenken, wie viele Spieler an den Malen sind. Bing!« Er schlug sich mit den Fingerknöcheln an die Stirn und riss die Augen auf eine komische Art auf, die beide Zuschauer zum Lachen brachte. Roland wollte seine Kaffeetasse abstellen, verschüttete dabei aber nur ihren Inhalt. Er hielt sich den Bauch. Ihn so laut lachen zu hören – dem Lachen völlig hingegeben – war wiederum so komisch, dass es bei Susannah neue Lachsalven auslöste.

»Männer sind eine Sache, Frauen sind eine andere. Bringt man sie zusammen, ergibt sich ein völlig neuer Geschmacksgenuss. Wie Oreos. Wie Buttercremetorte mit Erdnussbutter. Wie Rosinenkuchen mit Schnoddersoße. Zeigt mir einen Mann und eine Frau, und ich zeige euch die Absonderliche Institution – nicht Sklaverei, sondern die Ehe. Aber ich wiederhole mich. Bing!« Er schlug sich an die Stirn. Riss die Augen auf. Diesmal schienen sie wie durch Federkraft halb aus den Höhlen zu springen

(wie macht *er das bloß)*

und Susannah musste sich den Bauch halten, der von der Gewalt ihres Lachens bereits zu schmerzen begann. Und ihre Schläfen pochten. Das tat zwar weh, aber es waren *gute* Schmerzen.

»Verheiratet zu sein heißt, eine Frau oder einen Mann zu haben. Yeah! Schlagt's im Wörterbuch nach! Bigamie heißt, eine Frau oder einen Mann zu viel zu haben. Das gilt natürlich auch für die Monogamie. Bing!«

Wenn Roland noch hemmungsloser lacht, dachte Susannah, rutscht er bestimmt gleich aus dem Sessel in die Lache aus verschüttetem Kaffee.

»Dann gibt's da noch die Scheidung, ein juristischer Begriff, der ›die Genitalien eines Mannes durch die Geldbörse rausreißen‹ bedeutet. – Aber ich war vorhin bei Cleveland, stimmt's? Wisst ihr, wie Cleveland gegründet worden ist? Ein paar Leute in New York haben gesagt: ›Mann, Kriminalität und Armut machen mir zwar allmählich irgendwie Spaß, aber trotzdem ist's mir hier nicht ganz kalt genug. Auf nach Westen!‹«

Lachen, das überlegte Susannah sich später, war wie ein Wirbelsturm: Ab einem gewissen Punkt verstärkte es sich von allein, genügte es sich selbst. Man lachte nicht mehr, weil die *Witze* komisch waren, sondern weil der eigene *Zustand* komisch war. Und genau in diesen Zustand brachte Joe Collins sie mit seiner nächsten Pointe.

»He, wisst ihr noch, wie's in der Grundschule immer hieß, im

Brandfall müsstet ihr euch, ohne Radau zu machen, so aufstellen, dass die Kleinsten in der Schlange vorn und die Größten hinten stehen? Welche Logik steckt dahinter? Brennen große Leute langsamer?«

Susannah kreischte vor Lachen und schlug sich die Hände vors Gesicht. Das erzeugte einen plötzlichen und unerwartet heftigen Schmerz, der sie für einen Augenblick alles Lachen vergessen ließ. Das Geschwür neben ihrer Unterlippe war zwar wieder größer geworden, aber es hatte seit zwei, drei Tagen nicht mehr geblutet. Mit einer der vors Gesicht geschlagenen Hände hatte sie es getroffen und gleichzeitig den schwarzroten Schorf, mit dem es bedeckt gewesen war, abgekratzt. Das Geschwür blutete nicht etwa nur; es *verspritzte* geradezu Blut.

Im ersten Augenblick registrierte sie gar nicht, was eben passiert war. Sie wusste nur, dass dieser Schlag ins Gesicht *weit* schmerzhafter war, als er eigentlich hätte sein dürfen. Auch Joe schien nichts zu merken (er hielt die Augen jetzt die meiste Zeit geschlossen), *konnte* es nicht wahrgenommen haben, weil er jetzt immer schneller weiterrappte: »He, und was ist mit dem Fischrestaurant, das sie in Sea World haben? Ich war halb mit meinem Fishburger fertig, als ich mich gefragt habe, ob ich da wohl einen Lernschwachen esse! Bing! Und weil wir gerade bei Fisch sind …«

Oy kläffte besorgt. Susannah fühlte plötzlich, wie ihr etwas Warmes den Hals hinunterlief und auf die Schulter tropfte.

»Halt, Joe«, sagte Roland. Seine Stimme klang atemlos. Schwach. Vor Lachen, wie Susannah annahm. Oh, aber ihre linke Gesichtshälfte schmerzte, und …

Joe öffnete die Augen und wirkte ärgerlich. »Was denn? Herrgott, ihr wolltet's hören, und ich hab's euch *gegeben!«*

»Susannah hat sich verletzt.« Der Revolvermann war aufgestanden und betrachtete ihr Gesicht. Sein hemmungsloses Lachen war Besorgnis gewichen.

»Ich bin nicht verletzt, Roland, ich hab mir nur die Hände etwas fester vors Gesicht geschlagen, als ich …« Dann sah sie ihre Hand an und stellte erschrocken fest, dass sie einen roten Handschuh trug.

9

Oy kläffte noch einmal. Roland schnappte sich die Serviette, die neben seiner umgekippten Kaffeetasse lag. Ein Ende war vom Kaffee braun und feucht, aber das andere war trocken. Er drückte es auf das heftig blutende Geschwür, und Susannah musste im ersten Augenblick vor der Berührung zurückzucken. Ihre Augen füllten sich unwillkürlich mit Tränen.

»Nay, ich muss dafür sorgen, dass die Blutung aufhört«, murmelte Roland. Er hielt ihren Kopf fest, wobei er sanft in die dichte Kappe ihrer Locken griff. »Halt still.« Und für ihn schaffte sie es auch, das zu tun.

Soweit Susannah mit tränenden Augen erkennen konnte, war Joe anscheinend noch immer sauer, dass sie seinen Auftritt als Komiker auf so drastische Art und Weise (von besudelnd ganz zu schweigen) unterbrochen hatte, und sie konnte ihm das in gewisser Weise nicht verübeln. Er hatte sich aufrichtig Mühe gegeben; dann war sie gekommen und hatte ihm alles vermasselt. Abgesehen von den Schmerzen, die jetzt etwas nachließen, war sie schrecklich verlegen, weil die ganze Szene sie daran erinnerte, wie sie ihre erste Periode ausgerechnet im Turnunterricht bekommen hatte, wobei ihr ein kleines Rinnsal aus Blut für alle Welt sichtbar – zumindest für die, mit der sie in der dritten Stunde Turnen hatte – den Oberschenkel hinuntergelaufen war. Einige der Mädchen hatten angefangen, im Chor *Stöpsel rein!* zu rufen, als wäre das die komischste Sache der Welt.

In diese Erinnerung mischte sich die Besorgnis wegen des Geschwürs selbst. Was war, wenn es ein bösartiger Tumor war? Bisher hatte sie diesen Gedanken stets erfolgreich verdrängt, bevor er sich in ihrem Verstand ganz herausbilden konnte. Diesmal gelang ihr das nicht. Was war, wenn sie dämlich genug gewesen war, sich auf ihrer Wanderung durchs Ödland ein Krebsgeschwür zu holen?

Ihr Magen verkrampfte sich, dann hob er sich. Ihr gutes Abendessen blieb zwar unten, aber möglicherweise nur vorläufig.

Plötzlich wollte sie allein sein, *musste* unbedingt allein sein. Falls sie sich übergeben musste, wollte sie das nicht vor Roland und diesem Fremden tun. Und auch wenn sie's nicht musste, wollte sie für einen Augenblick allein sein, um sich wieder in den Griff zu bekommen. Ein Windstoß, der heftig genug war, um das ganze Häuschen erzittern zu lassen, röhrte wie eine »heiße Lok« in voller Fahrt vorbei; das Licht flackerte, und ihr Magen verkrampfte sich erneut, weil die Schatten nun auf seekrank machende Weise über die Wände tanzten.

»Ich muss … auf die Toilette …«, brachte sie heraus. Die Welt schwankte noch einen Augenblick lang, aber dann beruhigte sie sich wieder. In dem offenen Kamin explodierte ein Astknoten und jagte einen Schauer von hellroten Funken in den Schornstein hinauf.

»Bestimmt?«, fragte Joe. Er war nicht mehr wütend (falls er das je gewesen war), aber er betrachtete sie zweifelnd.

»Lasst sie gehen«, sagte Roland. »Sie muss sich wieder beruhigen, glaube ich.«

Susannah wollte ihn dankbar anlächeln, aber das bewirkte nur, dass das aufgeplatzte Geschwür schmerzte und auch wieder zu bluten begann. Sie wusste nicht, was sich dank des dämlichen, nicht heilen wollenden Geschwürs in unmittelbarer Zukunft noch alles ändern würde, aber sie *wusste,* dass sie in nächster Zeit keine Witze mehr hören wollte. Wenn sie weiterhin lachte, würde sie bald eine Bluttransfusion brauchen.

»Bin gleich wieder da«, sagte sie. »Traut euch bloß nicht, mir den ganzen Pudding wegzuessen, Jungs.« Allein bei dem Gedanken an Essen wurde ihr schlecht, aber sie hatte irgendetwas sagen müssen.

»Was den Pudding betrifft, kann ich nichts versprechen«, sagte Roland. Und als sie sich abwandte, fügte er hinzu: »Ruf mich, falls du dich schwindlig fühlst.«

»Wird gemacht«, sagte sie. »Danke, Roland.«

10

Obwohl Joe Collins allein lebte, herrschte in seinem Bad mit Toilette eine angenehm feminine Atmosphäre vor. Das war Susannah schon aufgefallen, als sie zum ersten Mal auf dem Klo gewesen war. Die Tapete war pink mit grünen Blattranken und – was sonst? – wilden Rosen. Die Toilette selbst war durchaus modern bis auf den Klositz, der nicht aus Kunststoff, sondern aus Holz war. Hatte er ihn selbst geschnitzt? Das war gut denkbar, wie sie fand, aber vermutlich hatte der Roboter den Sitz aus irgendeinem vergessenen Lager mitgebracht. Stotter-Carl? Hatte Joe den Roboter so genannt? Nein, Bill. Stotter-Bill.

Auf einer Seite der Toilette stand ein Hocker, auf der anderen eine Wanne auf Klauenfüßen. Die Wanne war mit einer Duschvorrichtung versehen, die sie an Hitchcocks *Psycho* denken ließ (andererseits erinnerte *jede* Dusche sie an diesen verdammten Film, seit sie ihn am Times Square gesehen hatte). Außerdem gab es ein Porzellanwaschbecken mit einem hüfthohen Holzunterschrank – kein Eisenholz, sondern gute alte Eiche massiv, schätzte sie. Darüber war ein Spiegel angebracht. Sie vermutete, dass man ihn herausschwenken konnte und dann seine Pillen und Tinkturen vor sich hatte. Aller häusliche Komfort eben.

Beim Entfernen der Serviette verzog Susannah das Gesicht und stieß einen kleinen fauchenden Schrei aus. Das Gewebe war in dem gerinnenden Blut festgeklebt, weshalb das Losreißen nicht wenig wehtat. Das viele Blut an Wange, Lippen und Kinn erschreckte sie – von dem vom Hals bis zur Schulter hinunter ganz zu schweigen. Sie ermahnte sich, nicht gleich durchzudrehen; wenn man eine verkrustete Wunde aufriss, blutete sie natürlich, das war alles. Vor allem, wenn man sie in seinem dummen *Gesicht* hatte.

Im anderen Raum hörte sie Joe etwas sagen, was nicht ganz zu verstehen war, und dann Rolands Antwort: ein paar undeutliche Worte mit einem angehängten kleinen Lachen. *Eigenartig, ihn so reden zu hören,* dachte sie. *Fast als wäre er betrunken.* Hatte sie

Roland jemals betrunken erlebt? Niemals sturzbetrunken, niemals wehrlos nackt, niemals hemmungslos lachend … bis heute.

Kümmre dich um deinen eigenen Kram, Weib, ermahnte Detta sie.

»Schon gut«, murmelte sie. »Schon gut, schon gut.«

Betrunken denkend. Wehrlos nackt denkend. Mit hemmungslosem Lachen denkend. Als wäre das alles das Gleiche.

Vielleicht *war* es alles das Gleiche.

Schließlich kletterte sie auf den Hocker und drehte das Wasser auf. Es rauschte aus dem Hahn und übertönte die Geräusche von nebenan.

Sie entschied sich für kaltes Wasser, bespritzte ihr Gesicht sanft damit und benutzte dann einen Waschlappen – noch sanfter –, um die Haut um das Geschwür herum zu säubern. Als sie damit fertig war, tupfte sie das Geschwür selbst ab. Es tat weniger weh, als sie befürchtet hatte, was ihr wieder etwas Mut machte. Susannah spülte den Waschlappen aus, bevor die Blutflecken sich festsetzen konnten, und beugte sich anschließend dicht an den Spiegel heran. Was sie darin sah, ließ sie erleichtert aufatmen. Als sie die Hände unbedacht vors Gesicht geschlagen hatte, hatte sie den ganzen Schorf von dem Geschwür abgerissen, aber das konnte sich möglicherweise noch als glücklicher Zufall erweisen. Eines stand jedoch fest: Falls Joe ein Fläschchen Jodtinktur oder irgendeine antibiotische Salbe in seinem Medizinschrank hatte, würde sie das verdammte Ding gründlich säubern, solange es offen war. Ohne Rücksicht darauf, wie sehr es brennen mochte. Eine Säuberung war fällig, sogar überfällig. Anschließend würde sie ein Pflaster drüberkleben und das Beste hoffen.

Sie legte den Waschlappen über den Rand des Waschbeckens, damit er trocknen konnte, und pflückte dann ein Handtuch (im selben Pink wie die Tapete) von dem flauschigen Stapel auf dem Wandregal neben dem Spiegelschrank. Sie hob es halb an ihr Gesicht, dann erstarrte sie. Auf dem nächsten Handtuch des Stapels lag ein Blatt Notizpapier. Die Kopfzeile zeigte eine mit Blumen geschmückte Bank, die von zwei fröhlichen gezeichneten Engeln herabgelassen wurde. Darunter stand in fetten Buchstaben folgende Zeile:

☺ ☹ **ENTSPANN DICH! HIER KOMMT DER DEUS EX MACHINA!** ☺ ☹

Und in verblasster Füllfederschrift:

Odd's Lane

Odd Lane

Dreh dies erst um, wenn du darüber nachgedacht hast.

Stirnrunzelnd nahm Susannah das Blatt vom Handtuchstapel. Wer hatte es hier zurückgelassen? Joe? Das bezweifelte sie gewaltig. Sie drehte das Blatt um. Auf der Rückseite stand in derselben Schrift:

Du hast nicht darüber nachgedacht!
Was für ein schlimmes Mädel!
Ich habe im Medizinschrank etwas für dich
zurückgelassen, aber erst musst du
DARÜBER NACHDENKEN!
(Hinweis: Komödie + Tragödie = Scheinwelt)

Nebenan sprach Joe weiter, und diesmal brach Roland in lautes Gelächter aus, statt nur halblaut zu lachen. Susannah hatte den Eindruck, dass Joe seinen Monolog wieder aufgenommen hatte. In gewisser Weise hatte sie Verständnis dafür – er hatte etwas getan, was er liebte und seit vielen Jahren nicht mehr hatte tun können –, aber irgendwie war sie damit auch überhaupt nicht einverstanden. Dass Joe weitermachte, während sie im Bad war, um sich zu verarzten, dass Roland ihn weitermachen *ließ* … Dass er zuhörte und lachte, während sie hier blutete. Das erschien ihr machohaft gefühllos. Von Eddie war sie irgendwie Besseres gewohnt.

Wie wär's, wenn du die Jungs jetzt mal vergessen und dich darauf konzentrieren würdest, was du in der Hand hältst? Was bedeutet *das Ganze?*

Eines war offensichtlich: Jemand hatte damit gerechnet, dass sie hereinkommen und die Mitteilung finden würde. Nicht Roland, nicht Joe. *Sie. Was für ein schlimmes Mädel*, stand hier. *Mädel.*

Aber wer hätte das wissen können? Wer hätte sich dessen sicher sein können? Schließlich war es nicht ihre Angewohnheit, sich ins Gesicht (oder an die Brust oder aufs Knie) zu schlagen, wenn sie lachte; sie konnte sich an keinen einzigen Fall erinnern, bei dem sie …

Doch das konnte sie. An einen einzigen. In einem Film mit Dean Martin und Jerry Lewis. *Zwei Trottel auf See* oder so ähnlich. Damals hatte sie ebenso lachen müssen, einfach weil ihr Lachen irgendwann die kritische Masse erreicht und sich selbst verstärkt hatte. Alle Zuschauer – ihrer Erinnerung nach war das im Clark am Times Square gewesen – hatten das Gleiche getan: hüpfend und kugelnd, wackelnd und schaukelnd, Popcorn aus Mündern versprühend, die nicht mehr die ihren waren. Aus Mündern, die zumindest einige Minuten lang Martin und Lewis, den beiden Trotteln auf See, gehörten. Aber bei diesem einzigen Mal war es geblieben.

Komödie plus Tragödie ist gleich Scheinwelt. Aber hier gibt's keine Tragödie, oder?

Sie erwartete zwar keine Antwort auf diese Frage, aber sie bekam eine. Gegeben wurde sie von der kalten Stimme ihrer Intuition.

Nein, vorerst noch nicht.

Ganz ohne Grund musste sie plötzlich an Lippy denken. An die grinsende, grässliche Lippy. Lachten die *Folken* in der Hölle? Susannah war irgendwie davon überzeugt, dass sie's taten. Sie grinsten wie Lippy die Wunderstute, wenn Satan mit seiner

(nehmen Sie mein Pferd … bitte)

Nummer begann, und dann lachten sie. Hilflos. Hoffnungslos. Bis in alle Ewigkeit, möge euch das auch ganz und gar nicht belieben.

Im anderen Raum lachte Roland wieder. Oy bellte, aber auch das klang wie ein Lachen.

Odd's Lane, Odd Lane … denk darüber nach.

Was gab es darüber nachzudenken? Eines war der Name dieser Straße, das andere war fast damit identisch, nur fehlte hier …

»Brr, Augenblick!«, sagte sie mit leiser Stimme. Tatsächlich kaum mehr als flüsternd, aber wer hätte sie ihrer Ansicht nach hören können? Joe redete – ziemlich ohne Punkt und Komma, so klang es –, und Roland lachte. Wer hätte sie also belauschen können? Vielleicht der Kellerbewohner, falls es tatsächlich einen solchen gab?

»Brr, Augenblick!«

Sie schloss die Augen und sah wieder die beiden Straßenschilder an deren Stange vor sich: Schilder, die sich sogar etwas unterhalb der Wanderer befunden hatten, weil die Neuankömmlinge auf einer drei Meter hohen Schneewehe gestanden hatten. **TOWER ROAD** hatte auf dem einen Schild gestanden, das die schneefrei geräumte Straße bezeichnete, die über den Horizont verschwand. Auf dem anderen Schild für die kurze Straße mit den Landhäusern hatte **ODD'S LANE** gestanden, nur …

»Nur stimmt das nicht ganz«, murmelte sie und machte eine Faust aus der Hand, mit der sie nicht den Zettel hielt. »Es stimmt *nicht ganz.*«

Sie hatte das Straßenschild deutlich vor Augen: **ODD'S LANE** mit nachträglich *hinzugefügtem* Apostroph und dem S, wieso hätte das jemand tun sollen? War der Schmierer vielleicht ein krankhafter Pedant, der es nicht ertragen konnte, dass …

Was? Der was nicht ertragen konnte?

Durch die geschlossene Badezimmertür hörte sie Roland vor Lachen immer lauter brüllen. Irgendetwas fiel um und zersplitterte. *Er ist es nicht gewohnt, so zu lachen,* dachte Susannah. *Pass lieber auf, Roland, sonst tust du dir noch was. Lachst dir einen Bruch oder irgendwas.*

Denk darüber nach, hatte ihr unbekannter Korrespondent ihr geraten, und sie bemühte sich. Hatten die Wörter *Odd* und *Lane* ohne die Änderung etwas an sich, was jemand sie nicht sehen lassen wollte? Wenn dem so war, brauchte dieser Jemand sich keine Sorgen zu machen, sie jedenfalls sah es nicht. Sie wünschte sich, Eddie wäre jetzt hier. Eddie verstand sich auf alle möglichen verrückten Sachen: Witze und Rätsel und … und …

Ihr stockte der Atem. Auf ihrem Gesicht – und auf dem Gesicht ihres Zwillings im Spiegel – bildete sich ein Ausdruck staunenden Begreifens. Sie hatte keinen Bleistift und war schrecklich untalentiert für die spielerischen Umstellungen, die erforderlich waren, um …

Auf dem Hocker balancierend, beugte Susannah sich übers Waschbecken und hauchte den Spiegel an, damit das Glas beschlug. Dann schrieb sie in Druckbuchstaben ODD LANE hinein. Betrachtete die beiden Wörter mit wachsendem Verständnis und zunehmender Verzweiflung. Im Wohnzimmer steigerte sich Rolands Lache nach wie vor, und nun erkannte sie, was sie dreißig kostbare Sekunden früher hätte erkennen sollen: Dieses Lachen war nicht fröhlich. Es war rau und außer Kontrolle, das Lachen eines Mannes, der nach Atem rang. Roland lachte, wie die *Folken* lachten, wenn eine Komödie zur Tragödie wurde. Wie die *Folken* in der Hölle lachten.

Sie benutzte ihre Fingerspitze, um unter ODD LANE das Wort DANDELO zu schreiben – das Anagramm, das Eddie vermutlich sofort gesehen hätte, jedenfalls gleich nachdem er gemerkt hätte, dass Apostroph und S nur hinzugefügt worden waren, um sie zu täuschen.

Im Raum nebenan wurde das Lachen tiefer und veränderte sich, wurde zu einem Geräusch, das nicht mehr amüsant, sondern bedrohlich klang. Oy kläffte wie verrückt, und Roland …

Roland keuchte, als würde er ersticken.

Kapitel VI

Patrick Danville

1

Susannah trug ihren Revolver nicht bei sich. Als sie nach dem Abendessen ins Wohnzimmer zurückgekehrt waren, hatte Joe darauf bestanden, dass sie den La-Z-Boy-Liegesessel bekam, und sie hatte den Revolver auf die Zeitschriften auf dem Beistelltisch gelegt, nachdem sie die Trommel gedreht und die Patronen herausgenommen hatte. Die Patronen hatte sie in der Tasche.

Sie riss die Badezimmertür auf und hastete ins Wohnzimmer zurück. Roland, dessen Gesicht grausig purpurrot verfärbt war, lag zwischen Couch und Fernseher auf dem Fußboden. Er krallte mit beiden Händen nach seinem geschwollenen Hals, lachte aber noch immer. Ihr Gastgeber stand über ihm, und Susannah fiel als Erstes auf, dass sein Haar – dieses babyfeine, schulterlange weiße Haar – jetzt fast schwarz war. Auch die Falten um Mund und Augen waren verschwunden. Joe Collins sah nicht mehr nur zehn Jahre, sondern zwanzig bis dreißig Jahre jünger aus.

Dieser Hundesohn.

Dieser Hundesohn von einem *Vampir*.

Oy sprang ihn an und verbiss sich dicht über dem Knie in Joes linkes Bein. »Fünfunzwanzich, vierunsechzich, neunzehn. *Wer bietet mehr!*«, rief Joe fröhlich und schlenkerte dabei das Bein – jetzt so gelenkig wie Fred Astaire. Oy flog durch die Luft, knallte gegen die Wand und riss im Fallen eine Plakette mit der Aufschrift GOTT SEGNE UNSER HEIM herunter. Joe wandte sich wieder Roland zu.

»Wenn du mich fragst«, sagte er, »brauchen Frauen immer einen Grund, um Sex zu wollen.« Joe stellte einen Fuß auf Rolands Brust

– wie ein Großwildjäger bei seiner Trophäe, dachte Susannah. »Männer dagegen brauchen bloß eine *Gelegenheit!* Bing!« Er ließ die Augen hervortreten. »Das Dumme an Sex ist, dass Gott den Männern ein Gehirn und einen Pimmel, aber nur so viel Blut gibt, um entweder das eine oder das andere zu betrei…«

Er bekam gar nicht mit, wie Susannah zu dem La-Z-Boy hoppelte und sich hinaufzog, um groß genug zu sein; er war zu sehr auf das, was er tat, konzentriert. Susannah verschränkte beide Hände zu einer einzigen Faust, hob sie bis auf Höhe ihrer rechten Schulter und schlug dann mit voller Kraft seitlich zu. Ihre Doppelfaust traf Joes Schläfe mit solcher Gewalt, dass er fortgeschleudert wurde. Sie hatte jedoch harte Knochen getroffen, weshalb die Schmerzen in ihren Händen fast unerträglich waren.

Joe taumelte, schwenkte die Arme, um das Gleichgewicht zu bewahren, und sah sich nach ihr um. Die hochgezogene Oberlippe ließ seine Zähne sehen – völlig gewöhnliche Zähne, aber wen wunderte das? Er gehörte nicht zu den Vampiren, die vom Blut ihrer Opfer lebten. Schließlich waren sie hier in Empathica. Das Gesicht, das diese Zähne umgab, veränderte sich nun: Es wurde dunkler, zog sich zusammen, verwandelte sich in etwas, was nichts Menschenähnliches mehr an sich hatte. Es war das Gesicht eines psychotischen Clowns.

»Du«, sagte er, aber bevor er weitersprechen konnte, war Oy wieder bei ihm. Diesmal brauchte der Bumbler nicht zuzubeißen, weil ihr Gastgeber noch immer torkelte. Oy duckte sich nur hinter den Füßen des Wesens zusammen, und Dandelo fiel über ihn, wobei seine Flüche abrupt verstummten, als er mit dem Kopf aufschlug. Wäre der Flickenteppich nicht gewesen, der den Hartholzboden bedeckte, hätte er bei diesem Sturz vermutlich das Bewusstsein verloren. Aber so richtete er sich fast augenblicklich wieder auf und sah sich in sitzender Haltung benommen um.

Susannah kniete neben Roland, der sich ebenfalls aufzusetzen versuchte, was ihm jedoch nicht so gut gelang. Sie griff nach seinem Revolver, aber er hielt ihre Hand fest, bevor sie die Waffe aus dem Holster ziehen konnte. Als Dandelos Schatten über sie fiel, fühlte Susannah sich einer Panik nahe – reiner Instinkt, den man aber nicht einfach abstreifen konnte.

»Du Schlampe, ich werd dich lehren, einen Mann zu unterbrechen, wenn er …«

»*Roland, lass los!*«, kreischte sie, und er ließ los.

Dandelo ließ sich fallen, wollte auf Susannah landen und den Revolver zwischen ihnen einklemmen, aber sie war etwas zu schnell für ihn. Sie wälzte sich zur Seite, sodass er stattdessen auf Roland landete. Susannah hörte ein gequältes *Uff!*, weil dem Revolvermann, der kaum wieder zu Atem gekommen war, nun der letzte Rest Luft aus der Lunge gepresst wurde. Sie richtete sich, keuchend auf einen Ellbogen gestützt, auf und zielte mit dem Revolver auf das obenauf liegende Wesen, in dem irgendeine grausige rasche Veränderung unterhalb seiner Kleidung vorging. Dandelo hob die Hände. Sie waren leer. Natürlich waren sie das, immerhin gebrauchte er nicht seine Hände, um zu töten. Während er das tat, liefen seine Gesichtszüge zusammen und wurden immer flächenhafter – bis überhaupt keine Gesichtszüge mehr da waren, sondern nur Markierungen wie auf einem Tierfell oder Insektenpanzer.

»Halt!«, rief er mit einer Stimme, die höher geworden war und an das Schrillen einer Zikade erinnerte. »Ich will dir den vom Erzbischof und dem Revuegirl erzählen!«

»Kenn ich schon«, sagte sie und drückte zweimal ab, sodass eine Kugel der anderen unmittelbar über der Stelle, wo das rechte Auge gesessen hatte, in das Gehirn ihres Gegners folgte.

2

Roland rappelte sich torkelnd auf. Das Haar klebte ihm schweißnass an den Seiten des aufgedunsenen Gesichts. Als Susannah seine Hand ergreifen wollte, machte er eine abwehrende Bewegung und stolperte zur Tür des kleinen Häuschens, das ihr jetzt schmuddelig und schlecht beleuchtet erschien. Sie sah Essensreste auf dem Teppich und einen großen Feuchtigkeitsfleck an einer Wand. Waren diese Dinge schon vorher da gewesen? Und großer Gott im Himmel, was hatten sie eigentlich zu Abend gegessen? Sie überlegte sich, dass sie das lieber nicht wissen wollte, solange ihr davon nicht schlecht wurde. Solange es nicht vergiftet gewesen war.

Roland von Gilead zog die Haustür auf. Der Wind riss sie ihm aus der Hand und ließ sie an die Flurwand knallen. Er stolperte zwei Schritte in den heulenden Schneesturm hinaus, beugte sich mit auf die Knie gestützten Händen nach vorn und übergab sich. Sie sah, wie der Wind den Strom von Erbrochenem in die Dunkelheit davontrug. Als Roland wieder hereinkam, waren Haar, Gesicht und Kleidung ganz voll geschneit. In dem Landhäuschen war es zum Ersticken heiß; auch das war etwas, worüber Dandelos *Glammer* sie bisher hinweggetäuscht hatte. Sie sah, dass der Thermostat – ein schlichter alter Honeywell, nicht viel anders als der in ihrer Wohnung in New York – noch an der Wand hing. Als sie die Einstellung kontrollierte, sah sie, dass er bis zum Anschlag nach rechts gedreht war – sogar über die 30-Grad-Marke hinaus. Sie stellte ihn mit einem Finger auf zweiundzwanzig Grad zurück, dann drehte sie sich um und begutachtete den Raum. Der offene Kamin war in Wirklichkeit doppelt so groß, wie er ihnen erschienen war, und so voller Holzscheite, dass er wie ein Hochofen brauste. Dagegen ließ sich vorerst nichts machen, das Feuer würde irgendwie von selbst niederbrennen.

Das tote Ding auf dem Teppich hatte seine Kleidung größtenteils gesprengt. Susannah erschien es jetzt wie eine Art Käfer, dessen missgebildete Gliedmaßen – Armen und Beinen nur halbwegs ähnlich – aus den Hemdärmeln und Jeansbeinen ragten. Der Hemdrücken war in der Mitte der Länge nach aufgeplatzt, und in dem Spalt sah sie eine Art Panzer, auf den rudimentäre menschliche Gesichtszüge aufgemalt waren. Sie hätte nicht geglaubt, dass irgendetwas schrecklicher sein könnte als Mordred in seiner Spinnengestalt, aber dieses Ding hier war tatsächlich noch schlimmer. Gott sei Dank war es tot.

Das aufgeräumte, gut beleuchtete Häuschen – wie aus einem Märchen, war's ihr nicht von Anfang an so erschienen? – war jetzt eine düstere, rauchige Bauernkate. Das elektrische Licht war immer noch da, aber die Lampen sahen alt und verbraucht aus, nicht anders als welche, die man in einer schäbigen Absteige zu sehen erwartete. Der Flickenteppich starrte vor Schmutz, hatte zahlreiche Flecken von Essensresten und löste sich an einigen Stellen bereits auf.

»Roland, alles in Ordnung mit dir?«

Roland sah sie an, dann sank er langsam vor ihr auf die Knie. Im ersten Augenblick glaubte sie, dass er ohnmächtig wurde, und war besorgt. Als sie dann in der nächsten Sekunde erkannte, was da wirklich geschah, wurde sie noch besorgter.

»Revolvermann, ich habe mich überlisten lassen«, sagte Roland mit heiserer, zitternder Stimme. »Ich habe mich wie ein Kind täuschen lassen, und ich erflehe deine Verzeihung.«

»Roland, nein! Steh auf!« Das war Detta, die immer nach vorn zu kommen schien, wenn Susannah unter starkem Stress stand. *Ein Wunder, dass ich nicht »Steh auf,* Weißbrot!« *gesagt habe,* dachte sie und musste ein hysterisches Lachen unterdrücken. Er hätte es nicht verstanden.

»Erst musst du mir Verzeihung gewähren«, sagte Roland, ohne sie anzusehen.

Sie kramte in ihrem Gedächtnis nach dem richtigen Spruch und fand ihn zu ihrer Erleichterung auch. Sie konnte es nicht ertragen, ihn so auf den Knien liegen zu sehen. »Erhebe dich, Revolvermann, ich gewähre dir von ganzem Herzen Verzeihung.« Sie machte eine Pause, dann fügte sie hinzu: »Wenn ich dir jetzt noch neunmal das Leben rette, dürften wir ungefähr quitt sein.«

»Dein gutes Herz macht, dass ich mich des eigenen schäme«, sagte er und erhob sich dann wieder. Die hektische Röte verschwand allmählich aus seinen Wangen. Er betrachtete das auf dem Teppich liegende Ding, dessen grotesk missgestalteter Schatten vom Feuerschein auf die Wände geworfen wurde. Sah sich in der beengten kleinen Hütte mit den alten Lampen und flackernden Glühbirnen um.

»Was er uns zu essen gegeben hat, war in Ordnung«, sagte Roland, als hätte er ihre Gedanken gelesen und damit ihre gegenwärtig größte Angst erkannt. »Er hätte nie das vergiftet, was er … fressen wollte.«

Susannah hielt ihm seinen Revolver mit dem Griff voraus hin. Er nahm ihn entgegen, lud aber erst zwei Patronen nach, bevor er die Waffe wieder ins Holster steckte. Die Tür der Hütte stand weiterhin offen, und der Wind blies Schnee herein. Auf dem Boden des kleinen Vorraums, in dem ihre primitiven Mäntel hingen, hatte sich bereits eine kleine Schneewehe gebildet. In dem Raum war es jetzt etwas kühler, nicht mehr ganz so heiß wie in einer Sauna.

»Wie bist du dahinter gekommen?«, fragte er.

Sie dachte an das Hotel zurück, in dem Mia die Schwarze Dreizehn zurückgelassen hatte. Als sie nicht mehr dort waren, hatten Jake und Callahan das Zimmer 1919 betreten können, weil jemand eine Mitteilung und einen

(dad-a-cha)

Schlüssel für sie hinterlegt hatte. Auf dem Briefumschlag hatten Jakes Name und die Worte *Das ist die Wahrheit* in einer Schrift gestanden, die halb Druckschrift, halb Schreibschrift war. Hätte Susannah diesen Umschlag mit der kurzen Nachricht mit der Mitteilung vergleichen können, die sie im Bad gefunden hatte, hätte sich ihrer Überzeugung nach herausstellen müssen, dass die Schrift in beiden Fällen identisch war.

Wie Jake berichtet hatte, hatte die Empfangsdame im New Yorker Hotel Plaza-Park ihnen erklärt, dass den Umschlag ein gewisser Stephen King für sie abgegeben habe.

»Komm mit«, sagte sie. »Ins Bad.«

3

Wie der Rest der Hütte war das Bad jetzt viel kleiner, nicht mehr viel größer als ein Einbauschrank. Die Wanne war alt und rostig; ihr Boden war mit einer dünnen Schmutzschicht bedeckt. Sie sah aus, als wäre sie zuletzt …

Nun, eigentlich erschien es Susannah, als wäre sie noch *nie* benutzt worden. Der Duschkopf war dick zugerostet. Die rosa Tapete war stumpf und schmutzig, hatte sich an einigen Stellen abgelöst. Sie war auch nicht mit Rosenranken bedruckt. Der Spiegel war noch da, aber er hatte in der Mitte einen senkrechten Sprung, sodass sie sich sagte, dass es fast einem Wunder gleichkam, sich nicht die Fingerkuppe zerschnitten zu haben, als sie darauf geschrieben hatte. Ihr Atemhauch war lange verdampft, aber die Wörter waren noch da – in der Schmutzschicht sichtbar: **ODD LANE** und darunter **DANDELO**.

»Das ist ein Anagramm«, sagte sie. »Siehst du's?«

Er begutachtete die Wörter, dann schüttelte er leicht beschämt den Kopf.

»Nicht deine Schuld, Roland. Das sind unsere Buchstaben – nicht die, die du kennst. Glaub mir, das ist ein Anagramm. Eddie hätte das sofort erkannt, möchte ich wetten. Ich weiß nicht, ob Dandelo sich damit einen Scherz erlauben wollte oder ob es *Glammer*-Regeln gibt, an die Wesen wie er sich halten müssen … jedenfalls haben wir das Buchstabenrätsel mit freundlicher Unterstützung von Stephen King rechtzeitig gelöst.«

»*Du* hast's gelöst«, sagte er. »Ich war damit beschäftigt, mich totzulachen.«

»Das hätten wir beide getan«, sagte sie. »Du warst nur etwas verwundbarer, weil dein Sinn für Humor … Entschuldige, Roland, aber im Allgemeinen ist er ziemlich lahm.«

»Ja, ich weiß«, bestätigte er düster. Dann wandte er sich plötzlich ab und verließ das Bad.

Susannah hatte einen schrecklichen Verdacht. Es schien sehr

lange zu dauern, bis der Revolvermann zurückkam. »Roland, ist er noch …?«

Er nickte mit schwachem Lächeln. »Noch immer so tot wie zuvor. Du hast gut geschossen, Susannah, aber ich hatte auf einmal das Bedürfnis, mich davon zu überzeugen.«

»Ich bin froh darüber«, sagte sie einfach.

»Oy hält Wache. *Sollte* irgendwas passieren, würde er es bestimmt melden.« Er hob den Zettel vom Boden auf und enträtselte mühsam, was auf der Rückseite stand. Das einzige Wort, bei dem sie ihm helfen musste, war *Medizinschrank*. »›Ich habe etwas für dich zurückgelassen.‹ Hast du schon nachgesehen?«

Sie schüttelte den Kopf. »Ich hatte noch keine Zeit dazu.«

»Wo ist dieser Medizinschrank?«

Sie zeigte auf den Spiegel, und Roland zog an dem Griff, mit dem er sich schwenken ließ. Die Schranktür quietschte in den Angeln. Dahinter befanden sich tatsächlich Fächer, aber statt der ordentlich aufgereihten Fläschchen mit Pillen und Tinkturen, die sie sich vorgestellt hatte, enthielt der Schrank lediglich zwei weitere kleine braune Flaschen wie die auf dem Beistelltisch neben dem La-Z-Boy sowie eine Schachtel, die Susannah wie die älteste Packung der Welt von Smith Brothers Wild Cherry Cough Drops erschien. Im untersten Fach jedoch lag zudem ein Umschlag, den Roland sofort an Susannah weiterreichte. Auf der Vorderseite stand in derselben unverkennbaren Schrift, die halb Druckschrift, halb Schreibschrift war:

Junker Roland aus Gilead
Susannah Dean aus New York

Ihr habt mir das Leben gerettet.
Ich habe eures gerettet.
Nun sind wir quitt.

S.K.

»›Junker‹?«, sagte Susannah. »Sagt dir das etwas?«

Roland nickte. »Das Wort bezeichnet einen jungen Edelmann – oder Revolvermann –, bevor er sein Erbe richtig antritt. Ein förmlicher, altehrwürdiger Ausdruck. Wir haben ihn untereinander allerdings nie benutzt, weil er auch ›heilig, von Ka auserwählt‹ bedeutet. So haben wir uns eigentlich nie sehen wollen, und ich habe seit vielen Jahren nicht mehr so von mir gedacht.«

»Trotzdem bist du Junker Roland?«

»Der war ich vielleicht einmal. Über solche Dinge sind wir jetzt hinaus. Jenseits des Ka. Davon bin ich überzeugt.«

»Aber weiterhin auf dem Pfad des Balkens.«

»Aye.« Er fuhr die letzte Zeile mit dem Finger nach: *Nun sind wir quitt.* »Mach den Umschlag auf, Susannah, ich möchte sehen, was er enthält.«

Sie tat wie geheißen.

4

Der Umschlag enthielt die Fotokopie eines Gedichts von Robert Browning. King hatte den Namen des Dichters in seiner Schrift, die halb Druckschrift, halb Schreibschrift war, über dem Titel vermerkt. Susannah hatte einige von Brownings dramatischen Monologen gelesen, als sie noch im College war, aber dieses Gedicht kannte sie nicht. *Äußerst* gut kannte sie jedoch sein Thema, denn der Titel des Gedichts lautete »Junker Roland kam zum finstern Turm«. Es war ein erzählendes Gedicht mit dem Reimschema einer Ballade (a-b-b-a-a-b) und vierunddreißig Verse lang. Jeder Vers war mit einer römischen Ordnungszahl bezeichnet. Irgendjemand – vermutlich King – hatte die Ziffern I, II, XIII, XIV und XVI umringelt.

»Lies die gekennzeichneten Verse vor«, sagte er heiser, »ich kann nämlich nur einzelne Wörter entziffern, möchte aber wissen, was hier steht, möchte es sehr wohl wissen.«

»Vers Nummer eins«, begann sie, dann musste sie sich räuspern.

Ihre Kehle war trocken. Draußen heulte der Wind, und die nackte Glühbirne über ihnen flackerte in ihrer mit Fliegendreck übersäten Fassung.

»Zuerst durchfuhr mich's: Lug ist, was er spricht,
Der weißgeharrte Krüppel, dessen Blicke
Voll Bosheit schielen, ob die Lüge glücke;
Wie zuckt der falsche Mund, als trüg' er's nicht
Den Hohn zu hehlen, der verdammte Wicht,
Ob diesem neuen Opfer seiner Tücke!«

»Collins«, sagte Roland. »Wer das geschrieben hat, hat von Collins gesprochen, so gewiss wie King in seinen Geschichten jemals von unserem Ka-Tet gesprochen hat! ›Lug ist, was er spricht!‹ Aye, jedes Wort eine Lüge!«

»Nicht Collins«, sagte sie. »Dandelo.«

Roland nickte. »Dandelo, gewisslich wahr. Weiter.«

»Okay, Vers Nummer zwei.

Wozu stand er mit seinem Stab sonst da,
Als daß er allen Wandrern Schlingen lege,
Die gläubig ihn befragt um Pfad' und Stege?
Sein schädelgleiches Lachen hört' ich, sah
Im Geist die Krücke meine Grabschrift, ha!
Kritzeln, zum Zeitvertreib, im staub'gen Wege.«

»Erinnerst du dich an seinen Stock – und wie er ihn geschwenkt hat?«, fragte Roland sie.

Natürlich tat sie das. Und der Weg war nicht staubig, sondern verschneit gewesen, aber sonst stimmte alles. *Sonst war dies eine genaue Beschreibung dessen, was ihnen gerade zugestoßen war.* Dieser Gedanke ließ sie erschauern.

»Hat dieser Dichter zu deiner Zeit gelebt?«, fragte Roland. »In deinem Wann?«

Sie schüttelte den Kopf. »Nicht mal in meinem Land. Er ist mindestens sechzig Jahre vor meinem Wann gestorben.«

»Trotzdem muss er gesehen haben, was sich vorhin ereignet hat. Zumindest eine Version davon.«

»Ja. Und Stephen King hat das Gedicht gekannt.« Sie hatte plötzlich eine Intuition, die zu hell erstrahlte, um etwas anderes als die Wahrheit sein zu können. Sie starrte Roland mit wildem, erschrockenen Blick an. »Dieses Gedicht hat King zu allem angeregt! *Es war seine Inspiration!«*

»Sagst du das, Susannah?«

»Ja!«

»Trotzdem muss dieser Browning *uns* gesehen haben.«

Das konnte sie nicht sagen. Alles war jetzt viel zu verwirrend. Wie die Frage, was zuerst da war, die Henne oder das Ei. Oder als ob man sich in einem Spiegelkabinett verirrt hätte. Sie fühlte sich leicht schwindelig.

»Lies den nächsten Vers vor, Susannah! Lies X-I-I-I vor.«

»Das ist Vers Nummer dreizehn«, sagte sie.

»Spärlich das Gras, wie Aussatzkranker Haar;
Im Kote, der mit Blut verknetet schien,
Stak hier und da ein kläglich Hälmchen drin.
Ein blindes Pferd, des Glieder steif und starr,
Stand staunend, wie's hierher verschlagen war:
Alt und verbraucht, hieß es der Teufel ziehn.

Und jetzt bist du dran, Vers Nummer vierzehn.

Ob es noch lebt'? Es stand vielleicht seit Stunden,
Den roten hagern Hals weit vorgereckt,
Von rost'ger Mähne dicht das Aug' verdeckt;
War je solch Grau'n mit solchem Leid verbunden?
So tiefen Abscheu hatt' ich nie empfunden:
Es war verdammt, sonst hätt' es Weh geweckt!«

»Lippy«, sagte der Revolvermann und wies mit einem Daumen über die Schulter. »Jener Klepper, mit schwieligem Hals und allem, nur dass er eine Stute ist.«

Susannah gab keine Antwort – brauchte auch keine zu geben. Natürlich war das Lippy: blind und knochig, ihr Hals an einigen Stellen rosa aufgescheuert und schwielig. *Ich weiß, sie ist ein hässliches altes Ding,* hatte der alte Mann gesagt … jenes Wesen, das wie ein alter Mann *ausgesehen* hatte. *Du alte Ki'abteilung, du elender Klepper, du verlorene vierbeinige Aussätzige!* Und hier stand es schwarz auf weiß, in einem Gedicht, das sogar lange vor Sai Kings Geburt geschrieben worden war, vielleicht achtzig oder hundert Jahre früher: *spärlich … wie Aussatzkranker Haar.*

»›Alt und verbraucht, ließ es der Teufel ziehn!‹«, sagte Roland und lächelte grimmig. »Und bevor wir von hier fortgehen, schicken wir sie wieder zum Teufel.«

»Nein«, sagte sie. »Das werden wir nicht tun.« Ihre Stimme klang trockener als je zuvor. Sie wollte etwas trinken, aber sie fürchtete sich jetzt, etwas, was aus den Wasserhähnen dieser abscheulichen Bude kam, zu sich zu nehmen. Später würde sie Schnee hereinholen und schmelzen. Dann würde sie auch trinken, aber nicht vorher.

»Warum sagst du das?«

»Weil sie fort ist. Sie ist in den Sturm hinausgelaufen, als wir ihren Herrn überwältigt haben.«

»Woher weißt du das?«

Susannah wiegte den Kopf. »Ich weiß es eben.« Sie schlug die nächste Seite des über zweihundert Zeilen langen Gedichts auf. »Vers Nummer sechzehn.«

Sie hielt inne.

»Susannah? Wieso liest du nicht …« Dann fiel sein Blick auf das zweite Wort, das er selbst in lateinischer Schrift lesen konnte. »Weiter«, sagte er. Seine Stimme war leise, kaum mehr als ein Flüstern.

»Willst du das wirklich?«

»Lies, denn ich möchte es hören.«

Sie räusperte sich. »Vers Nummer sechzehn.

Jung Cuthberts blühend Antlitz rief ich wach,
Um das die goldnen Locken fröhlich wallten;
Mir war's, als legt' er, um mich festzuhalten,
Zärtlich den Arm in meinen, wie er pflag,
Der liebe Bursch … Ach, eine Nacht der Schmach! …
Die Glut erlosch, mein Herz fühlt' ich erkalten.«

»Er schreibt von Mejis«, sagte Roland. Seine Hände waren zu Fäusten geballt, aber sie bezweifelte, dass er sich dessen bewusst war. »Er schreibt, wie wir uns wegen Susan Delgado entzweit haben, danach war es zwischen uns nämlich nie mehr wie früher. Wir haben unsere Freundschaft gekittet, so gut es ging, aber ganz wie früher war's nie wieder.«

»Findet die Frau den Mann oder der Mann die Frau, ist es nie mehr wie früher«, sagte sie und gab ihm die fotokopierten Seiten. »Hier, die sind für dich. Ich habe alle markierten Verse vorgelesen. Wenn der Rest davon handelt, wie der Held zum dunklen Turm kommt – oder auch nicht –, musst du sie selbst enträtseln. Das kannst du, wenn du dir Mühe gibst, nehme ich mal an. Was mich jedoch betrifft, ich will's nicht wissen.«

Roland anscheinend schon. Er blätterte darin, suchte den letzten Vers. Die Seiten waren nicht nummeriert, aber das Ende war wegen der Leerzeilen nach dem mit XXXIV bezeichneten Vers leicht zu finden. Bevor er sich ans Lesen machen konnte, war wieder der dünne Schrei zu hören. Diesmal war der Wind vorübergehend eingeschlafen, sodass kein Zweifel daran möglich war, wo der Schrei herkam.

»Im Keller unter uns ist jemand«, sagte Roland.

»Ja, ich weiß. Und ich glaube, ich weiß auch, wer das ist.«

Er nickte.

Sie betrachtete ihn ruhig. »Alles passt irgendwie genau zusammen. Als wäre das Ganze ein Puzzlespiel, für das uns nur noch die letzten Teile fehlen.«

Der Schrei erklang ein weiteres Mal, dünn und verzweifelt. Der Schrei eines Menschen, der dem Tode nahe war. Sie verließen das Bad und zogen ihre Revolver. Obwohl Susannah nicht annahm, dass sie diesmal Waffen brauchen würden.

5

Der Käfer, der einen fröhlichen alten Kauz namens Joe Collins imitiert hatte, lag noch an derselben Stelle wie zuvor, nur Oy war einige Schritte von ihm zurückgewichen. Was Susannah nur allzu gut verstand. Dandelo begann zu stinken, und aus seinem zerfallenden Panzer sickerten jetzt kleine Mengen einer weißlichen Flüssigkeit. Trotzdem wies Roland den Bumbler an, weiter Wache zu halten.

Der Schrei erklang wieder, als sie die Küche erreichten, und er war hier auch lauter, aber zunächst sahen sie keine Möglichkeit, in den Keller zu gelangen. Auf der Suche nach einer verborgenen Falltür bewegte Susannah sich langsam über das rissige, schmutzige Linoleum. Sie wollte Roland gerade melden, dass es keine gebe, da sagte er: »Hier. Hinter dem Eiskasten.«

Der Kühlschrank war nun kein hochmoderner Amana mit Eisbereiter in der Tür mehr, sondern ein vierschrötiges, schmutziges Ding mit aufgesetztem Kühlaggregat in einem trommelförmigen Gehäuse. Ihre Mutter hatte einen Kühlschrank dieser Art gehabt, als Susannah noch ein kleines Mädchen gewesen war, das auf den Namen Odetta gehört hatte, aber ihre Mutter wäre lieber gestorben, als dass sie zugelassen hätte, dass ihr eigener auch nur ein Zehntel so schmutzig war. Ein Hundertstel.

Roland schob das Ding mühelos zur Seite, weil Dandelo, dieses durchtriebene Ungeheuer, es auf eine kleine Plattform mit Rollen gestellt hatte. Susannah bezweifelte, dass er oft Besuch bekommen hatte, nicht hier draußen am äußersten Rand von Endwelt, aber er war darauf vorbereitet gewesen, sein Geheimnis zu wahren, falls *doch* jemand vorbeikam. Und sie nahm an, dass gelegentlich tatsächlich irgendwelche *Folken* vorbeigekommen waren. Sie vermutete allerdings, dass für viele, wenn nicht für alle, die kleine Hütte in der Odd Lane die Endstation gewesen war.

Eine schmale, steile Treppe führte nach unten. Roland tastete innen neben dem Türrahmen herum und fand schließlich den Lichtschalter. Sofort flammten zwei nackte Glühbirnen auf – eine auf halber Treppe, die andere unten im Keller. Wie als Antwort auf das Licht ertönte wieder der Schrei. Er war voller Angst und Schmerz, enthielt aber keine Wörter. Der Klang ließ Susannah erzittern.

»Komm ans untere Ende der Treppe, wer immer du bist!«, rief Roland.

Keine Reaktion von unten. Draußen frischte der Wind wieder auf, und eine heranheulende Bö trieb mit solcher Gewalt Schnee gegen das Haus, dass er wie Sand klang.

»Komm hervor, damit wir dich sehen können, sonst lassen wir dich, wo du bist!«, rief Roland.

Der Kellerbewohner kam aber nicht ins kümmerliche Licht, sondern stieß erneut einen Schrei aus, der voller Schmerz und Entsetzen und – wie Susannah befürchtete – Wahnsinn war.

Roland sah sich nach ihr um. Sie nickte ihm zu und flüsterte: »Geh du voraus. Ich gebe dir Feuerschutz, wenn's nötig ist.«

»Pass auf die Stufen auf, damit du nicht fällst«, sagte er ebenso leise.

Sie nickte noch einmal und machte dann seine ungeduldig kreisende Handbewegung nach: *Los, los, weiter!*

Der Revolvermann musste lächeln. Gleich darauf stieg er die Treppe hinunter, hielt dabei den Lauf seiner Waffe ans rechte Schlüsselbein gelegt und sah für einen Augenblick Jake Chambers derart ähnlich, dass Susannah hätte weinen können.

6

Der Keller war ein Labyrinth aus Kisten und Fässern und in Stoff gehüllten länglichen Gegenständen, die an Haken von der Decke herabhingen. Susannah wollte lieber nicht wissen, was diese hängenden Gegenstände waren. Der Schrei erklang wieder: eine Mischung aus Schluchzen und Kreischen. Über ihnen, nun nur noch schwach und gedämpft, war das Heulen und Brausen des Windes zu hören.

Roland wandte sich nach links und folgte einem im Zickzack verlaufenden Gang zwischen Kisten, die auf beiden Seiten bis in Kopfhöhe aufgestapelt waren. Susannah blieb mit reichlich Abstand hinter ihm und sah sich immer wieder über die Schulter um. Zugleich horchte sie aufmerksam nach oben, um einen etwaigen Alarmruf Oys nicht zu überhören. Unterwegs sah sie einen Stapel Kisten, die mit TEXAS INSTRUMENTS beschriftet waren, und einen aus Kisten, auf denen in Schablonenschrift HO FAT CHINESE FORTUNE COOKIE CO. stand. Sie war keineswegs überrascht, hier den Scherznamen ihres längst zurückgelassenen Taxis zu sehen; überraschen konnte sie schon lange nichts mehr.

Auf einmal blieb Roland abrupt stehen. »Tränen meiner Mutter«, sagte er mit leiser Stimme. Diesen Ausdruck hatte sie erst einmal von ihm gehört, nämlich als sie auf eine in eine Schlucht gestürzte Hirschkuh gestoßen waren, die mit gebrochenen Hinterläufen und einem gebrochenen Vorderlauf verhungernd dalag und blicklos zu ihnen aufsah, weil die Fliegen bereits die Augen des unglücklichen Tieres herausgefressen hatten.

Susannah blieb, wo sie war, bis er sie zu sich heranwinkte, und rückte dann rasch an seine rechte Seite auf, indem sie sich mit den Handflächen vorwärtsschob.

In der äußersten Ecke von Dandelos gemauertem Keller – in der Südostecke, wenn sie die Himmelsrichtungen richtig einschätzte – befand sich eine primitive Gefängniszelle. Die Tür bestand aus aufeinander geschweißten Stahlstangen. In der Nähe stand noch das

Schweißgerät, mit dem Dandelo sie hergestellt haben musste … wenn auch vor langer Zeit, wie eine dicke Staubschicht auf der Azetylenflasche zeigte. Knapp außer Reichweite des Gefangenen – aber absichtlich nahe genug, um ihn zu quälen, dessen war Susannah sich sicher – hing an einem ins Mauerwerk getriebenen S-förmigen Haken ein großer, altmodischer

(dad-a-chum dad-a-cha)

silberner Schlüssel. Der betreffende Gefangene stand an der Zellentür und streckte ihnen seine schmutzigen Hände entgegen. Er war so ausgezehrt, dass er Susannah an bestimmte schreckliche Aufnahmen aus Konzentrationslagern erinnerte, die sie einmal gesehen hatte: Fotos von Überlebenden aus Auschwitz und Bergen-Belsen und Buchenwald, lebende (wenn auch nur mit knapper Not) Anklagen gegen die gesamte Menschheit, wie sie so in ihrer gestreiften Häftlingskleidung dastanden, die ihnen am Leib schlotterte, noch immer mit diesen grässlichen Pagenmützen auf dem Kopf und ihren schrecklich wachen Augen, Augen mit einem Ausdruck vollen Bewusstseins. *Wollte Gott, wir wüssten nicht, was wir geworden sind,* sagten diese Blicke, *aber leider wissen wir es.*

Etwas Ähnliches lag in Patrick Danvilles Augen, als er nun die Hände ausstreckte und seine unverständlichen Bittlaute lallte. Aus der Nähe klangen sie für Susannahs Ohr wie die spöttischen Rufe irgendeines Urwaldvogels auf der Tonspur eines Kinofilms: *Ei-jie, ei-jie, ei-jauk, ei-jauk.*

Roland nahm den Schlüssel vom Haken und trat an die Tür. Eine von Danvilles Händen krallte nach seinem Hemd, aber der Revolvermann schob sie fort. Aus dieser impulsiven Geste sprach keinerlei Zorn, wie Susannah fand, aber das hagere Wesen in der Zelle wich mit fast aus den Höhlen quellenden Augen zurück. Das Haar war lang – es hing ganz bis auf die Schultern herab –, aber auf den Wangen sprosste nur eine Andeutung von Bartwuchs. Lediglich an Kinn und Oberlippe war er etwas stärker. Susannah schätzte den Jungen auf siebzehn, bestimmt nicht viel älter.

»Nichts für ungut, Patrick«, sagte Roland wie in reinem Plauderton. Er steckte den Schlüssel ins Schloss. »Du bist doch Patrick? Du Bist doch Patrick Danville?«

Das abgemagerte Wesen in den schmutzigen Jeans und dem wallenden grauen Hemd (das ihm bis zu den Knien herabhing) wich in den hintersten Winkel seiner dreieckigen Zelle zurück, ohne ein Wort zu sagen. Als es hinter sich Mauerwerk spürte, ließ es sich neben dem Eimer, den Susannah für einen Klosettkübel hielt, langsam zu Boden gleiten, wobei das Vorderteil seines Hemds sich erst zusammenballte, um ihm dann wie Wasser in den Schritt zu fließen, während seine Knie immer höher ragten und zuletzt sein abgezehrtes, verängstigtes Gesicht fast einrahmten. Als Roland die Zellentür aufsperrte und so weit wie möglich aufzog (sie hatte keine Angeln), hob Patrick Danville wieder damit an, jene Vogellaute von sich zu geben, diesmal jedoch lauter: *EI-JIE! EI-JAUK! I-JIIIIIE!* Susannah biss die Zähne zusammen. Als Roland sich jetzt anschickte, die Zelle zu betreten, stieß der Junge einen noch lauteren Schrei aus und begann, mit dem Hinterkopf gegen die Steine zu schlagen. Roland trat zwei Schritte zurück. Das grausige Kopfanschlagen hörte auf, aber Danville starrte den Fremden ängstlich und misstrauisch an. Dann streckte er die Hände mit den langen Fingernägeln wieder wie um Hilfe flehend aus.

Roland sah zu Susannah hinüber.

Sie stemmte sich mit den Händen hoch, um an die Zellentür zu gelangen. Das ausgezehrte Jungen-Wesen in der Ecke stieß abermals seinen unheimlichen Vogelschrei aus, zog die flehend ausgestreckten Hände zurück, legte sie an den Handgelenken übereinander und verwandelte die Geste auf diese Weise in einen mitleiderregenden Verteidigungsversuch.

»Nein, Schätzchen.« Das war eine Detta Walker, die Susannah noch nie gehört hatte, deren Existenz sie nicht einmal vermutet hatte. »Nein, Schätzchen, ich tu dir nix, hätt ich das tun wollen, hätt ich dir einfach zwei Kugeln in den Kopf gejagt, wie ich's mit dem Motherfucker da oben gemacht hab.«

Sie sah etwas in seinen Augen – vielleicht nur, dass sie sich kaum merklich weiteten, sodass das blutunterlaufene Weiße größer wurde. Sie nickte lächelnd. »Stimmt genau! Mister Collins, der is *tot!* Der kommt nie mehr nich hier runter und … Was? Was hat er dir getan, Patrick?«

Über ihnen, durchs Mauerwerk gedämpft, heulte der Sturm. Die Glühbirnen flackerten; das Haus stöhnte und ächzte aufbegehrend.

»Was hat er dir getan, mein Junge?«

Sinnlos. Er verstand nichts. Susannah war eben zu diesem Schluss gelangt, als Patrick Danville sich mit beiden Händen an den Bauch griff, um ihn sich zu halten. Er verzog das Gesicht zu einer krampfhaften Grimasse, die anscheinend ein Lachen ausdrücken sollte.

»Er hat dich zum Lachen gebracht.«

Der Junge in seiner Ecke nickte. Er verzog das Gesicht noch mehr. Nun wurden seine Hände zu Fäusten, die er ans Gesicht hob. Er rieb sich damit die Backen, dann drückte er sie in die Augen, zuletzt sah er wieder Susannah an. Ihr fiel auf, dass er am Nasensattel eine kleine Narbe hatte.

»Er hat dich auch zum Weinen gebracht.«

Und abermals nickte Patrick, wie er da so in seiner Ecke kauerte. Er wiederholte die Lachpantomime, indem er sich den Bauch hielt und *ho-ho-ho!* machte; er wiederholte die Weinpantomime, bei der er sich Tränen von den fast bartlosen Wangen wischte; diesmal fügte er jedoch noch eine dritte Pantomime hinzu, indem er die Hände wie schaufelnd zum Mund bewegte und dabei Schmatzlaute von sich gab.

Zwei Schritte hinter Susannah sagte Roland: »Er hat dich zum Lachen gebracht, er hat dich zum Weinen gebracht, er hat dich essen lassen.«

Patrick schüttelte den Kopf so heftig, dass er gegen die Steinmauern schlug, die seine Ecke seitlich begrenzten.

»Er hat gefressn«, sagte Detta. »Das versuchst du zu sagen, stimmt's? *Dandelo* hat gefressn.«

Patrick nickte eifrig.

»Er hat dich zum Lachn gebracht, er hat dich zum Weinen

gebracht, und dann hat er gefressn, was rausgekommen is. Weil er genau das immer tut!«

Patrick nickte wieder und brach dann in Tränen aus, wobei er unverständliche Klagelaute von sich gab. Susannah arbeitete sich langsam in die Zelle vor und schob sich dabei auf den Handflächen vorwärts, hielt sich aber bereit, sofort den Rückzug anzutreten, falls er wieder begann, sich den Kopf anzuschlagen. Was er diesmal nicht tat. Als sie den Jungen in der Ecke erreichte, legte er ihr sein kühles Gesicht auf den Busen und weinte. Susannah drehte sich halb um, sah Roland an und signalisierte ihm wortlos, dass er nun hereinkommen könne. Als Patrick zu ihr aufsah, sprach aus seinem Blick stumme, hündische Bewunderung.

»Du brauchst keine Angst zu haben«, sagte Susannah – Detta war wieder fort, war vermutlich von all dem Nettsein erschöpft. »Er kann dir nichts mehr tun, Patrick, er ist tot, mausetot. Hör zu, ich möchte, dass du etwas für mich tust. Ich möchte, dass du den Mund aufmachst.«

Patrick schüttelte den Kopf. In seinem Blick lag wieder Angst, aber auch etwas, dessen Anblick ihr noch verhasster war. Scham.

»Doch, Patrick, doch. Mach den Mund auf.«

Er schüttelte so heftig den Kopf, dass sein fettiges langes Haar wie ein Mopp von einer Seite zur anderen flog.

»Was …«, begann Roland.

»Pst!«, machte Susannah unwillig nach hinten und wandte sich dann wieder dem Jungen zu. »Mach den Mund auf, Patrick, und zeig's uns. Dann bringen wir dich hier raus, und du brauchst nie wieder hierher zurück. Brauchst dich nie mehr von Dandelo aussaugen zu lassen.«

Patrick sah sie flehend an, aber Susannah erwiderte nur seinen Blick. Endlich schloss er die Augen und öffnete langsam den Mund. Seine Zähne waren da, aber die Zunge fehlte. Die Stimme des Gefangenen – oder zumindest die Worte, die er sprach – musste Dandelo irgendwann so lästig geworden sein, dass er ihm die Zunge herausgerissen hatte.

7

Zwanzig Minuten später standen die beiden an der Küchentür und sahen Patrick Danville dabei zu, wie er eine Schale Suppe aß. Wenigstens die Hälfte ging über das graue Hemd des Jungen, aber Susannah fand, dass das nicht weiter schlimm war; in der Speisekammer standen reichlich Suppendosen, und in jenem Schlafraum der Hütte gab es auch weitere Hemden. Ganz zu schweigen von Collins' schwerem Parka, der in dem kleinen Vorraum an einem Haken hing und in Zukunft wohl von Patrick getragen werden würde. Was die Überreste Dandelos – des ehemaligen Joe Collins – betraf, so hatten sie die in drei Decken gewickelt und ohne weitere Umstände in den Schnee hinausbugsiert.

»Dandelo war ein Vampir, der nicht von Blut, sondern von Emotionen gelebt hat«, sagte Susannah. »Patrick hier … Patrick war seine Kuh. Es gibt zwei Möglichkeiten, sich von einer Kuh zu ernähren: Fleisch oder Milch. Das Dumme an Fleisch ist, dass es fort ist, sobald man die besten Stücke, die nicht ganz so guten Stücke und schließlich die Kutteln gegessen hat. Wenn man sich dagegen mit der Milch begnügt, kann man endlos lange weitermachen … immer vorausgesetzt, dass man die Kuh gelegentlich selbst füttert.«

»Wie lange, glaubst du, ist er dort unten eingesperrt gewesen?«, fragte Roland.

»Keine Ahnung.« Aber sie erinnerte sich an den Staub auf der Azetylenflasche, erinnerte sich sehr wohl daran. »Jedenfalls ziemlich lange. Dem armen Kerl muss es wie eine Ewigkeit vorgekommen sein.«

»Und es hat wehgetan.«

»Schrecklich. Aber so schmerzhaft es auch gewesen sein muss, als Dandelo dem armen Jungen die Zunge herausgerissen hat … die emotionale Blutsaugerei war bestimmt schlimmer. Du siehst ja, in welchem Zustand er ist.«

Das sah Roland allerdings. Er sah auch noch etwas anderes. »Wir dürfen ihn nicht diesem Sturm aussetzen. Selbst wenn wir ihm drei

Lagen Kleidung anziehen würden, wäre das sein Tod, davon bin ich überzeugt.«

Susannah nickte. Davon war auch sie überzeugt. Davon und von etwas anderem: Sie konnte unmöglich in diesem Haus bleiben. *Das* konnte *ihr* Tod sein.

Roland stimmte zu, als sie das einwandte. »Wir quartieren uns draußen in der Scheune ein, bis der Sturm vorbei ist. Dort ist es zwar kalt, aber ich sehe zwei mögliche Vorteile: Mordred könnte kommen, und Lippy könnte zurückkommen.«

»Du würdest sie beide töten?«

»Aye, wenn ich kann. Hättest du damit Schwierigkeiten?«

Sie dachte darüber nach, dann schüttelte sie den Kopf.

»Also gut, dann sollten wir jetzt zusammensuchen, was wir von hier mitnehmen wollen, in den nächsten zwei Tagen werden wir nämlich kein Feuer haben. Vielleicht sogar drei oder vier Tage lang nicht.«

8

Wie sich zeigte, dauerte es zwei Tage und drei Nächte, bis der Schneesturm an seiner eigenen Wut erstickte und endlich abflaute. In der Abenddämmerung des zweiten Tages kam Lippy aus dem Schneetreiben gehumpelt, und Roland jagte dem Tier über den blinden Augen eine Kugel in die Stirn. Mordred unterdessen ließ sich zu keiner Zeit blicken, obwohl Susannah ihn in der zweiten Nacht irgendwo in der Nähe spürte. Das tat wohl auch Oy, jedenfalls hatte er am Scheunentor auf den Hinterbeinen gestanden und wütend ins Schneetreiben hinausgekläfft.

In der Zwischenzeit brachte Susannah weit mehr über Patrick Danville in Erfahrung, als sie erwartet hätte. Sein Verstand hatte unter der Gefangenschaft stark gelitten, was keine Überraschung war. Erstaunlich war eher seine Fähigkeit, sich davon zu erholen, auch wenn sie natürlich begrenzt war. Sie fragte sich, ob sie selbst nach einem solchen Martyrium überhaupt jemals wieder auf die Beine gekommen wäre. Vielleicht hatte seine Begabung etwas damit zu tun. Eine Probe seines Talents hatte sie ja bereits in Sayres Büro gesehen.

Dandelo hatte seinem Gefangenen nur eben genug Essen gegeben, um ihn am Leben zu erhalten, und ihm regelmäßig seine Emotionen gestohlen: zweimal in der Woche, manchmal dreimal, ab und zu auch viermal. Immer wenn Patrick zu der Überzeugung gelangt war, das nächste Mal nicht mehr überleben zu können, war jemand vorbeigekommen. Erst in letzter Zeit waren Patrick die schlimmsten Ausschweifungen Dandelos erspart geblieben, weil häufiger »Besuch« gekommen war als je zuvor. Als sie später an diesem Abend im Heu lagen, erzählte Roland Susannah, er glaube, dass viele der letzten Opfer Dandelos Flüchtlinge aus Le Casse Roi Russe oder der das Schloss umgebenden Stadt gewesen seien. Susannah hatte durchaus Verständnis für die Denkweise solcher Flüchtlinge: *Der König ist fort, also hauen wir schleunigst ab, solange wir können. Schließlich könnte es sich Big Red in den Kopf setzen, wieder zurückzukommen, und immerhin ist er völlig durchgeknallt, hat einen Dachschaden, ist effektiv übergeschnappt.*

Manchmal hatte Joe vor seinem Gefangenen seine wahre Dandelo-Gestalt angenommen, um dann vom Entsetzen des Jungen zu zehren. Allerdings hatte er von seiner gefangen gehaltenen Kuh weit mehr als nur Entsetzen gefordert. Susannah vermutete, dass unterschiedliche Emotionen auch unterschiedlich schmeckten: als äße man an einem Tag Schwein, am nächsten Tag Huhn und am übernächsten Fisch.

Patrick konnte zwar nicht sprechen, aber er konnte beredt gestikulieren. Und er konnte weit mehr als das, sobald Roland ihnen einen seltsamen Fund zeigte, den er in der Speisekammer gemacht hatte. Auf einem der Regale ganz oben hatte ein Stapel großer Zeichenblöcke mit dem Aufdruck MICHELANGELO – SPEZIELL FÜR KOHLE gelegen. Zeichenkohle gab es zwar nicht, aber neben den Blöcken hatte ein von einem Gummiband zusammengehaltener Packen fabrikneuer HB-Bleistifte von Faber gelegen. Was diesen Fund als besonders eigenartig qualifizierte, war die Tatsache, dass jemand (vermutlich Dandelo) von allen Bleistiften sorgfältig den Radiergummi abgeschnitten hatte. Die Gummis lagen mit einigen Büroklammern und einem Bleistiftspitzer, der wie die Pfeifen auf der Unterseite der wenigen verbliebenen Orizas aus der Calla Bryn Sturgis aussah, in einem Konservenglas. Als Patrick die Zeichenblöcke sah, leuchteten seine sonst so glanzlosen Augen sofort auf, und er streckte beide Hände sehnsüchtig danach aus, wobei er drängende Heultöne von sich gab.

Roland sah zu Susannah hinüber. Sie zuckte die Achseln und sagte: »Mal sehen, was er kann. Allerdings habe ich eine ziemlich gute Vorstellung davon – du nicht auch?«

Wie sich zeigte, hatte Patrick Danville ziemlich viel drauf. Sein Zeichentalent war nichts weniger als erstaunlich. Und seine Bilder verliehen ihm das, was ihm an Stimme gebrach. Er zeichnete rasch und mit offensichtlichem Vergnügen; ihre bestürzend klaren Aussagen schienen ihn keineswegs zu beunruhigen. Eines der Bilder zeigte Joe Collins, wie er – die Zähne zu einem befriedigten Grinsen gefletscht – einen Axthieb gegen den Hinterkopf eines ahnungslosen Besuchers führte. Neben den Auftreffpunkt der Axtschneide hatte der Junge wie in einem Comic in großen Lettering-Buchstaben RUMS! und SPRITZ! geschrieben. Über Collins' Kopf zeichnete Patrick eine Gedankenblase, in der die Worte **Nimm das, du Trottel!** standen. Ein weiteres Bild zeigte Patrick selbst, wie er hilflos vor Lachen, das mit schrecklicher Genauigkeit abgebildet war (sodass das über seinen Kopf gekritzelte **Ha! Ha! Ha!** eigentlich überflüssig war), auf dem Boden seiner Zelle lag, während Collins mit in die Hüften gestemmten Armen über ihm stand und ihn beobachtete. Dann blätterte Patrick diese Darstellung um und zeichnete ein neues Bild, das Collins auf den Knien liegend zeigte, wie er eine Hand in Patricks Haar krallte, während er die gespitzten Lippen dicht an den zu qualvollem Lachen verzerrten Mund des Jungen heranbrachte. Mit geübtem Strich (die Bleistiftspitze schien das Papier zu keinem Zeitpunkt zu verlassen) zeichnete Patrick über dem Kopf des Alten wieder eine Gedankenblase, in die er diesmal sieben Buchstaben und zwei Ausrufezeichen schrieb.

»Was heißt das?«, fragte Roland, der sichtlich fasziniert war.

»Mmmm! Gut!«, antwortete Susannah. Ihre Stimme klang angewidert und zitterte leicht.

Klammerte man die Themen aus, hätte Susannah ihm stundenlang beim Zeichnen zusehen können; eigentlich tat sie das sogar. Die Geschwindigkeit, mit der er zeichnete, war unheimlich, und keiner der beiden Revolvermänner dachte jemals daran, ihm einen der abgeschnittenen Radiergummis zu geben, schien er doch keinen zu benötigen. Soweit Susannah das erkennen konnte, machte der Junge entweder nie Fehler oder integrierte etwaige Fehler derart geschickt in die Zeichnungen, dass sie zu – nun, wozu einen Ausdruck meiden, der vielleicht der richtige war? – kleinen Geniestreichen wurden. Die so entstehenden Zeichnungen waren eigentlich keine Skizzen, sondern fertige Kunstwerke. Susannah wusste, wie Patrick – dieser oder irgendein anderer Patrick aus einer anderen Welt – später mit Öl malen würde, und bei dem Gedanken daran lief es ihr heiß und kalt über den Rücken hinunter. Was hatten sie hier? Einen zungenlosen Rembrandt? Sie überlegte sich, dass er ihr zweiter Schwachsinniger mit einem besonderen Talent war. Ihr dritter, wenn man außer Sheemie auch Oy mitrechnete.

Susannah dachte nur einmal flüchtig über sein fehlendes Interesse an Radiergummis nach und tat es als Arroganz eines Genies ab. Weder Roland noch sie kamen jemals auf die Idee, dass diese junge Version von Patrick Danville vielleicht noch gar nicht wisse, dass es so etwas wie Radiergummis überhaupt gab.

9

In den Morgenstunden der dritten Nacht wachte Susannah auf dem Heuboden auf, sah Patrick friedlich neben sich schlafen und kletterte dann die Leiter hinunter. Roland stand bereits am Scheunentor, rauchte eine Zigarette und sah nach draußen. Es schneite nicht mehr. Der spät aufgegangene Mond stand am Himmel und verwandelte den Neuschnee an der Tower Road in ein glitzerndes Land aus stummer Schönheit. Die stille Luft war so kalt, dass Susannah die Feuchtigkeit in ihrer Nase knacken hörte. Weit in der Ferne war ein Motorengeräusch zu vernehmen, das näher zu kommen schien. Sie fragte Roland, ob er eine Ahnung habe, was das sei und was es für sie bedeuten könne.

»Das dürfte der Roboter sein, den er Stotter-Bill genannt hat, der nach dem Schneesturm nun die Straßen räumt«, sagte er. »Vielleicht hat er wie die Wölfe eines dieser Antennendinger auf dem Kopf. Du erinnerst dich?«

Sie erinnerte sich sehr wohl und sagte das auch.

»Vielleicht verbindet ihn irgendeine besondere Treue mit Dandelo«, sagte Roland. »Das halte ich zwar nicht für sehr wahrscheinlich, aber es wäre wiederum auch nicht das Seltsamste, was ich je erlebt hätte. Halte dich für den Fall, dass er angriffslüstern ist, mit einem der Teller bereit. Ich werde mich mit meinem Revolver bereithalten.«

»Aber du hältst das für wenig wahrscheinlich.« In diesem Punkt wollte sie hundertprozentige Klarheit.

»Ich hoffe es nicht«, sagte Roland. »Er könnte uns mitnehmen, vielleicht ganz bis zum Turm. Oder jedenfalls bis zum jenseitigen Rand der Weißen Lande. Was nicht schlecht wäre, wo der Junge doch noch so schwach ist.«

Das brachte sie auf eine Frage. »Wir bezeichnen ihn als Jungen, weil er jungenhaft aussieht«, sagte sie. »Für wie alt hältst du ihn denn wirklich?«

Roland zuckte die Achseln. »Er sieht wie sechzehn oder siebzehn aus, könnte aber auch schon dreißig sein. Die Zeit hat sich seltsam verhalten, während die Balken angegriffen wurden; sie hat eigenartige Sprünge und Wendungen gemacht. Das kann ich wirklich bezeugen.«

»Hat Stephen King ihn uns geschickt?«

»Das weiß ich nicht, nur dass er von ihm gewusst hat, das ist sicher«. Er hielt kurz inne. »Der Turm ist so nahe! Spürst du ihn nicht auch?«

Das tat sie, und zwar unaufhörlich. Manchmal pulsierte er, manchmal sang er, ziemlich oft tat er beides gleichzeitig. Zudem hing die Polaroidaufnahme weiterhin in Dandelos Hütte. Zumindest dieses Bild hatte nicht zum *Glammer* gehört. Im Traum sah sie jede Nacht mindestens einmal den Turm, wie er auf diesem Bild am Ende seines Rosenfeldes stand: rußig-grauschwarzer Stein, der in einen unruhigen Himmel aufragte, an dem die Wolken entlang den beiden noch existierenden Balken in vier Himmelsrichtungen auseinander strömten. Sie wusste, was die Stimmen sangen – *commala! commala! commala-come-come!* –, aber sie glaubte nicht, dass dieser Lockruf ihr galt, für sie bestimmt war. Nein, niemals, nie im Leben; dies war Rolands Lied, und es gehörte Roland allein. Aber sie hatte zu hoffen angefangen, dass es nicht unbedingt bedeutete, sie werde zwischen hier und dem Ende ihrer Suche sterben müssen.

Sie hatte in letzter Zeit eigene Träume.

10

Keine Stunde nachdem die Sonne aufgegangen war (eindeutig im Osten, und wir sagen alle unseren Dank) erschien ein orangerotes Fahrzeug – eine Kombination aus Lastwagen und Planierraupe – über dem Horizont und kam langsam, aber stetig auf sie zu, wobei es einen großen Schwall Neuschnee nach rechts über den Straßenrand schob und den dortigen Schneewall noch höher machte. Susannah vermutete, dass Stotter-Bill (um den es sich beim Fahrer des Schneepflugs mit großer Sicherheit handelte) an der Kreuzung von Tower Road und Odd Lane wenden und in Gegenrichtung weiterräumen würde. Vielleicht legte er hier immer eine Pause ein – nicht um Kaffee zu trinken, sondern um sich möglicherweise einen Spritzer Öl oder irgendwas abzuholen. Sie lächelte über diese Vorstellung – und über noch etwas anderes. Auf dem Fahrerhaus war ein Lautsprecher montiert, aus dem doch tatsächlich ein ihr bekannter Rock-and-Roll-Song ertönte.

Susannah lachte entzückt. »›California Sun‹! Die Rivieras! Ach, klingt das nicht *Spitze!*«

»Wenn du das sagst«, meinte Roland. »Aber halt trotzdem deinen Teller bereit.«

»Worauf du dich verlassen kannst«, gab sie zurück.

Mittlerweile hatte sich Patrick zu ihnen gesellt. Wie immer, seit Roland die Sachen in der Speisekammer entdeckt hatte, trug er Zeichenblock und Bleistifte bei sich. Jetzt schrieb er ein einziges Wort und zeigte es Susannah, weil er inzwischen wusste, dass Roland nur sehr wenig von dem lesen konnte, was er schrieb, selbst wenn er alles groß-groß malte. Im unteren Viertel des Skizzenblocks stand **BILL.** Darüber befand sich eine erstaunlich detaillierte Zeichnung von Oy mit einer Comic-Sprechblase über dem Kopf, in der **KLÄFF! KLÄFF!** stand. Die Zeichnung hatte er lässig durchgestrichen, damit Susannah nicht glaubte, sie solle das Bild betrachten. Die ausgeixte Zeichnung brach ihr fast das Herz, weil unter den Bleistiftstrichen Oy dargestellt war, wie er leibte und lebte.

11

Der Schneepflug hielt vor Dandelos Hütte, und obwohl der Motor weiterlief, verstummte die Musik. Vom Fahrersitz trapste ein großer (an die zwei Meter fünfzig großer) Roboter mit glänzendem Kopf, der Nigel aus der Experimentalstation des Bogens 16 und Andy aus Calla Bryn Sturgis sehr ähnlich sah. Er winkelte seine Metallarme ab und stemmte seine Metallhände auf eine Weise in die Hüften, die Eddie an George Lucas' C3P0 erinnert hätte, wenn Eddie denn hier gewesen wäre. Der Roboter sprach mit einer Lautsprecherstimme, die weit über die Schneefelder hallte.

»HELLO, J-JOE! WHAT DO YOU NUH-NUH-KNOW? HOW ARE TRICKS IN KUH-KUH-KOKOMO?«

Roland trat aus dem Stall der verendeten Lippy. »Heil, Bill«, sagte er ruhig. »Lange Tage und angenehme Nächte.«

Der Roboter wandte sich ihm zu. Seine Augen blitzten in einem leuchtenden Blau. Susannah hatte den Eindruck, dass er überrascht war. Er wirkte jedoch nicht alarmiert und schien auch unbewaffnet zu sein, aber sie hatte die aus seiner Schädelmitte aufragende Antenne, die sich in der hellen Morgensonne unablässig drehte, schon bemerkt und war zuversichtlich, sie notfalls mit einem Oriza abrasieren zu können. Kinderkram, hätte Eddie gesagt.

»Ah!«, sagte der Roboter. »Ein Reva-Rah, Rover-Rah, Rah-Rah-Rah …« Er hob einen Arm, der nicht nur eines, sondern gleich zwei Ellbogengelenke aufwies, und schlug sich mit der flachen Hand an die Stirn. Aus dem Inneren kam ein leiser Pfeifton – *Piep!* –, dann brachte er es endlich heraus: »Ein Revolvermann!«

Susannah lachte. Dagegen war sie machtlos. Sie hatten ihre lange Reise gemacht, nur um einer übergroßen elektronischen Version von Schweinchen Dick zu begegnen. *D-d-d-d-das war's, Leute!*

»Ich habe Gerüchte gehört, einer sei im L-L-Lande«, fuhr der Roboter fort, ohne auf ihr Lachen zu reagieren. »Seid Ihr Ru-Ruh-Roland von G-Gilead?«

»Der bin ich«, sagte Roland. »Und du?«

»Ich bin William, D-746541-W, Wartungsroboter, viele weitere Funktionen. Joe Collins nennt mich Stoh-hotter-B-Bill. Ich hab irgendwo einen d-d-durchgebrannten Sch-Schaltkreis. Den könnte ich reparieren, aber er h-h-hat's mir verboten. Und da er hier der einzige Me-Me-Mensch ist … oder war …« Er verstummte, und Susannah konnte deutlich das Klickklack der Relais irgendwo in seinem Inneren hören, und woran *sie* dabei dachte, war nicht C3P0, den sie natürlich nie gesehen hatte, sondern Robby der Roboter aus *Alarm im Weltall*.

Als Stotter-Bill dann eine Metallhand an seine Stirn legte und sich verbeugte – nicht etwa vor Roland oder ihr –, rührte er ihr Herz richtig an. Er sagte: »Heil, Patrick D-Danville, Sohn der S-S-Sonia! Es tut gut, dich frei und u-u-ungebunden zu sehen, das tut es!« Susannah konnte die Gefühlsregung aus Stotter-Bills Stimme heraushören. Aus ihr sprach solch unverfälschte Freude, dass sie keine Bedenken hatte, den Teller sinken zu lassen.

12

Sie palaverten auf dem Hof. Bill wäre durchaus bereit gewesen, mit in die Hütte zu kommen, immerhin besaß er nur einen rudimentären Geruchssinn. Die in dieser Hinsicht besser ausgerüsteten Humes wussten jedoch, dass die Hütte stank und sie mittlerweile nicht einmal durch Wärme für sich einnehmen konnte, weil Heizung und offener Kamin aus waren. Jedenfalls dauerte ihr Palaver nicht lange. Willliam der Wartungsroboter (viele weitere Funktionen) hatte das Wesen, das sich manchmal Joe Collins nannte, als seinen Herrn betrachtet, weil hier sonst niemand mehr lebte, der Anspruch auf diese Position hätte erheben können. Außerdem hatte Collins/Dandelo die nötigen Passwörter besessen.

»Ich k-k-konnte ihm die P-Passwöh-hör-ter nicht geben, als er sie v-v–verlangt hat«, sagte Stotter-Bill, »aber meine P-P-Programmierung hat mir nicht vah-vah-verboten, ihm bestih-himmte H-H-Handbücher mit den benötigten In-In-Informationen zu bringen.«

»Paragrafenreiterei ist doch was Wundervolles«, sagte Susannah.

Bill erzählte, er habe sich von »J-J-Joe« möglichst oft (und möglichst lange) ferngehalten, habe aber herkommen müssen, wenn die Tower Road geräumt werden musste – auch dafür war er programmiert –, und um ihm einmal im Monat Lebensmittel (vor allem Konserven) aus dem »Territorialen«, wie er das nannte, zu bringen. Außerdem habe er gern Patrick besucht, der Bill einmal ein wundervolles Porträt von ihm geschenkt hatte, das er sich oft ansah (und von dem er viele Kopien gemacht habe). Trotzdem habe er immer befürchtet, vertraute er ihnen an, bei seinem nächsten Besuch könne Patrick fort sein – ermordet und wie ein Stück Abfall irgendwo in Richtung der »Ö-Ö-Öde«, wie Bill es nannte, in den Wald geworfen.

»Ich besitze r-r-rudimentäre Em-m-motionen«, sagte er, und Susannah fand, dass der Roboter dabei wie jemand redete, der eine schlechte Angewohnheit eingestand.

»Brauchst du auch Passwörter von uns, um unsere Befehle auszuführen?«, fragte Roland.

»Ja, Sai«, sagte Stotter-Bill.

»Scheiße«, murmelte Susannah. Ähnliche Probleme hatten sie ja schon einmal in Calla Bryn Sturgis mit Andy erlebt.

»A-A-Aber«, fuhr Stotter-Bill fort, »wenn ihr eure Befeh-he-le als Vorschläge vorbringen würdet, würde ich sie sih-sih-sih-sih …« Er hob die Hand und schlug sich mit der flachen Hand wieder an die Stirn. Wieder war das *Piep!* zu hören – nicht aus dem Mund, sondern irgendwie aus der Brust, fand Susannah. »… sicher gern ausführen«, schloss er.

»Dann schlage ich vor, dass du als Erstes dieses beschissene Stottern abstellst«, sagte Roland und drehte sich dann mit einem Mal erstaunt um. Patrick war im Schnee zusammengeklappt, hielt sich den Bauch und stieß gewaltige Salven eines undeutlichen Lachens aus. Oy tanzte kläffend um ihn herum, aber der Bumbler war ja harmlos; diesmal gab es niemanden, der Patricks Freude hätte stehlen wollen. Sie gehörte nur ihm allein. Und denen, die das Glück hatten, ihn lachen zu hören.

13

Aus dem Wald jenseits der von Schnee geräumten Kreuzung, dort, wo »die Öde« begann, wie Bill es genannt hätte, beobachtete ein in stinkende, nur schlecht abgeschabte Häute gehüllter Jugendlicher das vor Dandelos Hütte stehende Quartett. *Sterbt!,* befahl er ihnen in Gedanken. *Sterbt, warum tut ihr mir nicht alle einen Gefallen und sterbt einfach?* Aber sie starben nicht, stattdessen zerschnitt ihm der fröhliche Klang ihres Lachens das Herz.

Später, als sie alle ins Fahrerhaus von Bills Schneepflug geklettert und davongefahren waren, schlich Mordred zu der Hütte hinunter. Dort würde er mindestens zwei Tage bleiben, sich mit Konserven aus Dandelos Speisekammer den Bauch voll schlagen … und auch etwas anderes essen, was er später allerdings bereuen würde. Er nutzte diese Tage, um wieder zu Kräften zu kommen. Den großen Sturm hatte er nur mit knapper Not überlebt. Er glaubte, dass allein sein Hass ihn am Leben erhalten hatte, der und nichts anderes.

Oder vielleicht der Turm.

Jedenfalls spürte er es ebenfalls – dieses Pulsieren, diesen Gesang. Was Roland und Susannah und Patrick jedoch in Dur hörten, das hörte der Junge in Moll. Und wo sie viele Stimmen hörten, da hörte Mordred nur eine: die Stimme seines Roten Vaters, der ihn zu kommen aufforderte. Der ihn anwies, den stummen Jungen und die schwarze Schlampe und vor allem den Revolvermann aus Gilead, den lieblosen Weißen Daddy, der ihn ja wohl verlassen habe, zu töten. (Natürlich hatte auch sein Roter Daddy ihn verlassen, aber darauf kam Mordred nicht.)

Und wenn alle tot waren, versprach die flüsternde Stimme ihm, würden sie den Dunklen Turm zerstören und gemeinsam bis in alle Ewigkeit übers Flitzerdunkel herrschen.

Also aß Mordred, wo Mordred doch hongrig war. Und Mordred schlief, weil Mordred müde war. Und als Mordred schließlich in Dandelos warmer Kleidung aufbrach und der frisch geräumten Tower Road folgte, zog er einen reichlich mit Vorräten – vor allem Konserven – beladenen Schlitten und war ein junger Mann von etwa zwanzig Jahren geworden: hoch gewachsen und schlank und ansehnlich wie ein Sommermorgen, in seiner Menschengestalt nur durch die Narbe an der Seite, wo Susannahs Schuss ihn gestreift hatte, und das rote Muttermal an der einen Ferse entstellt. Diese Ferse, das hatte er sich vorgenommen, würde er auf Rolands Kehle setzen – und das schon bald.

TEIL FÜNF

DAS SCHARLACHROTE FELD DER CAN'-KA NO REY

Kapitel I

DER ABSZESS UND DIE TÜR (ADIEU, MEINE LIEBE)

1

In den letzten Tagen ihrer langen Pilgerfahrt, nachdem Bill – jetzt nur noch Bill, nicht länger Stotter-Bill – sie an der Grenze der Weißen Lande abgesetzt hatte, begann Susannah Dean zunehmend unter Weinanfällen zu leiden. Sie fühlte diese Wolkenbrüche kommen und entschuldigte sich dann bei den anderen, indem sie behauptete, mal eben in die Büsche verschwinden zu müssen. Und dort saß sie dann auf einem umgestürzten Baumstamm oder vielleicht auch nur dem kalten Erdboden, schlug die Hände vors Gesicht und ließ den Tränen freien Lauf. Falls Roland davon wusste – und die rot geweinten Augen, mit denen sie zur Straße zurückkehrte, konnten ihm nicht entgehen –, äußerte er sich nicht dazu. Wahrscheinlich wusste er, was auch sie wusste.

Ihre Zeit in Mittwelt – und Endwelt – war fast abgelaufen.

2

Mit seinem schönen orangeroten Schneepflug brachte Bill sie zu einer einsamen Nissenhütte, an deren Vorderfront ein verblasstes Schild verkündete:

Territorialer Außenposten 19
Turmwache
Das Überschreiten dieses Punktes ist verboten!

Susannah vermutete, dass der Territoriale Außenposten 19 genau genommen noch innerhalb der Grenze der Weißen Lande von Empathica lag, aber die Luft war, während die Tower Road stetig abfiel, bereits viel wärmer geworden, und die Schneedecke war jetzt nur noch ein dünner Schleier. Kleine Waldstücke sprenkelten das Land vor ihnen, aber Susannah glaubte, dass es bald in eine Prärie wie im amerikanischen Mittelwesten überging. Hier gab es auch niedrige Sträucher, die im Sommer vermutlich Beeren trugen – vielleicht sogar Kermesbeeren –, aber jetzt waren sie kahl und raschelten in dem fast ständig herrschenden Wind. Auf beiden Seiten der Tower Road – die einst befestigt gewesen war, aber heute aus kaum mehr als zwei holperigen Fahrspuren bestand – waren hauptsächlich hohe Gräser zu sehen, die aus der dünnen Schneedecke ragten. Sie flüsterten im Wind, und Susannah verstand ihr Lied: *Commala-come-come, bald ist die Reise getan.*

»Weiter darf ich nicht«, sagte Bill, stellte den Motor des Schneepflugs ab und unterbrach Little Richard mitten in einem Song. »Erflehe eure Verzeihung, wie sie im Bogen der Grenzlande sagen.«

Ihre Fahrt hatte volle eineinhalb Tage gedauert, und in dieser Zeit hatte er sie mit einem unaufhörlichen Strom von »Golden Oldies«, wie er sie nannte, unterhalten. Einige davon erschienen Susannah durchaus nicht alt; Songs wie »Sugar Shack« und »Heat Wave« waren gerade Radioschlager gewesen, als sie von ihrem kleinen Urlaub in Mississippi zurückgekommen war. Andere hatte sie allerdings noch nie gehört. Die Musik war nicht auf Schallplatten oder Tonbändern, sondern auf schönen kleinen Silberscheiben gespeichert, die Bill »Zehdehs« nannte. Er schob sie in einen Schlitz in dem mit Instrumenten überladenen Armaturenbrett des Schneepflugs, worauf die Musik aus mindestens acht Lautsprechern drang. Inzwischen hätte ihr zwar jede Musik gefallen, vermutete sie, aber dennoch hatten ihr zwei Songs, die sie noch nie gehört hatte, besonders gut gefallen. Der eine war ein ausgelassen fröhlicher kleiner Rocksong mit dem Titel »She Loves You«. Der andere, traurig und nachdenklich, hieß »Hey, Jude«. Diesen schien Roland sogar zu kennen; er sang mit, obwohl sein Text dann nicht der war, der aus dem Lautsprechersystem des Schneepflugs kam. Als sie nach dem Namen der Gruppe fragte, erklärte Bill ihr, das seien die Beetles.

»Käfer? Komischer Name für eine Rock-and-Roll-Band«, meinte Susannah.

Patrick, der mit Oy auf dem kleinen Rücksitz des Schneepflugs hockte, tippte ihr auf die Schulter. Als sie sich umsah, hielt er den Block hoch, den er gerade zum Zeichnen benutzte. Unter ein Porträt, das Roland im Profil zeigte, hatte er geschrieben: **BEATLES, nicht Beetles.**

»Wie man's auch buchstabiert, es bleibt ein komischer Name für eine Rock-and-Roll-Band«, sagte Susannah. Auf einmal hatte sie eine Idee. »Patrick, kannst du mit mir Fühlung aufnehmen?« Als er stirnrunzelnd die Hände hob – *ich verstehe nicht,* besagte diese Geste –, formulierte sie die Frage anders. »Kannst du meine Gedanken lesen?«

Er zuckte die Achseln und lächelte. *Weiß ich nicht,* besagte diese Geste, aber das nahm sie ihm nicht ab. Sie glaubte, dass Patrick es sehr wohl wusste.

3

Sie erreichten den »Territorialen« gegen Mittag, und dort servierte Bill ihnen erst einmal ein köstliches Mahl. Patrick verschlang seines und saß dann etwas abseits mit Oy zu seinen Füßen und zeichnete die anderen, während sie am Tisch im ehemaligen Aufenthaltsraum saßen. Die Wände dieses Raums verschwanden hinter Bildschirmen – Susannah schätzte ihre Zahl auf über dreihundert. Sie schienen für eine lange Lebensdauer konstruiert worden zu sein, jedenfalls funktionierten ein paar noch. Einige davon zeigten die sanft gewellten Hügel der näheren Umgebung, aber die meisten zeigten nur Schnee, und auf einem erschien ein sich veränderndes Wellenmuster, das ihren Magen rebellieren ließ, wenn sie es allzu lange ansah. Die Schnee-Bildschirme, sagte Bill, hatten früher Satellitenbilder gezeigt, aber die Weltraumkameras waren längst dahin. Interessanter war da der Bildschirm mit dem Wellenmuster. Nach Bills Auskunft hatte er noch bis vor wenigen Monaten den Dunklen Turm gezeigt, aber dann hatte das Bild sich plötzlich in diese Linien aufgelöst.

»Ich glaube, dass der Rote König nicht gern im Fernsehen ist«, erklärte Bill ihnen. »Vor allem nicht, wenn er Besuch erwartet. Möchtet ihr nicht noch ein Sandwich? Es gibt reichlich, kann ich euch versichern. Nein? Vielleicht etwas Suppe? Was ist mit dir, Patrick? Du bist wirklich zu dünn – viel, *viel* zu dünn.«

Patrick drehte seinen Block um und zeigte ihnen ein Bild, auf dem Bill sich mit einem Teller mit appetitlich angerichteten Sandwiches in einer Hand und einer Kanne Eistee in der anderen vor Susannah verbeugte. Obwohl auch diese wie alle Zeichnungen Patricks weit über eine Karikatur hinausging, war sie in geradezu unheimlichem Tempo entstanden. Susannah klatschte Beifall. Roland nickte ihm lächelnd zu. Patrick grinste und hielt dabei die Zähne geschlossen, damit die anderen nicht das dunkle Loch dahinter zu sehen bekamen. Dann blätterte er um und nahm ein neues Blatt in Angriff.

»Hinter dem Gebäude steht eine ganze Flotte von Fahrzeugen«, sagte Bill, »und obwohl viele nicht mehr funktionieren, sind einige noch fahrbereit. Ich kann euch einen Pick-up mit Allradantrieb geben, und auch wenn ich nicht dafür garantieren kann, dass er einwandfrei läuft, glaube ich, dass er euch zum Dunklen Turm bringen kann, der nicht weiter als hundertzwanzig Räder von hier entfernt ist.«

Susannah spürte, wie ihr Magen sich gewaltig flatternd hob und senkte. Hundertzwanzig Räder waren hundert Meilen, vielleicht sogar etwas weniger. Sie waren dem Dunklen Turm *wirklich* nahe. So nahe, dass es schon beängstigend war.

»Ihr würdet den Turm nicht nach Einbruch der Dunkelheit erreichen wollen«, fuhr Bill fort. »Zumindest würde ich wegen des neuen Bewohners davon abraten. Aber was bedeutet ein weiteres Nachtlager am Straßenrand für große Reisende wie euch schon? Nicht viel, würde ich sagen! Aber selbst wenn ihr noch einmal übernachtet (und keine Pannen habt, die immer möglich sind, wie die Götter wissen), müsstet ihr euer Ziel morgen am frühen Vormittag in Sicht haben.«

Roland dachte lange und sorgfältig darüber nach. Susannah musste sich zum Atmen zwingen, während er das tat, weil ein Teil ihres Ichs ständig die Luft anhalten wollte.

Ich bin noch nicht bereit, dachte dieser Teil. Und es gab noch einen tieferen Teil – der sich an jedes Detail eines wiederholt auftretenden (und sich wandelnden) Traums erinnerte –, der etwas anderes dachte: *Ich bin nicht dazu bestimmt, dort hinzukommen. Jedenfalls nicht ganz bis ans Ziel.*

Schließlich sagte Roland: »Ich danke dir, Bill – wir alle sagen dir unseren Dank, dessen bin ich sicher –, aber ich glaube, wir werden dein freundliches Angebot ausschlagen. Würdest du mich nach dem Grund dafür fragen, müsste ich passen. Ich weiß nur, dass mir irgendwie so ist, als ob morgen noch zu früh wäre. Dass wir irgendwie auch noch die restliche Wegstrecke zu Fuß zurücklegen sollten.« Er atmete tief durch. »Ich bin noch nicht bereit, dort zu sein. Noch nicht ganz.«

Du also auch, dachte Susannah rätselnd. *Du also auch.*

»Ich brauche etwas mehr Zeit, um Kopf und Herz vorzubereiten. Vielleicht auch meine Seele.« Aus der Hüfttasche zog er die Fotokopie des Gedichts von Robert Browning, die für sie in Dandelos Medizinschrank zurückgelassen worden war. »Hier drin steht etwas darüber, dass man sich an alte Zeiten erinnern soll, bevor man in den letzten Kampf … ins letzte Gefecht zieht. Das ist gut ausgedrückt. Und vielleicht brauche ich wirklich das, wovon dieser Dichter spricht: ›Wie Wein der Krieger fordert vor dem Streiten, rief ich nach einem Trunke froh'rer Zeiten‹. Ich weiß es nicht. Aber wenn Susannah nichts dagegen hat, gehen wir lieber zu Fuß.«

»Susannah hat nichts dagegen«, sagte sie ruhig. »Susannah hält das für die beste Lösung. Susannah gefällt's nur nicht, wie ein abgebrochener Auspuff nachgeschleppt zu werden.«

Roland bedachte sie mit einem dankbaren (wenn auch etwas geistesabwesenden) Lächeln – er schien sich in den letzten Tagen irgendwie von ihr entfernt zu haben – und wandte sich wieder an Bill. »Hast du wohl einen kleinen Wagen, den ich ziehen könnte? Wir müssen nämlich etwas Gunna mitnehmen … und Patrick ist auch zu bedenken. Er wird immer wieder ein Stück fahren müssen.«

Patrick reagierte empört. Er winkelte den rechten Arm an, machte eine Faust und ließ seine Muskeln spielen. Das Ergebnis – eine winzige Ausbuchtung am Bizeps seines Zeichenarms – schien ihn zu beschämen, jedenfalls ließ er ihn rasch wieder sinken.

Susannah lächelte, streckte eine Hand aus und tätschelte ihn am Knie. »Nicht traurig sein, Schätzchen. Du kannst nichts dafür, dass du weiß Gott wie lange wie Hänsel und Gretel im Hexenhaus eingesperrt warst.«

»Ich habe bestimmt etwas Passendes«, sagte Bill, »und einen Elektrokarren für Susannah. Was ich nicht habe, könnte ich auch bauen. Das dauert nur ein, zwei Stunden.«

Roland stellte eine Überschlagsrechnung an. »Wenn wir hier fünf Stunden vor Sonnenuntergang aufbrechen, müssten wir heute noch zwölf Räder schaffen können. Was Susannah neun oder zehn Meilen nennen würde. Weitere fünf Tage in diesem eher gemächlichen Tempo müssten uns dann zu jenem Turm bringen, nach dem ich mein Leben lang gesucht habe. Ich möchte ihn möglichst gegen Sonnenuntergang erreichen, so habe ich ihn nämlich immer im Traum gesehen. Susannah?«

Und die Stimme in ihrem Inneren – jene tiefe Stimme – flüsterte: *Vier Nächte. Vier Nächte, um zu träumen. Das dürfte reichen. Das müsste mehr als genug sein.* Natürlich würde das Ka intervenieren müssen. Hatten sie seinen Einflussbereich allerdings bereits verlassen, würde – *konnte* – das nicht geschehen. Irgendwie glaubte Susannah jedoch, dass das Ka überall hinreichte, sogar bis zum

Dunklen Turm. Dass es möglicherweise sogar vom Dunklen Turm verkörpert wurde.

»Einverstanden«, sagte sie mit schwacher Stimme.

»Patrick?«, sagte Roland. »Was meinst du dazu?«

Patrick zuckte die Achseln und machte, fast ohne von seinem Block aufzusehen, eine flapsige Handbewegung. Wie ihr wollt, besagte diese Geste wohl. Susannah vermutete, dass Patrick wenig vom Dunklen Turm wusste und sich noch weniger aus ihm machte. Wozu auch? Er war aus der Gefangenschaft des Ungeheuers entronnen, und sein Bauch war voll. Das genügte ihm. Seine Zunge war zwar fort, aber dafür konnte er nach Herzenslust zeichnen. Ihrer Ansicht nach glaubte Patrick bestimmt, damit keinen schlechten Tausch gemacht zu haben. Aber trotzdem … aber trotzdem …

Auch er ist nicht dafür bestimmt, den Dunklen Turm zu erreichen. Er nicht, Oy nicht, ich nicht. Aber was soll dann aus uns werden?

Sie konnte es nicht sagen, was sie aber auf seltsame Weise unbekümmert ließ. Das Ka würde es letztlich zeigen. Das Ka und ihre Träume.

4

Eine Stunde später standen die drei Humes, der Bumbler und Bill der Roboter um einen abgespeckten Wagen herum, der wie eine etwas größere Version von Ho Fats Luxustaxi aussah. Die Räder waren hoch, aber schmal und drehten sich traumhaft leicht. Sogar beladen würde er sich wie eine Feder ziehen lassen, glaubte Susannah. Zumindest solange Roland noch frisch war. Steigungen würden ihn nach einiger Zeit zweifellos ermüden, aber wenn sie die mitgenommenen Vorräte verzehrten, würde Ho Fat II noch leichter werden … und es würde ohnehin nicht viele Hügel geben. Vor ihnen lag offenes Land, die Prärie; alle bewaldeten und verschneiten Höhenzüge lagen nun hinter ihnen. Bill hatte ihr ein Fahrzeug besorgt, das eher ein Elektroroller als ein Golfkarren war. Die Zeiten, in denen sie (»wie ein abgebrochener Auspuff«) nachgeschleppt werden musste, waren vorbei.

»Wenn ihr mir noch eine halbe Stunde Zeit lasst, dann kann ich das hier noch abschleifen«, sagte Bill, indem er mit einer dreifingrigen Stahlhand über die raue Kante fuhr, wo er das Vorderteil des kleinen Wagens, der jetzt Ho Fat II war, abgetrennt hatte.

»Wir sagen unseren Dank, aber das ist nicht nötig«, wehrte Roland ab. »Wir legen einfach ein paar Häute darüber, siehst du?«

Er hat es eilig, wegzukommen, dachte Susannah, *und ist das nach so langer Zeit nicht auch verständlich? Ich hab es ja selbst eilig.*

»Nun, belassen wir's eben dabei, wenn ihr wollt«, sagte Bill in hörbar unglücklichem Ton. »Ich will euch vermutlich nur nicht ziehen lassen. Wann werde ich wohl je wieder Humes sehen?«

Keiner von ihnen hatte eine Antwort darauf.

»Auf dem Dach ist ein gewaltig lautes Horn installiert«, sagte Bill, indem er auf die Nissenhütte deutete. »Ich weiß nicht, wovor es warnen sollte – vielleicht vor austretender Strahlung oder irgendeinem Angriff –, aber ich weiß, dass sein Schall mindestens hundert Räder weit trägt. Sogar noch weiter, wenn der Wind richtig steht. Falls ich den Burschen sehe, von dem ihr euch verfolgt glaubt, oder noch funktionierende Bewegungsmelder ihn erfassen, lasse ich es ertönen. Vielleicht hört ihr das Signal.«

»Danke«, sagte Roland.

»Würdet ihr fahren, wärt ihr mühelos schneller«, stellte Bill fest. »Ihr würdet den Turm erreichen, ohne den Burschen jemals sehen zu müssen.«

»Das stimmt natürlich«, sagte Roland, ließ aber keinerlei Bereitschaft erkennen, seine Meinung zu ändern, worüber Susannah nur froh war.

»Was macht Ihr mit dem, den Ihr seinen Roten Vater nennt, falls er wirklich das Can'-Ka No Rey beherrscht?«

Roland zuckte die Achseln, obwohl er diese Möglichkeit bereits mit Susannah durchgesprochen hatte. Er glaubte, sie würden den Turm vielleicht weiträumig umgehen und sich ihm dann aus einer

Richtung nähern können, die von dem Balkon, auf dem der Scharlachrote König gefangen war, nicht einzusehen war. Danach konnten sie sich vielleicht bis zum Eingang unter ihm vorarbeiten. Ob das wirklich möglich war, ließ sich natürlich erst beurteilen, wenn sie den Turm und die örtlichen Verhältnisse selbst sahen.

»Nun, es wird Wasser geben, so Gott es will«, sagte der einst als Stotter-Bill bekannte Roboter, »das hat zumindest das Alte Volk behauptet. Und vielleicht sehen wir uns ja wieder, und wenn's auf der Lichtung am Ende des Pfades ist. Falls Roboter überhaupt dorthin dürfen. Das hoffe ich jedenfalls, schließlich gibt es viele, die ich gern wiedersehen möchte.«

Das klang so verzweifelt, dass Susannah sich zu ihm bewegte und die Arme streckte, um sich von ihm hochheben zu lassen, ohne darüber nachzudenken, wie absurd es war, einen Roboter umarmen zu wollen. Aber er hob sie hoch, und sie umarmte ihn – sogar ziemlich fest. Bill war das genaue Gegenteil von dem bösartigen Andy in Calla Bryn Sturgis und allein schon deshalb eine Umarmung wert. Als seine Arme sich um sie schlossen, dachte Susannah flüchtig daran, dass Bill sie mit diesen Armen aus Stahl und Titan leicht in Stücke brechen konnte, wenn er wollte. Aber das tat er nicht. Er war sanft.

»Lange Tage und angenehme Nächte, Bill«, sagte sie. »Möge es dir wohl ergehen, das sagen wir alle.«

»Danke, Madam«, antwortete er und setzte sie ab. »Ich sage Euch meinen Dudda-Dank, Dumma-Dank, Dukka-Dank …« *Piep!* Er schlug sich mit der flachen Hand laut scheppernd an die Stirn. »Ich sage Euch meinen aufrichtigen Dank.« Er machte eine Pause. »Das Stottern *habe* ich beseitigt, gewisslich wahr, aber wie ich vielleicht schon erwähnt habe, bin ich nicht ganz ohne Gefühle.«

5

Patrick überraschte sie beide, indem er fast vier Stunden lang neben Susannahs Elektroroller hermarschierte, bevor er müde wurde und auf Ho Fat II kletterte. Sie achteten auf das Horn, das sie warnen sollte, falls Bill irgendwann Mordred entdeckte (oder die Instrumente im Außenposten ihn entdeckten), hörten aber nichts … obwohl der Wind günstig in ihre Richtung stand. Bei Sonnenuntergang hatten sie die letzten Schneereste hinter sich zurückgelassen. Das Land wurde weiterhin flacher, sodass sie lange Schatten vor sich warfen.

Als sie endlich für die Nacht Halt machten, sammelte Roland Holz für ein Feuer, und Patrick, der eingenickt war, wachte dann noch einmal auf, um eine Riesenportion Wiener Würstchen mit gebackenen Bohnen zu verdrücken. (Susannah, die beobachtete, wie Patrick die Bohnen in sich hineinschaufelte, nahm sich vor, ihr Nachtlager in Luv von ihm aufzuschlagen, wenn es an der Zeit war, ihr müdes Haupt zur Ruhe zu betten.) Oy und sie aßen ebenfalls herzhaft, nur Roland rührte sein Essen kaum an.

Nach dem Abendessen griff sich Patrick wieder einen Zeichenblock, betrachtete stirnrunzelnd den Bleistift und streckte Susannah dann eine Hand hin. Sie wusste sofort, was er wollte, und zog das Konservenglas aus der Umhängetasche, in der sie ihre persönlichen Habseligkeiten aufbewahrte. Das Glas gehörte dazu, weil es nur einen Bleistiftspitzer gab, und sie fürchtete, Patrick könnte ihn verlieren. Natürlich konnte Roland die Faber-Stifte auch mit dem Messer spitzen, aber das hätte etwas anders geformte Spitzen ergeben. Sie kippte das Glas und schüttete Radiergummis und Büroklammern und den gewünschten Gegenstand in ihre gewölbte Handfläche. Dann gab sie ihn Patrick, der seinen Bleistift mit ein paar raschen Handgelenkbewegungen spitzte, ihr den Spitzer zurückgab und sich sofort an die Arbeit machte. Susannah betrachtete einen Augenblick lang die rosa Radiergummis und fragte sich noch einmal, wozu Dandelo sich wohl die Mühe gemacht hatte, sie abzuschneiden. Um den Jungen zu quälen? Wenn ja, war das jedenfalls vergebliche Liebesmüh gewesen. Vielleicht würde er später im Leben, wenn die sublimen Verbindungen zwischen seinem Gehirn und seinen Fingern etwas einrosteten (wenn die kleine, aber unzweifelhaft herausragende Welt seines Talents sich weiterbewegt hatte), einmal Radiergummis brauchen. Vorläufig jedoch lieferten selbst seine Fehler noch Inspirationen.

Er zeichnete nicht lange. Als Susannah ihn im orangeroten Schein des verblassenden Sonnenuntergangs einnicken sah, zog sie ihm den Block aus den Fingern, ohne dass er dagegen protestiert hätte, ließ ihn sich auf der Ladefläche des Karrens ausstrecken (der durch einen passenden Felsbrocken unter der Deichsel waagrecht gehalten wurde), deckte ihn mit Fell zu und küsste ihn sanft auf die Wange.

Patrick streckte verschlafen eine Hand aus und berührte das kleine Geschwür neben ihrer Unterlippe. Sie zuckte kurz zusammen, hielt dann aber unter seiner sanften Berührung still. Das Geschwür war wieder verschorft, aber es klopfte schmerzhaft. Auch jetzt noch tat ihr selbst das Lächeln weh. Die Hand sank herab – Patrick war eingeschlafen.

Die Sterne waren inzwischen herausgekommen. Roland sah wie gebannt zu ihnen auf.

»Was siehst du?«, fragte sie ihn.

»Was siehst *du?«,* lautete seine Gegenfrage.

Sie sah nun auch zu der heller werdenden Himmelslandschaft auf. »Na ja«, sagte sie, »ich sehe den Alten Stern und die Alte Mutter, aber sie scheinen nach Westen gewandert zu sein. Und dort drüben … Ach, du meine Güte!« Sie legte die Hände auf seine stoppeligen Wangen (er schien nie einen richtigen Bart zu bekommen, nur immer kratzige Stoppeln) und drehte seinen Kopf in die Richtung, die sie meinte. »Das war noch nicht dort, als wir das Westliche Meer verlassen haben, das weiß ich genau. Dieses Sternbild gehört zu *unserer* Welt, Roland – wir nennen es den Großen Wagen!«

Er nickte. »Und einst, das weiß ich aus den ältesten Büchern in der

Bibliothek meines Vaters, hat es auch an unserem Himmel gestanden. Lydias Wagen, so hat es geheißen. Und jetzt ist's wieder da.« Er wandte sich ihr lächelnd zu. »Ein weiteres Zeichen für Leben und Erneuerung. Wie der Scharlachrote König es hassen muss, aus seinem Gefängnis aufzublicken und es wieder am Himmel stehen zu sehen!«

6

Wenig später schlief Susannah. Und träumte.

7

Sie ist wieder im Central Park, unter einem hellen grauen Himmel, aus dem abermals die ersten Schneeflocken herabwirbeln; die Weihnachtssänger in der Nähe singen nicht »Stille Nacht« oder »What Child Is This«, sondern das Reislied: »Rice be a green-o, See what we seen-o, Seen-o the green-o, Come-come-commala!« Sie nimmt ihre Mütze ab, weil sie befürchtet, sie könnte sich irgendwie verändert haben, aber dort steht weiter FRÖHLICHE WEIHNACHT!, und

(keine Zwillinge da)

sie ist beruhigt.

Als sie sich umsieht, stehen dort Eddie und Jake, die sie angrinsen. Ihre Köpfe sind unbedeckt, weil sie doch ihre Mützen hat. Sie hat ihre beider Mützen vereinigt.

Eddie trägt ein Sweatshirt mit dem Aufdruck ICH TRINKE NOZZ-A-LA!

Auf Jakes Sweatshirt steht: ICH FAHRE DEN TAKURO SPIRIT!

Das alles ist nicht gerade neu. Aber was sie hinter ihnen in der Nähe eines zur Fifth Avenue zurückführenden Kutschenweges sieht, ist es sehr wohl. Es ist eine etwa zwei Meter hohe Tür, die aus massivem Eisenholz zu bestehen scheint. Der Türknopf ist aus massivem Gold und trägt eine Gravur, die sie endlich erkennt: zwei gekreuz-

te Bleistifte. HB-Bleistifte von Faber, daran zweifelt sie nicht. Und die Radiergummis sind abgeschnitten.

Eddie hält ihr einen Becher heiße Schokolade hin. Einen perfekten Becher mit Schlag obendrauf und Schokostreuseln auf dem Schlagrahm. »Hier, hab dir heiße Schokolade mitgebracht.«

Sie beachtet den hingehaltenen Becher nicht weiter. Die Tür fasziniert sie. »Sie ist wie die am Strand, oder?«, sagt sie.

»Ja«, sagt Eddie.

»Nein«, sagt Jake gleichzeitig.

»Du wirst es schon rauskriegen«, sagen sie gemeinsam und grinsen sich begeistert an.

Sie geht an ihnen vorbei. Auf den Türen, durch die Roland sie gezogen hat, stand DER GEFANGENE *und* HERRIN DER SCHATTEN *und* DER SCHUBSER. *Auf dieser hier steht* . *Und darunter:*

DER KÜNSTLER

Sie dreht sich wieder nach den beiden um, aber sie sind verschwunden.

Der Central Park ist verschwunden.

Vor sich hat sie die Ruinen von Lud, die sich aus dem Wüsten Land erheben.

Ein bitterkalter Wind trägt sieben geflüsterte Worte an ihr Ohr: »Die Zeit ist fast um … beeil dich …«

8

Sie schrak in einer Art Panik hoch und dachte: *Ich muss ihn verlassen … und das tue ich am besten, bevor ich den Dunklen Turm auch nur am Horizont sehe. Aber wohin soll ich mich wenden? Wie kann ich ihn mit Patrick als einzigem Verbündeten gegen Mordred und den Scharlachroten König antreten lassen?*

Diese Vorstellung brachte es mit sich, dass sie über eine bittere Gewissheit nachdachte: Wenn es zu einem Showdown kam, konnte Oy ihm bestimmt mehr helfen als Patrick. Der Bumbler hatte mehr als einmal gezeigt, dass er Mumm besaß, und wäre des Titels Revolvermann würdig gewesen, hätte er nur einen Revolver besessen – und eine Hand, um einen solchen zu führen. Patrick dagegen … Patrick war ein … nun, ein Bleistiftschwinger. Bewundernswert flink, aber mit einem Stift konnte man nicht viel umbringen, außer er war *sehr* spitz.

Sie setzte sich auf. Roland, der an die andere Seite ihres Elektrorollers gelehnt Wache hielt, merkte nichts davon. Und er sollte nichts davon merken. Das hätte zu Fragen geführt. Sie legte sich wieder hin, zog die Felle um sich und dachte an ihre erste Jagd zurück. Sie erinnerte sich daran, wie der einjährige Hirsch seine Richtung geändert hatte, um dann geradewegs auf sie zuzukommen, und wie sie ihn mit dem Oriza enthauptet hatte. Sie glaubte, das Heulen des Tellers in der kalten Luft zu hören – jenes Heulen, das entstand, wenn der Wind durch den kleinen Aufsatz, der Patricks Bleistiftspitzer so ähnlich sah, auf der Unterseite des Tellers pfiff. Sie glaubte, dass ihr Verstand versuchte, hier irgendeine Verbindung herzustellen, aber sie war zu müde, um dahinterzukommen. Möglicherweise bemühte sie sich auch zu angestrengt. Aber was sollte sie dagegen tun, falls Letzteres zutraf?

Zumindest eines wusste sie aus ihrer Zeit in Calla Bryn Sturgis. Die Hieroglyphen auf der Tür bedeuteten NICHTGEFUNDEN.

Die Zeit ist fast um. Beeil dich.

Am nächsten Tag ging das mit den Tränen los.

9

Es gab weiterhin reichlich Büsche, hinter die sie verschwinden konnte (um ihren Tränen freien Lauf zu lassen, wenn sie sich nicht mehr zurückhalten ließen), aber das Land wurde immer flacher und weiter. Gegen Mittag des zweiten vollen Tages auf der Straße zum Turm sah Susannah etwas, was sie erst für einen weit vor ihnen über die Landschaft ziehenden Wolkenschatten hielt – nur war der Himmel über ihnen von Horizont zu Horizont wolkenlos blau. Schließlich änderte der große dunkle Fleck auf nicht sehr wolkenähnliche Art seine Richtung. Susannah hielt die Luft an und brachte ihren kleinen Elektroroller zum Stehen.

»Roland!«, sagte sie. »Das dort vorn ist eine Büffelherde, oder vielleicht sind's Bisons! Todsicher!«

»Aye, sagst du das?«, fragte Roland ohne sonderliches Interesse. »Im Lange-Her haben wir sie Bannock genannt. Es ist eine ziemlich große Herde.«

Patrick stand auf der Ladefläche von Ho Fat II und zeichnete wie verrückt. Er hielt den Bleistift jetzt anders, sodass der gelbe Schaft an seiner Handfläche anlag, während er mit der Spitze schraffierte. Susannah konnte fast den von der Büffelherde aufsteigenden Staub riechen, während er ihn schraffierte. Sie hatte allerdings den Eindruck, dass er sich die künstlerische Freiheit genommen hatte, die Herde eine oder gar zwei Meilen heranzuholen – oder er sah erheblich besser als sie. Das war natürlich möglich. Unterdessen hatten auch ihre Augen sich an die Lichtverhältnisse gewöhnt, und sie sah die Büffel nun besser. Ihre großen zottigen Schädel. Sogar ihre schwarzen Augen.

»Eine Büffelherde dieser Größe hat es in Amerika seit bestimmt hundert Jahren nicht mehr gegeben«, sagte sie.

»Aye?« Weiter nur höfliches Interesse. »Aber hier gibt es sie im Überfluss, würde ich sagen. Wenn ein kleines Tet von ihnen in Schussweite kommt, sollten wir ein Tier erlegen. Ich würde gern einmal etwas frisches Fleisch essen, das nicht Hirsch ist. Du wohl auch, oder?«

Susannah ließ ihr Lächeln für sich antworten. Roland erwiderte es. Und ihr wurde erneut bewusst, dass sie ihn bald nicht mehr sehen würde, diesen Mann, den sie anfangs für ein Trugbild oder einen Dämon gehalten hatte, bevor sie ihn sowohl *an-tet* als auch *dan-dinh* kennen gelernt hatte. Eddie war tot. Jake war tot, und sie würde Roland von Gilead bald nicht mehr sehen. Würde sie dann ebenfalls tot sein? Würde sie's sein?

Sie sah kurz in die gleißend helle Sonne, damit er ihre Tränen darauf zurückführte, falls er sie bemerkte. Und dann zogen sie weiter in den Südosten dieses endlosen und leeren Landes, in den stetig sich verstärkenden Rhythmus, der von dem Turm als Achse aller Welten und der Zeit selbst ausging.

Poch-poch-poch.

Commala-come-come, bald ist die Reise getan.

An diesem Abend übernahm sie die erste Wache und weckte Roland schließlich um Mitternacht.

»Ich glaube, er ist irgendwo dort draußen«, sagte sie, indem sie nach Nordwesten zeigte. Nähere Erklärungen waren überflüssig; mit »er« konnte nur Mordred gemeint sein. Alle anderen gab es nicht mehr. »Pass gut auf.«

»Das werde ich«, sagte er. »Und *wach* gut auf, wenn du einen Schuss hörst. Und schnell.«

»Worauf du dich verlassen kannst«, sagte sie und streckte sich im trockenen Wintergras hinter Ho Fat II aus. Anfangs war sie sich nicht sicher, ob sie Schlaf finden würde; sie war von dem Gefühl einer feindseligen Präsenz in ihrer Nähe noch immer aufgeregt und durcheinander. Aber dann schlief sie doch ein.

Und träumte.

10

Der Traum der zweiten Nacht ist dem der ersten Nacht ähnlich und zugleich unähnlich. Die Hauptelemente sind identisch: Central Park, weißlich grauer Himmel, Flockenwirbel, im Chor singende Stimmen (heute mit »Come Go With Me«, dem alten Del-Vikings-Hit), Jake (ICH FAHRE DEN TAKURO SPIRIT!) *und Eddie (diesmal in einem Sweatshirt mit dem Aufdruck* KLICK! MIT EINER SHINNARO-KAMERA!). *Eddie hat einen Becher mit heißer Schokolade, den er ihr jedoch nicht anbietet. Sie kann nicht nur auf den Gesichtern, sondern auch an der angespannten Haltung der beiden sehen, wie beunruhigt sie sind. Das ist der entscheidende Unterschied dieses Traums: Es gibt etwas zu sehen oder zu tun, vielleicht auch beides. Was immer es sein mag, die beiden haben erwartet, dass sie es längst sehen oder tun würde, aber sie hat sich als begriffsstutzig erwiesen.*

Das wirft eine ziemlich schwerwiegende Frage auf: Ist sie vorsätzlich begriffsstutzig? Gibt es hier etwas, dem sie sich nicht stellen will? Ist es vielleicht sogar denkbar, dass der Dunkle Turm die Kommunikation mit den beiden behindert? Natürlich ist das eine lächerliche Idee – diese Leute, die sie sieht, sind schließlich nur Produkte ihrer sehnsüchtigen Phantasie; sie sind tot! *Eddie durch eine Kugel getötet, Jake von einem Auto überfahren: der eine in dieser Welt umgekommen, der andere in der Fundamentalen Welt, wo Spaß einfach Spaß ist, was geschehen ist, geschehen bleibt (geschehen bleiben* muss, *weil die Zeit dort stets nur in einer Richtung läuft), und Stephen King ihr* Poeta laureatus *ist.*

Trotzdem kann sie diesen Ausdruck auf ihren Gesichtern nicht leugnen, jenen panikartigen Ausdruck, der zu besagen scheint: Du hast es, Suze – du hast, was wir dir zeigen wollen, du hast, was du wissen musst. Willst du es etwa entschlüpfen lassen? Das vierte Viertel hat begonnen. Wir sind im vierten Viertel, und die Uhr läuft und wird weiterlaufen, *muss* weiterlaufen, weil du schon alle dir zustehenden Auszeiten genommen hast. Du musst dich beeilen … beeilen …

11

Susannah schrak nach Luft ringend hoch. Es war schon fast Tag. Sie fuhr sich mit einer Hand über die Stirn und stellte fest, dass sie schweißnass war.

Was wolltest du mir mitteilen, Eddie? Was willst du mich wissen lassen?

Auf diese Frage gab es keine Antwort. Wie denn auch? *Der feine Mister Dean, der is tot,* dachte sie und ließ sich zurücksinken. So lag sie noch eine weitere Stunde da, ohne wieder einschlafen zu können.

12

Wie Ho Fat I, so war auch Ho Fat II mit Zuggriffen ausgerüstet, die im Gegensatz zu denen des ersten Gefährts jedoch verstellbar waren. Wenn Patrick einmal zu Fuß gehen wollte, ließen die Griffe sich spreizen, damit Roland und er je einen bekamen. Wollte er lieber fahren, klappte Roland sie wieder zusammen, um den Wagen allein ziehen zu können.

Mittags machten sie Halt, um zu essen. Nach dieser Mahlzeit kroch Patrick auf die Ladefläche von Ho Fat II, um ein Nickerchen zu machen. Roland wartete, bis er den Jungen (das blieb er nämlich für sie, unabhängig davon, wie alt er in Wirklichkeit sein mochte) leise schnarchen hörte, dann wandte er sich an sie.

»Susannah, was bekümmert dich eigentlich? Das möchte ich von dir hören. Das möchte ich *dan-dinh* von dir hören, obwohl wir kein Tet mehr sind und ich nicht mehr dein Dinh bin.« Er lächelte. Dieses traurige Lächeln brach ihr fast das Herz, und sie konnte ihre Tränen nicht länger zurückhalten. Auch die Wahrheit nicht.

»Sollte ich noch bei dir sein, Roland, wenn du den Turm siehst, dann ist irgendwas gewaltig schief gegangen.«

»In welcher Beziehung?«, fragte er.

Sie schüttelte den Kopf und schluchzte nun noch heftiger. »Es sollte hier eine Tür geben … die nichtgefundene Tür. Aber ich weiß nicht, wie ich sie finden soll! Eddie und Jake erscheinen mir in meinen Träumen und erklären mir, dass ich es bereits wüsste – sie sagen es mir mit Blicken –, aber ich weiß es nicht! *Ich schwöre, dass ich es nicht weiß!«*

Er schloss sie in die Arme und hielt sie umarmt und küsste sie auf die Schläfe. Neben ihrer Unterlippe pochte und brannte das Geschwür. Es blutete zwar nicht, aber es hatte wieder zu wachsen begonnen.

»Lass raus, was raus will«, sagte der Revolvermann, wie seine Mutter einst zu ihm gesagt hatte. »Lass raus, was raus will, ist ja schon gut, und lass das Ka wirken.«

»Du hast gesagt, dass wir seinem Einflussbereich entkommen sind.«

Er hielt sie weiter umarmt, wiegte sie, und das war gut. Es war beruhigend. »Ich habe mich getäuscht«, antwortete er. »Wie du längst weißt.«

13

In der dritten Nacht hatte Susannah wieder die erste Wache, und sie blickte gerade nach hinten, nach Nordwesten die Tower Road entlang, als plötzlich jemand ihre Schulter umfasste. Entsetzen fuhr in ihrem Verstand hoch wie ein Springteufelchen, und sie warf sich herum

(er ist hinter mir o Gott Mordred hat sich hinter mich geschlichen und überfällt mich als Spinne!)

und griff gleichzeitig nach ihrem Revolver, riss ihn aus dem Halfter.

Patrick, auf dessen Gesicht sich auch Entsetzen malte, wich vor ihr zurück und hob erschrocken die Hände. Hätte er aufgeschrien, wäre Roland bestimmt aufgewacht, und dann hätte alles anders ausgehen können. Aber er war zu verängstigt, um aufzuschreien. Er gab einen erstickten Laut von sich, das war alles.

Sie steckte den Revolver weg, wies ihre leeren Hände vor, zog ihn dann an sich und umarmte ihn. Anfangs war er noch angespannt – noch ängstlich –, aber nach einiger Zeit löste sich seine Verkrampfung.

»Was hast du, Liebling?«, fragte sie ihn mit gedämpfter Stimme.

Dann erkundigte sie sich, ohne zu merken, dass sie damit einen Ausdruck Rolands gebrauchte: »Was bekümmert dich?«

Patrick löste sich aus ihrer Umarmung und zeigte genau nach Norden. Sie verstand nicht gleich, was er meinte, aber dann sah sie orangerote Lichter tanzen und mal hierhin, mal dorthin flitzen. Susannah schätzte ihre Entfernung auf mindestens fünf Meilen, konnte aber trotzdem nicht verstehen, dass sie die Lichter erst jetzt sah.

Weiter mit leiser Stimme, um Roland nicht zu wecken, sagte sie: »Das sind nur Geisterlichter, Schätzchen – die können dir nichts anhaben. Roland nennt sie Hobs. So was wie Elmsfeuer oder so ähnlich.«

Er hatte jedoch keine Ahnung, was Elmsfeuer war; das merkte sie an seinem unsicheren Blick. Sie begnügte sich damit, ihm zu versichern, dass die Lichter ihm nichts tun konnten, und tatsächlich kamen auch die Hobs nicht mehr näher heran. Noch während Susannah sie beobachtete, begannen sie fortzutanzen, und wenig später waren die meisten von ihnen wieder verschwunden. Vielleicht hatte sie sie ja *fortgedacht*. Früher hätte sie einen solchen Gedanken lächerlich gefunden, aber diese Zeiten waren längst vorbei.

Patrick entspannte sich wieder ganz.

»Willst du dich nicht wieder hinlegen, Schätzchen? Du brauchst deinen Schlaf.« Und sie brauchte ihren, wenngleich sie ihn fürchtete. Bald würde sie Roland wecken, um ihrerseits zu schlafen, und dann würde der Traum kommen. Die Geister von Jake und Eddie würden sie ängstlicher besorgt als je zuvor anstarren. Weil sie etwas wissen sollte, was sie nicht wusste, nicht wissen konnte.

Patrick schüttelte den Kopf.

»Bist wohl gar nicht müde?«

Wieder ein Kopfschütteln.

»Na ja, willst du dann nicht noch ein bisschen zeichnen?« Dabei kam er immer am besten zur Ruhe.

Der Junge nickte lächelnd und ging sofort zu Ho Fat II, um den gegenwärtig benutzten Zeichenblock zu holen. Er machte übertrieben große schleichende Schritte, damit Roland ja nicht aufwachte. Darüber musste sie lächeln. Patrick zeichnete leidenschaftlich gern; seine Einzelhaft im Keller von Dandelos Hütte hatte er vermutlich nur deshalb überstanden, weil er gewusst hatte, dass der alte Scheißkerl ihm ab und zu Zeichenblock und Bleistift geben würde. Er ist genauso süchtig wie Eddie in seiner schlimmsten Zeit, überlegte sie sich, nur dass Patricks Droge aus einer dünnen Bleistiftmine besteht.

Er setzte sich und begann zu zeichnen. Susannah nahm ihre Wache wieder auf, spürte aber bald ein eigenartiges Kribbeln im ganzen Körper, so als würde sie jemand beobachten. Sie musste gleich wieder an Mordred denken, lächelte dann jedoch sofort (was ziemlich wehtat, weil der Abszess doch in letzter Zeit wieder dick war). Nicht Mordred; Patrick. Der Junge beobachtete sie.

Patrick *zeichnete* sie.

Sie saß fast zwanzig Minuten lang still da, dann wurde ihre Neugier übermächtig. In dieser Zeit hätte Patrick mit der Mona Lisa fertig sein müssen – vielleicht als Dreingabe noch mit dem Petersdom als Hintergrund. Dieses kribbelnde Gefühl war so *eigenartig,* fast nicht nur eine Kopfsache, sondern eine regelrechte körperliche Empfindung.

Als sie zu ihm hinüberging, hielt Patrick seinen Zeichenblock anfangs mit ungewohnter Schüchternheit an die Brust gedrückt. Aber er *wollte,* dass Susannah ihr Porträt sah; das stand in seinem Blick. Fast der Blick eines Liebenden, wenngleich sie vermutete, dass er sich eher in die von ihm gezeichnete Susannah verliebt hatte.

»Komm schon, Süßer«, sagte sie und fasste mit einer Hand nach dem Block. Trotzdem würde sie ihn Patrick nicht aus den Händen ziehen, selbst wenn er das vielleicht wollte. Er war der Künstler; er musste selbst entscheiden, ob er ihr seine Arbeit zeigen wollte oder nicht. »Bitte, ja?«

Der Junge presste den Block noch einen Augenblick länger an sich. Dann – schüchtern, ohne sie anzusehen – hielt er ihn ihr hin. Sie nahm ihn entgegen und blickte auf ihr Porträt hinab. Es verschlug ihr fast den Atem, so gut war es. Die großen, ausdrucksvollen Augen. Die hohen Wangenknochen, die ihr Vater immer »diese Juwelen Äthiopiens« genannt hatte. Die vollen Lippen, die Eddie so gern geküsst hatte. Das war sie; das war sie, wie sie leibte und lebte … aber zugleich war es *mehr* als sie. Sie hätte nie geglaubt, dass Liebe so unverfälscht aus bloßen Bleistiftstrichen sprechen könnte, aber das tat wahre Liebe hier, gewisslich wahr: die Liebe eines Jungen für die Frau, die ihn gerettet, die ihn aus einem finsteren Loch befreit hatte, in dem er sonst sicherlich gestorben wäre. Liebe für sie als Mutter, Liebe für sie als Frau.

»Patrick, es ist wundervoll!«, sagte sie.

Er sah sie zweifelnd an. *Wirklich?*, fragten seine Augen, und sie erkannte, dass nur er – der arme, bedürftige Patrick in seinem Inneren, der schon immer mit dieser Fähigkeit lebte und sie deshalb für selbstverständlich hielt – an der schlichten Schönheit seines Werkes zweifeln konnte. Zeichnen machte *ihn* glücklich; das hatte er schon immer gewusst. Dass seine Bilder auch *andere* glücklich machen konnten … an diese Vorstellung würde er sich erst gewöhnen müssen. Sie fragte sich wieder einmal, wie lange Dandelo ihn gefangen gehalten hatte und wie Patrick überhaupt in die Fänge dieses alten Scheusals geraten sein mochte. Aber das würde sie wohl nie erfahren. Viel wichtiger erschien es ihr jetzt zudem, ihn von seinem eigenen Wert zu überzeugen.

»Ja«, sagte sie. »Ja, es *ist* wundervoll. Du bist ein großer Künstler, Patrick. Es macht glücklich, deine Bilder zu betrachten.«

Diesmal vergaß er, die Zähne zusammenzubeißen. Und sein Lächeln, auch wenn es zungenlos war, war so wunderbar, dass sie es hätte vernaschen können. Es ließ alle ihre Ängste und Sorgen klein und töricht erscheinen.

»Darf ich's behalten?«

Patrick nickte eifrig. Er machte mit einer Hand eine Abreißbewegung, dann deutete er auf sie. *Ja! Reiß es ab! Nimm es! Behalt es!*

Sie wollte das Blatt gerade abreißen, hielt dann jedoch inne. Seine Liebe (und sein Bleistift) hatten sie schön gemacht. Der einzige

Makel an dieser Schönheit war das schwarze, hässliche Geschwür neben ihrer Unterlippe. Sie zeigte ihm das Porträt, tippte auf das Geschwür und berührte dann die Stelle. Sie verzog das Gesicht. Schon die leichteste Berührung war schmerzhaft. »Das ist der einzige Makel«, sagte sie.

Er zuckte die Achseln und hob dabei die offenen Hände bis zu den Schultern – eine Geste, über die sie lachen musste. Das tat sie leise, um Roland nicht zu wecken, aber sie musste wirklich lachen. Ihr fiel ein Ausspruch aus irgendeinem alten Film ein: *Ich male, was ich sehe*.

Nur war dies kein Gemälde, und ihr fiel plötzlich ein, wie er dieses faulige, hässliche, schmerzhafte Ding entfernen könnte. Zumindest in der Form, in der es auf dem Papier existierte.

Dann ist sie mein Zwilling, dachte sie liebevoll. *Meine bessere Hälfte; meine hübsche Zwillingsschwe…*

Und plötzlich verstand sie alles.

Alles? Verstand sie *alles?*

Ja, würde sie später glauben. Nicht auf irgendeine stimmige Weise, die sich hätte niederschreiben lassen – ist a + b = c, dann gilt c – b = a und c – a = b –, aber doch, ja, sie verstand alles. Erfasste alles *intuitiv*. Kein Wunder, dass Traum-Eddie und Traum-Jake so ungeduldig mit ihr gewesen waren; schließlich lag alles auf der Hand.

Patrick, der sie mit Linien nach*gezogen* hatte.

Auch war dies nicht das erste Mal, dass sie *gezogen* worden war.

Roland hatte sie in diese Welt gezogen … mittels Magie.

Eddie hatte sie durch Liebe an sich gezogen.

Das hatte auch Jake getan.

Großer Gott, war sie schon so lange hier gewesen und hatte so viel durchgemacht, ohne zu erkennen, was Ka-Tet *war*, was es bedeutete? Ka-Tet bedeutete Familie.

Ka-Tet bedeutete Liebe.

Zeichnen bedeutete, Striche mit Bleistift – auch mit Kohle oder Pastellstift – zu ziehen.

Ziehen oder anziehen bedeutete auch faszinieren, anlocken oder heranziehen. *Jemanden aus sich hervorlocken.*

Die *Drawers* waren die Orte gewesen, zu denen Detta sich hingezogen fühlte, wo sie ihre Selbstverwirklichung gesucht hatte.

Patrick, dieses zungenlose Wunderkind, in der Wildnis gefangen. In den *Drawers* gefangen. Und nun? Nun?

Jetzt isser mein Für-gut, dachte Susannah/Odetta/Detta, griff in ihre Umhängetasche, um das Glas herauszuholen, und wusste genau, was sie tun und weshalb sie's tun würde.

Als sie ihm den Zeichenblock zurückgab, ohne das erste Blatt mit ihrem Porträt abzureißen, wirkte Patrick schwer enttäuscht.

»Nar, nar«, sagte sie (und mit der Stimme vieler). »Du sollst bloß noch eine Kleinigkeit ändern, bevor ich es auf ewig als meinen schönsten und kostbarsten Besitz an mich nehme, der mich stets daran erinnern soll, wie ich an diesem Wo, in diesem Wann ausgesehen habe.«

Sie hielt ihm eines der rosa Gummistücke hin und verstand jetzt, weshalb Dandelo sie abgeschnitten hatte. Er hatte gute Gründe dafür gehabt.

Patrick nahm es entgegen, drehte es zwischen den Fingern und runzelte die Stirn, als hätte er solch ein Ding noch nie gesehen. Susannah war überzeugt, dass er schon einmal eines in der Hand gehalten hatte – aber vor wie vielen Jahren? Wie kurz mochte er davor gewesen sein, sich seines Peinigers ein für alle Mal zu entledigen? Und weshalb hatte Dandelo ihn damals nicht einfach umgebracht?

Weil er sich in Sicherheit gewiegt hat, nachdem er ihm die Radiergummis weggenommen hatte, dachte sie.

Patrick sah verwirrt zu ihr auf. Fühlte sich unwohl in seiner Haut.

Susannah setzte sich neben ihn und deutete auf den Makel auf der Zeichnung. Dann umfasste sie Patricks Handgelenk mit zarten Fingern und zog es aufs Papier herunter. Er sträubte sich anfangs, aber dann ließ er zu, dass sie seine Hand mit dem rosa Gummistück dirigierte.

Sie dachte an den Schatten, der übers Land gefallen und gar kein

Schatten, sondern eine Herde großer, zottiger Tiere gewesen war, die Roland Bannock nannte. Sie erinnerte sich, wie sie den Staub hatte riechen können, als Patrick begonnen hatte, ihn zu *zeichnen*. Und sie dachte daran, wie die Herde tatsächlich *näher* gewesen zu sein schien, als sie in Wirklichkeit war, nachdem Patrick sie näher gezeichnet hatte (künstlerische Freiheit, und wir sagen alle unseren Dank). Sie erinnerte sich, dass sie geglaubt hatte, ihre Augen hätten sich angepasst, und staunte jetzt darüber, wie dumm sie gewesen war. Als ob Augen sich an die Ferne gewöhnen konnten, wie sie sich an die Dunkelheit gewöhnten.

Nein, Patrick hatte sie näher herangeholt. Er hatte sie herangeholt, indem er sie näher *gezeichnet* hatte.

Als die Hand mit dem Radiergummi fast das Papier berührte, nahm sie die eigene Hand weg – es musste allein Patricks Werk sein, dessen war sie sich irgendwie sicher. Sie bewegte die Finger hin und her, um zu demonstrieren, was sie wollte. Er verstand nicht. Sie wiederholte die Pantomime, dann zeigte sie auf das Geschwür neben ihrer vollen Unterlippe.

»Mach es weg, Patrick«, sagte sie und war von der Festigkeit der eigenen Stimme überrascht. »Es ist hässlich, mach es weg.« Sie wiederholte ihre Radierbewegung in der Luft. »Radier es aus.«

Diesmal begriff er. Sie sah wie das Verständnis in seinem Blick aufleuchtete. Er hielt den rosa Gummi hoch, damit sie ihn sehen konnte. *Vollkommen* rosa, das war er – ohne die geringste Spur von Graphit. Er sah sie mit hochgezogenen Augenbrauen an, als wollte er fragen, ob das ihr Ernst sei.

Sie nickte.

Patrick senkte den Radiergummi auf das Geschwür und begann zu radieren, anfangs noch zaghaft. Als er dann sah, was sich damit bewirken ließ, wurde er mutiger.

14

Sie spürte dasselbe eigenartige Kribbeln wie zuvor, nur dass es ihren gesamten Körper erfasst hatte, als er sie zeichnete. Jetzt war es auf eine einzige Stelle rechts neben ihrer Unterlippe konzentriert. Als Patrick merkte, wie der Radiergummi zu handhaben war, und sich ernstlich an die Arbeit machte, verwandelte das Kribbeln sich in ein tief reichendes, fast unerträgliches Jucken. Sie musste die Hände rechts und links neben sich tief ins Erdreich graben, um sie daran zu hindern, nach oben zu greifen, nach dem Geschwür zu krallen und wütend daran herumzukratzen, ohne sich darum zu kümmern, ob sie es so auffetzte, dass ein Liter Blut herausschoss und über ihr Hirschlederhemd spritzte.

In ein paar Sekunden ist's vorbei, ganz bestimmt, ganz bestimmt, *o lieber Gott, bitte* LASS ES AUFHÖREN *…*

Patrick schien sie inzwischen völlig vergessen zu haben. Er blickte auf seine Zeichnung hinab, wobei das herabfallende lange Haar sein Gesicht größtenteils verdeckte, und war völlig von diesem wundervollen neuen Spielzeug gefesselt. Er radierte sanft … dann etwas fester (das Jucken wurde stärker) … dann wieder sanfter. Susannah hätte am liebsten laut gekreischt. Das Jucken war plötzlich überall. Es brannte in ihrem Stirnhirn, surrte wie ein doppelter Mückenschwarm über die feuchten Teile der Augäpfel, drang bis in die äußersten Brustspitzen vor und machte sie hoffnungslos hart.

Ich werde schreien, ich kann nicht anders, ich muss schreien …

Als sie Luft holte, um genau das zu tun, war das Jucken plötzlich verflogen. Auch die Schmerzen waren weg. Sie wollte nach der Stelle neben der Unterlippe greifen, zögerte dann aber.

Ich traue mich nicht.

Los, mach schon!, verlangte Detta empört. *Nach allem, was du ausgehalten hast – was* wir *ausgehalten haben –, wirst du wohl noch den Mut aufbringen, dein eigenes verdammtes Gesicht zu berühren, du feige Schlampe!*

Sie berührte die Haut sanft mit den Fingerspitzen. Die *glatte*

Haut. Das Geschwür, an dem sie seit Donnerschlag laboriert hatte, war verschwunden. Sie wusste, dass sie beim Blick in einen Spiegel oder einen stillen Teich nicht einmal eine Narbe sehen würde.

15

Patrick arbeitete noch etwas länger – erst mit dem Radiergummi, dann mit dem Bleistift, dann wieder mit dem Gummi –, aber Susannah spürte kein Jucken mehr, nicht einmal ein schwaches Kribbeln. Es war, als hätten die Empfindungen einfach aufgehört, sobald er einen bestimmten kritischen Punkt überschritten hatte. Sie fragte sich, wie alt Patrick gewesen sein mochte, als Dandelo alle Radiergummis von den Bleistiften abgeschnitten hatte. Vier? Sechs? Jedenfalls sehr jung. Sie war davon überzeugt, dass sein erster verständnisloser Blick, als sie ihm einen der Radiergummis gezeigt hatte, ungeheuchelt gewesen war, aber kaum hatte er damit zu arbeiten angefangen, benutzte er ihn wie ein Profi.

Vielleicht ist das wie mit dem Radfahren, dachte sie. *Wenn man es einmal kann, verlernt man es nie.*

Sie wartete so geduldig wie möglich, und nach fünf endlos langen Minuten wurde ihre Geduld schließlich belohnt. Patrick drehte lächelnd den Block um und zeigte ihr das Porträt. Er hatte den Makel völlig entfernt und den Fleck dann leicht schraffiert, damit er wie die übrige Haut aussah. Und er hatte darauf geachtet, hinterher selbst die kleinsten Gummibrösel wegzuwischen.

»Sehr hübsch«, sagte sie, was aber irgendwie ein ziemlich beschissenes Kompliment für ein Genie war.

Also beugte sie sich nach vorn, schlang ihm die Arme um den Hals und küsste ihn fest auf den Mund. »Patrick, es ist *wunderschön!*«

Das Blut schoss ihm so jäh und heftig ins Gesicht, dass sie anfangs besorgt war und sich fragte, ob er etwa trotz seiner Jugend einen Schlaganfall erlitt. Aber er lächelte, als er ihr mit einer Hand den

Block hinhielt und mit der anderen die Abreißbewegung von zuvor wiederholte. Sie sollte es nehmen. Sie sollte es behalten.

Susannah riss das Porträt sehr sorgfältig ab und fragte sich dabei in einem finsteren Winkel ihres Verstandes, was passieren würde, wenn sie es – *sich* – in der Mitte durchrisse. Während sie das tat, bemerkte sie, dass auf seinem Gesicht weder Staunen noch Verwunderung, noch Angst zu erkennen waren. Er musste das Geschwür neben ihrer Unterlippe gesehen haben, weil das hässliche Ding praktisch ihr Gesicht beherrscht hatte, so lange er sie kannte, und zudem hatte er es ja geradezu fotorealistisch gezeichnet. Jetzt war es weg – das bestätigten ihr ihre tastenden Finger –, aber Patrick ließ keine Gefühlsregung erkennen – zumindest nicht wegen dieser Sache. Die Schlussfolgerung lag auf der Hand: Als er den Makel wegradiert hatte, hatte er ihn auch aus seinem Verstand, seiner Erinnerung gelöscht.

»Patrick?«

Er sah sie an und lächelte. Glücklich, weil sie glücklich war. Und Susannah war *sehr* glücklich. Dass sie auch zu Tode erschrocken war, änderte daran nicht das Geringste.

»Zeichnest du mir noch etwas anderes?«

Er nickte. Malte etwas auf seinen Block, drehte ihn dann um, damit sie's sehen konnte:

?

Sie betrachtete einen Augenblick lang das Fragezeichen, danach wieder ihn. Sie sah, dass er den Radiergummi, sein wunderbares neues Werkzeug, sehr fest zwischen den Fingern hielt.

»Ich möchte, dass du mir etwas zeichnest, was nicht da ist«, sagte sie.

Er hielt den Kopf fragend schräg. Obwohl ihr Herz raste, musste sie darüber etwas lächeln – auch Oy sah einen manchmal so an, wenn er sich nicht hundertprozentig sicher war, was man meinte.

»Keine Angst, ich beschreib's dir.«

Und das tat Susannah dann, und zwar sehr sorgfältig. Patrick hörte zu. Irgendwann wachte Roland von ihrer Stimme auf. Er kam herüber, sah sie im schwachen roten Feuerschein der Glut des Lagerfeuers an, wollte schon wegsehen und riss dann verwundert die Augen auf. Bis zu dieser Sekunde war sie sich nicht sicher gewesen, ob auch Roland sehen würde, was nicht mehr da war. Sie hatte es zumindest für möglich gehalten, dass Patricks Magie stark genug sein könnte, um es auch aus dem Gedächtnis des Revolvermanns zu löschen.

»Susannah, dein Gesicht! Was ist mit deinem …«

»Still, Roland, wenn du mich liebst.«

Der Revolvermann schwieg. Susannah widmete sich wieder ganz Patrick und sprach weiter: ruhig, aber eindringlich. Patrick hörte zu, und während er das tat, sah sie, wie Verständnis in seinem Blick heraufdämmerte.

Roland legte unaufgefordert Holz nach, und bald war es in ihrem kleinen Lager unter den Sternen recht hell.

Patrick schrieb eine Frage, die er zweckmäßigerweise links neben das bereits gemalte Fragezeichen setzte:

Wie hoch?

Susannah nahm Roland am Ellbogen und stellte ihn vor Patrick hin. Der Revolvermann war ungefähr eins neunzig groß. Sie ließ sich kurz von ihm hochheben und hielt dann eine Hand etwa vier Fingerbreit über seinen Kopf. Patrick nickte lächelnd.

»Und sieh dir das hier an, das muss draufstehen«, sagte sie, als sie wieder unten war, und zog einen Zweig aus dem kleinen Stapel Feuerholz. Sie brach ihn über dem Knie ab, damit eine Spitze entstand, mit der sie auf dem Boden schreiben konnte. Obwohl sie sich gut an die Symbole erinnern konnte, hielt sie es für besser, nicht allzu intensiv über sie nachzudenken. Sie ahnte, dass sie vollkommen richtig sein mussten, weil die Tür, die er ihr zeichnen sollte, sich sonst zu irgendeinem unerwünschten Ort oder auch gar nicht öffnen würde. Als sie in der Erd- und Ascheschicht am Lagerfeuer zu zeichnen begann, arbeitete sie deshalb so rasch, wie Patrick es hätte tun können, und unterließ es, auch nur ein einziges Symbol noch einmal anzusehen, wenn es fertig war. Hätte sie es bei einem getan, hätte sie bestimmt auch alle anderen kontrolliert, und dabei wäre ihr dann bestimmt irgendetwas falsch vorgekommen, und die Unsicherheit hätte sie gelähmt. Detta – die rotzfreche, unanständige Detta, die sich mehr als einmal als ihre Retterin erwiesen hatte – wäre vielleicht nach vorn gekommen und hätte die Arbeit für sie zu Ende gebracht, aber darauf konnte sie sich nicht verlassen. Im tiefsten Herzensgrund traute sie Detta noch immer zu, im entscheidenden Augenblick alles zu sabotieren – allein wegen der schwarzen Freude, die ihr das machen würde. Auch Roland traute sie nicht vorbehaltlos, weil es gut sein konnte, dass er sie aus Gründen, die er selbst nicht völlig verstand, bei sich behalten wollte.

Deshalb zeichnete sie hastig in Erde und Asche, ohne sich anzusehen, was sie bereits geschrieben hatte, und dies waren die Symbole, die aus der hastenden Spitze ihres primitiven Schreibgeräts flossen:

»Nichtgefunden«, sagte Roland flüsternd. »Susannah, was … wie …«

»Still«, sagte sie wieder.

Patrick beugte sich über den Block und fing zu zeichnen an.

16

Sie sah sich unentwegt nach einer Tür um, aber der Lichtkreis ihres Feuers war sehr klein, auch nachdem Roland es hell angefacht hatte. Zumindest klein im Vergleich zur endlos weiten Dunkelheit der Prärie. Sie konnte keine entdecken. Als sie sich Roland zuwandte, sah sie die unausgesprochene Frage in seinem Blick, also zeigte sie ihm – während Patrick weiterarbeitete – ihr Porträt, das der Junge gezeichnet hatte. Dabei deutete sie auf die Stelle, wo das Geschwür gewuchert hatte. Erst als Roland sich das Blatt dicht vor die Augen hielt, konnte er schwache Radierspuren erkennen. Patrick hatte die wenigen Spuren, die er hinterlassen hatte, so geschickt verwischt, dass Roland sie tatsächlich nur bei schärfstem Hinsehen entdeckte; das war nicht viel anders, als suchte man nach mehreren Regentagen eine alte Fährte.

»Kein Wunder, dass der Alte diese Radierdinger abgeschnitten hat«, sagte er und gab ihr das Bild zurück.

»Ganz mein Gedanke.«

Von dort aus war sie mit einem Sprung bei ihrer wahrhaft intuitiven Idee: Wenn Patrick etwas (zumindest in dieser Welt) durch Radieren auslöschen konnte, dann konnte er umgekehrt durch Zeichnen vielleicht auch etwas erschaffen. Als sie die Bannockherde erwähnte, die ihr auf rätselhafte Weise näher erschienen war, rieb Roland sich die Stirn wie ein Mann, der schlimme Kopfschmerzen hatte.

»Das hätte auch ich sehen müssen. Und erkennen, was es bedeutet. Susannah, ich werde alt.«

Sie beachtete diese Äußerung – die sie nicht zum ersten Mal hörte – nicht weiter und erzählte ihm von ihren Träumen, in denen Eddie und Jake vorkamen, wobei sie darauf achtete, die Produktnamen auf den Sweatshirts, die im Chor singenden Stimmen, die angebotene heiße Schokolade und die Nacht für Nacht wachsende Panik im Blick der beiden zu erwähnen. Sie selbst begreife noch immer nicht, was der Traum, den sie ihr schickten, ihr zeigen sollte.

»Warum hast du mir nicht schon früher von diesem Traum erzählt?«, fragte Roland. »Warum hast du nicht um Hilfe bei seiner Deutung gebeten?«

Sie betrachtete ihn gelassen und sagte sich, es sei richtig gewesen, ihn nicht um Hilfe zu bitten. Ja … unabhängig davon, wie sehr ihn das kränken mochte. »Du hast schon zwei Gefährten verloren. Wie begierig wärst du gewesen, auch mich zu verlieren?«

Er lief rot an. Das war selbst im Feuerschein zu erkennen. »Du sprichst schlecht von mir, Susannah, und hast noch Schlechteres gedacht.«

»Schon möglich«, sagte sie. »Wenn ja, erflehe ich deine Verzeihung. Ich wusste selbst nicht recht, was ich wollte. Ein Teil meines Ichs will nämlich den Turm sehen. Das wünscht dieser Teil sich sehr dringend. Und selbst wenn Patrick die nichtgefundene Tür ins Dasein rufen kann, indem er sie zeichnet, und ich sie öffnen kann, führt sie nicht in die wirkliche Welt. Das sollen die Produktnamen auf den Sweatshirts besagen, dessen bin ich mir sicher.«

»So darfst du nicht denken«, sagte Roland. »Die Realität ist selten eine Schwarz-Weiß-Sache, glaube ich, eine Frage von Schein und Wirklichkeit, von Sein und Nichtsein.«

Patrick trompetete einen Schrei, und sie sahen beide zu ihm hinüber. Er hielt den Block ihnen zugekehrt hoch, damit sie sehen konnten, was er gezeichnet hatte. Eine perfekte Wiedergabe der nichtgefundenen Tür, wie Susannah fand. Die Aufschrift DER KÜNSTLER fehlte zwar, und der Türknopf bestand aus glattem Metall – ohne mit gekreuzten Bleistiften geschmückt zu sein –, aber das war in Ordnung. Sie hatte sich nicht die Mühe gemacht, diese Einzelheiten zu erwähnen, die allein ihrem besseren Verständnis hatten dienen sollen.

Sie haben alles getan, außer mir eine Karte zu zeichnen, dachte Susannah. Sie fragte sich, weshalb alles immer so verdammt schwierig, so verdammt

(dreimal darfst du raten)

schleierhaft sein musste, und war sich bewusst, dass das eine Frage war, auf die sie nie eine zufrieden stellende Antwort finden würde … außer dass dies eben zum Menschsein gehörte, nicht wahr? Wirklich wichtige Antworten waren nie leicht zu bekommen.

Patrick stieß einen weiteren seiner trompetenden Schreie aus. Diesmal klang er fragend. Susannah wurde plötzlich klar, dass der arme Junge vor ängstlicher Erwartung beinahe starb, und konnte man ihm das verdenken? Er hatte gerade seine erste Auftragsarbeit fertig gestellt und wollte nun wissen, was seine *Patrona dell'arte* davon dachte.

»Das Bild ist großartig, Patrick – Spitze!«

»Ja«, stimmte Roland zu, indem er nach dem hingehaltenen Zeichenblock griff. Er fand, dass die Tür genau wie die aussah, auf die er gestoßen war, als er vom giftigen Biss des Monsterhummers im Sterben lag und im Delirium über den Strand des Westlichen Meeres getorkelt war. Es war, als hätte dieses arme zungenlose Geschöpf ihm in den Kopf geblickt und darin ein richtiges Bild der Tür gesehen – eine Fottergrafie.

Susannah sah sich inzwischen verzweifelt um. Als sie sich auf ihre Hände gestützt der Grenze des Feuerscheins näherte, musste Roland sie scharf zurückrufen, sie daran erinnern, dass dort draußen Mordred lauern konnte – und dass die Dunkelheit Mordreds Verbündete war.

Trotz ihrer Ungeduld kehrte sie sofort in den Feuerschein zurück, weil sie sich nur allzu gut daran erinnerte, was Mordreds leiblicher Mutter zugestoßen und wie schnell das alles passiert war. Trotzdem schmerzte dieser Rückzug, tat fast körperlich weh. Roland hatte ihr mitgeteilt, dass er damit rechne, gegen Ende des kommenden Tages den ersten Blick auf den Dunklen Turm werfen zu können. Wenn sie dann noch bei ihm war, sah sie den Turm mit ihm, konnte seine Macht – sein *Glammer* – sich als zu stark für sie erweisen. Hätte sie sich jetzt zwischen Tür und Turm entscheiden müssen, hätte sie vorerst weiterhin die Tür gewählt, das wusste sie. Aber wenn sie dem Turm näher kamen und seine Macht gewaltiger, sein Pulsieren in ihrem Verstand tiefer und zwingender, die singenden Stimmen immer lieblicher wurden, würde es zunehmend schwieriger werden, sich für die Tür zu entscheiden.

»Ich sehe sie nicht«, sagte sie verzweifelt. »Vielleicht habe ich mich ja getäuscht. Wahrscheinlich gibt es eben *keine* verdammte Tür. Ach, Roland ...«

»Ich glaube nicht, dass du dich getäuscht hast«, sagte Roland. Er sprach mit erkennbarem Widerstreben, aber wie ein Mann, der eine Aufgabe zu erfüllen oder eine Schuld zu begleichen hatte. Und er war dieser Frau tatsächlich etwas schuldig, wie er vermutete, hatte er sie denn nicht praktisch am Kragen gepackt und in diese Welt gezogen, wo sie die Kunst des Tötens gelernt und sich verliebt hatte, nur um dann als Witwe zurückzubleiben? War nicht er es, der sie in ihren gegenwärtigen Kummer entführt hatte? Irgendwie war er moralisch dazu verpflichtet, das wieder gutzumachen. Sein Wunsch, sie bei sich zu behalten – sogar um den Preis ihres Lebens –, war rein selbstsüchtig und damit letztlich seiner Ausbildung unwürdig.

Vor allem war es dessen unwürdig, wie sehr er sie lieben und achten gelernt hatte. Das wenige an Herz, was er noch besaß, brach fast beim Gedanken daran, ihr Lebewohl sagen zu müssen – der Letzten seines merkwürdigen und wundervollen Ka-Tet –, aber wenn sie das wollte, wenn sie das *brauchte,* musste er es tun. Und er glaubte auch, es zu *können,* war ihm an der Zeichnung des Jungen doch etwas aufgefallen, was Susannah übersehen hatte. Nicht etwas, was dargestellt war, sondern etwas, was darauf fehlte.

»Sieh nur«, sagte er sanft, indem er ihr das Bild zeigte. »Siehst du, wie er sich dir zu Gefallen angestrengt hat, Susannah?«

»Ja!«, sagte sie. »Ja, das sehe ich natürlich, aber …«

»Für dieses Bild hat er zehn Minuten gebraucht, schätze ich mal, und dabei sind die meisten seiner wundervollen Zeichnungen sonst das Werk von drei oder vier Minuten, hab ich Recht?«

»Ich verstehe dich nicht!« Sie schrie ihn fast an.

Patrick zog Oy an sich, schlang einen Arm um den Bumbler und starrte dabei Susannah und Roland mit großen, verstört blickenden Augen an.

»Er hat sich so sehr angestrengt, dir das zu geben, was du möchtest, dass er nur die Tür gezeichnet hat. Sie steht ganz allein auf dem Papier. Sie hat keinen …«

Er suchte das richtige Wort. Vannays Geist flüsterte es ihm trocken ins Ohr.

»Sie hat keinen Kontext!«

Susannah wirkte noch einige Sekunden lang verwirrt, dann leuchtete in ihrem Blick Verstehen auf. Roland zögerte jedoch nicht lange; er legte Patrick einfach seine gesunde Hand auf die Schulter und forderte ihn auf, die Tür hinter Susannahs elektrisches Dreirad zu stellen, dem sie den Namen Ho Fat III gegeben hatte.

Dazu war Patrick nur allzu gern bereit, weil die Aufgabe, Ho Fat III vor die Tür zu stellen, ihm einen Grund lieferte, wieder einmal den Radiergummi zu benutzen. Diesmal arbeitete er um einiges schneller – fast nachlässig, hätte ein unbeteiligter Beobachter sagen können –, aber der Revolvermann, der dicht neben ihm saß, war davon beeindruckt, wie genau Patrick den kleinen Elektroroller darstellte. Zuletzt zeichnete er das einzelne Vorderrad und den von der Radkappe reflektierten Feuerschein. Schließlich legte er den Bleistift beiseite, und in dem Moment, als er das tat, war plötzlich ein Windstoß zu spüren. Roland fühlte ihn auf dem Gesicht. Die Flammen des Lagerfeuers, das in der windstillen Nacht ruhig gebrannt hatte, wurden für einen Augenblick zur Seite gedrückt. Dann war die Luftbewegung vorbei. Die Flammen brannten wieder ruhig. Keine vier Schritte vom Lagerfeuer entfernt stand hinter dem Elektroroller nun jedoch eine Tür. Eine Tür, die Roland zuletzt in Calla Bryn Sturgis gesehen hatte, und zwar in der Höhle der Stimmen.

17

Susannah wartete bis kurz vor Tagesanbruch, verbrachte die Zeit erst damit, ihre *Gunna* zusammenzusuchen, legte sie dann aber wieder beiseite – was würden ihre wenigen Habseligkeiten (ganz zu schweigen von der kleinen Tasche, in der sie aufbewahrt wurden) ihr in New York City schon groß nutzen? Die Leute würden lachen. Obwohl sie natürlich so oder so lachen würden … oder bei ihrem Anblick schreiend davonlaufen. Die plötzlich im Central Park auftauchende Susannah Dean würde den meisten Leuten nicht gerade wie eine College-Absolventin oder Millionenerbin erscheinen; nicht mal wie Sheena, Königin des Dschungels, sagt leider. Nein, zivilisierten Stadtbewohnern würde sie vermutlich wie aus einem Monstrositätenkabinett ausgebrochen erscheinen. Und würde es eine Rückkehr in diese Welt hier geben, sobald sie erst einmal durch *diese* Tür gegangen war? Niemals. Nie im Leben.

Daher legte sie ihre Gunna also beiseite und wartete einfach. Als der Tag sich schließlich durch den ersten schwachen Lichtschein am Horizont ankündigte, rief sie Patrick zu sich und fragte ihn, ob er mitkommen wolle. In die Welt zurück, aus der er stamme beziehungsweise in eine sehr ähnliche, erklärte sie ihm, obwohl sie wusste, dass er keine Erinnerung an jene Welt mehr hatte – er war entweder sehr jung aus ihr entführt worden, oder das Trauma, aus ihr herausgerissen zu werden, hatte die Erinnerung gleich zu Anfang aus seinem Gedächtnis gelöscht.

Patrick sah erst sie und dann Roland an, der in die Hocke gegangen war und ihn betrachtete.

»Wie du willst, mein Junge«, sagte der Revolvermann. »Zeichnen kannst du in beiden Welten, gewisslich wahr. Wo *sie* hingeht, findest du allerdings ein größeres Publikum.«

Er will, dass er bleibt, dachte sie und war verärgert. Dann sah Roland zu ihr hinüber und schüttelte dabei kaum wahrnehmbar den Kopf. Sie war sich nicht ganz sicher, aber sie glaubte, das bedeutete …

Nein, sie glaubte es nicht nur. Sie wusste, was es bedeutete. Roland ließ sie wissen, dass er seine Gedanken vor Patrick verbarg. Seine Wünsche. Und obwohl sie mehr als einmal erlebt hatte, dass der Revolvermann log (am spektakulärsten bei der Versammlung auf dem Anger von Calla Bryn Sturgis vor dem Angriff der Wölfe), hatte er *sie* nie belogen. Vielleicht Detta, aber niemals sie. Geschweige denn Eddie. Oder Jake. Er hatte ihnen manchmal vielleicht nicht alles erzählt, was er wusste, aber glatte Lügen …? Nein. Sie waren ein Ka-Tet gewesen, und Roland hatte sie stets ehrlich behandelt. Das musste man ihm lassen.

Patrick griff plötzlich nach dem Block und schrieb schnell etwas auf ein frisches Blatt. Dann zeigte er es ihnen:

Ich bleib. Hab Angst vor annerswo.

Wie um zu verdeutlichen, was genau er meinte, öffnete er die Lippen und zeigte in seinen zungenlosen Mund.

Und sah Susannah nun nicht Erleichterung auf Rolands Gesicht? Wenn das stimmte, hasste sie ihn dafür.

»Also gut, Patrick«, sagte sie und bemühte sich um einen möglichst neutralen Ton. Sie streckte sogar eine Hand aus und tätschelte ihn am Arm. »Ich verstehe, wie dir zumute ist. Und obwohl es stimmt, dass Leute grausam sein können – grausam und gemein –, so gibt es doch auch viele, die freundlich sind. Hör zu, ich gehe erst, wenn es richtig Tag ist. Falls du dir die Sache also noch einmal anders überlegen willst … Mein Angebot steht.«

Er nickte beflissen. *Dankbar, dass ich nich energischer versuch, ihn umzustimmen,* dachte Detta erbost. *Und der olle Weiße is wahrscheinlich auch dankbar wie nich was!*

Halt die Klappe!, befahl Susannah ihr, und ausnahmsweise gehorchte Detta auch.

18

Als schließlich der Tag richtig hellte (und ihnen eine mittelgroße Bannockherde zeigte, die keine zwei Meilen von ihnen entfernt graste), ließ sie Detta wieder in ihren Verstand. Und noch mehr: Sie ließ Detta übernehmen. Das war einfacher, weniger schmerzhaft. Es war Detta, die ein letztes Mal ums Lager ging, rasch für sie beide die letzten Atemzüge in dieser Welt machte und die Erinnerung daran speicherte. Es war Detta, die dann die Tür umrundete, sich auf schwieligen Handflächen fortbewegte und das völlige Nichts auf der anderen Seite sah. Patrick begleitete sie auf einer Seite, Roland auf der anderen. Patrick trompetete überrascht, als er merkte, dass die Tür auf einmal verschwunden war. Roland ging nicht auf ihn ein. Oy ging zu der Stelle, wo sie gestanden hatte, schnüffelte in die Luft … und ging dann dort hindurch, wo die Tür von der anderen Seite aus zu sehen war. *Wärn wir dort drübn,* dachte Detta, *würdn wir ihn durchgehn sehn – wie bei 'nem Zaubertrick.*

Sie kehrte zu Ho Fat III zurück, weil sie damit durch die Tür fahren wollte. Immer unter der Voraussetzung, dass diese sich überhaupt öffnen ließ. Wenn nicht, konnte die ganze Sache sich als schöne Blamage erweisen. Roland machte eine Bewegung, als wollte er ihr aufsteigen helfen; sie wehrte ihn brüsk ab und stieg allein auf. Sie drückte den roten Knopf am Lenker, worauf der Elektromotor leise vor sich hin summte. Die Nadel der Ladungsanzeige stand noch weit im grünen Bereich. Sie drehte den rechten Gasgriff und rollte langsam zu der Tür mit den Symbolen für NICHTGEFUNDEN auf der Vorderseite. Als sie noch einmal anhielt, berührte sie mit dem abgerundeten kleinen Fahrzeugbug schon fast das Türblatt.

Sie wandte sich dem Revolvermann mit aufgesetztem, starrem Lächeln zu.

»Also gut, Roland … ich sag dir jetzt Lebewohl. Lange Tage und angenehme Nächte. Sollst dein verdammtn Turm erreichn und …«

»Nicht so«, sagte er.

Sie sah ihn an, *Detta* sah ihn mit Augen an, die zugleich funkelten und lachten. Die ihn herausforderten, aus dieser Sache etwas zu machen, was sie nicht wollte. Ihn herausforderten, sie von dort zu vertreiben, wo sie sich jetzt befand. *Komm schon, weißer Junge, versuch's doch!*

»Was denn?«, sagte sie. »Was is los, großer Junge?«

»Nach so langer Zeit möchte ich nicht auf diese Art von dir Abschied nehmen«, sagte er.

»Wie meinst du das?« Aber in Dettas zorniger Burleske kam das als *Wie meinste 'n das?* heraus.

»Das weißt du.«

Sie schüttelte trotzig den Kopf. *Tu ich nich.*

»Zum einen«, sagte er und nahm ihre von der langen Wanderung gestählte Linke sanft in seine verstümmelte Rechte, »gibt's hier noch jemanden, der das Recht haben sollte, sich zwischen Gehen und Bleiben zu entscheiden, und damit meine ich nicht Patrick.«

Sie verstand nicht gleich. Dann sah sie auf ein bestimmtes Paar goldgeränderter Augen, ein bestimmtes Paar gespitzter Ohren hinunter und wusste nun auch, wen er meinte. Sie hatte Oy ganz vergessen.

»Wenn Detta ihn fragt, will er bestimmt bleiben, er hat sie nämlich nie leiden können. Wenn dagegen Susannah ihn … Nun, dann kann ich's auch nicht sagen.«

Im Nu war Detta verschwunden. Sie würde zurückkommen – Susannah wusste jetzt, dass Detta Walker sie niemals mehr ganz verlassen würde, und das war auch in Ordnung so, weil sie sich mit ihr arrangieren konnte –, aber im Augenblick war sie fort.

»Oy?«, sagte sie sanft. »Willst du mit mir mitkommen, Schätzchen? Vielleicht finden wir ja Jake wieder. Möglicherweise nicht unverändert, aber trotzdem …«

Oy, der auf der Wanderung durchs Ödland, durch die Weißen Lande von Empathica und die weite Prärie fast nur geschwiegen hatte, sprach jetzt. »Ake?«, sagte er. Aber er sprach das so zweifelnd wie jemand, der sich kaum erinnerte, was Susannah augenblicklich das Herz brach. Sie hatte sich vorgenommen, nicht zu weinen, und Detta hatte praktisch dafür *garantiert,* dass sie das nicht tun würde, aber da Detta nun fort war, waren auch die Tränen wieder da.

»Jake«, sagte sie. »Du erinnerst dich an Jake, Süßer, ich weiß, dass du das tust.«

»Ake? Ed?« Das klang schon etwas bestimmter. Er erinnerte sich also doch.

»Komm mit!«, drängte sie, und Oy setzte sich in Bewegung, als wollte er zu ihr auf den Karren springen. Aber dann fügte sie – ohne die geringste Ahnung zu haben, weshalb sie das tat – hinzu: »Es gibt andere als diese Welten.«

Sowie Susannah das letzte Wort ausgesprochen hatte, machte Oy

Halt. Dann rührte er sich wieder, und sie empfand einen Augenblick lang neue Hoffnung: Vielleicht konnte es in einer anderen Version von New York, in der die Leute Takuro Spirits fuhren und Nozz-A-La tranken, während sie sich mit ihren Shinnaro-Kameras fotografierten, doch irgendein kleines Ka-Tet, ein Dan-tete-Tet geben.

Oy trottete jedoch zum Revolvermann zurück und setzte sich neben einen von dessen abgewetzten Stiefel. Sie waren weit gegangen, diese Stiefel, sehr weit. Meilen und Räder, Räder und Meilen. Aber jetzt war ihr Weg fast zu Ende.

»Olan«, sagte Oy, und die Endgültigkeit in seiner eigenartigen kleinen Stimme rollte einen Stein gegen Susannahs Herz. Sie wandte sich verbittert dem Alten mit dem großen Revolver an der Hüfte zu.

»Geschafft!«, sagte sie. »Du besitzt deinen eigenen *Glammer*, nicht wahr? Hast ihn schon immer gehabt. Du hast Eddie in einen Tod gelockt, Jake sogar in einen zweifachen. Jetzt auch Patrick und sogar den Bumbler. Bist du nun glücklich?«

»Nein«, sagte er, und sie sah, dass er das wirklich nicht war. Sie glaubte, noch nie solche Trauer und solche Einsamkeit in einem Gesicht gelesen zu haben. »Ich war nie weiter davon entfernt, glücklich zu sein, Susannah von New York. Willst du's dir nicht anders überlegen und bleiben? Willst du mich nicht auf dem letzten kleinen Wegstück begleiten? *Das* würde mich glücklich machen.«

Einen verstörten Augenblick lang glaubte Susannah, sie würde es tun. Sie würde den kleinen Elektrokarren einfach von der Tür weglenken – die eine Einbahnstraße war und keine Versprechungen machte –, um mit Roland zum Dunklen Turm weiterzuziehen. Noch ein Tag, dann wäre es so weit; sie konnten ihr Lager schon am Spätnachmittag aufschlagen und den Turm morgen bei Sonnenuntergang erreichen, so wie er es sich immer vorgestellt hatte.

Aber dann erinnerte sie sich an den Traum. Die singenden Stimmen. Den jungen Mann, der ihr einen Becher heiße Schokolade hinhielt – die perfekte Art mit Schlag obendrauf.

»Nein«, sagte sie leise. »Ich riskier's und gehe rüber.«

Einen Augenblick lang dachte sie, er würde es ihr leicht machen, einfach zustimmen und sie gehen lassen. Dann brach sein Zorn – nein, seine *Verzweiflung* – sich jedoch schmerzhaft Bahn. »Aber du hast keine *Gewissheit!* Was ist, wenn der Traum selbst nur ein Trick, nur *Glammer* ist, Susannah? Was ist, wenn die Dinge, die durch die offene Tür zu sehen sind, auch nur Tricks und *Glammer* sind? Was ist, wenn du geradewegs durch sie hindurchrollst und im Flitzerraum endest?«

»Dann erhelle ich das Dunkel mit Gedanken an die, die ich liebe.«

»Und das könnte sogar gelingen«, sagte er im bittersten Ton, den sie je an ihm gehört hatte. »In den ersten zehn Jahren … oder zwanzig … oder sogar hundert. Und dann? Was ist mit dem Rest der Ewigkeit? Denk an Oy! Glaubst du, dass er Jake wirklich vergessen hat? Niemals! Niemals! Nie im Leben! Er spürt, dass irgendwas nicht in Ordnung ist! Susannah, tu's nicht. Ich flehe dich an, es nicht zu tun. Ich falle vor dir auf die Knie, wenn dich das umstimmen kann.« Und zu ihrem Entsetzen machte er Anstalten, genau das jetzt auch zu tun.

»Das kann es nicht«, sagte sie. »Und wenn dies das letzte Mal ist, dass ich dich sehe – und mein Herz sagt mir, dass es so ist –, dann will ich dich nicht auf den Knien sehen. Du bist kein Mann, der knien sollte, Roland, Sohn des Steven, warst nie einer. Ich will dich einfach nicht so im Gedächtnis behalten. Ich will dich aufrecht sehen, so wie du in Calla Bryn Sturgis warst. So wie du mit deinen Freunden auf dem Jericho Hill warst.«

Er richtete sich auf und kam zu ihr. Sie befürchtete einen Augenblick lang, dass er sie nun gewaltsam zurückhalten wollte, und bekam es mit der Angst. Aber er legte ihr nur kurz eine Hand auf den Arm und nahm sie gleich wieder weg. »Ich will dich nochmals fragen, Susannah. *Bist du dir deiner Sache sicher?«*

Sie befragte ihr Herz und sah, dass sie das war. Sie wusste um die Risiken, aber … ja, sie war's. Und weshalb? Weil Rolands Weg der Weg des Revolvers war. Sein Weg brachte allen, die neben ihm ritten oder gingen, den Tod. Das hatte er seit Beginn seiner Suche immer wieder bewiesen – nein, sogar schon früher, als er belauscht hatte, wie Hax der Koch einen Verrat plante, und ihn dafür an den Galgen brachte. Alles gewiss nur deshalb, um das Gute (das er das Weiße nannte) zu befördern, aber trotzdem lag Eddie nun in der einen Welt in seinem Grab und Jake in einer anderen. Sie zweifelte nicht daran, dass Oy und den armen Patrick dasselbe Los erwartete.

Ihr Tod würde nicht lange auf sich warten lassen.

»Ich bin mir sicher«, sagte sie.

»Also gut. Küsst du mich zum Abschied?«

Sie fasste ihn am Arm, zog ihn zu sich herab und drückte ihre Lippen auf seine. Als sie einatmete, sog sie den Atem von tausend Jahren und tausenden von Meilen ein. Und, ja, sie schmeckte Tod.

Aber nicht für dich, Revolvermann, dachte sie. *Für andere, aber niemals für dich. Möge ich deinem Glammer entkommen, und möge es mir wohl ergehen.*

Sie war diejenige, die den Kuss beendete.

»Würdest du mir nun bitte die Tür aufmachen?«, sagte sie.

Roland trat an die Tür und legte eine Hand auf den Knopf. Er ließ sich drehen.

Ein Schwall Kaltluft wehte heraus, der kräftig genug war, um Patrick das lange Haar aus dem Gesicht zu blasen, und ein paar Schneeflocken mitbrachte. Sie konnte Gras sehen, das unter einer dünnen Raureifschicht noch grün war, und einen Weg und einen Eisenzaun. Stimmen, die »What Child Is This« sangen, genau wie in ihrem Traum.

Das konnte der Central Park sein. Ja, das *konnte* er sein; der Central Park irgendeiner anderen Welt, vielleicht entlang derselben Achse; nicht der Welt, aus der sie stammte, aber einer so ähnlichen Welt, dass sie im Lauf der Zeit keinen Unterschied mehr erkennen würde.

Oder es war alles nur, wie er sie gewarnt hatte, ein *Glammer.*

Möglicherweise war es das Flitzerdunkel.

»Es könnte ein Trick sein«, sagte er. Ganz sicher las er ihre Gedanken.

»Das ganze *Leben* ist ein Trick, und Liebe nichts als Glammer«, antwortete sie. »Vielleicht begegnen wir uns ja einmal wieder – auf der Lichtung am Ende des Pfades.«

»Sagst du so, dann sei es so«, sagte Roland. Er stellte einen Fuß vor, pflanzte den abgetretenen Absatz seines Stiefels auf den Erdboden und verbeugte sich vor ihr. Oy hatte zu weinen begonnen, aber er blieb unbeirrbar neben dem linken Stiefel des Revolvermanns sitzen. »Leb wohl, meine Liebe.«

»Leb wohl, Roland.« Dann sah sie nach vorn, atmete tief durch und drehte am Gasgriff. Das kleine Fahrzeug fuhr ohne Ruck an.

»Warte!«, rief Roland, aber sie lenkte nicht zur Seite, sah sich auch nicht mehr nach ihm um. Susannah rollte hindurch. Hinter ihr schloss sich die Tür sofort mit jenem kurzen, theatralischen Knall, den er nur allzu gut kannte, von dem er seit seinem langen, im Fieber absolvierten Marsch das Westliche Meer entlang träumte. Die singenden Stimmen waren verstummt; jetzt war nur noch das Klagen des Präriewindes zu hören.

Roland von Gilead saß vor der Tür, die bereits abgenutzt und unbedeutend aussah. Sie würde sich nie mehr öffnen. Er verbarg sein Gesicht in den Händen. Ihm kam in den Sinn, dass er sich niemals so einsam wie jetzt fühlen würde, wenn er die drei nicht so geliebt hätte. Aber obgleich er vieles bedauerte, gehörte das Wiederaufsperren seines Herzens nicht dazu, nicht einmal jetzt.

19

Später – weil es nämlich immer ein Später gibt, nicht wahr? – machte er Frühstück und zwang sich dazu, seinen Teil zu essen. Patrick aß herzhaft und verschwand danach in den Büschen, während Roland zusammenpackte.

Der dritte Teller war noch voll. »Oy?«, sagte Roland und hielt ihn dem Billy-Bumbler hin. »Willst du nicht wenigstens einen kleinen Bissen nehmen?«

Oy betrachtete den Teller, dann machte er zwei energische Schritte rückwärts. Roland nickte, warf das nicht angerührte Essen weg und verteilte es im Gras. Vielleicht würde Mordred irgendwann ja später vorbeikommen und mit den Resten etwas finden, was ihm behagte.

Am Spätvormittag brachen sie auf: Roland zog Ho Fat II, und Patrick, der den Kopf tief hängen ließ, ging neben ihm her. Und bald erfüllte der Rhythmus des Dunklen Turms wieder den Kopf des Revolvermanns. Sehr nahe jetzt. Diese gleichmäßige, pulsierende Kraft vertrieb alle Gedanken an Susannah, und darüber war er froh. Er gab sich dem stetigen Pulsieren hin und ließ es alle seine Gedanken und allen seinen Kummer hinwegspülen.

Commala-come-come, sang der Dunkle Turm unmittelbar hinter dem Horizont. *Commala-come-come, komm, Revolvermann, komm.*

Commala-come-Roland, bald ist die Reise getan.

Kapitel II

Mordred

1

Der Dan-Tete sah zu, wie der langhaarige Bursche, mit dem sie jetzt unterwegs waren, Susannah an der Schulter packte, um sie auf die in der Ferne tanzenden orangeroten Hobs aufmerksam zu machen. Mordred beobachtete, wie sie sich herumwarf und dabei einen der großen Revolver des Weißen Daddys zog. Für einen Augenblick zitterten die weit blickenden Glasaugen, die er in dem Haus in der Odd's Lane gefunden hatte, in Mordreds Hand, so sehr feuerte er seine Schwarzdrossel-Mami an, den Künstler zu erschießen. Wie das Schuldbewusstsein sich in sie hineingefressen hätte! Gleich einer stumpfen Axtschneide, yar! Möglich war sogar, dass sie sich vor Entsetzen über ihre Tat den Revolverlauf in den Mund gesteckt und ein zweites Mal abgedrückt hätte, und wie es dem Alten Weißen Daddy wohl gefallen hätte, beim Aufwachen *so was* vorzufinden?

Ach, Kinder sind solche Träumer.

Natürlich passierte das alles nicht, aber immerhin hatte es noch viel mehr zu beobachten gegeben. Teilweise war es jedoch schwer zu sehen. Es war nicht nur die Aufregung, die das Fernglas zittern ließ. Obwohl er jetzt warm angezogen war, mehrere Schichten von Dandelos Humekleidung trug, fror er noch immer. Außer wenn ihm heiß war. Und in beiden Fällen, ob heiß oder kalt, zitterte er wie ein zahnloser alter Knacker in seiner Ofenecke. Dieser Zustand hatte sich stetig verschlimmert, seit er Joe Collins' Haus verlassen hatte. Das Fieber wütete in seinem Körper wie ein Wirbelsturm. Mordred war nicht länger *hongrig* (Mordred hatte nämlich allen Appetit verloren), sondern Mordred war krank, krank, krank.

Tatsächlich fürchtete Mordred sogar, er könnte sterbenskrank sein.

Trotzdem beobachtete er Roland und seine Gefährten mit großem Interesse, und als das Feuer heller brannte, konnte er endlich sogar noch mehr erkennen. Er sah die Tür entstehen, auch wenn er die Symbole, mit denen sie beschriftet war, nicht lesen konnte. Er begriff, dass der Künstler sie irgendwie auf zeichnende Weise geschaffen hatte – was für ein gottähnliches Talent! Mordred sehnte sich danach, ihn sich nur auf die Chance hin einzuverleiben, dass dieses Talent übertragbar war! Das bezweifelte er zwar, wurde die spirituelle Seite des Kannibalismus doch immer gewaltig überschätzt, aber was konnte es schon groß schaden, sich selbst davon zu überzeugen?

Er beobachtete ihr Palaver. Er sah – und verstand auch – ihre Bitten an den Künstler und den Köter, ihr weinerliches Flehen

(komm mit, damit ich nicht allein gehen muss, komm schon, sei kein Spielverderber, seid beide *keine Spielverderber, bu-hu-hu)*

und genoss ihren Kummer und ihre Wut dann, nachdem Junge und Töle ihr beide diesen Wunsch abgeschlagen hatten; Mordred frohlockte darüber, obwohl er wusste, dass dies sein Vorhaben erschweren würde. (Zumindest *ein wenig,* denn was konnten ein stummer Junge und ein Billy-Bumbler schon gegen ihn ausrichten, wenn er seine Spinnengestalt annahm und zum Angriff überging.) Einen Augenblick lang befürchtete er schon, sie könnte in ihrem Zorn den Alten Weißen Daddy mit dessen eigener Waffe erschießen, und das wollte Mordred ganz entschieden *nicht*. Der Alte Weiße Daddy war für *ihn* bestimmt. Das hatte die Stimme vom Dunklen Turm herab ihm versprochen. Er war krank, gewiss, starb vielleicht sogar, aber der Alte Weiße Daddy war trotzdem noch dafür bestimmt, *sein* Mahl zu werden, nicht das der Schwarzdrossel-Mami. Die hätte das Fleisch gewiss verwesen lassen, ohne einen einzigen Bissen davon zu kosten! Aber sie erschoss ihn nicht. Stattdessen *küsste* sie ihn. Das wollte Mordred nicht sehen, weil er sich dabei nur noch schlechter fühlte, und ließ deshalb das Fernglas sinken. Er lag im Gras unter einer kleinen Gruppe von Erlen, zitterte, fror und schwitzte abwechselnd, bemühte sich, nicht zu kotzen (er hatte den ganzen gestrigen Tag mit Kotzen und Scheißen verbracht, so kam es ihm vor, bis seine Bauchmuskeln von der Anstrengung, solche Mengen in beide Richtungen befördern zu müssen, geschmerzt hatten und er nichts mehr heraufwürgen konnte als dicke schleimige Stränge, während aus seinem Hintern nichts mehr kam als braune Brühe und gewaltige hohle Furze), und als er schließlich wieder durchs Fernglas sah, konnte er gerade noch beobachten, wie das Heck des kleinen Elektrokarrens verschwand, als die Schwarzdrossel-Mami damit durch die Tür fuhr. Irgendetwas wirbelte um sie herum. Möglicherweise war das Staub, wenngleich er es eher für Schnee hielt. Außerdem war Gesang zu hören. Davon wurde ihm fast so schlecht wie vorher, als er gesehen hatte, wie sie den Alten Weißen Revolvermann-Daddy geküsst hatte. Dann knallte die Tür hinter ihr zu, und der Gesang verstummte, und der Revolvermann saß einfach nur in ihrer Nähe und verbarg das Gesicht in den Händen, bu-hu-hu, schluchz-schluchz. Der Bumbler tappte zu ihm und legte die lange Schnauze auf einen seiner Stiefel, als wollte er ihn trösten, wie süß, wie ekelerregend süß. Unterdessen war es Tag, und Mordred döste ein wenig. Als er wieder aufwachte, konnte er die Stimme des Alten Weißen Daddys hören. Mordreds Versteck lag im Windschatten, sodass er jedes Wort deutlich hören konnte: »Oy? Willst du nicht wenigstens einen kleinen Bissen nehmen?« Der Bumbler wollte jedoch nicht, woraufhin der Revolvermann das Essen, das für den pelzigen kleinen Kobold bestimmt gewesen war, in der Gegend verstreute. Später, nachdem sie aufgebrochen waren (wobei der Alte Weiße Revolvermann-Daddy – mit hängendem Kopf und noch mutloser hängenden Schultern – das Wägelchen zog, das der Roboter ihnen gebaut hatte), schlich Mordred sich zu ihrem Lagerplatz. Er aß tatsächlich etwas von dem verstreuten Essen, das bestimmt nicht vergiftet war, weil Roland dem Bumbler sonst ja nichts davon angeboten hätte, hörte aber schon nach etwa vier Stück Fleisch auf, weil er wusste, dass sein Magen alles wieder nach Nord und Süd ausspucken würde, wenn er mehr aß. Das durfte er nicht zulassen. Wenn er nicht wenigstens *etwas* Nahrung bei sich behielt, würde er bald zu schwach sein, um ihnen noch folgen zu können. Und er musste ihnen folgen, musste noch eine kleine Weile in ihrer Nähe bleiben. Heute Nacht würde es geschehen müssen. So würde es sein müssen, weil der Alte Weiße Daddy morgen den Dunklen Turm erreichen würde – und dann wäre es fast sicher zu spät. Das sagte ihm sein Innerstes. Mordred schleppte sich so mühsam dahin wie Roland, allerdings noch langsamer. Zwischendurch beugte er sich immer wieder vornüber, wenn Krämpfe ihn erfassten, und seine menschliche Gestalt begann zu wabern, während unter der Haut jene Schwärze an die Oberfläche kam, nur um dann wieder zurückzuweichen, und sein dicker Mantel sich zappelnd ausbeulte, weil die übrigen Beine hervorzukommen versuchten, nur um dann wieder schlaff herabzuhängen, sobald er sie mit gewaltiger Willensanstrengung zurückbeorderte, wobei er mit den Zähnen knirschte und vor Anstrengung stöhnte. Einmal schiss er sich eine Riesenladung einer stinkenden braunen Brühe in die Hose, und nachdem er es geschafft hatte, die Hose herunterzuziehen, ließ er sie gleich unten. Niemand hatte ihn zum Erntedank-Ball eingeladen, haha! Bestimmt war die Einladung auf dem Postweg verloren gegangen! Später, wenn es an der Zeit war, zum Angriff überzugehen, würde er den kleinen Roten König freilassen. Wenn das nämlich schon jetzt geschah, würde er sich – da war er sich ziemlich sicher – nicht wieder zurückverwandeln können. Er würde nicht die Kraft dazu haben. Der beschleunigte Stoffwechsel der Spinne würde die Übelkeit anfachen, so wie ein stürmischer Wind einen Buschbrand zu einer alles verzehrenden Feuerwalze anfacht. Was ihn nun langsam umbrachte, würde ihn stattdessen schnell umbringen. Deshalb kämpfte er dagegen an, und nachmittags fühlte er sich auch schon etwas besser. Das Pulsieren des Turms wurde jetzt merklich stärker, nahm an Intensität und Dringlichkeit zu. Das galt auch für die Stimme seines Roten Daddys, die ihn antrieb, die ihn ermahnte, in Angriffsentfernung zu bleiben. Der

Alte Weiße Revolvermann-Daddy hatte nun schon seit Wochen nicht mehr als vier Stunden Schlaf pro Nacht bekommen, weil er sich den Wachdienst mit der jetzt abgehauenen Schwarzdrossel-Mami geteilt hatte. Die Schwarzdrossel-Mami dagegen hatte diesen Karren natürlich nie ziehen müssen, was? Nein, die war nur wie Königin Scheiß von Kackhaufen darauf spazieren gefahren, hu! Was nichts anderes bedeutete, als dass der Alte Weiße Revolvermann-Daddy verdammt übermüdet war, selbst wenn das Pulsieren des Dunklen Turms ihn jetzt anspornte und vorantrieb. Heute Nacht würde der Alte Weiße Daddy sich entweder darauf verlassen müssen, dass der Künstler und der Köter die erste Wache gemeinsam standen, oder versuchen müssen, sie ganz allein zu übernehmen. Mordred selbst hingegen traute sich eine weitere Nacht ohne Schlaf zu, einfach weil er wusste, dass dies seine allerletzte sein würde. Er würde sich ganz nahe heranschleichen, so wie er's schon vergangene Nacht getan hatte. Er würde ihr Lager mit den weit blickenden Glasaugen des alten Mensch-Monsters beobachten. Und wenn sie dann alle schliefen, würde er sich ein letztes Mal verwandeln und über sie herfallen. Hoppla, jetzt komm ich, hu! Der Alte Weiße Daddy würde vielleicht gar nicht aufwachen, obwohl Mordred hoffte, dass er das tat. Ganz zum Schluss. Eben lange genug, um zu erkennen, was mit ihm geschah. Bloß lange genug, um zu begreifen, dass sein Sohn ihn nur wenige Stunden, bevor er seinen kostbaren Dunklen Turm erreicht hätte, ins Land des Todes beförderte. Mordred ballte die Fäuste und beobachtete, wie seine Finger schwarz wurden. Er spürte das grässliche, aber doch auch angenehme Jucken auf beiden Körperseiten, mit dem die Spinnenbeine durchzubrechen versuchten – sieben statt acht, wegen der schlimmengemeinenabscheulichen Schwarzdrossel-Mami, die zugleich schwanger und nicht schwanger gewesen war, und die sollte ruhig bis in alle Ewigkeit schreiend im Flitzerraum verfaulen (oder wenigstens so lange, bis einer der dort hausenden Großen sie fand). Er bekämpfte und beförderte die Verwandlung in seine Spinnengestalt mit gleicher Wut. Zuletzt bekämpfte er sie nur noch, und der Drang, sich zu verwandeln, ließ nach. Er gab einen Siegesfurz von sich, aber obgleich lang und äußerst übelriechend, war er lautlos. Sein Arschloch war jetzt eine kaputte Quetschkommode, die keine Musik mehr machen, sondern nur noch ächzen konnte. Seine Finger nahmen wieder ihre normale rosig-weiße Färbung an, und das beide Körperseiten hinauf- und hinunterlaufende Jucken verschwand. Vom Fieber war ihm schwindelig, und ihm dröhnte der Kopf; seine dünnen Arme (kaum mehr als Haut und Knochen) schmerzten vor Schüttelfrost. Die Stimme seines Roten Daddys war manchmal laut und manchmal leise, aber stets zu hören: *Komm zu mir. Eile zu mir. Spute dich in deiner Zwittergestalt. Come-commala, du mein guter Sohn. Wir reißen den Turm nieder, wir zerstören alles Licht, und dann herrschen wir gemeinsam über die Dunkelheit.*

Komm zu mir.

Komm.

2

Gewiss befanden die drei, die noch übrig waren (vier, wenn er sich mitzählte), sich längst nicht mehr unter dem Schirm des Ka. Seit die *Prim* zurückgewichen war, hatte es kein Geschöpf wie Mordred Deschain mehr gegeben, eines, das halb Hume und halb Bestandteil dieser gehaltvollen und starken Ursuppe war. Einem Wesen dieser Art konnte das Ka bestimmt kein derart prosaisches Ende zugedacht haben wie jenes, das ihm jetzt drohte: Fiebertod durch Lebensmittelvergiftung.

Roland hätte ihm von vornherein sagen können, dass es keine gute Idee war, das zu essen, was im Schnee neben Dandelos Scheune zu finden war; das hätte übrigens auch Robert Browning gekonnt. Bösartig oder nicht, echtes *Pferd* oder nicht, Lippy (vermutlich nach einem anderen, besser bekannten Gedicht von Browning mit dem Titel »Fra Lippo Lippi« benannt) war selbst ein krankes Tier gewesen, als Roland ihr Leben mit einer Kugel in den Kopf beendet hatte. Aber Mordred war in seiner Spinnengestalt gewesen, als er auf dieses Ding gestoßen war, das zumindest wie ein Pferd *aussah,* und fast nichts hätte ihn davon abbringen können, das Fleisch zu fressen. Erst als er wieder seine menschliche Gestalt angenommen hatte, hatte er sich unbehaglich gefragt, wieso an Dandelos knochiger alter Mähre so viel Fleisch hatte sein können und weshalb es so weich und warm, so voll von nicht geronnenem Blut gewesen war. Schließlich hatte sie in einer Schneewehe gelegen – und das seit einigen Tagen. Der Pferdekadaver hätte längst steif gefroren sein müssen.

Dann begann das Erbrechen. Als Nächstes kam das Fieber – und damit der Kampf, sich nicht zurückzuverwandeln, bis er nahe genug an seinen Alten Weißen Daddy herangekommen war, um ihn in Stücke reißen zu können. Das Wesen, dessen Kommen seit Jahrtausenden vorhergesagt worden war (hauptsächlich von den Manni und meistens in ängstlichem Flüsterton), das Geschöpf, das zu einem Ungeheuer halb Mensch, halb Gott heranwachsen würde, die Kreatur, die das Ende der Menschheit und die Rückkehr der *Prim* beaufsichtigen würde … dieses Wesen war zu guter Letzt als naives, bösartiges Kind erschienen, das nun an einem Bauch voll vergiftetem Pferdefleisch starb.

Damit konnte das Ka nichts zu schaffen haben.

3

An dem Tag, an dem Susannah sie verlassen hatte, legten Roland und seine beiden Gefährten keine allzu weite Strecke zurück. Selbst wenn er sich kein großes Tagespensum vorgenommen hätte, weil er den Turm erst am nächsten Tag bei Sonnenuntergang erreichen wollte, wäre Roland nicht weit gekommen. Er war entmutigt, fast zu Tode erschöpft und fühlte sich einsam. Auch Patrick war müde, aber *er* konnte wenigstens fahren, wenn er wollte, und das tat er an diesem Tag auch ausgiebig, wobei er manchmal schlief und manchmal zeichnete, wenn er nicht für kurze Zeit neben Roland herging, um dann wieder auf Ho Fat II zu klettern und abermals zu schlafen.

Den vom Turm kommenden pulsierenden Rhythmus konnte Roland im Kopf und im Herzen stark spüren, und sein Lied, das jetzt tausend Stimmen zu singen schienen, war mächtig und lieblich zugleich, aber nicht einmal diese Dinge konnten die Bleischwere aus seinen Knochen ziehen. Als er sich schließlich nach einem Platz im Schatten umsah, an dem sie rasten und ein leichtes Mittagessen einnehmen konnten (inzwischen war es eigentlich schon früher Nachmittag), entdeckte er jedoch dennoch etwas, was ihn vorübergehend alle Müdigkeit und allen Kummer vergessen ließ.

Am Straßenrand wuchs eine Wildrose, anscheinend ein exakter Zwilling jener Rose auf dem unbebauten Grundstück in New York. Sie blühte entgegen der Jahreszeit, die Roland bestenfalls auf Vorfrühling taxierte. Das Hellrosa ihrer äußeren Blütenblätter wurde nach innen hin zu einem feurigen Rot – genau die Farbe eines Herzenswunsches, wie er fand. Er sank davor auf die Knie, brachte ein Ohr dichter an den rubinroten Blütenkelch heran und lauschte.

Die Rose sang.

Die Müdigkeit blieb, wie es nun einmal ihre Art war (wenigstens diesseits des Grabes), aber Einsamkeit und Traurigkeit verließen ihn, zumindest für kurze Zeit. Er blickte ins Herz der Rose und erkannte darin ein gelbes Zentrum, das so hell leuchtete, dass er nicht unmittelbar hineinsehen konnte.

Das Tor zu Gan, dachte er, ohne recht zu wissen, was das bedeutete, war seiner Sache aber trotzdem sicher. *Aye, das Tor zu Gan, gewisslich wahr!*

Diese Rose unterschied sich allerdings doch in einem wichtigen Punkt von der auf dem unbebauten Grundstück: Die von leisen dissonanten Stimmen begleitete Ausstrahlung von Krankheit war verschwunden. Die hiesige Rose strotzte nur so von Gesundheit, sie war voller Licht und Liebe. Sie und all die anderen … sie … sie mussten …

Sie nähren die Balken, nicht wahr? Mit ihren Liedern und ihrem Duft. Wie die Balken sie *nähren. Es ist ein lebendes Kraftfeld, ein Geben und Nehmen, das alles vom Turm ausgeht. Und sie ist nur die erste, der äußerste Vorposten. Auf dem Can'-Ka No Rey stehen zehntausende genau wie sie.*

Der Gedanke ließ ihn vor Staunen schwach werden. Dann kam ein weiterer, der ihn mit Zorn und Angst erfüllte: Der Einzige, der diese große rote Fläche nun vor Augen hatte, war ein Wahnsinniger. Der alle Rosen im Nu vernichten würde, wenn er nur Gelegenheit dazu erhielte.

Er fühlte eine zaghafte Hand auf seiner Schulter. Es war Patrick, dem Oy bei Fuß gefolgt war. Patrick zeigte auf das Gras um die Rose herum und machte eine Essbewegung. Deutete auf die Rose und machte Zeichenbewegungen. Roland war nicht besonders hungrig, aber der andere Vorschlag des Jungen gefiel ihm sehr.

»Ja«, sagte er. »Wir essen hier einen Happen, und danach halte ich vielleicht eine kleine Siesta, während du die Rose zeichnest. Und würdest du dann bitte gleich zwei Zeichnungen von ihr machen, Patrick?« Er hielt zwei der drei verbliebenen Finger seiner Rechten hoch, um sicherzugehen, dass Patrick ihn auch richtig verstand.

Der Junge runzelte die Stirn und legte den Kopf schräg. Offenbar verstand er noch immer nicht. Das Haar hing ihm als glänzender Vorhang auf die Schulter herab. Roland musste daran denken, wie Susannah es in einem Bach gewaschen hatte, ohne sich um das Protestgeschrei des Jungen zu kümmern. Das Haarewaschen gehörte zu den Dingen, auf die Roland nie gekommen wäre, aber seither sah der junge Bursche deutlich besser aus. Trotz des Liedes der Rose vermisste er beim Anblick dieses glänzenden Haars auf einmal auch wieder Susannah. Sie hatte Anmut in sein Leben gebracht. Ein Begriff, der ihm, bevor sie fort war, nie in den Sinn gekommen wäre.

Aber jetzt musste er sich wieder um Patrick kümmern: ein unglaublich begabter Knabe, aber schrecklich schwer von Begriff.

Roland deutete auf den Zeichenblock, dann auf die Rose. Patrick nickte – so viel hatte er kapiert. Dann hielt Roland zwei Finger seiner gesunden Hand hoch und deutete nochmals auf den Block. Diesmal bekam Patrick einen leuchtenden Blick. Er zeigte auf die Rose, auf den Block, auf Roland und zuletzt auf sich.

»So ist's recht, Großer«, sagte Roland. »Ein Bild von der Rose für dich und eines für mich. Sie ist schön, findest du nicht auch?«

Patrick nickte eifrig und machte sich dann an die Arbeit, während Roland ihr Mittagessen zubereitete. Auch diesmal machte er drei Teller zurecht, aber auch diesmal verweigerte Oy die Nahrungsaufnahme. Als Roland in die goldgeränderten Augen des Bumblers blickte, sah er darin eine Leere – eine Art Verlust –, die ihn in seinem Innersten schmerzte. Und Oy durfte nicht mehr viele Mahlzeiten auslassen; er war ohnehin schon viel zu mager. Er ging vom vielen Wandern auf dem Zahnfleisch, hätte Cuthbert gesagt, vermutlich lächelnd. Heißes Sassafrasöl und Salz hätten ihm vielleicht wieder aufgeholfen. Aber der Revolvermann hatte nichts dergleichen bei sich.

»Warum siehst du mich so an?«, fragte Roland den Bumbler mürrisch. »Wenn du mit ihr gehen wolltest, hättest du das tun sollen, als du Gelegenheit dazu hattest! Willst du mich jetzt etwa ewig mit deinem traurigen Hundeblick verfolgen?«

Oy erwiderte seinen Blick noch eine Sekunde länger, und Roland sah, dass er die Gefühle des kleinen Kerls verletzt hatte: lächerlich, aber wahr. Dann trollte Oy sich mit trübselig herabhängendem Ringelschwanz. Der Revolvermann hätte ihn am liebsten zurückgerufen, aber das wäre nun wohl noch lächerlicher gewesen. Was hätte er tun wollen? Sich bei einem Billy-Bumbler entschuldigen?

Er ärgerte sich über sich selbst, fühlte sich nicht wohl in seiner Haut: Empfindungen, unter denen er nie gelitten hatte, bevor er Eddie, Susannah und Jake von der Amerika-Seite in sein Leben herübergezogen hatte. Vor ihrer Ankunft hatte er fast keinerlei Gefühle gehabt, und obwohl das eine recht beschränkte Lebensart war, war sie in mancher Beziehung gar nicht so übel gewesen; zumindest vergeudete man keine Zeit damit, sich zu fragen, ob man sich bei Tieren dafür entschuldigen sollte, dass man sie angeschnauzt hatte, bei allen Göttern!

Roland ging vor der Rose in die Hocke und beugte sich der beruhigenden Macht ihres Gesangs und der Lichtflut – dem *heilenden* Licht – aus ihrer Mitte entgegen. Dann trompetete Patrick ihn an und bedeutete ihm mit einer Handbewegung, er solle zur Seite treten, damit er die Rose zum Zeichnen besser sehen könne. Diese Aufforderung steigerte Rolands Gefühl der Entfremdung und Verärgerung nur noch mehr, aber er trat widerspruchslos zur Seite. Schließlich hatte er Patrick doch gebeten, sie zu zeichnen. Er stellte sich vor, wie ihre Blicke sich amüsiert verständnisvoll begegnet wären, wenn Susannah jetzt hier gewesen wäre: wie die eines Elternpaares bei den Mätzchen ihres Jüngsten. Aber sie war natürlich nicht hier; sie war die letzte der drei gewesen, und nun war auch sie fort.

»Schön, kannst du dein Motiv jetzt besser sehen?«, fragte er. Das sollte heiter klingen, aber es klang nur unleidlich – müde und unleidlich.

Zumindest Patrick reagierte nicht auf die Schroffheit im Ton des Revolvermanns; *er hat wahrscheinlich nicht mal gehört, was ich gesagt habe,* dachte Roland. Der stumme Junge hatte seinen halb vollen Teller neben sich abgestellt, saß nun im Schneidersitz da und balancierte den Zeichenblock auf den Oberschenkeln.

»Vergiss nicht, zwischendurch was zu essen«, sagte Roland und zeigte auf den Teller. »Denk daran, ja?« Als ihm das lediglich ein weiteres zerstreutes Nicken einbrachte, gab er auf. »Ich lege mich jetzt aufs Ohr, Patrick. Es wird ein langer Nachmittag werden.« *Und eine noch längere Nacht,* fügte er bei sich hinzu … aber trotzdem konnte er sich mit demselben Gedanken trösten wie Mordred: Diese Nacht würde voraussichtlich die letzte sein. Er konnte nicht mit Bestimmtheit sagen, was ihn im Dunklen Turm am Ende des Rosenfeldes erwartete, aber selbst wenn er dort dem Treiben des Scharlachroten Königs ein Ende machen sollte, morgen würde bestimmt sein letzter Marschtag sein. Er glaubte nicht, dass er das Can'-Ka No Rey jemals wieder verlassen würde, und das war auch in Ordnung. Er war sehr müde. Und traurig – trotz der Heilkraft der Rose.

Roland von Gilead legte einen Arm über die Augen und war sofort eingeschlafen.

4

Er hatte noch nicht lange geschlafen, als Patrick ihn mit kindlicher Begeisterung weckte, um ihm das erste fertige Bild der Rose zu zeigen – dem Sonnenstand nach waren erst zehn, höchstens fünfzehn Minuten vergangen.

Wie alle seine Zeichnungen besaß auch diese eine geheimnisvolle Macht. Obwohl Patrick nur mit einem Bleistift auskommen musste, hatte er die Rose unglaublich lebensecht dargestellt. Trotzdem wäre Roland eine weitere Stunde Schlaf erheblich lieber gewesen als diese Übung in Kunstsinnigkeit. Aber er nickte anerkennend – in Gegenwart solcher Schönheit bloß kein Nörgeln und keinen Missmut mehr, hatte er sich vorgenommen –, und Patrick, schon über so etwas Geringes überglücklich, lächelte. Er blätterte um und machte sich daran, die Rose ein weiteres Mal zu zeichnen. Je ein Bild für sie beide, genau wie Roland es verlangt hatte.

Roland hätte jetzt wieder schlafen können, aber wozu? Der stumme Junge würde das zweite Bild in wenigen Minuten fertig haben und ihn nur erneut wecken. Stattdessen ging er also zu Oy hinüber und streichelte den dicken Pelz des Bumblers. Das war etwas, was er selten tat.

»Tut mir Leid, dass ich dich so hart angefahren habe, kleiner Freund«, sagte Roland. »Willst du mir nicht ein Wort gönnen?«

Aber das wollte Oy nicht.

Eine Viertelstunde später lud Roland die wenigen Dinge auf, die er vom Wagen genommen hatte, spuckte sich in die Hände und packte wieder die Zuggriffe. Der Wagen war jetzt leichter, musste es sein, aber er fühlte sich dennoch schwerer an.

Natürlich ist er schwerer, dachte Roland. *Er ist mit meinem Kummer beladen. Den ziehe ich jetzt überall mit mir herum, ja, das tue ich.*

Wenig später wurde Ho Fat II auch durch Patrick Danville belastet. Er kroch hinauf, machte sich ein kleines Nest und schlief fast augenblicklich ein. Roland schleppte sich weiter – mit hängendem Kopf, sein Schatten von den Absätzen an länger werdend. Oy lief neben ihm her.

Nur noch eine Nacht, dachte der Revolvermann. *Noch eine Nacht, danach ein weiterer Tag, und dann ist's geschehen. So oder so.*

Er ließ das Pulsieren des Turms und die vielen singenden Stimmen in seinen Kopf strömen, damit es sein Ausschreiten leichter machte … zumindest ein wenig. Rosen gab es jetzt häufiger: Sie wuchsen zu Dutzenden auf beiden Seiten der Straße und belebten die sonst so eintönige Landschaft. Einige wenige wuchsen auch auf der Straße selbst, und er achtete geflissentlich darauf, um alle einen weiten Bogen zu machen. Selbst wenn er noch so müde war, würde er keine zertrampeln oder auch nur mit einem Rad über ein einziges abgefallenes Blütenblatt fahren.

5

Als die Sonne noch hoch über dem Horizont stand, machte er für die Nacht Halt, weil er bereits zu müde war, um sich weiterzuschleppen, obwohl es noch mindestens zwei Stunden hell sein würde. Vor ihm lag ein ausgetrocknetes Bachbett, das jedoch von jenen herrlichen Wildrosen gänzlich überwuchert war. Ihre Lieder verringerten zwar nicht seine Müdigkeit, aber immerhin weckten sie seine Lebensgeister wieder etwas. Er hatte den Eindruck, als gälte das auch für Patrick und Oy, und das war gut so. Beim Aufwachen hatte Patrick sich zunächst erwartungsvoll umgesehen. Dann hatte seine Miene sich verfinstert, und Roland wusste, dass ihm wieder einmal klar wurde, dass Susannah fort war. Anfänglich hatte der Junge in solchen Momenten immer ein bisschen geweint, aber hier würde es möglicherweise keine Tränen geben.

Am Ufer stand ein Wäldchen aus Pappeln – zumindest hielt der Revolvermann diese Bäume für Pappeln –, die jedoch abgestorben waren, als der Bach, aus dem die Wurzeln sich genährt hatten, versiegt war. Jetzt bildeten die Äste nur noch ein einziges knochiges, unbelaubtes Gewirr vor dem Abendhimmel. In ihren Silhouetten konnte er ein ums andere Mal die Zahl neunzehn erkennen – sowohl in der Schreibweise, die in Susannahs Welt, als auch der, die in seiner eigenen üblich war. Und an einer Stelle schienen die Äste vor dem dunkler werdenden Himmel sogar deutlich das Wort *SCHRULL* zu bilden.

Bevor Roland Feuer machte und ihnen ein frühes Abendessen bereitete – Konserven aus Dandelos Speisekammer würden für heute genügen müssen, fand er –, ging er das ausgetrocknete Bachbett entlang, schlenderte langsam unter abgestorbenen Bäumen dahin, genoss den Duft der Rosen und lauschte ihrem Gesang. Der Rosenduft und dieser Klang waren erfrischend.

Als er sich etwas besser fühlte, las er unter den Bäumen Brennholz auf (und brach dazu einige der unteren Äste ab, wobei trockene, abgesplitterte Stümpfe zurückblieben, die ihn etwas an Patricks Bleistifte erinnerten) und häufte dann zusammen mit Anmachholz eine Feuerstelle an. Schließlich riss er ein Zündholz an und murmelte dabei den alten Feuerreim, fast ohne sich dessen bewusst zu sein: »Auf, mein Fünkchen lieb und teuer, ob beim Schlafen oder Wachen, willst den Zunder du entfachen, entzünden mir mein Feuer?«

Während er darauf wartete, dass das Lagerfeuer erst hell brannte und dann zu hellrot glosender Glut wurde, zog Roland die Uhr hervor, die er in New York geschenkt bekommen hatte. Gestern war sie stehen geblieben, einerlei ob – wie ihm versichert worden war – die Batterie mindestens hundert Jahre lang hielt.

Als der Spätnachmittag nun allmählich in den Abend überging, liefen die Zeiger auf einmal sehr langsam rückwärts.

Er beobachtete dieses Schauspiel eine Weile lang fasziniert, dann klappte er den Sprungdeckel zu und betrachtete die darauf eingravierten Siguls: Schlüssel, Rose und Turm. Hinter den sich spiralförmig emporwindenden Fenstern hatte jetzt ein schwaches, fast elfenhaftes blaues Licht zu glühen begonnen.

Von diesem Leuchten haben sie nichts gesagt, dachte er, dann steckte er sie wieder sorgfältig in seine linke Brusttasche, nachdem er sich vergewissert hatte (wie er das jedes Mal tat), dass die Tasche kein Loch hatte, durch das die Uhr fallen konnte. Dann machte er sich ans Kochen. Anschließend aßen Patrick und er reichlich.

Oy rührte keinen einzigen Bissen an.

6

Abgesehen von der Nacht, die er beim Palaver mit dem Mann in Schwarz verbracht hatte – jener Nacht, in der Walter ihm aus zweifellos gezinkten Karten eine schlimme Zukunft vorhergesagt hatte –, waren diese zwölf Stunden Dunkelheit neben dem versiegten Bach die längste Nacht in Rolands Leben. Die Müdigkeit sank immer düsterer und schwerer auf ihn herab, bis sie wie ein Mantel aus Stein auf ihm lastete. Alte Gesichter und alte Orte zogen vor seinen bleischweren Lidern vorbei: Susan, die in halsbrecherischem Tempo über die Schräge galoppierte, wobei ihr blondes Haar hinter ihr herwehte; Cuthbert, der auf ganz ähnliche Weise schreiend und lachend den Jericho Hill hinabstürmte; Alain Johns, der sein Glas hob, um einen Trinkspruch auszubringen; Eddie und Jake, die sich grölend im Gras rauften, während Oy sie wild kläffend umrundete.

Mordred war irgendwo dort draußen, ganz nahe, aber Roland nickte trotzdem immer wieder ein. Er schrak jedes Mal wieder auf, starrte irr in die Dunkelheit, die ihn auf allen Seiten umgab, und merkte betroffen, dass er der Grenze zur Bewusstlosigkeit wieder etwas näher gekommen war. Jedes Mal erwartete er zu sehen, wie die Spinne mit dem roten Mal am Unterleib sich auf ihn stürzte, sah dann aber nichts als die in der Ferne tanzenden orangeroten Hobs. Hörte nichts außer dem Seufzen des Windes.

Aber er wartet. Er lauert. Und wenn ich schlafe – falls *ich schlafe –, überfällt er uns.*

Gegen drei Uhr morgens riss er sich mit reiner Willenskraft aus einem Dämmern, das kurz davor war, ihn in tieferen Schlaf zu stürzen. Er sah sich verzweifelt um und rieb sich dabei die Augen so kräftig mit den Handballen, dass Mirke, Vauder und Sankofite in seinem Gesichtsfeld zu explodieren schienen. Das Feuer war sehr weit heruntergebrannt. Patrick lag ungefähr zehn Schritte davon entfernt im knorrigen Wurzelbereich einer Pappel. Aus Rolands Blickwinkel war der Junge nur ein mit Fellen bedeckter Klumpen. Von Oy war im Augenblick nichts zu sehen. Roland rief den Bumbler, ohne jedoch eine Antwort zu bekommen. Der Revolvermann wollte eben aufstehen, als er Jakes alten Freund etwas außerhalb des Lichtscheins des herabgebrannten Feuers entdeckte – oder zumindest das Glitzern seiner goldgeränderten Augen. Diese Augen betrachteten Roland einige Sekunden lang, dann verschwanden sie, vermutlich weil Oy die Schnauze wieder auf die Pfoten sinken ließ.

Auch er ist müde, dachte Roland, *aber wer sollte ihm das verdenken.*

Die Frage, was nach dem morgigen Tag aus Oy werden sollte, versuchte an die Oberfläche des beunruhigten, ermatteten Verstandes des Revolvermanns aufzusteigen, aber Roland schob sie beiseite. Er rappelte sich auf (in seiner Abgespanntheit glitt seine Rechte zu der ehemals gepeinigten Hüfte hinab, als erwartete er, dort noch Schmerzen zu finden), ging zu Patrick hinüber und rüttelte ihn wach. Das erforderte einige Anstrengung, aber schließlich öffneten sich die Augen des Jungen. Das genügte Roland jedoch nicht. Er packte den Jungen an den Schultern und zog ihn in eine sitzende Stellung hoch. Als Patrick sich wieder zurücksinken lassen wollte, schüttelte er ihn durch. *Fest.* Der Junge starrte Roland verständnislos benommen an.

»Hilf mir, ein größeres Feuer zu machen, Patrick.«

Dabei würde er zumindest etwas aufwachen. Und sobald das Feuer wieder hell brannte, würde Patrick für einige Zeit Wache halten müssen. Zwar gefiel Roland allein die Vorstellung nicht, weil er recht gut wusste, dass es gefährlich sein würde, Patrick die Nachtwache anzuvertrauen, aber zu versuchen, bis Tagesanbruch allein durchzuhalten, würde noch viel gefährlicher sein. Er brauchte jetzt Schlaf. Ein bis zwei Stunden würden genügen, und so lange würde Patrick bestimmt wach bleiben können.

Patrick war gern bereit, etwas Holz aufzulesen und aufs Feuer zu werfen, aber er bewegte sich dabei wie ein Bougie – ein wiederbelebter Leichnam. Als das Feuer aber wieder hell brannte, sackte er auf seinem früheren Platz zusammen, ließ die Arme zwischen den knochigen Knien hängen und schien bereits wieder mehr zu schlafen als zu wachen. Roland überlegte, ob er den Jungen würde ohrfeigen müssen, damit er endlich wach wurde, und später würde er sich wünschen – verzweifelt wünschen –, er hätte genau das getan.

»Patrick, hör mir zu.« Er hielt den Jungen an den Schultern gepackt und schüttelte ihn so kräftig, dass dessen langes Haar umherflog und ihm teilweise in die Augen fiel. Roland strich es ihm aus dem Gesicht. »Du musst mich als Wache ablösen. Nur für eine Stunde … nur bis ich … Kopf hoch, Patrick! Sieh nach oben! Götter, trau dich bloß nicht, jetzt wieder einzuschlafen! Siehst du ihn? Den hellsten Stern dort über uns?«

Es war die Alte Mutter, auf die Roland zeigte, und Patrick nickte sofort. In seinem Blick glitzerte jetzt Interesse, was der Revolvermann nicht wenig ermutigend fand, weil es sich dabei um Patricks »Ich will zeichnen«-Blick handelte. Wenn er dasaß und die Alte Mutter zeichnete, wie sie in der breitesten Astgabel der mächtigsten abgestorbenen Pappel stand, würde er vermutlich wach bleiben. Vielleicht sogar bis Tagesanbruch, wenn das Motiv ihn fesselte.

»Hier, Patrick.« Er ließ den Jungen sich an den Fuß des Baumes setzen. Der alte Stamm war hart und knotig und – das hoffte Roland zumindest – unbequem genug, um ein Einschlafen zu verhindern.

Dem Revolvermann war, als würde er sich unter Wasser bewegen. Oh, wie war er doch müde. Richtig todmüde. »Siehst du den Stern noch?«

Patrick nickte eifrig. Er schien seine Verschlafenheit nun abgeschüttelt zu haben, und Roland dankte den Göttern für diesen Segen.

»Wenn er hinter diesem dicken Ast verschwindet, sodass du ihn nicht mehr sehen kannst, ohne aufzustehen ... dann rufst du mich. Weck mich auf, so schwierig das dann auch sein mag. Hast du verstanden?«

Patrick nickte sofort wieder, aber Roland war nun schon lange genug mit ihm unterwegs, um zu wissen, dass ein Nicken dieser Art wenig oder auch gar nichts bedeuten konnte. Der Junge wollte gefällig sein, das war alles. Hätte man ihn gefragt, ob neun und neun neunzehn sei, hätte er ebenso bereitwillig genickt.

»Wenn du den Stern von deinem Platz aus nicht mehr sehen kannst ...« Seine Worte schienen für ihn jetzt aus weiter, weiter Ferne zu kommen. Er würde einfach hoffen müssen, dass Patrick verstanden hatte. Der stumme Junge hatte zumindest den Zeichenblock aufgeschlagen und hielt einen frisch gespitzten Bleistift in der Hand.

Das ist mein bester Schutz, murmelte Rolands innere Stimme, während er zu seinem Häufchen Felle zwischen dem Feuer und Ho Fat II stolperte. *Beim Zeichnen schläft er doch wohl bestimmt nicht ein, oder?*

Das hoffte er jedenfalls, weil er sich dessen natürlich nicht sicher sein konnte. Aber das spielte eigentlich auch keine Rolle, weil er, Roland von Gilead, jetzt auf jeden Fall schlafen würde. Er hatte sein Bestes getan, und das würde genügen müssen.

»Eine Stunde«, murmelte er, und seine Stimme klang in den eigenen Ohren nur noch ganz schwach. »Weck mich in einer Stunde ... wenn die Alte Mutter ... wenn der Stern hinter ...«

Roland brachte den Satz nicht zu Ende. Er wusste nicht einmal mehr, was er sagte. Die Erschöpfung übermannte ihn und trug ihn rasch in einen traumlosen Schlaf davon.

7

Mordred verfolgte das alles durch die weit blickenden Glasaugen. Sein Fieber wütete heftiger denn je, und in dessen heller Flamme war seine Erschöpfung zumindest vorläufig verglüht. Er beobachtete mit lebhaftem Interesse, wie der Revolvermann den stummen Jungen – den Künstler – weckte und dazu zwang, ihm beim Feuermachen zu helfen. Während er zusah, feuerte er den Stummen in Gedanken an, seine Arbeit zu tun und wieder wegzukippen, bevor der Revolvermann ihn daran hindern konnte. Leider passierte das nicht. Ihr Lager befand sich in der Nähe eines Wäldchens mit abgestorbenen Pappeln, und Roland führte den Künstler zu dem größten der dort stehenden Bäume. Er deutete gen Himmel. Der war mit Sternen nur so übersät, aber Mordred vermutete, dass der Alte Weiße Revolvermann-Daddy auf die Alte Mutter zeigte, weil die am hellsten leuchtete. Endlich schien der Künstler (der anscheinend nicht alle Tassen im Schrank hatte) zu verstehen. Er schlug seinen Block auf und hatte schon zu zeichnen begonnen, als der Alte Weiße Daddy ein kleines Stück zur Seite stolperte, wobei er weiter Befehle und Anweisungen murmelte, auf die der Künstler ganz offensichtlich überhaupt nicht achtete. Der Alte Weiße Daddy klappte so plötzlich zusammen, dass Mordred einen Augenblick lang schon befürchtete, dass das Stück Dörrfleisch, das dem Hundesohn als Herz diente, zu schlagen aufgehört haben könnte. Dann bewegte Roland sich im Gras, wälzte sich auf die Seite, und Mordred, der ungefähr hundert Schritte entfernt auf einem kleinen Hügel lag, fühlte seinen Puls wieder langsamer werden. Und selbst wenn der Alte Weiße Revolvermann-Daddy noch so erschöpft war, würden seine Ausbildung und seine Abstammung, die über unzählige Generationen bis zum Eld zurückreichte, dafür sorgen, dass er mit dem Revolver in der Hand hochfuhr, sobald der Künstler einen seiner wortlosen, aber teuflisch lauten Schreie ausstieß. Auf einmal erfassten ihn Krämpfe, die bisher schlimmsten. Mordred krümmte sich zusammen, kämpfte darum, seine Menschengestalt zu behalten, kämpfte darum, nicht zu schreien, kämpfte darum, nicht zu sterben. Er hörte einen weiteren dieser von unten kommenden langen Furzlaute und spürte, dass ihm wieder etwas von der braunen Brühe die Beine hinunterlief. Seine übernatürlich empfindliche Nase roch diesmal jedoch mehr als nur Exkremente; diesmal roch sie Blut in der Scheiße. Er dachte schon, die Schmerzen würden niemals aufhören, sie würden immer stärker und stärker werden, bis sie ihn entzweirissen, aber dann ließen sie doch allmählich nach. Er blickte auf seine linke Hand hinunter und war nicht sonderlich überrascht, als er sah, dass die Finger schwarz geworden und zusammengewachsen waren. Diese Finger würden nun nie mehr wieder zu Menschenfingern werden; ganz bestimmt konnte er sich nur noch einmal verwandeln. Mordred wischte sich mit der Rechten den Schweiß von der Stirn, hob den Weit-Seher wieder an die Augen und betete zu seinem Roten Daddy, der einfältige stumme Junge möge eingeschlafen sein. Aber das war er nicht. Er lehnte mit dem Rücken an der Pappel, sah durchs Geäst nach oben und zeichnete die Alte Mutter. Das war der Augenblick, in dem Mordred Deschain der Verzweiflung am nächsten war. Wie Roland, so glaubte auch er, dass Zeichnen die einzige Tätigkeit war, die den Dämlack zuverlässig am Einschlafen hindern konnte. Warum also nicht die Verwandlung zulassen, solange er aus der zerstörerischen Hitze dieses jüngsten Fieberanfalls noch Energie schöpfen konnte? Warum nicht diese Gelegenheit nutzen? Schließlich hatte er es auf Roland abgesehen, nicht auf den Jungen; in seiner Spinnengestalt konnte er sicherlich schnell genug über den Revolvermann herfallen, um ihn zu packen und an seinen gierigen Rachen zu führen. Der Alte Weiße Daddy würde vielleicht noch einen Schuss oder sogar zwei abgeben können, aber Mordred glaubte, einen oder zwei aushalten zu können, wenn das fliegende Blei nicht den weißen Höcker auf dem Rücken der Spinne traf: das Gehirn seines Doppelkörpers. *Und wenn ich ihn erst einmal gepackt habe, dann lasse ich ihn nicht mehr los, bis er ausgesaugt ist und nur noch eine Staubmumie wie jene andere, Mia.* Er entspannte sich und machte sich bereit, die Verwandlung über sich ergehen zu lassen, als auf einmal eine weitere Stimme mitten in seinem Kopf zu ihm sprach. Das war die Stimme seines Roten Daddys, der auf einem Balkon des Dunklen Turms gefangen gesetzt und darauf angewiesen war, dass Mordred überlebte, mindestens noch einen Tag länger lebte, damit er seinen Vater befreien konnte.

Warte noch, riet diese Stimme ihm. *Warte noch etwas. Ich habe vielleicht noch einen Trumpf im Ärmel. Warte … warte nur noch ein wenig …*

Mordred wartete. Und nach wenigen Augenblicken spürte er, wie das Pulsieren des Dunklen Turms sich veränderte.

8

Auch Patrick nahm diese Veränderung wahr. Das Pulsieren wurde beruhigend, einlullend. Und mit ihm kamen Worte, die seinen Zeicheneifer dämpften. Er zog noch einen Strich, machte dann eine Pause, legte den Bleistift weg und sah untätig zur Alten Mutter auf, die im Gleichtakt zu den Worten, die er in seinem Kopf hörte, zu pulsieren schien – zu Worten, die Roland gekannt hätte. Nur wurden sie heute von einer zwar zitternden, aber dennoch lieblichen Greisenstimme gesungen.

»Kleiner Spatz, der Tag ist 'rum,
Dreh dich in deinem Bettchen um.
Schöne Träume mögen dich beehren,
Von Feldern und von süßen Beeren.

Kleiner Spatz, mach's mir nicht schwer,
Bring dein kleines Körbchen her.
Schripp und schrapp und schrull,
Und schon ist das Körbchen voll.«

Patricks Kopf sank herab. Seine Augen schlossen sich … öffneten sich … fielen wieder zu.

Und schon ist mein Körbchen voll, dachte er und schlief im Feuerschein tief und fest.

9

Jetzt, mein guter Sohn, flüsterte die kalte Stimme mitten in Mordreds heißem und zerfließendem Gehirn. *Jetzt! Geh zu ihm, und sorg dafür, dass er sich nie mehr aus seinem Schlaf erhebt. Ermorde ihn zwischen den Rosen, dann werden wir gemeinsam herrschen.*

Mordred kam aus seinem Versteck, und das Fernglas fiel ihm sich überschlagend aus einer Hand, die gar keine Hand mehr war. Während er seine Spinnengestalt annahm, durchflutete ihn ein gewaltiges, zuversichtliches Machtgefühl. In wenigen Minuten würde alles vorbei sein. Sie schliefen nun beide fest, weshalb sein Überfall unmöglich fehlschlagen konnte.

Er stürmte ins Lager mit den schlafenden Menschen hinunter: ein mit krampfhaft geöffnetem Rachen hechelnder schwarzer Albtraum auf sieben Beinen.

10

Irgendwo, tausend Meilen entfernt, hörte Roland ein Bellen, das laut und drängend, wild und wütend war. Sein erschöpfter Verstand versuchte, sich davon abzuwenden, es auszublenden, sich in tieferen Schlaf zurückzuziehen. Dann kam ein grässlicher Schmerzensschrei, der ihn augenblicklich hochfahren ließ. Diese Stimme kannte er, auch wenn sie jetzt verzerrt klang.

»Oy!«, brüllte er und sprang auf. *»Oy, wo bist du? Zu mir! Zu …«*

Er sah ihn, wie er sich in den Fängen der Spinne wand. Im Feuerschein waren die beiden deutlich sichtbar. Hinter ihnen saß

Patrick an den Pappelstamm gelehnt und starrte dümmlich durch einen Haarvorhang, der bald wieder fettig sein würde, nun da Susannah fort war. Der Bumbler drehte und wand sich wie wild; die Schaumflocken flogen ihm beim Schnappen nach dem Spinnenleib nur so von seinen Lefzen, während Mordred ihm den Leib verbog, als wollte er Oy das Rückgrat brechen.

Wäre er nicht aus dem hohen Gras gestürmt, dachte Roland, *wäre jetzt ich das in Mordreds Fängen.*

Oy grub die Zähne tief in eines der Spinnenbeine. Im Feuerschein konnte Roland die geldstückgroßen Grübchen der Kiefermuskeln des Bumblers sehen, der nun noch fester zubiss. Das Ungeheuer kreischte schrill und lockerte den Griff. In diesem Augenblick hätte Oy freikommen können, wenn er denn gewollt hätte. Was er offensichtlich nicht tat. Statt seine vorübergehende Freiheit, bevor Mordred erneut zupacken konnte, dafür zu verwenden, sich fallen zu lassen und zu flüchten, nutzte Oy diesen Augenblick, um seinen langen Hals zu strecken und dort zuzubeißen, wo eines der Spinnenbeine in den aufgeblähten Leib überging. Er verbiss sich tief darin und rief auf diese Weise einen schwärzlich roten Blutschwall hervor, der ihm auf beiden Seiten aus der Schnauze strömte. Im Feuerschein glänzten darin orangerote Lichtpunkte. Mordred kreischte nun noch lauter. Er hatte Oy nicht ins Kalkül gezogen, und dafür bezahlte er jetzt. Im Feuerschein glichen die beiden sich windenden Leiber Gestalten aus einem Albtraum.

Irgendwo in der Nähe trompetete Patrick vor Entsetzen.

Der wertlose Hurensohn ist also doch eingeschlafen, dachte Roland erbittert. Aber wer hatte ihn schließlich als Wache eingeteilt?

»Setz ihn ab, Mordred!«, rief er. »Setz ihn ab, dann lass ich dich für heute leben! Ich schwör's beim Namen meines Vaters!«

Rote Augen voller Wahnsinn und Bösartigkeit beobachteten ihn über Oys verkrümmten Leib hinweg. Über ihnen, hoch auf der Wölbung des Spinnenrückens, saßen winzige blaue Augen, kaum mehr als stecknadelkopfgroß. Sie starrten den Revolvermann mit einem Hass an, der nur allzu menschlich war.

Meine eigenen Augen, dachte Roland verzweifelt, und dann war ein böses Knacken zu hören. Das war Oys Rückgrat. Trotz seiner tödlichen Verletzung ließ der Bumbler das Gelenk, wo Mordreds Bein in den Körper überging, jedoch nicht aus den Zähnen, obwohl die dort sitzenden stahlharten Borsten viel von seiner Schnauze weggerissen und die scharfen Zähne bloßgelegt hatten, die sich manchmal so liebevoll sanft um Jakes Handgelenk geschlossen und den Jungen zu etwas hingezogen hatten, was Oy ihm hatte zeigen wollen. *Ake!,* hatte er bei solchen Gelegenheiten gerufen. *Ake-Ake!*

Roland griff mit der Rechten nach dem Holster … und fand es leer vor. Erst in diesem Augenblick, viele Stunden nach Susannahs Weggang, ging ihm auch auf, dass sie einen seiner Revolver in die andere Welt mitgenommen hatte. *Gut,* dachte er. *Gut.* Falls *sie tatsächlich im Dunkel gelandet ist, hat sie nun fünf Schuss für die Ungeheuer dort und einen für sich. Gut.*

Aber auch dieser Gedanke war nur schwach und fern. Roland zog den anderen Revolver, während Mordred auf den Hinterbeinen kauerte und sein verbliebenes mittleres Bein benutzte, um Oys Körper zu umschlingen und den noch immer knurrenden Bumbler von dem zerbissenen und blutenden Bein wegzureißen. Die Spinne wirbelte den pelzigen kleinen Körper in einer grausigen Spirale hoch. Einen Augenblick lang verdunkelte er dadurch das helle Licht der Alten Mutter. Dann schleuderte sie Oy von sich weg, und Roland hatte flüchtig ein Déjà-vu-Erlebnis, als ihm klar wurde, dass er diese Szene bereits vor langer Zeit einmal in einer Zauberkugel gesehen hatte. Oy flog in hohem Bogen durch die Funken sprühende Dunkelheit und wurde von einem der dürren Aststümpfe aufgespießt, wo Roland selbst die Äste abgebrochen hatte, um Feuerholz zu bekommen. Er stieß einen grausigen Schmerzensschrei – einen Todesschrei – aus und hing dann schlaff aufgespießt über Patricks Kopf.

Mordred stürzte sich sofort auf Roland, aber sein Ansturm war nur ein langsames, schwerfälliges Schlurfen; eines seiner Beine war ihm kurz nach der Geburt weggeschossen worden, und jetzt hing ein weiteres, dessen Zangen sich krampfhaft öffneten und schlossen, während es durchs Gras schleifte, schlaff und gebrochen herab. Rolands Auge war nie klarer gewesen, die kalte Ruhe, die ihn in solchen Augenblicken umgab, nie eisiger. Er sah den kleinen weißen Höcker und die blauen Kanoniersaugen, die *seine* Augen waren. Er sah das Gesicht seines einzigen Sohns, das ihn über den Rücken des Ungeheuers hinweg anspähte, und dann verschwand es in einem Nebel aus Blut, als seine erste Kugel es wegfetzte. Die Spinne richtete sich auf und krallte mit den Vorderbeinen in den schwarzen, mit Sternen gesprenkelten Nachthimmel. Die beiden nächsten Kugeln Rolands durchschlugen den ungeschützten Bauch, traten auf dem Rücken wieder aus und zogen dabei dunkle Blutstrahlen hinter sich her. Die Spinne warf sich zur Seite, wollte vielleicht flüchten, aber ihre restlichen Beine trugen sie nicht mehr. Mordred Deschain fiel ins Feuer und wirbelte dabei einen Schauer aus roten und orangeroten Funken auf. Während er sich im Feuer krümmte, begannen die Stacheln an seinem Unterleib zu brennen, und Roland durchlöcherte ihn noch einmal – mit einem bitteren Lächeln. Die verendende Spinne wälzte sich aus der jetzt breit verteilten Glut auf den Rücken; dabei bildeten ihre restlichen Beine zunächst einen Knoten, der anschließend langsam auseinander sank. Eines der Beine fiel in die Flammen zurück und fing Feuer. Der Gestank war abscheulich.

Als Roland sich in Bewegung setzte, um die von der verstreuten Glut hervorgerufenen kleinen Brände auszutreten, brach in seinem Kopf das Wutgeheul eines Wahnsinnigen los.

Mein Sohn! Mein einziger Sohn! Du hast ihn ermordet!

»Er war auch meiner«, sagte Roland und betrachtete dabei die rauchende Missgeburt. Er konnte sich die Wahrheit eingestehen. Ja, wenigstens das konnte er.

Dann komm also! Komm, Sohnesmörder, und betrachte deinen Turm, aber wisse eines: Du wirst am Rand des Can'-Ka vor Altersschwäche sterben, bevor du auch nur seine Tür berührst! Ich werde dich niemals passieren lassen! Selbst der Flitzerraum würde ver-

gehen, bevor ich dich *passieren lasse! Mörder! Mörder deiner Mutter, Mörder deiner Freunde – aye, und zwar jedes, liegt Susannah doch mit durchschnittener Kehle tot auf der anderen Seite der Tür, durch die du sie geschickt hast – und nun auch noch Mörder des eigenen Sohns!*

»Wer hat ihn auf mich gehetzt?«, fragte Roland die Stimme in seinem Kopf. »Wer hat dieses Kind – nichts anderes ist Mordred unter seiner schwarzen Haut nämlich – in den Tod geschickt, du roter Schurke?«

Darauf kam keine Antwort, also steckte Roland die Waffe ins Holster zurück und trat die Glutnester endgültig aus, bevor das Feuer um sich greifen konnte. Er ließ sich durch den Kopf gehen, was die Stimme von Susannah behauptet hatte, und gelangte zu dem Schluss, dass dem kein Glauben zu schenken war. Sie mochte tot sein, aye, es war immerhin *möglich,* aber Roland vermutete, dass Mordreds roter Vater das nicht besser als er selbst wusste.

Der Revolvermann ließ diesen Gedanken fallen und ging zu dem Baum, an dem der letzte seines Ka-Tet hing, aufgespießt … aber noch lebend. Die goldgeränderten Augen betrachteten Roland mit einem Ausdruck, der beinahe müde amüsiert wirkte.

»Oy«, sagte Roland und streckte eine Hand aus; er wusste, dass er riskierte, gebissen zu werden, scherte sich aber nicht darum. Vermutlich wünschte sich ein Teil seines Ichs sogar – und bestimmt kein kleiner Teil –, tatsächlich gebissen zu werden. »Oy, wir sagen dir alle unseren Dank. *Ich* sage dir meinen Dank, Oy.«

Der Bumbler biss nicht und sprach auch nur noch ein einziges Wort. *»Olan«,* sagte er. Dann seufzte er, leckte kurz die Hand des Revolvermanns, ließ den Kopf hängen und verendete.

11

Als das erste Tageslicht in einen wolkenlosen Morgen überging, näherte Patrick sich zögernd der Stelle, wo der Revolvermann inmitten der Rosen in dem ausgetrockneten Bachbett saß und Oys Kadaver wie eine Stola über den Knien liegen hatte. Der Junge gab einen sanft trompetenden Fragelaut von sich.

»Nicht jetzt, Patrick«, sagte Roland geistesabwesend und streichelte Oy über den dichten, aber dennoch seidenweichen Pelz. Trotz der einsetzenden Muskelstarre und der verfilzten Stellen, wo das Blut jetzt geronnen war, konnte er kaum glauben, dass das Wesen darunter nicht mehr lebte. Diese Stellen glättete er nun mit den Fingern, so gut er konnte. »Nicht jetzt. Wir haben den ganzen lieben langen Tag Zeit, dorthin zu kommen; das schaffen wir leicht.«

Nein, sie brauchten sich nicht zu beeilen; es gab keinen Grund, weshalb er den letzten seiner Toten nicht geruhsam betrauern sollte. In der Stimme des alten Königs hatte keinerlei Zweifel gelegen, als er angekündigt hatte, Roland werde an Altersschwäche sterben, bevor er auch nur die Tür am Fuß des Dunklen Turms berühre. Sie würden natürlich hingehen, und Roland würde das Terrain sondieren, aber er wusste schon jetzt, dass seine Idee, sich dem Turm von der Seite aus zu nähern, die das alte Ungeheuer nicht einsehen konnte, und sich dann zum Eingang vorzuarbeiten, gar keine Idee, sondern nur eine törichte Hoffnung war. Aus der Stimme des alten Schurken hatte keinerlei Zweifel gesprochen – auch kein unterschwelliger.

Aber vorläufig spielte nichts davon eine Rolle. Hier lag ein weiterer Toter, der durch seine Schuld umgekommen war, und falls es irgendeinen Trost gab, dann war es dieser: Oy würde der Letzte sein. Abgesehen von Patrick war er jetzt wieder allein, und Roland glaubte zu wissen, dass Patrick gegen den schrecklichen Bazillus immun war, den der Revolvermann in sich trug, weil der Junge nie zu seinem Ka-Tet gehört hatte.

Ich morde nur meine Angehörigen, dachte Roland und streichelte den toten Billy-Bumbler.

Was am meisten schmerzte, waren die unfreundlichen Worte, mit denen er Oy am Vortag angefahren hatte. *Wenn du mit ihr gehen wolltest, hättest du das tun sollen, als du Gelegenheit dazu hattest!*

War der Kleine geblieben, weil er wusste, dass Roland ihn brauchen würde? Dass Patrick versagen würde, wenn es hart auf hart ging (wieder so einer von Eddies Ausdrücken)?

Willst du mich jetzt etwa ewig mit deinem traurigen Hundeblick verfolgen?

Hatte er so geblickt, weil er gewusst hatte, dass dies sein letzter Tag sein und er einen schweren Tod sterben würde?

»Ich glaube, du hast das alles gewusst«, murmelte Roland und schloss die Augen, um den Pelz unter den Händen besser spüren zu können. »Tut mir Leid, dass ich so mit dir gesprochen habe – ich würde die Finger meiner gesunden Linken dafür geben, wenn ich die Worte zurücknehmen könnte. Das täte ich, jeden einzelnen, gewisslich wahr.«

Aber wie in der Fundamentalen Welt lief die Zeit hier nur in einer Richtung. Was geschehen war, war geschehen. Nichts ließ sich ungeschehen machen.

Roland hätte behauptet, zu keinem Zorn mehr imstande zu sein, weil er restlos ausgebrannt sei, aber als er nun ein Kribbeln auf der ganzen Haut spürte und schließlich auch merkte, woher es kam, fühlte er neuen Zorn in sich aufsteigen.

Patrick *zeichnete* ihn! Saß unter der Pappel, als wäre an ebendiesem Baum nicht ein tapferes kleines Wesen, das zehnmal wertvoller war als er – nein, hundertmal mehr! – gestorben, für sie beide gestorben.

Das ist eben seine Art, sagte Susannah ruhig und sanft in den Tiefen seines Verstandes. *Das ist alles, was er hat, alles andere ist ihm genommen worden – seine Heimatwelt ebenso wie seine Mutter und seine Zunge und was er an Verstand besessen haben mag. Auch er trauert, Roland. Auch er hat Angst. Nur so kann er etwas Trost finden.*

Alles zweifellos wahr. In Wirklichkeit steigerte diese Wahrheit seinen Zorn jedoch, statt ihn zu dämpfen. Roland legte den verbliebenen Revolver beiseite (er lag glänzend zwischen zweien der singenden Rosen), weil er ihn lieber nicht griffbereit haben wollte, jedenfalls nicht in seiner gegenwärtigen Stimmung. Dann stand er auf, um Patrick auszuzanken, wie dieser sein Leben lang noch nicht ausgeschimpft worden war – aus keinem anderen Grund, als dass *er* sich danach etwas besser fühlen würde. Er konnte bereits seine ersten Worte hören. *Dir macht's wohl Spaß, die zu zeichnen, die dir dein wertloses Leben gerettet haben, du dämlicher Knabe? Du kannst dir wohl nichts Schöneres vorstellen.*

Als er den Mund öffnete, um anzufangen, legte Patrick den Bleistift weg und griff stattdessen nach seinem neuen Spielzeug. Der Radiergummi war bereits halb aufgebraucht, und Ersatz gab es keinen; Susannah hatte nämlich nicht nur Rolands anderen Revolver, sondern auch die kleinen rosa Gummidinger mitgenommen – vermutlich aus keinem anderen Grund, als dass sie das Glas in der Tasche gehabt, gegenwärtig aber an wichtigere Dinge zu denken gehabt hatte. Patrick hielt den Radiergummi über die Zeichnung, blickte dann auf – vielleicht um sich zu vergewissern, dass er wirklich etwas ausradieren wollte – und sah den Revolvermann im Bachbett stehen, wie dieser ihn stirnrunzelnd betrachtete. Obwohl er sich den Grund dafür vermutlich nicht erklären konnte, wusste Patrick sofort, dass Roland zornig war, und seine Gesichtszüge verkrampften sich augenblicklich vor Angst und Traurigkeit. Roland sah ihn jetzt, wie Dandelo ihn unzählige Male gesehen haben musste, und sein Zorn verflog bei diesem Gedanken im Nu. Er würde Patrick keinen Grund geben, ihn zu fürchten – wenn schon nicht um seiner selbst willen, würde er ihm um Susannahs willen keinen Grund dafür geben.

Aber er entdeckte schließlich, dass er es *doch* um seiner selbst willen tat.

Warum erschießt du ihn dann nicht?, fragte die listige, pulsierende Stimme in seinem Kopf. *Willst du ihn nicht lieber erschießen und von seinen Qualen erlösen, wenn du so zärtliche Gefühle für ihn hegst? Er und der Bumbler können die Lichtung gemeinsam betreten. Sie können dir dort einen Platz reservieren, Revolvermann.*

Roland schüttelte den Kopf und versuchte, sich ein Lächeln abzuringen. »Nay, Patrick, Sohn der Sonia«, sagte er (so hatte Bill der Roboter den Jungen angesprochen). »Nay, ich hatte Unrecht – wieder einmal – und werde dich nicht schelten. Aber …«

Er kam auf den Baum zu, unter dem der Junge saß. Patrick wich mit einem hündischen, besänftigenden Lächeln, das Roland gleich wieder wütend machte, vor ihm zurück, aber diese Gefühlsregung unterdrückte der Revolvermann ohne größere Mühe. Patrick, der Oy ebenfalls geliebt hatte, konnte seine Trauer eben nur auf diese Weise verarbeiten.

Das kümmerte Roland jetzt nicht mehr.

Er beugte sich hinunter und nahm dem Jungen behutsam den Radiergummi aus den Fingern. Patrick sah fragend zu ihm auf, dann streckte er die Hand aus und bat mit Blicken darum, Roland solle ihm sein wundervolles (und nützliches) neues Spielzeug zurückgeben.

»Nay«, sagte Roland, so sanft er konnte. »Die Götter mögen wissen, wie viele Jahre du zurechtgekommen bist, ohne auch nur zu wissen, dass es solche Dinger gibt; also wirst du es wohl auch für den Rest dieses einen Tages aushalten. Vielleicht wird es zu einem späteren Zeitpunkt etwas geben, was du zeichnen sollst – um es dann möglicherweise wieder auszulöschen. Du weißt, was ich meine, Patrick?«

Das tat Patrick zwar nicht, aber sobald der Radiergummi wieder sicher in der Brusttasche mit Rolands Uhr versorgt war, schien er ihn einfach zu vergessen und wandte sich wieder seiner Zeichnung zu.

»Leg auch dein Bild eine Weile beiseite«, forderte Roland ihn nun auf.

Patrick gehorchte, ohne widersprechen zu wollen. Er zeigte erst auf den Karren und dann auf die Tower Road, wobei er seinen trompetenden Fragelaut von sich gab.

»Aye«, sagte Roland, »aber zuvor sollten wir nachsehen, was Mordred an *Gunna* dabeihatte – vielleicht findet sich etwas Nützliches darunter –, und unseren Freund begraben. Willst du mithelfen, Oy zu begraben, Patrick?«

Dazu war Patrick bereit, und das Begräbnis kurz darauf dauerte nicht lange; der Körper des Billy-Bumblers war viel kleiner als das Herz, das in ihm geschlagen hatte. Am späten Vormittag waren sie bereits unterwegs, um die letzten Meilen der zum Dunklen Turm führenden langen Straße zurückzulegen.

Kapitel III

Der Scharlachrote König und der Dunkle Turm

1

Die Straße und ebenso die Erzählung sind lang gewesen, findet ihr nicht auch? Die Reise war lang, und der Preis war hoch … aber nichts Großes ist jemals mühelos erreicht worden. Eine lange Erzählung muss wie ein hoher Turm Stein für Stein erbaut werden. Nun jedoch, wo das Ende näher rückt, müsst ihr jene beiden Reisenden, die zu Fuß auf uns zukommen, sehr aufmerksam betrachten. Der ältere Mann – derjenige mit dem sonnengebräunten, von Falten durchzogenen Gesicht und dem Revolver an der Hüfte – zieht den Karren, den sie Ho Fat II nennen. Der Jüngere – jener mit dem übergroßen Zeichenblock, den er unter den Arm geklemmt trägt und der ihn wie einen Kunststudenten aus früheren Tagen aussehen lässt – geht neben ihm her. Sie marschieren einen langen, sanft ansteigenden Hügel hinauf, der sich nicht sonderlich von hunderten von anderen unterscheidet, die sie schon erstiegen haben. Die überwachsene Straße, der sie folgen, wird auf beiden Seiten von den Überresten von Steinmauern gesäumt; zwischen den Haufen aus Natursteinen, wo Mauerteile eingestürzt sind, wachsen in reizendem Überfluss wilde Rosen. In dem offenen, mit Buschwerk gesprenkelten Land jenseits dieser eingestürzten Mauern stehen eigentümliche Steinbauten. Manche sehen wie Schlossruinen aus; andere erinnern an ägyptische Obelisken; einige wenige sind offensichtlich Sprechende Ringe von der Art, in denen sich Dämonen beschwören lassen; eine der uralten Ruinen sieht mit ihren Steinsäulen und Säulenplatten sogar wie Stonehenge aus. Man erwartet fast, im Mittelpunkt dieses großen Kreises Druiden zu sehen, die möglicherweise dabei sind, irgendwelche Runen zu deuten, aber die Hüter dieser Monumente, jener Vorgänger des Großen Monuments, sind längst nicht mehr. Wo sie einst gebetet haben, weiden nur noch kleine Bannockherden.

Kümmert euch nicht darum. Gegen Ende unserer langen Reise sind wir nicht hier, um alte Ruinen zu betrachten, sondern den alten Revolvermann, wie er den Karren zieht. Wir stehen auf dem Kamm des Hügels und warten, während er auf uns zukommt. Er kommt. Und kommt. Unerbittlich wie immer, ein Mann, der stets die Sprache des Landes lernt (zumindest in Grundzügen), das er bereist, und dessen Gebräuche achtet; er ist noch immer ein Mann, der in fremden Hotelzimmern Bilder gerade rücken würde. Viel an ihm hat sich verändert, aber das nicht. Als er jetzt den Hügelkamm erreicht, ist er uns so nahe, dass wir den sauren Geruch seines Schweißes riechen können. Er sieht auf: ein kurzer, unwillkürlicher Blick nach vorn, dann nach rechts und links, sobald er irgendeinen Hügel überschreitet – *Immer schön das Gelände vor euch beurteilen,* so lautete Corts Merksatz, und der letzte seiner Schüler beherzigt ihn noch heute. Er blickt ohne sonderliches Interesse auf, sieht nach unten … und bleibt stehen. Nachdem er einen Augenblick lang den rissigen, mit Unkraut überwachsenen Straßenbelag angestarrt hat, hebt er den Kopf wieder, diesmal langsamer. Sehr viel langsamer. So als fürchtete er sich davor, was er gesehen zu haben glaubt.

Und hier müssen wir uns mit ihm vereinigen – in ihn hineinsinken –, obwohl die Schilderung, wie wir in einem solchen Augenblick, in dem endlich das unbeirrbar verfolgte Ziel seines Lebens in Sicht kommt, das Gelände von Rolands Herzen beurteilen können sollen, über die dürftigen erzählerischen Mittel dieses Wörterschmieds hinausgeht. Manche Augenblicke übersteigen alle Phantasie.

2

Roland blickte rasch auf, als er den Hügelkamm überschritt, nicht weil er Schwierigkeiten erwartete, sondern weil diese Gewohnheit zu tief saß, als dass er mit ihr hätte brechen können. *Immer das Gelände vor euch beurteilen,* hatte Cort ihnen gepredigt, ihnen schon eingebläut, als sie kaum mehr als Babbies gewesen waren. Er sah wieder auf die Straße hinunter – es wurde immer schwieriger, sich zwischen den Rosen hindurchzuschlängeln, ohne welche zu zertrampeln, obwohl ihm das bisher gelungen war – und registrierte erst verspätet, was er gerade gesehen hatte.

Was du zu sehen geglaubt hast, verbesserte Roland sich, während er weiter auf die Straße blickte. *Wahrscheinlich nur eine weitere dieser seltsamen Ruinen, an denen wir vorbeigekommen sind, seit wir wieder unterwegs sind.*

Aber selbst Roland wusste, dass das nicht stimmte. Was er gesehen hatte, stand nicht rechts oder links der Tower Road, sondern genau geradeaus.

Er hob wieder den Kopf, hörte seine Halswirbel wie alte Türangeln knarren und sah, noch meilenweit entfernt, aber jetzt bereits am Horizont sichtbar – so wirklich wie die Rosen –, die Spitze des Dunklen Turms. Was er in tausend Träumen gesehen hatte, erblickte er jetzt mit eigenen Augen. Etwa hundert Schritte vor ihm führte die Straße einen höheren Hügel hinauf, auf dem links der Straße ein uralter Sprechender Ring zwischen Geißblatt und Efeu verwitterte, während rechts ein Wäldchen aus Eisenholzbäumen stand. In der Mitte dieses beengten Horizonts ragte in mittlerer Entfernung ein schwarzes Gebilde auf, das einen winzigen Teil des blauen Himmels verdeckte.

Patrick machte neben ihm Halt und trompetete fragend.

»Siehst du ihn?«, fragte Roland. Seine Stimme war heiser, vor Staunen brüchig. Bevor Patrick antworten konnte, zeigte der Revolvermann auf das, was der Junge um den Hals hängen hatte. Letztlich war das Fernglas der einzige Gegenstand von Mordreds kümmerlichen *Gunna* gewesen, der das Mitnehmen wirklich gelohnt hatte.

»Gib mal her, Pat.«

Patrick gab es bereitwillig her. Roland hob das Fernglas an die Augen, drehte ein bisschen an der Rändelschraube der Scharfeinstellung und hielt dann den Atem an, weil er die Turmspitze plötzlich scheinbar zum Greifen nahe vor sich hatte. Wie viel davon war über dem Horizont sichtbar? Wie viel konnte er sehen? Zehn Meter? Vielleicht fünfzehn? Schwer zu sagen, aber er konnte mindestens drei der Fenster, die sich spiralförmig den Rundturm hinaufwanden, und das Erkerfenster ganz oben sehen, dessen viele Farben in der Frühlingssonne glitzerten, wobei die schwarze Mitte ihn durchs Fernglas hindurch wie das verkörperte Auge des Flitzerdunkels zu betrachten schien.

Patrick trompetete wieder und streckte die Hand nach dem Fernglas aus. Er wollte den Turm selbst sehen, und Roland überließ ihm das Fernglas widerspruchslos. Er fühlte sich leicht schwindelig, wie nicht ganz da. Dann fiel ihm ein, dass er sich in den Wochen vor seinem Zweikampf mit Cort manchmal ganz ähnlich gefühlt hatte: als wäre er ein Traum oder ein Mondstrahl. Damals hatte er gespürt, dass eine große Veränderung bevorstand, und so war ihm auch jetzt zumute.

Dort ist's, dachte er. *Dort ist mein Schicksal, das Ende meines Lebensweges. Und trotzdem schlägt mein Herz noch (etwas schneller als zuvor, gewisslich wahr), mein Blut kreist weiter in den Adern, und wenn ich mich vornüberbeuge, um die Griffe dieses vermaledeiten Karrens zu fassen, wird mein Rücken ächzen, und ich werde vielleicht einen kleinen Furz lassen. Nichts, gar nichts hat sich verändert.*

Er wartete auf die Enttäuschung, die diesem Gedanken folgen musste – die Niedergeschlagenheit. Aber sie blieb aus. Stattdessen empfand er eine merkwürdige, sich verstärkende Losgelöstheit, die im Kopf zu beginnen und dann jeden Muskel seines Körpers zu erfassen schien. Zum ersten Mal seit ihrem Aufbruch am Vormittag musste er nicht mehr an Oy und Susannah denken. Er fühlte sich frei.

Patrick ließ das Fernglas sinken. Als er sich jetzt Roland zuwandte, war er sichtlich aufgeregt. Er deutete auf das schwarze Gebilde am Horizont.

»Ja«, sagte Roland. »Eines Tages wird irgendeine Version von dir ihn in irgendeiner Welt malen – und Llamrei, Arthur Elds Streitross, dazu. Das weiß ich, weil ich den Beweis dafür gesehen habe. Im Augenblick ist er unser Ziel, das wir erreichen müssen.«

Patrick trompetete wieder, dann machte er ein langes Gesicht. Er hielt sich die Schläfen mit den Händen und wiegte den Kopf wie jemand vor und zurück, den schreckliche Kopfschmerzen plagten.

»Ja«, sagte Roland. »Ich habe auch Angst. Aber das lässt sich nicht ändern. Ich muss dorthin. Möchtest du hier bleiben, Patrick? Hier bleiben und auf mich warten? Wenn du das willst, erlaube ich's dir.«

Patrick schüttelte sofort den Kopf. Und für den Fall, dass Roland ihn nicht verstand, fasste der stumme Junge ihn am Arm. Seine rechte Hand – die Hand, mit der er zeichnete – packte wie ein Schraubstock zu.

Roland nickte. Versuchte sogar zu lächeln. »Ja«, sagte er, »das ist in Ordnung. Bleib bei mir, solange du willst. Du sollst nur wissen, dass ich zuletzt allein weitergehen muss.«

3

Mit jeder Senke, aus der sie auftauchten, und jedem Hügel, den sie überschritten, schien der Dunkle Turm ihnen ein Stück entgegenzuspringen. Immer mehr der Fenster, die spiralförmig um seinen großen Umfang liefen, wurden sichtbar. Roland konnte zwei Stahlpfosten erkennen, die oben aus dem Turm ragten. Die Wolken, die den Pfaden der zwei noch intakten Balken folgten, schienen aus den Enden der Pfosten zu strömen und bildeten am Himmel ein großes X. Die Stimmen wurden lauter, und Roland erkannte, dass sie die Namen der Welt sangen. Die *aller* Welten. Er wusste nicht, woher er das wissen konnte, aber er war sich seiner Sache sicher. Die Losgelöstheit, die er empfand, verstärkte sich weiter. Als sie schließlich einen Hügelkamm erreichten, auf dem zu ihrer Linken riesige Steinmänner nach Norden davonmarschierten (die Überreste ihrer mit irgendeiner blutroten Masse bemalten Gesichter starrten abweisend auf sie herab), forderte Roland den Jungen auf, wieder den Karren zu besteigen. Patrick war sichtlich überrascht. Er stieß mehrere trompetende Laute aus, die nach Rolands Ansicht heißen sollten: *Bist du denn nicht müde?*

»Doch, aber ich brauche trotzdem einen Anker. Sonst fange ich noch an, kopflos auf den Turm zuzurennen, obwohl ich es eigentlich besser weiß. Wenn mich dann nicht sowieso vor schlichter Erschöpfung der Schlag trifft, köpft der Rote König mich vermutlich mit einem seiner Spielzeuge. Steig auf, Patrick.«

Patrick gehorchte. Er hockte nach vorn gebeugt auf dem Wagen und hielt das Fernglas an die Augen gepresst.

4

Drei Stunden später kamen sie am Fuß eines Hügels an, der um einiges steiler als die zuvor war. Dies war, das sagte Rolands Herz ihm, der letzte Hügel. Jenseits davon lag das Can'-Ka No Rey. Rechts voraus auf dem Hügelrücken war von einer kleinen Pyramide nur ein Steinhaufen zurückgeblieben. Er ragte ungefähr zehn Meter hoch auf. Rosen umgaben ihn in einem unregelmäßigen scharlachroten Kreis. Roland fasste ihn als Zwischenziel ins Auge und nahm den Hügel langsam, während er weiterhin den Karren hinter sich herzog. Beim Aufstieg wurde der Dunkle Turm Stück für Stück wieder sichtbar. Mit jedem Schritt wuchs er höher über den Horizont. Nun konnte er die Balkone mit ihren hüfthohen Geländern erkennen. Das Fernglas brauchte er nicht mehr; die Luft war unnatürlich klar. Er schätzte die verbleibende Entfernung auf weniger als fünf Meilen. Vielleicht waren es auch nur noch drei. Ein Stockwerk nach dem anderen baute sich vor seinem ungläubigen Blick auf.

Unmittelbar vor dem Kamm des letzten Hügels, etwa zwanzig Schritte links vor der verfallenden Steinpyramide, machte Roland Halt, bückte sich und legte die Zuggriffe des Karrens zum letzten Mal auf der Straße ab. Jeder Nerv in ihm spürte die drohende Gefahr.

»Patrick? Spring runter.«

Patrick tat wie geheißen, starrte dann sorgenvoll in Rolands Gesicht und trompetete fragend.

Der Revolvermann schüttelte den Kopf. »Ich weiß selbst noch nicht, was es ist. Nur, dass es irgendwie gefährlich ist.« Die Stimmen sangen in einem mächtigen Chor, aber die Luft um sie herum war still. Kein Vogel segelte über ihnen oder sang in der Ferne. Ein Windstoß seufzte kurz auf und ließ eine Welle durchs Gras laufen. Die wilden Rosen nickten mit dem Kopf.

Die beiden gingen nebeneinander her, und als sie das taten, spürte Roland, wie etwas schüchtern die Seite seiner versehrten rechten Hand berührte. Er sah zu Patrick hinüber. Der stumme Junge erwiderte seinen Blick unruhig und lächelte bemüht. Roland ergriff seine Hand, und auf diese Weise überschritten sie gemeinsam den Hügelrücken.

Unter ihnen lag eine weite rote Fläche, die sich nach allen Richtungen bis zum Horizont erstreckte. Mitten hindurch führte die Straße als ein schnurgerader staubiger weißer Strich von ungefähr dreieinhalb Metern Breite. In der Mitte des Rosenfeldes erhob sich der rußig-dunkelgraue Turm, stand dort genau wie in Rolands Träumen; die Fenster glänzten in der Sonne. Dort teilte sich nun auch die Straße, bildete einen exakten weißen Kreis, der um den Turm herumführte, und verlief dahinter in eine Richtung weiter, die nach Rolands Meinung jetzt nicht mehr Südosten, sondern genau Osten war. Eine weitere Straße kreuzte die Tower Road rechtwinklig: in Nord-Süd-Richtung, wenn seine Annahme zutraf, dass die Kompassrichtungen wieder stimmten. Aus der Vogelschau hätte es ausgesehen, als stünde der Dunkle Turm im Schnittpunkt eines mit Blut ausgefüllten Zielkreuzes.

»Wir …«, begann Roland, aber dann unterbrach ihn ein gellender Schrei voller Wahnsinn, der von der Brise herangetragen wurde, auf bizarre Weise trotz der meilenweiten Entfernung in unverminderter Lautstärke. *Er folgt dem Balken,* sagte Roland sich. *Und er wird von den Rosen getragen.*

»REVOLVERMANN!«, schrie der Scharlachrote König. *»JETZT STIRBST DU!«*

Nun war ein Pfeifen zu hören, anfangs nur dünn, dann anschwellend und wie die schärfste Klinge, die jemals an einem mit Diamantsplittern besetzten Schleifrad geschliffen wurde, durch den vereinten Gesang des Turms und der Rosen schneidend. Patrick stand wie gelähmt da und starrte sprachlos den Turm an; er wäre aus den Stiefeln geblasen worden, wäre Roland nicht gewesen, dessen Reflexe unvermindert frisch waren. Er zog den Jungen, den er weiter an der Hand hielt, mit sich hinter den Steinhaufen der ehemaligen Pyramide. In dem mit Sauerampfer und Stechapfel durchsetzten hohen Gras lagen weitere behauene Steine verborgen; sie stolperten darüber und schlugen schließlich der Länge nach hin. Roland spürte, wie sich ihm die Ecke eines der Steine schmerzhaft in die Rippen bohrte.

Das Pfeifen stieg weiter an und wurde zu einem ohrenbetäubenden Kreischen. Roland sah etwas Goldenes – einen Schnaatz – in der Luft vorbeiflitzen. Das Geschoss traf den Karren, detonierte und verstreute ihre *Gunna* nach allen Himmelsrichtungen. Das meiste Zeug landete wieder auf der Straße; Konservenbüchsen ratterten und hüpften über den Belag, einige platzen dabei auf.

Dann folgte ein hohes, keckerndes Gelächter, bei dem sich Roland die Nackenhaare sträubten; Patrick hielt sich die Ohren zu. Der Wahnsinn in diesem Lachen war fast unerträglich.

»HERAUS MIT DIR!«, forderte diese ferne, wahnsinnig lachende Stimme. *»KOMM HERVOR UND SPIEL MIT, ROLAND! KOMM ZU*

MIR! WILLST DU NACH ALL DIESEN LANGEN JAHREN NICHT ZU DEINEM TURM KOMMEN?«

Patrick starrte ihn an; sein Blick wirkte ängstlich und verzweifelt. Er hielt sich den Zeichenblock wie einen Schild an die Brust gepresst.

Roland spähte vorsichtig um eine Ecke der Pyramide und erkannte auf einem Balkon im zweiten Turmgeschoss genau das, was er auf Sai Sayres Gemälde gesehen hatte: einen roten und drei weiße Kleckse, ein Gesicht und zwei erhobene Hände. Das hier war jedoch kein Gemälde. Eine der Hände schnellte in einer Wurfbewegung nach vorn, und gleich darauf war ein weiteres ansteigendes höllisches Heulen zu hören. Roland wälzte sich hinter die eingestürzte Pyramide zurück. Es folgte eine scheinbar endlos lange Pause, bis der Schnaatz die andere Seite des Steinhaufens traf und detonierte. Die Druckwelle warf sie nach vorn aufs Gesicht. Patrick kreischte vor Entsetzen. Die Steinbrocken spritzten nur so nach allen Seiten. Einige davon fielen auch polternd auf die Straße, allerdings sah Roland keinen der Splitter auch nur eine einzige Rose treffen.

Der Junge rappelte sich kniend auf und wäre davongerannt – wahrscheinlich zur Straße zurück –, hätte Roland ihn nicht am Kragen der Wildlederjacke gepackt und wieder zu Boden gerissen.

»Hier passiert uns nichts«, flüsterte er Patrick zu. »Sieh her.« Er griff in ein Loch, das ein herausgefallener Stein hinterlassen hatte, klopfte darin mit dem Fingerknöchel auf etwas, was dumpf nachhallte, und zeigte dann mit angestrengtem Grinsen die Zähne. »Stahl! Yar! Er kann dieses Ding mit einem Dutzend seiner fliegenden Feuerkugeln treffen, ohne es zum Einsturz zu bringen. Er schafft es höchstens, die Verkleidung wegzusprengen und den Stahlkern freizulegen. Kapiert? Und ich glaube nicht, dass er seine Munition sinnlos vergeuden will. Er hat bestimmt nicht viel mehr, als ein Esel tragen kann.«

Bevor Patrick ihm zeigen konnte, dass er verstanden hatte, streckte Roland wieder den Kopf hinter dem unregelmäßigen Rand der Pyramide hervor. Er legte die Hände als Sprachrohr an den Mund

und brüllte: *»VERSUCH'S NOCH MAL, SAI! WIR SIND NOCH IMMER HIER, ABER VIELLEICHT HAST DU BEIM NÄCHSTEN WURF JA MEHR GLÜCK!«*

Danach herrschte für einen Augenblick Schweigen, auf das schließlich ein wahnsinniger Schrei folgte: *»IIIIIIIIII! WAG NICHT, MICH ZU VERSPOTTEN! WAG ES NICHT! IIIIIIIIII!«*

Nun hob wieder das anschwellende schrille Heulen an. Roland begrub Patrick unter sich – hinter der Pyramide, aber ohne sie zu berühren. Er befürchtete, dass sie beim Auftreffen des Schnaatzes stark genug vibrieren konnte, um eine Gehirnerschütterung hervorzurufen oder ihr weiches Körperinneres in Gelee zu verwandeln.

Nur traf der Schnaatz diesmal nicht die Pyramide. Stattdessen flog er an ihr vorbei und segelte bis über die Straße hinaus weiter. Roland wälzte sich von Patrick herab auf den Rücken. Sein Blick erfasste das verschwommene goldglänzende Objekt und registrierte, an welcher Stelle es umkehrte, um sich auf sein Ziel zu stürzen. Er schoss es aus der Luft wie eine Tontaube. Ein greller Lichtblitz, dann war es verschwunden.

»DUMM GELAUFEN, WIR SIND NOCH IMMER DA!«, rief Roland, wobei er sich bemühte, genau die richtige Nuance von belustigtem Spott in die Stimme zu legen. Was nicht sehr leicht war, wenn man brüllen musste, was die Lunge hergab.

Die Antwort bestand aus einem neuerlichen wahnsinnigen Schrei: *»IIIIIIIII!«* Roland staunte darüber, dass der Scharlachrote König sich mit diesem Gekreisch nicht selbst den Schädel spaltete. Er lud die verschossene Patrone nach – solange er konnte, würde er dafür sorgen, dass alle Kammern der Trommel stets voll waren – und vernahm dieses Mal ein zweifaches Heulen. Patrick stöhnte, wälzte sich in dem mit Steinbrocken durchsetzten Gras auf den Bauch und bedeckte den Kopf schützend mit den Händen. Roland blieb mit dem Rücken an die Pyramide aus Stahl und Stein gelehnt sitzen, ließ den langen Lauf des Sechsschüssers auf dem Oberschenkel ruhen und wartete entspannt. Zugleich konzentrierte er seine gesamte Willenskraft auf eine einzige Aufgabe. Als Reaktion auf dieses in großer Höhe näher kommende Heulen wollten seine Augen zu tränen beginnen, und das durfte er nicht zulassen. Sein unnatürlich scharfes Sehvermögen, für das er zu seiner Zeit so berühmt gewesen war, hatte er niemals mehr benötigt als in diesem Augenblick.

Seine blauen Augen blieben weiter klar, während die Schnaatze über sie hinweg bis zur Straße heulten. Diesmal kurvte einer links, der andere rechts zurück. Zudem flogen sie nun mit Ausweichbewegungen, indem sie unberechenbar von einer Seite auf die andere zickzackten. Was ihnen jedoch nichts nutzte. Roland wartete und saß mit ausgestreckten Beinen so da, dass seine abgewetzten alten Stiefel ein entspanntes V bildeten, während sein Herz gleichmäßig und langsam schlug und seine Augen alle Klarheit und alle Farben der Welt in sich aufnahmen (hätte er an diesem letzten Tag noch besser gesehen, hätte er, so glaubte er, sogar den *Wind* sehen können). Dann riss er die Waffe hoch, schoss beide Schnaatze aus der Luft und lud die beiden Kammern seines Revolvers bereits nach, als ihre Bilder noch mit seinem Herzschlag vor seinen Augen pulsierten.

Er beugte sich zur Kante der Pyramide hinüber, griff nach dem Fernglas, legte es auf eine Auskragung in geeigneter Höhe und sah damit zu seinem Feind hinüber. Der Scharlachrote König sprang ihm förmlich entgegen, und Roland sah zum ersten Mal im Leben genau das mit Augen, was er sich immer vorgestellt hatte: einen alten Mann mit gewaltiger, wächsern aussehender Hakennase; rote Lippen, die im schneeigen Weiß eines wallenden Bartes blühten; schneeweißes Haar, das über den Rücken des Scharlachroten Königs bis fast zu dessen hagerem Hintern hinabfiel. Die Augen in dem rosig angelaufenen Gesicht spähten zu den Pilgern hinüber. Der König trug eine leuchtend rote Robe, die hier und da mit Blitzen und kabbalistischen Symbolen besetzt war. Susannah, Eddie und Jake wäre er wie der Weihnachtsmann vorgekommen. Roland erschien er als das, was er war: eine Ausgeburt der Hölle.

»WIE LANGSAM DU BIST!«, rief der Revolvermann auf spöttische

Weise scheinbar erstaunt. *»VERSUCH'S MAL MIT DREIEN, VIELLEICHT KLAPPT'S MIT DREIEN!«*

Der Blick durchs Fernglas war nicht anders, als sähe man durch ein auf der Seite liegendes magisches Stundenglas. Roland beobachtete, wie der Große Rote König auf und ab sprang und seine hochgereckten Fäuste auf eine Art schüttelte, die fast schon komisch war. Der Revolvermann glaubte, zu Füßen der Gestalt in der Robe eine Holzkiste zu erkennen, war sich dessen aber nicht ganz sicher; die gedrehten Eisenstäbe zwischen Boden und Geländer des Balkons verdeckten sie zum größten Teil.

Das muss sein Munitionsvorrat sein, dachte er. *Das* muss *er sein. Wie viele kann er in einer Kiste dieser Größe haben? Zwanzig? Fünfzig?* Aber das spielte keine Rolle. Solange der Rote König es nicht schaffte, mehr als zwölf gleichzeitig zu werfen, war Roland zuversichtlich, alles abschießen zu können, was der alte Dämon gegen ihn einsetzen mochte. Schließlich war das sein Daseinszweck.

Unglücklicherweise wusste der Scharlachrote König das so gut wie Roland.

Das Wesen auf dem Balkon stieß einen weiteren grausigen, ohrenbetäubend lauten Schrei aus (Patrick bohrte sich die schmutzigen Finger in die schmutzigen Ohren) und tat so, als wollte es sich nach neuer Munition bücken. Dann hielt es jedoch inne. Der Revolvermann beobachtete, wie es ans Balkongeländer vortrat … und ihm dann geradewegs in die Augen sah. Sein Blick war rot und glühend. Roland ließ sofort das Fernglas sinken, um nicht hypnotisiert werden zu können.

Die Stimme des Königs drang an sein Ohr. *»WARTE ALSO EIN WENIG – UND DENK DARÜBER NACH, WAS DU GEWINNEN WÜRDEST, ROLAND! DENK DARAN, WIE NAHE DU DEINEM ZIEL JETZT BIST! UND … HORCH! HÖRE DAS LIED, DAS DEIN SCHATZ SINGT!«*

Dann verstummte er. Kein weiteres Heulen; kein weiteres Pfeifen; keine weiteren anfliegenden Schnaatze. Was Roland stattdessen hörte, war das leise Seufzen des Windes … und was er auf Geheiß des Königs hören sollte.

Den Ruf des Turms.

Komm, Roland, sangen die Stimmen. Sie kamen von den Rosen auf dem Can'-Ka No Rey, sie kamen von den genesenden Balken über ihm, und sie kamen vor allem vom Dunklen Turm selbst, den er sein Leben lang gesucht hatte, der nun greifbar nahe vor ihm stand … der ihm jedoch zumindest vorerst noch vorenthalten wurde. Wenn er sich ihm jetzt weiter näherte, würde er auf dem deckungslosen Feld getötet werden. Trotzdem saß der Ruf wie ein Angelhaken in seinem Kopf, zog ihn unablässig weiter vorwärts. Der Scharlachrote König wusste, dass dieser Haken ihm die Arbeit abnehmen würde, wenn er nur lange genug wartete. Und während die Zeit verging, wurde das auch Roland klar. Weil die Stimmen nicht gleichmäßig waren. Auf dem gegenwärtigen Niveau konnte er ihnen widerstehen. *Widerstand* ihnen. Aber als der Nachmittag verstrich, wurde der Ruf stärker. Roland begann zu verstehen – und das mit wachsendem Entsetzen –, weshalb er in seinen Träumen und Visionen stets gesehen hatte, wie er den Dunklen Turm bei Sonnenuntergang erreichte, wenn das Licht des westlichen Himmels ein Widerschein des Rosenfeldes zu sein schien und die Welt in einen Eimer voll Blut verwandelte, der von einer einzigen Stütze getragen wurde, die mitternachtsschwarz vor dem brennenden Horizont aufragte.

Er hatte sich bei Sonnenuntergang ankommen sehen, weil dies der Zeitpunkt war, an dem der stärker werdende Ruf des Turms schließlich seine Willenskraft überwältigen würde. Er würde hingehen. Daran würde ihn keine Macht der Welt hindern können.

Aus *komm* … *komm* … wurde *KOMM* … *KOMM* … und zuletzt *KOMM! KOMM!* Ihm schmerzte der Kopf davon. Und er sehnte sich gleichzeitig danach. Er merkte immer wieder, wie er sich kniend aufrichtete, und zwang sich dann dazu, sich mit dem Rücken zur Pyramide zurücksinken zu lassen.

Patrick beobachtete ihn zunehmend ängstlich. Der Junge war teilweise oder ganz immun gegen diesen Ruf – darüber war Roland sich im Klaren –, aber er wusste, was zu geschehen drohte.

5

Nach Rolands Schätzung waren sie ungefähr eine Stunde lang festgenagelt gewesen, als der König es mit einem weiteren Paar Schnaatze versuchte. Dieses Mal flogen sie auf beiden Seiten der Pyramide vorbei, drehten fast augenblicklich ein und kamen mit sechs, sieben Meter Abstand herangerast. Roland schoss den rechten Schnaatz ab, nahm einen Zielwechsel nach links vor und holte auch den anderen herunter. Die zweite Detonation war so nahe, dass er einen warmen Windstoß im Gesicht spürte, aber zum Glück gab es keine Splitter; wenn die Dinger einmal detonierten, zerlegten sie sich anscheinend restlos.

»VERSUCH'S NOCH MAL!«, rief er. Seine Kehle war jetzt rau und trocken, aber er wusste, dass seine Worte beim Adressaten ankamen – die Luft über dem Rosenfeld schien für eine solche Kommunikationsart wie geschaffen zu sein. Zudem wusste er, dass jedes Wort ein Dorn im Fleisch des alten Wahnsinnigen war. Aber er hatte mit eigenen Schwierigkeiten zu kämpfen. Der Ruf des Turms wurde immer stärker.

»KOMM, REVOLVERMANN!«, lockte die Stimme des Wahnsinnigen. *»VIELLEICHT LASSE ICH DICH SOGAR UNBEHELLIGT! DARÜBER KÖNNTEN WIR DOCH WENIGSTENS PALAVERN, NICHT WAHR?«*

Zu seinem Entsetzen glaubte Roland, aus dieser Stimme eine gewisse Aufrichtigkeit herauszuhören.

Ja, dachte er. *Und es gibt Kaffee. Vielleicht sogar etwas zum Knabbern dazu.*

Er zog mit zitternden Fingern seine Taschenuhr heraus und ließ den Deckel aufspringen. Die Zeiger liefen hastig rückwärts. Er lehnte sich an die Pyramide und schloss die Augen, aber das war noch schlimmer. Der Ruf des Turms

(komm, Roland, komm, Revolvermann, commala-come-come, die Reise ist jetzt getan)

war lauter, drängender als je zuvor. Er öffnete die Augen wieder und sah zu dem unversöhnlich blauen Himmel und den Wolken auf, die in einer langen Reihe dem Turm am Ende des Rosenfeldes zustrebten.

Und die Folter ging weiter.

6

Er hielt eine weitere Stunde durch, während die Schatten der Büsche und der in der Nähe der Pyramide wachsenden Rosen länger wurden, und hoffte wider besseres Wissen, dass ihm etwas einfallen würde, dass er einen zündenden Einfall haben würde, der ihn davor bewahrte, sein Leben und sein Schicksal in die Hände des begabten, aber nicht besonders hellen Jungen an seiner Seite legen zu müssen. Als die Sonne sich dem westlichen Horizont zu nähern begann und das Blau über ihm dunkler wurde, wusste er jedoch, dass es keine andere Möglichkeit gab. Die Zeiger der Taschenuhr liefen immer schneller rückwärts. Bald würden sie sich rasend schnell drehen. Und wenn sie das zu tun begannen, würde er gehen. Das würde er tun, ohne sich um die Schnaatze (und was konnte der Wahnsinnige sonst noch groß in petto haben?) zu kümmern. Er würde rennen, er würde Haken schlagen, er würde sich notfalls zu Boden werfen und kriechen, aber unabhängig davon, was er alles versuchte, würde er Glück haben müssen, um auch nur die Hälfte der Entfernung zum Dunklen Turm zurückzulegen, bevor er aus den Stiefeln gepustet wurde.

Er würde zwischen den Rosen sterben.

»Patrick«, sagte er. Seine Stimme war heiser.

Patrick sah mit verzweifelter Heftigkeit zu ihm auf. Roland starrte die Hände des Jungen an – schmutzig, schorfig, aber auf ihre Weise ebenso unglaublich talentiert wie seine eigenen – und gab nach. Er war sich bewusst, dass er nur aus Stolz so lange ausgehalten hatte; er hatte den Scharlachroten König töten, nicht nur in irgendeine Nullzone befördern wollen. Und natürlich gab es keine

Garantie dafür, dass Patrick dem König das antun konnte, was er mit Susannahs Gesicht vorgemacht hatte. Aber die Anziehungskraft des Turms würde bald unwiderstehlich stark werden, und alle sonstigen Möglichkeiten waren nunmehr erschöpft.

»Tausch den Platz mit mir, Patrick.«

Patrick gehorchte, indem er vorsichtig über Roland hinwegkroch. Damit gelangte er an die Kante der Pyramide, die der Straße am nächsten war.

»Sieh durch den Weit-Seher. Leg ihn auf den kleinen Vorsprung hier – ja, genau so – und sieh genau hin.«

Patrick tat wie geheißen, und Roland hatte das Gefühl, dass der Junge endlos lang durch das Fernglas starrte. Unterdessen sang und lockte und schmeichelte die Stimme des Turms weiter. Endlich sah Patrick wieder zu Roland hinüber.

»Nimm jetzt deinen Block zur Hand, Patrick. Zeichne jenen Menschen.« Der Scharlachrote König war zwar *kein* Mensch, aber immerhin sah er wie einer aus.

Zunächst sah Patrick jedoch nur weiterhin Roland an und biss sich dabei auf die Unterlippe. Schließlich nahm er den Kopf des Revolvermanns in beide Hände und brachte sein Gesicht so dicht an das Rolands heran, dass ihre Stirnen sich fast berührten.

Sehr schwierig, flüsterte eine Stimme tief in Rolands Verstand. Das war keineswegs die Stimme eines Jungen, sondern die eines erwachsenen Mannes. Eines starken Mannes. *Er ist nicht ganz da. Er verdunkelt sich. Er verfärbt sich.*

Wo hatte Roland diese Worte schon einmal gehört?

Keine Zeit, jetzt darüber nachzudenken.

»Soll das heißen, dass du's nicht kannst?«, fragte Roland und verlieh seiner Stimme dabei (mit einiger Anstrengung) einen ungläubigen, enttäuschten Unterton. »Dass *du's* nicht kannst? Dass *Patrick* es nicht kann? Der *Künstler* es nicht kann?«

Patricks Blick veränderte sich. In seinen Augen sah Roland sekundenlang den Ausdruck, der ständig in ihnen stehen würde, wenn er zu einem Mann heranwuchs … und die Gemälde in Sayres Büro bewiesen, dass er das – zumindest auf irgendeiner Zeitspur, in irgendeiner Welt – tun würde. Wenigstens alt genug, um das zu malen, was er an diesem Tag gesehen hatte. Dieser Ausdruck würde Künstlerstolz sein, falls er zu einem alten Mann heranwuchs, dessen große Begabung durch ein wenig Weisheit ergänzt wurde; jetzt war es bloß Arroganz. Der Blick eines Jungen, der weiß, dass er schneller als der Blitz ist, dass er der absolut Beste ist, und der nichts anderes wissen will. Roland kannte diesen Blick recht gut, denn war er ihm nicht aus hundert Spiegeln und stillen Tümpeln begegnet, als er so jung gewesen war wie Patrick Danville heute?

Ich kann's, sagte die Stimme in Rolands Kopf. *Ich sage nur, dass es nicht einfach sein wird. Ich werde den Radiergummi brauchen.*

Roland schüttelte sofort den Kopf. Er schloss die Finger um den Rest des rosa Gummistücks in seiner Brusttasche und hielt ihn fest umklammert.

»Nein«, sagte er. »Du musst ohne ihn auskommen, Patrick. Jeder Strich muss beim ersten Mal sitzen. Das Radieren kommt später.«

Der arrogante Blick wurde für eine Sekunde unsicher, aber das dauerte nur einen Moment. Als er dann zurückkehrte, wurde er von etwas begleitet, was dem Revolvermann überaus gefiel, ihn auch etwas ermutigte. Es war ein Ausdruck heißer Begeisterung. Es war der Ausdruck, den Begabte trugen, wenn sie, nachdem sie sich jahrelang nur verschlafen im Alltagstrott bewegt hatten, endlich einen anspruchsvollen Auftrag erhielten, der alle ihre Fähigkeiten fordern und bis an die Grenzen beanspruchen würde, vielleicht sogar darüber hinaus.

Patrick wälzte sich wieder zu dem Fernglas hinüber, das er unter der Auskragung zurückgelassen hatte. Er sah lange hindurch, während die Stimmen in Rolands Kopf ihre gebieterische Aufforderung immer drängender wiederholten.

Und schließlich rollte er sich wieder weg, griff nach seinem Zeichenblock und fing damit an, das wichtigste Bild seines Lebens zu zeichnen.

7

Im Vergleich zu Patricks gewöhnlicher Methode – rasche Striche, aus denen binnen Minuten ein vollständiges, bezwingendes Bild entstand – ging die Arbeit diesmal langsam voran. Roland musste sich immer wieder beherrschen, um den Jungen nicht anzuschreien: *Beeil dich! Beeil dich, um aller Götter willen! Siehst du nicht, dass ich Höllenqualen leide?*

Aber Patrick sah das nicht, hätte sich ohnehin nicht darum gekümmert. Er ging ganz in seiner Arbeit auf, fühlte sich von einer bislang unbekannten Gier erfasst und machte nur gelegentlich eine Pause, um durchs Fernglas zu blicken und sein Sujet, die Gestalt in der roten Robe, ausgiebig zu betrachten. Manchmal hielt er den Bleistift schräg, um etwas zu schraffieren; dann wieder rieb er mit dem Daumen darüber, um eine Schattierung zu erzeugen. Manchmal verdrehte er die Augen so weit nach oben, dass nur noch das wächserne Weiß der Augäpfel zu sehen war. Man hätte glauben können, er begutachte irgendeine Version des Roten Königs, die leuchtend in seinem Gehirn stand. Und woher wollte Roland wissen, dass das nicht auch der Fall war?

Wie er es hinkriegt, ist mir einerlei. Er soll nur fertig werden, bevor ich durchdrehe und zu dem hinüberspurte, was der Alte Rote König so überaus richtig als meinen »Schatz« bezeichnet hat.

Auf diese Weise verging eine halbe Stunde, die mindestens drei Tage zu dauern schien. Einmal wandte der Scharlachrote König sich noch verlockender an Roland und fragte ihn, ob er nicht doch zum Turm kommen und palavern wolle. Wenn Roland ihn aus seinem Balkongefängnis befreie, so schlug er vor, könnten sie beide vielleicht das Kriegsbeil begraben, um dann im selben Geist der Freundschaft gemeinsam den Turm zu besteigen. Das sei schließlich nicht ganz unmöglich. Bei Unwetter fänden sich in Gasthöfen seltsame Bettgefährten – ob Roland dieses Sprichwort noch nie gehört habe?

Der Revolvermann kannte dieses Sprichwort recht gut. Er wusste jedoch auch, dass das Angebot des Roten Königs im Prinzip derselbe unaufrichtige Vorschlag wie zuvor war – nur diesmal stattlich herausgeputzt. Aber diesmal hörte er auch einen besorgten Unterton aus der Stimme des alten Ungeheuers heraus. Roland vergeudete keine Kraft damit, ihm zu antworten.

Als der Scharlachrote König begriff, dass sein Zureden wirkungslos geblieben war, warf er einen weiteren Schnaatz. Dieser überflog die Pyramide in solcher Höhe, dass er nur noch als Lichtpunkt zu sehen war, und stürzte sich dann mit dem anschwellenden Heulen einer fallenden Bombe auf sie. Roland erledigte ihn mit einem einzigen Schuss und lud aus einem reichlichen Munitionsvorrat nach. Er wünschte sich sogar, dass der König nun weitere dieser fliegenden Grenados gegen ihn einsetzte, weil die ihn zumindest zeitweise von dem schrecklich verlockenden Ruf des Turms ablenkten.

Er hat auf mich gewartet, dachte er verzweifelt. *Deswegen ist sein Ruf wohl auch so unwiderstehlich – er gilt ganz speziell mir. Im Grunde genommen allerdings nicht mir als Roland, sondern der gesamten Linie des Eld … und von allen Nachkommen bin ich der einzige Überlebende.*

8

Als die untergehende Sonne die ersten Orangetöne anzunehmen begann und Roland das Gefühl hatte, die Qualen nun wirklich nicht länger ertragen zu können, legte Patrick den Bleistift beiseite und hielt Roland stirnrunzelnd den Zeichenblock hin. Dieser Gesichtsausdruck ängstigte Roland. Er hatte bisher nicht einmal gewusst dass er zum Repertoire des stummen Jungen gehörte. Patricks frühere Arroganz war verschwunden.

Roland nahm den Zeichenblock jedoch entgegen und war von dem, was er sah, im ersten Moment so verblüfft, dass er den Blick abwandte, als könnten ihn sogar die Augen auf Patricks Zeichnung hypnotisieren; könnten ihn vielleicht dazu zwingen, sich den Revolver an die Schläfe zu setzen und sich eine Kugel durch das schmerzende Gehirn zu jagen. So lebensecht war dieses Porträt. Das gierige, fragende Gesicht war länglich, Wangen und Stirn von Falten durchzogen, die so tief waren, dass sie bodenlos erschienen. Die von dem wallenden Bart umgebenen Lippen waren voll und grausam. Es war der Mund eines Mannes, der einen Kuss in einen Biss verwandeln würde, wenn ihn der Geist ankam, und der Geist würde ihn oft ankommen.

»WAS GLAUBST DU, DAMIT ERREICHEN ZU KÖNNEN?«, kreischte der Wahnsinnige. *»WAS ES AUCH SEIN MAG, ES WIRD DIR NICHTS NUTZEN! ICH HALTE DEN TURM BESETZT – IIIIIII! –, ICH BIN WIE DER HUND, DER DIE TRAUBEN BEWACHT, ROLAND! DER TURM IST MEIN, AUCH WENN ICH IHN NICHT ERSTEIGEN KANN! UND DU WIRST KOMMEN! IIIII! GEWISSLICH WAHR! BEVOR DER SCHATTEN DES TURMS DEIN KÜMMERLICHES VERSTECK ERREICHT, WIRST DU KOMMEN! IIIIIII! IIIIIII!* **IIIIIII!«**

Patrick fuhr zusammen und hielt sich die Augen zu. Da er nun mit seiner Zeichnung fertig war, hörte er auch diese grässlichen Schreie wieder.

Dass dieses Porträt das größte Werk war, das Patrick jemals schaffen würde, stand für Roland völlig außer Zweifel. Als Reaktion auf seine Herausforderung war der Junge nicht nur über sich hinausgewachsen; er war über sich selbst hinausgewachsen und hatte Geniales vollbracht. In seiner Klarheit wirkte das Porträt des Scharlachroten Königs geradezu quälend. *Der Weit-Seher reicht als Erklärung dafür nicht aus, jedenfalls nicht ganz,* dachte Roland. *Man könnte glauben, er besäße ein drittes Auge, das seiner Vorstellungskraft dient und* alles *sieht. Dieses Auge benutzt er, wenn er die beiden anderen verdreht. Solche Fähigkeiten zu besitzen … und sie mit einem so bescheidenen Werkzeug wie einem Bleistift auszudrücken! Ihr Götter!*

Er erwartete fast, den Puls in den hohlen Schläfen des alten Mannes schlagen zu sehen, wo ein ganzes Netzwerk von Adern durch einige wenige zarte, federleichte Schattierungen dargestellt war. In einem Winkel des Mundes mit den vollen, sinnlichen Lippen konnte der Revolvermann einen einzelnen scharfen Zahn

(Stoßzahn)

blinken sehen und glaubte, die Lippen des Porträtierten konnten zum Leben erwachen, während er sie ansah, sich teilen und einen Mund voller Reißzähne enthüllen: ein bloßes weißes Aufblitzen (das schließlich nur ein ausgespartes Eckchen Papier war) ließ die Phantasie des Betrachters alles Übrige sehen und sogar den üblen Fäulnisgeruch wahrnehmen, der jedes Ausatmen begleiten würde. Auch das Haarbüschel, das sich aus einem Nasenloch des Königs kräuselte, und die dünne Linie einer gezackten Narbe, die sich wie ein Faden durch die rechte Augenbraue schlängelte, hatte Patrick perfekt dargestellt. Dies war eine wundervolle Arbeit, weit besser als das Porträt, das der stumme Junge von Susannah gezeichnet hatte. Und wie Patrick von jenem anderen Bild hatte ein Geschwür wegradieren können, würde er auf diesem bestimmt den Scharlachroten König ausradieren und nichts als das Balkongeländer vor ihm und die geschlossene Tür zum Rundbau des Turms hinter ihm zurücklassen können. Roland erwartete beinahe, den Scharlachroten König atmen und sich bewegen zu sehen, also war es bestimmt geschafft! Bestimmt …

Aber das war es nicht. Es genügte nicht, und selbst, dass er es wollte, machte es nicht ausreichend. Nicht einmal, dass er es brauchte, ließ es genügen.

Es liegt an den Augen, dachte Roland. Sie waren groß und schrecklich, die Augen eines Drachen in Menschengestalt. Sie waren trefflich dargestellt, aber sie waren nicht *richtig*. Roland empfand eine Art verzweifelter, elender Gewissheit und erschauderte von Kopf bis Fuß, heftig genug, um seine Zähne klappern zu lassen. *Sie sind nicht ganz r…*

Patrick fasste Roland am Ellbogen. Der Revolvermann hatte sich so verbissen auf die Zeichnung konzentriert, dass er bei dieser Berührung fast aufschrie. Jetzt hob er den Kopf. Patrick nickte ihm zu, dann berührte er mit zwei Fingern die inneren Winkel der eigenen Augen.

Ja. Seine Augen. Das weiß ich! Aber was ist falsch an ihnen?

Patrick berührte noch immer seine Augenwinkel. Über ihnen flogen Häher in einem ungeordneten Schwarm durch den Himmel, der bald mehr purpurrot als blau sein würde, und stießen dabei die heiseren Schreie aus, denen sie ihren Namen verdankten. Sie flogen zum Dunklen Turm, und Roland erhob sich, um ihnen zu folgen, weil er ihnen nicht gönnte, was er selbst nicht haben konnte.

Patrick bekam seinen Ledermantel zu fassen und zog ihn daran zurück. Der Junge schüttelte heftig den Kopf und zeigte diesmal auf die Straße.

»DAS HABE ICH GESEHEN, ROLAND!«, erklang der Schrei. *»WAS FÜR DIE VÖGEL GUT GENUG IST, IST AUCH FÜR DICH GUT GENUG, GLAUBST DU, NICHT WAHR? IIIIIIII! UND DAS STIMMT AUCH, SICHER! SICHER WIE ZUCKER, SICHER WIE SALZ, SICHER WIE DIE RUBINE IN KÖNIG DANDOS SCHATZKAMMER – IIIIIII, HA! ICH HÄTTE DICH EBEN UMLEGEN KÖNNEN, ABER WOZU SOLLTE ICH MIR DIE MÜHE MACHEN? ICH GLAUBE, ICH WILL LIEBER SEHEN, WIE DU ZUM TURM KOMMST – PISSEND UND ZITTERND UND AUSSERSTANDE, DICH SELBST DARAN ZU HINDERN!«*

Das werde ich, dachte Roland. *Ich werde mich nicht dagegen wehren können. Vielleicht halte ich noch weitere zehn Minuten aus, vielleicht sogar noch zwanzig, aber letzten Endes …*

Patrick unterbrach seinen Gedankengang, indem er nochmals auf die Straße zeigte. In die Richtung wies, aus der sie gekommen waren.

Roland schüttelte müde den Kopf. »Selbst wenn ich der Anziehungskraft des Ungeheuers widerstehen könnte – und das könnte ich nicht, ich kann nur mit knapper Not hier verharren –, würde ein Rückzug uns nichts nutzen. Sobald wir nicht mehr in Deckung sind, setzt er ein, was er bisher zurückgehalten hat. Er hat irgendwas in der Hinterhand, dessen bin ich mir sicher. Und was es auch sein mag, es ist wahrscheinlich gegen die Kugeln meines Revolvers gefeit.«

Patrick schüttelte so heftig den Kopf, dass sein langes Haar von einer Seite zur anderen flog. Der Griff, mit dem er Rolands Arm gepackt hielt, verstärkte sich, bis die Fingernägel des Jungen sich selbst durch drei Lederschichten hindurch ins Fleisch des Revolvermanns bohrten. Seine Augen, sonst immer sanft und meistens leicht verwirrt, starrten Roland fast wütend an. Er deutete nochmals mit der freien Hand – drei rasche, zustoßende Bewegungen mit einem schmutzigen Zeigefinger. Aber *nicht* auf die Straße.

Patrick zeigte auf die Rosen.

»Was ist mit ihnen?«, fragte Roland. »Patrick, was ist mit ihnen?«

Diesmal zeigte Patrick auf die Rosen, dann auf die Augen des Porträtierten.

Und diesmal verstand Roland.

9

Patrick wollte sie nicht holen. Als Roland ihn mit einer Handbewegung dazu aufforderte, schüttelte der Junge sofort mit erschrocken aufgerissenen Augen den Kopf, dass seine Haare wieder flogen. Dabei machte er zwischen den Zähnen ein pfeifendes Geräusch, das eine bemerkenswert gute Imitation eines anfliegenden Schnaatzes war.

»Ich schieße alles ab, was er einsetzt«, sagte Roland. »Du hast gesehen, dass ich das kann. Wenn eine nahe genug wäre, dass ich sie selbst pflücken könnte, würde ich das auch tun. Aber das ist leider nicht der Fall. Also musst du die Rose pflücken, und ich gebe dir dabei Feuerschutz.«

Aber Patrick duckte sich nur ängstlich gegen die zerklüftete Seite der Pyramide. Patrick wollte nicht. Seine Angst war vielleicht nicht so groß wie sein Talent, aber der Unterschied konnte nicht allzu bedeutend sein. Roland schätzte die Entfernung zur nächsten

Rose ab. Sie stand außerhalb ihrer kümmerlichen Deckung, aber vielleicht nicht allzu weit entfernt. Er betrachtete seine verkrüppelte Rechte, die das Pflücken würde besorgen müssen, und fragte sich, wie schwierig das wohl sein würde. Tatsache war natürlich, dass er das nicht wusste. Hier handelte es sich nicht um gewöhnliche Rosen. Womöglich enthielten die Dornen, mit denen ihr Stiel besetzt war, ein Gift, von dem er augenblicks gelähmt und als leichtes Ziel ins Gras sinken würde.

Aber Patrick wollte nicht. Patrick wusste, dass Roland einst Freunde gehabt hatte, die nun alle tot waren, und Patrick wollte nicht. Hätte Roland zwei Stunden Zeit gehabt, um den Jungen zu beknien – möglicherweise auch nur eine Stunde –, hätte dieser seine schreckliche Angst vielleicht überwinden können. Aber so viel Zeit blieb ihm nicht. Der Sonnenuntergang stand bevor.

Außerdem ist sie nahe. Ich kann's schaffen, wenn es nicht anders geht … und ich muss.

Das Wetter war so warm geworden, dass sie die plumpen Fausthandschuhe aus Hirschleder, die Susannah ihnen genäht hatte, eigentlich nicht mehr brauchten, aber Roland hatte seine am Morgen noch getragen, weshalb sie jetzt in seinem Gürtel steckten. Er zog einen heraus und schnitt den Fingerteil ab, damit seine außer dem Daumen verbliebenen beiden Finger hindurchgreifen konnten. Der restliche Teil würde wenigstens seine Handfläche vor Dornen schützen. Er streifte ihn über, dann richtete er sich mit dem Revolver in der Linken auf ein Knie gestützt auf und sah zu der Rose hinüber, die ihnen am nächsten stand. Würde eine genügen? Sie würde reichen müssen, beschloss er. Die nächste Rose stand volle zwei Meter hinter der ersten.

Patrick umklammerte Roland an der Schulter und schüttelte verzweifelt den Kopf.

»Ich muss«, sagte Roland, und natürlich musste er das. Dies war seine, nicht Patricks Aufgabe, und es war falsch gewesen, den Jungen überhaupt dazu veranlassen zu wollen. Gelang es ihm, schön und gut. Versagte er und wurde hier am Rande des Can'-Ka No Rey in Stücke gerissen, würde zumindest dieses schreckliche *Gezerre* aufhören.

Der Revolvermann holte tief Luft, dann sprang er aus der Deckung und auf die Rose zu. Im selben Augenblick klammerte Patrick sich nochmals an ihn, um ihn zurückzuhalten. Er bekam einen Zipfel von Rolands Mantel zu fassen und brachte ihn dadurch aus dem Gleichgewicht. Roland schlug unbeholfen seitlich auf. Der Revolver flog ihm aus der Hand und landete im hohen Gras. Der Scharlachrote König kreischte (der Revolvermann hörte Triumph und Wut in dieser Stimme), und dann heulte auch schon ein weiterer Schnaatz heran. Rolands behandschuhte Rechte schloss sich um den Stiel der Rose. Die Dornen durchstachen das zähe Hirschleder, als bestünde der Handschuh nur aus Spinnweben. Dann bohrten sie sich ihm in die Hand. Der Schmerz war gewaltig, aber das Lied der Rose umso lieblicher. Tief in ihrem Blütenkelch konnte er jenes gelbe Leuchten sehen, das wie eine Sonne strahlte. Oder wie eine Million Sonnen. Er konnte die Wärme des Bluts spüren, das seine Handfläche füllte und zwischen den verbliebenen Fingern hervortropfte. Es tränkte das Hirschleder und ließ auf der abgewetzten braunen Oberfläche sozusagen eine weitere Rose erblühen. Und da kam der Schnaatz angerauscht, der ihn töten würde; er übertönte das Lied der Rose, erfüllte seinen Kopf und drohte ihm den Schädel zu spalten.

Der Stiel wollte nicht abbrechen. Zu guter Letzt ließ die Rose sich nur mitsamt der Wurzel ausreißen. Roland wälzte sich nach links, ergriff seinen Revolver und schoss, ohne richtig hinzusehen. Sein Herz sagte ihm, dass dafür die Zeit nicht reichte. Es gab eine entsetzliche Detonation, und der heiße Luftschwall, der ihn gleich darauf im Gesicht traf, glich diesmal einem Tropensturm.

Knapp. Diesmal war's ganz knapp.

Der Scharlachrote König schrie frustriert auf – *»IIIIIIIIII!«* –, und diesem Schrei folgte ein vielfaches heranrasendes Pfeifen. Patrick drängte sich mit dem Gesicht nach vorn an die Pyramide. Roland, der die Rose mit seiner blutenden Rechten umklammert hielt, rollte sich auf den Rücken, hob seinen Revolver und wartete darauf, dass die Schnaatze zum Angriff einkurven würden. Als sie das taten, schoss er sie nacheinander ab: Nummer eins und zwei und drei.

»NOCH IMMER DA!«, rief er dem alten Roten König zu. *»NOCH IMMER DA, DU ALTER SCHWANZLUTSCHER, WENN'S BELIEBT!«*

Der Scharlachrote König stieß einen weiteren grässlichen Schrei aus, setzte aber keine Schnaatze mehr ein.

»DU HAST ALSO JETZT EINE ROSE!«, schrie er. *»HÖR IHR ZU, ROLAND! HÖR IHR GUT ZU, SIE SINGT NÄMLICH DAS GLEICHE LIED! HÖR IHR ZU UND COMMALA-COME-COME!«*

Dieses Lied beherrschte Rolands Gedanken inzwischen fast vollständig. Es brannte wie Feuer entlang seinen Nervenbahnen. Er packte den Jungen an einer Schulter und riss ihn herum. »Jetzt«, sagte er. »Um meines Lebens willen, Patrick. Um des Lebens jedes Mannes und jeder Frau willen, die jemals an meiner Stelle gestorben sind, damit ich meinen Weg weitergehen konnte.«

Und um des Kindes willen, dachte er. Vor seinem inneren Auge erschien Jake, der erst über einem finsteren Abgrund hing und dann hinunterstürzte.

Roland starrte in die ängstlichen Augen des stummen Jungen. »Stell es fertig! *Zeig mir, dass du's kannst.«*

10

Nun wurde Roland Zeuge einer erstaunlichen Tatsache: Als Patrick die Rose entgegennahm, zerschnitten die Dornen ihm nicht die Hand. Er bekam nicht einmal einen Kratzer ab. Roland zog seinen zerfetzten Handschuh mit den Zähnen ab und sah, dass nicht nur die Handfläche tief zerfleischt war, sondern dass auch einer der verbliebenen Finger nur noch an einer einzigen blutigen Sehne hing. Der Finger baumelte kraftlos herab. Aber Patricks Hand wurde nicht zerschnitten. Die Dornen ritzten ihn nicht einmal. Und zudem war das Entsetzen nun aus seinen Augen gewichen. Sein Blick fiel auf die Zeichnung und wechselte dann mit liebevoller Berechnung zwischen Rose und Porträt hin und her.

»ROLAND! WAS MACHST DU? KOMM, REVOLVERMANN, DENN DER SONNENUNTERGANG NAHT!«

O ja, er würde kommen. So oder so. Dieses Bewusstsein erleichterte ihn etwas, machte es ihm möglich, an seinem Platz zu verharren, ohne allzu schlimm zu zittern. Seine Rechte war inzwischen bis zum Handgelenk hinauf gefühllos, und Roland vermutete, dass er sie nie mehr wieder würde spüren können. Aber das war in Ordnung; seit die Monsterhummer sie verstümmelt hatten, war sie ohnehin nicht mehr viel wert gewesen.

Und die Rose sang: *Doch, Roland, doch – du bekommst sie zurück. Du wirst wieder ganz. Es wird eine Wiedergeburt geben. Du musst nur kommen.*

Patrick zupfte ein Blütenblatt der Rose ab, betrachtete es prüfend und zupfte dann ein zweites ab. Er steckte beide in den Mund. Für einen Augenblick wurde sein Gesicht wie von einer eigenartigen Ekstase schlaff. Roland fragte sich, wie die Blütenblätter wohl schmecken mochten. Der Himmel über ihnen wurde dunkler. Der Schatten der Pyramide, die unter den Steinen verborgen gewesen war, erstreckte sich nun fast bis zur Straße. Sobald die Schattenspitze die Straße, auf der sie angekommen waren, erreichte, würde Roland vermutlich losgehen – unabhängig davon, ob der Scharlachrote König das Vorfeld des Turms weiter beherrschte oder nicht.

»WAS MACHT ER? IIIIIIII! WELCHE TEUFELEI WIRKT IN DEINEM KOPF UND IN DEINEM HERZEN?«

Du bist mir gerade der Richtige, um von Teufelei zu sprechen, dachte Roland. Er zog seine Taschenuhr heraus und ließ den Deckel aufspringen. Unter dem Saphirglas rasten die Zeiger jetzt rückwärts, von fünf zu vier Uhr, vier zu drei, drei zu zwei, zwei zu eins und eins zu Mitternacht.

»Patrick, beeil dich«, sagte er. »So schnell du kannst, ich bitte dich, meine Zeit ist fast abgelaufen.«

Der Junge hielt sich die hohle Hand unter den Mund und spuckte eine rote Paste von der Farbe frischen Bluts hinein. Die Farbe der Robe des Scharlachroten Königs. Und auch genau die Farbe der Augen des Wahnsinnigen.

Patrick, der im Begriff stand, erstmals in seinem Künstlerleben mit Farbe zu arbeiten, wollte die Spitze des rechten Zeigefingers schon in die Paste tunken, zögerte dann aber. Dabei überkam Roland eine seltsame Gewissheit: Die Dornen dieser Rosen stachen nur, solange die Pflanze noch durch ihre Wurzeln mit Mim, der Urmutter Erde, verbunden war. Wäre es ihm gelungen, Patrick loszuschicken, damit dieser die Rose holte, hätte Mim diese begnadeten Hände zerschnitten und unbrauchbar gemacht.

Das Ka ist weiterhin am Werk, dachte der Revolvermann. *Selbst hier draußen in Endw…*

Bevor er diesen Gedanken abschließen konnte, ergriff Patrick die rechte Hand des Revolvermanns und starrte mit der Intensität eines Wahrsagers hinein. Er tauchte eine Fingerspitze in das dort fließende Blut und vermischte es mit seiner Rosenpaste. Dann nahm er vorsichtig eine ganz kleine Menge davon auf den rechten Zeigefinger. Er senkte ihn über die Zeichnung … verharrte … sah zu Roland hinüber. Der Revolvermann nickte ihm zu, und Patrick erwiderte sein Nicken mit dem Ernst eines Chirurgen, der vor dem ersten Schnitt einer riskanten Operation stand, und berührte dann mit dem Finger das Papier. Die Fingerspitze tupfte so leicht darauf, wie der Schnabel eines Kolibris in einen Blütenkelch tauchte. Das linke Auge des Scharlachroten Königs wurde also koloriert, dann ging der Finger wieder hoch. Patrick hielt den Kopf leicht schräg und begutachtete sein Werk mit einer Faszination, die Roland in seinem gesamten langen Wanderleben noch auf keinem menschlichen Gesicht gesehen hatte. Es war, als wäre der Junge irgendein Manni-Prophet, dem nach zwanzigjährigem Ausharren in der Wüste endlich ein Blick auf das Antlitz von Gan gegönnt worden war.

Dann brach er in ein sonniges, strahlendes Lächeln aus.

Die Antwort vom Dunklen Turm kam rascher und war – zumindest für Roland – unendlich befriedigend. Das auf dem Balkon gefangene alte Geschöpf heulte vor Schmerzen auf.

»WAS MACHT IHR? IIIIII! IIIIIII! AUFHÖREN! DAS BRENNT! BRRRRENNT! ***IIIIIIIIIIIIIIIIIII!«***

»Jetzt noch das andere«, sagte Roland. »Schnell! Um deines und meines Lebens willen!«

Patrick kolorierte auch das rechte Auge mit einem leichten Fingertupfer. Aus seiner Schwarz-Weiß-Zeichnung leuchteten jetzt zwei scharlachrote Augen – Augen, die mit Rosenessenz und dem Blut des Eld koloriert waren; Augen, aus denen das Feuer der Hölle loderte.

Es war geschafft.

Nun brachte Roland endlich den Radiergummi zum Vorschein und hielt ihn Patrick hin. »Lass ihn verschwinden«, sagte er. »Lass jenes Scheusal aus dieser Welt und allen anderen verschwinden. Lass es endlich verschwinden.«

11

Dass es gelingen würde, stand außer Zweifel. Sobald Patrick seine Zeichnung mit dem Radiergummi berührte – zufällig an der Stelle, wo das Haarbüschel aus dem Nasenloch wucherte –, begann der Scharlachrote König auf seinem festungsartigen Balkon erneut vor Schmerz und Entsetzen zu schreien. Und vor *Verstehen.*

Patrick zögerte, sah zu Roland hinüber, wie um sich seinen Auftrag bestätigen zu lassen, und Roland nickte. »Aye, Patrick. Seine Zeit ist gekommen, und du sollst sein Scharfrichter sein. Mach weiter.«

Der alte König warf noch vier Schnaatze, die Roland aber alle mit ruhiger Gelassenheit vom Himmel holte. Danach warf der König keine mehr, weil er keine Hände mehr hatte, mit denen er sie hätte werfen können. Seine Schreie wurden zu gellenden Jammerlauten, die Roland bestimmt sein Leben lang nicht mehr aus dem Ohr gehen würden.

Der stumme Junge radierte den Mund mit den vollen, sinnlichen Lippen inmitten des wallenden Barts aus, und während er das tat, wurden die Schreie erst leiser, um dann schließlich ganz zu versiegen. Letztlich radierte Patrick alles bis auf die Augen aus; diese konnte der winzige Radiergummirest nicht einmal verwischen. Sie blieben, bis das kleine Stück rosa Gummi (ursprünglich Bestandteil einer Großpackung Bleistifte, die im August 1958 in Norwich, Connecticut, bei Woolworth als Sonderangebot zum Schulanfang gekauft worden war) zu einem Fetzchen geworden war, das nicht einmal die langen, schmutzigen Fingernägel des Jungen mehr halten konnten. Also warf er es fort und zeigte dem Revolvermann, was übrig geblieben war: zwei bösartige blutrote Augäpfel, die im oberen Drittel des Blatts schwebten.

Der gesamte Rest war verschwunden.

12

Der Schatten der Pyramidenspitze berührte unterdessen die Straße; jetzt verwandelte die Färbung des Himmels im Westen sich vom Orangerot eines Erntefeuers in die eines Kessels Blut, die Roland seit seiner Kindheit in seinen Träumen gesehen hatte. Währenddessen verdoppelte der Ruf des Dunklen Turms sich, dann verdreifachte er sich. Roland spürte, wie der Turm unsichtbare Hände ausstreckte, die nach ihm griffen, ihn erfassten. Die Zeit, da sein Schicksal sich erfüllen würde, war gekommen.

Trotzdem musste er an diesen Jungen denken. Diesen Jungen ohne Freunde. Roland wollte ihn nicht hier am Rand von Endwelt sterben lassen, wenn sich das verhindern ließ. Er war nicht an Sühne interessiert, aber irgendwie verkörperte Patrick für ihn all die Morde und den Verrat, die ihn zuletzt hierher zum Dunklen Turm gebracht hatten. Rolands Angehörige waren tot; sein missratener Sohn war der letzte gewesen. Nun würden Eld und Turm vereint werden.

Zuerst jedoch – oder zuletzt – war dieses noch zu erledigen.

»Patrick, hör mir zu«, sagte er und legte dem Jungen seine gesunde Linke und die verstümmelte Rechte auf die Schultern. »Wenn du weiterleben willst, um all die Bilder malen zu können, die das Ka für dich in der Zukunft bereithält, dann stell mir nun keine Fragen und fordere mich auch nicht auf, einen einzigen Punkt zu wiederholen.«

Der Junge sah in dem roten, ersterbenden Licht mit großen Augen schweigend zu ihm auf. Und um sie herum steigerte das Lied des Turms sich zu einem gewaltigen Ruf, der nur noch aus *commala* bestand.

»Geh zur Straße zurück. Sammle alle Konservendosen ein, die noch heil sind. Die müssten reichen, um dich über die Runden zu bringen. Geh auf dem Weg zurück, den wir gekommen sind. Verlass auf keinen Fall die Straße. Dann kann dir nichts passieren.«

Patrick nickte und schien alles genau verstanden zu haben. Roland sah, dass der Junge an ihn glaubte, und das war gut. Sein Glaube würde ihn besser schützen als ein Revolver, selbst als einer mit Sandelholzgriff.

»Geh zum Außenposten zurück. Zurück zu dem Roboter – dem ehemaligen Stotter-Bill. Sag ihm, dass er dich zu einer Tür bringen soll, die sich zur Amerika-Seite hin öffnet. Wenn sie sich nicht mit der Hand öffnen lässt, *zeichnest* du sie mit deinem Bleistift auf. Hast du verstanden?«

Patrick nickte abermals. Natürlich verstand er das.

»Sollte das Ka dich in irgendeinem Wo oder Wann mit Susannah zusammenführen, sagst du ihr, dass Roland sie weiter liebt, von ganzem Herzen liebt.« Er zog Patrick an sich und küsste ihn auf den Mund. »Den gibst du ihr. Hast du verstanden?«

Patrick nickte.

»Also gut. Ich gehe jetzt. Lange Tage und angenehme Nächte. Mögen wir uns auf der Lichtung am Ende des Pfades wiedersehen, wenn alle Welten enden.«

Trotzdem wusste er schon jetzt, dass es dazu nicht kommen würde, weil die Welten niemals enden würden, nun nicht mehr, und für ihn würde es keine Lichtung am Ende des Pfades geben. Für Roland Deschain von Gilead, den letzten vom Geschlecht des Eld, endete der Pfad am Dunklen Turm. Und das war ihm nur recht.

Der Revolvermann erhob sich. Der Junge sah mit großen, staunenden Augen zu ihm auf und hielt dabei seinen Zeichenblock an sich gedrückt. Roland wandte sich ab. Er füllte seine Lunge tief mit Luft und stieß dann einen gewaltigen Schrei aus.

»JETZT KOMMT ROLAND ZUM DUNKLEN TURM! ICH HABE DIE TREUE GEHALTEN, ICH TRAGE NOCH IMMER DIE WAFFE MEINES VATERS, UND DU WIRST DICH UNTER MEINER HAND ÖFFNEN!«

Patrick sah dem Revolvermann nach, wie dieser auf der Straße weiterging: eine schwarze Silhouette vor dem blutrot brennenden Himmel. Er beobachtete, wie Roland zwischen Rosen weiterging, und hockte zitternd im Schatten, als Roland schließlich die Namen seiner Freunde und Geliebten und Ka-Gefährten zu rufen begann; die seltsame hiesige Luft trug diese Namen so klar an sein Ohr, als würden sie bis in alle Ewigkeit widerhallen.

»Ich komme im Namen von Steven Deschain, jenem aus Gilead!

Ich komme im Namen von Gabrielle Deschain, jener aus Gilead!

Ich komme im Namen von Cortland Andrus, jenem aus Gilead!

Ich komme im Namen von Cuthbert Allgood, jenem aus Gilead!

Ich komme im Namen von Alain Johns, jenem aus Gilead!

Ich komme im Namen von Jamie DeCurry, jenem aus Gilead!

Ich komme im Namen von Vannay dem Weisen, jenem aus Gilead!

Ich komme im Namen von Hax dem Koch, jenem aus Gilead!

Ich komme im Namen von David dem Falken, jenem aus Gilead und vom Himmel!

Ich komme im Namen von Susan Delgado, jener aus Mejis!

Ich komme im Namen von Sheemie Ruiz, jenem aus Mejis!

Ich komme im Namen von Pere Callahan, jenem aus Jerusalem's Lot und von der Straße!

Ich komme im Namen von Ted Brautigan, jenem aus Amerika!

Ich komme im Namen von Dinky Earnshaw, jenem aus Amerika!

Ich komme im Namen von Tante Talitha, jener aus River Crossing, und werde ihr Kreuz hier niederlegen, wie sie mich geheißen hat!

Ich komme im Namen von Stephen King, jenem aus Maine!

Ich komme im Namen von Oy dem Tapferen, jenem aus Mittwelt!

Ich komme im Namen von Eddie Dean, jenem aus New York!

Ich komme im Namen von Susannah Dean, jener aus New York!

Ich komme im Namen von Jake Chambers, jenem aus New York, den ich meinen wahren Sohn nenne!

Ich bin Roland von Gilead, und ich komme als ich selbst; *du wirst dich mir öffnen.«*

Danach erklang ein Hornsignal. Es ließ Patrick das Blut in den Adern gefrieren und berauschte ihn zugleich. Das Echo verklang in der Ferne. Dann, vielleicht eine Minute später, ertönte ein gewaltiger, nachhallender Knall: das Geräusch einer massiven Tür, die sich auf ewig schloss.

Und darauf folgte Stille.

13

Patrick blieb zitternd auf seinem Platz an der Pyramide sitzen, bis der Alte Stern und die Alte Mutter am Nachthimmel aufgingen. Das Lied der Rosen und des Turms war zwar nicht verstummt, aber es war nun leise und schläfrig geworden, kaum mehr als ein Murmeln.

Schließlich ging er zur Straße zurück, sammelte so viele heil gebliebene Konserven ein, wie er finden konnte (das waren überraschend viele, wenn man bedachte, mit welcher Wucht die Detonation den Karren zerstört hatte), und fand auch einen hirschledernen Beutel, in den er sie stecken konnte. Dann merkte er, dass er seinen Bleistift vergessen hatte, und ging zurück, um ihn zu holen.

Neben dem Bleistift lag Rolands Taschenuhr und glänzte im Sternenschein.

Der Junge trompetete einen kleinen (und nervösen) Freudenlaut und griff danach. Er steckte die Uhr ein. Dann kehrte er zur Straße zurück und warf sich den Beutel mit den Gunna über die Schulter.

Ich kann euch sagen, dass er bis fast Mitternacht marschierte und dann auf die Uhr sah, bevor er sich hinlegte. Ich kann euch sagen, dass die Uhr ganz stehen geblieben war. Ich kann euch sagen, dass er am Mittag des folgenden Tages abermals auf die Uhr sah und feststellte, dass sie wieder in richtiger Richtung zu laufen begonnen hatte – wenn auch nur sehr langsam. Von Patrick kann ich euch sonst allerdings nichts erzählen – nicht ob er den Außenposten erreichte, nicht ob er den ehemaligen Stotter-Bill fand, nicht ob er irgendwann auf die Amerika-Seite zurückkehrte. Von alledem kann ich euch nichts erzählen, tut mir Leid. Hier verbirgt die Dunkelheit ihn vor meinem Erzählerauge, und er muss allein weitergehen.

Susannah in New York

Epilog

Susannah in New York

(EPILOG)

Niemand erschrickt, als der kleine Elektrokarren Stück für Stück aus dem Nichts gleitet, bis er sich ganz hier im Central Park befindet; niemand sieht das außer uns. Die meisten Anwesenden blicken nach oben, wo die ersten Flocken, aus denen ein gewaltiger vorweihnachtlicher Schneesturm entstehen wird, von dem weißen Himmel herabwirbeln. Der Blizzard von 87, so werden die Zeitungen ihn nennen. Die Parkbesucher, die nicht den Flockenwirbel beobachten, hören den Weihnachtssängern zu, die aus einer städtischen Schule in Harlem kommen. Sie tragen entweder dunkelrote Blazer (die Jungen) oder dunkelrote Trägerröcke (die Mädchen). Es ist der Harlem School Choir, den die *Post* und ihr Konkurrenzblatt, die *New York Sun,* manchmal The Harlem Roses nennen. Sie singen ein altes Kirchenlied mit prachtvoller Doo-wop-Begleitung, schnalzen mit den Fingern, während sie sich durch die Strophen hindurcharbeiten, und verwandeln das Ganze in etwas, was fast wie ein früher Song der Spurs, Coasters oder Dark Diamonds klingt. Sie stehen nicht allzu weit von dem Gehege entfernt, in dem die Eisbären ihr Stadtleben leben, und das Lied, das sie singen, heißt »What Child Is This«.

Einer von denen, die in den Flockenwirbel hinaufblicken, ist ein Mann, den Susannah gut kennt, und ihr Herz macht bei seinem Anblick einen Freudensprung. In der linken Hand hält er einen großen Pappbecher, und sie ist sich sicher, dass er heiße Schokolade enthält, die gute Art mit Schlag.

Im Augenblick ist sie jedoch nicht imstande, die Steuerorgane ihres kleinen Karrens, der aus einer anderen Welt stammt, zu berühren. Alle Gedanken an Roland und Patrick sind verflogen. Sie kann nur an Eddie denken – Eddie, der hier und jetzt vor ihr steht, Eddie, der wieder lebt. Und wenn dies nicht die Fundamentale Welt ist, nicht ganz, was macht das schon? Wenn die Co-Op City in Brooklyn (oder sogar in Queens!) liegt und Eddie keinen Buick Electra, sondern einen Takuro Spirit fährt, was ist dabei? Es spielt keine Rolle. Nur etwas anderes würde eine spielen, und diese Frage hält sie zunächst davon ab, den Gasgriff zu drehen, um zu ihm hinüberzurollen.

Was ist, wenn er sie nicht erkennt?

Was ist, wenn er sich umdreht und nichts sieht als eine obdachlose schwarze Lady auf einem Elektrokarren, dessen Akkus bald restlos erschöpft sein werden – eine schwarze Lady ohne Geld, ohne Kleidung, ohne Adresse (nicht in *diesem* Wo und Wann, sage danke-sai) und ohne Beine? Eine obdachlose schwarze Lady, die in keinerlei Beziehung zu ihm steht? Oder was ist, wenn er sie irgendwo ganz weit im Hintergrund seines Verstandes zwar kennt, aber trotzdem so vollständig verleugnet, wie Petrus einst Christus verleugnet hat, und zwar deshalb, weil die Erinnerung zu schmerzlich ist?

Noch schlimmer: Was ist, wenn er sich ihr zuwendet und sie den ausgebrannten, verwirrten, leeren Blick eines alten Junkies sieht? Was ist, was ist, und hier fällt der Schnee, der bald die ganze Welt in Weiß hüllen wird.

Hör mit deinem Gejammer auf und geh zu ihm, fordert Roland sie auf. *Du hast nicht Blaine den Mono und die Taheen des Blauen Himmels und das Ding unter Schloss Discordia überlebt, um jetzt kehrtzumachen und wegzulaufen, oder nicht? Dafür hast du doch viel zu viel Mumm.*

Aber sie ist sich dessen nicht ganz sicher, bis sie ihre Hand nach dem Gasgriff greifen sieht. Bevor sie ihn jedoch drehen kann, spricht der Revolvermann nochmals zu ihr – diesmal in leicht amüsiertem Ton.

Gibt's da nicht vielleicht etwas, was du zuvor loswerden willst, Susannah?

Sie blickt an sich herab und sieht Rolands Revolver in ihrem Schulterriemen stecken wie die *pistola* eines mexikanischen *bandido* oder das Entermesser eines Piraten. Sie zieht ihn heraus und staunt darüber, wie gut er sich in ihrer Hand anfühlt … wie auf brutale Weise richtig. Sich von ihm zu trennen, überlegt sie, wird wie der Abschied von einem Geliebten sein. Und sie *muss* sich nicht von ihm trennen, stimmt's? Die Frage ist, wen liebt sie mehr? Den Mann oder die Waffe? Alle übrigen Wahlmöglichkeiten werden davon abhängen.

Auf einen Impuls hin klappt sie die Trommel heraus, lässt sie rotieren und stellt fest, dass die Patronen alt aussehen, ihre Hülsen matt.

Mit denen kannst du nicht mehr schießen, denkt sie und fügt in Gedanken hinzu, ohne zu wissen, weshalb … und was der Ausdruck wirklich bedeutet: *Das sind Blindgänger.*

Susannah sieht durch den Lauf und ist seltsam betrübt – aber nicht überrascht –, als sich zeigt, dass er kein Licht durchlässt. Er ist verstopft. Dem Aussehen nach schon seit Jahrzehnten. Dieser Revolver wird niemals mehr schießen. Also muss sie sich doch nicht entscheiden. Diese Waffe ist unbrauchbar.

Sie hält den Revolver mit Sandelholzgriff in einer Hand, während sie mit der anderen den Gasgriff dreht. Der kleine Elektrokarren – dem sie den Namen Ho Fat III gegeben hat, obgleich diese Tatsache bereits aus ihrem Gedächtnis zu schwinden beginnt – rollt lautlos vorwärts. Sie kommt an einem grünen Abfallkorb vorbei, auf dem in Schablonenschrift **HALT DIE WEGE SAUBER!** steht. In diesen Abfallkorb wirft sie Rolands Revolver. Das tut ihr zwar in der Seele weh, aber sie zögert keinen Augenblick. Die schwere Waffe versinkt in den zusammengeknüllten Fastfoodkartons, Werbebeilagen und alten Zeitungen wie ein Stein im Wasser. Sie ist noch immer Revolvermann genug, um bitter zu bereuen, dass sie eine Waffe (auch wenn der Trip zwischen den Welten diese ruiniert hat) mit solcher Vorgeschichte wegwerfen muss, aber sie ist auch schon genug von der Frau, die in der Zukunft auf sie wartet, um nicht innezuhalten oder sich umzusehen, sobald das Werk getan ist.

Bevor sie den Mann mit dem Pappbecher erreichen kann, dreht er sich um. Er trägt tatsächlich ein Sweatshirt mit dem Aufdruck ICH TRINKE NOZZ-A-LA!, aber diese Tatsache nimmt sie kaum wahr. *Dass* er es ist, das registriert sie. Es ist Edward Cantor Dean. Aber dann wird selbst das unwichtig, weil das, was sie in seinem Blick sieht, genau das ist, was sie befürchtet hat. Was sie darin sieht, ist völlige Verwirrung. Er kennt sie nicht.

Dann lächelt er zögernd, und es ist das Lächeln, an das sie sich erinnert, das sie immer geliebt hat. Außerdem ist er clean, das weiß sie sofort. Sie sieht es an seinem Gesicht. Vor allem in seinen Augen. Die Weihnachtssänger aus Harlem singen, und er hält ihr den Becher mit heißer Schokolade hin.

»Gott sei Dank«, sagt er. »Ich dachte wirklich schon, ich müsste sie selbst trinken. Dass die Stimmen mich getäuscht haben, dass ich allmählich durchdrehe. Dass … na ja …« Er spricht nicht weiter, sieht jetzt nicht nur verwirrt, sondern ängstlich aus. »Hören Sie, Sie sind doch meinetwegen hier, stimmt's? Bitte sagen Sie mir, dass ich kein völliger Idiot bin. Ich bin nämlich nervös, Lady, wie 'ne langschwänzige Katze in einem Zimmer voller Schaukelstühle.«

»Das sind Sie nicht«, sagt sie. »Kein völliger Idiot, meine ich.« Sie erinnert sich daran, wie Jake von den Stimmen in seinem Kopf erzählt hat, von denen eine laut rief, er sei tot, während die andere ebenso energisch widersprach. Beide völlig überzeugt. Sie ahnt zumindest, wie schrecklich das sein muss, weil sie ein wenig Erfahrung mit anderen Stimmen hat. Mit seltsamen Stimmen.

»Gott sei Dank«, sagt er. »Ihr Name ist Susannah?«

»Ja«, sagt sie. »Mein Name ist Susannah.«

Ihre Kehle ist schrecklich trocken, aber sie bringt immerhin die Worte heraus. Sie nimmt ihm den Pappbecher aus der Hand und schlürft heiße Schokolade durch das Sahnehäubchen. Sie ist süß und gut, ein Geschmack von dieser Welt. Die Geräusche der hupenden Taxis, deren Fahrer sich beeilen, noch etwas zu verdienen, bevor der Schneesturm den Verkehr zum Erliegen bringt, sind ebenso gut. Er streckt grinsend eine Hand aus und wischt einen winzigen Sahneklecks von ihrer Nasenspitze. Diese Berührung ist elektrisierend, und sie sieht, dass auch er das spürt. Ihr fällt ein, dass er sie wieder zum ersten Mal küssen und wieder zum ersten Mal mit ihr schlafen und sich wieder zum ersten Mal in sie verlieben wird. Das alles mag er wissen, weil die Stimmen es ihm gesagt haben, aber sie weiß es aus einem besseren Grund: weil diese Dinge bereits geschehen sind. Ka ist ein Rad, hat Roland gesagt, und nun weiß sie, dass das stimmt. Ihre Erinnerungen an

(Mittwelt)

das Wo und Wann des Revolvermanns beginnen verschwommen zu werden, aber sie glaubt, dass sie eben genug im Gedächtnis behalten wird, um zu wissen, dass *alles* schon einmal passiert ist, und das hat etwas unendlich Trauriges an sich.

Aber zugleich ist es gut.

Es ist ein verdammtes Wunder, sonst nichts.

»Ist dir kalt?«, fragt er.

»Nein, gar nicht. Warum?«

»Du hast gezittert.«

»Nur weil die Sahne so süß ist.« Während sie ihm weiter in die Augen sieht, streckt sie die Zunge heraus und leckt etwas von der Sahne mit den Schokostreuseln ab.

»Auch wenn du jetzt nicht frierst, bald wirst du's tun«, sagt er. »Im Radio heißt es, dass die Temperatur heute Nacht um zehn Grad sinken soll. Deshalb habe ich auch was für dich gekauft.« Aus seiner Hüfttasche zieht er eine Strickmütze von der Art, die man über die Ohren ziehen kann. Vorn drauf ist mit roter Wolle **FRÖHLICHE WEIHNACHT** aufgestickt.

»Die hab ich bei Brendio's auf der Fifth Avenue gekauft«, sagt er.

Susannah hat noch nie von Brendio's gehört. Vielleicht von *Brentano's,* der Buchhandlung, aber nicht von Brendio's. Aber in dem Amerika, in dem sie aufgewachsen ist, hatte sie natürlich auch nichts von Nozz-A-La oder Autos gehört, die Takuro Spirit hießen. »Haben deine Stimmen dir gesagt, dass du sie kaufen sollst?« Sie zog ihn jetzt ein bisschen auf.

Er wird rot. »Na ja, also, eigentlich haben sie's tatsächlich getan. Probier sie auf.«

Sie passt genau.

»Erzähl mir was anderes«, sagt sie. »Wer ist gerade Präsident? Aber erzähl mir bloß nicht, dass es Ronald Reagan ist, ja?«

Er starrt sie einen Augenblick lang ungläubig an, dann lächelt er. »Wer? Der alte Schauspieler, der im Fernsehen die Serie *Death Valley Days* moderiert hat? Das soll ein Witz sein, oder?«

»Nein. Ich dachte immer, du machst Witze mit Ronnie Reagan, Eddie.«

»Ich weiß nicht, was du meinst.«

»Schon gut, erzähl mir einfach, wer Präsident ist.«

»Gary Hart«, sagt er, als spräche er mit einem Kind. »Aus Colorado. Wie du bestimmt weißt, ist er im Jahr 1980 fast aus dem Rennen ausgeschieden – wegen angeblicher krummer Touren. Dann hat er gesagt: ›Zum Teufel mit denen, wenn sie keinen Spaß verstehen‹, und hat durchgehalten. Hat einen Erdrutschsieg erzielt.«

Sein Lächeln verblasst etwas, während er sie studiert.

»Du machst mir nicht irgendwas vor, oder?«

»Machst du mir das mit den Stimmen vor? Die du in deinem Kopf hörst? Die dich um zwei Uhr morgens wecken?«

Eddie wirkt fast schockiert. »Wie kannst du *das* wissen?«

»Das ist eine lange Geschichte. Vielleicht erzähle ich sie dir eines Tages.« *Wenn ich sie noch weiß,* denkt sie.

»Es sind nicht nur die Stimmen.«

»Nein?«

»Nein. Ich träume von dir. Und das nun schon seit Monaten. Ich habe auf dich gewartet. Hör zu, wir kennen uns ja gar nicht … das Ganze ist verrückt … Ähm, hast du überhaupt eine Bleibe? Du hast keine, stimmt's?«

Sie schüttelt den Kopf. Indem sie John Wayne (oder vielleicht Blaine den Mono) passabel imitiert, sagt sie: »Ich bin fremd in Dodge, Pilger.«

Ihr Herz schlägt langsam und schwer in ihrer Brust, aber sie empfindet aufsteigende Freude. Diese Sache wird gut gehen. Sie weiß nicht, woher sie das wissen kann, aber ja, alles wird bestens werden. Diesmal arbeitet das Ka zu ihren Gunsten, und die Macht des Ka ist gewaltig. Das weiß sie aus Erfahrung.

»Würde ich fragen, woher ich dich kenne … oder weiß, woher du kommst …« Er macht eine Pause, sieht sie ruhig an und bringt dann den Satz zu Ende. »Oder wie es möglich ist, dass ich dich bereits lieben kann …«

Susannah lächelt. Es ist schön, wieder zu lächeln, und jetzt tut ihr ja auch die eine Gesichtshälfte nicht mehr weh, weil etwas, das einmal dort war (vielleicht irgendeine Art Narbe – sie kann sich nicht genau erinnern), nun fort ist. »Schätzchen«, sagt sie zu ihm, »wie ich schon gesagt habe, das ist eine lange Geschichte. Im Lauf der Zeit wirst du einiges davon erfahren … soweit ich mich dann noch daran erinnern kann. Außerdem könnte es sein, dass wir noch etwas zu arbeiten haben. Für ein Unternehmen, das Tet Corporation heißt.« Sie sieht sich um, dann fragt sie: »Welches Jahr haben wir?«

»1987«, sagt er.

»Und du wohnst drüben in Brooklyn? Oder vielleicht in der Bronx?«

Der junge Mann, den Träume und zankende Stimmen hierher geführt haben – mit einem Becher Schokolade in der Hand und einer Mütze mit den aufgestickten Worten FRÖHLICHE WEIHNACHT in der Hüfttasche –, bricht in schallend lautes Gelächter aus. »Gott, nein! Ich bin aus White Plains! Ich bin mit meinem Bruder mit dem Zug hergekommen. Er steht gleich dort drüben. Er wollte sich die Eisbären genauer ansehen.«

Der Bruder. Henry. Der große Weise und bedeutende Junkie. Ihre Stimmung sinkt.

»Ich möchte euch bekannt machen«, sagt er.

»Nein, wirklich, ich …«

»He, wenn wir Freunde sein wollen, musst du dich auch mit meinem kleinen Bruder anfreunden. Wir haben nämlich ein ziemlich enges Verhältnis zueinander. Jake! He, Jake!«

Der Junge, der unten an dem Geländer steht, welches das vertiefte Eisbärengehege vom Rest des Parks abtrennt, ist ihr bisher nicht aufgefallen, aber jetzt dreht er sich um, und ihr Herz macht einen schwindelerregenden Freudensprung. Jake winkt und kommt dann auf sie zugeschlendert.

»Jake hat übrigens auch von dir geträumt«, erzählt Eddie ihr. »Nur deshalb weiß ich ja, dass ich nicht verrückt sein kann. Wenigstens nicht verrückter als sonst.«

Sie ergreift seine Hand – diese vertraute, vielgeliebte Hand. Und als seine Finger ihre bedecken, glaubt sie, vor Freude sterben zu müssen. Sie wird viele Fragen haben – und die beiden auch an sie –, aber im Augenblick erscheint ihr nur eine wichtig. Während der Schnee dichter zu fallen beginnt und auf seinem Haar und seinen Wimpern und den Schultern seines Sweatshirts landet, stellt Susannah sie.

»Jake und du – wie heißt ihr mit Nachnamen?«

»Toren«, sagt er. »Das ist ein deutscher Name.«

Bevor einer der beiden mehr sagen kann, stößt Jake zu ihnen. Und werde ich euch erzählen, dass diese drei glücklich und zufrieden bis an ihr seliges Ende lebten? Das werde ich nicht tun, weil das nämlich niemand tut. Aber es *gab* Glück.

Und natürlich lebten sie.

Unter dem fließenden und manchmal flüchtig sichtbaren Glammer des Balkens, der Shardik den Bären und Maturin die Schildkröte über den Dunklen Turm hinweg miteinander verbindet, *lebten* sie tatsächlich.

Das war alles.

Das war genug.

Wir sagen unseren Dank.

Koda

Gefunden

Gefunden

(Koda)

1

Ich habe meine Geschichte ganz bis zu Ende erzählt und bin zufrieden. Sie war (darauf setze ich Uhr und Urkunde) von der Art, die nur ein guter Gott bis zuletzt aufheben würde: voller Ungeheuer und Wunder und abenteuerlicher Reisen hierhin und dorthin. Ich kann jetzt aufhören, die Feder beiseite legen und meiner müden Hand etwas Ruhe gönnen (allerdings nicht für ewig; die Hand, die die Geschichten niederschreibt, hat ihren eigenen Willen und eine Art, ruhelos zu werden). Ich kann meine Augen vor Mittwelt und allem, was jenseits von Mittwelt liegt, schließen. Aber manche von euch, die die Ohren bilden, ohne die keine Erzählung einen einzigen Tag überleben kann, werden da nicht so bereitwillig mitmachen. Ihr seid die grimmig Erfolgsorientierten, die nicht glauben, dass der Weg das Ziel ist, selbst wenn man es euch noch so oft bewiesen hat. Ihr seid die Unglücklichen, die körperliche Liebe mit dem kümmerlichen Ejakulieren verwechseln, das das Ende des Liebesakts bezeichnet (schließlich ist der Orgasmus Gottes Art, uns mitzuteilen, dass wir fertig sind, zumindest vorläufig, und nun richtig schlafen gehen sollten). Ihr seid die Gefühllosen, die die Grauen Häfen leugnen, in denen müde Romanfiguren Ruhe finden. Ihr sagt, dass ihr wissen wollt, wie alles ausgeht. Ihr sagt, dass ihr Roland in den Turm folgen wollt; ihr sagt, dass ihr dafür bezahlt habt, dass dies die Schau ist, die ihr zu sehen gekommen seid.

Ich hoffe, dass die meisten von euch es besser wissen. Besser *wollen*. Ich hoffe, dass ihr gekommen seid, um die Geschichte zu hören – nicht nur, um euch durch die Seiten bis zum Ende vorzuarbeiten. Wer ein Ende will, braucht nur die letzte Seite aufzuschlagen und lesen, was dort geschrieben steht. Aber Enden sind herzlos. Ein Ende ist eine geschlossene Tür, die kein Mensch (oder Manni) öffnen kann. Ich habe viele geschrieben, aber die meisten nur aus dem Grund, aus dem ich morgens eine Hose anziehe, bevor ich das Schlafzimmer verlasse – weil es hierzulande so Sitte ist.

Und daher, meine lieben treuen Leser, sage ich euch Folgendes: Ihr könnt hier aufhören. Ihr könnt eure letzte Erinnerung die an Eddie, Susannah und Jake sein lassen, die im Central Park erstmals wieder zusammen sind und einen Schulchor »What Child Is This« singen hören. Ihr könnt euch mit dem Wissen zufrieden geben, dass früher oder später auch Oy (vermutlich eine Hundeversion mit langem Hals, seltsam goldgeränderten Augen und einem Kläffen, das auf unheimliche Weise wie gesprochene Worte klingt) auf der Bildfläche erscheinen wird. Das ist eine hübsche Vorstellung, oder nicht? *Ich* meine schon. Und auch der Vorstellung von einem glücklichen, zufriedenen Leben ziemlich nahe. Für einen staatlichen Auftrag ausreichend, wie Eddie sagen würde.

Solltet ihr weiterlesen, werdet ihr bestimmt enttäuscht, vielleicht sogar untröstlich sein. Ich habe noch einen Schlüssel an meinem Gürtel hängen, aber der sperrt nur die letzte Tür auf, die mit den Symbolen . Was dahinter liegt, verbessert euer Liebesleben nicht, lässt auf der kahlen Stelle am Hinterkopf kein neues Haar wachsen und verlängert eure Lebenserwartung nicht um fünf Jahre (nicht einmal um fünf Minuten). Ein Happyend gibt es nicht. Ich habe nie eines erlebt, das ein Gegenstück zu »Es war einmal« sein könnte.

Enden sind herzlos.

Ende ist nur ein anderes Wort für Leb wohl.

2

Wollt ihr trotzdem?

Nun gut, dann kommt mit. (Hört ihr mich seufzen?) Hier ist der Dunkle Turm am Ende der Endwelt. Seht ihn, ich bitte euch.

Seht ihn sehr wohl. Hier ist der Dunkle Turm bei Sonnenuntergang.

3

Roland erreichte ihn mit dem merkwürdigsten Gefühl des Wiedererkennens; mit etwas, was Susannah und Eddie als Déjà-vu-Gefühl bezeichnet hätten.

Die Rosen auf dem Can'-Ka No Rey wichen vor ihm zurück, sodass ein Pfad zum Dunklen Turm entstand, und die gelben Sonnen tief in ihren Blüten schienen ihn wie Augen zu beobachten. Und während er auf diesen dunkelgrauen Rundturm zuschritt, begann Roland zu spüren, wie er der Welt, wie er sie stets gekannt hatte, zu entgleiten begann. Er rief die Namen seiner Freunde und Geliebten, wie er's sich immer vorgenommen hatte; rief sie in der Abenddämmerung mit lauter, volltönender Stimme, weil er nun keine Kräfte mehr aufzusparen brauchte, um gegen die Verlockung des Turms anzukämpfen. Ihr – endlich – nachgeben zu können war die größte Erleichterung seines Lebens.

Er rief die Namen seiner *compadres* und *amoras*, und obwohl jeder aus tiefstem Herzen kam, schienen alle immer weniger mit dem Rest seines Ichs zu tun zu haben. Seine Stimme rollte zum dunkler werdenden roten Horizont davon, Name für Name. Er rief Eddies und Susannahs Namen. Er rief Jakes Namen und zuletzt seinen eigenen. Als sein Klang verhallt war, ertönte ein gewaltiger Hornstoß – nicht vom Turm selbst, sondern von den Rosen, die seine Umgebung in weitem Umkreis wie ein Teppich bedeckten. Dieses Horn war die Stimme der Rosen, die ihn mit königlichem Schmettern willkommen hieß.

In meinen Träumen war das stets mein Hifthorn, dachte er. *Dabei hätte ich es besser wissen müssen, habe ich meines doch mit Cuthbert auf dem Jericho Hill verloren.*

Von oben kam eine flüsternde Stimme: *Sich zu bücken und es aufzuheben wäre das Werk von drei Sekunden gewesen. Sogar inmitten von Rauch und Tod. Drei Sekunden. Zeit, Roland – darauf läuft es immer wieder hinaus.*

Das war, glaubte er, die Stimme des Balkens – des einen, den sie gerettet hatten. Sprach er aus Dankbarkeit, hätte er sich die Mühe sparen können, denn was nutzten solche Worte ihm jetzt noch? Roland erinnerte sich an eine Zeile aus Brownings Gedicht: *Ein Schmack des alten Glücks hilft fürder schreiten.*

Das war nie seine Erfahrung gewesen. Wie er aus eigenem Erleben wusste, machten Erinnerungen nur traurig. Sie waren die Nahrung von Poeten und Narren: Süßigkeiten, die in Mund und Kehle einen bitteren Nachgeschmack hinterließen.

Roland blieb für einen Augenblick zehn Schritte von der Geisterholztür im Erdgeschoss des Turms entfernt stehen und ließ die Stimme der Rosen – diesen Hörnerklang zu seiner Begrüßung – verhallen. Das Déjà-vu-Gefühl war weiterhin stark, fast als wäre er tatsächlich schon einmal hier gewesen. Und natürlich war er hier gewesen – in zehntausend die Wirklichkeit vorwegnehmenden Träumen. Er sah zu dem Balkon auf, auf dem der Scharlachrote König gestanden und versucht hatte, dem Ka zu trotzen und ihm den Weg zu versperren. Dort, in Kopfhöhe über der Holzkiste, in der die wenigen übrig gebliebenen Schnaatze gelegen hatten (der alte Wahnsinnige hatte anscheinend doch keine weiteren Waffen besessen), sah er zwei rote Augen, die in der sich verdunkelnden Luft schwebten und mit unauslöschlichem Hass auf ihn herabstarrten. Hinter ihnen verloren die dünnen schwebenden Silberfäden der Sehnerven (jetzt vom Licht der untergehenden Sonne rötlichorange getönt) sich im Nichts. Der Revolvermann vermutete, dass die Augen des Scharlachroten Königs nun bis in alle Ewigkeit dort oben verharrten und übers Can'-Ka No Rey hinausblickten, während ihr

Besitzer durch die Welt irrte, in die Patricks zauberisches Künstlerauge und sein Radiergummi ihn verbannt hatten. Oder, was wahrscheinlicher war, durch den Raum *zwischen* den Welten irrte.

Roland folgte dem Pfad bis zu der Stelle, wo er vor der mit Eisenbändern beschlagenen massiven Tür aus schwarzem Geisterholz endete. Ungefähr in Dreiviertelhöhe war ein Sigul eingeschnitzt, das er inzwischen gut kannte:

Hier legte er zwei Gegenstände nieder, den Rest seiner *Gunna:* Tante Talithas silbernes Kreuz und den ihm verbliebenen Sechsschüsser. Als er sich wieder aufrichtete, sah er, dass die erste Gruppe von Hieroglyphen verblasst war:

NICHTGEFUNDEN hatte sich in GEFUNDEN verwandelt.

Er hob die Linke, als wollte er anklopfen, aber bevor er die Tür berühren konnte, ging sie von selbst auf und gab den Blick auf die unteren Stufen einer aufsteigenden Wendeltreppe frei. Zugleich hörte er eine Stimme, die wie ein Seufzen klang: *Willkommen, Roland, du aus dem Geschlecht des Eld.* Das war die Stimme des Dunklen Turms. Dieser Bau war keineswegs aus Stein, auch wenn er steinern aussehen mochte; er war ein lebendes Wesen, vermutlich Gan selbst, und der Puls, den Roland schon aus tausend Meilen Entfernung tief in seinem Kopf gespürt hatte, war stets die pulsierende Lebenskraft von Gan gewesen.

Commala, Revolvermann. Commala-come-come.

Und dann wehte ihm der Hauch von Alkali entgegen, bitter wie Tränen. Der Geruch von … was? Nach was genau? Bevor er den Geruch einordnen konnte, hatte dieser sich wieder verflüchtigt, sodass Roland annahm, ihn sich nur eingebildet zu haben.

Er trat über die Schwelle, und das Lied des Turms, das er sein

Leben lang gehört hatte – schon in Gilead, wo es in den Wiegenliedern, die seine Mutter ihm gesungen hatte, verborgen gewesen war –, verstummte schließlich. Ein weiteres Seufzen. Die Tür fiel krachend zu, aber er blieb nicht in schwarzer Nacht zurück. Das verbleibende Licht kam vom Leuchten der spiralförmig angeordneten Fenster, in das sich die Glut des Sonnenuntergangs mengte.

Steinerne Stufen, eben breit genug für einen einzelnen Menschen, führten in die Höhe.

»Jetzt kommt Roland!«, rief er, und seine Worte schienen sich ins Unendliche emporzuwinden. »Hört mich, ihr im Obergeschoss, und heißt mich gütig willkommen. Seid ihr meine Feinde, so wisst, dass ich unbewaffnet und nicht in böser Absicht komme.«

Er begann den Aufstieg.

Neunzehn Stufen brachten ihn zum ersten Treppenabsatz (und zu jedem darauf folgenden). Hier stand eine Tür offen, hinter der ein kleiner runder Raum lag. In die Steine seiner Wand waren tausende von sich überlappenden Gesichtern eingehauen. Viele erkannte er (eines davon war das Gesicht Calvin Towers, der listig über ein aufgeschlagenes Buch hinwegblickte). Die Gesichter waren ihm zugewandt, und er hörte sie murmeln:

Willkommen, Roland, du von den vielen Meilen und vielen Welten; willkommen, du aus Gilead, du von Eld.

Jenseits des Raums befand sich eine weitere Tür zwischen mit Gold abgesetzten dunkelroten Portieren. In ungefähr eindreiviertel Meter Höhe – genau in Rolands Augenhöhe – befand sich ein kleines rundes Fenster, nur wenig größer als das Guckloch eines Banditen. Für einen Augenblick nahm er einen süßen Geruch wahr, und diesen konnte er gleich bestimmen: Er stammte von dem Duftkissen, das seine Mutter ihm zunächst in die Wiege und später in sein erstes richtiges Bett gelegt hatte. Der Geruch brachte jene Tage mit großer Klarheit zurück, so wie Gerüche es stets tun; wenn einer unserer Sinne uns als Zeitmaschine dienen kann, dann ist es der Geruchssinn.

Dann war er ebenso verschwunden wie der bittere Alkaligeruch.

Der Raum war unmöbliert, auf dem Fußboden jedoch lag ein einzelner kleiner Gegenstand. Roland trat darauf zu und hob ihn auf. Bei dem Ding handelte es sich um eine kleine Klammer aus Zedernholz, die mit einer Schleife aus blauem Seidenband geschmückt war. Solche Klammern hatte er vor vielen Jahren in Gilead gesehen; er musste selbst einmal eine getragen haben. Schnitt die Hebamme die Nabelschnur eines Neugeborenen durch, um Mutter und Kind zu trennen, wurde über dem Nabel des Säuglings eine solche Klammer angebracht, die dann dort verblieb, bis der Rest der Nabelschnur – und die Klammer mit ihr – abfiel. (Der Nabel selbst hieß Tet-ka can Gan.) Die Seidenschleife zeigte, dass die Klammer einem Jungen gehört hatte. Bei einem Mädchen wäre sie rosa gewesen.

's war meine eigene, dachte Roland. Er betrachtete sie noch eine Weile lang fasziniert, dann legte er sie behutsam dorthin zurück, wo sie gelegen hatte. Wo sie hingehörte. Als er sich wieder aufrichtete, sah er das Gesicht eines Neugeborenen

(Kann das mein liebstes Bah-bo sein? Wenn du's sagst, dann soll's so sein!)

zwischen all den anderen. Es war verzerrt, als hätte ihm sein erster, schon vom Tod verpesteter Atemzug außerhalb des Mutterleibs nicht gefallen. Bald würde es sein Urteil über seine neuen Lebensumstände durch einen schrillen Schrei abgeben, der durch die Gemächer Stevens und Gabrielles hallen und bei den Freunden und Dienstboten, die ihn hörten, ein erleichtertes Lächeln hervorrufen würde. (Nur Marten Broadcloak würde ein finsteres Gesicht machen.) Die Geburt war vorüber, und das Kind war lebend zur Welt gekommen, sagt Gan und allen Göttern euren Dank. In der Linie des Eld gab es einen Stammhalter – und somit weiterhin eine minimale Chance, der jammervolle Abstieg der Welt in den Ruin könnte aufgehalten, wohl gar ins Gegenteil verkehrt werden.

Als Roland diesen Raum verließ, war sein Déjà-vu-Gefühl stärker als je zuvor. Und auch das Gefühl, sich im Körper von Gan selbst zu befinden.

Er wandte sich der Treppe zu und setzte seinen Aufstieg fort.

4

Weitere neunzehn Stufen brachten ihn zum zweiten Treppenabsatz und dem nächsten runden Raum. Hier waren Stofffetzen auf dem Fußboden verstreut. Roland zweifelte keinen Augenblick daran, dass dies einst eine Säuglingswindel gewesen war, die ein bestimmter reizbarer Eindringling zerfetzt hatte, der dann auf den Balkon hinausgetreten war, um nochmals einen Blick auf das Rosenfeld zu werfen, und dort in Gefangenschaft geraten war. Er war ein Wesen von monumentaler Verschlagenheit, voll übel wollender Klugheit … aber zuletzt hatte er sich doch vertan und würde nun bis in alle Ewigkeit dafür büßen.

Wenn er nur einen Blick auf die Rosen werfen wollte, weshalb hat er dann seine Munition auf den Balkon mitgenommen?

Weil das seine einzigen Gunna *waren, die er zudem auf der Schulter getragen hat,* flüsterte eines der in die Rundung der Wand gehauenen Gesichter. Es war Mordreds Gesicht. In seinen Augen sah Roland jetzt keinen Hass mehr, sondern nur die einsame Traurigkeit eines verlassenen Kindes. Dieses Gesicht war so einsam wie der Pfiff einer Lokomotive in einer mondlosen Nacht. Für Mordreds Nabel hatte es keine Zedernholzklammer gegeben, als er zur Welt gekommen war, nur die Mutter, die ihm als erstes Mahl gedient hatte. Keine Klammer, nie im Leben, weil Mordred nämlich niemals dem Tet von Gan angehört hatte. Nein, nicht er.

Mein Roter Vater wäre niemals unbewaffnet gegangen, flüsterte der steinerne Junge. *Vor allem nicht außerhalb seines Schlosses. Er war verrückt, aber* so *verrückt auch wieder nicht.*

In diesem Raum roch es nach dem Talkumpuder, den seine Mutter immer verwendete, wenn er frisch gebadet nackt auf einem Handtuch lag und mit seinen neu entdeckten Zehen spielte. Sie hatte seine Haut damit eingepudert und leise gesungen, während sie ihn liebkost hatte: *Kleiner Spatz, mach's mir nicht schwer, bring dein kleines Körbchen her!* Auch dieser Geruch verschwand so schnell wieder, wie er gekommen war.

Roland trat an das kleine Fenster, stakste zwischen den Windelfetzen hindurch und sah dann hinaus. Die körperlosen Augen spürten seine Gegenwart und machten schwindelerregend schnell kehrt, um ihn anzustarren. Ihr Blick war von Zorn und Verlust vergiftet.

Komm heraus, Roland! Komm raus und tritt mir allein entgegen! Mann gegen Mann! Auge um Auge, wenn's beliebt!

»Lieber nicht«, sagte Roland, »ich habe nämlich noch weitere Arbeit zu erledigen. Noch ein wenig, selbst jetzt noch.«

Das war sein letztes Wort an den Scharlachroten König. Obwohl der Wahnsinnige ihm Gedanken nachschrie, kreischte er sie vergebens, weil Roland sich kein einziges Mal umsah. Auf seinem Weg zum Obergeschoss des Turms hatte er weitere Treppen zu ersteigen und weitere Räume zu erforschen.

5

Auf dem dritten Treppenabsatz blickte er durch die Tür und sah einen Cordsamtanzug, den zweifellos er getragen hatte, als er erst ein Jahr alt gewesen war. Unter den Gesichtern an der Wand sah er das seines Vaters, aber als viel jüngerer Mann. Später war dieses Gesicht grausam geworden – Ereignisse und Verpflichtungen hatten es so verändert. Aber hier war das noch nicht der Fall. Hier waren Steven Deschains Augen die eines Mannes, der etwas betrachtete, was ihn mehr erfreute, als irgendetwas das jemals getan hat – oder jemals tun könnte. Hier roch Roland für einen Augenblick einen süßlichen, schweren Duft, den er als die Rasierseife seines Vaters erkannte. Zugleich flüsterte eine Phantomstimme: *Sieh nur, Gabby, sieh doch! Er lächelt! Lächelt mich an! Und er hat einen neuen Zahn!*

Auf dem Fußboden des vierten Raums lag das Halsband seines ersten Hundes Ring-A-Levio, kurz Ringo geheißen. Er war eingegangen, als Roland drei war, was in gewisser Beziehung ein Geschenk des Himmels gewesen war. Ein Junge von drei Jahren durfte noch um ein Schoßtier weinen – sogar ein Junge, in dessen Adern das Blut des Eld floss. Hier nahm der Revolvermann einen Duft wahr, der wundervoll, aber namenlos war, und erkannte ihn als den Geruch von Ringos Fell im warmen Schein der Volle-Erde-Sonne.

Ungefähr zwei Dutzend Stockwerke über Ringos Raum lagen auf dem Fußboden Brotkrumen und ein schlaffes Bündel Federn verstreut, die einst ein Falke namens David gewesen waren – ganz bestimmt kein Schoßtier, aber doch ein Freund. Das erste von Rolands vielen Opfern auf der Suche nach dem Dunklen Turm. Auf einem Wandabschnitt sah Roland ihn im Flug dargestellt, wie er mit ausgebreiteten Stummelflügeln über dem versammelten Hof von Gilead (Marten der Zauberer an prominenter Stelle unter den Höflingen) dahinsegelte. Und links neben der auf den Balkon hinausführenden Tür war David nochmals eingemeißelt. Hier waren seine Schwingen angelegt, während er sich wie eine Kugel blindlings auf Cort stürzte, ohne auf dessen erhobenen Stock zu achten.

Alte Zeiten.

Alte Zeiten und alte Untaten.

Nicht weit von Cort entfernt war das lachende Gesicht der Hure zu sehen, mit der der Junge sich an jenem Abend vergnügt hatte. Der Geruch in Davids Raum war ihr Parfüm: billig und süßlich. Als der Revolvermann ihn einatmete, erinnerte er sich daran, wie er das Schamhaar der Hure berührt hatte, und war schockiert, sich jetzt wieder daran zu erinnern, woran er damals gedacht hatte, während seine Finger zu ihrer glitschig-süßen Spalte hinunterglitten: Wie es gewesen war, frisch aus dem Babybad zu kommen und die Hände seiner Mutter auf sich zu spüren.

Er begann steif zu werden, und Roland flüchtete angstvoll aus diesem Raum.

6

Nun gab es kein rötliches Licht mehr, das seinen Weg erhellte, nur noch das unheimliche blaue Leuchten der Fenster – Glasaugen, die lebten, Glasaugen, die den unbewaffneten Eindringling beobachteten. Außerhalb des Dunklen Turms hatten die Rosen auf dem Can'-Ka No Rey sich für eine weitere Nacht geschlossen. Ein Teil seines Ichs staunte darüber, dass er überhaupt hier war; dass er sämtliche Hindernisse, die sich vor ihm aufgetürmt hatten, nacheinander überwunden hatte – so erschreckend zielstrebig wie eh und je. *Ich bin wie einer dieser Roboter des Alten Volkes,* dachte er. *Einer, der den Auftrag, für den er bestimmt ist, ausführt oder sich bei dem Versuch, es zu tun, aufreibt.*

Ein anderer Teil seines Ichs war jedoch keineswegs überrascht. Dies war der Teil, der träumte, wie es auch die Balken tun mussten, und dieses dunklere Ich bestand darauf, er sei schon einmal hier gewesen, er sehe diese Räume nicht zum ersten Mal. Er dachte wieder an das Horn, das Cuthbert aus den Fingern geglitten war – Cuthbert, der lachend in den Tod gegangen war. An das Horn, das vielleicht bis zum heutigen Tage dort lag, wo es am Jericho Hill auf den felsigen Boden gefallen war.

Natürlich habe ich diese Räume schon einmal gesehen! Sie erzählen schließlich mein Leben.

Und wie sie das taten. Stockwerk für Stockwerk, Abenteuer für Abenteuer (von Tod für Tod ganz zu schweigen) erzählten die aufsteigenden Räume des Dunklen Turms Roland Deschains Leben und Suche. Jeder enthielt sein Mahnzeichen; jeder einen charakteristischen Duft. Oftmals war einem einzigen Jahr mehr als nur ein Stockwerk gewidmet, aber mindestens eines war es in jedem Fall. Und nach dem achtunddreißigsten (der nichts anderes als zweimal neunzehn war, wie ihr wohl seht), wollte er keinen weiteren mehr sehen. Dieser enthielt nämlich den verkohlten Pfahl, an den Susan Delgado gefesselt gewesen war. Er betrat den Raum nicht, betrachtete aber das Gesicht an der Wand. So viel war er ihr schuldig.

Roland, ich liebe dich!, hatte Susan Delgado geschrien, und er wusste, dass das stimmte, denn es war nur ihre Liebe, die sie erkennbar machte. Aber Liebe hin oder her, letztlich war sie doch verbrannt worden.

Dies ist eine Todesstätte, dachte er, *und nicht nur hier. Alle diese Räume. Jedes Stockwerk.*

Ja, Revolvermann, flüsterte die Stimme des Turms. *Aber nur, weil dein Leben sie dazu gemacht hat.*

Ab dem achtunddreißigsten Stock stieg Roland die Treppen eiliger hinauf.

7

Von außen hatte Roland die Höhe des Turms auf ungefähr hundertachtzig Meter geschätzt. Aber als er einen Blick in den hundertsten, in den zweihundertsten Raum warf, wurde ihm klar, dass er schon achtmal hundertachtzig Meter hinaufgestiegen sein musste. Bald würde er einen Punkt erreichen, den seine Freunde von der Amerika-Seite als eine Meile bezeichnet hätten. Das waren mehr Stockwerke, als es geben *konnte* – kein Turm konnte eine Meile hoch sein –, aber dennoch stieg er weiter, erhöhte sogar sein Tempo, bis er fast rannte, und ermüdete trotzdem nie. Einmal kam er auf die Idee, er werde das Obergeschoss nie erreichen, weil der Dunkle Turm ebenso unendlich hoch wie zeitlich ewig sei. Aber nachdem er einen Augenblick darüber nachgedacht hatte, verwarf er diesen Gedanken wieder, erzählte der Turm doch *sein* Leben, und obwohl dieses Leben gewiss lang gewesen war, war es keineswegs ewig gewesen. Und wie es einen Anfang gehabt hatte (durch die Zedernholzklammer mit der blauen Seidenschleife bezeichnet), würde es auch ein Ende haben.

Vermutlich sogar bald.

Das Licht, das er hinter seinen Augen ahnte, war jetzt heller, schien weniger blau zu sein. Er kam an einem Raum mit Zoltan, dem zahmen Raben aus der Hütte des Grenzbewohners, vorbei. Er kam an einem Raum vorbei, der die atombetriebene Pumpe aus der Zwischenstation enthielt. Er stieg weitere Stufen hinauf, blieb kurz an der Tür eines Raums stehen, in dem ein verendeter Monsterhummer lag, und merkte, dass das Licht, das er ahnte, *viel* heller und überhaupt nicht mehr blau war.

Es war …

Er wusste ziemlich sicher, dass es …

Es war Sonnenlicht. Die Abenddämmerung mochte schon vorüber sein; der Alte Stern und die Alte Mutter mochten auf den Dunklen Turm herabscheinen, aber Roland war sich ziemlich sicher, dass er *Sonnenschein* sah – oder spürte.

Er stieg weiter, ohne einen Blick in weitere Räume zu werfen, ohne sich die Mühe zu machen, ihre Düfte aus der Vergangenheit zu riechen. Das Treppenhaus wurde enger, bis er mit den Schultern fast dessen gekrümmte Steinflanken berührte. Kein Lied mehr, außer der Wind galt als Lied, nur jenen hörte er nämlich seufzen.

Er kam an einer letzten offenen Tür vorbei. Auf dem Fußboden der winzigen Kammer dahinter lag ein Zeichenblock, von dem ein Gesicht wegradiert worden war. Auf dem Papier waren nur zwei rote Augen zurückgeblieben, die ihn anfunkelten.

Ich habe die Gegenwart erreicht. Ich habe das Jetzt erreicht.

Ja, und hier gab es Sonnenlicht, *Commala*-Sonnenlicht, das in seinen Augen auf ihn wartete. Es brannte heiß und scharf auf seine Haut herab. Auch die Windgeräusche waren lauter, wirkten ebenfalls rau. Unversöhnlich. Roland sah zur Fortsetzung der Wendeltreppe auf; dort *würden* seine Schultern die Mauern berühren, weil die Passage nicht breiter als ein Sarg war. Noch neunzehn Stufen, dann war der Raum im Obergeschoss des Dunklen Turms sein.

»Ich komme!«, rief er. »Wenn ihr mich hört, so hört mich wohl an! *Ich komme!*«

Er nahm die Stufen eine nach der anderen, stieg sie mit durchgedrücktem Rücken und hoch erhobenem Kopf hinauf. Die anderen Räume hatten offen vor seinem Blick gelegen. Der letzte Raum war mit einer Tür aus Geisterholz verschlossen, in die ein einzelnes Wort eingeschnitzt war. Dieses Wort lautete:

ROLAND

Er packte den Türknopf. In das Metall war eine Wildrose eingraviert, die sich um einen Revolver wand, einen der großen Sechsschüsser, die er von seinem Vater geerbt und nun auf ewig verloren hatte.

Trotzdem werden sie wieder dir gehören, flüsterten die Stimme des Turms und die Stimme der Rosen, die jetzt eins waren.

Wie meint ihr das?

Darauf bekam er keine Antwort, aber der Knopf unter seiner Hand drehte sich, und vielleicht war *das* eine Antwort. Roland öffnete die Tür zu dem Raum im Obergeschoss des Dunklen Turms.

Er sah und begriff sofort, was er sah; dieses Wissen traf ihn wie ein Hammerschlag, heiß wie die Sonne jener Wüste, die die Mutter aller Wüsten war. Wie viele Male war er schon diese Stufen hinaufgestiegen, nur um zurückgewiesen, zurückgedrängt, zurückgeworfen zu werden? Nicht zurück zum Anfang (als manches sich vielleicht noch hätte ändern lassen, um den Fluch der Zeit aufzuheben), sondern zu jenem Augenblick in der Mohainewüste, als er endlich begriffen hatte, dass seine gedankenlose, unreflektierte Suche letzten Endes erfolgreich sein würde? Wie viele Male hatte er eine Schleife zurückgelegt wie die an der Klammer, die einst seine Nabelschnur, seine Tet-ka can Gan, abgeklemmt hatte? Wie viele Male *würde* er sie noch zurücklegen müssen?

»O nein!«, schrie er entsetzt. *»Bitte nicht wieder! Habt Erbarmen! Gnade!«*

Trotzdem zogen die Hände ihn weiter. Die Hände des Turms kannten kein Erbarmen.

Sie waren die Hände von Gan, die Hände des Ka, und sie kannten kein Erbarmen.

Er roch Alkali, bitter wie Tränen. Die Wüste jenseits der Tür war weiß; blendend hell; wasserlos; ohne Geländeformationen bis auf eine undeutliche, verschwommene Bergkette am Horizont. Der Duft, den der Alkaligeruch überlagerte, war der von Teufelsgras, das süße Träume, Albträume, Tod brachte.

Aber nicht für dich, Revolvermann. Niemals für dich. Du verdunkelst dich. Du verfärbst dich. Darf ich brutal offen sein? Du machst weiter.

Und jedes Mal vergisst du das letzte Mal. Für dich ist jedes Mal das erste Mal.

Er machte einen letzten Versuch zurückzuweichen: aussichtslos. Das Ka war stärker.

Roland von Gilead trat durch diese letzte Tür, durch jene, die er stets suchte, durch jene, die er stets fand. Sie schloss sich lautlos hinter ihm.

8

Der Revolvermann blieb für einen Moment leicht schwankend stehen. Er merkte, dass er eben fast das Bewusstsein verloren hätte. Das kam natürlich von der Hitze, der verdammten Hitze. Es gab auch Wind, aber der war trocken und brachte keine Erleichterung. Er nahm seinen Wasserschlauch, schätzte den restlichen Inhalt nach Gewicht ab, wusste genau, dass er nichts trinken sollte – dies war nicht die rechte Zeit dafür –, und nahm trotzdem einen Schluck.

Einen Augenblick lang hatte er das Gefühl gehabt, anderswo zu sein. Vielleicht im Turm selbst. Aber die Wüste war natürlich verwirrend und voller Luftspiegelungen. Der Dunkle Turm lag noch tausende von Rädern entfernt vor ihm. Dieses Gefühl, viele Stufen erstiegen und in viele Räume gesehen zu haben, in denen viele Gesichter seinen Blick erwidert hatten, schwand bereits.

Ich werde ihn erreichen, dachte er, indem er mit zusammengekniffenen Augen in die unbarmherzige Sonne aufsah. *Das schwöre ich beim Namen meines Vaters!*

Und vielleicht ist es dieses Mal dann anders, wenn du dort hin-

kommst, flüsterte eine Stimme – höchstwahrscheinlich die Stimme des Wüstendeliriums, denn wann wäre er schon jemals dort gewesen? Er war, was er war und wo er war, nur das, nichts anderes, gewiss nicht mehr. Er besaß keinen Sinn für Humor und nur wenig Phantasie, aber er war unerschütterlich. Er war ein Revolvermann. Und in seinem Herzen, gut verborgen, empfand er weiter die bittere Romanze seiner Suche.

Du bist der Einzige, der sich niemals ändert, hatte Cort ihm einmal erklärt, und Roland hätte schwören können, Angst in seiner Stimme gehört zu haben … obwohl er nicht begriff, weshalb Cort sich vor ihm – einem Jungen – fürchten sollte. *Das wird dein Untergang sein, Junge. Du wirst auf deinem Weg zur Hölle hundert Paar Stiefel aufbrauchen.*

Und Vannay: *Wer nicht aus der Vergangenheit lernt, ist dazu verdammt, sie zu wiederholen.*

Und seine Mutter: *Roland, musst du immer so ernst sein? Kannst du niemals ausruhen?*

Trotzdem flüsterte die Stimme es noch einmal

(dieses Mal anders vielleicht anders)

und Roland *glaubte,* etwas anderes als Alkali und Teufelsgras zu riechen. Er glaubte, es könnten Blumen sein.

Er glaubte, es könnten Rosen sein.

Er verlagerte seine *Gunna* von einer Schulter auf die andere und berührte dann das Horn, das hinter dem Revolver an der rechten Hüfte in seinem Gürtel steckte. Das alte Messinghorn, das der Sage nach einst Arthur Eld selbst geblasen hatte. Auf dem Jericho Hill hatte Roland es Cuthbert Allgood gegeben, und als Cuthbert gefallen war, hatte Roland sich gerade noch die Zeit genommen, sich zu bücken und es wieder aufzuheben, bevor er den Todesstaub jenes Hügels von seinen Stiefeln geschüttelt hatte.

Dies ist dein Sigul, flüsterte die verhallende Stimme, die süßen Rosenduft, den Geruch der Heimat – o verloren! – an einem Sommerabend, mit sich brachte: ein Stein, eine Rose, eine nichtgefundene Tür; ein Stein, eine Rose, eine Tür.

Dies ist dein Versprechen, dass die Dinge sich anders entwickeln können – dass es vielleicht eine Rast geben wird. Sogar Erlösung.

Eine Pause, und dann:

Wenn du standhaft bist. Wenn du wahrhaftig bist.

Er schüttelte den Kopf, um wieder klar denken zu können, überlegte, ob er noch einen Schluck Wasser nehmen sollte, kam aber davon ab. Heute Abend. Wenn er sein Lagerfeuer auf Walters Knochen entzündete. Dann würde er trinken. Vorerst jedoch …

Vorerst würde er seine Wanderung fortsetzen. Irgendwo in weiter Ferne stand der Dunkle Turm. Näher jedoch, viel näher, war der Mensch (*war* er ein Mensch? war es wirklich einer?), der ihm vielleicht sagen konnte, wie man dorthin kam. Roland würde ihn einholen, und wenn er das tat, würde dieser Mann auspacken … aye, ja, yar, so soll es über Berge und Täler hallen: Walter würde gefangen werden, und Walter würde reden. Roland berührte nochmals das Horn, und dessen Vorhandensein war eigenartig tröstlich, so als hätte er es nie zuvor berührt.

Zeit, sich weiterzubewegen.

Der Mann in Schwarz floh durch die Wüste, und der Revolvermann folgte ihm.

19. Juni 1970 – 7. April 2004
Sage Gott meinen Dank.

Anhang

Robert Browning

»Herr Roland kam zum finstern Turm.«

König Lear III 4.

I

Zuerst durchfuhr mich's: Lug ist, was er spricht,
Der weißgeharrte Krüppel, dessen Blicke
Voll Bosheit schielen, ob die Lüge glücke;
Wie zuckt der falsche Mund, als trüg' er's nicht
Den Hohn zu hehlen, der verdammte Wicht,
Ob diesem neuen Opfer seiner Tücke!

II

Wozu stand er mit seinem Stab sonst da,
Als daß er allen Wandrern Schlingen lege,
Die gläubig ihn befragt um Pfad' und Stege?
Sein schädelgleiches Lachen hört' ich, sah
Im Geist die Krücke meine Grabschrift, ha!
Kritzeln, zum Zeitvertreib, im staub'gen Wege,

III

Wenn ich nach seinem Wort mich seitwärts wandte,
Zu dem verruf'nen Ort, des Wüstenei
Den finstern Turm umschloß. Doch sonder Scheu
Ritt ich, wohin er wies, und in mir brannte
Nicht Stolz noch Hoffnung, da er mich entsandte,
Nur Freude, daß ein Ziel mir nahe sei.

IV

Zog ich durch Jahre doch die Welt entlang
Und hatte nie, was ich gesucht, gefunden.
Mein Hoffen war zum Schatten hingeschwunden,
Dem lauter Siegesjubel fremd erklang:
So duldet' ich's, daß Lust mein Herz durchdrang,
Als ihm am Ziel sich zeigten Tod und Wunden.

V

Wie wenn ein Kranker an dem letzten Tag
Lebwohl den Freunden sagt mit Mund und Händen
Und tot erscheint und fühlt, die Thränen enden,
Und hört, wie einer all' aus dem Gemach
Hinausweist, frei zu atmen, da den Schlag,
Der niederfiel, kein Jammer mehr kann wenden.

VI

Und man berät schon, ob bei seinen Ahnen
Noch Raum für ihn sei, wann dem toten Leibe
Bestattung werd', und ob man's rasch betreibe;
Von Kränzen spricht man, Schleifen, Trauerfahnen –
Und er vernimmt's und fleht, daß er die Bahnen
Solch zarter Lieb' nicht kreuz' – und leben bleibe.

VII

So war auf dieser Leidensfahrt so lange
Ich umgeirrt, so oft schon war Mißlingen

Mir prophezeit gleich allen, die zu dringen
Zum finstern Turm versucht in heißem Drange,
Daß fest ins Aug' ich sah dem Untergange,
Konnt' ich den Tod der Helden nur erringen.

VIII

Still wie Verzweiflung schaut' ich nicht zurück,
Zum Pfad einlenkend, nach des Zwergs Grimasse.
Schon neigte sich der Tag, der trübe, blasse,
Dem Ende zu, doch kündend Mißgeschick,
Schoß er noch einen grimmen roten Blick
Zum Blachfeld, ob es fest sein Opfer fasse.

IX

Doch als mein Roß ein-, zweimal ausgeschritten
Und ich mein Heil dem Blachfeld sah verpfändet,
Da hab' ich einmal noch den Blick gewendet
Zur sichern Straße, drauf ich hergeritten:
Ich fand sie nicht. In grauer Ebne Mitten
Hielt ich, und jedes Zaudern war verschwendet:

X

Ich mußte vorwärts. Nie noch sah mein Aug'
So ärmlich, sonder Adel die Natur:
Nicht Baum noch Blume sog hier Nahrung, nur
Trespen und Wolfsmilch und gemeiner Lauch,
Fortwuchernd rings nach niedern Unkrauts Brauch;
Die Klette wäre Kön'gin solcher Flur.

XI

Nein! karg und stumpf, der Boden höchst unersprießlich,
Fratzengleich in seiner Art, dies Schicksal trug der Ort.
»Bald Rettung zu erhoffen ist vergebens.« Die Natur ergriff das Wort.
»Einerlei, mir selbst kann ich nicht helfen«, sagt' sie verdrießlich.
»Erst des Jüngsten Gerichtes Flammen werden schließlich
brennend die Gefang'nen befreien, dann endet all der Tort.«

XII

Hob sich ein Distelstengel aus den Reih'n
Der Brüder war der Kopf ihm abgerissen:
Des Ampfers rauhe Blätter schau! zerschlissen,
Durchlöchert, daß der letzte grüne Schein
Verschwunden war. Drang wohl ein Tier hier ein,
Das fühllos sie zertreten und zersplissen?

XIII

Spärlich das Gras, wie Aussatzkranker Haar;
Im Kote, der mit Blut verknetet schien,
Stak hier und da ein kläglich Hälmchen drin.
Ein blindes Pferd, des Glieder steif und starr,
Stand staunend, wie's hierher verschlagen war:
Alt und verbraucht hieß es der Teufel ziehn.

XIV

Ob es noch lebt'? Es stand vielleicht seit Stunden,
Den roten hagern Hals weit vorgereckt,

Von rost'ger Mähne dicht das Aug' verdeckt;
War je solch Grau'n mit solchem Leid verbunden?
So tiefen Abscheu hatt' ich nie empfunden:
Es war verdammt, sonst hätt' es Weh geweckt!

XV

Ich schloß die Augen, kehrend sie nach innen.
Wie Wein der Krieger fordert vor dem Streiten,
Rief ich nach einem Trunke froh'rer Zeiten,
Daß Kraft mir sei zu kühnlichem Beginnen.
Dem Kämpfer ziemt's, bevor er ficht, zu sinnen:
Ein Schmack des alten Glücks hilft fürder schreiten.

XVI

Jung Cuthberts blühend Antlitz rief ich wach,
Um das die goldnen Locken fröhlich wallten;
Mir war's, als legt' er, um mich festzuhalten,
Zärtlich den Arm in meinen, wie er pflag,
Der liebe Bursch … Ach, eine Nacht der Schmach! …
Die Glut erlosch, mein Herz fühlt' ich erkalten.

XVII

Der Ehre Seele, Julius, sah ich dann,
So frank, wie da man ihn zum Ritter schlug.
Was Helden wagten, wagt' er, kühn wie klug …
Ein Wandel! Pfui! Der Henker hängt den Bann
Ihm vor die Brust. Die Mannen spei'n ihn an,
Und den Verräter trifft des Volkes Fluch!

XVIII

Besser dies Heut als solch vergangner Graus.
Zurück zum Pfad, den schon die Nacht umgraute!
Nichts regte sich, soweit das Auge schaute.
Traut auch der Schuhu nicht, die Fledermaus
Sich her? Da – aus dem Sinnen riß heraus
Ein Etwas mich mit unheimlichem Laute.

XIX

Ein kleiner Fluß durchkreuzte jäh den Pfad,
Wie eine Schlange plötzlich dich umzischt;
Kein Bach, der träum'risch sich der Dämmrung mischt:
Er schoß dahin, dem glüh'nden Huf ein Bad
Des höllischen Feinds, der flockenschäum'ge Gischt
Des schwarzen Strudels raste früh und spat.

XX

So klein, und doch so giftig! Rings am Rande
Knieten verhärmte Erlen im Verscheiden,
Kopfüber stürzten sich zerzauste Weiden
Verzweifelnd in die Flut vom sichern Lande,
Doch er, der sie versenkt in Weh und Schande,
Stürmte vorbei, nicht achtend ihrer Leiden.

XXI

Wie ich hindurchritt, wähnt' ich immerdar
Auf eines Toten weiche Wang' zu treten.

Ich stieß den Speer zum Grund in brünst'gem Beten
Und traf, so schien's, der Leiche Bart und Haar …
Vielleicht, daß es nur eine Ratte war,
Doch klang's, als schrie' ein Kind in Todesnöten.

XXII

Aufatmet' ich, wie ich das Ufer fühlte –
Ein besser Land! Vergebliches Verlangen!
Wer waren sie, die hier so wild einst rangen,
Daß ihr Gestampf den feuchten Grund zerwühlte
Zum Sumpf, da ihre Wut schier nie verkühlte,
Wie wilder Katzen hinter glühn'den Stangen?

XXIII

Der Kampf hat scheint's getobt in diesem öden Kreis,
Aber was bei all dem weiten Land ringsum hielt sie nur hier?
Eine Fährte nicht führt hinein noch gar hinaus aus dem Revier.
Ein toller Trank bracht' sie wohl zum Rasen, und das mit Fleiß,
So wie einst Galeerensklaven auf eines Wüterichs Geheiß,
Ob Christen oder Juden, miteinander kämpften wie Getier.

XXIV

Doch kommt's noch schlimmer, ein Stück des Wegs nur, seht!
Welch schändlichem Tun wohl diente dieses Rad?
Eher Flachsbreche noch als Scheibe – ist es ein Apparat
Mit dem man Menschenleichen auf eine Spindel dreht?
Einem Wetzstein gleich wurde dieses Werkzeug des Tophet
Auf Erden gebracht, um rostige Stahlzähne zu spitzen für üble Tat.

XXV

Alsbald kam ich an eine Rodung, einstmals ein blühend' Hain,
Danach zu einer Marsch, zu barem Erdreich nun verkommen,
Abgelegt und abgetan; (wie ein Narr oft mit frommen
Wünschen einer Sache sich verschreibt, und dann fällt's ihm ein,
Alles wieder zu zerstör'n!) auf jedem Flecken noch so klein:
Geröll und Schmutz und Mißwachs hatt' hier neue Höh'n erklommen.

XXVI

Wie mit Blattern war das Land vernarbt, bunt und häßlich,
Hie und da der mag're Grund von etwas Moos durchbrochen,
Als ob Beulen und Geschwüre einen Leib entlanggekrochen
Wären. Zu einem Maul verzerrt der Spalt in einer Eiche, gräßlich
War das anzusehn, so als wüßt' der Baum verläßlich
Wie ein von Gicht ganz Brüchiger: Er hat am Tod gerochen.

XXVII

Wo blieb das Ziel? Ob ich es nimmer fand?
Nichts in der Ferne als die fahle Nacht!
Nichts, was den Pfad mir wies! Wie ich so dacht',
Da traf ein ries'ger Vogel, ausgespannt
Die schwarzen, drachengleichen Schwingen, sacht
Mein Haupt. War er zum Führer mir gesandt?

XXVIII

Ich schaut' empor. Da war mit einem Male
Kein Fleckchen mehr der Ebne zu erblicken,

Nur Berge rings, darf dieser Name schmücken
Hässliche Höh'n und Haufen, grau und kahl –
Wie kam ich nur hinein in dieses Thal?
Wie sollte mir's, ihm zu entrinnen, glücken?

XXIX

Doch meint' ich fast, ich wär' einmal vor Zeiten
Auf solchem Unheilspfade schon gegangen,
Vielleicht im Traume. Dicht und dichter drangen
Die Hügel her. Hier gab's kein Vorwärtsschreiten!
Da rasselt was, als hört' ich niedergleiten
Ein Fallenthor. Bei Gott, ich war gefangen!

XXX

Und glühend kam es über mich im Nu:
Dies war der Ort! Zur Rechten dort zwei Höh'n,
Geduckt wie Stiere, die den Feind erspäh'n –
Ein öder Berg zur Linken: Schläfer, du!
Du stehst am Ziel und träumst in träger Ruh'
Und gabst ein Leben doch, um dies zu sehn!

XXXI

Was lag inmitten als der Turm der Schrecken?
Blind wie ein Narrenherz, rund, unzerspellt,
Aus braunen Quadern, einzig auf der Welt …
So zeigt des Sturmes Elf im Meeresbecken
Das Riff dem Schiffer, höhnend ihn zu necken,
Just da ihm krachend Bug und Kiel zerschellt.

XXXII

Konn't ich nicht sehn? O ja! Schier wollt' es tagen
Zum zweiten Mal: aus Wolken brach heraus
Der Sonne letzter Strahl, zu schau'n den Graus.
Die Höh'n, wie Riesen auf dem Anstand lagen,
Haupt in die Hand gestützt, das Wild zu jagen:
»Stoßt zu und macht dem Tierlein den Garaus!«

XXXIII

Nicht hören? O, laut klang mir's in die Ohren
Wie Glockenschall. Die Namen all der Scharen
Vernahm ich, die vor mir des Wegs gefahren,
Wie jener kühn war, dieser auserkoren
Vom Glück, und der vom Ruhm – hin und verloren
Die Helden alle weh! seit langen Jahren!

XXXIV

Sie standen, bleiche Schemen, in der Runde,
Des Endes harrend, starrend unverwandt
Der Opfer jüngstes an. Im Flammenbrand
Sah und erkannt' ich all' in dieser Stunde,
Doch keck führt' ich mein Hifthorn hin zum Munde
Und blies: »Zum finstern Turm kam Herr Roland!«

(1855)

Übertragung aus dem Englischen von Edmund Ruete, 1894.
Die Übersetzung der fehlenden Strophen (XI, XXIII–XVI) wurde von Friedrich Sommersberg besorgt.

Anmerkungen des Verfassers

Manchmal glaube ich, mehr über die *Dunkle-Turm-Bücher* geschrieben zu haben als über den Dunklen Turm selbst. Zu den einschlägigen Arbeiten gehören die stetig wachsende Zusammenfassung (im Englischen unter dem drollig altmodischen Ausdruck *Argument* bekannt) am Anfang der ersten fünf Bände und die Nachworte (von denen die meisten völlig überflüssig und manche nachträglich sogar peinlich sind) am Ende jedes Bandes. Michael Whelan, der außergewöhnliche Künstler, der nach der Originalausgabe des ersten Bandes nun auch die des letzten illustriert hat, erwies sich darüber hinaus als verdammt guter Literaturkritiker, als er nach der Lektüre einer frühen Fassung von Band sieben einwandte – mit erfrischend deutlichen Worten –, das von mir angehängte ziemlich unbeschwerte Nachwort sei misstönend fehl am Platz. Ich sah es mir nochmals an und stellte fest, dass er Recht hatte.

Die erste Hälfte dieses gut gemeinten, aber verfehlten Essays findet sich jetzt als Einleitung zu den ersten vier Bänden der Romanserie; sie trägt den Titel »Über Dinge, die neunzehn sind«. Ich habe mit dem Gedanken gespielt, den Band sieben ganz ohne Nachwort zu lassen; Rolands Entdeckung im Obergeschoss seines Turms wäre dann mein letztes Wort in dieser Angelegenheit gewesen. Dann wurde mir klar, dass ich noch etwas zu sagen hatte, dass es tatsächlich etwas gab, das gesagt werden *musste*. Es hängt mit meiner Rolle in meinem eigenen Roman zusammen.

Dafür gibt es einen öligen pseudowissenschaftlichen Ausdruck: »Metafiktion«. Ich mag ihn nicht. Mir ist die Anmaßung, die darin liegt, zuwider. Ich komme in dem Roman nur vor, weil ich nun schon seit längerer Zeit weiß (bewusst, seit ich 1995 *Schlaflos* geschrieben habe; unbewusst, seit ich Father Donald Callahan in der Schlussphase von *Brennen muss Salem* eine Zeit lang aus den Augen verloren habe), dass viele meiner Erzählungen einen Bezug zu Rolands Welt und Rolands Geschichte aufweisen. Da ich es bin, der sie alle geschrieben hat, erschien es nur logisch, in mir einen Bestandteil vom Ka des Revolvermanns zu sehen. Meine Idee war, die *Dunkle-Turm*-Romane als eine Art Zusammenfassung zu verwenden, als eine Methode, möglichst viele meiner früheren Erzählungen unter dem Mantel irgendeines Über-Romans zu vereinigen. Das sollte niemals anmaßend sein (und ich hoffe, dass es das nicht ist), sondern nur als Mittel dienen, um zu zeigen, wie das Leben die Kunst beeinflusst (und umgekehrt). Wenn Sie die letzten drei *Dunkle-Turm*-Romane gelesen haben, werden Sie erkennen, so glaube ich wenigstens, dass mein Gerede von einem Rückzug in diesem Zusammenhang eher einen Sinn ergibt. In gewisser Weise gibt es nichts mehr zu sagen, nachdem Roland nun sein Ziel erreicht hat … und mit der Entdeckung des Horns des Eld wird der Leser hoffentlich sehen, dass der Revolvermann vielleicht endlich den Weg zur Auflösung des eigenen Dilemmas betreten hat. Vielleicht sogar zu seiner Erlösung. *Alles* hat sich darum gedreht, den Turm zu erreichen – meinen ebenso wie Rolands –, und das ist endlich verwirklicht. Was Roland im Obergeschoss des Turms gefunden hat, mag Ihnen vielleicht nicht gefallen, aber das steht auf einem völlig anderen Blatt. Und schreiben Sie mir bitte keine wütenden Briefe dazu, ich werde sie nämlich nicht beantworten. Zu diesem Thema gibt es nichts mehr zu sagen. Ich war von dem Ende auch nicht gerade hellauf begeistert, wenn Sie's genau wissen wollen, aber es ist das *richtige* Ende. Eigentlich sogar das *einzige* Ende. Sie sollten dabei berücksichtigen, dass ich diese Dinge nicht erfinde, nicht so richtig jedenfalls; ich schreibe nur nieder, was ich sehe.

Manche Leser werden sich fragen, wie »echt« der Stephen King ist, der auf diesen Seiten erscheint. Die Antwort lautet »nicht sehr«, obwohl der eine, den Roland und Eddie in Bridgton aufsuchen *(Susannah),* dem Stephen King, der ich meiner Erinnerung nach damals war, recht ähnlich ist. Was den Stephen King in diesem abschließenden Band betrifft … nun, drücken wir's mal so aus: Meine Frau hat mich gebeten, so freundlich zu sein, Fans dieser Serie keine zu detaillierten Hinweise darauf zu geben, wo wir wohnen und wer wir wirklich sind. Damit habe ich mich einverstanden erklärt. Nicht, weil ich das eigentlich wollte – diese Geschichte verdankt ihre Dynamik zum Teil dem Gefühl, glaube ich, dass die fiktive Welt in die reale durchbricht –, sondern weil dies nicht nur mein Leben, sondern zufällig auch das meiner Frau ist und sie nicht darunter leiden sollte, dass sie mich liebt oder mit mir zusammenlebt. Deshalb habe ich die Geografie des Westens von Maine großzügig frei gestaltet und vertraue darauf, dass meine Leser die Absicht dieser Fiktion begreifen und verstehen werden, weshalb ich meinen Part so dargestellt habe, wie ich es getan habe. Und falls Sie das Bedürfnis verspüren, vorbeizukommen und Hallo zu sagen, überlegen Sie es sich bitte noch einmal. Meine Familie und ich führen ein im Vergleich zu früher wesentlich eingeschränktes Privatleben und möchten nicht auf noch mehr davon verzichten, wenn's beliebt. Meine Bücher sind mein Mittel, Sie zu kennen. Lassen Sie sie Ihr Mittel sein, mich zu kennen. Das genügt. Und im Namen von Roland und seinem gesamten *Ka-Tet* – jetzt überallhin verstreut, sage mein Beileid – danke ich Ihnen dafür, dass Sie uns begleitet und dieses Abenteuer mit uns bestanden haben. Ich habe mein Leben lang an keinem Projekt härter gearbeitet, und ich weiß – niemand besser als ich, leider! –, dass es kein uneingeschränkter Erfolg ist. Welche erfundene Geschichte ist das jemals? Und trotz alledem möchte ich auf keine einzige Minute der Zeit verzichten, die ich in Rolands Wo und Wann verlebt habe. Jene Tage in Mittwelt und Endwelt waren ganz außergewöhnlich. Sie waren Tage, an denen meine Einbildungskraft so klar war, dass ich den Staub riechen und das Knarren des Leders hören konnte.

Stephen King

21. August 2003